O tempo e o vento parte III

O ARQUIPÉLAGO vols. I a III

O tempo e o vento parte III

O ARQUIPÉLAGO volume III

Erico Verissimo

O tempo e o vento parte III
O ARQUIPÉLAGO vols. I a III

Prefácio
LUIZ RUFFATO

6ª reimpressão

COMPANHIA DAS LETRAS

Copyright © 2004 by Herdeiros de Erico Verissimo
Texto fixado pelo Acervo Literário de Erico Verissimo (PUC-RS) com base na edição princeps, *sob coordenação de Maria da Glória Bordini.*

Grafia atualizada segundo o Acordo Ortográfico da Língua Portuguesa de 1990, que entrou em vigor no Brasil em 2009.

Capa
CELSO KOYAMA
Imagens de capa
Acima: © Leonid Streliaev
Abaixo: *Revista da Semana*. Especial "Páginas da Revolução", out/nov de 1930.

Supervisão Editorial
FLÁVIO AGUIAR

Crônica biográfica e cronologia
FLÁVIO AGUIAR

Pesquisa
ANITA DE MORAES

Preparação
MARIA CECÍLIA CAROPRESO

Revisão
ÉRICA BORGES CORREA
RENATO POTENZA RODRIGUES

Atualização ortográfica
PÁGINA VIVA

Os personagens e as situações desta obra são reais apenas no universo da ficção; não se referem a pessoas e fatos concretos, e sobre eles não emitem opinião.

Dados Internacionais de Catalogação na Publicação (CIP)
(Câmara Brasileira do Livro, SP, Brasil)

Verissimo, Erico, 1905-1975.
    O tempo e o vento, parte III : O Arquipélago , vols. I a III /
Erico Verissimo. — 4ª ed. — São Paulo : Companhia das Letras,
2018.

    ISBN 978-85-359-2970-6

    1. Romance brasileiro I. Ruffato, Luiz. II. Título.

17-06175   CDD-869.3

Índice para catálogo sistemático:
1. Romances : Literatura brasileira 869.3

2025
Todos os direitos desta edição reservados à
EDITORA SCHWARCZ S.A.
Rua Bandeira Paulista, 702, cj. 32
04532-002 — São Paulo — SP
Telefone: (11) 3707-3500
www.companhiadasletras.com.br
www.blogdacompanhia.com.br
facebook.com/companhiadasletras
instagram.com/companhiadasletras
twitter.com/cialetras

Sumário

Prefácio — O arquipélago Erico Verissimo 7
Árvore genealógica da família Terra Cambará 12

O ARQUIPÉLAGO VOL. I
Reunião de família I 14
Caderno de pauta simples 68
O deputado 74
Reunião de família II 192
Caderno de pauta simples 233
Lenço encarnado 241

O ARQUIPÉLAGO VOL. II
Lenço encarnado [continuação] 298
Reunião de família III 362
Caderno de pauta simples 384
Um certo major Toríbio 393
Reunião de família IV 521
Caderno de pauta simples 570

O ARQUIPÉLAGO VOL. III
O cavalo e o obelisco 580
Reunião de família V 660
Caderno de pauta simples 703
Noite de Ano-Bom 713
Reunião de família VI 790
Caderno de pauta simples 814
Do diário de Sílvia 826
Encruzilhada 874

Cronologia 949
Crônica biográfica 961
Sobre o autor 965
Obras de Erico Verissimo 966

Prefácio
O arquipélago Erico Verissimo

Chovia e fazia frio naquela tarde de 29 de novembro de 1975 em Porto Alegre. O cemitério da Irmandade de São Miguel e Almas recebia o corpo de Erico Verissimo, fulminado por um infarto na noite anterior, a vinte dias de completar setenta anos.

Oitenta anos antes, fim da Revolução Federalista, numa noite fria de inverno, lua cheia, a cidade de Santa Fé, "que de tão quieta e deserta parecia um cemitério abandonado", preparava-se para entrar para a história da literatura brasileira pelas mãos do escritor Floriano Terra Cambará.

O começo e o fim.

O tempo e o vento ocupou 27 anos da vida de Erico Verissimo (a lembrar que o plano da obra nasceu em 1935, segundo o autor em depoimento a Paulo Mendes Campos)[1] e de certa maneira já estava em gestação desde suas primeiras obras. *O arquipélago*, último volume da trilogia, desdobrado em três tomos, talvez tenha sido o que mais solicitou sua atenção. Tanto que, segundo suas palavras, seu primeiro infarto, em 1961, teria tido como causa a excessiva tensão provocada pela redação do livro.[2]

Uma possível explicação para esse "desconforto" podem ser as dúvidas que o assaltavam. "Achava que o livro me estava saindo longo demais. Ao escrever *O Continente*, o que a princípio me parecera um obstáculo, isto é, a falta de documentos e de um maior conhecimento dos primeiros anos da vida do Rio Grande do Sul, tinha na realidade sido uma vantagem. Era como se eu estivesse dentro dum avião que voava a grande altura: podia ter uma visão de conjunto, discernia os contornos do Continente. Viajava num país sem mapas, e outra bússola não

1. "Erico Verissimo em retrato de corpo inteiro", *Manchete*, Rio de Janeiro, 7 de setembro de 1957.

2. "[...] no momento estou escrevendo o capítulo sobre meu infarto, causado por um livro que estava me preocupando muito, *O arquipélago*. Por isso, eu intitulei o capítulo de 'O Arquipélago das Tormentas'." "Erico Verissimo não se considera à altura do Nobel", *O Globo*, Rio de Janeiro, 11 de agosto de 1974.

possuía além de minha intuição de romancista. E isso fora bom. Ao escrever *O Retrato* já o 'avião' voava tão baixo que comecei a perder de vista a floresta para prestar mais atenção às árvores. E estas eram tão numerosas, que se me tornou difícil distinguir as importantes das supérfluas. E agora, no processo de escrever o terceiro volume, o 'aparelho' voava a pouquíssimos metros do solo. Mais que isso. Tinha aterrado e eu havia já desembarcado, pisava o próprio chão do romance, estava no meio da floresta, de mapa e bússola em punho, mas meio perdido, porque eu também era uma árvore."[3]

O que há por trás dessa metáfora? Romance-rio, que abarca a história política do Rio Grande do Sul (do Brasil, portanto) no intervalo de tempo que vai de 1745 a 1945, *O tempo e o vento* é uma obra rara na língua portuguesa, não só pelo fôlego, mas principalmente por oferecer uma reflexão profunda sobre alguns aspectos que ainda hoje permanecem mal resolvidos, como a formação do país, o conceito de nação, a autoconsciência de um povo, suas responsabilidades, seus deveres etc. E o que dá a dimensão do artista: tudo isso a partir de um olhar que se quer focalizado no "regional".

No já citado depoimento a Paulo Mendes Campos, Erico Verissimo afirmava que começou a escrever a trilogia para se reconciliar intimamente com o Rio Grande do Sul. Em outra entrevista, dizia que, em *O tempo e o vento*, não pretendeu estudar a decadência da família gaúcha, "mas sim contar a história duma família dessa parte do Brasil".[4] Ora, essa "reconciliação íntima" com seu estado natal é também uma tentativa de compreensão de sua própria história, daí a situação-limite a que é arremetido. A última parte da trilogia, esta que leremos a seguir, é aquela em que o cidadão Erico Verissimo, reconhecido como um homem absolutamente arraigado à causa democrática,[5] se vê totalmente mergulhado na história recente do país, que ele conhecia muito bem. Mas, por isso mesmo, artista que era, ele sofria na pele os embates do que queria descrever.

O arquipélago abarca o período que vai do começo de 1920 até o fim do governo Vargas e que marca, também, o declínio da família Terra Cambará. Se por um lado temos um amálgama da história inespecífica da desmistificação da figura do gaúcho tal qual aparece no imaginário brasileiro, por outro temos que essa história é também, e profundamente, a própria história do autor. Erico Verissimo, um estudioso de suas raízes, chegou a mapear a genealogia de sua família até o trisavô, Manoel Verissimo da Fonseca.[6] E, embora negue que a Santa Fé de *O tempo e o vento* seja a Cruz Alta de sua infância, admite que sua cidade natal é

3. *Solo de clarineta*, vol. 2, Porto Alegre, Editora Globo, 1976, p. 15.

4. *Manchete*, Rio de Janeiro, 18 de dezembro de 1971.

5. Em todas as oportunidades, Erico Verissimo fazia questão de deixar clara sua posição política. E o fez ainda em suas memórias, para não haver dúvidas. "Afinal, em que posição política me encontro? Considero-me dentro do campo do humanismo socialista, mas — note-se — voluntariamente e não como prisioneiro." *Solo de clarineta*, vol. 2, *op. cit.*, p. 314.

6. *Manchete*, Rio de Janeiro, 7 de setembro de 1957.

presença constante em sua obra: "[...] Cruz Alta e os cruz-altenses estão subjacentes a tudo quanto tenho escrito até hoje".[7] E foi essa vivência, numa região que alimentava o estereótipo do gaúcho, que Erico Verissimo iria depois transpor para as páginas de seus livros. A Paulo Mendes Campos relatou as "noites de horror e de pânico" em Cruz Alta, frequentemente ensanguentadas por sentimentos excessivos de virilidade e valentia.[8]

Justino Martins, um amigo dos tempos de Cruz Alta e seu concunhado, afirma, com conhecimento de causa, que em todos os seus livros Verissimo retratou alguém ou alguma coisa de Cruz Alta. "Mas o melhor e a mais rica fonte de tipos para o futuro romancista ciclópico de *O tempo e o vento* seria a sua própria família."[9] Se Cruz Alta serviu como modelo para a criação de sua galeria de personagens inesquecíveis — aqui, neste *O arquipélago*, reencontramos o dr. Rodrigo Terra Cambará agonizante; Flora, sua esposa, que lhe devota o amor-ódio da mulher traída; seu filho Floriano, o escritor; Maria Valéria, a tia; a nora Sílvia; a filha Bibi e seu marido, Marcos Sandoval... —, o Rio Grande do Sul serviu de cenário da saga de um povo bravo e consciente de suas responsabilidades na defesa e ampliação das fronteiras, e o Brasil — mais especificamente o governo central, sediado no longínquo Rio de Janeiro —, de projeção das idas e vindas do projeto de construção de uma nação.

Erico Verissimo — que aos três anos, sofrendo de uma moléstia grave, foi desenganado pelos médicos — confessa que "mais do que com as outras crianças, comigo o mundo do faz de conta foi um grande refúgio, uma espécie de pátria da imaginação".[10] Desenhista — chegou, na adolescência, a hesitar entre essa profissão e a de escritor —, o autor "incorporava" de tal modo os seus personagens à sua vida que chega a confessar que, quando trabalhando neste volume, "à tardinha, terminada a tarefa do dia, costumava caminhar abaixo e acima, à frente da minha casa, discutindo comigo mesmo, quase sempre em voz mais ou menos alta, problemas e situações do livro, e ensaiando novos diálogos, em que procurava imitar a voz e às vezes até os gestos, os cacoetes e a maneira de caminhar de cada personagem. (Creio que alguns dos meus vizinhos alimentam até hoje sérias desconfianças quanto ao meu equilíbrio mental)".[11]

---

7. "Erico Verissimo fala dos trigais ao sol, da coxilha verde. De Cruz Alta, sua cidade." *Jornal da Tarde*, São Paulo, 17 de agosto de 1971.

8. Apenas como exemplo, citaremos uma das histórias relatadas por Erico Verissimo a Paulo Mendes Campos: "Depois do jantar, vestiu-se uma noite com a melhor roupa (palheta, gravata-borboleta e bengala) para ir ver a namorada. Numa esquina, vê um homem a cambalear, caminhando em sua direção. Pensou tratar-se de um bêbado. Quando o homem se aproximou, quase caindo em cima dele, percebeu que o infeliz trazia nas mãos ensanguentadas os próprios intestinos; acabara de ser mortalmente esfaqueado pelo pai da moça que 'desonrara'".

9. "O mundo de Erico Verissimo", *Manchete*, Rio de Janeiro, 9 de fevereiro de 1980.

10. *Idem.*

11. *Solo de clarineta*, vol. 2, *op. cit.*, p. 23.

Sua identificação com os personagens e o livro é tão absoluta que, se no plano global temos a figura do homem público Erico Verissimo erigindo o épico da nacionalidade brasileira, uma obra profundamente vinculada aos destinos do país, no plano pessoal o autor reconcilia-se consigo mesmo e com sua história. O pai, "[...] um homem da cidade, enamorado da Inglaterra e da França. Tinha em casa uma biblioteca de cinco mil volumes em sua maioria franceses. Gostava da boa mesa, caviar e champanha... Gostava de perfumes e de boa roupa. Botou fora uma fortuna em Cruz Alta e se casou com uma moça filha de um riquíssimo fazendeiro... falido",[12] separou-se de sua mãe quando o futuro escritor contava dezessete anos. A procura dessa figura, que a um tempo evocava admiração e mágoa, só vai terminar com um episódio... ficcional: "Concluí que a linha melódica de minha vida tinha sido, fino modo, uma busca da casa e do pai perdidos. Ali estava a casa. Os quadros, os móveis, o aspecto geral, a gente que a visita, os amigos, os visitantes inesperados. E o pai. Também isso, esse problema estava resolvido. Em *O arquipélago* eu tinha feito as pazes no diálogo entre Floriano e Rodrigo Cambará. E agora eu descobria que me havia tornado o pai de mim mesmo".[13]

Além de se pôr na pele do escritor Floriano Terra Cambará, Erico Verissimo transferiu para o dr. Rodrigo Terra Cambará suas próprias experiências, até as mais traumáticas cicatrizes físicas. Rodrigo é vítima de sucessivas crises cardíacas (a última o leva à morte), assim como o autor. Em 1958, anota Erico Verissimo, a sua grande preocupação não era consigo próprio, mas com seu personagem. "É que, finalmente, tinha começado a escrever *O arquipélago*. O dr. Rodrigo Cambará sofrera já dois infartos e exigia toda a minha atenção e cuidado."[14] Nessa época, o escritor sofreu seu primeiro infarto e, antes mesmo de poder voltar a andar, já retomava o romance. "Destruí o primeiro capítulo, o em que Rodrigo sofre seu edema pulmonar agudo, e reescrevi-o por inteiro, usando da experiência adquirida durante a minha própria doença."[15]

Poderíamos afirmar que *O tempo e o vento* é o romance da reconciliação, por excelência. Reconciliação com suas raízes gaúchas, com seu país, consigo mesmo e, curiosamente, com a crítica. Isso porque, embora fizesse — como ainda faz — enorme sucesso junto ao público leitor, Erico Verissimo nunca foi unanimidade nos meios acadêmicos, talvez até por isso mesmo. Houve sempre quem o acusasse de escrever romances açucarados e ser ele um escritor menor. *O tempo e o vento*, de certa maneira, foi a sua vingança contra aqueles que menosprezavam a sua produção literária. "Alguns críticos [...] elogiaram o romance com mal disfarçada má vontade",[16] regozijava-se em 1957, antes portanto desse último volume, que o consagrou definitivamente.

12. *Manchete*, Rio de Janeiro, 7 de setembro de 1957.
13. *Solo de clarineta*, vol. 2, op. cit., p. 323. Ver também p. 16.
14. *Idem*, p. 9.
15. *Idem*, p. 35.
16. *Manchete*, Rio de Janeiro, 7 de setembro de 1957.

E do que trata *O arquipélago*? Essencialmente da descrição da transformação do Brasil, de uma república fundada em velhas oligarquias rurais em um país que busca sua identidade industrial, alicerçada numa burguesia urbana ascendente. Isso, enfocado magistralmente na definitiva ruína da família Terra Cambará, reunida em torno da figura agônica do dr. Rodrigo, que está novamente no Sobrado, vindo às pressas do Rio de Janeiro após a queda de seu amigo íntimo, o presidente Getulio Vargas. Acompanhamos os episódios políticos (desde o último ano do governo Artur Bernardes até o queremismo, passando pela Revolução de 1923, as transformações socioculturais provocadas pela Primeira Guerra Mundial, a Revolução de 1930, a Guerra Civil Espanhola, a instalação do Estado Novo, a Segunda Guerra Mundial), tudo filtrado pelas notícias que chegam à longínqua Santa Fé, isolada e centro do mundo.

"Era uma noite fria de lua cheia. As estrelas cintilavam sobre a cidade de Santa Fé, que de tão quieta e deserta parecia um cemitério abandonado", assim termina *O arquipélago*, assim se inicia *O Continente*, o primeiro da série.

O fim. O começo.

Luiz Ruffato
Escritor

Árvore genealógica da família Terra Cambará

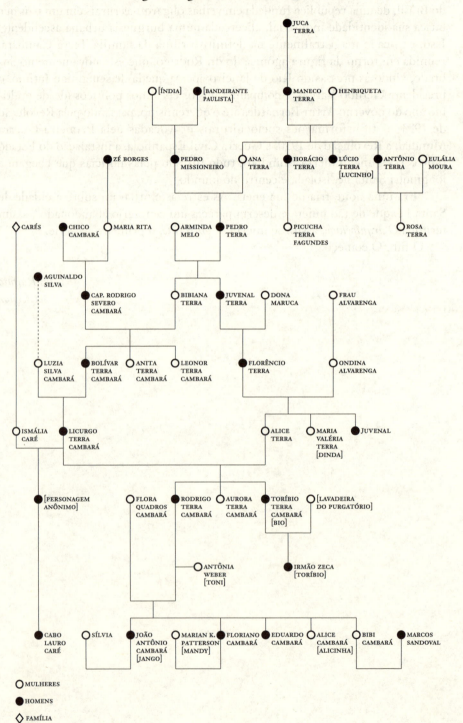

O ARQUIPÉLAGO vol. I

Reunião de família 1

25 de novembro de 1945

... onde estou?... alcova-túmulo escuro sem ar... o sapo-boi latejando entre as pernas... fole viscoso esguichando um líquido negro... pregado à cama mortuária... o sangue se esvaindo pelos poros do animal... incha e desincha... incha e desincha... a coisa lhe sobe sufocante no peito... a menininha saiote de bailarina flor vermelha no sexo manipula o brinquedo de mola... ele quer gritar que não!... mas a voz não sai... o sapo-fole atravessado na garganta... a menininha acaricia o monstro... não sabe que ele esguicha veneno... minha filha vá buscar socorro... que venham acalmar o animal... mas cuidado não me machuquem o peito... a menininha não sabe... aperta com os dedos o brinquedo proibido... não vê que assim vai matar o Sumo Pontífice?... o remédio é cuspir fora o sapo... tossir fora o bicho-fole-músculo... tossir fora...

Poucos minutos depois das duas da madrugada, Rodrigo Cambará desperta de repente, soergue-se na cama, arquejante, e através da névoa e do confuso horror do pesadelo, sente na penumbra do quarto uma presença inimiga... Quem é? — exclama mentalmente, pensando em pegar o revólver, que está na gaveta da mesinha de cabeceira. Quem é? Silêncio e sombra. Uma cócega aflitiva na garganta provoca-lhe um acesso de tosse curta e espasmódica... E ele toma então consciência do peso no peito, da falta de ar... Ergue a mão para desabotoar o casaco do pijama e leva alguns segundos para perceber que está de torso nu. Um suor viscoso e frio umedece-lhe a pele. Vem-lhe de súbito o pavor de um novo ataque... Espalma ambas as mãos sobre o peito e, agora sentado na cama, meio encurvado, fica imóvel esperando a dor da angina. Santo Deus! Decerto é o fim... Em cima da mesinha, a ampola de nitrito... Na gaveta, o revólver... Quebrar a ampola e levá-la às narinas... Encostar o cano da arma ao ouvido, puxar o gatilho, estourar os miolos, terminar a agonia... Talvez uma morte rápida seja preferível à dor brutal que mais de uma vez lhe lancetou o peito... Mas ele quer viver... Viver! Se ao menos pudesse cessar de tossir, ficar imóvel como uma estátua... Sente o surdo pulsar do coração, a respiração estertorosa... Mas a dor lancinante não vem, louvado seja Deus! Só continua a opressão no peito, esta dificuldade no respirar...

Com o espírito ainda embaciado pelo sono, pensa: "Estou me afogando". E num relâmpago lhe passa pela mente uma cena da infância: perdeu o pé no poço da cascata, afundou, a água entrou-lhe pela boca e pelas ventas, sufocando-o... Agora compreende: está morrendo afogado! Toríbio! — quer gritar. Mas em vez do nome do irmão morto, o que lhe sai da boca é um líquido... baba? espuma? sangue?

A sensação de asfixia é agora tão intensa, que ele se ergue da cama, caminha estonteado até a janela, numa busca de ar, de alívio. Apoia as mãos no peitoril e ali fica a ofegar, de boca aberta, olhando, embora sem ver, a praça deserta e a noite, mas consciente duma fria sensação de abandono e solidão. Por que não me socorrem? Onde está a gente da casa? O enfermeiro? Vão me deixar morrer sozinho? Faz meia-volta e, sempre tossindo e expectorando, dá alguns passos cegos, derruba a cadeira que lhe barra o caminho, busca a porta, em pânico... "Dinda!", consegue gritar. A porta se abre, enquadrando um vulto: Maria Valéria, com uma vela acesa na mão. Rodrigo aproxima-se da velha, segura-lhe ambos os braços, mas recua soltando um ai, pois a chama da vela lhe chamusca os cabelos do peito.

— Estou morrendo, Dinda! Chamem o Dante!

A velha, os olhos velados pela catarata, sai pelo corredor como um sino de alarma a despertar a gente do Sobrado. — Floriano! — o castiçal treme-lhe na mão. — Sílvia! — as pupilas esbranquiçadas continuam imóveis, fitas em parte nenhuma. — Eduardo! — e sua voz seca e áspera raspa o silêncio do casarão.

Floriano precipita-se escada abaixo, na direção da porta da rua. Felizmente — pensa — o Dante Camerino mora do outro lado da praça, que ele atravessa a correr. O médico não tarda em atender às suas batidas frenéticas na porta. E quando ele assoma à janela, Floriano grita:

— Depressa! O Velho teve outro ataque.

Um minuto depois ambos se encaminham para o Sobrado em marcha acelerada. O dr. Camerino vestiu um roupão de banho por cima do pijama e leva na mão uma maleta de emergência.

Um cachorro uiva em uma rua distante. Vaga-lumes pingam a noite com sua luz verde.

— Aos quarenta e cinco anos a gente fica meio pesadote — diz o médico, já ofegante. — Tu enfim és um jogador de tênis...

— Era.

— Seja como for, tens onze anos menos que eu...

Noite morna de ar parado. O galo do cata-vento, no alto da torre da Matriz, de tão negro e nítido parece desenhado no céu, a nanquim.

Floriano finalmente faz a pergunta que vem reprimindo desde que viu o amigo:

— Será um novo infarto?

— Pode ser...

Da Padaria Estrela-d'Alva vem um cheiro de pão recém-saído do forno. A figueira grande da praça parece um paquiderme adormecido.

— Que providência tomou o enfermeiro?

— Que enfermeiro? O Velho despediu-o ontem ao anoitecer.

— Esse teu pai é um homem impossível!

— Ontem à noite fez uma das suas. Saiu às oito com o Neco Rosa e só voltou lá pelas onze...

— Madona! Sabes aonde ele foi?

— Desconfio...

— Desconfias coisa nenhuma! Está claro como água. Foi dormir com a amante.

Toda Santa Fé sabe que Sônia Fraga, a "amiguinha" de Rodrigo Cambará, chegou há dois dias do Rio e está hospedada no Hotel da Serra.

Muitas das janelas do Sobrado estão agora iluminadas. Dante Camerino segura com força o braço de Floriano.

— O doutor Rodrigo merecia ser capado... — diz, com a voz entrecortada pelo cansaço. E, numa irritação mesclada de ternura, acrescenta:

— E capado de volta!

Entram ambos no casarão. Camerino sobe imediatamente ao quarto do doente. Floriano, entretanto, permanece no vestíbulo, hesitante. Sempre detestou as situações dramáticas e mórbidas da vida real, embora sinta por elas um estranho fascínio, quando projetadas no plano da arte. Sabe que seu dever é subir para ajudar o médico a socorrer o Velho, mas o corpo inteiro lhe grita que fique, que fuja... Uma leve sensação de náusea começa a esfriar-lhe o estômago.

A mulata Laurinda assoma a uma das portas do vestíbulo, e, em seus olhos gelatinosos de peixe, Floriano lê uma interrogação assustada.

— Não é nada — diz ele. — Vá aquentar a água para um cafezinho.

A velha faz meia-volta e afasta-se rumo da cozinha, com seus passos arrastados de reumática.

Floriano está já com o pé no primeiro degrau quando lhe chega às narinas um aroma inconfundível. Bond Street. Volta a cabeça e vê o "marido" de Bibi. Marcos Sandoval está metido no seu *robe de chambre* de seda cor de vinho, presente — assim ele não perde ocasião de proclamar — de seu amigo o príncipe d. João de Orléans e Bragança.

— Posso ajudar em alguma coisa, meu velho? — pergunta ele com sua voz bem modulada e cheia dum envolvente encanto ao qual Floriano procura sempre opor suas resistências de Terra, pois seu lado Cambará tende a simpatizar com o patife.

Sente gana de gritar-lhe: "Volte para o quarto! Não se meta onde não é chamado. Não compreende que isto é um assunto de família?".

17

Mas domina-se e, sem olhar para o outro, murmura apenas: "Não. Obrigado".

Bibi aparece no alto da escada. Floriano ergue a cabeça. A perna da mulher de Sandoval, com um palmo de coxa nua, escapa-se pela abertura do quimono vermelho. Mau grado seu, Floriano identifica a irmã com a amante do pai, e isso o deixa de tal modo constrangido, que ele não tem coragem de encará-la, como se a rapariga tivesse realmente acabado de cometer um incesto.

Bibi desce apressada e, ao passar entre o irmão e o marido, murmura: "Vou buscar um prato fundo para a sangria".

A palavra *sangria* golpeia Floriano em pleno peito. Mas ele sobe a escada às pressas, fugindo paradoxalmente na direção da coisa que o atemoriza.

Lá em cima no corredor sombrio encontra Sílvia. Por alguns segundos ficam parados um à frente do outro, em silêncio. Floriano sente-se tomado de um trêmulo, terno desejo de estreitar a cunhada contra o peito, beijar-lhe as faces, os olhos, os cabelos, e sussurrar-lhe ao ouvido palavras de amor. Estonteia-o a confusa impressão de que não só o Velho, mas ele também, está em perigo de vida, e talvez esta seja a última oportunidade para a grande e temida confissão... Mas censura-se e despreza-se por causa destes sentimentos. Sílvia é a mulher legítima de seu irmão... E a poucos passos dali seu pai talvez esteja em agonia...

Sem dizer palavra, precipita-se para o quarto do doente.

Rodrigo está sentado na cama, a face de uma lividez cianótica, o peito arfante, a boca semiaberta numa ansiada busca de ar — o rosto, os braços, o torso reluzentes de suor... Pelas comissuras dos lábios arroxeados escorre-lhe uma secreção rosada. Inclinada sobre o marido, Flora de quando em quando limpa-lhe a boca e o queixo com um lenço.

Bibi — que o irmão percebe obliquamente apenas como uma mancha vermelha — entra agora, trazendo um prato fundo, que depõe em cima da mesinha de cabeceira.

Floriano aproxima-se do leito. Rodrigo fita nele o olhar amortecido e dirige-lhe um pálido sorriso, como o de um menino que procura provar que não está amedrontado. Floriano passa timidamente a mão pelos cabelos do pai, numa carícia desajeitada, e nesse momento seu eu se divide em dois: o que faz a carícia e o Outro, que o observa de longe, com olho crítico, achando o gesto feminino, além de melodramático. Ele odeia então o seu *Doppelgänger*, e esse ódio acaba caindo inteiro sobre si mesmo. Inibido, interrompe a carícia, deixa o braço tombar ao longo do corpo.

O silêncio do quarto é arranhado apenas pelo som estertoroso da respiração de Rodrigo. Floriano contempla o rosto do pai e se vê nele como num espelho. A parecença física entre ambos, segundo a opinião geral e a sua própria, é extraordinária. Por um instante, sua identificação com o enfermo é tão aguda, que Floriano chega a sentir também uma angústia de afogado, e olha automaticamente para as janelas, numa esperança de mais ar...

Postada aos pés da cama, ereta, Maria Valéria conserva ainda na mão a vela acesa: seus olhos vazios parecem focados no crucifixo negro que pende da parede fronteira.

Com o estetoscópio ajustado aos ouvidos, o dr. Camerino por alguns segundos detém-se a auscultar o coração e os pulmões do paciente. Trabalha num silêncio concentrado, o cenho franzido, evitando o olhar das pessoas que o cercam, como se temesse qualquer interpelação. Terminada a auscultação, volta as costas ao doente e por espaço de um minuto fica a preparar a seringa que esteve a ferver no estojo, sobre a chama de álcool. Depois torna a acercar-se de Rodrigo, dizendo:

— Vou lhe dar uma morfina. Tenha paciência, o alívio não tarda.

Floriano desvia o olhar do braço do pai que o médico vai picar. Um cheiro ativo de éter espalha-se no ar, misturando-se com a desmaiada fragrância das madressilvas, que entra no quarto com o hálito morno da noite.

Bibi aproxima-se de Maria Valéria e, inclinando-se sobre o castiçal, apaga a vela com um sopro.

Desde que entrou, Floriano tem evitado encarar Flora, mas há um momento em que os olhos de ambos se encontram por um rápido instante. "Ela sabe de tudo", conclui ele.

Rodrigo ergue o braço, sua mão procura a da esposa. Floriano teme que a mãe *não queira* compreender o gesto. Flora, porém, segura a mão do marido, que volta para ela um olhar no qual o filho julga ver um mudo, patético pedido de perdão. A cena deixa-o tão embaraçado, que ele volta a cabeça e só então dá pela presença de Sílvia, a um canto do quarto, as mãos espalmadas sobre o rosto, os ombros sacudidos por soluços mal contidos.

No momento em que o dr. Camerino mede a pressão arterial do doente, Floriano olha para o manômetro e, alarmado, vê o ponteiro oscilar sobre o número 240.

— Quanto? — balbucia Rodrigo.

O médico não responde. Agora seus movimentos se fazem mais rápidos e decididos.

— Vou lhe fazer uma sangria. Isso lhe dará um alívio completo.

Ao ouvirem a palavra *sangria*, Flora, Bibi e Sílvia, uma após outra, retiram-se do quarto na ponta dos pés. Maria Valéria, porém, continua imóvel.

O dr. Camerino garroteia o braço de Rodrigo, coloca o prato na posição conveniente, tira da maleta um bisturi e flamba-o.

— Segura o braço do teu pai.

Floriano obedece. O médico passa um chumaço de algodão embebido em éter sobre a prega do cotovelo do paciente.

— Agora fique quieto...

Rodrigo cerra os olhos. O dr. Camerino faz uma incisão na veia mais saliente. Um sangue escuro começa a manar do talho, escorrendo para dentro do prato.

Floriano tem consciência duma perturbadora mescla de cheiros — o suor do pai, Tabac Blond, éter e sangue. A imagem de seu tio Toríbio se lhe desenha na mente, de mistura com a melodia obsessiva duma marcha de Carnaval. Por um instante assombra-lhe a memória todo o confuso horror daquela remota e trágica noite de Ano-Bom... Um suor álgido começa a umedecer-lhe o rosto e os membros, ao mesmo tempo que uma sensação de enfraquecimento lhe quebranta o corpo, como se ele também estivesse sendo sangrado.

Seu olhar segue agora, vago, o voo dum vaga-lume que entra lucilando no quarto, pousa por uma fração de segundo no espelho do guarda-roupa e depois se escapa por uma das janelas.

— Então, como se sente? — pergunta Camerino. — Diminuiu a dispneia?

Rodrigo abre os olhos e sorri. Sua respiração agora está mais lenta e regular. A transpiração diminui. A cor natural começa a voltar-lhe ao rosto.

O médico trata de verificar-lhe o pulso, ao mesmo tempo que lhe conta os movimentos respiratórios.

— Pronto! — exclama, ao cabo de algum tempo, com um sorriso um pouco forçado. — Dona Maria Valéria, o nosso homem está novo!

Tampona com um chumaço de gaze a veia aberta e pouco depois fecha-a com um agrafo.

Floriano apanha o prato cheio de sangue e, no momento em que o coloca em cima da mesinha de cabeceira, sente uma súbita ânsia de vômito. Precipita-se para o quarto de banho, inclina-se sobre o vaso sanitário e ali despeja espasmodicamente a sua angústia. Aliviado, mas ainda amolentado e trêmulo, mira-se no espelho e fica meio alarmado ante a própria lividez. Abre a torneira, junta água no côncavo da mão, sorve-a, enxágua a boca, gargareja — repete a operação muitas vezes, até fazer desaparecer o amargor da bílis. Depois lava o rosto e as mãos com sabonete, enxuga-se lento, sem a menor pressa de tornar ao quarto, vagamente envergonhado de sua fraqueza. Quando volta, minutos depois, encontra o pai semideitado na cama, apoiado em travesseiros altos. O dr. Camerino acabou de injetar-lhe um cardiotônico na veia e agora está de novo a auscultá-lo.

Sentindo a presença de Floriano a seu lado, Maria Valéria lhe diz:

— Vá tomar um chá de erva-doce, menino. É bom para o estômago.

Rodrigo esforça-se ainda por manter os olhos abertos.

— Não lute mais — murmura o médico. — A morfina é mais forte que o senhor. Entregue-se. Está tudo bem.

Sua grande mão cabeluda toca o ombro do paciente, que diz qualquer coisa em voz tão baixa, que nenhum dos outros dois homens consegue entender. O dr. Camerino inclina-se sobre a cama e pergunta:

— Que foi?

Rodrigo balbucia:

— Que merda!

E cai no sono. Maria Valéria sorri. Floriano enlaça-lhe a cintura:

— Vamos, Dinda, o seu mimoso está dormindo.

— Quem é que vai passar o resto da noite com ele? — pergunta a velha.

— Decidiremos isso lá embaixo — responde o médico.

Apaga a luz do lustre, deixando acesa apenas a lâmpada de abajur verde, ao pé da cama.

Fora do quarto, no corredor, Maria Valéria para e fica um instante a escutar, como para se certificar de que ninguém mais a pode ouvir, além dos dois homens que a acompanham. Depois, em voz baixa, diz:

— Vacês pensam que não sei de tudo?

Camerino acende um cigarro, solta uma baforada de fumaça e sorri:

— Que é que a senhora sabe?

— O que vacê também sabe.

— E que é que eu sei?

— Ora, não se faça de tolo!

O médico pisca um olho para Floriano:

— Sua tia está atirando verdes para colher maduros...

A velha põe-se a quebrar com a unha a cera que incrusta a base do castiçal. Após uma breve pausa, cicia:

— A amásia do Rodrigo está na terra. Esta noite, lá pelas oito, ele saiu com aquele alcaguete sem-vergonha do Neco, e só voltaram depois dumas três horas. Não é preciso ser muito ladino para adivinhar aonde foram...

Floriano e Camerino entreolham-se.

— Dona Flora sabe? — pergunta o médico.

— Se sabe — responde a velha —, não fui eu quem contou.

Floriano toma-lhe o braço:

— Agora a senhora vá direitinho para a cama.

— Não estou com sono.

— Mas vá assim mesmo.

— Não me amole, menino!

Floriano conduz a velha até a porta do quarto dela.

— Vamos, Dinda, entre. Se houver alguma novidade nós lhe avisaremos...

Os dois amigos descem para o andar inferior e encontram as outras pessoas da casa reunidas na sala de visitas. "Cena final do segundo ato duma comédia dramática", pensa Floriano, censurando-se a si mesmo por não ter podido (ou querido?) evitar a comparação. O pano de boca acaba de erguer-se — continua a refletir, desgostoso consigo mesmo... ou com os outros?... ou com os acontecimentos? As personagens encontram-se nos seus devidos lugares. O cenário está de acordo com as determinações do autor. *Sala de visitas no velho sobrado duma família abastada numa cidade do interior do Rio Grande do Sul. Móveis antigos, escuros e pesados. Um tapete persa em tons avermelhados (imitação, indústria paulista) cobre parte do soalho. Um pomposo lustre de vidrilhos, de lâmpadas acesas, pende do teto, re-*

fletindo-se festivamente no grande espelho avoengo de moldura dourada que adorna uma das paredes, pouco acima dum consolo sobre o qual repousa um vaso azul com algumas rosas amarelas meio murchas. A um dos cantos da sala, num cavalete, vê-se uma grande tela: o retrato a óleo, de corpo inteiro, dum homem de seus vinte e cinco anos, vestido de acordo com a moda do princípio do século.

Flora está sentada numa cadeira de jacarandá lavrado, de respaldo alto. Tem as mãos pousadas no regaço, e em seus olhos tresnoitados Floriano julga ler uma expressão de ânsia mesclada de constrangimento. De pé ao lado da cadeira, Sílvia fita nos recém-chegados um olhar tímido e assustado que parece gritar: "Por amor de Deus, não me digam que ele está desenganado!". Junto a uma das janelas que se abrem para a praça, Bibi, os olhos meio exorbitados, fuma nervosamente, agitando os braços em movimentos bruscos (Bette Davis interpretando o papel de uma jovem neurótica). De costas para o espelho, perfilado e correto, colorido como um modelo de moda masculina da *Esquire* — revista que ele assina só para ver as figuras, pois não sabe inglês —, Marcos Sandoval fuma placidamente, aromatizando o ar com a fragrância de guaco da fumaça de seu cachimbo. Só lhe falta ter na mão um copo para ser a imitação perfeita do *man of distinction* dos anúncios do uísque Schenley.

Todas essas reflexões passam pelo espírito de Floriano nos curtos segundos de silêncio decorridos entre sua entrada na sala e o momento em que Flora, dirigindo-se ao médico, pergunta:

— Como está ele?

Ocorre agora a Floriano que nestes últimos anos nunca ouviu a mãe pronunciar uma vez sequer o nome do marido. Quando fala com qualquer dos filhos, refere-se a ele como "teu pai". Para os criados Rodrigo é sempre "o doutor".

— O acidente foi superado — responde Camerino. — Com a morfina, o nosso homem vai dormir toda a noite. Deixem que amanhã ele acorde espontaneamente. Ah! É indispensável que permaneça na cama, no mais absoluto repouso. E nada de visitas, por enquanto.

— E a alimentação? — indaga Sílvia.

— Se ao despertar ele tiver fome, deem-lhe um chá com torradas e um copo de caldo de frutas. Durante as próximas quarenta e oito horas terá de fazer uma dieta rigorosa.

Passa as mãos pelos cabelos revoltos, ao mesmo tempo que abafa um bocejo. Depois pergunta:

— Quem é que vai passar a noite com ele?

— Eu — Sílvia apressa-se a dizer.

— Está bem. Se houver alguma novidade, mandem me chamar. Mas acho que não vai haver nenhuma. De qualquer modo, voltarei amanhã, lá pelas oito...

— Foi um novo infarto, doutor? — pergunta Sandoval.

O marido de Bibi — reflete Floriano — não tem nenhuma estima real pelo sogro... Consciente ou inconsciente deve estar interessado numa solução rápida da crise. Morto Rodrigo, faz-se o inventário e a partilha de seus bens; Bibi exigirá sua parte em dinheiro e ambos poderão voltar para o Rio, para o tipo de vida que tanto amam... Mas ao pensar estas coisas Floriano sente, perturbado, que não está agredindo apenas a Sandoval, mas também a si mesmo.

— Não — esclarece o médico —, desta vez foi um edema agudo de pulmão...

E cala-se, sem coragem — imagina Floriano — para explicar a gravidade do acidente. Há então um silêncio embaraçoso de expectativa, e a pergunta que ninguém faz fica pesando no ar. O dr. Camerino depõe a maleta em cima de uma cadeira, apaga o cigarro contra o fundo de um cinzeiro, desata e torna a atar os cordões do roupão ao redor da cintura, e a seguir olha para Floriano como a perguntar-lhe: "Devo falar franco? Valerá a pena alarmar esta gente?".

Laurinda alivia a tensão do ambiente ao entrar trazendo seis xícaras de café numa bandeja. Todos se servem, com exceção de Flora e Sílvia. Camerino lança um olhar afetuoso para o retrato de Rodrigo, pintado em 1910 por Don José García, um artista boêmio natural da Espanha.

— No tempo em que Don Pepe pintou esse quadro — diz o médico, dirigindo-se a Sandoval — eu devia ter uns dez anos. Dona Flora decerto se lembra... Meu pai era dono da Funilaria Vesúvio, onde eu tinha a minha "banca de engraxate". O doutor Rodrigo era um dos meus melhores fregueses. Sentava-se na cadeira e ia logo dizendo: "Dante, quero que meus sapatos fiquem como espelhos".

Faz uma pausa para tomar um gole de café, e depois continua:

— Conversava muito comigo. "Que é que tu vais ser quando ficares grande?" Eu respondia, mais que depressa: "Doutor de curar gente". O doutor Rodrigo soltava a sua bela risada, passava a mão pela minha cabeça e cantarolava: *"Dante Camerino, bello bambino, bravo piccolino, futuro dottorino"*.

Todos agora miram o Retrato, menos Flora, que tem os olhos baixos, e Floriano, que observa as reações dos outros às palavras do médico. Julga perceber uma expressão de ironia na face de Sandoval; uma impaciente indiferença na de Bibi; um misto de simpatia e piedade na de Sílvia. Quanto à mãe, Floriano nota que ela mal consegue disfarçar seu mal-estar.

O médico depõe sua xícara sobre o consolo e, pondo na voz uma doçura de cançoneta napolitana, prossegue:

— Pois agora aqui está o doutor Camerino, trinta e cinco anos depois. — Segura o ventre com ambas as mãos e sorri tristemente para Sandoval. — Não mais *bambino* nem *piccolino*, nem *bello* nem *bravo*. E se consegui ficar *dottorino* foi graças ao doutor Rodrigo, que custeou todo o meu curso, do ginásio à faculdade de medicina. — Solta um suspiro, torna a olhar para o Retrato e conclui: — Por mais que eu faça por esse homem, jamais conseguirei pagar a minha dívida.

Faz-se um silêncio difícil. O canastrão terminou o seu monólogo, a sua *pièce de résistance*, mas ninguém o aplaudiu. Por que tudo isto continua a me parecer teatro? — pensa Floriano, irritado consigo mesmo e ansioso por tirar Camerino da sala, antes que o sentimentalão desate o pranto. Ali está ele com um surrado

23

roupão de banho por cima do pijama zebrado, os pés nus metidos em chinelos. Com seus cabelos encaracolados, o rosto redondo, róseo e fornido (sombreado agora pela barba de um dia), a boca pequena mas polpuda e vermelha, os olhos escuros e inocentes — o filho do funileiro calabrês mais que nunca lembra a Floriano um querubim de Botticelli que tivesse crescido e atingido a meia-idade.

— Vamos, Dante — convida Floriano, puxando o outro pelo braço. — Eu te acompanho até tua casa. Estou sem sono.

Camerino apanha a maleta, despede-se e sai com o amigo.

Atravessam lentamente a rua. A boca ainda amarga, as mãos um pouco trêmulas, Floriano caminha com a sensação de que seu corpo flutua no ar, sem peso, como em certos sonhos da infância.

Fazem uma pausa na calçada da praça. Dante aponta para uma casa acachapada fronteira ao Sobrado, e em cuja fachada branca, pouco abaixo da platibanda, se destacam letras negras e graúdas, num arremedo de gótico: *Armadora Pitombo. Pompas Fúnebres.*

— Estás vendo? — observa Camerino. — Luz no quarto de Pitombo.

Floriano sorri:

— O nosso defunteiro nestas últimas semanas tem estado em "prontidão" rigorosa, esperando a qualquer momento a morte do Velho. Decerto viu as luzes acesas lá em casa e ficou alerta...

Camerino acende outro cigarro e, puxando o amigo pelo braço, diz-lhe:

— Sabes o que se murmura na cidade? Que o Zé Pitombo tem já pronto um caixão finíssimo nas dimensões de teu pai. Cachorro!

Dão alguns passos em silêncio. Na praça deserta os vaga-lumes continuam o seu bailado.

— Dante — murmura Floriano —, aqui para nós... qual é mesmo a situação do Velho? Essa coisa que ele teve é muito séria, não?

Camerino passa a mão pelos cabelos, num gesto meio perdido.

— Um edema agudo de pulmão por si só é algo de gravíssimo. Quando sobrévem depois de três infartos, então o negócio fica ainda mais preto. É melhor vocês não alimentarem nenhuma ilusão.

Floriano, que temia e de certo modo esperava estas palavras, sente agravar-se subitamente a sua sensação de fraqueza e o estranho frio que quase lhe anestesia os membros, apesar da tepidez da noite. E vem-lhe agora a impressão de que nada lhe confortaria melhor o estômago vazio que comer um pão quente recém-saído do forno da Estrela-d'Alva.

Passam em silêncio ao longo dum canteiro de relva, no centro do qual se empina um pequeno obelisco de granito rosado. Quando menino, Floriano costumava repetir de cor e com orgulho os dizeres gravados na placa de bronze, na base do monumento:

Durante o terrível surto de influenza espanhola que em 1918 vitimou tantos santa-fezenses, um cidadão houve que, embora atacado do mal e ardendo em febre, manteve-se de pé para cumprir sua missão de médico, atendendo a ricos e pobres com o mesmo carinho e dedicação: o Dr. Rodrigo Terra Cambará. Que o bronze diga aos pósteros desse heroico e nobre feito.

Camerino pousa o braço sobre os ombros de Floriano e murmura:

— Eu me sinto responsável pelo que aconteceu ao teu pai.

— Ora... por quê?

— Ele estava tão bem, que lhe dei licença para sair da cama. E ontem nem fui vê-lo. Se tivesse ido, talvez essa coisa toda...

— Qual! — interrompe-o Floriano. — Tu conheces bem o Velho. Quando ele desembesta não há ninguém que consiga agarrá-lo...

Camerino ergue a cabeça e por um instante fica a mirar as estrelas. Como passam agora debaixo dum combustor, Floriano vislumbra um brilho de lágrimas nos olhos do amigo.

— E se a gente fosse sentar um pouco debaixo da figueira?

Camerino funga, passa nos olhos a manga do roupão e murmura:

— Boa ideia.

Sentam-se à sombra da grande árvore. Camerino inclina o busto, apoia os cotovelos nos joelhos e fica a olhar fixamente para o chão.

— Como é essa mulher? — pergunta, depois dum silêncio.

— Uns vinte e três ou vinte e quatro anos, morena, bem-feita de corpo, bonita de cara...

— Que tipo de mentalidade?

— Não tenho a menor ideia.

O médico endireita o busto e volta-se para o amigo:

— A simples presença dessa menina na cidade é um perigo danado. Precisamos evitar que o Velho torne a encontrar-se com ela. A coisa é muito séria, Floriano. Perdoa a franqueza, mas o doutor Rodrigo pode morrer na cama com a rapariga... e isso seria um horror. Pensa no escândalo, na tua mãe..

— Mas ele pode morrer em casa, na própria cama... e sozinho, não pode?

O médico sacode a cabeça numa lenta, relutante afirmativa.

— A triste verdade — murmura — é que teu pai está condenado... — Sua voz se quebra de repente, como que prestes a transformar-se num soluço. — O futuro do Velho é sombrio, por melhor que seu estado de saúde possa *parecer* nos próximos dias ou semanas... Ele pode marchar para uma insuficiência cardíaca, de duração mais ou menos longa... tudo dependendo da maneira como seu organismo reagir à medicação... Sim, e também do seu comportamento como paciente...

— *Paciente* é uma palavra que jamais se poderá aplicar com propriedade a um homem como meu pai...

— É o diabo — suspira Camerino. — Se ele não evitar emoções, se cometer mais alguma loucura, algum excesso, só poderá apressar o fim...

Floriano não tem coragem de dar voz à pergunta que se lhe forma na mente. Mas o médico como que lhe adivinha o pensamento:

— Há outra hipótese... Ele pode morrer de repente.

Essas palavras produzem em Floriano uma instantânea sensação de medrosa, agourenta expectativa, uma espécie de *mancha* no peito semelhante à que ele costumava sentir quando menino, na véspera e na hora dos exames escolares. Com os olhos enevoados fica a contemplar o Sobrado.

— Portanto — conclui o outro — vocês devem estar preparados...

A triste e fria verdade — pensa Floriano — é que todos nós, em maior ou menor grau, estamos sempre preparados para aceitar a morte dos outros.

Camerino levanta-se e, num gesto frenético, desamarra e torna a amarrar os cordões do roupão.

— E havia de me acontecer essa! — exclama, sacudindo os braços. — O meu protetor, o meu segundo pai, o meu melhor amigo... vir morrer nas minhas mãos!

Põe-se a andar dum lado para outro na frente de Floriano, o cigarro preso e meio esquecido entre os lábios, as mãos trançadas às costas. Ao cabo de alguns instantes, aparentemente mais calmo, torna a sentar-se.

— Tu sabes, Floriano, não gosto de me meter na vida de ninguém. Mas que diabo! Me considero um pouco da tua família. Acho que tenho o direito de fazer certas perguntas...

— Claro, homem. De que se trata?

— Há uma coisa que ainda não entendi nem tive coragem de pedir ao doutor Rodrigo que me explicasse...

Pousa a mão no ombro de Floriano e pergunta:

— Por que foi que, logo depois da queda do Getulio, teu pai se precipitou para cá com toda a família, assim como quem está fugindo de alguma coisa? Me explica. Eu sei que o doutor Rodrigo era, como se diz, homem "de copa e cozinha" do Ditador, figura de influência no governo... Está bem. Mas por que essa pressa em vir para cá, essa corrida dramática? Até agora, que eu saiba, não houve nenhuma represália contra os getulistas, nenhuma prisão...

— Bom — diz Floriano, cruzando as pernas e recostando-se no respaldo do banco. — A minha interpretação é a seguinte: durante esses quinze anos de residência no Rio, papai continuou sendo um homem do Rio Grande, apesar de todas as aparências em contrário. Não havia ano em que não viesse a Santa Fé, pelo menos uma vez, nas férias de verão. Esta é a sua cidadela, a sua base, o seu chão... Para ele a querência é por assim dizer uma espécie de regaço materno, um lugar de refúgio, de reconforto, de proteção... Não é natural que num momento de decepção, de perigo real ou imaginado, de aflição, de dúvida ou de insegurança ele corra de volta para os braços da mãe?

Camerino faz uma careta de incredulidade.

— A tua explicação, perdoa que te diga, é um tanto rebuscada. Não me convence.

— Está bem. Vou te dar então as razões de superfície, se preferes. De todos os amigos do Getulio, papai foi o que menos se conformou com a situação. Queria barulho. Achava que deviam reunir e armar as forças do queremismo e reagir.

— Mas reagir como?

Floriano encolhe os ombros.

— Sabes o que ele fez quando teve notícia de que os generais haviam obrigado o Getulio a renunciar? Correu para a casa do general Rubim, que ele conheceu como tenente aqui em Santa Fé, e disse-lhe horrores. "Seu canalha, seu crápula! Você jantou anteontem comigo, sabia já de toda essa conspiração indecente e não me contou nada!" O Góes Monteiro, que estava presente, quis intervir. Papai se voltou para ele e gritou: "E você, seu sargentão borracho? Você que deve ao presidente tudo que é, você...". Enfim, disse-lhe o diabo. O Góis ergueu a bengala e o Velho já estava com a mão no revólver quando amigos civis e militares interviéram e carregaram o nosso caudilho para fora... Depois dessa cena, algumas pessoas chegadas acharam que papai devia vir para cá o quanto antes, para evitar conflitos mais sérios.

Camerino sacode a cabeça lentamente.

— Bom, essa explicação acho boa. A coisa agora me parece mais clara.

— O doutor Rodrigo aceitou a ideia e, como bom patriarca, insistiu em trazer toda a família, inclusive a preciosidade do "genro". E este seu filho, que não tem nada com o peixe.

Ocorre-lhe que essa é uma boa autodefinição: "O que não tem nada com o peixe". Sente, então, mais que nunca, o que há de falso, vazio e absurdo na sua posição.

— É por isso que aqui estamos todos — conclui —, para alegria dos mexeriqueiros municipais.

O outro cruza os braços e por alguns instantes fica a assobiar por entre os dentes, repetindo, distraído e desafinado, as seis primeiras notas de "La donna è mobile". Floriano tem a impressão de que quem está a seu lado é um gurizão que gazeou a aula e, com medo de voltar para casa, veio refugiar-se debaixo da figueira.

— Não vi o Eduardo — diz Camerino. — Onde se meteu ele?

— Foi dirigir um comício em Garibaldina.

— Será que os comunistas esperam eleger seu ridículo candidato de última hora?

— O candidato do PSD não é lá muito sublime...

— Tu sabes que eu vou votar no brigadeiro.

— Não contes isso ao Velho.

— Ora, não creio que um homem como o doutor Rodrigo possa ter qualquer entusiasmo pelo general Dutra...

— Está claro que não tem. Diz para quem quiser ouvir que o ex-ministro da Guerra não passa dum respeitável sargentão. Mas acontece que o doutor Getulio vai dar o seu apoio ao general.

— Ao homem que ajudou a depô-lo? O diabo queira entender o Baixinho!

— O João Neves é um homem muito inteligente e persuasivo...

Camerino olha para o Sobrado, cujas janelas se vão aos poucos apagando. Depois de alguns segundos de silêncio, pergunta:

— E tu, como te sentes nessa engrenagem toda?

— Como uma peça solta.

— Se permites que mais uma vez eu meta o bedelho na vida da tua família, te direi que na minha opinião o Sobrado não é mais o que era no tempo do velho Licurgo.

Uma vaca entra num canteiro de relva, a poucos metros da figueira, e põe-se a pastar. Um vaga-lume pousa-lhe no lombo negro e ali fica a cintilar como uma joia.

De súbito Floriano sente-se tentado a fazer confidências. Gosta de Camerino e há nas relações entre ambos uma circunstância que o diverte e até certo ponto enternece. Quando ele, Floriano, foi batizado, seu pai convidou Dante, que tinha então onze anos, para ser o "padrinho de apresentação".

Lembrando-se agora disso, sorri, toca no braço do amigo e diz:

— Meu padrinho, prepare-se, pois estou em veia confidencial.

Camerino encara-o, surpreendido.

— Não acredito...

— Tens que acreditar. Estás assistindo a um fenômeno portentoso. O caramujo procura deixar sua concha. Não ria da nudez do bicho...

Cala-se. Sabe que a sombra da figueira lhe propicia esta disposição de espírito. No fundo o que vai fazer é pensar, como de costume, em voz alta, só que desta vez na presença de outra pessoa.

— Desde que cheguei tenho me analisado a mim mesmo e à gente do Sobrado.

Ergue-se, enfia as mãos nos bolsos. Camerino acende outro cigarro.

— Não é nenhum segredo — prossegue Floriano — que papai e mamãe há muito estão separados, embora vivam na mesma casa e mantenham as aparências. Devo dizer que a conduta da Velha tem sido irrepreensível. Nada fez que pudesse prejudicar, de leve que fosse, a carreira do marido. Quando foram para o Rio, a coisa já não andava muito boa. Lá em cima tudo piorou. Tu sabes, mamãe não perdoa ao Velho por suas infidelidades. E não vejo por que deva perdoar, uma vez que foi educada dentro dos princípios rígidos dos Quadros. E o mais extraordinário é que ela nunca permitiu, nem aos parentes mais chegados, que criticassem o marido na sua presença. Mais que isso, nunca consentiu que o problema do casal fosse discutido ou sequer mencionado. E agora que papai está doente e politicamente derrotado, agora que podia haver uma esperança, por mais remota que fosse, de reconciliação, o doutor Rodrigo teve a infeliz ideia de mandar buscar essa rapariga...

Camerino escuta-o em silêncio, sacudindo lentamente a cabeça.

— Mamãe não se abre com ninguém. Posso bem imaginar seu sofrimento. Desde que percebeu que havia perdido o marido, tenho a impressão de que se voltou para os filhos em busca duma compensação... Agora vamos examinar esses filhos. Tomemos primeiro o Eduardo. Na sua fúria de "cristão-novo" o rapaz, que vê tudo e todos pelo prisma marxista, está procurando mostrar a seus companheiros de partido que não é por ser filho dum latifundiário e figurão do Estado Novo que ele vai deixar de ser um bom comunista. E qual é a melhor maneira de provar isso senão renegando em público, e com violência, esse pai "comprometedor"?

— No fundo deve adorar o Velho.

— Pode ser. Mas vamos ao Jango. É um Quadros, um Terra, um homem do campo, digamos: um gaúcho ortodoxo. Se o Eduardo deseja com uma paixão de templário a reforma agrária, Jango com a mesma paixão quer não só conservar o Angico como também aumentar a estância, adquirindo mais campo, mais gado...

— Já assisti a uma discussão do Jango com o Eduardo. Saiu faísca. Pensei que iam se atracar a bofetadas.

— O curioso é que o Jango no fundo não leva o irmão muito a sério. E o Eduardo classifica o Jango como um primário, um reacionário e encerra o assunto. Já observei também que o nosso marxista acha que, embora errado, Jango *é* alguma coisa, tem uma tábua de valores fixa, acredita em princípios que defenderá com unhas e dentes, enquanto eu, para o nosso "comissário", não passo dum indeciso, dum comodista, dum intelectual pequeno-burguês. É por isso que ele tem menos paciência comigo do que com o Jango.

— Não vais negar que o Jango é teu amigo.

— Talvez, mas me olha com uma mistura de incompreensão e desprezo.

— Por que desprezo?

— Porque não gosto da vida campeira, nunca usei bombacha e não sei andar a cavalo. Para um gaúcho da têmpera de Jango, não saber andar a cavalo é defeito quase tão grave como ser pederasta.

— Estás exagerando.

— Mas vamos adiante. O Eduardo ataca o pai nos seus discursos em praça pública. Mas o Jango, esse jamais critica o Velho, nem mesmo na intimidade. Apesar de libertador e antigetulista, nunca ousou exprimir suas ideias políticas na presença do pai.

— Ó Floriano! Quem te ouve dizer isso pode pensar que o doutor Rodrigo é um monstro de intolerância...

Sem tomar conhecimento da interrupção, Floriano continua:

— Agora, a nossa irmã. Às vezes me divirto a fazer uma "autópsia" surrealista da Bibi. E sabes o que encontro dentro daquele cérebro? Um pouco da areia de Copacabana, letras de samba, umas fichas de roleta, uma garrafa de uísque Old Parr e um vidro de Chanel nº 5.

Floriano sente que Camerino não compreendeu sua fantasia. Mas prossegue:

— Se eu te disser que nestes últimos dez anos nunca, mas nunca mesmo, cheguei a conversar com a minha irmã durante mais de dez minutos a fio, tu não vais acreditar.

— De quem foi a culpa?

— De ninguém. Temos dez anos de diferença de idade, e interesses quase opostos. Nesses quinze anos que passamos no Rio, apenas nos avistávamos. Quase nunca nos encontrávamos às horas das refeições. A família raramente se reunia inteira ao redor da mesma mesa. O Velho em geral almoçava no Jockey Club com algum amigo, e frequentemente tinha convites para jantar fora com diplomatas, capitães de indústria, políticos... Bibi vivia nas suas festas e não concebia sequer a ideia de passar uma noite sem ir a um cassino dançar e jogar. Tu sabes, teve um casamento que não deu certo e acabou em desquite. Por fim pescou esse Sandoval, que ninguém lá em casa conhecia. Só se sabia que o homem era simpático, trajava bem, frequentava o Cassino da Urca, costumava jogar na terceira dúzia e gabava-se de tutear o Bejo Vargas...

Camerino solta uma risada. Não parece o mesmo homem que há pouco tinha lágrimas nos olhos.

— Quanto a mim, tenho sido apenas um turista dentro da família, a qual por sua vez me considera uma espécie de bicho raro. Um homem que escreve livros...

— Não podes negar que teu pai tem orgulho de ti, de teus escritos...

— Olha, não sei... Ele nunca me perdoou por eu não me haver formado em alguma coisa. Nunca compreendeu que eu não me interessasse por uma carreira política, profissional ou diplomática.

— Ah! Mas se vê que ele tem um fraco por ti.

— Narcisismo. Ele ama em mim o seu próprio físico.

— Tu complicas demais as coisas.

— Já sei o que queres dizer: vejo tudo como um intelectual, não é? Mas, voltando ao Edu... Quem herdou o temperamento esquentado do Velho foi ele. Parece uma contradição, mas esse citador de Marx, Lênin e Stálin, esse campeão do proletariado e da Nova Humanidade, no fundo é um caudilhote.

Camerino sorri, sacudindo afirmativamente a cabeça.

— Acho que nesse ponto tens razão.

— Como Pinheiro Machado, o Eduardo anda com um punhal na cava do colete... (A única diferença é que o nosso comunista não usa colete.) Tu sabes, é aquele velho punhal com cabo de prata que pertenceu ao nosso bisavô Florêncio e que depois passou para o tio Toríbio... Dizem que está na família há quase dois séculos.

Floriano torna a sentar-se, estendendo as pernas e atirando a cabeça para trás. A sensação de fraqueza continua, mas o amargor desapareceu-lhe da boca. Uma frase se lhe forma espontânea na mente: *De súbito a noite se tornou íntima.*

— Mas continuemos com a nossa análise — prossegue. — Lá está o Velho agora, seriamente doente, reduzido a uma imobilidade, a uma invalidez que é a maior desgraça que podia acontecer a um homem de seu temperamento. O presidente Vargas caiu e o doutor Rodrigo Cambará está sem saber que rumo tomar. Seu mundo de facilidades, prazeres, honrarias e prestígio de repente se desfez em pedaços. É possível que o Velho esteja agora examinando os cacos, tentando reuni-los... Mas tu sabes, um Cambará não é homem de juntar cacos. Para ele é mais fácil reduzir pessoas e coisas a cacos. Reunir cacos é trabalho de mulher. A Dinda nestas últimas semanas não tem feito outra coisa senão tentar juntar os cacos da nossa família...

— Outro exagero — murmurou Camerino —, mas continua...

— Esse descanso vai dar ao meu pai tempo para pensar em muita coisa, e não creio que todas as suas lembranças sejam agradáveis. Ele pode continuar dizendo da boca para fora que o Estado Novo beneficiou o país, que o Getulio é o maior estadista que o Brasil já produziu, o Pai dos Pobres, et cetera, et cetera. Mas se for sincero consigo mesmo terá agora uma consciência aguda dos aspectos negativos da Revolução de 30: a corrida para os empregos, as negociatas indecentes, a ditadura, a censura da imprensa, as crueldades da polícia carioca, a desagregação moral dos nossos homens de governo.

Camerino coçou a cabeça, num gesto de indecisão.

— Um udenista como eu será a última pessoa do mundo a fazer a defesa do Estado Novo. Mas acho que é uma injustiça atirar para cima dos ombros do doutor Rodrigo qualquer parcela de culpa...

— Mas não! — interrompe-o Floriano. — Não estou acusando nem julgando o Velho. Quem sou eu? Estou tentando me meter na pele dele, imaginar com simpatia humana o que ele está pensando, sentindo, sofrendo... É impossível que ele não veja que esses anos de Rio de Janeiro desagregaram nossa família. Mamãe sempre criticava a vida que Bibi levava, e isso acabou indispondo uma com a outra, a ponto de passarem dias sem se falarem. Até hoje há entre ambas uma animosidade surda. Os três filhos homens têm conflitos de temperamento, de interesses, de opiniões. É possível que o Velho tenha engolido o "genro" novo que Bibi lhe arranjou: engoliu, mas estou certo de que não digeriu. Põe em cima de tudo isso a presença da outra mulher em Santa Fé e terás um quadro quase completo desta "reunião de família".

Faz uma pausa e depois exclama, desta vez sorridente:

— Ah! Esqueci uma grande figura... a velha Maria Valéria. Essa é a vestal do Sobrado, que mantém acesa a chama sagrada de sua vela... É uma espécie de farol em cima dum rochedo, batido pelo vento e pelo tempo... Uma espécie de consciência viva de todos nós...

Começa a assobiar, sem sentir, a melodia da canção que Dinda cantava para fazê-lo adormecer, quando ele era criança.

— Deixaste uma personagem fora do quadro — murmura Camerino ao cabo de uma pausa.

Floriano tem uma súbita sensação de mal-estar.

— Qual? — pergunta automaticamente, embora sabendo a quem o outro se refere.

— A Sílvia.

— Ah! Mas é que não a conheço tão bem quanto aos outros... — começa, sentindo a falsidade das próprias palavras.

Camerino traça riscos no chão com a ponta do chinelo.

— Deves ter notado pelo menos que ela e o marido não são felizes...

Floriano por alguns segundos permanece calado. Deve admitir ou negar que sabe do estado das relações entre Jango e Sílvia?

— Não notei nada — mente.

— Esse casamento foi a maior surpresa da minha vida. Que o rapaz andava louco pela menina, todo o mundo via. Mas Sílvia fugia dele, e levou um tempão para se decidir.

Floriano está ansioso por mudar o rumo da conversa. Conclui que sua melhor defesa será o silêncio. Não. Talvez o silêncio também possa incriminá-lo...

— Esse assunto é delicado demais — balbucia, arrependendo-se de ter dito essas palavras, pois percebe imediatamente que elas criam uma contradição.

— Não é mais delicado que o das relações entre o teu pai e a tua mãe...

Floriano toma outro rumo:

— Está bem. Eu explico o casamento assim. Sílvia podia não estar apaixonada pelo Jango, mas uma coisa era certa: a sua fascinação pelo Sobrado, desde menininha. O Jango fazia a sua carga cerrada, tia Maria Valéria o protegia, queria vê-los casados. Papai chegou a escrever uma carta à Sílvia, dizendo claramente que ficaria muito feliz se ela, além de sua afilhada, viesse a ser também sua nora. Ante todas essas pressões, a Sílvia acabou cedendo...

Camerino sacode a cabeça.

— Sim, mas te asseguro que a coisa não deu certo. Tu sabes, diferenças de temperamento. Dum lado uma moça sensível, com a sua ilustraçãozinha, os seus sonhos, e do outro (perdoa a minha franqueza) um homem bom, decente mas um pouco rude, um casca-grossa, como se costuma dizer. — Faz uma pausa, hesitante, como que temendo entrar em maiores intimidades. — Há outra dificuldade ainda, além da incompatibilidade de gênios. Como sabes, o sonho dourado do Jango é ter um filho. Há uns cinco anos a Sílvia engravidou, mas perdeu a criança no terceiro mês... Teu irmão ficou inconsolável. Dois anos depois a Sílvia tornou a apresentar sinais de gravidez. Novas esperanças... Mas tudo não passou dum rebate falso. E por mais absurdo que pareça, o Jango procede como se a mulher fosse culpada de todos esses insucessos...

— O que ele quer é um filho macho para levar o nome de Cambará e tomar conta do Angico — diz Floriano com um surdo rancor pelo irmão. — Mesmo que isso custe a vida da mulher.

— Tenho muita pena dessa menina. É uma flor... mas é a companheira errada para o teu irmão. O que ele precisava era uma fêmea forte como uma égua normanda, boa parideira... e que soubesse tirar leite, fazer queijo, cozinhar... tomar conta da criadagem. A Sílvia não nasceu para mulher de estancieiro. Depois, não morre de amores pelo Angico. E o Jango, coitado!, não se conforma com a situação.

Floriano ergue-se com uma impaciência que não consegue reprimir, e pergunta:

— Mas que é que eu posso fazer?

Não ouve o que o outro diz, pois está escutando apenas a resposta que ele mesmo se dá mentalmente: "Levá-la daqui comigo, o quanto antes... não importa como nem para onde!". Pensa isso sem verdadeira convicção, já com um antecipado sentimento de culpa.

Camerino risca um fósforo e alumia o mostrador do seu relógio-pulseira.

— Opa! — exclama, pondo-se de pé. — Cinco para as quatro. Quero ver se posso dormir pelo menos umas três horas. Amanhã tenho de estar no hospital às sete e meia...

Põe a mão no ombro do amigo.

— Bueno, Floriano, se houver alguma novidade, gritem por mim. Boa noite.

Pega na maleta e se vai. Floriano permanece por alguns minutos à sombra da figueira, com um vago medo de voltar para casa.

Entra no Sobrado e vai direito ao quarto do pai. Abre a porta devagarinho. A lâmpada de luz verde está apagada, e na penumbra brilha agora a chama duma lamparina, sobre a mesinha de cabeceira. Maria Valéria está sentada ao pé do leito, na cadeira de balanço que pertenceu à velha Bibiana.

Floriano aproxima-se dela e sussurra-lhe ao ouvido:

— Como vai ele?

— Dormindo como um anjo.

— E a Sílvia, por que não ficou aqui como estava combinado?

— Mandei ela dormir. Gente moça carece de sono. Velho não.

Por alguns instantes Floriano queda-se a observar o pai, cuja respiração lhe parece normal. Os cabelos de Rodrigo Cambará, ainda fartos e negros, estriados aqui e ali de fios prateados, estão em desordem, como que agitados pelo mesmo vento imaginário que Don Pepe García tentou sugerir no retrato que pintou do senhor do Sobrado. Há neste rosto agora em repouso uma surpreendente expressão de mocidade e vigor. Um estranho que o observasse aqui nesta meia-luz dificilmente acreditaria que, entre o dia em que o artista terminou o quadro e este momento, se passaram quase trinta e cinco anos.

— Se precisar de alguma coisa, me chame, Dinda.

Maria Valéria limita-se a fazer um sinal afirmativo com a cabeça. Floriano sai do quarto na ponta dos pés.

De tão cansado, nem teve ânimo para despir-se e enfiar o pijama. Tirou apenas os sapatos. ("Tire os coturnos, relaxado!", gritou-lhe a Dinda do fundo do poço da infância.) De calças e em mangas de camisa como estava, apagou a luz e estendeu-se na cama, na esperança de afundar no sono imediatamente. Mas qual! Aqui está agora a revolver-se de um lado para outro. Sente o corpo meio anestesiado, mas o cérebro — frenético moto-contínuo — trabalha implacavelmente. E a imaginação, como uma aranha industriosa e maligna, tece fantasias em torno das duas figuras obsessivas que não se lhe apagam da mente, por mais que ele procure não pensar nelas: o pai, que pode morrer duma hora para outra, e Sílvia, que ele ama e deseja... e que neste momento está dormindo *sozinha* no seu quarto, ali no fundo do corredor.

Põe-se de bruços, apertando a parte superior do peito contra o travesseiro. *Um dia estou sentado na cama do Velho e de repente ele começa a afogar-se em sangue, a cara lívida, a respiração um ronco medonho... Seus olhos me suplicam que faça alguma coisa... Quero sair correndo em busca de socorro, mas ele me agarra pelos ombros com força e acaba morrendo nos meus braços.*

Floriano pensa vagamente em tomar um comprimido de Seconal. Basta virar-se, estender o braço para a mesinha de cabeceira e apanhar o frasco... Mas o temor de habituar-se ao uso de barbitúricos (não fosse ele um Quadros e um Terra) lhe tranca o gesto.

Por um instante fica a escutar — com uma sombra do medo que o perturbava quando fazia isso em menino — as batidas do próprio coração. Se esta *coisa* para de repente? E o coração do velho Rodrigo... estará ainda batendo? É curioso — reflete —, de dia sou um homem lúcido que sorri para os seus fantasmas. A noite é que me traz estes pensamentos mórbidos. Por que não imaginar coisas mais alegres?

Sílvia agora lhe aparece tal como a viu ontem, à tardinha, a regar com a água duma mangueira as plantas do quintal. Seu vestido é da cor das flores das alamandas. Sua sombra projeta-se azulada no chão de terra batida. Os pessegueiros estão pesados de frutos. *E então eu desço, aproximo-me dela por trás, enlaço-lhe a cintura, puxo-a contra meu corpo, beijo-lhe o lóbulo da orelha, minhas mãos sobem e cobrem-lhe os seios... e ela se encolhe arrepiada e se volta, e sua boca entreaberta procura a minha...* Mas não! Sílvia é a mulher de Jango. Está tudo errado. O melhor é dormir.

Revira-se, fica em decúbito dorsal, as pernas abertas, o corpo agora desperto e aquecido de desejo. Para fugir de Sílvia, pensa no pai.

Rodrigo Cambará morreu. Seu esquife entre quatro círios acesos reflete-se no espelho grande da sala. Um lenço cobre o rosto do morto, seus dedos trançados sobre o ventre têm quase a cor das mãos de cera que o Pitombo expõe na sua vitrina... Meus pêsames! Murmúrios. Choro abafado. Condolências! Abraços. Caras compungidas. Ah! o adocicado e nauseante cheiro dos velórios! E ele, Floriano, prisioneiro da câmara mortuária, sentindo uma vergonha de homem e, ao mesmo tempo, um terror de menino diante de todo aquele cerimonial... Roque Bandeira sopra-lhe ao ouvido: "Morrer é a coisa mais vulgar deste mundo. Qualquer cretino pode dum minuto para outro virar defunto. Um homem como teu pai devia evaporar-se no ar, para seu corpo não ficar sujeito a toda esta comédia macabra".

Floriano soergue-se na cama, despe a camisa num gesto brusco e atira-a para cima duma cadeira. Deita-se de novo e, de olhos fechados, fica a passar a mão pelo tórax úmido de suor. Vem-lhe um desejo repentino de fugir de tudo isto, do que já é e principalmente do que poderá vir a ser. Mas não! Basta de fugas.

Quanto a meu pai — pensa — não há nada que *eu* possa fazer. No caso de Sílvia, tudo vai depender de mim, exclusivamente de mim. Sinto, sei, tenho a certeza de que ela jamais tomará qualquer iniciativa... "É uma questão de tempo", disse-lhe há pouco Camerino, referindo-se à morte do Velho. Sim, tudo na vida — a própria vida, e as nossas angústias —, tudo é uma questão de tempo. E o tempo me ajudará a esquecer Sílvia... O diabo é que agora se trata duma questão de espaço. Faz um cálculo: quatro passos daqui à porta... mais seis até o quarto dela... Ah! Se tudo fosse apenas um problema de geometria!

Ponho a mão na maçaneta... O coração bate acelerado... expectativa e medo. Boca seca. Um aperto na garganta. Abro a porta devagarinho como um ladrão (ou um assassino?). A penumbra do quarto. Com o corpo numa tremedeira, fico a olhar para a cama onde Sílvia está deitada. Depois me aproximo... E se ela me repelir? Se ela gritar? Mas não. Sinto que está acordada, que me espera... Rolamos abraçados sobre os lençóis, ofegantes... A porta do quarto se abre, a Dinda aparece com uma vela acesa na mão e grita: Porcos!

Num pincho, como que impelido pela voz da velha, Floriano atira as pernas para fora da cama e põe-se de pé. Aproxima-se da pia, abre a torneira e começa a molhar o rosto, os braços, o pescoço, a cabeça, como se quisesse lavar-se das ideias lúbricas. Depois, ainda gotejante, acerca-se da janela e fica a olhar para o quintal, mas sem prestar atenção no que vê.

Como posso pensar coisas assim? Quando amanhecer o bom senso me voltará, serei o sujeito policiado que sempre fui e acharei absurdas e até ridículas estas fantasias noturnas de adolescente. Sílvia é tabu. Está liquidado o assunto.

Olha para o vidro de Seconal. Não. Prefiro atravessar a noite em claro com todos os meus espectros. Sorri para si mesmo. Nada disto é grave. Nada... a não ser a situação do Velho.

Pega uma toalha, enxuga-se com gestos distraídos. Torna a deitar-se e começa a assobiar baixinho uma frase do *Quinteto para clarineta e cordas* de Brahms. Sente-se imediatamente transportado para aquela noite, na Ópera de San Francisco da Califórnia... Escutava o quinteto procurando fazer a abstração do ambiente (o cavalheiro calvo que mascava chicle à sua frente, a dama gorda a seu lado, recendente a Old Spice), queria apreciar a música na sua pureza essencial, sem verbalizações. Fechou os olhos. E teve a impressão de que a melodia, como uma lanterna mágica, lhe projetava contra o fundo escuro das pálpebras a imagem de Sílvia. Foi nesse instante que teve a doce e pungente certeza de que ainda a amava.

Uma tábua do soalho estala. Floriano, que estava prestes a adormecer, soergue-se num sobressalto e fica à escuta. Passos no corredor. Seu coração dispara, como que compreendendo primeiro que o cérebro o perigo que se aproxima. Perigo? Sim, pode ser Sílvia... A possibilidade o alarma e excita. Acredita e deseja com o corpo inteiro que seja Sílvia, enquanto sua cabeça tenta repelir a ideia.

Mesmo que seja Sílvia — raciocina —, isso não quer dizer que venha bater à minha porta. Mas por que não? Ela ainda me ama. Eu sei, eu sinto. O silêncio da noite quente, a solidão, a ideia de que a morte ronda o casarão — tudo isso pode tê-la impelido para mim... Sim, é Sílvia.

Continua a escutar, tenso. O corpo inteiro lhe dói de desejo e medo. O ruído de passos cessa... Decerto Sílvia está parada à frente da porta... Terá coragem de entrar?

Duas batidas leves. Floriano põe-se de pé.

A porta abre-se devagarinho e Flora Cambará entra. Decepcionado e ao mesmo tempo aliviado, Floriano solta um suspiro, agarra a toalha num gesto automático e põe-se a enxugar o torso, por onde o suor escorre em bagas.

Flora acende a luz e o filho tem uma súbita e constrangedora sensação de desmascaramento e nudez, como se todos os desejos e maus pensamentos da noite lhe estivessem visíveis na face. Apanha a camisa e veste-a.

Percebe agora que a mãe tem numa das mãos um prato com um copo de leite e um pedaço de bolo. "Vem me amamentar", pensa, com uma mescla de impaciência e ternura.

— Faz muito tempo que chegaste, meu filho?

— Uns trinta ou trinta e cinco minutos...

— Não te vi entrar. Estava já preocupada.

— Ora, não havia motivo.

— Por que demoraste tanto?

— Fiquei conversando com o Dante, debaixo da figueira.

Ela lhe entrega o prato.

— Vamos, toma o leite. Está morninho. Vai te ajudar a dormir.

— Está bem. Mas não quero o bolo.

Segura o copo e começa a beber, sem o menor entusiasmo, com o olhar fito na mãe. A serena tristeza destes olhos escuros e limpos sempre o enterneceu. Há no entanto uma coisa com que ainda não conseguiu habituar-se: a mocidade da mãe. Aos cinquenta e cinco anos, aparenta pouco mais de quarenta. Nenhum fio de cabelo branco na cabeça bem cuidada. No rosto ovalado, dum tom mate e cetinoso, nenhuma ruga. Tem ainda algo de adolescente no porte frágil, na cintura fina, nos seios miúdos. Maria Valéria costuma dizer que é difícil acreditar que três "marmanjos" e mais a Bibi tenham saído de dentro deste corpo de menina.

— E o teu irmão, por que ainda não voltou?

— Acho que o comício acabou muito tarde e ele resolveu passar a noite em Garibaldina.

Ela franze a testa, deixa escapar um suspiro.

— O Eduardo me preocupa... — murmura. — Falar contra o próprio pai em praça pública não é coisa que se faça.

Floriano depõe o prato em cima da cômoda, segura Flora afetuosamente pelos ombros, beija-lhe de leve a testa e depois estreita-a contra o peito. Mas arrepende-se imediatamente do gesto, pois ela desata a chorar de mansinho. Ele não sabe que dizer, murmura apenas — ora... ora... —, passa a mão pelos cabelos da mãe. Jamais a viu chorar, sempre admirou seu autodomínio, a coragem com que enfrenta todos os problemas — os domésticos e os outros —, a discrição com que se comportou sempre, e que tornou tudo tão mais fácil para todos. Chorará agora por causa da doença do marido? Ou por causa da desagregação da família? Ou estará apenas — como disse há pouco — preocupada com o Eduardo? Floriano acha conveniente fingir que aceita a última hipótese. Não quer tocar nem de leve na ferida maior.

— Não pense nisso, mamãe. O Edu é um impulsivo, faz as coisas sem pensar e depois se arrepende. No fundo tem paixão pelo Velho.

Flora aparta-se do filho e começa a enxugar os olhos.

— Que bobagem a minha, chorar deste jeito como uma criança! Afinal, já devia estar acostumada com todas essas coisas...

A que coisas se refere ela? Às aventuras amorosas do marido? Aos pronunciamentos agressivos de Eduardo? Quando dá acordo de si, Floriano está metido no assunto mesmo que tanto queria evitar:

— Afinal de contas o papai e o Eduardo se parecem muito de gênio. Nenhum deles tem papas na língua. Não pensam nunca em quem podem ferir quando dizem ou fazem as coisas... São donos do mundo.

— Seja como for, *ele* é pai de vocês. Um filho não deve nunca criticar o pai.

Bonito! Aqui está um artigo do código dos Quadros, que é idêntico ao dos Cambarás. Certo ou errado, bom ou mau, pai é pai. O filho deve sempre baixar a cabeça diante do chefe do clã.

— Termine o leite.

— Ora, mamãe.

Floriano sente que voltou aos cinco anos na maneira com que quase choramingou estas últimas palavras. Sorri e devolve a Flora o prato com o copo e o bolo.

— Por amor de Deus, não me obrigue a tomar o resto.

— Está bem. Agora durma.

Beija o filho na testa e se vai.

Pela manhã, ao voltar ao Sobrado, o dr. Camerino encontra Rodrigo acordado e Maria Valéria ainda de guarda ao pé do leito.

— Bom dia! — exclama, procurando dar à voz um tom jovial. — Como vai o nosso doente?

Sentado na cama, recostado em travesseiros, Rodrigo responde com voz débil:

— Estou como aquele velho gaúcho de Uruguaiana, "peleando em retirada e com pouca munição".

— Qual nada! — replica o médico. — Munição é o que não lhe falta.

— O que ele não tem é vergonha — diz a velha.

Rodrigo sorri e pisca um olho para Camerino, que acaba de sentar-se na cama.

— E a respiração?

— Regular pra campanha.

— Alguma dor ou opressão?

Rodrigo faz um sinal negativo.

— Estou é meio bombardeado, a cabeça pesada, o estômago embrulhado.

— É da morfina.

Camerino segura o pulso do amigo e durante meio minuto fica a olhar para o mostrador do relógio.

— Pulso bom.

A seguir mede-lhe a pressão arterial.

— Quanto?

— Está bem.

— Mas *quanto*?

— Só lhe digo que está melhor que ontem.

Põe-se agora a auscultá-lo e leva nisso algum tempo.

— Quantos dias de vida me dás?

O médico ergue-se, repõe o estetoscópio dentro da maleta e, como se não tivesse ouvido a pergunta, diz:

— Vou lhe mandar uma cama de hospital. É mais cômodo. E precisamos arranjar o quanto antes outro enfermeiro. O senhor não devia ter despachado o rapaz... Viu a falta que ele fez?

— Mas vocês me mandaram um fresco! Eu já nem podia mais olhar para ele, me dava vontade de pular da cama e encher-lhe a cara de tapas. Por que não trazem logo uma mulher?

— Essa é que não! — reage Maria Valéria, rápida.

— Por falar em mulher... — sorri o doente. — Preciso fazer a barba. Mande chamar o Neco Rosa, titia.

Maria Valéria inteiriça o busto, como se lhe tivessem dado uma agulhada.

— Se esse alcaguete ordinário tivesse vergonha na cara, não entrava mais no Sobrado. Não pense que eu não sei aonde ele levou vacê ontem.

Rodrigo volta-se para a tia, agressivo:

— Enquanto eu estiver vivo ninguém me *leva* a parte alguma. Quando vou aos lugares é de livre e espontânea vontade. Não culpe o homem.

— Sua mulher sabe — replica a velha. — Todo mundo sabe.

— Pois se sabem, que façam bom proveito.

Maria Valéria levanta-se.

— Maroto!

Retira-se do quarto. Apesar da cegueira da catarata, caminha sem hesitações, conhece o Sobrado palmo a palmo. Seus passos soam duros no corredor.

Rodrigo sorri.

— Ela volta, Dante. Tem uma paixa danada por mim, uma paixa antiga. E sabes aonde ela foi? Foi mandar chamar o Neco. Aposto!

Camerino acende um cigarro, no qual os olhos de Rodrigo se fixam com intenso interesse.

— Eu não podia fumar um cigarrinho? Só a metade...

— Hoje não.

— Pois então apaga esse pito, a não ser que tenhas a intenção de me torturar. Sabes quantos cigarros costumo fumar por dia? Mais de quarenta. Sem contar os charutos...

Camerino aproxima-se da janela, dá três tragadas rápidas e joga fora o cigarro.

— Preciso urgentemente dum banho.

— Hoje não.

— Mas suei como um animal a noite passada, não aguento o meu próprio fedor.

— Mude o pijama. Quando o enfermeiro vier, mande o homem lhe passar uma água-de-colônia no corpo. Banho não. O senhor tem que ficar quietinho na cama.

Rodrigo faz um gesto de irritação. Camerino torna a sentar-se ao lado do paciente.

— Olhe, doutor Rodrigo, precisamos ter uma conversa muito séria...

— Sei o que vais me dizer, Dante. Quero te poupar o sermão. Não devo repetir o que fiz ontem no Hotel da Serra senão morro, não é isso?

— Isso e mais alguma coisa...

— Tu conheces o ditado que corre na família: "Cambará macho não morre na cama". — Rodrigo segura com força o pulso do amigo. — E se eu morrer numa cama, mas em cima duma fêmea, doutor Camerino, não se poderá considerar isso "morrer em ação"? *Eh, dottore, eh?*

Dante sorri amarelo. Este homem, que ele estima e admira, sempre o desconcerta com seus sarcasmos.

— Doutor Rodrigo, estou falando sério.

— Eu também. Nunca falei tão sério em toda a minha vida.

Uma súbita canseira estampa-se no rosto do doente, que se cala, ofegante, cerrando os olhos e atirando a cabeça para trás.

— Viu? — diz o médico. — Excitou-se e o resultado aí está...

Tira do bolso um vidro de digital:

— O senhor sabe tão bem quanto eu que, se tomar regularmente este remédio...

Rodrigo interrompe-o com um gesto de enfado.

— Perdes o teu tempo. Não esqueci tanto a medicina que não saiba que estou liquidado. Primeiro os infartos... e agora esta porcaria do edema. É o fim do último ato.

Camerino abre o vidro, tira dele um comprimido e, entregando-o ao paciente com um copo d'água, murmura:

— Tome um agora. E depois, cada vinte e quatro horas.

Rodrigo obedece.

— Tu me conheces, Dante. Um homem de meu temperamento, fechado num quarto, deitado numa cama, como uma velha achacada... É pior que a morte. Às vezes chego a pensar se não seria melhor meter uma bala nos miolos e acabar com tudo de uma vez...

Camerino lança um olhar enviesado para a mesinha de cabeceira em cuja gaveta ele sabe que Rodrigo guarda o revólver.

— Para que vou me privar das coisas que me dão prazer? Para viver mais seis meses, um ano que seja, nesta vida de inválido? Não, Dante, tu sabes que eu não sou homem para aceitar as coisas pela metade. Comigo é tudo ou nada.

Camerino escuta-o em silêncio. Sabe que as palavras do amigo têm uma sinceridade apenas de superfície.

Neste instante abre-se a porta, Eduardo entra e aproxima-se do leito.

— Só agora fiquei sabendo... — murmura, sem poder disfarçar o embaraço que esta situação lhe causa. — Acabo de chegar de Garibaldina.

Rodrigo mira-o de alto a baixo, com um olhar quase terno. É a cara da mãe — pensa.

Camerino está um pouco inquieto, pois há poucos dias pai e filho tiveram uma altercação feia por causa de política.

— Como foi o comício? — pergunta Rodrigo.

— Fraco.

— Era o que eu esperava. A colônia vota sempre com o governo. Dos três candidatos, o que mais cheira (ou fede) a oficial é o Dutra. Os colonos vão votar no general.

Eduardo sacode a cabeça lentamente. Tem as faces sombreadas por uma barba de dois dias, traja uma roupa de linho claro, muito amarrotada, e está sem gravata.

Rodrigo sorri com paternal ironia:

— No comício de ontem tornaste a atacar este teu pai latifundiário, flor do reacionarismo, lacaio do capital colonizador?

Eduardo continua sério.

— Não atacamos pessoas — diz. — Discutimos princípios, combatemos erros.

— É o que afirmam também os católicos. Atacar as ideias mas respeitar as pessoas. No entanto, vocês, diferentes dos católicos, de vez em quando acham que o meio mais simples de combater uma ideia é liquidar fisicamente o seu portador.

— Era isso que fazia a polícia do "seu" Estado Novo!

As narinas de Rodrigo palpitam.

— Se a nossa polícia era tão criminosa como vocês comunistas propalam, como explicas que teu patrão, o Prestes, a primeira coisa que fez ao sair da cadeia foi prestigiar o doutor Getulio?

— Não vim aqui para discutir política, e sim para saber como está o senhor.

— Estou bem, muito obrigado. E tu?

Desta vez quem sorri é o rapaz. Volta a cabeça para Camerino e diz:

— Estás vendo? Ele quer discussão, mas a esta hora da manhã não topo provocações. — E, tornando a olhar para o pai, acrescenta: — Ando tresnoitado.

— Então vai dormir. Precisas refazer as forças. Porque vai ser muito custoso vocês convencerem o eleitorado, até mesmo o comunista, a votar nesse raquítico candidato feito nas coxas.

Sem dizer palavra, Eduardo volta as costas para o pai e encaminha-se para a porta.

— Faz essa barba! — grita-lhe Rodrigo. — Muda essa roupa! Não precisas levar tão a sério o teu papel de representante das massas oprimidas...

Depois que o rapaz sai, Rodrigo olha para Camerino:

— E essa? Eu com um filho comunista!

— Doutor, o senhor está conversando demais.

— Como se explica saírem do mesmo pai, da mesma mãe três filhos machos tão diferentes um do outro?

Muda de tom:

— Mandaram chamar o Jango?

— Não achei necessário.

— E Floriano, por que não me apareceu?

— Deve estar ainda na cama. Dona Flora me disse que ele só dormiu ao clarear do dia.

Rodrigo parece hesitar antes de fazer a próxima pergunta.

— Ele sabe... dessa minha história?

Quem hesita agora — mas apenas por um segundo — é Camerino.

— Sabe. Tivemos uma longa conversa ontem à noite, debaixo da figueira.

— Naturalmente está contra mim.

— Quem foi que lhe disse?

— Imagino. Apesar de se parecer fisicamente comigo o Floriano em matéria de temperamento é mais Quadros que Cambará...

— Pois está enganado. O Floriano não o censura. Compreende a situação.

Entra agora uma das crias da casa, uma caboclinha de quinze anos, de pernas finas, seios pontudos e olhos xucros. Traz uma bandeja, que Camerino manda pôr em cima da mesinha, ao lado do paciente.

— Está bem, Jacira — diz o médico. — Podes ir.

A rapariga hesita.

— Como vai o doutor? — pergunta, sem olhar para o doente.

— Agora vai melhor.

Rodrigo detém a rapariga com um *psit* que a faz estremecer.

41

— Diga à Laurinda que ainda estou vivo. E que ela me prepare uma feijoada completa, com caldo bem grosso, bastante toucinho, linguiça, repolho e batata-doce. Ah! E um assado de costela bem gordo!

Depois que a criada se vai, Camerino volta-se para o amigo.

— Um pouco de fantasia nunca fez mal a doente nenhum. Pense nos quitutes que quiser, nas comidas mais gostosas, fortes e indigestas. Mas coma apenas em pensamento.

Rodrigo olha com repugnância para o conteúdo da bandeja: uma xícara de chá com torradas e um copo com suco de ameixas.

— Só isso?

— Depois de quarenta e oito horas vou lhe dar licença de comer quase tudo... menos gorduras e condimentos fortes, está claro.

Rodrigo apanha o copo e com uma careta de repugnância bebe alguns goles de caldo de ameixa.

— Muito bem. Agora tome o chá e coma as torradas.

— Por que não um cafezinho?

— Hoje não. Amanhã.

— Amanhã! Sempre amanhã! E quem me garante que para mim vai haver um amanhã?

O médico apanha a maleta.

— Preciso ir ao hospital ver um doente que o Carbone operou e que está com uma febre muito suspeita. Bem. Pouco antes do meio-dia venho ver como vão as coisas por aqui.

Rodrigo segura-lhe o braço.

— Escuta, Dante, não sei se vais acreditar. Mas quero te dizer que não fui eu quem mandou buscar essa menina, palavra de honra. Ela veio de livre e espontânea vontade.

Camerino sacode a cabeça afirmativamente.

— Vejo que não estás acreditando...

— Estou, sim senhor.

— Não sou tão irresponsável que, no meu estado de saúde, e morando num burgo como este, eu mandasse buscar a minha amante para a instalar logo naquela espelunca...

— Eu sei.

— Mentira. Tu, o Floriano, todos os outros acham que deixei tudo combinado com ela antes de sair do Rio. Confessa!

— O senhor está enganado. Não pensei nada disso. Mas tome o chá.

A bandeja oscila num equilíbrio instável sobre os joelhos do paciente.

— Pois é. Ela veio porque quis, porque estava preocupada com a minha saúde... porque sentia falta de mim.

Trinca uma torrada e começa a mastigá-la com uma fúria miudinha e gulosa de roedor.

— A menina me quer bem, Dante, e é isso que tem tornado essa coisa toda tão difícil. Se fosse uma dessas putinhas que andam atrás de dinheiro, o problema não seria tão complicado. Não nego que tenho um rabicho por ela. Tenho, e forte. A Sônia é diferente, uma moça de boa família... Era datilógrafa numa dessas autarquias...

— O senhor não me deve nenhuma explicação.

— Não devo mas quero dar. Além de meu médico és meu amigo.

Rodrigo toma um gole de chá e apanha outra torrada.

— Esta droga tem gosto de papelão!

— Até logo — diz Camerino alguns segundos depois.

— Espera, homem. Vem cá. Me olha bem nos olhos... Estou liquidado, não estou?

— Ora, doutor, não diga isso.

— Não sabes mentir.

— Dou-lhe a minha palavra de honra...

— Pois, como diz Don Pepe, me cago na tua palavra de honra. Podes ir!

Encalistrado, Dante Camerino faz meia-volta e se vai.

26 de novembro de 1945

Neco Rosa, proprietário da Barbearia Elite, ensaboa o rosto de seu velho amigo Rodrigo Cambará.

— Eu te disse, aquele negócio não ia acabar bem...

— Cala a boca, Neco, o que passou, passou.

— Mas é que tua tia me botou a boca quando entrei. Me conheceu pelos passos ou pelo cheiro, não sei...

— No fundo ela te quer bem. Eu disse à velha que a culpa não foi tua.

— Não tive nem coragem de olhar dona Flora de frente.

— E tu pensas que eu tenho? — Rodrigo suspira. — Se eu pudesse passar minha vida a limpo, Neco, palavra de honra...

Fica a olhar para o teto, com um ar de devaneio. No fundo não está muito convencido de que poderia levar uma vida diferente, se lhe fosse dado recomeçar. Ah! mas o que daria agora para poder recuperar a estima e o respeito da mulher!

Neco tira uma navalha de dentro de sua velha bolsa ensebada, e fica a passar a lâmina num assentador.

— Me dá um cigarro — pede Rodrigo.

O barbeiro leva a mão ao bolso, num gesto automático, mas, de repente, lembrando-se, exclama:

— Ah, essa é que não! O doutor proibiu...

— Me dá um cigarro, animal! — insiste Rodrigo, tentando enfiar os dedos no bolso do barbeiro.

Neco recua com a navalha numa das mãos e o assentador na outra, como para repelir uma agressão física.

— Não quero ser responsável pela tua morte. Sou teu amigo.

— Pois então me dá uma prova dessa amizade. Me degola, corno, me liquida duma vez. Acaba com este suplício. Mas afia bem essa navalha. Para um bandido como tu, a coisa mais fácil do mundo é matar um homem. Me passa esse cigarro duma vez!

Neco hesita, olhando inquieto para os lados.

— Bom, vou te dar um cigarro, mas tens de me prometer que fumas só a metade. Feito?

— Passa a chave na porta.

Neco obedece. Depois, aproximando-se de novo da cama, mete um cigarro entre os lábios do amigo e acende-o.

— És um sujeito custoso — murmura, sacudindo a cabeça. E continua a passar a navalha no assentador.

Com a cabeça atirada para trás, contra um dos travesseiros, Rodrigo sopra a fumaça para o ar, com delícia.

— Vamos duma vez com essa barba!

Neco faz a navalha cantar sua musiquinha familiar na face do amigo.

— Podem até me fechar pra sempre as portas do Sobrado... — queixa-se ele. — Vão acabar me culpando da tua morte.

Rodrigo fuma e sorri, os olhos cerrados.

— Onde se meteu o Chiru? — pergunta.

— Ele queria vir te ver hoje, mas o médico proibiu. Diz que só podes começar a receber visitas de amanhã em diante, e assim mesmo poucas e curtas.

— O Dante é um exagerado.

Por alguns instantes só se ouve no quarto o rascar da navalha no rosto de Rodrigo e a respiração forte e sibilante do barbeiro.

— Neco, vou te pedir um grande favor...

O outro põe-se na defensiva.

— Se é alguma coisa que vai te prejudicar...

— Escuta. Quero que procures a Sônia *hoje*, logo que saíres daqui...

— Sim...

— ... e contes a ela o que me aconteceu. Diz que estou bem agora, que não se aflija. E que mando perguntar se está precisando de alguma coisa. E que tenha o maior cuidado, não se exponha muito.

— Está bem — murmura o Neco com gravidade.

— Naturalmente ela deve ir a um cineminha de vez em quando, mas que não puxe conversa com ninguém, porque todo o mundo sabe quem ela é e o que veio fazer. Pode haver explorações. Tu sabes, tenho inimigos... Hoje mais que nunca.

Neco torna a ensaboar a cara do amigo.

— Queres que eu te escanhoe?

— Claro, homem. Mas ouviste o que te pedi?

— Ouvi. E se ela perguntar quando é que vai te ver outra vez, que é que eu digo?

Rodrigo solta um suspiro de impaciência, que lhe sai com uma baforada de fumaça.

— Aí é que está o problema. Se essa menina tivesse ficado no Rio, eu estava aqui com saudade dela, mas sabia que não havia outro remédio senão aguentar. Mas pensar que ela está em Santa Fé, a sete quadras do Sobrado, e não poder nem sequer ver a carinha dela... é duro.

— Agora cala a boca que eu quero te raspar o bigode.

Agora cala a boca. É o cúmulo! Ele, Rodrigo Cambará, o homem a quem senadores e ministros pediam favores, o amigo de Getulio Vargas, aqui está ouvindo este "agora cala a boca", pronunciado com a maior naturalidade por Neco Rosa, barbeiro, seresteiro, chineiro e desordeiro. O mundo está mesmo de patas para o ar.

Terminado o serviço, Neco repõe os petrechos na bolsa, fecha-a e senta-se ao lado da cama. Rodrigo passa a mão pelas faces e pelo queixo.

— O mesmo Neco de sempre. O pior barbeiro do mundo.

— A verdade é que vais, vens e acabas nas minhas garras. Mas me dá esse toco de cigarro, que eu vou esconder.

Tira a bagana da boca do amigo, apaga-a com as pontas dos dedos amarelados de nicotina e mete-a no bolso.

— Vou te fazer outro pedido — diz Rodrigo em voz baixa —, desses que um homem só faz a um amigo de confiança.

Neco vai acender outro cigarro, mas contém-se para não agoniar o enfermo.

— Que é?

Por um instante Rodrigo fica como quem não sabe por onde começar.

— Tu sabes como é este nosso pessoal... Veem uma menina bonita sozinha num hotel e já imaginam que é mulher da vida, e toca a dar em cima dela. Existem aqui uns rapazes impossíveis como o Macedinho, o Teixeirinha e outros. Não podem enxergar mulher...

Neco sacode a cabeça, compreendendo aonde o outro quer chegar.

— O que vou te pedir não é fácil, eu sei. Mas faze o que puderes. Me dá uma olhadinha na Sônia de vez em quando. És a única pessoa a quem posso fazer este pedido com o espírito tranquilo. Sei que não vais faltar com o respeito à menina.

— Não sou santo, mas mulher de amigo pra mim é homem.

— Acho que a solução é mandar a Sônia embora.

— Também acho.

— Se ao menos eu estivesse em condições de sair deste quarto...

— Não contes comigo para outra visita como aquela. Deus me livre!

— Não te preocupes. Na próxima vez vou sozinho... se é que vai haver uma próxima vez.

Neco ergue-se.

— Bom, vou cantar noutra freguesia.

— Quanto te devo?

— Ora, vai amolar o boi!

No momento em que o amigo lhe estende a grande mão ossuda, riscada de veias salientes dum azul esverdeado, ocorre a Rodrigo uma ideia.

— Espera, acho melhor escrever um bilhetinho à Sônia. Neco velho, tem paciência, me traz ali da cômoda papel e caneta...

O barbeiro faz o que o amigo lhe pede. E resmunga:

— Era só o que me faltava! Virar alcoviteiro depois de velho...

E fica esperando que Rodrigo escreva o bilhete.

À tardinha, ao sair para um passeio ocioso pela cidade, Floriano encontra Pepe García na sala de visitas do Sobrado, sentado diante do Retrato.

Trata de pisar com cautela para não produzir o menor ruído, pois sabe o que terá de aguentar se o pintor lhe deitar as garras.

É uma história a um tempo comovente e grotesca. O artista aparece periodicamente no Sobrado e fica a contemplar durante horas a fio este quadro que todos, e ele também, consideram a obra máxima de sua vida. O retrato de corpo inteiro de Rodrigo Cambará não só revela o artista no auge de seu poder criador como também em plena posse de sua maturidade e de seu vigor físico.

O degrau range. Pepe volta a cabeça e, avistando Floriano, grita:

— Vem cá, chico!

Floriano não tem outro remédio senão aproximar-se. Pousa o braço sobre os ombros do espanhol, que continua sentado, e ficam ambos a mirar a tela.

— Agora me diga se esse que aí vês na força da juventude, da saúde e da beleza é o mesmo que está lá em cima...

— Ora Pepe! — sorri Floriano. — Não sejas exagerado. Meu pai está conservadíssimo para um quase sessentão...

O pintor sacode a cabeça numa negativa.

— Não, não e não! — Ergue os olhos para o amigo, bafeja-lhe o rosto com seu hálito de cachaça. — Don Pepe sabe o que diz. *Esse* Rodrigo do Retrato não existe mais!

Depois de trinta e cinco anos no Brasil, fala português com fluência, mas com um sotaque que por assim dizer lhe embaça as palavras.

— Por que não sobes para conversar com o Velho?

— Jamais!

— Faz quase um mês que ele chegou e ainda não o visitaste.

— Eu sei.

— Não és mais amigo dele?

— Amigo? Eu adoro teu pai. É exatamente por essa razão que não vou. Quero guardar dentro de mim a lembrança do Outro. Desse que ali está na tela, por obra de meu gênio, *coño*!

46

Aos setenta e um anos Pepe García parece um Quixote de capítulo final. Tem um rosto longo e emaciado, um par de olhos escuros e ardentes, no fundo de órbitas ossudas; os bigodes de guias longas caem-lhe pelos cantos da boca, e a agudez do queixo acentua-se na pera grisalha e malcuidada. Veste uma velha roupa de sarja cor de chumbo, de gola ensebada; manchas de sopa e molhos de almoços e jantares imemoriais deixaram-lhe nas lapelas desenhos indecifráveis. Seus pés longos e magros estão metidos em alpargatas de pano pardo.

— Bom, Pepe velho, tenho que sair...

Como se não o tivesse ouvido, o outro murmura:

— Eu devia amar-te também, porque te pareces com teu papai. Mas qual! Não passas duma imitação barata do Rodrigo autêntico que conheci...

Floriano sai, com a impressão — que ao mesmo tempo o diverte e enfada — de que o castelhano acaba de dizer uma verdade.

Atravessa a praça diagonalmente, em passadas lentas. Seis da tarde. A luz do sol tem uma tonalidade de âmbar. O galo do cata-vento da Matriz está imóvel na quietude morna do ar. No coreto, perto da pista circular de patinação, crianças brincam em algazarra. Mocinhas que dão a impressão de que acabam de sair do banho passeiam em bandos pelas calçadas, algumas acompanhadas de rapazes. Em muitas das casas que dão para a praça, senhoras gordas de ar plácido, debruçadas nas suas janelas, contemplam a tarde e a parada dos namorados. Tudo seria duma doçura quase bucólica não fossem os alto-falantes da Rádio Anunciadora, que despejam por suas gorjas de metal músicas estrídulas, entremeadas de propaganda comercial e política. Quando a música cessa, a voz do locutor, cheia de erres vibrantes, proclama alternadamente a qualidade e os preços dos artigos da Casa Sol, os milagres dum sabonete desodorante e a necessidade da volta de Getulio Vargas.

Aos sons de um frevo frenético, Floriano encaminha-se para a rua principal. Sabe o que o espera neste passeio. Terá de parar mil vezes para abraçar conhecidos e — o que é pior — pessoas que não conseguirá reconhecer. Sempre teve uma consciência muito viva de sua timidez e de sua preguiça de responder às perguntas que lhe fazem, de mostrar-se simpático, atencioso, bom moço. Lembra-se de Ravengar, um herói de sua meninice, personagem de um romance-folhetim e de um filme seriado, inventor de um manto que tinha a virtude de torná-lo invisível. Floriano lamenta não estar agora envolto na capa de Ravengar. Mas não! Está decidido a queimar, destruir para sempre esse manto mágico, pois quer fazer-se visível como nunca, estar presente, participar... Vai ser duro, ah!, isso vai, mas está resolvido a levar a experiência até o fim.

Avista Cuca Lopes e imediatamente seu espírito se transforma em teatro duma luta. Uma parte do seu eu lhe grita em pânico que se esconda. A outra quer arrastá-lo na direção do mexeriqueiro municipal. E como esta última sente que vai perder a partida, lança mão dum recurso desesperado, criando o "caso consumado".

— Cuca! Como vai essa vida, homem?

O oficial de justiça precipita-se a seu encontro, de braços abertos.

— Menino, eu estava com uma vontade louca de te ver. Onde tens te metido?

Abraçam-se. Cuca tresanda a suor novo e antigo de mistura com o sarro das baganas que costuma guardar nos bolsos. É pequeno, roliço, rodopiante como uma piorra. Gordurinhas meio indecentes acumulam-se-lhe no ventre e nas nádegas.

— Como vai o teu pai?

— Melhor, obrigado.

— Tu não imaginas — diz Cuca, cheirando a ponta dos dedos — como todo o mundo está pesaroso. Que perda, se o doutor Rodrigo morresse! É o que digo sempre. Um amigaço e tanto, o pai da pobreza, todo o mundo gosta dele. Eu que diga!

Floriano tenta despedir-se, seguir seu caminho, mas o outro o detém, segurando-o pela manga do casaco.

— Escuta aqui, Floriano, me disseram que teu pai trasantontem foi visto de noite no Hotel da Serra com o Neco Rosa. É verdade?

— Não sei, não ando espiando o meu pai.

— Ah! Logo vi que era mentira. Pois se o Rodrigo estava de resguardo por causa do incardo do mio... infarto do miocárdio, digo, como é que ia já andar caminhando? E logo no Hotel da Serra, de noite... Só se foi algum amigo que chegou do Rio, digo...

— Sinto muito, Cuca, mas não posso te esclarecer o assunto. Até logo.

Faz meia-volta e continua a andar.

O frevo terminou. O locutor dá os característicos da estação. Ouve-se um rascar de agulha em disco, e a seguir uma voz bem empostada e solene: "Brasileiros! Patriotas de Santa Fé! *Ele* voltará! Venham todos ao comício queremista desta noite na praça Ipiranga. Falarão vários oradores". Uma pausa dramática, e depois: "*Ele* voltará!".

A rua do Comércio! Floriano lembra-se dos tempos da adolescência e do titilante prazer com que, depois do banho da tarde, todo enfatiotado e recendente a sabonete, descia aquela rua, rumo da outra praça, alvoroçado à ideia de que em algum lugar ia encontrar a namorada (amores de estudante em férias), ansioso pelo momento de passar por ela e, a garganta apertada, as orelhas em fogo, lançar-lhe um olhar comprido... Marina, Isaura, Rosália, Dalva... por onde andais?

Floriano lança olhares dissimulados para as fachadas de certas casas, como se temesse ser interpelado por elas. A arquitetura de sua terra natal sempre o deixou intrigado. Não é nada, não significa nada. Certo, existem em Santa Fé algumas casas como o Sobrado e mais três ou quatro outras que conservam algo do casarão senhoril português. Sim, e ele sente uma simpatia especial — que nada tem a ver com arquitetura ou estética — por essas meias-águas pobres de fachadas caiadas, cobertas de telha-vã, com janelas de caixilhos tortos, roídos pela intempérie e pelo cupim. Não tolera, porém, os chamados palacetes com compoteiras sobre as platibandas, esculturas em alto-relevo nas fachadas. Nestes últimos dez anos surgiu na cidade a voga das casas cor de chumbo, cintilantes de mica. É um pretenso moderno, paródia ridícula das inovações arquitetônicas de Le Corbusier, e que Roque Bandeira classifica como "estilo de mictório".

O fato de o chão de Santa Fé ser de terra vermelha explica o ar rosado e encardido das paredes, muros e até de certas pessoas. Floriano lembra-se de sua irritação de adolescente nos dias em que soprava o vento norte, com seu bafo quente, arrepiando-lhe a epiderme, sacudindo as árvores, erguendo a poeira do chão, e dando ao ar uma qualidade áspera de lixa.

Avista agora a Casa Sol, toda pintada dum azul de anil, com suas numerosas portas e vitrinas. À sua frente acha-se reunido, como sempre a esta hora, um grupo de pessoas que ali ficam a trocar mexericos ou a discutir política e futebol. A Casa Sol é conhecida como um foco antigetulista. Ao passar por ela, na calçada oposta, Floriano não pode deixar de envolver-se psicologicamente no manto de Ravengar. (Se eles me avistam e me chamam, estou frito...) Passa de rosto voltado, e tem a sorte de não ser visto.

Ali está agora a matriz da firma de José Kern. Esse teuto-brasileiro começou sua carreira no interior do estado, como mascate: teve depois em Nova Pomerânia um pequeno negócio que, com o passar do tempo, cresceu de tal maneira, que o homem acabou transferindo suas atividades comerciais para a sede do município. Este casarão — observa Floriano — tem uma pesada arrogância germânica, temperada aqui e ali por ingenuidades nova-pomeranianas. Sempre que se refere a Kern, *A Voz da Serra* lhe chama "o nosso magnata", pois é ele proprietário de várias fábricas — conservas, sabão, malas, artefatos de couro — e nestes últimos cinco anos tem andado metido em grandes negócios de loteamento de terrenos e na construção de prédios de apartamentos. José Kern sempre teve ambições políticas; entre 1934 e 1940, foi ardoroso partidário da suástica e do sigma. Agora, candidato a deputado pelo Partido de Representação Popular, mandou colar nas paredes e muros da cidade centenas de cartazes com seu retrato e suas promessas eleitoreiras.

Floriano continua a caminhar. Duas quadras adiante lê numa placa oval de latão: *Escritórios Centrais da Empresa Madeireira de Spielvogel & Filhos*. Ao velho Spielvogel o diário local chama "o rei da madeira". Os Kern e os Spielvogel, bem como os Kunz, os Schultz e muitas outras famílias de origem alemã, hoje em muito sólida situação econômica e financeira, começaram paupérrimos a vida no Rio Grande abrindo picadas no mato, há mais de cem anos. Seus antepassados vieram do *Vaterland* entre 1833 e 1848, estabelecendo-se no interior do município.

Um auto estaca junto do meio-fio da calçada, e de dentro dele salta um homem alto e corpulento, que envolve Floriano num abraço sufocante.

— Santo Cristo! Quase não te conheci!

É Marco Lunardi, contemporâneo de Rodrigo, um ítalo-brasileiro de cara aberta e aliciante, pele cor de tijolo, olhos dum verde-cinza. Suas manoplas seguram os ombros de Floriano, sacudindo-os.

— E teu pai? Melhorou? Graças a Deus! Ainda não apareci lá porque o doutor Camerino me disse que o doutor Rodrigo não pode ainda receber visitas. Mas penso nele o dia inteiro. Quando ele sarar, vou mandar rezar uma missa em ação de graças. Sabes duma coisa? Fiz uma promessa a Nossa Senhora da Conceição. Se teu pai ficar bom, vou distribuir mantimentos para a pobreza de Santa Fé e dar dez mil cruzeiros para a igreja. Já avisei o padre Josué.

Lunardi mira afetuosamente o filho do amigo.

— Estás cada vez mais parecido com o teu pai — diz com sua voz apertada de vêneto, com esses levemente chiados. — Tudo que sou devo ao doutor Rodrigo. Se não fosse ele, nem sei o que ia ser de mim. Os homens como teu pai estão acabando, hoje tudo é interesse, só se pensa em ganhar dinheiro, futricar o próximo, uma porca miséria!

Floriano escuta-o, sorrindo, em silêncio.

— Precisas ir ver a minha firma. Tenho uma fábrica de massas alimentícias, padaria, moinho de trigo, confeitaria... Quero que conheças a patroa, os filhos e os bacuris. Tenho cinco netinhos.

Tira do bolso uma coleção de instantâneos de crianças e mostra-os.

— Vê só quanto gringuinho...

Floriano faz um esforço e diz:

— Muito lindos. Parabéns!

Quando Lunardi o deixa, depois de outro abraço apertado, ele fica a pensar nas histórias que ouviu a respeito de famílias tradicionais de Santa Fé que, abastadas e influentes há vinte ou trinta anos, foram decaindo, ao passo que imigrantes italianos, alemães, sírios e judeus prosperavam. Os Teixeiras perderam quase toda a fortuna. Dos vastos campos dos Amarais, pouca coisa hoje resta em poder da família...

E ali naquela janela — pensa Floriano, de novo quase em pânico — está um símbolo vivo da decadência da nossa aristocracia rural. É Mariquinhas Matos, filha de estancieiro, que foi já "moça prendada" e considerada um dos melhores partidos da cidade. Hoje, cinquentona e solteira, vive solitária nesta casa quase em ruínas, em meio de retratos de antepassados, tendo guardada numa arca a rica baixela de prata que nunca usa e, em velhos escrínios, joias de família que recusa vender, apesar de sofrer aperturas financeiras.

Floriano pensa em mudar de calçada para evitar o encontro. Tarde demais! A mulher, que o avistou, prepara para ele o famoso sorriso que lhe valeu na mocidade o cognome de Mona Lisa, e já está com o braço estendido para fora da janela. Floriano apressa o passo e aperta a mão magra, de pele pregueada e sarapintada de manchas pardas.

— Bem-vindo! — exclama ela. — Bem-vindo seja o filho pródigo à casa paterna!

É ledora de novelas românticas, toca piano e adora Chopin. Um pescoço longo sustenta o crânio miúdo. Seu perfil adunco de ave de rapina foi descrito em 1920 como *grego*, por um cronista local. Está como sempre exageradamente pintada, as pálpebras lambuzadas de bistre, uma rosa de ruge em cada face. Com os cotovelos fincados numa almofada e ambas as mãos erguidas, prende a gola da blusa para esconder a pelanca frouxa do pescoço e ao mesmo tempo firmar a da papada.

— Como vai o papai?

— Melhor, muito obrigado.

Dois gatos — dos sete que o folclore local atribui à casa de Mariquinhas Matos — saltam quase ao mesmo tempo para o peitoril da janela, um negro e o outro fulvo, e ficam ambos a ronronar e a esfregar-se nos braços da dona, com uma sensualidade fria e asmática. O bafio de mofo que vem de dentro da casa, misturado com um cheiro de excremento de gato, chega às narinas de Floriano tamisado pela fragrância de Tricófero de Barry que se evola dos cabelos da Gioconda.

— Que é que tem achado de nossa cidade? — pergunta ela com sua voz abemolada.

Certas pessoas — reflete Floriano —, para mostrarem que são educadas, erguem o dedo mínimo quando seguram as asas das xícaras de chá. Há um tom de voz que corresponde exatamente a esse erguer do dedinho social. E foi com essa voz que Mariquinhas fez a pergunta.

— Parece que tem progredido muito — responde ele, achando o diálogo ridículo, pois o Outro não participa dele, está afastado à beira da calçada, a observar a cena com olhos críticos e antipáticos como os dos gatos. Floriano vislumbra nas paredes da sala velhos retratos avoengos, nas suas molduras douradas: a um canto um piano de cauda sobre cuja tampa se adivinham bibelôs, guardanapos de crochê e búzios. De vez em quando atravessam a penumbra desse interior vultos esquivos de outros gatos, os olhos a fuzilarem... A isto está reduzida a única descendente viva do barão de São Martinho! Contam-se dela as histórias mais doidas. Dizem que, em certos dias da semana, Mariquinhas Matos, vestida de branco da cabeça aos pés, frequenta o único terreiro da Linha Branca de Umbanda que existe em Santa Fé e que, não raro, durante a sessão, baixa sobre ela o espírito dum "caboclo" e — o rosto contorcido, o corpo convulsionado — ela começa a balbuciar palavras da língua guarani, pede um copo de cachaça e um charuto, e se põe a beber e a fumar como uma desesperada.

— Então — pergunta a Mona Lisa com um trejeito faceiro de boca. — Quem é a felizarda?

Floriano sabe o que ela quer dizer, mas pergunta:

— Quem?

— Ora, a namorada...

— Ah, não sei...

— Aposto como as meninas da terra estão alvorotadas com a sua chegada.

— Não creio.

Floriano não resiste por mais tempo o olhar dos bichos, que o miram com uma fixidez desconcertante, como que compreendendo o grotesco da situação. Os olhos de Mariquinhas também não o deixam. O cheiro da casa começa a provocar-lhe náuseas.

— Bom, com licença.

Ela lhe aperta longamente a mão.

— Foi um prazer imenso revê-lo! Recomendações à família!

Floriano retoma a marcha. Pobre Mona Lisa! A fachada de sua casa está fendida de alto a baixo. Crescem ervas no telhado. E aquela solidão... e os gatos, os fantasmas... e as possíveis ressacas depois das noitadas de charuto e cachaça!

Não chega a dar dez passos quando uma figura lhe barra o caminho.

— Alto lá!

Para. Quem será? Tem diante de si um velho franzino e encurvado, de cara murcha, os olhos lacrimejantes, os dentes enegrecidos. A fisionomia do homem lhe é vagamente familiar.

— Não estás me conhecendo, alarife!

— Claro que estou — mente Floriano.

— Não estás!

— Quem foi que lhe disse?

Como último recurso avança para o homem e aperta-o contra o peito, com uma cordialidade exagerada.

— Logo vi que ias me conhecer! Pois eu te peguei no colo quando eras pequeno, safardana! Mas como vai a vida? E o Velho? Então teve uma recaída, hein? Mas Cambará é bicho duro. Não há de ser nada. E como vai a mamãe? E a velha Valéria? — Não dá ao outro tempo para responder. — Gente boa, aquela do Sobrado! Gente antiga, dessas que não vêm mais. Tu sabias que a pobre da Lilica morreu?

Floriano tenta uma paródia de surpresa e pena: franze a testa, sacode lentamente a cabeça.

— Não diga!

Mas não tem a menor ideia de quem seja ou tenha sido a Lilica.

O desconhecido prende-o ainda por alguns minutos para falar de política (é federalista dos quatro costados), do tempo (este novembro trouxe uma seca braba) e do prefeito (é burro e ainda por cima ladrão).

Floriano atravessa a rua para não passar muito perto da Farmácia Humanidade, onde há quase sempre uma roda de chimarrão a esta hora. E nos próximos minutos cruzam por ele várias pessoas que o miram com curiosidade. Alguns o cumprimentam hesitantes, outros erguem o braço e gritam: "Então como vai a coisa?". Ele sacode a cabeça afirmativamente, sorri, gesticula, dando a entender que a coisa vai muito bem.

De súbito ouve um grasnar de pato. Quac! Quac! Quac! É o alemão Júlio Schnitzler, que sai de dentro da sua confeitaria e, no meio da calçada, agacha-se, grasna outra vez e finge tirar de baixo do traseiro o ovo de gesso que tinha escondido na mão. Põe-se por fim de pé, abraça Floriano e pergunta:

— Te lembras? Tu eras pequeno e gostavas de ver o Júlio fazer esta brincadeira da pata...

— Continuas então a botar ovo?

— *Ach!* A pata agora está muito velha. Mas dês que chegaste ando com este "ovo" no bolso para te fazer a brincadeira uma vez.

Puxa o amigo para dentro da confeitaria. Floriano sente-se envolvido por uma atmosfera nostálgica. Estes cheiros alemães de molho de manteiga, café com leite e *Apfelstrudel* fazem parte das melhores recordações de sua infância. Quando menino ele os associava aos contos de fadas em que havia aldeias bávaras, com gordos e joviais burgomestres, limpadores de chaminés e invernos com neve e trenós...

— Como está o papai? — pergunta Schnitzler.

— Fora de perigo... por enquanto.

— *Ach!* Graças a Deus. Que homem bom!

Frau Schnitzler aparece, enxugando as mãos no avental, e beija o filho de Rodrigo Cambará em ambas as faces. Floriano lembra-se dos saborosos sanduíches que ela fazia: entre duas grossas fatias de pão de centeio generosamente barradas com manteiga de nata doce, apertavam-se tiras de presunto cru e rodelas de salame, mortadela e pepino... E a sua cuca de mel? E o seu bolo inglês bem tostado, polvilhado de açúcar? (Um dia de inverno nos arredores de Baltimore, olhando para um barranco de terra parda coroado de neve, Floriano se surpreendeu a evocar e a desejar comer os bolos de *Frau* Schnitzler.)

Agora do fundo da confeitaria surge uma mulher monstruosamente gorda, com uma cara lunar entumescida a ponto de não ter mais feições. Seus braços são grossos como coxas. Os seios caem abundantes e disformes sobre a primeira das inúmeras pregas do estômago e do ventre. A cada passo que dá penosamente com as pernas de paquiderme, as adiposidades da barriga e das nádegas dançam pesadas, puxando o resto do corpo ora para um lado, ora para outro, o que lhe dificulta ainda mais a marcha. O boneco de propaganda dos pneumáticos Michelin! — exclama Floriano interiormente. Franze a testa, procurando reconhecer essa criatura que se aproxima dele com os braços abertos.

— Não se lembra mais da Marta? — pergunta ela, abraçando-o e beijando-o também nas faces.

Agora a Marta dos vinte anos volta à mente de Floriano — fresca, bonita, com suas pernas apetitosas que ele tanto gostava de namorar. Santo Deus! Como uma criatura pode mudar!

Só agora Floriano presta atenção em Júlio Schnitzler. A lembrança que guardava dele era a de um homem atlético, de porte marcial — um dos melhores ginastas do *Turnverein* local, onde era campeão de halteres. Neste velho que está agora na sua frente — calvo, emurchecido e meio encurvado — pouco resta do antigo Júlio. Só se salvaram os olhos, que guardam a límpida inocência de antigamente.

— Toma alguma coisa? — convida o confeiteiro.

Floriano agradece. Não quer nada, está próxima a hora do jantar. Tem de ir andando... Sai. As mulheres tornam a beijá-lo. A "pata" torna a grasnar, mas desta vez de mansinho, já num tom nostálgico de despedida.

A rua está cheia dos sons embaladores duma valsa.

Esmeralda Pinto, dona da língua mais temida da cidade, encontra-se como sempre à sua janela, a pescar passeantes para prosear. Floriano cai-lhe inadvertidamente na rede.

— Então, não conhece mais os amigos?

— Dona Esmeralda!

Aperta-lhe a mão. Ela se inclina, dando-lhe uma batidinha no ombro. Está pintada com o mesmo exagero da Mona Lisa.

— Eu queria muito falar contigo.

Nem sequer pede notícias da gente do Sobrado.

— Escuta, menino, e essa história da amante do teu pai, hein?

Floriano conhece a força da interlocutora, mas não esperava que ela entrasse tão sofregamente no assunto.

— Que história? — desconversa.

Esmeralda leva o indicador ao olho direito para dar a entender que não dorme, que enxerga as coisas.

— Olha, esta aqui ninguém engana, ouviste? Podem dizer tudo de mim, que sou faladeira, et cetera, mas duma coisa ninguém me chama. É de hipócrita. Porque não sou.

— Claro que não.

— Pois então desembucha. Queres entrar?

— Não, obrigado.

— Sei que o nome dela é Sônia, tem vinte e poucos anos e trasantontem teu pai visitou ela no hotel... por sinal foi lá com aquele cafajeste do Neco Rosa, e ficou no quarto da rapariga umas duas ou três horas. Foi por isso que ele teve o novo ataque, não foi?

— A senhora está muito bem informada.

— Pois é. Aqui desta janela controlo toda a cidade. Comigo ninguém banca o santinho. Sei os podres de todo o mundo.

Floriano sorri amarelo.

— Conta alguma coisa, rapaz!

— Que é que vou contar?

— Tua mãe sabe da história?

— Não perguntei.

— Pois se não sabe é de boba. Em Santa Fé não se fala noutra coisa. Até as pedras da rua sabem.

— Que é que a senhora quer que eu faça?

Esmeralda lança-lhe um olhar enviesado.

— Floriano, tu tens outro por dentro. Te conheço muito bem. Queres fingir que não sabes de nada, não? — Mostra-lhe o dedo mínimo: — Morde aqui...

— Bom, com licença...

Esmeralda sorri, os dentes postiços aparecem, sua face se pregueia.

— Vais ver a rapariga?

— Que rapariga?

— A amásia de teu pai, ué!

Ele se põe em movimento, sem responder.

— Aproveita, bobo! O Velho está pagando!

Ao ler numa fachada um letreiro evocativo — A LANTERNA DE DIÓGENES —, Floriano atravessa a rua. Era nesta livraria que, quando menino, uma vez por semana ele vinha alvoroçado buscar o seu número de assinatura d'*O Tico-Tico*, ansioso por saber das novas aventuras de Chiquinho e Jagunço e da família de Zé Macaco e Faustina. Foi também nesta pequena casa de duas portas e uma vitrina que ele comprou as novelas que lhe encantaram a meninice e a adolescência.

Entra. Olha em torno. Pouca coisa aqui mudou nestes últimos vinte e cinco anos. O mesmo balcão lustroso, as mesmas prateleiras sem vidros, cheias de livros, em sua maioria brochuras. O mesmo cheiro seco de papel de jornal e de madeira de lápis recém-apontado. A máquina registradora National (*o freguês verá no mostrador a importância de sua compra*) parece também ser a mesma. Ao lado dela, sobre o balcão, algumas dezenas de folhas de papel de seda de várias cores. (Por que céus andarão as pandorgas da infância?)

Só falta aqui o velho Gonzaga, o antigo proprietário, que passava os dias com o chapéu na cabeça, atrás do balcão, decifrando charadas ou escrevendo quadrinhas, com um cigarro num canto da boca e um pau de fósforo no outro. Morreu há uns dez anos, deixando a livraria para um filho que, em vez de cuidar do negócio, passa as tardes no clube, jogando pife-pafe.

Floriano lembra-se de um dia assinalado de sua vida. Tinha nove anos e a professora d. Revocata Assunção lhe dissera em plena aula: "Seu Floriano, agora que o senhor sabe escrever, pode comprar um caderno de pauta simples". Finalmente! Aquele era um de seus grandes sonhos: escrever sobre linhas simples, como a professora, como papai, como os grandes! Munido de dinheiro, encaminhou-se para A Lanterna de Diógenes, pisando duro, sentindo-se homem, orgulhoso de fazer aquela compra sozinho. Tudo na pequena livraria o encantava, a principiar pelo dono, que costumava brincar com ele, propondo-lhe charadas e adivinhações. "Deves ser um menino inteligente. Filho de tigre sai pintado." Ele gostava de ouvir aquilo. Era filho de tigre. Os Cambarás eram tigres. O nome da livraria também lhe estimulava a fantasia. Papai lhe explicara um dia que Diógenes tinha sido um filósofo da Grécia antiga que andava pelas ruas de Atenas com uma lanterna acesa, e quando lhe perguntavam: "Que buscas?" ele respondia: "Um homem". Para o menino Floriano, porém, a palavra *lanterna* evocava a fantasmagoria da lanterna mágica com seus filmes coloridos como a *Dança dos sete véus* e a *Viagem à Lua*... Diógenes, portanto, era antes de tudo um mágico.

Floriano olha agora, distraído, para as velhas prateleiras, quando ouve uma voz:

— Que é que o senhor deseja?

Quem lhe faz a pergunta é uma mulherzinha pálida que acaba de sair de trás duma cortina de pano verde. Responde automaticamente:

— Um caderno de pauta simples.

— Cinquenta ou cem páginas?

— Cem.

A empregada embrulha o caderno. Floriano paga, apanha o pacote e sai, sorrindo. A cena lhe parece tão extraordinária que ele não quer comentá-la nem consigo mesmo.

Volta para o Sobrado por uma rua menos movimentada.

Caminha alguns passos, de olhos baixos, absorto em seus pensamentos. Quando ergue a cabeça, vê a pequena distância um homem em mangas de camisa, a tomar chimarrão sentado numa cadeira na calçada, à frente de sua casa. O Roque Bandeira! É uma das poucas pessoas de Santa Fé cuja companhia Floriano realmente preza. A opinião popular a respeito dele na cidade é unânime: um boêmio, um excêntrico, um doido. Três coisas o tornam notável aos olhos da população: sua fealdade, sua grande erudição e seu completo desprezo pela opinião pública. Floriano, que o conhece desde menino, considera-o um homem inteligente e muito bem informado. Suas opiniões cínicas sobre a vida e os homens o divertem. Seu humor sarcástico o fascina e ao mesmo tempo alarma.

Floriano acelera o passo.

— Bandido! — exclama. — Que é feito de ti? Há quase uma semana que não apareces lá em casa!

Com sua pachorra habitual, Bandeira ergue-se e estende a mão para o amigo, como se o tivesse visto na véspera.

— Pois aqui estou... — diz.

É um homem de meia-idade, baixo e malproporcionado. Sua cabeçorra, que tanto lembra um capacete de escafandro, parece não pertencer a este corpo de ombros estreitos e pernas finas. Toda a gordura se lhe acumulou na cara e no ventre. Seus olhos cor de malva brilham, pícaros e meio exorbitados, protegidos por pálpebras arroxeadas, e permanentemente empapuçados. Floriano sempre se impressionou com a espessura do pescoço do Bandeira ou, melhor, com a ausên-

— Vocês perderam um grande espetáculo — diz ele aos amigos. — O encontro de Don Pepe com o doutor Rodrigo...

Tio Bicho passa o lenço pela carantonha suada. O médico, baixando a voz, conta:

— Encontrei o pintor aqui embaixo, contemplando sua obra-prima. Quando me viu, perguntou se podia visitar o amigo... Respondi que, se ele prometesse portar-se bem e não fazer drama, eu não me oporia à visita. Subimos juntos. Imaginem a cena. O doutor Rodrigo na cama, exclamando "Pepe velho de guerra! Entra, homem. Então abandonaste o teu amigo dos bons tempos?"... e o espanhol, trágico, parado à porta, com a mão no trinco, assim como quem não sabe se deve ou não entrar... De repente os beiços de Don Pepe começam a tremer, seus olhos se enchem de lágrimas e ele se precipita para a cama, ajoelha-se, abraça o amigo, planta-se a beijar-lhe a testa e acaba desatando numa choradeira danada, com soluços e tudo. Eu nessa altura já estava arrependido de ter consentido na visita, porque o doutor Rodrigo não deve se emocionar...

Tio Bicho volta-se para Floriano:

— Aí tens uma cena de romance.

Camerino acende um cigarro e continua:

— Por fim o castelhano se acalmou e os dois ficaram recordando coisas... Te lembras disto? Te lembras daquilo? E o nosso jornal político? E aquela serenata em tal e tal noite? Que fim levou Fulano? E Fulana? E que é que estás fazendo agora, Pepito? Foi a conta. O espanhol fechou a cara e respondeu: "Pinto cartazes para o cinema desse *hijodeputa* do Calgembrino, que me paga uma miséria". E caiu em nova crise de pranto, "porque sou um miserável, traí a minha arte, não sou mais digno da obra que está lá embaixo...". Para encurtar o caso: o doutor Rodrigo pegou uma pelega de quinhentos cruzeiros e quis metê-la no bolso do Pepe. Pois olhem! O castelhano virou bicho. Ergueu-se com dignidade e disse: "Me insultas, Rodrigo!". Não houve jeito de aceitar o dinheiro. Virou as costas e caminhou para a porta. O doutor Rodrigo gritou: "Vem cá, homem, não sejas teimoso! Por mais dinheiro que eu te dê, jamais chegarei a pagar aquele retrato!". Ele não tinha terminado a frase e Don Pepe já estava na escada...

— Mas não aceitou mesmo o dinheiro? — pergunta Floriano. — É incrível. O pobre homem vive na miséria.

Os olhos do Roque Bandeira fixam-se no amigo.

— Toma nota, romancista. As pessoas não são assim tão simples como a gente imagina... ou deseja.

Camerino despede-se e sai. Floriano e Roque sobem para a água-furtada.

Quando pequeno, Floriano costumava designar a água-furtada pelo nome que seu pai e seu tio Toríbio lhe davam quando também meninos: o Castelo. Mas, adolescente, num período em que andava a ler enlevado novelas românticas que se passavam na Paris do século XIX, decidiu chamar a esta parte do Sobrado

59

"a Mansarda". Estão aqui reunidos, como num congresso de aposentados, um velho divã, uma prateleira com brochuras desbeiçadas, um velho gramofone de campânula, com uma coleção de discos antigos, uma pequena mesa de vime e algumas cadeiras — coisas estas retiradas do serviço ativo da casa, nos andares inferiores.

Roque Bandeira está ofegante da subida e só agora, arrependido, Floriano compreende que não devia ter convidado o amigo para vir até aqui.

— Esqueces que sou mais velho que o século — diz Tio Bicho — e que subir uma escada a pique como esta não é brincadeira. Da minha casa eu podia ver o mesmo espetáculo... de graça.

Floriano sorri, desembrulhando o caderno que comprou há pouco, e atirando-o em cima da mesinha.

— Pois este cubículo, Roque, foi sempre uma espécie de céu para mim... um refúgio, como havia sido antes para meu pai e tio Toríbio, quando rapazes.

Tio Bicho senta-se no divã e começa a abanar-se com a palheta — pois esta é a peça mais quente da casa — e a passar o lenço pelo rosto lavado de suor.

— Não — diz —, há uma grande diferença entre o menino Floriano e os meninos Toríbio e Rodrigo. Uma diferença abismal, com o perdão da má palavra. Teu pai e teu tio sempre foram homens de ação. Para eles o verdadeiro céu era o mundo real, palpável, que eles gozavam com os cinco sentidos, voluptuosamente. Talvez viessem até aqui para lerem às escondidas novelas pornográficas ou para fazerem bandalheiras com alguma criadinha. Mas tu, tu te fechavas aqui para sonhar. Este era o teu mundo do faz de conta. Certo ou errado?

— Certíssimo. Este quartinho para mim já foi tudo... O *Nautilus* do capitão Nemo... a mansarda dum pintor tísico em Paris... a barraca dum chefe pele-vermelha, a mansão dos Baskerville onde muitas vezes esperei, apavorado, o aparecimento do mastim fantasma...

— Aposto como estás esquecendo uma das funções mais importantes deste sótão.

Os olhos do Batráquio fitam o interlocutor com uma expressão pícara. Floriano hesita por alguns segundos, mas acaba capitulando:

— Tens razão. Era também o meu harém, o meu bordel imaginário. Aqui eu recebia a visita das mais belas estrelas de cinema da época... Pearl White era a minha favorita.

Roque solta o seu lento riso gutural.

— Eu sou do tempo da Francesca Bertini. Foi o meu maior amor. Tua geração não a conheceu, nem à Bela Hespéria ou à Pina Menichelli. Creio que, quando começaste a ir a cinema, as fitas italianas já haviam desaparecido do mercado...

— Mas eu me lembro do Maciste!

— A tua geração perdeu grandes filmes como *Cabiria* e *Quo vadis*. Tu, miserável, pertences à era ianque do cinema.

— Te lembras das fotografias de artistas de cinema de coxas à mostra que as revistas como o *Eu Sei Tudo* e a *Cena Muda* publicavam? Marie Prevost... Renée cia de pescoço no amigo, já que a papada lhe cai sobre os ombros e o peito. O homem a qualquer momento pode estourar ou morrer asfixiado.

Roque Bandeira não ignora que na cidade é conhecido como o Batráquio, o Cabeçudo, o Sapo-Boi... De todas as alcunhas que lhe puseram, uma há que lhe é grata ao coração, e que ele aceita como uma espécie de título honorífico. Floriano tinha nove anos e testemunhou a cena em que o cognome nasceu. Foi em 1920, quando Bandeira começava a frequentar o Sobrado. Numa noite de inverno, à hora em que as crianças diziam boa-noite às visitas, antes de subirem para os seus quartos, Bandeira estendeu os braços para Jango e convidou: "Venha com o titio". Sem pestanejar Maria Valéria exclamou: "Vá com o Tio Bicho!". A frase pareceu escapar-lhe espontânea da boca, como se a velha tivesse pensado em voz alta. Fez-se um silêncio de constrangimento. Rodrigo fechou a cara e lançou um olhar de censura para a tia. Roque Bandeira, porém, desatou a rir: "Mas é um grande achado!", disse. "Faço questão de que daqui por diante estes meninos me chamem Tio Bicho!"

— Que tens feito? — pergunta Floriano.

— Nada, como sempre.

Deve ser mentira. Tio Bicho passa o dia lendo, estudando e escrevendo coisas que jamais mostra aos outros. Poliglota, está ao corrente do que se publica de importante no mundo, em alemão, francês, italiano, espanhol e inglês. Gasta quase tudo que ganha — produto do arrendamento de um campo herdado do pai — com livros, revistas de cultura e peixes vivos. Sua paixão é a oceanografia: tudo quanto diga respeito à fauna, à flora, à vida e à história marítimas lhe desperta o maior interesse. Costuma explicar que seu fascínio pelos peixes não é apenas científico, mas também poético. E diverte-o lembrar aos outros que ele talvez seja o único oceanógrafo do mundo que não conhece nenhum oceano. De fato, nunca viu o mar. Por quê? Ora, comodista, homem de hábitos fixos, detesta viajar, e mesmo nunca lhe sobra dinheiro para isso. Quanto à oceanografia, contenta-se com o riacho do Bugre Morto e seus lambaris.

— Como vai a tua antologia? — pergunta Floriano.

— Marchando devagarinho.

Há anos que Bandeira vem preparando uma antologia de versos sobre peixes, em cinco línguas.

— Ainda ontem — contou — descobri um haicai japonês que conta a história dum peixe prateado que se apaixonou pela lua. Não preciso te dizer que é um caso de amor mal correspondido. Mas... queres entrar? Não repares, que a minha casa está uma anarquia dos diabos. Tomas um mate? Ah! Não me lembrava que não és homem de chimarrão.

Floriano tem uma ideia:

— Vamos até o Sobrado olhar o pôr do sol da janela da água-furtada!

Tio Bicho hesita por um momento.

— Bom, espera um minuto. Vou enfiar o paletó.

Entra. Vive sozinho nesta casa branca que mandou construir inspirado na fotografia duma residência árabe de Oran, que encontrou num magazine francês. A singeleza da fachada — costuma dizer — representa seu protesto mudo mas sólido contra o que ele chama de "barroco santa-fezense", de que são exemplos berrantes o edifício da Prefeitura Municipal e o palacete dos Prates.

Quando Bandeira torna a aparecer, de casaco e chapéu, Floriano não consegue reprimir um sorriso.

— És o único habitante de Santa Fé que ainda usa palheta... ou "picareta", como se diz no Rio Grande.

Tio Bicho dá de ombros.

— Sou conservador.

Outra inverdade. Está sempre aberto às ideias novas, sempre disposto a reexaminar as antigas. Sua "especialidade" no momento são uns filósofos alemães modernos de que ninguém ainda ouviu falar em Santa Fé, talvez nem mesmo o dr. Terêncio Prates, outro bibliomaníaco.

— Como vai o morgado? — indaga Bandeira, quando ambos sobem a rua lado a lado.

— Não sabes da última? Teve ontem um edema agudo de pulmão.

— Esse edema só podia ser agudo. Teu pai é o homem dos extremos.

Bandeira caminha devagar, com cautela, como se tivesse de equilibrar a pesada cabeça sobre os ombros. Floriano lança-lhe olhares de soslaio. O amigo tem na maneira de andar algo que lembra a imagem dum santo quando carregada em procissão. Tio Bicho é atacado dum acesso de tosse bronquítica, que o põe vermelho e com lágrimas nos olhos.

— Eu devia deixar o cigarro. É o que o Camerino vive me dizendo.

No momento exato em que chegam à porta do Sobrado, um automóvel empoeirado para junto da calçada e Jango salta de dentro dele. Está em mangas de camisa, veste bombachas de riscado com botas de fole, e traz na cabeça um chapéu de abas largas, com barbicacho. Uma barba de dois dias escurece-lhe o rosto longo e moreno. A primeira coisa que pergunta, depois de abraçar o irmão e o amigo, é:

— E o Velho como vai?

Tem uma voz grave e meio pastosa, de tom autoritário.

— Não soubeste? Teve ontem uma crise muito séria — informa-lhe Floriano. — Agora está melhor.

Jango franze o cenho, entrecerra os olhos.

— Andou comendo alguma coisa que não devia?

— Andou — responde Floriano, sorrindo. Tio Bicho põe-se a rir, a papada treme-lhe como gelatina. Jango olha de um para outro, sério e intrigado.

— Por que não mandaram me chamar? — pergunta, olhando para o irmão, que se limita a encolher os ombros.

Jango entra em casa e galga as escadas, rumo do quarto do pai. Tio Bicho resolve fazer uma pausa e senta-se, antes de enfrentar os trinta degraus que levam à água-furtada. O dr. Camerino vem descendo agora, terminada a sua visita da tardinha ao enfermo.

Adorée... Clara Bow... as banhistas de Mack Sennett... Amei todas elas nesse divã.

— Pois nessa época eu já tinha mulheres de verdade...

Ergue-se, segura com força as lapelas do casaco do amigo, e, cara a cara, pergunta, com uma seriedade cômica:

— Agora confessa: alguma mulher de carne e osso, sangue e nervos te deu um prazer físico mais intenso que o que te proporcionaram essas figurinhas de revista? Fala com sinceridade.

— Ora, Roque, estás insinuando um absurdo.

— Pois eu te juro que o artigo autêntico foi para mim uma decepção!

Torna a sentar-se.

— Bom, contigo deve ter sido diferente... — continua. — Tens bom físico, encontraste fêmeas de verdade que te amaram ou pelo menos se entregaram a ti por desejo... Mas olha para esta cara, para este corpo... Achas que alguma mulher de bom gosto pode ir para a cama comigo por desejo? Não precisas responder. Tens receio de ferir as pessoas. És uma verdadeira irmã Paula. Mas não fiques aí com essa cara. Esta feiura me tem trazido também algumas vantagens. Por exemplo: impediu que alguma mulher quisesse casar comigo. Assim, pude conservar a minha liberdade.

Floriano não ignora que Roque Bandeira costuma fazer comentários humorísticos sobre o próprio físico, e isso sem que se lhe note na voz o menor tom de ressentimento ou de autocomiseração.

— Mas e esse famoso pôr do sol? — reclama Tio Bicho.

O outro aproxima-se da janela e olha para o poente.

— Podes vir. O "astro rei", como diz o Pitombo, entrou em agonia.

Bandeira dá alguns passos e posta-se atrás de Floriano, que diz:

— Parece que não vai ser dos melhores. Poucas nuvens.

— Não sou exigente, compadre.

O disco esbraseado do sol desce por trás de nuvens rosadas, na forma de esguios zepelins de comprimento vário, com contornos luminosos. A barra carmesim que começa no ponto em que céu e terra se encontram degrada-se em rosa, ouro e malva para se transformar num gelo esverdeado, que acaba por fundir-se na abóbada de água-marinha que é o resto do céu.

— Olha só aquele verde... — murmura Floriano. — Não encontrei esse tom em nenhum dos céus estrangeiros que vi nas minhas viagens. Me lembro dum pôr do sol fantástico no Jardim dos Deuses, no Colorado: os penhascos rosados, o vermelhão do horizonte, a relva amarela... tudo assim com um vago ar de incêndio... Um azul inesquecível é o do céu dos Andes. De vez em quando me voltam à lembrança os horizontes de Quito, ou aquele céu pálido e luminoso que cobre a meseta central do México. Queres um céu para a noite? O das Antilhas. Mas céu como este do Rio Grande, palavra, não vi outro. Repara bem naquela zona verde... Parece um desses lagos vulcânicos, frio, transparente, insondável...

Em presença de que outra pessoa — pensa Floriano — poderia ele entregar-

-se despreocupado a estes devaneios em voz alta? Tio Bicho sempre teve sobre ele uma influência catártica...

— Olha só a estrelinha no fundo do lago — murmura Bandeira.

— Como um peixe...

— Por que não? É quase um haicai. Te lembras do verso do Eugênio de Castro em que os peixes na piscina "têm relâmpagos de joia"? Hoje em dia é de mau gosto citar Engênio de Castro. Retiro a citação.

A última luz do sol aprofunda-se no verde das coxilhas que cercam a cidade, e seus capões são agora manchas dum negro arroxeado.

Com o olhar ainda no horizonte, Floriano pensa em Sílvia. Jango chegou. Mais uma presença perturbadora no Sobrado... Esta noite marido e mulher dormirão na mesma cama. Jango tomará Sílvia nos braços, à sua maneira brusca e patronal, sem sequer tratar de saber das disposições dela. Crescerá sobre a criaturinha como um garanhão sobre uma égua. Deve amar a esposa, sem dúvida alguma, mas por outro lado parece considerá-la como um objeto de uso pessoal. Talvez se deite sem barbear-se nem tomar banho. Levará para a cama o cheiro do próprio suor misturado com o do último cavalo que montou... É possível que seus toscos dedos que vão acariciar o corpo de Sílvia recendam ainda à creolina com que curaram a última bicheira. É também provável que esta noite ele possua a esposa com a esperança de deixar-lhe no útero o germe dum machinho. Por todas essas coisas Floriano sente uma fria e repentina malquerença pelo irmão, mas censura-se por se ter deixado arrastar nessa corrente de pensamentos mesquinhos. Terá ele coragem de confessar sentimentos como esse, se um dia vier a escrever algo de autobiográfico? E agora, como lhe vem à mente uma das personagens de seu último romance, pergunta:

— Roque, te lembras da carta que me escreveste a respeito de meu último livro?

— Claro.

— Disseste que era "um romance aguado".

— Isso faz uns três anos. Não esqueceste, hein?

— Confesso que a coisa me irritou, embora eu estivesse e ainda esteja certo da validade de tua crítica...

— Espera lá! Estás fazendo uma injustiça a mim e a ti mesmo. Eu reconheci qualidades no livro. Escrevi que ele tinha uma grande força poética, e se não me falha a memória, disse também que o leitor que começasse a ler a tua história iria até o fim...

Sempre com os olhos no horizonte, Floriano completa a frase da carta:

— "... apesar de convencido da sua falta de autenticidade", não foi isso?

Tio Bicho limita-se a soltar um grunhido. Floriano aponta para o caderno de capa azul, sobre a mesa, e conta o que se passou n'A Lanterna de Diógenes.

— Parece que estou ouvindo minha professora dizer com sua voz de homem:

"Seu Floriano, agora que o senhor sabe escrever, pode comprar um caderno de pauta simples". Pois, Roque, vinte e cinco anos depois dessa frase histórica, em que pese ao ofício que escolhi, ainda não aprendi a escrever.

— Mas quem é que sabe mesmo escrever nesta época apressada e neste país imaturo?

— Tu compreendes o que quero dizer.

Bandeira continua também com os olhos postos no sol, que começa a desaparecer na linha do horizonte.

— Queres que te fale com franqueza? O que me desagrada nos teus romances é... vamos dizer... a posição de turista que assumes. Entendes? O homem que ao visitar um país se interessa apenas pelos pontos pitorescos, evitando tudo quanto possa significar dificuldade... Não metes a mão no barro da vida.

Floriano tem a quase dolorosa consciência de que o amigo está com a razão. Ele próprio já chegou à conclusão de que deve tornar-se "residente" no mundo ou pelo menos na sua terra, entre sua gente: erguer uma casa em solo nativo. Mas replica:

— Não estarás simplificando o problema por amor a uma metáfora?

— Talvez. Mas espera. Entras na história como um leão, prometes grandes coisas, o leitor mentalmente esfrega as mãos numa antecipação feliz... Mas lá pela metade do livro o leão vira cordeiro, a promessa não se cumpre, tudo se dilui numa vaga atmosfera poética, nesse espírito que em inglês (perdoa a erudição e a má pronúncia) se chama *wishful thinking*...

— Desgraçadamente estou inclinado a concordar contigo.

— Não concordes demais, senão será impossível continuarmos a discutir. Ninguém gosta de bater num homem deitado.

Floriano escuta. Tudo isto lhe é desagradável mas necessário. Tio Bicho acende um cigarro, dá uma tragada e expele a fumaça pelo nariz, como costumava fazer há vinte anos nos serões do Sobrado, para divertir os meninos.

— Em suma — diz Floriano —, meus romances são ainda masturbatórios.

Deseja que o outro não concorde. Bandeira solta um suspiro:

— Até certo ponto são mesmo.

Novas cores surgem no céu: pinceladas de roxo, cinza, pardo, vermelho-queimado... O lago verde agora adquire um tom de turquesa. As nuvens se dissiparam. Ao cabo de um curto silêncio, pondo a mão pequena e gorda no ombro do amigo, Tio Bicho torna a falar.

— Presta bem atenção. Suponhamos que a vida é um touro que todos temos de enfrentar. Como procederia, por exemplo, o teu avô Licurgo Cambará, homem prático e despido de fantasia? Montaria a cavalo e, com auxílio de um peão, simplesmente trataria de laçar o animal. Agora, qual é a atitude de seu neto Floriano Cambará? Tu saltas para a frente do touro com uma capa vermelha e começas a provocá-lo. De vez em quando fincas no lombo do bicho umas farpas coloridas... Mas quando o touro investe, tu te atemorizas, foges, trepas na cerca e de lá continuas a manejar a capa, para dar aos outros e a ti mesmo a impressão de ainda estar na luta... É uma atitude um tanto esquizofrênica, com grande conteúdo de fantasia. Certo? Bom. Toma agora o teu tio Toríbio... Qual seria a atitude dele?

— Pegaria o touro à unha.

— Exatamente. Levaria a loucura e a fantasia até suas últimas consequências!

— Aonde queres chegar com tua parábola?

— O que quero dizer é o seguinte. Se num romancista predomina a atitude do velho Licurgo, isto é, o senso comum, corremos o risco de ter histórias chatas como a de certos autores ingleses cujas personagens passam o tempo tomando chá, jogando críquete ou falando no tempo. Queres um exemplo? Galsworthy. Ora, tu sabes que eu seria o último homem no mundo a negar a importância e a beleza do teu bailado de toureiro para qualquer tipo de arte... Há até uma certa literatura que não passa duma série de jogos de capa e bandarilhas. Mas o que dá a um romance a sua grandeza não é nem o seu conteúdo de verdade cotidiana nem o seu tempero de fantasia, mas o momento supremo em que o autor agarra o touro pelas aspas e derruba o bicho. Se queres um exemplo de romancista que primeiro faz verônicas audaciosas e depois agarra o animal à unha, eu te citarei Dostoiévski. E se me vieres com a alegação de que o homem era um psicopata, eu te darei então Tolstói. E se ainda achares que o velho também não era lá muito bom da bola, te direi que um homem realmente são de espírito não tem necessidade de escrever romances. E se depois desta conversa me quiseres mandar *àquele* lugar, estás no teu direito. Mas mantenho a minha opinião. O que te falta como romancista, e também como homem, é agarrar o touro à unha...

Como se tivesse sentido de repente que havia levado longe demais a franqueza, Tio Bicho toca o amigo no braço, faz com a cabeçorra um sinal na direção do horizonte e, mudando de tom, diz:

— Olha só o velho sol... Não parece ensanguentado e ferido de morte, prestes a tombar na arena?

— Franqueza dói, Roque, mas estou precisando mais que nunca dum tratamento de choque... Continua.

— Acho que agora quem deve falar és tu. O simples fato de teres puxado o assunto indica que o problema te preocupa e que andas em busca duma solução.

— Isso! No fundo não foi por outra razão que aceitei a ideia de acompanhar a família nesta viagem. Cheguei à conclusão de que não podia continuar onde estava... ou onde estou. — Sorri. — Nem sei se devo dizer *estava* ou *estou*.

— Isso é lá contigo...

— Deves ter compreendido que pouco ou nada tenho a ver com a minha gente e a minha terra. E essa situação, que antes me parecia tão sem importância, nestes últimos cinco anos me tem preocupado. E...

Mordendo o cigarro, a voz apertada, o Batráquio interrompe-o:

— Puseste o dedo no ponto nevrálgico da questão. És um homem sem raízes. Repara na pobreza da obra dos escritores exilados. Não creio que um romancista como tu assim desligado da sua querência e de seu povo possa fazer obra de substância. Tuas histórias se passam num vácuo. Tuas personagens psicologicamente não têm passaporte. É muito bonito dizer que tal ou tal tipo não tem pátria porque é universal. Mas nenhuma personagem da literatura se torna universal sem primeiro ter pertencido especificamente a alguma terra, a alguma cultura.

Cala-se. Ambos olham para o poente, de onde o sol acaba de desaparecer.

— Perdoa, Floriano, se às vezes fico um pouco solene ou dogmático. Não é do meu feitio. Mas o assunto leva a gente para esse lado. Acho que deves dar o teu primeiro passo na direção do "touro" reconciliando-te com o Rio Grande, com os Terras, os Quadros, os Cambarás. Bem ou mal, foi aqui que nasceste, aqui estão as tuas vivências...

— É curioso, mas estás repetindo exatamente o que tenho dito a mim mesmo nestes últimos anos, principalmente nos que passei no estrangeiro...

Tio Bicho atira o toco de cigarro em cima do telhado.

— Maeterlinck escreveu muita besteira, mas aquela história do pássaro azul, digam o que disserem, é um belo símbolo apesar do que possa ter de elementar. É uma idiotice a gente sair pelo mundo em busca do pássaro azul quando ele está mesmo no nosso quintal.

Floriano volta-se para o amigo.

— Mas o curioso, Roque, é que quando estamos em casa vemos nosso pássaro azul apenas como uma pobre galinha magra e arrepiada.

O Batráquio sorri.

— Aí é que está a coisa — diz, metendo a mão por dentro das calças e pondo-se a coçar distraidamente o ventre. — É também possível escrever grandes páginas sobre galinhas magras, arrepiadas e cinzentas. O importante é que os bichos sejam autênticos.

Desata o seu lento riso gutural. Depois ajunta:

— Talvez o princípio da tua salvação (se me permites usar esta palavra) esteja nas galinhas do Sobrado ou do Angico.

Agora é noite nos campos, na cidade e na mansarda.

— E se descêssemos? — pergunta Bandeira.

Floriano não responde nem se move. Quer continuar a conversa aqui na penumbra. Teme que não se apresente outra oportunidade para discutir o problema.

— Preciso também fazer as pazes com meu pai. Tu compreendes o que quero dizer... Chegar a um ajuste de contas, nos termos mais francos e leais... E principalmente cordiais.

— Acho que tens razão.

— Sempre julguei o Velho pela tábua de valores morais dos Quadros, o que é um absurdo, pois intelectualmente não aceito essa tábua. Mas tu sabes, na casa dos vinte a gente ainda acredita um pouco no mundo de homens perfeitos que nos prometia na escola a *Seleta em prosa e verso*.

Após uma pausa, Floriano prossegue:

— Agora me ocorre uma coisa curiosa. Sempre que estou escrevendo uma cena de romance, imagino a contragosto que minha mãe está a meu lado, lendo o que escrevo por cima do meu ombro... lendo e reprovando, escandalizada.

— E te repreendendo! Essa censura interna, compadre, é pior que a do falecido DIP, talvez pior que a da Gestapo. Uma censura que vem de fora pode ser iludida, há meios... Mas a outra...

— E é em parte por causa dessa censura que sempre escrevo cheio de temores, de inibições... Porque fica feio... ou porque "não se deve"... porque vou ferir tal pessoa... ou tal instituição. Como resultado de tudo isto, fiquei na superfície das criaturas e dos fatos, sem jamais tocar no nervo da vida. Sempre me movimentei num mundo de meias verdades. Espero que não imagines que eu tinha consciência clara dessas coisas, que eu *sabia* que estavam acontecendo. Estou fazendo uma crítica *post-mortem*. Uma necropsia. O termo é exato, porque considero defuntos todos os livros que escrevi até agora.

— O essencial, rapaz, é que tu estás vivo. Mas se aguentas mais uma impertinência deste teu velho amigo, te direi, já que trouxeste tua mãe para a conversa, que em teus romances noto, digamos, uma "atmosfera placentária".

— É extraordinário que digas isso, pois desde que cheguei tenho estado a me convencer a mim mesmo que se voltei a Santa Fé foi para "acabar de nascer". Se me perguntares como é que se consegue tal coisa, te direi que estou aprendendo aos poucos...

— Acabarás fazendo isso por instinto, espontaneamente, como um pinto que quebra com o bico a casca do ovo que o contém. O essencial é sentir necessidade de nascer. — Bandeira faz uma pausa, inclina a cabeça para um lado, e depois diz: — Mas existem milhões de criaturas que morrem na casca... ou que continuam a viver na casca, o que me parece pior...

Passos na escada. A porta se abre e um vulto aparece. É Jacira. Vem anunciar que o jantar está servido.

— Jantas conosco, Roque?

— Não, obrigado. Preciso voltar para a toca.

— Para dar comida aos peixinhos?

— Seja! É uma razão tão boa como qualquer outra.

Descem lentamente a escada mal alumiada por uma lâmpada elétrica nua. Roque Bandeira, agarrado ao corrimão, sopra forte e geme, a palheta debaixo do braço, o suor a escorrer-lhe pelo rosto.

— Diz a teu pai que, quando o Dante me der a luz verde, eu vou prosear com ele.

Floriano pensa, apreensivo, no que o espera à mesa do jantar. Terá de enfrentar a família inteira. Vão ser momentos de constrangimento, de conversa difícil. Talvez salve a situação o "traquejo social", a loquacidade de Marcos Sandoval, que estará no lugar de costume, penteado, perfumado e metido numa roupa branca imaculada.

Que show estará agora no Cassino da Urca? E a Fulana? Terá já subido para Petrópolis? E o Sicrano? Terá voltado para Nova York? Bibi, que detesta Santa Fé, não fará o menor esforço para esconder a sua revolta ante o fato de ter sido obrigada a acompanhar a família nesta viagem precipitada e estúpida. Jango, homem de poucas palavras, não abrirá a boca senão para comer: não ocultará sua antipatia pelo pelintra que está sentado à sua frente, e não lhe dirigirá sequer o mais rápido olhar. O lugar de Eduardo, como de costume, estará vazio. Sílvia evitará os olhos dele, Floriano, que por sua vez tudo fará para não se perder na contemplação da cunhada. Flora estará sentada a uma das extremidades da mesa, e seu rosto terá uma expressão de resignada e meio constrangida melancolia. Maria Valéria, à outra cabeceira, dará ordens às criadas, os olhos parados e vazios de expressão; e, apesar da catarata, enxergará certas coisas melhor que os outros.

E durante todo o jantar talvez ninguém se atreva a pronunciar o nome de Rodrigo.

Caderno de pauta simples

Quem guiou meus passos para dentro da Lanterna de Diógenes foi o Menino que ainda habita em mim.

A Força por trás do homem.

A Eminência Azul.

Foi ele quem pela minha boca pediu este caderno. Começo a compreender a insinuação do sutil ditador.

/

O universo do Menino era uma pirâmide de absolutos:
DEUS
no Céu
O dr. Borges
no governo do estado
No Sobrado Papai, Mamãe, Vovô e a Dinda
D. Revocata na Escola. — Laurinda na cozinha
Eddie Polo na nossa defesa contra os índios e os mexicanos
E o brioso Exército Nacional em caso de guerra com a Argentina

A sociologia do menino era cristalina:
Os ricos moravam nas ruas e praças principais
Os remediados nas ruas transversais
Os pobres no Barro Preto, na Sibéria e no Purgatório
Os negros conheciam seu lugar.
As coisas tinham sido, eram e sempre seriam assim
Porque essa era a vontade de Deus.
Amém!

Ó manhãs da infância!
Café com leite

pão
mel
mistério.

A escola recendia a giz, verniz e alunos sem banho. Guris viciados escondiam baganas nos bolsos. No inverno as menininhas ficavam de pernas roxas.

E a presença da Professora, no seu trono em cima do estrado, aumentava o frio das manhãs.

Às vezes a Mestra lia em voz alta seus versos favoritos:

Contínuos exercícios e o descanso
    Sobre grosseira cama,
A refeição frugal, concisa a frase,
    Assim se comportavam
Os meninos de Esparta: pois Licurgo,
    O legislador prudente,
Viu que a fama do país estava
    Na militar grandeza:
E, querendo guerreiros, fez soldados
    Os filhos da República.

/

Pedro Álvares Cabral tinha descoberto o Brasil por puro acaso. Mas agora estava tudo bem, e os livros ensinavam o orgulho de ser brasileiro.

    Nosso era o caudaloso Amazonas
    o fenômeno das pororocas
    a ilha de Marajó
    a cachoeira de Paulo Afonso
    a baía de Guanabara
    o couraçado Minas Gerais
    a inteligência de Rui Barbosa
    e as riquezas naturais.
    Bartolomeu de Gusmão inventou o balão
    (Rimava e era verdade)
    Santos Dumont o aeroplano.
    E a Europa mais uma vez
    se curvou ante o Brasil.
    E como se tudo isso não bastasse
    nossos bosques tinham mais vida
    e nossa vida em teu seio mais amores
    Ó Pátria amada, idolatrada, salve! salve!

Nosso era também o mais belo Hino do mundo. E o auriverde pendão. Que outra história haveria mais sublime que a do Brasil?

Estácio de Sá morto por uma frecha envenenada
defendendo o Rio de Janeiro
o Zumbi dos Palmares preferindo a morte à escravidão
Tiradentes na forca, impávido e de camisolão
E mais o grito do Ipiranga
a Guerra do Paraguai
et cetera e tal.

As folhas ásperas do livro davam arrepios no Menino. Mas ele gostava de encher com lápis de cor os retratos lineares de condes, viscondes, duques, barões, ministros, generais, reis e vice-reis. Pintou de vermelho a cara de Filipe Camarão. Pôs uns bigodes de mandarim no Patriarca da nossa Independência.

Os heróis eram homens diferentes
do comum dos mortais.
Não comiam nem bebiam
não riam nem dormiam
não tinham sexo nem tripas.
Sustentavam-se de glórias
medalhas e clarinadas
tinham nascido pra bustos
estátuas equestres em bronze
patronos de centros cívicos
citações em discursos
e assuntos de cantoria.

Por mais esforço que fizesse (e esforço mesmo não fazia), o Menino não conseguia acreditar na improvável realidade daquelas figuras de papel, tinta e palavras.

Para ele mais vida tinham

o Negrinho do Pastoreio
o barão de Münchhausen
o Herói de Quinze Anos
Don Quixote de la Mancha
Os Três Mosqueteiros
e Malasartes, o empulhador.

/

O Menino debatia-se em dúvida entre as muitas ciências de seu mundo.

71

O Vigário afirmava a existência de Deus num universo arrumadinho, com Céu, Purgatório e Inferno, prêmios e castigos, e uma contabilidade celestial: cada alma com sua conta-corrente — Deve e Haver, *boas e más ações* — tudo sempre em dia, à espera do Balanço Final.

D. Revocata jurava (em nome de quem?) que Deus não existia. E desafiava o raio nos dias de tempestade.

O cel. Borralho — corneteiro dos *Voluntários da Pátria* — certa vez lhe falou no Supremo Arquiteto do Universo.

Consultado sobre o assunto, Tio Bicho disse sorrindo:

Deus pode existir. Deus pode não existir. Quem vai decidir a questão é você mesmo, quando crescer.

/

Mas para o Menino toda a sabedoria da vida concentrava-se em duas mulheres: a Dinda e a Laurinda. Tinham a última palavra em matéria de teologia, cosmogonia, meteorologia, astronomia e outros "ias" e enigmas.

D. Revocata fazia doutos discursos para descrever o Céu, com o Sol, a Lua e as estrelas. A Dinda resumia o mapa celestial numa quadrinha.

Campo grande
Gado miúdo
Moça formosa
Homem carrancudo.

Remédio para azia? Papai receitava bicarbonato. Mas Laurinda mandava o paciente repetir três vezes:

Santa Sofia
tinha três fia
uma cosia
outra bordava
e a outra curava
mal de azia.

Porque a Dinda e a Laurinda eram mais sábias que o Califa de Bagdá, da Seleta em prosa e verso. Mais astuciosas que o dervixe que inventou o xadrez. Suas máximas continham mais verdades que as do marquês do Maricá.

Dizia a Laurinda:

Não presta matar gato: atrasa a vida
Nem sapo: traz chuva

Quem cospe no fogo fica tísico
Borboleta preta dentro de casa: morte na família.

E a Dinda:

Boa casa, boa brasa
Quem tem rabo não se senta
Menino que brinca com fogo mija na cama
Criança que ri dormindo está conversando com os anjos.

Sentada ao pé do fogão, pitando um crioulo e comendo pinhão, Laurinda propunha adivinhações às crianças da casa.

Pergunta: Que é que antes de ser já era?
Resposta: Deus.

São duas moças faceiras
que nunca saem das janelas
reparam em todo o mundo
e o mundo não fala delas.

Resposta: As meninas dos olhos.

Diga, diga se é capaz:
o Luís tem na frente
mas a Raquel tem atrás
as solteiras têm no meio
e as viúvas não têm mais.

Laurinda ria e dizia:
Não é o que tu está pensando, bandalho. É a letra L.

/

Mas entre todos os ditados da Dinda, um havia que deixava o Menino pensativo.
Cada qual enterra seu pai como pode.

Ó noites da infância!
quarto escuro
fantasmas
sonhos
mistério.

73

O deputado

1

Em fins de outubro de 1922, ao voltar com Flora do Rio de Janeiro, aonde tinham ido ver a Exposição Nacional do Centenário, Rodrigo Cambará encontrou o pai num estado de espírito que oscilava entre a irascibilidade e a depressão. O velho Licurgo estava apaixonadamente ferido, como um homem que tivesse sido enganado pela mulher amada, com a qual vivera boa parte de sua vida, e na qual depositava a mais serena das confianças. Havia pouco o dr. Borges de Medeiros pronunciara-se definitivamente sobre a antiga questão que dividia em dois grupos os republicanos de Santa Fé, dando seu apoio irrestrito ao cel. Ciríaco Madruga, intendente municipal e inimigo pessoal de Licurgo Cambará.

Já na estação Rodrigo notara que algo havia de anormal. O pai abraçara-o com ar meio distraído, o cigarro apagado entre os dentes. Pigarreava com uma frequência nervosa e a pálpebra de um dos olhos de quando em quando tremia. Ao chegarem ao Sobrado, mal deu a Rodrigo tempo de abraçar a tia e beijar os filhos: levou-o para o escritório, fechou a porta e, com voz apertada, contou-lhe toda a história.

— É o preço que estou pagando — concluiu — por ser um homem independente. O doutor Borges ainda não aprendeu a diferençar um amigo de verdade dum capacho.

— Eu não lhe disse? O presidente não é mais o mesmo homem. Ninguém pode ficar anos e anos fechado num palácio, como um faraó no seu túmulo, sem perder contato com a sua terra e o seu povo. O homem vive cercado de aduladores que lhe escondem a realidade...

Licurgo olhava fixamente para a escarradeira esmaltada, ao pé da escrivaninha.

— Já que as coisas tomaram esse rumo, papai, vou lhe falar com toda a franqueza. Nunca morri de amores pelo doutor Borges... Não nego que seja um homem direito, de mãos limpas. Mas é autoritário, egocêntrico e opiniático. Imagine o senhor, no dia em que a Assembleia iniciou seus trabalhos, nós, os da bancada republicana, fomos incorporados visitar o homem no Palácio. Recebeu-nos como um rei num trono, imperturbável, a cabeça erguida, o olhar frio. Deu-nos a pontinha dos dedos, disse o que esperava de nós e dez minutos depois ficou assim com o ar de quem queria dizer: "Bom, que é que estão esperando? A audiência está terminada". Ora, vamos e venhamos, isso não é maneira de receber correligionários. Um deputado não é um criado nem um moço de recados.

Licurgo cuspiu o cigarro na escarradeira, tirou do bolso e mostrou ao filho a cópia do telegrama que passara ao dr. Borges de Medeiros, comunicando-lhe que não só se considerava afastado do Partido como também iria votar no dr. Assis Brasil e trabalhar pela sua candidatura no município de Santa Fé.

— Parece mentira — murmurou — mas vamos ter de votar outra vez com os maragatos.

— Não há de ser nada. Digam o que disserem, nosso candidato é um republicano histórico.

— Sim, mas desse jeito o Partido vai se esfacelar, e quem lucra são os federalistas.

Tirou duma gaveta da escrivaninha um cigarro de palha já feito e acendeu-o. Aos sessenta e sete anos era um homem ainda desempenado, de constituição robusta. Tinha a cabeleira abundante com raros fios brancos, mas o bigode grisalho e os fundos sulcos no rosto tostado revelavam-lhe a idade. Nos olhos indiáticos havia uma permanente expressão de preguiçosa melancolia, algo de morno e fosco. A voz, pobre de inflexões — pois Licurgo detestava tudo quanto pudesse sugerir, ainda que de leve, artificialidade teatral —, tinha um tom que lembrava batidas de martelo em madeira.

— É uma pena que o senhor tenha demorado tanto no Rio de Janeiro — disse ele, olhando obliquamente para o filho. — Estamos nas portas das eleições, temos pouco mais dum mês e ainda não fizemos quase nada. O Madruga já se movimentou, anda ameaçando Deus e todo o mundo com seus capangas. É... o senhor demorou demais.

— Eu sei, eu sei — replicou Rodrigo, contendo a impaciência. — Mas um mês basta pra gente agitar o município. A causa é boa.

— Se o senhor tivesse voltado umas duas semanas mais cedo — insistiu Licurgo — teria podido falar com o doutor Assis Brasil. Ele veio me visitar aqui no Sobrado.

— Sinto muito, mas não há de faltar ocasião para conhecer o homem pessoalmente.

Segurou afetuosamente o braço do pai e disse-lhe que as crianças estavam aflitas por verem os presentes que ele lhes trouxera do Rio.

— Se o senhor me dá licença...

Licurgo sacudiu a cabeça numa lenta afirmativa e Rodrigo retirou-se. Antes, porém, de fechar a porta notou que faltava alguma coisa no escritório. Era o retrato do dr. Borges de Medeiros que por muitos anos ali estivera ao lado da imagem do Patriarca. No seu lugar via-se apenas um quadrilátero duma cor mais clara que a do resto da parede.

2

Os filhos o esperavam na sala de jantar. Maria Valéria tinha nos braços Bibi, a mais moça de todos. O rostinho redondo, o nariz curto e meio arrebitado, dois dentinhos miúdos e salientes, os olhinhos enviesados e ariscos — tudo isso dava à criança um ar de cãozinho pequinês. Junto da velha, agarrando-lhe as saias, Eduardo lançava para o pai olhares furtivos, as faces e as orelhas afogueadas; e, para disfarçar o embaraço, batia com o calcanhar no soalho, como um potrilho a escarvar o chão. Tinha quatro anos, era rijo e fornido de carnes, e desde que seu tio Toríbio o convencera de que ele era um touro, punha em constante perigo as compoteiras, vasos, vidros e louças da casa, com suas corridas impetuosas: as mãos nas fontes, os indicadores enristados à guisa de aspas. Sempre que via Toríbio, fosse onde fosse, investia contra ele, mugindo e soprando, e dava-lhe tremendas cabeçadas. Toríbio nunca se negava a seguir as regras do jogo: caía de costas, ficava estendido no soalho, de braços abertos, enquanto o tourinho tripudiava sobre seu corpo, fazendo de conta que o furava a guampaços.

Ao lado de Eduardo, Jango, magro e esgalgado, estava a cavoucar o nariz com o indicador, numa fúria distraída. Sempre que lhe perguntavam que queria ser quando ficasse grande, respondia: "Tropeiro, como o vô Babalo".

Referindo-se ao aspecto físico dos filhos, Rodrigo costumava dizer que — se Jango, o de rosto oblongo, lembrava uma figura de El Greco, e Bibi, Eduardo e Floriano pareciam infantes saídos duma tela de Velásquez — Alicinha só podia ter sido pintada por Fra Angelico.

A menina que ali estava, calada e séria ao lado da mãe, era mesmo duma beleza de anjo florentino. Seu rosto oval, de feições delicadas — os olhos um pouco tristes, como os dos Terras —, chegava a ter às vezes, sob certas luzes, uma translucidez de porcelana. Aos dez anos parecia uma moça em miniatura, tanto no físico como nos gestos e na maneira de falar. "É uma princesa!", dizia o pai. Flora, se não o acompanhava nesses exageros, também não o contrariava. Maria Valéria, entretanto, não perdia a oportunidade de criticá-los: "Vacês dão tanto mimo pra essa menina, que ela vai acabar pensando mesmo que é filha do imperador".

Floriano, o mais velho dos irmãos, não se encontrava, como os outros, ao lado do pai. Deixara-se ficar a um canto da sala, como se não fizesse parte da família. Era um menino calado, tímido, arredio. Quando não estava na escola, passava a maior parte das horas fechado na água-furtada, com seus livros e revistas. De todos os Cambarás era o único que não gostava do Angico. Enquanto Jango procurava gozar a estância como podia — banhos na sanga, leite morno, bebido na mangueira ao pé da vaca, excursões aos capões para apanhar sete-capotes, passeios a cavalo pelas invernadas —, Floriano ficava em casa e (dizia Flora) era de cortar o coração vê-lo sentado na soleira da porta a olhar tristonho o pôr do sol. Certas noites, principalmente quando ventava, acordava alarmado e saía a caminhar pelo corredor como um sonâmbulo, "com uma coisa no peito" — murmurava, depois de muito insistirem para que contasse o que sentia. "Vai ser poeta", dizia Rodrigo, com uma mistura de orgulho e piedade. Mas Toríbio, sacudindo a cabeça, aconselhava: "Se esse molenga fosse meu filho eu botava ele no lombo dum cavalo, soltava ele no campo. Vocês estão mas é criando um sombra. Afinal, o Floriano já está com onze anos, não é nenhum nenê...".

Rodrigo contemplava a prole com um orgulho de patriarca. Houve um momento em que seus olhos se voltaram para Flora e mais uma vez ele teve a voluptuosa certeza de que a companheira havia atingido a sua plenitude. Aqueles trinta e dois anos sentavam-lhe muito bem. Perdera o ar de menina para se fazer mulher por completo. Até havia pouco, era uma fruta quase madura, mas com partes ainda verdes e ácidas, dessas que nos fazem apertar os olhos quando as trincamos. Sim, Flora era uma nêspera que chegara à mais completa maturação. A hora de saboreá-la é agora — pensou ele, sorrindo. Comê-la com casca e tudo. Deu alguns passos na direção da esposa, abraçou-a e beijou-a na boca.

— Rodrigo! — repreendeu ela. E, num murmúrio: — Olha as crianças...

— A esta altura dos acontecimentos acho que eles já descobriram que somos casados — replicou ele em voz alta.

Floriano recebeu essas palavras como uma bofetada. Desviou o olhar das figuras do pai e da mãe e, perturbado, ficou a acompanhar os movimentos do pêndulo do relógio grande. Jango sorriu. Alicinha, de olhos baixos, brincava com a fímbria da saia. Edu pôs-se a bufar, a escarvar o chão e de súbito rompeu numa corrida e cravou as "aspas" nas pernas do pai, que o ergueu nos braços, rindo e exclamando: "Meu tourito! Meu tourito brabo!".

— Que venham esses presentes duma vez! — exigiu Maria Valéria. — As crianças estão aqui para isso e não para verem essa fita de cinema.

— Traga os presentes, Laurinda — ordenou Rodrigo, pondo Eduardo no chão.

A mulata entrou com uma braçada de pacotes, que depositou sobre a mesa. Flora abriu a menor das caixas.

— O presentinho da Bibi!

Entregou à filha um palhaço de macacão bicolor, com um prato de folha em cada mão. Quando lhe apertavam a barriga, o boneco soltava um guincho, seus braços se uniam e os pratos se chocavam e tiniam.

Depois de alguma relutância, Bibi agarrou o presente. Rodrigo desembrulhou outro pacote.

— Este é para o nosso capataz...

Era um cinturão com um par de pistolas de estanho, com cabos de madeira. Jango arrebatou o presente das mãos do pai, cingiu o cinturão e, de pistolas em punho, pôs-se a andar ao redor da mesa, ao trote dum cavalo imaginário, dando tiros de espoleta.

Floriano pegou os presentes que a mãe lhe entregou. Dois livros: *A ilha do tesouro* e *Cinco semanas em um balão* em edições ilustradas.

— Agora — disse Rodrigo — nosso tourito xucro vai ganhar... adivinhem quê?

— Um facão! — gritou Edu.

Era um tambor. O menino mostrou sua decepção fechando a carranca, baixando a cabeça e olhando enviesado para o pai. Rodrigo rufava no tambor, cantarolando: "Marcha, soldado, cabeça de papel! Marcha, soldado, direito pro quartel!".

— Mas eu não sou soldado — protestou o menino.

— Que é que o filhinho é? — perguntou Flora, ajoelhando-se ao pé da criança e tomando-a nos braços.

— Um petiço zaino.

Flora pendurou o tambor ao pescoço de Edu, pelo cordão auriverde, e entregou-lhe as baquetas.

— Toque.

Ele fazia que não, sacudindo obstinadamente a cabeça. Maria Valéria olhava a cena com olhos críticos.

— Deixe o menino em paz — aconselhou. — Se vacê não le der atenção ele acaba gostando do presente.

Rodrigo começou a desfazer o maior dos embrulhos.

— Agora, respeitável público — disse —, chegamos à parte mais importante de nosso programa: a entrega do presente da senhorita Alice Quadros Cambará, a menina mais linda de Santa Fé!

Alicinha esperava, as mãos trançadas contra o peito, os olhos parados e ansiosos. E quando o pai tirou o presente da caixa, ouviu-se um ah! geral de surpresa e admiração. Era uma boneca que tinha exatamente a altura de Eduardo: cara redonda, com faces como maçãs maduras, olhos muito azuis parecidos com bolinhas de gude. Estava vestida de tarlatana cor-de-rosa, com um chapéu verde na cabeça de cabelos cor de ruibarbo.

Alice parecia paralisada. Rodrigo teve a impressão de que a filha empalidecera. Lágrimas brotaram-lhe nos olhos, escorrendo-lhe pelas faces. Edu atirou o tambor e as baquetas no chão. Jango meteu as pistolas no coldre e ambos se aproximaram da boneca. Eduardo mirava-a com um ar entre desconfiado e hostil. Jango acocorou-se ao pé dela, cheio de admiração, apertou-lhe primeiro os tornozelos, os braços, depois passou-lhe um dedo cauteloso e terno pelas faces e cabelos.

— Parece gente — murmurou.

— E fala — acrescentou Rodrigo, sem tirar os olhos da filha. — Diz *mamãe*. Vejam.

Fez uma pressão nas costas da boneca, que soltou um vagido. Eduardo fechou os olhos, apertando as pálpebras. Jango sorriu, mostrando todos os dentes. Floriano lutava com uma confusão de sentimentos: admirava a boneca, armava já fantasias em torno dela, mas achava que um rapaz da sua idade não podia mostrar interesse por um brinquedo de menina sem correr o risco de parecer um maricas. Por outro lado estava ferido de ciúme e despeito. Claro, gostara dos livros, mas por que o presente melhor e mais bonito era sempre para Alicinha? Por que papai preferia Alicinha aos outros filhos? Pensando e sentindo essas coisas, o rapaz mantinha-se distante do grupo, esforçando-se por parecer indiferente. Por fim, aproveitando um momento em que quase todos estavam de costas voltadas para ele, esgueirou-se para fora da sala e subiu para a água-furtada.

— Vamos, Alicinha — disse Flora —, o brinquedo é teu.

Alicinha abraçou a boneca e desatou num choro convulsivo, enquanto o pai, comovido, passava-lhe a mão pelos cabelos, cobria-lhe o rosto de beijos, murmurando palavras de carinho e consolo. Eduardo agora batia desesperadamente no tambor. Jango saíra em novos galopes pela casa, alvejando inimigos invisíveis. Bibi olhava muito intrigada para seu palhaço de macacão azul e vermelho e cada vez que lhe apertava a barriga os pratos tiniam e ela fechava os olhos, assustada.

— Que nome vais botar na boneca? — perguntou Rodrigo à filha.

— Aurora — respondeu Alicinha sem hesitar.

Marido e mulher se entreolharam, alarmados, como se ambos de repente tivessem sido bafejados pelo sobrenatural. Porque Aurora era o nome que ia receber a irmã de Rodrigo que nascera morta no inverno de 1895, em plena guerra civil, quando o Sobrado estava sitiado pelos maragatos.

3

Aquela manhã Rodrigo e Toríbio saíram juntos de casa logo após o café. O sueste de primavera soprava rijo sob um céu limpo e rútilo, produzindo nas folhas das árvores da praça um movimento de onda e um som de mar.

De longe os irmãos saudaram com um aceno de mão o José Pitombo, que lá estava na sua casa de pompas fúnebres, atrás dum balcão envidraçado, contra um fundo agourento de negros ataúdes com enfeites cor de ouro e prata.

— Não deixa de ser "animador" — sorriu Rodrigo — ter assim tão perto de casa esse tipo de comércio...

— E a cara do Pitombo — ajuntou Toríbio —, mais fúnebre que o resto.

— Se houvesse um jeito eu tirava o defunteiro daí. Não preciso ter todos os dias nas ventas esse lembrete da morte.

Ao passarem pela Padaria Estrela-d'Alva entraram para cumprimentar o Chico Pão, que, como de costume, se queixou duma "pontada nas costas que responde no peito". — Será alguma umidade que peguei, doutor? — Não é nada, Chico, essas coisas assim como aparecem, desaparecem... Decerto são gases.

Rodrigo ainda não conseguira descobrir se os cabelos do padeiro, cortados à escovinha, estavam brancos de idade ou de farinha de trigo. Seus olhos, permanentemente injetados de sangue, enchiam-se de lágrimas toda a vez que sua casa recebia a visita dos "guris do Sobrado". Explicava que Rodrigo e Toríbio lhe davam saudade dos bons tempos em que, meninos, todas as noites às dez horas, fizesse bom ou mau tempo, pulavam a cerca que separava o casarão da padaria e vinham buscar pão quente para comerem com rapadura.

Estava o padeiro de tal maneira excitado pela visita, que não cessava de fazer perguntas. Como iam todos em casa? Rodrigo e Flora tinham andado no bondinho do Pão de Açúcar? Era verdade que o Exército Nacional não ia deixar o dr. Artur Bernardes tomar posse? Que cara tinha o presidente de Portugal?

Rodrigo ia começar a contar o que vira e fizera no Rio de Janeiro quando Toríbio, puxando-o pelo braço, arrastou-o para fora da padaria. Chico Pão acompanhou-os até a porta, fazendo seus habituais protestos de amizade e gratidão para com toda a família Cambará.

— Agora, safardana — disse Bio, enquanto caminhavam na direção da farmácia de Rodrigo —, quero que me contes a parte secreta da tua viagem.

O outro fez alto.

— Que parte secreta?

— Ora, não te faças de bobo. Quantas?

— Quantas quê?

— Hipócrita. Tu sabes o que eu quero dizer. Quantas mulheres comeste no Rio?

Rodrigo deu um piparote na palheta, que lhe caiu sobre a nuca. Coçou a testa, sorriu e disse:

— Olha, menino, foi um negócio muito sério. Tu sabes, com a Flora sempre a meu lado, não foi fácil...

— Quantas?

— Te preocupa a quantidade ou a qualidade?

— As duas coisas.

— Bagualão!

Retomaram a marcha. Rodrigo contou que namorara uma morena no hotel em que se hospedara, e que um dia, pretextando uma visita ao Senado, deixara Flora com um casal amigo e fora a um encontro marcado com a *morocha* no Alvear.

— A bruaquinha estava com fitas... — disse. — No princípio quis dar a entender que nunca tinha feito aquilo. Pois sim. Conheço bem a minha freguesia. Tu sabes, no Rio de Janeiro a coisa é um pouco diferente. A gente tem de mandar flores, presentinhos, marcar encontros, dizer galanteios, fazer um cerco em regra. Ah! Mas não tive dúvida: agarrei a bichinha à unha.

— Onde? Como? Conta logo.

— O primeiro encontro não rendeu nada, ela disse que era casada e o marido estava em Minas Gerais. Mas o namoro continuou...

— Então ela era mesmo família?

— Espera. Uma noite nos recolhemos cedo ao hotel, Flora se preparou para dormir, mas eu não me despi. Fiquei por ali, embromando, e quando ela se deitou eu disse: "Meu bem, vou comprar uns cigarros e dar uma voltinha. Estou sem sono". Saí e fui direito ao quarto da morena, que ficava no andar logo abaixo do nosso. Bati. Quem é? Sou eu. Eu quem? Disse o nome. Ela entreabriu a porta, espiou... Fui entrando sem pedir licença. A diabinha começou a protestar, mas tapei-lhe a boca com um beijo e, sem dizer mais nada, fui empurrando a bicha pra cama.

— E depois?

— Na cama ela tirou a máscara. Fez o diabo, revelou-se uma verdadeira profissional.

— Valeu a pena?

— Ah! Valeu.

— Voltaste?

— Umas quatro ou cinco vezes.

— Pagaste muito?

Rodrigo pareceu hesitar.

— Dei-lhe um colar de presente... e paguei-lhe a conta do hotel.

— Burro velho!

— A história do marido naturalmente era inventada. Ela estava "fazendo a praça" no Rio de Janeiro. Mas tinha classe, isso tinha...

Entraram na farmácia. Gabriel, o prático, veio ao encontro de Rodrigo e abraçou-o timidamente. Era um moço simplório, de origem italiana, e adorava o patrão. Agora mesmo lançava-lhe olhares cheios de afetuosa admiração, examinando-o de alto a baixo.

— Alguma novidade, Gabriel?

— Nenhuma, doutor. Tudo bem.

Tinha uma voz fluida como pomada, e olhos caninos que refletiam uma bondade ingênua.

— E a Casa de Saúde?

— De vento em popa. Enquanto o senhor esteve fora, tivemos duas hérnias, uma cesariana e uma operação de rins. Tudo uma beleza!

— O "açougue" está rendendo — murmurou Toríbio, folheando distraído um número do *Almanaque de Ayer* que encontrara em cima do balcão.

— O doutor Carbone tem mão de ouro. É capaz de operar até no escuro.

Rodrigo levou o irmão para o consultório, fechou a porta, pendurou o chapéu no cabide e sentou-se atrás da escrivaninha.

— Amigo Bio, estou numa encruzilhada, não sei que rumo tomar...

Olhou em torno. Viu os instrumentos cirúrgicos, duros, polidos e frios dentro do armário de vidro: o divã coberto de oleado negro; o revérbero sobre cuja chama costumava ferver não só agulhas e seringas como também água para o cafezinho da tarde. O único quadro que pendia daquelas paredes caiadas, além duma oleogravura convencional, era o clássico desenho em que um médico, vestido de branco como um cirurgião, ampara em seus braços uma mulher nua, que a Morte, representada por um esqueleto ajoelhado, lhe quer arrebatar.

A nobre profissão! Quantas mulheres nuas tive eu em cima daquele divã? E quantas a Morte me levou?

— Para te falar a verdade — disse em voz alta — estou começando a enjoar da clínica. Até o cheiro deste consultório me dá náusea...

— Quem sabe estás grávido?

— Espera, homem, estou falando sério.

Toríbio tinha uma palha de milho entre os dentes e com uma faca picava fumo, parecendo mais interessado no preparo do cigarro do que nos problemas do irmão.

— Erraste a profissão — murmurou, sem descerrar os dentes.

— Sem a menor dúvida. O que me tem aliviado o tédio é essa deputação, os meses que todos os anos tenho de passar em Porto Alegre... Nossa capital é ainda uma aldeia grande, mas lá já se vive. Precisavas conhecer o Clube dos Caçadores.

Olhou para Toríbio, que ali estava na sua frente, em mangas de camisa, bombachas de riscado, os pés nus metidos em chinelos, o chapéu de abas largas ainda na cabeça. Um homem sem problemas! Passava a maior parte do tempo no Angico, campereando, feliz. Tinha suas chinas nas invernadas, de quando em quando ia à colônia alemã ou à italiana "pra variar de tipo", e quando a coisa se tornava um pouco monótona na estância, em assunto de mulher, vinha para a cidade, metia-se em pensões e entregava-se a orgias homéricas que às vezes duravam dias. Nessas ocasiões, Rodrigo tinha de fazer o impossível para evitar que as histórias das farras de Bio chegassem aos ouvidos do velho Licurgo.

— E que vais fazer agora? — perguntou Toríbio, despejando no côncavo da palha as esquírolas de fumo que acabara de amaciar.

Rodrigo ergueu-se, acendeu um cigarro e pôs-se a andar dum lado para outro.

— Não sei. Essa viagem ao Rio de Janeiro me descentrou um pouco, me convenceu de que isto não é vida.

— Te candidata então a deputado federal.

Rodrigo sacudiu a cabeça com veemência.

— Acho que a minha carreira política está encerrada... O rompimento do papai com o doutor Borges me obriga a renunciar à deputação.

— E se o doutor Assis Brasil for eleito?

— Não te iludas. A corrida nas urnas está perdida para nós.

Toríbio bateu a pedra do isqueiro, prendeu fogo no pavio, aproximou a chama da ponta do cigarro.

— Mas podemos tirar o Borjoca do governo a grito e a pelego — disse, soltando fumaça de mistura com as palavras.

— Falas em revolução como duma brincadeira de crianças.

— Afinal de contas... que é que queres?

— Quero viajar, homem! Desde que cheguei formado nesta terra, lá vão doze anos, ando sonhando com uma viagem a Paris. Mas sempre acontece alguma coisa e a viagem não sai. Tu sabes, o Velho foi sempre contra a ideia. Para ele, como para a Dinda, ir ao estrangeiro é uma coisa vagamente indecente, além de inútil. Quando consegui convencer o papai de que uma viagem à Europa ia me fazer um grande bem, veio essa história da deputação, a campanha, a eleição, a novidade do cargo, tu sabes, e eu fui ficando...

Toríbio saboreava com delícia o seu cigarro.

— E que é que te ataca agora, rapaz? Vai a Paris e mata esse desejo.

— É fácil dizer "vai a Paris". Se o Velho me repreendeu por eu ter demorado demais no Rio, como é que posso pensar numa viagem longa? E com a situação da pecuária, essa maldita crise que aí está... e mais o que teremos de gastar para fazer oposição ao Chimango, quem é que pode pensar em viagens?

Toríbio coçava agora distraído o dedão do pé.

— E depois — ajuntou Rodrigo — está tudo numa confusão dos diabos. A situação do país é crítica. Fala-se abertamente em revolução. Ninguém faz negócio esperando "os acontecimentos". E essa coisa vai longe. Primeiro vão esperar para ver se o Bernardes toma ou não toma posse. Depois querem ver os resultados das eleições estaduais e a posse do candidato eleito. E nessa dança vamos passar todo o ano que vem.

— Pois acho que já está na hora de rebentar uma boa revolução — murmurou Toríbio — pra sacudir este país de merda. Não se deve passar tanto tempo sem pelear. Não brigamos desde 93.

Ergueu-se.

— Já pensaste que nós, tu, eu, os da nossa geração, ainda estamos virgens de guerra? — perguntou. — Não tivemos ainda o batismo de fogo. Se a situação continua, vamos acabar uns calças-frouxas sem serventia. Palavra de honra, acho que está na hora da gente ir para a coxilha.

— Pode ser que tenhas razão. Mas eu preferia que a ordem não fosse perturbada.

— Mas se for?

— Se for, não há outro remédio senão brigar.

— Pois então vai azeitando a pistola e limpando a espada. Porque a revolução vem agora, antes da posse do Bernardes, ou depois das nossas eleições. Não há por onde escapar.

Fez-se uma pausa em que ambos ficaram fumando e ouvindo os ruídos da farmácia e da rua: vozes, tinidos de vidros, o som de água jorrando duma torneira, um pregão — "Olha a lenha boa!" — o ploc-ploc das ferraduras dum cavalo nas pedras do calçamento da rua.

— Falaste com o doutor Assis Brasil? — perguntou Rodrigo.

— Falei.

— Qual foi a tua impressão?

Toríbio fez uma careta de dúvida:

— Pois olha... O homem é simpático, limpinho, bem-educado, instruído e parece que bem-intencionado. Mas, pra te falar com franqueza, tem umas coisas que não me agradam...

— Por exemplo...

— Uns fumos de aristocrata. E me parece um pouco vaidoso, desses que não perdem ocasião de mostrar o que sabem. Ficou no Sobrado menos de uma hora e teve tempo de falar em política, de criticar o nosso sistema de criação e plantação no Angico e de nos dar lições de agricultura e pecuária... Enfim, fez um sermão que ninguém encomendou. Viu o Floriano apontando um lápis, tirou o canivete e o lápis das mãos do menino e disse, como um mestre-escola: "Não é assim que se aponta um lápis. Preste atenção no que vou fazer". Contou depois que tinha inventado uma porteira especial, muito prática, que todo o estancieiro devia usar. Não me lembro por quê, falei em cachorro e o homem me corrigiu, dizendo que eu devia dizer *cão*, pois *cachorro* é qualquer cria de leão ou onça, quando pequena. Imagina, eu dizendo cão!

Rodrigo sorriu.

— Estás exagerando. O homem é progressista, inteligente e culto. Não negarás que nossa agricultura muito deve aos seus ensinamentos. E depois, Bio, compara esse estadista que correu praticamente o mundo inteiro, esse homem fino e civilizado, com aquela múmia que está no Palácio do Governo em Porto Alegre, empapado de positivismo.

— Mas já viste um gaúcho legítimo morar em castelo de pedra, como esses de romance, e falar inglês com a família na hora da comida?

Rodrigo encarou o irmão em silêncio e, ao cabo de alguns segundos, exclamou:

— Ora, vai te lixar!

4

Naquele sábado Rodrigo voltou do consultório às cinco da tarde e comunicou a Flora que havia convidado um grupo de amigos a vir à noite ao Sobrado para comer, beber e prosear. Flora levou as mãos à cabeça. Maria Valéria, que entreouvira as palavras do sobrinho, perguntou:

— Comer o quê?

— Ora, titia, uns croquetes, uns pastéis.

— Mas que croquetes? Que pastéis? Você sempre nos avisa à última hora.

— Não temos bebidas em casa — alegou Flora.

— São cinco horas. Mandem buscar no armazém o que falta.

Subiu assobiando para o quarto e de lá para o banho da tarde. As mulheres puseram-se imediatamente em atividade, resmungando contra a mania de Rodrigo (aquela não era a primeira vez nem seria a última) de fazer convites para reuniões no Sobrado sem antes consultá-las.

E quando ele já estava no quarto de banho, cantarolando árias de ópera dentro do banheiro cheio de água tépida, esfregando os braços e os ombros com vaidosa volúpia, a tia bateu à porta e gritou:

— Quer ao menos me dizer quantas pessoas convidou?

— Uns seis ou sete amigos, nada mais.

— Pois então vou preparar comida pra vinte.

Sabia que esses seis ou sete à última hora "davam cria", multiplicando-se por três.

O velho Licurgo não gostou da ideia:

— Não estamos em tempo de festa — resmungou. — A situação do país está cada vez mais preta.

Fresco do banho, recendendo a água-de-colônia, Rodrigo reagiu:

— Não vejo motivo para a gente assumir uma atitude fúnebre... E, depois, convidei o Juquinha Macedo e o coronel Cacique. Podemos aproveitar a ocasião para discutir o plano da nossa campanha eleitoral.

Licurgo cuspiu na escarradeira. Rodrigo jamais se habituara à presença daquelas "coisas" de louça, espalhadas pela casa. Achava bárbaro e repugnante aquele ostensivo clarear de peito e aquele contínuo cuspir que para muitos gaúchos era uma prova de hombridade.

— Discutir a campanha? — repetiu Licurgo. — Isso não é coisa que se faça em festa.

— Mas não se trata de festa. É uma pequena reunião de amigos, quase todos gente de casa.

Durante a hora de jantar Licurgo manteve-se calado a maior parte do tempo, prestando uma atenção precária ao que Flora e Rodrigo contavam da viagem ao Rio. Terminada a refeição, o Velho subiu para o quarto, onde permaneceu por alguns minutos. Depois desceu e, como era seu costume havia muitos anos, resmoneou: "Vou dar uma volta". E saiu.

De uma das janelas do casarão, Rodrigo e Toríbio acompanharam o pai com o olhar e viram-no dobrar a esquina da rua dos Farrapos e entrar na dos Voluntários da Pátria. Entreolharam-se e sorriram. Aquilo acontecia todas as noites, desde que eles eram meninos. Licurgo Cambará ia visitar a amante, continuando fielmente uma ligação que começara antes de seu casamento com Alice Terra. A mulher chamava-se Ismália Caré e nos tempos de moça fora uma cabocla bonita, morena, de grandes olhos esverdeados. Mesmo agora, já na casa dos cinquenta, conservava um corpo esbelto, uma face quase sem rugas e aquela tez cor de canela com açúcar. Licurgo tivera com ela um único filho, que hoje estava casado e já também pai de família.

— Rabicho como esse — murmurou Rodrigo — não conheço outro.

— Pobre do Velho... — cochichou Toríbio. — Na idade dele o mais que pode fazer é prosear com a amásia...

— Olha, a gente nunca sabe. Tu conheces a força dos Cambarás em matéria de virilidade.

Como se portaria o pai na casa da amante? Menos calado e casmurro do que no Sobrado? Sorriria alguma vez? Teria para com o filho e os netos bastardos ternuras que não demonstrara nunca para com os legítimos? Eram perguntas que Rodrigo mais de uma vez fizera a si mesmo, mas sem muita curiosidade, sem genuíno interesse.

Toríbio enfiou o casaco. Só então é que Rodrigo percebeu que o irmão trajava a sua roupa domingueira de casimira azul-marinho e — milagre! — estava de gravata.

— Aonde vais nessa estica, homem?

— A um baile de mulatas no Purgatório.

— Estás falando sério?

— Ué?

— Queres botar um pouco de extrato no lenço?

— Não sejas besta.

— Pois então, bom proveito — Rodrigo estava curioso. — Que tipo de baile é esse?

— Aniversário da Sociedade Filhos da Aurora, de "morenos". Sou amigo íntimo do presidente.

Rodrigo segurou o irmão pelas lapelas do casaco.

— Cuidado, Bio, são mulatinhas de família.

— Eu também sou de família.

— Havia de ter graça que te metessem uma bala no corpo e morresses ridiculamente numa baiuca do Purgatório.

— Ainda não fabricaram essa bala.

5

O primeiro a chegar ao Sobrado aquela noite foi o promotor público, dr. Miguel Ruas, natural do Distrito Federal. Muitas coisas o tornavam especialmente notado em Santa Fé. Aos trinta e seis anos era ainda solteiro — apesar de viver em bailarecos e festas familiares sempre às voltas com as mais belas moças do lugar. Tocava piano muito bem, manicurava as unhas e era o único homem na cidade que trajava rigorosamente de acordo com a moda.

Vestia naquela noite uma roupa cor de chumbo com listas claras. O casaco, exageradamente cinturado, de um botão só, era tão comprido que lhe ia até o meio das coxas apertadas em calças que desciam, afuniladas, até os tornozelos e que, de tão justas às pernas, chegavam a parecer perneiras. Os sapatos bicolores de bicos agudos tinham solas de borracha Neolin — o que dava ao promotor um caminhar leve de bailarino. Alto e magro, o dr. Ruas — como observara Rodrigo — parecia um ponto de admiração que frequentemente se transformava em ponto de interrogação, quando o promotor se dobrava em curvaturas diante das damas, cujas mãos beijava ou, melhor, esfrolava com os lábios. Tinha o rosto fino e longo, duma palidez que o pó de arroz acentuava. Sua voz, no entanto, era grave e máscula, coisa inesperada naquele ser de gestos e aspecto tão efeminados.

Ao recebê-lo no alto da escadinha do vestíbulo, Rodrigo não resistiu à tentação de perguntar:

— Como vai o nosso almofadinha?

O outro, um pouco desconcertado, murmurou:

— Ora, não diga isso, doutor Cambará.

Na sala inclinou-se diante de Flora — "Meus respeitos, madame!" — e beijou-lhe respeitoso as pontas dos dedos. Quis fazer o mesmo com Maria Valéria, mas a velha retirou bruscamente a mão que o promotor tentava erguer aos lábios, rosnou um boa-noite seco e ficou a olhar intrigada para a cara do recém-chegado, exclamando mentalmente: "Credo!".

Os sogros de Rodrigo entraram pouco depois. Aderbal Quadros, com o cigarrão de palha entre os dentes, na sua marcha de boi lerdo, seguido da mulher, d. Laurentina, de olhos indiáticos e cara angulosa. Flora levou-os até o andar superior, onde as crianças se preparavam para dormir.

Chiru Mena não tardou a chegar, todo de preto, com muita brilhantina na juba loura, assim com o ar dum "cônsul alemão natural duma cidade hanseática", como lhe disse Rodrigo, ao abraçá-lo.

— Ainda bem — folgou Chiru. — Às vezes me chamas de *maître d'hôtel*... ou de porteiro de cabaré.

— Por que não trouxeste tua mulher, cretino?

— Ora, tu sabes, a Norata sempre com suas enxaquecas... e os...

Não terminou a frase: foi direito ao prato de pastéis que avistou em cima da mesa da sala de jantar.

Roque Bandeira e Arão Stein chegaram juntos. Estava o primeiro no princípio da casa dos trinta e o segundo no meio da dos vinte. Viviam ambos às voltas com livros, jornais e revistas, preocupados com saber o que se fazia, pensava e escrevia no resto do país e do mundo. Roque Bandeira era filho dum antigo tropeiro, agora proprietário de uma fazendola de gado no terceiro distrito de Santa Fé. Detestava, entretanto, a vida do campo. Fizera os preparatórios com certo brilho em Porto Alegre, e cursava já o segundo ano de engenharia quando, sentindo um súbito enfaramento de tudo aquilo — da capital, da escola, da matemática, dos colegas —, decidira voltar para a querência e levar a vida com que sempre sonhara: livre de estudos formais, de obrigações a horas certas, dono, em suma, de seu tempo. O pai dava-lhe uma mesada. Bandeira não precisava de muito dinheiro para viver. Rodrigo franqueara-lhe a sua biblioteca. Que mais podia desejar? Na cidade era considerado "um filósofo", porque não se preocupava com roupas nem com dinheiro: passava horas nos cafés discutindo política e literatura: era sempre visto com livros debaixo do braço. Por todas essas razões as melhores famílias do lugar o miravam com uma desconfiança quase irritada. Pareciam sentir a liberdade e o ócio do rapaz como um insulto.

Arão Stein era filho dum imigrante judeu russo que chegara a Santa Fé em princípio do século, estabelecendo-se na rua do Império com um ferro-velho. Era Abraão Stein um homem corpulento, ruivo e melancólico, de fala engrolada e choro fácil. Costumava contar tétricas histórias dos *pogroms* que presenciara na Rússia e durante os quais vira parentes e amigos estripados pelas lanças e sabres dos cossacos. Sofria de reumatismo e Rodrigo, que se apiedara do homem, tratara dele sem lhe cobrar vintém, fornecendo-lhe também gratuitamente todos os remédios necessários. Quando fazia suas visitas de médico à casa do judeu — que gemia em cima de uma cama de ferro, em meio de molambos, enquanto a esposa, d. Sara, alva e gorda, fazia perguntas aflitas ao "dotór" —, Rodrigo gostava de conversar com o filho único do casal, o Arão, que andava sempre com o nariz metido em livros. Era um menino inteligente e sério, que tinha a paixão do saber. Terrível perguntador, suas curiosidades no mais das vezes deixavam Rodrigo desnorteado. Por que o mar é salgado? A Revolução Francesa foi um bem ou um mal para a humanidade? Deus tem a forma humana? "Claro", respondeu Rodrigo dessa vez, "o homem foi feito à imagem de seu Criador..." "Mas então, doutor, Deus tem fígado, próstata, tripas? Deus come e urina?" Rodrigo não teve outro remédio senão sorrir, procurando demonstrar uma superioridade que na realidade não sentia. E um dia, num assomo de entusiasmada generosidade, disse: "Seu Stein, fique tranquilo. Quem vai educar esse menino sou eu. De hoje em diante dou-lhe tudo: livros, cadernos, lápis, roupas... o que for preciso. Quando ele terminar o primário, vai fazer os preparatórios em Porto Alegre por minha conta". Os olhos de Arão brilharam. Os do pai encheram-se de lágrimas. D. Sara beijou com lábios trêmulos as mãos do doutor, e se foi a choramingar para o fundo da casa, arrastando as pernas deformadas pela elefantíase. (Maria Valéria costumava dizer que o casal Stein "sofria dos cascos".) Rodrigo cumpriu a promessa até o fim. Durante quatro anos escolares, enquanto Arão em Porto Alegre atormentava os padres do Ginásio Anchieta com perguntas que se faziam cada vez mais complexas e tomavam uma coloração cada vez mais materialista, Rodrigo tivera de aguentar a choradeira do casal, que não se conformava com a ausência do filho. E quando, em 1918, a gripe espanhola levou o velho Stein "para o seio de Abraão" — conforme a expressão usada pelo redator de *A Voz da Serra* encarregado da seção intitulada "Vida Necrológica" —, Arão, que ia cursar o primeiro ano de medicina, abandonou os estudos, sob os protestos indignados de seu protetor, e voltou para Santa Fé, a fim de tomar conta da mãe e do ferro--velho.

— Foi uma burrada, rapaz — repreendeu-o Rodrigo. — Podias ter levado tua mãe contigo para Porto Alegre e continuado os estudos. Eu te garantia todas as despesas, até o dia da formatura.

Arão sacudiu a cabeça.

— Não, doutor, isso seria demais. Eu nunca lhe poderia pagar...

— Mas quem é que falou em *pagar*? Quando eu disse ao teu pai que me encarregaria da tua educação, não estava fazendo nenhuma transação comercial. Todo mundo sabe que não sou homem de negócios. Poderias ter terminado o curso com o Dante Camerino, cujos estudos também estou custeando, como sabes.

Arão Stein mantinha os olhos baixos, como um réu. Tinha na mão uma brochura: *Crime e castigo*.

— E agora, que pretendes fazer? — perguntou Rodrigo, esforçando-se por falar sem rispidez. — Vais passar o resto da vida atrás dum balcão de ferro-velho?

— Talvez seja esse o meu destino — murmurou o rapaz, com uma dignidade triste.

Era a imagem viva da desgraça. Rodrigo compreendeu que Stein não podia passar sem a sua dose de drama, tão essencial à sua vida espiritual quanto o alimento ao corpo. Talvez tivesse prazer em imaginar-se personagem de Dostoiévski — o jovem estudante pobre que abandona seus ideais de cultura porque precisa ganhar o pão de cada dia em uma sórdida loja de objetos usados.

— Pois fica sabendo — sentenciou Rodrigo — que nós é que fazemos o nosso destino.

Ele próprio não sabia se estava ou não de acordo com o que acabara de dizer. A coisa lhe viera assim de repente, e a ideia lhe parecia boa. Pôs a mão no ombro do rapaz.

— Tu sabes, em caso de aperto, conta comigo, em qualquer tempo. A minha biblioteca está à tua disposição. Podes entrar no Sobrado à hora que entenderes e levar para a tua casa os livros que quiseres.

Arão ficou por um momento calado. Depois murmurou:

— Mas nós pertencemos a classes diferentes, doutor Rodrigo.

— Deixa-te de bobagens! Classes, ora essa! Minha bisavó era índia e foi agarrada a boleadeiras, no campo — inventou ele, deliciando-se com a improvisação.

Passaram-se os anos e Arão Stein — a princípio com alguma relutância e sempre com acanhamento — passou a viver na órbita do Sobrado. Como d. Sara tomasse conta da loja, revelando-se uma comerciante mais realista que ele, o rapaz tinha vagares para seus estudos e leituras. E agora sonhava com um projeto: comprar uma caixa de tipos e uma pequena máquina impressora, e estabelecer-se com uma tipografia. (Sabia que Rodrigo tinha ambas essas coisas atiradas e esquecidas no porão do Sobrado... mas não tivera ainda coragem de fazer-lhe nenhuma proposta.) Pretendia manter a oficina imprimindo convites para enterro, cartões de visita e programas de cinema. Mas seu verdadeiro objetivo era publicar um semanário de ideias e, de quando em quando, um panfleto. Começaria com o *Manifesto comunista*. Venderia o folheto clandestinamente por um preço ínfimo, correspondente apenas ao custo do papel. O importante era pôr ao alcance do povo esse grande documento social. Para conseguir essa finalidade, economizava o que podia. E era por causa dessa economia que andava tão malvestido, quase sempre com o cabelo crescido e a barba por fazer.

Quando aquela noite entrou no Sobrado e foi direito a Maria Valéria, esta o recebeu muito séria, com as palavras de costume: "Aí vem o João Felpudo".

As "felpas" de Stein eram da cor da barba de milho. Sua pele, de poros muito abertos e duma brancura de requeijão, esticava-se sobre a face ossuda, de malares salientes e feições nítidas. A testa era alta e os olhos dum cinzento esverdeado. ("Se esse menino se cuidasse", dissera uma vez Maria Valéria, "podia até fazer figura bonita com as moças.")

Agora quem apertava a mão da velha era Roque Bandeira.

— Vacê está gordo que nem porco — disse ela.

Tio Bicho limitou-se a sorrir.

Flora mandou servir cerveja. O dr. Ruas recusou com um gesto polido. Preferia gasosa. Abstêmio? Não, explicou, sua moral era apenas hepática.

6

O próximo convidado a chegar foi o cel. Melquíades Barbalho, comandante da guarnição federal de Santa Fé. Era um homem alto e grisalho, fortemente moreno, de lábios arroxeados, olhos um tanto exorbitados e porte desempenado de ginasta. Falava com uma abundância de esses chiados e uma entonação carioca com a qual Maria Valéria e Licurgo tinham muito pouca ou nenhuma paciência.

Rodrigo apertou efusivamente a mão do recém-chegado.

— Por que não trouxe a senhora?

— Ora, meu caro, a Margarida é escrava dos filhos. Eles não dormem sem que primeiro a mãe lhes cante a *berceuse* de Jocelyn.

— Ah! Mas ela precisa vir cantar aqui para nós umas árias de ópera, coronel.

A sra. Barbalho era soprano dramático e, não fazia muitos anos, cantara a *Norma* no Teatro Municipal do Rio de Janeiro, num espetáculo de caridade.

— Não faltará ocasião — murmurou o militar, sorridente. E afastou-se para beijar a mão das damas.

A negrinha Leocádia, de avental branco e sapatos de tênis, circulava em passo de bailado entre os convidados, conduzindo uma bandeja com pratos de pastéis e croquetes. Aderbal Quadros soltava na cara do dr. Ruas a fumaça do seu cigarrão de cheiro ativo, que se misturava com a aura de Narcise Noir que envolvia o promotor. O sogro de Rodrigo examinava o "almofadinha" com uma insistência desconcertante.

— Mas como é — perguntou — como é que o senhor consegue enfiar essas calças?...

— Ora, coronel, é muito simples. Calço os sapatos *depois...*

— E, ainda que mal pergunte, esse colarinho não le afoga?

A camisa de tricoline tricolor do carioca tinha um colarinho tão alto que lhe dificultava os movimentos de cabeça.

— O senhor está mangando comigo, senhor Aderbal.

A face do velho tropeiro estava impassível, mas seus olhinhos sorriam. E alguém mais naquele instante observava Miguel Ruas com algum interesse. Era

Arão Stein, que mastigava um croquete. Tocou com o cotovelo Roque Bandeira, que a seu lado empinava o segundo copo de cerveja.

— Que me dizes daquele tipo?

O outro passou o lenço pelos lábios e olhou.

— O promotor? Um bom sujeito. A gente primeiro precisa se acostumar com as roupas e o pó de arroz... No fim acaba gostando dele. Não é tolo, tem boas leituras...

— O que eu quero saber é se é *homem* mesmo.

Roque Bandeira tornou a encher o copo.

— Aí está uma pergunta gaúcha que eu jamais esperava ouvir da boca dum marxista.

Arão Stein encolheu os ombros.

— Pra mim o tipo não passa dum produto sórdido do sistema capitalista. Um parasita.

— Questão de ponto de vista... e de nomenclatura.

Naquele instante entrou no Sobrado Juquinha Macedo. Depois da morte do cel. Macedo, Juquinha, como filho mais velho, se tornara chefe da numerosa família. Tinham os Macedos muitas léguas de bom campo bem povoadas, além de casas na cidade e apólices do Banco Pelotense. Eram todos federalistas e famosos pelo espírito de clã. Corria um ditado segundo o qual "onde tem Macedo não morre Macedo".

Era Juquinha um quarentão alto e corpulento, de rica cabeleira negra, sempre bem penteada e reluzente, que a Rodrigo lembrava a de certos cantores de tango da Boca, que vira em sua última viagem a Buenos Aires. Tinha o rosto graúdo e redondo, curtido de sol e vento, uns bons dentes de comedor de carne e uma voz ressonante de tom entre brincalhão e autoritário. Justificava em gestos, palavras e ações a reputação, de que gozava entre amigos, de ser um "gaúcho buenacho".

Tirou do bolso o lenço vermelho de maragato, agitou-o no ar e exclamou:

— Viva o doutor Assis Brasil! E se tem algum chimango por aí, que puxe a adaga, porque vamos brigar. — Voltou-se para o comandante da praça e, no mesmo tom, disse: — Desculpe a brincadeira, coronel!

Apertaram-se as mãos. Alguém naquele momento pediu ao promotor que tocasse alguma coisa. O dr. Ruas imediatamente encaminhou-se para o piano que Rodrigo comprara para as lições da Alicinha. De todos os lados vieram pedidos. Toque um samba! Um chorinho! Não, um foxtrote! O promotor ergueu a tampa do piano, estendeu sobre o teclado as mãos pálidas, em um de cujos dedos faiscava um rubi, e, com certa solenidade de virtuoso, tirou alguns acordes. Rompeu depois a tocar "O pé de anjo" com a bravura com que os concertistas geralmente tocam a "Polonaise militar" de Chopin. Passou da marcha para um choro e do choro para um foxtrote. Maria Valéria, sentada a um canto da sala de jantar, murmurou ao ouvido de d. Laurentina: "Depois que esse moço começa a tocar, nem Deus Padre faz ele parar...".

Arão Stein que, contra seu costume, havia bebido já dois copos de cerveja, olhava para o pianista com hostilidade. Com aquele pelintra tocando de maneira tão desesperada, era impossível conversar em paz.

Foi ao som do "Smiling Through" que o cel. Cacique Fagundes fez sua entrada no Sobrado, acompanhado de Quinota, a única de suas cinco filhas que ainda permanecia solteira. Subiu lenta e penosamente os degraus que levavam do portal até o vestíbulo, não tanto por causa da idade, pois não passara ainda dos sessenta, mas sim por causa do peso do corpo. Era gordo, baixo, ventrudo, de pernas curtas e arqueadas. O rosto tostado e largo era ampliado caricaturalmente por uma papada flácida que lhe triplicava o queixo e lhe dava o ar lustroso e sonolento de um Buda.

Roque Bandeira, curioso em assuntos de antropologia, costumava dizer que o cel. Cacique era a prova viva do parentesco entre os índios brasileiros e as tribos asiáticas.

Quinota segurava o braço do pai. Era morena, retaca, peituda, e um buço cerrado sombreava-lhe o lábio superior.

— Ora viva! — exclamou Rodrigo. — Pensei que não viessem mais.

Cacique Fagundes tirou o chapéu, fez um sinal na direção da filha:

— A culpa é dessa bruaquinha que demorou pra se vestir. Só botando pó de arroz na cara levou um tempão.

— Ora, papai!

Rodrigo abraçou a rapariga com ar paternal, mas aproveitou a oportunidade para roçar-lhe o seio com a ponta dos dedos. E quando Flora levou Quinota para a sala, ele ficou um instante com o pai da moça, que lhe cochichou:

— Preciso me aliviar dum peso.

Desafivelou o cinturão no qual trazia o revólver e entregou-o a Rodrigo.

— Acho que daqui por diante — murmurou — não se pode mais andar desarmado na rua. — Segurou a ponta do lenço que lhe envolvia o pescoço. — Chimango é como touro: não pode enxergar pano encarnado...

Soltou sua risada de garganta, um hê-hê-hê convulsivo e rachado que mais parecia uma tosse bronquítica. E enquanto Rodrigo guardava o revólver no armário debaixo da escada grande, o cel. Fagundes acendeu um crioulo.

— Que é que o promotor está tocando? — perguntou ele.

— Uma música moderna, o foxtrote. Em inglês quer dizer "trote de raposa". É a última moda em assunto de dança. Vem da América do Norte.

Cacique focou os olhinhos pícaros nas costas do pianista, que se requebrava ao ritmo da melodia, e disse:

— Esse moço se remexe mais que biscoito em boca de velho.

E saiu rindo, com o cigarro entre os dentes, na direção do sogro de Rodrigo. Abraçaram-se e ficaram a conversar sobre o touro *Polled angus* que Cacique acabara de receber da Escócia e que ele insistia em chamar de Polango.

Maria Valéria puxou a saia de Leocádia, que passava, e gritou:

— Para de te requebrar, rapariga!

O promotor ergueu-se do piano. Ouviram-se algumas palmas. Miguel Ruas passou o lenço pelo rosto e apanhou um copo de limonada da bandeja que naquele instante a negrinha lhe apresentava.

7

O cel. Barbalho conversava a um canto com Stein e Bandeira. Tinham naquele último quarto de hora — gritando para se fazerem ouvidos — discutido a Liga das Nações e os Princípios de Wilson. Roque Bandeira conseguira trazer a conversa para seu terreno. Andava fascinado por assuntos de oceanografia, a mais recente de suas paixões do espírito. Vocês já pensaram no que o mar representa para a vida da Terra? Sabem que no dia em que se esgotarem os alimentos na superfície do globo os oceanos poderão nos fornecer toda a comida de que necessitamos?

— Imaginem esta cena — disse, mastigando um pastel. — A coisa aconteceu há alguns milhões, talvez bilhões de anos... O primeiro ser vivo sai do mar, aventura-se na terra. Tem a forma dum peixe. Depois as barbatanas através dos séculos se transformam em pernas, as guelras em pulmões. É o primeiro anfíbio. O primeiro passo rumo ao *Homo sapiens*... É por isso que sempre olho para os peixes com um encanto misturado de veneração...

Arão Stein, que escutava o amigo com visível impaciência, tomando largos goles de cerveja, disse:

— Está bem, está bem. Tudo isso já foi estudado. Saber essas coisas é muito bom e bonito. Mas sejamos lógicos. A evolução já se processou e nada podemos fazer agora para modificar esse processo. Aqui estamos como um resultado disso, nós, os macacos superiores, e o que importa agora, na minha opinião, é modificar, melhorar as condições do mundo em que vivemos.

O coronel sorriu:

— Que é que o meu amigo quer dizer com isso?

— Quero dizer que chegou a hora de destruir o sistema social vigente, responsável pelas guerras e pelas desigualdades e injustiças da sociedade humana e substituí-lo por outro que seja capaz de eliminar as classes e promover o bem-estar geral.

— O senhor se refere ao maximalismo? — perguntou o militar.

— Exatamente... se prefere usar esse termo.

O comandante da praça sorriu com superioridade.

— O senhor é muito moço. Não se iluda com novidades. Esse novo regime russo não pode durar... Dou-lhe mais um ano, quando muito.

Stein recuou um passo, como se o outro tivesse tentado esbofeteá-lo.

— As forças mercenárias que a burguesia atirou contra a pátria do socialismo nada puderam, foram derrotadas! Os dados estão lançados e a derrocada do sistema capitalista já começou.

O cel. Barbalho delicadamente insinuou que era impossível compreender a história e a vida sem uma sólida base filosófica, e que para adquirir essa base um homem precisava de pelo menos trinta anos de estudos. Que idade tinha o jovem amigo?

Os olhos de Stein relampaguearam.

— Saiba o senhor que um dos objetivos do marxismo é acabar com a atitude filosófica desinteressada, porque ela nada significa para a existência humana. Até agora os filósofos nada mais fizeram que interpretar o mundo. O que o marxismo pretende é transformá-lo!

No meio do salão Chiru Mena bateu palmas e bradou:

— Atenção, damas e cavalheiros!

Fez-se o silêncio pedido e ele continuou:

— Agora o nosso amigo doutor Ruas vai fazer com a Quinota Fagundes uma demonstração dessa dança moderna, o tal de *fóquestrote*. Rodrigo, onde está aquele disco novo que trouxeste do Rio de Janeiro?

O anfitrião abriu uma das gavetas do armário em forma de pirâmide sobre o qual estava o fonógrafo e tirou de dentro dela um disco, que colocou no prato. Enquanto dava manivela no aparelho, explicou:

— Este foxtrote é o último grito na América do Norte. Chama-se "Smiles".

— Que quer dizer isso em língua de cristão? — perguntou Cacique Fagundes.

— *Sorrisos.*

Na cara do caboclo havia uma expressão de perplexidade.

— Ah!

Laurentina e Maria Valéria entreolharam-se. Para ambas estrangeiro era "bicho louco".

Ouviu-se primeiro um chiado forte, depois a música começou: uma melodia sincopada, que à maioria dos convivas pareceu dissonante. O dr. Ruas enlaçou a cintura de Quinota, tomou-lhe da mão e saiu a dançar.

— Mas isso é passo de urubu malandro! — exclamou o velho Babalo, soltando a sua clara risada em *a*.

Quinota, embaraçada, olhava para o teto, procurando seguir os passos do promotor. Este pisava com a ponta dos pés, requebrando os quadris e os ombros. Tentou uma nova figura: dois passinhos para a esquerda, depois mais dois para a direita. Ouviram-se risos e aplausos.

Arão Stein murmurou ao ouvido de Roque Bandeira:

— Foi pra acabar nisso que aquele bichinho arriscou-se a sair do mar?

Agora do gramofone vinha uma voz grave e melodiosa, cantando um estribilho.

— Eta língua braba! — exclamou Juquinha Macedo.

Acendendo um novo crioulo, Aderbal Quadros sacudiu a cabeça e murmurou:

— A humanidade está mesmo perdida.

Depois daquela guerra bárbara que incendiara quase o mundo inteiro, só se podia esperar aquela música, aquela dança, aquelas roupas amaricadas do promotor público!

Cessou a música. O dr. Ruas fez alto e curvou-se diante do par. Novos aplausos.

8

Rodrigo levou para o escritório o comandante da praça, o sogro, o cel. Cacique e Juquinha Macedo. Fechou a porta e disse:

— Sentem-se, fiquem à vontade. Acho que chega de música moderna e de loucuras norte-americanas. Vocês sabem que sou da França e da valsa.

Cacique repoltreou-se numa poltrona de couro, soltando um suspiro de alívio. Desabotoou o colete, tirou as botinas de elástico, murmurando:

— Não reparem, estou com os cascos meio carunchados.

O velho Babalo olhava com olho malicioso para o quadrado esbranquiçado, na parede.

— Está muito bom aquele retrato do Borjoca... — ironizou.

Rodrigo explicou aos outros:

— O papai retirou da parede a fotografia do seu ex-chefe.

Juquinha Macedo fanfarroneou:

— E nós vamos retirar o homem do Palácio do Governo.

— Não conte muito com o resultado da eleição — disse Aderbal, céptico. — Eles vão ganhar como sempre no bico da pena.

— Pois se ganharem a eleição na fraude — replicou Macedo — decidimos a coisa na coxilha à bala, com licença aqui do coronel.

O comandante da praça esboçou um sorriso de neutralidade benevolente.

Rodrigo serviu conhaque. Babalo e Cacique recusaram, declarando que eram do leite.

Rodrigo tirou da gaveta da escrivaninha uma fotografia e, antes de mostrá-la aos amigos, disse:

— Tenho aqui uma preciosidade. É um instantâneo que ficará na nossa História. Algumas revistas e jornais já o reproduziram, mas esta é uma cópia do original. Me custou um dinheirão. Vou mandar emoldurar e pendurar na parede. Merece. Vejam...

Fez a fotografia andar a roda. Era o famoso flagrante dos dezoito heróis do Forte de Copacabana, na sua marcha para a morte.

A porta abriu-se e a cabeçorra de Chiru apontou.

— É segredo?

— Não — respondeu Rodrigo. — Entra, homem, mas fecha essa porta.

Chiru Mena entrou e, vendo a fotografia, exclamou:

— Coisas como essa fazem a gente acreditar que nem tudo está perdido neste país.

Chamou Rodrigo a um canto do escritório e cochichou:

— Tenho uma ideia pra gente ganhar muito dinheiro.

— Não me digas que ainda estás pensando no tesouro dos jesuítas...

— Qual nada! O negócio é outro, e muito mais certo. Vamos comprar marcos alemães. Compramos na baixa, vendemos na alta e ganhamos uma fortuna.

— Quem é que te meteu essa ideia na cabeça?

— Li nos jornais.

— Pois no Rio de Janeiro já andam vendendo marcos em plena rua. Não acredito nisso.

Chiru descansou ambas as manoplas nos ombros do amigo.

— Tu entras com uma parte do capital e eu com a outra, e me encarrego da compra. Que dizes?

— Não contes comigo. Tu sabes, os negócios de gado andam malparados. O preço do boi baixou. O dinheiro anda curto.

— Mas, Rodrigo, é coisa certa: tiro e queda. Tu conheces a força dos alemães. Digam o que disserem, são o povo mais inteligente e trabalhador do mundo. A Alemanha vai se reerguer e dentro de muito pouco tempo o marco estará mais cotado que a libra e o dólar.

Rodrigo sacudia a cabeça negativamente. Chiru recuou um passo, olhou-o bem nos olhos e disse:

— Vais te arrepender.

Com o cálice de conhaque na mão, o cel. Barbalho examinava os livros de Rodrigo, que se enfileiravam nas prateleiras de dois grandes armários com portas envidraçadas. De quando em quando soltava uma exclamação em surdina. A obra completa de Eça de Queirós... Balzac, sim senhor. Taine! Renan! Nietzsche! Upa! Que biblioteca!

Rodrigo aproximou-se dele, segurou-lhe o braço.

— Sirva-se, é sua.

No meio da sala Chiru agora exaltava os revolucionários de 5 de julho e atacava Epitácio Pessoa. Rodrigo voltou-se para o amigo e exclamou:

— Espera, Chiru! Tu sabes que simpatizei com o movimento revolucionário e que votei no Nilo Peçanha. Não sou nenhum epitacista, mas, vamos e venhamos, temos de reconhecer que esse paraibano tem caracu. Sem querer ofender aqui o nosso amigo, o coronel Barbalho, o doutor Epitácio manteve no Brasil o prestígio do poder civil.

— Mas não é só com caracu que se governa — interveio Juquinha Macedo, metendo os grossos dedos entre as melenas. — Faça um balanço na administração desse nortista e me diga o que foi que ele fez.

Rodrigo deu dois passos à frente.

— E as obras contra as secas do Nordeste?

— Bolas! — bradou Chiru, tirando do bolso o lenço vermelho e passando-o pela cara. — Governar não é fazer açudes. E depois, Rodrigo, o país gasta demais com essas secas. Que é que o Norte produz? Quase nada. É um peso morto. Devíamos cortar o Brasil do Rio de Janeiro pra cima e entregar o Norte para os cabeças-chatas. Que se arranjem! Mas o melhor mesmo era fazer do nosso Rio Grande um país à parte, porque...

— Cala a boca, idiota! — interrompeu-o Rodrigo. — Estás dizendo uma heresia. Só unido é que o Brasil pode ser forte, grande e glorioso. Que conheces tu do Norte para falares dessa maneira?

Por alguns instantes Chiru ficou a justificar seu ideal separatista. Rodrigo, porém, discordava com veemência. Contou o que vira na Exposição do Centenário. Não compreendia o cretino do Chiru que o Brasil estava às portas da industrialização, e que uma vez industrializado precisaria antes de tudo de mercados internos, dum número cada vez maior de consumidores? Cortar as amarras que nos prendiam tão fraternal e historicamente ao Norte seria jogar fora futuros mercados, isso para mencionar uma razão utilitária, pois as ideológicas eram muitas e óbvias. Quanto pensava ele que o Brasil havia exportado no ano que se seguira ao do fim da Guerra? Cento e trinta milhões de esterlinos, cavalo!

— E pensas que todos os produtos exportados saíram do Rio Grande do Sul? Sabes o que representa hoje São Paulo na vida econômica do país? E Minas Gerais? Ora, vai primeiro estudar os problemas para depois falares com alguma autoridade.

Chiru, porém, não queria entregar-se. Voltou à carga.

— Sabes muito bem que o resto do Brasil não gosta de nós.

O cel. Barbalho interveio:

— Intrigas, senhor Mena, intrigas...

— Quantos anos tem esta república de borra? — perguntou Chiru, abrindo os braços. — Trinta e três. Quantos presidentes gaúchos tivemos até hoje? Nenhum. A vida política do país é dominada pela camorra de São Paulo e Minas Gerais. Agora preferiram esse mineiro safado ao nosso grande Nilo Peçanha. É o fim do mundo. Mas um consolo eu tenho: o Bernardes não toma posse.

Cacique Fagundes soltou a sua risadinha estertorosa.

— Toma — disse. — Toma e governa até o fim.

— Pois se tomar — replicou Chiru, dramático — a honra do Exército Nacional está comprometida. Apelo aqui para o coronel Barbalho...

O comandante da praça aproximou-se dele.

— Não apele. Não sou político, mas militar, e como militar cumpro ordens superiores.

Chiru fez um gesto de desalento.

— Mas o senhor acredita ou não acredita na autenticidade das cartas do Bernardes? — perguntou Juquinha Macedo.

O militar encolheu os ombros.

— Confesso que não tenho opinião no assunto.

— Pois eu — interveio Rodrigo — não acredito.

— Baseado em quê? — quis saber Chiru.

— Muito simples. Bernardes é mineiro, e como tal cauteloso e cheio de manhas. Um mineiro jamais escreveria coisas assim tão comprometedoras, principalmente em tempo de campanha eleitoral.

— E que foi que ouviste falar no Rio?

Rodrigo confirmou a notícia que corria no país, de que o presidente Epitácio Pessoa reunira no Catete o ministro da Guerra e o da Marinha, o vice-presidente do Senado e alguns políticos de Minas Gerais e São Paulo, para lhes manifestar sua apreensão quanto à gravidade da crise política nacional.

— Posso garantir a vocês que o doutor Epitácio chegou a sugerir até a renúncia do Bernardes e a escolha dum terceiro nome, para evitar a guerra civil.

— Um absurdo — disse o comandante da praça. — Não acredito que o doutor Bernardes aceite...

— Também sei que o presidente disse ao Raul Soares, líder da política mineira, estas palavras textuais: "Estou convencido de que o doutor Artur Bernardes não se aguentará vinte e quatro horas no Catete".

— Aguenta... — rosnou Cacique Fagundes, bocejando.

— A morte do senador Pinheiro — disse Rodrigo — sob certos aspectos foi desastrosa para o país. A política nacional ficou sem um chefe, sem a sua figura central...

Juquinha Macedo interrompeu-o:

— Qual! A morte do Pinheiro foi a melhor coisa que podia ter acontecido a este Brasil desgraçado. A época do caciquismo político tem de acabar. Que é que estamos fazendo aqui no Rio Grande senão tentando acabar com o nosso cacique guasca?

— Respeitem ao menos o meu nome! — exclamou o cel. Fagundes.

Da sala de visitas vinham os sons do gramofone, de mistura com exclamações e risadas.

9

Sempre enlaçando Quinota pela cintura, o promotor agora parecia deslizar pela sala como se patinasse sobre gelo. Fazia uma demonstração de *one-step*. A uma rabanada dos dançarinos, a saia da Quinota esvoaçou e seus joelhos apareceram. Maria Valéria inclinou-se sobre Laurentina e murmurou:

— A senhora não acha que este mundo velho está mesmo ficando louco?

A outra sacudiu lentamente a cabeça, concordando.

Sentados a um canto da sala, Stein e Bandeira bebiam e continuavam uma discussão crônica. Quando o primeiro terminou de encher o copo de cerveja, o segundo observou:

— Devagar com o andor, Arão. Estás ficando bêbedo.

— Tu também estás bebendo demais. Pensas que sou cego?

— É diferente. Estou acostumado. Sou duro pra bebida. Posso enxugar dez garrafas e sair caminhando firme. Mas tu...

O outro fez uma careta e retomou o fio da discussão:

— Está bem, tu dizes que Lênin não é eterno. Concordo. Todos os homens são mortais; Lênin é homem, logo: Lênin é mortal.

— Estou dizendo que estás bêbedo.

O judeu ergueu a mão:

— Espera. Lênin morre, mas a revolução proletária continua. Na Rússia soviética não há mais personalismos.

— Mas alguém tem de substituir Lênin.

— Trótski, sem a menor dúvida! É a maior cabeça da Revolução, depois do Velho, naturalmente. E cá pra nós, que ninguém nos ouça, em muitas coisas acho Trótski superior a Lênin.

Tio Bicho bebia, imperturbável. Tornou a encher o copo, com pachorra, com um cuidado tal, que parecia um químico no seu laboratório a lidar com substâncias explosivas.

Fez-se um silêncio, ao cabo do qual Bandeira perguntou:

— Tens lido alguma coisa sobre essa Semana de Arte Moderna em São Paulo?

— Naturalmente. Como pode um cidadão responsável deixar de se interessar pelo que se passa na sua terra e no resto do mundo?

— Não achas tudo isso uma baboseira inconsequente? — Arão Stein sacudiu a cabeça com veemência.

— Não acho.

Rodrigo, que se aproximara deles naquele momento exato, pousou uma mão paternal no ombro de Stein e quis saber:

— Que é que não achas?

Bandeira lhe disse de que se tratava.

— Uma grandessíssima bobagem! — exclamou Rodrigo. — Coisa de meninos irresponsáveis.

Arão continuava a sacudir a cabeça numa negativa obstinada. A música havia cessado. No meio da peça, o dr. Ruas sorria à frente de Quinota, enxugava o rosto suado, enquanto Chiru, que voltara à sala e procurava um novo disco, anunciava, como um imponente mestre de cerimônias:

— Agora quem vai dançar com a Quinota sou eu. Mas uma valsa. Onde se viu um bagual dançar essas danças modernas?

Pôs o gramofone de novo a funcionar, e a melodia do "Pavilhão das rosas" encheu a sala. Uma flauta chorava contra um fundo de violões gemebundos.

— Que é que querem esses "modernistas"? — perguntou Rodrigo. — Chamar a atenção sobre si mesmos, atirando pedras nas figuras mais respeitáveis da nossa literatura. Dizem-se nacionalistas, mas estão encharcados de influências estrangeiras. Nenhum desses meninos insubordinados vale o dedo minguinho de homens como Coelho Neto, que eles pretendem destruir.

Arão Stein tomou um largo sorvo de cerveja, ergueu-se, pegou com grande intimidade na lapela do casaco de Rodrigo, ante a divertida surpresa deste — que o sabia tímido e respeitoso —, e com voz arrastada disse:

— Um momento, doutor, um momento. Essa revolução artística e literária não é apenas artística e literária, não senhor.

Rodrigo escutava, sorrindo com benevolência. Nunca vira seu protegido assim tão desembaraçado e eloquente. Parecia um deputado da oposição.

— O movimento é, no fundo, político.

— Ora!

— *Attendez, mon cher docteur!* O movimento modernista de São Paulo é o protesto brasileiro contra o sistema capitalista, é mais um ataque contra a burguesia, desta vez pelo flanco da arte e da literatura.

Voltou a cabeça para Bandeira e apontou para ele um dedo acusador:

— Esse anarquista é burro, não compreende, mas o senhor, doutor Rodrigo, vai me entender, apesar de ser um esteio da aristocracia rural latifundiária com fortes cara... cara... — hesitou um instante, mas finalmente conseguiu pronunciar a palavra — *características* feudais...

Com o indicador enristado bateu no peito de Rodrigo.

— Seu coração generoso, no fundo, bate pelo proletariado, pela fraternidade universal, mas o senhor está preso pelo hábito, pela educação e por laços econômicos profundos ao patriciado rural...

— Estás desviando o rumo da discussão, Stein — observou Bandeira. — Prova a tua tese, volta ao movimento modernista.

— Cala a boca, dinamitador, cala a boca. Já me explico. Quem é Coelho Neto? Um escritor da burguesia. Seus valores intelectuais, morais e econômicos são os da classe dominante. Escreve sobre burgueses e para burgueses, jamais fez uma história sobre proletários, fez? Pois é. Não fez. Sua mentalidade é burguesa, seu estilo cheio de flores de retórica, de joias, de ouro, é cara... *ca-ra-que-te-ris--ti-ca-men-te* burguês.

— Para mim — sentenciou Rodrigo — tudo isso é brincadeira. E se fosse coisa séria, eu a classificaria de paranoia.

Arão Stein pôs-se a recitar um poema de Mário de Andrade:

Eu insulto o burguês! O burguês-níquel
O burguês-burguês!
A digestão bem-feita de São Paulo!
O homem-curva! o homem-nádegas!
O homem que sendo francês, brasileiro, italiano
é sempre um cauteloso pouco a pouco.

Rodrigo interrompeu-o:

— Vocês querem que um leitor de Victor Hugo e Olavo Bilac como eu leve a sério essas maluquices?

Sem dar-lhe ouvidos, Stein continuou:

Ai, filha, que te darei pelos teus anos?
— Um colar... — Conto e quinhentos!!!
Mas nós morremos de fome.

Rodrigo olhou para Chiru, que valsava com Quinota, sorriu e deu dois passos na direção dele. Stein, porém, segurou-lhe a manga do casaco.

— *Un moment, docteur...* Meu pai era um homem rude mas tinha a sabedoria do sofrimento. Ele costumava dizer: "Arão, meu filho, nunca deixes nenhum trabalho pela metade". Eu quero terminar a minha tese.

Rodrigo sentou-se, lançando um olhar significativo para Bandeira. Stein fez um sinal na direção da sala:

— Aproxime-se, *mon colonel*!

O comandante da praça franziu o sobrolho, como se não tivesse a certeza de que era a ele que o rapaz se dirigia. Rodrigo acenou-lhe com a cabeça:

— Venha ouvir uma pregação revolucionária.

O cel. Barbalho aproximou-se e ficou de pé, muito perfilado, olhando com estranheza para o judeu. Rodrigo pô-lo ao corrente do que discutiam. O militar nem sequer tinha ouvido falar na Semana de Arte Moderna.

— Sem a guerra europeia — prosseguiu Stein, com um fogo frio nas pupilas — não teria sido possível o nascimento duma indústria no Brasil nem esse movimento renovador da nossa literatura.

— O senhor, então — interrompeu-o o militar —, é mesmo materialista, não?

— Sou. E o senhor?

— Eu reconheço antes de tudo os valores espirituais.

— Pois se reconhece, errou a profissão. O Exército não passa dum instrumento de opressão que o capitalismo usa contra as massas!

O cel. Barbalho ficou subitamente purpúreo. Olhou para Rodrigo como a perguntar se devia esbofetear o menino insolente ou apenas virar-lhe as costas.

— Que é isso, Arão? — repreendeu Rodrigo. — Não sabes expor tuas ideias sem ofender as pessoas que não participam delas? Pede desculpas imediatamente ao coronel. Não admito que um convidado meu seja desrespeitado na minha casa.

Arão Stein espalmou a mão sobre o peito e fez uma curvatura, numa paródia de retratação, murmurando:

— *Excusez-moi, mon colonel.* Não leve a mal o que lhe disse. Não tome a coisa pelo lado pessoal. Detesto o personalismo burguês. Acredito nas soluções coletivas.

Tio Bicho, que até então nada mais fizera senão soltar seu risinho de garganta, observou:

— O que o nosso marxista quer dizer, coronel, é que não quis insultar o senhor, que é uma pessoa, e sim o Exército, que é uma coletividade.

Rodrigo lançou para Bandeira um olhar duro de reprovação.

— Vamos deixar esses "gênios" sozinhos, coronel — convidou ele.

Mas o militar sacudiu negativamente a cabeça, declarando que queria ficar e ouvir o que o moço tinha a dizer. Rodrigo ciciou-lhe ao ouvido:

— Não faça caso. O rapaz está meio tonto.

O cel. Barbalho sentou-se, cruzou as pernas e esperou. Arão Stein sorriu e, dessa vez sem ironia, estendeu a mão, que o militar apertou.

— Agora, senhores, escutem. Estou bêbedo, mas não tão bêbedo que não saiba que estou bêbedo, compreendem? Peço desculpas generalizadas. Mas o caso é líquido como água. O Estado é uma máquina montada para manter o domínio duma classe sobre as outras. Quem disse isso foi um tal Vladmir Ulianov, mais conhecido como Lênin.

— ... da Silva — terminou Bandeira, cerrando os olhos com fingida solenidade.

— No princípio não havia governo — continuou Stein —, o homem primitivo levava uma vida rude e elementar, e para sobreviver portava-se de maneira não muito diferente da dos animais de presa. Com a divisão da sociedade em classes, nasceu o Estado escravagista que mais tarde, com o desenvolvimento das formas de exploração, se transformou em Estado feudal, o que já foi um "progresso", pois o escravo, que não tinha nenhum direito e nem mesmo chegava a ser considerado uma pessoa humana, agora no feudalismo trabalhava a terra alheia, vivia de seus frutos, embora a parte do leão ficasse sempre com o senhor feudal... A exploração do homem pelo homem não só continuava como também se aperfeiçoava. Os servos não tinham nenhum direito político...

Rodrigo e o coronel entreolhavam-se. O dono da casa estava inquieto. O promotor tinha voltado ao piano e tocava agora um *ragtime*, enquanto Chiru ensaiava passos, desajeitado. Flora andava dum lado para outro, servindo comidas e bebidas. Havia poucos minutos, lançara um olhar intrigado na direção de Stein. Sumira-se por alguns instantes e voltava agora trazendo numa bandeja quatro xícaras pequenas com café preto. Aproximou-se do grupo. Grande mulher! — refletiu Rodrigo. Compreendera o estado em que se encontrava Stein e vinha socorrê-lo. Teve a habilidade de primeiro dirigir-se ao militar.

— Um cafezinho, coronel. Recém-passado.

Barbalho serviu-se. Rodrigo e Bandeira fizeram o mesmo.

— E tu, Arão? — perguntou ela com ar casual.

Stein ergueu-se, curvou-se, murmurou *madame*, e pegou a última xícara. Quando quis servir-se de açúcar, Flora voltou o rosto com o ar mais natural deste mundo, e afastou-se. Stein tomou todo o café dum sorvo só e depois perguntou:

— Onde é que eu estava mesmo? — perguntou.

— No feudalismo — esclareceu Bandeira.

— Ah! O comércio se desenvolveu, e com ele o sistema de troca de mercadorias. E qual foi o resultado desse progresso? O nascimento da classe capitalista. Isso aconteceu lá pelo fim da Idade Média. Sua Majestade o Ouro e Sua Majestade a Prata passaram então a governar o mundo.

Fez uma pausa curta, enfiou as mãos nos bolsos, e depois prosseguiu:

— E nasceu com o capitalismo a ideia da igualdade. Não havia mais escravos e senhores, nem servos e barões. Agora todos eram iguais perante a lei, tinham os mesmos direitos políticos, a mesma liberdade. Aha! Direitos? Liberdade? Lorotas! Potocas! Continuava a nítida divisão de classes, e as leis eram feitas pelos representantes da burguesia de acordo com os interesses da classe dominante. Sua finalidade principal era evitar que as massas tivessem acesso ao poder e aos meios de produção.

O coronel tinha ainda na mão a sua xícara. Olhou firme para Stein e disse:

— O senhor deu pulos enormes por cima de épocas históricas inteiras.

Sem dar atenção ao que o militar dissera, Stein continuou:

— Foi então que Karl Marx entrou em cena com o seu *Das Kapital*.

— O livro mais citado e menos lido do mundo — atalhou Bandeira.

— Cala a boca! Marx descobriu as contradições que solapavam a sociedade capitalista e concluiu que elas só podiam ser resolvidas pela socialização dos meios de produção.

Rodrigo ergueu-se, impaciente:

— Mas que é que a Semana de Arte Moderna tem a ver com tudo isso?

Arão Stein ficou por alguns segundos como que perdido e estonteado, num vácuo. Por fim fez um largo gesto, soltou um aah! sonoro e contente de quem finalmente acha o que procurava:

— Nós no Brasil repetimos todo esse processo histórico que acabo de resumir. No princípio era a lei da selva, o mais forte oprimia o mais fraco e o dilema era comer ou ser comido. Vejam o caso do bispo Sardinha... Com a vinda dos primeiros povoadores tivemos o regime escravagista. O índio e mais tarde o negro suaram e sofreram nas plantações de cana-de-açúcar e nos engenhos do Norte. O ouro que se extraiu das Minas Gerais no século XVIII serviu de base para a criação da lavoura cafeeira de São Paulo. Evoluímos do Estado escravagista para o feudal, embora a escravidão propriamente dita só tivesse sido abolida em 1888. Criou-se e fortaleceu-se a nossa aristocracia rural. Quem eram os pró-homens do Império senão os representantes dos fazendeiros? As leis que votavam tinham por fim primordial defender os interesses da classe que eles representavam. O Império amparou o café. A República continuou a proteção, mas começou a dar atenção ao comércio, à burguesia nacional, que aos poucos se formava. Só agora, nestes últimos anos, é que, sem esquecer Sua Majestade o Café, nossos governos começam a interessar-se pela indústria. A Guerra Europeia abriu as portas duma nova era para nós: a industrial. Essa revolta de 5 de julho e mais a Semana de Arte Moderna são sintomas dessa mudança. Aqui é que eu queria chegar. Outras revoluções virão, está claro, mas dentro ainda do espírito burguês: quarteladas, assaltos ao poder. Mas toda essa gente está sendo instrumento da História. Nosso destino está traçado. A industrialização criará um proletariado e esse proletariado nos levará à revolução social.

— Graças à estupidez da burguesia — acrescentou Tio Bicho.

Stein sentou-se, pegou a garrafa e tornou a encher o copo. O coronel remexeu-se na cadeira.

— Sua interpretação — disse ele — é demasiadamente simplista. O senhor esquece os imponderáveis da História.

— Que é que o senhor chama de "imponderáveis"? As verdadeiras causas dessa guerra mundial monstruosa provocada pelos interesses dos donos do petróleo, do ferro e do aço, pelos fabricantes de armas e munições e pelos banqueiros internacionais?

— Já estás com as tuas novelas — interrompeu Rodrigo.

— Novelas? Novelesca, romântica é a sua interpretação da guerra, doutor Rodrigo: o heroísmo dos aliados dum lado e a barbárie alemã do outro... a resistência de Verdun, *ils ne passeront pas*, a "Marselhesa" e não sei mais quê. Eu encaro a guerra por outro lado: penso nos mortos, nos mutilados, nas cidades destruídas, na peste, na fome, na loucura, na flor da mocidade que foi sacrificada para que os trustes e monopólios tivessem mais lucros. Faz quatro anos que a Guerra acabou e já se pode ver com clareza o seu resultado. Dum lado, milhões de cruzes a mais nos cemitérios e nas valas comuns, milhares de homens com os pulmões roídos pelos gases asfixiantes, outros milhares de loucos nos hospícios... e mulheres prostituídas, e órfãos, e viúvas... Do outro, os banqueiros que engordaram com essa sangueira... os novos-ricos, os especuladores, os industriais que ganharam dinheiro vendendo canhões e munições tanto para os alemães como para os Aliados, porque o capitalista na verdade não tem pátria. Acende uma vela a Deus e outra ao diabo.

Stein tinha erguido a voz e agora gritava, enquanto o promotor batia no piano com toda a força. Era de novo "O pé de anjo". Chiru rodopiava na sala, enlaçando a filha de Cacique Fagundes.

Rodrigo deteve a mão de Stein que ia agarrar outra vez a garrafa de cerveja.

— Bom, Arão, agora chega. Já bebeste demais. Sossega.

— *Pardon, monsieur.* Ainda não terminei.

— Está bem, está bem. Depois conversaremos.

— Eu não estou bêbedo, doutor. Sei o que estou dizendo, e o que estou dizendo está certo.

— Muito bem, mas não vais beber mais porque eu não quero, estás ouvindo?

O cel. retirou-se discretamente e foi conversar com Flora. Naquele instante Aderbal Quadros e a esposa fizeram suas despedidas e retiraram-se.

10

Roque Bandeira ergueu-se. Rodrigo voltou-se para ele e pediu:

— Leva o Arão direitinho pra casa. Como estão tuas pernas?

— Firmes.

— E a cabeça?

— Lúcida.

Stein, que agora tinha caído em profunda depressão, murmurou:

— Lúcida nada! Vocês todos têm uma cerração nos miolos. Não veem a verdade. Pensam que vão resolver o problema da humanidade votando no Assis Brasil. A coisa é mais séria. Muito mais séria... Juro que é! Juro!

— Por são Lênin? — perguntou Roque Bandeira.

— Não sejas besta.

Roque tomou fraternalmente do braço do amigo e empurrou-o na direção da porta da rua, murmurando: "Que porre, mãe, Santo Deus!".

Rodrigo aproximou-se do comandante da praça.

— Coronel, apresento-lhe as minhas desculpas. Não quero que faça mau juízo do Stein. É um excelente menino, estudioso e sério.

— *In vino veritas.*

— A verdade é que não disse nenhuma asneira. Dentro de suas convicções raciocinou com clareza. Repetiu tudo quanto costuma dizer quando está sóbrio. A bebida só lhe deu mais ímpeto e eloquência.

— Diga-me uma coisa, confidencialmente, doutor Rodrigo. Esse moço será mesmo comunista militante?

— Não creio. Por quê?

— Se é, arrisca-se muito falando dessa maneira. Ele não deve ignorar que temos em pleno vigor desde o ano passado uma lei federal que proíbe a propaganda comunista em território nacional...

— E o senhor sabe melhor que eu como são essas leis de repressão. Não conseguem reprimir nada, e sim dar uma aura romântica de coisa proibida às ideias que querem combater.

— Pode ser. Mas tome nota do que lhe digo. Esse moço ainda vai se incomodar...

— Qual! Ninguém leva esse "revolucionário de café" a sério. Comunismo no Brasil? Nem daqui a cem anos. Não creio em contos da carochinha.

Pouco depois que o cel. Barbalho se retirou, Licurgo chegou de volta ao Sobrado. Foi direito ao escritório, onde Rodrigo discutia com o cel. Cacique e o Juquinha Macedo um plano de campanha eleitoral para ser levado a cabo durante os próximos trinta dias. Pretendia mandar imprimir e distribuir em todo o município boletins de propaganda do candidato da Aliança Libertadora. Sairia com caravanas pelos distritos e colônias, a fazer discursos onde quer que houvesse mais de dois eleitores para ouvi-lo. Pensava também em publicar um jornal de emergência — quatro páginas apenas — para esclarecer a opinião pública e desfazer as mentiras e calúnias d'*A Voz da Serra*.

Licurgo pitava em silêncio, os olhos no chão. Quando o filho terminou sua exposição e Juquinha Macedo pediu a opinião do senhor do Sobrado, este disse:

— Temos que fazer tudo isso, mas acho que vai ser um desperdício de tempo e de dinheiro. Estou convencido que ninguém pode com a máquina do governo.

— Mas, papai — avançou Rodrigo —, temos a obrigação cívica de acreditar no sistema democrático. É o mínimo que podemos fazer. E se os recursos legais nos falharem, só nos restará a solução que o senhor sabe...

— Por mim, eu começava a preparar a revolução desde hoje... — disse Juquinha Macedo. — Teu irmão Toríbio é da mesma opinião.

— Qual nada! — exclamou o cel. Cacique. — Estou muito velho e escangalhado. Só brigo se tiver muita necessidade.

Rodrigo sentou-se na mesa e ficou olhando para os amigos. Houve um curto silêncio.

— Quando vais reassumir teu cargo? — perguntou Macedo.

— Aí está outro problema. Qual é a sua opinião neste assunto, papai?

Licurgo não hesitou:

— A minha eu já lhe dei. O senhor tem que renunciar o quanto antes. Como é que um deputado republicano vai fazer propaganda política contra o candidato de seu partido? Não é direito. Passe amanhã mesmo um telegrama ao doutor Borges, pondo seu cargo nas mãos dele.

Na sala de visitas agora cantavam em coro. Era uma canção antibernardista que tivera grande voga no último Carnaval. E as vozes, entre as quais predominava a do Chiru, retumbante e desafinada, chegavam até o escritório:

Ai, seu Mé! Ai, Mé, Mé!
Lá no Palácio das Águias, olé!
Não hás de pôr o pé!

Rodrigo ficou por alguns instantes a escutar a marchinha. De súbito saltou para o chão e disse:

— Sim, tenho de renunciar, mas vou fazer isso duma maneira que sirva a nossa causa.

Fez uma pausa dramática para dar a algum dos amigos a oportunidade de perguntar: "Como?". Três pares de olhos estavam postos nele, mas nenhum dos homens falou.

— Vou a Porto Alegre, reassumo o posto, inscrevo-me para falar, ataco o velho Borges e o borgismo num discurso arrasador, e, perante meus pares e a opinião pública, renuncio ao meu mandato de deputado e declaro que vou lutar pela Aliança Libertadora.

— A la fresca! — exclamou Cacique, remexendo as nádegas na poltrona.

— Isso! — aprovou Juquinha Macedo. — Isso mesmo!

O rosto de Licurgo permanecia impassível. E como os outros o interrogassem com o olhar, ele disse:

— Por mim a coisa se fazia por telegrama, e já.

Rodrigo entesou o busto e, com a voz um tanto alterada, disse:

— Sinto muito, papai, mas discordo do senhor. Vou fazer exatamente o que acabo de dizer.

Licurgo soltou uma baforada de fumaça e murmurou, triste:

— Faça o que entender. O senhor é dono do seu nariz.

11

Rodrigo Cambará provou que era mesmo dono de seu nariz. Embarcou dois dias depois para Porto Alegre, reassumiu seu mandato na Assembleia e fez o discurso mais sensacional e acidentado de sua vida de homem público. Como quisesse dar à sua oração não só a força destruidora como também esse elemento de *surpresa chocante* da bomba que explode, teve o cuidado de não contar antes a ninguém, nem mesmo aos colegas da oposição, o que pretendia fazer. Descobrira também uma maneira insuspeita de fazer que estivessem presentes no grande momento alguns jornalistas seus amigos do *Correio do Povo* e da *Última Hora*, e que ele sabia capazes de tirar o máximo proveito publicitário do escândalo.

Sua voz vibrante, a que a comoção dos primeiros momentos dava um tom seco e fosco, encheu a sala do plenário do velho edifício da Assembleia dos Representantes. Começou o discurso fazendo um breve histórico do Partido Republicano para exaltar a personalidade do dr. Júlio de Castilhos e ter a oportunidade de referir-se a ele como a "esse varão de Plutarco, esse estadista sem-par, cuja estatura intelectual e moral cresce à medida que o tempo passa e muitos de seus correligionários e discípulos se apequenam e amesquinham". No fim da frase fez uma pausa e sentiu que a atmosfera aos poucos se carregava de eletricidade. Alguns dos colegas que pareciam escutá-lo com indiferença, mexeram-se nos seus lugares e o encararam com intensidade. Chico Flores — a quem Gaspar Saldanha, deputado da oposição, chamara com rara felicidade "leão de tapete" — sacudiu inquieto a juba. O próprio presidente da Casa, o gen. Barreto Vianna, fitou no orador um olhar quase alarmado. Naquela pausa de menos de meio minuto Rodrigo pôde sentir que seu discurso começava a produzir os efeitos que desejava. Continuou a oração — a voz agora com a tonalidade natural — enumerando os serviços prestados por seu pai "desde a primeira hora" ao partido de Júlio de Castilhos. Reportando-se aos dias sombrios de 93, descreveu em cores dramáticas o cerco do Sobrado pelos federalistas.

— Tinha eu, senhor presidente e meus colegas, tinha eu nessa época apenas nove anos de idade e, no meu espanto de criança, não podia compreender por que razão aqueles compatriotas diferentes de nós apenas na cor do lenço, cercavam nossa casa e atiravam contra nós. Mais tarde, homem-feito, compreendi que não se tratava duma luta de ódios pessoais, mas dum embate de ideias e ideais. Criado e educado que fui dentro dos princípios republicanos, sabia então como sei agora que, embora em campos opostos e rivais, politicamente falando, republicanos e maragatos tinham um sentimento em comum: o amor ao Rio Grande e ao Brasil, e o culto da democracia!

Neste ponto um deputado da oposição soltou um "Apoiado!". Rodrigo prosseguiu:

— Fosse qual fosse a cor do lenço, éramos todos democratas! E nessa confortadora certeza viveram os homens da minha geração que se haviam alimentado no leite generoso das ideias de Igualdade, Liberdade e Humanidade! Em no-

108

me desses ideais maravilhosos, milhares de gaúchos valorosos, através dos tempos, sacrificaram seu bem-estar e o de suas famílias, perderam seus bens e até suas vidas, lutando, matando e morrendo em guerras muitas vezes fratricidas!

Nova pausa. Os olhos de Rodrigo dirigiram-se para Getulio Vargas. O deputado por São Borja lá estava no seu lugar, como sempre vestido com apuro, as faces escanhoadas, o bigode negro com as pontas retorcidas para cima. Sua expressão era de impassibilidade. Parecia pouco interessado no que o orador dizia.

— Mas qual foi — continuou Rodrigo — o resultado de tantos sacrifícios e renúncias, de tanto sangue generoso derramado, de tantas belas promessas e palavras?

Neste ponto inclinou o busto, fez avançar a cabeça, cerrou os punhos e, escandindo bem as sílabas para que não ficasse dúvida quanto ao que dizia, respondeu à própria pergunta:

— O resultado, senhores, foi esse espetáculo degradante que estamos hoje presenciando de um homem que se apega ao poder e quer fazer-se reeleger, custe o que custar, doa a quem doer!

Da bancada oposicionista partiram gritos: "Apoiado!", "Muito bem!". João Neves da Fontoura, deputado situacionista, ergueu-se e bradou:

— Vossa Excelência está traindo seu mandato, seu partido e seus correligionários!

Começou o tumulto. Cruzaram-se apartes violentos. Das galerias agitadas vieram aplausos. O presidente batia repetidamente no tímpano e pedia ordem, ordem! — e ameaçava mandar evacuar as galerias.

Rodrigo, perfilado, fazendo o possível para manter-se calmo, passava o lenço pelo rosto, sorrindo. E quando finalmente a ordem foi restabelecida, continuou:

— O homem que nos governa há tantos anos vive fechado no seu palácio, cercado de áulicos, cada vez mais distanciado do povo do Rio Grande e dos princípios do seu partido. Egocêntrico, vaidoso e prepotente, não suporta a franqueza e a crítica, e está sempre disposto a relegar ao ostracismo os seus amigos mais leais em favor daqueles que estiverem dispostos a servir-lhe de capacho, a obedecer-lhe as ordens sem discuti-las.

Com voz engasgada Chico Flores gritou:

— Senhor presidente, isso é uma infâmia!

Rodrigo aproveitou a deixa:

— Estou de acordo com o meu nobre colega. Essa situação é realmente uma infâmia, e é contra essa infâmia que o Rio Grande agora se levanta! Que espécie de governante é esse que, para justificar seus ridículos pendores ditatoriais, invoca uma filosofia estranha à nossa gente e às nossas tradições?

Com seu sorriso malicioso, Vasconcelos Pinto aparteou:

— Vossa Excelência não pensava assim quando aceitou sua indicação para a cadeira que agora ocupa e deslustra!

Sem dar atenção ao aparte, Rodrigo prosseguiu:

— Essa filosofia diz basear-se na Ordem e ter por fim o Progresso. No entanto ela gera a desordem e o desmando e faz que o nosso estado se arraste com passos de tartaruga na senda do progresso. Essa filosofia vive a proclamar seus fins humanitários, mas o que tem feito entre nós é acobertar o banditismo, encorajar a arbitrariedade e premiar a fraude! No Rio Grande do Sul espanca-se, mata-se e degola-se em nome de Augusto Comte!

Risadas nas galerias. Protestos apaixonados de vários deputados governistas. O presidente chamou a atenção do orador para a sua linguagem virulenta e ameaçou cassar-lhe a palavra.

— Cassar-me a palavra, senhor presidente? Em nome de quem? De Augusto Comte ou de Clotilde de Vaux?

Novas risadas e aplausos. Novo tumulto. A polícia interveio nas galerias e um jovem que trazia no bolso superior do casaco um lenço vermelho, foi levado para fora do edifício, aos trancos.

Rodrigo apontou para o alto com um dedo acusador e exclamou:

— Os beleguins do ditador não perdem tempo. Apressam-se a provar com atos o que estou afirmando nesta tribuna com palavras!

Quando por fim a calma voltou ao plenário, Rodrigo analisou a máquina eleitoral governista e declarou que ela precisava ser desmantelada, destruída, a fim de que voltasse a reinar no Rio Grande a moral democrática e as eleições pudessem ser na realidade a expressão da vontade popular.

Lindolfo Collor aparteou, calmo:

— Vossa Excelência serviu essa máquina até o presente momento.

Rodrigo mediu o auditório com o olhar e perorou:

— É por tudo isso, senhor presidente e meus colegas, que venho hoje aqui renunciar publicamente ao meu mandato de deputado pelo Partido Republicano Rio-Grandense e dizer, alto e bom som, que vou sair por aquela porta, de viseira erguida, exonerado de qualquer compromisso para com essa agremiação política, sair como um homem livre, senhor de seu corpo e de seu destino. E quero também declarar perante a opinião pública de meu estado que vou colocar-me por inteiro, inteligência, fortuna, experiência, entusiasmo, a serviço da causa democrática, neste momento tão gloriosamente encarnada na figura egrégia desse republicano histórico que é o doutor Joaquim Francisco de Assis Brasil! Tenho dito.

Sentou-se, alagado de suor. Saldanha da Gama deixou seu banco e veio abraçá-lo, comovido. Das galerias partiram gritos e aplausos misturados com um princípio de vaia. A polícia teve de intervir novamente. O presidente levou algum tempo para restabelecer o silêncio, para que o próximo orador inscrito pudesse começar seu discurso.

Rodrigo saiu do plenário cercado de jornalistas. Ao aproximar-se da escada pareceu-lhe ouvir alguém murmurar: "... vira-casaca". Parou, vermelho, olhou em torno e rosnou:

— Quem foi o canalha?

Os amigos, porém, o arrastaram para a sala do café. Disse um deles:

— Não faça caso, doutor. É algum despeitado.

Rodrigo deu, então, uma entrevista coletiva à imprensa. Terminada esta, bebia ele seu cafezinho, quando Roque Callage, um jornalista combativo da oposição e que vivia martelando o governo com seus artigos, aproximou-se dele e, com o cigarrinho de palha apertado nos dentes, murmurou-lhe manso ao ouvido:

— Sabe duma coisa engraçada? Durante todo o seu discurso o senhor não pronunciou uma vez sequer o nome do doutor Borges de Medeiros.

Rodrigo voltou para ele o olhar perplexo.

— Foi mesmo? — E soltou uma risada.

12

De volta a seu quarto no Grande Hotel, meteu-se num banho morno. Ensaboando distraidamente o peito e os braços, ficou a completar em voz alta o discurso da manhã, enamorado da própria voz, que a boa acústica do quarto de banho arredondava e amplificava. Dizia agora o que não havia dito na Assembleia por causa do decoro do mandato. Ao referir-se à gente que cercava Borges de Medeiros devia ter dito, além de áulicos, *eunucos*. "Eunucos", berrou, "eunucos com suas vozes moralmente efeminadas a dizerem amém a todas as palavras e ordens de seu senhor e mestre! Outra coisa não quer o soba positivista senão a submissão absoluta! Não tem amigos, mas escravos! Não quer conselheiros, mas capangas!" Repetiu muitas vezes a palavra *capangas* em vários tons de voz e de repente rompeu a cantar em falsete uma ária de soprano da *Tosca*.

Saiu do quarto de banho enrolado numa toalha felpuda e pôs-se a caminhar no quarto, dum lado para outro, empenhado num diálogo imaginário com Getulio Vargas. De todos os companheiros de bancada, era o que ele menos compreendia... Um enigma.

O Chico Flores era um caudilho de fronteira, como seu pitoresco irmão José Antônio, intendente de Uruguaiana. O Lindolfo Collor, um intelectual com algo do dr. Topsius da *Relíquia*... mas não podia deixar de reconhecer que o "alemãozinho de São Leopoldo" tinha talento, sabia coisas e usava-as com propriedade e bom português. O João Neves (cuja eloquência Rodrigo invejava cordialmente) era um intelectual capaz de vibração humana. Mas Getulio intrigava-o e às vezes chegava a irritá-lo. Baixote, sempre sereno, as faces barbeadas, o bigodinho muito bem cuidado, as roupas limpas e bem passadas — tinha um ar asséptico e neutro. Quanto a ideias e opiniões, era escorregadio como uma enguia. Quando todos os outros se agitavam e comoviam, ele permanecia imperturbável. Na hora em que muitos de seus companheiros gritavam apaixonados, ele se conservava calado, com aquele diabo de sorriso que não deixava de ter sua simpatia. Quando intervinha nos debates, fazia-o de maneira inteligente, corajosa e com tanta habilidade que a oposição raramente o aparteava. E a verdade era que ia fazendo sua carreira. Agora fora indicado pelo Partido para deputado federal na vaga que se abrira na Câmara com a morte de Rafael Cabeda.

Rodrigo tinha resolvido procurar João Neves para explicar a atitude que tomara. Estava certo de que o companheiro ia compreender-lhe as razões. Mas era com Getulio que ele agora mantinha uma discussão imaginária. Estavam ambos na sala do café da Assembleia, e Rodrigo contava ao colega quem era Laco Madruga. "Um bandido, um analfabeto, um primário." Na sua mente o deputado de São Borja sorria, silencioso. "Tu vês, Getulio, quando o Chefe não sabe distinguir entre um correligionário leal e desinteressado como o meu pai, e um sacripanta bandido e ladrão, o partido vai à gaita." Getulio torcia as pontas dos bigodes: sua cara não exprimia emoção alguma. "Outra coisa, essa história de resolver pendengas municipais impondo candidatos alheios à vida do municí-pio é outro erro trágico." Mas qual! O homenzinho não se comprometia com uma opinião. Pois que fosse para o diabo! Ele e os outros.

Estendeu-se na cama, acendeu um charuto e ficou atirando baforadas de fumaça para o ar. Àquela hora o telégrafo decerto já havia espalhado por todo o estado, por todo o país a notícia de seu discurso. Sorriu. Possivelmente pouco depois que ele terminara de falar, um dos inúmeros sicofantas do Chimango fora levar a notícia ao sátrapa, que com toda a certeza a escutara impassível, de olhos frios, mal mexendo o gogó que se lhe escapava pela abertura do colarinho de pontas viradas.

Rodrigo olhava para as tábuas do teto, mas o que realmente tinha no espíri-to eram cenas de sua vida naqueles últimos seis anos. Terminava agora uma fase importante de sua vida, que tivera momentos alternados de exaltação, desânimo, alegria, tristeza, impaciência, serenidade... Para principiar, nunca se sentira mui-to bem como deputado republicano. O governista é sempre o *hombre malo* da história, o vilão, ou, para usar a nomenclatura cinematográfica, o bandido da fita, ao passo que o herói, o "mocinho", é sempre o deputado da oposição. Esta-va claro que ele, Rodrigo Cambará, havia nascido para lutar na barricada oposi-cionista, e talvez viesse daí a naturalidade ou, melhor, a alegria com que rompe-ra com o partido, passando para os arraiais da minoria. Não sentira nunca o menor prazer em servir Borges de Medeiros, criatura incapaz duma palavra de estímulo, dum gesto de gratidão ou de simpatia humana. O homem portava-se como se já fosse a própria estátua, e por sinal uma estátua de mármore frio e magro, sem nenhum estremecimento épico.

Rodrigo desvencilhou-se da toalha, jogou-a ao chão e, completamente nu, remexeu-se na cama, com o charuto preso aos dentes. A imagem de Getulio Vargas surgiu-lhe de novo nos pensamentos. Quis espantá-la. Não pôde. Reco-meçou a discussão procurando arrancar do homenzinho uma palavra de com-preensão. Inútil! Lá estava ele, sorridente e vago, cofiando o bigode. Que teria o monstro nas veias? Sangue ou água? "Olha, Getulio, tens muitas qualidades que admiro, mas uma coisa te digo: água e azeite não se misturam nunca, e por isso jamais poderemos ser amigos. Não tenho sangue de barata, e para mim existem na vida coisas mais importantes que uma carreira política."

Outro motivo de exasperação para Rodrigo era o fato de jamais ter encontrado Getulio Vargas no Clube dos Caçadores. Essa austeridade num homem tão moço não lhe parecia normal nem mesmo saudável.

A cinza do charuto caiu-lhe no peito, que ele limpou com a palma da mão. Mundo velho sem porteira! — como dizia o Liroca. Hoje é um grande dia. Adeus, senhor deputado! Pensou naqueles anos de vida parlamentar. Lembrava-se com particular encanto da campanha da Reação Republicana, de seus discursos contra Artur Bernardes e a camorra paulista-mineira. Lembrava-se de seu amargo desapontamento quando a nação inteira esperava a palavra de Borges de Medeiros, capaz de lançar as forças democráticas do país numa revolução regeneradora, e o Papa Verde soltara através dum editorial d'*A Federação* o seu gélido "Pela Ordem".

Ah! Mas fosse como fosse Rodrigo Cambará ia deixar sua marca na vida social de Porto Alegre. Isso ia, sem a menor dúvida! Os jornalistas o adoravam. Ele era um *assunto*. Homem franco, detestava as meias palavras. Vinha disso o caráter sensacional de quase todas as suas entrevistas. Tinha também amigos e admiradores entre os turfistas. Não faltava às corridas da Protetora do Turf aos domingos, e seu cavalo Minuano, cria do Angico, ganhara uma vez um páreo importante, chegando na frente de animais de raça, estrangeiros. O cronista social da *Máscara* escolhera-o como "o deputado mais bem vestido". Aonde quer que fosse, tinha amigos ou conhecidos: na galeria do Café Colombo, onde tomava o chá das cinco e flertava com belas fêmeas, principiando ou continuando muita aventura que terminava na cama; na Alfaiataria de Germano Petersen, onde se reuniam políticos e homens de negócio; à porta da Livraria do Globo, onde intelectuais discreteavam, olhando a parada das belas mulheres que ao entardecer faziam o *footing*.

Rodrigo ergueu-se e começou a vestir-se com um vagar feminino. Tinha prometido almoçar com dois deputados da oposição para "acertarem os relógios" quanto à propaganda da candidatura de Assis Brasil. Curioso! Duma hora para outra *estava na oposição*, amigo dos maragatos. Isso lhe dava uma sensação que era metade orgulho de estar contra o governo, metade a vaga impressão de ter feito uma travessura pela qual ia ser repreendido pelo pai. Era estranho: nos últimos tempos não podia pensar no dr. Borges de Medeiros sem associar sua imagem à do velho Licurgo, como se ambos fossem irmãos de sangue ou muito parecidos de físico e temperamento. Se o Velho soubesse, ficaria furioso.

13

Aquela noite, depois do jantar, decidiu ir ao Clube dos Caçadores para uma despedida. Havia passado naquele cabaré momentos inesquecíveis. Como de costume, apertou a mão do porteiro.

— Boa noite, doutor Cambará. Parabéns pelo discurso.

Rodrigo sorriu, entregando ao homem o chapéu e uma gorda gorjeta. O cabra decerto havia lido sua oração nos jornais da tarde. A *Última Hora* a reproduzira na íntegra, sob cabeçalhos escandalosos.

Subiu a escada lentamente, com a reconfortadora sensação de que "estava em casa". Aspirou com delícia o perfume de loção de violetas que vinha da barbearia do clube, na qual penetrou, passando a mão pelas faces e dizendo:

— Boa noite, Lelé, me dá uma passada rápida.

Sentou-se na cadeira com um suspiro feliz de quem antecipa momentos de abandono hedonista. Por alguns segundos ficou a namorar-se no espelho, enquanto o barbeiro o felicitava pelo discurso da manhã.

— Não se fala noutra coisa na cidade. Para dizer a verdade, não li o jornal. Mas me contaram.

Rodrigo sorriu, cerrando os olhos. No salão de danças, de onde vinha um rumor de passos ritmados e vozes, a orquestra tocava a *Tehuana*. Era agradável sentir no rosto a espuma cremosa e fresca, com uma fragrância de limão. Pensou na clara de ovo batida que a Dinda punha em seus doces, e teve um súbito, absurdo desejo de comer montanha-russa. O barbeiro falava torrencialmente. Contava mais uma vez que em futebol era do Sport Clube Internacional e em política do Partido Federalista.

— Comigo é só no colorado. E por falar em colorado, o senhor não vai fazer uma fezinha na roleta hoje? Jogue no treze, doutor. A noite passada sonhei com esse número. Jogue, que é tiro e queda.

O barbeiro calou-se, mas ficou resmungando a melodia mexicana. Rodrigo passava mentalmente em revista as mulheres do cabaré com quem poderia dormir naquela sua derradeira noite em Porto Alegre. A primeira que lhe veio à mente foi Gina Carotenuto, a cançonetista italiana. Mas não! Era demasiadamente exuberante, e seu humorismo andava sempre beirando o sarcasmo. Que se podia esperar duma mulher que, ao entrar no palco para cantar seus números, olhava em torno da sala e gritava: *"Buona sera, gonococchi!"*? Concluiu que poderia ser uma fêmea ótima para seu irmão Toríbio, mas não para ele. E a argelina de olhos de ágata que contava histórias sórdidas e sombrias de Casbah, onde fora violada por um árabe de pele oleosa, com olhos de assassino? Era excessivamente ossuda e destituída de seios, isso para não falar na voz lamurienta e na mania que tinha de fazer o amor com o quarto completamente às escuras. Havia ainda Ninette, esbelta e loura, com seu ar de princesa nórdica, o seu perfil de medalha antiga. Qual! Quem é que quer levar para a cama um camafeu ou uma estátua? Não. Por mais que procurasse — e havia tantas! —, sua escolha sempre caía em Zita, a jovem húngara que agora andava com um estancieiro de Alegrete. O "coronel" estava ausente da cidade — por esse lado não haveria problema, mas a menina tinha um "amiguinho" que era nada mais, nada menos que um dos melhores companheiros com que ele, Rodrigo, contava ali no clube...

114

O barbeiro continuava a falar. Narrava histórias de fregueses seus. Por aquela cadeira passava gente de toda a espécie. Aprendera a conhecer a procedência da clientela pela roupa, pela maneira de falar, pelo tipo de corte de cabelo...

— Quando o bicho usa costeletas e está com uma boa camisa de seda, só pode ser da fronteira, de Livramento ou Uruguaiana.

— Mas eu uso costeletas e camisa de seda e sou de Santa Fé.

— Ah, mas o senhor vê, doutor, não hai regra sem exceção, como diz o outro.

— Como é que você sabe que o freguês é serrano?

— Bom, por uma certa poeirinha avermelhada que fica nos sapatos... e às vezes até na pele...

— E o pessoal da zona colonial?

O barbeiro recuou um passo e, erguendo a navalha como se fosse degolar Rodrigo, exclamou:

— Esses conheço pelo suor! Gringo tem um cheiro especial.

— Pois erraste a profissão, Lelé. Devias ser investigador da polícia.

— Deus me livre e guarde!

O barbeiro penteou o cliente, aparou-lhe as sobrancelhas e os cabelinhos das ventas, mas quando apanhou a pluma para empoar-lhe o rosto, Rodrigo deteve-o com um gesto:

— Não. Guarda isso para os teus frescos.

O outro desatou a rir. Rodrigo pôs-lhe na mão uma cédula de vinte mil-réis, deu-lhe uma batida no braço e saiu da barbearia na direção da sala de jogo, onde entrou.

Àquela hora havia pouca gente ao redor das mesas de roleta e bacará. O jogo forte começava em geral cerca das duas da madrugada. Curiosos caminhavam dum lado para outro, num ambiente de grande familiaridade, mas numa espécie de surdina de velório ou igreja. Falavam aos cochichos e a única voz alta que se ouvia era a dos crupiês. "Façam jogo!" Um cheiro de café recém-passado temperava agradavelmente o ar morno, que a fumaça dos cigarros e charutos azulava. "Feito!" O matraquear da roleta produzia uma espécie de cócega no peito de Rodrigo: era um som alegre, esportivo, carregado de emoções e expectativas. "Vinte e quatro. Preto!" Rodrigo comprou fichas, aproximou-se da mesa, e pô-las todas sobre o número treze. "Façam jogo!" O crupiê — um castelhano magro e pálido, de barba cerrada — saudou Rodrigo com um sorriso. "Feito!" A roleta movimentou-se, a bola foi lançada. Tudo parecia um brinquedo de criança. Passou rápida pela cabeça de Rodrigo a ideia de levar uma roleta em miniatura para os filhos... Não. Seria um mau exemplo. Seus olhos seguiam a bola. Ele não via mas "sentia" as caras tensas ao redor da mesa. Sempre tivera um certo medo de apaixonar-se pelo jogo. Era por isso que em geral evitava as oportunidades de jogar. Mas que diabo! Aquela era uma noite especial...

A bola aninhou-se sob um número. Treze! Preto! — gritou o crupiê. O palpite do barbeiro dera certo. Rodrigo apanhou as fichas que a pá empurrava na sua direção e pôs uma delas dentro da caixa dos empregados. O crupiê agrade-

115

ceu-lhe com um sorriso. Rodrigo afastou-se da roleta. Pensou em bancar o bacará. Ou seria melhor ir sentar-se no salão de danças e beber alguma coisa?

Alguém tocou-lhe o braço. Voltou-se. Era o dr. Antônio Alfaro, médico muito respeitado na cidade pela sua probidade profissional e pelo seu famoso olho clínico. Outra particularidade o tornava notório: sua tremenda paixão pelo jogo. Havia noites em que perdia ali na roleta e no bacará verdadeiras fortunas. Jogava em silêncio, não se lhe movia um músculo de cara; passava o tempo fumando cigarro sobre cigarro. Contava-se a história duma famosa noite em que o dr. Alfaro ficara a jogar obstinadamente sem arredar o pé da mesa de bacará. À meia-noite pediu um bife à cavalo e comeu-o ali mesmo, perto do pano verde, sem tirar os olhos das cartas. Alta madrugada, mandara chamar um barbeiro, que viera sonolento escanhoar-lhe o rosto. E o jogo continuou sem interrupção até o clarear do dia. Às oito o dr. Alfaro pediu um café com leite e torradas. Às nove ergueu-se, enfiou o chapéu na cabeça e, já com sol alto, saiu dos Caçadores diretamente para o consultório.

Cinquentão, alto e descarnado, os cabelos negros riscados de prata aqui e ali — tinha um rosto ossudo e longo, dum moreno terroso, e uma voz que lembrava o som do fagote.

— Homem! — exclamou Rodrigo. — Há quanto tempo!

O dr. Alfaro meteu um cigarro na piteira de âmbar e acendeu-o.

— Pois aqui estou, meu caro, assinando o ponto, como sempre. Ah! Parabéns pelo discurso. Não sou político, você sabe, mas sempre me faz bem ao coração e ao fígado ler que alguém deu uma bordoada no Papa Verde.

Fez uma pausa, expeliu fumaça pelo nariz, olhou Rodrigo de alto a baixo e depois perguntou:

— E agora, quais são os planos?

— Ora, volto amanhã para Santa Fé, pelo noturno, e vou começar em seguida a campanha eleitoral em todo o município.

O dr. Alfaro sacudiu lentamente a cabeça. Mas seus olhos estavam voltados para a mesa de bacará. Parecia perturbado.

— Não vai jogar? — perguntou Rodrigo.

— Não sabia que abandonei definitivamente o jogo?

— Não diga!

— Pois é. Faz três meses que tomei essa resolução e não pretendo voltar atrás.

— Mas por quê? Como foi o milagre?

— Você não pode calcular o quanto isso me custa...

O médico ergueu as mãos, com as palmas voltadas para cima. Estavam trêmulas e úmidas de suor. Rodrigo mirava-o, curioso, esperando a explicação.

— Quer saber por que deixei de jogar?

Tomou do braço do outro e levou-o para um canto deserto da sala.

— A história é simples e ao mesmo tempo terrível na sua simplicidade. Como todo o mundo sabe, tenho perdido horrores nesta casa. Uma noite deixei aqui, entre a roleta e o bacará, mais de vinte contos. Sim senhor, vinte contos de réis! Saí alcatruzado, desmoralizado, com vergonha até de levantar os olhos para o céu. O dia tinha clareado. E quando cheguei em casa vi uma cena que me deixou abalado. Minha mulher de *robe de chambre* discutia na calçada com o verdureiro por causa de um tostão de diferença no preço da couve. Um tostão! E eu tinha acabado de perder vinte contos! Não posso descrever o que senti. Foi como se minha alma tivesse caído numa latrina, como disse a personagem do Eça. A coisa foi tão forte, que naquele instante prometi a mim mesmo não jogar nunca mais. E cumpri a promessa.

— Mas por que continua vindo aqui?

O dr. Alfaro encolheu os ombros.

— Não sei. Talvez a força do hábito. Ou então é o bêbedo regenerado que ainda gosta de sentir o cheirinho da cachaça. Pode ser também que eu queira valorizar o meu gesto, tornando a coisa mais difícil. Uma espécie de bravata, compreende?

Rodrigo sacudiu lentamente a cabeça.

— Por que não vem comigo até o salão para tomar alguma coisa?

O dr. Alfaro sacudiu negativamente a cabeça.

— Não, obrigado. Nunca entrei naquele salão. Fui jogador, isso sim, mas femeeiro nunca. Estou um pouco velho para começar. Mas vá, e que lhe faça bom proveito.

Apertaram-se as mãos. Os olhos do dr. Alfaro se voltaram para a mesa de bacará.

14

Como de costume, Rodrigo sentou-se à mesa que ficava perto do palco triangular, a um canto do salão. Pediu uma garrafa de champanha e ficou a beber, a fumar e a olhar os pares que dançavam. A orquestra tocava um tango argentino, que espalhava no ar uma melancolia *arrabalera*, permitindo àqueles homens — estudantes de cursos superiores, empregados do comércio, caixeiros--viajantes, gigolôs profissionais, visitantes do interior — exibirem suas habilidades coreográficas. Muito agarrados aos pares — mulheres que traziam de fora ou que ali eram postas pela gerência da casa, como engodo para a freguesia —, eles se arrastavam ao ritmo da música, em passos lânguidos, tudo isso num contraste com o jeito safado e vagamente negroide que tomavam quando dançavam maxixes.

Rodrigo ficava às vezes absorto a observar os membros da orquestra. Eram homens de ar aborrecido ou neutro, que de dia tocavam em confeitarias peças semissérias e insípidas ou esfregavam burocraticamente os fundilhos das calças em alguma cadeira de repartição pública.

As mesas se achavam colocadas à frente de bancos com assentos de couro que

117

corriam ao longo das paredes, onde pequenos espelhos multiplicavam as luzes e os vultos da sala. Rodrigo via ali alguns dos frequentadores habituais do cabaré. Lá estava o "Conde" (ninguém lhe sabia o nome verdadeiro), sessentão e calvo, todo vestido de negro, o monóculo especado no olho esquerdo, o colarinho engomado e alto, uma pérola no pregador da gravata, sempre perfumado de Fleur d'Amour, fumando cigarros turcos na ponta duma longa piteira, as mãos muito bem manicuradas, a cara esguia, as feições um tanto imprecisas, como que esculpidas em sabonete. Havia nele um ar mórbido de fim de noite, fim de século, fim de raça, fim de tudo. Mas que tinha um aspecto digno, ninguém negava. Era fleumático como um inglês de novela. Passava quase toda a noite em silêncio, bebendo seu champanha gelado, mordiscando torradinhas barradas de caviar, tendo sempre à sua mesa uma mulher bela e jovem — nunca a mesma! — que ele tratava com uma polidez distante, mirando-a de quando em quando com seus olhos vítreos. Alta madrugada, saía com a companheira para — murmurava-se — inconfessáveis orgias sexuais.

Numa outra mesa um conhecido estancieiro de Dom Pedrito cocava com seus olhinhos lúbricos a branca polaca que sorria a seu lado, enquanto um rapaz escabelado e esguio, de gestos irrequietos, lhe dizia algo ao ouvido. O olhar de Rodrigo deteve-se no jovem. Era um dos tipos mais populares ali nos Caçadores. Rodrigo achava-o repulsivo e exatamente por isso não podia tirar os olhos de sua figura. A pele do rosto magro e escrofuloso tinha essa palidez lustrosa e transparente do rato recém-nascido. Coroava-lhe a testa olímpica, pintalgada de espinhas inflamadas, uma mecha de cabelos dum negro fosco. Todos o conheciam pela sugestiva alcunha de Treponema Pálido. Costumava andar de mesa em mesa, à procura de quem lhe pagasse um bife com ovos e uma cerveja. Não tinha emprego certo e dizia-se que era traficante de cocaína. Interesseiro e servil, adulava os estancieiros que frequentavam o cabaré, servindo-os como menino de recados. E as mulheres, embora se valessem às vezes de seus serviços de cáften e lhe dessem gratificações em dinheiro, repeliam-no como macho.

A orquestra deixou morrer o tango num gemido sincopado de acordeão, atacando em seguida um *one-step*. O clima da sala mudou de repente.

Sentada à mesa dum homem taciturno e demasiadamente cônscio do colarinho alto que lhe dificultava os movimentos de cabeça, Rodrigo avistou a "Oriental", uma uruguaia da província de Canelones. Gorda e terna, quando ia para a cama com um "freguês" tinha o hábito de recitar-lhe poemas inteiros em espanhol. Gabava-se de saber de cor todo "El cántaro fresco", de Juana de Ibarbourou.

Um garçom abriu com estrondo uma garrafa de champanha junto da mesa dum velhote risonho e de cabelos pintados, que acariciava a mão duma mulher de aspecto soberbo, sentada a seu lado. Era a Bela Zoraida — pois assim ela própria se intitulava —, famosa pelas joias caras, que lhe adornavam o colo e os braços, engastadas em aço. Trazia sempre ao redor do pescoço um cordão de ouro, do qual pendia um apito. Dizia que era para chamar a polícia, caso fosse assaltada por ladrões.

Que fauna! — murmurou Rodrigo para si mesmo, tomando um gole de champanha.

Avistou Zita, que se aproximava de sua mesa conduzida pelo "amiguinho". Ergueu-se, abriu os braços e estreitou o rapaz contra o peito. Sentem-se! Sentem-se! Apertou com ambas as mãos a delicada mão da húngara. Era uma rapariga pequena, bem-feita de corpo. Teria pouco mais de vinte anos. Havia algo de felino em sua cara um tanto larga, de olhos verdes e enviesados; a boca rasgada, de lábios polpudos, era dum vermelho úmido. Sombreava-lhe a voz um tom penugento e fosco, que Rodrigo achava excitante como um beijo na orelha.

— Que é que há de novo? — perguntou ele, quando viu os dois amigos acomodados à mesa.

O rapaz encolheu os ombros e fez uma careta pessimista.

— Tudo velho. Os "pecuários" de sempre.

Era talvez a figura mais assídua e popular do cabaré. Franzino, duma brancura doentia de crupiê, tinha as pálpebras machucadas permanentemente debruadas de vermelho e os olhos embaciados por uma expressão de tresnoitada canseira. Filho dum tabelião duma cidade da fronteira com o Uruguai, viera para Porto Alegre, havia três anos, para estudar medicina, mas continuava a marcar passo no primeiro ano. Passava noites inteiras no cabaré, onde as mulheres o adoravam. Só ia dormir, sempre acompanhado, quando o sol já estava alto. Às três da madrugada, depois que o cabaré fechava as portas, levava a companheira da noite a comer um bife nos restaurantes do Mercado Público. Era campeão de maxixe, valente como galo de briga e — toda a gente sabia e ele próprio não negava — apreciador do "pozinho branco", bem como alguns daqueles moços que frequentavam os Caçadores.

Um desafeto lhe pusera o cognome de Pudim de Cocaína, que a princípio ele repelira, indignado. ("Pudim de Cocaína é a mãe", retrucara duma feita, já pronto para quebrar a cara do insolente.) Mas como os amigos tivessem gostado da alcunha, acabou habituando-se a ela, e hoje os íntimos tinham o direito de chamar-lhe Pudim e como tal era conhecido.

A afeição e a admiração que Rodrigo lhe votava nasceram no dia em que vira o rapaz dar uma surra espetacular num sujeito mais forte do que ele, ali em plena pista de danças, ao som duma valsa lenta. Tendo vindo depois a conhecer o Pudim mais de perto, Rodrigo descobrira no rapaz muitas qualidades de coração. Aquele boêmio noctívago, de ar permanentemente entediado, aquele tomador de cocaína irritadiço e provocador de brigas era no fundo um sentimentalão, amigo leal e generoso. Embora vivesse duma mesada curta, nunca recusava ajudar os que tinham menos que ele.

Rodrigo contemplava-o agora com um ar entre afetuoso e crítico de tio.

— Precisas dar um jeito nessa tua vida, homem.

— Que jeito?

— Ora, se queres eu te componho esse corpo em poucos meses. Te levo

119

para a minha estância, te faço um tratamento de fortificantes, te empurro uma boa dieta e em pouco tempo estás outro.

— Pra quê?

Pudim olhava para a taça que o garçom naquele momento enchia de champanha. A máscara da comédia se lhe alternava no rosto com a da tragédia; a da inocência com a da devassidão. Seus lábios de vez em quando se crispavam numa expressão de desdém. Era como se aquelas coisas todas — mulheres, bebidas, cocaína, danças — não lhe dessem o menor prazer. Parecia entregar-se a elas para matar o tempo, ao mesmo tempo que se matava. Rodrigo via naquilo um suicídio lento e estúpido.

Zita olhava para o amigo e sorria. Era nova na cidade e no Brasil. Não sabia patavina de português, mas falava com alguma fluência um curioso italiano ao qual conseguia tirar toda a musical doçura, emprestando-lhe uma qualidade gutural.

— Já tomaste a tua dose hoje? — perguntou Rodrigo, encarando Pudim.

— Não. O cafajeste do boticário não me quis fiar. Estou quebrado. O velho me cortou a mesada. É um mundo infecto!

— Podia te dar dinheiro, mas não quero alimentar teu vício. Não descansarei enquanto não te fizer deixar a coca.

— Não perca o seu tempo.

— Sabes duma coisa engraçada? Nunca te vi à luz do sol!

Pudim acendeu um cigarro, aspirou a fumaça com força e a seguir com mais força ainda soltou-a pelas narinas. Bebeu um gole de champanha e resmungou:

— Está tudo podre.

Ergueu-se e segurou o pulso da companheira:

— Vamos dançar. *Capisce? Danzare, mannagia!* Esta "turca" não há jeito de aprender o brasileiro.

Zita ergueu-se. Saíram a dançar, os corpos muito juntos. Era um maxixe. Rodrigo seguiu-os com o olhar. Pudim podia ganhar a vida como bailarino profissional. Dançava tão bem como o Castrinho, uma das atrações dos Caçadores. Era ágil, elástico, tinha ritmo e pés de pluma. Mas todo o interesse de Rodrigo agora se concentrava nas nádegas da húngara.

Neste momento um homem sentou-se à sua mesa. Rodrigo franziu o cenho, contrariado. Era o Cabralão, outro tipo popular na casa. Rábula metido a poeta, tinha fama de grande orador. Dizia-se que poderia fazer uma fortuna como advogado, no crime, se não bebesse tanto. Vestia-se com desleixo, tinha uma cabeleira basta, dum ondulado suspeito, uma cara trigueira picada de bexigas, uma beiçola caída, dum pardo avermelhado.

— Doutor Cambará — disse ele com voz meio arrastada e pastosa —, vim aqui lhe pedir para assinar na minha lista...

— Que lista? — perguntou Rodrigo, já na defensiva, pois sabia que o rábula costumava lançar mão dos mais inesperados estratagemas para arrancar dinheiro aos amigos e conhecidos.

120

— Para o monumento que nós, os frequentadores desta casa, vamos mandar erigir ali na frente do portão central do cais do porto.

Falava com ar sério e confidencial.

— Mas que monumento?

Cabralão inclinou-se sobre a mesa. Seu hálito recendia a cachaça.

— Uma estátua à Prostituta Europeia. Que lhe parece?

Rodrigo não pôde evitar um sorriso.

— Que história é essa?

— Vou escrever um artigo para explicar o sentido desse monumento. Mas posso lhe adiantar algumas das minhas ideias...

Pegou num gesto automático a taça da húngara, levou-a aos lábios e bebeu o champanha que restava nela.

— Vou mostrar, doutor Cambará, meu ilustre deputado, vou elogiar, está entendendo?, a grande função civilizadora que tiveram entre nós essas mulheres da vida que, depois da Guerra Europeia, vieram para Porto Alegre, importadas pelos nossos cabarés e bordéis. — Inclinou-se mais na direção do interlocutor, apertando com força a haste da taça. — Doutor Cambará, meu ilustre amigo, pois é, essas damas estão mudando a nossa vida, permitindo que nossa cidade deixe de ser uma acanhada menina provinciana para se transformar, está entendendo?, numa mulher adulta e talvez adúltera, mas, que diabo!, *mulher* em todo o caso.

O maxixe cessou. Romperam aplausos entusiásticos. A orquestra repetiu o número. Os olhos de Rodrigo procuravam a húngara. Cabralão raspava com a unha longa e polida o rótulo da garrafa. Prosseguiu:

— Graças a essas cortesãs, meu caro deputado, está ouvindo?, graças a essas competentes profissionais os nossos estancieiros estão aprendendo boas maneiras. Em vez de cerveja, doutor, em vez de cerveja já bebem champanha, Cointreau, Beneditino. Já comem caviar e patê de *foie gras* em vez do consagrado bife com ovos e batatinhas fritas. Já sabem segurar o garfo e a faca e não amarram mais guardanapos no pescoço, está entendendo? Os nossos cascas-grossas até já beijam as mãos das damas... Civilizam-se, meu caro parlamentar, civilizam-se os guascas!

Muito a contragosto Rodrigo começava a interessar-se pelo que o Cabralão dizia. Havia uma grotesca verdade em suas palavras. O rábula sorria, como que encantado pelas próprias ideias.

— Porto Alegre já tem a sua vida noturna — continuou. — O senhor me compreende, doutor? Eu não exagero... exagero? Não exagero. Os fatos estão aí. Nossa cidade mudou da noite para o dia, é um dos grandes mercados do mundo, doutor Cambará, no tráfico de brancas. Essas horizontais nos chegam diretamente de Paris, note bem, de Paris e de outras cidades da Europa. Ontem estive com uma que me recitou Verlaine, calcule, *Les Fleurs du mal*.

— Isso é de Baudelaire.

— Bom. Não vem ao caso. Mas a verdade é que sabia versos inteiros, e de simbolistas, meu caro deputado, de simbolistas! Pois essa francesa me contou que dormiu com o Apollinaire. Ora, vamos e venhamos. Eu, o Cabralão, um bode da rua da Varzinha, dormindo com uma francesa alvíssima que já amou um grande vulto da literatura mundial, hein, que tal, hein? Compare essas deusas de leite e mel com as nossas chinas, as nossas mulatas analfabetas e sifilíticas. Que é que o senhor acha?

— Acho que você está bêbedo.

O rábula fechou a cara e os olhos, em cujas comissuras brilhavam pontinhos duma secreção branca, e murmurou com certa dignidade:

— Bêbedo, sim, mas lucidíssimo!

— Outro champanha e mais uma taça! — gritou Rodrigo para um garçom que passava.

Zita não podia tornar a beber na taça que o mulato maculara.

Cabralão agora olhava em torno, como se visse aquela sala pela primeira vez.

— Veja este cabaré, meu caro doutor, este santuário, se me permite a expressão profana. — Sua voz se tornava cada vez mais arrastada. — Poderia existir o Clube dos Caçadores sem essas abnegadas mulheres que a Europa nos manda, como missionárias caque... cate... catequizadoras? A flor da política gaúcha marca *rendez-vous* aqui todas as noites. Não é por estar na sua presença, meu caro parlamentar, que eu digo isto. Deputados, intendentes, grandes causídicos reúnem-se fraternalmente neste templo. Quer que eu lhe diga uma coisa? O centro político mais importante do Rio Grande não é o Palácio do Governo, nem a Assembleia dos Representantes, nem as secretarias de Estado, mas o Clu-be dos Ca-ça-do-res!

Sublinhou a última sílaba de Caçadores com um soco na mesa. Uma das taças tombou.

— Pare com isso! — gritou-lhe Rodrigo.

O garçom trouxe a nova taça e a garrafa de champanha que Rodrigo pedira.

— Está bem — disse o rábula. — Vou me retirar. Mas quero lhe dizer mais uma coisa, meu caro doutor Cambará, sob palavra de honra. Se eu tivesse uma filha (espalmou a mão sobre o coração), que não tenho, pois sou solteiro, eu não entregaria a menina para as freiras do Colégio Sévigné, não senhor, está me entendendo? Eu mandava a menina para esta casa. — Com o dedo em riste apontou para o soalho. — Sim, para os Caçadores, para receber aqui sua educação no convívio dessas abnegadas e distintas senhoras, diante das quais me curvo respeitoso.

Rodrigo pensou em Alicinha, viu-a sentada à sua frente com a boneca nos braços, e teve ímpetos de atirar o conteúdo de sua taça na cara do mulato.

Cabralão ergueu-se. Era grande e espadaúdo, com um peito de pomba que lhe dava um vago ar de polichinelo gigante. Baixou os olhos para Rodrigo e murmurou:

— Com quanto o meu caro doutor vai contribuir para a lista?

— Ora, não me amole.

— Qualquer quantia serve. Uns vinte pilas, digamos.

Rodrigo hesitou por breve instante, mas para se livrar do importuno tirou do bolso uma maçaroca de dinheiro, pescou dela uma nota de dez e lançou-a sobre a mesa.

— Tome. Não dou mais. Agora suma-se. Tenho convidados.

O rábula apanhou a cédula com a ponta dos dedos e meteu-a no bolso, sem a examinar. Pegou a taça e bebeu o que restava nela.

— Mais uma coisa, doutor. Quero a sua opinião. Não acha que a Bela Zoraida seria o modelo ideal para o monumento? Tem a dignidade duma matrona romana, hein? Imagino o monumento ali na frente do portão central do porto, olhando para a praça... Um dístico curto mas expressivo no pedestal de mármore. Uma coisa assim: "À marafona europeia, a cidade agradecida".Que tal?

— Está bem. Mas raspa!

Cabralão fez meia-volta e se foi.

15

À uma hora o *cabaretier* apareceu no palco para anunciar os números da noite. Era um francês gordalhufo e louro, de cara rosada, olhos claros e um bigode de foca. Vestia um trajo escuro, um pouco à boêmia, com uma gravata à Lavallière. Fazia versos, lia muito e dizia-se amigo de figuras literárias da França. Como e por que viera parar ali naquele cabaré ninguém sabia ao certo.

Para começar, o francês postou-se no centro do palco de mãos nos bolsos, e começou a recitar em sua língua uma fábula.

Quando terminou a história, ouviram-se risadas e aplausos. Os que não sabiam francês sorriam alvarmente, assim com um vago ar de empulhados.

O *cabaretier* pediu *un cri d'admiration*, e um prolongado *oh!* em uníssono encheu a sala. E o espetáculo começou. Enquanto *La porteña*, com um vestido de lamê muito colado ao corpo calipígio, cantava com voz roufenha de devassa o "Pañuelito blanco", Rodrigo olhava ternamente para Zita, enquanto Pudim em voz baixa dizia horrores da cantora. Por baixo da mesa Rodrigo procurava o pé da húngara. Encontrando-o, acariciou-o com o bico dos sapatos. A rapariga sorriu com malícia, lançando ao mesmo tempo um olhar furtivo na direção do Pudim.

O *cabaretier* aproximou-se da mesa, pousou a mão no ombro de Rodrigo e perguntou baixinho:

— *Ça va, mon cher docteur?*

Rodrigo ergueu a cabeça e sorriu:

— *Ça va.*

— *Bien.*

O número seguinte foi um sapateado, por um casal de bailarinos gitanos. Um prestidigitador quebrou o relógio dum "coronel", à vista de todos, e minutos mais tarde — Abracadabra! — fê-lo reaparecer, intato, dentro de uma cartola.

Gina Carotenuto encheu a casa com sua voz de lasanha. E uma francesa magra, loura e branca cantou cançonetas picantes.

Continuaram depois as danças na pista. Rodrigo sentia o champanha subir-lhe à cabeça. Era o que ele chamava de "porre suave", o suficiente para deixá-lo sentimental, num desejo de confraternizar com todo o mundo. O essencial era não passar do ponto...

— Nunca me viu? — perguntou Pudim, percebendo que o amigo o encarava com insistência.

— Estou te vendo perto da mangueira do Angico, bebendo um copo de leite ainda morninho dos úberes da vaca.

O rapaz fez uma careta de nojo.

— Prefiro esse leite e essa vaca... — murmurou olhando para a gorda garrafa de Veuve Clicquot.

Zita sorria. O bico do sapato de Rodrigo subia-lhe pelo tornozelo, esfregava-lhe a perna.

— Pudim, ouve o que vou te dizer.

O cocainômano fitou no amigo o olhar enfastiado.

— Diga.

— Quero te ajudar...

— Então me pague uma *prise*.

— Quero fazer mais que isso: vou te salvar a vida.

— Que bobagem é essa, doutor?

— Quanto dinheiro precisas para pagar tuas dívidas?

— Muito.

— Diga quanto.

— Não faço a festa com menos de três contos.

— Está bem. Escuta...

Inclinou-se sobre a mesa, segurou a lapela do casaco de Pudim, esquecendo por alguns instantes as pernas da húngara.

— Vamos fazer uma aposta — propôs. — Um negócio de homem pra homem, compreendes? Se eu perco, te passo três contos em dinheiro, aqui mesmo, agora. Mas se tu perdes, terás de ir comigo para Santa Fé, amanhã no noturno, sem discutir... Todas as despesas por minha conta, é claro.

O outro hesitava.

— Por quanto tempo?

— Três meses, nem um dia mais, nem um dia menos.

— E que é que vamos jogar?

— Roleta. Preto ou vermelho.

— E que é que o senhor ganha com isso?

— O prazer de ajudar um amigo.

Pudim pôs-se de pé e gritou:

— Meus caros paroquianos, o doutor Rodrigo Cambará vai me salvar a vida. Cantemos todos o hino número sessenta e nove.

Sua voz perdeu-se no meio da balbúrdia. Rodrigo puxou-o pela ponta do casaco, fazendo-o sentar-se. Pudim caiu sobre a cadeira como um peso morto. Tornou a beber um gole de champanha.

— Vamos. Que é que tens a perder? Restauras a tua saúde, recuperas o interesse pela vida...

— Três contos?

— Dinheiro batido.

Pudim animou-se.

— Está feito!

Apertaram-se longamente as mãos. Chamaram o *cabaretier* para servir de testemunha e informaram-no das condições da aposta. Quando os três se dirigiram para a sala de jogo, deixando a húngara à mesa, o francês segurou o braço de Rodrigo e disse-lhe:

— *Monsieur, vous êtes fou, mais j'aime votre folie.*

Pararam ao pé da roleta. Rodrigo olhou para Pudim.

— Escolha a cor.

— Vermelho.

— Está bem. Vale esta jogada?

O outro sacudiu a cabeça afirmativamente. Ouviu-se o ratatá da bola na bacia da roleta. O *cabaretier* sorria, olhando de um para outro dos apostadores, que estavam ambos graves e tensos como duelistas à luz cinzenta do amanhecer. O matraquear cessou. Ouviu-se a voz do crupiê: vinte e dois, preto! Pudim encolheu os ombros. Rodrigo tomou-lhe do braço e reconduziu-o à mesa.

— De agora em diante me pertences.

Ocorreu-lhe então uma ideia que o fez sorrir. Não sabia o verdadeiro nome do rapaz, apesar de toda a camaradagem de tantas noites de farra.

— Ainda que mal pergunte, qual é mesmo o teu nome?

— Rogério.

— Mas vou continuar te chamando de Pudim. É mais autêntico. Dentro de algum tempo serás o Pudim de Leite.

Rodrigo contou à rapariga, numa mistura de italiano, francês e mímica o resultado da aposta. Ela murmurou: *"Mamma mia!"*, lançando um olhar interrogativo para o "amiguinho".

— Preciso confessar que estou sem um tostão — declarou este último. — Acho que tenho direito a um adiantamento...

Rodrigo tirou do bolso duas cédulas de cem mil-réis e entregou-as ao amigo.

— Compra o que precisares para a viagem. Quero que amanhã estejas na estação dez minutos antes da saída do noturno. Não te esqueças que empenhaste tua palavra. Vida nova, rapaz!

Pudim apanhou as notas, ergueu-se e encaminhou-se para a porta da rua.

16

A orquestra chorava um tango argentino. Rodrigo convidou a húngara para dançar. Fazia muito que não dançava, e a tontura não lhe ajudava as pernas. Limitou-se a caminhar, sem muito ritmo, sentindo a maciez elástica dos seios da rapariga contra o peito, aspirando o perfume de seus cabelos e beijocando-lhe de quando em quando a ponta da orelha. Pensava em alguma coisa para dizer-lhe, mas não lhe ocorria nada que prestasse. Sabia de italiano apenas o suficiente para apreciar operetas e óperas. Veio-lhe à mente o soneto de Stecchetti que o dr. Carbone costumava recitar. Repetiu-o ao ouvido da rapariga:

Io non voglio saper quel che ci sia
Sotto la chioma al bacio mio donata
E se nel bianco sen, ragazza mia,
Tu chiuda un cor di santa o di dannata.

Zita nada dizia, limitava-se a escutar, soltando risadinhas. Deixava-se apertar, parecia estar gostando daquelas intimidades. Rodrigo saltou por cima dum quarteto e dum terceto e recitou o terceto final, que sempre o entusiasmara:

Io non voglio saper quanto sei casta:
Ci amammo veramente un'ora intera,
Fummo felici quasi un giorno e basta.

Sim, bastava aquela noite. O resto não importava. Nem o Pudim de Cocaína nem o dr. Assis Brasil ou o dr. Borges de Medeiros. Voltaram para a mesa e Rodrigo tornou a beber. Agora só chamava a húngara de *ragazza mia*. Descobrira no som da palavra *ragazza* um forte conteúdo afrodisíaco. Tornaram a dançar, dessa vez um *one-step*. Rodrigo excitava-se, sentindo ao mesmo tempo um vago constrangimento por estar ali, fazendo aquilo — ele, um homem maduro, pai de cinco filhos. Imaginou a Dinda a observá-lo, à porta do salão... Sim, Flora também lá estava, com Bibi nos braços... A família inteira o contemplava... E Alicinha dançava agora com o Cabralão. Era uma vergonha! Mas não largou a húngara. E quando voltaram para a mesa, lá estava Pudim, com uma cara de fantasma, um brilho desvairado nos olhos, as narinas palpitantes. Rodrigo compreendeu o que se passara. Era preciso mesmo salvar o rapaz. Zita aproximou-se dele e passou-lhe ternamente as mãos pelos cabelos, o que deixou Rodrigo enciumado.

— Vou até a sala de jogo — disse. — Volto depois que vocês tiverem acabado esse idílio.

— Adeus, meu anjo da guarda! — exclamou Pudim, fazendo um gesto de despedida.

Em poucos minutos Rodrigo perdeu duzentos mil-réis na roleta e trezentos no bacará. Afastou-se das mesas para tomar um café. Avistou o dr. Alfaro, que, sozinho a um canto da sala, fumava placidamente.

— Como vai a coisa, doutor? — perguntou, acercando-se.

O médico sacudiu lentamente a cabeça:

— Firme, firme... Mantendo a palavra. Naquele instante vieram do salão de danças vozes alteradas. "Deixa disso!", "Aparta!" — gritos de mulheres, ruídos de passos apressados, de cadeiras que tombam, de copos que se quebram. Rodrigo correu para lá com um mau pressentimento. "É com o Pudim", pensou. Não se enganava. O rapaz estava atracado no meio da pista com um sujeito de porte atlético, muito mais alto que ele. A cena era a um tempo grotesca e terrível. Como um macaco agarrado a um grosso tronco de árvore, Pudim enlaçava com ambas as pernas a ilharga do inimigo e com as mãos ora lhe golpeava os olhos, ora lhe arranhava as faces, que já sangravam. O homenzarrão, muito vermelho e soprando forte como um touro, limitava-se a apertar o outro contra o peitarraço, com os braços musculosos. Pudim gemia, começava a perder a respiração... Rodrigo compreendeu que o gigante ia esmagar o tórax do rapaz, matá-lo... E ninguém intervinha. Precipitou-se para a pista e desferiu com toda a força um soco no ouvido do gigante, o qual, perdendo o equilíbrio, largou Pudim, que tombou no chão num baque surdo. E quando, estonteado, o brutamontes olhava em torno, buscando o agressor inesperado, Pudim de novo saltou sobre ele, dessa vez pelas costas, e, cavalgando-o, envolveu-lhe com os braços o pescoço taurino, procurando estrangulá-lo com uma gravata. Rodrigo apanhou do chão uma garrafa vazia e de novo investiu contra o grandalhão. Foi nesse momento que entraram em cena três empregados do cabaré, cuja função era exatamente a de intervir em emergências como aquela. Fortes e espadaúdos, eram conhecidos como leões de chácara. Um deles abraçou Rodrigo, imobilizando-lhe os braços — "Calma, doutor, deixe que nós nos encarregamos do *anjinho*" —, enquanto os outros dois separavam Pudim do adversário. Trepado numa cadeira, podre de bêbedo, Cabralão pedia ordem. O *cabaretier* postou-se no meio da sala e gritou: "Música!". A orquestra rompeu a tocar "O pé de anjo". Batendo nas costas de um e outro, o francês pedia que voltassem todos em paz para seus lugares. *C'est la vie, mes amis, c'est la vie!* As mulheres, que haviam fugido ao principiar o pugilato, voltavam para o salão. Os leões de chácara, sem maiores dificuldades, conduziram para fora do cabaré o atleta, que de repente se fizera muito humilde e cordato: "Não sou de briga. Só luto por dinheiro. Sou um profissional. O menino me agrediu. Tenho testemunhas".

Rodrigo levou Pudim de volta para a mesa e conseguiu acalmá-lo, impedindo que ele corresse para fora, para continuar a briga em plena rua. Zita, toda trêmula e de olhos úmidos, murmurava *carino mio, carino mio*, e acariciava com a ponta dos dedos o rosto do amante.

Rodrigo queria saber como havia começado a história, mas Pudim, ainda ofegante, nada esclareceu. Limitava-se a beber e a murmurar palavrões. O Treponema Pálido acercou-se da mesa e, muito excitado, contou que a coisa começara quando o bagualão quisera obrigar Zita a dançar com ele, "nas barbas do nosso Pudim".

127

— Quem é o tipo? — perguntou Rodrigo.

— Imagine, doutor, é um campeão de luta romana. Está se exibindo no Coliseu. Não ouviu falar? Apresenta-se com o nome de "Maciste Brasileiro". — Lançou para Pudim um olhar de admiração. — Eta bichinho bom!

— Raspa, espiroqueta! — gritou Rogério.

Continuou a beber e meia hora mais tarde estava caído sobre a mesa, ressonando.

Rodrigo chamou o garçom, pagou a despesa e a seguir pediu a dois dos leões de chácara que transportassem Pudim para o quarto de Zita, que ficava num segundo andar, do outro lado da rua.

A operação foi fácil e rápida. A húngara mandou pôr o amigo sobre sua cama, tirou-lhe a gravata, desabotoou-lhe o colarinho, e depois embebeu um chumaço de algodão em arnica e fez-lhe um curativo nos pontos equimosados do rosto.

Rodrigo gorjeteou generosamente os dois empregados do cabaré. E quando estes se retiraram, ele ficou a andar dum lado para outro no quarto. Estava excitado, sabia que lhe ia ser difícil dormir aquela noite. Olhava fixamente para o decote da rapariga, e teve um súbito desejo de morder-lhe as costas.

Pudim roncava, de boca aberta. Agora, no sono, mais se lhe acentuavam os traços juvenis. A húngara ergueu-se e convidou Rodrigo para sair do quarto. Na exígua sala de visitas, havia um sofá estofado de veludo verde, sobre o qual se afofavam almofadas de seda amarela. Uma boneca de pano vestida à tirolesa jazia atirada sobre uma poltrona.

Rodrigo debatia-se numa confusão de sentimentos. Era concebível que o deputado que aquela manhã fizera um discurso tão sério e decisivo na Assembleia dos Representantes pudesse estar agora ali, naquela casa, àquela hora e naquela companhia?

Santo Deus, quando é que vou criar juízo? Sentou-se no sofá, acendeu um cigarro. A húngara, sempre de pé, mirava-o como a esperar qualquer coisa dele... Rodrigo fumava e refletia. Se eu agarro essa menina e ela grita, tenho de fazer uma violência e vai ser o diabo. Se não agarro e vou-me embora, corro o risco de passar a noite inteira em claro, irritado e desmoralizado. Agarro ou não agarro? Ergueu os olhos. Achou que a rapariga sorria dum jeito provocante. *Ragazza mia* — murmurou, deixando o cigarro no cinzeiro e erguendo-se. Ela continuava imóvel. Rodrigo enlaçou-a, beijou-lhe os lábios e arrastou-a para o sofá.

Antes de deixar o quarto da húngara, uma hora mais tarde, escreveu um bilhete para o amigo:

Pudim velho de guerra:

Não te esqueças da aposta. Palavra é palavra.

Espero-te na estação, à hora da saída do noturno.

Um abraço do teu

R.

No dia seguinte, porém, teve de embarcar sozinho, pois o outro não apareceu. No trem já em movimento, pôs-se a pensar... Afinal de contas talvez tivesse sido melhor assim. O rapaz só lhe poderia trazer incômodos. Pensou no trabalho que ia ter nos próximos dias com a campanha eleitoral; imaginou a cara que o pai e a tia iam fazer ao vê-lo entrar no Sobrado cabresteando o Pudim de Cocaína, com toda a sua devassidão estampada na cara pálida. Concluiu que Deus escrevia direito por linhas tortas.

17

Teve na estação de Santa Fé uma recepção festiva. Ao saltar do trem caiu nos braços dos amigos. Lá estavam, além do irmão, do Neco, do Chiru, do velho Liroca e do cel. Cacique, todos os machos das famílias Macedo e Amaral, e um grande número de outros federalistas. Rodrigo perdeu-se numa floresta de lenços vermelhos. "Grande discurso!", diziam. "Um gesto muito digno!" — e os abraços não cessavam. "Atitude de homem!" — Chiru ergueu o chapéu e berrou: "Viva ao doutor Assis Brasil!".

O Liroca tinha lágrimas nos olhos. Juquinha Macedo quis saber qual havia sido a reação da bancada republicana ao "discurso-bomba".

Toríbio pegou do braço do irmão e empurrou-o na direção da saída, murmurando:

— A pústula do Amintas já começou a ofensiva.

Tirou do bolso um número d'*A Voz da Serra*. No alto da primeira página, em letras negras e graúdas, lia-se CHEGA HOJE O TRAIDOR VIRA-CASACA. Rodrigo parou, tentou ler o artigo que se seguia, mas não pôde. As letras se lhe embaralhavam diante dos olhos, um calor sufocante invadia-lhe o peito, subia-lhe à cabeça, estonteando-o.

— Cachorro — rosnou com dentes cerrados.

E dali por diante não prestou mais atenção ao que lhe diziam ou perguntavam. Só tinha um pensamento, um desejo: quebrar a cara do Amintas, o quanto antes, o quanto antes...

— O Velho está no Angico — informou Toríbio ao entrarem no automóvel.

— Tanto melhor... — respondeu.

Voltou-se para Neco e Chiru e disse, duro:

— Vocês vão conosco no carro.

Fez um gesto de agradecimento para os amigos que o haviam seguido até o automóvel.

— Bento — disse ao chofer —, toque ligeiro pela rua do Comércio. Quando for para parar, eu te digo.

O Ford arrancou e se foi, meio aos trancos, sobre o calçamento irregular. Rodrigo estava silencioso e carrancudo, o suor a escorrer-lhe pelo rosto. Chiru contava as novidades. O Madruga mandara espancar um comerciante do quarto distrito: o homem estava no hospital todo quebrado... Os capangas do intendente andavam percorrendo o interior do município distribuindo boletins de propaganda e ameaças. Haviam convencido os colonos de que, se votassem em Assis Brasil, teriam seus impostos municipais e estaduais aumentados. Os gringos e os lambotes estavam amedrontados.

Rodrigo parecia não escutá-lo. Levava nas mãos crispadas o exemplar d'*A Voz da Serra*. Neco, que farejara barulho, apalpou o revólver que trazia à cintura e trocou com Toríbio um olhar significativo. Só Chiru, que não cessava de falar, parecia não ter compreendido a situação. E quando Rodrigo mandou parar o carro à frente da redação do jornal de Amintas Camacho, na quadra fronteira à praça Ipiranga, perguntou surpreendido:

— Ué? Por que paramos aqui?

Rodrigo rosnou:

— Vamos iniciar festivamente a nossa campanha, Chiru. Fiquem aqui prontos para o que der e vier. Garantam a nossa retaguarda. Vamos, Bio!

Desceu do carro e entrou na redação. Toríbio seguiu-o, a dois passos de distância.

Havia apenas dois homens na sala da frente: um deles devia ser o revisor, o outro era Amintas Camacho. Estava sem casaco, de mangas arregaçadas, sentado a uma mesa, a escrever. Ambos ergueram a cabeça quando os irmãos Cambará entraram. Amintas empalideceu, pôs-se de pé, fez menção de fugir. Mas antes que ele tivesse tempo de dar dois passos, Rodrigo com as costas da mão aplicou-lhe no rosto uma bofetada tão violenta, que o diretor d'*A Voz* soltou um gemido e caiu de costas. Quando o companheiro quis socorrê-lo, Toríbio, de revólver em punho, gritou:

— Não se meta!

O outro ficou como que petrificado, os olhos arregalados de espanto, as mãos trêmulas. E Rodrigo, que saltara sobre Amintas, agora acavalado nele de novo o esbofeteava, à medida que gritava: "Crápula! Sacripanta! Cafajeste! Pústula!". Cada palavra valia uma tapona. E o jornalista, a cara lívida, respirava estertorosamente, gemendo "Meu Deus! Socorro!" — mas com uma voz engasgada, quase inaudível. Sem sair de cima de Amintas, Rodrigo rasgou em vários pedaços a folha do jornal que trazia o artigo insultuoso, e atochou-os na boca do escriba.

— Engole a tua bosta, corno duma figa!

Depois ergueu-se, limpou as joelheiras das calças, olhou em torno e, numa fúria, fez tombar a mesa com um pontapé. O tinteiro caiu e uma longa mancha de tinta azul espraiou-se no soalho.

Amintas ergueu-se devagarinho, cuspinhando pedaços de papel que lhe saíam da boca manchados de vermelho. Uma baba sanguinolenta escorria-lhe pela comissura dos lábios.

Rodrigo mirou-o com desprezo e disse:

— Me mande a conta do dentista. Eu pago.

Fez meia-volta e se foi. Antes de sair, Toríbio soltou uma cusparada no soalho. Entraram ambos no automóvel, onde Chiru, Neco e Bento estavam todos com os revólveres na mão. Na calçada alguns curiosos haviam parado, sem saberem ao certo o que estava acontecendo. A operação toda durara menos de cinco minutos.

Agora, a caminho do Sobrado, Rodrigo respirava, aliviado, e já sorria. Minutos depois estava nos braços de Flora, recebia as primeiras "chifradas" de Eduardo, erguia Alicinha e Bibi nos braços, beijava-lhes as faces e, entre um beijo e outro, perguntava: "Onde está o Floriano?", "E a Dinda?", "E o Jango?".

Toríbio contou às mulheres da casa o que se passara havia pouco na redação d'*A Voz da Serra*. Flora ficou alarmada. Maria Valéria olhou para o sobrinho e murmurou:

— Começou a inana outra vez.

Rodrigo almoçou com uma pressa nervosa, contando o efeito que seu discurso produzira na Assembleia.

Naquele mesmo dia, à tardinha, chamou ao Sobrado Arão Stein e fez-lhe uma proposta.

— Tenho lá embaixo no porão uma caixa de tipos completa e uma impressora. Se trabalhares todo este mês que vem, compondo e imprimindo um jornalzinho de quatro páginas, podes depois ficar com toda essa tralha, de mão beijada. Está?

Stein pareceu hesitar.

— Propaganda da Aliança Libertadora?

— Não me digas que és borgista...

— Não, mas quero deixar bem claro que não acredito também no doutor Assis Brasil.

— E que tem isso?

— Pode parecer uma incoerência. Todo mundo conhece minhas ideias. Tanto o doutor Borges como o doutor Assis não passam de representantes da plutocracia do Rio Grande.

— Mas não disseste ao Bio que querias comprar uma tipografia?

— Disse, mas...

— Então. Achas o meu preço alto demais?

Stein encolheu os ombros. Rodrigo tomou-lhe do braço.

— Deixa de bobagem. A causa é boa. Terminada a campanha, mandas desinfetar os tipos e a máquina, para matar os micróbios capitalistas, e daí por diante põe a tipografia a serviço de tuas ideias. Não te parece lógico?

— Está bem.

Apertaram-se as mãos. Na semana seguinte Stein começou a trabalhar e o primeiro número d'*O Libertador* apareceu. Na primeira página trazia um artigo de fundo de Rodrigo, atacando o borgismo do ponto de vista ideológico. Na segunda, vinha uma biografia do dr. Assis Brasil. O resto eram notícias políticas e avisos ao "eleitorado livre do Rio Grande".

Comentava-se em Santa Fé que Amintas Camacho ia processar Rodrigo Cambará por agressão física e invasão de domicílio. Dizia-se também que Laco Madruga, quando agora se referia aos assisistas locais, chamava-lhes "os mazor-queiros".

Estava declarada a guerra entre a Intendência Municipal e o Sobrado.

18

Por aqueles dias entrou em júri um dos mais temidos capangas de Laco Madruga, que havia assassinado por motivos fúteis um pobre homem, pai de cinco filhos. O bandido era conhecido pela alcunha de Malacara, por causa do gilvaz esbranquiçado que lhe riscava a face esquerda, num contraste com a pele bronzeada. Madruga, que estava empenhado em livrar o bandido da cadeia, pois precisava dele para a campanha eleitoral, havia já tomado todas as medidas para assegurar-lhe a absolvição. Peitara todos os cidadãos que por sorteio iam constituir o júri, usando ora o suborno, ora a ameaça, de acordo com o caráter de cada um. Conseguira intimidar o juiz de comarca, que se encontrava em casa, de cama, com uma tremenda diarreia. Interessados em que se fizesse justiça, Rodrigo e seus companheiros decidiram visitar o magistrado para lhe dizerem que estavam dispostos a garantir-lhe a vida e a integridade física, a fim de que ele se pudesse manifestar livremente de acordo com sua consciência e com a Lei. O homem, porém, recusou-se a recebê-los, alegando que não se metia em política. Corria também o boato de que o dr. Miguel Ruas, o promotor, havia sido chamado à presença do intendente, que lhe dera ordem expressa de não "fazer cara" contra o réu.

No dia do julgamento a sala do júri, no segundo andar do edifício da Intendência, ficou atestada de gente. Os guardas municipais — nos seus uniformes de zuarte com talabartes de couro preto, altos quepes de oficial francês, espadagões e grandes pistolas Nagant à cinta — montavam guarda à porta e lançavam olhares sombrios para cada indivíduo que entrava com o distintivo maragato. O primeiro deles foi Liroca, que trazia no pescoço um lenço encarnado que a Rodrigo pareceu amplo como um lençol. O velho entrou de braço dado com Toríbio. Este sentia, como uma corrente elétrica, o tremor que sacudia o corpo do amigo.

— Que é isso, Liroca? Estás tremendo. Frio não é, pois está fazendo trinta e oito à sombra.

— Acho que é malária — balbuciou o velho federalista, sorrindo. — Malária da braba, sem cura.

Aquilo, sim, era coragem! — refletiu Toríbio. José Lírio tremia de medo, mas ainda assim tinha ânimo para fazer pilhéria. O corpo era fraco, clamava por paz e segurança, suas pernas amoleciam, mas a vontade do homenzinho ordenava: "Vamos, Liroca! Honra a cor desse lenço!". E o espírito vencia o corpo, arrastava a carne vil. E ele entrava na Intendência, subia as escadas, ia esfregar aquele pano vermelho no focinho dos "touros" do Madruga.

Momentos mais tarde Licurgo entrou taciturno na sala do júri, acompanhado de Rodrigo, Neco e Chiru. Foram os quatro sentar-se numa fila de cadeiras onde já se encontravam alguns Macedos e Amarais. Fazia um calor úmido e opressivo. Pelas janelas escancaradas viam-se pedaços de um céu pesado de nuvens cor de ardósia. Cuca Lopes andava dum lado para outro, ágil como um esquilo, a cara reluzente de suor. No exercício de suas funções de oficial de justiça parecia um sacristão a acolitar uma missa. Havia no ar um zum-zum de conversas abafadas. O juiz de comarca tomou o seu lugar. Estava com a cara cor de cidra, os olhos no fundo das órbitas, como a se esconderem de medo.

Foi feito o sorteio dos jurados. À medida que os nomes iam sendo lidos, Rodrigo murmurava para o pai: "Estamos perdidos", "Vamos ter um júri inteiramente republicano", "Canalhas!".

Licurgo continuava calado, mordendo e babando o cigarro de palha apagado.

Rodrigo olhou para o réu. O Malacara estava sentado no seu banco, em mangas de camisa, bombachas de brim claro. Um lenço branco encardido envolvia-lhe o pescoço. Tinha a melena lisa, dum preto fosco e sujo, cujo cheiro rançoso Rodrigo *imaginou*, franzindo o nariz. Os olhos do capanga lembravam os dum bicho. Porco? Cavalo? Não, lagarto. Sim, o sicário tinha algo de réptil. Rodrigo pensou no pobre homem que o bandido assassinara e teve ímpetos de erguer-se e ali mesmo espancar o Malacara. Havia poucos minutos, ao saírem de casa, tivera com o pai um rápido diálogo, tenso e desagradável.

— O senhor vai me prometer, sob palavra de honra, não provocar nenhum barulho na sala do júri.

— Ora, papai, o senhor sempre me trata como se eu fosse um desordeiro.

— Não é desordeiro, mas é esquentado e afoito.

— Mas se não mostramos a esses chimangos que não temos medo e estamos dispostos a tudo, eles nos encilham e montam!

— É, mas precisamos continuar vivos, j'ouviu? *Vivos*, pelo menos até o dia da eleição.

O Velho tinha razão. Se fossem trucidados dentro da Intendência, onde seriam minoria, não poderiam fazer a campanha eleitoral nem votar.

— Prometa — repetiu o Velho.

— Prometo.

— Então vamos — disse Licurgo, metendo o revólver no coldre que trazia ao cinto.

O advogado de defesa, genro de Laco Madruga, formara-se em direito havia apenas um ano. Era um moço de ar tímido que tinha o cacoete de, a intervalos, levar um dedo à ponta do nariz para espantar moscas imaginárias.

Quando o promotor apareceu, Toríbio inclinou-se para Liroca e cochichou:

— Parece uma garça.

Trajava o dr. Miguel Ruas uma roupa de linho branco muito justa ao corpo, camisa de seda creme e gravata negra de malha. Estava mais pálido que de costume.

— Que é que tu achas, Bio? — perguntou Liroca. — O promotor acusa ou não acusa?

— Acho que já deve estar todo borrado de medo. A coisa está perdida. Podiam até soltar o Malacara. Este júri vai ser uma farsa.

José Lírio pregueou os lábios numa careta de dúvida. Seu narigão purpúreo, pontilhado de cravos negros, reluzia. Os bigodes de piaçava pareciam aquela manhã mais tristes e caídos que nunca.

— Pois eu cá tenho um palpite que esse menino vai nos dar uma surpresa...

— Deus te conserve a fé!

De vez em quando se ouvia um pigarro, alguém limpava o peito encatarroado. Rodrigo encolhia-se, vendo mentalmente o escarro escarrapachar-se no chão como uma mancha de pus. Quando era que aquela gente ia aprender bons modos?

Veio de longe o rolar da trovoada.

— O calor está ficando insuportável — murmurou Chiru, erguendo-se e tirando o casaco.

Rodrigo voltou a cabeça para trás e disse:

— Cuidado. Ficaste com o teu "canhão" à mostra. Vão pensar que é provocação.

Chiru, de novo sentado, murmurou:

— Eles que tentem me desarmar... Mostro a essa chimangada quem é o filho do meu pai.

Licurgo voltou-se e lançou-lhe um olhar severo de censura:

— Pare com essas fanfarronadas — ordenou, ríspido.

O outro ficou vermelho e, para disfarçar o embaraço, desfez e tornou a fazer o nó do lenço.

O promotor subiu com um pulinho feminino para cima do estrado, aproximou-se do juiz e segredou-lhe algo ao ouvido. O magistrado escutou-o, sacudindo a cabeça afirmativamente.

Naquele instante exato Laco Madruga fez sua entrada no recinto, cercado de seus capangas e ladeado pelo Amintas Camacho, que lhe segurava o braço. Havia na face do jornalista uma mancha dum vermelho arroxeado. A minha marca — refletiu Rodrigo, satisfeito.

O cel. Madruga não tinha mudado muito naqueles últimos anos durante os quais, como herdeiro do famigerado Titi Trindade, exercera a chefia do Partido Republicano local. Era um homem de meia altura, corpulento e obeso, de cara redonda e cheia, cabeleira basta e espessos bigodes que negrejavam acima dos beiços polpudos, dum vermelho que Rodrigo achava indecente. Vestia uma fatiota de brim claro, muito mal cortada, e trazia como sempre sua grossa bengala com castão de marfim. Cumprimentando com um sinal de cabeça os amigos e correligionários, sentou-se no lugar que lhe estava reservado na primeira fila, a pequena distância da mesa junto da qual se haviam instalado os jurados. Ali ficou, de pernas abertas, o ventre tombado sobre as coxas entre as quais aninhara o bengalão. Voltou a cabeça para trás e por alguns instantes ficou a olhar o público com seus olhinhos desconfiados e ao mesmo tempo autoritários.

Rodrigo sentia agora uma sede desesperada. Pensava numa cerveja gelada, imaginava contra a face o contato frio do copo embaciado, sentia na boca o gosto meio amargo e picante da bebida e — glu-glu-glu — o líquido frio a descer-lhe pela garganta, pelo esôfago, caindo-lhe no estômago como um maná... Ah! Lambia os lábios sedentos, revolvia-se na cadeira dura, sem encontrar posição cômoda. Via, num mal-estar, o suor escorrer pelo pescoço do homem que estava à sua frente, de colarinho empapado.

Nova trovoada fez matraquear as vidraças da sala.

Laco Madruga puxou um pigarro agudíssimo. As sobrancelhas do promotor se ergueram, seus olhos fitaram, num misto de curiosidade e espanto, o intendente municipal.

O julgamento finalmente começou. E quando o juiz deu a palavra ao promotor público, Miguel Ruas abotoou o casaco cintado, empertigou-se e começou a falar. Tinha uma voz grave, de timbre metálico, que enchia a sala, cantante e persuasiva.

O meritíssimo juiz de comarca e os senhores jurados bem sabiam que a função do promotor não é propriamente a de, como um inquisidor implacável, acusar sempre, seja qual for o caso. Um homem pronunciado não é necessariamente um homem culpado. Quantas vezes na história da Justiça vira-se o promotor na posição de, para ser fiel ao espírito da Lei e sincero consigo mesmo, pedir ou, pelo menos, insinuar a absolvição do réu?

— Estamos perdidos — murmurou Rodrigo. — O patife do Ruas está encagaçado. Não vai acusar.

Licurgo limitou-se a soltar um ronco de aquiescência. Laco Madruga escutava, cofiando o bigodão. O réu olhava para o promotor com a fixidez duma cobra que procura hipnotizar um pinto.

Rodrigo foi de súbito tomado dum nojo de tudo aquilo, daquele ambiente que cheirava a suor humano, sarro de cigarro e sangue. Sim. Toda aquela gente, o Madruga, seus capangas, os guardas municipais, todos tinham as mãos, as espadas, as faces sujas do sangue dos homens e mulheres que haviam matado, ferido, torturado... Todos fediam a sangue! Não havia mais salvação. Teve gana de gritar, desejou sair para a rua, respirar o ar livre, voltar para casa, meter-se num banho, beber algo muito gelado e limpo... esquecer toda aquela miséria.

O promotor havia feito uma pausa. Mediu os jurados com o olhar e disse:

— Entra hoje em julgamento Severino Romeiro, acusado de crime de homicídio. Sei que o meu caro colega, o ilustre advogado do réu, vai alegar legítima defesa...

O genro de Madruga espantou a mosca invisível que lhe pousara na ponta do nariz.

— Vai alegar — continuou o dr. Ruas — que todos os depoimentos são unânimes em afirmar que Severino Romeiro matou Pedro Batista depois duma dis-

135

cussão durante a qual a vítima puxou duma adaga com a intenção de assassiná-lo. Cinco depoimentos de pessoas que a defesa considera idôneas afirmam isso. Se o caso é assim, senhores do conselho de sentença (e neste ponto o promotor abriu os braços, como um crucificado), não temos nenhuma dificuldade: a questão é líquida e nada mais podemos fazer senão mandar o réu para casa, devolver esse cidadão benemérito ao convívio de seus parentes e amigos...

— Canalha — resmungou Rodrigo. — Não me entra mais no Sobrado!

Madruga tornou a pigarrear. Sua bengala tombou com um ruído seco. Liroca teve um sobressalto. O juiz de comarca estremeceu, soergueu-se na cadeira como para fugir. Os guardas municipais alçaram as cabeças, como cobras assanhadas.

O promotor apontou para o réu com o indicador retesado:

— Tudo estaria maravilhosamente claro, seria admiravelmente simples se todas essas coisas fossem verdadeiras. — Alteou a voz — Mas não são!

E o promotor transformou-se. Não era mais o dançador de foxtrotes, o macio amiguinho das moças. Seu rosto ganhou subitamente uma masculinidade antes insuspeitada, seus traços como que endureceram, a pele da face retesou-se sobre os maxilares; lábios e narinas palpitaram; o olhar adquiriu um brilho de aço, e de sua boca, agora amarga, as palavras saíam sibilantes e explosivas como balas:

— Não, senhores jurados! A coisa não é assim como vai descrevê-la o advogado de defesa! Na qualidade de promotor público quero provar, primeiro, que não houve legítima defesa, mas sim um caso puro, simples e odioso de homicídio frio e premeditado!

Laco Madruga estava na ponta da cadeira, ambas as mãos apoiadas no castão da bengala, os olhos entrecerrados, uma expressão de indignado espanto no rosto que aos poucos se fazia da cor de lacre.

A comoção era geral. A atmosfera da sala estava agora carregada duma eletricidade que não vinha apenas das nuvens de tempestade.

— Segundo — prosseguiu o dr. Ruas —, vou provar que a vítima foi morta pelas costas, notem bem, *pelas costas* com três balaços. Terceiro, que ela não tinha consigo nem sequer um canivete, pois era pessoa de hábitos morigerados e muito querida no meio em que vivia. Quarto, que todos os cinco depoimentos que a defesa vai apresentar são falsos!

O juiz olhava perdidamente para Laco Madruga, afundando cada vez mais na cadeira, como se quisesse refugiar-se debaixo da mesa.

O promotor agora se agitava numa espécie de dança até então desconhecida daquela gente. Saltava dum lado para outro, erguia os braços, sacudia a cabeça. Disse que todo o mundo sabia que o Malacara era um assassino profissional, com várias mortes nas costas.

— E se me perguntardes, senhores jurados, senhor juiz, meus senhores, que testemunhas invoco, eu vos direi que invoco os cinco filhos e a mulher da vítima que presenciaram, imobilizados pelo espanto e pelo terror, esse crime hediondo.

Sim, meus senhores, provarei todas essas coisas e pedirei para esse assassino, para esse criminoso assalariado, a pena máxima!

Na cara dos jurados havia uma expressão de medrosa surpresa. Alguns deles tinham os olhos baixos. Mas a fisionomia do réu continuava impassível, e seus olhos de réptil continuavam a fitar o promotor público.

Um trovão fez estremecer as vidraças.

19

Era mais de meio-dia quando Licurgo, Rodrigo e Toríbio voltaram para o Sobrado. As mulheres os esperavam com uma pergunta ansiosa nos olhos. Rodrigo contou:

— O promotor fez uma acusação brilhante e corajosa. Foi a maior surpresa da minha vida. Pensei que o Ruas ia se acovardar.

— Mas o Malacara foi absolvido por unanimidade — adiantou Licurgo. — Uma vergonha!

Toríbio passou o lenço pelo pescoço.

— Quando o advogado de defesa se saiu com aquelas mentiras tive vontade de cuspir no olho dele.

Rodrigo, que abrira uma garrafa de cerveja, agora mamava nela a grandes sorvos.

— Não vá se engasgar — recomendou Maria Valéria.

Naquele instante o aguaceiro desabou. Toríbio tirou a camisa e, descalço e de bombachas, saiu para o quintal e ali ficou de cara voltada para o alto, recebendo a chuva em cheio na cara. Duma das janelas dos fundos da casa, Maria Valéria gritou:

— Venha para dentro, menino. A comida está servida.

Durante o almoço Flora mostrou-se apreensiva. Que iria acontecer agora ao promotor?

— Está marcado na paleta — disse Rodrigo. — Não deixamos o Ruas voltar sozinho para o hotel quando o júri terminou. Levamos o homem no meio duma verdadeira escolta. Ele dizia: "Pelo amor de Deus, não se incomodem... não vai me acontecer nada!".

— E tu achas que vai? — perguntou Flora.

— Acho.

Não se enganava. Na noite daquele mesmo dia, ao sair do cinema aonde tinha ido ver uma fita de Mary Miles Minter, sua atriz predileta, o dr. Miguel Ruas foi espancado por dois desconhecidos. Contava-se que a coisa tinha acontecido com uma rapidez de relâmpago. Dois homens não identificados o haviam agarrado a uma esquina da rua do Comércio, arrastando-o para uma transversal onde a iluminação era precária. E os que passavam nas proximidades naquele momento ouviram gritos, gemidos e o ruído de golpes, seguidos dum silêncio. Encontraram o promotor caído na sarjeta, sem sentidos, com o rosto e a roupa cobertos de sangue.

Rodrigo e Toríbio levaram-no para o Sobrado, onde o dr. Carbone lhe fez os primeiros curativos. Tinha duas costelas quebradas e um pé deslocado, além de equimoses generalizadas por todo o corpo, principalmente no rosto. Uma mancha arroxeada circundava-lhe o olho esquerdo, cuja pálpebra, bem como os lábios, havia inchado assustadoramente. Estava irreconhecível. Ao vê-lo, Flora desatou a chorar. Levaram-no para o quarto de hóspedes. Rodrigo mandou buscar as malas do promotor no hotel, dizendo:

— Ele só sai daqui curado, direto para a estação. Ou então fica dentro do Sobrado enquanto durar essa situação e só voltará para o hotel no dia em que o Chimango sair do Palácio do Governo e nós tirarmos o Madruga da Intendência a rabo-de-tatu.

Estava indignado, imaginava represálias: armar os amigos e correligionários, correr à casa do sátrapa municipal e liquidar a história duma vez. Pensava também em gestos românticos: desafiar o intendente para um duelo, a pistola ou a espada, como ele quisesse...

Quando Miguel Ruas recuperou os sentidos e pôde falar, Rodrigo estava ao pé da cama.

— Quem foi? — perguntou o promotor.

— Capangas do Madruga.

— É grave?

— Grave, não, mas o doutor Carbone diz que tens de ficar de cama por umas três ou quatro semanas.

O promotor cerrou os olhos. Depois pediu um espelho, mirou-se nele e, voltando-se para Rodrigo, disse algo que o deixou estarrecido.

— Vou perder o *réveillon* do Comercial. Que pena! Tinha mandado fazer um *smoking* especialmente para esse baile!

20

Sentado à mesa do consultório, Rodrigo amassou o jornal e, num gesto brusco, atirou-o ao chão, erguendo depois os olhos para o dr. Carbone, que acabara de entrar.

— Algum infortúnio, *carino*? — perguntou o cirurgião. Vinha da sala de operações e trazia o avental branco todo manchado de sangue.

Rodrigo sacudiu a cabeça negativamente. O italiano olhou para o número d'*A Federação* que estava a seus pés e sorriu, sacudindo a cabeça. Acendeu um cigarro, sentou-se e com a primeira baforada de fumaça soltou um longo suspiro sincopado.

— Ah! Que *manhífica*, fortunatíssima operação! Uma laparotomia.

Baixinho, franzino, barbudo e ensanguentado, parecia um gnomo que acabara de carnear um gigante. Como quem recita um belo poema, começou a contar minúcias da operação que praticara havia poucos minutos. E a descrição foi tão vívida e apaixonada, que Rodrigo teve a impressão de que as vísceras do operado rolavam visguentas pelo soalho. Por que o homenzinho não tirava o avental sujo de sangue? Que mórbido prazer parecia sentir aquele carniceiro em ruminar a operação! O pior era quando ele surgia com boiões cheios de álcool contendo apêndices supurados, pedaços de estômagos e tripas, e até fetos. E era por causa de coisas assim que Rodrigo recusava os convites que os Carbone repetidamente lhe faziam para jantares, pois sabia que aquelas mãos que abriam ventres humanos e remexiam vísceras eram as mesmas que preparavam o cabrito *alla cacciatore* e os *fettuccini*. O diabo do gringo cozinhava com a mesma volúpia e habilidade com que operava.

Os olhos de Rodrigo estavam fitos no jornal, e ele já não escutava mais o palavrório do cirurgião. Pensava ainda com despeito e uma raivinha fina em que mais uma vez *A Federação* silenciava sobre seu gesto de rebeldia na Assembleia. O Collor era mesmo um sujeito implicante! Desde que pronunciara seu discurso contra Borges de Medeiros, renunciando à deputação, Rodrigo esperava que o órgão oficial do Partido Republicano assestasse as baterias contra ele, dando-lhe a oportunidade, que tanto desejava, para um debate público. Mas qual! *A Federação* limitara-se a transcrever parte de seu discurso, como era de praxe. Nada mais. Abstivera-se de fazer qualquer comentário ao fato, como se a defecção pública e ruidosa dum deputado governista em plena campanha eleitoral não tivesse a menor importância. Collor martelava todos os dias o candidato da oposição, em editoriais cuja boa qualidade muito a contragosto Rodrigo tinha de reconhecer. Num deles chamara a Assis Brasil "candidato bifronte", pois que, tendo sido sempre presidencialista, agora o castelão de Pedras Altas se travestia vagamente de parlamentarista, para coonestar sua candidatura maragata à presidência do estado.

Carbone explicava agora ao amigo a razão por que sangue não lhe causava repugnância. Achava que Rodrigo, como a grande maioria das pessoas, tinha medo às palavras. Para vencer esse temor supersticioso, o melhor remédio era recitar todos os dias pela manhã — antes do café, se possível — as palavras ou frases mais tremendas, como por exemplo "Morrerei hoje, serei enterrado amanhã, estarei putrefato depois d'amanhã" ou "Quem me dera um bom tumor maligno no cérebro!" ou ainda "Passarei o resto de meus dias paralítico, hemiplégico e cego de ambos os olhos". Aconselhava, como um requinte, que o paciente em vez de recitar cantasse essas frases com a música de alguma ária de ópera. Porque o dr. Carlo Carbone achava que o essencial era perder o medo a vocábulos e frases que, na sua opinião, eram como que façanhudos cães de guarda dos fatos, das coisas e das ideias. O diabo não é tão feio como se pinta. A palavra *tracoma* talvez seja mais terrível que o tracoma propriamente dito. Há criaturas que, sendo incapazes de pronunciar ou escrever a palavra *puta* (tão natural em tantas línguas!), aceitam a existência da prostituição como coisa natural e às vezes até se servem dela. Porque — *tu sai, carino* — o que importava era quebrar o encanto das palavras, enfrentar esses monstrinhos de nossa própria invenção, tratar de debilitá-los, tornando-os inofensivos. Uma vez transposto o muro que a linguagem ergue entre nós e as coisas que representam, poderemos abraçar, aceitar a vida, sem temor nem repugnância.

Carbone fizera toda a Guerra como coronel-médico do Exército italiano. Muitas vezes tivera de operar dentro de casamatas sob intenso bombardeio, ou a céu aberto, a menos de um quilômetro da linha de fogo. Tivera assim a oportunidade de analisar-se diante do perigo, descobrindo, a duras penas, que lhe era mais fácil dominar o medo e fazer cessar o tremor das mãos quando enfrentava os fatos — o ribombo do canhão, o sibilar das balas, o estouro das granadas — sem o auxílio de palavras como *perigo, morte, sangue, mutilação, dor...*

— Que cosa te sucede? — perguntou Carbone, pondo-se de pé, num pulo, como um boneco de mola, ao perceber que o amigo não prestava a menor atenção ao que ele dizia.

Rodrigo contou-lhe por que estava irritado e terminou com estas palavras:

— O Collor está me cozinhando em água fria.

— Mas quê! — animou-o o cirurgião, aproximando-se do outro e tocando-lhe o ombro.

Rodrigo encolheu-se e gritou:

— Não te encostes em mim, Carbone. Estás com o avental imundo!

O cirurgião soltou sua risada empostada e musical em *a* aspirado.

— O horror ao sangue! Descendente de guerreiros e degoladores e com medo de sangue!

Tirou o avental, fez com ele uma bola e, abrindo a porta do consultório, atirou-o para o corredor. Rodrigo tamborilava na mesa com o corta-papel. O italiano, que recendia a desinfetante, tornou a aproximar-se.

— Pensa, *carino*, na grã carta que te escreveu Assis Brasil. Isso é que vale.

— Sim — concordou Rodrigo. O grande homem lhe escrevera uma bela carta felicitando-o pelo "gesto de tão grande desassombro cívico" e agradecendo-lhe pela solidariedade política. Mas o que ele, Rodrigo, queria era que *A Federação* fizesse um grande ruído em torno do caso, atacando-o pessoalmente em editoriais, para dar-lhe o ensejo de responder pela *Última Hora* ou na "Seção Livre" do *Correio do Povo*, com grande proveito para a causa da oposição.

— Ah! — exclamou de repente. — Antes que me esqueça. Vou mandar imprimir boletins de propaganda em italiano, para distribuí-los em Garibaldina. Vamos, Carbone. Pega esse lápis. Eu dito em português e tu traduzes a coisa para língua de gringo. Aqui, usa o meu bloco de papel de receitas. Pronto?

— Prontíssimo.

— *Ao bravo eleitorado de Garibaldina.*

Carbone começou a escrever. Rodrigo continuou:

— *Aproxima-se o dia decisivo...* Não. Espera...

O outro ergueu a cabeça. Seus olhinhos vivos como mercúrio fitaram o amigo. Sob os bigodes castanhos, os lábios muito vermelhos descobriam os dentes fortes e amarelados.

— É um desaforo. Afinal de contas, se estamos no Brasil, por que havemos de imprimir esse boletim em italiano?

Carbone ergueu-se.

— Bravo!

— Temos de ir lá numa caravana e fazer um comício com discursos em *português*. E vamos também a Nova Pomerânia. Vai ser duro. O pessoal da colônia está atemorizado.

Do corredor veio uma voz de mulher:

— Carlo! Carlo!

D. Santuzza, a esposa do cirurgião, irrompeu no consultório. Foi uma perfeita entrada em cena de prima-dona operática. Rodrigo sorriu, imaginando Carbone a atirar-se sobre ela, soltando um dó de peito.

— *Il malato sta male* — disse ela, ofegante. Alta, corada, de grandes seios, era um mulheraço.

— *Ma che malato?*

— *Quello che hai operato ieri. Il tedesco...*

Carbone deu uma palmada na própria testa.

— *Accidente!* — exclamou. E precipitou-se para o corredor acompanhado pela mulher.

Rodrigo apanhou o chapéu e saiu, rumo do Sobrado, pensando que era preciso começar os comícios nos distritos.

21

Naqueles dias o Comitê Pró-Assis Brasil de Santa Fé organizou várias caravanas de propaganda, que percorreram vários distritos do município. Em Garibaldina tiveram apenas oito pessoas no comício. Enquanto Rodrigo discursava, atacando em altos brados Borges de Medeiros e Laco Madruga — Toríbio, Chiru, Neco, três dos Amarais e cinco dos Macedos machos montavam guarda ao redor dele, com as mãos praticamente no cabo dos revólveres, pois os capangas da situação rondavam o grupo, rosnando provocações.

Em Nova Pomerânia, onde José Kern começava a ser uma figura de importância econômica e social, Rodrigo perdeu a paciência quando o teuto-brasileiro lhe disse:

— O senhor não faz comício aqui porque a gente não somos políticos. O que queremos é trabalhar em paz.

— Alemão patife! — berrou Rodrigo, segurando o outro pelas lapelas do casaco, como se quisesse erguê-lo no ar. — Nós fazemos comício nesta merda de colônia à hora que quisermos, com ou sem o teu consentimento, estás ouvindo, cagão?

Largou o outro com uma careta de nojo, dirigiu-se para a praça, subiu para

141

o automóvel de tolda arriada que os trouxera, e dali começou a convocar os colonos em altos brados. Quem tivesse vergonha, quem fosse macho que viesse ouvi-lo! Os castrados, os covardes que ficassem em casa debaixo das saias das mulheres. Dois ou três colonos aproximaram-se, tímidos. Alguns ficaram olhando de longe, às esquinas ou debruçados nas janelas de suas casas. Um sujeito magro e louro acercou-se de Rodrigo e disse:

— O subdelegado mandou pedir para os senhores irem embora imediatamente senão ele manda dissolver o comício à bala.

Rodrigo gritou:

— Pois que mande! Que venha!

O único maragato que existia em Nova Pomerânia veio pouco depois contar-lhes que alguns colonos possuíam fuzis Mauser e estavam prontos para atirar, a uma ordem do subdelegado.

Toríbio queria começar logo o entrevero. Rodrigo consultou os amigos. Juquinha Macedo opinou:

— Se vocês querem ficar e aguentar o repuxo, eu fico. Mas acho que é loucura. Estamos em minoria e em posição desvantajosa. Essa alemoada pode nos comer na bala facilmente...

De cara fechada Rodrigo sentou-se no automóvel com os companheiros e deu sinal de partida. O Ford arrancou. Postado a uma esquina, as pernas abertas e a cabeça erguida, um "bombachudo" soltou uma risada e gritou:

— Já se afrouxaram os assisistas!

Toríbio saltou do carro, correu para o homem e derrubou-o com um pontapé na boca do estômago. Depois voltou para o automóvel, que afrouxara a marcha, e pulou para dentro, dizendo:

— Toca essa gaita!

Ficou de cabeça voltada para trás, rindo, vendo o grupo que aos poucos se formava em torno do homem que ele derrubara, e que se retorcia no chão, apertando o estômago com ambas as mãos.

À medida que se aproximava o dia das eleições, o nervosismo aumentava em Santa Fé. Na Intendência o entra e sai era interminável, e havia sempre cavalos encilhados no seu pátio. Nas horas mais inesperadas foguetes subiam ao ar e estouravam sobre a cidade alvoroçada. Curiosos corriam para a praça, e lá estava à frente do palacete municipal o último telegrama pregado num quadro-negro. "Mentiras!", exclamava Rodrigo. "Infâmias!"

Abandonara por completo o consultório, entregando a Casa de Saúde aos Carbone e a farmácia ao Gabriel. Passava horas no porão do Sobrado com Arão Stein, tratando de preparar novos números d'*O Libertador* ou imprimindo boletins que Toríbio, Neco, Chiru e outros correligionários saíam a distribuir pela cidade. Chiru andava exaltado, e não havia dia em que não repetisse: "Parece o tempo da campanha civilista, hein, Rodrigo?".

O cel. Barbalho não aparecia mais no Sobrado. Escrevera uma carta a Rodrigo dizendo que, em vista dos acontecimentos políticos, achava prudente recolher-se, pois como militar tinha a obrigação de manter-se neutro. Mas Rodrigo, a quem a paixão política tornava intolerante, achava que naquela questão não havia lugar para a neutralidade. Entre a ditadura e a democracia, entre a arbitrariedade e a Lei, entre o banditismo e a Justiça não podia haver vacilações: todo o homem de bem tinha de tomar posição ao lado do assisismo. A farda não devia servir de desculpa. Afinal de contas, na questão contra Bernardes não havia o Exército tomado partido?

Cuca Lopes agora evitava Rodrigo, com medo de comprometer-se. (Votava sempre com o governo.) Cumprimentava o amigo de longe, com acenos frenéticos, mas não se aproximava dele, temendo ser interpelado. Quando o avistava na rua dobrava esquinas, escafedia-se para dentro de lojas, quase em pânico. Um dia Marco Lunardi, vermelho e desconcertado, abraçou Rodrigo, lançando para um lado e outro olhares assustados.

— Me desculpe, doutor Rodrigo, mas o senhor sabe, de coração estou com os assisistas, mas não posso me manifestar senão o intendente me esculhamba o negócio, porca miséria!

Rodrigo assegurou ao amigo que compreendia a situação. Virou-lhe as costas e deixou-o no meio da calçada, sem lhe apertar a mão.

Licurgo também se ia aos poucos apaixonando pela causa, mas à sua maneira reconcentrada e taciturna. Se Rodrigo se consumia numa labareda, o Velho ardia como uma brasa coberta de cinza, mas nem por isso menos viva. Rodrigo, entretanto, observava que o pai ainda sentia certo constrangimento por estar do lado dos maragatos naquela campanha. Afinal de contas habituara-se a vê-los como inimigos.

Alguns dos veteranos da Revolução de 93 ainda guardavam profundos rancores partidários. Contavam-se histórias que davam uma ideia dessa rivalidade, dessa malquerença mútua entre republicanos e federalistas. Muitos maragatos, depois de sua derrota em 1895, haviam emigrado para o Uruguai, para o Paraguai ou para a Argentina, preferindo o exílio à vida na querência sob o domínio do castilhismo. Uma das histórias mais curiosas do folclore político de Santa Fé dizia respeito a um federalista fanático que, ao voltar vencido da revolução, meteu-se em casa, e durante quase vinte anos não saiu à rua, "para não ver cara de pica-pau". Vivia sozinho, sem criados nem amigos. Morreu, presumivelmente dum colapso cardíaco, mas só muitos dias depois é que se descobriu o fato. Um vizinho, alertado pelo mau cheiro que saía da casa do solitário, chamou o delegado de polícia, que arrombou a porta. Encontraram o corpo do maragato sentado em uma cadeira de balanço, já putrefato e coberto de moscas, a cabeça caída para um lado, a cuia de chimarrão e a chaleira a seus pés. Tinha, enrolado no pescoço, um lenço encarnado.

143

Licurgo agora era obrigado a comparecer às reuniões do Comitê do qual era presidente, e sentar-se à mesa com Alvarino Amaral, o chefe maragato que em 1895 cercara o Sobrado com suas forças e abrira fogo contra ele e os membros de sua família.

A princípio Licurgo recusou-se a apertar a mão do velho adversário e durante as sessões não lhe dirigia a palavra nem sequer o olhar. Alvarino, ansioso por fazer as pazes com o senhor do Sobrado, procurava por todos os meios agradá-lo. Como com o correr dos dias os ataques dos governistas, cada vez mais violentos e pessoais, envolvessem nos mesmos insultos e calúnias tanto os Macedos como os Cambarás e os Amarais, Licurgo — segundo observava Rodrigo — ia achando cada vez menos penoso aceitar os maragatos como companheiros de luta. E como uma noite, na casa do Juquinha Macedo, Alvarino lhe estendesse a mão, ele a apertou rapidamente, sem encarar o desafeto. Durante essa reunião chegaram até a trocar, embora um pouco bisonhos, meia dúzia de palavras.

Mais tarde, a caminho da casa em companhia dos dois filhos, Licurgo quebrou o seu silêncio para dizer:

— Tive de apertar a mão daquele indivíduo. Afinal de contas estamos hoje do mesmo lado... Foi um sacrifício que fiz pela causa. Mas uma coisa vou pedir aos senhores. Não me convidem esse homem para entrar no Sobrado, porque isso eu não admito.

Fosse como fosse, já agora se podia ler e comentar em voz alta no Sobrado o *Antônio Chimango*, o poema campestre com que, sob o pseudônimo de Amaro Juvenal, Ramiro Barcellos satirizara Borges de Medeiros.

Um dia, após o almoço, olhando para o retrato do presidente do estado que *A Federação* estampara em sua primeira página, Rodrigo recitou:

Veio ao mundo tão flaquito
Tão esmirrado e chochinho
Que ao finado seu padrinho
Disse, espantada, a comadre:
"Virgem do céu! Santo Padre!
Isto é gente ou passarinho?"

— Acho que é passarinho! — disse Toríbio, soltando uma risada.

Flora olhou apreensiva para o sogro e ficou surpreendida por vê-lo sorrir.

Licurgo costumava ler assiduamente *A Federação*, da qual era assinante desde o dia de seu aparecimento. Depois que rompeu com o Partido Republicano recusava-se até a tocar no jornal com a ponta dos dedos. Era, porém, com espírito rigorosamente crítico e não raro com impaciência que lia *O Libertador*, cujos editoriais haviam perdido o tom elevado dos primeiros números para se tornarem agora violentamente panfletários como os d'*A Voz da Serra*. Licurgo gostava, isso sim, das transcrições que Rodrigo fazia no seu jornalzinho dos manifestos, discursos e artigos doutrinários de Assis Brasil.

— Esse homem sabe o que diz — comentava —, é um estadista de verdade. Não ataca ninguém, tem ideias, critica a Constituição de 14 de julho, quer o voto secreto. Não está contra as pessoas, mas contra os erros.

Rodrigo discordava. Na sua opinião os erros não andavam no vácuo: corporificavam-se em pessoas que com eles contaminavam o povo. Era possível combater a lepra sem isolar os leprosos?

22

Eram quase sete horas da noite quando Arão Stein acabou de imprimir o último número d'*O Libertador*. Estava em mangas de camisa, com o rosto reluzente de suor e lambuzado de tinta.

Roque Bandeira, que chegara havia pouco para visitar o amigo, caçoou:

— Assalariado da burguesia!

Stein fitou no recém-chegado os olhos verdes e disse:

— Podes rir enquanto é tempo, porque um dia virá o ajuste de contas.

Bandeira tirou o casaco, acendeu um cigarro e sentou-se. O porão era de terra batida e úmida e cheirava a mofo. Apenas uma lâmpada elétrica, nua e triste, pendia do teto. Junto das paredes corriam ratos furtivos.

— Vejo nisto tudo um símbolo. O Sobrado é a sociedade capitalista. E tu, o agente bolchevista, trabalhas no subsolo, solapando os alicerces do sistema. Que tal a imagem?

— Faz a tua literatura, Roque, não há nenhum mal nisso. Faz a tua ironia se a coisa te diverte. Mas chegará a hora em que todo o mundo terá de falar sério, tomar uma posição, inclusive tu mesmo.

Tio Bicho soltou uma baforada de fumaça, olhou em torno e disse:

— Ouvi dizer que o homem que construiu esta casa, o bisavô ou coisa que o valha do velho Licurgo, uma vez matou um de seus negros a bordoadas e depois mandou enterrar o cadáver aqui.

Olhou para o chão como se buscasse localizar a sepultura do escravo.

— Acho melhor que me ajudes a dobrar estes jornais — disse Stein. — Mas cuidado, que a tinta ainda não secou.

Roque começou a trabalhar, lento, com o cigarro preso aos lábios.

— Em 95 — continuou ele — uma filha recém-nascida do velho Licurgo também foi enterrada aqui, dentro duma caixa de pessegada... Como o Sobrado estava cercado pelos maragatos, não puderam levar o cadáver da criança para o cemitério...

— Está bem. Isso é história antiga.

Tio Bicho sorriu.

— Queres dizer que nós estamos fazendo a História moderna, não?

Meio distraído, o outro replicou:

— E por que não?

Depois duma pausa curta, Bandeira tornou a falar:

— Vais então herdar esta tipografia...

Stein fez com a cabeça um sinal afirmativo. Tinha já na sua frente uma pilha de jornais dobrados.

— Sem remorsos?

O judeu voltou o rosto para o amigo.

— Por que havia de ter remorsos?

— Ora, Rodrigo vai te dar de presente as armas com que atacarás a classe a que ele pertence...

Stein encolheu os ombros.

— Ele sabe. Não escondi as minhas intenções. Deves compreender que o doutor Rodrigo não me leva a sério ou, melhor, a burguesia não nos leva a sério. Acham que estamos brincando.

— É nisso que está toda a vantagem de vocês: a irresponsabilidade nacional. Oh! somos todos bons moços, nada é sério, ninguém mata ninguém, o país foi descoberto por acaso, a abolição decretada porque a princesa Isabel tinha bom coração, a República proclamada porque empurraram o Deodoro. Tudo termina em abraços, em Carnaval... porque é sabido que brasileiro tem bom coração...

Stein parecia escutá-lo sem interesse.

— Vou te dizer uma coisa, Bandeira. Componho e imprimo estes artigos de jornal e boletins como se tudo fosse literatura infantil, sabes? Contos da carochinha. É por isso que faço este trabalho sem problemas de consciência.

— Em suma, todos os meios servem a vocês, contanto que levem à ditadura do proletariado, não?

— E por que não? "Um comunista deve estar preparado para fazer todos os sacrifícios e, se necessário, recorrer mesmo a toda espécie de estratagema, usar métodos ilegítimos, esconder a verdade, a fim de penetrar nos sindicatos e permanecer neles, levando avante a obra revolucionária." Sabes quem escreveu isto? Lênin.

— De sorte que para vocês não existe ética nem moral...

— Claro que existe. Só que nada tem a ver com a ética e a moral da burguesia. Nossa moral e nossa ética estão a serviço da causa do proletariado, da luta de classes. Em suma, para nós é moral e ético tudo o que nos ajudar a destruir o regime capitalista explorador, a unir o proletariado do mundo e, consequentemente, a criar a sociedade comunista do futuro. Não te parece lógico?

Roque cuspiu fora o toco de cigarro.

— Não estou certo disso.

— Tu não estás certo de nada. Esse é o teu mal. A indecisão.

— É que tu assumes uma atitude meramente política e histórica, ao passo que eu me preocupo também com problemas filosóficos.

— A filosofia que se dane!

Roque começou a rir seu risinho de fundo de garganta, que tanto irritava o outro.

146

Ambos ouviam agora um ruído surdo de passos no andar superior. Vozes indistintas chegavam até o porão.

— O Comitê está reunido lá em cima — murmurou Stein com um sorriso de desdém. — Já reparaste na linguagem dessa gente? Falam como se Assis Brasil, esse plutocrata pedante, fosse um campeão das liberdades populares. Mas que é que se vai fazer? Precisamos ter paciência. Não é apenas a Natureza que não dá saltos. Também a História, às vezes, anda devagar.

Roque acendeu novo cigarro e mirou o amigo com seus olhinhos cépticos.

23

O Comitê havia decidido promover um grande comício em Santa Fé a 15 de novembro, dez dias antes da data das eleições. Ia ser o último: devia ser o maior, o mais vibrante de todos. Assis Brasil prometera tomar parte nele. Ficara decidido que a reunião seria na frente do Sobrado e que os oradores falariam da sacada do segundo andar.

A propaganda iniciou-se, intensa, através d'*O Libertador* e de boletins.

Na véspera do grande dia, Chiru Mena apareceu no Sobrado com um boato.

— Dizem que a revolução vai rebentar em todo o país esta madrugada. O Exército não vai deixar o Bernardes tomar posse. Nossa Guarnição Federal está de prontidão rigorosa.

— Qual! — disse Licurgo. — O homem toma posse e não acontece nada.

— Mas é uma desmoralização! — vociferou Chiru.

Rodrigo apertou-lhe o braço.

— Escuta, idiota. Não compreendes que se a chimangada roubar nas eleições, como é de se esperar, e nós tivermos de fazer uma revolução, é melhor que o Bernardes e não outro esteja na presidência?

Chiru não compreendia.

— Tu não sabes então, cretino, que ele e o Borges não se gostam?

— Ah!

— Pois então deixa de andar com boatos. Agarra aqueles boletins e vai fazer a distribuição. Desce pela Voluntários da Pátria. O Bio e o Neco já seguiram pela rua do Comércio. Raspa!

A manhã seguinte reservava-lhes uma decepção. Assis Brasil comunicou por telegrama ao Comitê que infelizmente não poderia estar presente ao comício como esperava e desejava, pois tinha compromissos inadiáveis em outras cidades.

Rodrigo explodiu:

— Pois que vá pro inferno! Como é que esse pelintra tem tempo para ir a Cruz Alta e Passo Fundo? Será que acha Santa Fé menos importante que os outros municípios? Pois faremos o comício sem ele!

Juquinha Macedo tratou de acalmá-lo:

— Não há de ser nada, companheiro! — E, abraçando-o, acrescentou: — Cá pra nós, com o Assis ou sem o Assis, quem vai ser mesmo o trunfo do comício é o doutor Rodrigo Cambará. Deixa de modéstia. Quando abrires o tarro o doutor Júlio de Castilhos vai estremecer na sepultura!

Licurgo, que entreouvira a última frase, resmungou:

— O senhor podia deixar o doutor Castilhos fora desse negócio, não acha?

Miguel Ruas — que fora obrigado a deixar crescer a barba, pois lhe era doloroso passar a navalha nas faces feridas — continuava no seu quarto, estendido na cama, lamentando não poder tomar parte ativa no comício. Naqueles dias fora oficialmente notificado de sua transferência para a comarca de São Gabriel. Viu nisso o dedo imundo de Laco Madruga. "Não vou!", decidiu. E pediu demissão do cargo.

Boatos fervilhavam na cidade. Dizia-se que o intendente estava preparando seus capangas para dissolver o comício à bala.

— Que venham! — dizia Rodrigo. — Estamos prontos para tudo.

E estavam mesmo. Ao anoitecer distribuiu por toda a casa homens armados de revólveres e Winchesters. Durante o comício ficariam dois em cada janela e quatro na água-furtada. Destacou cinco companheiros para se esconderem em vários pontos da praça, a fim de darem o alarma, caso os bandidos de Madruga se aproximassem do Sobrado. Uns vinte outros correligionários bem armados e municiados permaneceriam no quintal do Sobrado durante o comício, prontos a entrarem em ação, no caso de Laco Madruga levar a cabo suas ameaças.

Ao ver tantos homens nos fundos da casa a tomarem mate e a churrasquearem fora de hora, alguns deitados sobre os arreios, outros trovando ao som de cordeonas, Maria Valéria suspirou e disse a Flora:

— Um verdadeiro acampamento. Parece até que a revolução já começou.

— Credo, Dinda! Que Deus nos livre e guarde!

24

Às oito e meia da noite a banda de música civil, a Euterpe Santa-fezense, entrou na praça ao som do dobrado "O bombardeio da Bahia", encaminhou-se para o Sobrado e ficou a tocar na frente do casarão, onde já se havia reunido um bom número de pessoas, em sua quase totalidade do sexo masculino. Os sons da charanga enchiam festivamente o largo e o bombo ribombava, parodiando tiros de canhão. A noite estava quente. Vinha dos jasmineiros das redondezas um ativo perfume que dava ao ar uma qualidade doce e densa de xarope. O grande portão de ferro do Sobrado estava aberto, e através dele podia se ver o movimento do quintal, onde haviam acendido uma fogueira, a cujo clarão de quando em quando avultava a figura espectral do velho Sérgio, o "Lobisomem", que estava encarregado de soltar foguetes.

O dobrado cessou. A multidão aumentava. Do outro lado da praça, as janelas da Intendência estavam iluminadas. Pitombo fechara toda a casa, para não se comprometer. Vultos caminhavam por entre as árvores. Besouros e mariposas esvoaçavam em torno dos grandes focos de luz que havia em cada ângulo da praça, na ponta de altos postes. Rodrigo consultou o relógio. Aproximava-se a hora... Estava inquieto, ansioso por saber se Madruga teria ou não o topete de dissolver o comício à bala.

A banda de música rompeu de novo a tocar: a "Marcha do capitão Casula". Rodrigo não podia ouvi-la sem sentir um calafrio patriótico. Apertou o braço de Toríbio e murmurou:

— Estou que nem noiva na hora do casamento...

— Olha só a cara do pai da noiva — disse Toríbio mostrando com os olhos o velho Licurgo, que, a um canto da sala, mastigava nervoso o seu cigarro.

Cerca das nove horas era já considerável a multidão que se congregava na frente do Sobrado. Ouviram-se os primeiros vivas. A um sinal de Rodrigo o negro Sérgio começou a soltar no quintal os primeiros foguetes. Abriria o comício o filho mais velho de Juquinha Macedo, recém-formado em direito.

Rodrigo tomou-lhe o braço e conduziu-o até o andar superior. O jovem advogado pigarreava, nervoso.

Quando ambos apareceram na sacada, a multidão prorrompeu em aplausos e vivas. Rodrigo fez um sinal para o maestro da banda: uma pancada de bombo pôs fim à música.

O orador primeiro mediu o público com o olhar, e depois começou:

— Meus concidadãos! Povo livre de Santa Fé!

Bravos e vivas subiram da turba, como projéteis atirados contra o advogado que, com voz dramática, prosseguiu:

— Aqui estou para atender a um chamado de minha consciência de gaúcho, e a um dever cívico de que nenhum homem de honra poderá fugir. Aqui estou para colaborar convosco nesta luta generosa em prol do Direito e da Justiça, contra a tirania e a opressão!

Novos gritos interromperam o orador durante alguns segundos. Quando o silêncio se restabeleceu, o jovem Macedo entrou na enumeração dos "desmandos do borgismo". Causou grande sensação a parte de seu discurso em que descreveu, com vigor realista, as violências e banditismos praticados nas ruas de Porto Alegre pelo famigerado piquete de cavalaria da Brigada Militar, que tantas vezes fora atirado pelo Ditador contra o povo indefeso, como se "pata de cavalo, ponta de lança e fio de espada pudessem fazer calar a voz da Justiça e da Liberdade!".

Neste ponto ouviram-se vivas estentóreos, ergueram-se chapéus, lenços vermelhos tremularam no ar.

Ao lado do orador, Rodrigo, impaciente, caminhava dum lado para outro, nos estreitos limites da sacada. O suor escorria-lhe pelo rosto, pelo pescoço, pelo dorso, empapando-lhe a camisa. Olhou para a torre da Matriz e um súbito temor o assaltou. E se algum chimango safado entrasse agora na igreja e começasse a bater o sino para impedir que o orador fosse ouvido? Não teria ocorrido ao Madruga esse recurso sujo? Não lhe seria difícil fazer um de seus homens penetrar clandestinamente no campanário... Os olhos de Rodrigo agora estavam fitos na Intendência, onde se notava um movimento desusado para a hora. Iriam os bandidos tentar mesmo alguma coisa contra o comício?

Quando o advogado terminou sua oração ("Às urnas, pois, companheiros de ideal, para a vitória da nossa causa, que é a causa mesma do Rio Grande!") a música rompeu a tocar um galope e durante cinco minutos o largo se encheu de aclamações. Rodrigo abraçou o orador. Licurgo, a uma janela do primeiro andar, pitava o seu cigarro, olhando a multidão com olho céptico. E Toríbio, que detestava discursos, naquele momento tomava uma cerveja gelada com os companheiros que estavam de guarda na água-furtada. Maria Valéria e Flora achavam-se ainda na cozinha a preparar as comidas e os doces para a recepção que se seguiria ao comício.

Falaram a seguir dois oradores: um deles, neto de Alvarino Amaral, acadêmico de medicina, disse do que aquela campanha libertadora representava para os estudantes livres do Rio Grande do Sul. O outro orador, um velho federalista de Santa Fé, invocou a figura de Gaspar Martins, e terminou o discurso com uma frase do Conselheiro: "Ideias não são metais que se fundem!".

Urros e lenços vermelhos ergueram-se da multidão.

Chegou finalmente a vez de Rodrigo Cambará, que primeiro passeou os olhos pela praça ("Se o sino começa a tocar, m'estragam o espetáculo"), depois baixou-os para o povo. Inflando o peito, entesando o busto, agarrou a balaustrada com ambas as mãos, inclinou-se para a frente e, segundo uma expressão muito a gosto do Chiru, "soltou o verbo".

— Meus conterrâneos! Queridos e leais amigos! Aqui nesta praça, há quase noventa anos, a voz dum Cambará ergueu-se contra a tirania, a injustiça, a ditadura e a opressão.

Alguém gritou:

— Muito bem! — e a multidão soltou um urro uníssono.

— E aqui nesta mesma praça — continuou o orador — esse mesmo Cambará, que por uma coincidência feliz e honrosa para mim tinha também o prenome de Rodrigo, derramou o seu sangue e perdeu a sua vida em holocausto à causa da Justiça e da honra, que então, como hoje, era a causa sagrada da liberdade!

Novos vivas e aplausos. Licurgo voltou-se para Aderbal Quadros, que estava agora junto da janela, a seu lado, e murmurou:

— Por sinal o outro Rodrigo foi morto por gente desses Amarais, lá naquela casa do outro lado da praça...

— Mas nesse mesmo ataque — replicou Babalo — foi morto também um Amaral...

Quando as aclamações cessaram, Rodrigo prosseguiu:

150

— Nos tempos heroicos de 35 era o governo federal que queria espezinhar o Rio Grande, lançando-o ao vilipêndio, forçando-o a uma situação subalterna e indigna. Hoje quem nos vilipendia e achincalha é um coestaduano nosso que, esquecido de seu passado de lutas e ideais, de sua fé de ofício de republicano histórico, quer impor sua reeleição ilegal, indecente e indesejável, arvorando-se em ditador dum estado másculo e brioso como o nosso, que nunca tolerou tiranos, que nunca suportou injustiças, que jamais se curvou diante de invasor!

No momento exato em que o orador terminava de pronunciar a palavra *invasor*, interrompeu-se de repente a corrente elétrica e a cidade inteira ficou às escuras.

Partiram da multidão gritos que exprimiam surpresa, susto e indignação. Algumas pessoas embarafustaram em fuga pelas ruas adjacentes. O pânico parecia iminente. Pressentindo-o, Rodrigo berrou:

— Atenção, meus amigos! Atenção por favor! O ridículo intendente municipal está enganado conosco. Pensa que isto é um comício de crianças e não de homens, e quer assustar-nos com a escuridão. — E, num tom gaiato, exclamou: — Que siga o fandango no escuro mesmo, minha gente!

Risadas e aplausos. Alguém bradou do meio da turba:

— A escuridão é um símbolo do borgismo.

— Apoiado! Muito bem! Viva o doutor Assis Brasil! Abaixo o Chimango!

Rodrigo ergueu o braço para o céu, procurou a lua, mas não a encontrou... Tinha já engatilhado um frasalhão em que chamaria à lua "Lanterna de Deus".

— A luz das estrelas — gritou —, essa nenhum chimango pode apagar. Porque a luz dos astros é a luz de Nosso Senhor e portanto a luz da Justiça, que há de iluminar o caminho que nos conduzirá à vitória nesta causa sublime e gloriosa!

Dessa vez os gritos e aplausos foram ensurdecedores. Na água-furtada Toríbio e os companheiros estavam de armas em punho, escrutando a praça e as ruas circunvizinhas.

De súbito subiu do pátio da Intendência um risco luminoso e sibilante: um clarão iluminou a praça, seguido dum estrondo que acordou ecos no largo. E atrás do primeiro rojão veio outro, e outro e mais outro...

Rodrigo estava furioso. Canalhas! Por um momento pensou em juntar a sua gente e ir direito à toca do Madruga e dos seus sicários e arrasá-los à bala.

De súbito cessaram os estrondos. A multidão de novo prorrompeu em vivas, e, quando de novo se fez silêncio, Rodrigo continuou a oração:

— Aí tendes, correligionários e amigos, aí tendes um exemplo dos recursos mesquinhos e ridículos de que se servem aqueles que sabem estar a razão de nosso lado. Se hoje nos querem assustar com a treva ou com o estrondo de foguetes, amanhã na hora das eleições nos vão ameaçar a vida com seus bandidos assalariados, pois todos os recursos são lícitos para a canalha borgista que sabe que seus dias estão contados!

Fez uma pausa, pigarreou, olhou para as estrelas e depois, com voz firme e clara, prosseguiu:

— Iremos às urnas, companheiros, mas iremos de olhos abertos, e não pen-

151

sem os escravos de Antônio Augusto Borges de Medeiros que vamos iludidos. Conhecemos de sobra as artimanhas do borgismo e os vícios do regime que nos infelicita! Sabemos que haverá fraude e coação, que os mortos votarão no Chimango, que os funcionários públicos que derem o seu sufrágio ao ilustre doutor Assis Brasil serão demitidos sumariamente. Sabemos também que haverá capangas armados para atemorizar o eleitorado. Não ignoramos que, se tudo isso falhar, restará ainda o recurso supremo da ditadura: a "alquimia" na contagem dos votos! A eleição em último recurso será feita a bico de pena e aprovada pela maioria da Assembleia, que dará a vitória ao eterno e melancólico inquilino do Palácio do Governo! Mas, haveis de perguntar, se sabemos de tudo isso, por que vamos às urnas? Eu vos responderei, leais amigos, vos direi que vamos às urnas porque acreditamos na sã prática republicana, porque somos democratas verdadeiros, e queremos assim dar um testemunho público de nossa fé cívica!

Bateu com o punho cerrado na balaustrada.

— Mas se tudo acontecer como prevemos, se formos mais uma vez esbulhados, ainda nos restará um recurso, embora doloroso e triste, um recurso para o qual só podem apelar os homens de caráter e de coragem: o recurso das armas!

Palmas frenéticas.

— Se falharmos nas urnas, companheiros, não falharemos na coxilha! Tentaremos o caminho legal da eleição. Mas se nos negarem a Justiça e a decência, responderemos com a Revolução!

De novo os rojões de Madruga atroaram no ar, desta vez mais numerosos e ensurdecedores. Parecia que Santa Fé estava sob um bombardeio. Clarões iluminavam a praça como relâmpagos. Rodrigo correu para o fundo e gritou:

— Bento! Diga pro Lobisomem que recomece o foguetório!

Tornou a voltar para a sacada e berrou para o maestro:

— Música! Música!

A banda atacou um galope.

Agora do quintal do sobrado subiam também foguetes. Toríbio, alvoroçado, começou a dar tiros para o ar. A multidão urrava. Na sacada Rodrigo agitava um lenço vermelho. Flora e Maria Valéria tapavam os ouvidos com as mãos. Alicinha despertou assustada e precipitou-se para fora do quarto, aos gritos. Eduardo e Bibi romperam a chorar. Jango continuava a dormir serenamente. Com a cabeça debaixo do cobertor, Floriano, o coração a bater acelerado, estava em Port Arthur, sob o bombardeio dos vasos de guerra japoneses...

Fora, o pandemônio continuava.

25

Em uma daquelas tardes de meados de novembro o Sobrado foi teatro duma cena a que o dr. Ruas, ao tomar mais tarde conhecimento dela, chamaria "tragédia passional".

A coisa começara com a visita habitual de Sílvia, afilhada de Rodrigo e, no dizer de Maria Valéria, *compinche* de Alicinha. A menina, que morava nas vizinhanças e era filha duma viúva pobre que ganhava a vida como modista, chegou ao Sobrado como de costume por volta das quatro da tarde, para brincar com a amiga. Era uma menininha de cinco anos, morena e franzina, de olhos amendoados. Apesar de vir todos os dias ao casarão, nunca entrava sem primeiro bater. Como a batida de seus dedos frágeis fosse quase inaudível, às vezes a criaturinha ficava um tempão à porta, à espera de que alguém a visse ou ouvisse e gritasse: "Entra, Silvinha!". Ela subia então com alguma dificuldade os altos degraus que levavam da soleira da porta ao soalho do vestíbulo e, antes de mais nada, entrava na sala de visitas, plantava-se na frente do grande retrato do padrinho e ali ficava por alguns segundos, numa adoração séria e muda. Quando não havia ninguém perto, aproximava-se de mansinho do quadro e depunha um beijo rápido na mão da figura.

Se Alicinha não tinha terminado ainda seus exercícios de piano, Sílvia entrava na sala, pé ante pé, sentava-se numa cadeira e, com as mãos pousadas no regaço, ali ficava em silêncio, mal ousando respirar, com os olhos postos na amiguinha. Ao dar pela presença de Sílvia, Alicinha — que a tratava com a superioridade duma menina mais velha e mais rica — abandonava os exercícios monótonos do método Czerny e, para mostrar como sabia tocar "música de verdade", atacava "O lago de Como" ou o "Carnaval de Veneza". Lágrimas então brotavam nos olhos de Sílvia, que tinha uma admiração sem limites pela filha do padrinho. Tudo quanto ela possuía era o que podia haver de melhor e mais belo no mundo: vestidos, sapatos, brinquedos... O Sobrado era para ela o paraíso — a casa que tinha gramofone, automóvel e telefone. Outra maravilha do Sobrado era a despensa onde d. Maria Valéria guardava seus doces e bolinhos em latas pintadas de azul.

Sílvia ficava sentada, imóvel e silenciosa, até que a outra, saltando do banco giratório do piano e alisando a saia, voltava-se para ela, e como uma senhora que dá uma ordem à criada, dizia: "Vamos!".

Sílvia seguia a amiga como uma sombra.

Naquela tarde Sílvia entrou no Sobrado alvoroçada. Estava ansiosa por brincar com a boneca grande da amiga. Não lhe haviam dado ainda o privilégio de tomar Aurora nos braços e niná-la, mas Alicinha havia prometido: "Se fores boazinha, eu te deixo pegar a minha filha".

Entraram no quarto e aproximaram-se do berço onde Aurora dormia, os olhos fechados, as longas pestanas muito curvas caídas sobre as faces rosadas. Sílvia contemplou a boneca com amor.

— Está na hora da menina acordar — disse Alicinha.

A outra sacudiu a cabeça avidamente, e depois ciciou:

— Vamos brincar de comadre?

— Só nós duas?

Sílvia tornou a sacudir afirmativamente a cabeça.

— Não tem graça — retrucou Alicinha. — Precisamos um doutor. E quem vai ser o pai?

— Chama o Edu. E o Jango.

— O Edu não.

— Por quê?

— Ele tem raiva da Aurora. Disse que vai matar ela. O Edu não quero.

Desde que a boneca entrara no Sobrado a vida dos filhos de Rodrigo e Flora havia mudado sensivelmente. Alicinha tornara-se mais mimosa e cheia de caprichos. Havia dias em que a menina, segundo o dizer de Maria Valéria, amanhecia com "o Bento Manoel atravessado", fechava-se à chave no quarto, recusava-se a comer e ficava a conversar com a "filha", que lhe respondia com vagidos. Jango fingia não ter o menor interesse em Aurora, mas não perdia oportunidade de tocar-lhe os cabelos, apertar-lhe as pernas; mais de uma vez levantara a saia da boneca num gesto que deixara a irmã escandalizada. ("Dinda, olha os modos do Jango!")

Floriano tecia fantasias em torno da "personalidade" de Aurora. Ela era Copélia: a boneca a que o mágico dera vida. Seus olhos tinham qualquer coisa que puxava a gente para dentro deles, eram azuis como aquela lagoa do Angico onde havia um sumidouro. Ah! mas ele, um menino que já estava na *Seleta em prosa e verso*, não podia deixar sequer que os outros suspeitassem de seu fascínio pela boneca. E para poder observá-la sem despertar desconfianças, examinava-a com ares de professor. Um dia, apontando para os olhos de Aurora, disse:

— Aquela parte redonda chama-se íris. A do meio é a pupila. Essa coisa branca é a esclerótica.

Eduardo, de longe, gritou:

— Mentira. Isso é o "zolho".

Flora observara já que, de todos os filhos, o que tinha o comportamento mais estranho com relação à boneca era Edu, que escondia sua paixão por ela por trás duma cortina de hostilidade. No princípio queria saber por que Aurora falava. Tinha um sapo na barriga? Ou um gramofonezinho? Mas em geral recusava olhar para a boneca. Quando a punham diante dele, tapava os olhos com as mãos, batia com o pé no chão, vermelho, e acabava fugindo. Ultimamente resmungava ameaças: ia roubar a boneca para a degolar...

— Onde foi que esse menino aprendeu essa história de degolar? — estranhou Flora.

Maria Valéria esclareceu:

— Ora, o culpado é o Toríbio, que ensina às crianças essas barbaridades.

Alarmada ante a atitude de Edu, Alicinha recusava-se agora a convidá-lo para tomar parte no brinquedo. Foi nessa conjuntura que Zeca — filho da lavadeira do Sobrado — apareceu à porta do quarto, com o dedo na boca, perguntando:

— Posso brincar?

Alicinha hesitou. Zeca era íntimo de Edu, viviam pelos cantos cochichando segredinhos.

— Pode — disse ela por fim. — Mas não chegue muito perto da Aurora.

Zeca deu alguns passos à frente. Alicinha tirou dum armário um velho cha-péu-coco do pai:

— Bota isto na cabeça. Tu vais ser o doutor.

Zeca obedeceu. A cartola escondeu-lhe quase metade da cara.

Jango surgiu naquele momento no corredor, montado num cabo de vassoura, seu "pingo de estimação".

— Queres brincar? — perguntou a irmã.

— De quê?

— De comadre e compadre.

— Que é que eu vou ser?

— O pai.

— Está bem.

Apeou do cavalo, amarrou-o num frade imaginário e entrou no quarto. Ali-cinha olhou para Sílvia.

— Bota um avental. Tu és a criada.

Os olhos da outra cintilaram e ela sacudiu a cabeça, assentindo. O brinquedo começou. Alicinha sentou-se numa cadeira com Aurora nos braços. Encostou a palma da mão na testa da boneca:

— Meu Deus! — exclamou. — Está com febre. Sílvia, vai correndo chamar o doutor.

— Sim senhora.

Zeca aproximou-se, sôfrego. Alicinha, numa súbita fúria, gritou:

— Vai-te embora, bobo! Tu estás no teu consultório. Espera que a minha criada te chame.

Zeca recuou, catacego. Sílvia acercou-se dele, deu-lhe o recado, pediu que se apressasse: era um caso muito sério. O "médico" deu três passos à frente. A car-tola dançou-lhe ao redor da cabeça.

— Que é que eu faço agora?

— Ora! Então não sabes? Toma o pulso da criança, bota um termômetro debaixo do bracinho dela, escreve uma receita. Faz o que o papai faz. Nunca fi-caste doente?

Zeca aproximou-se da paciente, tomou-lhe do pulso e disse:

— Vai morrer.

Alicinha fingiu que chorava.

— Ai, doutor! Salve a minha filha!

Zeca sacudiu a cabeça, fazendo a cartola rodar.

— Vai morrer — repetiu.

Alicinha simulava soluços. Sílvia tinha os olhos realmente embaciados. Lá-grimas autênticas começaram em breve a escorrer-lhe pelas faces. Jango, que até então testemunhava a cena em silêncio, interveio:

— Esse doutor é um burro. Vou matar ele e chamar outro.

Tirou da cintura o revólver, apontou para o peito do "médico" e fez fogo.

155

Pei! Zeca atirou-se no chão, de costas. A cartola rolou no soalho. Naquele momento Edu apareceu à porta e espiou para dentro. Vendo-o, Zeca ergueu-se rápido e correu para o amigo. Saíram os dois para o fundo do corredor e ali ficaram por alguns segundos a conversar em voz baixa. Por fim Zeca tornou a aparecer, e de novo enfiando a cartola, disse:

— Com licença.

Alicinha ergueu os olhos:

— O senhor não morreu?

— Não. Eu sou o outro médico. O doutor Carbone.

— Onde estão as suas barbas? — perguntou Sílvia.

— Cortei.

— Por quê?

— Faziam muita cócega.

— Que é que o senhor quer?

— Examinar a doente.

— Pode entrar.

Zeca inclinou-se sobre Aurora, segurou-a pela cintura e, num gesto brusco, ergueu-a no ar. Alicinha soltou um grito, mas antes que ela tivesse tempo de detê-lo, Zeca fez meia-volta, aproximou-se de Edu, que o esperava à porta, e entregou-lhe a boneca.

— Jango! — gritou Alicinha.

O irmão precipitou-se para a porta, mas Zeca agarrou-se-lhe às pernas e os dois tombaram, enovelados, enquanto Edu, com a boneca nos braços, metia-se num dos quartos do fundo da casa e fechava a porta com o trinco.

Sílvia e Alicinha tremiam. Desvencilhando-se de Zeca, Jango correu para a porta do quarto onde o irmão se refugiara e começou a bater nela com os punhos fechados:

— Abre essa porta, bandido! Abre!

— Ele está degolando a minha filha! — exclamou Alicinha. — Mamãe! Dindinha! Socorro!

Leocádia apareceu, trazendo nos braços Bibi, também desfeita em pranto. E a pretinha também se pôs a bater na porta. Sílvia, o rosto coberto pelas mãos, chorava de mansinho. Atraídos pela gritaria, Toríbio e Flora apareceram. Jango, o único que se mantinha calmo, contou-lhes o que se passava.

Toríbio sorriu, afastou os sobrinhos e bateu com força na porta:

— Eduardo! — gritou. Nenhuma resposta. — Eduardo! — Silêncio. Toríbio ajoelhou-se, encostou a boca na fechadura e disse:

— Abre essa porta senão eu te capo.

Era a ameaça suprema. Os outros esperavam. Zeca olhava a cena de longe, apreensivo. O silêncio continuava dentro do quarto.

Alicinha agora soluçava convulsivamente, mas de olhos secos. Flora tomou-a nos braços e disse ao cunhado:

— Temos que abrir essa porta, antes que o menino estripe a boneca.

Toríbio deu três passos à retaguarda, atirou-se contra a porta, meteu-lhe o ombro e abriu-a. Houve um momento de expectativa. Toríbio entrou e os outros ficaram no corredor, espiando a cena. Trepado em cima duma cômoda, a um canto do quarto, Eduardo tinha a boneca nos braços, apertada contra o peito. Fuzilou para o tio um olhar feroz.

— Filho duma mãe! — repreendeu-o este, aproximando-se devagarinho. — Me dê essa boneca!

Eduardo apertou mais Aurora contra o corpo. Parecia uma bugia agarrada à cria, ante a ameaça dum caçador. Tinha as faces e as orelhas afogueadas. Seu peito subia e descia ao compasso duma respiração acelerada.

— Está degolada, titio? — choramingou Alicinha.

Toríbio tranquilizou-a. Aurora estava intata. O problema era tirá-la das garras do facínora sem quebrá-la.

— Larga essa boneca! — ordenou, de cenho cerrado.

Como única resposta Edu soltou uma cusparada na direção do tio. Naquele instante Maria Valéria entrou em cena e, sem a menor hesitação, aproximou-se do menino e arrebatou-lhe a boneca das mãos, entregando-a a Alicinha, que tomou a "filha" nos braços e desatou o pranto.

Maria Valéria segurou Eduardo e deu-lhe duas rijas palmadas nas nádegas. O menino apertou os lábios e não soltou um ai. Seus olhos, porém, encheram-se de lágrimas.

— Que paixa braba! — exclamou Toríbio.

Saíram todos do quarto. Flora levou a filha para baixo: ia dar-lhe um chá de folhas de laranjeira para acalmar-lhe os nervos. Sílvia seguia-as orgulhosa, pois a amiga lhe confiara agora a boneca.

Jango puxou as bombachas do tio, apontou para Zeca, que ainda continuava no seu canto, de cartola na cabeça, e denunciou:

— Foi ele que roubou a boneca e entregou pro Edu.

Maria Valéria largou o criminoso e dirigiu-se para Zeca:

— Alcaguete sem-vergonha... — começou ela.

Toríbio, porém, correu em socorro de Zeca e ergueu-o nos braços.

— Deixe o menino em paz.

Maria Valéria estacou, pôs as mãos na cintura e, em voz baixa para que Jango não a ouvisse, disse:

— Acho essa criança tão parecida com você, que às vezes até desconfio...

Toríbio soltou uma risada:

— Não se preocupe, titia. Antes de morrer vou deixar uma lista completa de todos os meus filhos naturais.

A velha fitou nele os olhos realistas e murmurou:

— É, mas não confio muito na sua memória.

26

Contra a expectativa de Rodrigo e de seus companheiros, a eleição se processou em Santa Fé sem maiores incidentes, bem como em quase todo o estado.

O grande dia — um sábado — amanheceu quente, luminoso e sem vento. Como de costume, Licurgo acordou às cinco da manhã, desceu para a cozinha, onde Laurinda o esperava com o mate já cevado. Sentou-se no mocho de assento de palha, junto a uma das janelas, apanhou a cuia e ficou a chupar na bomba, silencioso e preocupado. Tentando puxar conversa, a mulata fazia uma que outra observação, a que o senhor do Sobrado respondia com um monossílabo ou um ronco. Às cinco e meia Maria Valéria entrou na cozinha, disse um bom-dia seco, a que Licurgo mal respondeu, e ali ficou também a tomar o chimarrão, mas sem olhar para o cunhado nem dirigir-lhe a palavra.

Rodrigo e Toríbio desceram por volta das sete e uniram-se aos outros membros da família, à mesa do café. Estavam ambos excitados e palradores. Laurinda serviu café para os homens da casa, que pouco antes das oito se ergueram da mesa, puseram os revólveres na cintura, sob o olhar alarmado de Flora, e prepararam-se para sair. Cada qual ia fiscalizar uma mesa eleitoral no primeiro distrito. Para Maria Valéria e Flora isso equivalia a ir para a guerra. Elas sabiam que não podia haver eleição, carreiras ou rinha de galo sem briga e tiroteios.

Flora despediu-se de Rodrigo com os olhos úmidos. Os homens estavam já na calçada, à frente da casa, quando Maria Valéria se debruçou numa das janelas e gritou para os sobrinhos:

— Cuidado! Não se metam em brigas.

Toríbio piscou-lhe o olho e respondeu:

— Nós nunca nos metemos, Dinda. Os outros é que nos empurram.

Soltou uma risada, tomou do braço do irmão e ambos seguiram no encalço do pai, que atravessava a praça na direção da Intendência, a cabeça baixa, o passo lerdo e trágico, como o de um homem que caminha para a morte.

Durante todo aquele dia as mulheres do Sobrado viram ou ouviram passar os caminhões da Intendência, carregados de eleitores. Homens mal-encarados desfilavam pela rua a cavalo, soltando vivas ao dr. Borges de Medeiros.

Flora acendeu uma vela no velho oratório, que ficava no fundo do corredor do segundo andar, e ali permaneceu por longo tempo, ajoelhada aos pés da imagem de Nossa Senhora, a pedir-lhe que protegesse a vida do marido, do sogro e do cunhado.

Como naquele dia de eleição as escolas estivessem fechadas, Alicinha brincava no quarto com sua boneca e Floriano, como de costume, estava metido com seus livros e revistas na água-furtada. Do pátio vinham as vozes de Jango, Edu e Zeca — pei!-ra-tapei!-pei! — que brincavam de fita de cinema, os primeiros fazendo o papel de caubóis e o último, de índio.

O dr. Ruas fez funcionar o gramofone pouco depois das nove da manhã, e a casa se encheu das vozes de Caruso e Titta Ruffo, em vibrantes árias de ópera. Aquilo para Maria Valéria era até um sacrilégio, pois de certo modo supersticioso ela equiparava dia de eleição a Dia de Finados e Sexta-Feira da Paixão.

Na praça e nas ruas adjacentes o movimento de homens, a pé ou a cavalo, parecia cada vez maior. Alguns tomavam mate e churrasqueavam debaixo da figueira. Traziam lenços brancos ao pescoço: eram pica-paus.

De instante a instante Maria Valéria olhava para o relógio grande da sala de jantar. Como o tempo custava a passar! Para afastar os maus pensamentos, usou dum velho estratagema: resolveu fazer pessegada. Meteu-se na cozinha e começou a descascar pêssegos com a ajuda de Laurinda e Leocádia.

Ao meio-dia Bento levou comida em marmita para os homens do Sobrado, que não podiam abandonar seus postos às mesas que fiscalizavam. Quando o caboclo voltou, as mulheres indagaram:

— Como vai a eleição?

Bento respondeu que graças a Deus tudo ia bem: não se tinha ainda notícia de nenhum barulho.

À tardinha, quando a última vela do oratório se achava reduzida a um toco, e a pessegada de Maria Valéria estava já pronta e metida em caixetas, os homens voltaram para casa.

Estavam sombrios. Contaram que tudo indicava que a derrota de Assis Brasil na cidade tinha sido esmagadora. O eleitorado da oposição acovardara-se ante as ameaças da capangada do Madruga. Houvera fraude, como se esperava. Os "fósforos" tinham andado ativos o dia inteiro. O mesmo eleitor votava mais de uma vez, em mesas diferentes: havia caminhões da Intendência encarregados de transportá-los dum lugar para outro. Uma pouca-vergonha!

— Na minha mesa votaram cinco defuntos — contou Toríbio. — Um guri de dezoito anos apareceu com o título dum homem de cinquenta, já falecido. Dei-lhe uns gritos, mas o mesário aceitou o voto. Lavrei um protesto.

Sentado a um canto, Licurgo fazia um cigarro, silencioso e soturno.

— Isso não foi surpresa para mim — resmungou ele, depois de ouvir o filho mais moço contar outras irregularidades. — Não tivemos na cidade um único mesário assisista.

— Mas não estamos derrotados! — exclamou Rodrigo. — Não se esqueça que, para ser reeleito, o doutor Borges precisa obter três quartos da votação, e isso ele não consegue nem que se pinte de verde.

— Não se iluda — retrucou o Velho. — Eles farão mais que isso a bico de pena.

Àquela noite chegou a notícia de que em Alegrete, durante a eleição, houvera um tiroteio, provocado pelos borgistas, e do qual resultara a morte de um velho federalista, cidadão respeitável e benquisto na sua comunidade.

Chiru Mena e Neco Rosa apareceram no Sobrado para contar como se processara a eleição nas mesas em que haviam servido como fiscais da oposição.

— Quase me atraquei à bala com o subdelegado — fanfarroneou Chiru.

Mas Neco, acariciando o bigode, contou:

— Pois na minha mesa tudo correu em paz. Um chimango quis votar com um título falso, se atrapalhou todo na hora de escrever o nome e eu então gritei: "Vai pra escola, analfabeto!". O cabra se assustou, largou a pena e saiu da sala fedendo. A coisa foi tão bruta que até o pessoal da situação teve de rir. E a eleição continuou sem novidade...

Àquela noite a praça encheu-se de gente, de sons de cordeona, de conversas, cantigas e risadas. Licurgo pediu aos filhos que não saíssem, pois temia que fossem provocados e assassinados. Toríbio atendeu ao pedido do Velho, mas de má vontade. Passou a noite a andar dum lado para outro na casa, como um tigre enjaulado. Rodrigo mandou iluminar toda a casa e abrir as janelas. Com a ajuda de Toríbio trouxe o dr. Ruas para baixo, nos braços, e fez o ex-promotor público sentar-se ao piano e tocar com toda a força algumas músicas carnavalescas. Era preciso mostrar que a oposição estava de moral erguido.

27

Depois de passar os últimos dias de novembro e a primeira semana de dezembro no Angico, Licurgo voltou para a cidade mal-humorado. E quando Toríbio lhe perguntou como iam as coisas lá pela estância, explodiu:

— Como hão de ir? Mal! Uma seca braba que vai prejudicar o engorde do gado, uma indiada vadia... E, depois, o senhor agora parece que virou mocinho de cidade.

Meteu-se no escritório, sentou-se à escrivaninha e ficou remexendo em papéis. Rodrigo acercou-se dele, passou-lhe o braço sobre os ombros mas notou, pela rigidez daquele corpo que não se entregava ao abraço, que o Velho também não estava satisfeito com ele.

— Não acha que devemos publicar mais um número d'*O Libertador* com o resultado das eleições? — perguntou, procurando dar à voz um tom de terna submissão filial.

— Não acho coisa nenhuma. A eleição acabou. Acabe também com o jornal. É hora de cada qual cuidar da sua vida. Ainda que mal pergunte, quando é que vai reabrir o consultório?

— A semana que vem, provavelmente... — improvisou Rodrigo, meio desconcertado.

— Pois já não é sem tempo.

Quando Rodrigo saiu do escritório, Toríbio, que o esperava no vestíbulo, levou-o para baixo da escada grande e cochichou:

— Estou com medo que a Dinda conte as nossas brigas ao Velho.

— Eu pedi que não contasse...

— Ela prometeu?

— Não.

— Então estamos fritos.

À hora do jantar, no meio dum silêncio cortado pelos pigarros do dono da casa, soou nítida e seca a voz de Maria Valéria:

— Quase mataram o Toríbio.

Licurgo levantou vivamente a cabeça. A velha falara sem olhar para nenhuma das cinco pessoas que se achavam à mesa: era como se se dirigisse a um conviva invisível. Sem olhar para a cunhada, Licurgo perguntou:

— Como foi isso?

Rodrigo procurou desconversar:

— Ora, papai, a Dinda não sabe de nada... Foi uma bobagem.

O Velho, porém, exigiu a história inteira e Toríbio não teve outro remédio senão contá-la. Andava caminhando, uma daquelas últimas noites, pelas ruelas escuras da Sibéria, quando de repente fora atacado...

— Atacado por quem? — quis saber o pai.

— Três polícias...

— Mas le atacaram por quê?

Toríbio encolheu os ombros.

— Sei lá! Decerto porque me viram de lenço colorado no pescoço.

— Desde quando o senhor virou maragato?

— Ora, o lenço não tem a menor importância.

— Pra mim tem.

— Está bem. Eu gosto da cor. E depois é uma maneira da gente mostrar que não está do lado da chimangada.

Licurgo partiu um pedaço de carne e levou-o à boca.

— Bom — murmurou —, e depois?

— Os três caíram em cima de mim, de espadas desembainhadas, gritando: "Vamos dar uma sumanta neste assista". Recuei e arranquei o revólver.

— Lastimou alguém?

— Não cheguei a atirar.

Toríbio calou-se e ficou a fazer uma bolinha com miolo de pão. Licurgo continuava a comer, de olhos baixos.

— Essa história não está bem contada — resmoneou.

Flora olhava fixamente para o marido como a suplicar-lhe que interviesse. Rodrigo atendeu ao apelo.

— Para resumir a história — disse —, uma patrulha do Exército apareceu e os beleguins do Madruga fugiram. Está claro agora?

— Não — respondeu bruscamente Licurgo, cruzando os talheres sobre o prato.

Fez-se um silêncio difícil, que Maria Valéria quebrou com uma nova denúncia:

— O nosso doutor *também* andou brigando.

— Dinda!

161

Rodrigo ergueu-se intempestivo, o rosto afogueado, e pôs-se a caminhar carrancudo com as mãos nos bolsos, como um menino que procura tomar ares de homem.

— Fiquem todos sabendo que não sou nenhuma criança — exclamou com voz apaixonada. — Tenho trinta e seis anos, sou pai de cinco filhos e responsável pelos meus atos e palavras.

Toríbio sorria ante o rompante do irmão. Licurgo pigarreava repetidamente, com um tremor nas pálpebras. Seus olhos estavam postos na toalha branca, onde traçava sulcos paralelos com a unha do polegar.

Rodrigo aproximou-se dele e disse:

— Nós não queríamos lhe contar nada para não incomodá-lo. É verdade que o Toríbio só não foi assassinado graças à intervenção de soldados do Exército. E, quanto ao meu caso, acho que posso resumi-lo em poucas palavras. Anteontem à noite, quando entrei no Comercial, um dos filhos do coronel Prates, o Honorinho, me viu e gritou na frente de todo o mundo: "Ué, valentão, ainda não estás na coxilha?". Como única resposta apliquei-lhe uma tapona na cara. Pronto. Foi o que aconteceu.

— Conte que o moço puxou o revólver — acrescentou Maria Valéria.

— Ora, Dinda! Puxou um revolverzinho de bobagem e apontou pra mim. "Atira, miserável!", gritei. E virei-lhe as costas.

Por alguns minutos Licurgo ficou em silêncio. Por fim, olhando para o filho, disse:

— Está bem. Agora termine de jantar.

— Perdi a fome.

Maria Valéria preparou um prato, colocou-o sobre uma bandeja, chamou Leocádia e disse:

— Leve a comida lá em cima pro Antônio Conselheiro.

A negrinha obedeceu. Licurgo olhou para Flora e perguntou:

— Afinal de contas, quando é que esse moço vai ter alta?

Rodrigo notara já a má vontade que o pai tinha para com o hóspede:

— O doutor Carbone disse que dentro duma semana ele pode já começar a caminhar direito.

— E vai continuar morando aqui o resto da vida?

— Está claro que não, papai. Há muito que ele quer voltar para um hotel. Eu é que não deixo. O Madruga é vingativo. A vida do Ruas ainda está em perigo.

Mais tarde, quando tomavam café na sala de visitas, Licurgo dirigiu-se aos filhos:

— Vou fazer um pedido. Aos dois. Não é uma ordem. Afinal de contas quem sou eu nesta casa pra dar ordens?

Os filhos esperavam.

— Quero que os dois sigam amanhã mesmo pro Angico e fiquem lá até que se decida definitivamente essa história de eleição.

Rodrigo não se conteve:

— Mas é um absurdo! Vão dizer que fugimos.

Licurgo sacudiu a cabeça.

— Não confunda coragem com imprudência. E depois, se as coisas se passarem como a gente espera, haverá muita ocasião de provar que não temos medo.

Voltou-se para Toríbio:

— E o senhor já devia estar lá. Serviço no Angico não falta. — Ergueu-se, acendeu um crioulo, pôs o chapéu na cabeça e saiu.

Quando seus passos já soavam na calçada, Rodrigo olhou para o irmão e murmurou:

— Todos os sorrisos e carinhos que ele nos nega decerto vai dar agora para a Ismália Caré.

Maria Valéria, que naquele momento surgira à porta, disse:

— Não seja ciumento, menino!

28

No dia seguinte Rodrigo chamou Arão Stein ao Sobrado, levou-o ao porão, fez um gesto generoso, que abrangia a caixa de tipos, a prensa e a máquina impressora, e disse:

— Leva essa geringonça toda. É tua. *O Libertador* morreu. Não tenho ilusões: a Assembleia vai dar a vitória ao Borjoca. São uns canalhas. Agora o remédio é resolver a parada na coxilha, à bala.

Naquele mesmo dia Stein levou as máquinas. Vendo-o ao lado da impressora negra de tinta, em cima duma carroça puxada por um burro magro e triste, Maria Valéria murmurou para si mesma: "Que irá fazer o João Felpudo com aquela almanjarra?".

No meio da tarde Rodrigo e Toríbio seguiram para a estância no Ford. Flora e Maria Valéria permaneceram na cidade por causa dos exames finais de Alicinha e Floriano. Licurgo também ficou, pois não achava direito deixar as mulheres sozinhas no Sobrado com o "forasteiro".

O automóvel chegou ao Angico à tardinha. Avistando a casa da estância à luz cor de chá do último sol, Rodrigo sentiu um aperto no coração, como acontecia sempre que via tapera ou cemitério campestre. Era um casarão de um só piso, estreito e comprido como um quartel. Quatro janelas, com vidraças de guilhotina e três portas, enfileiravam-se na fachada sem platibanda, completamente destituída de qualquer atavio, e de um branco sujo e triste de sepulcro abandonado. A única nota alegre do conjunto era dada pelo verde veludoso e vivo do limo que manchava as telhas coloniais.

Rodrigo parou na frente da casa, à sombra de um dos cinamomos, e segurou o braço do irmão.

— Não achas esta casa parecida com o papai? — perguntou.

O outro sacudiu negativamente a cabeça.

— Não. Ela sempre me pareceu uma mulher parada aqui no alto da coxilha, bombeando a estrada, esperando alguém que nunca chega.

Entraram.

— Mas não me digas que este interior não é um retrato psicológico do velho Licurgo! — exclamou Rodrigo.

Nas paredes caiadas não se via um quadro sequer. Nas janelas, nenhuma cortina. Na sala de jantar, como suprema concessão à Arte, mas assim mesmo por mediação do Comércio, pendia da parede um calendário da Casa Sol, com um cromo desbotado: um castelo medieval alemão a espelhar-se nas águas do Reno. Com seu manso sarcasmo, Toríbio lembrou ao irmão que a casa não era de todo destituída de objetos de arte. Não havia na parede de seu quarto de dormir umas velhas boleadeiras retovadas? E o crucifixo histórico no quarto da Dinda, com o seu Cristo de nariz carcomido? E a adaga enferrujada e sem bainha que pendia da parede dos "aposentos" do senhor do Angico?

Rodrigo olhava para os móveis. Eram escassos, rústicos e feios. Cadeiras duras, com assento de palhinha ou madeira. Um horrendo guarda-comida avoengo, sem estilo nem dignidade. A mesa meio guenza, marcada de velhas cicatrizes. Umas cômodas e aparadores indescritíveis, com gavetas sempre emperradas — tudo com um ar gasto e vagamente seboso. Mas toda aquela falta de estilo não representaria afinal de contas... um estilo?

— Sou um ateniense! — exclamou, entre sério e trocista. — Não me sinto bem em Esparta.

— O que tu és eu bem sei: um maricão!

Rodrigo ergueu-se rápido e saltou sobre o irmão. Ambos tombaram e rolaram no soalho, aos gritos e risadas. Em menos de dois minutos Toríbio dominou o outro e, montado nele, prendeu-lhe fortemente as espáduas e os braços contra as tábuas, dizendo:

— Conheceste o muque, papudo?

— Sai de cima da minha barriga, animal! — pediu Rodrigo, arquejante. — Vais me matar esmagado!

Levantaram-se ambos e entraram num simulacro de luta de boxe que acabou por transformar-se num duelo a arma branca, em que os braços eram as espadas. Tiveram, porém, de parar, porque a criadagem começava a aparecer.

A primeira pessoa que veio cumprimentá-los foi a cozinheira, a Maria Joana, uma cafuza meio idiota. Vieram depois algumas chinocas cor de charuto, crias do Angico. E foram as perguntas de sempre: como vão todos no Sobrado? E dona Flora? E dona Maria Valéria? E as crianças?

Quando Rodrigo de novo se viu a sós com o irmão, retomou o tema:

— O mundo progride, mas o Angico fica para trás, atolado no passado. Na Argentina e no Uruguai existem estâncias confortáveis, com luz elétrica e água corrente. Nós continuamos com o lampião de querosene, com a vela e com água da pipa. Eu só queria saber por que o Velho teima em não modernizar o Angico. Talvez considere isso um sacrilégio... o mesmo que violar a sepultura do próprio pai.

— Não pensaste também que por sentimentalismo ele queira deixar as coisas na estância bem como eram no seu tempo de guri? A bem dizer foi aqui que ele passou a maior parte da mocidade...

— Quem sabe?

Toríbio enveredou para dentro de um dos quartos de dormir, onde havia duas camas de ferro, lado a lado.

— Não fujas! — gritou-lhe Rodrigo, seguindo-o. — Escuta esta. Vou escrever um ensaio sobre o gaúcho e o seu horror ao conforto.

Como o outro nada dissesse, ocupado que estava com descalçar as botas, Rodrigo prosseguiu:

— Vou provar como para nossa gente (e não esqueças que o velho Licurgo é um típico gaúcho serrano) conforto e arte são coisas femininas, indignas dum homem. Vem dessa superstição a nossa pobreza em matéria de pintura, escultura, literatura e até folclore.

— Desde que esta droga começou — disse Toríbio — vivemos brigando com os castelhanos, ou fazendo revoluções. Não tivemos tempo para mais nada...

Atirou as botas no chão.

— Toma o caso do velho Babalo — continuou o outro. — Detesta travesseiros e colchões macios e suspira de saudade dos tempos de moço, quando levava tropas para Concepción do Paraguai e dormia ao relento, em cima dos arreios.

Toríbio estendeu-se na cama e ficou a remexer com certa volúpia os dedos dos pés, olhando com o rabo dos olhos para o irmão, que dizia:

— Essa nossa vocação para o estoicismo e para a sobriedade vem de longe. Estive há poucos dias lendo inventários de estancieiros gaúchos do princípio do século passado. Em matéria de móveis, utensílios e vestuário eram duma pobreza franciscana.

Toríbio olhava fixamente para a aranha que, em um dos cantos do teto, tecia a sua teia. Como ele nada dissesse, Rodrigo prosseguiu:

— Diante de tudo isso, é fácil compreender a má vontade do eleitorado do Rio Grande para com o doutor Assis Brasil. Nossa gente não o considera um gaúcho legítimo. O homem é civilizado, barbeia-se diariamente, anda limpo e bem vestido, mora com conforto, tem livros, tem cultura, viaja, fala várias línguas.

Rodrigo deitou-se na outra cama e ficou a contemplar o pedaço de céu que a janela emoldurava. Em breve estava perdido em pensamentos. Arquitetava o ensaio... mas começava a temer que a coisa toda no fim redundasse numa caricatura do próprio pai, com a sua secura de palavras e gestos, seu horror a tudo quanto pudesse parecer luxo ou prodigalidade, sua falta de apreço por qualquer expressão de beleza ou fantasia.

Rodrigo sentia nas nádegas e no lombo a dureza do colchão de palha sob o qual havia um lastro de madeira. A cada movimento de sua cabeça, o travesseiro crepitava e talos da palha que o enchia arranhavam-lhe a face.

Pôs-se de pé e saiu do quarto para os fundos da casa, gritando para o irmão:

— Vem ver o fim do dia, animal!

— Já vou.

Uma doce luz de âmbar tocava as árvores do pomar. Rodrigo sempre gostara do verde-escuro e digno das laranjeiras e bergamoteiras. Era um entusiasta das frutas do Rio Grande: laranjas, pêssegos, bergamotas e uvas. Eram sumarentas, gostosas, duráveis — produtos duma região que contava com quatro estações nítidas. Detestava as frutas tropicais, duma doçura enjoativa e duma fragrância de flor: mal terminava o processo de amadurecimento e já entravam no de decomposição.

De súbito, enternecido pela paisagem, e como para compensar o que havia pouco dissera a Toríbio sobre as deficiências do gaúcho, ficou a perguntar a si mesmo se não seria lícito fazer um confronto entre aquelas frutas sadias e o homem do Rio Grande. Não se poderia também — refletiu, estendendo o olhar pelo campo em derredor — considerar o caráter, o temperamento do rio-grandense-do-sul um produto natural daquela paisagem desafogada e sem limites? Poderia o gaúcho deixar de ser um cavaleiro e um cavalheiro? E um impetuoso? E um guerreiro? E um generoso? E um bravo?

— Deste agora para falar sozinho?

Rodrigo voltou a cabeça. A pergunta partira de Toríbio, que apanhara um pêssego e trincava-o sonoramente com os dentes fortes de comedor de churrasco. Rodrigo encolheu-se e fechou os olhos: o contato da casca penugenta da fruta nos dentes sempre lhe causara um arrepio semelhante ao que sentia quando abraçava mulheres vestidas de veludo.

O sol descia por trás da Coxilha do Coqueiro Torto, em cujo topo estava enterrado Fandango, o velho capataz do Angico que morrera centenário. Era a hora em que a paz do céu descia sobre os campos, as águas paradas pareciam mais paradas, sons e cores se amorteciam numa surdina, as sombras começavam a tomar tonalidades de violeta. Um esplêndido galo branco passeava como um paxá por entre as galinhas que ciscavam no chão de terra batida, dum vermelho queimado, que despedia uma tepidez lânguida, como dum corpo humano cansado. Um guaipeca de pelo fulvo dormia junto da porta da cozinha, de onde vinha um cheiro de carne assada.

Rodrigo estava inquieto. Que era? Talvez fosse a melancolia natural da hora e do lugar. Mas não! Havia mais alguma coisa. Sim, uma espécie de saudade absurda, sem objeto certo, uma sensação de aperto no peito que parecia ser metade ternura, metade expectativa. A solidão sempre lhe causara angústia. Talvez morasse ainda no fundo de seu espírito o menino que temia a noite e a escuridão.

Pensou no pai com má vontade. Se o Velho não fosse tão cabeçudo, aquela estância podia ser um paraíso. Teria luz elétrica, um gramofone, boas poltronas e camas, uns móveis simpáticos, quadros nas paredes. A imagem do pai se lhe desenhou na mente: a cara triste e tostada, o cigarro preso entre os dentes amarelados, a pálpebra do olho esquerdo a tremer. Ah! Aqueles olhos! Tinham o poder de fazê-lo sentir-se culpado. Eram olhos críticos de Terra: realistas, autoritários, intransigentes.

— Que porcaria! — exclamou Rodrigo.

— Quê?

— Tudo!

Arrancou um pêssego dum galho, partiu-o com as mãos e procurou comer a polpa sem que seus dentes tocassem a casca. Agora o galo estava fora da zona de sombra que se projetava no chão. Sua crista escarlate e empinada tinha algo de fálico.

— Como vamos por aqui em matéria de mulher? — perguntou Rodrigo em voz baixa.

— Mal.

Rodrigo ia pedir pormenores, mas teve de calar-se, pois Pedro Vacariano, que havia pouco apeara do cavalo, na frente do galpão, aproximava-se deles.

Era um caboclo alto e espadaúdo, "homem de pouca fala e muita confiança" — como o próprio Licurgo reconhecia. A pele de seu rosto tinha algo que lembrava goiaba madura. Os olhos eram escuros e vivos, os cabelos negros e corridos. Uma cicatriz rosada atravessava-lhe uma das faces, da boca à orelha. Tinha trinta e cinco anos de idade, era natural da Vacaria, onde matara um homem em legítima defesa. Depois de julgado e absolvido, fora obrigado a mudar-se, para fugir aos filhos do assassinado, que haviam jurado vingança.

Diziam que era valente e rijo, capaz de ficar dias e dias sem comer nem beber, e que não tinha paciência com os que falavam quando nada tinham a dizer. Não era fácil para Rodrigo esconder sua antipatia pelo capataz. Mais de uma vez procurara descobrir, sem resultado, por que seu pai, homem de ordinário tão cauteloso, exigente e desconfiado, acolhera com tanta facilidade na estância o fugitivo de Vacaria, entregando-lhe um posto de tamanha responsabilidade. A verdade era que havia quatro anos que Pedro Vacariano capatazeava o Angico sem jamais ter dado aos patrões o menor motivo de queixa ou desconfiança.

O caboclo apertou rapidamente a mão dos dois irmãos, sem dizer palavra, e depois, com ambas as mãos na cintura, uma perna tesa e a outra dobrada, como um soldado em posição de descanso, fez com sua voz monótona e seca um relato da situação do trabalho no Angico. Não se podia deixar de admirar a precisão e a economia verbal com que o capataz se expressava. Não esperdiçou palavra. E enquanto ele falava, Rodrigo analisou-o com olho frio e antipático. Sempre tivera má vontade para com gaúcho que usasse chapéu de barbicacho, como era o caso de Pedro Vacariano. Sempre interpretara o barbicacho como uma espécie de bravata, de provocação. Também não gostava do ar altivo do cabra, do seu jeito de olhar os outros "de cima". Toríbio, no entanto, parecia dar-se bem com ele.

E agora era Bio quem falava, transmitindo ao capataz um recado do velho Licurgo sobre a castração de um cavalo. Pedro escutava, olhando obliquamente para Rodrigo, que pensava: "Esse tipo está me cozinhando. Não me agrada o jeito dele... Decerto está fazendo troça da minha indumentária: culote cáqui em vez de bombachas, perneiras em vez de botas. Cachorro!".

O sol estava quase sumido por trás da sepultura do velho Fandango e era uma luz de tons alaranjados que envolvia agora Pedro Vacariano, que ali estava de cabeça erguida, mordendo o barbicacho. Sua figura recortava-se contra um fundo formado por um pessegueiro copado, carregado de frutos maduros. Parecia um quadro. Rodrigo não pôde deixar de reconhecer que o capataz era um belo tipo de homem. Isso o deixou ainda mais irritado, como se ali no Angico só ele tivesse o direito de ser belo e macho.

29

Ao entrar na sala de jantar mal alumiada por um lampião de querosene, de cuja manga subia para o teto uma fumaça esfiapada e negra; ao contemplar a mesa tosca — a toalha de algodão dum branco amarelento de açúcar mascavo, a louça grosseira, a farinheira rachada, as colheres de estanho, os garfos e facas de ferro com cabos de madeira, e principalmente o prato fundo trincado pelo qual o velho Licurgo revelara sempre uma predileção inexplicável —, Rodrigo sentiu uma tristeza que só foi compensada pela presença quente, suculenta e olorosa do assado de ovelha, que Toríbio trinchava com uma alegre fúria de anfitrião.

— Senta, homem. Estou com uma fome canina.

Atirou um gordo naco de carne sobre o prato do irmão. Rodrigo cobriu-o de farinha, empunhou garfo e faca e começou a comer. Uma chinoca entrou com uma travessa cheia dum arroz pastoso e reluzente, do qual ele também se serviu. Maria Joana surgiu em pessoa com uma terrina cheia de galinha ao molho pardo, seguida por outra rapariga que trazia um prato com batatas-doces assadas e mogangos cobertos de açúcar queimado. Um festim! — fantasiou Rodrigo, mastigando gulosamente, e já com as bochechas salpicadas de farinha. Sim, um festim da Roma antiga. Ali à cabeceira da mesa, por trás da fumaça que subia do pratarraço de arroz — retaco, sanguíneo, de pescoço taurino e olhinho sensual —, Toríbio parecia um imperador romano.

Os irmãos comiam com uma sofreguidão infantil, trocando pratos, comunicando-se por meio de sinais ou então gritando de boca cheia: "Atira o sal!", "Pincha a farinheira!". Houve um momento em que Toríbio fez um sinal na direção dos mogangos e rosnou: "Me passa aquela bosta!". Rodrigo obedeceu, sorrindo. O imperador positivamente não tinha compostura. Dizia palavrões, levava a faca à boca, manchava a toalha de molho pardo: grãos de arroz perdiam-se na emaranhada cabelama de seus braços de estivador. Ah! Se a Dinda estivesse presente, já teria gritado: "Olhe os modos, Bio!".

Maria Joana contemplava-os em silêncio, a um canto da sala, na penumbra, com a cabeça inclinada para um lado, os braços cruzados. Era uma mestiça de feições repelentes, e sua cabeça pequena, de lisos cabelos muito negros, a pele enrugada colada aos ossos, dava a impressão desses crânios humanos encolhidos, feitos pelos índios do Amazonas. O que, porém, mais impressionava nela eram os olhos de esclerótica amarelada, com uma fixidez visguenta de olho de jacaré. Falava pouco, resmungava muito. Nos dias de vento andava pela casa com as mãos na cabeça, a uivar, e acabava sempre saindo porta fora e correndo, a esconder-se no bambual, onde esperava que a tempestade passasse. Como era possível — refletia Rodrigo — que aquela criatura imbecilizada, que mais parecia um animal do que um ser humano, fosse capaz de cozinhar com aquela maestria, com aquele requinte? O molho pardo estava divino. O arroz, no ponto exato. O assado? Nem era bom falar...

— Maria Joana — disse ele, metendo a mão no bolso.

— Venha cá.

Deu-lhe uma moeda de dois mil-réis. A cafuza apanhou-a com um gesto brusco e ao mesmo tempo arisco. Soltou uma risada estrídula e, olhando para a moeda que mantinha afastada do corpo, na ponta dos dedos, como se ela fosse um bicho repugnante, gritou: "Santa Bárbara, São Jerônimo!", deu uma rabanada e precipitou-se para a cozinha, soltando urros não de alegria, mas de pavor, como se a mais medonha das ventanias tivesse começado a soprar sobre as coxilhas.

— Pobre-diabo — murmurou Rodrigo, seguindo-a com o olhar.

— Sífilis.

Depois do jantar Toríbio dirigiu-se para o galpão, como costumava fazer sempre àquela hora. Ia conversar com a peonada, contar e ouvir causos. E era certo que o negro Tiago tocaria cordeona e que o velho Zósimo, se estivesse de veia, cantaria umas cantigas que aprendera na Banda Oriental, nos tempos de piá.

Rodrigo pôs-se a caminhar na frente da casa, ao longo do renque de cinamomos, assobiando baixinho o "Loin du Bal", olhando para as estrelas, escutando os grilos e as corujas, sentindo na cara a brisa tépida da noite. A lua ainda não havia aparecido, mas já se anunciava na luminiscência do horizonte. Vaga-lumes pisca-piscavam no ar, que cheirava a campo.

Rodrigo acendeu um cigarro, agora mais que nunca consciente daquela sensação de desconforto e apreensão. Que seria? Teve uma sensação de perigo iminente, como se das sombras da noite um inimigo estivesse prestes a lançar-se sobre ele. E, de súbito, lançou-se mesmo... Mas veio duma outra noite do passado. Um cadáver ocupou-lhe por inteiro o campo da memória: Toni Weber estendida no chão, o corpo hirto e gelado, a cara lívida, os olhos vidrados, os lábios queimados de ácido...

Rodrigo estacou, abraçou o tronco duma árvore, e algo quente e enovelado subiu-lhe no peito, lágrimas rebentaram-lhe nos olhos. Ó vida insensata! Ó vida absurda! Ó vida bela e terrível! Havia sete anos Toni Weber se matara por sua causa: era solteira e ele, um homem casado, lhe havia feito um filho... E para afastar-se da morta, para evitar o perigo de trair-se, viera covardemente para o

Angico e, numa noite tétrica, andara a correr alucinado por aqueles campos, com medo de enlouquecer.

Era estranho que agora ali se encontrasse de novo, como se nada houvesse acontecido. Ficara-lhe o vago horror daquele cadáver, daquela noite e do remorso... Quanto ao mais, era como se tudo não passasse duma história triste, lida num romance quase esquecido... Mas por quem chorava? Pela suicida? Ou por si mesmo?

Alguém cantava agora no galpão. Era uma toada campeira, triste como uma canhada deserta em tarde chuvosa de inverno.

30

Pouco antes das nove horas. Toríbio voltou para casa e encontrou Rodrigo ainda a caminhar sob o arvoredo.

— Queres ir camperear amanhã? — perguntou.

— Naturalmente, homem.

— Pois então vai dormir, bichinho, porque saímos às cinco da madrugada.

— Cinco? Não contes comigo. É cedo demais.

Meia hora mais tarde, quando Rodrigo foi para o quarto, encontrou o irmão estendido de borco numa das camas, completamente nu, e já a dormir profundamente. Parou à porta, com uma vela acesa na mão, tomado pela estranha impressão de que não podia entrar, pois naquele compartimento não havia lugar para ele. A presença de Toríbio parecia entulhar o quarto. Ali estava sobre o leito aquele homem retaco e musculoso, cabeludo como um gorila. O calor de seu corpo aumentava a temperatura ambiente. Seu cheiro acre e seu próprio ressonar pareciam ocupar um espaço físico.

Por alguns instantes Rodrigo ficou a contemplar o irmão, sorrindo. Depois, colocando o castiçal e o relógio sobre a mesinha que separava as camas, despiu-se, enfiou as calças do pijama de seda e, de torso nu, deitou-se. Apanhou a brochura desbeiçada que viu no chão e aproximou-a da chama da vela. Era um volume do *Rocambole*. Toríbio era um leitor voraz de novelas de aventuras.

Rodrigo folheou o livro ao acaso, depois atirou-o no soalho com força, pois sabia que Bio tinha um sono de pedra.

Toríbio reboleou-se, ficou de ventre para o ar e começou a roncar, produzindo um som de trombone. Rodrigo pensou em ir dormir em outro quarto: havia tantos na casa! Mas ficou. Era curioso o efeito que tinha sobre ele a presença do irmão. Dava-lhe a mesma sensação de segurança que ele sentia quando punha o revólver na cintura e saía para a rua, mesmo sabendo que não ia ter nenhuma oportunidade de usar a arma.

Compreendeu que não lhe ia ser fácil dormir. Não estava habituado a deitar-se cedo. O remédio, enquanto permanecesse no Angico, seria acompanhar o irmão nas lidas campeiras, cansar bem o corpo para ter sono àquela hora.

Revirou-se e ficou deitado de bruços, os olhos cerrados, o nariz metido no travesseiro áspero. Ouvia com uma intensidade surda as batidas do próprio coração, como se a víscera estivesse a pulsar dentro do colchão de palha e não dentro de seu peito. Coração de palha... Talvez lhe fosse melhor ser insensível... Havia outra parte de seu corpo que lhe daria menos trabalho se fosse também de palha. Mas qual! A natureza não se enganava nunca: quem se iludia ou errava eram os homens.

Tornou a mudar de posição, ficando agora deitado de costas. De olhos sempre fechados, procurava "ver" o fluxo do sangue quente e inquieto nas veias e artérias. Apalpou o tórax, procurando o relevo das costelas. Fez descer as mãos para a depressão do abdome (orgulhava-se de não ser obeso), ficou algum tempo a cavoucar com o indicador no botão do umbigo e depois, quando seus dedos tocaram o púbis, teve a súbita e perturbadora consciência duma vaga saudade masturbatória, que o deixou a um tempo indignado consigo mesmo e sexualmente excitado. Uma onda de calor formigou-lhe no corpo inteiro, como uma urticária. Arrancou as calças do pijama e ficou tão nu quanto o irmão. Pronto! era preferível que tivesse o corpo recheado de palha, como um espantalho. Não! Era bom estar vivo. Sim, vivo estava, mas não se sentia feliz. Faltava-lhe alguma coisa. Que era? Talvez uma nova aventura: uma amante, uma viagem... talvez uma revolução — qualquer coisa, menos o marasmo, a mesmice, aquela triste paródia de vida, à sombra do pai. Que tinha feito até agora senão colher gloríolas municipais? Claro, chegara a deputado estadual, mas que valor tinha isso quando tantas bestas quadradas haviam conseguido o mesmo? Horrorizava-o a ideia de passar o resto da vida conformado com a mediocracia de Santa Fé. De certo modo misterioso ele sabia, pressentia que um belo destino lhe estava reservado. Sentia-se com ânimo e inteligência para realizar grandes coisas. Mas onde? Como? Quando?

Gostara do Rio de Janeiro. Ficara deslumbrado com o seu cenário natural, seu cosmopolitismo, suas possibilidades eróticas.

Lá estava o mar, a Ópera, museus, gente civilizada, lindas mulheres. A solução talvez estivesse numa deputação federal. Mas como ia conseguir isso se havia abandonado seu partido? Além do mais, a maldita situação política tornava tudo incerto, imprevisível.

Toríbio ainda soprava seu trombone. Diabo feliz! Não tinha problemas. Atirava-se na cama, fechava os olhos e — bumba! — caía no sono. Por que mundos, entre que gente seu espírito andaria agora gauderiando?

Rodrigo cruzou os braços sobre o peito, tornou a procurar o sono... Em que remota canhada, no fundo de que invernada estaria esse boi preto e arisco?

Trinta e seis anos. Caminhava com botas de sete léguas para a casa dos quarenta. Viriam em breve os primeiros cabelos brancos, os primeiros achaques! Não! Não se conformaria jamais com a velhice. O melhor seria morrer por volta dos cinquenta, numa guerra, num duelo... ou de um colapso cardíaco. Cair na rua fulminado... que bela morte! Não daria trabalho à família, ninguém o veria minguar, apodrecer em cima de uma cama.

Soltou um suspiro de impaciência, procurou nova posição sobre a dureza do colchão. Um grilo entrou no quarto e começou a cricrilar: dueto de trombone e percussão.

Preciso comprar um carro novo — pensou. — O Ford está um calhambeque.

O vulto do pai delineou-se contra o fundo de suas pálpebras. Licurgo amassava a palha para fazer um cigarro. "Pelo que vejo o senhor virou miliardário. Ainda que mal pergunte, não ouviu ainda falar na crise da pecuária? Não sabe que depois que terminou a Guerra Europeia o preço do gado só tem caído?"

O pai. Sempre o pai, a tratá-lo como se ele fosse um menino. Barrava-lhe quase todos os projetos. Censurava-lhe quase todos os atos, nem sempre necessariamente com palavras, mas com aquele seu olhar que valia por cem sermões.

Que vão todos para o diabo! Tenho de acabar com essa situação deprimente, proclamar minha independência. "Independência ou morte!" D. Pedro I em cima dum cavalo, erguendo o chapéu de dois bicos... (Rodrigo teve na mente por um instante a apagada reprodução do quadro famoso, num remoto compêndio de História do Brasil do curso primário.) Sua independência dependia em última análise da morte do velho Licurgo. Santo Deus! Ficou de tal modo alarmado que chegou a soerguer-se como um autômato e pôs-se a olhar fixamente para o quadrilátero da janela. Quis evitar, mas não conseguiu, a ideia de que se o Velho morresse ele, Rodrigo Terra Cambará, tomaria posse de sua própria vida, poderia ir a Paris, à Cochinchina, aonde quisesse, sem ter de dar explicações a ninguém... Censurou-se a si mesmo (e neste momento estava sendo o seu próprio pai) por se permitir tais pensamentos. Era monstruoso. Amava, respeitava o Velho. A vida dele era-lhe preciosa. Que Deus a conservasse ainda por muitos anos!

Tornou a estender-se na cama, fechou os olhos, procurando fugir àquelas cogitações absurdas e perversas. Mas não pôde evitar uma visão terrível: o pai morto dentro dum ataúde, um lenço roxo a cobrir-lhe o rosto. Senhores! Deve haver algum engano. Ninguém morreu! Abram as janelas! Apaguem as velas! Mandem tirar da sala essas coroas e flores! Deixem entrar o ar puro, o sol... Ó Deus, perdoai-me por eu não poder fugir a estes pensamentos. Zelai pela vida do meu pai, pela vida de toda a minha família. Se alguém tiver de morrer, que seja eu. (Que Deus me livre!) Mas o exorcismo não deu o resultado esperado. Porque agora Rodrigo via sua própria imagem refletida no espelho grande da sala. Estava de luto fechado. Tinha voltado da missa de sétimo dia.

Lágrimas começaram a escorrer-lhe pelas faces.

Olhou o relógio. Quase onze. Toríbio e o grilo continuavam o seu concerto. Rodrigo procurava em vão e às cegas as portas do sono. E se no dia seguinte alguém lhe perguntasse em que momento exato as imagens da vigília se haviam dissipado para darem lugar às do sono, ele não saberia responder.

31

Quando na manhã seguinte, alto o sol, Rodrigo saiu de casa — a sensação de brusca beleza que lhe veio do céu e das coxilhas foi de tal maneira intensa, que ele estacou, a respiração cortada, como se tivesse recebido um golpe de lança em pleno peito. Lágrimas vieram-lhe aos olhos, e ele se quedou a perguntar a si mesmo como era que não tinha percebido antes (ou percebera e esquecera?) que vivia talvez dentro duma das mais belas paisagens do mundo.

Existiam naturezas convulsas e vulcânicas como a dos Andes — refletiu, fungando como um menino prestes a chorar. Terras desoladas e pardas como as da Mancha, por onde andara o Quixote. Alguém lhe falara um dia na seca, desmaiada beleza de certas zonas desérticas, riçadas de cactos que produziam flores esquisitas. Sempre sentira algo de vagamente indecente na exuberância tropical: a natureza que cerca o Rio de Janeiro dera-lhe a impressão duma fêmea em permanente cio. Agora, este quadro o encantava e enternecia pelo que tinha de singelo e límpido. Se o deserto lembrava a transparência da aquarela e o trópico sugeria o lustroso empastamento do óleo, as campinas do Rio Grande pareciam um quadro pintado a têmpera.

Meio ofegante, Rodrigo contemplava a amplidão iluminada. O desenho e as cores do quadro não podiam ser mais sumários e discretos: o contorno ondulado das coxilhas, dum verde vivo que dava ao olhar a sensação que o cetim dá ao tato: caponetes dum verde-garrafa, azulados na distância, coroando as colinas ou perlongando as canhadas: barrancas e estradas como talhos sangrentos abertos no corpo da terra. Por cima de tudo, a luz dourada da manhã e o céu azul duma palidez parelha e rútila de esmalte e duma inocência de pintura primitiva. A paisagem tinha a beleza plácida e enxuta de um poema acabado, a que se não pode tirar nem acrescentar a menor palavra.

Rodrigo saiu a andar pelas campinas, respirando fundo e já fazendo belos planos. Ali estava a solução — disse para si mesmo, sem muita convicção, mas feliz por poder pensar nessa possibilidade. Abandonaria a medicina e a política, passaria a viver largas temporadas no Angico, como um *esquire* inglês, perto da terra, alternando a faina do campo com a do espírito, a música de bons discos com o mugido dos bois. Podia até escrever um livro... Por que não? Talvez um ensaio sobre o Rio Grande, no qual procura-se descobrir as raízes de suas lealdades castilhistas e gasparistas. Ou então uma história máscula da Revolução de 93. Não. O melhor seria uma biografia de Pinheiro Machado. Ocorria-lhe até um título: *O caudilho urbano.* Começaria com a visita do senador ao Sobrado, em 1910...

Estava agora convencido de que a vasta e limpa solidão do Angico era mil vezes preferível à atmosfera opressiva de Santa Fé, o burgo podre dos Madrugas e Camachos. Já que não podia viver numa grande metrópole, viveria na estância. Não podia ter Paris? Teria o Angico. Em vez de andar pelos bulevares, burlequearia pelos potreiros... Nunca fora homem de aceitar o meio-termo. O proble-

173

ma estava resolvido! E para dar ênfase à resolução, desferiu um pontapé numa macega. Diabo! Havia um sabor acre e macho naquela vida telúrica. Afinal de contas era naquele chão que Terras e Cambarás tinham suas raízes.

Nos dias que se seguiram, Rodrigo entregou-se por inteiro às lidas do campo, com um fervor de cristão-novo, acompanhando em tudo o irmão, que ele observava com uma inveja cordial, e que procurava imitar, mas sem muito resultado, pois precisava de considerável esforço para fazer mediocremente o que o outro fazia muito bem, e com naturalidade.

Quando ambos eram meninos, Rodrigo orgulhava-se da força e da coragem de Bio, assim como este mal escondia sua admiração pelas qualidades intelectuais do irmão mais moço. Muita vez no pátio da escola, à hora do recreio, Rodrigo congregava os amigos para exibir o "muque" do Bio e suas proezas de saltimbanco. Toríbio não se fazia rogar. Virava cambalhotas tão bem como um burlantim profissional. Não havia noite em que, antes de dormirem, ele não desse um espetáculo para o irmão. E como Rodrigo fosse a melhor das plateias, Toríbio entusiasmava-se. Um dia, no seu fervor circense, resolveu "fazer uma mágica": comeu a metade duma vela de cera ante os olhos horrorizados do irmão, que sabia que essa vela havia sido roubada a uma sepultura do cemitério.

E agora, ali no Angico, Toríbio continuava na sua "demostração". Mudara, porém, o repertório. Duma feita mandou o irmão jogar para o ar, bem alto, uma lata de compota vazia e, antes que esta caísse no chão, varou-a três vezes com balaços de revólver.

— Desafio o Assis Brasil a fazer o mesmo! — exclamou.

Um dia, durante o banho na sanga, mergulhou e ficou tanto tempo sem aparecer à tona, que Rodrigo começou a inquietar-se. Ia mergulhar também para ver que havia acontecido, quando Toríbio emergiu do fundo do poço, lustroso e gordo como uma capivara.

— É ou não é pulmão? — perguntou.

Uma manhã, na Invernada do Boi Osco, como quisessem laçar um forte tourito de sobreano, e como um dos peões já estivesse de laço erguido, Toríbio gritou-lhe:

— Deixa esse bichinho pra mim!

Precipitou-se a todo galope e, em vez de usar o laço, jogou-se do cavalo em cima do touro, agarrando-se-lhe primeiro ao pescoço e depois às aspas... e assim enovelados homem e animal percorreram uns dez metros... Por fim estacaram. Toríbio torceu a cabeça do touro até fazê-lo tombar por completo no chão. A peonada ria e soltava exclamações de entusiasmo. Quando Rodrigo se acercou do irmão, este, ainda segurando as aspas do animal e apertando-lhe a cabeça contra o solo, ergueu a face lustrosa de suor, de sol e de contentamento, e disse:

— Te desafio a fazer o mesmo.

— Ora, vai tomar banho!

E durante três dias a lida foi dura e contínua em todas as invernadas. Ao cabo desse tempo, Toríbio devolveu a capatazia da estância ao Pedro Vacariano e passou a entregar-se a frequentes e misteriosas excursões aos capões das vizinhanças, de onde voltava trazendo grandes ramos de açoita-cavalo e guajuvira. Intrigado, Rodrigo perguntou:

— Que história é essa?

— Estou preparando o meu arsenal. Tu te esqueces que estamos em véspera de guerra.

— E que vais fazer com esses paus?

— Lanças. Quero organizar um piquete de cavalaria. É ainda a melhor arma para a nossa campanha, digam o que disserem.

— Estás completamente doido. Estamos em 1922 e não 1835.

Toríbio nada disse. Ajudado por mais dois peões munidos de facões afiados, começou a dar àqueles paus a forma de lanças. E Rodrigo, que andava em lua de mel com o Angico e os novos projetos de vida, tornou a pensar na iminência da revolução. Só agora lhe ocorria fazer a si mesmo a pergunta crucial: "Com que armas vamos brigar?". E enquanto o irmão e os peões falquejavam madeira e ajustavam à extremidade dos paus pedaços pontiagudos de ferro, folhas de velhas tesouras de tosquiar — ele pensava em que o governo naturalmente lançaria contra os revolucionários a sua Brigada Militar, adestrada e aguerrida, com bons fuzis Mauser e até metralhadoras. E essa ideia deixou-o perturbado, pois não se harmonizava com seu estado de espírito no momento. Certa manhã encontrou por acaso em uma gaveta um número atrasado de *L'Illustration*, que lhe deitou por terra os planos rurais e lhe despertou, mais agudo que nunca, o desejo de visitar Paris. Seu nariz, saturado do cheiro de creolina, sabão preto, picumã e couro curtido, de súbito clamou por perfumes franceses. E à hora da sesta, com a revista aberta sobre o peito, imaginou que passeava em Paris, em Saint-Germain-des-Prés, na Place de l'Étoile... Tomou absinto num café de Montmartre e dormiu com várias mulheres que caçou nas ruas.

Decidiu então que tinha de ir a Paris, custasse o que custasse. Estava claro que Flora preferiria ficar em Santa Fé, por causa dos filhos. O velho Licurgo ia fazer cara feia, mas acabaria por aceitar a ideia da viagem... Estava decidido. Iria em princípios de março, passaria a primavera na cidade de seus sonhos.

No entanto ali estava o irmão a fabricar lanças de pau para seu piquete de cavalaria...

— Queres fazer uma aposta? — perguntou Toríbio. — Lá por fins de fevereiro, o mais tardar, estamos na coxilha tiroteando com a chimangada.

Rodrigo sacudiu a cabeça, numa afirmativa taciturna.

— Sim, e um de nós dois pode estar morto, enterrado e podre numa dessas canhadas...

Toríbio encolheu os ombros.

— Pode ser que eu me engane, mas acho que ainda não nasceu o filho da puta que vai me matar...

* * *

No dia seguinte chegou um próprio de Santa Fé, trazendo a correspondência e um maço de jornais. Havia um bilhete de Flora, um recado lacônico de Licurgo e uma longa carta de Dante Camerino, lamentando que seu "amigo e protetor" não pudesse ir a Porto Alegre para assistir à cerimônia de sua formatura.

— Temos o Dante já doutor! — disse Rodrigo, sorrindo.

— Quem diria! — maravilhou-se Toríbio. — O engraxate da Funilaria Vesúvio...

— Vou pôr o rapaz a trabalhar no meu consultório e na Casa de Saúde, com o Carbone.

— Esse guri nasceu com o rabo pra lua!

Rodrigo atirou-se aos jornais. Continuava o debate em torno do tribunal de honra que os procuradores de Assis Brasil haviam proposto em carta a Borges de Medeiros para julgar a eleição. Em um editorial d'*A Federação*, que comentava essa carta, Lindolfo Collor ironizava seus signatários, corrigindo-lhes o português.

— Esse doutor Topsius de São Leopoldo! — exclamou Rodrigo, irritado. — Não perde oportunidade para mostrar que sabe gramática!

Os jornais transcreviam também os debates da Assembleia. Um deputado da oposição protestava contra o fato de a apuração das eleições estar sendo feita a portas fechadas, sem a presença dum fiscal sequer da facção assisista.

— Está claro que assim podem fazer o que querem. Cachorros! É a história de sempre.

Quando terminou de ler o último jornal, Rodrigo já não olhava com olhos cépticos ou irônicos para as lanças de Toríbio. Estava convencido de que a revolução era mesmo a única alternativa. A Comissão de Poderes (e lá estava o Getulinho!) fazia a portas fechadas a "alquimia" eleitoral.

— Se a revolução tem de sair mesmo — disse ele a Toríbio —, por que perder tempo neste fim de mundo?

Talvez o melhor fosse ir a Porto Alegre para confabular com os líderes oposicionistas. Antes, porém, tinha de sondar os correligionários em Santa Fé, saber com quantos homens podiam contar, com que quantidade de armas e munições.

Toríbio e Pedro Vacariano saíam pelas invernadas a visitar agregados e posteiros. Para muitos daqueles homens, uma revolução era a oportunidade de gauderiar, de cortar aramado livremente, de carnear com impunidade o gado alheio.

— Acho que só no Angico, contando a peonada, podemos recrutar uns oitenta soldados — declarou Toríbio ao voltar da excursão. — Temos de contar também com gente que possa vir da cidade...

— Se eu fosse tu, não confiaria muito nesse caboclo. Isso é homem de matar um companheiro pelas costas...

— O Vacariano? Boto a minha mão no fogo por ele.

32

Aquele ano os Cambarás tiveram um Natal festivo, como de costume. Flora armou no centro da sala de visitas um pinheiro nativo de Nova Pomerânia, duma forma cônica quase perfeita e dum verde fosco e acinzentado. Pendurou-lhe nos galhos esferas de vidro verdes, azuis, solferinas, prateadas e douradas, bem como ajustou nele pequenas velas de várias cores. Maria Valéria, como a própria Fada do Inverno, atirou chumaços de algodão sobre a árvore, num simulacro de neve. E, como para tirar à festa o "sotaque" alemão, colocou ao pé do pinheiro algumas figurinhas de presépio.

Rodrigo acendeu as velas, pouco depois do anoitecer, na presença da gente da casa e de alguns amigos. Havia dois ausentes: Toríbio, que não acreditava "naquelas besteiras", e Licurgo, que estava na casa da amante. O velho Aderbal e a mulher tinham vindo à tarde trazer seus presentes aos netos, e antes do cair da noite haviam retornado ao Sutil.

Apagou-se a luz elétrica. Aproximava-se a hora misteriosa da chegada de Papai Noel. Edu agarrou-se às saias de Maria Valéria de um lado, e Zeca fez o mesmo de outro. Jango, pelas dúvidas, meteu-se num canto, em atitude defensiva, e ficou esperando...

Sílvia olhava para a árvore iluminada com um grave espanto nos olhos de gueixa. Alicinha, apertando Aurora contra o peito, aproximou-se da mãe, que tinha agora Bibi nos braços. Floriano contemplava a cena, sentado no primeiro degrau da escada do vestíbulo. Sabia que quem viria disfarçado de Papai Noel seria, como todos os anos, o Schnitzler da confeitaria: mas gostava de fazer de conta que ainda acreditava na lenda segundo a qual o Velho do Natal vinha do Polo Norte, voando sobre campos, montanhas e cidades no seu trenó puxado por duas parelhas de renas. E agora, olhando para o pinheiro rutilante na sala sombria, o rapaz enfiava a cara por entre as grades do corrimão, esperando o grande momento, com a sensação de ter mariposas vivas no estômago.

— Atenção! — bradou o Chiru, olhando o relógio. — O Bichão vai chegar... Não estão ouvindo o barulho da carruagem?

Rodrigo deu corda ao gramofone e pô-lo a tocar a marcha da *Aida*, interpretada pela banda dos Fuzileiros Navais. Acordes heroicos encheram a casa. As mariposas de Floriano alvorotaram-se.

Ouviu-se um ruído de passos para as bandas da cozinha, onde Laurinda gritou: "O Velho chegou! Minha Nossa!". E então uma imponente figura surgiu à porta da sala: um Papai Noel todo vestido de vermelho, com longas barbas de algodão, um capuz na cabeça, um ventre enorme, o saco de brinquedos às costas. Soltou uma gargalhada estentórea e bonachona. Bibi rompeu a chorar. Edu fechou os olhos e agarrou-se com mais força à perna da Dinda. Alicinha contemplava o recém-chegado com uma expressão de fastio nos olhos adultos. Sílvia, de boca aberta, o beicinho trêmulo, aproximou-se de Rodrigo e abraçou-lhe as pernas.

177

Jango tapou os olhos com as mãos, mas ficou espiando o "bicho" por entre os dedos. Zeca murmurava: "Não tenho medo dele... não tenho medo dele...". Mas não largava a saia de Maria Valéria. Gabriel, o prático de farmácia, estava de pé a um canto, olhando a cena com a boca semiaberta, e algo de pateticamente infantil nos olhos mansos.

Papai Noel deu alguns passos e pousou o saco no soalho — no centro da sala. Seguiu-se a distribuição de brinquedos, ao som da marcha e do berreiro desenfreado de Bibi. Passado o primeiro momento de medo, Edu deu dois pulos à frente, soltou uma cusparada na direção da barriga do Velho, e em seguida recuou, entrincheirando-se atrás da mãe.

— Todos os meninos se comportaram bem? — perguntou o *Weihnachtsmann* com seu forte sotaque alemão.

Através das órbitas da máscara de papelão apareciam os olhos claros do confeiteiro. O suor punha-lhe manchas escuras na roupa.

A música do gramofone cessou. Chiru mudou o disco. Era agora uma valsa vienense. Papai Noel começou a dançar, ao mesmo tempo que entregava os pacotes. Havia presentes para os grandes. Gravatas para Chiru e Gabriel. Uma cigarreira para Neco Rosa. Uma camisa de seda para o dr. Ruas, que manquejava dum lado para outro, apoiado numa bengala. Roque Bandeira ganhou um dicionário de Aulete. Para Stein havia um volumoso pacote.

— Abra — disse Rodrigo ao judeu.

O rapaz obedeceu. Dentro da caixa enfileiravam-se os volumes da *História universal* de César Cantù.

— Ah! — fez Stein.

— Então, não dizes nada?

— Muito obrigado, doutor.

— Assim com essa falta de entusiasmo? Se queres, devolvo esses livros e te compro outra coisa.

— Não senhor, está muito bem.

Ajoelhado ao pé da caixa, Arão Stein mirava as lombadas dos volumes. E como Roque Bandeira se acocorasse ao lado dele para mostrar-lhe o seu Aulete, o judeu murmurou:

— Imagina, o César Cantù! A História narrada do ponto de vista safado e convencional da burguesia: a exaltação do capitalismo, a justificação das guerras, a glorificação dos generais, do imperialismo...

— Finge ao menos que estás contente, ingrato — rosnou o outro, com os olhos em Rodrigo, que naquele momento entregava um presente à esposa.

Flora passou a filha mais moça para os braços de Maria Valéria e abriu o pequeno pacote. Era um estojo de veludo roxo, dentro do qual fulgia um anel de brilhante.

— Gostas? — perguntou o marido, sabendo já o que ela ia dizer.

Como única resposta ela lhe enlaçou o pescoço e beijou-lhe a face.

— Agora — anunciou o anfitrião — o presente da madrinha.

Abriu um pacote, tirou de dentro dele um xale de lã xadrez e entregou-o à Dinda, que o agarrou e disse, seca:

— Podia ter empregado melhor o seu dinheiro. Velha não carece de presente.

Papai Noel continuava a valsar ao redor da sala, pesado como um urso. Já agora, entretidas com os brinquedos, as crianças lhe davam menos atenção. Mas Edu, vendo aquele traseiro gordo e vermelho passar por perto, precipitou-se contra ele e desferiu-lhe uma cabeçada. Papai Noel desatou a rir e atirou-se no chão, fingindo que tinha sido derrubado. Rodrigo aproximou-se do confeiteiro.

— Agora vai embora, Júlio — segredou-lhe —, antes que comeces a perder o prestígio. A máscara está afrouxando.

Papai Noel fez as despedidas, com promessas de voltar no ano seguinte, e rosnando ameaças para os meninos e meninas que não se comportassem bem durante o ano.

Alguém acendeu a luz do lustre. As crianças foram levadas para o andar superior.

— Agora vamos comer e beber alguma coisa! — exclamou Rodrigo.

Ele próprio havia preparado um *bowle*, que começou a servir generosamente. Chiru quebrava nozes entre as manoplas. O dr. Ruas sentou-se ao piano e atacou a valsa "Sobre as ondas". Leocádia surgiu com um prato de croquetes quentes. Neco Rosa foi o primeiro a servir-se. Gabriel bebia em silêncio no seu canto.

Por volta das nove horas entraram no Sobrado os Carbone. Ele vinha duma operação de emergência, um caso de ventre agudo, e estava eufórico. Ela, envolta numa aura de água-de-colônia e alho, começou a distribuir abraços e beijos. Rodrigo entregou os presentes destinados ao casal.

— *Auguri!* — exclamou o cirurgião, pondo-se na ponta dos pés para beijar a testa ao amigo. Santuzza puxou o anfitrião contra os seios e aplicou-lhe uma beijoca sonora na boca.

Poucos minutos mais tarde Carlo Carbone estava ao lado de Miguel Ruas, que ensaiava o acompanhamento duma outra *canzonetta*.

Rodrigo ficou por alguns instantes a mirar a própria imagem refletida numa das esferas de vidro. Onde estará o senhor dentro de um mês? — perguntou a si mesmo, começando já a entrar no "porre suave". "Em cima dum cavalo, na frente duma coluna revolucionária, em plena coxilha? Debaixo da terra, numa sepultura rústica perdida no meio do campo? Onde?"

Carbone soltou a voz de tenorino, doce, afinada e meio trêmula. Era o *Torna a Sorrento*.

Chiru olhou para Neco e disse:

— Pelo que vejo, hoje não vais poder tocar violão.

O barbeiro deu de ombros.

— Pouco m'importa. Deixa que o gringo se divirta.

179

Stein explicava a Bandeira por que razão era contra a lenda do Natal:

— É preciso preparar a infância para a sociedade socialista do futuro, e isso se faz com realismo e não com quimeras. A história de Papá Noel, além de importada, é uma lenda burguesa, baseada no sobrenatural. Está tudo dentro do esquema clerical-capitalista. É a velha peta do milagre... Um dos muitos truques que os donos do poder empregam para manter as massas narcotizadas e submissas.

Bandeira foi até a mesa servir-se outra vez de *bowle*. Voltou mastigando um pedaço de abacaxi.

— Esqueces outro aspecto da questão — disse. — Refiro-me ao interesse que tem o comércio de estimular este tipo de celebração, tu sabes, o hábito, a quase obrigação de dar presentes. E a todas essas, pouca gente se lembra do verdadeiro sentido desta data: o nascimento de Jesus.

— Outra lenda!

— Pode ser. Mas cala a boca, que o doutor Rodrigo vem vindo. Finge de bem-educado, ao menos hoje, sim?

Rodrigo aproximou-se dos dois amigos.

— E vocês? Discutindo sempre? Já comeram alguma coisa? Que é que vais beber, Arão?

Afastou-se sem esperar as respostas a essas perguntas.

A morna brisa da noite entrava pelas janelas e sacudia as esferas e os enfeites do pinheiro, que crepitavam. As chamas das velinhas oscilavam.

Rodrigo sentiu que lhe tocavam no braço.

— Que tens? Estás tão sério...

Voltou-se. Era Flora. Achou-a linda. Como pudera traí-la tantas vezes com outras mulheres?

— Não, meu bem. Não é nada.

Aproveitando o momento em que a maioria dos convivas se encontrava na sala de jantar, ao redor da mesa, Flora pousou por um breve instante a cabeça no ombro do marido, num gesto que o enterneceu.

— Rodrigo, me fala com franqueza... Essa revolução vai sair mesmo?

Ele lhe acariciou os cabelos.

— Não penses nisso, minha flor.

— E se sair... — Havia um tremor na voz dela. — Se sair... tu tens de ir?

— Flora, meu bem, estamos na véspera do Natal. Não vamos falar em coisas tristes.

— Mas eu preciso saber, não tenho dormido direito pensando nisso...

Carbone terminou a cançoneta num agudo um tanto falso, que mais pareceu um balido de ovelha. O dr. Ruas bateu no piano com bravura o acorde final. Ouviram-se aplausos.

— Depois conversaremos — disse Rodrigo. — Vai atender os teus convidados. — Abraçou a mulher, beijou-lhe rapidamente os lábios e murmurou: — Haja o que houver, quero que saibas que eu te amo, estás ouvindo? Te amo!

Ela se afastou, o rosto afogueado, os olhos brilhantes.

Carbone e o ex-promotor agora ensaiavam baixinho o *Ideale*, de Tosti.

— Mas suponhamos que saia a revolução... — dizia Roque Bandeira a Stein, que folheava distraído um dos volumes do dicionário.

O judeu sacudiu os ombros.

— Que briguem e se matem! Não tenho nada com isso. Acho que tu também não tens.

— Por quê?

— Se és o racionalista que imagino, não podes ir atrás dessas baboseiras de assisismo e borgismo.

Tio Bicho emborcou sua taça e depois ficou catando com o dedo os pedacinhos de abacaxi que haviam ficado no fundo dela.

— Ora, tu sabes como é difícil a neutralidade... — murmurou. — E fica sabendo que brigar é menos uma questão de convicção ideológica que de temperamento ou oportunidade.

Como Rodrigo de novo se aproximasse, Stein acercou-se dele, dizendo:

— Doutor Rodrigo, agora quero lhe dar o *meu* presente de Natal.

Meteu a mão no bolso interno do casaco e tirou um folheto, entregando-o ao amigo.

— Que é isto?

— Faça o favor de ver o título.

Era um caderno comovedoramente mal impresso em papel de jornal ordinaríssimo. O título: *Manifesto comunista*.

— Ah! — fez Rodrigo.

— Já leu esse grande documento?

— Uma vez passei-lhe os olhos...

Era mentira. Mas que importância tinha o assunto?

— Ó Arão — disse, segurando o braço do rapaz —, vou te pedir uma coisa. Tem cuidado quando distribuíres esta coisa. Tu sabes que existe no país uma lei contra a propaganda maximalista.

— Eu sei, doutor. Não se preocupe.

Rodrigo meteu o panfleto no bolso e dirigiu-se para o vestíbulo, pois naquele momento batiam à porta. Era Júlio Schnitzler, que voltava envergando sua roupa domingueira, e desta vez em companhia de sua *Frau* e da filha. Como acontecia todos os anos na véspera de Natal, vinham trazer de presente aos Cambarás um grande bolo.

— Entrem! Subam! — exclamou Rodrigo, abraçando-os.

Flora cortou o bolo e serviu os convidados. O dr. Carbone atacou o *Ideale*. Santuzza, na opinião do Neco, já estava um pouco "alegrete", pois desde que chegara não cessara de empinar taças sobre taças de *bowle*.

Quando, minutos depois, o dr. Dante Camerino entrou no Sobrado, foi recebido com exclamações e palmas. O rapaz abraçou o anfitrião, e entregou-lhe um presente.

— Ora, não devias te incomodar — disse Rodrigo, metendo o pacote no bolso sem abri-lo. — Agora quero te entregar o teu presente.

Camerino abriu os braços:

— O meu presente? Depois de tudo quanto o senhor fez por mim? Me custeou os estudos, me deu livros, me mandou dinheiro, Santo Cristo! E ainda fala em presente?!

Dante estava engasgado, lágrimas brotavam-lhe nos olhos.

Rodrigo inclinou-se e apanhou o pequeno pacote que jazia ao pé da manjedoura, à sombra da figurinha de são José.

— Doutor Dante Camerino — disse, com fingida solenidade —, aceite esta pequena lembrança de seu velho amigo...

Ele próprio não pôde terminar a frase, porque a emoção lhe trancou a voz. Dante abriu o pacote com mãos aflitas. Era um anel de formatura.

— *Mamma mia!* — exclamou ele.

E atirou-se nos braços de seu mecenas, e ficaram ambos abraçados, num equilíbrio precário, enquanto o dr. Carbone cantava com entusiasmo a canção de Tosti, o ex-promotor fazia vibrar o piano com verdadeiros manotaços, Santuzza empinava mais um copo de *bowle*, Chiru Mena matava "chimangos" num combate imaginário e Neco Rosa cocava com olho lúbrico Marta, filha do confeiteiro.

Fungando, meio encabulado, Dante enfiou o anel no dedo e ergueu-o no ar. A esmeralda faiscou. E vieram os parabéns e os abraços dos outros, inclusive de Stein, que foi empurrado por Bandeira. Maria Valéria limitou-se a tocar-lhe o ombro com as pontas dos dedos. Mas Flora deu-lhe um abraço maternal. Marta ficou enleada e mais vermelha que de costume ao apertar a mão do recém-formado. Chiru começou um discurso, a taça na mão:

— Saúdo o nosso Hipócrito.

— Hipócrates, seu burro! — corrigiu-o Rodrigo. E, afastando-o do caminho, disse: — Cala a boca, que agora os Schnitzler vão nos cantar umas canções de Natal.

— Então manda esse gringo parar a cantoria.

Carbone, porém, chegara ao fim de sua canção e agora se reunia aos outros, seguido pelo dr. Ruas. Rodrigo tornou a apagar a luz do lustre. Sentaram-se todos na sala de jantar, enquanto os três Schnitzler se postavam junto do pinheiro. Fez-se um silêncio, dentro do qual se ouviram, a capela, as vozes afinadas da família do confeiteiro. Era uma velha canção de Natal:

Stille Nacht, heilige Nacht!
Alles schläft, einsam wacht.

As luzes coloridas da árvore refletiam-se nos cabelos de Marta. Rodrigo não tirava os olhos dela. Achava-a bem-feita de corpo, apetitosa, a cara redonda e corada parecia uma fruta madura.

Que pena! — refletia ele. Se alguém não apanha essa maçã para comer *agora*, ela pode bichar.

Os peitos da alemãzinha arfavam. *Frau* Schnitzler tinha uma bela voz de contralto. Júlio era um tenor razoável. Marta, um tremelicado soprano ligeiro. Para pronunciar certas palavras seus lábios carnudos e vermelhos tomavam a forma dum botão de rosa, o que deixava Rodrigo excitado. E ele bebia *bowle* gelado, copo sobre copo, para refrescar-se, apaziguar aquele calor de entranhas que a filha do confeiteiro contribuía para aumentar com seus movimentos de seios e de boca.

Foi despertado de seu devaneio erótico pelos aplausos. O trio cantou a seguir o "Adeste, fideles". As velas na árvore começavam a morrer.

Ó sede insaciável — exclamou Rodrigo interiormente. — Ó desejo sem fim!

Dante Camerino de instante a instante erguia a mão e contemplava o anel. E quando a última canção terminou e as luzes se acenderam, Maria Valéria estendeu um dedo acusador na direção do jovem médico.

— Cruzes! O Dante também!

Camerino ficou espantado sem saber a que a velha se referia.

— Que é, titia? — perguntou Rodrigo.

Maria Valéria apontava para as pernas do rapaz.

— Olhe as calcinhas dele! Os sapatos bicudos! Credo!

Dante ficou vermelho, como se de repente houvesse descoberto que estava nu.

Quase todos romperam a rir. Camerino estava vestido de acordo com o rigor da moda: casaco comprido, muito cintado e justo ao corpo, calças estreitíssimas, e um colarinho alto com uma gravata que, de tão estreita, mais parecia um cordão de sapato.

— É o que se usa em Porto Alegre — balbuciou ele.

O ex-promotor sorriu:

— Não faça caso. Isso só prova o seu bom gosto.

Chiru murmurou para Neco sua opinião:

— Pode ser moda, digam o que disserem, mas um médico, um doutor, devia se dar mais o respeito.

Neco concordava, palitando a dentuça. Carbone insistia para que Ruas voltasse ao piano. Sabia ele acompanhar o "Santa Lucia Luntana"? Cantarolou a música.

Santuzza estava escarrapachada no sofá, abanando-se com um leque. Parecia sufocada. Por precaução Flora apagou as velas da árvore e subiu ao andar superior onde as crianças estavam fazendo muito barulho.

— Mande todos pra cama! — recomendou Maria Valéria.

Rodrigo procurava Marta com o olhar. Onde estaria a rapariga? Saiu da sala e encontrou-a sozinha no corredor, junto duma janela, no fundo da casa. O anfitrião sentia uma tontura boa, que lhe dava uma grande cordialidade, um desejo de ser bom, amável, carinhoso para com todo o mundo.

— Aaah! — fez ele numa longa exclamação, aproximando-se da filha do confeiteiro. — Que é que a menina está fazendo sozinha aqui?

E, com uma rapidez de relâmpago, um plano doido lhe passou pela cabeça: arrastar a Marta para a despensa, fechar a porta e possuí-la, comê-la entre as latas de doce da Dinda.

Sem perder tempo, enlaçou-lhe a cintura.

— O titio não ganha um beijinho de Natal?

Marta encolheu-se, procurou esquivar-se, mas ele a puxou contra si com a mão direita, enquanto com a esquerda fazia explorações aflitas nos seios da rapariga.

Uma voz fê-lo estremecer.

— Rodrigo!

Largou a presa. Marta afastou-se, quase a correr, rumo da cozinha. Rodrigo voltou-se e viu Maria Valéria acusadora e terrível como o arcanjo Gabriel, a anunciar o Juízo Final.

— Eu estava conversando com a Marta, Dinda...

— Desde quando vacê conversa com as mãos? Não tem vergonha na cara? Na sua própria casa, e na noite de Natal!

Furioso, Rodrigo deu dois passos na direção da porta da cozinha, abriu-a, saiu para a noite e foi até o fundo do quintal, onde ficou sob as estrelas a ruminar a sua fúria e o seu despeito.

34

Na manhã seguinte Rodrigo acordou tarde. Eram quase onze horas quando terminou de barbear-se. Estava diante do espelho a examinar a língua, quando Flora lhe veio dizer que um visitante o esperava na sala.

— Quem é?

— O doutor Terêncio Prates.

Rodrigo franziu a testa. Ué! Que quererá ele? Nunca me visitou... Lembrou-se da bofetada que dera no Honorinho no clube, havia algumas semanas, e concluiu: "Vem me desafiar para um duelo em nome do irmão". Pois que seja! Desceu as escadas pisando duro e entrou na sala de cara fechada. O outro, porém, ergueu-se, risonho, veio a seu encontro e abraçou-o, desejando-lhe um feliz Natal.

Era um homem de trinta e quatro anos, alto, trigueiro, enxuto de carnes. Tinha uma expressão altaneira que se revelava na cabeça sempre empinada, na expressão autoritária dos olhos mosqueados, e nos gestos incisivos. Trajava sempre com apuro e aquela manhã estava metido numa fatiota de linho branco. Prendia-lhe a gravata cor de vinho um pregador com um pequeno rubi.

— Mas que surpresa agradável! — exclamou Rodrigo, agora com a fisionomia despejada. — Senta-te. Que é que tomas?

O outro sentou-se. Não tomava nada antes do almoço, muito obrigado. E um cigarro? Terêncio recusou: não fumava. Ali estava uma das razões por que Rodrigo jamais tivera simpatia por aquele homem: o monstro não tinha vícios!

Mordeu a ponta dum charuto, prendeu-o entre os dentes e acendeu-o. O visitante pigarreou.

— Por mais estranho que pareça — começou ele —, o que me traz aqui é uma missão...

Não me enganei — pensou Rodrigo. E já se imaginou a dizer: "Pois bem. Aceito o duelo. Escolho a pistola".

— Pois é... — continuou o outro. — Meu pai, Rodrigo, é um grande admirador teu, um amigo mesmo...

— Sempre tive o maior respeito e estima pelo coronel Joca Prates.

— Ele sabe disso... Pois o Velho ficou ao par do teu incidente com o Honorinho, no clube... Soube mesmo que o mano chegou a puxar o revólver...

— Ora...

— O Velho ficou tão preocupado com a história, que me encarregou de vir até aqui para arranjar as coisas. Ele te pede que não guardes rancor pelo rapaz, e que dês o incidente por encerrado.

— Mas claro! De minha parte...

Terêncio cortou-lhe a palavra com um gesto impaciente:

— Espera. Ele sabe que o Honorinho te ofendeu... mas que tu o esbofeteaste na frente de várias pessoas. Enfim, ficam elas por elas. — Sorriu, visivelmente embaraçado. — O papai morreria de desgosto se houvesse alguma coisa séria entre um Prates e um Cambará. Ele sempre se orgulhou da amizade da gente do Sobrado...

Rodrigo soltou uma baforada de fumaça.

— Pois podes assegurar ao coronel Prates que da minha parte está tudo esquecido. Digo-te mais: a primeira vez que encontrar o Honorinho, estendo-lhe a mão, seja onde for.

Terêncio acariciou o rubi do pregador.

— O Velho também me pediu para te dizer que não quer que essa história de assisismo e borgismo altere a velha amizade entre nossas famílias.

Rodrigo gostava do velho Prates, mas nunca simpatizara com os filhos. Quanto a Terêncio, achava-o um tanto pedante e com fumos de aristocrata. Tinha um orgulho exagerado das coisas que sabia, e não perdia oportunidade para exibir cultura.

— Por que não tomamos ao menos um cafezinho?

Terêncio encolheu os ombros.

— Está bem. Aceito.

Rodrigo gritou por Leocádia e, quando a negrinha apareceu, pediu-lhe que preparasse um bom café.

— Novinho, hein?

Terêncio olhava em torno da sala. Demorou o olhar no Retrato. Rodrigo esperou um elogio à obra de Don Pepe, mas o visitante não disse palavra. Seu olhar agora estava focado no espelho grande, onde sua própria imagem se refletia.

Rodrigo, ansioso por mudar de assunto, perguntou:

— Que tens feito?

Arrependeu-se imediatamente da pergunta, pois o outro se pôs a falar com minúcias nos artigos que escrevia e nos livros que lia no momento. Já tinha Rodrigo lido *Durée et simultanéité*, de Bergson? Não? Era o mais sensacional *vient de paraître* em Paris. E *Le Père humilié*, de Claudel? Recebera este último livro a semana passada, juntamente com a nova obra de Jacques Maritain, *Art et scolastique*.

Rodrigo sentia-se vagamente humilhado. Nem sequer tinha ouvido falar naqueles livros.

— Tenho lido só medicina, ultimamente — mentiu.

— É natural — disse Terêncio, lançando um rápido olhar para o espelho. — Estamos na era da especialização. Mas... por falar em medicina, estive lendo um artigo sobre a descoberta duma nova droga, a insulina...

— Ah! A insulina... — repetiu Rodrigo, desejando que o outro não lhe pedisse pormenores sobre o assunto, pois ele ainda não o conhecia. Tinha visto um artigo a respeito numa revista de medicina, mas — como acontecia com tantas outras publicações — deixara-o de lado "para ler depois".

Leocádia entrou com os cafezinhos e salvou a situação, pois Rodrigo aproveitou a oportunidade para fazer considerações sobre o problema do café, que o levou aos males da monocultura, à "camorra mineiro-paulista", a Artur Bernardes, ao estado de sítio e à situação geral do país... Só se calou quando julgou que o assunto "insulina" estava já a uma distância tranquilizadora.

Ficaram ambos a bebericar café em pequenas xícaras cor-de-rosa com asas douradas.

— Ah! — fez Terêncio, como quem de repente se lembra de alguma coisa. — Ia esquecendo de te contar que embarco o mês que vem para Paris.

— Sim? — fez Rodrigo. E sentiu uma súbita, irritada inveja do outro. — A passeio?

Terêncio sacudiu negativamente a cabeça.

— Não. Vou fazer um curso de economia política e de sociologia na Sorbonne.

— Não diga! É magnífico!

Que besta! Mel em focinho de porco. Aposto como esse tipo vai viver em museus e conferências, sem lembrar-se de que existe um Moulin Rouge, um Folies-Bergère...

Terêncio tomou o último gole de café.

— Ainda quero escrever o livro definitivo sobre o nosso Rio Grande.

— És o homem indicado — declarou Rodrigo sem convicção. — Tens tudo.

Terêncio ergueu a mão como para fazer o outro calar-se:

— Não tenho *tudo*. Falta-me alguma coisa. Minha sociologia guarda ainda

186

um ranço provinciano. Preciso de dois ou três anos em Paris para arejar as ideias e entrar em contato com os grandes pensadores europeus... Adquirir novos conhecimentos, novas técnicas, processos... tu sabes.

Pôs a xícara vazia em cima do consolo.

— Estamos em vésperas de grandes acontecimentos — acrescentou, cruzando as pernas. — Precisamos estar preparados.

— Infelizmente a situação se agrava. E se a Comissão de Poderes reconhece a vitória do doutor Borges de Medeiros, a única alternativa que resta para a oposição esbulhada é a revolução...

O outro sorriu com um ar de superioridade que deixou Rodrigo com a marca quente.

— Eu não me refiro ao Rio Grande, mas ao mundo.

Disse de seu entusiasmo pelo novo movimento que surgia na Itália.

— Agora que Mussolini subiu ao poder, a ideia fascista vai tomar conta da Itália e talvez da Europa.

— Achas?

— Sem a menor dúvida. Homens da envergadura de Gabriele D'Annunzio já abraçaram a causa. O fascismo, meu caro, é um protesto da mocidade italiana contra o parlamentarismo decrépito e contra o liberalismo indeciso e tolerante. A marcha dos fascistas sobre Roma foi, na minha opinião, um dos mais belos e auspiciosos fatos históricos de nosso tempo!

— Bom, concordo que o movimento tenha a sua razão e a sua beleza.

— Ouve o que te digo — e ao pronunciar estas palavras Terêncio tinha um ar didático. — O fascismo vai ser a grande força com que o Ocidente deterá a onda bolchevista. Toma nota das minhas palavras. A Igreja terá no fascismo o seu mais forte defensor.

Rodrigo agora rapa com a ponta da colher o açúcar que ficou no fundo da xícara.

— Esse movimento — continuou Terêncio — representa a meu ver a ressurreição das águias romanas.

Rodrigo levou a colher à boca e lambeu-a.

— Outro cafezinho?

Com um gesto que revelava sua impaciência por ter sido interrompido, o outro disse que não. E prosseguiu:

— Mussolini é uma nova encarnação de Júlio César.

— Vi o retrato do homem numa revista. Me agradou o molde da cara, a queixada enérgica, o olhar dominador.

Terêncio franziu a testa:

— É preciso que alguém venha pôr no lugar as coisas que a última guerra desarrumou. Precisamos restabelecer a ordem, a hierarquia. Anda por aí uma onda de coletivismo absurda e perigosa, insuflada pela Revolução Russa. Se o Ocidente não tomar cuidado, lá se vai águas abaixo a nossa cultura, lá se vão nossas instituições, nossa tábua de valores morais...

E não se perderá muita coisa! — pensou Rodrigo. Mas sacudiu afirmativamente a cabeça, como se concordasse com o outro.

Quando Terêncio saiu, poucos minutos depois, Rodrigo acompanhou-o até a calçada.

— Diga ao velho que fique tranquilo. O incidente está encerrado. E os Cambarás muito se honram com a amizade dos Prates.

Apertaram-se as mãos. Terêncio atravessou a rua e ganhou a calçada da praça. Rodrigo seguiu-o com os olhos. Esse animal vai para Paris — pensou. — Não há justiça no mundo.

Mordeu com raiva o charuto apagado.

35

Pela primeira vez naqueles últimos quinze anos, Rodrigo recusou-se a tomar parte no *réveillon* de 31 de dezembro, no Comercial. E quando Flora, surpreendida, lhe perguntou o motivo dessa resolução, explicou:

— Não quero ver a cara de certos chimangos.

Manteve a decisão. Ruas, porém, mandou cortar a barba e escanhoar o rosto. À noite, meteu-se no *smoking* novo e atirou-se para o Comercial. O dr. Carbone, enfarpelado numa casaca antiquíssima, que a Rodrigo lembrou as que se usavam no tempo da *Dama das camélias*, veio buscá-lo no seu Fiat. E quando, ainda manquejando, o ex-promotor deixou o Sobrado e entrou no automóvel, onde se instalou ao lado de Santuzza, esplêndida num vestido negro de rendão, uma *alegrette* na cabeça — Maria Valéria, que estava à janela, murmurou: "Deus os fez e o diabo os juntou".

Depois do jantar Licurgo saiu, como de costume, para a sua "volta". Maria Valéria recolheu-se cedo. E à meia-noite, quando o sino da Matriz badalava, e por toda a cidade se ouviam gritos, risadas, espocar de foguetes e detonações de revólveres, Rodrigo fez saltar a rolha duma garrafa de champanha, encheu a taça de Flora e a sua e propôs um brinde ao Ano-Novo. Quando o marido a abraçou, Flora rompeu a chorar de mansinho, com a cabeça pousada no ombro dele, os lábios trêmulos, os olhos inundados.

— Que é isso, minha flor? Não chores. Está tudo bem. Todos com saúde. Estamos reunidos. Não é o que importa?

Ela não respondia, mas agarrava-se a ele com força, como se não o quisesse perder.

Rodrigo conduziu-a para o sofá, fê-la sentar-se, deu-lhe uma das taças de champanha, apanhou a outra, ergueu-a no ar e disse:

— A nossa saúde! E à de toda a nossa família!

A taça tremeu nas mãos de Flora, que se limitava a olhar para o marido, as lágrimas ainda a escorrerem-lhe pelas faces. Depois, como ele insistisse, ela bebeu um gole de champanha. Rodrigo sentou-se ao lado da mulher, abraçou-a e perguntou:

— Agora conte ao seu marido que é que há?

— Uma bobagem minha. Já passou.

Depôs a taça em cima do consolo, enxugou os olhos, tentou sorrir.

— Não aceito a explicação. Vamos, que é que há?

Ela o mirou com uma expressão de tristeza.

— Eu sei que a revolução vai sair e tu estás metido.

A princípio ele não soube que resposta dar. Brincou com a corrente do relógio, depois pegou no queixo da mulher, aproximou-se mais dela e beijou-lhe os lábios, longamente.

— Haja o que houver, meu bem — murmurou —, só te peço uma coisa: que tenhas coragem e fé. E uma absoluta confiança em mim. Só farei o que for necessário.

— Mas essa revolução é mesmo necessária?

Rodrigo ergueu-se, encheu de novo a própria taça.

— Desgraçadamente a revolução é necessária e inevitável.

Voltou as costas para a mulher, olhou para o próprio retrato, tornou a levar a taça à boca e esvaziou-a.

— Mas por que tu, *tu* tens de ir?

— Porque já me comprometi em público. Tu te lembras do meu discurso da sacada do Sobrado... Um Cambará nunca faltou com a sua palavra. E depois, há outras razões poderosas.

— Que é que ganhas com isso?

— Que é que eu *ganho*? — Ele se voltou, brusco, como se o tivessem apunhalado pelas costas. — Meu amor, não se trata de *ganhar*, de obter vantagens pessoais, mas de livrar o nosso Rio Grande dum ditador e de bandidos e ladrões como o Madruga. Estamos lutando por um mundo melhor para os nossos filhos.

Tornou a olhar para o retrato. O outro Rodrigo, lá daquela longínqua colina de 1910, parecia perguntar-lhe: "Até que ponto estás sendo sincero? Até onde acreditas mesmo no que dizes?".

Ele franziu a testa e respondeu mentalmente: "Estou sendo absolutamente sincero. Acredito em tudo". Tornou a encher a taça. Ouviam-se ainda foguetes e tiros em ruas distantes, mas o sino cessara de badalar.

Flora ergueu-se. Havia agora em seu rosto uma expressão resignada.

— Está bem — disse ela. — Prometo não falar mais no assunto.

Já de madrugada, fumando na cama sem poder dormir, e sentindo na penumbra do quarto que Flora a seu lado também estava insone, Rodrigo pensava nas coisas que o novo ano lhes podia trazer. A ideia da revolução ora o deixava perturbado pelo que a campanha lhe ia oferecer de durezas e perigos, ora excitado pelas suas oportunidades de aventura e gestos heroicos. Fosse como fosse, era algo de novo e excitante para quebrar a monotonia da vida em Santa Fé. E ele, Rodrigo, ia finalmente tirar a prova dos noves de sua própria coragem. Sempre se portara como homem em lutas singulares. Queria saber de uma vez por todas como se ia haver em combate. Que melhor campo de provas poderia existir do que uma revolução?

Esmagou a ponta do cigarro no cinzeiro, em cima da mesinha de cabeceira, estendeu-se na cama e cruzou os braços. Flora remexeu-se. As janelas do quarto estavam abertas para a noite.

E depois, havia razões ideológicas — continuou a refletir. — A ditadura borgista era uma vergonha, um ultraje. Que iria o resto do país dizer da hombridade dum povo que suporta um ditador positivista durante vinte e cinco anos? Seria que o famoso centauro dos pampas não passava dum matungo velho e acovardado? Era necessário reformar a Carta de 14 de julho, reintegrar o Rio Grande no espírito da Constituição Nacional. Os males eleitorais só poderiam ser curados com a adoção do voto secreto, como queria Assis Brasil. Se essa não é uma causa boa — disse ele para si mesmo — então não me chamo Rodrigo Terra Cambará e o mundo está todo errado!

Fechou os olhos, mas sentiu que lhe ia ser difícil pegar no sono. Estava excitado. Àquela hora a festa do Comercial decerto havia atingido o auge. Rodrigo sorriu, pensando nas bebedeiras, nas brigas, nos flertes, nos "adultérios brancos" que aquele baile costumava propiciar. Teve uma vaga saudade dos *réveillons* de seu tempo de solteiro.

Da rua subiu uma voz grave e afinada, cantando:

Ontem ao luar
Nós dois numa conversação
Tu me perguntaste
O que era a dor duma paixão...

Rodrigo sentou-se na cama. Reconhecia a voz do Neco. Como estava clara! O patife não sabia fazer a barba, mas no canto e no violão era um mestre. Rodrigo acendeu um novo cigarro.

— Estás ouvindo? — perguntou baixinho à mulher.

Ela respondeu que sim, e procurou-lhe a mão sob as cobertas, e assim ficaram os dois a escutar, em silêncio. Neco atacou outra modinha:

Acorda, Adalgisa
Que a noite tem brisa
Vem ver o luar...

Rodrigo não resistiu, saltou da cama e, descalço, aproximou-se da janela. Lá embaixo, à beira da calçada, estava o Neco, de violão em punho. Ao lado dele, sentado na calçada, em mangas de camisa, Chiru tinha o rosto erguido para o céu. Ao ver Rodrigo acenou-lhe com a mão.

— Feliz ano-novo!

Rodrigo percebeu pela voz do amigo que ele já estava bêbedo como um gambá.

Depois que os seresteiros se foram, rua em fora, ao som duma valsa dolente, Rodrigo quedou-se ainda à janela, olhando as árvores da praça, imóveis no ar cálido da noite estrelada. Vinha da padaria vizinha um cheiro morno e familiar de pão recém-saído do forno. Ó noites de antigamente! Era o tempo em que ele e Toríbio acreditavam que nas madrugadas de sexta-feira o negro Sérgio, o acendedor de lampiões, virava lobisomem e saía a correr e a uivar pelas ruas, indo depois revolver sepulturas no cemitério.

Pensou em Salustiano, o inseparável amigo de Chiru, companheiro de serenatas do Neco — pequenote, franzino, opiniático, sempre com os beiços colados na sua flauta, tocando suas famosas valsas com trêmulos e variações, enquanto o Neco o acompanhava, tirando graves gemidos do pinho. Agora Salustiano estava morto, como tantos outros amigos dos velhos tempos. Em que lugar do universo estaria ele agora a soprar na sua flauta? Rodrigo sorriu, pensando no feio e desajeitado anjo que Salustiano seria, na orquestra celestial. Mas lágrimas lhe escorreram sobre o sorriso. Porque lhe veio de súbito uma trêmula piedade de si mesmo, como se tivesse sido vítima duma inominável injustiça.

Santo Deus, que estará acontecendo comigo? Atirou fora o cigarro, soltou um suspiro e voltou para a cama.

Reunião de família II

27 de novembro de 1945

Deitado de costas, com as pernas dobradas, as mãos espalmadas sobre o peito, Rodrigo dorme sua sesta no quarto escurecido. O zumbido regular e contínuo do ventilador está integrado no silêncio. Uma mosca pousa na testa do enfermo, cujo rosto neste exato momento se contrai numa expressão de angústia. Seus lábios se movem, como se ele fosse falar. De súbito, como que galvanizado, o corpo inteiro estremece, as pernas se esticam bruscamente e ele desperta.

Sentiu que ia caindo do alto... dum edifício? duma montanha? dum avião?

O susto fez-lhe o coração disparar. Olha em torno e leva alguns segundos para se situar no espaço e no tempo. Depois, apreensivo, fica atento às pulsações do sangue no peito, nas têmporas, na nuca... Segura o próprio pulso mas, de espírito conturbado, não consegue contar-lhe as batidas. Uma cócega na garganta obriga-o a pigarrear. Quase alarmado, fica a esperar e a temer a tosse. Aterroriza-o a ideia de ter outro edema e morrer afogado no próprio sangue. Por alguns segundos mal ousa respirar. Mas a tosse não vem. Aos poucos o coração se acalma, a respiração se normaliza.

E essa *queda* no espaço... como foi? Tenta reconstituir o pesadelo. Só se lembra de que tinha fugido da cama e do quarto para ir ao encontro de Sônia. (Engraçado, no sonho ela se chamava Tônia...) Surpreendeu-se a caminhar como um sonâmbulo em cima do telhado duma casa que se parecia vagamente com o Sobrado. Não. *Era* o Sobrado. Sabia que a única maneira de escapar de seus carcereiros seria descer pela fachada, agarrando-se às suas saliências, como o Homem-Mosca... E depois?

Franze a testa. Depois... começou a descer, não mais do alto do Sobrado, mas da soteia dum arranha-céu. (Leblon?) Não se lembra do resto... Ah! Sim, estava agarrado num mastro de bandeira e as forças lhe faltavam... o mastro amolecia, vergava-se, e ele ia escorregando, escorregando... até que se precipitou no espaço...

O suor escorre-lhe pelo rosto, empapa-lhe a camisa. O calor arde na pele. Há no ar algo de espesso e visguento.

— Enfermeiro!

Um homenzarrão vestido de branco aparece à porta. Tem mandíbulas quadradas, pele oleosa e sardenta, cabelos cor de palha, e um canino de platina. Deixou há dois anos o Exército, no posto de segundo-sargento. (Expulso por pederasta — imagina Rodrigo, na sua má vontade para com o homem.) E chama-se Erotildes, o animal! Desde que ele veio para seu serviço, há dois dias, o doente o detesta, como se a criatura fosse a culpada de toda esta situação: o edema, a prisão no leito, a ausência de Sônia, o calor, a lentidão das horas, a dieta e todas as outras restrições que Camerino lhe impõe.

— Pronto, doutor!

— Me levante o busto.

Erotildes aciona a manivela da cama.

— Chega! Agora abra as janelas.

O enfermeiro obedece. O clarão da tarde invade o quarto. Rodrigo lança um olhar para o relógio que tem a seu lado, sobre a mesinha de cabeceira. Três e vinte.

Uma mosca pousa na cabeça do enfermo, que lhe desfere uma tapa, num gesto de braço que Camerino lhe proibiu terminantemente de fazer. Mas lá está de novo o inseto importuno a caminhar sobre o lençol.

— Mate essa cadela.

Erotildes apanha um jornal, dobra-o e com ele esmaga a mosca num golpe certeiro.

— Ao menos pra isso você presta.

— É que já fui artilheiro, doutor.

— Me mude a camisa e o lençol. Me passe no corpo uma toalha molhada, água-de-colônia e talco.

Enquanto o enfermeiro faz todas essas coisas, com uma eficiência um tanto brusca, Rodrigo contém a respiração para não sentir o cheiro do ex-sargento: suor, alho e fumo barato. De quando em quando exclama: "Devagar!", "Ponha talco", "Largue esse negócio!", "Chega".

— Agora vou buscar o seu chá.

— Espere. Primeiro lave as mãos.

Um cheiro fresco de alfazema espraia-se no ar. Rodrigo sente-se reconfortado, menos sujo, e até mais leve. Passa a palma da mão pelo lençol. Sempre gostou do contato do linho... Ah! A sórdida roupa de cama do Hotel da Serra! Áspera, duma brancura duvidosa, sugerindo os mil caixeiros-viajantes que ali deixaram a cinza de seus cigarros, seu suor, seus escarros e coisas piores...

Erotildes volta do quarto de banho, assobiando por entre dentes.

— Pare de assobiar! Me traga o vidro de extrato que está ali dentro da primeira gaveta da cômoda.

O enfermeiro obedece.

— Agora pode ir.

Depois que o homem se vai, Rodrigo abre o frasco e leva-o às narinas. Fleurs de Rocaille, o perfume de Sônia. Agridoce, um pouco oleoso, tem algo de anjo e ao mesmo tempo de demônio: num minuto pode ser inocente, no outro afrodisíaco.

Sempre com o frasco junto das narinas, Rodrigo cerra os olhos. Sônia lhe aparece na mente. Primeiro vestida de branco, como em certa noite no Cassino da Urca, depois toda de verde, como naquele inesquecível fim de semana em Petrópolis... Agora está completamente nua em cima da cama, no apartamento que ele lhe montou num edifício do Leblon. Vem-lhe uma nostalgia mole e piegas (que ele acha indigna de macho, mas nem por isso a afugenta), uma saudade do "Ninho". Procura reconstituir mentalmente suas alegres salas e quartos decorados em verde e rosa, com aqueles móveis modernos com os quais ele tanto implicou no princípio, mas que acabou por aceitar: umas mesas que pareciam grandes rins laqueados, umas cadeiras que lembravam chapéus de anamita invertidos e nas quais, ao sentar-se, a gente afundava ridiculamente, ficando com os pés no ar. E que dizer daqueles quadros monstruosos, sem pé nem cabeça? E as estatuetas vagamente obscenas nas suas sugestões fálicas e vaginais? Tudo muito moderno, muito *avant-garde* — como dizia Sônia. Ele só sabia que aqueles objetos eram absurdamente caros.

Rodrigo esforça-se por imaginar Sônia no seu colorido, luminoso apartamento com janelas abertas para o mar, mas em seus pensamentos a rapariga recusa-se a abandonar aquele repelente quarto do Hotel da Serra. E então a perigosa lembrança que ele estava procurando evitar toma-lhe a mente de assalto, com a cumplicidade perversa do perfume.

A cama de colchão duro rangia ao menor movimento. A porta do guarda-roupa ordinário de pinho não fechava direito...

... abriu-se naquela hora dramática, e ele se viu refletido no seu espelho. Foi então que percebeu, assustado, a própria lividez. Ia morrer... fez menção de erguer-se da cama... Mas Sônia puxou-lhe a cabeça com ambas as mãos e chupou-lhe os lábios num beijo prolongado, ao mesmo tempo que gemia como uma gata em cio. E ele começou a sentir o coração aos pulos, queria e ao mesmo tempo não queria desvencilhar-se da rapariga... e acabou agarrado a ela como um moribundo se agarra à vida. E houve um instante de intenso prazer e intensa angústia, um momento de transfiguração e pânico em que teve a impressão de que toda a seiva, todo o sangue, toda a vida que tinha no corpo jorravam convulsivamente para dentro dela. Passou-lhe rápido pela cabeça o louco desejo de que aquilo fosse o fim, porque só aquela espécie de morte podia substituir a morte em batalha ou duelo singular, pois era também morte de homem.

E depois, estendido ofegante ao lado dela, ouvindo o pulsar descompassado do próprio coração e antevendo o horror que seria — para ele e para os outros — morrer naquele quarto, naquela cama, naquela posição, naquela nudez, sentiu mais que nunca o lado trágico de sua paixão, a insensatez daquela visita, a suprema miséria a que aquela criatura o havia arrastado.

Sônia se pôs então a acariciá-lo com uma ternura quase filial que o constrangia, repugnava até, já que seu desejo se aplacara. Detestou-a quando ela lhe murmurou

195

"*Papaizinho*" *ao ouvido. Sentiu-se ridículo, degradado e envelhecido como em nenhuma outra hora de sua vida. E daí por diante um único desejo o dominou, aflito e urgente: voltar vivo para o Sobrado. Um homem pode querer intensamente a companhia da amante, mas o único lugar decente que tem para morrer é ainda a sua própria casa, em meio da sua família, junto da mulher legítima.*

Sônia continuava a murmurar-lhe coisas ao ouvido, com uma voz de menininha. Ele permaneceu calado, pensando em Flora com uma fria vergonha, lembrando-se do Neco que montava guarda à porta do quarto, como um cão fiel.

Quanto tempo ficou naquele torpor, naquela ansiedade, lutando com a dispneia? Meia hora? Uma? Lembra-se de haver dormido alguns minutos, com a cabeça aninhada entre os seios da rapariga. Depois sentou-se na cama e vestiu-se aos poucos, lentamente, ajudado por ela.

Rodrigo fecha o frasco e guarda-o na gaveta da mesinha de cabeceira. Agora é preciso esquecer, esquecer tudo.

Mas como? Um médico seu amigo lhe disse certa vez no Rio com uma franqueza brutal: "Tens o cérebro entre as pernas". Havia ocasiões em que ele se sentia inclinado a acreditar nisso. Pensava com o sexo. Agia de acordo com seus desejos libidinosos, impulsivamente, sem medir consequências. Muitos dos erros que cometera (erros?) tinham tido sua origem em ordens imperiosas, urgentes, emanadas daquela parte de seu corpo. Outro amigo igualmente franco lhe disse doutra feita: "Tens o sexo na cabeça". Era um modo diferente de expressar a mesma ideia. Mas talvez esta segunda frase fosse mais exata. Quantas vezes seu desejo estava mais no cérebro do que no próprio sexo? A Dinda costumava dizer: "Esse menino tem o olho maior que o estômago".

A Dinda... Imagina-a ali à porta, os braços cruzados sobre o peito magro, a murmurar: "Tudo isso foi castigo". Castigo? Essa palavra não tem sentido para ele. Nos tempos de moço, deu-se ao luxo de negar Deus, mas isso foi numa época em que o ateísmo era moda, como o chapéu-coco, o plastrão e o fraque. A experiência da vida, o instinto, um sexto sentido — tudo lhe assegura que Deus existe. Só que o meu Deus — reflete Rodrigo, olhando para a torre da Matriz que a janela enquadra — não é o Deus das beatas, nem o do padre Josué. Meu Deus é macho, sabe as necessidades do sexo a que pertence e que, afinal de contas, foi inventado por ele. É um Deus tolerante, compreensivo, generoso. Em suma, um Deus Cambará e não Quadros!

Passa o resto da tarde mal-humorado. Cerca das quatro horas, Camerino aparece acompanhado de dois colegas. Rodrigo não esconde sua contrariedade ante o fato de Dante não tê-lo consultado antes de pedir esta conferência.

Submete-se de cara amarrada ao interrogatório e às ausculutações dos dois médicos. Um deles — fardado de major do Exército — tem uma cara rubicunda e bonachona, é extrovertido e amável. O outro, um neto do finado Cacique Fagundes, é um rapaz reservado, formal e um nadinha pedante.

E quando os três doutores — que sumidades! — dão por terminado o exame e se retiram para confabular, Rodrigo fica sentado na cama, os braços cruzados, entregue a pensamentos sombrios.

O que Dante quer é dividir sua responsabilidade, conseguir dois cossignatários para seu atestado de óbito... Vão chegar todos à mesma conclusão: estou no fim. Mas dizer "estou liquidado" para observar as reações do médico ou para provocar a simpatia dos parentes e amigos é uma coisa; sentir mesmo que a Magra nos tocou no ombro, é algo muito diferente.

Lembra-se de um dos primeiros casos sérios que teve logo depois de formado. Uma madrugada socorreu o juiz de comarca de Santa Fé que morria asfixiado em consequência de um edema agudo de pulmão. Com uma sangria e uma ampola de morfina fez o homem ressuscitar. Depois saiu eufórico da casa do magistrado, sentindo-se bom, forte, nobre, "necessário", pois salvara a vida dum homem. Menos de um mês mais tarde o doente teve uma recidiva e morreu.

Não devo alimentar ilusões. Vou morrer de insuficiência cardíaca. Que beleza! O tipo de morte feito sob medida para quem como eu tem pavor à falta de ar...

Mas medo da Morte não tenho. O que me assusta é a ideia de *não continuar vivo*. Não quero morrer. Não posso morrer. Preciso terminar a minha missão. Que missão? Ora, a de viver! Haverá outra mais bela e mais legítima? Viver com todo o corpo, intensamente; arder como uma sarça... e um dia virar cinza que o vento leva. Mas acabar depressa. Antes da senilidade. Antes da arteriosclerose cerebral.

Por enquanto é cedo, muito cedo. A quem vai servir a minha morte? A ninguém. Posso citar dezenas, centenas de pessoas que se beneficiam com a minha vida.

E... se estou perdido mesmo, por que me privam das coisas de que gosto? Vou mandar todos os médicos para o diabo. Inclusive o dr. Rodrigo Cambará. Daqui por diante farei o que entendo. O corpo é meu. E por falar em corpo, não sinto nenhuma dor. A respiração está normal. Esta fraqueza e estas tonturas se devem à dieta, à imobilidade na cama, aos barbitúricos. E por alguns instantes, num otimismo juvenil, Rodrigo se deixa levar por uma clara onda de esperança. Mas os pensamentos sombrios não tardam a voltar.

De que me serve viver nesta invalidez, nesta prisão? Pensa em Flora, em Sônia, na situação política do país, no estado de seus negócios... Conclui que foi um erro ter deixado precipitadamente o Rio numa hora tão crítica. Seu cartório está em boas mãos... não é problema. Mas e o escritório? E os assuntos pendentes? E os papéis trancados nos ministérios? E as suas dívidas? E seus compromissos para com o Banco do Brasil, que com a próxima mudança de governo pode cair nas mãos da oposição? (Deus nos livre!)

Tudo uma mixórdia, uma imensa, gloriosa farsa em três atos e uma apoteose. E que apoteose!

* * *

Pouco depois das cinco, Sílvia, recém-saída do banho, senta-se junto da cama para ler-lhe uns versos.

— Não entendo esses teus poetas modernos — diz Rodrigo.

— Tenha paciência, padrinho. Ouça este. É de Mário Quintana, cria do Alegrete.

Começa a leitura. A atenção de Rodrigo, porém, não está nas coisas que a nora lê. Está nela. Ele a examina intensamente, um pouco perplexo, como se pela primeira vez estivesse descobrindo os predicados femininos da afilhada. Fica surpreendido e perturbado por notar que ela se parece um pouco com Sônia. Claro, a outra é mais alta, tem mais busto, as formas mais arredondadas, o corpo mais... mais armado. Mas a parecença existe... Talvez seja o tom da pele, a voz.

— Escute este. É do Drummond de Andrade. Chama-se "Tristeza no céu":

No céu também há uma hora melancólica
Hora difícil, em que a dúvida penetra as almas.
Por que fiz o mundo? Deus se pergunta
e se responde: Não sei.

Essa menina anda diferente — reflete Rodrigo sem prestar atenção ao poema. Notei a mudança no dia em que cheguei. Parece que amadureceu... Mas não é só isso. Alguma coisa séria está se passando com ela. Meu olho não me engana. Posso não conhecer medicina, mas mulher conheço.

Os anjos olham-no com reprovação,
e plumas caem.

Esse olhar, esse respirar... são duma mulher apaixonada mas não feliz.

Todas as hipóteses: a graça, a eternidade, o amor
caem, são plumas.

Jango? Qual! Há muito que compreendi — cego não sou — que esse casamento não deu certo. Quem será então?

Outra pluma, o céu se desfaz,
tão manso, nenhum fragor denuncia
o momento entre tudo e nada,
ou seja, a tristeza de Deus.

Uma suspeita passa-lhe pela cabeça: Floriano. Rodrigo sabe que, durante o tempo que passou nos Estados Unidos, o rapaz se correspondeu com a cunhada... Têm ambos muita coisa em comum. São reservados, um pouco tristonhos, amam os livros. A eterna história das "almas gêmeas"... Deus queira que me engane!

— Gostou? — pergunta Sílvia, fechando o volume.

— Gostei — mente ele. E, tomando da mão da nora e mudando de tom, diz:

— Vou te fazer uma pergunta, Sílvia, mas quero que me respondas com a maior sinceridade.

— Qual é?

— És feliz, mas *feliz* mesmo?

Uma sombra passa pelo rosto da moça. A tristeza de seus olhos se aprofunda.

— Claro, padrinho. Que pergunta.

Mas ele sente que Sílvia não está dizendo a verdade.

Pouco depois que ela sai (o relógio grande lá embaixo começa a bater as seis) Flora aparece à porta do quarto e, sem entrar nem encarar o marido, pergunta com voz incolor:

— Está tudo bem?

Rodrigo sorri.

— Muito bem, obrigado. Por que não entras?

— Estou ocupada.

Faz meia-volta e se vai, deixando Rodrigo numa confusão de sentimentos: revolta, culpa, arrependimento, vergonha, autocomiseração e de novo revolta.

Como ficaria feliz se ela fizesse um gesto de perdão! Bastaria abafar o orgulho, esquecer as mágoas, os ressentimentos, colocando-se numa posição de mulher superior... Sim, ele reconhece suas faltas. Tem sido um marido infiel, sempre viveu atrás de outras mulheres. Mas — que diabo! — não é o único no mundo, e não será o pior de todos. E afora essas infidelidades (que em nada afetariam Flora se ela continuasse a ignorá-las, se não houvesse sempre um canalha para escrever-lhe uma carta anônima ou dar-lhe um telefonema, disfarçando a voz), afora essas aventuras sexuais, ele sabe, tem certeza de que foi sempre um marido exemplar. "Estimo, admiro e respeito a minha mulher", murmura. "Nunca lhe faltou nada."

Remexe-se, procurando uma posição melhor na cama.

Um vulto entra no quarto. Maria Valéria toda de preto. Maria Valéria com chinelos de feltro, caminhando sem ruído. Maria Valéria que se aproxima do leito e fita nele os olhos esbranquiçados e mortos. Maria Valéria que ergue a mão de múmia e começa a passá-la de leve pelos seus cabelos, sem dizer palavra, sem mover um músculo do rosto.

Rodrigo não pode conter as lágrimas, que lhe inundam os olhos e começam a escorrer-lhe pelas faces.

O anoitecer sopra para dentro do quarto seu bafo quente temperado pela fragrância dos jasmins e das madressilvas, de mistura com odores acres de resinas e ramos queimados. Vem lá de baixo, da cozinha, um cheiro familiar e apetitoso de carne assada e batatas fritas. Nas árvores da praça os pardais chilreiam. A torre da Matriz recorta-se sombria contra o horizonte avermelhado. De quando em quando uma voz humana vem da rua — risada ou grito — e seu som parece participar da qualidade lânguida da atmosfera, bem como de todos os seus aromas.

Esta é a pior hora do dia para um cristão ficar sozinho — reflete Rodrigo.
— Onde se meteu a gente desta casa? Por onde andará o Floriano? E o Jango? E o Eduardo? E a Bibi? E o patife do Sandoval?

Erotildes entra com uma bandeja na qual fumega um prato. Acende a luz.
— Temos hoje uma canjinha, doutor. E umas torradinhas.

Esses diminutivos irritam Rodrigo.
— Está bem. Mas não fale nunca em cima do prato. Me dê essa porcaria.

O enfermeiro coloca a bandeja sobre os joelhos do doente.
— Está na hora do remédio.
— Pois que venha.

Erotildes apanha um frasco de cima da mesinha, abre-o, tira de dentro dele um comprimido e apresenta-o a Rodrigo na palma da mão.
— Eu já te disse que nunca me entregue o remédio assim. Sei lá onde você andou metendo essa mão!

Tira do vidro um comprimido, mete-o na boca com um gesto raivoso e a seguir bebe um gole da água que está no copo, junto do prato: morna, grossa, detestável.

O enfermeiro, perfilado, espera ordens.
— Pode ir embora. Não preciso mais nada.

Quando se vê de novo sozinho, Rodrigo põe-se a resmungar. "Não me deixam fumar. Me alimentam com caldinhos, mingauzinhos, canjinhas. Me proíbem de beber coisas geladas. Não me deixam receber visitas. Acho que se eu morrer vai ser de tédio mais que de qualquer outra coisa."

Prova a canja. Insossa. Sem um pingo de tempero. Uma bosta!

E aqui está o dr. Rodrigo Cambará doente, atirado em cima duma cama, reduzido a uma imobilidade exasperante. E esquecido! Completamente à margem da vida política. Os amigos não lhe escrevem. Getulio Vargas não respondeu ainda à sua última carta.

A leitura dos jornais chegados de Porto Alegre pelo avião da manhã deixou-o excitado. Estão cheios de proclamações, polêmicas, verrinas, sátiras, descomposturas — tudo em torno das próximas eleições. Carlos Lacerda malha com um vigor apaixonado o candidato de Prestes e o do PSD. Os comunistas arrasam o candidato da UDN e o do PSD. Tudo isso cheira a pólvora, a combate. É o cúmulo que ele, Rodrigo, não esteja também em ação. É a primeira vez que um Cambará assiste a uma batalha deitado!

Engole com repugnância mais uma colherada de canja. Lembra-se com saudade de sua vida no Rio de Janeiro, naqueles últimos quinze anos. Sempre teve a volúpia do jogo da política, esse xadrez complicado e malicioso em que as peças são seres humanos. Sempre lhe fez bem à alma sentir-se admirado, prestigiado, requestado, indispensável... Entre os repórteres do Rio e de São Paulo era conhecido pela sua franqueza, pelas suas tiradas. Dizia tudo quanto lhe dava na veneta. Quando os rapazes dos jornais queriam algo de sensacional, vinham logo procurá-lo. "Estamos mal de assunto, doutor. O senhor tem que nos ajudar." E ele ajudava. Ah! E como era bom também circular livremente, como pessoa de casa, pelas salas e corredores do Catete, ter acesso fácil ao Homem, contar com a simpatia e o apoio de seus oficiais de gabinete, tutear senadores e ministros. "Meu caro, só há um homem que pode resolver o seu caso. É o Cambará. Fale com ele."

Esta é uma grande hora nacional. É necessário, urgente, fazer que o queremismo deixe de ser um movimento puramente emotivo para se transformar numa ideia dinâmica; é indispensável aglutinar todas essas lealdades getulistas num partido forte, de âmbito nacional.

O homem para fazer isso sou eu, a esta hora devia estar na praça pública, na barricada. No entanto tenho de me resignar a ficar deitado, comendo esta canja sem sal. *Foutu*, completamente *foutu* e ainda por cima mal pago!

Põe-se a olhar desconsolado para a torre da igreja. Muitas vezes, quando menino, ficou montado no peitoril da janela da água-furtada procurando alvejar com as pedras do seu bodoque ora o galo do cata-vento, ora o sino. Mas tinha mais graça acertar no sino, fazê-lo gemer.

Qualquer dia por vingança o velho sino da Matriz estará dobrando para anunciar a Santa Fé a morte do dr. Rodrigo Terra Cambará.

Num misto de autossarcasmo e autopiedade imagina o próprio funeral. Luto no Sobrado. A rua apinhada de gente. Decidem levar o caixão a pulso, até a metade do caminho. Depois metem-no naquele repulsivo carro fúnebre do Pitombo, com figuras douradas em relevo nos quatro ângulos (uns anjos com cara de tarados sexuais) e aqueles matungos com plumas pretas nas cabeças. Tráfego interrompido nas ruas por onde passa o cortejo. Uma fileira interminável de automóveis... Santa Fé em peso no enterro. O comandante da Guarnição Federal. O Prefeito. O Juiz de Direito. Enfim, todas essas personalidades que *A Voz da Serra* classifica como "pessoas gradas". O cafajeste do Amintas também lá está, com uma fingida tristeza no rosto escrofuloso. Mas quem é a moça que vai sozinha ali naquele auto, com cara de forasteira, toda vestida de preto e com óculos escuros? Então não sabem? É a amante do doutor Rodrigo. Verdade? Mas que jovem! Pois é, podia ser filha dele. O patife tinha bom gosto.

Agora o cortejo está no cemitério à frente do mausoléu dos Cambarás. (Rodrigo remexe distraído a canja, com a colher.) O falecido pediu antes de morrer que não deixassem sua cara exposta à curiosidade pública. É por isso que não abrem o caixão. Fala o primeiro orador. Quem é? Pouco importa. Mas como diz besteiras! Fala o segundo: vomita também um amontoado de lugares-comuns. Nunca, ninguém, nem os filhos do morto, nem sua mulher, nem seus melhores amigos poderão fazer-lhe justiça. Porque ninguém na verdade o conhece. Viram dele apenas uma superfície, um verniz externo. Ninguém chegou a compreendê--lo na sua inteireza, na sua profundeza. E depois que o deixarem entaipado no cemitério, a cidade continuará os seus mexericos, as suas maledicências, lembrando-se apenas daquilo que se convencionou chamar de *defeitos* do dr. Rodrigo Cambará. E ele morrerá desconhecido como viveu. Desconhecido e caluniado, o que é pior. Mesmo os elogios dos oradores serão insultos. Ah! como gostaria de fazer um discurso ao pé do próprio cadáver! Não seria uma oração de provocar lágrimas, não. Ia contar verdades, lançá-las como pedradas na cara de todos aqueles hipócritas. Porque, com a exceção dos que *realmente* o amavam — alguns parentes, poucos amigos —, os outros lá estavam por obrigação social ou por puro prazer sádico. Eram uns invejosos, uns despeitados, uns covardes, uns impotentes! Não podiam encontrar um homem autêntico que não sentissem logo desejo de vê-lo destruído e humilhado. Era-lhes insuportável o espetáculo dum macho que tem a coragem de agarrar a vida nos braços, ser o que é, dizer o que pensa, fazer o que deseja, comer o que lhe apetece. Foram quase todos ao enterro para assistirem ao fim daquele monstro, para terem a certeza de que ele ia ficar para sempre encerrado no jazigo, a apodrecer... Tiveste a coragem de viver? Agora paga! E todos aqueles necrófilos, todos aqueles moluscos podiam voltar tranquilos para suas casas, para suas vidinhas apagadas, para as esposas que detestavam mas com as quais eram obrigados a viver e a dormir, para seus probleminhas sem beleza, para as dificuldades financeiras do fim do mês, para a azeda rotina cotidiana, para seus odiozinhos, suas birrinhas, suas mesquinhas invejas, para seus achaques — em suma — para todas aquelas coisas pequenas e melancólicas de seu mundinho de castrados!

Canalha! Só de pensar nessas coisas Rodrigo sente que tem a obrigação de não morrer.

28 de novembro de 1945

Camerino permite-lhe agora receber visitas. O desfile hoje começa cerca das dez da manhã, quando seus sogros Aderbal e Laurentina entram no quarto acompanhados de Flora. Flora? Que milagre! Bom, ela representa a sua comédia, para evitar que os pais venham a descobrir o verdadeiro estado de suas relações com o marido.

— Visitas para você — diz ela sem mirá-lo. E senta-se a um canto do quarto. Rodrigo não gosta do hábito que Flora adquiriu no convívio dos cariocas de tratá-lo por *você*. Sempre achou o *tu* mais íntimo, mais carinhoso, além de mais gaúcho. Bom, seja como for, dadas as relações atuais entre ambos, *você* talvez seja o tratamento mais adequado.

O velho Babalo abraça-o afetuosamente, mas Laurentina dá-lhe apenas a ponta dos dedos. (Saberá de alguma coisa?) Depois Aderbal senta-se ao pé da cama, tira a faca da bainha, um pedaço de fumo em rama do bolso, e começa a fazer um cigarro com toda a pachorra, enquanto pergunta coisas sobre a saúde do genro. Rodrigo segue os movimentos do sogro, numa espécie de fascinação, mal prestando atenção ao que ele diz. Vê o velho picar o fumo, sem a menor pressa, amaciá-lo no côncavo da mão esquerda com a palma da direita. Depois vem a *ceremônia* também lenta de alisar a palha com a lâmina da faca, enrolar o cigarro. "Mas que foi mesmo que teve? Ouvi dizer que desta vez não foi o tal de infarto..." Rodrigo dá explicações vagas. O sogro acende o cigarro, tira uma baforada que envolve o genro. Rodrigo aspira a fumaça. Não é muito homem de cigarro de palha, mas neste momento até um cachimbo de barro de qualquer negra velha lhe saberia bem.

— O general Dutra está perdido — diz Babalo com sua voz escandida e quadrada. — É uma candidatura que nasceu morta.

— Sim — replica Rodrigo —, mas se o doutor Getulio o apoiar, o homem está eleito.

Babalo solta a sua risadinha.

— O Getulio também está liquidado! — exclama.

As narinas de Rodrigo palpitam, um fogo lhe incendeia o peito. Vai dizer uma barbaridade, mas contém-se. E é com uma falsa calma que se dirige ao sogro:

— Tome nota das minhas palavras, seu Aderbal. O Getulio vai ser eleito não só senador, por uma maioria esmagadora, como também deputado. E por mais de um estado!

Babalo torna a rir. E de novo uma baforada de fumaça envolve o enfermo. Por que o velho não vai pitar fora do quarto? Será que quer me torturar? A vontade de fumar como que lhe faz a língua inchar na boca.

D. Laurentina, sentada em silêncio junto de Flora, cozinha-o na água morna de seu olhar de bugra. Faz-se uma longa pausa em que deixa escapar um suspiro longo e sincopado. Flora obstina-se em não olhar para o marido nem dirigir-lhe a palavra. E agora parece que o próprio Babalo começa a sentir que algo de errado anda no ar.

Rodrigo muda de posição na cama. Está claro que os sogros sabem de tudo. Quem não sabe? A cidade está cheia da história de Sônia. O Neco lhe contou que é o assunto da atualidade. Pois se os velhos sabem, por que ficam aqui nesse silêncio? Digam logo que sou um devasso, desabafem e me deixem em paz!

O ar está azulado pela fumaça do cigarro do velho Babalo, que agora quer saber em que Rodrigo baseia o seu "palpite" com relação à eleição de Getulio Vargas.

— Não é palpite, seu Aderbal, é certeza. Só não vê quem é cego... ou antigetulista fanático.

A visita dura mais alguns minutos. Flora levanta-se. A mãe a imita. Aderbal Quadros torna a apertar a mão do genro:

— Bueno, estimo as suas melhoras.

***

Retiram-se. A visita seguinte é a de José Lírio, pouco antes do meio-dia. Entra devagarinho, arrastando as pernas, amparado pelo enfermeiro, e olhando para Rodrigo de viés, com seus olhos injetados e lacrimejantes. Traz numa das mãos a sua inseparável bengala, e na outra o chapéu de feltro negro. Um lenço vermelho sobressai-lhe do bolso superior do casaco.

Abraça Rodrigo, comovido e silencioso, senta-se e fica a recordar cenas do passado com sua voz crepitante de asmático, soltando de vez em quando fundos suspiros que lhe sacodem o peito.

— Liroca velho de guerra! — exclama Rodrigo.

Aqui está uma visita que o alegra. José Lírio é um velho amigo fiel. Desde mocinho alimenta uma paixão irremediável por Maria Valéria, que jamais lhe correspondeu à afeição. Para falar a verdade, a velha lhe recusa até mesmo a amizade.

— Esta vida dá muita volta — murmura o veterano, com ambas as mãos apoiadas no castão da bengala. — Parece mentira, mas em 93, quando os federalistas cercavam o Sobrado, o velho Liroca, que naquele tempo era moço, estava do lado de fora, com os inimigos do teu pai. Veja só a ironia do Destino! Mas por esta luz que me alumeia, não tive nunca coragem de dar um tiro contra esta casa!

— Eu sei, Liroca, eu sei.

Todo o mundo sabe. Liroca não deixa ninguém esquecer. Há cinquenta anos que repete essa história. Rodrigo contempla o amigo com piedade, enquanto ele fala, rememorando causos e pessoas. Mistura as datas. Conta a mesma história três, quatro vezes no espaço de poucos minutos. Esclerose cerebral — pensa Rodrigo. — Antes uma boa morte!

Liroca solta outro suspiro sentido.

— Pobre do coronel Licurgo! O que tem de ser está escrito, ninguém pode mudar. Só Deus. E eu acho que Deus anda meio esquecido deste mundo velho sem porteira.

Chiru Mena aparece depois da sesta: a calva reluzente, a roupa amarfanhada, a camisa encardida, a gravata pingada de sebo.

— Homem! — repreende-o Rodrigo. — Que decadência é essa?

— Ora, tu sabes, dês que tia Vanja morreu, perdi o gosto pela vida.

Senta-se e fica, distraído, a esgaravatar o nariz como um menino mal-educado.

— Não sejas exagerado! Tua tia morreu há mais de oito anos. O que tu és eu sei bem direitinho. Um relaxado. Não reages, perdeste o brio. Tira esse dedo do nariz, porcalhão!

— Ora, cada qual sabe onde lhe aperta o sapato...

Rodrigo, a testa franzida, mira o amigo. Chiru jamais trabalhou em toda a sua vida. É um vadio. Viveu sempre à custa da tia que o criou e que, ao morrer, lhe deixou algumas casas na cidade e alguns contos de réis no banco.

— Quem te viu e quem te vê! Eras um tipão, chamavas a atenção das mulheres, parecias um embaixador. Tuas roupas e gravatas eram famosas, teus sapatos sempre andavam engraxados e tuas calças nunca perdiam o friso.

Ao fazer essas enumerações, Rodrigo sente o exagero de suas próprias palavras. Mas, que diabo! É preciso animar o amigo.

— Parecias um leão! Agora me entras aqui esculhambado desse jeito. Como vai tua mulher? E teus filhos?

Chiru dá notícias tristes da família. Doenças, incômodos, um dos rapazes vive amasiado com uma prostituta, o outro não para nos empregos...

— Te lembras das nossas serenatas, miserável?

Chiru não reage como Rodrigo esperava.

— Até disso estou deixado — murmura ele. — Tu nem sabes como mudei nestes últimos anos. Estou velho.

Como Rodrigo, está beirando os sessenta.

— E em matéria de política?

Chiru encolhe os ombros.

— Estou desiludido com esse negócio todo. Não vale a pena a gente se meter.

— Estás errado. Se os homens de bem não se metem, os cafajestes tomam conta do governo.

O rosto de Chiru se contrai, seus olhos se apertam.

— Mas é que nem mais um homem de bem eu sou... — diz baixinho. E põe-se a chorar.

Rodrigo olha para o amigo, intrigado. Este não é, positivamente, o Chiru folgazão e otimista que ele conheceu, com suas mentiras pitorescas, seus ditos, suas piadas, seu penacho.

— Que é isso, rapaz? Um homem não chora. Se tens algum problema, desabafa logo. É para isso que servem os amigos.

Fica a olhar com um misto de piedade e impaciência para o outro, que, o busto inclinado para a frente, o rosto coberto pelas mãos envelhecidas, soluça convulsivamente.

— Precisas de dinheiro?

— Não.

— Então que é?

Faz-se um silêncio. Chiru enxuga os olhos com um lenço amassado e encardido e, erguendo-se de súbito, começa a andar dum lado para outro, falando sem olhar para o amigo. Conta que "deu para beber", que não passa sem a sua cachacinha, que tudo começou inocentemente com um aperitivo de vermute com gim, pouco antes do almoço, mas que depois...

Rodrigo sorri.

— Ora, homem! A coisa não é tão séria assim.

Chiru estaca, faz um gesto dramático e exclama:

— Mas é que tenho tentado deixar de beber e não consigo!

Conta que ultimamente se tornou uma espécie de bobo municipal, pois quando se embriaga rompe a fazer discursos e a recitar poesias em plena rua. Aproximando-se do amigo e pondo-lhe a mão no ombro, murmura:

— Uma vergonha o que vou dizer, mas é melhor que eu te conte, antes que outro venha te encher os ouvidos...

O rosto erguido para o amigo, Rodrigo espera. Chiru desvia o olhar para a janela e diz:

— Um dia desses tomei um bruto porre e caí na sarjeta... imagina, na sarjeta! Não mereço mais entrar nesta casa nem apertar a tua mão...

Antes que Rodrigo possa dizer a menor palavra ou fazer qualquer gesto, Chiru sai do quarto e embarafusta pelo corredor. Seus passos soam pesados e rápidos na escada.

O enfermeiro entra no quarto para anunciar que se encontra lá embaixo, na sala de visitas, uma comissão de queremistas que desejam ver o doutor.

— Diga que subam.

Decerto vêm me pedir conselhos — reflete Rodrigo —, sabem que sou íntimo do Getulio. Devem ser uns meninos bem-intencionados mas sem nenhuma experiência política. E, possivelmente, semianalfabetos. Mas... seja o que Deus quiser!

À noite a praça da Matriz transforma-se num pandemônio. Alto-falantes berram notícias do comício udenista que ali se vai realizar dentro de pouco. Entre uma e outra notícia irradiam-se marchas e dobrados marciais. Por volta das oito horas um mulato velho, ajudado por dois garotos descalços, começa a soltar foguetes ao pé do coreto. O eco atrás da igreja duplica as explosões. A voz de aço, monstruosamente amplificada, pede: "Venham todos agora à praça da Matriz tomar parte no comício da União Democrática Nacional! Santa-fezenses, votemos todos no Brigadeiro da Vitória!". Aos poucos o grupo ao redor do coreto vai engrossando. As calçadas estão já cheias de gente moça que faz a volta da praça como nas tardes de retreta. As raparigas caminham num sentido e os rapazes noutro. Soldados da Polícia Municipal tomam posições. Quase todas as janelas das casas que cercam o largo estão iluminadas e ocupadas, como em dia de procissão de Corpus Christi. Dois homens lidam com um microfone, dentro do coreto. Pelos cantos da praça, negras velhas do Barro Preto e do Purgatório instalaram-se com suas quitandas e vendem pastéis, doces e pipoca.

Faz um calor abafado e o céu está completamente coberto de nuvens baixas. Para os lados do Angico de quando em quando relâmpagos clareiam o horizonte.

Debruçado à janela do quarto de Rodrigo, Jango descreve a cena para o pai.

— Acho que já tem umas cento e poucas pessoas no centro... Parece que a banda de música vem vindo... A Prefeitura está toda iluminada.

Minutos depois a banda do Regimento de Infantaria entra na praça tocando um velho dobrado e seguida dum cortejo de moleques. Rodrigo sente um calafrio, seus olhos brilham.

— Foi esse mesmo dobrado... — murmura ele para Camerino, que neste momento lhe mede a pressão arterial.

— Hein? — faz o médico, sem tirar os olhos do manômetro.

— Sem a menor dúvida... Foi em novembro de 22, pouco antes da eleição. A situação local andava ameaçando o eleitorado. Tivemos um comício aqui na praça e eu falei da sacada do Sobrado. Ameacei a chimangada com a revolução, caso fôssemos esbulhados nas urnas. Que tempos, Dante! Só de me lembrar...

Camerino ergue os olhos para o paciente e sorri.

— Não se lembre demais, que a pressão pode subir.

— Como está agora?

O médico sorri.

— Ótima, mas o senhor não deve se impressionar com esse negócio aí fora...

— Esses udenistas vão fazer comício na frente da minha casa por puro acinte. Os queremistas fizeram o seu na outra praça.

Camerino encolhe os ombros.

— Seja como for, não leve a coisa a sério.

— Eu? Mas quem é que leva a UDN a sério? Acho que nem o brigadeiro...

Camerino repõe o esfigmômetro na bolsa.

— Está chegando muita gente — diz Jango, que continua à janela. — E ainda falta uma meia hora para começar.

— São curiosos — explica Rodrigo com desdém. — Gente que não vota.

O médico tira o casaco, passa o lenço pelo rosto.

— O senhor já pensou — pergunta — que os rapazes e moças que hoje têm quinze anos não viram ainda nenhuma eleição neste país?

Rodrigo volta a cabeça vivamente.

— E que tem isso?

Camerino sorri.

— Bom, não vamos discutir.

— E por que não? Não quero ser tratado como um inválido, ou como uma sensitiva.

Sensitiva o senhor é — pensa o médico. Mas nada diz.

Quando mais tarde Roque Bandeira entra no quarto, Rodrigo recebe-o com alegria.

— Puxa, homem! A gente pode morrer no fundo duma cama e tu, ingrato, não dizes nem "água".

Tio Bicho aproxima-se lento do dono da casa, aperta-lhe a mão e murmura: "Água". Paciente e médico desatam a rir, pois ambos sabem que, insaciável bebedor de cerveja, Bandeira só bebe água no chimarrão.

— Senta, homem — convida Rodrigo. — Tira esse casaco. Todo mundo está em mangas de camisa.

207

— Obrigado. Estou bem assim.

Deixa cair o corpo numa poltrona e fica a abanar-se com o chapéu. O suor goteja-lhe do rosto. A camisa, completamente empapada, cola-se-lhe ao peito cabeludo.

— Não vais ao comício? — pergunta-lhe Rodrigo, irônico.

Tio Bicho fita nele os olhos claros e, com fingida solenidade, responde:

— Todos conhecem de sobejo as minhas convicções políticas...

É anarquista — costuma dizer —, mas não desses de romance de folhetim que atiram bombas debaixo das carruagens de grão-duques e ministros. Don Pepe García, que recusa aceitar Bandeira como correligionário, um dia lhe bradou na cara: "És um teórico nauseabundo!" — ao que o outro replicou: "Nauseabundo? Não discuto o adjetivo. Mas como poderia deixar de ser teórico?". E, fazendo mais um de seus paradoxos, acrescentou: "O que existe de melhor no anarquismo é que ele jamais poderá deixar de ser uma teoria. Nisso está a sua beleza e a sua invulnerabilidade".

Vem da praça um rumor de vozes cortado pelos gritos soltos dos pregões. Os foguetes espocam agora a intervalos mais curtos, e a banda de música atroa o ar opressivo da noite com galopes e dobrados.

— Que é que vocês bebem? — indagou Rodrigo.

— Ora, que pergunta! — crocita o Batráquio.

— E tu, Camerino?

— Uma limonada.

— Pois então, homem, me faz um favor. Vai até o corredor e diz à besta do enfermeiro que sirva as bebidas. — Olha significativamente para o médico e acrescenta: — Para mim, tragam arsênico... fora do gelo.

Poucos minutos depois Eduardo entra no quarto do pai acompanhado dum homem de batina negra. Estão ambos tão carrancudos que Rodrigo não pode conter o riso.

— Aposto como andaram brigando outra vez!

O religioso abraça-o, visivelmente emocionado. Rodrigo não pode habituar-se à ideia de que o Zeca, filho natural de seu irmão Toríbio com uma lavadeira do Purgatório, se tenha transformado neste marista sério e intelectualizado. Quem diria? O Zeca, que cresceu no Sobrado entre os braços quase maternais de Flora e os cuidados sem mimos mas assíduos e eficientes de Maria Valéria. O Zeca, companheiro de brinquedos do Edu.

Dois anos antes de morrer, Toríbio teve o bom senso de legitimar o filho. Mesmo num tempo em que apenas se "desconfiava" da história, Toríbio revelava para com o menino uma afeição e um orgulho de tio solteiro. Levava-o para o Angico, onde o ensinava a andar a cavalo e camperear. "Ainda vai ser meu companheiro de farra!", dizia. Chegou um dia a ensaiar com a criança um diálogo que repetiram mais tarde diante das mulheres do Sobrado.

— Que é que vais ser quando ficares grande?

— Jogador profissional.

— Que mais?

— Cafajeste.

— Que mais?

— Bandido.

— Isso! Que mais?

— Ladrão de cavalo.

— Ainda falta outra coisa...

— Chineiro.

Toríbio soltou uma risada. Maria Valéria botou-lhe a boca.

— Não tem vergonha na cara? Ensinando essas maroteiras pro menino.

Toríbio custeou os estudos do filho, primeiro em Santa Fé e mais tarde no Colégio Nossa Senhora do Rosário, em Porto Alegre. Por volta dos dezessete anos, para grande surpresa e desapontamento do pai, Zeca começou a revelar preocupações religiosas. Contra a opinião de Toríbio e de Rodrigo, mas com o inteiro apoio de Maria Valéria, o rapaz entrou para a Sociedade de Maria, onde adotou o nome de Irmão Toríbio, embora no Sobrado todos prefiram chamar-lhe Irmão Zeca.

Rodrigo tratou de fazer que o sobrinho recebesse o legado que lhe tocava por morte do pai. Irmão Toríbio não guardou para si mesmo nem um vintém: empregou todo o dinheiro na construção de dois pavilhões para o Colégio Champagnat de Santa Fé, do qual é hoje professor de português e literatura geral.

— Sempre que vejo esses dois juntos — diz Tio Bicho, com um copo de cerveja na mão e os lábios debruados de espuma — imagino um diálogo impossível entre um anjo do Inferno e um anjo do Céu.

Eduardo acende um cigarro e limita-se a lançar para o Cabeçudo um olhar neutro. Irmão Toríbio, porém, aproxima-se do "oceanógrafo" com o braço estendido e o indicador enristado:

— Ias ficar admirado se soubesses quantos pontos de contato esses dois anjos têm.

Bandeira dá de ombros.

— Eu vivo dizendo que não há nada mais parecido com a Igreja Católica do que o Partido Comunista.

Rodrigo ergue a mão:

— Não vamos começar essa história agora. Deixem a política internacional e a metafísica para depois. O que interessa no momento é essa palhaçada aí na praça.

Jango, sempre junto da janela, anuncia:

— Vai começar a função.

Cessam os foguetes e a música. Alguém experimenta o microfone, estalando os dedos e dizendo: "Um — dois — três — quatro — cinco — seis...". Ouve-se, vindo de longe, o rolar surdo dum trovão. As narinas de Rodrigo fremem, seus olhos ganham um repentino fulgor.

— Tenho o palpite — diz — de que o Velho lá em cima é queremista... Acho que vem aí uma tempestade que, como disse aquele empresário castelhano em pleno picadeiro, *me va a llevar el circo a la gran puta*.

Uma voz que a distorção torna quase ininteligível anuncia o primeiro orador da noite: um estudante de direito que vai falar "em nome da mocidade democrática de Santa Fé". Rodrigo conhece-o. É um dos netos de Juquinha Macedo.

— Que é que esse sacaneta entende de democracia? — pergunta ele.

Eduardo e o Irmão Zeca encaminham-se também para uma das duas janelas do quarto que dão para a praça. Roque permanece sentado, a bebericar sua cerveja, com a garrafa ao pé da cadeira.

— Posso olhar também? — pergunta Rodrigo.

— Não senhor — responde o médico. — Fique onde está. Limite-se a ouvir. E já acho que é demais.

A voz do orador espraia-se, grave e comovida, pelo largo. Rodrigo não consegue ouvir o que ele diz. Aqui e ali pesca a metade duma palavra *...nalidade... cracia... eiro Eduar... omes.* Palmas e vivas interrompem a cada passo o discursador. Agora Rodrigo entende uma frase completa *...ova aurora raia para o ...sil depois da treva ...inze anos que foi a ditadura ...ulio Vargas!*

— O avô desse menino — diz com voz apertada de rancor — foi dos que mais me incomodaram lá no Rio por ocasião do reajustamento econômico que o Aranha inventou. Me pediu pra arranjar uma audiência com o Getulio e, quando foi recebido pelo homem, só faltou beijar-lhe a mão.

Uma trovoada mais forte, prolongada e próxima, engolfa por completo as palavras do orador. Mas quando o ribombo cessa é possível ouvir outra frase *... e agora o tirano do seu feudo de São Borja quer ainda influir nos destinos da nação que desgraçou e do pobre povo que vilipendiou!* Um urro uníssono ergue-se da multidão, acima de cujas cabeças tremulam lenços brancos.

— Que grandessíssimos safardanas! — exclama Rodrigo com os dentes cerrados.

Há um momento em que o jovem Macedo pronuncia o nome do candidato da União Democrática Nacional, e o público rompe a gritar cadenciadamente, como numa torcida de futebol: *Bri-ga-dei-ro! Bri-ga-dei-ro! Bri-ga-dei-ro!* — Nova revoada de lenços brancos.

Tio Bicho ri o seu riso gutural, mais visível que audível, pois lhe põe a tremer a papada e as bochechas. De instante a instante Jango volta a cabeça para observar as reações do pai.

— Por que não gritas também? — pergunta Rodrigo, dirigindo-se a Dante Camerino. — É o teu candidato. Grita. Tens a minha permissão.

A atroada cessa. O orador continua o seu discurso com redobrado entusiasmo.

— Aproximem ao menos esta cama da janela! Ó Jango, toca essa manivela, quero ficar de busto mais erguido.

Camerino empurra a cama de rodas para perto da janela. Rodrigo ergue a cabeça e olha para fora.

210

— Cuidado. Não se excite — suplica o médico.

— Há mais público do que eu esperava — murmura o paciente. — E muito mais do que eu desejava. Mas isso não significa nada. A metade dessa gente está aí por mera curiosidade.

Torna a recostar a cabeça no travesseiro, um pouco ofegante do esforço. Pensa em Sônia. Onde estará a menina a esta hora? Talvez no cinema... Ou sentada sozinha no quarto do hotel, fumando ou lendo, num aborrecimento mortal. Ocorre-lhe que não é impossível que ela tenha vindo ver o comício... E por que não?

Essa possibilidade põe-lhe um formigueiro no corpo, uma ânsia no peito. É natural que ela aproveite a ocasião para aproximar-se do Sobrado sem ser notada... Claríssimo! É até plausível que esteja agora na própria calçada do casarão...

Torna a erguer a cabeça, e desta vez segura com ambas as mãos o peitoril da janela.

— Por favor, doutor Rodrigo! — diz o médico. — Não faça isso!

— Não sejas bobo, Dante. Estou bem. Por que é que *tu* não te sentas, se estás cansado?

Continua a olhar para fora e, indiferente às palavras do orador, aos gritos do público, põe-se a procurar a amante... um jogo quase tão fascinante como uma caçada. Aquela de verde, na frente da igreja? Não. Magra demais. E a de branco, junto do poste na calçada fronteira? Sônia tem um vestido branco de linho que lhe vai muito bem com a pele trigueira. Mas não! Trata-se duma mulher corpulenta, duma verdadeira amazona.

Uma dor fininha lhe risca transversalmente o peito, como um arranhão feito com a ponta dum alfinete. Rodrigo torna a recostar-se, alarmado, e por alguns instantes fica esperando e temendo a volta da agulhada, os olhos fechados, a respiração quase contida... Deus queira que tenha sido só uma dor muscular ou gases.

Rompem palmas e vivas na praça, e a música toca um galope.

O discurso terminou.

O segundo orador — candidato a deputado — fala com mais clareza. Ataca Getulio Vargas, o queremismo, o Estado Novo, culpa o ex-presidente de ter corrompido e desfibrado a nação. Acusa-o de satrapismo, de nepotismo, de favoritismo e de cumplicidade com a "polícia cruel e degenerada de Felinto Müller"...

"Sim, mas agora se abre uma nova era de justiça e democracia para o nosso infeliz povo, que saberá eleger presidente a figura impoluta do brigadeiro Eduardo Gomes." De novo a multidão prorrompe em gritos ritmados: *Bri-ga-dei-ro! Bri-ga-dei-ro!* — enquanto os lenços brancos tremulam.

De olhos fechados Rodrigo murmura:

— Conheço a bisca que está falando. É o Amintas Camacho. O nome dele rima com *capacho*. É o que ele é. Foi getulista até quando achou conveniente. Um vira-casaca muito sujo e covarde! Se não estivesse aqui doente e escangalhado eu subia naquele coreto e ia contar ao povo como um dia quebrei a cara desse sacripanta.

211

Jango estendeu a mão para fora:

— Está começando a chover — diz.

Realmente, grossos pingos caem das nuvens. A multidão se agita num movimento de onda. Uma voz que não é a do orador sai aflita dos alto-falantes: "Pedimos ao público que não vá embora! Isto é apenas uma chuva rápida de verão!".

Mal, porém, termina de pronunciar a última palavra, o aguaceiro desaba com uma violência de dilúvio, e o povo começa a dispersar-se, buscando refúgio nos corredores das casas e debaixo da figueira grande. Uns poucos precipitam-se para seus automóveis estacionados nos arredores. Os previdentes, que trouxeram guarda-chuvas, abrem-nos e saem a caminhar em meio de gritos gaiatos e risadas. E a chuva bate com alegre fúria nas pedras das ruas e das calçadas, nos telhados, nas folhas das árvores, nos lombos e nos instrumentos dos músicos que continuam formados no redondel: a chuva toca tambor na coberta de zinco do coreto, onde os oradores e os próceres udenistas se comprimem. Os alto-falantes estão agora silenciosos.

— A la fresca! — exclama Jango. — Parece o estouro da boiada.

Empurra a cama do pai para o seu lugar habitual.

Rodrigo sorri. A dor não voltou e agora ele respira livremente. O comício foi dispersado. A natureza deu uma resposta simples mas categórica à baboseira dos oradores.

Jango e Eduardo descem as vidraças, pois a chuva começa a entrar no quarto. Tio Bicho ergue os olhos para o Irmão Zeca e pergunta:

— Qual é a tua opinião? Podemos tomar esse aguaceiro como um pronunciamento político do Altíssimo?

Limpando a batina respingada, por alguns instantes o marista não diz palavra. É um jovem de estatura meã e porte atlético. O rosto cor de marfim, de feições nítidas, é animado pelos olhos castanhos nos quais uma vez que outra Rodrigo julga ver ressurgir Toríbio. Sua voz, de ordinário mansa, não raro no ardor duma discussão revela o Cambará que se esconde no fundo desse religioso de plácida aparência.

— Olha, Bandeira — diz ele —, se queres discutir esse problema a sério, estou à tua disposição, mas para brincadeiras não contes comigo.

Tio Bicho sacode lentamente a cabeça.

— Tanto para o católico como para o comunista — diz — o humor é um pecado mortal.

— Roque! — brada o dono da casa. — Se vocês começarem a discutir religião e comunismo, não dou mais bebida para ninguém. Jango, mande buscar mais três cervejas bem geladinhas. Para mim traga uma limonada, pois o Camerino quer me matar com essas bebidinhas de fresco. E abram um pouco essas janelas... o calor está ficando insuportável.

O aguaceiro continua a cair com força. A praça está agora completamente deserta.

212

* * *

Quando, cerca das dez horas, Floriano entra no quarto do pai, encontra o mesmo grupo — menos Camerino, que saiu para visitar outro cliente, e Jango, que desceu para o primeiro andar. O ar está saturado da fumaça dos cigarros. Todos fumam, inclusive o doente. Acham-se de tal modo entretidos a conversar, que parecem não dar pela entrada do filho mais velho de Rodrigo.

Comentam-se ditadores e governos de força. Há pouco, Eduardo e Irmão Zeca se engalfinharam numa discussão em torno da personalidade de Franco. O primeiro acha-o tão desprezível quanto Hitler e Mussolini. O marista tentou provar que o caudilho espanhol "é um pouco diferente". Agora, mais calmos, discutem os motivos por que os povos se deixam levar tão facilmente pelos governos de força.

Fala Tio Bicho:

— Dizem os entendidos que essa necessidade que as massas têm de submeter-se a um homem forte não passa duma saudade da autoridade paterna, que vem da infância.

— Bobagens — intervém Rodrigo. — A explicação é outra.

Sem tomar conhecimento da interrupção, Bandeira prossegue:

— No Brasil tivemos no século passado Pedro II, a imagem viva do pai, com suas barbas patriarcais, sua proverbial bondade ou "bananice", como querem outros. Na Rússia o czar era também chamado de paizinho. Hoje o Papai dos soviéticos e dos comunistas do resto do mundo é Stálin. Uns pais são mais severos e autoritários que outros. Nós temos o nosso Getulinho, Pai dos Pobres...

Rodrigo lança-lhe um olhar hostil.

— E por que não? Me digam se houve em toda a história do Brasil governante que se interessasse mais que ele pelo bem-estar do povo? Me dá o fogo, Floriano.

O filho hesita por uma fração de segundo, mas acaba riscando um fósforo e aproximando-o do novo cigarro que o pai tem entre os lábios.

— Não me ponhas esses olhos de Quadros, rapaz!

— O senhor sabe que não deve fumar.

— Sei. E daí? Apaga esse fósforo. Agora me dá um copo de cerveja. Água cria sapo na barriga, como dizia com muita razão teu tio Toríbio.

— O senhor não deve beber nada gelado.

— Venha duma vez essa cerveja!

Não há outro remédio senão dar-lhe a bebida — reflete Floriano. Rodrigo empina o copo e, quase sem tomar fôlego, bebe metade de seu conteúdo.

— Agora não vão sair daqui correndo para contar ao Dante que fumei e bebi cerveja gelada.

Tio Bicho olha o relógio.

— Acho que vou andando — diz. — O doutor Rodrigo precisa descansar.

213

— Qual descansar, qual nada! A prosa está boa. Eduardo, grita lá pra baixo que nos mandem cinco cafezinhos. Floriano, pega ali na cômoda um lenço limpo, molha em água-de-colônia e me traz...

Floriano faz o que o pai lhe pede. Rodrigo passa o lenço pelas faces, pela testa, pelo pescoço, num gesto quase voluptuoso. De novo Sônia lhe volta ao pensamento. Pobre menina! Sozinha nesta noite de chuva, naquele horrível quarto de hotel...

— Vamos, Floriano! — diz ele, para evitar que a conversa morra. — Solta essa língua. Como é que explicas a necessidade que o povo tem de governos fortes?

— Bom — começa o filho —, eu acho que para a maioria das pessoas a liberdade, com a responsabilidade que envolve, é um fardo excessivamente pesado. Daí a necessidade que tem o homem comum de refugiar-se no seio dum grupo humano ou colocar-se sob a tutela dum chefe autoritário que, se lhe tira certas liberdades civis, lhe dá em troca a sensação de segurança e proteção de que ele tanto precisa.

Roque Bandeira ergue a mão gorda, com o indicador enristado na direção de Floriano:

— Tu falaste em "refugiar-se no grupo". Essa, me parece, é a tendência mais perigosa do homem moderno, com ditadores ou sem eles. Se por um lado a "democracia de massa", de que os Estados Unidos constituem o exemplo mais evidente, oferece ao homem facilidades, confortos e garantias como não existiram em nenhuma outra civilização da história do mundo, por outro prende-o implacavelmente ao grupo, à comunidade, ameaçando sua identidade individual.

— Exatamente — confirma Floriano. — Foi nos Estados Unidos que se inventou o oitavo pecado mortal: o de desobedecer ao código do grupo, o de não pensar, sentir ou agir de acordo com os padrões estabelecidos pela comunidade, o de não aceitar a estandardização das ideias, dos hábitos, da arte, da literatura, dos gestos sociais, dos bens de consumo... O inconformado passa a ser um marginal, um elemento subversivo, uma ameaça à ordem social. E o curioso é isso acontecer num país onde existe um culto quase religioso do *free enterprise*.

— Mas na Rússia será muito diferente? — pergunta Irmão Zeca.

— Não — responde Floriano. — Se Babbitt relega ao ostracismo o *nonconformist* e olha para ele com uma mistura de desprezo, desconfiança e vago temor, já o Comissário soviético acha mais prático, mais seguro e mais simples despachar o dissidente para a Sibéria, para um campo de trabalhos forçados, ou para o outro mundo, sumariamente...

— Nem me vou dar ao trabalho de refutar essa tua ficção ridícula — intervém Eduardo. — Vamos ao que importa. Como é que vocês querem que se resolva o problema? Como se pode pensar em termos individualistas num mundo cuja população cresce explosivamente? A solução americana estaria certa se tendesse, como a da Rússia soviética, para uma igualdade de oportunidades para todos, para o nivelamento econômico, para a abolição definitiva das classes so-

214

ciais. Ora, é sabido que nos Estados Unidos essa aparente democracia econômica, essa falsa coletivização não passa dum estratagema da indústria e do comércio para venderem mais. Como a economia ianque não é estatal, a produção se torna cada vez mais caótica e competitiva. Vocês vão ver... Agora que terminou a Guerra e as fábricas americanas cessaram de receber grandes encomendas de armas e munições, milhões de operários vão ficar sem trabalho. Então o remédio será criar e alimentar o medo de uma nova guerra, a fim de que se justifique novo aceleramento da produção bélica... E a propaganda já começou...

— Seja como for — interrompe-o Tio Bicho —, a tendência coletivista me assusta. Porque tudo quanto a humanidade conquistou até agora de melhor e mais alto foi obra isolada de indivíduos que muitas vezes tiveram de arriscar a liberdade e até mesmo a vida para afirmarem suas ideias, contra o Estado, a Igreja ou a opinião pública. É ou não é?

— Para mim — diz Floriano — o problema se resume assim: como pôr ao alcance da maioria os benefícios da ciência e da técnica em termos de conforto, saúde, educação e oportunidades sem, nesse processo, anular o indivíduo? Confesso que não tenho no bolso a solução.

Rodrigo está já arrependido de haver provocado esta discussão acadêmica. E para desviar a conversa para um assunto mais de seu gosto, provoca o filho mais moço:

— Põe a mão na consciência, Edu, e fala com sinceridade. Vais votar no candidato comunista por convicção ou por obediência às ordens de teus patrões de Moscou?

O rapaz responde com outra pergunta:

— E o senhor... vai escolher um candidato próprio ou vai votar em quem o doutor Getulio mandar?

— Ora, o meu caso é diferente do teu. Se meu amigo me "pedir" para votar, por exemplo, no general Dutra e eu não atender ao seu "pedido", nada me acontecerá. Mas se tu deixares de cumprir uma ordem do Partido, corres o risco de ser expulso. Se estivesses na Rússia, serias liquidado fisicamente. Que tal, Zeca, tenho ou não tenho razão?

O marista encolhe os ombros.

— O Edu e eu já tivemos a nossa dose diária de brigas. Por hoje basta...

Rodrigo encara o filho mais velho:

— E tu? Não te pergunto em quem vais votar porque és um homem sem compromissos. Nem esquerda nem direita nem centro. Sempre *au-dessus de la mêlée*, não? Uma posição muito cômoda.

Floriano sente quatro pares de olhos postos nele.

— É curioso — diz, esforçando-se por falar com naturalidade — que tanto o meu pai, homem do Estado Novo, como o meu irmão, marxista e comunista militante, pensem da mesma maneira com relação à minha atitude diante dos problemas políticos e sociais. Para um comunista, a pessoa que "não se define" é aquela que ainda não entrou para o PC. Para meu pai, homem de paixões, as coisas

215

políticas e sociais são pretas ou brancas. Temos de escolher a nossa bandeira e matar ou morrer por ela. Só um intelectual decadente (acha ele) pode perder-se nos matizes, nos meios-tons. Certo ou errado, o importante para o macho é comprometer-se, participar da luta. Ora, eu chamo a isso "raciocínio glandular"!

Rodrigo solta uma risada.

— Até que enfim falas! — exclama ele. — Dizes o que pensas, sais da tua toca e vens discutir com os outros à luz do sol. Continua. Estou gostando.

Meio desconcertado, Floriano olha para Tio Bicho, que ali está na sua poltrona sacudido pelo seu riso lento de garganta, e com uma luz de malícia nos olhos. Irmão Zeca, porém, lança-lhe uma mirada encorajadora. Eduardo, calado no seu canto, dá-lhe a impressão dum jovem tigre que afia as garras, esperando a hora oportuna de saltar sobre a presa.

Floriano enfia as mãos nos bolsos das calças. Chegou a hora de dizer umas coisas que nestes últimos dias vem pensando.

Mas a sensação de que se ergueu para fazer uma conferência deixa-o um pouco perturbado. Sempre teve horror a parecer pedante ou doutoral.

— Aqui estou — começa ele — diante de quatro amigos, nenhum dos quais parece aceitar ou compreender minha posição. O Zeca me quer fazer crer no seu Deus barbudo que distribui prêmios e castigos e a cujos preceitos (que não sei como foram dados a conhecer ao homem) devemos obedecer. Por outro lado, o Edu me assegura que a única maneira lógica e decente da gente participar na luta social é sentando praça no seu partido. Em suma, quer que eu troque o que ele chama de Torre de Marfim pela Torre de Ferro do PC. Meu pai acha que a panaceia para todos os nossos males é a volta do doutor Getulio ao poder, isto é: o Estado paternalista. E ali o nosso Bandeira, com quem tenho algumas afinidades intelectuais, me considera um toureiro tímido, desses incapazes de enfrentar o touro no *momento de la verdad...*

Cala-se. Os outros esperam que ele continue. Rodrigo bebe um gole de cerveja, depois de dar uma tragada gostosa no cigarro. E como a pausa se prolonga, diz:

— Vamos! E depois?

— Uma das coisas que mais me preocupam — diz Floriano — é descobrir quais são as minhas obrigações como escritor e mais especificamente como romancista. Claro, a primeira é a de escrever bem. Isso é elementar. Acho que estou aprendendo aos poucos. Cada livro é um exercício. Vocês devem conhecer aqueles versos de John Donne que Hemingway popularizou recentemente, usando-os como epígrafe de um de seus romances. É mais ou menos assim: *Nenhum homem é uma ilha, mas um pedaço do Continente... a morte de qualquer homem me diminui, porque eu estou envolvido na Humanidade...* et cetera, et cetera.

Tio Bicho cerra os olhos e, parodiando o ar inspirado dos declamadores de salão, murmura eruditamente:

— *"And therefore never send to know for whom the bell tolls; it tolls for thee."*

— Estive pensando... — continuou Floriano. — *Nenhum homem é uma ilha...*

O diabo é que cada um de nós é mesmo uma ilha, e nessa solidão, nessa separação, na dificuldade de comunicação e verdadeira comunhão com os outros, reside quase toda a angústia de existir.

Irmão Zeca olha para o soalho, pensativo, talvez sem saber ainda se está ou não de acordo com as ideias do amigo.

— Cada homem — prossegue este último — é uma ilha com seu clima, sua fauna, sua flora e sua história particulares.

— E a sua erosão — completa Tio Bicho.

— Exatamente. E a comunicação entre as ilhas é das mais precárias, por mais que as aparências sugiram o contrário. São pontes que o vento leva, às vezes apenas sinais semafóricos, mensagens truncadas escritas num código cuja chave ninguém possui.

Cala-se. Conseguirá ele agora estabelecer comunicação com essas quatro ilhas de clima e hábitos tão diferentes dos seus?

— Tenho a impressão — continua — de que as ilhas do arquipélago humano sentem dum modo ou de outro a nostalgia do Continente, ao qual anseiam por se unirem. Muitos pensam resolver o problema da solidão e da separação da maneira que há pouco se mencionou, isto é, aderindo a um grupo social, refugiando-se e dissolvendo-se nele, mesmo com o sacrifício da própria personalidade. E se o grupo tem o caráter agressivo e imperialista, lá estão as suas ilhas a se prepararem, a se armarem para a guerra, a fim de conquistarem outros arquipélagos. Porque dominar e destruir também é uma maneira de integração, de comunhão, pois não é esse o espírito da antropofagia ritual?

Edu salta:

— Toda essa conversa não passa duma cortina de fumaça atrás da qual procuras esconder a tua falta de vocação política, a tua incapacidade para a vida gregária.

— Por mais absurdo que pareça — diz Rodrigo — desta vez estou de acordo com o camarada Eduardo.

Floriano sorri. Os apartes, longe de o irritarem, o estimulam, pois tiram à sua exposição o caráter antipático e egocêntrico de monólogo. Prossegue:

— Para o Eduardo o Continente é o Estado Socialista, ou a simples consciência de estar lutando pela salvação do proletariado mundial. Para outros, como para o Zeca, a Terra Firme, o Grande Continente, é Deus, e a única ponte que nos pode levar a Ele é a religião ou, mais especificamente, a Igreja Católica Apostólica Romana. Há ainda pessoas que satisfazem em parte essa necessidade de integração simplesmente associando-se a um clube, a uma instituição, uma seita.

Bandeira aparteia:

— Por exemplo, o Rotary Club ou a Linha Branca de Umbanda.

— O que importa para cada ilha — prossegue Floriano — é vencer a solidão, o estado de alienação, o tédio ou o medo que o isolamento lhe provoca.

Faz uma pausa, dá alguns passos no quarto, com a vaga desconfiança de que se está tornando aborrecido. Mas continua:

— Estou chegando à conclusão de que um dos principais objetivos do romancista é o de criar, na medida de suas possibilidades, meios de comunicação entre as ilhas de seu arquipélago... construir pontes... inventar uma linguagem, tudo isto sem esquecer que é um artista, e não um propagandista político, um profeta religioso ou um mero amanuense...

Eduardo solta uma risada sarcástica de mau ator.

— Ah! E tu achas que estás realizando teu objetivo?

— Absolutamente não acho.

— E não te parece que teu projeto é um tanto pretensioso?

— Não mais que o de vocês comunistas quando esperam conseguir a abolição completa do Estado através do nivelamento das classes.

Rodrigo faz um gesto de impaciência:

— Tudo isso é muito vago, muito livresco, Floriano — diz ele. — Sou um homem simples e inculto — acrescenta, com falsa modéstia. — Por que não trazes tuas teorias para um terreno mais concreto... Para o Rio Grande, por exemplo? Como vês o problema das nossas "ilhas"?

— Sai dessa! — exclama Tio Bicho.

Floriano volta-se para o pai.

— Que tem sido nossa vida política nestes últimos cinquenta ou sessenta anos senão uma série de danças tribais ao redor de dois defuntos ilustres? Refiro-me a Júlio de Castilhos e Gaspar Martins. Sempre foi motivo de orgulho para um gaúcho que se prezava sacrificar-se, matar ou morrer pelo seu chefe político, pelo seu partido, pela cor de seu lenço.

Faz uma pausa, olha em torno e admira-se de que os outros — principalmente o pai — o escutem sem protestos.

— Todos esses correligionários... amigos, peões, capangas, criados, todos esses "crentes" que formavam a massa do eleitorado em tempo de eleição e engrossavam os exércitos em tempo de revolução, seguindo quase fanaticamente seus chefes, todos esses homens, fosse qual fosse a cor de seus lenços, viveram na minha opinião *alienados*. Aceitaram irracionalmente a autoridade de Castilhos, de Gaspar Martins, do senador Pinheiro, de Borges de Medeiros e outros, como viriam mais tarde aceitar a de Getulio Vargas. Mais que isso: seguiram também os coronéis, os chefetes locais, com a mesma devoção...

Tio Bicho interrompe-o:

— Conta-se que em 93 o general Firmino de Paula um dia formou a sua força e gritou para os soldados: "Eu sou escravo do doutor Júlio de Castilhos e vocês são *meus* escravos!".

— Uma ilustração perfeita — diz Floriano. — As pobres ilhas abandonadas procuravam integrar-se na terra firme do Continente. Ora, nesse processo de integrar-se e render-se elas deixavam de ser o centro de seu próprio mundo, entregavam sua liberdade, seu destino a algo ou a alguém mais forte que elas... Por exemplo: o Chefe político ou o corpo místico do Partido.

Roque Bandeira ergue-se, lento, e diz:

— Uma atitude nitidamente masoquista.

Encaminha-se para o quarto de banho, onde se fecha.

Irmão Zeca olha, silencioso, para a ponta das botinas pretas de elástico. Rodrigo sacode a cabeça numa negativa vigorosa.

— Acabas de dizer a maior besteira da tua vida, meu filho. Esqueces que essa gente tinha ideais, convicções políticas definidas.

— Ora, papai, poucos, muito poucos podiam dar-se esse luxo. Vamos tomar um exemplo de casa: o Bento, cria do Angico. Quando viajava para fora do município e lhe perguntavam quem era, o caboclo respondia com orgulho: "Sou *gente* do coronel Licurgo". Um outro gaúcho, querendo certa vez explicar o motivo por que seguia cegamente Flores da Cunha, prontificando-se a arriscar a vida por ele, disse: "É que eu fui *dado* ao general, de pequeno".

— Queres que te diga uma coisa? — interrompeu-o Rodrigo. — Pois eu descubro uma grande beleza nessa atitude, nessas lealdades desinteressadas. Me passa essa garrafa de cerveja antes que o Roque beba o resto. — Enche seu copo e bebe um sorvo largo. — O teu argumento tem outra falha. Estás esquecendo ou dando pouca importância ao código de honra do gaúcho, do qual nunca, em circunstância alguma, ele abdicou.

Floriano coça a cabeça com um ar de aluno surpreendido em erro.

— Dou a mão à palmatória. Reconheço que meu exemplo está incompleto. Havia uma coisa que esses alienados jamais entregavam ao chefe ou ao partido. Era a sua dignidade de macho, justiça se faça. — Olha para Eduardo. — Agora, os correligionários do Edu entregam tudo: a pessoa física e moral, a liberdade, a vida e até a morte.

Bandeira, que neste instante volta do quarto de banho, olha para o marista e diz:

— É o que acontece também com os padres.

— Essa é que não! — exclama Zeca. — A Igreja nunca tirou a dignidade ou a liberdade de ninguém. Pelo contrário, sempre deu mais uma coisa e outra.

Eduardo aproxima-se da janela, mal reprimindo um bocejo. Rodrigo está surpreendido ante a pouca disposição combativa do rapaz, de ordinário tão agressivo.

— Mas me deixem terminar — pede Floriano. — Há outra maneira do homem identificar-se com o mundo que o cerca. É por meio do domínio, da submissão dos outros à sua vontade. Ele os torna partes de si mesmo. É uma atitude sádica. Foi o que até certo ponto fez Pinheiro Machado, que era famoso pela maneira como *usava* seus amigos e correligionários. Parece-me que o doutor Borges de Medeiros encontrou uma compensação para a sua solitude física e psicológica através dum casamento místico com o povo do Rio Grande, no qual ele era o elemento masculino dominador e autoritário. E seu amigo Getulio, papai (outro solitário), identificou-se com o Brasil.

— Não digas asneiras! — vocifera Rodrigo. — Conheço o Getulio melhor que todos vocês. Tuas teorias são a negação da vida e a negação da história. Sem-

219

pre haverá comandantes e comandados. Que seria de nós se não fossem homens da têmpera dum Pinto Bandeira, dum Cerro Largo, dum Bento Gonçalves, dum Osório? Estaríamos todos agora falando castelhano e o Brasil seria menor. É melhor calares a boca e não ficares aí tentando negar o que nossa gente tem de mais nobre e valoroso.

Floriano faz um gesto de desamparo.

— Aí está. É difícil dialogar com os chamados "homens de convicções firmes". Eles têm a coragem de matar ou morrer por suas ideias. O que não têm é coragem de reexaminar, revisar essas ideias.

Irmão Zeca pergunta:

— Aonde queres chegar com tuas teorias, Floriano?

— Em primeiro lugar, quero deixar claro que não me enquadro em nenhuma dessas posições. Em segundo, acho que tanto o homem que domina arbitrariamente como o que se deixa dominar perdem a integridade. Um entrega sua liberdade. Outro mata a liberdade alheia em benefício da própria.

— Então? — rosna Bandeira. — Em que ficamos?

— Ele fica como sempre na famosa "terceira posição" — ironiza Eduardo.

— Exatamente — replica Floriano. — Na terceira posição. E admito que exista também uma quarta, uma quinta, uma sexta... Por que não? Não tenho muita paciência com os donos das verdades absolutas.

Sílvia entra, trazendo numa bandeja cinco pequenas xícaras de café. Rodrigo faz-lhe um sinal e ela se aproxima.

— Ah! Aqui está a minha nora e afilhada com seu famigerado cafezinho.

— O senhor não devia... — murmura ela. — O doutor lhe proibiu.

— Pois o doutor que vá...

Engole o resto da frase e apanha uma das xícaras. Sílvia sorri e sai a distribuir o café. Quando ela se aproxima de Floriano, Rodrigo fica atento a qualquer mudança na expressão fisionômica do filho que possa confirmar suas suspeitas. Sílvia mantém os olhos baixos. Sim, o rapaz parece perturbado. Sua mão não está lá muito firme, a xícara que ele segura treme sobre o pires.

Quando Sílvia se retira, Tio Bicho segue-a com o olhar e murmura:

— Sujeito de sorte, esse Jango.

Com uma gulodice de menino, Rodrigo lambe o açúcar que ficou no fundo da xícara.

— Então, romancista? — provoca ele. — Já terminaste o teu folhetim?

— Bom, a solução para as "ilhas" é unirem-se umas às outras, mas sem perderem a dignidade e a identidade como indivíduos.

Edu interrompe-o:

— Pergunta a esses pobres-diabos do Barro Preto e do Purgatório que andam descalços e molambentos, que sofrem frio e fome, pergunta a esses miseráveis carcomidos de sífilis ou de tuberculose se eles sabem o que é identidade, dignidade ou mesmo liberdade.

Floriano replica:

— Está bem, Edu, teu argumento está certo, mas não invalida o que vou dizer... Para abolir o seu sentimento de solidão, de alienação, de falta de segurança, na minha opinião o homem não necessita entregar sua liberdade, sua vontade e seu futuro ao Estado Totalitário ou a um ditador paternalista, nem dissolver-se, anular-se no grupo, escravizando-se aos seus tabus e às suas máquinas. Reconheço que o problema é em grande parte de natureza econômica. Se disseres que numa sociedade de economia sã os homens terão mais oportunidades de serem melhores, eu responderei que pode haver (e há) prosperidade sem bondade, progresso material sem humanidade.

Cala-se por um instante, para escolher as palavras finais, já um pouco encabulado por estar falando tanto, e talvez num tom de pastor protestante.

— Em suma — conclui —, devemos procurar solução para nossos problemas existenciais no plano das relações humanas e não apenas no das relações de produção industrial. O que importa é conseguir uma solidariedade fraternal entre os homens não só no âmbito familiar e nacional como também no internacional. Para isso me parece indispensável que cada pessoa se capacite da sua importância como indivíduo e também da sua *responsabilidade* para com a própria existência.

— Peço licença para resumir teu pensamento — diz Irmão Toríbio. — A solução é o amor. O que vemos no mundo de hoje não é apenas uma crise econômica, mas principalmente uma crise de amor.

— De acordo, Zeca. Confesso que tive vergonha de pronunciar a palavra *amor*, como se fosse um nome feio.

— Pois devemos sair e escrever a piche nas paredes e muros esse nome feio! — exclama o marista. — Até nas fachadas das igrejas... por que não? Conheço padres, bispos, arcebispos e cardeais incapazes de verdadeiro amor. Sim, precisamos escrever por toda a parte *amor! amor! amor!*

— Não se esqueçam das paredes das latrinas — alvitra Tio Bicho, com seu olho cínico —, já que esse é o lugar clássico dos nomes feios.

— É engraçado vocês falarem em amor no ano em que terminou a maior carnificina da história — diz Eduardo — e em que já se fala abertamente na Terceira Guerra.

— Seja como for — insiste Irmão Toríbio —, o amor ainda é a única solução. É o remédio que Deus vem oferecendo aos homens há milênios. Vocês dão as voltas retóricas mais incríveis para acabarem caindo na nossa seara.

— Claro — diz Floriano, olhando para Eduardo —, o amor não é positivamente a nota tônica deste nosso sistema capitalista competitivo e frio, desta nossa civilização mercantil em que o lucro é mais importante do que vidas humanas.

— Estás usando a linguagem do teu irmão bolchevista... — observa Rodrigo.

— Atiramos contra o mesmo alvo — explica Floriano. — Só que de posições separadas e com frechas de cores diferentes.

Eduardo apressa-se a dizer:

— O Floriano atira com sua pistolinha literária que esguicha água-de-colônia.

221

O outro sorri:

— Para um comunista, tua piada não está nada má... Mas, falando sério, me parece que a solução estará numa sociedade realmente baseada no princípio de que não há nada mais importante que a criatura humana, a sua dignidade e o seu bem-estar.

— O famoso neo-humanismo — murmura Eduardo com ar desdenhoso.
— Como é que vocês esperam chegar a essa sociedade perfeita? Rezando e esperando um milagre? Deixando as coisas como estão?

— Já estamos outra vez metidos em filosofanças! — exclama Rodrigo. — Não acham que por hoje basta? São quase onze horas. Será que vocês esperam salvar a humanidade ainda esta noite?

Os dois irmãos se calam. Mas o pai torna a falar:

— De mais a mais, o que queres é um absurdo, Floriano. O mal deste país tem sido a falta de heróis, de condutores em quem o povo acredite. Pela primeira vez na nossa história encontramos um líder na figura de Getulio Vargas e o resultado aí está, o queremismo, esse movimento de massa que galvaniza de norte a sul esta nação de cépticos. Como é possível eliminar a autoridade, como pareces desejar?

— Eu me refiro à autoridade *irracional* — replica Floriano —, a que não se baseia na competência mas se impõe pela força e se mantém pela propaganda, pela intimidação das massas por meio da polícia ou pela exploração dos "medos sociais": o de ficar sem proteção, de ser destruído por inimigos externos ou internos, o de não ter o que comer, nem o que vestir, nem onde morar. O senhor, papai, sabe disso tão bem como eu. E é um erro imaginar que a intimidação é a única arma dos que exercem a autoridade arbitrária. Essa autoridade pode emanar também do chamado "ditador benévolo", que por meio de seu departamento de propaganda trata de fazer com que seu povo o aceite, respeite, admire e ame como a um pai, o Provedor, o Benfeitor.

— O ditador — diz Bandeira com voz sonolenta — apresenta-se como uma figura dotada de qualidades mágicas.

— Querem um exemplo de autoridade irracional? — pergunta Floriano. — O Partido. O Eduardo que diga se ele pode *discutir* uma ordem de seu partido.

Eduardo limita-se a bocejar, como um carnívoro saciado.

— Outro exemplo — acrescenta Tio Bicho — é a Igreja.

— Vou mencionar outro tipo de autoridade irracional — torna Floriano, olhando para o pai. — A família.

— Não me venhas com asneiras — rebate Rodrigo.

É-lhe agradável a ideia de que, apesar da vida que sempre levou, considera a família uma instituição sagrada.

Irmão Zeca agora caminha dum lado para outro, apalpando o crucifixo que traz pendurado ao pescoço. Bandeira segue-o com olho divertido.

Floriano prossegue:

— Reconheço que a família é necessária e *pode* exercer uma benéfica autori-

222

dade racional. Seria um monstro se não reconhecesse isso. Mas no fundo é a vida familiar que nos prepara para aceitar os ditadores que, em última análise, não passam mesmo duma projeção de nossos pais. E o tipo de educação que recebemos em casa quando meninos é responsável por esse sentimento de culpa que carregamos pelo resto da vida.

— Vai dormir, rapaz! — exclama Rodrigo. E pensa: por que será que ele hoje está me agredindo tanto?

Floriano põe-se a rir.

— Estão vendo este exemplo de autoridade irracional? Meu pai, como último argumento, me manda dormir.

Irmão Toríbio faz alto na frente de Floriano e pergunta:

— Será que entre o teu psicologismo e o historicismo e o economismo do Eduardo não haverá lugar para um pouco de teologia, de ontologia, de... de... de...

Enquanto o marista procura a outra palavra, Roque, piscando o olho para Floriano, sugere:

— Biologia?

Eduardo, que continua junto da janela, atira fora o toco de cigarro que tem entre os dentes e olha para o irmão:

— Suponhamos que esse mundo que idealizas seja realmente o melhor dos mundos... Torno a te perguntar que é que tu como homem e escritor estás fazendo para que ele se torne uma realidade? Esperas que ele caia do céu? Nossa amarga experiência tem ensinado que do céu só podem cair bombas. E daqui por diante bombas atômicas!

— Outra coisa — intromete-se Rodrigo —, tu ofereces uma solução para intelectuais como tu. Esqueces as massas, que não estão mentalmente capacitadas nem sequer a compreender que *existe* um problema nesses termos. — Muda de tom. — Ó Eduardo, vai ali no quarto de banho e me despeja um pouco de sal de frutas em meio copo d'água... Estou com um princípio de azia.

Roque Bandeira torna a consultar o relógio. O marista leva a mão à boca para esconder um bocejo. Faz-se um silêncio.

Eduardo volta ao quarto trazendo um copo de água efervescente.

— É engraçadíssima a atitude burguesa — diz ele, entregando o copo ao pai mas com os olhos postos em Floriano. — Vocês acham que podem resolver os problemas sociais no plano filosófico e por isso se embriagam com frases. O que nos interessa a nós, marxistas, são fatos, números, necessidades humanas. A filosofia em si mesma não passa dum refúgio. É um castelo de palavras, uma maneira de viver isolada da história e do mundo.

Fala com certo nervosismo e algumas hesitações, numa espécie de "gagueira eloquente" que lhe vem do excesso de argumentos e não da pobreza deles.

— O marxismo — continua — é um método de análise da realidade e ao mesmo tempo um método de ação sobre essa mesma realidade. De filosofias o mundo está cheio e farto. O que importa é examinar a história com objetividade e participar dela ativamente.

— Pois se a coisa é assim — interrompe-o Bandeira — precisas dar umas lições de marxismo ao teu chefe, o Prestes. Na minha opinião esse homenzinho é o mais teórico dos filósofos. Sua maneira de ver a realidade brasileira é verdadeiramente... surrealista. Se bem entendo, ele acha e proclama que o Brasil não está ainda preparado nem material nem psicologicamente para a revolução socialista. Segundo ele, o que a classe operária tem de fazer agora (e para isso conta com a colaboração do que chama "burguesia progressista") é liquidar os últimos vestígios do feudalismo em nossa terra e tratar de desenvolver, notem bem, *fomentar* o capitalismo até uma etapa que o torne maduro para o socialismo. Ora, isso me lembra a história do cirurgião da roça que, procurado por um paciente que sofria de dispepsia, lhe disse: "Olha, velhote, para esse teu mal não sei de nenhum remédio. Mas se voltares pra casa e tratares de arranjar uma úlcera gástrica, eu resolvo o teu problema te cortando um pedaço do estômago ou o estômago inteiro".

Rodrigo solta uma risada.

— Estás errado! — reage Eduardo, encarando o velho amigo. — Se tivesses lido direito Marx e Engels terias aprendido que existem dois tipos de socialismo. Um deles é utópico e inoperante como esse que o Floriano prega. Baseia-se na absurda moral cristã. O outro, o verdadeiro, tem caráter científico e decorre dum exame positivo das relações econômicas. O verdadeiro socialismo é uma ordem necessária que se origina dum certo grau de imaturidade do sistema capitalista. Mas essa transformação não se faz por si mesma (como imagina o Floriano), mas exige a intervenção dos homens ou, melhor, das classes oprimidas. É por isso que o socialismo não pode deixar de ser o resultado da luta de classes.

Irmão Zeca tenta interrompê-lo, mas Eduardo o detém com um gesto e continua:

— Há uma coisa que o Zeca e tu, Floriano, parecem esquecer. Como disse Marx, não é a consciência dos homens que determina o seu ser, mas é o seu ser social que determina a sua consciência. Como é possível mudar o que o homem é sem primeiro destruir o sistema social que assim o fez?

De novo Irmão Toríbio tenta interrompê-lo, mas Eduardo não se cala.

— O sistema social com que o Floriano sonha deve ter como centro o homem, não é mesmo? Vocês querem que antes de mais nada se respeite a pessoa humana, não? Acho que é hora de botar as cartas na mesa e esclarecer o assunto. Até que ponto vocês, os liberais, os democratas, os católicos, os conservadores, et cetera, et cetera, respeitam *mesmo* a pessoa humana? Permitindo que três quartas partes da população do mundo vivam num plano mais animal que humano? Queimando café e trigo, por uma questão de preços, quando há fome nos cinco continentes da Terra? Deixando que continue a exploração do homem pelo homem, a usura, a prostituição... enfim, todos esses cancros da ordem capitalista?

224

Olha em torno, num desafio. Os olhos do pai começam a velar-se de sono. Roque parece ter caído numa modorra que o torna incapaz de qualquer reação. E, agora, no meio do quarto, numa atitude de comício, Eduardo continua seu ataque:

— Para não nos perdermos em abstrações, vamos tomar o caso do Brasil. Vocês enchem a boca com palavras como Justiça, Fraternidade, Liberdade, Igualdade e Humanidade. Afirmam que nada disso existe na Rússia soviética, apesar de nunca a terem visitado. Mas sejamos honestos. Oito anos de Estado Novo, a Câmara e o Senado fechados, os direitos civis suprimidos, as cadeias abarrotadas de presos políticos sem processo, a imprensa amordaçada... é essa a ideia que vocês têm de Justiça e Liberdade? Será humanidade entregar a mulher de Prestes, grávida, aos carrascos da Gestapo, que a mataram num campo de concentração? E que me dizem da polícia carioca queimando com a chama de um maçarico o ânus dum preso político? Ou enlouquecendo o Harry Berger com as torturas mais bárbaras, para obrigá-lo a confessar sua participação num complô que não passava dum produto da imaginação mórbida de Góis Monteiro? Isso é fraternidade? Que dizer também dos parasitas que fizeram negociatas em torno do Banco do Brasil, das autarquias e dos ministérios? E da nossa sórdida burguesia que durante a guerra se empanturrou de lucros extraordinários, mantendo o operariado num salário de miséria? Isso é justiça social? Isso é respeitar a dignidade da pessoa humana? Ora, não me façam rir!

Encara Irmão Toríbio:

— Que fizeram vocês os católicos durante esse período? Fingiram por covardia ou conveniência que não sabiam das atrocidades da polícia, da miséria do povo, das patifarias da gente do governo, da corrupção da alta burguesia. Cortejaram o Ditador para obterem dele favores para a Santa Madre Igreja. Sim, e também denunciaram "cristãmente" os comunistas à polícia.

Volta-se para Floriano:

— E vocês, beletristas? Poucos foram os que protestaram. Muitos se fartaram, mamando nas tetas gordas do DIP. Mas a maioria se omitiu, permanecendo num silêncio apático e covarde, numa contemplação que no fundo era uma forma de cumplicidade com a situação.

Floriano está absorto num silêncio reflexivo. Há muita verdade no que o irmão diz. Mas gostaria de perguntar-lhe se os processos de Moscou são o seu ideal de justiça. Se os expurgos físicos são a melhor forma de fraternidade. Se o massacre dos cúlaques que na Rússia se rebelaram contra a coletivização das terras será um símbolo de humanidade e justiça social. Mas nada diz. Porque não acha que se deva justificar uma brutalidade com outra. De resto, conhece bem o irmão. Se por um lado a paixão política lhe dá o ímpeto, a coragem de dizer sinceramente o que pensa e sente, por outro o deixa quase cego a tudo quanto saia fora de seu esquema marxista.

Quanto a Rodrigo, faz já alguns minutos que não escuta o que se diz a seu redor. Tem estado a pensar alternadamente em Sônia e na morte. Uma fita de fogo sobe-lhe desagradavelmente do estômago à garganta. (Por que tomei cerveja, se sei que não me faz bem?) Esforça-se por arrotar e livrar-se dos gases que lhe inflam o estômago, comprimindo-lhe o coração.

Neste momento a porta do quarto se abre e Dante Camerino aparece. Floriano olha para o pai e sorri. Rodrigo dá-lhe a impressão dum menino apanhado em flagrante numa travessura. O médico olha em torno, de cenho franzido. Depois encara o paciente e diz:

— Sabe que horas são? Quase meia-noite. O senhor já devia estar dormindo.

Tio Bicho ergue-se, apanha o chapéu e começa as despedidas. O marista pousa a mão no ombro de Rodrigo e murmura:

— Não se esqueça do que lhe pedi a semana passada... Lembra-se?

O enfermo sacode a cabeça afirmativamente.

— Vocês sabem? — diz em voz alta. — O Zeca quer que eu me confesse e tome a comunhão... Ó Dante, será mesmo que estou "em artigo de morte", como diziam os clássicos? Não se esqueçam que vocês quase me mataram de susto o outro dia, quando fizeram o padre Josué entrar neste quarto todo paramentado, para me dar a extrema-unção...

— A ideia não foi minha — desculpa-se Camerino.

— Foi minha — confessa Irmão Toríbio. E acrescenta: — Não me arrependo.

Rodrigo segura a manga da batina do marista.

— Sou religioso à minha maneira, Zeca. Considero-me católico, acredito em Deus, mas não sou homem de missa nem de rezas e muito menos de confissões...

— O doutor Rodrigo — diz Roque Bandeira —, como tantos outros brasileiros, é católico do umbigo para cima.

O senhor do Sobrado solta uma risada e diz:

— Eu cá me entendo com o Chefão lá em cima.

Quando se vê a sós com o doente, Camerino posta-se na frente dele e, depois duma pausa, pergunta:

— Quantos cigarros fumou?

— Quem foi que te disse que eu fumei?

— Vejo cinza na sua camisa e no lençol... E o senhor está cheirando a sarro de cigarro. Desculpe o sherlockismo, mas pelo seu hálito deduzo também que andou bebendo. Que foi? Cerveja?

O enfermeiro agora está à porta, de braços cruzados. Rodrigo lança-lhe um olhar enviesado e murmura para Camerino:

— O Frankenstein chegou...

O médico sorri:

— Vamos ver como está a pressão depois desse entrevero.

Abre a bolsa.

226

Floriano decide acompanhar Irmão Toríbio e Roque Bandeira até suas casas. Ele próprio está maravilhado ante a necessidade de companhia humana e de comunicação que tem sentido nestes últimos dias. O caramujo abandonou a concha e move-se entre os outros bichos, convive com eles, e está admirado não só de continuar vivo e incólume como também de sentir-se à vontade sem a carapaça protetora.

Eduardo despede-se no vestíbulo: precisa dormir, pois tem de sair amanhã muito cedo para Nova Pomerânia, a serviço do Partido.

— Que apóstolo! — exclama Tio Bicho, depois que o rapaz se vai. — Devia usar vestes sacerdotais: uma batina vermelha e, em vez do crucifixo, a foice e o martelo.

Saem para a noite fresca e úmida. No céu, agora completamente limpo e dum azul quase negro, estrelas lucilam. Nas calçadas e no pavimento irregular das ruas ficaram pequenas poças d'água.

Junto do redondel de cimento, no centro da praça, os três amigos fazem alto diante duma coluna de mármore sobre a qual dentro de poucos dias será colocado o busto do cabo Lauro Caré. *A Voz da Serra* vem publicando uma biografia seriada desse jovem santa-fezense, soldado da FEB, que teve morte de herói na Itália. Seu corpo jaz enterrado no cemitério de Pistoia, e agora sua cidade natal vai prestar-lhe essa homenagem. Ainda ontem — lembra-se Floriano — Rodrigo chamou-o para lhe contar que havia recebido um convite para comparecer ao ato de inauguração do busto.

— Quero que me representes na solenidade — pediu ele. — É bom que saibas que o Laurito Caré era nosso parente. Acho que não ignoras que teu avô Licurgo tinha uma amante, um caso antigo, que vinha dos tempos de rapaz. Teve um filho com ela, e o cabo Caré vem a ser neto de teu avô e portanto meu sobrinho e teu primo...

Agora, olhando para a base do monumento, Floriano diz aos dois amigos:

— Quem podia prever que um dia um obscuro membro do clã marginal dos Caré viesse a ter seu busto nesta praça, a menos de cem metros da estátua do coronel Ricardo Amaral, fundador de Santa Fé e flor muito fina do patriciado rural do Rio Grande?...

Irmão Zeca aponta para o outro busto que se ergue no lado oposto do redondel:

— E na frente da imagem de dona Revocata Assunção, sua professora.

— Flor da cultura serrana — acrescenta Tio Bicho.

— Segundo a história (ou a lenda) de Santa Fé — conta Floriano, quando retomam a marcha —, há muitos, muitos anos um Caré roubou um cavalo dum Amaral. Para castigar o ladrão, o estancieiro mandou seus peões costurarem o pobre homem dentro dum couro de vaca molhado e deixarem-no depois sob o olho do sol. O couro secou, encolheu e o Caré morreu asfixiado e esmagado.

— Mas os tempos mudaram — observa Irmão Toríbio. — É possível e até provável que amanhã um Caré venha a ser prefeito municipal ou deputado.

227

Tio Bicho para um instante para acender um cigarro e, depois da primeira tragada, diz:

— Segundo esse inocente simpático que é Mister Henry Wallace, estamos na "era do homem comum". Vocês, socialistas ou socializantes, democratas ou populistas vão ver, com o tempo, que o chamado "homem comum" não é melhor nem pior que o "incomum". São todos umas porcarias, feitos do mesmo barro.

— Não sejas pessimista! — exclama Irmão Zeca.

À esquina da rua do Comércio encontram Bibi e o marido, que voltam duma tentativa frustrada de descobrir "vida noturna" em Santa Fé. Enquanto Sandoval conversa com Tio Bicho e o marista, Bibi chama o irmão à parte.

— Como vai o Velho? — pergunta.

— Acho que bem. Só que esta noite abusou: fumou, bebeu, agitou-se. Nós fomos em parte culpados.

Bibi baixa a voz:

— Vimos a mulher no cinema.

— Que mulher?

— Ora, tu sabes.

— Como foi que a identificaste?

— O Sandoval me mostrou. E depois, filho, a gente vê logo. Estava com um vestido vermelho escandaloso, de óculos escuros, pintada dum jeito que se via logo que ela não é daqui...

— Que achaste da rapariga?

— Prostitutinha da Lapa.

Floriano sorri. Bibi está enciumada.

Sandoval aproxima-se de Floriano e segura-lhe afetuosamente o braço:

— Vi hoje umas belas gravatas na Casa Sol — diz. — Comprei duas, uma pra mim e outra pra ti. Acho que vais gostar.

— Ah! — faz o outro, contrafeito. — Muito obrigado.

O casal retoma o caminho do Sobrado. Os três amigos começam a descer a rua principal.

— Um produto do Estado Novo — diz Floriano após alguns segundos — ou, melhor, do neocapitalismo.

— Quem? — pergunta o marista.

— O Sandoval.

Tio Bicho, que parece pisar em ovos, tal a indecisão e a leveza de seus passos, apoia-se no braço de Floriano e sussurra:

— Não vais negar que o rapaz é simpático.

— Não nego.

— Mas por que — pergunta o marista — o achas tão representativo do neo-capitalismo?

— Ora, o Sandoval tem nitidamente o que se convencionou chamar de "ca-

228

ráter de mercado". Me digam, qual é o objetivo principal do homem numa sociedade cada vez mais furiosamente competitiva como a nossa?

— Obter sucesso — responde Tio Bicho, à beira dum acesso de tosse. — Galgar posições, ganhar dinheiro para comprar todas essas bugigangas e engenhocas que dão conforto, prazer e prestígio social.

— Pois bem — continua Floriano —, na luta para obter essas coisas, um homem como o Sandoval procura ser aceito, agradar, e a maneira mais fácil de conseguir isso é "dançar de acordo com o par", conformar-se com as regras que regem a sociedade em que vive. Para ele é importante pertencer a clubes grã-finos, ter seu nome na coluna social dos jornais e sua fotografia nessas revistas elegantes impressas em papel cuchê, produtos da ilusória prosperidade que a Guerra nos trouxe. Nosso herói tem de ser visto em companhia (e se possível em tom de intimidade) de pessoas importantes no mundo do comércio, da indústria, das finanças e da política. Ou mesmo de aristocratas arruinados, contanto que "tenham cartaz".

Roque Bandeira, que respira penosamente, puxa-lhe do braço.

— Pelo amor de Deus, mais devagar! Não vamos tirar o pai da forca. Mas continua o teu "retrato".

— Em suma, o homem está no mercado. Quem me compra? Quem me aluga? Quem dá mais?

— Não estarás exagerando? — pergunta o marista.

— Talvez o Floriano esteja carregando nos traços caricaturais — opina Tio Bicho. — Mas isso não invalida a parecença do retrato.

— Quem pode negar que é simpático, gentil, persuasivo? Sabe impor-se aos outros por meio da lisonja e duma série de pequenas cortesias e atenções... Flores para madame no dia de seu aniversário, porque o marido é um homem importante que no futuro lhe poderá vir a ser útil... Telefonemas para o figurão, a propósito de tudo e a propósito de nada: o que importa é agradá-lo, incensar-lhe a vaidade... Se está com um padre, o nosso herói puxa o assunto religião e ninguém é mais católico que ele. Se conversa hoje com um torcedor do Flamengo, declara-se logo "doente" pelo rubro-negro, como amanhã, com outro interlocutor, poderá apresentar-se como fanático do Botafogo, do América ou do Vasco... Na presença dum getulista, ninguém será mais queremista que ele. Agora me digam, quem pode recusar um artigo assim com tantas qualidades sedutoras?

— Esqueces que o Sandoval é uma criatura de Deus — interrompe-o o marista. — Tem uma alma imortal.

— Eu esqueço? — exclama Floriano. — Quem esquece é ele! Afinal de contas se tomo o Sandoval como exemplo é porque o tenho observado de perto. Bem ou mal, o rapaz entrou na família, convive conosco.

Vai acrescentar: "Dorme com a minha irmã", mas contém-se.

Os três amigos dão alguns passos em silêncio na rua deserta.

— Mas achas que ele sabe que se porta como uma mercadoria? — pergunta Irmão Toríbio.

— Claro que não. É um produto do meio em que se criou. Nesta nossa civilização de "coisas", esse espírito mercantil passou a ser um imperativo de sobrevivência.

Floriano e Irmão Zeca deixam Tio Bicho à porta de sua casa e continuam a andar na direção do Ginásio Champagnat, onde o marista vive. O ar está embalsamado pela fragrância das magnólias que vem dum jardim das redondezas.

Caminham calados até o portão do colégio, junto do qual fazem alto. Irmão Toríbio apalpa o crucifixo nervosamente. Fica um instante de cabeça baixa, sempre em silêncio, e depois diz:

— É engraçado... Estou há dias para te falar num assunto... e não sei como começar.

Sílvia — pensa o outro num susto. — O Zeca deve ter desconfiado de alguma coisa...

— É sobre o meu pai...

— Ah! — faz Floriano, aliviado.

— Creio que o conheceste bem. Pelo menos, melhor que eu. — Faz uma pausa. E depois: — Que espécie de homem era ele?

— Não acho fácil definir tio Toríbio... As criaturas aparentemente simples são às vezes as mais difíceis de decifrar. O que te posso dizer é que eu gostava muito dele... Só lamento nunca lhe ter dito isso claramente.

O marista sacode a cabeça. Das folhas do jacarandá debaixo do qual se encontram, de quando em quando pingam gotas d'água que a chuva ali deixou. Floriano sente uma delas bater-lhe, fresca, na testa.

— Às vezes ouço histórias sobre ele... Episódios, anedotas, as suas aventuras com mulheres, tu compreendes, essas coisas de superfície... Junto esses fragmentos e tento formar o retrato psicológico de meu pai. Mas qual! Não consigo. Creio que me faltam os pedaços principais. E os que eu tenho não se casam com os outros...

— Teu pai era um homem autêntico, Zeca, dos poucos que tenho conhecido na vida. Eu te diria que ele foi uma mistura de Pantagruel, Pedro Malasartes e D'Artagnan. O que dava mais na vista era a sua parte pantagruélica e malasartiana...

— Às vezes penso que ele foi um cruzado sem causa.

Floriano encolhe os ombros, indeciso.

— Não sei... O que te posso afirmar é que tio Toríbio nunca teve paciência com os demagogos, os hipócritas e os falsos moralistas. Politicamente, era um idealista à sua maneira, embora fizesse empenho em provar o contrário, alegando que se metia em revoluções simplesmente porque gostava de pelear. Não há dúvida que era um homem de ação e de grandes apetites. E completamente sem inibições!

— Rezo todas as noites pela sua alma — murmura Zeca. E, sorrindo com ternura, recorda: — Eu me lembro do dia em que lhe contei que queria ser marista. Primeiro ficou perplexo, depois furioso. Quis me tirar a ideia da cabeça. Lembro-me claramente das palavras dele: "Será que tu és bem homem? Vou mandar um doutor te examinar. Onde se viu um Cambará padre?".

— Tu compreendes, para um gaúcho como teu pai, entrar para uma ordem religiosa é uma espécie de autocastração... Já deves ter observado que para os Cambarás não há nada mais desmoralizante que isso.

— Claro que compreendo. E não penses que sou muito diferente de meu pai em matéria de temperamento. Quando me esquento (e isso acontece com muita frequência) me vêm à ponta da língua os piores palavrões, e preciso fazer um esforço danado para não largá-los...

Floriano sorri.

— Mas isso faz mal, Zeca. Falo de cadeira. Esses palavrões que recalcamos acabam nos sujando por dentro. Te digo mais: eles causam menos mal jogados na cara do próximo do que reprimidos dentro de nós.

— Eu sei disso... e como!

Faz-se um novo silêncio, ao cabo do qual Floriano diz:

— Teu pai tinha aspectos curiosos. Era, por exemplo, louco por novelas de capa e espada. Quando se agarrava com uma delas, passava a noite em claro, lendo.

— E esses livros... se perderam?

— Creio que alguns deles ainda existem lá pelo Sobrado, ou na casa da estância. Por quê?

— Eu gostaria de ficar com uns dois ou três.

— Está bem. Vou procurá-los amanhã mesmo.

Ficam ambos calados por alguns instantes. Floriano sente que Irmão Zeca não lhe fez ainda a pergunta essencial. Ele pigarreia, apalpa o crucifixo. Por fim, torna a falar:

— Tu estavas com o papai... quando ele morreu, não?

— Sim. Tio Toríbio expirou por assim dizer nos meus braços...

Nova hesitação da parte do marista.

— Ele... ele disse alguma coisa na hora da morte?

— Bom, tu sabes... Estava enfraquecido pela brutal perda de sangue, eu mal podia perceber o que ele dizia.

— Mas... podes repetir esse pouco que ouviste?

Zeca espera que o pai tenha pronunciado o nome de Deus na hora derradeira — reflete Floriano, comovido. E uma bela ficção lhe ocorre. Sem olhar para o amigo, inventa:

— Só pude ouvir claramente uma palavra: o teu nome.

Depois dum novo silêncio, com um leve tremor na voz embaciada, o marista pergunta:

— Então ele pronunciou o meu nome? Estás certo de que ouviste direito?

— Certíssimo — diz Floriano, empolgado com a própria mentira.

231

A sombra da árvore não lhe permite ver claramente as feições do outro, mas ele *sente* uma espécie de resplendor na face do amigo.

— Então, afinal de contas, meu pai gostava de mim...

— Mas não descobriste ainda, homem, que lá no Sobrado todos gostamos de ti?

Despedem-se em silêncio com um longo aperto de mão.

Caderno de pauta simples

Bandeira tem razão. É necessário agarrar o touro à unha. Enfrentar sem medo e com a alegria possível "el momento de la verdad". Esta talvez seja a última oportunidade. Ou pelo menos a melhor.

Penso num novo romance. Solução — quién sabe! — para muitos dos problemas deste desenraizado. Tentativa de compreensão das ilhas do arquipélago a que pertenço ou, antes, devia pertencer. Abertura de meus portos espirituais ao comércio das outras ilhas.

Já tardam os navios que trazem o meu d. João VI.

/

A façanha do Menino: deixar as muletas das linhas paralelas dos cadernos de pauta dupla para caminhar como um audaz equilibrista sobre o fio das linhas simples. Proeza que exijo do Adulto: enfrentar o papel completamente sem linhas, saltar para o vácuo branco e nele criar ou recriar um mundo.

Folheando ontem ao acaso uma velha Bíblia, meu olhar caiu sobre este primeiro versículo do capítulo IV do Gênesis:

"E conheceu Adão a Eva, sua mulher, e ela concebeu e
pariu a Caim, e disse: Alcancei do Senhor um varão".

Por alguma razão profunda, "conhecer" é sinônimo de fornicar, penetrar, amar. Escrever sobre minha terra e minha gente — haverá melhor maneira de conhecê-las?

Conhecê-las para amá-las. Mas amá-las mesmo que não consiga compreendê-las.

"Porque em verdade vos digo que fora do amor não há salvação."

Eis uma frase que eu jamais teria a coragem de escrever num romance, atribuindo--a a mim mesmo. Ou a um sósia espiritual.

Mas quem foi que nos incutiu esse pudor dos sentimentos? D. Revocata? O velho Licurgo, legislador prudente? Os meninos de Esparta? Ou Maria Valéria, a fada de aço e gelo?

/

Um dia destes tive a curiosidade de rever o quarto que pertenceu a minha irmã morta. Pedi a chave à Dinda e entrei. Um ato de masoquismo. Ou de penitência, o que vem a dar no mesmo.

Tudo lá dentro está exatamente como no dia em que levaram Alicinha do Sobrado para o jazigo perpétuo da família, isso há mais de vinte anos. Papai não permitiu que ninguém mais ocupasse esse quarto, nem que se dessem as roupas e os objetos de uso pessoal da menina a quem quer que fosse. Transformou a pequena alcova numa espécie de mórbido museu. O tempo deve ter cauterizado as feridas do dr. Rodrigo, mas ele continua a exigir que seja mantido o santuário.

Não toquei em nada lá dentro. Só olhei, lembrei e procurei (com medíocre sucesso) sentir-me com treze anos. Nada me comoveu mais que uns sapatinhos da menina, outrora brancos, que ficaram esquecidos a um canto e ainda lá estão, como dois gatinhos mumificados. A boneca continua em cima da cama. Seu vestido rosado desbotou, como a cabeleira. Mas seus olhos de vidro são ainda do mesmo azul que perturbava o Menino. E que o Homem iria encontrar treze anos mais tarde nos olhos duma estrangeira.

Saí do quarto carregado de lembranças e remorsos. Remorsos?

Quem reinava no Sobrado?
Alicinha, anjo rosado
de cabelos anelados.
Montada na perna do pai
brincava de cavalinho
meu tordilho, upa! upa!
sabes quem tens na garupa?
A flor mais bela da terra.

O Menino enciumado
ia curtir seu despeito
no torreão do Castelo.
Um dia lá das ameias
olhando as torres da igreja
viu um enterro saindo
ao dobrar grave do sino.
No branco caixão pequenino
que pálida infanta dormia?
As carpideiras sussurram
Alicinha pobrezinha
Alicinha Cambará.

Fechado o triste casarão
toda a família de luto
olhos inchados de pranto
papai gritando no quarto

Deus me roubou a princesa!

Debaixo da terra fria
segundo contava Laurinda
a cabeleira dos mortos
continuava a crescer.

Deus me perdoe e livre
de pensar coisas malvadas!

Queria esquecer, não podia
os cabelos da menina
crescendo na sepultura.
De noite o sono não veio
nenhuma reza ajudou
entrou no quarto da irmã
beijou-lhe os cabelos de viva
voltou pra cama e dormiu.

/

E havia o Enigma. O quebra-cabeça essencial. O diabólico jogo de armar. O Menino juntava os pedaços do puzzle, procurando formar com eles o quadro completo.

Viu um dia no Angico tio Toríbio castrar um cavalo. Na hora do sangue quis fechar os olhos, mas o fascínio foi mais forte que o medo.
Terminada a operação, o tio voltou-se para ele, empunhando a faca ensanguentada: *Agora vamos capar o Floriano!*
O Menino encolheu-se, protegendo com ambas as mãos a preciosidade.
Laurinda soltou uma risada:
Não façam isso! Sem essa coisa como é que ele vai fazer filhos quando ficar homem?
Os piás da estância davam ao Menino lições de sexo, chamando sua atenção para a coreografia amorosa dos animais.
Garanhões empinavam-se sobre éguas.
Touros agrediam vacas com suas rubras espadas incandescentes.
Era ruidoso o amor dos gatos gemebundos.
Cães aflitos resfolgavam, a língua de fora, em prolongados engates.
Rútilos galos dançavam um breve minueto antes do voo erótico.
E havia também os porcos, as cabras, os insetos.
O Menino estudava ao vivo sua História Natural.
E o que mais o encantava era o amor aéreo das libélulas, com seus grandes olhos de joia: o macho enlaçava a fêmea e assim unidos realizavam o ato da fecundação num voo que era um bailado iridescente.

Um dia o Menino descobriu por acaso (teria sido mesmo acaso?) como a coisa se passava entre o homem e a mulher. (Um peão e uma chinoca, dentro do bambual, na hora da sesta.) Era como o amor das libélulas. Só que não voavam. Mas era também como o dos cachorros. E isso o assustou.

Por esse tempo ele elaborava a sua mitologia particular.

Pai era Sol. Mãe era Lua.
Pai era ouro. Mãe era prata.
Pai era fogo. Mãe era água.
Pai era vento. Mãe era terra.

Mas a frase terrível que um piá lhe soprou no ouvido partiu em cacos esse universo metafórico.

Odiou o pai, chorou a mãe
e do torreão do Castelo
viu outro enterro na igreja
desta vez um caixão grande
preto com alças de ouro
levado por homens sérios
crepe negro no Sobrado
bandeiras a meio pau
o sino de novo dobrando.

Deus me perdoe e livre
de pensar coisas malvadas!

Não quero que meu pai morra
nem a filha que ele adora.
Tarde demais! Ambos foram
pro reino da Moura Torta.
Meu tordilho, upa! upa!
sabes quem tens na garupa?
Um cavaleiro que busca
no negro campo da morte
sua princesinha perdida.
E os cabelos do pai e da filha
cresciam na sepultura.

Deitou-se, dormiu, sonhou
era grande, usava cartola
cheirava a galo, fumava

era o Pai e dormia
no grande leito conjugal.

/

*Releio o que acabo de escrever. Inaproveitável! O romance que estou projetando
não pode, não deve ser autobiográfico. Usar a terceira pessoa, isso sim. Evitar a cilada
que a saudade nos arma, fazendo-nos cair no perigoso alçapão da infância. A educação
sexual (ou falta de...) do Menino não terá sido diferente da de muitos milhares ou
milhões de outros meninos através do espaço e do tempo. Por que então repetir coisas
sabidas?*

Fica decidido que este material não será aproveitado no romance.

*Mas não estarei mais uma vez fugindo ao touro, depois de provocá-lo com elabora-
dos passes de capa?*

/

Aqui vai uma história que me parece importante. Na minha vida, quero dizer.

*Eu teria uns dez anos. O mês? Agosto. Fazia frio e uma cerração envolvia a cidade.
Saí de manhã cedo rumo da escola, com a mochila de livros às costas e um gosto de mel
na boca.*

*Comecei a assobiar, sinal de que arquitetava faz de contas. Não estava mais em
Santa Fé, mas em pleno nevoeiro de Londres. Meu nome era Phileas Fogg e eu ia a
caminho do Reform Club, onde apostaria com meus amigos que era capaz de fazer a
volta ao mundo em apenas oitenta dias.*

*Na rua Voluntários da Pátria me aproximei curioso dum ajuntamento de gente.
E vi estendido no barro o primeiro degolado de toda a minha vida. O cadáver tinha
uma rigidez que antes eu só vira em cachorros mortos. Sua boca estava aberta, mas
havia outra boca mais horrenda escancarada no pescoço, e os lábios dessa segunda boca
estavam enegrecidos de sangue coagulado. Sangue havia também nas roupas do degolado e na lama da rua. Recuei, nauseado, recostei-me numa parede, e o meu mel se
transformou em fel. Voltei estonteado para casa e me refugiei no Castelo. Levei um
pito por ter gazeado a aula. Mas não contei a ninguém (nem naquele dia nem nunca)
o que tinha visto.*

Ó mundo horrível dos grandes
que cheiravam a sangue de boi
a sangue de homem
a suor de cavalo
a sarro de cigarro de palha.
Ó homens brutais que caçavam os testículos
ó gaúchos bombachudos
ó capangas melenudos
com bigodes de fumo em rama

barbicacho nos dentes
pistola e facão na cinta
esporas nas botas
escarro na voz
a la fresca!
a la putcha!
já te corto!
já te sangro!
já te capo!

Ó mundo de histórias negras!
Ontem estriparam um vivente
lá pras bandas do Barro Preto.
O soldado fez mal pra donzela
e a coitada tomou lisol.
Caiu geada a noite inteira
um mendigo morreu de frio
e os seus pobres olhos vidrados
espelharam o gelo do céu.

Por tudo isso o Menino
entrava no barco de lata
com o nome Nemrod *na proa*
saía pros Sete Mares
ia ver seu bom amigo
o monarca de Sião.
E via o sol de Bangcoc
luzir nas cúpulas d'ouro.
Ou então fechava os olhos
e contra o escuro das pálpebras
tinha o seu calidoscópio
geometrias deslumbrantes
joias, florões e astros
vaga-lumes, borboletas
dragões e auroras boreais.

Ou então abria a janela
do torreão do Castelo
esperando a Grande Visita.
Pearl White, a brava Elaine
a heroína dos senados
a mais bela mulher do mundo
o maior de seus amores

vinha loura, alva e muda
deitar-se no seu divã.
Mas ai! os chineses sinistros
dos Mistérios de Nova York
surgiam com seus filtros
seus venenos e punhais.
Salta, Elaine, pra garupa
do meu pingo alazão
vou levar-te pro palácio
do monarca de Sião.

Nada do que acabo de escrever presta. São meras bandarilhas com papéis coloridos que atiro a medo e de longe contra o lombo do touro.

/

Encontrei há dias no fundo duma gaveta uma fotografia de J. F. de Assis Brasil com uma dedicatória autógrafa para meu avô Licurgo. Fiquei entretido a reconstituir o retratinho mental que o Menino tinha formado dessa figura, e das coisas que a respeito dela ouvia ou lia. Mais ou menos assim:

Estadista, diplomata,
poliglota, literato
político, aristocrata
estancieiro, inventor
só quer o voto secreto
a justiça e a liberdade.
Senhor dum belo Castelo
e de muita pontaria
escreve seu nome à bala
até com os pingos nos ii.

/

Coisas inesquecíveis de 1923: a minha noite de insônia e medo, quando vinte e dois cadáveres de revolucionários mortos no assalto à cidade estavam sendo velados no porão do Sobrado. Os negros da casa e mais os da vizinhança rezaram de madrugada um terço, puxado pela Laurinda. No meu espírito as vozes soturnas deixaram a noite mais noite e os mortos mais mortos.

Outras lembranças de 23: a notícia de que a peste bubônica campeava na cidade. E a nossa guerra de extermínio aos ratos. Deve ser por isso que até hoje não posso dissociar a palavra rato *da ideia de peste. E de trigo roxo. E das mãos da Dinda, que semeavam a morte no porão.*

Lenço encarnado

1

Janeiro de 1923 entrou quente e seco. Maria Valéria e Flora andavam alarmadas: os jornais noticiavam casos de bubônica em várias localidades do estado. E quando *A Voz da Serra*, sob cabeçalhos sensacionais, anunciou a descoberta de um doente suspeito no Purgatório e de outro no Barro Preto, as mulheres do Sobrado iniciaram uma campanha meio histérica contra os ratos. Foi Maria Valéria quem deu o brado de guerra: defumou toda a casa, espalhou trigo roxo e pó de mosquito no porão e doutrinou as crianças: "Onde enxergarem um rato, matem. Mas não encostem nem um dedo nele!". E nos dias que se seguiram não se falou em outra coisa no casarão, mesmo à hora das refeições. Contavam-se casos de pesteados: a coisa começava com uma íngua no sovaco ou nas virilhas, tudo isso com febre alta, tonturas, dores de cabeça lancinantes, vômitos; depois começavam a rebentar os bubões...

As crianças escutavam essas histórias, de olhos arregalados. Os comentários chegaram a tal extremo de realismo, que Rodrigo explodiu:

— Por amor de Deus, titia! Pare com isso, não assuste as crianças.

Mas as crianças já estavam suficientemente assustadas. Um dia, ao avistarem um camundongo, Alicinha e Sílvia tiveram uma crise de nervos e puseram-se ambas a soltar gritos estridentes e a tremer da cabeça aos pés. Nesse mesmo dia, Jango, Zeca e Edu saíram armados de cacetes e bodoques, a dar caça aos ratos do porão. Foi um verdadeiro massacre.

Rodrigo entregava aos poucos sua clínica particular a Dante Camerino. Agora só atendia — e com muito pouco entusiasmo — um que outro cliente antigo. Dividia seu tempo entre um ócio quase inteligente e suas apreensões e expectativas ante a situação política. Costumava dizer que, quanto à peste, só o preocupava o Ratão positivista.

Uma tarde o Cuca Lopes apareceu esbaforido na farmácia e contou:

— Credo, menino! Sabem da última? Descobriram mais três casos de bubônica na Sibéria!

Rodrigo enfureceu-se:

— Há mais de um mês os deputados da oposição pediram à Assembleia que votasse uma verba especial de mil contos para combater a bubônica, mas até hoje nada ficou resolvido. No entanto, essa mesma Assembleia aprovou o emprego de mil contos na defesa da ordem no estado. — Abriu os braços, ante o olhar entre espantado e admirativo de Gabriel. — Defesa contra quem? Esses chimangos estão vendo fantasmas!

Naquele mesmo dia, porém, Chiru veio ao Sobrado para contar que tropas revolucionárias sob o comando do gen. Menna Barreto ameaçavam a cidade de Passo Fundo.

— Não diga! — exclamou Rodrigo. E consultou o pai com um olhar cheio de sugestões belicosas.

Licurgo cuspiu na escarradeira, tirou uma tragada do seu crioulo e, com os olhos entrecerrados, disse:

— Se isso é verdade, nossos companheiros se precipitaram. Uma revolução não se faz assim desse jeito. É preciso organizar tudo direito para a gente poder ir até o fim. É indispensável que haja levantes ao mesmo tempo em todo o estado.

No dia seguinte Rodrigo reuniu na casa de Juquinha Macedo os principais chefes assissistas de Santa Fé para discutir com eles a situação. Todos achavam que a revolução era inevitável, questão de dias ou talvez de horas. Rodrigo cruzou os braços:

— Mas e nós?

— A minha opinião — disse o dono da casa — é que devemos nos preparar e entrar na dança o mais cedo possível.

Alvarino Amaral sacudiu a cabeça lentamente, concordando.

— Recebi hoje uma carta do Artur Caetano — contou — dizendo que ele vai telegrafar ao doutor Artur Bernardes comunicando o início da revolução.

Cacique Fagundes apalpou instintivamente o cabo do revólver.

Rodrigo sentiu-se picado pelo despeito. Por que Artur Caetano não havia escrito também a ele, Rodrigo, ou ao velho Licurgo? Por que os deixava no escuro? A coisa assim começava mal...

Olhou para o pai:

— Qual é a sua opinião? — perguntou.

Licurgo olhava para o bico das botinas reiunas.

— Eu acho — disse — que não devemos nos precipitar.

— Mas, papai — replicou Rodrigo —, companheiros nossos já estão em armas, não podemos deixá-los sozinhos. Tive notícia hoje de que o general Firmino de Paula está organizando em Santa Bárbara um corpo provisório de mil e quinhentos homens para marchar contra as forças do general Menna Barreto.

Licurgo sacudia a cabeça, obstinado.

— Se querem a minha opinião, é essa. Devemos nos preparar mas só entrar na revolução quando a coisa estiver madura.

— Madura? — repetiu Rodrigo, mal contendo a impaciência. — Está caindo de podre!

Licurgo ergueu o olhar para o filho.

— O senhor se esquece — disse — que a Assembleia ainda não se manifestou sobre o resultado das eleições. O direito é esperar. A gente nunca sabe.

Rodrigo fez um gesto de desalento e sentou-se, caindo num mutismo ressentido. Os outros se retiraram pouco depois, sem chegarem a nenhum resultado positivo.

Aquela noite Rodrigo sonhou que estava num combate, fazia frente a um pelotão da Brigada Militar armado de metralhadoras, enquanto ele tinha na mão apenas a pistolinha de espoleta de cano flácido. Apertava aflito no gatilho mas a arma negava fogo. Na sua impotência ele gritava: "Venham, covardes!". As balas zuniam ao redor da sua cabeça. De repente ele era são Jorge, montado num cavalo branco, com uma lança de guajuvira em punho. Ia matar o dragão que ameaçava devorar uma princesa que gritava, gritava...

Foi despertado por um grito. Flora acordou também num sobressalto: "É a Alicinha!". Levantaram-se ambos, correram para o quarto da filha, acenderam a luz e a encontraram de pé, na cama, com uma expressão de pavor no rosto pálido, os olhos exorbitados, o corpinho todo trêmulo.

— Minha querida! — exclamou Flora, abraçando a menina e erguendo-a nos braços. — Que foi? Que foi?

Quando pôde falar, a menina contou que tinha visto um ratão enorme a um canto do quarto — um negro ratão de olhos de fogo que tinha vindo para levá-la para o cemitério. Flora ergueu os olhos para o marido e murmurou:

— Teve um pesadelo.

Rodrigo franziu o sobrolho, lembrando-se de seu próprio sonho. Era curioso como ambos se completavam. O dragão que ele ia matar era o ratão do pesadelo da filha... a princesinha. Fosse como fosse, ele e Flora haviam chegado a tempo de livrá-la do perigo. Enternecido, pôs-se a acariciar os cabelos da criança, que ainda soluçava. Depois tomou-a nos braços e levou-a para sua própria cama, colocando-a entre ele e Flora.

— Não apaguem a luz — choramingou Alicinha.

— Está bem, minha princesa — disse ele, beijando-lhe a testa.

Pouco depois a criaturinha adormeceu com os braços ao redor de seu pescoço.

No dia seguinte Rodrigo e Flora foram despertados por Edu, que entrou no quarto, no seu macacão azul, contando uma proeza:

— Matei dez ratos.

Rodrigo soergueu-se, fez o filho sentar-se na cama e, ainda com os olhos pesados de sono, perguntou:

— Como?

— Com o meu canhão.

— Onde estão os ratos mortos?

Por um instante Edu não respondeu. Uma sombra passou-lhe pelos grandes olhos castanhos.

— O gato comeu.

— Que gato?

Não havia nenhum gato ou cachorro no Sobrado, pois Maria Valéria não suportava animais domésticos.

— O gato grande, mais grande que um cavalo. Estava na minha cama, me olhando...

Flora e Rodrigo entreolharam-se. Edu também tivera seu pesadelo.

2

Toríbio continuava no Angico. Rodrigo escreveu-lhe um bilhete pondo-o ao corrente dos últimos acontecimentos. Terminou com estas palavras:

Acho que agora devemos começar os preparativos a sério. Tenho pensado muito no teu plano. Ontem visitei a sede do Tiro de Guerra, onde contei cem fuzis Mauser com as respectivas baionetas e várias caixas com pentes de balas. Podemos dar uma batida lá, uma noite, e "requisitar" esse material. Estou pensando também em ir a Porto Alegre me avistar com os próceres assististas e discutir com eles a possibilidade de criar uma coluna revolucionária em Santa Fé.

Nesse mesmo dia Stein apareceu no Sobrado com a notícia de que tropas francesas e belgas tinham invadido o Ruhr.

— Que me importa? — vociferou Rodrigo. — Estamos com a nossa revolução praticamente iniciada e tu me vens com o Ruhr! Que é que tens na cabeça, rapaz? Miolos ou trampa?

Como Stein ficasse vermelho e desconcertado, Rodrigo arrependeu-se de imediato da sua agressividade.

— Me desculpa, mas é que ando danado com a situação.

Contou-lhe os últimos acontecimentos. Revolucionários e legalistas haviam já tido um encontro armado na divisa de Passo Fundo com Guaporé. Esperava-se para qualquer momento o levante de Leonel Rocha e sua gente na Palmeira. Outros chefes assististas reuniam forças na fronteira. No entanto, os oposicionistas de Santa Fé não faziam nada, estavam de braços cruzados. Não era mesmo para deixar um cristão desesperado?

Stein, porém, não parecia muito impressionado pelas notícias. Repetiu a Ro-

drigo o que havia dito a Roque Bandeira aquela manhã. Não olhava os acontecimentos políticos dum ângulo apenas nacional e muito menos estadual. Distin-
guia entre as revoluções com erre minúsculo e a grande Revolução com erre
maiúsculo. O comunismo era a Revolução Universal. A invasão do Ruhr não
passava de mais um arreganho dos capitalistas, dos trustes e dos cartéis, que
estavam assim cavando a própria ruína e preparando o caminho para a sociedade
socialista do futuro.

Rodrigo de novo perdeu a paciência. Segurou os ombros do rapaz com ambas as mãos e sacudiu-o, num simulacro de violência.

— Está bem! — exclamou. — Mas esta revoluçãozinha estadual, queiras ou
não queiras, vai saltar na tua cara. E não poderás ficar indiferente.

Nos dias que se seguiram, as notícias que chegavam de várias partes do estado eram de tal natureza, que Rodrigo não se pôde mais conter: embarcou para
Porto Alegre.

Voltou para Santa Fé exatamente no dia em que a Comissão de Constituição
e Poderes da Assembleia proclamava o resultado de seus trabalhos de apuração,
dando a Borges de Medeiros a maioria de votos necessária à sua reeleição.

E quando entrou no Sobrado, moído de cansaço e sujo ainda da poeira da
viagem — foguetes explodiam na praça, por cima da cúpula da Intendência.
Madruga, decerto, festejava a vitória de seu partido. Pessoas corriam de todos os
lados para o palácio municipal, a fim de lerem as notícias.

— Um banho! — gritou Rodrigo depois de dar um beijo rápido na face de
Flora. — Antes de mais nada, um banho! Estou sujo por fora e por dentro. Que
miséria! Que subserviência! Só a revolução pode salvar o Rio Grande duma completa degringolada moral!

Correu para o chuveiro.

À noite reuniu em casa os companheiros de campanha e contou-lhes o que
tinha visto e ouvido na semana que passara em Porto Alegre.

— O que lhes vou contar — disse, de pé no meio do escritório, passeando o
olhar em torno — não são boatos, mas verdades, dolorosas, vergonhosas verdades.

O cel. Cacique sacudiu a cabeça lentamente. Licurgo pitava sem encarar o
filho. Juquinha Macedo, o olhar focado no amigo, procurava um pedaço de fumo em rama nos bolsos do casaco.

— Prestem bem atenção. — Rodrigo fez uma pausa teatral, respirou fundo
e depois continuou: — Faz já algum tempo que a Comissão de Poderes chegou
à conclusão de que o doutor Borges de Medeiros não tinha obtido os três quartos
da votação total que precisava para ser reeleito... O difícil era dar a notícia ao
ditador. Os três membros da comissão um dia encheram-se de coragem e, com
o doutor Getulio Vargas à frente, foram ao Palácio do Governo para contar a
triste história ao chefe. — De novo Rodrigo se calou, cruzou os braços, olhou
em torno. — E sabem que foi que aconteceu? Escutem e tremam. Quando a

trinca entrou na sala, de cara fechada, o doutor Medeiros veio sorridente ao encontro deles e, antes que os seus moços tivessem tempo de dizer "Bom dia, Excelência", adiantou-se: "Já sei! Vieram me felicitar pela minha reeleição". *Tableau!* Os deputados se entreolharam, se acovardaram e viram que não havia outro remédio senão representar também a farsa. Voltaram para a Assembleia com o rabo entre as pernas, fecharam-se a sete chaves e trataram de fazer a alquimia de costume para não decepcionar o sátrapa.

— Mas isso é uma barbaridade! — exclamou o cel. Cacique, com sua voz de china velha.

Licurgo continuava silencioso, os olhos no chão, o cigarro agora apagado entre os dentes graúdos e amarelentos.

— Mas como foi que eles arranjaram essa tramoia? — indagou Juquinha Macedo.

— Muito simples — respondeu Rodrigo. — Violaram as atas recebidas dos municípios, falsificaram outras de acordo com os interesses de seu candidato, anularam as eleições em mesas onde o doutor Assis Brasil venceu... Contaram a favor do Borjoca os votos de defuntos e ausentes, em suma, fizeram conta de chegar. Para resumir: roubaram seis mil e trezentos e tantos votos ao nosso candidato!

Sentou-se pesadamente numa poltrona e ficou a olhar para o retrato do dr. Júlio de Castilhos, com uma expressão de censura e rancor, como se o Patriarca fosse o responsável direto por toda aquela vergonheira.

— E que fizeram os representantes do doutor Assis Brasil? — perguntou Juquinha Macedo.

— Ora! A comissão não permitiu a entrada deles na sala onde se fazia a apuração, sob o pretexto cretino de que o regimento da Assembleia é omisso a esse respeito. Vejam só a safadeza. Todo o mundo sabe que há uma disposição na lei eleitoral que admite a intervenção de fiscais de qualquer candidato, tanto nas mesas eleitorais como nas apurações gerais.

Licurgo pigarreou forte e depois disse:

— Eu não esperava que o doutor Getulio se prestasse a essa indignidade.

Rodrigo desferiu uma palmada na guarda da poltrona.

— Ora o doutor Getulio! O que ele quer é fazer a sua carreira política na maciota. Vai ser agora deputado federal.

Houve uma longa pausa na conversa. O ar se azulava da fumaça dos cigarrões de palha dos três chefes políticos.

— Bom — disse o cel. Cacique, quebrando o silêncio —, a revolução está na rua. Agora eu queria saber que é que vamos fazer...

Juquinha Macedo voltou-se para Licurgo, como para lhe pedir um pronunciamento. Rodrigo aproximou-se da janela, ergueu a vidraça e ficou um instante a olhar para o edifício da Intendência, lá do outro lado da praça. Foi dali que ouviu a voz cautelosa do pai.

— Não estou contra a revolução, muito pelo contrário. O que não me agrada é a precipitação. Não sou homem de ir hoje para a coxilha e amanhã emigrar para o Uruguai ou pedir garantias de vida ao Exército Nacional. Se eu entrar nessa briga é para ir até o fim.

Por alguns instantes ninguém disse nada. Rodrigo voltou-se, com gana de sacudir o pai e fazê-lo compreender a realidade.

— Nós todos queremos ir até o fim, coronel — disse Juquinha Macedo. — Eu me comprometo a reunir uns duzentos caboclos aguerridos em quinze dias. Se o coronel Amaral estivesse aqui, garanto como ele dizia que tem perto de duzentos e cinquenta homens esperando suas ordens.

O cel. Cacique sorriu.

— Pois eu, companheiros, acho que não levo mais que uns vinte e cinco. Mas são vinte e cinco garantidos, índios de pelo duro, gente buenacha que briga dez dias sem beber água.

Rodrigo sentou-se, mais animado. E exagerou:

— O Bio afirma que conseguimos uns cem homens no Angico e arredores.

Licurgo atirou o toco de cigarro na escarradeira.

— E o armamento? — perguntou, como para lançar um jato de água fria no entusiasmo do filho.

— Cada qual briga com o que tem — observou o cel. Cacique. — A minha indiada peleia até de facão.

Notando que o pai não havia gostado da bravata, Rodrigo interveio:

— Escutem — disse em voz baixa. — Vou confiar-lhes um plano que eu e o Toríbio temos para conseguir fuzis Mauser com baionetas e munições... de graça. Mas é preciso que ninguém saiba disso. Confio na mais absoluta discrição de meus amigos.

Licurgo mirava o filho com olho céptico.

— Quando chegar a hora oportuna, assaltamos a sede do Tiro de Guerra...

Rodrigo olhou para os interlocutores para ver o efeito de seu estratagema e notou que este havia sido recebido com indiferença. Juquinha Macedo remexeu-se na cadeira.

— O amigo não leu o jornal de hoje? — perguntou.

— Não. Por quê?

— O comandante da Guarnição Federal mandou tirar todos os ferrolhos das Mausers do Tiro...

Rodrigo pôs-se de pé, brusco.

— Cachorros! — exclamou. — Lá se foi o nosso arsenal!

O cel. Cacique desatou a rir de mansinho. E naquele exato instante ouviu-se um silvo, seguido dum estrondo. E veio outra e mais outra detonação. As vidraças do Sobrado tremeram. Rodrigo correu para a janela.

— O Madruga está se fogueteando de novo — informou. — Deve ser mais algum telegrama mentiroso que chegou. Vou ver o que é.

Apanhou o revólver que estava na gaveta da escrivaninha e meteu-o no bolso. Quando ia sair, o pai o deteve.

248

— Não admito que o senhor saia.

— Mas papai! Só quero ver o que diz esse telegrama...

O velho encarou-o, carrancudo.

— Então o senhor não compreende que eles estão esperando um pretexto pra nos liquidar? Se o senhor vai até lá eles começam com dichotes, o senhor se esquenta, retruca, eles le ofendem e o senhor puxa o revólver e os bandidos le matam e depois alegam que foram provocados. Então não está vendo?

Juquinha Macedo segurou no braço de Rodrigo e murmurou:

— Seu pai tem razão.

Rodrigo sentou-se, desalentado, e não pôde conter seu despeito.

— Que bosta! — exclamou.

Era a primeira vez em toda a sua vida que soltava um palavrão na presença do pai.

3

Em fins de janeiro Flora foi com os filhos para o Angico, em companhia do sogro, o qual, depois de grande relutância, concordou em levar também o dr. Ruas, para cuja palidez o dr. Carbone recomendara os ares e o sol do campo. Maria Valéria ficou na cidade, visto como não queria abandonar Rodrigo nem o Sobrado. Prosseguindo na sua guerra sem quartel aos ratos, metia-se no porão, vasculhava frestas, cantos e buracos, deixando por toda a parte o seu sinistro rasto de trigo roxo. Semeava também por todas as peças pó de mosquito para matar as pulgas transmissoras da peste. E nos jornais, que vinham cheios de notícias alarmantes sobre movimentos de tropas no estado, ela se interessava apenas pelas que se referiam a novos casos de bubônica.

Quando uma tardinha Rodrigo voltou para casa, a velha, que não havia posto olhos nele desde a manhã, perguntou:

— Ué? Por onde andou?

— Por aí. E a senhora, como passou o dia?

— Matando ratos...

— Pois eu ando também na minha campanha contra a ratazana borgista. Infelizmente pra esses bichos é preciso mais que trigo roxo e pó de mosquito. Armas, muitas armas e munição é o que necessitamos.

— Então a coisa sai mesmo?

— Se sai? Já saiu! Não viu os jornais? O Chimango tomou posse hoje. Houve outro levante, em Carazinho. O doutor Artur Caetano telegrafou ao presidente da República comunicando-lhe a deflagração do movimento revolucionário.

Atirou o casaco em cima duma cadeira, afrouxou o colarinho, gritou para Leocádia que lhe trouxesse uma limonada gelada.

— E vacês vão se meter?

— Já estamos metidos.

Maria Valéria nada disse. Pouco depois mandou servir o jantar. Rodrigo comeu num silêncio sombrio. Ela o mirava de quando em quando com o rabo dos olhos, também calada.

— Estou preocupado com Flora — murmurou ele, brincando com uma bolota de miolo de pão. — Anda nervosa, com crises de choro...

— Não é pra menos...

— Mas ela tem de compreender, Dinda!

— Compreender o quê?

— Que a vida é assim mesmo.

— Assim como?

— De tempos em tempos os homens vão para a guerra e as mulheres não têm outro remédio senão esperar com paciência. A senhora sabe disso melhor que eu.

— Mas por que *tem* de ser assim?

— Porque é uma lei da vida.

— Foram os homens que fizeram essa lei. Não nos consultaram. Eu pelo menos não fui ouvida nem cheirada.

— Quando nasci essa lei já existia. Não me culpe.

As janelas da sala de jantar estavam escancaradas e por elas entrava uma luz alaranjada, que envolvia a cabeça da velha. Tinha um rosto longo e descarnado, de pômulos levemente salientes, a pele dum moreno terroso e meio ressequido. O curioso era que às vezes essa cabeça dava a impressão de ter apenas duas dimensões. Rodrigo brincava com a absurda mas divertida ideia de que a tia tinha sido "pintada" por Modigliani, o artista que agora tanto furor causava em Paris. Maria Valéria parecia mesmo uma pintura, ali imóvel à cabeceira da mesa. Havia em seu rosto uma expressão de serena mas irresistível energia, difícil de localizar. Estaria nos olhos escuros e graúdos, levemente exorbitados? Ou no nariz agressivamente agudo e comprido? Não. Devia estar no desenho decidido da boca rasgada e pouco afeita ao sorriso. E também na voz seca e autoritária, que dispensava o auxílio de gestos.

Desde menino ele se habituara a ver em sua madrinha um símbolo das coisas indestrutíveis e indispensáveis. Ela era a Vestida de Preto. A que nunca adoece. A que tem boas mãos para fazer doces, bolos e queijos. A que continua de pé, ativa e útil, quando a doença derruba os outros membros da família. E pensando nessas coisas Rodrigo esqueceu por alguns segundos suas preocupações e sorriu com ternura para a velha. Mas o sorriso e a ternura duraram apenas alguns segundos. De novo ele foi tomado pela agitação que o dominara o dia inteiro.

— Pare de sacudir a perna! — ordenou Maria Valéria. — Vacê está com o bicho-carpinteiro no corpo. Que foi que houve?

— Ora! Estamos em fins de janeiro e ainda não fomos para a coxilha. O coronel Amaral e o Macedinho estão reunindo gente nas suas estâncias. Mas o papai continua remanchando...

— Seu pai sabe o que faz.

— Na minha opinião ele não passa dum teimoso.

— Não diga isso, menino!

— É que não tenho mais cara pra andar na rua. Todo o mundo me olha atravessado. Faz três semanas que não tenho coragem de entrar no clube. Estou vendo a hora em que vão me atirar na cara a pecha de covarde. Devíamos estar já na campanha, de armas na mão. É uma vergonha, uma traição aos companheiros. O Madruga já começou a organizar o seu corpo provisório. Vivem fazendo exercícios aí na praça, nas minhas ventas, me provocando. Não aguento mais!

Calaram-se durante o tempo em que Leocádia esteve na sala retirando os pratos. Quando a negrinha voltou para a cozinha, Maria Valéria perguntou:

— Por que é que não vai pro Angico com os outros?

Rodrigo hesitou um instante antes de revelar a razão por que ficara na cidade.

— Tenho uma missão muito importante a cumprir aqui — disse em voz baixa, olhando para os lados. — Estou comprando todo o armamento que posso. O Veiga da Casa Sol simpatiza com a nossa causa mas morre de medo do Madruga. Foi um caro custo convencer esse covarde a me vender as armas que tem na loja: cinco Winchesters, três espingardas de caça, duas espadas, uns facões e trinta caixas de balas. O homem estava pálido de medo quando fizemos a transação.

Inclinando-se na direção da tia e baixando ainda mais a voz, acrescentou:

— Hoje de noite vou de automóvel com o Neco e o Bento buscar esse armamento.

Maria Valéria não pareceu muito impressionada pela revelação.

— Tome cuidado — disse ela em tom natural. — Podem le armar uma cilada.

Rodrigo contemplava o rosto impassível da tia. As choradeiras de Flora por um lado o impacientavam um pouco, mas por outro o lisonjeavam muito. Era bom a gente sentir-se alvo de cuidados, querido, necessário. Mas a atitude indiferente da tia começava a exasperá-lo. A ideia de que ele sempre fora "o mimoso da Dinda" lhe era agradável, embora os mimos daquela mulher áspera e prática jamais se revelassem em palavras ou gestos.

— E a senhora? — perguntou ele. — Tem muito medo da revolução?

A velha encolheu os ombros ossudos.

— Que é que ela pode me fazer?

Era uma resposta egoísta.

— Mas não tem medo do que possa acontecer... a mim, ao Bio, ao papai?

— Que é que adianta ter medo? Vacês vão porque querem, porque acham que devem ir. E o futuro a Deus pertence.

Rodrigo amassou o guardanapo na mão nervosa.

— Palavra de honra, Dinda, cada vez compreendo menos a senhora!

Ela voltou a cabeça para um lado e gritou:

— Leocádia, traga a ambrosia!

Rodrigo comeu a sobremesa, apressado e desatento. Ergueu-se, mastigando freneticamente um palito, acendeu um cigarro e por alguns instantes ficou a caminhar na sala de visitas, dum lado para outro, parando de instante a instante na frente do próprio retrato.

4

Por volta das oito horas Dante Camerino e Carlo Carbone entraram no Sobrado, com ar um tanto solene, convidaram Rodrigo a ir com eles para o escritório e, uma vez lá dentro, fecharam a porta.

— Que segredo é esse?

Os recém-chegados entreolharam-se.

— Nós viemos nos apresentar... — disse Camerino, um pouco desajeitadamente.

— Pra quem? Pra quê?

— Sabemos que estão organizando uma coluna revolucionária e queremos nos incorporar, como médicos...

Carbone permanecia em silêncio, mas a cada frase de Camerino ele sacudia afirmativamente a cabeça de gnomo.

Rodrigo olhou de um para outro e depois disse:

— Agradeço o oferecimento, mas não o aceito. Dante, não te metas nessa encrenca...

— Mas, doutor, aonde o senhor for eu também quero ir...

— Está bem, está bem. Mas fica na cidade, mal estás começando a tua vida profissional. Deixa essa coisa de revolução para quem já está metido até os gargomilos, como eu.

Voltou-se para Carbone, que estava já perfilado como um soldado.

— Doutor Carbone, o senhor nem cidadão brasileiro é... Por que vai comprar briga?

O italiano levou a mão ao peito num gesto operático.

— *Carino* — murmurou com doçura musical —, a pátria dum médico é a humanidade. E, depois, não *dimenticare* o caso de Giuseppe Garibaldi!

Rodrigo não pôde reprimir um sorriso. Abraçou o homenzinho e fê-lo sentar-se.

— Senta-te tu também, Dante. Agora me escutem os dois. Não pensem que sou ingrato, que não compreendo o gesto de vocês. Longe disso! Compreendo e agradeço do fundo do coração. Mas prestem atenção ao que vou dizer. Já temos dois médicos na nossa coluna. É certo, certíssimo que vamos ter de instalar uma cruz vermelha revolucionária em Santa Fé, e nesse caso vocês seriam as pessoas indicadas para dirigi-la.

Carbone cofiava a barba castanha. Dante parecia comovido. Rodrigo segurou-lhe o braço paternalmente.

— E depois, cá para nós, que ninguém mais nos ouça, não vai ficar nenhum homem no Sobrado, e eu tenho um favor especial a pedir a vocês dois, meus queridos amigos...

Neste ponto sua voz como que se quebrou e ele quase desatou o pranto.

— Quero que na minha ausência vocês protejam as mulheres e as crianças desta casa.

Neste ponto quem já tinha os olhos cintilantes de lágrimas era o italiano, que jurava *per la Madonna* que, se necessário, sacrificaria a própria vida para defender as damas do Sobrado e os *bambini*.

Alguns minutos mais tarde Neco e Chiru entraram no casarão com ar de conspiradores.

— Estamos sendo seguidos — murmurou Chiru, meio ofegante.

— Por quem?

— Por um capanga do Madruga.

— Patife!

— Entramos na Pensão Veneza e o bicho entrou também. Nos sentamos e pedimos uma cerveja, vieram umas mulheres pra nossa mesa e o bandido não tirava os olhos de cima de nós. Eu quis me levantar e perguntar "Nunca me viu, moço?", mas o Neco achou melhor não puxar briga. Saímos e viemos pra cá, e o canalha nos seguiu. Decerto está ainda lá fora.

Rodrigo aproximou-se da janela e viu o vulto dum homem, debaixo duma árvore: de quando em quando se acendia a brasa do cigarro. Viu e ouviu algo mais: uma banda de música rompeu a tocar um dobrado na frente da Intendência, cujas janelas estavam festivamente iluminadas. Em seguida foguetes começaram a atroar os ares.

— O cachorro do Madruga está festejando a posse do Chimango — rosnou Neco. — Me dá alguma coisa forte para beber.

Rodrigo deu-lhe um cálice de parati. Chiru, que suava abundantemente, tirou o casaco e pediu uma garrafa de cerveja, levou-a avidamente à boca e ficou a mamar no gargalo, com uma fúria de terneiro faminto.

Chamando Rodrigo para um canto, Neco murmurou:

— E o negócio das armas?

Rodrigo olhou o relógio.

— Saímos às nove. Faltam quarenta minutos. Esse barulho na frente da Intendência é providencial. O que temos de fazer agora é despistar o bandido que está seguindo vocês...

Chiru aproximou-se, perguntando:

— Qual é o plano?

— O Veiga hoje ao anoitecer passou todo o armamento para a casa do vizinho, que é um companheiro nosso — explicou Rodrigo. — O vizinho deve ter levado todo o material para um galpão, nos fundos da casa. É lá que vamos buscar o armamento, no Ford.

— Não é arriscado? — perguntou Chiru.

Rodrigo deu de ombros.

253

— Daqui por diante, cada passo que dermos será um risco cada vez maior. Portanto, o melhor é a gente não pensar nisso.

Do cálice de Neco Rosa evolava-se a fragrância das Lágrimas de Santo Antônio.

Rodrigo resolveu tomar também um trago. Depois disse:

— Para despistar a "sombra" de vocês, que está ali na praça, Chiru, tu sais daqui naturalmente com o Carbone e o Dante, atravessas a praça como quem vai olhar a festa do Madruga... Mas tira esse lenço do pescoço, senão eles te lincham. Estás compreendendo? Ora, o capanga te enxerga, te segue e nós aproveitamos a oportunidade e saímos pelos fundos. O Bento está com o auto pronto no quintal. *Capisce?*

Às nove menos dez, abraçou a tia.

— Eu já volto, Dinda! — disse, pondo o revólver na cintura.

— Vá com Deus e a Virgem — disse a velha.

Neco seguiu o amigo. Carbone, Camerino e Chiru desceram para a rua.

Maria Valéria ficou parada onde estava, no centro da sala, os braços cruzados sobre o peito.

5

A operação foi levada a cabo com sucesso, e naquela mesma noite Bento conduziu as armas para o Angico. No dia seguinte Rodrigo abriu avidamente os jornais de Porto Alegre chegados no trem do meio-dia. O *Correio do Povo* trazia notícias do levante de Passo Fundo e Palmeira. Rodrigo abriu *A Federação* e foi direito ao editorial. Poucos minutos depois amassava o jornal, num acesso de cólera, precipitava-se para a cozinha e, sob o olhar neutro de Laurinda, atochava-o na boca do fogão aceso. Hipócritas! Farsantes! O Rio Grande estava convulsionado, dois mil revolucionários cercavam Passo Fundo, Leonel Rocha marchava sobre Palmeira, levantavam-se assisistas em armas em vários setores do estado, e lá estava o dr. Topsius com seus pedantes editoriais, tentando tapar o sol com uma peneira, fingindo que nada daquilo estava acontecendo ou, se estava, não tinha a menor importância! Por que era então que o governo estadual organizava os seus corpos provisórios? Por que usava o maneador para recrutar seus "voluntários"? Ali no município de Santa Fé o pânico já começara. Claro, além dos republicanos convictos, havia muito vagabundo que se alistava espontaneamente para poder comer carne e receber um soldozinho. A maioria, porém, fugia espavorida. Alguns se refugiavam nos quartéis da Guarnição Federal. E, por falar em Guarnição Federal, por que era que o cel. Barbalho não punha fim àquele abuso? Era um fraco. Encastelava-se dentro do círculo de giz de sua famosa neutralidade — que não podia durar — e permitia que o Madruga ficasse senhor da cidade, invadindo domicílios para pegar e espancar os insubmissos. Contava-se que nos distritos os recrutas eram laçados como animais e trazidos em caminhões para a sede do município, de pés e mãos amarrados. A praça da Matriz agora estava insuportável, porque os provisórios passavam o dia a fazer exercícios militares. O ar se enchia do som marcial de cornetas, do rufar de tambores e dos berros dos instrutores. Rodrigo não podia olhar, sem sentir engulhos, para os soldados borgistas, principalmente para os oficiais do Corpo Provisório de Santa Fé. Estes últimos andavam metidos nos seus uniformes de zuarte, com chapéus de abas largas e planas. Rodrigo vira Amintas Camacho "fantasiado" de capitão, com talabarte de couro preto, uma pistola Nagant dum lado da cinta e um espadagão do outro. Tivera ímpetos de precipitar-se em cima dele e encher-lhe a cara de bofetadas. A maioria dos soldados, porém, oferecia um aspecto ridículo, com seus uniformes mal cortados. E quase todos andavam descalços, motivo por que esses corpos começaram a ser conhecidos como "Os pés-no-chão".

Uma tarde Rodrigo encontrou, sentado melancolicamente num dos bancos da praça, todo apertado num fardamento de provisório, o Adauto, um caboclo que havia anos fora peão do Angico. Ao ver o antigo patrão, o cabra ergueu-se, perfilou-se e fez uma continência. Era um homenzarrão alto e espadaúdo, de cara larga e quadrada, marcada de bexigas. Tinha, porém, uma voz macia e era linguinha. Rodrigo mirou-o de alto a baixo. O uniforme que o Adauto vestia havia sido evidentemente feito para um homem de menor estatura. O casaco mal podia ser abotoado, era curtíssimo e deixava meio palmo de barriga à mostra. Suas pernas, musculosas, negras de pelos, mal entravam na parte inferior do culote, que ele usava sem perneiras. E seus pés pardos, fortes e nodosos como raízes, espalhavam-se na calçada.

— Adauto! — exclamou Rodrigo num tom de censura. — Que negócio é esse? Como é que um maragato como você virou chimango?

O caboclo piscou, embaraçado, baixou a mão e começou a brincar com a ponta do dólmã.

— Pôs é, doutor — disse, ceceando. — São dessas cosas...

— Por que não fugiste? Podias te refugiar no Angico.

Adauto sorriu deprecativamente, mostrando os dentes miúdos e limosos.

— Me pegaram de sorpresa...

— Tamanho homem!

O caboclo soltou um suspiro fundo e sentido, que lhe sacudiu os ombros. Baixou o olhar para o uniforme e murmurou:

— Puxa la vestementa triste!

Rodrigo não pôde deixar de sorrir. Meneou a cabeça e continuou seu caminho. Se os soldados do Madruga forem todos da força do Adauto — refletiu —, o governo está frito.

Naquele mesmo dia embarcou para o Angico e o que lá viu lhe confortou o coração. Havia por todos os lados uma verdadeira atividade guerreira. Muitos homens estavam já reunidos na estância, outros chegavam diariamente, sozinhos ou aos grupos, e por ali ficavam a azeitar seus revólveres e espingardas, a afiar suas adagas e espadas, a comparar e discutir armas e cavalos uns com os outros, numa alegre camaradagem que Rodrigo achou auspiciosa.

Notou por toda a parte, entre aqueles homens, um ar de alegria, como se estivessem reunidos para uma festa. Observou, porém, que o pai andava num estado de espírito em que a tristeza se alternava com a irritação.

— Que é que ele tem? — perguntou um dia ao irmão, quando estavam ambos sentados debaixo dum pessegueiro.

Toríbio sorriu:

— Não sabes então? Toda essa gente a carnear nossas reses, a montar nos nossos cavalos...

Rodrigo sacudiu a cabeça lentamente. Sabia que o pai era um homem sóbrio, dotado dum senso de economia que não raro tocava as fronteiras da sovinice.

— Eu compreendo, deve ser duro pra ele. Mas acontece que a revolução é assim mesmo...

Toríbio tinha na boca um caroço de pêssego, que passava duma bochecha para outra, chupando os fiapos de polpa que restavam nele.

— Mas quem te disse que o Velho *quer* ir para a revolução junto com os maragatos?

— Tu achas...

— Está claro, homem. Outra coisa. A Ismália Caré está no Angico, no rancho dela. O papai deve andar louco de medo que algum desses caboclos lhe falte com o respeito.

— Tenho tentado entrar no assunto revolução com o Velho, mas ele foge... Nem me olha direito.

Licurgo Cambará andava mesmo arredio de tudo e de todos. Com seus familiares falava apenas o necessário. Quanto aos outros, era como se não existissem.

Maria Valéria, que viera também para o Angico, examinava com seu olho crítico os revolucionários, aos quais chamava "gafanhotos", pois achava que a coisa estava tomando caráter de praga. Não havia dia em que não chegasse um novo magote deles. E como vinham loucos de fome! Carneava-se uma rês dia sim, dia não. E a erva-mate que existia no Angico tinha já acabado.

Uma tarde apareceu um voluntário montado num petiço manco. Era um homenzinho da Soledade, magro, murcho e pálido, mas com um flamante lenço vermelho ao pescoço. Ao vê-lo Maria Valéria murmurou para Flora:

— Credo! Que cristão minguado! Parece abobrinha verde que a geada matou...

Flora nada disse, nem ao menos sorriu. Como podia ter sequer um momento de paz ou alegria em meio de todos aqueles preparativos de guerra? Inquietava-se de ver as crianças ali tão perto daqueles homens que não escolhiam assunto, palavras ou gestos. Um dia estremeceu ao interceptar o olhar lúbrico que um caboclo mal-encarado lançou para Alicinha. Desse momento em diante redobrou a vigilância sobre os filhos. Estes, entretanto, pareciam felizes no meio daquela balbúrdia. Jango e Edu ostentavam seus lenços colorados, andavam de bombachas, com pistolas na cintura e passavam as horas "brincando de revolução". Alicinha contava já com toda uma corte de admiradoras entre as chinoquinhas de sua idade, filhas de posteiros e agregados, que a miravam com olhos de apaixonada admiração, considerando o maior dos privilégios tocar a fímbria de seu vestido ou simplesmente "bombear" a boneca que sabia falar. Quanto a Floriano, saía em seus passeios solitários pelo campo, vagamente assustado ante a gente façanhuda que a cada passo encontrava. Uma tarde em que fora a um dos capões para olhar os bugios e fazer de conta que andava caçando numa floresta africana (era o Herói de Quinze Anos, de Júlio Verne), viu algo que o deixou estarrecido. Um dos revolucionários estava deitado em cima duma mulher na qual ele reconheceu uma das chinocas do Angico. Ficou a observar a cena escondido atrás duma árvore, o coração a bater descompassado, a respiração ofegante. Uma parte de seu ser queria fugir, mas a outra, a mais forte, pregava-o ao chão, queria ver tudo até o fim. O homem, de bombachas arriadas, resfolgava como um animal, e o que Floriano podia ver de seu posto de observação era principalmente as suas nádegas nuas e peludas, que subiam e desciam num ritmo cada vez mais acelerado. Se ele me descobre, me dá um tiro. Deitou a correr na direção da casa da estância.

6

Todos os dias ao anoitecer, quando as criadas começavam a acender as velas e os lampiões e saíam a andar pela casa como fantasmas silenciosos, Flora sentia um aperto no coração, uma tristeza sem nome que quase a levava ao pranto. Nessas horas encontrava algum consolo orando de joelhos ao pé do velho crucifixo, no quarto da Dinda.

Uma noite em que, ao terminar a prece, fazia o sinal da cruz, Maria Valéria entrou no quarto e, apontando para a imagem de nariz carcomido, disse:

— Esse aí entende de guerra. Já viu muitas. No tempo da do Paraguai muita vez rezei pela vida dos meus. Mas antes de mim a velha Bibiana rezou pelos seus familiares que estavam na Guerra dos Farrapos e em outras. E antes dela, a velha Ana Terra pediu pela vida dos seus homens que brigaram com os castelhanos em muitas campanhas. É... Esse aí entende mesmo de guerras.

Flora ergueu-se. Maria Valéria continuava a olhar para a imagem. Depois de alguns instantes, disse, plácida:

— Havia de ter graça se Jesus Cristo fosse também chimango...

No dia seguinte houve um alvoroço festivo na estância quando Toríbio fez a primeira carga simulada com seu piquete de cavalaria, para o qual havia escolhido trinta homens dos melhores, gente de sua confiança. Eram em geral uns caboclos melenudos, musculosos, de ar decidido, e excelentes cavaleiros.

Formando seu piquete numa linha singela, nos campos do lado ocidental da casa da estância, Toríbio atirou-o a todo o galope contra o inimigo imaginário — o bambual do fundo do quintal. Os cavalarianos cravaram suas lanças nas taquaras, e remataram a carga a golpes de espada. Todos, inclusive Toríbio, usavam lenço vermelho no pescoço. Ao ver aquelas rútilas cores maragatas drapejando ao vento e ao sol da manhã, Licurgo cerrou os olhos, engoliu em seco, cuspiu fora o cigarro, montou a cavalo e tocou para o fim da Invernada do Boi Osco, onde ficava o rancho de Ismália Caré.

Neco e Chiru, que haviam permanecido na cidade e só viriam para o Angico na "hora da onça beber água", mandavam a Rodrigo chasques com recados, dando-lhe conta do movimento das tropas do Madruga. Rodrigo mantinha-se também em comunicação com os outros chefes revolucionários do município, e próprios andavam de estância para estância, levando cartas que tinham ordem de destruir se fossem surpreendidos no caminho por inimigos. Um dia Rodrigo foi até o Retiro, o feudo dos Amarais, e voltou de lá animado. O cel. Alvarino tinha reunido mais de duzentos homens. Visitou depois a estância do Juquinha Macedo, que tinha cento e oitenta revolucionários já prontos, "esperando o grito". Ficou combinado que a reunião final de tropas se faria no Angico, por causa de sua posição estratégica.

Mas quando? Quando? Quando? — perguntava Rodrigo a si mesmo ao voltar para casa, sacolejando no Ford ao lado do Bento, e recebendo na cara suada a poeira da estrada. O pai procedia como se jamais fosse entrar em ação. E o pior de tudo era que se recusava até a discutir o assunto.

Na última semana de fevereiro chegou ao Angico a notícia de que o gen. Firmino de Paula se movimentava com seus provisórios para atacar a coluna de Menna Barreto e libertar Passo Fundo.

— É a nossa hora de entrar! — exclamou Rodrigo, excitado.

Trouxe um mapa do Rio Grande e estendeu-o sobre uma mesa.

— Veja, papai. Seguimos por aqui e atacamos a gente do Firmino pela retaguarda. Mandamos outra parte de nossa coluna por ali, está compreendendo?... Indo pelo campo dos Amarais e dos Macedos, é quase certo de que ninguém nos ataca. Em menos de dois dias estamos em cima da chimangada.

— O senhor esquece — disse Licurgo, depois de uma curta pausa — que não temos armamento nem munição suficiente, e a força do Firmino está bem armada e municiada. Além disso, não se sabe ainda com quantos homens podemos contar. Não temos organização, não temos nada.

Rodrigo tornou a enrolar o mapa, furioso, e saiu para o sol. Na frente da casa viu um espetáculo que o deixou ainda mais irritado. O dr. Miguel Ruas — que tinha decidido incorporar-se à coluna revolucionária — estava de bombachas, botas e chapéu de abas largas, montado num zaino que ele fazia galopar dum lado para outro. Empunhava uma espada desembainhada com a qual dava pranchaços e pontaços em inimigos imaginários.

— Esse almofadinha pensa que guerra é baile... — resmungou Rodrigo.

Tomando chimarrão junto da janela, Maria Valéria observava com olho risonho mas a cara séria as evoluções do ex-promotor. Jango e Edu brincavam sob os cinamomos com ossos de reses. Alicinha contava às suas "ancilas" (este era o nome que a velha dava às suas amiguinhas) maravilhas da vida em Santa Fé, descrevia-lhes os seus vestidos, sapatos e brinquedos que tinham ficado no Sobrado.

Alguns dias depois, um próprio vindo da estância dos Amarais trouxe a notícia de que Firmino de Paula libertara Passo Fundo do cerco e depois lançara suas tropas contra a coluna de Leonel Rocha, livrando também do sítio a vila da Palmeira.

— Estão vendo? — exclamou Licurgo. — É o que eu digo sempre. Não se preparam, se precipitam e o resultado é esse: derrotas por todos os lados.

Estavam à mesa do almoço. Empurrou com impaciência o prato que tinha à sua frente.

— Não contem comigo para palhaçadas...

— Mas o senhor esquece — replicou Rodrigo — que nossa palavra está empenhada e que, haja o que houver, não podemos abandonar nossos companheiros...

Como não podia dizer ao pai tudo quanto queria, levantou-se, saiu de casa, montou a cavalo e atirou-se a todo o galope pelo campo, sem destino, gritando ao vento todos os palavrões que sabia.

7

Fevereiro arrastava-se. Os jornais que chegavam ao Angico traziam notícias de outros combates entre revolucionários e legalistas. Artur Caetano encontrava-se no Rio, onde dava à imprensa entrevistas em que declarava dispor de quatro mil homens armados para derrubar o Tirano. Estava claro — comentou Toríbio —, o que o homem queria era dar ao Governo Federal um pretexto para intervir no Rio Grande do Sul.

— Impossível! — exclamou Rodrigo dando tapa no jornal. — O Bernardes não pode intervir porque não sabe ainda se conta com o apoio do Exército.

Toríbio opinou:

— O melhor é a gente não esperar nada desse mineiro e ir fazendo por aqui o que pode.

Durante a primeira reunião que os quatro chefes revolucionários tiveram no Angico, foi com muita dificuldade que Rodrigo conseguiu evitar um atrito sério entre Alvarino Amaral e o velho Licurgo. O primeiro queria lançar-se à luta imediatamente; o segundo procrastinava. O cel. Cacique "estava por tudo". O Macedinho não fazia questão de data, contanto que "entrassem no baile". O que Rodrigo não pôde evitar foi que o cel. Amaral se levantasse ao fim da reunião, dizendo:

— Coronel Licurgo, me desculpe, mas *eu* e minha gente vamos hoje mesmo nos incorporar às forças do Leonel Rocha. Não posso esperar mais. Qualquer dia o Madruga invade os meus campos e me ataca. A fruta está caindo de madura.

Ninguém tentou dissuadi-lo da ideia. Conheciam o homem. Alvarino fez as suas despedidas. Os outros o abraçaram. Licurgo deu-lhe apenas a ponta dos dedos.

Rodrigo acompanhou o estancieiro até a porta.

— É o diabo, coronel — murmurou ele, coçando a cabeça. — Não fomos ainda pra coxilha e já estamos nos dividindo, nos separando...

O outro estendeu a mão, que Rodrigo apertou demoradamente.

— Adeus, coronel! Seja feliz. Acredite que sinto muito...

O olhar de Alvarino Amaral perdeu-se, vago, nos horizontes do Angico.

— Seu pai é um homem opiniático, mas isso não é razão pra todos se sujeitarem às opiniões dele. Também lamento o que aconteceu. Fiz o que pude pra evitar o rompimento, mas está visto que o coronel Licurgo não gosta de mim...

Rodrigo não soube o que dizer. Depois que o outro partiu, lamentou:

— Lá se vão duzentos homens bem armados e municiados.

Toríbio, que se acercara do irmão, disse:

— E por culpa do teu pai. É a nossa primeira derrota.

Naquela noite, ao redor da mesa do jantar, Cacique trouxe a conversa habilmente para o "assunto". Juquinha compreendeu a manobra e tratou de apoiar o correligionário. Queriam que Licurgo revelasse o que pretendia fazer. O tempo passava e já agora corriam todos o risco de serem atacados de surpresa pelas forças do Madruga. Era impossível que o intendente de Santa Fé não estivesse já informado daqueles movimentos de tropas no interior do município.

Licurgo olhou fixamente para o prato, sobre o qual havia cruzado os talheres e disse:

— Os senhores podem trazer suas forças imediatamente. Acho que chegou a hora.

Rodrigo e Toríbio entreolharam-se, espantados. Cacique e Juquinha trocaram também um olhar de perplexidade. Como se explicava aquela súbita mudança? Finalmente todos compreenderam... Licurgo não só desejara como também provocara a defecção de Alvarino Amaral. Suas feridas de pica-pau ainda estavam abertas e sangravam.

Daquele momento em diante ninguém mais encontrou assunto ali à mesa. Houve um mal-estar geral. Os homens baixaram a cabeça e terminaram de comer num silêncio que de minuto para minuto se fazia mais pesado.

Dias depois chegavam ao Angico as forças de Juquinha Macedo: duzentos e vinte homens ao todo, muito bem montados e razoavelmente armados. Traziam carroças com sacos de sal, açúcar e farinha de mandioca, e algumas dezenas de reses de corte. Todos os Macedos machos estavam na tropa, com postos militares que variavam de acordo com a idade de cada um.

Horas depois surgiram no alto da Coxilha do Coqueiro Torto os soldados de

Cacique Fagundes. Ao chegarem à frente da casa da estância, onde os outros companheiros os esperavam com gritos e vivas, o cel. Cacique, ainda em cima do cavalo, com um lenço vermelho sobre o pala de seda cor de areia, a cara gorda e tostada a reluzir ao sol da tarde, gritou alegremente para Rodrigo:

— Se lembra dos meus vinte e cinco caboclos? Pois deram cria... Trago cento e vinte. Todos machos de verdade. Podem examinar...

Soltou uma risada. Licurgo mirava-o com olhos hostis.

— O velho Cacique — murmurou Toríbio ao ouvido do irmão — continua o unha de fome de sempre. Não trouxe nenhuma de suas reses para carnear. Olha só a cara feia do papai...

8

Aquela noite os chefes reuniram-se numa das salas da casa, onde discutiram a organização da Coluna. Rodrigo tinha já um plano elaborado no papel. Quando se tratou de decidir quem seria o comandante supremo, hesitou. Juquinha Macedo, porém, adiantou-se:

— Na minha opinião deve ser, por muitos motivos, o coronel Licurgo.

Houve um murmúrio de aprovação geral e todos os olhares convergiram para o senhor do Angico, que pigarreou e deu um chupão no crioulo apagado.

— Se os senhores acham... — murmurou. — Não me nego.

Ficou estabelecido que Juquinha Macedo teria o posto de tenente-coronel. Rodrigo seria o major-secretário e Toríbio, também com o posto de major, comandaria a vanguarda da força que — todos estavam de acordo — se chamaria Coluna Revolucionária de Santa Fé. Distribuíram-se ou confirmaram-se outros postos entre os homens de confiança do cel. Cacique, dos Macedos e dos Cambarás. O dr. Ruas, que tomava nota de tudo quanto se dizia e resolvia, ao terminar a reunião redigiu uma ata, que os presentes assinaram.

— E agora que a Coluna está militarmente estruturada — disse Rodrigo — temos um ponto importante a discutir: o plano de campanha. Devo dizer que não acredito em intervenção federal, pelo menos por enquanto. Temos pela frente alguns meses, talvez um ano de revolução...

Com o beiço inferior esticado, o ar sonolento, o cel. Cacique sacudia a cabeça, assentindo. Rodrigo olhava em torno, como a pedir sugestões. Um dos Macedos mais jovens, que todo o tempo da reunião ficara a acariciar os copos da espada, sugeriu:

— O general Portinho acaba de invadir o estado pelo norte. Por que não nos incorporamos às tropas dele?

Licurgo Cambará foi rápido na réplica:

— Na minha opinião devemos agir por conta própria. Devemos ser uma coluna ligeira e independente.

Mentalmente Rodrigo completou a frase do velho: "Não recebo ordens de maragato, seja ele quem for".

Os olhares voltaram-se para Juquinha Macedo e Cacique Fagundes. Disse o primeiro:

— O nosso comandante tem razão.

O segundo hesitou por um instante, mas depois declarou:

— Afinal de contas, temos que entreter o Madruga pra ele não ir reforçar os provisórios do Firmino de Paula...

Sentado à mesa, Rodrigo pôs-se a escrever a lápis num pedaço de papel. Ao cabo de alguns instantes, levantou-se e disse:

— Precisamos passar um telegrama ao presidente da República anunciando o nosso levante.

— Não carece — retrucou Licurgo.

— Ora, papai, pense no efeito moral.

— Não vamos ganhar esta revolução com efeitos morais. Não acredito em intervenção nem agora nem nunca. Não me iludo. Entro nesta luta esperando o pior. Acho que todos devem fazer o mesmo.

Rodrigo sentiu um fogo no peito, mas tratou de manter a boca fechada. Meteu o papel no bolso. Estava decidido a desobedecer ao pai. Quando Bento fosse levar as mulheres e as crianças para Santa Fé, ele pediria ao caboclo que entregasse o despacho ao Gabriel, que se encarregaria de levá-lo ao telégrafo.

Na manhã do dia seguinte formaram à frente da casa todas as forças que se achavam no Angico. E Rodrigo, montado num gateado de crinas longas e ar faceiro, fez-lhes um discurso, dando-lhes conta do que ficara resolvido na reunião da noite anterior e exortando todos os companheiros à luta. Perorou assim:

— Só temos um pensamento: a honra e a felicidade do Rio Grande. Só temos um objetivo: a vitória!

Quando terminou de falar, ergueram-se no ar gritos, lenços, lanças, espingardas, chapéus, espadas. Havia uma orgulhosa alegria na cara de todos aqueles homens, menos na de um. Montado no seu cavalo, um lenço branco no pescoço, Licurgo Cambará olhava taciturno para seus comandados. Rodrigo notou que o Velho estava mais encurvado que de costume. Toríbio, por sua vez, observou que, enquanto o irmão falava, o pai mantivera os olhos baixos. Agora que os soldados davam vivas ao dr. Assis Brasil e à Aliança Libertadora e a ele próprio — sua boca se apertava, retesaram-se os músculos da face, como se aquilo tudo lhe doesse fisicamente.

Quando os revolucionários se dispersaram, dirigindo-se para os diversos locais onde se preparava o churrasco do almoço, a oficialidade de novo se reuniu para combinar o primeiro movimento. Rodrigo antecipou-se:

— Devemos obrigar o Madruga a vir nos atacar. Assim podemos escolher o terreno para o combate. Cancha não nos falta.

Cacique Fagundes encolheu os ombros.

— Vocês resolvam. Estou por tudo.

— Podemos dividir nossa coluna estrategicamente — prosseguiu Rodrigo.

— Mandaremos patrulhas para estabelecer contato com os chimangos de Santa Fé e atraí-los para onde nos convém.

Licurgo escutava em silêncio. Quando o filho fez uma pausa, ele perguntou:

— E depois?

Rodrigo fez um gesto de dúvida.

— Numa guerra desse tipo, não se pode fazer nenhum plano a prazo longo. Temos de confiar na improvisação e na mobilidade de nossa gente... E sabem que mais? É até possível que um dia possamos atacar e tomar Santa Fé, o que seria dum efeito moral tremendo.

— Essa ideia me agrada — confessou o mais velho dos Macedos.

Licurgo soltou um fundo suspiro.

— Veremos — disse.

O dr. Miguel Ruas, a quem havia sido conferido o posto de capitão, manifestou seu receio de que acabassem cercados por todos os lados ali no Angico.

Rodrigo apontou para o mapa que estava sobre a mesa.

— Não vejo possibilidade. Teremos sentinelas, patrulhas em todos os pontos cardeais. O Firmino está ocupado com o Leonel Rocha. A invasão do Portinho obrigará a chimangada a desviar forças para Cima da Serra. Madruga não terá outro remédio senão dar-nos combate. Vamos deixar o homem louco com nossos movimentos!

Miguel Ruas sacudiu a cabeça lentamente. Depois saiu da sala, ainda claudicando um pouco. Licurgo acompanhou-o com os olhos mas nada disse. O cel. Cacique, porém, não se conteve:

— Tomara que eu me engane, mas acho que esse moço não vai aguentar o repuxo...

9

Ao entardecer daquele mesmo dia, Neco Rosa e Chiru Mena chegaram ao Angico a cavalo. Contaram com ar dramático que a situação nos últimos dias se lhes tornara insuportável em Santa Fé, onde viviam vigiados. Tinham conseguido sair à noite, às escondidas, tomando os caminhos mais estapafúrdios, para despistar algum possível perseguidor.

— Pois chegaram na hora — disse-lhes Rodrigo —, dentro de três dias saímos para a coxilha.

— Quantos homens tem o Madruga? — indagou Toríbio.

— Uns oitocentos e tantos — respondeu o Neco.

— Tens certeza?

— É o que diz *A Voz*. E pelo movimento de gente que vi, parece que é verdade...

— A metade desses mercenários na hora do combate larga as armas e mete o pé no mundo...

— Quanta gente temos? — quis saber Chiru.

— Uns quatrocentos e oitenta homens — informou Toríbio.

— E o armamento?

— Não é lá pra que se diga...

— É o diabo — murmurou o Neco, apreensivo. — Os provisórios do Madruga estão armados de fuzis Mauser.

— Agora não é mais tempo da gente se lamentar — interveio Rodrigo, dando uma palmada nas costas do amigo. — É tocar pra frente! Ah! Antes que me esqueça... Vocês dois são capitães.

O rosto de Chiru iluminou-se. Saiu dali e foi pedir a Flora que lhe fizesse umas divisas. Naquele mesmo dia ajustou no chapéu uma fita branca com estes dizeres: pelear é o meu prazer.

Na manhã seguinte, por volta das dez horas, Rodrigo e Toríbio presenciaram um espetáculo portentoso. Um vulto apareceu no horizonte. Era um cavaleiro solitário, e tudo indicava que se dirigia para a casa da estância. Quem seria? Quando o desconhecido apontou no alto da Coxilha do Coqueiro Torto e parou um instante junto da sepultura do velho Fandango, foi possível divisar-lhe o lenço encarnado que trazia enrolado no pescoço. E quando a misteriosa personagem começou a subir a colina em cujo topo se encontrava a casa, Rodrigo identificou-a.

— Liroca velho de guerra! — exclamou.

Foi um alvoroço ali à sombra dos cinamomos, onde muitos homens estavam agora reunidos. Ouviam-se gritos, vivas e risadas.

Ao tranquito de seu zaino-perneira, lá vinha o velho José Lírio. Parecia — achou Rodrigo — uma versão guasca de Dom Quixote, mas dum Quixote que tivesse também um pouco de Sancho Pança. Liroca era um cavaleiro andante e ao mesmo tempo o seu próprio escudeiro. Tinha como o fidalgo da Mancha os bigodes caídos e um olhar entre desvairado e triste. Não lhe cobria o corpo franzino uma armadura de aço, mas o pala de seda. Seu elmo era um velho chapéu de feltro negro, de abas murchas. Em vez de lança, trazia a velha Comblain com que pelejara em 93.

José Lírio apeou e caiu nos braços dos companheiros. Quando se viu finalmente na frente de Rodrigo, disse, compenetrado:

— Vim me apresentar. Não valho gran cosa, mas uns tirinhos ainda posso dar.

Rodrigo abraçou-o, comovido.

Estava resolvido que Flora, a Dinda e as crianças deviam voltar imediatamente para a cidade, pois no Sobrado ficariam todos mais seguros que no Angico. Esperava Rodrigo que o "cafajeste do Madruga" respeitasse as famílias dos revolucionários, não por nobreza, mas por temor à Guarnição Federal. Ameaçou:

— Se ele tocar num fio de cabelo de minha mulher ou de qualquer de meus filhos, palavra de honra, quando entrarmos em Santa Fé enforco aquele porco num galho da figueira da praça!

À medida que a hora da despedida se aproximava, Rodrigo ia ficando cada vez mais inquieto. Às oito da noite, na véspera da partida da família, sentou-se numa cadeira de balanço na sala, que um lampião a querosene alumiava tristemente, e pôs Alicinha sobre os joelhos.

— O papai agora tem de fazer uma viagem muito comprida — disse com doçura.

— Tu vais pra revolução, eu sei.

— E sabes o que é *revolução*?

— Sei. É guerra.

Por alguns instantes ficaram ambos calados, ao embalo da cadeira. Os olhos de Rodrigo enchiam-se de lágrimas, sua garganta se contraía num espasmo. Só agora compreendia como ia ser duro separar-se daquela criaturinha. A beleza da filha enternecia-o. Sua fragilidade causava-lhe apreensões, e a ideia de que agora a família ia ficar sem homem em casa, desprotegida no burgo do bandido Madruga, deixava-o já com remorsos de se haver metido naquela revolução.

Alicinha segurava-lhe a orelha, num hábito muito seu, quando estava prestes a adormecer. E seus olhos escuros e límpidos, tocados duma expressão que parecia ser de sono e ao mesmo tempo de medo de dormir, focavam-se no pai, como a lhe pedirem uma explicação de tudo aquilo que se passava ao redor dela havia tantos dias... Só agora é que Rodrigo compreendia que a paixão política lhe havia embotado de tal modo a sensibilidade, que ele sujeitara aquela criança pura e delicada a um quase convívio diário com aqueles homens — bons, bravos, mas grosseiros — que cheiravam mal, escarravam no chão e viviam coçando os órgãos genitais. Que estúpido! Que inconsciente! Que irresponsável!

Apertou a filha contra o peito, beijou-lhe os cabelos, as faces e finalmente os olhos, que o sono aos poucos empanava.

— Quem é a princesa do papai?

— Eu.

Não havia mais nada a dizer. Rodrigo limitou-se a ninar a filha àquele balanço de berço, e quando verificou que ela dormia, levou-a para o quarto e deitou-a na cama, tendo o cuidado de colocar a boneca a seu lado.

Saiu na ponta dos pés, encaminhando-se para o quarto dos outros filhos. Inclinou-se sobre Edu, Jango e Bibi, que dormiam, e depositou um beijo na testa de cada um deles. Percebendo que Floriano estava ainda acordado, sentou-se na beira da cama do menino.

Sobre a mesinha de cabeceira o ponto luminoso da lamparina parecia uma minúscula estrela amarela. Rodrigo segurou a mão de Floriano:

— Meu filho, tu sabes que teu pai tem de ir para a revolução...

O rapaz sacudiu a cabeça: sabia.

— Um dia, quando fores grande, compreenderás melhor tudo isso...

Floriano repetiu o gesto.

— Já estás quase um homem. Quero que obedeças à Dinda e à mamãe, e que ajudes a cuidar de teus irmãos.

Na penumbra não chegou a perceber as lágrimas que escorriam pelo rosto do menino. Mas sentiu-lhes o gosto quando lhe beijou a face, e isso o deixou também a ponto de chorar. Quando, poucos minutos depois, entrou no próprio quarto de dormir, pensou na noite miserável que ele e Flora iam passar. Ficou longo tempo abraçado à mulher. A angústia lhe anestesiava o sexo. Como podia desejar fisicamente uma criatura que não cessava de chorar?

Teve aquela noite um sono agitado, povoado de imagens aflitivas, obsessivas como as dos sonhos de febre. Estava numa interminável marcha, com uma coluna de homens a cavalo, carregando um defunto, que ora estava dentro dum esquife, ora sobre um dos cavalos. E o cadáver caía, e tinham de levantá-lo, e ele tornava a cair... e houve um momento em que andaram a puxar o caixão com cordas, e depois o próprio defunto se ergueu, e lívido, de olhos vidrados, pôs-se a andar, acompanhando a coluna, e o vento batia nele e espalhava no ar um cheiro de podridão misturado com o de fenol... E a marcha continuava, não tinha fim, e o cadáver inchava, tornava-se mais pesado, tombava, e de novo o erguiam, e outra vez caía, e agora seus pedaços — orelhas, pés, mãos, nacos de carne — iam ficando pelo caminho, presos aos craguatás, às barbas-de-bode e também agarrados por mãos que brotavam da terra e que ele, Rodrigo, obscuramente sabia que eram mãos de outros defuntos...

10

Acordou com uma batida na porta.

— Está na hora.

Era a voz de Maria Valéria. Rodrigo e Flora levantaram-se e vestiram-se em silêncio. E ele achou que até o ruído da água na bacia do lavatório de ferro, quando Flora lavava o rosto, tinha um sonido estranho. E mais estranho ainda lhe pareceu o ato de escovar os dentes, o gosto do dentifrício. Nos outros quartos Maria Valéria acordava as crianças, ajudava-as a se vestirem. E o som de sua voz seca e autoritária, àquela hora da madrugada, também era algo que parecia pertencer a uma nova espécie de pesadelo.

Tomaram café em silêncio, à luz das velas, na sala de jantar. De quando em quando Flora fitava no marido os olhos tristes, tresnoitados, cercados de olheiras arroxeadas. Lágrimas escorriam-lhe pelas faces, pingavam na toalha. Mas ela nada dizia. Bebeu um pouco de café com leite mas não tocou no pão. Maria Valéria atendia as crianças. "Não se lambuze de mel, Edu. Limpe os dedos no guardanapo. Isso! Alicinha, a senhora não está comendo nada. Largue essa boneca. Tire o dedo do nariz, Jango!"

Era extraordinário — refletia Rodrigo — como nem naquela hora excepcional a velha perdia o contato com a realidade cotidiana. Sabia que, houvesse o que houvesse, a vida tinha de continuar e a disciplina doméstica não devia ser relaxada.

Rodrigo também não sentia fome. Limitou-se a tomar um café preto. À luz gris do raiar do dia, todas aquelas caras lhe pareciam doentias. Lá fora cantavam os galos. Pela janela ele viu a barra avermelhada do nascente, sublinhando a palidez do céu.

— Acho bom a gente ir saindo — disse Maria Valéria. E começou a dar ordens às chinocas. — Levem esses pacotes pro automóvel. Não se esqueçam da cesta. Cuidado, meninas!

Rodrigo admirava a tia pela sua presença de espírito e pelo seu senso prático, mas ao mesmo tempo exasperava-se com tudo aquilo. Quando ficou a sós com Flora, tomou-a nos braços. O rosto dela estava branco e frio, como que eterizado. Encostou a cabeça no peito do marido e pôs-se a chorar, o corpo sacudido pelos soluços. Rodrigo acariciava-lhe os cabelos, passava-lhe as mãos pelas costas, docemente, mas não encontrava nada para dizer.

Minutos depois, quando todos estavam dentro do Ford, cujo motor trepidava, Rodrigo meteu a cabeça dentro do carro, beijou a face de Maria Valéria e murmurou:

— Fico descansado, sabendo que a senhora está com eles.

A velha estendeu a mão longa e enrugada e fez uma carícia rápida nas faces do sobrinho.

— Não se preocupe. Vá com Deus. E se cuide!

Rodrigo deu instruções pormenorizadas ao Bento. Por fim, disse:

— Esconda o automóvel no lugar combinado e volte a cavalo. Mas venha depressa, que vamos sair a campo amanhã ou depois.

Rodrigo pegou a mão de Flora e levou-a aos lábios. Naquele momento Alicinha foi tomada duma crise de nervos e começou a gritar:

— Vem, papai! Vem com a gente! Eu quero o meu pai! Ele vai morrer na guerra! Ele vai morrer!

Flora tentava consolá-la, mas a menina chorava, estendia os braços para o pai. "Ele vai morrer!"

Rodrigo recuou, emocionado, voltou as costas e exclamou:

— Toca, Bento! Por amor de Deus, vá embora!

O carro arrancou. Por algum tempo Rodrigo ouviu ainda os gritos da filha. Ficou onde estava, as lágrimas a escorrerem-lhe pelo rosto, a respiração irregular, um vácuo gelado na boca do estômago. Assaltou-o o pressentimento de que nunca mais tornaria a ver a família. Louco! Idiota! Animal! Só agora compreendia que para ele não havia nada no mundo mais importante que Flora e os filhos. Ia se meter numa revolução estúpida, com um bando de homens mal armados...

Ficou onde estava durante uns dois ou três minutos. Depois, voltou-se. O auto tinha desaparecido atrás dum capão. Galos cantavam festivamente. E uma ponta de sol começava a aparecer no horizonte, num resplendor dourado.

Rodrigo encaminhou-se lentamente para casa.

11

Agora que os homens estavam ausentes, as mulheres do Sobrado prestavam uma atenção especial ao grande relógio de pêndulo, que no passado havia marcado o tempo de tantas guerras e revoluções. Sua presença no casarão tinha algo de quase humano. Era como a dum velho membro da família que, por muito ter vivido e sofrido, muito sabia, mas que, já caduco, ficava no seu canto a sacudir a cabeça dum lado para outro, silencioso e inescrutável.

Naquela manhã de março, Maria Valéria aproximou-se do "dono do Tempo" para dar-lhe corda, como sempre um pouco contrariada por ver sua face refletida no vidro do mostrador quadrado. Quantas vezes no passado vira a velha Bibiana fazer aquilo!

Quedou-se distraída a "conversar" com a imagem meio apagada que em sua memória dava corda naquele mesmo relógio. Nem viu quando Flora entrou na sala de jantar.

— Falando sozinha, Dinda?

— Conversando com os meus mortos...

A velha fechou a tampa do mostrador, voltou-se e encarou a sobrinha.

— Pelo que vejo, vacê passou outra noite em claro.

Flora baixou a cabeça, seus lábios tremeram. Contou que Rodrigo lhe aparecera morto no sonho da noite: seu corpo apodrecia abandonado no meio do campo, e ela se vira, desesperada, tentando espantar com uma vassoura os urubus que esvoaçavam em torno do cadáver...

— Sonhos não querem dizer nada, menina. Uma noite destas sonhei que tinha vinte anos. Amanheci com os mesmos sessenta e três na cacunda.

Depois de pequena pausa, acrescenta:

— Não se preocupe. Não somos as primeiras nem vamos ser as últimas. Antes de nós outras mulheres também esperaram e passaram trabalho. Não pense muito. Não fique nunca com as mãos desocupadas. E não olhe demais para o relógio nem para a folhinha. Tempo é como criança, quanto mais a gente dá atenção pra ele, mais ele se mostra...

Flora limitou-se a sacudir a cabeça tristemente.

— Pois eu — declarou Maria Valéria —, eu vou fazer um doce de coco.

Encaminhou-se para a cozinha. Flora ficou a olhar fixamente para o mostrador do relógio, como que hipnotizada. E o ruído metálico e regular do mecanismo, acompanhado do movimento do pêndulo, deu-lhe uma desoladora sensação de eternidade.

Havia já quase três semanas que em Santa Fé nada se sabia de positivo sobre o paradeiro da coluna comandada pelo cel. Licurgo Cambará. O *Correio do Povo* trazia notícias das operações das forças de Filipe Portinho na zona de Cima da Serra, das atividades dos guerrilheiros de Leonel Rocha, no município da Palmeira: do levante de Zeca Neto, que ocupara Canguçu, Camaquã e Encruzilhada. Divulgava também que Estácio Azambuja organizara a 3ª Divisão do Exército Libertador, com gente de Bagé, São Gabriel, Dom Pedrito e Caçapava. Quanto à Coluna Revolucionária de Santa Fé, nem uma palavra.

O velho Aderbal Quadros trouxe um dia ao Sobrado a notícia do levante, em Vacacaí, de Honório Lemes, o qual, após haver constituído a Divisão do Oeste, havia ocupado Rosário e Quaraí.

— As autoridades municipais e estaduais de Alegrete — explicou o velho, picando fumo para um crioulo — fugiram para Uruguaiana. O estado está todo conflagrado. Acho que o governo do Borjoca tem os seus dias contados.

O ritmo lento e tranquilo de sua voz destoava das coisas urgentes que contava. Anunciou mais que havia sido instalada no Rio de Janeiro a Junta Suprema Revolucionária, que contava na sua diretoria com homens de prol. Em São Paulo estudantes gaúchos haviam fundado o Centro Acadêmico Pró-Libertação do Rio Grande do Sul. A revolução assisista empolgava o Brasil!

Maria Valéria escutou-o, impassível. Quanto a Flora, aquelas notícias, longe de alegrá-la, deixavam-na ainda mais preocupada, pois eram um sinal de que a revolução se espalhava, crescia, complicava-se, ameaçando durar anos e anos...

D. Laurentina vinha agora com mais frequência ao Sobrado visitar a filha e os netos. Ela e Maria Valéria entendiam-se muito bem, tinham uma admiração e uma estima mútuas: em muitos respeitos até se pareciam. Não raro ficavam sentadas uma na frente da outra por longo tempo, numa espécie de duelo seco, mas cordial, de silêncio.

Aderbal preocupava-se com a saúde da filha, que começava a emagrecer. Era um despropósito — achava — um cristão viver assim como a Flora, comendo e dormindo pouco, com o pensamento só em coisas ruins. Procurava animá-la:

— Ninguém morreu, minha filha! Essa sua tristeza pode até ser de mau agouro. Ouça o que seu pai está lhe dizendo. As coisas boas também acontecem na vida. Qualquer dia Rodrigo está aí de volta, forte e são de lombo.

Laurentina, porém, na maioria das vezes limitava-se a olhar fixamente para a filha com uma tamanha expressão de pena nos seus olhos indiáticos, que Flora acabava desatando o pranto.

E sempre que explodiam rojões na praça, as mulheres e as vidraças do Sobrado estremeciam. Flora levava as mãos ao pescoço, como para impedir que o coração sobressaltado lhe escapasse pela boca, e ficava sentindo na ponta dos dedos a pulsação alvorotada do próprio sangue. Corria para a janela e olhava na direção da Intendência, na frente da qual se ia reunindo aos poucos uma pequena multidão, atraída pelo boletim de notícias que o Madruga mandava afixar num quadro-negro.

O último deles — que fora transcrito por *A Voz da Serra* — dizia:

A famigerada Coluna Revolucionária de Santa Fé, comandada pelo conhecido mazorqueiro Licurgo Cambará, com seus bandidos armados de lanças de pau, armas descalibradas, espadas enferrujadas, anda correndo pelos campos do interior do nosso município, carneando gado alheio, roubando estâncias e casas de comércio, desrespeitando mulheres e espancando velhos indefesos. Os bandoleiros assistas recusam combate e fogem sempre à aproximação da vanguarda da coluna republicana do bravo cel. Laco Madruga, baluarte do borgismo na Região Serrana. Quanto tempo durará ainda essa comédia?

— Mentirosos! Caluniadores! Canalhas! — exclamou Dante Camerino depois que leu em voz alta essa notícia, no Sobrado.

— Vacê nem devia trazer essa imundícia pra dentro de casa — repreendeu-o Maria Valéria, apontando para o jornal que o médico tinha na mão.

Um dia, surpreendendo Santuzza Carbone com Bibi nos braços, a beijar por entre lágrimas o rosto da criança, Flora teve uma crise de nervos.

— O Rodrigo morreu e vocês não querem me dizer! — exclamou. — Eu sei! Eu sei! O Rodrigo morreu!

Rompeu num choro convulsivo. O dr. Carbone fez o possível para acalmá-la, assegurando-lhe, dando-lhe sua *parola d'onore*, jurando por Deus e todos os santos que tudo estava bem. E como tudo isso não desse o menor resultado, conseguiu levar Flora para a cama, onde lhe aplicou uma injeção sedativa que a fez dormir por algumas horas.

E nos dias que se seguiram, o italiano tratou de alegrar aquela família como podia. Quando visitava o Sobrado, trazia brinquedos ou caramelos para *i bambini*, contava-lhes histórias, fazia mágicas. Uma noite, como quisesse dançar um *cakewalk* com Santuzza, encaminhou-se para o gramofone, para pô-lo a funcionar. Maria Valéria, porém, barrou-lhe o caminho. Não! Tocar música naquela casa quando seus homens estavam na guerra, correndo perigo de vida, passando durezas e privações? Nunca! "Sossegue o pito, doutor! Aqui ninguém carece de palhaço."

Arão Stein e Roque Bandeira também apareciam no Sobrado com certa frequência. Ficavam geralmente no seu canto, em suas intermináveis discussões. Flora começava a irritar-se ante a atitude crítica do judeu para com os revolucionários.

Uma noite, como Aderbal Quadros elogiasse Assis Brasil e os objetivos ideológicos da revolução, Stein, à sua maneira meio tímida, mas obstinada e segura, disse:

— O senhor me desculpe, seu Babalo, mas não vejo nada de ideológico nesse movimento armado...

Tio Bicho puxou-lhe a ponta do casaco, sussurrando:

— Para com isso, homem!

Stein, porém, não lhe deu ouvidos.

— Os objetivos dessa revolução são mais econômicos e sectariamente políticos do que ideológicos. É uma revolução de plutocratas.

Maria Valéria franziu o cenho ao ouvir esta última palavra, que lhe soou como um nome feio.

— Todo o mundo sabe que o estado anda às voltas com uma nova crise pecuária — continuou o judeu. — O preço do boi vem baixando desde a Guerra Europeia. Esses estancieiros de lenço encarnado no pescoço se meteram na luta porque para eles é mais bonito sair da enrascada pela porta "gloriosa" da revolução do que por meio da falência ou da concordata.

Aderbal Quadros limitou-se a sacudir a cabeça e a sorrir. Flora fez com o olhar um apelo a Maria Valéria, que exclamou:

— Cale a boca, João Felpudo!

E o assunto terminou.

12

Era uma tarde chuvosa de princípios de abril e Flora, tristonha, pensava no marido que àquela hora decerto andava ao relento, no temporal, molhado até os ossos, coitado! De instante a instante erguia os olhos do bastidor e fitava-os em Maria Valéria, que estava sentada na sua frente, silenciosa, de braços cruzados. Que pensamentos estariam passando pela cabeça da velha? Flora continuou a bordar. Impelida pelo vento, a chuva tocava sua música mole e miúda nos vidros das janelas. Uma luz fria e cinzenta entristecia a casa. Ouviam-se as vozes e os ruídos dos passos das crianças, que brincavam no andar superior.

— Parece que estou vendo ela... — disse de repente Maria Valéria.

Flora alçou o olhar.

— Quem, Dinda?

— A velha Bibiana. Nesta mesma cadeira onde estou sentada... Enrolada no xale, se balançando...

Da cozinha vinha um cheiro de açúcar queimado. Maria Valéria traçou o xale que lhe cobria os ombros. (Era o velho, pois ainda não se habituara ao novo que Rodrigo lhe dera pelo Natal.)

— Foi ela que criou o primo Licurgo... — disse com uma voz incolor. Flora não se lembrava de jamais tê-la ouvido pronunciar o nome do cunhado.

— Era uma velha das antigas — prosseguiu Maria Valéria —, enérgica, de tutano. Perdeu o marido na Guerra dos Farrapos, ficou sozinha com suas crias, nunca pediu bexiga pra ninguém. Depois viu o filho, já homem-feito, morrer baleado ali no meio da rua, na frente da casa, assassinado pelos capangas dos Amarais. Mas aguentou firme e continuou vivendo. Estava viva ainda em 95 quando os maragatos cercaram esta casa. Passou todo o sítio lá em cima no quarto dela, sentada nesta cadeira, se balançando, falando sozinha, cega por causa da catarata, se balançando sempre, e esperando qualquer coisa, nem sei bem o quê, decerto a morte. Mas parece que a morte tinha se esquecido dela. Só entrou no quarto um ano depois, e a velha Bibiana agonizou três dias e três noites...

— Dinda, pelo amor de Deus! — suplicou Flora. — Vamos mudar de assunto.

— Eu sei, vacê não quer ouvir todas estas histórias porque tem medo. Prefere se iludir. Mas uma mulher nesta terra tem de estar preparada para o pior. Os homens não têm juízo, vivem nessas folias de guerras. Que é que a gente vai fazer senão ter paciência, esperar, cuidar da casa, dos filhos... Os homens dependem de nós. Como dizia a velha Bibiana, quem decide as guerras não são eles, somos nós. Um dia eles voltam e tudo vai depender do que encontrarem. Não se esqueça. Nós também estamos na guerra. E ninguém passa por uma guerra em branca nuvem. Não se iluda. O pior ainda nem começou.

Lágrimas escorriam pelas faces de Flora e ela não pensava sequer em enxugá-las.

— Se eu lhe digo estas coisas não é por malvadeza. Quero que vacê se prepare para aguentar. Dona Bibiana contava que houve tempos na vida dela que parecia que tudo vinha abaixo, o mundo ia acabar. Mas não acabou. A prova é que estamos aqui.

Flora continuava a bordar. Depois dum curto silêncio, perguntou:

— Será que está chovendo assim em todo o município?

— Não se preocupe. Nossa gente deve ter barracas, ou então está dentro do mato. E depois, chuva nunca matou ninguém. Seu marido não é de sal. Nem de açúcar.

— Mas é horrível essa falta de notícias!

A velha deu de ombros.

— Eu às vezes até penso que é melhor assim...

Maria Valéria olhava para o pêndulo do relógio. E, como se não estivesse falando com ninguém, murmurou:

— Tia Bibiana contava que a avó dela, a velha Ana Terra, um dia matou um bugre...

Flora ergueu os olhos do bastidor e franziu a testa.

— Matou?

— Sim senhora. Com um tiro nos bofes.

— Mas por quê, Dinda?

— Ora, foi pouco depois que fundaram Santa Fé. Isto aqui vivia infestado de índios. Um dia a velha Ana chegou em casa e viu um deles perto da cama do filho, o Pedro, que veio a ser pai da tia Bibiana...

Flora perdia-se um pouco naquele emaranhado de antepassados dos Terras e dos Cambarás.

— Pois a velha não teve dúvida. Pegou num arcabuz, espingarda ou coisa que o valha, e fez fogo. O bugre caiu ali mesmo, botando sangue pela boca...

Fez-se uma pausa. Maria Valéria balouçava-se na sua cadeira, sorrindo para seus pensamentos.

— Dinda, a senhora era capaz de matar uma pessoa?

— Pois depende...

Flora tornou a baixar os olhos.

272

— Eu não era. Preferia morrer.

— Bem como seu pai. Quem sai aos seus não degenera.

Minutos depois, quando o assunto parecia já esquecido, a velha perguntou:

— Se vacê visse um provisório matando um de seus filhos?

— Dinda, que horror!

— Não carece ficar nervosa. Estou só imaginando. É um faz de conta. Afinal a gente tem de estar preparada pra tudo...

— Espero que Deus nunca me ponha nessa situação.

— Hai miles e miles de coisas que eu pedi a Deus que nunca me acontecessem. Mas Ele não me atendeu...

— Deus deve saber o que faz.

— Pois se vacê pensa assim, menina, não deve então se preocupar. Está tudo direito.

No silêncio que depois se fez, só se ouviu o tique-taque do relógio e o tamborilar da chuva nas vidraças.

— Estou com frio — murmurou Flora, encolhendo-se toda.

— Quer que eu mande trazer um braseiro?

— Não. Prefiro um chá quente.

— Espere que eu vou fazer.

Flora procurou deter a velha com um gesto, mas esta se levantou e caminhou, tesa, para a cozinha. Flora ergueu-se também e dirigiu-se para a sala de visitas, com a esquisita sensação de que ali alguém a esperava para uma entrevista secreta. Ficou a contemplar o retrato do marido com os olhos enevoados de lágrimas, segurando o respaldo duma cadeira com ambas as mãos. A ideia de que àquela hora ele pudesse estar morto ou gravemente ferido deixava-a gelada.

Aos poucos, porém, uma como que onda de calor pareceu irradiar-se do Retrato, envolvendo-a, reconfortando-a, aquecendo-a. Flora aproximou-se da tela. Lembrava-se agora de certas peculiaridades do marido — cacoetes, gestos, o tom da voz, aquele vezo de ajeitar de quando em quando o nó da gravata. Ah! Quantas vezes ele a tinha feito sofrer! De todas as aventuras amorosas de Rodrigo a que a ferira mais fundo fora a história de Toni Weber, por causa do seu desfecho trágico. Como lhe fora difícil fingir que nada sabia! E quando o marido voltara de seu refúgio no Angico (a pobre menina já no cemitério, a cidade inteira a comentar), quando ele entrara em casa, branco como papel, desfigurado, os olhos tresnoitados — ela achara que seu dever era ampará-lo, abafar seu amor-próprio, recebê-lo maternalmente de braços abertos, sem fazer perguntas. Durante muitas noites vira ou sentira o marido revolver-se na cama a seu lado, insone, ou então falar em delírio num sono inquieto, decerto povoado de pesadelos. E o pior é que por ver que Rodrigo expiava sozinho a culpa daquele suicídio, ela também se sentia culpada. Um dia percebeu que, num desejo desesperado de desabafo, o marido estivera a pique de lhe confessar tudo... Ela pedira então a Deus que tal não permitisse. Doutra feita concluíra que para Rodrigo talvez fosse melhor tirar do peito aquela coisa, aquela ânsia...

E nessa incerteza vivera, semanas, meses... A Dinda tinha razão quando dizia que a melhor pomada para curar as feridas da alma é o tempo. "Tão boa que nem cheiro tem. Não se compra em botica. Não custa nada." O tempo curara as feridas de Rodrigo, e ele voltara a ser exatamente o que fora antes de conhecer Toni Weber. Menos de um ano depois da morte da rapariga, já andava atrás de outras mulheres. Ficava alvoroçado quando alguma moça bonita entrava no Sobrado, fosse quem fosse. Cercava-a de cuidados, de galanteios, inventava todos os pretextos para tocá-la. Procurava mostrar-lhe o que sabia, o que tinha, o que era. Portava-se, em suma, como um adolescente, com todos os apetites visíveis à flor da pele. Até sua respiração ficava diferente quando ele via mulher bonita! E Rodrigo fazia todas aquelas coisas com um ar de impunidade, como se todos os que o cercavam não estivessem vendo aquilo, por cegos, ingênuos ou tolos.

Flora contemplava agora o Retrato, sacudindo a cabeça lentamente, como uma mãe diante do filho travesso e relapso. Rodrigo pouco mudara naqueles últimos doze anos. Estava agora um pouquinho mais corpulento, e seu rosto, que até os trinta anos guardara algo de juvenil e quase feminino, se fizera mais másculo.

Flora sorriu. Vieram-lhe à mente as palavras duma velha parenta, na véspera de seu casamento, ao experimentar-lhe o vestido de noiva. "O doutor Rodrigo é um homem bonito demais. Tenho pena de ti, menina." Flora recordou as pequenas e as grandes vaidades do marido. Para uma esposa eram as pequenas as que se faziam mais evidentes. O tempo que levava para escolher uma gravata e depois dar-lhe o nó diante do espelho! O exagero com que se perfumava! A preocupação com o friso das calças! Tinha no guarda-roupa simplesmente quinze fatiotas em bom estado e dez pares de sapatos. As gravatas eram incontáveis... E como gostava de impressionar bem os outros, de ser querido, respeitado, admirado! Sabia agradar às pessoas dizendo-lhes exatamente o que elas queriam ouvir.

Flora recuou um passo e ficou a comparar a moda masculina do tempo em que aquele retrato fora pintado com as roupas de 1922. Veio-lhe à mente a figura do ex-promotor, primeiro nos seus trajos de "almofadinha", depois, vestido à gaúcha, como o vira no Angico, em cima dum cavalo — capitão das forças revolucionárias. A imagem de Miguel Ruas se transformou na de Rodrigo, que ela visualizou barbudo, triste e encolhido debaixo do poncho, sob a chuva, em meio do escampado. De novo sentiu um frio nos ossos, e um estremecimento lhe sacudiu o corpo.

Uma voz:

— O seu chá.

Flora corou, como se tivesse sido surpreendida num ato vergonhoso. Maria Valéria aproximou-se e entregou-lhe a xícara fumegante.

13

O estado de espírito de Rodrigo melhorou consideravelmente depois que as chuvas cessaram e de novo ele viu o outono. Abril entrou e os dias tinham agora a doçura e a maciez dum fruto maduro. Em certas tardes, o sol era como um favo a derramar o mel de sua luz sobre a campanha.

Fazia mais de um mês que andavam naquelas marchas e contramarchas pelo interior do município, cortando aramados, cruzando invernadas alheias, carneando o gado que encontravam, atacando e ocupando povoados e colônias, onde a resistência era pequena ou nula. Não haviam tido baixas naqueles rápidos tiroteios com patrulhas legalistas. Tinham tentado inúmeras vezes atrair para emboscadas a tropa de Laco Madruga, quase toda constituída de infantaria. Em vão! O peixe não mordia a isca. E como não quisessem ser envolvidos, Licurgo Cambará e seus homens continuavam em andanças intermináveis, dividida a coluna em três grupos, sem contar o esquadrão de lanceiros de Toríbio, que fazia a vanguarda. Marchavam de ordinário a dois de fundo, numa longa fila. À noite escondiam-se nos capões, onde podiam acender fogo sem chamar a atenção do inimigo. Os mais graduados tinham barracas, mas a maioria dormia ao relento, sobre os arreios.

Bio, cuja alegria contrastava com a tristeza cada vez mais negra do pai, costumava dizer, sorrindo, ao irmão que seu piquete de cavalarianos havia de passar para a história como "Os Trinta de Toríbio". Eram os primeiros que entravam nos povoados, a galope e aos gritos, sem terem antes o cuidado de verificar se havia inimigos atocaiados, para os quais seriam alvo fácil. Quando o resto da coluna chegava, a localidade estava já ocupada e Toríbio geralmente era encontrado por trás do balcão da principal casa de comércio do lugar, distribuindo mercadorias entre os soldados e gritando: "Começou a liquidação, companheiros. Grande baratilho!". Licurgo Cambará, porém, fazia empenho em que tudo se processasse da maneira mais escrupulosa. Não admitia que seus homens se apossassem duma caixa de fósforo sequer sem deixar ao proprietário uma requisição assinada por ele próprio ou por algum outro oficial.

O velho Liroca, que havia sido confirmado no posto de major, em geral cavalgava ao lado de Rodrigo, mergulhado em longos silêncios cortados apenas de suspiros ou pigarros. Mas de vez em quando dizia alguma coisa que, por mais séria que fosse, fazia o amigo sorrir e murmurar: "Este Liroca!". Rodrigo ficou surpreendido quando o velho amigo lhe confessou que não levava consigo mais de vinte balas. Ali estava um assunto no qual nem gostava de pensar... Quando fazia um inventário mental das armas e munições com que seus companheiros contavam, sentia calafrios. Dos quatrocentos e oitenta e cinco homens da Coluna, talvez apenas uns duzentos e poucos estivessem razoavelmente armados com fuzis calibrados e de longo alcance. Os restantes tinham apenas revólveres dos tipos mais diversos, facões, espadas, chuços de cerejeira ou guajuvira, e uma variedade de outras armas que lembravam um museu: espingardas de caça de dois canos, velhas Comblains, Mannlichers, e fuzis austríacos e belgas em péssimo estado de conservação. Havia poucos dias juntara-se à Coluna um voluntário que trouxera na mão apenas uma arma de salão, no bolso uma caixa com quinze balinhas e no cinto uma faca de picar fumo. Mas quem lhe visse a postura marcial, o fero orgulho que lhe incendiava o rosto, a maneira como empunhava a Flobert — teria a impressão de que o homenzinho ameaçava o inimigo com uma metralhadora.

Rodrigo divertira-se com algumas das "adesões" que a Coluna tivera depois de deixar o Angico. Uma tarde o piquete de Toríbio fez alto ao avistar ao longe um cavaleiro que conduzia seu pingo a galope, levantando poeira na estrada. Quem é? Quem não é? Quando o desconhecido se aproximou, viram que trazia um lenço vermelho no pescoço. Era um velho de cara angulosa, barba toda branca e olhos lacrimejantes. Aproximou-se, sempre a galope, do piquete e, a uns dois metros do comandante, sofreou bruscamente o animal, fazendo-o estacar. Tocou a aba do chapéu com o indicador e disse:

— Ainda que mal pergunte, patrícios, pr'onde é que vassuncês se atiram?

— Pra revolução — respondeu Toríbio, pronto.

O desconhecido quebrou com uma tapa a aba do sombreiro e exclamou:

— Pois é atrás dessa fruta que eu ando!

E incorporou-se à Coluna.

Dias depois, ao passarem por um miserável rancho de barro e teto de palha, à beira da estrada, saiu de dentro dele um caboclo esfarrapado e descalço, de cara terrosa e chupada, trazendo a tiracolo, com um barbante à guisa de bandoleira, uma espingarda de caçar passarinho. Envolvia-lhe o pescoço um lenço dum vermelho sujo. (Mais tarde o homem explicou que como não tinha em casa lenço colorido, mergulhara um trapo em sangue de boi.) Aproximou-se de Rodrigo e, de olhos baixos, murmurou:

— Pois é, se me deixarem, eu queria também ir pra rebolução.

Rodrigo consultou o pai com o olhar. Licurgo sacudiu a cabeça afirmativamente.

— Pois venha. Cavalo não nos falta. O que não temos é arreio.

— Não carece. Munto em pelo mesmo.

— Como é a sua graça?

— João.

Despediu-se da mulher molambenta, com cara e cor de opilada, que ali estava à frente do rancho, com um filho nos braços e outro na barriga. Foi uma cena rápida. Apertaram-se as mãos em silêncio e tocaram-se mutuamente os ombros, com as pontas dos dedos. Depois o homem passou a mão de leve pela cabeça do filho. Tanto a face da mulher como a do marido estavam vazias de expressão.

Deram ao homem um cavalo tobiano e crinudo. Horas mais tarde, quando a Coluna descia um coxilhão, o novo voluntário achou que devia dar uma "satisfação" ao companheiro que cavalgava ao seu lado:

— Não vê que sou maragato...

Calou-se. O outro pareceu não interessar-se pela informação. Era um preto corpulento. Só a carapinha amarelenta lhe denunciava a idade. Tinha lutado em 93 nas forças de Gumercindo Saraiva e trazia na cintura uma Nagant que — segundo contava — tirara das mãos dum soldado da polícia, em Cruz Alta.

— Meu finado pai já era federalista — continuou João. Cuspiu para um lado por pura cábula, ajeitou a passarinheira às costas. — Acho que meu avô até conheceu o Conselheiro.

O negro limitou-se a responder com um pigarro. Chamava-se Cantídio dos Anjos, tinha fama de valente e dizia-se que já andava "aborrecido", pois se havia incorporado à Coluna para brigar e não para viver gauderiando. Estava muito velho para "esses desfrutes".

Numa pequena colônia alemã onde haviam requisitado víveres e as poucas armas e munições ali existentes, só um voluntário se apresentara, um tal Jacó Stumpf, um teuto-brasileiro ruivo e espigado, com dois caninos de ouro que mostrava com frequência, pois era homem de riso fácil e aberto. Tinha o aspecto e o caminhar dum joão-grande e uma voz estrídula. O que mais deliciava Rodrigo era que Jacó Stumpf — apesar de seu aspecto nórdico e de seu sotaque — tinha a mania de ser gaúcho legítimo, "neto de Farroupilha". Era um espetáculo vê-lo metido nas largas bombachas de pano xadrez, chapéu de barbicacho, botas de sanfona com grandes chilenas barulhentas. Esforçava-se por imitar o linguajar gaúcho e com frequência dizia "Puxa tiapo!". Os companheiros logo passaram a chamar-lhe "Jacozinho Puxa Tiapo".

— Tu aguenta o repuxo, alemão? — perguntou-lhe Cantídio.

Muito sério, o outro respondeu:

— Quem tem medo de parulho não amara poronco nos tendos.

Rodrigo, que entreouvia o diálogo, soltou uma risada.

Mas houvera também incidentes feios. No terceiro dia de marcha dois companheiros se haviam estranhado e atracado num duelo a facão, e a muito custo Toríbio conseguira apartá-los, antes que se sangrassem mutuamente.

Num vilarejo, um dos revolucionários, Pompeu das Dores, sujeito retaco e mal-encarado, violara uma rapariga de doze anos. Pertencia ao grupo comandado por Juquinha Macedo, que pediu ao comandante da Coluna a punição imediata e severa do criminoso. Consultado, o cel. Cacique fora de opinião que deviam fuzilar o bandido sumariamente, para escarmento do resto da tropa. Macedo, porém, estava indeciso quanto ao tipo de punição que devia aplicar em Pompeu das Dores. Mas o cel. Licurgo declarou categórico que era contra a pena de morte, por mais feio que fosse o crime. Rodrigo, que tivera ocasião de ver o estado em que ficara a pobre menina, não podia olhar para o estuprador sem ter gana de meter-lhe uma bala entre aqueles olhos de sáurio.

Estavam acampados à beira dum capão e tinham amarrado Pompeu a uma árvore. Cantídio dos Anjos rondava-o, mirando-o de esguelha e resmungando:

277

— Se fosse em 93, canalha, tu já estava degolado. E era eu quem ia fazer o serviço.

Foi, porém, Toríbio quem resolveu o problema. Aproveitando a hora em que o pai dormia a sesta dentro do mato, ordenou:

— Desamarrem esse bandido. Eu me encarrego dele.

E dentro dum círculo formado pelos companheiros, com seus próprios punhos deu uma sova tremenda em Pompeu das Dores, deixando-o por alguns instantes estendido por terra, a cara inchada e roxa, a deitar sangue pela boca, por entre os dentes quebrados. Depois mandou que seus homens tirassem toda a roupa e as botas do caboclo e, quando o viu completamente nu, aplicou-lhe um pontapé nas nádegas e gritou:

— Toca, miserável! Vai-te embora!

Pompeu das Dores saiu a correr pelo campo. Nenhum dos homens que assistiam à cena sequer sorriu.

Mais tarde Toríbio disse ao irmão:

— Pra violentar uma menina como aquela, só mesmo um degenerado. — E, sorrindo, acrescentou: — Tu sabes que não sou santo, mas nesse assunto de mulher não forço ninguém. Comigo é só no voluntariado...

Frequentemente Rodrigo procurava marchar ao lado do pai, observando-o com o rabo dos olhos. Agora que tinha a barba crescida e quase completamente branca, Licurgo parecia muito mais velho do que era. Andava encurvado, falava pouco como sempre, e mais de uma vez perguntara ao filho com voz magoada:

— Que estará havendo lá pelo Angico?

Rodrigo sentia que o Velho recalcava outra pergunta: "Como estará a Ismália?".

Tratava de animar o pai, mas ele mesmo não acreditava muito nas próprias palavras. Era possível e até provável que Laco Madruga já tivesse mandado ocupar a estância de seu inimigo pessoal e político. Imaginava então as depredações que os provisórios deviam estar fazendo: o aramado cortado, as cercas derrubadas, a casa emporcalhada, a cavalhada e o gado arrebanhados, as roças devastadas... Tinha sido uma estupidez abandonar o Angico! — reconhecia ele agora. O melhor teria sido esperar o inimigo ali em terreno que conheciam. Lembrava-se de que fora essa a sua primeira ideia. O próprio Licurgo, porém, se opusera ao plano, pois queria evitar que se derramasse sangue e se cometessem violências naqueles campos que tanto amava. Talvez tivesse a secreta esperança de que o inimigo também os respeitasse.

Rodrigo começava a afligir-se por causa da falta de comunicação de sua coluna com as outras divisões do Exército Libertador. Estavam completamente desligados do resto dos revolucionários. Nas localidades que ocupavam não havia telégrafo. Numa delas encontraram um homem que lhes informara ter "ouvido falar" de levantes em Bagé, São Gabriel, Camaquã e Alegrete. Achava que a "coisa" parecia ter prendido fogo em todo o estado.

E as marchas continuavam. Rodrigo vivia assombrado por uma lembrança: a expressão dos olhos de Alicinha quando se despedira dele. O espectro daquela voz fina e dolorida voltava-lhe com insistência à memória: "Ele vai morrer!". À noite, antes de dormir, pensava na filha quase com exclusão do resto da família. E esses pensamentos ora o enterneciam, ora lhe davam uma sensação de frio interior. Era possível que jamais tornasse a ver Alicinha... Como estaria a gente do Sobrado? E imaginando infâmias dos inimigos, tinha gana de precipitar-se sobre Santa Fé, cegamente, sem plano, mas com ímpeto, com fúria, tomar a cidade, a Intendência, e fuzilar os bandidos...

14

Além de Rodrigo, havia na Coluna dois outros médicos: um cirurgião e um clínico. Este último tinha uma pequena farmácia, que conduzia em caixas dentro de peçuelos, nas costas dum burro, que ele jamais perdia de vista. Depois dos aguaceiros de fim de março, essa farmácia contara com uma grande freguesia entre a tropa, pois algumas dezenas de soldados que haviam tomado chuva e deixado as roupas secarem no corpo tinham apanhado resfriados. E a Coluna marchara num concerto de tosses, pigarros, escarros, gemidos. E o médico andara a distribuir comprimidos de aspirina entre a tropa. E quando uma tarde encontraram um sítio no caminho e viram no pomar alguns pés de limoeiros carregados, Toríbio e seus homens o atacaram e, sob o olhar assustado do dono da chácara, colheram todos os limões que puderam. Depois, contando escrupulosamente os frutos que haviam juntado em vários ponchos, pediu que o dr. Miguel Ruas redigisse uma "requisição". Ditou: "Vale seiscentos e setenta e quatro limões". Assinou o "documento" e entregou-o ao dono do sítio, que ficou a olhar para o papel com cara desanimada.

O médico recomendou aos gripados que chupassem limão. E lá se foram dezenas deles, barbudos e melenudos, campo em fora, mamando nas frutas verdes e fazendo caretas.

Mas a verdade é que na sua maioria — conforme Rodrigo muito cedo descobriu — os soldados da Coluna que adoeciam procuravam de preferência Cantídio dos Anjos, cuja fama de curandeiro era conhecida de todos. O preto receitava chás de ervas e, quando lhe perguntavam onde estava a sua botica, fazia um gesto largo mostrando o campo. Ali estavam os remédios que Deus Nosso Senhor dera de graça aos homens. Não havia nada melhor no mundo para curar azia ou úlcera do que chá de "cancorosa". Na falta dela, carqueja também servia: era boa tomada no mate. Se alguém se queixava do fígado, Cantídio lhe receitava chá de samambaia de talo roxo, ou então fel-da-terra, amargo como fel de homem. Erva-tostão, como sabugueirinho-do-campo, era também bom "pro figo". "E pras orina?" "Ah! Raiz de ortiga-braba." Para afinar o sangue nada melhor que a douradinha-do-campo. E, com autoridade, acrescentava: "Tem muito iodo". Um companheiro queixou-se um dia de dor nos rins e Cantídio dos Anjos, sem tirar os olhos da estrada, murmurou como um oráculo: "Chá de cipó--cabeludo". O problema era encontrar todas essas ervas nos lugares por onde passavam e no momento exato em que precisavam delas.

Cantídio era também um grande conhecedor de árvores, pelas quais parecia ter uma afeição particular. Quando acampavam à beira dum capão, costumava olhar para os troncos e ir dando a cada planta o seu nome.

— Aquela ali é açoita-cavalo, dá uma madeira muito dura, que nem raio racha. A outra, a tortinha, estão vendo?, é cabriúva. Não resiste à umidade, uma porquera. A outra, à direita, a baixinha, é um cambará. Tem lenho amarelo e macio, muito cheiroso. Dura tanto como a guajuvira. Mas uma coisa les digo, árvore linda mesmo é o alecrim, que não tem aqui, é raro. Conhecem? Tem o cerne quase tão colorado como este meu lenço, e dá uma flor amarela.

E por causa de todas essas conversas e habilidades o Cantídio se foi transformando aos poucos numa das figuras mais populares da Coluna. Toríbio afeiçoou-se de tal modo ao negro, que o convidou para fazer parte de seu piquete de cavalaria.

— Qual, seu Bio! Estou meio velho pra lanceiro.

— Não diga isso, Cantídio. Não troco você por muito moço de vinte.

— Pois eu me trocava — sorriu o veterano, mostrando os dentes. — Só que não encontro ninguém que queira fazer o negócio.

E quando Toríbio fez menção de afastar-se, Cantídio deteve-o com um gesto.

— Que estou velho, isso estou, porque quem diz é o calendário. Mas se o senhor quer arriscar, o negro não se despede do convite...

Quando, naquele mesmo dia, acamparam numa canhada, à beira dum lajeado, Toríbio, estendido sobre os arreios, as mãos trançadas sob a nuca, repetiu a Rodrigo a conversa que tivera com Cantídio.

— Vou dar um trabalho danado aos historiadores do futuro... Não vão nunca descobrir por que os "Trinta de Toríbio" eram trinta e um...

Rodrigo não respondeu. Estava de pé, junto de sua barraca, olhando para a estrela vespertina que brilhava no vidro azulado do céu. No alto das coxilhas em derredor ele divisava os vultos das sentinelas. Dentro do mato crepitavam fogos. Andava no ar o cheiro do arroz de carreteiro que Bento, seu fiel ordenança, lhe preparava.

Rodrigo acariciava o próprio rosto. Nos primeiros dias da campanha costumava barbear-se pelo menos duas vezes por semana. Depois, fora aos poucos relaxando o costume e concluíra que o melhor seria deixar crescer a barba. De vez em quando mirava-se num espelhinho de bolso e tinha a curiosa impressão de "ser outra pessoa". E não era? Em Santa Fé cultivava o hábito do banho diário, mas agora só se banhava quando encontrava sanga, rio ou lagoa... e havia tempo para isso. Quase sempre depois desses banhos apressados era obrigado a revestir as roupas sujas e suadas. Sentia agora uma permanente ardência no estômago, e amanhecia frequentemente de boca amarga. Quando podia comer um assado de carne fresca, estava tudo bem, mas na maioria das vezes tinha de contentar-se com o charque que carregavam e que ele já não podia comer sem evitar a suspeita de que estava podre. Antes, sempre que pensava na revolução, as imagens desta jamais lhe vinham acompanhadas de cheiros. No entanto aqueles homens fediam. Durante a marcha limpavam o peito, escarravam para o lado e, se havia vento, o escarro não raro batia na cara do companheiro que cavalgava atrás. Aquele era o sórdido reverso da dourada medalha da guerra. Só uma coisa poderia fazê-lo esquecer todas aquelas misérias: um bom combate. Se não entrassem em ação aquele mês, tudo não passaria então duma ridícula, indigna passeata.

Aproximou-se do lugar onde o arroz fervia numa panela de ferro. À luz do fogo o dr. Ruas, deitado de bruços, escrevia num caderno escolar. Rodrigo desconfiava que o ex-promotor mantinha um diário de campanha.

Era uma noite sem lua. Dentro do capão os pitos acesos dos revolucionários estavam num apaga-acende que levou Liroca a compará-los com "filhotes de boitatá".

Bento entregou a seu patrão um prato de folha onde fumegava uma ração de arroz com guisado de charque. Rodrigo começou a comer com certa repugnância.

Aproximou-se um vulto no qual ele reconheceu Liroca.

— Está na mesa, major! — convidou.

— Estou sem fome — disse o velho, sentando-se no chão perto do fogo. As chamas iluminavam-lhe o rosto triste. — Mas aceito uma colherada de arroz...

Bento serviu-o. Dois homens vieram sentar-se junto de Rodrigo: Chiru e Neco. Por alguns instantes ficaram todos a comer em silêncio. O Liroca soltou um suspiro e murmurou:

— Mundo velho sem porteira!

Neco voltou-se para ele e indagou:

— Que é que há, major?

— Nada. Por que havia de haver?

— Rodrigo — perguntou Chiru —, quando é que a gente vai pelear? Estamos ficando enferrujados, eu e a minha carabina.

Rodrigo encolheu os ombros.

— Pra falar a verdade já não sei quem é que anda evitando combate, se os chimangos ou se nós.

— Napoleão dizia que o movimento é a vitória... — filosofou Liroca, que lera, relera e treslera *Os grandes capitães da história*.

— Sim — replicou Rodrigo —, mas movimento tático ou estratégico, e não movimento permanente de fuga...

Vultos caminhavam à beira do capão. Fazia frio e os homens estavam enrolados nos seus ponchos.

Agora se ouvia mais forte o cricrilar dos grilos. De repente uma ave frechou o ar num voo rápido. Morcego? Urutau? Coruja?

— Deve ser chimango — disse sorrindo Toríbio, que se juntara ao grupo.

Rodrigo ergueu-se, insatisfeito com o que comera, e se encaminhou para a barraca do pai. Jamais se deitava sem primeiro ir ver como estava o Velho. Encontrou-o ainda de pé, sozinho, a pitar um crioulo. Ao ouvir ruído de passos, voltou-se:

— Ah! — murmurou. — É o senhor...

— Como está se sentindo?

Licurgo pigarreou, soltou uma baforada de fumaça e depois disse:

— Bem. Não se preocupe.

Rodrigo teve pena do pai. Aquelas barbas brancas, aquele súbito envelhecimento o traziam impressionado.

— Às vezes sinto remorsos de ter metido o senhor nesta história...

O velho ergueu a cabeça vivamente.

— Que história?

— A revolução. O senhor não queria vir...

— Quem foi que lhe disse? Ninguém me leva pra onde não quero. Vim porque achei que devia.

— Se é assim...

— É assim. Está acabado. Não toque mais nesse assunto.

Em seguida, como que arrependido de seu tom rude, perguntou com voz menos áspera:

— E o senhor vai bem?

— Muito bem.

— Pois estimo. Cuide-se. É preciso sair vivo desta empreitada, voltar pra casa, tratar da sua família e da sua vida.

Seu cigarro se havia apagado. Licurgo bateu a pedra do isqueiro, prendeu fogo no pavio, aproximou a chama da ponta do cigarro e tornou a acendê-lo. Aspirou longamente a fumaça e depois soltou-a pelo nariz.

Rodrigo voltou para a sua barraca, deitou-se e ficou pensando... Quanto tempo ainda iria durar aquela revolução? Que estaria acontecendo nos outros setores do estado onde houvera levantes? Teria Portinho conseguido reunir muita gente, tomar alguma localidade? Que tipo de homem seria esse tal de Honório Lemes? Afinal de contas, vinha ou não vinha a intervenção federal?

Revolveu-se sobre os pelegos, procurando uma posição cômoda. Doíam-lhe os rins. Havia muito que se desabituara, na sua vida de cidade, àquelas longas cavalgadas. Sentia nos ossos, desconfortavelmente, a umidade do chão. Puxou o poncho e cobriu a cabeça. Ouviu a voz do Liroca, que conversava ali por perto com o Neco e o Chiru. Houve um momento em que a voz do velho se fez nítida: "... izia o Conselheiro: Ideias ... ão metais que se fundem".

Aqui estou eu — refletiu Rodrigo —, sujo, barbudo, dormindo sobre arreios, enrolado num poncho fedorento... Viu-se a si mesmo na Assembleia, berrando sua catilinária contra Borges de Medeiros. Pensou no dr. Assis Brasil, que devia estar no Rio ou em São Paulo, a fazer discursos e dar entrevistas, limpinho, àquela hora decerto dormindo sobre um colchão macio, entre lençóis brancos, num quarto do melhor hotel da cidade. Outras imagens lhe passaram pela men-

282

te: o Madruga de uniforme de zuarte... O Pudim atracado com o Maciste Brasileiro na pista de danças dos Caçadores... De novo pensou na família, em Flora e de novo "viu" os olhos de Alicinha cheios de pavor... "Ele vai morrer!" Ficou um instante a ouvir os grilos. Lembrou-se de que, quando menino, ele descobria um certo parentesco entre os grilos e as estrelas. Não. O que ele imaginava era que se as estrelas fossem bichos e cantassem, sua voz teria um som raspante, de vidro, como o cricrilar dos grilos. Bobagens!

Aquela noite sonhou que, na sua indumentária de revolucionário, andava a caminhar por uma rua de Paris, constrangedoramente consciente de seu aspecto exótico e do fato de que não tomava banho havia uma semana. Os que passavam por ele miravam-no com estranheza, franziam ou tapavam o nariz. E o pior era que ele, Cirano de Cambarac, tinha um nariz imenso e era por isso que sentia mais forte o próprio fedor. A rua parisiense era ao mesmo tempo, inexplicavelmente, um corredor de campanha, entre dois aramados. Decidiu entrar numa loja para comprar um frasco de Chantecler para se perfumar. Sentiu que não poderia pronunciar uma só palavra, pois tinha esquecido todo o francês que sabia, só se lembrava que *un abbé plein d'appétit a traversé Paris sans souper*. Sua língua era de charque e pesava como chumbo. Aproximou-se do balcão, mas já não estava numa loja da Rue de la Paix, e sim na casa do Pompílio Fúnebres Pitombo, que preparava um pequeno caixão branco para um anjo. Quis perguntar para quem era o esquife, mas o medo da resposta lhe trancou a voz na garganta. Pitombo, sem olhar para ele, compreendeu a pergunta e explicou: "Mas não lhe deram a notícia? É para a finada Alice, sua mãe". Então ele compreendeu que estava órfão e começou a chorar...

15

Maria Valéria sempre lamentara que os homens não tivessem juízo suficiente para resolverem suas questões — as políticas e as outras — sem duelos ou guerras. No entanto não podia ver Aderbal Quadros sem se perguntar a si mesma por que não estava ele também na coxilha, de armas na mão, ao lado do genro e dos amigos. Seria por causa da idade? Não podia ser, porque primo Licurgo era mais velho que o pai de Flora. Por que era, então? Ela mesma acabava se dando a resposta: "O velho é de paz, não gosta de briga". E declarava-se satisfeita, embora tornasse a se fazer a mesma pergunta na próxima vez que encontrava Babalo.

Muita gente em Santa Fé fazia a mesma pergunta, mas nem todos encontravam a resposta esclarecedora. Na rodinha de chimarrão que continuava a reunir-se todos os dias à porta da Casa Sol, um dia alguém puxou o assunto.

— E que me dizem do velho Babalo? Votou no Assis, quer que o Chimango caia, mas não vai pra revolução. É um pé-frio, um covarde!

O Veiga saltou do seu canto, de cuia em punho:

— Alto lá! — exclamou. — Covarde? Você não conhece o Babalo como eu. Se conhecesse não dizia isso. Em 93 ele não brigou, é verdade, mas houve um combate brabo na frente da casa dele, e numa certa hora o Babalo espiou pela janela e viu um homem caído na rua, sangrando mas ainda vivo. Pois sabem o que fez? Abriu a porta, saiu, e no meio do tiroteio, entre dois fogos, o dos pica-paus e o dos maragatos, as balas passando zunindo por ele, o velho levantou o ferido, botou o homem nas costas, voltou pra casa e salvou-lhe a vida. E tudo isso naquele seu tranquito de petiço maceta. Você acha então que um homem desses pode ser considerado covarde?

A verdade era que muitos sabiam de "causos" que provavam que Aderbal Quadros não só tinha coragem física como também presença de espírito e uma pachorra imperturbável.

— Conhecem a história do velho Babalo com o correntino?

E lá vinha o caso. Um dia, no tempo em que ainda fazia tropas, Aderbal Quadros entrou numa venda, acercou-se do balcão, cumprimentou alegremente o bolicheiro e os fregueses que estavam por ali conversando e bebendo, e pediu um rolo de fumo.

Um sujeito crespo, bigodudo e mal-encarado, um tal de Pancho Gutiérrez, bebia o seu terceiro copo de caninha. Argentino, natural de Corrientes, estava refugiado no Brasil. Tinha fama de valente e de bandido, e dizia-se que estava sendo procurado pela polícia de seu país como responsável por nada menos de dez mortes. Ao ver Babalo, o correntino cutucou-o com o cotovelo e disse:

— *Le ofrezco un trago.*

Babalo voltou a cabeça e examinou o outro. Pancho Gutiérrez tinha mais marcas na cara do que porta de ferraria, e estava armado de adaga e pistola.

Babalo tocou com o dedo na aba do chapéu e respondeu:

— Muitas gracias, vizinho, mas não bebo.

O castelhano virou bicho:

— *Pero usted me insulta!* — exclamou, mordiscando o barbicacho. Bateu no balcão com o cabo do rebenque e gritou para o bolicheiro: — *Otra caña!*

O bolicheiro serviu a bebida. O castelhano empurrou o copo para perto de Babalo e, já com a cara fechada, ordenou:

— Tome!

Babalo não perdeu a calma.

— Gracias, mas já disse que não bebo.

O correntino recuou dois passos e puxou a adaga. O dono da venda correu para o fundo da casa. Os outros homens foram se retirando. Só dois ficaram a um canto, neutros, mas vigilantes.

— *Deféndase!* — bradou o castelhano. — *No peleo con hombre desarmado!*

A todas essas, brandia a adaga na frente do nariz do outro. Aderbal pediu-lhe que tivesse calma, pois não pagava a pena brigar por tão pouco. Virou-lhe as costas, pegou o rolo de fumo e ia sair quando o Pancho Gutiérrez gritou:

— *Covarde! Sinvergüenza! Hijodeputa!*

Babalo sentiu esta última palavra como uma chicotada na cara. Estacou, vermelho, agarrou o copo e, num gesto rápido, atirou a cachaça na cara do castelhano, e enquanto este esfregava os olhos, zonzo, arrancou-lhe a adaga da mão e, antes que ele tivesse tempo de tirar o revólver, aplicou-lhe com tal violência um soco no queixo, que o correntino caiu de costas, bateu com a nuca no chão e perdeu os sentidos.

— Vá embora o quanto antes! — disse-lhe um dos homens. — Senão o castelhano le mata quando acordar.

Aderbal, porém, já se encontrava ajoelhado ao pé do outro, tentando reanimá-lo. Estava desconcertado, infeliz, envergonhado de si mesmo.

— Será que lastimei mesmo o moço? Que barbaridade! Sou um bagual!

Os outros insistiam para que ele fugisse o quanto antes.

— Vassuncê não sabe com quem se meteu. Esse correntino é capaz de le beber o sangue!

— E se ele está morto? — perguntou ainda Aderbal.

— Qual morto! Não vê que o homem está respirando? Vá embora, se tem amor à pele.

Babalo retirou-se, com relutância, lentamente. Parou à porta da venda, voltou-se, soltou um suspiro e murmurou:

— As cosas que um homem é obrigado a fazer na vida! Os senhores me desculpem. Não tive a intenção. E não façam mau juízo de mim. Não foi nenhuma implicância da minha parte. É que não bebo mesmo.

Montou a cavalo e se foi.

O espírito pícaro de Aderbal Quadros era também muito conhecido em Santa Fé. Atribuía-se-lhe, entre outros casos, o seguinte diálogo. Estava o velho picando fumo, a conversar com dois moços, quando um desses lhe perguntou:

— Qual é a sua opinião sobre a barba-de-bode?

Babalo entrecerrou os olhos, hesitou um instante, e depois disse:

— A barba-de-bode é flor de pasto, porque nunca morre nem em tempo de seca, e assim o gado tem sempre o que comer. Campo com barba-de-bode é campo mui valorizado...

Os rapazes se entreolharam espantados sem saber se o velho falava sério ou não. Aderbal piscou o olho para um tropeiro que os entreouvia. A conversa mudou de rumo, mas de novo voltou para assuntos campeiros. Um dos moços perguntou:

— Seu Babalo, que me diz dos campos do coronel Teixeira?

O velho, sem pestanejar, respondeu:

— Não prestam. Pura barba-de-bode!

Disse isso e retirou-se apressado, como quem de repente se lembra de que tem algo de urgente a fazer.

Rodrigo já havia observado que, depois de soltar uma piada ou contar o desfecho duma anedota, o sogro se afastava dos interlocutores, sob risadas, como um ator que sai de cena. Sim, Aderbal Quadros tinha o senso dramático, embora nunca houvesse entrado num teatro em toda a sua vida.

Caminhava gingando, como se tivesse uma perna mais curta que a outra. Um dia alguém perguntou a d. Laurentina: "Por que é que seu marido rengueia assim? Algum defeito na perna?". Ela sacudiu a cabeça e respondeu: "Qual! É pura faceirice do velho".

Depois de ter sido o estancieiro mais rico da Região Serrana, Babalo perdera seu dinheiro, seu gado e seus bens de raiz numa sucessão de negócios infelizes, ficando sem vintém. Arrendava agora nos arredores da cidade uma chácara de seis hectares — o Sutil — onde plantava linhaça, milho e hortaliças, criava galinhas e porcos, e tinha alguns cavalos e vacas leiteiras. Era lá que, no dizer de d. Laurentina, o marido "brincava de estancieiro". Punha nome de gente nas suas flores e árvores. As flores levavam o nome de moças e senhoras de suas relações. As árvores eram batizadas com os nomes de grandes homens do Rio Grande.

Com relação aos negócios, Aderbal Quadros sempre achara o lucro uma coisa indecente, e dava pouco ou nenhum valor ao dinheiro. Uma das razões por que perdera a fortuna fora seu incurável otimismo, sua incorrigível falta de habilidade comercial, sua inabalável confiança na decência inata do homem. Recusava-se, em suma, a acreditar na existência do Mal. Estava sempre disposto a encontrar desculpa para os que transgrediam a lei. Só não tolerava a violência.

Vinha dum tempo em que fio de barba era documento, e por isso nos seus anos de prosperidade emprestara dinheiro sem juros, sob palavra, sem exigir nenhum papel assinado. Isso contribuíra em grande parte para a sua ruína.

Aderbal tinha uma grande veneração, um comovido respeito (que raramente ou nunca se traduzia em palavras, fórmulas ou preceitos) por todas as expressões de vida. Detestava a brutalidade e tudo quanto significasse destruição e morte. Jamais caçara e não permitia que se caçasse em suas terras. Acolhia no Sutil todos os cachorros sem dono que lhe apareciam ou que ele recolhia nas ruas de Santa Fé. Curava-lhes a sarna, encanava-lhes as pernas quebradas, pensava-lhes as feridas — conforme fosse o caso — e imediatamente adotava o animal. Os que lhe conheciam todas essas "esquisitices" diziam: "Deve ser alguma doença".

Católico por tradição, Babalo jamais ia à missa e não levava padre muito a sério. Só entrava em igreja para assistir a missa de sétimo dia, encomendação de defunto, casamento ou batizado. Acreditava na existência de Deus, isso sim, achava que o Velho devia ser "uma pessoa de bons sentimentos e bem-intencionado", mas que às vezes por distração, excesso de preocupações ou qualquer outro motivo, descuidava-se da terra e dos homens, permitindo que aqui embaixo acontecessem injustiças e barbaridades.

Tinha horror às máquinas, que considerava a desgraça do mundo. Achava o aeroplano "uma indecência" e esperava que essa engenhoca jamais viesse sujar os céus de Santa Fé, pois já bastava o automóvel, que fazia barulho, empestava o ar e assustava pessoas e bichos.

Contava-se que nos tempos de tropeiro costumava dormir dentro dos muros dos cemitérios campestres, por serem esses lugares mais seguros e em geral abrigados dos ventos.

— E se um dia le aparecesse algum fantasma, seu Babalo — perguntou-lhe alguém —, que era que o senhor fazia?

— Ora — respondeu o velho —, eu olhava pra ele e perguntava: "Que é que vassuncê ganha com isso, meu patrício?". O fantasma não achava resposta, encabulava... e desaparecia.

16

Naquela tarde de fins de abril, Aderbal Quadros atravessava a praça da Matriz, rumo do Sobrado, para a sua costumeira visita semanal. Vendo uma aglomeração na frente da Intendência, pensou: "Lá está o Madruga com suas potocas". A dar crédito às notícias que o intendente mandava afixar no seu quadro-negro, os revolucionários andavam de derrota em derrota e a revolução não duraria nem mais um mês.

Parou para bater o isqueiro e acender o grosso cigarro de palha que tinha entre os dentes. Ficou chupando o crioulo, soltando baforadas, pensando... Tinha de reconhecer que, apesar de algumas vitórias animadoras e de algumas localidades ocupadas, o Exército Libertador tivera aquele mês alguns reveses feios. Havia tentado, mas sem sucesso, apoderar-se de Uruguaiana. As forças legalistas tinham retomado Alegrete. O gen. Honório Lemes e o dr. Gaspar Saldanha se haviam desentendido e isso entre correligionários, em tempo de revolução, era mau, muito mau. A todas essas o diabo da intervenção federal não vinha. O que vinha mesmo era o inverno, que já se anunciava num ventinho picante.

Babalo cuspiu sobre a grama dum canteiro e retomou caminho. Um cachorro correu para ele e começou a fazer-lhe festas. Eles me conhecem... — pensou o velho com um sereno contentamento. Acocorou-se, acariciou a cabeça do animal, alisou-lhe o pelo do lombo e depois continuou a andar na direção do Sobrado. Deu uns dez passos, olhou para trás e sorriu. O vira-lata o seguia, como ele esperava.

Quando entrou no redondel da praça, viu uma cena que o fez estacar, chocado. Dois soldados do corpo provisório local, ambos com a espada desembainhada, perseguiam um homem que corria a pouca distância deles. Babalo apertou os olhos e reconheceu o perseguido. Era Arão Stein. Tinha perdido o chapéu, seus cabelos fulvos lampejavam ao sol. Aderbal ficou por um momento sem saber o que fazer. Viu o rapaz tropeçar e cair de borco, com a cara no chão. Num segundo os provisórios estavam em cima dele e o mais graduado — um sargento — lhe aplicava com força um espadaço nas costas. Babalo precipitou-se rengueando na direção dos homens e, quando o sargento ergueu a espada para um novo golpe, o velho segurou-lhe o braço com ambas as mãos e manteve-o no ar, ao mesmo tempo que gritava:

— Parem com esta barbaridade!

O outro soldado levantou o judeu do chão e prendeu-lhe ambos os braços às costas, imobilizando-o. Stein arquejava, lívido. Dum dos cantos de sua boca escorria um filete de sangue.

— Bandidos! — vociferou. — Assassinos! Mercenários!

Babalo reconheceu no sargento, cujo braço ainda segurava, um antigo peão de sua estância.

— Maneco Pereira da Conceição! — exclamou ele, escandindo bem as sílabas. — Filho dum maragato, veterano de 93. Que bicho te mordeu? Como foi que te botaram essa roupa infame no corpo? Se teu pai te visse, morria de vergonha.

O outro baixou a cabeça e o braço.

— São dessas coisas, seu Aderbal — murmurou.

— Que crime cometeu este moço?

Stein adiantou-se:

— Querem me levar à força para o Corpo Provisório, seu Aderbal. — O sangue escorria-lhe pelo queixo, pingava-lhe no peito, manchando a camisa. Uma mecha de cabelo caía-lhe sobre os olhos. — Não vou! Me recuso! Protesto!

— Larguem o rapaz — ordenou Aderbal.

— Estamos cumprindo ordens — explicou o sargento, ainda sem coragem para enfrentar o ex-patrão.

— Ordens de quem?

Naquele instante um tenente do Corpo Provisório, que se aproximara do grupo, inflou o peito e falou grosso:

— Ordens minhas!

Babalo voltou a cabeça e mirou o outro de alto a baixo. O rapaz teria uns vinte e poucos anos, era alto e magro, e estava enfarpelado num uniforme cortado a capricho, com talabarte novo; suas botas de cano alto reluziam. Uma grande espada lhe pendia do lado esquerdo do cinturão, ao passo que no direito uma Parabellum escurejava, ameaçadora.

Um grupo de curiosos estava agora reunido em torno daquelas cinco figuras. Aderbal compreendeu logo que o tenentezinho estava representando para o público. O vira-lata, a todas essas, continuava a andar, saltitante, ao redor do ex-tropeiro.

— Como vais, Tidinho? — perguntou este último. Conhecia o tenente desde que ele nascera. — Como vai a tua mãe? Como é que ela te deixa andar fantasiado desse jeito?

Ouviram-se risinhos em torno.

— Meu nome é Aristides — corrigiu o outro, de cenho franzido. E acrescentou, autoritário: — Fui eu que dei ordens para agarrar esse judeu.

Babalo sorriu, pegou o cigarro apagado que havia posto atrás da orelha, bateu o isqueiro, acendeu o crioulo e só depois de tirar a primeira baforada é que, encarando de novo o oficial, disse com toda a calma:

— Não sei se te lembras, menino, que há mais ou menos uns dôs mil anos os

288

soldados dum tal de Pilatos agarraram um homem pra maltratar. Esse homem era também um judeu, tu sabias?

O tenentezinho deu um passo à frente:

— Levem esse sujeito pra Intendência!

Os olhos de Stein fitaram-se em Aderbal Quadros, que disse:

— Se levarem ele, têm de me levar a mim também.

— O senhor está me criando dificuldades — murmurou o tenente, já não muito seguro de si mesmo.

— E o senhor — retrucou Aderbal — está desrespeitando a Constituição! Vou falar com o comandante da Guarnição Federal.

Pela expressão dos olhos do tenente, via-se que ele estava indeciso. Aproximou-se de Stein, ainda numa tentativa de manter sua autoridade, e exclamou:

— Vamos!

Babalo tocou no braço do soldado que prendia Arão Stein:

— Largue o outro, menino!

Essas palavras foram ditas num tom de tão enérgica autoridade paternal, que o provisório obedeceu imediatamente. Aderbal tomou do braço de Stein, olhou para o tenente e disse:

— Sabes duma coisa? Quando tu eras pequeninho te peguei no colo, muita roupa me molhaste. Não me venhas agora com ares de herói, que não te recebo.

Disse isso e se foi, conduzindo Stein na direção da calçada, sob o riso dos espectadores. O vira-lata os seguia sacudindo o rabo. O sargento continuava de olhos no chão. O soldado parecia muito desmoralizado.

— Um momento! — gritou o oficial, levando a mão à espada.

Babalo voltou-se e, com o cigarro colado ao lábio inferior, disse, calmo:

— Cuidado, Tidinho, tu ainda vais te machucar com essa arma.

O tenente ficou vermelho, olhou em torno e, numa satisfação àquelas testemunhas todas, exclamou:

— Ah! Mas isto não vai ficar assim!

Saiu, pisando duro, na direção da Intendência, seguido pelo soldado. O sargento ficou onde estava, meio encalistrado. Depois, como um conhecido se aproximasse dele, justificou-se:

— Não vê que fui peão do seu Babalo. Flor de homem! Mesmo que um pai. Como é que eu ia desacatar ele? Nem que me matassem.

E enfiou com muita dificuldade a espada na bainha.

Aderbal Quadros entrou com Arão Stein no Sobrado e contou às mulheres o que acabara de acontecer. Flora, toda trêmula, fez o judeu sentar-se.

— Que é isso na boca? — perguntou.

— Caí e acho que quebrei um dente. Os bandidos me deram um espadaço nas costas...

Fizeram-no deitar no sofá, tiraram-lhe o casaco e a camisa. Sobre a pele branca, de poros muito abertos, desenhava-se um vergão arroxeado, que inchava. Maria Valéria gritou para Laurinda que preparasse um café para o moço. Inclinou-se para examinar o ferimento, sacudiu a cabeça e exprimiu toda a sua pena numa frase:

— Pobre do João Felpudo!

E em seguida teve ímpetos de pegar uma tesoura de tosquiar e, aproveitando a oportunidade, cortar as melenas do rapaz.

Poucos minutos depois, Dante Camerino entrou no Sobrado na companhia de Roque Bandeira. O primeiro examinou Stein com cuidado e por fim disse:

— Nada de sério. O pior deve ter sido o susto.

O judeu parecia muito constrangido por estar seminu diante das mulheres. Tornou a vestir a camisa, olhou para o doutor e disse:

— Não fiquei assustado, mas indignado. É diferente.

— Está bem — disse Camerino. — Vamos aplicar umas compressas de água vegetomineral nas costas. Faça uns bochechos de água oxigenada e amanhã vá ao dentista.

Stein ergueu os olhos para Roque e perguntou-lhe em tom fúnebre:

— Não quiseram te pegar também?

— Quiseram — sorriu o outro. — Chegaram a me levar à Intendência. Declarei que sou míope e tenho os pés chatos. A primeira declaração é falsa: a segunda, verdadeira. Me soltaram sem fazer exame médico. Viram logo que eu ia dar um mau soldado.

Leocádia trouxe o café, que Stein bebeu tremulamente, em lentos goles que pareciam descer-lhe com dificuldade pela garganta.

Dante Camerino transmitiu às mulheres as notícias que tivera aquele dia da Coluna Revolucionária de Santa Fé.

— Reuniram-se provisoriamente às forças de Leonel Rocha, entraram juntos no município de Cruz Alta e tomaram Neu-Württemberg. Depois se separaram e a nossa gente marchou para lugar ignorado...

E como lesse uma interrogação ansiosa nos olhos de Flora, acrescentou:

— Não se preocupe. O doutor Rodrigo, o coronel Licurgo, o Toríbio e os outros amigos estão todos bem. A Coluna não teve ainda nenhuma baixa.

Aderbal Quadros subiu para ver as crianças. Levava-lhes como de costume caramelos e cigarrinhos de chocolate. No quarto onde os netos brincavam, ajoelhou-se para fazer a distribuição. Quando se viu cercado por Jango, Edu, Sílvia e Bibi, pensou satisfeito: "Os meus cachorrinhos". Zeca, como um vira-lata sem dono, aproximou-se, na esperança de receber também sua ração.

17

Naquele mesmo dia a Coluna comandada por Licurgo Cambará reentrava no município de Santa Fé. Rodrigo pensava nas horas que haviam passado em

Neu-Württemberg, colônia alemã pertencente ao feudo político do gen. Firmino de Paula. Tivera lá a oportunidade de tomar um banho, comer boa comida, dormir em cama limpa, e ter mulher... Havia passado mais de um mês numa castidade forçada que era apenas do corpo, nunca do espírito. Pensava constantemente em mulher, como um adolescente. Ruminava passadas aventuras e prazeres.

Agora aqui estavam de novo nos campos de Santa Fé, sob um sol dourado, sem saberem exatamente para onde iam. Em Neu-Württemberg haviam tido oportunidade de requisitar armas e munição de boca e de guerra. Toríbio encantara-se com uma colona de ancas calipígias e levara-a para o quarto de seu hotel, meio à força, desmentindo pelo menos em parte os seus princípios de que para o ato do amor só aceitava "voluntárias". Passara cinco horas com ela na cama e depois, sempre acompanhado da viçosa companheira, fora para um café encharcar-se de cerveja. O dr. Miguel Ruas conseguira organizar um grande baile puxado a gaita e no qual, ainda arrastando uma perna, brilhara dançando valsas, polcas, mazurcas e xotes. Tivera um rival sério em Chiru, que as moças pareciam preferir, pois, com sua basta cabeleira e sua flamante barba loura, grandalhão e exuberante, parecia um *viking* extraviado no tempo e no espaço. Pedro Vacariano também atraíra a atenção das moças do lugar, o que deixara Rodrigo um tanto irritado, pois sua má vontade e desconfiança para com o caboclo continuavam.

E agora, de novo em marcha, Rodrigo recordava todas essas coisas. Liroca, encolhido sob o poncho, cavalgava a seu lado.

— Você fez uma conquista bonita — disse ele após um longo silêncio.

Rodrigo voltou a cabeça:

— Eu? Como?

— A dama da casa grande.

— Ah!

Sim, ele arranjara também uma "namorada" em Neu-Württemberg. E agora recordava a história, enternecido... Fora convidado à casa de *Frau* Wolf, uma senhora de quase oitenta anos, viúva do mais importante industrialista do lugar, matriarca dum numeroso clã. Vivia numa grande casa de madeira, de tipo bávaro, no meio de árvores, flores, filhos, filhas, genros, noras e netos; e livros, muitos livros. Recebeu Rodrigo com uma graça de castelã antiga, ofereceu-lhe café com leite com bolos e *Apfelstrudel*, e mais tarde, ao fim da visita, vinho do Reno. Mostrou-lhe a Bíblia da família, impressa no século XVIII, falou-lhe de seus autores prediletos e acabou recitando Heine e Goethe, "para o senhorr sentirr a música da língua alemã". Entardecia quando a velhinha se ergueu da sua poltrona, encaminhando-se para um pequeno órgão de fole que se achava a um canto da sala. Sentou-se junto dele, estralou as juntas das mãos e pôs-se a tocar um trecho de Bach. Rodrigo estava maravilhado, com a impressão de ter entrado num outro mundo. Aquela senhora vestida de negro, os cabelos brancos pentea-

291

dos à moda do fim do século passado, os móveis, os bibelôs, os quadros, a louça daquela casa, o cheiro de madeira envernizada que andava no ar — tudo lhe evocava uma Alemanha que ele apenas conhecia através da literatura e de gravuras de revista.

Ao despedir-se de *Frau* Wolf, no alpendre, beijou-lhe a mão. E, para mais uma surpresa sua, as únicas palavras de despedida da velha dama foram uns versos de Alfred de Musset, que ele conhecia dos tempos de academia:

Beau chevalier qui partez pour la guerre,
Qu'allez-vous faire
Si loin d'ici?
Voyez-vous pas que la nuit est profonde,
Et que le monde
N'est que souci?

Desceu a escada com lágrimas nos olhos.

Depois dessa comovedora visita — continuava Rodrigo a pensar —, fora em companhia do pai encontrar-se com o gen. Leonel Rocha, na casa onde este se hospedava. O chefe maragato recebeu Licurgo com uma simplicidade afável:

— Pois já tinha ouvido falar no senhor... — disse, ao apertar a mão do chefe da Coluna Revolucionária de Santa Fé.

Licurgo cumprimentou-o friamente. E depois, ao ouvir os elogios pessoais que o outro lhe fazia, remexeu-se na cadeira, num visível mal-estar.

O comandante federalista transmitiu ao companheiro as notícias que tinha das operações em outros setores do estado. O gen. Honório Lemes andava "fazendo estrepolias lá pras bandas do Alegrete". Era vivo e valente, conhecia o terreno como ninguém, e quando a coisa apertava ele se enfurnava no Cerro do Caverá, onde o inimigo não ousava atacá-lo.

— O que tem atrapalhado o homem — continuou Leonel Rocha — é a falta de munição. O resto ele tem. Ainda há pouco manteve cercada a tropa do coronel Claudino, mas não atacou por falta de munição. É uma lástima!

— E o senhor dum modo geral considera a situação boa para nós, general? — perguntou Rodrigo, já que o pai se mantinha calado.

— Pois, amigo, sou um homem rude mas com alguma experiência de revolução. Briguei em 93, tenho andado sempre envolvido com esses pica-paus. Acho que o negócio até que vai bem... Não ouviram a última? O general Portinho tomou Erechim e deu uma sumanta nos provisórios em Quatro Irmãos. Me informaram que as forças do governo perderam mais de cinquenta homens...

Havia ainda outras boas notícias. Os assisistas tinham tomado Dom Pedrito, e Zeca Neto por algumas horas ocupara a vila de São Jerônimo, "nas barbas do Borjoca". Contou também que o caudilho uruguaio Nepomuceno Saraiva havia invadido o estado, com um grupo de compatriotas, tendo se juntado às forças de Flores da Cunha.

Neste ponto a face do velho guerrilheiro ensombreceu, e foi com voz velada que ele disse:

— É uma barbaridade. Aceitarem o auxílio de mercenários estrangeiros, para ajudarem a matar nossos irmãos!

— Mas o senhor se esquece — replicou Licurgo — que em 93 os federalistas pediram o auxílio do bandido Gumercindo, tio desse mesmo Nepomuceno que agora está ajudando os borgistas...

Nesse instante Rodrigo gelou. A coisa estava ficando feia...

Juquinha Macedo, que comparecera também à conferência, interveio providencialmente:

— A revolução de 93 acabou, companheiros, são águas passadas. — E desconversou: — Me diga uma coisa, general, o senhor acha muito arriscado atacar Santa Fé agora?

O caudilho de Palmeira olhou pensativamente para a ponta do cigarro e depois respondeu:

— Bueno, pode ser meio cedo, mas impossível não é. Ouvi dizer que a tropa do Madruga, além de ruim, agora vai ficar desfalcada, pois o Firmino de Paula lhe pediu quinhentos homens para guarnecer Cruz Alta e Santa Bárbara...

De toda a conversa uma coisa ficara, nítida e imutável. Era impossível a incorporação definitiva da Coluna de Santa Fé às tropas de Leonel Rocha. Licurgo Cambará jamais se submeteria ao comando dum federalista.

Pensando em todas essas coisas, Rodrigo sorria. Desde a pequena escaramuça que haviam tido ao se aproximarem de Neu-Württemberg, o velho Liroca andava taciturno, meio arredio. Uma parte da Coluna tinha sido atacada de surpresa por uma patrulha do Corpo Provisório de Cruz Alta, que os obrigara a apear dos cavalos e entrincheirar-se atrás da cerca de pedra dum cemitério. Balas zuniam no ar, uma delas bateu em cheio na ponta duma cruz, derribando-a. Outra destruiu o ninho que um joão-de-barro construíra na forquilha duma árvore. Rodrigo brigava com alegria, atirando com sua Winchester. Era o seu primeiro combate e ele estava alvorotado, desejando já que a coisa fosse maior, mais séria. Liroca, agachado a seu lado em cima duma sepultura rasa, tremia debaixo do poncho, batia queixo com tanta força que era possível ouvir o rilhar de seus dentes, apesar das detonações.

— Que é isso, Liroca? — perguntou Rodrigo em dado momento, sem olhar para o amigo, e atirando sempre.

— É a maleita — respondeu o velho, com voz trêmula.

— Te deita, então. É só uma patrulha. E o esquadrão do Bio vem aí.

Voltou-se para seus comandados e gritou:

— Cessar fogo!

Corriam agora o perigo de alvejar os próprios companheiros. Ouvia-se o tropel da cavalaria de Toríbio: o chão vibrava como um tambor. O cemitério ficava no alto duma coxilha, e ali detrás da cerca de pedra, Rodrigo assistiu a um espetáculo que lhe fez bem ao peito. Hip! Hip! Hip! — gritavam os cavalarianos. Atiravam-se de lanças enristadas em cima da patrulha legalista, que de repente cessou fogo e precipitou-se, declive abaixo, largando as armas. O tenente que a comandava foi o primeiro a fugir. Ficaram apenas dois soldados de joelho em terra, atirando ainda. Um deles não tardou a cair. O outro conseguiu derrubar com um tiro um dos cavalos, que projetou longe o cavaleiro. Mas o negro Cantídio, que vinha na frente do piquete, espetou o atirador na sua lança. Já os cavaleiros restantes alcançavam os outros soldados, que caíam sob o golpe das espadas e lanças. Toríbio fez questão de agarrar o tenente. Laçou-o quando ele ia cruzando uma sanga e trouxe-o a cabresto, coxilha acima. A encosta estava juncada de feridos e mortos. O lanceiro revolucionário que caíra do cavalo tinha quebrado o braço. O animal estava morto. Tiraram-lhe os arreios e deixaram-no no campo. Não havia tempo para enterrá-lo.

— Os urubus que tenham bom proveito! — gritou alguém.

E a coluna retomou a marcha na direção de Neu-Württemberg, levando os prisioneiros. Tinham agora mais vinte Mausers e trezentos e cinquenta tiros.

De quando em quando Rodrigo olhava de soslaio para Liroca. Como era possível compreender aquele homem? Tinha pavor de tiro e no entanto insistira em vir para a coxilha. Sua covardia era notória, vinha de 93. Tinha agora idade suficiente para ficar em casa sem desdouro. Mas recusava-se a isso. Parecia fascinado pelo lenço encarnado e tudo quanto ele significava. Para ele, decerto, ser maragato era algo de mágico. Se não tivesse vindo, viveria envergonhado, sem paz de consciência. Não sei como esse velho coração aguenta todas as emoções de guerra — refletiu Rodrigo. Tornou a olhar para o velho, dessa vez com admiração, porque de repente lhe veio uma dúvida. Afinal de contas não seria José Lírio o mais verdadeiramente corajoso de todos eles?

Quando acamparam aquela noite, Rodrigo discutiu o assunto com Toríbio. Estavam ambos deitados lado a lado, sobre os pelegos, num campo de craguatás. Era uma noite fria e límpida. À luz da lua cheia, os pendões das ervas-brancas pareciam cobertos de neve.

— Sempre considerei o velho Liroca um homem de valor — disse Toríbio, mordiscando um talo de grama. Depois duma pausa acrescentou: — Te garanto que o perigo me dá uma espécie de gozo, como dormir com uma mulher bonita. Quero dizer: *quase*....

Rodrigo já não lhe prestava mais atenção. Olhava para as estrelas e pensava na filha. Como seria bom tê-la agora nos braços, beijar-lhe os cabelos, niná-la...

— Estou com uma saudade danada — murmurou ele. — Da Flora, dos meus filhos, da minha casa...

— Por isso é bom não ter família. Quando um homem pensa na mulher ou nos bacuris começa a se cuidar e acaba ficando um medroso, não se arriscando nunca. Sempre achei que solteiro briga melhor que casado.

— Bobagem. E depois, Bio, há no mundo coisas melhores do que brigar.

— Pode ser... não discuto. Mas o homem sempre tem andado em duelos e guerras, desde o princípio do mundo. A gente tem de estar preparado.

— Qual! Estás inventando essa filosofia para justificar teu prazer de pelear.

— Pode ser... Mas tu mesmo gostas de brigar, não vais me dizer que não...

Rodrigo ficou pensativo por um instante.

— Confesso que gosto. Palavra, na hora daquele tiroteiozinho me senti feliz. O que não me agrada é esta sujeira, este desconforto...

— A vida de cidade te amoleceu. Isso está acontecendo com muitos filhos de estancieiros. Vão para Porto Alegre, para o Rio, ou para Paris, como o Terêncio Prates, ficam uns almofadinhas, beijam as mãos das damas, se perfumam, quando voltam trocam a bombacha pelo culote, vêm com inovações e frescuras... São uns bundinhas, não valem mais um caracol. Isso é ruim pro Rio Grande. Compara esta nossa revoluçãozinha mixe com a de 93. Naquele tempo, sim, se brigava de verdade, morria mais gente, não andava um fugindo do outro. Maragatos e pica-paus iam pra coxilha pra matar ou morrer.

Rodrigo olhava para a lua.

— Bom — disse —, acho que isso é um sinal de que nossa gente se humaniza. Ainda não ouvi falar em nenhum degolamento nesta revolução.

— Inocente! Tem havido vários. Menos que em 93, mas tem havido. Precisamos dar tempo à rapaziada...

— Brigar é bom, mas matar é horrível. Mesmo quando se trata de nosso pior inimigo. É por isso que eu nunca poderia fazer parte do teu esquadrão de lanceiros. Matar um homem com uma bala, de longe, é uma coisa. Matar de perto, varar o peito de alguém com a lança ou a espada, sentir quando o ferro entra na carne, ver o sangue, ah!, isso deve ser pavoroso.

— Não sou nenhum bandido, meu prazer está na ação, no movimento e não em matar. Mas uma coisa a gente não deve esquecer: se não matamos o inimigo, ele nos mata.

— Sabes do melhor? Vamos dormir.

FIM DO PRIMEIRO TOMO

O ARQUIPÉLAGO vol. II

Lenço encarnado

[continuação]

18

Maria Valéria costumava ler os jornais todos os dias, com os óculos acavalados no longo nariz. Flora gostava de observá-la nessas ocasiões. A velha não podia ler sem mover os lábios. De vez em quando fazia um comentário em voz alta — hum! —, encolhia os ombros — mentira! — ou sacudia a cabeça — boa bisca! — e assim por diante...

Naquela tarde de maio a Dinda lia o *Correio do Povo*, sentada na sua cadeira de balanço, enquanto Flora bordava a seu lado. As crianças brincavam no vestíbulo, numa grande algazarra.

— Vão pro quintal! — gritou a velha. — Não posso ler com esse barulho.

Flora ergueu-se para fazer que os filhos cumprissem a ordem. Ao passar pela sala de visitas, surpreendeu Sílvia sentada na frente do retrato de Rodrigo, as mãos pousadas no regaço, uma névoa triste nos olhos. Quando deu pela presença da madrinha, ficou perturbada, como se a tivessem pilhado a roubar doces na despensa. Flora compreendeu tudo e comoveu-se.

— Minha querida! — exclamou. — Que é que estás fazendo aqui sozinha? Vai lá pra cima brincar com a Alicinha.

Quando voltou para a sala de jantar, minutos mais tarde, Maria Valéria lançou-lhe um olhar por cima dos óculos e perguntou:

— Que bicho será este?

— Que bicho?

A velha tornou a baixar o olhar para o jornal e leu:

— *Habeas corpus*. Todo o mundo está pedindo esse negócio.

— Ah! Deve ser coisa de advogado. O Rodrigo uma vez me explicou. Parece que é para tirar uma pessoa da cadeia.

— Hum...

Muitos assisistas tinham sido presos em Porto Alegre e outras localidades do estado: jornalistas, políticos e gente do povo. A coisa ficava cada vez mais preta.

A Dinda ergueu-se, brusca, amassou com raiva o jornal e atirou-o em cima duma cadeira, como se aquelas folhas de papel fossem as principais responsáveis pela situação em que se encontrava o Rio Grande e o resto do mundo. Aproximou-se da janela e olhou para fora.

— Chii! — exclamou. — Estamos bem arranjadas...

— Que foi que houve?

— A dona Vanja vem nos visitar. Está atravessando a rua...

Flora sorriu. Maria Valéria embirrava com a tia de Chiru. D. Evangelina Mena era uma velha limpinha e ágil, com algo de passarinho nos movimentos e no olhar. Grande ledora de novelas folhetinescas, falava difícil, empregava vocábulos e frases que a gente em geral só encontra em livros ou notícias de jornal. Era talvez a única pessoa em Santa Fé que usava palavras como *alhures*, *algures* e *nenhures*. Nunca pedia silêncio; sussurrava: *caluda!* Quando queria estimular alguém, exclamava: *eia! Sus! — Caspité!* era uma de suas interjeições prediletas. Para ela povo era sempre *turbamulta*; mãe, *genitora*; vaga-lume, *pirilampo*; cobra, *ofídio*. Tinha seus adjetivos, advérbios, substantivos e verbos arrumadinhos aos pares. *Aspiração* nunca se separava de *lídima*. *Massa* sempre andava junto com *ignara*. E podia haver uma coisa *preparada* que não fosse *adrede*?

Sorrindo, Flora foi abrir-lhe a porta. Tinha uma ternura particular por d. Vanja. Divertia-se e ao mesmo tempo comovia-se com essas peculiaridades da velhinha que tanto irritavam Maria Valéria.

E ali estava a criatura agora no portal do Sobrado, com seus olhos azuis de boneca, suas roupas imaculadas, um chapéu com flores e frutas de pano posto meio de lado na cabeça completamente branca. No rostinho enrugado e emurchecido, havia ainda uma certa graça e vivacidade de menina.

— Olaré!

Flora abraçou-a e beijou-a.

— Entre, dona Vanja. Mas suba devagarinho a escada.

Maria Valéria recebeu-a com um simples aperto de mão e imediatamente seus olhos de Terra focaram-se, críticos, na tia de Chiru. Reprovava a maneira como ela se vestia. Só faltava botar bananas, laranjas e abacaxis como enfeites no chapéu! E verde-claro era lá cor que uma mulher velha e viúva usasse?

D. Vanja sentou-se, pediu notícias de Licurgo e dos "meninos". Apesar de ter verdadeira adoração pelo sobrinho, não parecia muito preocupada por sabê-lo na revolução. Para ela, aquele movimento armado era apenas uma espécie de parada. Romântica, só via o lado glorioso das guerras. Recitava com frequência "O estudante alsaciano", sabia frases célebres de grandes generais da história. Sonhava com ver Chiru voltar da revolução feito herói, "feliz, coberto de glória, mostrando em cada ferida o hino duma vitória" — como dizia o poema. Não lhe passava pela cabeça a ideia de que seu querido sobrinho pudesse ser morto. Preocupava-se um pouco, isso sim, com a possibilidade de o "menino" apanhar algum resfriado, a senhora sabe, "as marchas forçadas nessas estepes do Rio Grande, nos dias hibernais que se aproximam, as geadas branquejando as campinas infinitas... enfim, todas essas contumélias da sorte, inclusive o perigo de comer alguma fruta verde e ter algum distúrbio intestinal, que Deus queira tal não aconteça".

— E vacê como vai? — perguntou-lhe Maria Valéria, sem o menor interesse.

A visitante disse que ia bem "graças ao Supremo Arquiteto do Universo". (Era viúva dum maçom.) Ao dizer essas palavras alisou uma prega da saia. Depois abriu a bolsa bordada de contas de vidro coloridas e tirou de dentro dela um lencinho rendado recendente a patchuli. Soltou um suspiro.

— Mas estou muito triste, hoje... — murmurou.

— Que foi que aconteceu?

— Não leram então o *Correio do Povo*?

Flora teve um sobressalto.

— Alguma notícia ruim?

— Muito ruim. Morreu a Jacqueline Fleuriot.

— Quem?

— Então não sabem? A personagem principal d'*A ré misteriosa*, que o *Correio* estava publicando em folhetim. Apareceu hoje o último episódio. O jovem causídico finalmente descobriu que a ré que ele defendia tão ardorosamente, por pura piedade, outra não era que sua própria genitora. Muito tarde, tarde demais! Com a saúde minada por tantas emoções, a pobre Jacqueline, depois de abraçar o filho, entregou a alma ao Criador.

Maria Valéria e Flora entreolharam-se. Uma revolução convulsionava todo o estado, irmãos se matavam uns aos outros nos campos e nas cidades, e ali estava d. Evangelina Mena com os olhos cheios de lágrimas por causa d'*A ré misteriosa*. Era demais! Maria Valéria sentiu a necessidade de fazê-la voltar à realidade.

— Fiz uns quindins hoje de manhã — disse. — Vacê quer?

O rosto de d. Vanja resplandeceu.

— Adoro quindins! São como pequenos sóis, não é mesmo? ou como medalhões de ouro de algum potentado asiático, não acha?

Já de pé, a outra replicou:

— Não acho. Pra mim, quindim é quindim. O principal é que esteja bem-feito.

Pronunciou essas palavras e marchou na direção da despensa.

19

No dia seguinte, ao entardecer, o cel. Barbalho apareceu fardado na casa dos Cambarás para dizer às mulheres que, embora a posição do Exército fosse de rigorosa neutralidade naquela "luta fratricida", ele considerava seu dever de militar e de brasileiro zelar pela segurança e tranquilidade de todas as famílias, sem distinção de credo político, e garantir a inviolabilidade de todos os lares, bem como os direitos civis de cada cidadão.

— Não permitirei abusos — disse, sentado muito teso na cadeira. — Quero saber se posso ser-lhes útil em alguma coisa.

Flora estava comovida com as palavras do comandante da guarnição. Não, não precisavam de nada especial, e ficavam muito gratas... Maria Valéria interrompeu-a:

— O senhor sabe o que fizeram pro Arão? — perguntou. — Pois dês do dia que os provisórios quiseram agarrar o rapaz, achamos melhor ele ficar aqui em casa. Mas, que diabo! O vivente não pode passar o resto da vida escondido atrás de nossas saias.

O coronel engoliu em seco:

—Já providenciei — disse. — Avistei-me com o coronel Madruga. Prometeu não só deixar o moço em paz como também cessar esse recrutamento forçado, a maneador.

Fez-se um silêncio. Flora não encontrava assunto. O militar também não falava. Maria Valéria, que odiava uniformes, esfriava o visitante com a geada de seu olhar.

Naquela noite deram a notícia a Arão Stein, que ficou contente por saber que poderia voltar para casa. Maria Valéria também sentiu um desafogo. Gostava do judeu à sua maneira seca e secreta. Durante os dias em que o tivera como hóspede, impacientava-se ante as visitas diárias de d. Sara, que, gorda, duma brancura de queijo caseiro, e arrastando as pernas de elefante, vinha "lamber a cria". Ficava a um canto a choramingar, abraçada ao filho, lambuzando-lhe o rosto de beijos. Maria Valéria achava indecentes aquelas demonstrações exageradas de amor.

À noite, os Carbone também apareceram. Só dois assuntos despertavam realmente o interesse de Carlo: cirurgia e culinária. Falava de ambos com o mesmo gosto, a mesma gula. As mulheres do Sobrado achavam difícil manter uma conversação com ele. Santuzza subiu para o andar superior, logo ao chegar. Costumava fazer dormir as crianças com suas canções de berço. Bibi adormeceu logo. Jango recusou-se a deixá-la entrar no quarto. Edu recebeu-a de má catadura, fechou os olhos enquanto a italiana, sentada na beira de sua cama, cantava baixinho. Depois de uns instantes abriu um olho e disse: "Não grita que eu quero dormir". Para Alicinha, que estava deitada com a boneca ao lado, Santuzza contou histórias de gnomos, gigantes, príncipes e fadas — aventuras que se passavam em países estranhos, onde havia florestas de pinheiros e grandes montanhas cobertas de neve.

Roque Bandeira apareceu pouco antes das nove e ficou a conversar com Arão Stein no escritório. Discutiram a revolução à luz das últimas notícias.

— Não vais negar — disse Tio Bicho — que mesmo sem levar em conta princípios e ideias, essa revolução tem seu lado bonito. Revela pelo menos a fibra da raça. Sabes que há um menino de quinze anos nas forças de Zeca Neto e um velho de oitenta e oito com Felipe Portinho? E sabes que ambos são igualmente bravos? Isso não te diz nada?

Stein sacudiu a cabeça negativamente:

— Diz, mas não o que estás pensando.

— Considera só a fama que está conquistando o general Honório Lemes. É um caboclo iletrado, simples, e no entanto se vai transformando num ídolo popular, num grande caudilho, num símbolo...

— Fugindo sempre...

— Nem sempre. Luta quando lhe convém, e isso é de bom general. Esquiva-se quando não lhe convém lutar. Depois, deves saber que ele tem pouca munição. Mas o interessante é que o homem deixa o inimigo louco, desnorteado, com seus movimentos. Quando a gente imagina que o general Honório está num lugar, ele surge noutro completamente inesperado...

Stein encarou o amigo.

— Não sejas romântico. Não sejas obtuso. Esqueces que quem está morrendo na revolução é o homem do povo, o que sempre viveu na miséria, passando fome, frio e necessidades. Morrem porque são fiéis aos seus patrões, aos seus chefes políticos, ao seu partido, à cor de seu lenço. O mundo capitalista sempre procurou exaltar, através de seus escritores assalariados, essa fidelidade estúpida a coisas inexistentes, esse entusiasmo por mitos absurdos. Sabes por quê? Porque isso convém aos seus interesses. Que é que o povo lucra com uma revolução como essa?

— E não achas que há uma certa beleza no fato de eles brigarem sem pensar em vantagens?

— Não acho. O erro está exatamente nisso. Deviam pensar em resultados materiais. Ser maragato ou republicano na verdade não significa nada. As revoluções se fazem para melhorar as condições sociais. Que é que esperas dessa revolução? O voto secreto? Mas de que serve isso se o povo não se educa, não aprende a usar o seu voto, a escolher o seu candidato? O que pode resultar dessa choldra toda é uma mudança de patrão. O povo continuará na mesma, mal alimentado, malvestido, infeliz...

Tio Bicho sorria.

— Não esqueças que estás na casa dum homem que acredita na revolução e que, mal ou bem, está na coxilha, brigando e arriscando a própria vida.

— Eu sei. Achas que sou um ingrato, que esqueci o que o doutor Rodrigo fez por mim. Não. A coisa é outra. Ele não precisa da minha gratidão, nem acho que a deseje. Gosto dele como pessoa, mas me sinto com mais obrigações para com o povo do que para com ele. O doutor Rodrigo é rico, culto, pode fazer pela própria vida. Mas os outros...

Bandeira bocejou, espichou as pernas, afundou o corpanzil na poltrona de couro.

— Não sei... Pode ser que tenhas razão, mas deves compreender que fui criado no meio dessa tradição... Não sou indiferente a certos valores gauchescos. Nem todas as minhas leituras racionalistas conseguiram me imunizar contra esse micróbio. Quando leio sobre um ato de bravura, sinto um calafrio. Uma

303

coisa te digo. Tem havido heróis de ambos os lados. Mesmo esses pobres-diabos pegados a maneador, às vezes brigam como gente grande, morrem peleando, não se entregam. Podes dizer o que quiseres, há um aspecto positivo nessa revolução.

— Besteiras românticas de pequeno-burguês intelectual. Estás condicionado, meu filho. Vocês letrados glorificam a guerra, vivem com essa história de hinos, bandeiras, tambores, clarinadas, cargas de baioneta, et cetera. Pois os marxistas aí estão pra mudar tudo isso. Pode levar algum tempo, não espero viver suficientemente para ver a sociedade nova. Muitos de nós, talvez eu mesmo, seremos sacrificados, torturados, assassinados... Mas a revolução socialista vai para a frente. Isso vai!

— Sabes que tenho minhas simpatias pelo anarquismo...

— O que tu és eu sei. Um sujeito preguiçoso e conformista.

— Escuta aqui, Arão. Até onde acreditas no que estás dizendo? Refiro-me a acreditar de verdade, do fundo do coração. Não podes ser tão diferente de nós, os romanticões. Pertences à mesma geração. Leste os mesmos livros que nós. Ouviste as mesmas conversas. O fato de seres judeu não te torna tão diferente. Mas falas com tanta veemência, com tanta paixão, com tanta insistência, que às vezes acho que o que procuras não é só convencer os outros, mas também a ti mesmo...

Stein ergueu-se e começou a andar dum lado para outro, na frente do amigo.

— Escuta uma coisa — disse. — E que essas senhoras não me ouçam. Muitos assisistas escrevem e falam como se fossem verdadeiros libertadores do povo. Na verdade não passam de aristocratas rurais. Com todos os seus erros e apesar dessas besteiras de positivismo, Borges de Medeiros está mais perto do ideal socialista do que esses assisistas latifundiários que andam com um lenço vermelho no pescoço. Muitos deles até chegam a sonhar com a volta da monarquia. — Fez alto na frente do amigo e olhou-o bem nos olhos. — Aposto como não sabes que Júlio de Castilhos queria incluir na Constituição de 14 de julho um artigo em que se falava na incorporação do proletariado.

— Fantasias.

— Sim, fantasias. Mas isso é sempre melhor do que acreditar no governo duma classe privilegiada de mentalidade feudalista. E te digo mais. O governo de Borges de Medeiros tem favorecido o desenvolvimento da pequena propriedade. Podes esperar que os grandes estancieiros gostem disso? Usa a cabeça. Tamanho não lhe falta.

— Está bem, mas devias falar mais baixo. Elas podem estar escutando...

— Eu sei que me consideras um ingrato, quase um traidor. Talvez um Judas.

— Ninguém te chamou de Judas.

— Mas eu sinto que essa é a maneira como vocês os cristãos em geral olham para um judeu.

— Não sejas idiota.

— O outro dia ouvi dona Maria Valéria perguntar a dona Flora, referindo-se a mim: "Aquele muçulmano já saiu do quarto de banho?".

Roque Bandeira soltou uma risada.

— Ora, tu conheces a velha. Ela te estima e por isso brinca contigo. Uma vez te chamou também de turco...

— Estás vendo? Todos esses nomes: turco, muçulmano, árabe, e até russo têm conotação pejorativa. Eu sinto.

— Pois aí é que está o teu erro. Interpretas tudo à tua maneira. És uma sensitiva. Vives procurando profundidades em coisas que pela sua natureza são rasas. Lês nas entrelinhas frases que ninguém escreveu.

Roque Bandeira ergueu-se, pôs ambas as mãos no ombro do amigo e murmurou:

— Antes que me esqueça. Qualquer dia destes te prendem, te mandam para Porto Alegre e te dão uma sova de borracha, como já fizeram com outros comunistas.

— Não tenho ilusões. Estou preparado.

— Então o que queres mesmo é ser mártir da causa, não?

— Sabes que não é nada disso. Só o espírito mórbido dum cristão condicionado ao capitalismo pode pensar uma coisa dessas. A causa que estou servindo é política, e não religiosa. Não queremos lamber as feridas dos leprosos, como são Francisco de Assis, queremos mas é curar as chagas sociais sem o auxílio de milagres. Não vai ser fácil, mas estou preparado para o pior.

Tio Bicho tornou a bocejar.

— Acho que vou m'embora.

— Espera. Saio contigo.

Encaminharam-se para a sala onde estavam as duas mulheres. Stein agradeceu-lhes pela hospitalidade e disse que viria buscar suas coisas no dia seguinte.

Maria Valéria seguiu-o com o olhar até vê-lo desaparecer no vestíbulo. Depois que ouviu a batida da porta da rua, resmungou:

— Esse sírio deve ter algum parafuso frouxo na cabeça.

20

Estava a Coluna de Licurgo Cambará acampada à beira dum lajeado, a umas seis ou sete léguas de Santa Fé, quando o Romualdinho Caré, sobrinho de Ismália, apareceu um dia montado num rosilho magro e cansado. Reconhecido por Pedro Vacariano, foi levado à presença do comandante. Apeou do cavalo com um ar humilde e encolhido e aproximou-se... Era um caboclo ainda jovem, baixote e trigueiro, de olhos vivos.

— Que foi que houve? — perguntou Licurgo.

Romualdinho contou que o Angico fora ocupado por soldados do cel. Madruga. O patrão franziu o cenho.

— Quando foi isso?

— Faz uns quantos dias.

— Mas quantos?

— Uns quatro ou cinco.

Contou que tinha ficado prisioneiro durante algumas horas, mas conseguira escapar e saíra "à percura" da Coluna Revolucionária.

Licurgo, pensativo, mordia o cigarro apagado.

— Quantos provisórios tem no Angico?

Romualdinho hesitou por um momento.

— Uns trinta.

O comandante — informou ainda — era um tenente, moço direito que tinha tratado bem toda a gente, não permitindo malvadezas nem estragos.

— Só que levaram muito gado, muita cavalhada... — acrescentou, com os olhos no chão, como se tivesse sido ele o responsável pela requisição.

— Levaram pra onde? — perguntou Licurgo.

— Pra Santa Fé ou Cruz Alta. Ouvi um sargento dizer que a tropa do coronel Madruga foi mandada pra fora da cidade...

Neste ponto Toríbio e Rodrigo entreolharam-se. Puxando o irmão para um lado, o primeiro murmurou:

— Acho que chegou a nossa hora. Mas precisamos saber três coisas importantes. Primeiro, se essa história da saída das tropas é verdadeira; segundo, quanta gente ficou na cidade; terceiro, quais são os pontos mais bem defendidos...

— E como é que vamos descobrir?

— Mandamos um espião.

Rodrigo soltou uma risada.

— Isso só da cabeça dum ledor de Ponson du Terrail!

Toríbio, porém, convenceu-o da validade da ideia. Juquinha Macedo e Cacique Fagundes aprovaram o plano. O problema era encontrar o espião. Quem poderá ser?

Jacó Stumpf ofereceu-se para a missão. O primeiro ímpeto de Rodrigo foi o de recusá-lo sumariamente. Como era que aquele alemão com cara de bocó... Mas não! Talvez por isso mesmo fosse ele a pessoa indicada para a missão. Além do mais, era pouco conhecido na cidade.

Interrogou-o:

— Achas que vais dar conta do recado?

— Zim.

— E sabes o que pode acontecer se eles descobrirem a coisa e te prenderem?

— Zim.

E Jacó passou o indicador rapidamente pelo próprio pescoço, num simulacro de degolamento.

— Está bem. Quero deixar bem claro que ninguém te forçou a aceitar a incumbência.

O colono sacudiu vigorosamente a cabeça. Durante quase uma hora inteira Rodrigo e Toríbio ficaram a dar-lhe instruções. Devia entrar em Santa Fé a cavalo, desarmado, com um lenço branco no pescoço, procurando dar a impressão de que vinha de uma das colônias.

306

— Entra assim com o ar de quem não quer nada — disse-lhe Rodrigo. — Não puxes prosa com ninguém. Apeia na frente da Casa Sol, diz que queres comprar uns queijos, procura o Veiga, estás compreendendo? Leva o homem pro fundo da loja e conta quem és, donde vens, e pergunta quantos soldados o Madruga levou para fora da cidade, quantos ficaram e onde estão colocados... Logo que conseguires todas as informações, toca de volta pra cá. Mas cuidado, que podem te seguir, entendes?

Jacozinho sacudiu afirmativamente a cabeça. De tão claros, seus olhos pareciam vazios.

No dia seguinte pela manhã montou a cavalo e se foi. Rodrigo acompanhou--o com o olhar até vê-lo sumir-se do outro lado duma coxilha.

— Deus queira que volte.

O velho Liroca soltou um suspiro e disse:

— Volta. Deus ajuda os inocentes.

No dia seguinte ao anoitecer Jacozinho voltou e, ao avistar o acampamento, precipitou-se a galope, soltando gritos. Vendo aquele cavaleiro de lenço branco, e não sabendo de quem se tratava, uma sentinela abriu fogo. O "cavaleiro misterioso", entretanto, continuou a galopar e a gritar. Mais tarde a sentinela contou:

— A sorte é que tenho bom olho. O alemão se riu, os dentes de ouro fuzilaram e eu disse cá comigo: "Só pode ser o Jacozinho". Era. Cessei fogo.

Jacó Stumpf foi levado à presença de Licurgo e dos outros oficiais. Tudo tinha corrido bem — contou — e ninguém suspeitara de nada. O Veiga informara que realmente uns quinhentos e cinquenta dos oitocentos homens do corpo provisório do Madruga haviam sido mandados reforçar a brigada de Firmino de Paula em Cruz Alta e Santa Bárbara. Haviam ficado na cidade uns duzentos e cinquenta. Uns cem estavam acampados na entrada do norte. Uns oitenta montavam guarda à charqueada, na estrada de Flexilha, no sul. Uns cinquenta e poucos dormiam na Intendência, guarnecendo o centro da cidade.

— E o lado da olaria?

Jacó abriu a boca.

— Que olaria?

— O lado onde se põe o sol?

O colono quedou-se um instante, pensativo.

— Ah! Está desguarnecido.

Quanto ao setor oriental, onde ficavam os quartéis, era sabido que estava dentro da zona neutra.

— Chegou a nossa hora — disse Rodrigo, olhando em torno para os oficiais mais graduados da Coluna que se haviam reunido à frente da barraca de Licurgo. — A tomada de Santa Fé, além de nos proporcionar a oportunidade de requisitar munição de boca e de guerra, terá um efeito moral extraordinário.

— Mas o senhor já pensou — perguntou um dos Macedos — que em três horas os chimangos podem trazer forças de Cruz Alta pra nos contra-atacar?

Toríbio interveio:

— Cortaremos as linhas telefônicas e telegráficas. Interromperemos todas as comunicações. Até que mandem um próprio ao Madruga, mesmo de automóvel, vai levar algum tempo...

— E depois — aduziu Rodrigo, pondo na voz um entusiasmo persuasivo — vai ser um ataque fulminante, de resultados imediatos. Não tenho nenhuma ilusão quanto a mantermos a cidade em nosso poder por muito tempo... Mas que diabo! — exclamou, abrindo os braços. — Nada mais temos feito que fugir desde o dia que saímos do Angico! Se a situação continua assim, seremos esmagados pelo nosso próprio ridículo!

Fez-se um silêncio durante o qual Rodrigo se perguntou a si mesmo se o seu plano de atacar Santa Fé nascia mesmo duma necessidade estratégica e política ou apenas do seu desejo de rever a família, voltar à própria casa, descansar daquelas marchas infindáveis e duras, principalmente agora que o inverno se avizinhava.

— Que é que o senhor acha? — perguntou Toríbio, encarando o pai.

Licurgo baixou a cabeça, cuspiu no chão entre as botas embarradas, depois tornou a alçar a mirada.

— A questão não é o que acho. Quero saber a opinião dos outros companheiros. Temos que estudar direito o plano.

Passeou o olhar em torno:

— Há alguém contra a ideia?

Não viu nenhum gesto nem ouviu nenhuma palavra de protesto.

— Se todos estão a favor, a ideia está aprovada. Atacamos Santa Fé.

— Tem de ser amanhã — disse Rodrigo. — Não podemos perder tempo.

— Pois seja o que Deus quiser — murmurou o velho.

Rodrigo sentiu na orelha o bafo tépido e úmido de Toríbio, que ciciou:

— Tu sabes que a Ismália Caré está na cidade... O Velho anda louco de saudade da china...

21

Durante quase duas horas discutiram o plano do ataque, diante duma planta de Santa Fé estendida no chão. Ficou decidido que o cel. Licurgo com setenta homens e toda a cavalhada de remonta ficariam escondidos nos matos dum lugar conhecido como Potreiro do Padre, a légua e meia da cidade. Era para ali que o resto da Coluna convergiria se o ataque fosse repelido.

— Hipótese que não admito! — exclamou Rodrigo num parêntese.

Continuou a exposição:

— O senhor, coronel Macedo, com cento e quarenta homens marcha sobre a entrada do norte, que é onde os chimangos têm o destacamento mais numeroso. Ataque o inimigo pela frente, pelos flancos e, se possível, pela retaguarda. Deixe os provisórios tontos... O principal é que eles não possam deslocar gente de lá para reforçar a guarnição do centro...

Juquinha Macedo sacudiu a cabeça: entendia.

— Agora o senhor, coronel Cacique... Leve seus cento e vinte caboclos e faça as estrepolias que puder lá pelas bandas da charqueada.

— Vai no grito — resmungou o velho, e seus olhinhos indiáticos sorriram.

— Enquanto vocês atacam as duas entradas principais, eu e o Toríbio com os cento e cinquenta e poucos homens restantes assaltamos Santa Fé pelo lado da olaria.

Licurgo escutava-o, taciturno. Liroca, como de costume, tinha os olhos lacrimejantes e seus dedos, de pontas amareladas de nicotina, acariciavam os bigodões grisalhos, que mal escondiam a expressão triste da boca. Havia por ali também uns jovens tenentes de olhos cintilantes e gestos nervosos, que bebiam as palavras de Rodrigo.

— Essa é a parte mais dinâmica e arrojada do plano — continuou este último. — Será um golpe direto e rápido no coração da cidade. Reconheço que a coisa toda pode parecer absurda, mas acho que vai dar resultado.

Ouviu-se uma voz:

— Mas por que escolheu o lado da olaria pra esse assalto?

— Primeiro porque não é provável que o inimigo nos espere por esse flanco. Para falar a verdade, eles não esperam ataque de lado nenhum, pois o Jacó nos contou que corre em Santa Fé a notícia de que seguimos para o norte com as tropas do general Leonel Rocha... Outra vantagem desse flanco é que ele fica a dois passos da praça e da Intendência. Deixamos os cavalos e um pelotão na olaria do Chico Pedro e dali seguimos a pé, antes de raiar o dia. Mas o fator tempo é importantíssimo. Por isso temos de marcar tudo rigorosamente no relógio...

Olhou para Toríbio, sorriu e, segurando-lhe o braço, acrescentou:

— O major aqui vai me ajudar com sua famigerada cavalaria.

Ambos voltaram a atenção para o pai, que pitava em silêncio, com os olhos fitos na planta de sua cidade.

Um dos capitães de Juquinha Macedo perguntou:

— Mas não acha que duzentos e poucos homens entrincheirados valem por quinhentos?

Foi Toríbio quem respondeu:

— Duzentos e poucos *homens* sim, mas não provisórios agarrados a maneador.

O outro deu de ombros.

— Bom, major, o senhor deve saber melhor que eu. Perguntei por perguntar.

Posto ao corrente do plano, Cantídio dos Anjos disse:

— Qualquer prazer me diverte.

E foi afiar a ponta da lança.

Ainda naquela tarde fez-se com todo o cuidado a divisão das tropas. Rodrigo escolheu a dedo os homens que ia comandar. À beira do capão, Neco Rosa ponteava a guitarra que havia ganho de presente em Neu-Württemberg, enquanto o Chiru andava inquieto dum lado para outro, mal podendo conter o entusiasmo que lhe vinha de ter sido escolhido para comandar um dos grupos que assaltariam a Intendência.

— Com quem vou? — perguntou Liroca a Rodrigo.

— Tu ficas.

— Com quem?

— Com o velho Licurgo.

— Mas por quê?

— Porque sim.

— Não tens confiança em mim?

— Liroca velho de guerra, alguém tem de ficar. Não podemos deixar o comandante sozinho...

— Por que não me levas? Estou acostumado a marchar e pelear a teu lado.

Rodrigo compreendia cada vez menos o maj. José Lírio. Na hora do combate era tomado duma tremedeira medonha, ficava pálido como defunto; no entanto, insistia em enfrentar o perigo. Fosse como fosse, a atitude do velho enternecia-o.

— Só posso levar comigo gente de menos de quarenta anos — explicou. — Vai ser uma tarefa dura, temos de correr várias quadras, pular muros, cercas...

Havia uma tristeza canina nos olhos do veterano. Rodrigo abraçou-o, dizendo:

— Não faltará a ocasião, Liroca, tem paciência.

Durante aquele resto de dia, Rodrigo andou dum lado para outro, conferenciando com oficiais, repassando com eles o plano de ataque, corrigindo ou aperfeiçoando pormenores, respondendo a perguntas, esclarecendo dúvidas. Toríbio e o dr. Ruas encarregaram-se da distribuição das balas, tarefa difícil por causa da diversidade das armas.

— Para ser bem-sucedida — disse Rodrigo — a operação não pode durar mais de duas horas. Qual duas horas! Uma, no máximo.

Havia um ponto ainda obscuro. Que fariam depois que a Intendência fosse tomada? Quem levantou a questão foi um tenente do destacamento de Juquinha Macedo. Rodrigo ficou por um momento indeciso. Segurou na ponta do lenço vermelho do rapaz e disse:

— Olha, companheiro. Isto não é guerra regular e nós não somos militares profissionais. Temos de confiar nas qualidades de improvisação de nossa gente. Queres saber duma coisa? Vamos primeiro tomar a Intendência e depois veremos o que se faz...

O outro não pareceu muito convencido. Rodrigo apertou-lhe o nó do lenço.

— Escuta aqui. Tudo vai depender de como estiver a luta no norte e no sul... — Olhou o interlocutor bem nos olhos. — Agora me lembro. És o campeão de xadrez de Santa Fé, não? Pois esta revolução, meu filho, não tem nada a ver com jogo de xadrez.

O outro sorriu e afastou-se. Mas a pergunta do rapaz deixou ecos no espírito de Rodrigo. Sim, que faremos depois de tomar a Intendência? E por que não perguntar que faremos depois da derrubada do Chimango? Seja como for, *mañana es otro dia*, como dizem os castelhanos.

Antes de ir para a barraca, aquela noite, saiu a andar ao redor do acampamento, olhando para as estrelas e pensando que no dia seguinte poderia dormir em sua casa, em sua cama, com sua mulher. Sim, no dia seguinte poderia beijar os filhos... Imaginou-se também passando um eloquente e petulante telegrama ao presidente da República...

Deitou-se sobre os pelegos, cobriu-se com o poncho, fechou os olhos mas sentiu logo que estava demasiado excitado para dormir. Agora lhe vinham dúvidas...

Será que esse ataque é um erro? Quantos de meus companheiros poderão morrer? E não vamos sujeitar a grave risco a população da cidade, a minha própria família, mulheres, velhos, crianças? Ainda é tempo de desistir. Não. Desistir agora seria minar o moral da Coluna. A ideia é boa. Afinal de contas estamos numa revolução. Não podemos continuar burlequeando sem rumo pelo campo, como fugitivos da justiça. O plano é bom não só do ponto de vista político como também do militar. Está decidido!

Revolveu-se, encolheu as pernas, meteu no meio delas as mãos geladas. Mas... e se tudo falhar? Encostou a cara na coronha da Winchester que tinha a seu lado. *Amanhã vais trabalhar, bichinha. Não. Não falha.*

Procurava relembrar a fisionomia do terreno na entrada da cidade que dava para o lado do poente. Sim, a primeira tarefa era tomar a olaria, onde ficariam escondidos até a hora de atacar... Cada um de seus homens tinha uma média de sessenta tiros. Quatro deles estavam encarregados de cortar os fios telegráficos e telefônicos, mal chegassem à praça. A agência do telégrafo nacional vizinhava com a Intendência. A da Companhia Telefônica não ficava longe... Sim, o plano tinha de dar resultado.

Mas não seria uma coisa precipitada? Estava lidando com vidas humanas, não com peças de xadrez. *Mas, filho, guerra não é jogo de xadrez.* E que faremos depois de tomada a Intendência? *Queres saber? Tomamos um banho. Tomamos um café. Tomamos... Bom, se não dormir esta noite, amanhã estarei escangalhado.*

Queria fazer parar o pensamento. Inútil. Começou a bater queixo. Estaria tão frio assim? *Quem sabe estou com febre? Ou com medo...* Repeliu a ideia. Acendeu um fósforo, olhou o relógio. Dez e vinte. Tinha dado ordens para acordarem os homens pouco depois da meia-noite a fim de partirem em seguida. *Tudo vai correr bem, se Deus quiser.* Por baixo da barraca entrava um ventinho gelado. Pegou a garrafa de cachaça, desarrolhou-a e bebeu um largo sorvo. Fogo no estômago. Sentiu-se melhor. Se falhassem, podia ser o fim da Coluna. Mas não podiam falhar! Cairiam como demônios em cima dos chimangos. Tomariam a cidade em quarenta minutos. Ninguém deixará de reconhecer que era ele quem ia correr o maior risco. Tirou do bolso do casaco as luvas de pele de cachorro e vestiu-as. De repente desenhou-se-

-lhe na mente o cemitério de Santa Fé: cúpulas, frontões, cruzes, cabeças de estátuas por cima de muros tristes e sujos... Lá estava dentro do mausoléu da família Cambará uma nova placa de mármore com letras douradas: *Dr. Rodrigo Terra Cambará*, 1886-1923. *Morto em combate pelo Rio Grande.* Quis apagar a imagem. Não pôde. Ficou com ela impressa nas pálpebras... por quanto tempo?

Achava-se sozinho, era noite... Vagueava por entre sepulturas. Houve um momento em que não soube se estava já dormindo ou ainda continuava acordado. Sentia os pés frios, ouvia o vento tocando sua gaitinha nas folhas das coroas artificiais, apagando as chamas dos tocos de velas... Sentiu o cheiro de terra úmida, de sebo derretido... Estava entrincheirado por trás dum túmulo, o inimigo avançava, as balas sibilavam, ele queria pegar a Winchester que estava a seu lado, mas não conseguia mover o braço, e se dizia a si mesmo que aquilo era um pesadelo — *eu sei! prova de que sei é que me lembro de meu nome, Rodrigo Cambará, estou na minha barraca, deitado, amanhã vamos assaltar Santa Fé, tomaremos a olaria... Que horas serão, santo Deus?* Quis tirar o relógio do bolso mas não pôde. Estava paralisado. Sentiu que o inimigo se aproximava... Ouvia (ou apenas *via*) seus gritos, que se congelavam no ar, tomando a forma de flores de neve, e depois se esfarelavam, caíam como geada. Os chimangos iam saltar os muros do cemitério, atirar-se em cima dele... *Não, não tenho medo, só não quero que me degolem. Tenho horror a arma branca. Me matem com um tiro. Na cabeça, para não haver agonia.* Quis de novo segurar a Winchester: era melhor morrer brigando. Mas não pôde mover um dedo. Um homem estava agora ajoelhado a seu lado, decerto tirava o facão da bainha... Rodrigo! Rodrigo!

Sentiu-se sacudido. Soergueu-se.

— Quem é?

— Sou eu, o Neco.

— Que é que há?

— Meia-noite. O pessoal está se levantando. Vamos embora.

Ergueu-se. Um suor frio escorria-lhe pela testa.

— Tive um sonho horrível — murmurou.

— Pois eu nem cheguei a fechar o olho.

Saíram. Vultos moviam-se em silêncio na madrugada. Havia fogos acesos no acampamento.

Bento veio avisar que o churrasco estava pronto.

22

Pouco antes das quatro da manhã a Coluna chegou a um ponto do Potreiro do Padre, onde havia uns três ou quatro ranchos cujos moradores foram acordados, postos ao corrente da situação e proibidos de deixarem suas casas sob pena de fuzilamento. (Rodrigo descobrira que Toríbio era o homem indicado para fazer ameaças dessa natureza.) Os oficiais reuniram-se num dos ranchos e, à luz dum candeeiro de sebo, acertaram os relógios. O ataque devia começar às seis e meia em ponto.

Às quatro e vinte os destacamentos se separaram e marcharam rumo de Santa Fé. Juquinha Macedo dirigiu-se com seus companheiros para a entrada do norte. Cacique Fagundes encaminhou-se com seus caboclos para a do sul. Estava combinado que só principiariam o assalto quando ouvissem os primeiros tiros no centro da cidade.

Ao despedir-se do pai, dentro de um dos ranchos, Rodrigo notou, à luz amarelenta e escassa, que o Velho tinha os olhos brilhantes de lágrimas. Seu abraço, porém, foi seco como de costume, e secas também suas palavras.

— Vá com Deus.

Rodrigo e Toríbio saíram a cavalgar lado a lado. Havia uma grande paz nos campos. O céu começava a empalidecer.

— Pode ser uma loucura o que vamos fazer — disse Toríbio —, mas te digo que estou gostando da farra...

Rodrigo continuou silencioso. Estava preocupado. De acordo com o plano deviam apoderar-se, sem dar um tiro, da olaria do Chico Pedro, que ficava a dois passos da entrada ocidental de Santa Fé. Era indispensável também que fizessem aquela marcha sem serem vistos, pois metade do sucesso do assalto dependia do elemento surpresa. Era por isso que tinham evitado a estrada real, seguindo por dentro duma invernada que Toríbio conhecia tão bem quanto os campos do Angico.

Dentro de meia hora avistaram as luzes de Santa Fé piscando na distância. Eram cinco e quarenta quando ocuparam em silêncio a olaria. O oleiro, seus familiares e empregados foram tirados da cama. Não houve pânico, nem mesmo entre as mulheres, que ficaram pelos cantos, enroladas nos seus xales, caladas e submissas. Toríbio achou prudente encerrar todos os homens, menos o dono da casa, dentro dum quarto.

— Se vocês ficarem quietos — disse-lhes, antes de fechar a porta à chave —, ninguém se lastima. Mas, palavra de honra, capo com este facão o primeiro que se meter de pato a ganso, estão ouvindo?

Rodrigo tranquiliza Chico Pedro:

— Não se preocupe. O senhor, sua gente e seus bens serão respeitados.

O oleiro sorriu.

— Nem carece dizer, doutor. Conheço o senhor e toda a sua família.

Mandou preparar um chimarrão, que ofereceu a Rodrigo. Era um caboclo de meia-idade, magro mas rijo. Parecia que, à força de lidar com argila, sua pele tomara a cor do tijolo. Confirmou todas as informações que Jacó Stumpf trouxera na véspera sobre o corpo provisório de Santa Fé. Rodrigo revelou ao oleiro o plano de ataque. Chico Pedro fez uma careta pessimista:

— Não vai ser fácil... — murmurou.

Rodrigo chupou com força a bomba de prata e depois, meio irritado, perguntou:

— Por quê?

— Sempre acontece alguma coisa que a gente não espera.

— Sim, mas nem tudo que acontece *tem* de ser desfavorável.

— Isso é verdade...

— Quantos homens dormem na Intendência?

— Uns cinquenta ou sessenta. Passam a noite no quintal.

Chico Pedro tornou a encher a cuia.

— Dorme alguém dentro do edifício?

— Acho que só os oficiais. E decerto os ordenanças...

O oleiro tomava seu chimarrão com os olhos plácidos postos em Rodrigo.

— Outra coisa... — disse, com seu jeito descansado. — Todas as noites uma patrulha duns dez ou quinze homens anda rondando pela cidade, volta pra Intendência mais ou menos a essa hora e fica ali por baixo da figueira grande até o clarear do dia... É bom ter cuidado...

Toríbio entrou naquele momento. Tinha estado a esconder a cavalhada.

— Está chegando a hora... — disse, pegando a cuia que o dono da casa lhe oferecia.

Um minuto depois, saíram. Galos cantavam. Rodrigo sentiu algo de cadavérico na madrugada fria e cinzenta.

Seus homens estavam deitados ou agachados atrás da casa. Alguns deles pitavam.

— A ti te toca a parte mais braba — disse Toríbio ao Neco Rosa, que, sentado na soleira da porta, contemplava a estrela matutina, como tantas vezes fizera nas suas madrugadas de serenata.

— Vai ser duro pra todos.

Bio tocou-lhe o ombro.

— Só espero uma coisa. Que sejas melhor guerreiro que barbeiro.

Neco soltou uma risada. Outros homens que estavam por ali também riram.

— Está na hora do baile, minha gente! — disse Toríbio.

E os revolucionários começaram a reunir-se em grupos, de acordo com as instruções que haviam recebido.

Rodrigo entregou a um dos Macedos — que insistira em acompanhá-lo — o comando dos vinte homens que ia deixar entrincheirados na cerca de pedras da olaria.

— Esta é a nossa base de operações — explicou. — É pra cá que vamos todos correr se a coisa falhar... Vocês têm de cobrir nossa retirada. E se, enquanto estivermos dentro da cidade, algum destacamento dos chimangos nos atacar por este flanco, abram fogo em cima deles. Mas por nada deste mundo abandonem esta posição. E fiquem com o olho na cavalhada!

A força de Rodrigo estava dividida em três grupos: dois de trinta homens e um de quarenta. O que estava confiado ao comando de Chiru Mena devia entrar na cidade pela rua dos Farrapos e atacar a Intendência pelo flanco esquerdo, que nenhuma outra casa protegia. Neco Rosa comandaria o grupo mais numeroso num assalto à retaguarda do edifício, procurando cair de surpresa sobre os provisórios, que àquela hora estariam dormindo ou recém-acordados no quintal. Rodrigo levaria seus soldados pela rua do Poncho Verde, tomaria com eles posição na praça para atacar a Intendência frontalmente. Estava combinado que Neco e seus comandados teriam a honra de "dar a primeira palavra". Os outros dois grupos só atacariam depois de ouvirem o início do tiroteio atrás do reduto legalista. O esquadrão de cavalaria de Toríbio foi dividido em dois piquetes de quinze homens. O primeiro, sob as ordens de Toríbio, devia penetrar na cidade pela rua das Missões e ficar preparado para entrar em ação quando fosse oportuno. O segundo, conduzido por Pedro Vacariano, ficaria escondido atrás da igreja, e sua intervenção dependeria do desenvolvimento do combate.

— Cuidado! — recomendou Rodrigo aos companheiros. — Não vamos nos matar uns aos outros. Quando enxergarem um lenço colorado, cautela e boa pontaria. Por amor de Deus, não desperdicem tiro!

Aproximou-se da cerca de pedras e olhou para a cidade que queriam conquistar. Casas e muros branquejavam no meio do maciço escuro do arvoredo dos quintais. As torres brancas da Matriz quase se diluíam na palidez do céu, contra o qual se desenhava, dura e sombria como um capacete de aço, a cúpula da Intendência.

Rodrigo sentia o coração pulsar-lhe agora com mais força e rapidez. Uma secura na garganta fazia-o pigarrear com frequência. À medida que o dia clareava, ele ia distinguindo melhor as figuras dos companheiros. Ajoelhado à sua direita, Bento segurava o fuzil. À sua esquerda, o dr. Ruas assobiava baixinho a "Valsa dos patinadores".

— Não achas melhor tirar esse poncho? — perguntou-lhe Rodrigo. — Ficas com os movimentos mais livres.

— Se tiro este negócio, morro de frio — disse o ex-promotor.

Rodrigo largou por um instante a Winchester e esfregou uma na outra as mãos geladas. Tirou do bolso o relógio. Seis e quinze. Ergueu-se e fez um sinal.

O primeiro grupo que se movimentou foi o do Neco Rosa, que desceu com seus homens a encosta da colina em passo acelerado, numa linha singela. Sumiram-se entre casebres e árvores, mas pouco depois tornaram a aparecer no alto da coxilha fronteira, já na boca duma rua. Rodrigo estava convencido de que o resultado final da operação dependeria principalmente do sucesso daquele assalto à retaguarda da Intendência.

Cinco minutos depois, Chiru e seus homens saíram da olaria na direção da rua dos Farrapos, ao mesmo tempo que Rodrigo conduzia os seus para a do Poncho Verde.

Toríbio e seus cavalarianos foram os últimos a deixarem a propriedade de Chico Pedro que, da soleira de sua casa, gritou:

— Deus le acompanhe!

De cima do cavalo, Toríbio voltou-se e disse:

— É melhor que Deus fique onde está. E que se cuide das balas perdidas.

A estrela matutina aos poucos esmaecia. Um cachorro latiu para as bandas do Purgatório.

23

Rodrigo chegou um pouco ofegante ao topo da colina. Pesava-lhe incomodamente a sacola cheia de balas que trazia a tiracolo. Olhou para trás. O dr. Ruas seguia-o, rengueando. Bento acompanhava-o de perto.

Com um gesto, Rodrigo ordenou aos companheiros que fizessem alto. Que estaria acontecendo com Neco e sua gente? Esperaram, escondendo-se como podiam... Os galos continuavam a amiudar. As casas vizinhas estavam todas de janelas e portas cerradas. De sua posição, Rodrigo viu a fachada do casarão dos Amarais. Um pensamento cruzou-lhe a mente. Meu bisavô Rodrigo foi morto num assalto àquela casa. Quem sabe se eu...

O tiroteio que irrompeu naquele momento atrás da Intendência cortou-lhe os pensamentos.

— Começou a inana! — gritou. — Avançar!

Precipitou-se na direção da praça. Ouviu-se uma detonação e uma bala passou zunindo perto de sua orelha direita. Uma outra rebentou o vidro duma vidraça próxima. Um soldado os alvejava de uma das calçadas da praça, a uma distância de meia quadra. Bento ajoelhou-se, levou a arma à cara e fez fogo. O inimigo tombou de costas e rolou para a sarjeta. Mas outros provisórios apareceram, dois... três... mais dois... — estenderam linha na rua, agachados, abriram fogo contra os atacantes. Um destes soltou um grito, largou a espingarda, baqueou, e o sangue começou a manar-lhe do peito. Os outros companheiros, deitados ou ajoelhados, cosidos às paredes ou abrigados atrás dos troncos dos plátanos que orlavam as calçadas, atiravam sempre. O tiroteio de súbito recrudesceu. Chiru e seu destacamento deviam também ter entrado em ação. Dos fundos da Intendência vinham gritos e gemidos, de mistura com as detonações. Seria já o entrevero? — pensou Rodrigo, descarregando com gosto sua Winchester. Mais dois provisórios lá estavam caídos no meio da rua. Três outros, porém, surgiram. Balas cravaram-se nos troncos dos plátanos ou batiam nas pedras da calçada, ricocheteando. O duelo continuou por uns dois ou três minutos.

— Cessa fogo! — gritou Rodrigo.

Repetiu muitas vezes a ordem, aos berros. Tinha avistado o piquete de Toríbio, que naquele momento entrava na praça pela retaguarda do inimigo. Rodrigo aproveitou o momento de confusão entre os legalistas e avançou uns dez passos. Alguns companheiros o imitaram e, da nova posição, presenciaram uma cena que lhes encheu os peitos duma feroz exultação. Numa rapidez fulminante, dez cavalarianos precipitavam-se a galope e caíram gritando sobre os soldados legalistas, golpeando-os com lanças, espadas e patas de cavalo. Um dos provisórios deixou tombar o fuzil, recuou na calçada, colando-se à parede duma casa e erguendo os braços na postura de quem se rende. Um cavaleiro precipitou-se sobre ele e com toda a sua força somada à do impulso do cavalo cravou-lhe a lança no estômago. Apeou em seguida, ergueu a perna, meteu a sola da bota no ventre do inimigo, apertou-o contra a parede e arrancou-lhe a lança do estômago com ambas as mãos. Enquanto isso, seus companheiros liquidavam os provisórios que restavam. Um deles tinha o crânio partido pelas patas dum cavalo, outro revolvia-se no chão, espadanando como um peixe fora d'água, ao mesmo tempo que procurava proteger a cabeça. Um cavalariano tirou o revólver, apontou para baixo e meteu-lhe uma bala na nuca. O último provisório que ainda resistia conseguiu disparar o fuzil e atingir um dos revolucionários, que tombou nas pedras da rua já manchadas de sangue, mas teve ele próprio o ventre rasgado por um golpe de espada e saiu cambaleando na direção da calçada, segurando com ambas as mãos as vísceras que lhe escapavam pelo talho.

Toríbio esporeou o cavalo e aproximou-se do irmão. A ponta de sua lança — uma lâmina de tesoura de tosquiar — estava viscosa de sangue. E havia em seu rosto uma tamanha e tão bárbara expressão de contentamento, que foi com certa dificuldade que Rodrigo conseguiu encará-lo.

— O caminho está limpo, minha gente! — gritou Bio. — Toquem pra diante, mas cuidado, que tem uma patrulha de chimangos na frente da Intendência!

Puxou as rédeas do cavalo, fê-lo dar uma meia-volta e sair a galope na direção do piquete.

— Avançar! — bradou Rodrigo.

E pôs-se em movimento, seguido dos companheiros. Não havia tempo para hesitações ou excessivas cautelas. Precipitaram-se a correr rumo do centro da praça e tomaram posição atrás de árvores. De rastos e sob as balas, Rodrigo avançou uns quinze metros, por cima dum canteiro de relva, e abrigou-se atrás da base de alvenaria do coreto. Olhou para trás e viu dois companheiros feridos... ou mortos? Os outros estavam bem abrigados e atiravam, como ele, contra a patrulha de provisórios que se encontrava no meio da rua, à frente da Intendência, sob o comando dum tenente. Rodrigo estudou a situação. Teve a impressão de que o Neco e seus homens haviam conseguido mesmo pular para dentro do quintal do casarão, onde a fuzilaria e a gritaria continuavam. Vislumbrou lenços vermelhos em ambas as torres da igreja, de onde uns três ou quatro revolucionários atiravam contra as janelas do segundo andar da cidadela do Madruga, cujas vidraças se partiam em estilhaços.

O inimigo mais próximo encontrava-se a uns cinquenta metros, protegido pelo busto do fundador da cidade, em cuja cabeça de bronze duas balas já tinham batido. Havia ainda outros soldados — uns cinco ou seis — entrincheirados atrás dos bancos de cimento ao longo da calçada. Essa, parecia, era uma posição vulnerável, visto como já estavam sendo atingidos pelos revolucionários que atiravam das torres da igreja e por uns dois ou três atacantes — com toda a certeza gente do Chiru — que os alvejavam do alto do telhado duma casa, à esquina da rua dos Farrapos.

O tenente legalista gritou para seus homens que recuassem. E ele próprio, de pistola em punho e sem interromper o fogo, começou o movimento de retirada. Rodrigo procurou derrubá-lo, mas sem sucesso. As janelas e portas da fachada da Intendência continuavam cerradas, o que dava a entender que a maioria de seus defensores estava engajada na luta que se travava na retaguarda e no flanco esquerdo do edifício.

Rodrigo ouviu um tropel e voltou a cabeça. O piquete de Pedro Vacariano atravessava a praça, a todo o galope. Baleado, um dos cavalos testavilhou, atirando o cavaleiro longe, para cima duns arbustos.

— Cessa fogo! — berrou o Vacariano.

Mesmo naquele momento de confusão e perigo, Rodrigo não pôde evitar um sentimento de irritação. "Quem é esse caboclo para me dar ordens?" Mas parou de atirar. Viu Cantídio dos Anjos de lança em riste tomar a dianteira do piquete. Ao passar por ele, o negro gritou:

— A coisa está mui demorada, doutor. Vamos liquidar esses mocinhos!

E, seguido de Toríbio e de mais dois cavalarianos vindos do outro setor da praça, lançou-se contra os provisórios, que se achavam agora na calçada da Intendência, atirando sempre, mas já sem pontaria, tomados de pânico ante a inesperada carga.

— Abram a porta! — gritou o tenente.

Repetiu o pedido três vezes. A porta abriu-se, o oficial entrou correndo, um de seus soldados tombou sobre o portal, enquanto os outros companheiros caíam sob golpes de lança e espada. E, antes que a porta se fechasse, Cantídio entrou a cavalo, casarão adentro, derrubou com um pontaço de lança na nuca o chimango que corria na sua dianteira e, sem deter a marcha, levou o cavalo escada acima — três, quatro, cinco degraus... Do alto do primeiro patamar, ao lado dum busto do dr. Borges de Medeiros, o tenente legalista parou, voltou-se, ergueu a Parabellum e fez fogo. Cantídio tombou de costas e ficou estatelado no pavimento do vestíbulo. O tenente subiu mais quatro degraus e lá de cima, já quase no segundo andar, meteu duas balas no corpo do cavalo, que rolou escada abaixo, sangrando, e caiu em cheio sobre o corpo do preto.

Toríbio e Rodrigo entraram juntos na Intendência, a pé, seguidos de quatro companheiros. Saltaram por cima dos cadáveres do cavaleiro e do cavalo e galgaram os degraus ensanguentados.

— Cuidado! — disse Rodrigo. — Pode haver muita gente lá em cima.

Toríbio estacou, murmurando:

— O tenente matou o Cantídio. Preciso pegar esse bichinho.

Rodrigo quebrou com a coronha da Winchester o vitral em forma de ogiva que havia por trás do busto e espiou para o quintal, onde o combate tinha cessado. O chão estava juncado de corpos. Em muitos deles viam-se lenços coloridos. Avistou também o Neco, que dava ordens a seus homens para alinharem contra o muro os inimigos que acabavam de aprisionar. Cobria o chão um lodo sangrento.

318

Toríbio subiu mais três degraus e gritou para cima:

— Entreguem-se! — Sua voz foi amplificada pela boa acústica do vestíbulo. — O combate terminou! Larguem as armas e desçam de braços levantados!

Seguiu-se um silêncio durante o qual só se ouviu o pipocar dum tiroteio longínquo. Toríbio repetiu a intimação. Vieram vozes do corredor do segundo andar.

— S'entreguemos.

— Pois venham! — gritou Rodrigo.

E preparou a Winchester. Outros companheiros estavam ali no primeiro patamar também de armas em punho. Ouviram-se passos. No primeiro soldado que apareceu, Rodrigo reconheceu o Adauto. Não pôde conter a indignação:

— Cachorro! — vociferou.

O homenzarrão baixou os olhos e todo o seu embaraço se revelava num ricto canino. Apareceram mais três provisórios, todos descalços e de braços erguidos. Por fim surgiu com passos relutantes um capitão. Toríbio e Rodrigo o conheciam. Era o Chiquinote Batista, um subdelegado do Madruga.

— Alguém mais lá em cima?

— Só o tenente — respondeu Chiquinote com voz fosca.

— Onde?

— No gabinete do intendente.

Toríbio mediu o capitão de alto a baixo:

— Pois é uma pena que não seja o próprio Madruga quem está lá...

— Não faltará ocasião — replicou o subdelegado com rancor na voz e no olhar.

— Nessa esperança vou viver, capitão — suspirou Toríbio.

Depois, voltando-se para os companheiros, disse:

— Tomem conta desses *valientes*, que eu tenho uma entrevista marcada com o tenente, lá em cima...

Recarregou o revólver, fez girar o tambor com uma tapa, engatilhou a arma e subiu os degraus que faltavam para chegar ao segundo piso. Como Rodrigo o seguisse, Bio voltou-se e pediu:

— Me deixa. Dois contra um é feio.

Parou diante da porta entreaberta do gabinete do intendente e bradou:

— Quem fala aqui é o Toríbio Cambará. A Intendência foi tomada, não adianta resistir. Entregue-se, tenente!

De dentro veio uma voz rouca de ódio:

— Pois vem me buscar se és homem, maragato filho duma puta!

Toríbio não hesitou um segundo. Meteu o pé na porta e entrou, agachado. Ouviram-se quatro tiros em rápida sucessão. Depois, um silêncio. Rodrigo ergueu a Winchester e correu para dentro. Encontrou o irmão de pé incólume, junto da parede, sob o grande retrato do dr. Júlio de Castilhos.

— O menino era valente mas tinha má pontaria — disse Toríbio. — Foi a minha sorte.

319

O tenente estava morto, caído atrás da escrivaninha do intendente, com uma bala na testa.

— Sabes quem é? — perguntou Rodrigo.

Bio sacudiu a cabeça lentamente.

— O Tidinho da dona Manuela. Nunca dei nada por ele. Parecia um bundinha como tantos. No entanto...

Naquele momento surgiu à porta um dos cavalarianos de Toríbio, que contemplou o cadáver com ar grave e, depois de olhar longamente para os próprios pés descalços, perguntou:

— Major, posso ficar com as botas do moço?

Rodrigo gritou que não. Seria uma indignidade, uma profanação.

— Deixa de bobagem! — replicou Bio. — Nosso companheiro anda de pé no chão, o inverno está chegando. E depois, no lugar para onde foi, o tenente não vai precisar de botas. Nem de poncho. No inferno não faz frio.

24

Rodrigo abriu uma das janelas. Na praça agora clara de sol, alguns de seus companheiros andavam a recolher os feridos e a contar os mortos. Jazia no meio da rua o cadáver dum provisório, e de sua cabeça, partida como um fruto podre, os miolos escorriam sobre as pedras. O tiroteio continuava nas duas extremidades de Santa Fé. Alguém acenava com um lenço vermelho, no alto duma das torres da Matriz. Em contraste com aquele espetáculo de violência e absurdo, o céu era dum azul puro e alegre, e a brisa fria, que soprava de sueste, trazia uma fragrância orvalhada e inocente de manhã nova.

Rodrigo olhou então para o Sobrado pela primeira vez desde que entrara na sua cidade. Não sentiu o menor desejo de rever a família, de voltar à casa. Estava barbudo, fedia a suor e sangue. O combate não lhe causara nenhum medo, mas sim uma exaltação que, cessado o fogo, se transformara em asco e tristeza. Não se sentia com coragem para entrar em casa naquele estado. Tinha a impressão de que era um pesteado: não queria contaminar a mulher e os filhos com a sordidez e a brutalidade da guerra.

A cabeça lhe doía duma dor rombuda e surda; era como se o sangue estivesse a dar-lhe socos nas paredes do crânio. E, no meio desse pulsar aflito, começava agora a ouvir, absurdamente, a melodia fútil do "Loin du Bal".

Seus olhos continuavam fitos no Sobrado. "Naquela casa, por trás daquelas paredes estão tua mulher e teus filhos. Basta que atravesses a praça, batas àquela porta e digas quem és... E terás nos braços as pessoas que mais queres neste mundo." Era estranho, mas permanecia frio ante aquela possibilidade. A violência que presenciara e cometera deixava-o como que anestesiado.

Fez meia-volta e desceu. O "Loin du Bal" continuava a soar-lhe na cabeça, obsessivamente. Estacou no primeiro patamar da escadaria, mal acreditando no que seus olhos viam. Uns trinta e poucos provisórios completamente nus subiam as escadas, de mãos erguidas, e guardados por um tenente e quatro soldados revolucionários de pistolas em punho. Ao avistar Rodrigo, o tenente gritou:

— Vamos encerrar estes anjinhos na sala do júri! Ideia do capitão Neco.

Entre os provisórios Rodrigo vislumbrou caras conhecidas. Os prisioneiros passavam de cabeça baixa, uns três ou quatro mal continham o riso, mas os restantes estavam todos sérios, entre constrangidos e indignados. Era deprimente ver aqueles homenzarrões peludos passarem assim despidos, numa aura de bodum, com os órgãos genitais a se balouçarem passivos e murchos num grotesco espetáculo de impotência, que para muitos deles devia equivaler a uma espécie de castração branca.

Recostado ao busto do presidente do estado, Rodrigo por alguns instantes ficou assistindo ao desfile, enquanto o gramofone infernal continuava a tocar o "Loin du Bal" dentro de seu crânio. Desceu depois para o primeiro andar e lançou um rápido olhar para o corpo de Cantídio. O cavalo lhe havia esmagado o tórax e os membros inferiores. O rosto do negro ganhara uma horrenda cor acinzentada, seus olhos estavam exorbitados e dos cantos da boca saíam dois filetes de sangue coagulado.

Rodrigo encontrou Neco no quintal. Ao vê-lo, o barbeiro veio a seu encontro, abraçou-o e disse:

— Foi uma beleza, menino! Pegamos a chimangada meio dormindo, muitos deles de calças arriadas. Se não fossem uns sacanas que estavam acordados e armados dentro da Intendência, eu tinha tomado esta joça a pelego, sem disparar um tiro!

— Quantos homens perdemos?

Neco enfiou os dedos por entre a barba.

— Da minha gente? Morreram quatro. Uns dez estão feridos, mas só dois em estado grave, que eu saiba.

Apontou para os mortos, que mandara estender debaixo duma ramada, a um canto do quintal. Rodrigo reconheceu dois de seus companheiros. Lá estava Jacó Stumpf, a cara lívida, a boca aberta, os dentes de ouro à mostra... Estendido a seu lado, o caboclo João tinha ainda no pescoço o trapo que tingira em sangue de boi. E seus pés enormes e encardidos de terra erguiam-se como duas entidades que tivessem vida própria — duas coisas sinistras na forma, na cor e no sentido, um misto de animal e vegetal. Aqueles pés pareciam ainda vivos e tinham uma qualidade singularmente ameaçadora. Rodrigo olhava para eles como que hipnotizado.

Passou o lenço pelo rosto que um suor frio umedecia e, sem prestar atenção ao que Neco Rosa lhe dizia, encaminhou-se para fora da Intendência. Parou na calçada, estonteado. A luz do sol lhe doía nos olhos. Para onde quer que se voltasse, via corpos caídos. Aos poucos ia calculando o preço daquela aventura. O cadáver do provisório continuava tombado sobre a soleira da porta. Ninguém se havia lembrado de removê-lo dali. Era mais fácil passar por cima daquela coisa.

Ajudado por um companheiro, Bento vinha trazendo nos braços um ferido. Era o dr. Miguel Ruas. O ex-promotor tinha já uma palidez cadavérica e de sua boca entreaberta escapava-se um débil gemido.

— Um balaço na barriga — murmurou Bento. — Pelo rombo acho que foi bala dundum.

Entraram no vestíbulo da Intendência e depuseram o ferido no chão, sobre um poncho aberto. Com outro poncho Rodrigo improvisou-lhe um travesseiro.

Naquele momento ouviu-se uma risada e, pouco depois, passos precipitados na escada. Rodrigo ergueu os olhos. Era Toríbio, que exclamava:

— Vem ver que espetáculo!

Puxou o irmão pelo braço e levou-o para fora. Apontou para o centro da praça. Um homem dirigia-se para a Intendência, tendo numa das mãos um pau com uma bandeira branca na ponta, e na outra uma maleta. O dr. Carbone! Vinha metido no uniforme cor de oliva dos *bersaglieri*. As plumas de seu romântico capacete fulgiam ao sol. Ao avistar os irmãos Cambarás, apressou o passo. Ao chegar à calçada, largou a bandeira, atravessou a rua correndo, caiu nos braços de Rodrigo, beijou-lhe ambas as faces e, de olhos enevoados, no seu cantante dialeto ítalo-português, deu notícias do Sobrado — ah! *carino*, iam todos bem, a Flora, a *vecchia*, os *bambini*, todos! e como era belo ver os dois *fratelli* juntos e vivos e fortes. Toríbio puxou-o para dentro da Intendência, dizendo:

— Está bem, doutor, depois falamos nisso. Não temos tempo a perder. Há muitos feridos, alguns em estado grave.

Carbone explicou que deixara Dante Camerino, Gabriel e Santuzza na farmácia preparando tudo. Sugeriu que os feridos fossem removidos o quanto antes para a Casa de Saúde, onde poderiam ser atendidos com mais eficiência. Ergueu a bolsa e declarou que ali trazia apenas o necessário para o *primo socorro*.

— Veja então primeiro o Miguel — pediu Rodrigo.

Conduziu-o até onde estava o ferido. O dr. Carbone tirou o capacete, pô-lo em cima duma cadeira, despiu o casaco, arregaçou as mangas e ajoelhou-se junto do doente, erguendo o poncho que o cobria. Miguel Ruas abriu os olhos, reconheceu o médico e murmurou:

— É o fim, doutor!

— *Ma che!*

O ferido balbuciou que estava com sede e com frio.

O suor escorria-lhe da testa para as faces muito brancas, cuja pele se retesara de tal maneira sobre os ossos, que se tinha a impressão de que o ex-promotor havia emagrecido de repente. O nariz estava afilado e como que transparente, e os lábios pareciam apenas riscos arroxeados.

Toríbio apanhou o capacete de *bersagliere*, galgou o primeiro lance da escadaria, e enfiou-o na cabeça do busto do presidente. Voltou depois para a praça e ordenou a seus soldados que levassem os feridos para a Casa de Saúde.

— Chimango também? — perguntou um sargento.

— Claro, homem! Mas levem os nossos, primeiro.

O dr. Carbone chamou Rodrigo para um canto do vestíbulo e murmurou-lhe ao ouvido:

— *Poverino!* Uma violenta hemorragia interna. Um caso perdido.

— Quanto tempo pode durar?

O médico encolheu os ombros. Depois tirou da bolsa uma seringa e preparou-se para dar uma injeção de morfina no paciente. Sob o poncho, o ex-promotor batia dentes, e seus olhos aos poucos se embaciavam. Rodrigo ajoelhou-se junto do amigo e segurou-lhe a mão gelada e úmida. E ficou ali até o fim.

25

Eram quase oito horas da manhã quando o último ferido foi removido para a Casa de Saúde, onde o dr. Dante Camerino ajudava o dr. Carbone a fazer os curativos. O hospital tinha apenas doze leitos e, entre revolucionários e legalistas, havia mais de trinta feridos. Três deles morreram antes de poderem ser atendidos.

Houve um momento em que Dante, desesperado, gritou:

— Por amor de Deus, tragam mais médicos!

Suas palavras morreram sem eco. E ele continuou a trabalhar. O ar cheirava a éter, iodofórmio, suor humano e sangue. Gabriel, o prático de farmácia, andava pálido dum lado para outro, como uma mosca tonta, e não sabia para onde ir, porque se o dr. Carbone lhe pedia uma coisa — "Gaze! algodão! iodo! *subito, Gabriele!*" —, o dr. Camerino gritava por outra — "Depressa, homem! Categute! Outra ampola de óleo canforado!". De instante a instante Gabriel saía para a área da farmácia e ficava por alguns segundos encostado à parede, a um canto. Um revolucionário que o observava, cochichou para outro:

— O moço, de tão assustado, ficou com as orina frouxa.

O corpo do ex-promotor continuava no mesmo lugar onde expirara, a um canto do vestíbulo de mármore da Intendência, cujas escadarias tantas vezes ele subira nos dias de júri, no seu passo leve de bailarino. Ninguém tentou sequer remover os cadáveres de Cantídio dos Anjos e de seu cavalo. Havia coisas mais urgentes a fazer.

— Que é que há por aí pra gente comer? — perguntou Toríbio a Vacariano no quintal, no meio dos provisórios mortos que ainda atravancavam o chão.

— Charque e farinha.

— Pois mande preparar essa porcaria e sirva pra nossa gente. Devem estar com uma broca medonha.

Depois saiu a procurar o irmão pelas dependências do palacete municipal. Como não o encontrasse, imaginou que ele tivesse ido bater à porta do Sobrado. Chiru, porém, lhe informou:

— O Rodrigo está ajudando o Carbone e o Camerino a cuidar dos feridos. Descobriu de repente que também é médico.

Vendo o irmão assim tão preocupado com os mortos e os feridos, Toríbio resolveu tratar dos vivos e dos válidos. Contou os homens que lhe sobravam. Dos cento e cinquenta que haviam atacado a Intendência, restavam ainda noventa e nove em condições de continuar peleando. A coisa não tinha sido tão feia assim...

Despachou duas patrulhas de reconhecimento, uma para o norte e outra para o sul. Queria saber exatamente o que se estava passando naqueles dois setores. Chegara à convicção de que não poderiam manter por muito tempo as posições tomadas.

Mandou arrombar uma loja de secos e molhados ali mesmo na praça e tirou dela várias dezenas de latas de conserva, sacos de açúcar e sal, queijos, salames, mantas de charque e alguns ponchos e chapéus. Deixou em cima do balcão uma requisição firmada com seu próprio nome. Meteu todas essas coisas e mais os cinquenta fuzis e os dez cunhetes de munição tomados aos provisórios dentro duma carroça que havia no quintal da Intendência. Atrelou-lhe dois cavalos e destacou dois de seus homens não só para montarem guarda à preciosa carga como também para conduzirem o veículo em caso de retirada.

Pouco depois das nove, Rodrigo foi procurado na Casa de Saúde pelo cel. Barbalho. Apertaram-se as mãos num grave silêncio e a seguir fecharam-se no consultório.

— Estou aqui como comandante da praça... — começou o militar.

— Compreendo, compreendo — disse Rodrigo com impaciência, procurando evitar um introito inútil.

— Tenho ordens de manter a Guarnição Federal na mais rigorosa neutralidade...

Calou-se. Na pausa que se seguiu, Rodrigo ouviu o tiroteio longínquo, agora mais ralo.

— Doutor Rodrigo, sou seu amigo, que diabo! Não vou negar, cá entre nós, que a sua causa me é muito mais simpática que a do governo do estado.

Calou-se de novo. Rodrigo tinha já engolido três comprimidos de aspirina, mas a dor de cabeça continuava. E a hora que ele passara a coser barrigas, a pinçar veias, a tamponar hemorragias, só tinha contribuído para aumentar-lhe a dor e o mal-estar.

— Seu irmão — prosseguiu o cel. Barbalho — quis ocupar o telégrafo e cortar as linhas. Não permiti. É um próprio federal e portanto zona neutra.

— Compreendo.

Rodrigo tinha a impressão de que seu crânio estava *forrado* de dor. As têmporas latejavam-lhe com uma intensidade estonteadora.

— Quer que lhe fale com toda a franqueza? — perguntou o militar. — Acho que a posição dos senhores é insustentável.

Rodrigo sabia que o outro dizia uma verdade, mas perguntou:

— Por quê?

— O destacamento provisório que guarnece o setor sul resiste e seus companheiros, doutor, tiveram muitas baixas. Acho que em breve terão de retirar-se, se é que já não começaram...

— Não acredito que o coronel Cacique se retire sem antes me comunicar...

— Pois então prepare-se para uma má notícia. O coronel Cacique está morto. Foi dos primeiros que caíram num ataque frontal estúpido que fez contra uma trincheira de pedras.

Rodrigo franziu a testa. O outro sacudiu a cabeça lentamente:

— E no setor norte a coisa não vai melhor para os revolucionários, meu amigo. Os provisórios não cederam um metro de terreno. Tenho observadores de confiança em ambas as zonas de operações.

— E que é que o senhor quer que eu faça?

O outro encolheu os ombros:

— Não tenho nenhum direito de lhe ditar uma conduta. Só espero que não se sacrifique e não sacrifique seus companheiros inutilmente. Em poucas horas as forças legalistas de Cruz Alta podem chegar e então a superioridade numérica de seus inimigos será esmagadora.

Novo silêncio. Rodrigo teve ímpetos de gritar: "Já deu seu recado, não? Pois então vá embora!". Limitou-se, porém, a olhar para o outro, mudo, e com um ar de quem declara finda a entrevista. O militar estendeu a mão, que Rodrigo mal apertou.

— Tem alguma coisa a me pedir, doutor Cambará?

Rodrigo meneou a cabeça: não tinha. O outro fez meia-volta e preparou-se para sair. Junto da porta, voltou-se:

— Pode ficar tranquilo. Farei que seja respeitada a vida e a dignidade dos feridos revolucionários que ficarem para trás. Já dei ordens a três médicos militares para virem ajudar o doutor Carbone e o doutor Camerino. Abrirei nosso hospital a todos os feridos sem distinção de cor política.

Rodrigo nada disse, não fez o menor gesto. E, quando o outro saiu, ele ficou a olhar fixamente para as pontas das próprias botas manchadas de barro e sangue.

Entre dez e meia e onze horas as patrulhas regressaram. A que explorara o setor do sul conseguira estabelecer contato com soldados de Cacique Fagundes, que haviam confirmado a morte do chefe e o malogro de três ataques contra as posições dos legalistas. As notícias do setor do norte eram também desanimadoras. Romualdinho Caré trouxe um recado de Juquinha Macedo. A munição escasseava, tinham tido muitas baixas, o pessoal estava cansado e o remédio era bater em retirada para evitar desastre maior.

Às onze e vinte o tiroteio cessou por completo em ambos os setores. Rodrigo congregou todos os seus homens no redondel da praça e ali combinou com eles a maneira como deviam retirar-se. O companheiro que estava de vigia numa das torres da Matriz anunciou que avistara um pelotão de provisórios que se deslocava da zona da charqueada e tomava a direção da olaria.

Ficou decidido que um pequeno piquete de cavalaria tomaria a dianteira, seguido da carroça, a qual seria protegida por quatro cavalarianos. Finalmente, os restantes se retirariam em grupos de dez. Toríbio com seu piquete ficaria para trás a fim de proteger-lhes a retaguarda. A primeira etapa seria a olaria. A segunda, o Potreiro do Padre. A terceira... só Deus sabia.

— Tomara que o caminho esteja desimpedido — murmurou Chiru quando o piquete de vanguarda se pôs a caminho, comandado por Pedro Vacariano.

Poucos minutos depois ouviu-se um tiroteio. Toríbio olhou para o homem que estava à boleia da carroça e gritou:

— Toque pra frente na direção da olaria. E não pare nem por ordem do bispo!

A carroça arrancou e se foi sacolejando sobre as pedras irregulares do calçamento. Toríbio deu de rédeas e juntou-se aos seus cavalarianos. Rodrigo, montado no cavalo que pertencera ao cap. Chiquinote, carregou a Winchester, lançou um rápido olhar na direção do Sobrado, esporeou o animal e saiu a galope.

O tiroteio continuava.

26

E prolongou-se durante todo o resto da tarde, com intermitências.

Por volta das quatro horas espalhou-se na cidade a notícia de que os revolucionários tinham tido sua retirada cortada por uma companhia de pés-no-chão, mas que, à custa de pesadas baixas, haviam conseguido romper as linhas inimigas e chegar à olaria. Era lá que estavam agora entrincheirados, resistindo...

Algumas pessoas arriscaram-se a sair de suas casas, vieram para a praça, onde ficaram a examinar os vestígios do combate: as manchas de sangue nas pedras, na grama, na terra; as vidraças estilhaçadas; os buracos de bala em muros e paredes... Ficaram principalmente na frente da Intendência a contemplar num silêncio cheio de horror os cadáveres do dr. Miguel Ruas, de Cantídio dos Anjos e do cavalo deste último, que haviam sido removidos do vestíbulo do palacete e atirados ali no meio da rua. O ex-promotor tinha cerrados os olhos, de pálpebras arroxeadas. Os do negro, porém, estavam arregalados e pareciam de gelatina. Um major do corpo provisório, homem retaco e de aspecto façanhudo, surgiu à porta da Intendência e dirigiu aos curiosos um pequeno discurso: "Esses bandoleiros tiveram o castigo que mereciam". Apontou com a ponta da bota para o cadáver do dr. Ruas. "Aquele ali nem gaúcho era. Meteu-se na revolução só pra matar e roubar. O negro, esse degolou muito republicano em 93. Deus sabe o que faz. Agora precisamos pegar os Cambarás e os Macedos e os Amarais, trazer eles pra cá e degolar todos debaixo da figueira. Pra não serem bandidos. Já me encarreguei do Cacique Fagundes." Deu uma palmada no cabo da Parabellum. "Um tiro na boca. A esta hora o velho está pagando no inferno as malvadezas que cometeu na terra." O público escutou-o em silêncio. Moscas andavam em torno do focinho do cavalo. Uma delas pousou em cima do olho do negro. Outra passeava ao longo do nariz do ex-promotor.

Para as bandas da olaria o tiroteio continuava, mas débil, com longos intervalos. Na Casa de Saúde os médicos trabalhavam sem cessar. Os novos feridos que chegavam — recolhidos por praças do Exército — eram levados diretamente para o Hospital Militar, onde lenços de várias cores se misturavam. Vendo-os passar em padiolas, sangrando e gemendo, Cuca Lopes, que saíra de casa cosido às paredes, pálido, murmurou: "Credo! É o fim do mundo". Algumas mulheres das redondezas entraram furtivas na igreja e ali ficaram a rezar o resto da tarde. De vez em quando um projétil rebentava a vidraça de alguma casa cujas janelas estavam voltadas para o poente. Correu a notícia de que uma bala perdida matara um velho que atravessava uma rua.

Pouco antes das cinco, Aderbal Quadros encilhou o cavalo, montou-o e contra todas as recomendações da mulher — tocou-se para a cidade ao tranquito do tordilho. Foi direito ao Hospital Militar, entrou e examinou todos os feridos, um por um. Fez o mesmo depois na Casa de Saúde, onde Camerino e Carbone, de tão ocupados, cansados e tontos, nem sequer deram por sua presença. Saiu aliviado. Não encontrara entre os feridos nenhum parente ou amigo chegado. Tornou a montar e dirigiu-se para o Sobrado. Um soldado do corpo provisório atacou-o, exclamando: "Alto lá!". "Ora não me amole, guri", disse o velho, "tenho mais o que fazer." E continuou seu caminho, enquanto o soldado resmungava: "Esse seu Babalo é um homem impossível". Sem descer do cavalo, Aderbal Quadros abriu o portão do Sobrado, entrou e apeou no quintal. Subiu a escada de pedra que levava à porta da cozinha, na qual bateu. "Sou eu, o Babalo!" A porta entreabriu-se e na fresta apareceu a cara da Laurinda. Aderbal entrou, perguntando: "Onde está essa gente?". Encontrou as mulheres e as crianças reunidas na sala de jantar. Flora atirou-se nos braços do pai e desatou o pranto.

Maria Valéria contemplava a cena com o rosto impassível.

— Eu já disse pra ela que não adianta chorar.

Aderbal, porém, acariciava os cabelos da filha, murmurando:

— Adianta, sim. Chore, minha filha, chore que faz bem ao peito.

Bibi, Edu e Alicinha romperam também a choramingar. Esta última estava abraçada à boneca, em cujas faces suas lágrimas caíam e rolavam. Sentado a um canto, enrolado num cobertor, Floriano mirava o avô com olhos graves. Jango brincava distraído com um osso, debaixo da mesa.

— Essa menina não comeu nada o dia inteiro... — disse a velha. — Está nesse desespero desde o raiar do dia, quando o tiroteio começou.

Aderbal fez a filha sentar-se, e ela quedou-se a olhar para ele com uma expressão de medo e tristeza nos olhos machucados. Quando conseguiu falar, perguntou se o marido havia tomado parte no ataque.

Babalo, que agora tinha numa das mãos um pedaço de fumo em rama e na outra uma faca, respondeu:

— Acho que sim. O Rodrigo não é homem de ficar pra trás.

— Será que...? — balbuciou ela.

Mas não teve coragem de terminar a pergunta.

— Corri todos os hospitais — contou o velho. — Teu marido não está em nenhum deles. Nem o Licurgo. Nem o Bio. Nenhum de nossos amigos.

Ficou de cabeça baixa a picar fumo. Depois acrescentou:

— Por enquanto o que se sabe é que os revolucionários estão entrincheirados na olaria, cercados pelas forças do governo.

Maria Valéria tinha conseguido fazer cessar o choro das três crianças. Houve na casa um silêncio durante o qual se ouviu o tiroteio longínquo. Depois o velho amaciou com a lâmina da faca uma palha de milho, derramou sobre ela o fumo picado, enrolou-a e prendeu-a entre os dentes. Bateu o isqueiro, acendeu o cigarro, tirou uma baforada e disse:

— Preciso sair. Alguém tem de cuidar dos mortos.

27

O tiroteio cessou por completo ao anoitecer. Chegou então à cidade a notícia de que os revolucionários haviam conseguido romper o cerco e fugir para o interior do município.

O cel. Laco Madruga e duzentos homens voltaram de Cruz Alta, vindos num trem expresso, e desfilaram pela rua do Comércio ao som de tambores e cornetas. De muitas janelas, homens e mulheres acenavam para a soldadesca. Havia já então muita gente nas calçadas. Algumas casas, porém, permaneciam de portas e janelas cerradas.

Rojões subiram na praça e explodiram no alto, quando as tropas chegaram à frente da Intendência. Ouviram-se vivas e morras. Estrelas apontavam no céu pálido da noitinha.

As luzes da cidade, porém, continuavam apagadas. Um capitão veio contar ao cel. Madruga que, ao se retirarem, os revolucionários haviam depredado a usina elétrica, e que possivelmente Santa Fé teria de passar muitas noites às escuras.

— Vândalos! — exclamou o maj. Amintas Camacho ao ouvir a notícia. — Não se contentam com matar, saquear casas de comércio, roubar, assassinar pessoas indefesas! Destroem a propriedade do povo!

Na praça escura moviam-se vultos. Aos poucos voltavam ao centro da cidade as tropas legalistas que haviam cercado e atacado a olaria. Sabia-se agora com certeza que houvera baixas pesadas de lado a lado.

Nas ruas, quintais, telhados, terrenos baldios e valos entre a praça da Matriz e a propriedade de Chico Pedro, havia guerreiros de ambas as facções caídos, muitos ainda com vida. E na cidade às escuras saíram as patrulhas do Madruga, tropeçando nos mortos e localizando os feridos pelos gemidos. Em breve uma notícia espalhou-se por Santa Fé, num sussurro de horror, e chegou aos ouvidos do comandante da Guarnição Federal: provisórios degolavam os feridos que encontravam com um lenço vermelho no pescoço...

O cel. Barbalho irrompeu na Intendência, fardado, a cara fechada, os lábios apertados e, sem cumprimentar o cel. Madruga, foi logo dizendo:

— Responsabilizo o senhor pela vida dos feridos e dos prisioneiros revolucionários. Fui informado de que seus soldados estão degolando os inimigos que encontram. É uma monstruosidade que não permitirei!

Madruga cofiou o bigodão, puxou um pigarro nutrido e, com voz apertada, replicou:

— Sua obrigação, coronel, é ficar neutro.

— Neutro em face da revolução mas não do banditismo! Não esqueça que tenho forças para reprimi-lo.

— Quem degola são os maragatos. Saquearam a cidade, mataram gente, estragaram a usina.

Levou-o a ver o cadáver do ten. Aristides. Mostrou-lhe os corpos dos soldados legalistas estendidos no quintal.

O cel. Barbalho murmurou:

— É a guerra. Não me refiro a isso. Os prisioneiros e os feridos têm de ser respeitados. É uma lei internacional.

Fez-se um silêncio tenso.

— Pois o senhor fica avisado — tornou a falar o comandante da guarnição. — Já mandei patrulhas do Exército por essas ruas, para que a lei seja cumprida. Se seus homens criarem qualquer dificuldade, meus soldados têm ordem de abrir fogo...

— Pois veremos... — disse Madruga.

E ficou olhando para o outro num desafio.

Separaram-se sem o menor gesto ou palavra de despedida.

E nas horas que se seguiram, a busca de mortos e feridos continuou à luz das estrelas e de uma que outra lanterna elétrica. Os mortos do corpo provisório foram levados para a Intendência; os da Coluna Revolucionária trazidos para a praça, à frente do Sobrado, e estendidos sobre a relva dum canteiro. Chegavam aos poucos, em padiolas carregadas por soldados do Exército. Um tenente focava no rosto do morto a luz de sua lanterna e, ajudado por um sargento que tinha nas mãos um caderno e um lápis, tratava de identificá-lo. Revistava-lhe os bolsos na esperança de encontrar algum documento que lhe revelasse o nome. Era uma tarefa difícil. Em sua maioria aqueles homens não traziam consigo papéis de nenhuma espécie. Alguns possuíam retratos de pessoas da família com inscrições no verso. Na fivela de metal do cinturão de um deles, viam-se as duas iniciais dum nome. Em dois ou três corpos encontraram-se cartas pelas quais foi possível descobrir-lhes a identidade.

Maria Valéria saiu do Sobrado enrolada no seu xale, com uma lanterna acesa na mão e pôs-se a andar lenta e metodicamente ao longo das três fileiras de cadáveres. Parava diante de cada um, ajoelhava-se, erguia a luz para ver-lhe a cara, mirava-a longamente, depois sacudia a cabeça. Não o conhecia. Graças a Deus! E passava ao defunto seguinte. Na sua maioria estavam barbudos, o que lhe dificultava um pouco a identificação. Com uma das mãos a velha prendia as pontas do xale; com a outra segurava a lanterna: ambas estavam geladas. Soprava um ventinho frio, que vinha das bandas da Sibéria.

Outras mulheres andavam por ali a examinar os mortos. De vez em quando uma soltava um grito e rompia num choro convulsivo. Decerto tinha descoberto o cadáver do marido, do noivo, do irmão ou do filho...

Maria Valéria chegou ao último daqueles corpos sem vida com uma sensação de alívio. Não encontrara nenhum de seus homens.

Alguns dos cadáveres foram levados para as casas de parentes ou amigos. Chico Pão deixara a padaria e estava agora ao lado de Maria Valéria a resmungar: "Que desgraça! Que desgraça!". E choramingou tanto, que a velha o repreendeu: "Pare com isso! Não precisamos de carpideira".

Um vulto aproximou-se. Era Aderbal Quadros. Contou que vinha duma nova visita aos hospitais. Entre os revolucionários feridos encontrara apenas um conhecido: o Neco Rosa, que recebera um balaço na coxa e havia perdido muito sangue.

— Se salva? — perguntou a velha.

— Acho que sim.

Maria Valéria voltou para o Sobrado, onde Flora dormia placidamente, depois duma injeção sedativa que o dr. Camerino lhe aplicara.

Às onze da noite, a busca de mortos e feridos foi dada como finda. Babalo contou os assisistas mortos que jaziam ainda sobre o canteiro. Havia um total de vinte e dois. Os feridos estavam sendo atendidos nos hospitais, mas alguém precisava cuidar dos defuntos, dar-lhes um velório decente. Não podiam ficar atirados ali na praça, como cachorro sem dono...

Bateu à porta da casa do vigário, tirou-o da cama e perguntou-lhe se podiam velar os mortos na Matriz.

— Não — respondeu o sacerdote. — Não me meto em política.

Era um padre de origem alemã e falava com um sotaque carregadíssimo.

— Não é caso de política, vigário, mas de caridade cristã.

— Cumprirei minha obrigação encomendando os mortos amanhã, sem distinção de partido. Nada mais posso fazer.

Babalo contou a história a Maria Valéria, que, depois de breve reflexão, decidiu:

— Traga os defuntos pro nosso porão. Afinal de contas são gente do primo Licurgo.

Soldados do Exército ajudaram Babalo a transportar os corpos para o porão do Sobrado, onde Chico Pais, Laurinda e Leocádia acenderam todas as velas que encontraram no casarão.

Maria Valéria achou que o dr. Miguel Ruas, como "hóspede da casa", merecia um velório especial, e mandou levar seu cadáver para o escritório. Chamou ao Sobrado Zé Pitombo e encomendou-lhe todos os "apetrechos" necessários para a câmara-ardente. Meia hora depois, encontrou o corpo do ex-promotor dentro dum fino ataúde, ladeado por quatro grandes castiçais, onde ardiam círios. À cabeceira do caixão erguia-se um Cristo de prata. A velha olhou tudo com seu olhar morno e depois chamou Pitombo à parte.

— Não carecia tanto luxo — murmurou. — Afinal de contas, é tempo de guerra. Qualquer caixão de pinho servia.

Aderbal fumava em silêncio, pensando no diálogo que mantivera havia pouco com o Chico Pedro da olaria, que encontrara entre os feridos do Hospital Militar.

— Mas que é isso, vivente? Eu não sabia que eras maragato.

— Qual maragato! — respondeu o oleiro com voz débil. Fora ferido no peito. Estava pálido, a testa rorejada de suor. — Nunca me meti em política. Só sei fazer tijolo.

— Bala perdida?

Chico Pedro sacudiu a cabeça negativamente e depois, entre gemidos, contou:

— Estavam brigando... ai-ai-ai! dentro da minha propriedade. Eu não podia ficar... ai!... todo o tempo parado... de bra-braços cruzados... Quando vi aquela rapaziada linda de lenço colorado... caindo e morrendo, fiquei meio incomodado... Vai então... ai!... peguei uma espingarda e comecei também a dar uns tirinhos...

Olhando agora para o corpo de Miguel Ruas, Aderbal recordava as palavras do oleiro. "Fiquei meio incomodado..." Decerto o que havia levado o ex-promotor à revolução tinha sido um sentimento idêntico ao do Chico Pedro. Fazendo com a cabeça um sinal na direção do morto, Maria Valéria murmurou:

— Será que tem pai e mãe vivos? Ou alguma irmã? Precisamos avisar os parentes...

Babalo sacudiu lentamente a cabeça. A velha soltou um suspiro breve e exclamou:

— Pobre do Antônio Conselheiro!

28

Laurinda reuniu a negrada da vizinhança e à meia-noite em ponto romperam todos num terço em intenção às almas dos mortos. Rezavam de pé, com os rosários nas mãos.

Um vento gelado entrava pela porta entreaberta, fazendo oscilar a chama das velas. Havia uma ao lado de cada defunto. Os corpos estavam estendidos no chão de terra batida, em duas fileiras iguais.

Roque Bandeira e Arão Stein, que tinham passado boa parte da noite a ajudar os médicos na Casa de Saúde, achavam-se agora junto do corpo do ex-promotor. Cerca da uma da madrugada, quando, terminado o terço, Laurinda subiu, Maria Valéria mandou-a servir um café, que o judeu e Tio Bicho tomaram ali ao pé do morto, comendo pão quente trazido pelo Chico Pais, de sua padaria. Babalo dormia deitado no sofá da sala de visitas, enrolado num poncho. Maria Valéria de quando em quando subia para "espiar" Flora e as crianças: depois voltava para o escritório, ficava sentada a um canto, os braços cruzados sob o xale, um braseiro aceso aos pés.

Desde que haviam chegado ao Sobrado, Stein e Bandeira discutiam a personalidade de Miguel Ruas.

— Não compreendo — disse o primeiro pela décima vez. — Palavra que não compreendo.

Aproximou-se do defunto, como se esperasse dele uma explicação. Roque Bandeira sorriu:

— Mas quem compreende?

— Este homem nunca foi político, não era pica-pau nem maragato... Vinha de outro estado. Não tinha nada a ganhar com essa revolução... No entanto meteu-se nela, lutou com bravura e acabou perdendo a vida.

— Fale mais baixo — repreendeu-o Maria Valéria.

— É verdade que o Madruga mandou dar-lhe uma sova... — prosseguiu Stein, num cochicho. — Se levássemos a coisa pra esse lado, talvez encontrássemos uma explicação.

Tio Bicho ria o seu riso meio guinchado de garganta.

— E por que não pensar num ato gratuito? Ou num puro gesto de cavalheirismo... ou de cavalaria? É porque essas coisas não cabem no teu esquema marxista?

— Ora! Elas não passam de invenções dos literatos pequeno-burgueses.

Stein começou a esfregar as mãos e a caminhar dum lado para outro. Da praça vinham vozes. O vento, soprando agora com mais força, sacudia as vidraças: era como se o casarão batesse dentes, com frio.

— Bem dizia a velha Bibiana — murmurou Maria Valéria, mais para si mesma que para os outros: — "Noite de vento, noite dos mortos".

Seguiu-se um silêncio. Stein pôs-se a andar ao redor do ataúde.

— De que serviu o sacrifício deste homem? — perguntou, parando na frente de Roque. — Não achas que ele podia ter usado melhor a sua vida e a sua morte?

O outro deu de ombros. O judeu continuou:

— Quando é que todos esses pica-paus, maragatos, borgistas, assisistas, monarquistas vão descobrir que estão se matando e se odiando por causa de mitos?

— Mas a coisa não foi sempre assim, desde que o mundo é mundo?

— O que não é razão para a gente achar que não pode mudar tudo.

Tio Bicho abriu a boca num prolongado bocejo. Stein tirou do bolso um caderno e entregou-o ao amigo.

— Aqui está outro mistério. Encontrei este negócio no bolso do doutor Ruas. Pensei que era um diário de campanha.

— E não é? — perguntou Roque, aproximando o caderno da chama de um dos círios e folheando-o sem muita curiosidade.

— Não. É um amontoado de bobagens, quadrinhas mundanas, pensamentos. Olha o título: *Ao ouvido de mlle. X.* Há uma página que foi escrita ontem, vê bem, na véspera do ataque à cidade. Escuta: *Atacaremos Santa Fé amanhã. Penso em ti, nos teus olhos de safira, ó lírio de Florença. Olho para as estrelas e relembro a noite em que te enlacei pela cintura e saímos rodopiando ao som duma valsa de Strauss.* Nenhuma palavra sobre os horrores da guerra, as durezas da campanha, a possibilidade da morte...

Stein cruzou os braços, olhou para o defunto e depois para o amigo.

— Agora quero que me expliques. Como é que esse moço fútil, que usava pó de arroz, que vivia preocupado com bailarecos, roupas, gravatas, brilharetes sociais foi se meter nessa revolução e brigar como um homem? Está tudo errado.

— Está tudo certo — sorriu o Bandeira, devolvendo o caderno ao outro. — E, seja como for, o homem está morto. Devemos respeitá-lo.

— Pois eu prefiro respeitar os vivos enquanto estão vivos, já que podemos impedir que eles morram em guerras insensatas como essa. Ou que vivam uma vida indigna, mais como bichos do que como seres humanos, como é o caso da maioria da nossa gente. Esse é o respeito que todos devem ter. O resto é superstição, obscurantismo, conversa fiada de padre.

No seu canto Maria Valéria estava agora de cabeça atirada para trás, sobre o respaldo da cadeira, os olhos cerrados, a boca entreaberta. A seus pés as brasas morriam.

Stein aproximou-se da janela e olhou para fora. Havia tíbias luzes amarelentas em algumas das janelas da Intendência. Na praça moviam-se vultos. O vento continuava a sacudir as vidraças.

— Pensa naqueles homens mortos lá no porão — murmurou o judeu. — Ninguém sabe quem são. O tenente não conseguiu identificar mais que três ou quatro. Amanhã vão ser enterrados na vala comum, enrolados em trapos. Esse é o destino de todos os lutadores anônimos que morrem estupidamente para servirem os interesses políticos e econômicos da minoria dominante.

Fez uma pausa, abafou um bocejo, depois prosseguiu:

— E as diferenças de classes continuam mesmo na morte. O doutor Ruas está aqui em cima, tem velório especial, caixão de primeira. A escória jaz atirada lá embaixo, no porão. Não é um símbolo do que acontece no edifício social?

Bandeira levantou para o amigo um olhar que o sono já embaciava:

— Só não compreendo — murmurou — é como a esta hora da noite, com um frio brabo destes, ainda tens ânimo e calor para discutir essas coisas!

Pouco depois das cinco, Babalo acordou, encaminhou-se para a cozinha e pediu a Laurinda que lhe preparasse um mate. Galos começavam a cantar. Os círios extinguiam-se ao pé do esquife.

Desde as duas da madrugada Stein encontrava-se no porão, sentado a um canto, fazendo companhia aos revolucionários mortos. As velas ali se haviam extinguido por completo, e a escuridão parecia aumentar o frio e a umidade. Quando o dia começou a clarear o judeu saiu para o quintal, encolhido, apanhou uma laranja meio verde de uma das laranjeiras, partiu-a e começou a chupá-la. Estava azeda. Jogou-a fora. Enfiou as mãos nos bolsos e ficou a olhar para o horizonte, onde uma barra carmesim anunciava o nascer da manhã.

Maria Valéria despertou pouco antes de aparecer o sol. Ergueu-se da cadeira, aproximou-se do calendário do escritório, sob o retrato do Patriarca, e olhou a data. *Maio*, 8. *Terça-feira*. A seguir, como costumava fazer todas as manhãs, arrancou a folhinha, leu o que estava escrito no verso, amassou-a entre os dedos e atirou-a dentro da cesta de papéis velhos.

29

Uns dez dias mais tarde os ares de Santa Fé foram de novo agitados pelos rojões que o cel. Madruga mandara soltar na praça. Curiosos correram para a Intendência, amontoaram-se e acotovelaram-se na frente do quadro-negro no qual o maj. Amintas Camacho, havia pouco, afixara um papel com a notícia sensacional. A Terceira Divisão do Exército Libertador, comandada pelo gen. Estácio Azambuja, fora surpreendida nas pontas do arroio Santa Maria Chico pelas forças combinadas dos coronéis Claudino Pereira, Flores da Cunha e Nepomuceno Saraiva. Depois dum combate de quase quatro horas, em que sofreram pesadas baixas, os revolucionários haviam debandado, deixando em poder dos legalistas, além de muitos prisioneiros, armas, munições, carroças com víveres e cerca de dois mil cavalos. O comunicado terminava assim:

Os bandoleiros fugiram rumo da fronteira, internando-se no Uruguai. Ficou entre seus mortos o famigerado Cel. Adão Latorre, negro de sinistra memória, um dos maiores degoladores maragatos da Revolução de 93.

Aderbal Quadros leu a notícia meio céptico e ao entrar no Sobrado disse à filha:

— Se a coisa é verdade, foi uma derrota feia pra nossa gente. Mas essa chimangada mente muito!

Os jornais oposicionistas que chegaram mais tarde a Santa Fé mal conseguiam atenuar as proporções da derrota. Ficava claro que, conquanto a divisão de Estácio Azambuja reunisse a fina flor de Bagé, São Gabriel e Dom Pedrito, seu armamento era deficiente, a munição pouca, o serviço de vigilância péssimo, isso para não falar na falta de unidade de vistas entre seus diversos comandantes.

A Voz da Serra apareceu aquela semana trazendo um relato mais ou menos minucioso do combate do Santa Maria Chico. Terminava assim:

[...] e a mortandade nas fileiras dos revolucionários teria assumido as proporções duma verdadeira chacina não fosse a generosidade do Cel. Claudino Nunes Pereira, cujas tropas, disciplinadas e aguerridas, dispunham de duas metralhadoras colocadas em posição vantajosa. No entanto esse bravo militar, comprovando as tradições de bondade e cavalheirismo do povo gaúcho, mandou erguer a alça de mira dessas mortíferas armas, de maneira que as balas passavam sobre as cabeças dos maragatos espavoridos, que fugiam em todas as direções, enquanto os projéteis ceifavam os ramos superiores das árvores dum capão próximo.

— Já lhe disse que não quero ver essa porcaria dentro desta casa! — exclamou Maria Valéria, apontando para o número do jornal do Amintas que Camerino tinha na mão.

O médico sorriu.

— Está bem — disse, rasgando a folha em vários pedaços e atochando-os no bolso do casaco —, mas acho que a gente deve ler tudo o que o inimigo escreve...

Fosse como fosse, os moradores do Sobrado ficavam sobressaltados toda a vez que ouviam as detonações dos foguetes do Madruga. A primeira pergunta que Flora fazia a si mesma era: "Será alguma coisa com a nossa gente?".

Não se tivera mais nenhuma notícia certa da Coluna Revolucionária de Licurgo Cambará desde o malogrado ataque à cidade. Sabia-se vagamente que andava pelo interior do município de Cruz Alta, onde tivera encontros de patrulha com forças governistas. Havia até quem afirmasse que muitos de seus oficiais haviam já emigrado para a Argentina.

— Potocas — dizia Babalo. — Ninguém sabe.

As notícias do Madruga só anunciavam vitórias para os borgistas: Honório Lemes e seus "bandoleiros" viviam em fuga constante, perseguidos pela tropa de Flores da Cunha; a divisão de Zeca Neto fugia também aos combates; Felipe Portinho continuava imobilizado em Erechim, de onde Firmino de Paula esperava desalojá-lo em breve...

— E a intervenção não vem! — suspirava Aderbal.

O governo federal havia mandado ao Rio Grande um ex-ministro, o dr. Tavares de Lira, para que ele servisse de mediador entre revolucionários e legalistas. Os jornais anunciavam que o emissário do presidente da República agora voltava para o Rio. Tudo indicava o malogro de sua missão de paz.

Flora agora fazia parte da Cruz Vermelha do Exército Libertador, recentemente fundada em Santa Fé. Passava várias horas do dia na Casa de Saúde a ajudar os médicos. Era-lhe difícil vencer a repugnância que lhe despertavam aqueles homens barbudos e sujos para os quais tinha de dar remédios a horas

335

certas. O pior, porém, eram os curativos: desfazer ataduras encardidas recendentes a iodofórmio (cheiro que ela associava a sórdidas "doenças de homem"), passar pomadas nas feridas ou banhá-las com líquido de Dakin... Fazia tudo isso de testa franzida, contendo a respiração, os lábios apertados. Em geral a lembrança daqueles feridos e daquelas cenas a acompanhava quando ela tornava à casa, persistia quando ela ia para a cama à noite e cerrava os olhos para dormir. Os cheiros de fenol, éter, água da guerra e pus — ah! o pior mesmo era o cheiro agridoce de pus misturado com o de iodofórmio! — não lhe saíam das narinas. Sob as cobertas, depois de rezar e pedir a Deus pela saúde dos ausentes e presentes e pelo restabelecimento dos feridos, ela procurava esquecer o hospital e os doentes, pensar no marido, imaginar que ele estava ali a seu lado com a sua presença quente, amorosa e limpa. Em vão! Aos poucos se ia esquecendo das feições dele, sentia necessidade de olhar para o Retrato, lá embaixo, a fim de recompor a imagem querida, que em sua memória se perdia numa espécie de nevoeiro. Na escuridão do quarto (de quando em quando um dos filhos falava no sono) Flora pensava naquelas caras lívidas e peludas, nos algodões purulentos, nas gazes ensanguentadas, nos hálitos pútridos. Ah! Outra lembrança que com frequência lhe vinha à mente era a do olhar dos feridos. Havia olhos empanados pela dor ou pelo medo da morte. Ou então animados dum brilho cálido de febre. Viam-se também olhos doces, com expressão entre humilde e grata, quase canina. Mas os havia também orgulhosos, com algo de feroz. E olhos que fitavam as pessoas e as coisas em derredor num meio espantado estupor, como que não compreendendo direito o que acontecia. Um dia Flora teve um arrepio desagradável ao se sentir alvo da atenção de um dos feridos, um caboclo de cara morena e larga, a cabelama do peito a escapar-lhe pela abertura da camisa. Era um olhar carregado de desejo. Ela se sentiu despida e com a impressão de que aqueles olhos a haviam lambuzado dum visgo insuportável. Ao voltar à casa tomara um prolongado banho. Mas, enquanto estava dentro da banheira, teve a impressão de que aqueles olhos sujos e implacáveis a observavam, grudados no teto...

Sempre que chegava ao hospital pela manhã era invariavelmente saudada com as mesmas palavras pelo dr. Carbone, que nunca perdia o bom humor, nem quando o tiravam da cama no meio da noite para atender um caso de urgência:

— Ah! A nossa *piccola* Florence Nightingale! Bom dia, *carina*.

Flora admirava não só a coragem como também a eficiência de Santuzza, a quem o marido dera o cognome de *la regina dell'autoclave*. Movia-se no hospital com uma facilidade feliz e maternal de quem está em sua própria casa. Era sempre chamada quando havia algum "caso difícil". As damas da sociedade local — algumas das quais faziam parte da Cruz Vermelha para efeitos apenas de prestígio social — recusavam-se a fazer curativos (e Carbone não as forçava a isso) nos casos em que ficassem expostas as partes do corpo dos feridos que Maria Valéria costumava designar pelo nome de "vergonhas". Santuzza, porém, não hesitava. Arregaçava as mangas, crescia sobre a cama com os seios faraônicos, e dizendo: "Deixa a *mamma* ver", ia arriando com a maior naturalidade as calças do paciente. E aqueles homenzarrões se entregavam a ela quase com uma naturalidade de meninos.

Flora levava doces e cigarros para todos os feridos da Casa de Saúde, mas tinha atenções especiais para com Neco Rosa, que lá estava imobilizado sobre um leito, a coxa envolta em ataduras, magro e lívido, uma barba de profeta a negrejar-lhe contra a palidez do rosto. Soltava suspiros, queixava-se da sorte, falava nos companheiros distantes, perguntava aos médicos quando iam dar-lhe alta... O dr. Carbone não o iludia. Antes de quarenta dias não o poderia mover dali.

— Que porcaria! — exclamou Neco.

Um dia, depois de verificar-lhe a temperatura e o pulso, Dante Camerino sentou-se na cama e murmurou:

— O Madruga sabe que foste tu quem comandou o grupo que atacou a Intendência pela retaguarda. Anda dizendo a Deus e todo o mundo que degolaste com tuas próprias mãos dois prisioneiros provisórios...

— Mentira! — vociferou Neco, soerguendo-se bruscamente como se lhe tivessem aguilhoado as costas. — É uma infâmia! Tu sabes que não sou bandido.

— Eu sei. Mas o Madruga anda furioso, não ignora que estás aqui e jurou te pegar. "Aquele barbeiro canalha não me sai com vida do hospital." É o que vive dizendo.

Neco permaneceu em silêncio por um instante, fumando e olhando para a ponta dos próprios pés, metidos nas meias de lã que Maria Valéria lhe fizera.

— Preciso então ir pensando num jeito de fugir daqui.

Camerino ergueu-se.

— Não te preocupes. Enquanto continuares neste hospital estás garantido. Uma patrulha do Exército se mantém de guarda aí fora, dia e noite.

Neco olhava ainda, taciturno, para a ponta dos pés. Foi com voz grave que tornou a falar:

— Vou te pedir um favor. Não me leves a mal.

— Que é?

— Pelo amor de Deus, me arranja um violão!

30

O inverno entrou rijo, com geadas. Certa manhã, ao acordar os filhos mais velhos para mandá-los à escola, Flora olhou para fora e, vendo os telhados esbranquiçados, pensou no marido e sentiu um aperto no coração.

Laurinda todas as manhãs acompanhava Alicinha, Floriano e Jango até a casa onde funcionava a Aula Mista Particular de d. Revocata Assunção. Era perigoso — achava Flora — deixar a menina andar só com os irmãos por aquelas ruas "infestadas de provisórios mal-encarados".

Aderbal Quadros e Laurentina vinham agora com muita frequência ao Sobrado, numa aranha puxada por um alazão, que era o último amor de Jango.

Babalo entrava, distribuía caramelos e barras de chocolate entre os netos, senta-va-se, fazia Edu montar-lhe na coxa e balançava-o num ritmo que imitava o trote dum cavalo. Fumigava o rosto do menino com a fumaça azul e acre de seu cigarrão. Eduardo franzia o nariz, apertava os olhos, mas continuava a rir e a pedir: "Galope! Galope!".

A um canto da sala, Laurentina e Maria Valéria retomavam seu antigo diá-logo de silêncio onde o haviam interrompido no último encontro.

Quando os Carbone apareciam, o italiano queria cantar ou pôr o gramofone a funcionar, mas Flora mostrava-se indecisa. Seria direito? Os homens da casa andavam pela campanha, enfrentando agruras e perigos. Ninguém sabia ao cer-to onde estavam nem o que lhes havia acontecido. Era possível até que àquela hora... Calava-se, engasgada, já com lágrimas nos olhos. Maria Valéria, porém, decidia a situação: "Não se toca nem se canta. É tempo de guerra". Carbone fazia um gesto teatral, mas resignava-se, apanhava um baralho, sentava-se a uma me-sa e ali ficava a cantarolar baixinho e a jogar paciência, enquanto Santuzza, no andar superior, entretinha-se com *i bambini*.

Roque Bandeira e Arão Stein visitavam o Sobrado pelo menos três vezes por semana. Tomavam café com bolinhos de coalhada e comiam a pessegada que Maria Valéria fizera durante o verão para ser consumida no inverno.

Os dois amigos em geral ficavam separados dos outros, ocupados com suas polêmicas. Interessava-se Bandeira pelas figuras daquela revolução que aos pou-cos se iam definindo a uma luz de epopeia.

— É curioso — disse uma noite Tio Bicho, mastigando com prazer um pe-daço de pessegada no qual havia nacos de fruta inteiros — a gente observar o nascimento dum herói.

— Devias dizer dum *mito* — interrompeu-o Stein, repondo no seu lugar, com um gesto nervoso, a mecha de cabelo que lhe caíra sobre os olhos.

— E por que *mito*? Não são realmente heróis? Tome Honório Lemes... Já é uma figura lendária.

— Então? Que é uma figura lendária senão um mito?

— Não me amoles. Sabes o que quero dizer.

— Sei mas não concordo. Morrem dezenas, centenas de soldados anônimos nesses combates, mas quem leva a fama e a glória é o general que na maioria dos casos raramente ou nunca aparece na linha de fogo.

— Mas que é o herói senão uma síntese, um símbolo, o homem que em de-terminado momento da história dum povo ou dum grupo encarna não só os sonhos e aspirações desse povo ou desse grupo como também suas qualidades marcantes de coragem, espírito de sacrifício e lealdade? De certo modo o herói *é* o seu povo. Tivemos em 1835 Bento Gonçalves. É possível que seja Honório Lemes quem melhor encarne o espírito revolucionário de 1923...

Stein limitou-se a estender as mãos ressequidas e arroxeadas por cima do braseiro que Maria Valéria mandara pôr entre ele e o amigo. Tio Bicho contem-plava o judeu, sorrindo, com um ar de tranquila e adulta superioridade.

— Por que estás rindo?

— Porque, apesar de todas as tuas teorias, os heróis aparecem, crescem aos olhos do povo e não há nada mais a fazer senão aceitar o veredicto popular por mais errado que ele seja. *A verdade está com as massas.* Não é essa a essência mesma do teu bolchevismo?

Stein ficou a mastigar pensativo uma fatia de queijo caseiro. Estava deprimido. No dia anterior, um delegado atrabiliário, acompanhado de dois brutamontes da Polícia Municipal, lhe havia invadido a casa, rebuscando-lhe gavetas, malas, armários... Depois de queimar-lhe todos os livros, havia-lhe levado a caixa de tipos e a impressora. E, como ele tivesse esboçado um protesto contra a arbitrariedade, o bandido sem dizer palavra lhe aplicara um soco na cara, derrubando-o.

Stein tocou com as pontas dos dedos a marca que lhe escurejava na face esquerda.

— Cavacos do ofício — murmurou Bandeira. — A polícia te tirou a tipografia, te queimou a biblioteca mas não podes negar que enriqueceu a tua folha de serviços ao Partido.

— Estúpidos! São violências como essa que fortalecem nosso ânimo, ajudam a nossa causa. Eles estão condenados. É questão de tempo.

Aderbal Quadros não entendia aquelas conversas. Sobre o que se passara na Rússia, tinha apenas ideias nebulosas: ouvira falar numa "reviravolta braba" em que revolucionários tinham "feito o serviço" na família imperial, instituindo um regime em que tudo era de todos. Mas como podiam aqueles dois moços tão instruídos perder tempo com problemas dum país distante, quando ali nas ventas deles fervia uma guerra civil em que irmãos se tiroteavam uns com os outros?

Pelas notícias dos jornais, o velho acompanhava fascinado as proezas de Honório Lemes e seus guerrilheiros. Muitas vezes entrava no Sobrado erguendo no ar, como uma rósea bandeira de guerra, um número do *Correio do Sul*, e lia para a gente da casa e para os que lá se encontrassem o editorial assinado por Fanfa Ribas, que na opinião de Babalo era o maior jornalista vivo do Brasil. — Que estilo! Que coragem! Que côsa!

Os jornais do governo estadual procuravam ridicularizar o general da Divisão do Oeste, apresentando-o como um homem de poucas letras, um simplório, um "mero tropeiro".

Uma tarde Aderbal irrompeu no Sobrado e, sem tirar o chapéu, de pé no meio da sala, leu em voz alta todo um editorial do *Correio do Sul*, que era um hino à profissão de tropeiro e ao caráter de Honório Lemes. Ao chegar às últimas linhas, fez uma pausa, lançou um olhar para as duas mulheres que o escutavam, apertou os olhos e, pondo um tremor teatral na voz seca e quadrada, leu o final: "De joelhos, escribas! É o Tropeiro da Liberdade que passa!".

Soltou um suspiro, murmurou: "Que côsa!", atirou o jornal em cima duma mesa e saiu rengueando da sala, como num final de ato.

E por todo o Rio Grande, nos meios assisistas, o cognome pegou. Retratos do "Tropeiro da Liberdade" apareciam em jornais e revistas, ilustrando a narrativa de seus feitos militares. Era um homem de estatura meã, ombros caídos — "um jeito meio alcatruzado", como dizia Maria Valéria —, bigodes pretos escorridos pelos cantos da boca. Na fita do seu chapéu de abas largas, lia-se esta legenda: LIBERDADE INDA QUE TARDE!

Só oferecia combate quando lhe convinha. Sua tropa, duma mobilidade prodigiosa, desnorteava o inimigo, que o perseguia com um encarniçamento irritado. E, quando a situação se fazia feia ou duvidosa para suas armas, o caudilho se refugiava com seus soldados na serra do Caverá, que conhecia palmo a palmo, de olhos fechados, e aonde ninguém ousava ir buscá-lo.

Com o passar do tempo, sua legenda enriquecia. Faziam-se versos inspirados em seus feitos. E as mulheres jogavam-lhe flores quando ele desfilava com sua tropa pelas ruas das vilas e cidades que ocupava.

31

No quinto mês da revolução, outra figura — essa do campo oposto ao do Leão do Caverá — já se delineava e impunha, também com visos de legenda: a do dr. José Antônio Flores da Cunha. O intendente de Uruguaiana comandava os Fronteiros da República. Era um homem bravo e afoito, duma vitalidade tremenda. De estatura mediana, tinha uma bela e máscula cabeça. Em seu rosto, de fronte alta e feições nobres, bondade e energia se mesclavam. A barba, que usava à nazarena, era dum castanho com cambiantes de bronze, como o dos cabelos, e seus olhos, dum claro azul, exprimiam às vezes uma inocência que o resto do corpo varonilmente renegava. Homem de língua solta e choro tão fácil quanto o riso, era capaz de grandes violências, que em geral depois compensava com generosidades ainda maiores. Suas palavras e atos raramente eram calculados, mas produtos de impulsos.

Contava-se que duma feita, encontrando, numa de suas marchas pela campanha, um rancho à beira da estrada, fez parar o cavalo e, sem apear, pediu de beber à cabocla que viu à porta. A criatura deu-lhe água numa caneca de folha e, enquanto o caudilho bebia, ficou a observá-lo com uma expressão de espantado encanto. E, quando o guerreiro se afastou ao trote do cavalo, um de seus homens ouviu a mulher murmurar: "Parece Nosso Senhor Jesus Cristo. Que Deus me perdoe!".

Murmurava-se que Flores da Cunha não se entendia muito bem com o cel. Claudino Pereira, comandante da brigada governista do Oeste, à qual o primeiro também pertencia. É que tanto ele como o seu companheiro de armas Oswaldo Aranha lutavam com a impaciência e o ímpeto que nascem da paixão: queriam liquidar depressa o inimigo, ao passo que o outro, soldado profissional e experimentado, preferia proceder com cautela e método, temperados pelo seu desejo de evitar inúteis sacrifícios de vidas. Contava-se que um dia — referindo-se aos dois bacharéis — o cel. Claudino dissera a um caudilho borgista que encontrara numa de suas marchas: "Trago comigo dois homens impossíveis".

Foi na manhã de 19 de junho que chegaram a Santa Fé pelo telégrafo as primeiras notícias do violento combate travado nos arredores de Alegrete entre as tropas de Honório Lemes e as de Flores da Cunha. Mas só dois dias mais tarde é que a cidade ficou ao corrente dos pormenores. Os revolucionários haviam tomado posição à margem direita do Ibirapuitã, junto a uma das pontes de pedra do Matadouro Municipal. Da cidade de Alegrete saíram as forças legalistas comandadas por Flores da Cunha e pelo caudilho Nepomuceno Saraiva. Este último achava temerário levar um ataque frontal à ponte. Como, porém, conhecia bem o comandante da tropa, disse a um dos companheiros: "El doctor al llegar mandará cargar. Es una barbaridad!". Não se enganava. Arrancando a espada e esporeando o cavalo, Flores da Cunha gritou: "Os que tiverem vergonha, que me acompanhem!". E, sob a fuzilaria do inimigo, precipitou-se rumo da ponte, seguido de um punhado de companheiros. Viu tombar nessa carga um irmão seu, já na outra margem do rio, transposta a ponte. E ele próprio foi ferido por um estilhaço de bala, que lhe penetrou no ilíaco direito. Pouco depois, Oswaldo Aranha, que lutava com a mesma bravura, era também atingido por um projétil no ápice do pulmão esquerdo. Nenhum dos dois, porém, abandonou a luta.

O combate durou mais de três horas. E, como anunciava o cel. Laco Madruga, sob o estrondo dos seus foguetes, "as bravas forças governistas tomaram a ponte do Ibirapuitã, numa das mais renhidas refregas desta campanha, e Honório Lemes e seus bandoleiros fugiram para o Caverá, deixando no campo treze mortos e vinte e sete feridos".

Começaram então a circular notícias sombrias. Contavam os jornais da oposição que depois do combate "os mercenários de Nepomuceno Saraiva" se haviam entregue a "orgias de sangue", degolando feridos e prisioneiros. *A Voz da Serra* revidou: degoladores eram os assisistas. E citava fatos e nomes próprios, denunciando banditismos.

Aderbal Quadros ficou indignado ao saber que as forças borgistas agora empregavam contra os revolucionários um aeroplano pilotado por dois alferes. Achou isso um ato de covardia inominável, indigno das tradições do Rio Grande, cuja paisagem mesma parecia sugerir aos homens a luta franca, frente a frente, em campo aberto, sem emboscadas nem traições. E, quando circulou a notícia de que da "engenhoca" haviam lançado três bombas sobre a vila de Camaquã, então em poder dos revolucionários, Babalo ficou com os olhos inundados de lágrimas, que exprimiam a um tempo sua pena, sua vergonha e sua indignação. "Que côsa bárbara!", exclamou. Montou a cavalo, saiu a andar pelos campos, nos arredores do Sutil, falando sozinho. Foi longe. Ficou por algum tempo no alto duma coxilha, contemplando as invernadas verdes de horizontes largos e claros, respirando fundo, como se quisesse limpar não somente os pulmões como também a alma. Voltou depois para casa, já ao anoitecer, ao tranco do cavalo, assobiando uma toada que aprendera no Paraguai, nos seus tempos de tropeiro.

Mas circulavam também por todo o estado histórias de heroísmo, lealdade e abnegação. Conheciam-se agora pormenores da morte de Adão Latorre. Sob o fogo das metralhadoras, o velho caudilho, com apenas trinta homens, estendera linha e, para proteger a retirada dos companheiros, ficara tiroteando contra uma coluna inimiga de quase mil soldados. Mais tarde, quando tentava salvar a cavalhada de sua coluna, seu próprio ginete foi ferido de morte por uma bala. O cel. Latorre desembaraçou-se dele e, no meio da fuzilaria, começou a encilhar com toda a calma o cavalo que um de seus filhos lhe trouxera. Foi nesse momento que uma bala o derrubou. Tinha oitenta e cinco anos.

Um provisório de Firmino de Paula — contava-se —, ao cair sob os golpes dos três cavalarianos inimigos que o cercavam, teve ainda tempo para exclamar: "Morre um homem!".

Um piá de dezessete anos, soldado da tropa de Zeca Neto, no meio dum combate deu o seu tobiano a um companheiro já idoso cujo cavalo tinha sido morto. E, enquanto o outro se punha a salvo, a galope, fincou pé onde estava e abriu fogo contra os soldados da cavalaria inimiga que se aproximavam, e que finalmente o envolveram e liquidaram a golpes de lança.

Foi em fins de julho que chegou a Santa Fé, trazida por um tropeiro da Palmeira, a história duma proeza de Toríbio Cambará. Seu piquete de cavalaria — contava o homem — caíra numa emboscada, perdendo nos primeiros momentos três soldados. Diante da superioridade numérica do inimigo, Toríbio gritou para os companheiros: "Retirar!". Os outros deram de rédeas e fugiram a todo o galope. Bio, porém, ficou onde estava, atirando sempre contra os provisórios. De repente, atingido por uma bala, seu cavalo baqueou, lançando-o ao chão. Toríbio ergueu-se, meio estonteado, mas sempre de revólver na mão, e viu que se aproximava dele a toda a brida um cavaleiro inimigo de lança em riste. Não se moveu de onde estava. Ergueu a arma, fez pontaria e atirou... O cavaleiro tombou do cavalo com um tiro na cabeça, mas o animal continuou a galopar. Quando ele passou pela frente de Toríbio, este se lhe agarrou às crinas e saltou-lhe sobre o lombo e, em meio dum chuveiro de balas, conseguiu escapar ileso, reunindo-se mais tarde à sua Coluna.

— Esse rapaz tem o corpo fechado pra bala — disse alguém na roda da Casa Sol, ao ouvir a história.

Quando se conheceu no Sobrado o feito de Toríbio, Flora ficou de lábios trêmulos e olhos úmidos. Floriano escutou a narrativa fascinado. E Maria Valéria, balouçando-se lentamente na sua cadeira, quedou-se por algum tempo num silêncio reflexivo. Por fim murmurou com um meio sorriso:

— O Bio não é deste mundo. Sempre achei que esse menino tinha queda pra burlantim.

32

Não fosse a presença dos soldados do corpo provisório nas praças e nas ruas, nos seus uniformes de zuarte e seus ponchos reiunos, poder-se-ia dizer que a paisagem humana de Santa Fé pouco ou nada mudara desde o começo da revolução.

Como um sinal de que, apesar da guerra civil, a vida continuava; como um símbolo da capacidade humana de sobreviver e manter-se fiel aos hábitos, Quica Ventura, que jamais trabalhara em toda a sua existência, continuava a picar fumo, parado à frente do edifício do Clube Comercial. Desde que entrara o inverno, usava botas de sanfona e uma capa espanhola negra, com forro nas três cores da bandeira rio-grandense. Mesmo quando dentro do Comercial, mantinha na cabeça o chapéu de feltro de aba puxada sobre os olhos, como para sugerir que era "de poucos amigos". E de fato era. Pessimista, maldizente, não acreditava no gênero humano; seu melhor amigo era o perdigueiro que o acompanhava por toda a parte, e que de certo modo já se parecia com o dono. Esse solitário conservava, no entanto, uma curiosa lealdade à ideia do federalismo. Não tirava o lenço colorado do pescoço, embora se tivesse recusado a votar em Assis Brasil e vivesse a dizer a todo o mundo que era gasparista mas não estava de acordo com "essa revolução esculhambada".

Todos os dias, pouco antes das seis da manhã, com uma mantilha negra em torno da cabeça, o livro de reza em punho, d. Vanja atravessava a praça com seus passinhos rápidos e entrava na igreja para assistir à primeira missa.

A essa mesma hora Marco Lunardi, metido num macacão de mecânico, entrava no seu caminhão, e José Kern — que se mudara de Nova Pomerânia para Santa Fé — abria a sua nova casa de comércio, e os Spielvogel punham em movimento a máquina de sua serraria a vapor, cujo apito costumava soar exatamente às seis. Era às vezes por esse apito pontual que Maria Valéria acertava o relógio grande do Sobrado e d. Revocata saía da cama para ler o seu Voltaire e o seu Diderot, antes de ir para a escola.

Às sete, José Pitombo — que nunca tivera empregado porque não confiava em ninguém — abria a casa, espanava os caixões, ajeitava artisticamente na vitrina as velas e os anjos de cera, borrifava d'água o chão e punha-se a varrê-lo, enquanto na cozinha fervia a água para o primeiro chimarrão.

Às oito, Cuca Lopes descia a rua do Comércio em zigue-zague, duma calçada para outra, chamado pelos conhecidos que encontrava — "Então, Cuca velho, quais são as novidades?" — e ele parava, desinquieto, cheirava as pontas dos dedos, soltava o boato, rodopiava sobre os calcanhares e continuava seu caminho, rumo da Intendência. Já a essa hora d. Revocata entrava na sua escola, pisando duro.

Era por volta das dez da manhã que Ananias, o aguateiro (vivia maritalmente com duas mulheres, dormia com ambas na mesma cama, era conhecido como o Zé do Meio), parava a carroça com a pipa na frente do Sobrado, entrava com duas latas cheias d'água e enchia com elas a grande talha de barro a um canto da cozinha. Às vezes conversava com Laurinda, queixava-se de pontadas nas cadeiras, e acabava pedindo "um traguinho de qualquer coisa pra esquentar o peito". A mulata, quando estava de bom humor, dava-lhe um cálice de licor de pêssego.

Ao meio-dia era quase um ritual para certos habitantes da cidade ir à estação da estrada de ferro, esperar o trem que vinha de Santa Maria trazendo os jornais, e espiar para dentro dos carros, para ver se descobriam algum conhecido.

À tardinha Mariquinhas Matos debruçava-se na sua janela, na rua do Comércio, os braços morenos apoiados sobre uma almofada de veludo grená, e ali ficava à espera dum transeunte que pudesse namorar. Sua esperança eram os caixeiros-viajantes em trânsito pela cidade, e os tenentinhos novos que vinham servir na Guarnição Federal, e que os moços do lugar por despeito chamavam de *Fordzinhos*. E, quando algum deles passava pela calçada, ela armava o seu sorriso de Mona Lisa, já demasiadamente conhecido e um tanto desprestigiado entre os nativos.

À noite havia função no Cinema Recreio, em cuja fachada não raro se via um cartaz em cores, no qual William S. Hart, o caubói carrancudo, ameaçava os passantes com duas pistolas em punho. Anunciavam-se filmes — agora em sua quase totalidade feitos nos Estados Unidos com os artistas mais famosos de Hollywood. O Calgembrininho, que ajudava o pai a redigir os programas e os letreiros dos cartazes, fazia a sua literatura. Referia-se à "endiabrada Bebe Daniels", ao "correto galã Wallace Reid, que faz palpitar o coração das donzelas", ao "hilariante Charles Chaplin, vulgo Carlitos", à "divina Norma Talmadge" e à "trêfega Gloria Swanson".

No clube continuavam as rodas de pôquer, frequentadas principalmente por senhores do comércio, de relógio com corrente de ouro no bolso do colete, e muitos deles com duas famílias — a legítima no centro da cidade e a ilegítima do outro lado dos trilhos. No salão maior, mocinhos jogavam bilhar e, como um prelúdio às farras nas pensões de mulheres, certos empregadinhos do comércio nas noites de sábado se davam o luxo de fumar um charuto, depois do jantar.

O inverno havia espantado das praças as retretas, os pássaros e os namorados.

Pelas ruas andavam à noite homens encolhidos sob seus ponchos e capotes, pigarreando, tossindo, escarrando. Entravam nos cafés, no clube, no Centro Republicano, nos bordéis. Bebiam, comiam bifes com ovos e batatinhas fritas, discutiam política, mulheres e futebol. E por essas coisas muitas vezes brigavam, arrancavam os revólveres, gritando: "Pula pra fora, canalha!" ou "Atira, bandido!". Alguns atiravam mesmo.

Cerca das onze horas escapava-se da Padaria Estrela-d'Alva uma fragrância de pão recém-saído do forno, que dava ao ar da noite um buquê doméstico. E Chico Pais, seguindo um hábito antigo, ia levar ao Sobrado um cesto cheio de pães quentinhos. E, como agora não encontrasse Rodrigo e Toríbio no casarão, punha-se a choramingar e a falar deles como de gente falecida, o que comovia Flora e irritava Maria Valéria.

Muitas daquelas noites eram pontilhadas de tiros. A coisa quase sempre acontecia no Purgatório, no Barro Preto ou na Sibéria: rixas entre as patrulhas do Exército e as do corpo provisório; ou então eram os guardas municipais que acabavam à bala algum baile de chinas.

Mas, em muitas noites, pelas ruas desertas de Santa Fé vagueava apenas o vento, "uivando como um cachorro louco", como dizia Maria Valéria.

Certa manhã a velha arrancou mais uma folhinha do calendário — *Julho, 31. Sexta-feira* — e pensou: "Agosto, mês de desgosto".

As laranjeiras e bergamoteiras do quintal do Sobrado estavam pesadas de frutos.

Foi na primeira semana daquele mês que Neco Rosa, completamente restabelecido, fugiu do hospital à noitinha, travestido de mulher, graças às roupas que d. Santuzza lhe emprestara. Levava na cabeça um chapéu de feltro verde: um véu lhe cobria o rosto. Entrou no Ford do dr. Carbone, que o levou para fora da cidade até o Sutil, onde Babalo o esperava com um cavalo encilhado.

Também no princípio daquele mês, num dia torvo, de nuvens baixas, Floriano, postado atrás das vidraças duma das janelas do Sobrado, viu dois provisórios espancarem na rua um homem que, sob pranchaços de espada, caiu na sarjeta, gritando e sangrando. O menino ficou lívido, uma náusea lhe convulsionou o estômago, uma tremedeira gelada lhe tomou conta do corpo.

Chegou por essa época ao Sobrado o primeiro bilhete de Rodrigo, trazido por um portador de confiança. Era lacônico. Dizia que tanto ele como todos os amigos estavam bem. E que as saudades eram muitas.

Não raro Maria Valéria saía a andar pelas peças da casa, alta madrugada, com uma vela acesa na mão, a ver se tudo e todos estavam bem. Na noite do dia em que chegou o bilhete de Rodrigo, ao passar pelo quarto de Flora, ouviu soluços lá dentro. Parou, indecisa. Entro ou não entro? Não entro. É melhor que ela chore, desabafe. Amanhã vai se sentir aliviada.

Meteu-se debaixo das cobertas, pensando: "Só tenho pena de quem, de tão seca, não tem lágrimas para chorar". E soprou a vela.

33

Durante dois dias e duas noites andou Neco Rosa pelo interior do município, em busca de seus companheiros de armas. Evitava encontros com as patrulhas governistas, era cauteloso nas perguntas. (Começava geralmente assim: "Como vão as coisas por aqui, patrício? Tem aparecido muito revolucionário por estas bandas?".) Passava as noites dentro de capões ou cemitérios campestres, comia o charque com farinha que levava num saco na garupa do cavalo e, de quando em quando — dizem que cachaça é o poncho do pobre —, pegava a garrafa de Lágrimas de Santo Antônio que Camerino lhe dera, e tomava uma talagada.

Encontrou, finalmente, a Coluna de Licurgo Cambará acampada nos arredores duma chácara, na divisa do município de Santa Fé com o de Cruz Alta. Teve uma recepção festiva. Foi pouco para os abraços. Comeu um churrasco gordo, empanturrou-se de laranjas e bergamotas. Deu aos Cambarás notícias da gente do Sobrado, narrou sua odisseia no hospital, que os sicários do Madruga rondavam, e a sua fuga rocambolesca, vestido de mulher, imaginem! Contou o que sabia, por ouvir dizer ou pelos jornais, da revolução no resto do estado.

Rodrigo escutou-o no mais absoluto silêncio. Ia fazer-lhe perguntas específicas sobre sua família. Nos últimos tempos vivia preocupado principalmente com Alicinha, cuja imagem não lhe saía da mente. Não perguntou nada. Era como se, abandonando a família para seguir outra mulher, agora não se sentisse com o direito de saber dela. Tinha a impressão de que havia cortado por completo as amarras com sua gente, com sua cidade e com o mundo... Voltara do ataque malogrado a Santa Fé com uma sensação não só de derrota como também de culpa. A ideia e o plano tinham sido seus. Considerava-se responsável por todos os mortos e feridos daquele dia negro.

— Não sejas besta — disse-lhe Toríbio uma tarde em que cavalgavam lado a lado. — Estamos na guerra.

— Notaste o desânimo do Velho?

Toríbio sorriu:

— "Esse foi sempre o gênio seu", como disse o poeta.

— Envelheceu dez anos nestes últimos cinco meses. Anda magro, encurvado, mais calado e solitário que nunca. E o que mais me impressiona nele é a tristeza... Se a coisa dependesse de mim, ele emigrava hoje mesmo para a Argentina.

— Não conheces teu pai.

— Mas é que ele não aguenta esta campanha até o fim, Bio! Alguma coisa está roendo o homem por dentro. Depois, agosto é um mês brabo para todo o mundo, principalmente para os velhos...

Toríbio assobiava, de dentes cerrados, o "Boi barroso". Ao cabo de um curto silêncio, Rodrigo tornou a falar.

— O culpado de ele estar metido nisto sou eu.

— Ora vá...

Engoliu o palavrão. Substituiu-o por uma palmada jovial e encorajadora nas costas do outro.

A Coluna, havia menos de uma semana, fora surpreendida em pleno descampado por um minuano que soprara durante três dias e três noites, sob o céu limpo, dum azul metálico. Um dos homens — um velho de Santa Bárbara, pequeno criador — caíra com pneumonia dupla. Posto dentro da carroça, entre sacos de carne-seca, farinha e sal, ali ficara ardendo em febre. Os médicos pouca coisa podiam fazer por ele além de abrigá-lo em ponchos e pelegos, dar-lhe aspirina e aplicar-lhe cataplasmas de farinha de mandioca. A Coluna continuara a andar. Os homens tiritavam sob os ponchos. O vento navalhava-lhes a cara, gelava-lhes as orelhas. O suprimento de cachaça se acabara. Pela manhã os campos estavam brancos de geada. O próprio céu sem nuvens parecia uma planície gelada.

Uma tarde encontraram um capão, onde se meteram para esperar que passasse a ventania. O doente delirou durante toda a noite, deu ordens de combate, agitou os braços como num duelo de espada: pelo que ele dizia, os companheiros compreenderam que o moribundo ainda peleava em 93... Morreu ao raiar do dia, quando o minuano cessou de soprar. Enterraram seu corpo à beira do mato e continuaram a marcha.

— É como a retirada de Napoleão da Rússia, em 1812 — murmurou um dia José Lírio.

Estava encolhido de frio; seu narigão era um bulbo arroxeado.

— Mas não estamos nos retirando, Liroca! — protestou um companheiro.

— Pior que isso, menino — retrucou o velho. — Não sabemos pra onde vamos nem o que nos espera por detrás daquele coxilhão.

— Está um frio de renguear cusco! — gritou um sargento, que não tinha poncho mas estava teso e risonho em cima do cavalo.

— Estou tirando a maior lechiguana da minha vida — exclamou outro.

Chiru olhou para Neco.

— E esse barbeiro burro deixou a cama quente do hospital!

— Pra fugir da faca fria do Madruga — replicou Neco sem pestanejar.

Ouviram-se risadas. Aqueles homens ainda brincavam! Alguns, é verdade — uma meia dúzia — já resmungavam que talvez fosse melhor bandearem-se para o Uruguai. A maioria daqueles guerreiros, porém, andava ansiosa por um combate, "pra esquentar o corpo". O que os desnorteava e irritava um pouco era não saberem nunca para onde iam ou *por que* iam. A ordem era marchar, marchar sempre, aceitando combate quando o inimigo não era muito numeroso, recusando quando era. A munição de guerra da Coluna escasseava: tinham gasto muita bala no assalto a Santa Fé, depois do qual não se haviam mais remuniciado. Os Macedos eram os mais difíceis de conter. Tinham o sangue quente, ansiavam por uma oportunidade a mais para mostrarem que eram machos.

— O importante é durar — explicou Rodrigo um dia a um deles, para justificar aquelas marchas que pareciam fugas.

E, como o tenente que o interpelara sorrisse de maneira equívoca e perguntasse: "Mas durar pra quê, doutor?", Rodrigo teve ímpetos de esbofeteá-lo e gritar: "Pensas que tenho medo, guri?". Conteve-se e desconversou. Mas não esqueceu o incidente. Ficou ruminando, ressentido, as palavras do tenente. Não lhe saía da cabeça aquele sorriso entre desdenhoso e pícaro. "Eu ainda mostro", dizia a si mesmo. E mostrou, da maneira mais irracional.

Uma certa manhã — em que cavalgava com um piquete de lanceiros na vanguarda, distanciado quase um quilômetro do grosso da tropa (Toríbio naquele momento estava ao lado do pai) — Rodrigo avistou no alto duma coxilha, a uns seiscentos metros de onde se encontrava, uma patrulha que lhe pareceu inimiga. Assestou o binóculo: reconheceu os uniformes. Eram provisórios armados de mosquetões. Contou-os. Dez. Olhou em torno. Tinha dez homens, não refletiu mais. "Vamos acabar com aqueles chimangos!", gritou. Esporeou a montaria e precipitou-se encosta acima, seguido pelos companheiros. No alto da coxilha os provisórios apearam, estenderam linha, ajoelharam e abriram fogo. Rodrigo continuava à frente do piquete, as narinas palpitantes, uma alegria nervosa a queimar-lhe o peito como o ar frio lhe ardia as faces. Atirava de revólver. O companheiro que cavalgava a cinco passos atrás dele rodou do cavalo, ferido, mas o animal continuou a correr com os outros. Mais cem metros e estariam entre-verando! Os provisórios, entretanto, cessaram fogo, tornaram a montar e se lan-çaram a todo o galope, descendo a encosta do outro lado, deixando um soldado estendido no chão. Rodrigo continuava a perseguir o inimigo, como se quisesse dizimá-lo sozinho a golpes de espada. Os companheiros empunhavam agora as suas lanças, prontos para o entrevero. Os provisórios afastavam-se cada vez mais, na direção duns matos. De repente, lá de baixo rompeu uma fuzilaria cerrada. Vinha dum barranco, aberto no sopé da coxilha e meio escondido por trás das árvores. Uma cilada! — compreendeu Rodrigo. Fez seu cavalo estacar e gritou aos companheiros que fizessem alto.

— A la fresca! — exclamou Pedro Vacariano, ouvindo o sibilar das balas sobre sua cabeça.

Um revolucionário tombou do cavalo que uma bala atingira. Ficou onde ti-nha caído e, dali mesmo, começou a atirar com sua Winchester na direção do barranco.

— Carregamos? — perguntou Vacariano.

— É suicídio — respondeu Rodrigo. — Vamos buscar reforços.

A fuzilaria continuava, nutrida. Rodrigo ordenou a retirada. Seus homens lançaram os cavalos a todo o galope, coxilha acima. Ele os seguiu, voltando-se de quando em quando para atirar. De súbito sentiu que seu alazão estremecia, diminuía a velocidade da corrida, dobrava as pernas dianteiras... Compreenden-do, rápido, o que tinha acontecido, saltou para o chão. Segundos depois o animal baqueou, o sangue a jorrar-lhe do ventre como água dum manancial. Já os de-mais companheiros haviam desaparecido do outro lado da colina. A fuzilaria lá embaixo cessara. Rodrigo viu então que os cavalarianos que se haviam refugiado no mato, agora se tocavam a toda a velocidade na sua direção. Olhou em torno e sentiu-se perdido. Estava sozinho. O remédio era morrer brigando. Começou a atirar, de joelho em terra. Ouviu um grito: "Doutor!". Voltou a cabeça e avistou um de seus cavaleiros que descia encosta a galope. Era Pedro Vacariano, que se aproximou dele, apeou do cavalo e disse: "Monte, doutor!". Rodrigo montou, exclamando: "Suba pra garupa!". O outro, de Winchester em punho, sacudiu negativamente a cabeça, sem tirar os olhos dos inimigos que se acercavam cada vez mais.

— Eu fico.

— Monte! É uma ordem!

Como única resposta, o caboclo ergueu a perna e fincou a espora na ilharga do animal, que disparou coxilha acima. Os cavalarianos legalistas começaram a atirar também. Uma bala silvou rente à orelha de Rodrigo, que, voltando a cabeça para trás, viu o capataz do Angico deitado a fazer fogo contra o inimigo, como numa espécie de "combate particular". Volto? Tentou sofrear o animal mas não conseguiu. Estava agora do outro lado da colina e já avistava o grosso de sua coluna. Começou a fazer sinais frenéticos para os companheiros.

Voltou com duzentos homens, minutos mais tarde, e pôs em debandada o inimigo, que deixou no campo três mortos e seis feridos. Um destes informou que, a cinco quilômetros dali, estava uma força governista da Divisão de Firmino de Paula.

— Quantos homens? — interrogou-o Toríbio.

— Uns quinhentos.

— Vejam só onde a gente ia cair! — comentou o Liroca, com uma sombra de susto nos olhos.

Era evidente que o piquete de cavalaria dos provisórios e o pelotão entrincheirado no barranco estavam fazendo o papel de isca. A intenção deles era atrair a Coluna Revolucionária de Santa Fé para um lugar em que as tropas de Firmino de Paula, bem armadas e municiadas, pudessem liquidá-la.

Licurgo mandou recolher e medicar os feridos e enterrar os mortos. Entre estes se encontrava o ten. Pedro Vacariano, com três balázios no corpo. Licurgo contemplou longamente o cadáver, antes de mandar baixá-lo à sepultura, aberta ali mesmo onde o caboclo caíra. A face do morto estava serena. Rodrigo teve vontade de fazer um gesto que exprimisse sua gratidão. Mas não achou nenhum que não pudesse parecer ridículo ou feminino. Não disse nem fez nada. Mandou-se lavrar uma ordem do dia em que se promovia Pedro Vacariano a capitão, por ato de bravura.

— Era um homem — disse Licurgo.

O caboclo não teve outro epitáfio.

34

Para evitar um encontro com as tropas governistas que guarneciam Santa Bárbara, a Coluna tornou a entrar no município de Santa Fé, rumando para noroeste.

— É engraçado — disse Rodrigo ao irmão, quando o pai determinou o roteiro da marcha. — Parece que o Velho quer seguir na direção do Angico. Será que vai tentar retomar a estância?

— Não é má ideia.

— Mas se vai, por que não diz claro?

— Ainda não aprendeste a lidar com o teu pai?

Marchavam agora com a vigilância redobrada, com um piquete de vanguarda e patrulhas de reconhecimento nos flancos. Levavam os feridos amontoados na carroça de víveres.

Destacamentos inimigos os seguiam de longe. Não eram numerosos mas estavam bem montados, tinham boa mobilidade e, como observou Juquinha Macedo, pareciam mestres na arte de "futricar a paciência do próximo". Quando menos se esperava, surgiam pela frente, pelos flancos ou pela retaguarda da Coluna, tiroteavam, sem se aproximarem demais, sem encarniçamento, mas com uma insistência de ralar nervos. "Como mutuca em lombo de mula", dizia o Liroca, que vivia alarmado. "Agora a gente não pode mais nem dormir em paz."

Rodrigo andava cansado e deprimido. Carregava ainda o peso de seus mortos. Não podia esquecer a cara lívida de Miguel Ruas, que expirara em seus braços. A imagem risonha e pachorrenta de Cacique Fagundes perseguia-o também como um fantasma bonachão, mas nem por isso menos perturbador. Cinco filhas. Vinte netos... Pensava com igual remorso em todas as vezes em que, durante a campanha, hostilizara Pedro Vacariano com gestos ou palavras. No entanto o caboclo viera a morrer por ele... Sabia que tinha o dever de ser-lhe reconhecido por isso, mas não podia evitar que com o seu relutante e meio envergonhado sentimento de gratidão se mesclasse uma certa irritação, que se poderia traduzir assim: "Não lhe pedi que se sacrificasse por mim".

Perdera as luvas durante o assalto a Santa Fé e agora tinha as mãos ulceradas de frieiras. Seus lábios estavam ressequidos e queimados pelo vento frio. Sentia pontadas nas costas e no peito. Aqueles ataques esporádicos das patrulhas inimigas deixavam-no apático. Quem se encarregava de os repelir era Toríbio, que gritava: "Vou dar um corridão naqueles chimangos!", e precipitava-se contra eles com seus cavalarianos, de lança em riste. Em geral o inimigo fugia, e Bio voltava risonho e feliz.

Um dia as patrulhas inimigas desapareceram por completo.

A marcha continuou. E uma manhã chegaram à encruzilhada da Boa Vista, onde havia uma venda e alguns ranchos.

— Devemos estar a umas dez léguas do Angico — observou Toríbio.

Licurgo Cambará reuniu a oficialidade para decidirem o destino da Coluna. Juquinha Macedo achava que deviam atacar Nova Pomerânia, distante poucas léguas dali, e que, segundo informavam os rancheiros da Encruzilhada, estava desguarnecida. A Coluna precisava urgentemente de mantimentos. Durante a última jornada um dos feridos tivera uma hemorragia e seu sangue empapara o último saco de farinha e o último saco de sal de que a Coluna dispunha. Já no dia anterior os soldados haviam comido carne insossa.

— Precisamos levar o quanto antes esses feridos para um hospital — disse o médico da Coluna. — Acho que um deles já está com a perna quase gangrenada.

Rodrigo notou que, enquanto os outros falavam, o pai olhava com certa ansiedade na direção dos campos do Angico. Compreendeu a luta que se travava no espírito do Velho.

— Está bem — disse este por fim. — Acho que devemos atacar a colônia...

Deixaram a Encruzilhada pouco depois do meio-dia, tomando a estrada de sueste. O frio havia diminuído, o céu estava limpo, o ar parado.

Ao cabo de uma hora de marcha batida, Toríbio deixou seu piquete e acercou-se de Rodrigo.

— A ideia de atacar a colônia me agrada — disse. — Estou muito precisado de mulher. Já não aguento mais.

Rodrigo mostrou-se pessimista.

— Não te iludas. Mal vamos ter tempo de levar os feridos para o hospital e fazer umas requisições...

— Não preciso mais de quinze minutos. Dez pra achar a fêmea. Cinco pro resto.

Ao entardecer daquele dia, estavam a duas léguas de Nova Pomerânia. Fizeram alto a uns duzentos metros duma serraria, onde se erguia a casa dum colono, um chalé de tipo suíço, com um alpendre na frente, uma roda de moinho d'água a um dos lados. O céu, àquela hora duma fria transparência de vidro, aos poucos tomava uma tonalidade rósea. Os verdes do pomar do colono se fundiam em sombras dum azul arroxeado, que se degradava em negro — tudo muito recortado e nítido no ar cristalino. O som da roda e da água que a movia era quase uma música.

Havia, porém, em tudo ali uma quietude que deixou Toríbio e seus vanguardeiros intrigados. Não se via vivalma. As portas e janelas da casa estavam fechadas. Bio olhou desconfiado para um capão, a uns trinta metros da casa. Em cima do cavalo Licurgo pitava, olhando fixamente para a roda do moinho.

— Vou deslindar esse mistério — disse Toríbio, apeando do cavalo e convidando três companheiros para acompanhá-lo.

— Cuidado, meu filho — murmurou Licurgo. — Podem estar de tocaia.

Os quatro avançaram meio agachados, por entre árvores, na direção do chalé. A uns trinta metros dele, fizeram alto e esconderam-se atrás de troncos de ciprestes, de onde ficaram a observar com todo o cuidado a casa, o pomar e o mato próximo. A roda do moinho parecia ser o único elemento vivo e móvel naquela paisagem fria e parada de cartão-postal.

— Ó de casa! — berrou Toríbio.

Ficou à escuta... Nenhuma resposta. Só o som fofo e ritmado da roda, e o chuá da água.

Deixando o esconderijo, de espingarda em punho, Toríbio aproximou-se, cauteloso, olhando para todos os lados. Os companheiros o imitaram. De repente abriu-se uma das janelas da casa e dela partiram dois clarões seguidos de detonações. Toríbio e os amigos atiraram-se ao solo.

— Feriram o Bio! — exclamou Licurgo.

E, cuspindo fora o cigarro, esporeou o cavalo e, seguido de Rodrigo, precipitou-se para o lugar onde vira o filho cair.

Nesse momento rompeu uma fuzilaria de dentro do capão.

Juquinha Macedo ordenou a seus homens que tomassem posição de combate. Rodrigo, que cavalgava a poucos metros atrás do pai, viu este tombar do cavalo e ouviu o baque surdo e ominoso que seu corpo produziu ao bater no chão. Sofrenou sua montaria, apeou e correu para o Velho, gritando: "Um médico! Depressa! Um médico!". Sua voz, porém, se perdeu em meio das detonações. Ajoelhou-se ao pé do ferido e compreendeu logo que o tiro o havia atingido no tórax. Ergueu-lhe a cabeça, estonteado, exclamando insensatamente: "Que foi, papai? Que foi?". Licurgo descerrou os lábios como para dizer alguma coisa, mas de sua boca só saiu uma golfada de sangue. Desnorteado, Rodrigo olhava em torno, sem saber a quem apelar. A intensidade do tiroteio havia redobrado, e de onde ele estava podia ver os companheiros que se aproximavam de rastos do mato e do chalé, atirando sempre. "Um médico, pelo amor de Deus!", tornou a gritar. O rosto do velho estava horrivelmente pálido. Gotas de suor brotavam-lhe na testa, escorriam-lhe pelas faces. Sua respiração era um ronco estertoroso. Seus olhos começavam a vidrar-se. Rodrigo desabotoou-lhe o casaco e o colete, rasgou-lhe a camisa. Descobriu o buraco da bala no lado direito do peito. O projétil devia estar alojado no pulmão... Segurou o pai nos braços, ergueu-o e ficou a olhar atarantado dum lado para outro, sem saber para onde ir. O sangue continuava a manar da boca do ferido, cujo lenço branco aos poucos se tingia de vermelho. Rodrigo sentiu faltarem-lhe as forças. Suas pernas se vergavam. Tornou a pousar o corpo no chão e, indiferente às balas que cruzavam por ele, sibilando, rompeu a correr na direção da carroça, onde esperava encontrar pelo menos algodão e gaze.

Quando voltou, minutos depois, Licurgo Cambará estava morto.

35

Ao cair da noite a casa estava tomada e os matos varejados. O inimigo, pouco numeroso, fugira na direção de Nova Pomerânia, deixando para trás um morto e três feridos.

O cadáver de Licurgo Cambará achava-se agora estendido em cima da mesa da sala de jantar, no chalé do colono. Liroca choramingava a um canto. Rodrigo e Toríbio rondavam o corpo do pai, quase tão pálidos como o defunto, mas ambos de olhos secos. De quando em quando olhavam para Bento, que estava inconsolável. Nunca tinham visto o caboclo chorar. Era um choro feio, de boca aberta, de sorte que a baba que lhe escorria pelas comissuras dos lábios, se misturava com as lágrimas e juntas lhe entravam pelas barbas grisalhas.

Fazia pouco, numa rápida reunião da oficialidade, ficara resolvido que Juquinha Macedo assumiria dali por diante o comando geral da Coluna. Sua primeira decisão foi a de contramarchar para o norte. Um dos inimigos aprisionados informara que Nova Pomerânia estava guardada por um destacamento legalista pequeno mas bem armado e municiado. O cel. Macedo mandou contar as balas de que dispunham e verificou que havia apenas uma média de cinco tiros para cada soldado. Era o diabo...

— Agora um assunto desagradável... — murmurou, aproximando-se de Rodrigo. — Onde vamos enterrar o corpo?

O filho de Licurgo fitou nele um olhar tranquilo e respondeu:

— No Angico.

— Como? — surpreendeu-se o outro.

— Já combinei tudo com o Bio. Não te preocupes.

— Mas estamos muito longe. Umas dez ou doze léguas...

— Oito. Não precisamos mais de quatorze ou quinze horas para ir e voltar.

— Mas a estância está ocupada por forças do Madruga! É uma temeridade.

— É um assunto de família, coronel. Eu e o Bio levamos o corpo. O Bento também faz questão de ir. Vamos os três por nossa conta e risco.

Uma sombra passou pelo rosto do outro.

— Não posso permitir que se arrisquem.

— Sinto muito. Mas temos de te desobedecer...

Juquinha Macedo mastigava o cigarro apagado. Pôs a mão no ombro do amigo:

— Me deixem mandar um piquete com vocês...

Rodrigo sacudiu negativamente a cabeça.

— Não. Quanto menos gente, melhor. Vamos sozinhos, não queremos que ninguém mais se arrisque por nossa causa. O Bio conhece esses campos de olhos fechados.

Macedo não parecia ainda convencido.

— Por que não enterramos o coronel aqui, marcamos a sepultura, e depois, quando essa revo...?

— Não adianta, Juquinha. Está resolvido.

O novo comandante deixou escapar um suspiro de impaciência.

— Levem então o corpo na carroça.

Toríbio repudiou a ideia. Pretendia evitar as estradas reais. Teriam de cortar invernadas, vadear rios... não podiam levar nenhum veículo.

— Está bem — resignou-se o cel. Macedo, fazendo um gesto de desalento. — Meu dever era prender vocês e impedir essa loucura. Mas também compreendo. Sei o que o Angico representava para o coronel Licurgo. Nesta hora prefiro agir como amigo e não como chefe. Sejam felizes!

Ficou combinado que, na volta, Rodrigo, Toríbio e Bento se encontrariam com o resto da Coluna na Encruzilhada.

— Se amanhã até esta hora não tivermos voltado — disse Bio —, toquem para a frente: não nos esperem.

Amarraram o morto em cima do cavalo, de bruços. Partiram pouco depois das nove. Era uma noite sem lua, mas de céu mui estrelado. Toríbio puxava a cabresto o cavalo que carregava o defunto. Rodrigo levava presa à cela uma pá que encontrara no porão do chalé. Cada um possuía um revólver, uma Winchester e um facão: trinta e cinco tiros ao todo.

Não haviam andado meio quilômetro quando perceberam que estavam sendo seguidos. Fizeram alto e esperaram. Três cavaleiros galopavam na direção deles: Chiru, Neco e o velho Liroca.

— Que é que querem? — perguntou Rodrigo, quando os amigos os alcançaram.

— Vamos com vocês — disse Chiru. — O coronel Macedo nos deu licença.

— Mesmo que ele não desse — acrescentou Neco — eu vinha.

— Não sejam bobos. Voltem.

— Se vocês são loucos — disse o barbeiro —, nós também temos o direito de ser.

Toríbio desinteressou-se da discussão, pôs seu cavalo em movimento.

— E tu, Liroca? — perguntou Rodrigo.

— Também sou amigo.

— Um homem da tua idade! Vai ser uma puxada braba, numa noite de frio abaixo de zero. Se o inimigo nos pega, estamos liquidados.

— Paciência. Ninguém fica pra semente.

Neco e Chiru seguiram Toríbio. Rodrigo não teve outro remédio senão dizer:

— Vamos.

E os seis amigos entraram numa invernada, cabresteando o cavalo do morto à luz das estrelas.

Andaram por mais de três horas num silêncio cortado apenas pelos pigarros do Liroca, pela tosse nervosa do Chiru, ou por uma ou outra observação de Neco, que ficava sem resposta, como se suas palavras se tivessem congelado no ar.

Rodrigo deixara-se ficar para trás. Não tirava os olhos do cavalo que levava o defunto. Tinha a inquietadora, misteriosa impressão de que aquilo já acontecera. Onde? Quando? Como? As mãos, os pés, as orelhas doíam-lhe de frio. As silhuetas daqueles seis cavaleiros (o velho Licurgo fazia a sua última viagem na Terra), a quietude transparente e glacial dos campos, o ruído das patas dos cavalos... tudo aquilo tinha para ele algo de irreal, de fantasmagórico... Sentiu uma pontada forte nas costas. Levou a mão à testa e teve a impressão de que ela escaldava. Decerto apanhara uma pneumonia e ardia em febre. Talvez aquela madrugada o Bio tivesse de enterrar dois defuntos em vez de um. Bastava fazer uma cova maior... Era o que ele, Rodrigo, merecia.

Mataste teu pai. Quem dizia isto em seus pensamentos era ele próprio. Sim, matei meu pai.

— Queres um trago? — perguntou o Neco, aproximando-se.

Rodrigo pegou a garrafa e bebeu um gole de parati.

354

Nunca a figura e a voz de Neco Rosa lhe haviam parecido tão estranhas e improváveis.

— Vamos ter uma geada braba — disse o barbeiro.

Rodrigo não respondeu. *Matei meu pai.* O Velho não queria vir... Eu insisti. Agora é tarde, não há mais remédio, está tudo acabado. Imaginou a reação da gente do Sobrado ao receber a notícia... *Matei meu pai.* Mas todos morrem! Por que me culpam? Quantas centenas de pessoas estão morrendo neste mesmo instante no Rio Grande? Não te iludas. Não confundas teu caso particular com os outros. Mataste o teu pai. Tu sabes. Mataste também o Miguel Ruas. O Cacique Fagundes. O Jacó Stumpf. O Pedro Vacariano. O Cantídio dos Anjos. Das outras vítimas tuas nem os nomes sabes...

Dobrou-se na sela, a uma pontada mais forte. Quis chamar o irmão, que continuava amadrinhando o grupo. Não chamou. *Matei meu pai.* Tinha o que merecia. Tossiu com força, escarrou. Sangue? Invadiu-o então uma súbita, trêmula pena de si mesmo. As lágrimas começaram a escorrer-lhe geladas pelas faces. Foi-se deixando ficar para trás para poder chorar à vontade, sem que os outros vissem. E já não sabia ao certo se chorava de pena do pai ou de si mesmo.

E o grupo continuou a andar madrugada adentro. Três vezes tiveram de cortar aramados. Toríbio havia pensado num lugar para enterrar o corpo: ao pé da corticeira grande, situada atrás dum caponete e à beira dum lajeado, no fundo da invernada do Boi Osco. Era um sítio bonito, fácil de guardar na memória. Além disso, ficava bastante longe da casa da estância. Era improvável que os soldados do Madruga os surpreendessem. Precisavam fazer tudo e voltar antes de raiar o dia. Consultou o relógio à luz da chama do isqueiro: três e vinte.

Passava um pouco das quatro quando fez alto e disse aos companheiros: "Chegamos". Ergueu a mão e apontou... Rodrigo avistou o caponete e começou a ouvir um rumor de água corrente.

Cortaram o arame da cerca e entraram nos campos do Angico. Apearam, tiraram o morto de cima do cavalo e puseram-no ao pé da corticeira. Os cinco amigos começaram a abrir a cova com uma pá, revezando-se, enquanto, acocorado junto do corpo de Licurgo Cambará, o velho Liroca montava-lhe guarda, como um cão fiel que ainda não se convencera de que seu dono não era mais deste mundo.

36

Estavam agora de luto as mulheres do Sobrado. Fora Aderbal Quadros quem lhes levara a notícia. A manhã estava nublada e o vento sacudia as vidraças do casarão. O pai de Flora entrou, parou no vestíbulo, a cara triste, sem saber como começar.

Maria Valéria antecipou-se.

— Não precisa dizer. Já sei. Mataram o primo Licurgo.

Babalo fez com a cabeça um lento sinal afirmativo. Flora rompeu a chorar. A velha ficou onde estava, de braços cruzados, o olhar fito em parte nenhuma.

Quando, um pouco mais tarde, Aderbal lhe perguntou quem havia dado a triste notícia, ela murmurou apenas:

— O vento.

E o vento soprou ainda por dois dias, levando as nuvens para as bandas do mar. E o céu de novo ficou limpo, o sol reapareceu e a vida no Sobrado continuou como antes.

Maria Valéria não falava nunca no cunhado, fechava-se em prolongados silêncios e ninguém sabia no que pensava quando se deixava ficar ali ao balouço da cadeira da velha Bibiana, o xale sobre os ombros, o olhar no braseiro. À hora do primeiro chimarrão, antes de clarear o dia, Laurinda suspirava olhando para o banco onde o patrão costumava sentar-se com a cuia na mão. E à noite, quando vinha trazer os seus pães quentes, Chico Pais metia-se num canto e, com olhos úmidos, ficava olhando ora para Maria Valéria ora para Flora, com uma tristeza bovina nos olhos injetados. Outro que naqueles dias não podia entrar no Sobrado sem chorar era o dr. Carlo Carbone. Quanto a Aderbal Quadros, passava longos instantes no escritório do amigo morto, tocando em objetos que lhe haviam pertencido — a caneta, o tinteiro, a espátula de cortar papel — e olhando um retrato tirado em 1912 e no qual Licurgo aparecia, excepcionalmente risonho, em cima dum cavalo. De vez em quando Babalo murmurava para si mesmo: "Que côsa bárbara!", sacudia a cabeça, penalizado, e saía a andar pela casa, meio sem rumo, envolto na fumaça de seu cigarrão.

No oratório havia sempre uma vela acesa. O prato e o copo de prata de Licurgo continuavam a ser postos na mesa à hora das refeições. Flora mandou rezar uma missa de sétimo dia em intenção à alma do sogro. E por muitos dias tiveram visitas de pêsames, gente que ali ficava na sala, entre suspiros e silêncios, perguntas ociosas, referências elogiosas ao morto, e novos suspiros e silêncios.

O inverno continuava. Naqueles dias de agosto os telhados amanheciam cobertos de geada. A água que passava a noite ao relento, em baldes ou tinas, amanhecia coberta por uma camada de gelo da grossura dum vidro de vidraça. E o frio parecia também congelar o tempo, tornando mais dura ainda a espera.

Pelos jornais as mulheres do Sobrado acompanhavam a marcha da revolução, com a qual bem ou mal se haviam habituado a viver. Para elas existiam nomes claros e nomes escuros. Honório Lemes era um nome dourado. Nepomuceno Saraiva, um nome sombrio. Um era o herói, outro o bandido. Felipe Portinho era uma combinação de letras e sons que lhes produziam uma sensação de conforto e esperança. Madruga era um símbolo noturno, que as levava a pensar em sangue e brutalidades. A figura de Firmino de Paula provocava em Maria Valéria uma mixórdia de sentimentos. Lembrava-se da Revolução de 93, em que vira o

356

chefe político de Cruz Alta — um homem de ar severo — a confabular no Sobrado com Licurgo. Contavam-se dele crueldades em que ela não queria acreditar, pois naquele tempo sua gente brigava contra os maragatos. Agora, como o homem estivesse do lado dos chimangos, começava a alimentar dúvidas... Mas era sempre uma coisa boa para a alma da gente ver num jornal a cara honesta e simpática de Zeca Neto, com suas barbas de patriarca. (O safado do Camacho só lhe chamava "Zeca Veado", porque — dizia — o general de Camaquã não fazia outra coisa senão correr...) E Maria Valéria não podia compreender como "moços tão bem-apessoados" como o dr. Flores da Cunha e o dr. Oswaldo Aranha pudessem estar do outro lado...

Os jornais em geral chegavam ao Sobrado às duas da tarde, trazidos por Dante Camerino, que ia buscá-los na estação. Processava-se então ali na sala de jantar todo um cerimonial. Maria Valéria sentava-se na sua cadeira, traçava o xale, acavalava os óculos no nariz, abria o *Correio do Sul*, lendo primeiro o editorial e depois as notícias. Flora, a seu lado, tinha nas mãos o *Correio do Povo*. A velha interrompia-lhe a leitura de quando em quando, com observações.

— O general Estácio voltou, reorganizou a coluna dele e anda fazendo o diabo pras bandas de São Gabriel.

— Ahã — fazia Flora, sem prestar muita atenção.

Continuava a ler, mas lá vinha de novo a velha:

— O Zeca Neto tomou Lavras... O Honório Lemes entrou em Dom Pedrito.
— Uma careta, um estalar de língua e depois: — Alegria de pobre não dura muito. Tiveram de abandonar a cidade porque a força do Flores da Cunha andava nas pegadas deles...

Floriano aos poucos se ia interessando também pelas notícias da revolução. Certas palavras e frases — nomes de pessoas, lugares, expressões militares — tinham para ele um mágico poder sugestivo. No princípio da campanha ouvira falar que os soldados de Portinho se haviam *emboscado* no desvio Giaretta para *atacar o trem* em que Firmino de Paula passava com suas tropas... Esse combate excitara-lhe a imaginação pelo que tinha de evocativo das histórias de faroeste que ele via no cinema. E, quando ouviu o avô materno anunciar que a mortandade tinha sido "uma côsa bárbara", passara a emprestar à palavra *Giaretta* uma conotação trágica. Leu um dia: "Honório Lemes e suas forças atravessaram o Ibicuí da Armada". A frase de certo modo lhe soou como irmã gêmea de outras que lera num livro de história universal, "César atravessou o Rubicão" e "Napoleão cruzou os Alpes com seus exércitos". Ibicuí da Armada era um *nome de ferro*, duro, frio e heroico. *Caverá*, o nome da serra onde Honório costumava refugiar-se periodicamente, tinha para o menino algo de macabro pela sua semelhança com *caveira*. O que, porém, mais o impressionou naqueles primeiros dias de setembro foi a notícia do combate do Poncho Verde, em que os soldados de Honório Lemes haviam infligido uma derrota séria aos de Nepomuceno Saraiva. Contavam-se histórias negras. "Os maragatos pegavam um prisioneiro, mandavam o bicho dizer 'pauzi-nho', e se o homem pronunciava 'paussinho', viam logo que era castelhano e passavam-lhe a faca nos gargomilos." "Tu sabes", dizia-se como justificativa, "os assisistas estavam com a marca quente por causa das barbaridades que o Nepomuceno e seus mercenários cometeram no combate do Ibirapuitã."

Outra notícia que estimulou a fantasia de Floriano, tão nutrida pela leitura dos romances de Júlio Verne, foi a de que o aeroplano que os legalistas empregavam na luta contra os revolucionários havia sido destruído por uma explosão em que um dos pilotos morrera e o outro ficara gravemente ferido.

37

Uma manhã de setembro, ao erguer a vidraça de uma das janelas dos fundos da casa, Flora viu os pessegueiros do quintal todos cobertos de flores rosadas. Era o primeiro recado que lhes mandava a primavera, e isso a deixou um tanto animada. Havia no vento uma frescura úmida e doce, que recendia a flores de cinamomo. Flora pensou em Rodrigo e lágrimas vieram-lhe aos olhos. Fosse como fosse, o inverno tinha acabado! Não iria acabar também aquela guerra cruel? Comunicou sua esperança a Maria Valéria, que lhe disse:

— Não se iluda.

A velha tinha razão. A revolução continuou. Durante todo aquele mês chegaram notícias de combates em cima da Serra, na zona da fronteira do sul e na região missioneira, por onde andava agora o Leão do Caverá com sua divisão.

Cidades e vilas eram tomadas hoje pelos revolucionários e retomadas no dia seguinte ou poucas horas depois pelos legalistas.

Foi no primeiro dia de outubro — o vento pastoreava no céu um rebanho de grandes nuvens brancas — que Aderbal Quadros chegou ao Sobrado com a notícia de que o gen. Zeca Neto havia entrado com sua tropa na cidade de Pelotas. Flora exultou. Maria Valéria permaneceu impassível. Aquilo — declarou — não significava nada para ela, já que havia perdido todo o interesse na revolução... Era como se com essa atitude de indiferença a velha esperasse forçar "aquela gente louca" a terminar a luta, voltar para casa e "sossegar o pito".

Foi em fins daquele mesmo outubro que um próprio trouxe a Flora este bilhete de Rodrigo:

Minha querida: Retomamos ontem o Angico, sem perder uma vida! Juro-te que daqui ninguém mais nos tira. Demos uma sepultura decente ao corpo do papai. Ficou no alto da Coxilha do Coqueiro Torto, junto com o Fandango. De lá os dois podem avistar a casa da estância e os campos que tanto amavam.

Não te inquietes. Estamos todos bem, e já se ouvem boatos de paz. A grande hora não tarda. Que Deus te abençoe e guarde, a ti, à Dinda e aos nossos queridos filhos.

Efetivamente, desde fins de outubro, o gen. Setembrino de Carvalho encontrava-se no Rio Grande do Sul, como emissário do presidente da República, tratando da pacificação.

E durante aqueles dias de novembro — em que as últimas ventanias da primavera sopravam lá fora, despetalando flores, arrepiando o arvoredo, fazendo bater portas e janelas — as mulheres do Sobrado acompanharam pelos jornais os passos do pacificador.

Quando soube que as hostilidades haviam sido suspensas, Flora sentiu um súbito alívio: foi como se lhe tivessem tirado um peso do coração.

Noticiava-se que o gen. Setembrino de Carvalho confabulava com os chefes de ambas as facções, procurando uma fórmula para consolidar a paz.

Fosse como fosse — refletia Flora —, o importante era que Rodrigo estava vivo e fora de perigo!

Um dia, vendo a filha de novo com cores nas faces e uma alegria nos olhos, o velho Babalo olhou para Laurentina e murmurou:

— Nossa filha refloriu. Está bonita que nem os pessegueiros do Sutil.

— É...

Naquela noite de 15 de novembro havia no Sobrado um nervosismo alegre que contrastava com as roupas negras das duas mulheres, ainda de luto fechado. Muito daquela excitação de expectativa feliz se havia comunicado às crianças, que estavam também alvorotadas. Rodrigo e Toríbio chegariam no dia seguinte! Ambos se haviam recusado a deixar o Angico sem primeiro terem a certeza de que todos os seus companheiros seriam respeitados depois que tornassem a suas casas. Nenhum deles confiava no Madruga. Juquinha Macedo, que participara pessoalmente das discussões em torno do tratado de paz, insistia em entrar em Santa Fé com todos os soldados de sua Coluna, desfilar com eles pelas ruas da cidade e dissolver a tropa ali na praça da Matriz, ao som de discursos, foguetes e música.

Santa Fé preparava-se agora para recebê-los. Mulheres e crianças, das janelas de suas casas, jogariam flores sobre as cabeças dos guerreiros de lenço encarnado. O telefone do Sobrado, durante todo aquele dia, tilintava de instante a instante: gente que queria saber a hora certa em que os revolucionários entrariam em Santa Fé, o programa dos festejos, os nomes dos oradores...

Laurentina contava a Maria Valéria as dificuldades e sustos que passara no Sutil durante o inverno, sempre a temer que o corpo provisório lhe requisitasse o gado leiteiro, os poucos cavalos que tinham e as suas ricas galinhas de raça. Maria Valéria prestava-lhe pouca atenção, pois tinha o ouvido assestado para a conversa dos homens. Aderbal referia-se ao pacto que fora firmado em Pedras Altas, no Castelo de Assis Brasil, por este último, pelo gen. Setembrino de Carvalho e pelos principais chefes revolucionários.

— Esse pacto — (Babalo dizia *páqueto*) — representa uma vitória das tropas do assisismo!

Arão Stein, que havia alguns minutos o escutava em silêncio, fez uma careta de dúvida.

— Mas o doutor Borges, segundo entendo, permanece no poder.

O velho chupou o cigarrão e soltou uma baforada na cara do interlocutor.

— Menino, não se trata de homens, mas de ideias!

Tio Bicho escutava a conversa de olhos meio fechados, num silêncio de quem não tinha opinião sobre o assunto.

Aderbal procurou provar seu ponto de vista. Segundo o tratado, a Constituição do estado devia ser reformada no sentido de incluir-se nela uma cláusula que proibisse terminantemente a reeleição do presidente do estado para o período presidencial imediato.

— É o fim do Borjoca! — exclamou. — Se isso não é vitória, então não sei o que é!

Havia mais ainda — continuou o velho. O tratado autorizava a reforma judiciária, que, entre outras coisas, daria competência à justiça ordinária para julgar os recursos referentes às eleições municipais. Ia acabar-se também o abuso da nomeação dos famosos "intendentes provisórios". Teria o Rio Grande conseguido tudo isso sem a revolução?

— E o senhor acha — perguntou Stein — que o doutor Borges de Medeiros vai ratificar o tratado?

— Deve ser ratificado hoje — replicou Babalo.

Maria Valéria alçou a cabeça e interveio:

— Cale essa boca, muçulmano. Vacê não entende desse negócio.

Mas, arrependendo-se em seguida de sua rudeza para com o judeu, foi até a cozinha e trouxe de lá um prato com uma fatia de pessegada e outra de queijo. Entregou-o ao rapaz, dizendo:

— Coma. É o último pedaço da última caixeta. Acabou-se a pessegada e a guerra.

Por volta das oito e meia daquela mesma noite, a banda de música do Regimento de Infantaria entrou na praça ao som dum dobrado. Moleques descalços enxameavam como moscas ao redor dos músicos, marchando e pulando. Pouco depois que a banda se aboletou no coreto, do pátio da Intendência subiram foguetes, que explodiram sobre a praça, em rápidos clarões.

Flora estremeceu e por um instante seus olhos se velaram de medo. Dante Camerino, que entrava naquele momento, explicou:

— O doutor Borges de Medeiros ratificou esta tarde o tratado de Pedras Altas. Não sei por que o Madruga está festejando o acontecimento. Decerto pensa que os chimangos ganharam a parada...

Era finalmente a paz — sorriu Flora. — E no dia seguinte Rodrigo estaria em casa! Subiu as escadas quase a correr, foi acender as velas do oratório e ali ficou por alguns momentos ajoelhada a rezar.

Os Carbone chegaram, pouco depois, numa alegria em que alternavam risadas com lágrimas. As explosões dos foguetes haviam cessado e agora a banda de música tocava uma valsa. A praça, aos poucos, se enchia de gente. Ouviam-se vozes alegres sob as árvores. Os namorados tinham voltado.

Maria Valéria aproximou-se lentamente de Camerino, que estava debruçado numa das janelas.

— Parece mentira — murmurou a velha. — Dez meses de guerra. Sabe Deus quanta gente morreu!

— Mas o tratado de Pedras Altas é uma vitória — replicou o médico. — Nossos companheiros não morreram em vão.

— Mas morreram.

Reunião de família III

30 de novembro de 1945

Roque Bandeira deixa o Sobrado pouco depois das onze horas, em companhia de Floriano Cambará. A morna brisa que sopra do sueste espalha na noite uma fragrância adocicada de campos e pomares, que aqui na praça se mistura com um cheiro de pão recém-saído do forno.

Roque faz um gesto que abrange o largo:

— Olha só as medonhas tatuagens com que a campanha política desfigurou a tua cidade!

Além dos coloridos sinapismos dos cartazes aplicados sobre as pedras da praça, os nomes dos candidatos e seus gritos de guerra e promessas aparecem escritos a piche ou cal em paredes, calçadas e até troncos de árvores. O muro da Padaria Estrela-d'Alva está coberto de inscrições: VOTEM NO BRIGADEIRO DA VITÓRIA... GETULIO VOLTARÁ... VIVA PRESTES!... DUTRA É A SALVAÇÃO NACIONAL.

Pouco abaixo desta última frase, alguém gravou no reboco, possivelmente com a ponta dum prego e com raiva, cinco letras irregulares: MERDA.

— Merda! — grita Bandeira. — Eis o comentário do povo a todos esses candidatos e promessas. É o *slogan* dos *slogans*!

Rompe a rir e em breve o riso se transforma numa tosse convulsiva, que o põe de rosto congestionado, olhos esbugalhados e lacrimejantes, a andar dum lado para outro, dobrado sobre si mesmo, numa ansiada busca de ar. (A sombra da voz de Laurinda na mente de Floriano: "Era uma vez um sapo-boi que de tanto inchar estourou".) E, quando o acesso abranda, Tio Bicho enxuga as lágrimas com os dedos, passa a ponta de uma das mangas do casaco pelo queixo, onde um filete de baba escorre, e depois encosta-se no muro e ali fica, arquejante e de olhos exorbitados — um condenado diante do pelotão de fuzilamento.

Floriano aproxima-se do amigo e, com uma ternura meio acanhada, toma-lhe do braço.

— Como é, compadre?

363

— Passou... passou... — murmura Bandeira, ainda com voz engasgada.

Dá três passos na direção do meio-fio da calçada, limpa a garganta num pigarro explosivo e expectora na sarjeta. Volta-se para o muro e aponta com um dedo trêmulo para o palavrão.

— Sabes o que é isso? A cristalização de quatrocentos anos de decepções e de amarga experiência. Nessa palavra está todo um programa político, social e filosófico. É a sabedoria da miséria. Mas vamos sentar lá debaixo da figueira, que estou sem sono.

Atravessam a rua lentamente.

— Tenho uma teoria — vai dizendo Floriano — ou, melhor, uma caricatura de teoria. Presta atenção. Durante sua história, o brasileiro tem vivido a oscilar entre dois exemplos, dois polos magnéticos representados por dois Pedros: Pedro II e Pedro Malasartes...

Bandeira solta um grunhido, que o outro interpreta assim: "Estou te escutando. Continua".

Param junto da calçada da praça.

— O velho imperador — prossegue Floriano — era o símbolo da virtude, da austeridade, da retidão de caráter e de costumes. Malasartes é o safado, o sensual, o empulhador. A República mandou embora Pedro II e Pedro Malasartes ficou com o campo livre. Mas foi só durante o Estado Novo que o simpático salafrário floresceu de verdade, tornando-se herói nacional, paradigma de comportamento político e social.

— Não está má a tua teoria — resmunga Roque Bandeira. — Nada má... como caricatura, é claro. Tens em casa um discípulo de Malasartes: o Sandoval.

Agora olham ambos para um grande letreiro branco que se estende sobre vários metros de calçada.

— O preço da liberdade — lê Tio Bicho, lentamente, como se soletrasse — é a eterna vigilância. Xô égua! O brigadeiro anda repetindo nos seus discursos essa besteira do Thomas Jefferson...

Volta-se para o amigo, segura-lhe as lapelas do casaco com ambas as mãos e pergunta-lhe, num bafio de cerveja:

— Liberdade? Mas que liberdade? Física? Psicológica? Religiosa? Econômica? É preciso especificar... Liberdade para quem? Para quê? Para a classe a que pertence o brigadeiro manter e aumentar seus privilégios? Para o povo continuar na miséria? Para os tubarões da burguesia seguirem nadando no gordo mar dos lucros extraordinários?

Retomam a marcha rumo da figueira. Bandeira aperta o braço do amigo. Mostra com um movimento de cabeça o busto do cabo Lauro Caré, que lá está no centro da praça, ao lado do coreto, coberto por um pano negro.

— Esse menino teve liberdade para dizer não quando o convocaram para a Força Expedicionária Brasileira, quando o tiraram de Santa Fé, de seu ofício de marceneiro, para ir morrer na Itália? Hein? Teve? E o piloto americano do avião que soltou a bomba atômica sobre Hiroshima teve liberdade para negar-se? Ou, melhor, teve liberdade de *saber* que ia transformar-se no coassassino de duzentas mil criaturas humanas?

Sentam-se no banco debaixo da grande árvore. Bandeira passa lentamente as mãos pelo rosto carnudo, pigarreia e depois, num tom menos enfático, continua:

— Por acaso será possível para o homem comum viver com liberdade neste nosso mundo de pressões? Pressões de todos os lados, da família, duma educação preconceituosa, do governo, dos grupos econômicos e da propaganda... me diga, é possível?

Floriano sacode a cabeça lentamente e pensa na sua contínua e prolongada luta em busca de liberdade. Desejou sempre com tal ardor ser livre, que acabou escravo da ideia de liberdade, tendo pago por ela quase o preço de sua humanidade. Sabe agora que conquistou apenas uma liberdade negativa, que pouco ou nada serve ao homem e ao escritor. Sente-se livre de compromissos políticos e vive tentando convencer-se de que está liberto — pelo menos teoricamente — dos preconceitos e atitudes da sociedade burguesa. Mas ser livre será apenas gozar da faculdade de dizer não aos outros (e às vezes paradoxalmente a si mesmo) — um eterno negar-se, um obstinado esquivar-se, um estúpido ensimesmar-se? Haverá alguma vantagem em ter uma liberdade de caramujo: defensiva, encolhida, medrosa, estéril? Chegou à conclusão de que, por obra e graça desse medo de comprometer-se, na realidade ele se comunica apenas *tecnicamente* com os outros seres humanos.

Tio Bicho acende um cigarro em silêncio, solta algumas baforadas e de novo desanda num acesso de tosse que o sacode todo. Ergue-se brusco, cospe fora o cigarro e, sempre tossindo e encurvado, dá uma volta inteira ao redor do tronco da figueira, num simulacro de dança ritual. Depois torna a sentar-se, arquejante, as mãos espalmadas sobre as coxas, o busto teso, a palheta empurrada para a nuca e fica olhando fixamente para a noite, como se dela esperasse socorro e alívio.

— És um teimoso, um caso perdido — murmura Floriano.

E, como para confirmar o que o amigo acaba de dizer, Bandeira tira do bolso outro cigarro feito e acende-o com mãos trêmulas.

— O Camerino não te proibiu de fumar?

— De fumar, de beber e de comer demais... — Tio Bicho recosta-se no banco, tira uma longa baforada e prossegue: — Diz o nosso *dottorino* que esta coisa — bate no peito à altura do coração —, este bicho aqui dentro pode rebentar duma hora para outra... No entanto eu fumo, bebo e como em excesso.

— Queres morrer?

— Claro que não. Quero viver. Mas que diabo! Estas porcarias dominam a gente — acrescenta, tirando da boca o cigarro e mostrando-o ao outro. — Diante dum copo de cerveja gelada ou duma sopa de mocotó, todos os nossos bons propósitos se vão águas abaixo. É uma droga.

E de novo leva o cigarro à boca, inala com força a fumaça, despedindo-a depois pelas narinas. Ao cabo de um curto silêncio, torna a falar:

— Pois meu velho, tu sabes muito bem que o Tio Bicho ama a vida. Sempre amou. A ideia do Nada me dá um frio na barriga. Uma destas madrugadas acordei com uma dorzinha no peito e uma certa falta de ar. É Ela, pensei. É a Grande Cadela. Chegou a minha hora. Que é que vou fazer? Nada. Fiquei quieto, esperando... Tenho uma ampola de nitrito na gaveta da mesinha de cabeceira. Era simples. Bastava quebrar o vidro e levar a coisa ao nariz... No entanto fiquei deitado de costas, os olhos fechados, pensando, imaginando, *vendo* mesmo o coração na sua luta aflita... o fluxo do sangue grosso e velho nas artérias esclerosadas. Se me perguntas por que eu hesitava em lançar mão do remédio, eu não saberia te explicar. Curiosidade de saber o que ia acontecer? Ou o sono teria dominado o medo da morte? A verdade é que fiquei paralisado em cima da cama como num pesadelo, esperando a ferroada dilacerante da angina, respirando mal, suando frio, e sempre em estado de modorra, achando até um certo gosto em imaginar coisas macabras. Tu sabes, vivo sozinho com os meus peixes. Não tenho nem mesmo um cachorro em casa... ou um gato. Se morro, pensei, só vão descobrir meu cadáver muitos dias depois, pelo fedor. Então me imaginei apodrecendo e fedendo em cima da cama, minha podridão empestando o quarto, a casa, a vizinhança, os peixes morrendo no aquário... *Kaputt!* E ao mesmo tempo via, me *lembrava* de como era bom viver, fumar um cigarro, beber um chope geladinho, comer... E sabes no que pensei? Adivinha... Pensei num arroz de carreteiro bem molhado. Cheguei a saborear mentalmente uma garfada... e enquanto isso a dor no peito aumentava, e o mal-estar, e a sufocação... E houve um momento em que o medo de morrer foi mais forte que tudo. Estendi o braço, abri a gaveta, tirei a ampola, quebrei, cheirei... senti um alívio quase imediato... E sabes de uma coisa engraçada? Subitamente me esqueci de onde estava. Eu não era um ser no espaço, mas no tempo. Fiquei de barriga pra cima, vi o meu falecido pai andar pela casa arrastando os chinelos e resmungando, minha mãe fazendo um bolo na cozinha, voltei a ser menino e vim brincar aqui debaixo desta figueira, conversei com gente morta... E tudo de repente ficou claro... a vida, o passado e até o futuro. E quando o dia clareou e o sol me bateu na cara, eu não saberia te dizer se tinha dormido ou passado a noite em claro. Me levantei, aquentei a água para um chimarrão, dei comida para os peixes, fiz a barba e comecei um novo dia.

Solta um suspiro que lhe sai pela boca com uma baforada de fumaça. Depois, entre sério e zombeteiro, exclama:

— Existir, velhote, é uma coisa muito séria.

Tira a palheta da cabeça, aperta-a de borco contra o próprio ventre e começa a tamborilar na copa com os dedos, num ritmo gaiato de samba, que nada tem a ver com o que vai dizer:

— Conta-se que santo Tomás de Aquino chorava ao contemplar o mistério do Ser. Pois eu não choro: eu me borro.

— E eu fujo — murmura Floriano, deixando escapar quase involuntariamente esta confidência. Mas acrescenta: — Quando posso.

366

— Fazes mal. É preciso enfrentar a vida, e olhar na cara a morte, essa Grande Marafona. Neste *anus mundi* que é Santa Fé, levamos "vidinhas de segunda mão", para usar a frase dum desses meus filósofos cujas "verdades", tu sabes, me chegam por *colis postaux*. Pois é... Somos caricaturas do que poderíamos ser...

Floriano olha criticamente para o amigo. Suas roupas sempre o intrigaram. No inverno Roque Bandeira ordinariamente usa uma fatiota de casimira preta, muito sovada, por cima da qual nos dias mais frios enfia um sobretudo cor de chumbo, com uma comovente gola de veludo negro, já pelada pelo uso; na cabeça mete um chapéu de feltro quase informe, que, quando atirado numa cadeira, mais parece um gato preto enroscado sobre si mesmo. E os trajos de verão do Cabeçudo são estas roupas de brim claro, amassadíssimas, umas sandálias de couro, a palheta amarelada, de abas mordidas, e a eterna gravata: borboleta negra pousada sobre o colarinho branco, mole e geralmente encardido.

— Sim — repete Roque Bandeira —, pobres caricaturas. Por muito tempo pensei que podia levar a vida na flauta (e eu sei que às vezes dou a impressão disso). Achei que viver meio leviana e aereamente sem enfrentar o Problema era uma solução para a angústia de viver. Mas não é, te asseguro que não é. É antes uma fuga covarde e suicida. Porque resignando-nos a uma pobre subvida, estamos assassinando ou, melhor, impedindo que nasça o nosso *eu* verdadeiro. Como já te disse, precisamos agarrar o touro à unha, mesmo que isso nos leve a posturas ridículas. As pessoas em sua grande maioria são demissionárias da espécie humana. Vivem existências inautênticas.

— Mas que é ser autêntico?

Roque Bandeira põe a palheta sobre o banco, a seu lado, tira do bolso um canivete e um pedaço de fumo crioulo e fica-se a preparar um novo cigarro, embora ainda tenha o outro entre os lábios.

— É muito simples — murmura. — O homem é o ser que pode ter consciência de sua existência e portanto tornar-se responsável por ela. Assim, o ser autêntico é o que aceita essa responsabilidade.

Floriano encolhe os ombros. O outro prossegue:

— O ser inautêntico é aquele que vive subordinado aos outros, governado pela tirania da opinião pública.

— Se te consideras tão livre, por que não tens coragem de sair à rua sem essa gravatinha?

— Deixa em paz a minha gravata! É a única coisa que me resta do *smoking* que tive nos tempos de estudante. Este paninho preto já faz parte da minha anatomia. Sem ele me sinto castrado.

Floriano solta uma risada. O outro começa a palmear o fumo. Um cavalo vindo das bandas da Prefeitura atravessa a rua lentamente e o som de seus passos nítidos e ritmados parece acentuar o silêncio e a solidão da noite.

Floriano estende as pernas, inteiriça o corpo, apoia a nuca contra o duro respaldo do banco e assim, mais deitado que sentado, os olhos fechados, ambas as mãos metidas nos bolsos das calças, diz:

— Tu sabes que há certos problemas que só discuto contigo e com mais ninguém...

— Obrigado pela parte que me toca — murmura Bandeira, com fingida solenidade, despejando fumo no côncavo dum pedaço de palha de milho.

— Quando fico sozinho contigo, acabo sempre fazendo-te confidências. Por que será?

— Deve ser por causa de minha acolhedora presença bovina. — Roque Bandeira enrola a palha. — Ou então desta feiura que me torna uma espécie de marginal. Ou do fato de eu te conhecer desde que nasceste... Afinal de contas, sou ou não sou o Tio Bicho?

— Quando eu tinha oito anos (me lembro como se tivesse sido ontem), tu me deste um livro de histórias ilustradas de Benjamin Rabier... Quando completei doze, me levaste dois romances de Júlio Verne: *A casa a vapor* e *Vinte mil léguas submarinas*.

— E não te esqueças de que fui eu quem te iniciou em Zola e Flaubert, para horror do vigário, que te queria impingir vidinhas de santos e mártires, escritas por padres...

— E no entanto aqui estamos agora, praticamente homens da mesma geração, apesar da diferença de vinte anos que existe entre nós...

Roque Bandeira cospe fora o toco de cigarro que tem entre os dentes, acende o crioulo e dá a primeira tragada, expelindo fumaça com gosto e envolvendo Floriano numa atmosfera que lhe evoca imediatamente a imagem de seu avô Aderbal.

— Estás então disposto a fazer mais uma vez o padre confessor?

— Claro. Ajoelha-te e abre o peito. Pecaste contra a carne? Com quem? Quantas vezes?

Floriano continua na mesma posição, sempre de olhos cerrados.

— Falaste há pouco em ser autêntico ou inautêntico... Pois estou convencido de que a maior pedra de tropeço que tenho encontrado na minha busca de autenticidade é o desejo de ser aceito, querido, *aprovado*, e que quase me levou a um conformismo estúpido, uma inclinação que me vem da infância e que acabou entrando em conflito com outra obsessão minha não menos intensa: a de ser completamente livre. São ou não são desejos contraditórios?

Roque Bandeira dá de ombros.

— Meu velho, na minha opinião, *amadurecer* é aceitar sem alarme nem desespero essas contradições, essas... essas condições de discórdia que nascem do mero fato de estarmos vivos. Não escolhemos o corpo que temos (olha só o meu...) nem a hora e o lugar ou a sociedade em que nascemos... nem os nossos pais. Essas coisas todas nos foram *impingidas*, digamos assim, de maneira irreversível. O homem verdadeiramente maduro procura vê-las com lucidez e aceitar a responsabilidade de sua própria existência dentro dessas condições temporais, espaciais, sociológicas, psicológicas e biológicas. Que tal? Muito confuso?

Um galo canta, longe. O cavalo agora pasta em cima dum canteiro e o gru-

gru de seus dentes arrancando a grama é um som que Floriano associa aos potreiros do Angico.

— Naturalmente já notaste que não fumo, não bebo e não jogo. Como interpretas isso?

— É uma atitude anti-Rodrigo Cambará.

— E por que não pró-Flora Cambará?

— Também. São dois lados da mesma moeda, inseparáveis um do outro.

Floriano abre os olhos e avista por uma fresta entre os galhos emaranhados da figueira o caco luminoso da lua.

— Quero ver se consigo verbalizar agora meu problema com um mínimo de fantasia...

— Por falar em verbalizar, às vezes não te perturba e inibe a ideia de que a realidade *não é verbal*? A consciência disso deve ser um veneno para o romancista, hein?

— Não aumentes a minha confusão, homem de Deus! Mas espera... Não ignoras a vida que meu pai sempre levou, desde moço, fazendo minha mãe sofrer com suas aventuras eróticas extraconjugais, seus apetites desenfreados, seus exageros... Um dia entreouvi esta frase dum diálogo entre ambos, no quarto de dormir: "Não respeitas mais nem a tua própria casa". Quem dizia isso era a minha mãe, com voz queixosa. Descobri depois (mexericos de cozinha) que o Velho fora apanhado atrás duma porta erguendo a saia duma rapariga que tinha entrado no dia anterior para o serviço da casa...

Roque começa a rir um riso que é mais um crocitar, como se ele tivesse um sapo atravessado na garganta.

— Eu agora também posso rir de tudo isso, claro! — exclama Floriano. — Mas para o menino essa experiência foi traumatizante. Doutra feita vi meu pai em cima duma chinoca, num capão do Angico... Eu era então mais velho, teria os meus quatorze anos... Não preciso te dizer que fiquei espiando a cena escondido atrás dum tronco de árvore, com um horror cheio de fascínio... e depois fugi, correndo como um desesperado, como se eu e não ele fosse o criminoso.

— Criminoso?

— Bom, a palavra exata não é essa, mas tu sabes o que quero dizer...

Por alguns instantes Roque luta com novo acesso de tosse, ao cabo do qual reaviva o fogo do cigarro e diz:

— Eu me lembro dumas caboclinhas gostosas de seus quatorze ou quinze anos que vinham do Angico para trabalhar no Sobrado... umas chinocas peitudinhas, bem-feitas... Umas "piroscas", como se costumava dizer naquele tempo.

— Pois bem. Vi muitas vezes o Velho apalpar os seios ou as nádegas dessas meninotas, na minha frente, imagina, como se eu fosse um inocente ou um idiota... Eu ficava desconcertado, não sabia onde me meter quando via o nosso doutor Rodrigo dar presentinhos às rapariguinhas, cochichar-lhes convites, devorá-las com olhares lúbricos... Mas de que é que estás rindo?

— De teus ciúmes, menino.

— Bom, confesso que eu andava também atrás dessas chinocas, faminto de sexo mas sem coragem de agarrá-las... Como um Hamletinho amarelento, de olheiras fundas e cara pintada de espinhas, eu vivia o meu draminha. Agarrar ou não agarrar? E agora chego a um ponto importante. Não era apenas a timidez sexual que me tolhia...

— Eu sei — apressa-se a dizer Bandeira. — Era o medo das sanções da tua tribo, cuja maior Sacerdotisa era dona Maria Valéria, a vestal do Angico e do Sobrado, a Guardiã da Virtude. Certo?

— Certo. Mas havia outra razão mais poderosa ainda. *Eu não queria decepcionar minha mãe.* Não queria que dissessem que por ser filho de tigre eu tinha saído pintado... O meu sonho era ser o anti-Rodrigo para compensar as decepções de minha mãe...

— Em suma: serias o marido exemplar, já que o outro não era.

— Aí tens a história. O doutor Rodrigo fumava? Eu jamais poria um cigarro na boca. O doutor Rodrigo jogava? Eu jamais tocaria num baralho. O doutor Rodrigo bebia? Eu jamais tomaria bebidas alcoólicas.

Floriano ergue-se e começa a andar devagarinho na frente do banco, dum lado para outro.

— Quanto ao sexo — prossegue —, eu me contentava com minhas satisfações solitárias na água-furtada, a portas fechadas, em território que num gesto mágico eu proclamara livre da jurisdição da tribo e portanto de suas sanções.

— Mas aposto como vivias louco de medo das sanções da Natureza.

— Exatamente. Mas seja como for, na adolescência, inspirado por histórias sublimes, comecei a alimentar conscientemente um sonho: ser o homem exemplar, o que por um esforço de autodisciplina consegue acorrentar a besta e liberar o anjo, o que se coloca acima dos instintos animais: enfim, um produto acabado, uma espécie de cristal puro e imutável...

— Coisa que não só é impossível como também indesejável. Indesejável porque tal criatura seria apenas o Grande Chato. E impossível porque o homem não é um produto acabado, mas um processo transitivo, um permanente *devenir*... Tu mesmo disseste isto uma destas noites no quarto do teu pai...

Floriano caminha até o limite da sombra da figueira e ali fica a olhar para a única janela iluminada do Sobrado, a pensar em Sílvia, com a certeza de que nunca, mas nunca mesmo terá a coragem de confessar a ninguém o que sente por ela. Tio Bicho abre a boca num bocejo cantado e depois murmura:

— Eu bem podia comer um bife com ovos e batatas fritas antes de ir dormir. Que tal? Me acompanhas?

Floriano volta para junto do amigo e, como se não tivesse ouvido o convite, diz:

— Podes bem imaginar o que senti no dia em que papai mandou Tio Toríbio me levar à casa duma prostituta para a minha iniciação sexual. Pensa bem no meu draminha. Tinha dezesseis anos. Com o corpo sentia um desejo danado de mulher, uma curiosidade, uma comichão, uma necessidade de provar que era homem... Por outro lado odiava meu pai por ter forçado aquela situação. Bom...

370

odiava não é o termo exato. Mas eu estava ressentido com ele, porque me mandando a uma puta...

É com alguma hesitação que Floriano pronuncia esta última palavra, cujo som lhe vem acompanhado da imagem de Maria Valéria ("Te boto pimenta na boca, maroto!").

— ... ele me puxava para seu nível, me fazia da sua igualha moral, me *obrigava* a atraiçoar minha mãe...

— Não. Tu *querias* acreditar que estavas sendo obrigado a procurar mulher, pois assim dividias com teu pai ou, melhor, empurravas para cima dele toda a responsabilidade do ato... e do desejo.

— Bom. Saí da casa da prostituta com o espírito confuso. Decepcionado porque afinal de contas o ato sexual não fora bem o que eu esperava... Orgulhoso porque havia provado que era homem... Envergonhado porque tinha feito uma "bandalheira", segundo o código e o vocabulário da Dinda... Sim, também com a sensação de estar sujo e com o medo de ter contraído alguma doença venérea. No dia seguinte não tive coragem de encarar as mulheres do Sobrado. E quando à hora do almoço papai fez diante delas uma alusão velada mas maliciosa ao "grande acontecimento", piscando-me o olho, assim como quem diz "nós homens nos entendemos", engoli em seco, fiquei com o rosto em fogo, desejei me sumir. E nessa hora, nessa hora, sim, odiei o Velho...

Um apito de trem, prolongado e trêmulo, vindo de longe, das bandas da Sibéria, dá ao espaço da noite uma súbita e mágica dimensão de tempo: transporta Floriano por uma fração de segundo a uma madrugada da infância, num frio agosto: no seu quarto do Sobrado, encolhido debaixo das cobertas, ele ouviu o apito do trem de carga que todas as noites passava àquela hora: e o menino então era Miguel Strogoff, o correio do Czar, e estava dentro do transiberiano que cruzava apitando a estepe gelada...

Roque Bandeira põe o chapéu na cabeça e murmura:

— Estou com uma broca medonha. Vamos até o Schnitzler comer alguma coisa?

Continua, porém, sentado, o ventre caído como um saco sobre as coxas, o ar sonolento. Floriano dá-lhe uma palmadinha no ombro.

— Tem paciência. Estou em maré de confidência. Me deixa continuar o romance do romancista. Ah! Esqueci um pormenor importante na minha história. É que paralelamente a todos esses sentimentos com relação ao Velho, sempre senti por ele uma irresistível fascinação...

— E quem não sentiu? Teu pai é um sedutor profissional, um *charmeur*, um feiticeiro.

— Vou tentar te dizer como eu sentia a presença dele... Tu sabes, sou muito sensível a cheiros, que associo espontaneamente a pessoas, lugares e situações. Cigarro de palha: o velho Aderbal. Bolinhos de milho: vovó Laurentina. Cera de vela: a Dinda. Patchuli e linho limpo: dona Vanja. Picumã e querosene: a casa da estância. Casca de laranja e de bergamota: o inverno. E assim por diante... Ora, o Velho recendia a Chantecler (perfume que usava com seu exagero habitual) de mistura com sarro de cigarro e charuto e com um leve, tênue bafio de álcool... Tu sabes qual era a minha reação ao fumo e à bebida... Quanto ao Chantecler... bom, tenho de te explicar que desde muito pequeno eu me sentia atraído pela figura do galo estampada no frasco de perfume. Mais tarde, no Angico, vi um belo galo de crista vermelha pôr-se numa galinha. Um peão me explicou o que era *aquilo*... Depois ouvi histórias de cozinha e galpão em torno de proezas eróticas de galos, e de homens "que eram como galos"; aprendi o significado do verbo *galar* e o da expressão *mulher galinha*. Daí por diante associei todas essas noções ao "cheiro de pai", e o perfume Chantecler passou a ter para mim um forte elemento de atração e outro não menos forte de repulsa...

— Exatamente o que sentias pelo veículo do cheiro.

— Isso! Havia no Velho outro aspecto perturbador: sua beleza física tão decantada por toda a gente, e da qual ele próprio tinha uma consciência tão vaidosamente aguda. Eu me comprazia em comparar o famoso retrato pintado por Don Pepe com o seu modelo vivo, e às vezes, quando me pilhava sozinho na sala, ficava na frente da tela, namorando a imagem paterna, numa espécie de inocente narcisismo, pois era voz corrente que eu me parecia com o Velho. ("Cara dum, focinho do outro", dizia a Dinda.) Em mais de uma ocasião, me lembro, cheguei a cheirar a pintura. Não sei se estou fantasiando quando te digo que dum modo obscuro, não articulado, eu via naquele retrato uma projeção da pessoa de meu pai num plano ideal muito conveniente aos meus sonhos de menino, isto é, numa dimensão em que ele não só permanecia sempre jovem e belo mas principalmente puro, impecável... quero dizer, um Rodrigo que jamais faria minha mãe sofrer, que jamais sairia atrás de outras mulheres...

— Nem seria teu competidor...

— A presença de vovô Babalo era para mim sedativa, tranquilizadora como a dum boi. A de minha mãe, doce e morna. A da Dinda, um pouco ácida mas sólida. Agora, a presença de meu pai eu sempre a senti quente, efervescente, agressiva... Sua fama de macho no sentido da coragem física me fascinava de maneira embriagadora, talvez porque eu não a sentisse em mim... Criei-me ouvindo na estância e no Sobrado as histórias do rico folclore da família em torno da bravura pessoal de Tio Toríbio e do Velho, e uma das minhas favoritas era a que se contava do jovem doutor Rodrigo que um dia, todo endomingado e perfumado, mas sem um canivete no bolso, em plena rua do Comércio dera uma sumanta num capanga armado até os dentes, e que o agredira a golpes de rebenque.

— A história é autêntica. Eu fui testemunha visual. Isso aconteceu lá por voltas de 1910...

— Também fui alimentado com histórias em torno da decência e da pureza de caráter dos Terras e dos Cambarás. Havia duas palavras que meu pai usava com muita frequência: uma era *hombridade* e a outra *honra*.

— Tens de confessar que possuías um pai fabuloso, pelo menos para uso externo.

— Sim, era muito agradável e conveniente ser filho do senhor do Sobrado. Pertencer ao clã dos Cambarás me dava uma sensação não apenas de importância como também de segurança: a certeza de que ninguém jamais ousaria me tocar...

— E não te tocaram?

— Tocaram. E como! É um episódio que nunca pude esquecer. Foi numa manhã de primavera, no pátio da escola de dona Revocata, durante a hora do recreio. Não sei por que motivo um de meus colegas, um pouco mais velho e mais forte que eu, me agrediu e derrubou com uma tapona no ouvido. Fiquei caído, estonteado de dor e surpresa. Formou-se a nosso redor um círculo de meninos que nos açulavam como se fôssemos cachorros ou galos de rinha. "Levanta! Mete a mão nele! Vamos." E como eu não levantasse (não vou te negar que estava com medo) rompeu a gritaria: "Arrolhou! Frouxo! Galinha!". No meio duma vaia fugi do pátio, chorando de vergonha, de ódio, de impotência, sim, e também de paixão, diante daquela enorme *injustiça*. Eu, filho do doutor Rodrigo Cambará, eu, o menino do Sobrado, tinha sido esbofeteado por um "guri qualquer". (O meu adversário era um mulatinho, filho dum sapateiro.) E ninguém tinha erguido um dedo em minha defesa! Para encurtar o caso: voltei para casa, fui direito ao Velho, contei-lhe chorando o que me acontecera, esperei que ele pusesse o chapéu, saísse como uma bala e não só repreendesse dona Revocata por ter permitido aquela *barbaridade*, como também puxasse as orelhas do meu agressor. Bom. Sabes qual foi a reação do meu pai?

— Está claro que só podia ter sido uma. Te deu outra sova...

— Exatamente. Me aplicou um boa dúzia de chineladas no traseiro e mais tarde, quando me viu a um canto soluçando, disse: "Filho meu que apanha na rua e não reage, apanha outra vez em casa. Se é covarde, não é meu filho". E quando pensei que o caso estava encerrado, o Velho me pegou com força pelo braço e exigiu que eu voltasse à escola no dia seguinte e, na hora do recreio, na frente de todos os colegas, tirasse a desforra. "Mas ele é maior que eu", aleguei. E o Velho: "Pois se é assim, pegue um pau, uma pedra, mas ataque-o, limpe o seu nome". E repetiu: "Se é covarde não é meu filho". Bom. Passei uma noite de cachorro, pensando na minha responsabilidade do dia seguinte. Inventei que estava doente para faltar à aula (se não me engano, tive mesmo uma diarreia nervosa), mas papai não admitiu nenhuma desculpa: levou-me em pessoa até a porta da escola. Na hora do recreio reuni toda a coragem de que era capaz, agarrei um pau e fui para cima do meu "inimigo". Resultado: levei outra sova maior. Voltei para casa com o rosto cheio de equimoses e arranhões. As mulheres se alarmaram...

— E teu pai?

Floriano encolhe os ombros, olha na direção do Sobrado.

— Não estava mais interessado no assunto. Não me perguntou nada. Nem sequer tomou conhecimento de meus "graves ferimentos". Mais tarde comecei a ligar pedaços de informações e concluí que nessa época ele andava metido com uma castelhana... uma história que acabou em escândalo público. Decerto na-

quele dia a *crise* chegara ao auge. Parece que o "marido ultrajado" chegou a dar-
-lhe um tiro de revólver...

— Houve mais de uma castelhana na vida do doutor Rodrigo — diz sorrindo
Tio Bicho.

E acende mais um cigarro, puxa um par de tragadas, cai num novo acesso de
tosse e, com o corpo convulso, curva-se para a frente em agonia, como quem vai
vomitar. Por fim, amainado o acesso, solta um palavrão e fica derreado, a soprar
forte, a gemer e a enxugar as lágrimas. Apanha o cigarro que caiu mas sem
apagar-se, leva-o de novo à boca e balbucia:

— Continua o teu folhetim.

— Bom. Como sabes, muito mais tarde a vitória da Revolução de 30 nos levou a todos para o Rio e lá fui eu, com meus dezenove anos, sem rumo certo,
sem saber ainda o que queria da vida. Não, espera... Eu já sabia. Queria escrever,
ler, ouvir música, cultivar, em suma, uma espécie de ócio inteligente, sem compromissos maiores com a realidade, sem me prender a ninguém e a nada (isso era
o que eu dizia a mim mesmo) para poder continuar na minha busca de liberdade... E a todas essas, andava ainda obcecado pelo desejo de ser aceito, querido,
aprovado. Não é absurdo?

Roque encolhe os ombros, sem dizer palavra.

— Vivi três anos à custa do Velho, coisa que *às vezes* me deixava *um pouco*
perturbado. Fiz uns vagos cursos, andei publicando contos em suplementos lite-
rários, e aos vinte e dois anos escrevi uma novelinha muito falsa, cuja publicação
meu pai custeou, distribuindo exemplares entre amigos... Por fim me arranjou
um emprego público, uma sinecura, ordenado razoável, nenhuma obrigação de
ir à repartição, tu sabes... Aceitei a situação, meio encabulado... mas a verdade é
que me acomodei. E no mais continuei a viver, fascinado pela nova vida, a bela
cidade, a praia, o mar... Meti-me em aventuras amorosas que me criavam problemas de consciência (já te contei meu caso com a americana), pois se por um lado
o leitor do Omar Khayyam que eu era procurava apanhar e comer sem remorso
os frutos do caminho, beber o vinho de todas as taças, por outro não me podia
livrar de meus fantasmas familiares. Muitas vezes, quando na cama com uma
mulher, eu via grudados no travesseiro os olhos acusadores da Dinda, ou sentia
o vulto da minha mãe no quarto, ou então a presença do Outro, da parte do meu
Eu que reprovava aquelas promiscuidades sexuais.

— Já reparaste como nesses casos de sexo o Outro é quase sempre a parte
mais fraca?

— Eu fazia propósitos de mudar de vida, tornar-me um escritor sério, deixar
de ser um parasita do Estado e da família, realizar enfim plenamente o meu
ideal de liberdade. Mas que queres? Lá estava sempre a cidade, o calor, as tenta-
ções, as mulheres seminuas na praia, e os meus vinte e poucos anos. Sim... e a
bolsa paterna. Afinal de contas, meu caro, tu sabes como é bom viver. E assim,
alternando momentos de abandono epicurista com crises de consciência, fui vivendo... Mas há outro assunto mais sério... Não sei nem se terei coragem de...

Cala-se. Tio Bicho remexe-se no banco e diz:

— Compreendo. Teu maior problema era ainda o teu pai.

— Precisamente.

— Vou te facilitar o resto da confidência, embora tenha de ser um pouco rude. Tu te preocupavas principalmente com (vamos usar uma frase do código da gente antiga do Sobrado) com a "desintegração moral" do Velho. Certo?

— Certo. Ainda há pouco estive relendo, num jornal, o discurso que papai fez na estação aqui de Santa Fé em outubro de 1930, antes de embarcar para o Norte, no trem que passou com Getulio Vargas e seu Estado-Maior. Ele jurava pelo sangue dos mortos daquela revolução que tudo faria para ajudar a "regenerar o Brasil".

— Podes acreditar — diz Roque Bandeira — que naquele instante teu pai estava sendo sincero.

Floriano olha para o Sobrado em cuja fachada neste exato momento se apaga a última janela iluminada. Fica por um instante a pensar se deve ou não discutir com Roque uma das noites mais terríveis de toda a sua vida: 3 de outubro de 1930... Mas não — decide —, o melhor será não reabrir a velha ferida...

— O primeiro erro de meu pai — continua — foi ter aceito logo ao chegar ao Rio o cartório que o doutor Getulio lhe ofereceu. Lembro-me de que ele nos explicou, meio constrangido, que fora forçado a isso, pois suas despesas então eram enormes, havia perdido muito dinheiro com a falência do Banco Pelotense, o negócio de gado ia mal, o Angico não estava dando resultado...

— Tudo isso também era verdade.

— Não preciso te repetir, porque sabes, as coisas que se disseram do Velho. Ele tem sido acusado de ter feito advocacia administrativa, de, sendo uma das pessoas chegadas ao doutor Getulio, ter "vendido influência". Foi apontado também como um dos "príncipes do câmbio negro". Naturalmente de tudo isso devemos descontar as mentiras e os exageros. Mas houve coisas tão flagrantes, tão claras que até um "cego voluntário" como eu não podia deixar de ver... E a verdade era que o Rodrigo Cambará que em 1932 andava pelos corredores do Catete e dos ministérios, amigo de figurões do Governo Provisório, evidentemente não era o mesmo que menos de dois anos antes havia feito aquele discurso romântico na plataforma da estação de Santa Fé, com lágrimas nos olhos e um lenço branco no pescoço...

— Claro que não era! Teu pai estava vivo, *existia*. Não podia deixar de mudar, embora não necessariamente nessa direção. Existir é estar sempre emergindo... uma espécie de contínuo deslizar...

— Eu o observava ora com um olho frio e malicioso de romancista, ora com um terno e meio assustado olho filial (e tanto o escritor como o filho se sentiam igualmente fascinados pela personagem) e notava que à medida que ia fazendo concessões à nova vida, ao novo habitat, à medida que ia esquecendo ou transgredindo o famoso código de honra do Sobrado, o Velho (não sei se consciente ou inconscientemente) exagerava suas manifestações exteriores de *gauchismo*:

usava termos e ditados campeiros, ele que sempre foi mais homem da cidade do que do campo, carregava no sotaque gaúcho e chegou até a adquirir no Rio o hábito diário do chimarrão matinal, que não tinha quando deixou Santa Fé.

Floriano cala-se, admirado de estar falando tanto e tão livre de inibições. Que diabo! Era necessário desabafar com alguém. A que outra pessoa de suas relações podia exprimir-se assim com tamanha franqueza? Sua mãe? Não. Ela se recusaria a escutá-lo, obrigá-lo-ia a calar-se. Jango? Faria o mesmo, apenas de maneira mais rude. Bibi? Tempo perdido. A Dinda? Nem por sonhos. Eduardo? Veria o problema apenas à luz do materialismo dialético. Irmão Zeca? Escutaria com afetuosa atenção, mas acabaria analisando o caso *sub specie aeternitatis*. Sílvia? Talvez... mas com ela gostaria de ter a coragem de discutir outro problema, e com uma franqueza ainda maior.

— Vamos embora — convida Roque, tomando-lhe do braço.

Saem a andar lado a lado, lentamente, sob as estrelas.

— Haverá habitantes em Aldebarã? — pergunta Tio Bicho, erguendo os olhos para o céu e enganchando os polegares nas alças dos suspensórios. — Quando menino, eu me divertia a recriar o cosmos à minha maneira. Inventei que as pessoas que morriam na Terra ressuscitavam com outro corpo noutro planeta. Eu queria renascer em Antares, com o físico do *Davi* de Miguel Ângelo.

Sem dar atenção às palavras do companheiro, Floriano diz:

— Tenho pensado muitas vezes como se poderia dar, num romance, os diversos estágios dessa... dessa deterioração, dessa decomposição, assim de maneira microscópica, acompanhando a personagem dia a dia, hora a hora, minuto a minuto... Talvez seja impossível. Claro que é... — acrescenta depois de curta pausa. — Conta-se (e aqui temos de novo o folclore de Rodrigo Cambará) que no seu primeiro ou segundo mês de Rio de Janeiro, um aventureiro qualquer se aproximou dele para lhe propor uma negociata, tu sabes, do tipo: "Tu consegues que o presidente assine tal e tal decreto e eu te dou tanto em dinheiro". Como única resposta papai quebrou-lhe a cara.

— Ouvi também essa história.

— Tu vês... é possível que a contaminação tenha começado nesse momento, apesar do gesto indignado.

— Qual! Teu pai levou daqui de Santa Fé o germe disso a que chamas *infecção*. O Rio de Janeiro e o Estado Novo foram apenas o caldo de cultura em que o micróbio proliferou...

— Imagina a transplantação. Rodrigo Cambará longe do seu chão, do Sobrado, das suas coordenadas santa-fezenses... Pensa na sedução das oportunidades cariocas, as eróticas e as outras... E os cassinos, e a roleta... E principalmente as fêmeas, e os maridos que chegavam quase a oferecer-lhe as mulheres para obter favores... E as jovens datilógrafas e secretárias... e a necessidade de dinheiro para comprar as belas coisas com que se conquistam as belas mulheres: joias, carros, apartamentos, vestidos... E mais o gosto da ostentação, a volúpia de gastar, de ser adulado, de se sentir prestigioso, querido, requestado... E, envolvendo tudo aquela... aquela cantárida de que está saturado o ar do Rio. Bom, e mais o descomunal apetite pela vida que sempre caracterizou o Velho... Mas de que te ris?

— De ti, da apaixonada veemência com que estás censurando teu pai. Não negues, porque estás... E com a voz, o vocabulário e a tábua de valores da tua mãe, da tua tia, dos teus avôs Licurgo e Aderbal...

— Pode ser, mas...

— E te irrita um pouco não poderes fugir a essa tábua de valores que intelectualmente repudias. No entanto todas essas regras de comportamento, esses tabus, esses "não presta", "não pode", "não deve", "não é direito", em suma, toda essa moral que no fundo nasceu da superstição e do utilitarismo, estão incrustados no teu ser como um cascão do qual gostarias de te livrar. O que te preocupa também é saber que por baixo dessa crosta és um homem igual a teu pai, com as mesmas paixões, impulsos e apetites... apenas com menos coragem de existir autenticamente.

Param perto do coreto. Floriano dá um pontapé num seixo, que vai bater na base do busto do cabo Lauro Caré. Amanhã — pensa — tenho de aguentar o discursório na hora da inauguração...

— E não quero me inocentar — diz em voz alta. — Pelo meu silêncio, pela minha acomodação, eu me acumpliciei com o Velho durante pelo menos os sete anos em que vivi meio embriagado pelos encantos e facilidades do Rio.

— Isso é história antiga — exclama Tio Bicho. — Não tem nenhuma importância. Joga fora o passado. E alegra-te com a ideia de que o homem é o único animal que tem um futuro.

— Me deixa continuar a história, já que comecei...

— Está bem, mas vamos andando. Estou morto de fome.

Retomam a marcha. Floriano vai segurando o braço do amigo. (Suor antigo, bafio de álcool, sarro de cigarro: o cheiro "oficial" de Roque Bandeira.)

— Algo que tio Toríbio me disse naquele negro 31 de dezembro de 1937, e mais a profunda impressão que sua morte estúpida me causou, fizeram que eu pensasse a sério na minha situação e resolvesse reagir... Em fevereiro de 38 voltamos para o Rio e o Velho quis me meter no Itamaraty sem concurso, como "ventanista". Garantiu que me arranjaria tudo com facilidade, era tiro e queda. Quando recusei me a prestar à farsa, apesar da atração que sentia pela possibilidade que o posto me daria para viajar, papai ficou furioso. "Que puritano me saíste! Que é que tu pensas? Que és melhor que os outros? Afinal de contas, que queres? Vais passar o resto da vida nesse empreguinho mixe?" Aproveitei a ocasião para lhe dizer que não queria emprego nenhum, que ia abandonar o que tinha para viver minha vida à minha maneira... O Velho ficou tão indignado que quase me esbofeteou. Creio que naquela época andava irritado, incerto de si mesmo. Queria convencer os amigos democratas da legitimidade e da necessidade do golpe de Estado, quando no fundo ele próprio não parecia muito convencido disso. E a maneira que encontrava para compensar seu sentimento de culpa era afirmar-se desafiando ou agredindo os que discordavam dele, fosse no que fosse.

— E não esqueças que a morte do irmão lhe devia estar também pesando um pouco na consciência.

— Pois bem. Pedi demissão de meu "cargo" e passei a viver de artigos de jornal e traduções de livros. Era a ocupação ideal para quem como eu não queria compromisso com horários fixos. E para completar meu "grito do Ipiranga", decidi deixar o apartamento do doutor Rodrigo com armas e bagagens.

Tornam a parar, desta vez na calçada da praça que dá para a rua do Comércio. Um soldado da Polícia Municipal passa a cavalo e, reconhecendo Roque Bandeira, faz-lhe uma continência.

— Estás vendo? — graceja Tio Bicho. — Ele sabe que sou coronel da Guarda Nacional.

— Foi nesse momento que entrou em cena uma personagem em geral silenciosa ou reticente dessa "tragédia grega de *Pathé-Baby*": minha mãe. Em 1937 já a desintegração do clã Cambará no Rio era quase completa. Dona Flora e o doutor Rodrigo (ninguém ignorava lá em casa) já não eram mais marido e mulher, tinham quartos separados, guardavam apenas as aparências... Mamãe e Bibi tinham conflitos de temperamento. Aos dezessete anos minha irmã mandara para o diabo o código do Sobrado e adotara o da praia de Copacabana, o que era motivo para discussões e emburramentos sem fim lá em casa. Eduardo estava já em lua de mel com seu marxismo, começava a sentir-se mal como membro daquela família de plutocratas, e não perdia oportunidade de me agredir por causa do que ele chamava (e ainda chama) de meu "comodismo". Jango estava longe. Quem sobrava? Este seu criado. Foi nele que dona Flora concentrou seu amor, seus cuidados. Não podes calcular como se impressionava com o meu caso com a americana. Era uma ciumeira danada...

— Tudo isso é natural. Eu me lembro, sempre foste o mimoso dela. E no fim de contas, de todos os filhos, és o mais parecido com o marido que ela perdeu...

— A Velha me suplicou que não abandonasse a casa. Relutei, dei-lhe minhas razões, que não a convenceram. E assim, continuei sob o teto do doutor Rodrigo Cambará, comendo suas sopas...

— E como te tratava ele?

— Nos primeiros dias que se seguiram à nossa altercação, não olhava para mim nem me dirigia a palavra.

— Naturalmente isso não durou...

— Claro. Se há coisa que meu pai não suporta é a ideia de não ser querido, respeitado, consultado, ouvido, obedecido... Depois de duas semanas começou a campanha de reconquista do filho pródigo: primeiro, observações casuais feitas na minha direção, como para testar minha reação... depois, presentes... uma gravata, um livro... entradas para concertos... Por fim eram abraços e até confidências que às vezes me embaraçavam... Mas a verdade é que nos encontrávamos muito pouco. Ele levava uma vida política e social muito intensa. Eu passava parte da manhã na praia, o resto do dia no meu quarto, escrevendo, e à noite ia para a rua.

Floriano faz uma pausa, olha para a grande lâmpada no alto dum poste, a um dos ângulos da praça, e fica a observar o voo das mariposas e dos besouros ao redor do foco luminoso.

— Um dia — continua — me chegou um convite que me pareceu providencial: uma universidade americana me oferecia um contrato de um ano para dar um curso de história da civilização brasileira... Aceitei logo. Era não só a oportunidade de viajar e satisfazer a curiosidade do menino que ainda morava dentro de mim, como também de ficar uma larga temporada longe da minha família, compreendes?

— Como foi que "aconteceu" o convite. Caiu do céu?

Floriano solta um suspiro.

— Qual! A coisa me veio por interferência direta do doutor Rodrigo, no seu papel de Deus Todo-Poderoso. Tinha amigos no escritório do coordenador de assuntos interamericanos... Embarquei para os Estados Unidos para ficar lá um ano, mas acabei ficando três. E agora me deixa pingar o ponto final no "folhetim". Quinze anos depois da decantada "arrancada de 30", estamos os Cambarás de volta ao ponto de partida. A família se encontra *reunida*, se é que posso usar esta palavra. Seu chefe gravemente enfermo. O país numa encruzilhada. E eu, como um pinto a dar bicadas na casca do ovo, tentando acabar de nascer. Que me dizes a tudo isto?

— Ao bife com batatas! — exclama Roque Bandeira, puxando o amigo pelo braço.

Lado a lado começam a descer pela rua quase deserta, na direção da Confeitaria Schnitzler. Com o rabo dos olhos Floriano observa o amigo. Tio Bicho vai na postura costumeira, as mãos trançadas às costas, o casaco aberto, o passinho leve e meio claudicante de quem tem problemas com os joanetes.

— Antes de mais nada — torna a falar Bandeira — não podes, não deves julgar teu pai à luz de suas fornicações extramatrimoniais. O doutor Rodrigo, homem mais do espaço do que do tempo, agarrou a vida à unha com coragem e, certo ou errado (quem poderá dizer?), fez alguma coisa com ela. E aqui estás tu a simplificar o problema, a olhar apenas um de seus múltiplos aspectos. Pensa bem no que vou te dizer. É um erro subordinar a existência à função. O doutor Rodrigo não é apenas o Grande Fornicador. Ou o Amigo do Ditador. Ou o Jogador de Roleta do Cassino da Urca. Ou o Mau Marido. É tudo isso e mais um milhão de outras coisas. O que foi ontem não é mais hoje. O que era há dois minutos não é mais agora e não será no minuto seguinte.

— Eu sei, eu sei...

— Cala a boca. Escuta. O que importa agora é isto: teu pai está condenado. Teu pai vai morrer. É questão de dias, semanas, talvez meses, quando muito. Eu sei, tu sabes e ele também sabe.

Roque estaca, volta-se para o amigo, segura-o fortemente pelos ombros e diz:

— Lá está o teu Velho agora sozinho no quarto, decerto pensando na Torta. Morrer é uma ideia medonha para qualquer um, especialmente para quem como ele tanto ama a vida. Agora eu te pergunto, que gesto fizeste ou vais fazer que esteja à altura deste grande, grave momento?

— Já te disse que estou pensando em ter uma conversa amiga mas também muito franca com ele.

— Eu sei. Tu disseste. Tu repetes. Mas já foste? Já foste?

— Não, mas...

— Olha que não tens muito tempo. Amanhã pode ser tarde demais. Se queres mesmo acabar de nascer, tens de ajustar contas com teu pai no sentido mais cordial e mais legítimo da expressão, através da aceitação plena do que ele é. Não se trata de ir pedir-lhe perdão ou levar-lhe o teu perdão. *O que tu tens de fazer, homem, é um gesto de amor, um* gesto *de amor!*

Diz essas palavras quase a gritar, e sua voz ergue-se na noite quieta.

Um pouco impaciente, Floriano desvencilha-se do amigo e diz:

— Não precisas repetir o que eu já te tenho dito tantas vezes. Eu sei muito bem o que devo fazer, o que *quero* fazer. Mas tu bem sabes que não é fácil. Conheces o Velho. Há certos assuntos em que não posso tocar sem irritá-lo, e isso agora seria perigoso.

Retomam a marcha e dão alguns passos em silêncio. Em cima do telhado da casa da Mona Lisa um gato cinzento passeia.

Mais calmo, Roque prossegue:

— Tudo depende de jeito. Entendam-se como seres humanos. Manda pro diabo o código do Sobrado. Abre o coração para o Velho. Mas abre também as tripas, sem medo. Se for necessário, primeiro insultem-se, digam-se nomes feios, desabafem; numa palavra: limpem o terreno para o entendimento final. O importante é que depois fiquem os dois um diante do outro, psicologicamente despidos, nus como recém-nascidos. Estou certo de que nessa hora algo vai acontecer, algo tão grande como existir ou morrer...

— Ou nascer de novo — completa Floriano.

— Sim. Terminado o diálogo terás cortado para sempre teu cordão umbilical. Te aconselho que o enterres no quintal, ao pé da marmeleira-da-índia. E desse momento em diante passarás a ser o teu próprio pai.

— E ao mesmo tempo o meu próprio filho.

— Sim, e teu próprio Espírito Santo. Por que não, hein? Por que não?

Entram rindo na Confeitaria Schnitzler, e ocupam uma mesa, na sala quase deserta. A um canto Quica Ventura está sentado diante dum cálice de caninha, o chapéu na cabeça, as abas puxadas truculentamente sobre os olhos, um lenço vermelho no pescoço. Roque e Floriano o cumprimentam com certa cordialidade, mas o maragato mal lhes responde com um resmungo e um quase imperceptível movimento de cabeça. A seus pés um perdigueiro dorme com o focinho entre as patas. Marta atravessa a sala arrastando as pernas de paquiderme, e vai servir café com leite e torradas a um casal: um cabo do Regimento de Artilharia e uma mulher de tipo sarará, vestida de solferino e recendente a Royal Briard.

— Não comes alguma coisa? — pergunta Tio Bicho a Floriano, que lhe responde com um aceno negativo de cabeça. — Claro. Teu pai era o homem das ceatas tardias, logo tu as evitas... Espero que não sejas casto...

Entrando no espírito da brincadeira, Floriano exclama:

— Ora, vai-te pro inferno!

A filha do confeiteiro aproxima-se da mesa, risonha. A luz fluorescente dá um tom violáceo à sua pele cor de salsicha crua. Vem dela um fartum de suor temperado com cebola e manteiga.

— Ó Marta — saúda-a Tio Bicho. — Onde está o Júlio?

— Na cama. Anda meio gripado. Hoje vamos fechar a casa mais cedo. Que é que os senhores querem?

— Me manda fazer um bom bife malpassado, com dois ovos fritos e umas batatinhas torradas... Ah! Me traz uma garrafa de cerveja. — Olha para o companheiro. — E aqui para nosso jovem...

Floriano completa a frase:

— Água mineral.

Tio Bicho repete o pedido numa careta de nojo. A mulher faz meia-volta e encaminha-se para a cozinha. Bandeira segue-a com o olhar, murmurando:

— Parece um monstro antediluviano. É incrível. Quando menina, a Marta era uma "pirosca". — Pisca o olho para o amigo. — Teu pai andou dando em cima dela. Acho que a "alemoa" marchou...

Floriano sorri e, olhando também para as nádegas avantajadas da mulher, murmura:

— Como dizia santo Agostinho, *inter urinas et faeces nascimur*...

Tio Bicho tira a palheta e coloca-a em cima duma cadeira, a seu lado.

— Botando esse latinório em termos geográficos, quer dizer que saímos dum buraco limitado ao norte pela urina e ao sul pelas fezes...

— E o que depois fazemos vida em fora... literatura, pintura, gestos de heroísmo, de santidade, a busca da sabedoria... não será tudo um esforço para negar, apagar essa nossa origem animal e prosaica? E "pecaminosa", como diria o Zeca?

— Sim. É também o desejo de nos transcendermos a nós mesmos e exprimirmos a verdade de nossa existência na arte, na religião e na ciência.

Minutos depois, quando Marta volta com o prato e as bebidas, pondo-os sobre a mesa, Tio Bicho lança um olhar alegre para o bife fumegante, coroado por dois ovos e cercado de batatinhas em forma de canoa. Floriano enche o copo do amigo de cerveja e o seu de água mineral. Roque Bandeira põe-se a comer com entusiasmo e em breve tem os lábios e o queixo respingados de gema de ovo. Só faz pausas para tomar largos sorvos de cerveja.

Quica Ventura emborca o cálice de caninha, puxa um pigarro que parece cortar o ar da sala como uma faca dentada, e de novo baixa a cabeça soturna. A mulher do cabo, muito encurvada sobre a mesa, segura a xícara de café entre o indicador e o polegar, enristando o mínimo, enquanto o companheiro tira do bolso um pente e põe-se a pentear amorosamente a cabeleira crespa e reluzente de brilhantina. Marta começa a fechar as janelas. Um cachorro chega à porta,

381

espia para dentro, faz meia-volta e se vai. Floriano fica por alguns instantes silencioso, a mirar o amigo, que come com uma alegre voracidade.

— Marta! — grita Tio Bicho. — Outra cerveja!

A filha do confeiteiro traz nova garrafa. Roque torna a encher o copo e a beber. Depois, limpando com a língua a espuma que lhe ficou nos lábios, diz:

— Queres saber duma coisa? Quando eu dava balanço em minha própria pessoa, levando em conta apenas uma parte da realidade, chegava às conclusões mais pessimistas... Aqui está o Tio Bicho, feio, cabeçudo, cinquentão... Quem sou eu? Um saco de fezes. Uma bostica de mosca na superfície da Terra. E a Terra? Uma bostica de mosca no Cosmos. Que é o tempinho da minha vida comparado com a Eternidade? Agora eu te pergunto, Floriano Cambará: qual é a conclusão a que se chega ao cabo dum raciocínio como esse? É a de que estamos encurralados, num beco sem saída. O remédio é cruzar os braços abjetamente ou meter uma bala na cabeça.

Floriano olha em silêncio para dentro de seu copo.

— Um dia pensei a sério no suicídio — continua Roque. — E sabes o que aconteceu? Quando compreendi que estava a meu alcance acabar com tudo, passei a ter mais respeito pela vida. A ideia da morte, menino, dá à existência mais realidade, mais solidez. Minha vida daí por diante ganhou como que uma quarta dimensão.

Tio Bicho parte um pedaço de pão, esfrega-o no molho amarelento que ficou no fundo do prato, e mete-o na boca.

— Estava eu numa encruzilhada terrível, nesses namoricos com a morte (no fundo eu sabia que não sairia casamento), quando os meus filósofos de *colis postaux* me valeram. Quem me salvou mesmo foi um alemão. Não te direi o nome dele porque é inútil, não o conheces. Vocês romancistas em geral não estão familiarizados com a gente que *pensa*...

Bebe novo gole de cerveja, estrala os beiços e continua:

— Sim, concluí eu, ao cabo de sérias leituras e cogitações: posso ser uma porcaria e a Big Cadela me espreita, pronta a saltar sobre mim a qualquer instante... Mas acontece (e é isto que deixa os psicólogos loucos da vida) que há um abismo entre as coisas que são abstratamente *verdadeiras* e as coisas que são existencialmente *reais*. Ora, acontece que, queira ou não queira, eu existo nesta hora e neste lugar. Que fazer então com a minha vida? Por que não opor à minha insignificância na ordem universal, à minha mortalidade, à minha impotência diante do Desconhecido uma espécie de... de atitude arrogante... erguer meu penacho, lançar um desafio meio desesperado a isso a que convencionamos chamar Destino? A vida não tem sentido... mas vamos fazer de conta que tem. E daí? Bom, aí eu transformo minha necessidade em fonte de liberação e passo a ser, eu mesmo, a minha existência, a minha verdade e a minha liberdade.

Floriano encara o amigo.

— Mas essa ideia de que somos livres e os únicos responsáveis por nossa vida e destino não será uma fonte permanente de angústia?

— Claro que é.

— E não é a angústia o nosso grande problema?

— Homem, há um tipo de angústia do qual jamais nos livraremos, porque ele é inerente à nossa existência. É o preço que pagamos por nos darmos o luxo caríssimo de ter uma consciência, por sabermos que vamos morrer, e por termos um futuro. Assim sendo, o mais sábio é a gente habituar-se a uma coexistência pacífica com esse tipo de ansiedade existencial, fazendo o possível para que ele não tome nunca um caráter neurótico.

Quica Ventura levanta-se bruscamente, quase derribando uma cadeira, atira uma cédula em cima da mesa e sai do café pisando duro, sem se despedir de ninguém, seguido do perdigueiro sonolento. O soldado faz um sinal para Marta e pergunta-lhe: "Quanto le devo, moça?".

— E tu achas que essa atitude é uma solução? — murmura Floriano, ao cabo dum curto silêncio.

Roque enfia o chapéu na cabeça e responde:

— Que solução? Não há solução. Como disse um desses berdamerdas europeus, estamos condenados a ser heróis.

Mete as mãos nos bolsos, vasculha-os e depois anuncia:

— Vais ter que pagar a despesa. Estou sem um vintém.

Caderno de pauta simples

Tive esta noite uma longa e para mim proveitosa conversa com o Bandeira
    o agente catalisador
    o provocador de catarses
    o carminativo espiritual.
Contei-lhe coisas que nunca tinha contado a ninguém.

Há pouco, antes de subir até aqui, passei pelo quarto de meu pai e espiei para dentro. O Velho dormia em calma. O enfermeiro roncava, deitado no seu catre junto da porta, como o cão que os vikings costumavam colocar aos pés do guerreiro morto, antes de queimar-lhe o corpo.
Cá estou com as minhas metáforas! Nem meu pai é um guerreiro viking morto nem o enfermeiro é um cão.

Agora me ocorre que talvez o romance nada mais seja que uma longa e elaborada metáfora da vida.

/

Esta noite, debaixo da figueira da praça, quando Tio Bicho me falava no contínuo devir que é a criatura humana, raciocinei assim:
    Se existir é estar potencialmente em crise
    se o homem não chega nunca à plena posse de si mesmo e de seu mundo
    se não é um feixe de elementos estáticos
como descrevê-lo no ato de existir senão em termos dinâmicos? E como conseguir isso num romance? Não creio que tal coisa seja possível por meio dum processo lógico. Dum passe de magia, talvez.
Mas acontece que sou apenas um aprendiz de feiticeiro.

Nada mais embaraçoso para um escritor do que desconfiar das palavras, dos símbolos e das metáforas.

O Pato Donald transpõe a beira do abismo e, distraído, continua a caminhar no vácuo, com toda a naturalidade, como se estivesse pisando terra firme. Mas quando olha para baixo e dá pela coisa, fica em pânico e cai.

Só depois que li um livro sobre semântica geral é que percebi, com um frio de entranhas, que passara a vida caminhando desavisadamente sobre o vácuo, como Pato Donald. A sorte é que, em matéria de linguagem, os abismos não têm fundo e a gente nunca termina de cair.

Mas isso também é uma metáfora.

/

O mapa não é o território.

Um mapa não representa todo o território.

Claro. Um romance não é a vida. Não representa toda a vida.

Afirmam os semanticistas que o mapa ideal seria aquele que trouxesse também o mapa de si mesmo, o qual por sua vez devia apresentar seu próprio mapa. Teríamos então

o mapa

o mapa do mapa

o mapa do mapa-do-mapa.

Imagine-se um romance que trouxesse em seu bojo o romance de si mesmo e mais o romance desse romance-de-si-mesmo.

Nessa altura o romancista franze a testa, alarmado.

Que tipo de mapa me irá sair esse que estou projetando traçar do território geográfico, histórico e principalmente humano de minha cidade e, mais remotamente, do Rio Grande?

Na escola o Menino aprendeu que

> *De todas as artes a mais bela,*
> *A mais expressiva, a mais difícil*
> *É, sem dúvida, a arte da palavra.*
> *De todas as mais se entretece*
> *E compõe. São as outras como*
> *Ancilas e ministros; ela,*
> *Soberana universal.*

Mas ninguém lhe ensinou que

a palavra não é a coisa que representa

e que toda a sentença deveria ser seguida implicitamente dum etc., para lembrar ao leitor ou ao interlocutor que nenhuma afirmativa — seja sobre pessoas, animais, coisas ou fatos do mundo real — jamais pode ser considerada definitiva.

E que é possível escrever ou dizer palavras a respeito de palavras e palavras a respeito de palavras-a-respeito-de-palavras

e que portanto, no plano do comportamento individual, pode um homem reagir às suas reações e depois reagir também às suas reações às suas reações...

E assim por diante até o dia do Juízo Final. Que deve ser — desconfio — um outro equívoco semântico.

/

Meu avô Babalo, plagiando Heráclito sem o saber, costuma dizer que
ninguém cruza o mesmo rio mais duma vez.
Por quê, seu Aderbal?
Porque o rio corre, como o tempo, e as águas de hoje não são mais as de ontem.

    Uma vez que o mundo e tudo quanto nele
    existe se encontra num processo de mutação,
    sugerem os semanticistas que todos os
    termos, afirmações, opiniões, ideias,
    tragam uma data.

Bem, mas é melhor parar aqui...

Sim, e descer para meu quarto e tentar dormir. Quase duas da madrugada. Mas o diabo é que estou sem sono. Lá embaixo a proximidade de S. me perturba. E também me sinto perto demais da morte de meu pai.

Estranho. Aos trinta e quatro anos ainda encontro neste cubículo um pouco da sensação de segurança e proteção que tão voluptuosamente tranquilizavam o Menino. De onde se conclui que meu objetivo principal agora deve ser mesmo o de abandonar duma vez por todas a torre, o refúgio, o ventre materno (eu ia quase escrevendo "paterno").

Em suma, quebrar a bicadas a casca do ovo onde estou semiencerrado, e acabar de nascer.

Quanto à semântica... viva Aristóteles!

/

Este nome me traz outros à mente.
    Descartes
    Voltaire
    Rousseau
    Lamartine
    Montaigne
    Taine
    Renan
Nomes em letras douradas que o Menino costumava ler nas lombadas dos livros da biblioteca do pai,
    onde havia também espécimes duma literatura nada respeitável
    delgadas brochuras de papel gessado

novelas de bulevar com ilustrações sugestivas
coristas dançando cancã
bons pedaços de coxas nuas entre as meias negras e as rendas das calcinhas.

/

O dr. Rodrigo era um parisiense extraviado em meio das coxilhas da região serrana gaúcha. Imagino que meu pai, em avatares prodigiosos,

> *dançou minuetos na corte do Rei Sol*
> *e mais tarde, com a turba dos sans-culottes, assaltou a Bastilha.*
> *Como bom bulevardeiro, em épocas várias foi*
> *um Muscadin*
> *um Incroyable*
> *um Gandin*
> *um Raffiné*
> *um Dandy.*

Seguiu os exércitos de Napoleão e, com cada soldado que caía, gritava: "Vive l'Empereur!".

> *Car ces derniers soldats de la dernière guerre*
> *Furent grands: ils avaient vaincu toute la Terre.*

E, quando Victor Hugo completou oitenta anos, nosso herói lá estava na multidão que foi cobrir de flores a calçada, à frente da casa do Poeta.

> *Tomou intermináveis absintos com Verlaine nos cafés de Montparnasse.*
> *Frequentou o Moulin Rouge*
> *sentou-se à mesa de Toulouse-Lautrec*
> *riu-se das piruetas de La Goulue*
> *e pagou bebidas para o magro Valentin.*
> *E em certas manhãs de sol, de braço dado com Anatole France, percorreu os buquinistas ao longo do cais do Sena.*
> *Oui, cher Maître, vous avez raison: la clarté, toujours la clarté.*

O primeiro tiro de canhão da Guerra de 1914 pingou um ponto final na Belle Époque.

> *Agora abram alas para os boys do Tio Sam*
> *que vêm salvar o mundo para a Democracia*
> *com suas almas e suas armas*
> *sua eficiência*
> *e sua inocência.*
> *Terão seu batismo de fogo nos campos de Château-Thierry*
> *e seu batismo de sexo na cama das demoiselles d'Armentières.*
> *São filhos dum Mundo Novo*
> *cujo passado de glórias,*

thank God!,
está todo no futuro.

/

Ó carambolas do Destino!
A Pathé Films queria aumentar seus lucros
e Mr. Hearst, a circulação de seus jornais.
Vai então se juntaram o magnata e os cinemeiros
para produzirem um filme seriado
que sacudisse o público dos USA.
Cada episódio devia aparecer no mesmo dia nas páginas dos diários e nas telas dos
cinemas.
E assim nasceram Os mistérios de Nova York.

Os rolos de celuloide, postos em latas como de goiabada, eram exportados e iam
através do mundo alimentar a fantasia de centenas de milhares de seres humanos, entre
os quais estava
    um remoto menino
    numa remota cidade
    num remoto país.

Cada episódio terminava deixando a história suspensa e nossos corações apertados
A destemida Elaine na cova dos leões
ou dentro dum submarino que ia ser dinamitado
ou amarrada nos trilhos pelos bandidos (e o trem vinha vindo, vinha vindo, vinha
vindo).
Conseguirá a heroína salvar-se?

É o que veremos na próxima semana no episódio intitulado
"A caverna do desespero".

/

Pela mão de Pearl White entrei nesse Mundo Novo, preparado para aceitar seus
mitos e ritos.
Era uma terra de
    caubóis
    boy scouts
    mecânicos
    esportistas
    humoristas
    samaritanos
    puritanos
    estatísticos...

Um mundo em que havia muitas maneiras de ser herói:
salvando a mocinha das garras dos malfeitores
ajudando uma senhora idosa a atravessar a rua
dizendo a verdade como o menino George Washington
fazendo-se campeão de beisebol
ficando milionário pelo próprio esforço
batendo um recorde qualquer
inventando uma engenhoca
ou uma religião.

No Cine Recreio do Calgembrino, através de toda uma enciclopédia americana de
celuloide, aprendi que
    o mexicano era bandido
    o chinês, traiçoeiro e cruel
    o negro, um ser inferior
    o europeu, um homem grotesco de cavanhaque e fraque.
    E que bom, bravo e belo
    era o americano branco
    (se protestante, tanto melhor).

Eddie Polo, de torso nu, derrotava sozinho a socos sete peles-vermelhas armados de
arcos, flechas e Winchesters.
William S. Hart, o caubói que nunca ria, duas pistolas no cinto, olhos de lince, a
boca um só traço no rosto de aço, era o terror do faroeste, mas sempre do lado da Lei e
do Bem.
E havia também a menina Pollyanna, que nos fazia chorar
    a doce Mary Pickford
    a namorada da América
    esposa do atlético Douglas Fairbanks
    ágil e elegante como um galgo
    em seus pulos sensacionais.

/

Quando o Menino se fez adolescente, quem contribuiu para completar sua educação
ianque foi um missionário metodista do Texas, vizinho do Sobrado.

O rev. Robert E. Dobson
perfil de águia
pescoço de peru
coração de pomba.

Passava ao rapaz por cima da cerca, no fundo do quintal, números atrasados de
revistas americanas, em cujas páginas se viam

brancos bangalôs em meio de verdes tabuleiros de relva
belas, coradas raparigas anunciando
sabonetes
aveia Quaker
Coca-Cola
automóveis
laranjas e limões.
Missões franciscanas ao claro sol da Califórnia
os arranha-céus de Nova York
milionários flanando nas areias de Palm Beach
miríficas máquinas que tudo faziam, bastando que a gente
apertasse um botão.

Eram imagens dum mundo asséptico, elétrico, envernizado e em tricromia, no qual o adolescente buscava refúgio quando seu mundinho santa-fezense o entristecia, entediava ou agredia.

/

Deixei a pena correr nas páginas que ficaram para trás. Está claro que estou sendo esquemático e possivelmente fazendo uma fantasia em torno de outra fantasia. Mas que importa? Escrevo para mim mesmo. Não creio que as notas deste caderno possam ser aproveitadas no romance que estou projetando. O que procuro agora é explicar a mim mesmo por que minha gente e minha terra sempre foram os grandes ausentes nos meus livros. E por que até hoje não usei em meus romances minhas vivências gaúchas. Tio Bicho tem razão: o Pássaro Azul bem pode estar no quintal do Sobrado ou nos capões do Angico. Ou escondido dentro de mim mesmo. Frase besta. Mas que diabo! Preciso ter intimidade pelo menos comigo mesmo. Ter intimidade com alguém é a rigor não esconder desse alguém a nossa nudez mais nua, e os nossos erros e ilusões, por mais tolos que possam ser ou parecer.

/

Para o Adolescente (e essas ideias, em grau maior ou menor, contaminaram o adulto insidiosamente) era inconcebível que
o homem da casa vizinha
ou o de sua própria casa
o vendeiro da esquina
o escrivão da coletoria
o peão de estância
o aguateiro
ou a prostituta municipal
pudessem ser heróis de novela.
A aventura só podia acontecer para além dos horizontes domésticos: era o estrangeiro. Achava o Adolescente que pessoas, animais, coisas e paisagens que o cercavam estavam embaciados pela cinza do não novelesco, azedados pelo ranço do cotidiano.

Mas é preciso não esquecer também que o moço quietista e arredio que olhava o mundo com um morno olho poético, achava difícil compreender, estimar e descrever artisticamente uma gente extrovertida e sanguínea como a do Rio Grande, que se realiza mais na ação que na contemplação, mais na guerra que na paz.

/

O relógio lá embaixo bate três horas. Lembro-me de certas madrugadas terríveis da minha infância, nas quais procuro não pensar muito.

Eu tinha dez anos. Alicinha estava gravemente enferma, desenganada pelos médicos. Seus gritos me acordavam de madrugada — guinchos medonhos que transfixavam minha cabeça, meu peito, o casarão, a noite... Mesmo depois que cessavam, continuavam a doer no silêncio. E eu, sem poder dormir, ficava ouvindo o relógio bater as horas. Muitas noites, com lágrimas nos olhos, pedi a Deus que não deixasse minha irmã morrer. Prometia rezar mil padre-nossos e mil ave-marias, se ela se salvasse.

Mais de uma vez eu vira Alicinha retorcer-se em cima da cama em convulsões como de epiléptica. Seus olhos, duros e fixos, parecia que iam saltar das órbitas. Tinha no pobre rostinho uma expressão de cego pavor. Sua magreza — a pele lívida em cima dos ossos — tornava-a irreconhecível. (Que é a formosura — pensou o estudioso menino — senão uma caveira bem vestida a que a menor enfermidade tira a cor? Padre Antônio Vieira. Seleta em prosa e verso.)

Uma madrugada os gritos da menina começaram exatamente quando o relógio acabava de bater três horas. Foram aos poucos enfraquecendo, até cessarem por completo.

Ao clarear do dia Laurinda veio me contar que Alicinha tinha morrido durante a noite. Os galos pareciam estar anunciando à cidade a triste notícia.

Pulei da cama sem dizer palavra. Vesti-me mas recusei ir ver a defunta. Subi para este refúgio e à tarde, ali da janela, vi o enterro sair, primeiro do Sobrado e depois da igreja. O remorso e o medo de ser punido me estrangulavam.

Um certo major Toríbio

1

A morte de Alicinha precipitou Rodrigo num desespero tão profundo, que o dr. Camerino chegou a temer pelo equilíbrio mental de seu amigo e protetor. À hora da saída do enterro, no momento em que, tão lívida quanto a defunta, Flora caía desmaiada nos braços do pai, Rodrigo abraçou o esquife e pôs-se a gritar que não lhe levassem a filha. Foram necessários três homens para arrancá-lo da sala mortuária e levá-lo para seu quarto, no andar superior, onde o dr. Carbone, chorando como uma criança, lhe aplicou uma injeção que o pôs a dormir.

Horas mais tarde, ao despertar, ficou num estado de estupor, saiu a caminhar pela casa com ar de sonâmbulo, murmurando coisas sem nexo, os olhos vazios e parados, a boca entreaberta, os lábios moles — e assim andou por quartos e corredores como quem, tendo saído em busca de alguma coisa, no caminho se houvesse esquecido do que era. Maria Valéria seguiu-o por toda a parte, sem ousar dizer ou fazer o que quer que fosse. Rodrigo entrou no quarto da filha morta, quedou-se a olhar para a boneca que jazia sobre a cama, e depois, vendo a tia parada à porta, perguntou:

— A Alicinha já voltou do colégio?

Maria Valéria não disse palavra, não fez nenhum gesto: continuou a olhar para o sobrinho com a face impassível. De repente, lembrando-se de tudo, Rodrigo soltou um gemido, precipitou-se para a velha, empurrou-a para o corredor, fechou a porta do quarto à chave, deitou-se na cama e desatou num choro convulsivo. Ficou ali horas e horas, conversando em surdina com a boneca, como se ela fosse uma pessoa. Quando batiam na porta, gritava: "Me deixem morrer em paz!".

No quarto, de janelas fechadas, fazia um calor abafado. Anoiteceu e ele nem sequer pensou em acender a luz. Ouvia passos e murmúrios de vozes no corredor, sentia quando alguém parava junto da porta. Odiava toda aquela gente. Detestava a vida. Estava decidido a não deixar ninguém entrar. Recusaria comer e beber. Morreria de fome e sede.

O suor escorria-lhe pelo corpo dolorido. Fazia vários dias que não tomava banho, nem sequer mudava de roupa. Sentia agora o próprio fedor, e isso o levava a desprezar-se a si mesmo, e, em se desprezando, castigava-se, e, em se castigando, redimia-se um pouco da culpa que lhe cabia pela morte da filha. Ah! mas não merecia perdão. Tinham sido todos uns incompetentes. Ele, Carbone, Camerino e aqueles dois médicos que mandara vir às pressas de Porto Alegre. Todos uns charlatães. Não sabiam nada. A Medicina era uma farsa. A doença matara Alicinha em menos de dez dias. Era estúpido. Era gratuito. Era monstruoso. Se Deus existia, quem era que queria castigar? Se era a ele, por que matara uma inocente?

Que ia ser agora de sua vida? Revolvia-se na cama. A sede ressequia-lhe a boca, a vontade de fumar intumescia-lhe a língua. Remexeu nos bolsos na esperança de encontrar algum cigarro. Nada. Pensou em levantar-se, abrir a janela, respirar o ar da noite. Mas não merecia aquele alívio, aquele privilégio. Onde haviam entaipado Alicinha não existia ar nem luz. Só noite e morte.

Ocorreu-lhe que o processo de decomposição daquele pequeno corpo havia já começado. Soltou um grito, levou as mãos aos olhos. — Não! Não! — afugentou o pensamento horrendo. Mas foi inútil. Seu cérebro era agora a própria sepultura de Alicinha; lá estava ela, com a pele esverdeada, vermes a lhe saírem pelas narinas, toda uma colônia de bichos a lhe comerem as entranhas. Alicinha apodrecia. Alicinha fedia. Santo Deus! Saltou da cama e saiu a andar pelo quarto escuro, cambaleando como um ébrio, tropeçando nos móveis. Pôs-se a bater com a cabeça na parede, cada vez com mais e mais força, para fazê-la doer, para evitar que ela produzisse aqueles pensamentos... Depois tornou a cair na cama, com uma repentina pena de si mesmo, agarrou a boneca, apertou-a contra o peito, beijou-lhe as faces, os cabelos... Meteu a cara no travesseiro e procurou pensar na própria morte... Era, porém, Alicinha quem ele ainda via, coberta de vermes, a boca roída... e já a imagem da filha se fundia com a de outra pessoa — Toni Weber de lábios queimados... Ah! Agora ele tinha a certeza: era mesmo um castigo, um castigo! Rolou na cama, mordeu a colcha, as lágrimas entraram-lhe salobras e mornas pela boca. Descobria que o podre era ele. Sua decomposição havia começado fazia mais de uma semana. Mas que lhe importava? Não queria mais viver. Sem sua princesa a vida não tinha mais sentido.

As horas passaram. O relógio lá embaixo de quando em quando batia. Houve um momento em que Rodrigo ficou deitado de costas, as mãos sobre o peito, como um morto. Tentou fazer um movimento, mas não conseguiu. Procurou articular um som, mas seus lábios se moveram inutilmente. Viu vultos na penumbra do quarto. Ouviu vozes amortecidas. Estava agora dentro dum caixão de defunto. As sombras iam e vinham. Está na hora do enterro — cochichou alguém. Então compreendeu tudo. Iam sepultá-lo vivo. De novo tentou gritar, fazer um movimento, mas em vão. Explicou-se a si mesmo: é um ataque de catalepsia. Soltou um grito e sentou-se no leito num movimento de autômato. Olhou em torno, desmemoriado, e, por alguns segundos, foi tomado dum pavor sem nome, que lhe punha o coração numa disparada. Ficou, de novo deitado, a resfolgar como um animal acuado.

Um pesadelo... Enxugou com a ponta da colcha o suor que lhe molhava o rosto. Desejou de novo abrir a janela, respirar ar fresco. Sentia-se meio asfixiado. A sede aumentava. A bexiga inflava e começava a arder. Pensou em descer ao quintal, tirar água do poço, beber no balde, como um cavalo...

Mas não merecia aquele refrigério. Alicinha estava morta. Pensou nos dias que viriam. Teria de suportar as visitas de pêsames, a missa de sétimo dia. E o mundo vazio, vazio, vazio...

Veio-lhe então a ideia de suicídio, o que lhe deu uma repentina esperança. Soergueu-se, moveu a cabeça dum lado para outro. Pensou na navalha que tinha no quarto de dormir. Abriria as veias dos pulsos e se dessangraria em cima da cama. Seria uma morte suave. O sangue alagaria o chão, escorreria para fora do quarto... Quando os outros arrombassem a porta, encontrariam ali apenas seu cadáver. Estaria tudo acabado.

Que horas são? Todos devem estar dormindo. "Eu me levanto e na ponta dos pés vou buscar a navalha." Imaginou-se a fazer esses movimentos. Estava no corredor, as tábuas rangiam, era preciso pisar mais de leve... De repente surge-lhe um vulto pela frente. Reconhece o pai. "Aonde vai o senhor?" "Buscar a navalha." "Pra quê?" "Vou me matar." "Deixe de fita!" "Juro por Deus que quero morrer!"

Deus era testemunha da sua sinceridade. Queria morrer, precisava morrer. Era um assassino. Tinha matado o pai. Tinha matado Toni. Sentia-se também culpado pela morte da filha.

Continuava, porém, deitado, como se o visgo pútrido que lhe cobria o corpo o grudasse irremediavelmente à coberta da cama. Se ao menos pudesse beber um copo d'água, fumar um cigarro... Sua bexiga parecia prestes a estourar. Sentia um desejo urgente de ir ao quarto de banho... Suas mãos tremiam. A fome lhe produzia no estômago uma ardência branca, uma leve náusea. Sua língua agora era um réptil, um lagarto que ia inchando cada vez mais, como o balão da bexiga...

Rodrigo encolheu-se, dobrou as pernas, apertou ambas as mãos entre as coxas. Era assim que fazia quando menino, sempre que no meio da madrugada lhe vinha o desejo de urinar, e o sono ou o medo do escuro o impedia de deixar a cama.

Pensou numa noite da infância, em 95. Os maragatos sitiavam o Sobrado. Fazia tanto frio, ventava tanto, que até as vidraças do casarão batiam queixo. Sua mãe estava gravemente doente. A criança tinha nascido morta e seu pai ia enterrá-la no porão... Sentado na beira do leito, Fandango contava-lhe a história do boi barroso. Tinha uma voz de taquara rachada. Cheirava a couro curtido e quase sempre trazia atrás da orelha um ramo de alecrim.

Rodrigo concentrou o pensamento na mãe e de súbito sentiu sua presença no quarto. Chegou a experimentar na testa o contato fresco da mão dela. A dor de cabeça cessou com uma rapidez mágica. Seus músculos se relaxaram, num abandono completo, e ele sentiu escorrer-lhe pelas coxas e pernas um líquido morno, à medida que ia sentindo uma deliciosa sensação de alívio. E então, sem ter consciência clara do que acontecia, resvalou das margens da sua angústia para dentro dum fundo e plácido lagoão de sono.

2

Quando acordou, a janela estava aberta, o quarto claro, e Toríbio ao lado da cama. Não o reconheceu no primeiro momento. Ficou pisca-piscando, focando o olhar no irmão. Olhou depois para a janela e viu que era dia. Soergueu-se, apoiado nos cotovelos. Sentia a cabeça pesada e dolorida, um gosto amargo na boca.

— Tive de arrombar a porta...

— Fecha a janela.

— Não fecho.

— Essa luz me dói nos olhos.

— O quarto está numa fedentina medonha. Tamanho homem!

Rodrigo sentiu uma súbita vergonha.

— Me deixa em paz — gemeu.

— Não deixo. Não podes ficar metido aqui dentro o resto da vida. Todo o mundo está preocupado contigo. Sabes que horas são? Quase meio-dia.

Rodrigo fechou os olhos, apertando as pálpebras como fazem as crianças quando querem fingir que dormem.

— Reage, homem! — exclamou o irmão mais velho. — Pensas que és a única pessoa nesta casa que sentiu a morte da menina? Tua mulher está lá atirada na cama, numa agonia danada, passou a noite em claro, soluçando, mas sem poder chorar. Devias estar ao lado dela, ajudando a coitada. Pensei que fosses um homem de verdade, mas não passas dum fedelho que ainda mija na cama. Ora, vai ser vil pro diabo que te carregue!

— Podes me insultar. Eu mereço.

— Eu devia te tirar daqui a bofetadas.

Toríbio acendeu um cigarro, soltou uma baforada de fumaça. Foi num tom mais calmo que perguntou:

— Queres um cigarro?

— Não.

Mas Rodrigo desejava desesperadamente fumar. Abriu os olhos e ficou seguindo o movimento da fumaça no ar, aspirando-lhe o cheiro. Depois, evitando encarar o outro, estendeu o braço:

— Me dá um...

Toríbio meteu-lhe um cigarro entre os lábios, acendeu-o, e por alguns instantes Rodrigo ficou a fumar em silêncio, olhando para o pedaço de céu nublado que a janela enquadrava. Sentia agora o mormaço do meio-dia, um calor úmido, que ardia na pele. O sol era uma brasa esbranquiçada, por trás da cinza das nuvens.

— Vamos — disse Bio, depois que o irmão fumou metade do cigarro. — Sai dessa cama...

— Pelo amor de Deus, me deixa!

— Toma um banho, faz a barba, estás pior que tapera.

Rodrigo virou-se e ficou deitado de bruços, apertando o travesseiro contra o estômago.

— Não estás ouvindo o barulho das crianças no quintal? Te esqueceste que ainda tens quatro filhos? Vamos, o mundo não acabou.

— Pra mim acabou.

— Te conheço. Amanhã isso passa.

— Tu não entendes dessas coisas. Nunca tiveste filho.

— É o que tu pensas. Mas isso não tem nada que ver com teu banho. Vamos.

Toríbio cuspiu fora, pela janela, o toco de cigarro que tinha colado ao lábio inferior, e aproximou-se da cama, murmurando: "Acho que não tem outro jeito". Inclinou-se sobre o irmão, enlaçou-lhe a cintura com ambos os braços e ergueu-o no ar. Rodrigo deixou-se levar sem protesto, mole e sem vontade como um boneco de pano. Toríbio pô-lo dobrado sobre os ombros e assim o conduziu ao longo do corredor até o quarto de banho, onde o depôs sobre um mocho. Rodrigo ali ficou, as costas apoiadas na parede, os braços caídos. Não queria tomar a iniciativa de banhar-se. O banho era um sinal de vida, e ele ainda queria morrer.

Toríbio tirou-lhe o casaco, a camisa, e desafivelou-lhe a cinta. Começou a operação com cuidado e certa brandura, mas de repente como que caindo em si e descobrindo naquela sua solicitude, na tarefa de despir o outro, algo de maternal e portanto feminino, tratou de contrabalançar o ridículo da atuação com uma certa rudeza de gestos. E a cada peça de roupa que tirava, soltava um palavrão. Puxou as calças do outro com tal fúria, que as rasgou pelo meio, ficando uma perna para cada lado. E, quando viu o irmão completamente despido, levou-o quase aos empurrões para baixo do chuveiro e abriu a torneira.

— Agora lava esse corpo, lorpa! — gritou, dando ao outro um sabonete. — Vais te sentir um homem novo depois do banho.

Rodrigo mantinha a cabeça erguida, os olhos cerrados, a boca aberta. Ficou nessa posição por alguns segundos, bebendo água. Depois, num súbito entusiasmo, começou a ensaboar-se com um vigor de que ele próprio se admirava.

Toríbio saiu do quarto de banho e voltou minutos depois trazendo roupa branca e um terno de brim claro. Sentou-se a um canto, acendeu outro cigarro e quedou-se a olhar para o irmão, que naquele instante esfregava as axilas ruidosamente, a cara e os cabelos cobertos de espuma.

— O doutor Carbone acha que deves ajudar a Flora...

— Como?

— Pode ser que a tua presença faça ela chorar...

Rodrigo deixou cair os braços, e por alguns instantes permaneceu imóvel sob o chuveiro.

— Não quero ver a Flora.

— Por quê?

— Tenho medo.

— Não sejas estúpido. Tens que ir. Já imaginaste o que é uma pessoa querer chorar e não poder? É o mesmo que ter uma bola trancada na garganta.

Alcançou uma toalha para o irmão, que se enxugou em silêncio, com gestos lentos, e depois começou a vestir a camisa...

— Estou tonto... — balbuciou, amparando-se na parede.

— Faz quarenta e oito horas que não comes nada...

Toríbio ajudou Rodrigo a terminar de vestir-se. Levou-o depois para o quarto de hóspedes e fê-lo sentar-se na cama, com o busto recostado em travesseiros.

Maria Valéria entrou, trazendo um prato de canja fumegante, e sentou-se na beira do leito.

— Tome — murmurou.

Rodrigo sacudiu negativamente a cabeça. Agora lhe vinha um absurdo medo de comer. Mas a velha aproximou a colher dos lábios dele e obrigou-o a tomar um gole.

— Está muito quente?

Ele sacudiu a cabeça negativamente. Sentia na boca o calor e o gosto da canja, mas tinha medo de engolir... Por fim decidiu-se. Como o cheiro e o gosto de cebola ficavam mal dentro daquele quadro de morte e angústia! Eram coisas quase sacrílegas.

Ouvia os gritos dos filhos, que brincavam no quintal. Um gramofone tocava nas vizinhanças. Cigarras rechinavam nas árvores da praça. Maria Valéria ali estava de olhos secos. Como era que a vida continuava como se nada houvesse acontecido? E ele comia, bebia, tomava banho, de novo se entregava covardemente à tarefa absurda de viver, enquanto Alicinha no seu caixão branco apodrecia...

— Mais uma colherada.

Abriu a boca, sorveu a canja. Aquele líquido grosso não vinha da colher, mas da boca da filha morta, eram os bichos que a roíam, e ele agora sorvia esses vermes sem repugnância, até com certa avidez, comungando com Alicinha, participando da sua putrefação, partilhando da sua morte.

— Coma agora um pedaço de galinha. Mas mastigue primeiro antes de engolir...

Carne de minha carne. Era o corpo da filha que ele devorava. Pensamentos absurdos, reconhecia. Não podia nem queria evitá-los. A sopa escorria-lhe pelo queixo barbudo, pingava-lhe no peito.

— Cuidado com a camisa, seu porcalhão!

Como era que a Dinda podia preocupar-se com aquelas trivialidades? Que importância tinha que uma camisa permanecesse limpa ou se manchasse de sopa, se ele estava vivendo a hora mais dolorosa de sua vida?

— Abra esses olhos... ou não quer enxergar a minha cara? Nunca vi um homem se entregar desse jeito!

Por que todos o tratavam com tanta rispidez? Precisava de carinho, de amparo, sentia-se infeliz, estava fraco, doía-lhe o corpo, não podia fazer nenhum movimento de cabeça sem sentir uma agulhada dentro do crânio.

— Depois de comer, vá ver sua mulher.

Ele fez que sim com a cabeça, obediente.

— Agora sirva-se sozinho. Vacê não é nenhuma criança. Tenho de ir dar de comer aos seus filhos.

Maria Valéria entregou o prato ao sobrinho, ergueu-se e saiu do quarto.

Momentos depois, Rodrigo no corredor dirigia-se lentamente para o quarto de Flora. Tudo lhe parecia andar à roda, manchas solferinas e esverdeadas aumentavam e diminuíam diante de seus olhos, estonteando-o. Um vulto veio ao seu encontro: Dante Camerino. Rodrigo prometera a si mesmo insultar o rapaz quando o encontrasse. Mas agora caía-lhe nos braços, desatava o choro.

— A menina morreu por minha culpa, Dante! — gemeu ele, com o rosto encostado no peito do outro, que lhe passava as mãos pelas costas, numa carícia canhestra.

— Não diga uma coisa dessas, doutor Rodrigo. O senhor é médico e sabe muito bem que não se pode culpar ninguém duma meningite tuberculosa. O senhor fez o que pôde. Todos nós fizemos. Mas Deus teve a última palavra.

— Deus não existe, Dante. Ou então existe e é pior que o diabo.

— Ora, doutor, nem diga isso!

Rodrigo endireitou o corpo, enxugou as lágrimas com as pontas dos dedos.

— Vou ver a Flora... — balbuciou.

— Vá. Ela precisa chorar. Fale na menina... Talvez o senhor... a sua presença... Vá...

Amparou o amigo até a porta do quarto da mulher, onde ambos pararam. Vinha lá de dentro um som agoniado de soluços.

Rodrigo teve um momento de pânico, e quase deitou a correr rumo da escada e da rua... Mas conteve-se. Olhou rapidamente para o amigo, abriu a porta devagarinho e entrou. Camerino ficou onde estava. Ouviu o ruído de passos no interior do quarto e depois um silêncio sempre cortado por soluços secos.

De súbito, como uma represa que se rompe, Flora desatou o pranto. Dante Camerino acendeu um cigarro e, com os olhos enevoados, dirigiu-se para a escada.

3

Naquele mesmo dia à tardinha, Neco Rosa veio fazer a barba de Rodrigo. Ensaboou a cara do amigo em silêncio, impressionado com seus olhos parados, injetados de sangue e profundamente tristes.

Pôs-lhe a mão no ombro e murmurou:

— Não há de ser nada. Deus é grande.

Estavam no escritório sombrio, fechadas todas as janelas. Neco acendeu a luz elétrica. Passou a navalha no assentador e começou o serviço, parando sempre que o amigo desandava numa crise de choro e ficava a lamentar-se baixinho, os ombros sacudidos pelos soluços. O barbeiro esperava com paciência num silêncio comovido.

— Neco, não tem explicação. Por mais que eu pense, não compreendo. A criança estava boa, de repente começou com uma febrinha... Pensei que era um resfriado. O Camerino também pensou. Dei aspirina, botei ela na cama, não me preocupei. Mas a febre não cedeu, a criaturinha começou a emagrecer, a ficar triste, não falava, só gemia, e de repente vieram aquelas dores de cabeça, as pontadas no ventre... Foi aí que me assustei. "Deve ser um caso de ventre agudo", disse o Carbone. E o gringo já queria operar. Achei melhor esperar. E toca a dar remédio para o intestino...

Calou-se. Neco nada dizia, limitava-se a olhar para o soalho, a navalha na mão.

— Passamos três dias naquela incerteza, três dias, imagina! Uma noite acordei com os gritos dela, pulei da cama e foi então que me assustei mesmo, corri para o telégrafo, e mandei buscar de Porto Alegre dois médicos de renome... Ninguém pode me acusar de negligência, pode, Neco?

— Claro que não, homem!

— Quando eles chegaram eu não tinha mais dúvida, o diagnóstico estava feito, e a criança perdida...

— Agora fica quieto. Não adianta falar.

Rodrigo ergueu-se, com metade da cara ensaboada, uma toalha amarrada ao pescoço.

— Mas eu quero falar. Eu *preciso* falar.

— Está bem. Então fala.

Rodrigo tornou a sentar-se.

— E a fase pior da doença foi quando começaram as contrações musculares e a coitadinha ficava na cama, rangendo os dentes. Tudo doía nela. A luz, o menor ruído, tudo produzia dor naquele pobre corpinho, até o contato com os lençóis...

Rodrigo calou-se, lágrimas de novo rolaram-lhe pelas faces. Neco recomeçou o serviço e por alguns instantes só se ouviu ali naquela sala o rascar da navalha.

— E ninguém mais dormiu nesta casa, Neco. Três dias e três noites. O pior

401

era quando ela soltava aqueles gritos... Uma madrugada não aguentei, saí desesperado porta afora, andei sem destino por essas ruas, com aqueles gritos nos ouvidos, pensei em me matar, em bater na porta da casa dos meus amigos, em acordar todo o mundo. Queria que alguém me explicasse por que era que toda aquela monstruosidade estava acontecendo...

Neco limitava-se a sacudir lentamente a cabeça. Apanhou o pincel e ensaboou de novo uma das faces do velho amigo. Este lhe apertou o braço como se quisesse magoá-lo.

— Pensa bem, Neco, pensa bem. Sabes o que foi para mim ver um pedaço da minha carne, a minha filha, murchando em cima duma cama, sofrendo dia e noite, noite e dia, e cinco animais, cinco quadrúpedes diplomados ao redor dela sem poderem fazer nada? Pensa bem. Não é estúpido? Quem ganhava com o sofrimento daquela criaturinha? Me diga, quem? É tudo absurdo. A vida não tem sentido. É uma miséria, uma mentira!

Neco puxou um pigarro prolongado, fungou, procurou alguma coisa para dizer, não encontrou: continuou calado. Recomeçou o trabalho.

— No oitavo dia da doença a menina estava irreconhecível, de pele murcha, ventre escavado... E o mais horrível, Neco, o mais pavoroso eram os movimentos automáticos que ela fazia, como quem queria pegar alguma coisa no ar. E a febre subindo, e a paralisia dos membros começando. O mais que a gente podia fazer era dar-lhe calmantes, que no fim não faziam mais efeito... e gelo na cabeça... que sei eu!

Rodrigo de novo se pôs de pé.

— Ah! O pior de tudo eram aqueles olhos. Ela me olhava. Neco, sabia que era a minha querida. Tinha confiança em mim. Parecia que estava me pedindo para salvá-la. E eu ali sem poder fazer nada. Tu sabes o que é isso? Impotente, vendo minha filha em convulsões na cama, se acabando aos poucos e... Aqueles olhos, Neco, aqueles olhos, pedindo, suplicando... olhos espantados de quem não sabia por que tudo aquilo estava acontecendo.

Cobriu o rosto com as mãos e desatou de novo a chorar. Neco caminhou para a porta na ponta dos pés e fechou-a. Depois tornou para o amigo e abraçou-o.

— Tu não deves... — começou a dizer.

Mas a comoção trancou-lhe as palavras na garganta e ele também largou o pranto.

Rodrigo sentou-se, enxugando os olhos com a ponta da toalha. De novo a navalha cantou-lhe no rosto. E houve um silêncio durante o qual se ouviu a voz de Edu, que passava no corredor.

— Deves dar graças a Deus por teres ainda quatro filhos...

— Não posso dar graças a quem me torturou e matou a filha predileta.

— O Homem lá em cima deve saber o que faz...

Rodrigo cerrou os olhos.

— Sou um fracasso, Neco. Um colossal fracasso.

— Fica quieto, senão posso te cortar.

— Que me importa? Já pensei em passar a navalha no pescoço.

— Rodrigo!

— Já imaginaste o que vai ser minha vida daqui por diante? Não ter mais a minha filha, nunca mais... Não ouvir mais a voz dela, as suas lições de piano... as... as... Se soubesses os planos que eu tinha para a Alicinha!

Quando Neco terminou o serviço, Rodrigo passou a toalha pelo rosto, num gesto distraído, e ficou a andar pelo escritório, metendo os dedos entre os cabelos revoltos. Parou diante do seu diploma, que estava enquadrado numa moldura de ébano, por baixo do retrato do Patriarca.

— De que serve este papel? Aqui diz que me formei em medicina. Mas que é que eu sei? Nada. Sou tão ignorante como o Camerino, o Carbone e aquelas duas cavalgaduras que mandei buscar de Porto Alegre.

Parou diante do armário envidraçado, em cujas prateleiras se alinhavam seus livros de medicina.

— E estas porcarias? Olha só o ar solene destes livros. Não servem para nada. Palavras, palavras, só palavras. A Alicinha está morta. Isso ninguém muda.

De súbito, num acesso de fúria, desferiu um soco num dos vidros do armário e rompeu-o em pedaços. Neco segurou os braços do amigo, um de cujos pulsos sangrava.

— Me deixa, homem, não é nada.

Rodrigo escancarou as portas do armário, pegou dois dos tratados mais volumosos e disse:

— Tive uma ideia, Neco. Uma ideia genial!

Sorria agora como se suas tristezas e dores tivessem de repente desaparecido. O barbeiro mirava-o sem compreender.

— Daqui por diante começa uma era nova na minha vida. O *doutor* Rodrigo Cambará vai morrer na fogueira. Um outro Rodrigo nascerá... Um Rodrigo cínico, realista, sem sonhos nem ideais. Me ajuda a carregar estes calhamaços.

— Pra onde?

— Pro quintal. Vamos. Não discutas.

Tinha nos braços uma pilha de livros que lhe subia até a altura do queixo.

— Agora pega tu mais uns volumes e vem comigo.

Neco obedeceu.

Rodrigo saiu do escritório e encaminhou-se para a porta dos fundos. Ao passar pela cozinha, gritou para Leocádia:

— Vá ajudar o Neco a trazer para fora os livros do armário do escritório. Raspa!

Desceu a escada. A sombra da casa cobria agora mais da metade do quintal. Edu e Jango corriam atrás de Zeca, que ostentava ao redor da cabeça as penas dum velho espanador, dispostas à guisa de cocar. Os caubóis perseguiam a tiros o pele-vermelha, que procurava refúgio atrás do tronco da marmeleira.

Rodrigo depôs os volumes no centro do quintal. Neco, seguido de Leocádia, desceu com mais livros, que foram atirados no chão, ao lado dos outros.

— Voltem — ordenou Rodrigo. — Tragam o resto!

A pretinha tornou a entrar em casa, mas Neco ficou onde estava, olhando, grave, para o amigo.

— Vamos amarrar esse pulso, botar um remédio no talho.

— Volta e traz mais livros, Neco, não temos tempo a perder.

Rodrigo sentia um estranho prazer em ver seu sangue pingar sobre aqueles tratados franceses de medicina, muitos deles com capas de couro. Olhou na direção da casa e viu numa das janelas Maria Valéria e noutra Floriano. Ambos o contemplavam. Havia espanto nos olhos do menino. Mas a cara da velha estava imperturbável.

— Que é isso no pulso? — perguntou ela.

— Nada — respondeu o sobrinho, e encarou a tia, num desafio.

Sentia agora uma estranha felicidade. Estava tomando uma resolução que mudaria a sua vida por completo. Todo o esquema se lhe formava na cabeça. Como era que não lhe havia ocorrido aquilo antes? Naquele auto de fé queimaria o charlatanismo! Destruiria os seus livros de medicina, abandonaria definitivamente a profissão, acabaria com a farsa, a impostura, o ridículo. Havia ainda mais: ia vender a farmácia e a Casa de Saúde... Ardia-lhe o pulso. Ergueu-o e viu um caco de vidro cravado na carne. Arrancou-o com raiva.

Neco voltou para dentro, com alguma relutância. Cruzou na escada com Leocádia, que trazia nova braçada de livros.

Rodrigo tinha agora a seus pés quase toda a sua biblioteca médica. Toríbio surgiu à porta da cozinha.

— Que é que vais fazer, homem?

— Espera e verás.

Correu para dentro, entrou no escritório, tirou o diploma da parede, pô-lo debaixo do braço, voltou para a cozinha, apanhou uma garrafa de querosene e tornou a descer para o pátio. A cabeça de Chico Pais apareceu por cima da cerca que separava o quintal do Sobrado do quintal da padaria. O padeiro olhava com olhos arregalados e perplexos o "menino do seu Licurgo". Zeca, Edu e Jango, que haviam interrompido seus brinquedos, estavam numa expectativa silenciosa, a poucos passos de Rodrigo, que desarrolhava agora a garrafa, esvaziando-lhe todo o conteúdo em cima dos livros.

— Raspem daqui! — gritou para as crianças, que recuaram.

Toríbio e Neco, sentados nos degraus da escada de pedra, entreolharam-se em silêncio. Rodrigo riscou um fósforo e atirou-o sobre os livros. Uma labareda se ergueu. As crianças romperam em gritos de alegria. Rodrigo quebrou o quadro em dois, sobre o joelho, arrancou o diploma da moldura e jogou-o no fogo.

Maria Valéria sacudiu a cabeça.

— Que é que adianta isso? — perguntou Toríbio. — Estás só dando um espetáculo.

Rodrigo limitou-se a encolher os ombros. Não tirava os olhos das chamas. As capas dos livros começavam a retorcer-se, carbonizadas, em movimentos agônicos que tinham algo de humano. As crianças puseram-se a correr ao redor da fogueira, gritando: "Viva são João! Viva são João!".

Chico Pais olhava de Toríbio para Maria Valéria, como a pedir uma explicação de tudo aquilo. A velha, debruçada à janela, continuava a mirar o sobrinho. Seguiu-o com os olhos quando ele voltou para dentro de casa. Ouviu seus passos na escada. Sabia para onde ele se dirigia. Ia atirar-se na cama de Alicinha e ali ficar chorando abraçado à boneca.

4

No dia seguinte Flora levantou-se, alimentou-se, reagiu. No fim daquela semana, compareceu à missa de sétimo dia, coisa que Rodrigo não teve a coragem de fazer. Finda a cerimônia, amparada pela mãe e pelo pai, recebeu de pé, e com os olhos secos, os intermináveis abraços de pêsames. Foi depois chorar em casa, fechada no quarto. Mas saiu de lá, horas mais tarde, com a fisionomia despejada e composta, e tratou de dar a todos a impressão de que, por maior que fosse a sua dor pela perda da filha, aceitava como natural e necessária a ideia de que a vida tinha de continuar. E quem mais a ajudou a manter esse espírito foi Maria Valéria, que naquele mesmo dia decidiu fazer um tacho de pessegada. Era uma boa provedora: o inverno jamais a surpreenderia com a despensa desfalcada. Havia outras tarefas urgentes: preparar Floriano e Jango para a escola, que se reabriria dentro de uma semana, começar um casaco de tricô para Bibi, comprar sapatos para os meninos e arranjar roupas para o Zeca, o "agregado da família", que andava sujo e maltrapilho como um cigano.

Assim Maria Valéria retomou o seu trancão doméstico. Uma vez que outra, quando não havia ninguém no andar superior, entrava no quarto de Alicinha, abria o guarda-roupa da menina, acariciava rapidamente os vestidos com suas mãos ossudas e longas, tocava de leve na escova de cabelo e no pente, que estavam sobre o mármore do penteador, olhava em torno, via a cama, a boneca, um triste par de sapatos brancos da menina, que haviam ficado esquecidos a um canto — e depois saía na ponta dos pés...

Aderbal e a mulher vinham ao Sobrado quase todas as noites. Laurentina não afastava da filha o olhar tristonho; não falava mas dizia tudo por meio de fundos suspiros. Ninguém pronunciava o nome da morta, nem fazia a ela a menor referência. Discutiam o tempo, a safra, a situação política do país... Babalo escondia sua dor por trás da cortina de fumaça do cigarro. Andava sensibilizado com a atitude de Rodrigo, que passou a evitá-lo desde o dia da morte da criança. O genro não queria deixar-se consolar, obstinava-se em não sentar-se à mesa com o resto da família, à hora das refeições. Comia no quarto, em horário incerto, e sempre que os amigos, mesmo os mais íntimos, queriam vê-lo, dava um pretexto qualquer e recusava-se. E, quando os Carbone visitavam o Sobrado, a situação piorava, pois tanto Santuzza como Carlo começavam a chorar no momento em que batiam à porta.

O retraimento agressivo de Rodrigo durou boa parte daquele março mormacento, em cujas tardes de ar parado as cigarras cantavam nas árvores do quintal e as moscas zumbiam e esvoaçavam nas salas do casarão.

Em muitas daquelas tardes ele entrava no Ford, mandava Bento tocar para o cemitério e lá ficava horas inteiras, dentro do jazigo da família, ao lado da sepultura da filha, conversando com ela, baixinho, numa esquisita e triste felicidade.

Naquelas noites quentes e abafadas, custava-lhe dormir. Revolvia-se no leito e, quando via que era inútil continuar na tentativa de capturar o sono, erguia-se, debruçava-se na janela, acendia um cigarro e ficava a olhar para as árvores da praça e para as estrelas. Não raro saía pelo corredor, como um fantasma, entrava no quarto da filha, deitava-se na cama e punha-se a chorar um choro manso e lento, já sem desespero. E muitas vezes era ali que o sono vinha surpreendê-lo. As piores noites, porém, eram aquelas em que despertava de repente, com impressão de que alguém lhe havia tocado no ombro, e então lhe vinha a ideia de que Alicinha àquela hora estava sozinha, fechada na sepultura. Abandonada, no escuro, com medo, coitadinha!

Certa madrugada despertou com a impressão nítida e perturbadora de que alguém batia no piano lá embaixo... Alicinha — pensou. Sim, tinha ouvido alguns compassos de "Le Lac de Como", a peça preferida da menina. Mas não! Devia ter sido um sonho. Sentou-se na cama, e ficou um instante com as mãos na cabeça, ouvindo, atento. O casarão estava agora silencioso. "Tenho a certeza", disse para si mesmo, "não foi sonho. Ouvi. Não estou louco. Ouvi." Saiu do quarto, desceu as escadas na ponta dos pés. Acendeu a luz do vestíbulo e ficou à escuta... Silêncio. Entrou na sala. Ninguém. Ali estava a um canto o piano fechado, o banco giratório vazio. Mas era estranho... Parecia andar no ar uma espécie de eco daquela música. Foi então que Rodrigo *sentiu* uma invisível presença na sala. Sim — concluiu — foi ela que veio e tocou... Tocou pra mim. Um sinal, um aviso.

Aproximou-se do piano, ergueu-lhe a tampa, perpassou os dedos pelo teclado. Não ousava olhar para os lados, para os cantos da sala em penumbra. Sabia que a filha morta estava a seu lado, quase a tocá-lo...

Em alguma parte do universo ela vive — dizia-se ele em pensamentos. E essa ideia lhe dava um doce tremor, um medo quase voluptuoso. Era uma esperança, um consolo... Por que não tinha pensado naquilo antes? Que estúpido! Aceitara como um idiota a ideia da destruição total e irremediável de sua princesa, como se ela fosse apenas corpo, apenas matéria. Deus era bom. Deus era grande. Deus era justo.

Agora compreendia. Estava tudo claro. Estava tudo bem. Um dia, numa outra vida, iam encontrar-se. Por enquanto o remédio era ter paciência, ir vivendo, esperando a grande hora. Sem desespero. Sempre atento àqueles sinais...

Ficou por algum tempo junto do piano, imóvel, os olhos cerrados, sentindo um calafrio em todo o corpo, mal ousando respirar.

Quando voltou para o quarto, encontrou Flora acordada.

— Estás sentindo alguma coisa? — perguntou ela.

— Não, meu bem, não é nada.

— Por que desceste?

Não respondeu. Estendeu-se na cama, ao lado da mulher, cerrou os olhos e, pela primeira vez naqueles últimos trinta anos, murmurou um padre-nosso. Sentiu a mão de Flora na testa. Decerto a mulher temia que ele estivesse febril.

— Não é nada, minha flor. Estou bem.

Pensou em contar-lhe tudo, mas teve medo de revelar o seu segredo. Medo e um certo ciúme. Calou-se e pouco depois adormeceu, sorrindo.

5

Foi ainda naquele mês que Rodrigo recebeu a visita do pastor metodista que morava numa das casas vizinhas, cujo pátio estava separado por uma cerca de tábuas do quintal do Sobrado. Fazia poucos meses que aquele americano, natural do Texas, chegara a Santa Fé. Rodrigo conhecia-o de vista, cumprimentava-o de longe e muitas vezes o vira nos fundos de sua residência cingindo um avental feminino, evidentemente ajudando a mulher na cozinha — coisa que o deixava intrigado — ou em mangas de camisa a jogar bola com a mais velha de suas três filhas — cena que em geral o enternecia. Era o rev. Robert E. Dobson um indivíduo que logo chamava a atenção pelo porte. Tinha um metro e noventa e dois centímetros de altura — o homem mais alto da cidade, dizia-se. Era seco de carnes e um pouco encurvado. Apesar dos pés enormes e das pernas longas, tinha passos leves e curtos, numa cadência rápida e regular, como se o pastor caminhasse sempre ao ritmo de um *one-step*. O rosto rubicundo era longo e fino. Seu perfil agudo lembrava um pouco as feições clássicas do polichinelo da caricatura. Seus olhos, dum cinzento desbotado e distante, tinham a fresca limpidez da inocência. O que, porém, o texano possuía de mais notável eram as mãos, longas e bem-feitas, muito mais expressivas que o rosto. Quanto à voz, nem mesmo nos sermões ele a alteava. Tinha algo de vago e quebradiço: uma espécie de crepitar de palha. Sua mulher, também americana, era magra e frágil, de cabelos cor de areia, cútis muito branca, olhos dum verde de malva ressequida. Maria Valéria, que já mantivera com ela um diálogo por cima da cerca — mais por meio de gestos e de onomatopeias que propriamente de palavras — dizia que a "pastora" parecia um desenho mal apagado com borracha.

Antes de bater à porta do Sobrado, o metodista telefonou a Rodrigo pedindo permissão para visitá-lo e perguntando qual seria a hora mais oportuna. Rodrigo, curioso, respondeu-lhe que viesse na noite daquele mesmo dia, por volta das oito.

Às oito em ponto o rev. Robert E. Dobson entrou no Sobrado sobraçando uma Bíblia de capa negra. Apertou a mão do dono da casa, que o conduziu à sala de visitas, fazendo-o sentar-se no sofá onde o homem ficou, de busto teso, as pernas juntas, o livro sempre debaixo do braço, uma das garras espalmadas sobre a coxa. Rodrigo examinava o vizinho de alto a baixo. Era a primeira vez que o via de perto. Achava-o estranho, absolutamente diferente dos caboclos da terra, na cor e na forma. Não se parecia nem mesmo com os santa-fezenses descendentes de alemães. Tinha no seu desengonçamento, no pescoço de gogó saliente, na forma do rosto algo que lembrava Abraão Lincoln — mas um Lincoln em tons avermelhados. A mecha de cabelo que caía sobre a testa do homem (Quantos anos teria? Quarenta? Cinquenta?) dava-lhe um certo ar juvenil e esportivo de universitário.

Por alguns momentos nenhum dos dois falou. O rev. Dobson limitava-se a sorrir um sorriso tímido mas aliciante, que lhe punha à mostra os dentes postiços. Rodrigo mantinha-se na atitude de "pé atrás" que sempre assumia quando era procurado por algum vendedor ambulante ou agente de seguro de vida.

O rev. Dobson mexeu as pernas. Suas botinas grosseiras e pretas, quase informes, tinham algo de reiuno. Que quereria aquele homem?

A explicação não tardou. O pastor soubera da grande perda que a família sofrera, imaginava a dor que lhes partia o coração e por isso ousara visitar o chefe da casa...

Rodrigo escutava-o um pouco impaciente, porque a voz apagada do ministro, aquela espécie de cochicho em mau português tornava-lhe difícil prestar atenção ao que ele dizia. O rev. Dobson falava com hesitações, ficava roncando — ah... ah... ah... — quando não encontrava a palavra adequada. Contou quem era, de onde vinha. Nascera e fora criado numa estância, no Texas, como um verdadeiro caubói. Mudara-se para El Paso, onde terminara o *high school* e conhecera o pecado...

Rodrigo franziu a testa. Não podia imaginar o rev. Dobson conhecendo o pecado. Que forma teria esse pecado? A duma rapariga loura? Morena? Ou ruiva? Sem prestar mais atenção à voz de palha, ficou a fantasiar a adolescência pecaminosa de Bob Dobson em El Paso, na fronteira com o México... Ouvia uma que outra palavra do que o homem lhe dizia — "dez dólares... 'aus amigos... 'eiro trago de uísque... *well*". Talvez tivesse sido com uma mexicana de sangue índio, o que naturalmente, para aquele homem branco, num ambiente racista, agravara a natureza do pecado... Dormir com americana loura fora do casamento é uma iniquidade. Dormir com uma mexicana de raça inferior: dupla iniquidade... O reverendo pedia desculpas — "escuse-me, por favor" — por estar entrando naqueles detalhes pessoais e íntimos. Queria, *you know*, queria com isso mostrar que era um homem como os outros, um pobre pecador; em suma: o fato mesmo de haver já mais de uma vez transgredido as leis do Senhor não significava que... ah... ah... ah... ah...

De novo Rodrigo perdeu-se num devaneio. El Paso... Como seria a cidade? Descruzou e tornou a cruzar as pernas. Fazia calor. Passou o dedo entre o colarinho e o pescoço, esfregou o lenço pela testa. O americano também trançou as longas pernas, suas reiunas moveram-se: pareciam dois gatos. Mas aonde diabo

408

queria aquele homem chegar? El Paso... decerto era uma cidade com casas de tijolo nu, pesadas e tristes. A bomba de gasolina... A igrejinha branca de madeira...

O pastor chegou ao ponto culminante da sua história: a conversão. Passava, um domingo, pela frente dum templo metodista quando... De novo Rodrigo desligou a atenção.

Finalmente o rev. Dobson revelou o objetivo da visita. Não só vinha apresentar suas condolências como também pedir a Rodrigo que pensasse no consolo da religião. Deus era o remédio para todos os males, tanto para os pequenos como para os grandes. Deus era a razão de tudo, o princípio e o fim. Sem Deus o mundo e a vida não teriam sentido.

O rev. Dobson falava num tom monocórdio, sem um momento de exaltação. Suas palavras pareciam apenas fazer cócegas no ar e nos ouvidos do interlocutor. Rodrigo, porém, começava a apiedar-se do homem. Sua candura, sua absoluta falta de malícia, cativavam-no, davam-lhe desejos de protegê-lo. Se o missionário fosse um vendedor, Rodrigo estaria já disposto a dizer: "Compro tudo o que o senhor tem na sua mala. E não discuto preço".

O pastor estava tentando vender-lhe Deus. Mas ele já havia comprado Deus na noite em que Alicinha lhe dera aquele aviso... Andava pensando vagamente em comparecer a uma sessão espírita. Chiru Mena lhe falara num médium vidente seu conhecido, que tinha poderes extraordinários. Por que não tentar? Havia fenômenos metapsíquicos para os quais a ciência oficial ainda não encontrara explicação. E, depois, não perderia nada por tentar.

— Permite? — perguntou o texano.

Rodrigo ergueu interrogadoramente as sobrancelhas.

— Como?

— Permite que eu leia meu... ah... ah... passagem de Bíblia favorito?

— Pois não, reverendo, pois não!

— É um salmo de Davi...

Rodrigo mudou de posição na cadeira. Agora sentia sede. Pensava numa cerveja gelada. O pastor abriu o livro numa página marcada por uma fita, puxou um discreto pigarro, fitou os olhos de cinza apagada no dono da casa, tornou a baixá-los e leu:

— O Senhor é o meu pastor: nada me faltará. Deitar-me faz em verdes pastos, guia-me mansamente a águas tranquilas... Refrigera a minha alma: guia-me pelas veredas da justiça...

Rodrigo escutava, de olhos baixos. Já folheara muitas vezes a Bíblia: era um dos cem livros que havia posto de lado para "ler depois". Esse *depois* nunca chegava.

— ... Ainda que eu andasse pelo vale da sombra e da morte...

Aquilo era bonito e dramático: *pelo vale da sombra e da morte*. Alicinha andava agora por esse escuro vale, mas tudo estava bem, porque Deus a guiava...

— ... não temeria mal algum, porque tu estás comigo; a tua vara e o teu cajado me consolam. Preparas uma mesa perante mim na presença dos meus inimigos, unges a minha cabeça com óleo, o meu cálice transborda...

Rodrigo notou que agora Maria Valéria aparecia como uma assombração à porta que dava para o vestíbulo, lançava um olhar intrigado para o visitante e depois sumia. No andar superior Bibi desatou a chorar.

— Certamente que a bondade e a misericórdia me seguirão todos os dias da minha vida: e habitarei na casa do Senhor por longos dias.

O pastor fechou a Bíblia, colocou-a sobre os joelhos, estendeu sobre ela as manoplas, e encarou o dono da casa, que murmurou:

— Muito bonito. — E mentiu cordialmente: — Eu já conhecia esse salmo.

Fez-se um curto silêncio. Com um movimento de cabeça o rev. Dobson afastou a mecha de cabelo que lhe caíra sobre um dos olhos.

— Eu só gostaria ah... ah... que o doutor não esquecesse aquelas primeiras palavras: "O Senhor é o meu pastor: nada me faltará".

Disse mais que tinha em casa, à disposição do caro vizinho, várias biografias de homens eminentes que haviam encontrado consolo e alimento espiritual em Cristo. Conhecia ele a aventura de Livingstone em pleno coração da África, em meio aos selvagens e às feras? E a daqueles heroicos passageiros do *Titanic* que, enquanto o vapor afundava, permaneceram reunidos na popa até o momento derradeiro, a cantar um hino religioso?

— Reverendo, o senhor deve saber que aqui somos todos católicos.

O pastor ergueu a mão.

— Longe de mim, oh, longe de mim a ideia de tentar... ah... ah... ah... converter o senhor ao metodismo. Seria... seria... *oh, my!*

— Eu sei... só quis informar...

— Mas Deus é um só. O Deus dos católicos é também o nosso Deus.

Rodrigo havia "esquecido" que o homem era tão alto e quase teve um choque quando o viu erguer-se. Fez o mesmo.

— Não toma alguma coisa, reverendo?

— Oh, não, agradecido. Devo ir.

Apesar do tamanho — refletia Rodrigo — o texano tinha uma presença transparente e leve. A sua magreza, a natureza neutra da voz, a maneira impessoal do vestuário, a ausência de paixão na palavra e no gesto tornavam-no por assim dizer imponderável. Um homem de fumaça? Talvez fosse uma boa definição. Concluiu que era impossível amar ou odiar uma pessoa assim. Em todo o caso, não podia deixar de ficar grato ao vizinho pela visita, pela intenção, pela...

— Bem, estou indo — disse o pastor. — Posso deixar-lhe esta Bíblia?

— Ora, não se incomode...

— É um prazer.

Depôs o livro em cima do consolo, sob o espelho, para o qual, entretanto, evitou olhar. Parou um instante diante do Retrato, olhou da tela para Rodrigo e disse:

— Muito bom. Fino portrato.

Encaminhou-se para o vestíbulo, onde apanhou o chapéu. O dono da casa

410

acompanhou-o até a porta, levemente irritado por se sentir tão baixo perto do outro. Apertaram-se as mãos, trocaram-se boas-noites e agradecimentos.

Ora essa! Já se viu? — pensou Rodrigo, fechando a porta.

Maria Valéria esperava-o ao pé da escada grande.

— Que é que o Jerivá queria?

— Nada, titia.

— Le vendeu alguma coisa?

— Não.

A velha lançou-lhe um olhar enviesado de desconfiança.

— Não venha me dizer que esse bife não queria nada...

— Foi apenas uma visita de pêsames.

— Ah! Mas que era que ele estava lendo?

— Um trecho da Bíblia.

Apontou para o consolo. Maria Valéria viu o livro e murmurou:

— Se o vigário descobre, vai ficar brabo.

— Que fique! Não é meu tutor. Recebo nesta casa quem eu quiser. Protestante, muçulmano, budista, ateu e até macumbeiro.

Pegou a Bíblia e começou a folheá-la. Depois, largando o livro, ergueu a cabeça e ficou a namorar-se diante do espelho, examinando o branco dos olhos, arreganhando os lábios para ver melhor os dentes, ajeitando a gravata...

Maria Valéria sorriu. Aquilo era um sinal de que o sobrinho aos poucos voltava a ser o que sempre fora.

6

Era a opinião geral. Rodrigo Cambará tornava aos poucos ao seu natural. Tinha atenções e carinhos para com Flora, preocupava-se com a palidez e a magreza da mulher, insistia para que ela se alimentasse melhor, tomasse os remédios que Camerino lhe prescrevia. Interessava-se também pela vida dos filhos, fazia perguntas a Floriano sobre as matérias que o rapaz estudava na escola, andava frequentemente com Bibi no colo, beijando-lhe as faces e dizendo-lhe coisas carinhosas, discutia problemas do Angico com Jango e brincava de "touro e toureiro" com Edu.

E em meados daquele outono, atravessou um período de religiosidade e espiritualismo que deixou Stein surpreendido.

— Pensas — perguntou ele ao judeu uma noite —, imaginas que tudo se pode explicar com a história? E que a história é o único absoluto moral da humanidade?

Stein olhava para a ponta de seus sapatos esfolados. Aquele ano se havia tornado membro do Partido Comunista Brasileiro. Andava com a cabeça mais que nunca cheia de leituras, ideias, planos... Os livros marxistas, que tinham sua circulação proibida no Brasil, ele os recebia clandestinamente do Uruguai e da

Argentina. A velha Sara, como sempre, tomava conta do ferro-velho, enquanto ele passava os dias a ler. Fazia um que outro serviço de cobrança ou de banco, coisas pelas quais sentia o maior desprezo e repugnância. No seu pequeno quarto já não tinha mais onde guardar livros. Eles se empilhavam pelos cantos, debaixo da cama, em cima do guarda-roupa... A questão social apaixonava-o cada vez mais, e quanto mais lia, quanto mais observava o cenário político e econômico do Brasil e do mundo, mais e mais se convencia de que a solução para aquelas crises frequentes, para aquele estado crônico de injustiça social e para as guerras era o socialismo, o comunismo, que alguns reacionários ainda insistiam em chamar ridiculamente de maximalismo.

Agora ele escutava Rodrigo sem reagir, ruminando a grande tristeza que lhe causara, no princípio daquele ano, a morte de Lênin. Não tinha nenhum constrangimento em confessar que nem o falecimento de seu próprio pai o abatera tanto. Fora como se uma luz se houvesse apagado no mundo. No dia em que lhe chegara a negra notícia, saíra a andar pelas ruas de Santa Fé com lágrimas nos olhos. Mais tarde lera, comovido, a declaração publicada pelo Congresso soviético:

> Sua visão era colossal, sua inteligência na organização das massas, incrível. Lênin era o supremo líder de todos os países de todos os tempos, de todos os povos, o senhor da nova humanidade, o salvador do mundo.

E no entanto ninguém ali em Santa Fé compreendia a enormidade daquela perda. Muitos tinham recebido a notícia com indiferença. A maioria nem sequer a havia lido. E tudo continuara como antes. O Quica Ventura picava fumo na frente do Comercial. O Cuca Lopes fazia seus mexericos. O galo do cata-vento da igreja continuava a girar aos ventos. Nas pensões, as prostitutas dormiam com seus machos. Nos campos daqueles latifundiários, os bois engordavam. A miséria do proletariado urbano e rural se agravava. O cel. Teixeira continuava a sua agiotagem. O alfaiate Salomão botava meninos para dentro de seu quarto, tarde da noite. E aqueles burgueses hipócritas — com seus adultérios, calúnias, mesquinhezas e falsos valores — continuavam a representar a sua farsa, adorando o deus dinheiro, exaltando o lucro, espezinhando os humildes, e depois iam à missa para rezar, bater no peito e engolir hóstias. E as estrelas continuavam brilhando no céu. Mas Lênin estava morto! E o dr. Rodrigo Cambará — que chorara em 32 ao saber da morte de Rui Barbosa — achava agora que para o mundo o desaparecimento de Anatole France tinha sido muito mais nefasto que o de Lênin!

Sentiu-se sacudido pelos ombros. Era Rodrigo que o despertava do triste devaneio para lhe dizer:

— Vocês marxistas não reconhecem o transcendente, querem reduzir o homem à mais grosseira condição material, como se ele fosse apenas um animal, sem a menor partícula divina.

Tio Bicho, que estava meio sonolento aquela noite, abriu os olhos para observar:

412

— Mas não! Há no marxismo um formidável elemento idealista. Só que eles apresentam a justiça social como um sucedâneo do absoluto divino.

Rodrigo olhou para Bandeira com o rabo dos olhos, como se não soubesse se devia considerá-lo um adversário ou um aliado.

Stein soltou um suspiro e disse:

— Doutor Rodrigo, para nós, marxistas, o ato bom, o ato nobre, o ato... *espiritual...* seja!... é aquele que marcha no sentido da história, e o ato mau é o que entrava o progresso da humanidade. Para mim não existe outra norma para julgar o valor moral da ação. Simplificando: na minha opinião, o homem verdadeiramente humano é aquele que trabalha em prol da revolução social.

Rodrigo sacudiu a cabeça numa negativa vigorosa. E Roque, passando o lenço pelo pescoço suado e purpúreo, disse:

— Eu já li o meu Marx, meio pela rama, porque *O capital* é o livro mais cacete do mundo, pior que *O paraíso perdido*. Mas me lembro que, num certo trecho, o Velho compara o proletariado com Cristo sobre a cruz. O que ele quer dizer, acho, é que se Jesus morreu para redimir os homens, reconciliando por meio de seu sacrifício a humanidade com a divindade, o proletariado, como uma espécie de "crucificado" do mundo moderno, sofre e é esquartejado para destruir as contradições atuais... É curioso que Marx tenha usado esse símile...

— Não, Stein! — exclama Rodrigo. — Nenhum homem pode viver sem Deus. Suponhamos, com muita boa vontade, note bem que estou dizendo "com muita boa vontade"... suponhamos que o comunismo resolva o problema da vida do homem sobre a Terra. E o resto?

— Que resto?

— A outra vida, o destino de nossas almas...

— Essa história de almas é outro ponto a discutir. O senhor não vai me dizer que acredita na concepção católica de céu e inferno, prêmio e castigo...

— E por que não?

— Porque tenho a sua inteligência na mais alta conta.

— A inteligência não tem nada a ver com a fé — replicou Rodrigo. — Fé é assunto de coração.

— Se o senhor acredita também nisso, não poderemos discutir.

— Pois então cala a boca.

Stein realmente calou. Compreendia que Rodrigo agora queria convencer-se de que um dia, numa outra vida, ia reencontrar a filha perdida. Bandeira ergueu-se sonolento, convidando o judeu para irem embora. Saíram juntos.

A casa estava silenciosa: todos recolhidos a seus quartos.

Rodrigo olhou em torno da sala, apagou a luz, sentou-se e ficou esperando a "visita" de Alicinha. Ela devia revelar-se de algum modo. Um sussurro, uma batida na vidraça, uma porta que se abre ou fecha inexplicavelmente, um súbito golpe de vento, uma tecla que bate misteriosa nota de música... Cerrou os olhos. Um cachorro uivou numa rua distante. O relógio grande bateu doze badaladas.

Depois, de novo o silêncio encheu o casarão. Rodrigo esperava, com um estranho arrepio de febre na epiderme.

Olhava para o próprio retrato, com a impressão de que o *outro* lhe sabia o grande segredo. De certo modo aquele Rodrigo de tela e tinta não teria uma qualidade fantasmal? Pertencia a um outro tempo, a uma outra dimensão.

A escada rangeu. Rodrigo inteiriçou o busto, o coração acelerado, as narinas dilatadas, as mãos agarrando com força os braços da cadeira. Alguém descia pela escada. Ele esperava...

Uma luminosidade agora tocava a penumbra do vestíbulo. Passos se aproximavam. Rodrigo preparou-se para o momento milagroso, mal ousando respirar.

Maria Valéria surgiu à porta com uma vela acesa na mão.

— Vá dormir, meu filho. É tarde.

7

Rodrigo passou algumas semanas absorto na leitura de livros sobre metapsíquica e espiritismo. A parte céptica e anatoliana de seu espírito sorria, com superioridade, da outra, a que ansiava por um bafejo ou um vislumbre do sobrenatural, a que desejava acreditar na existência duma vida extraterrena. Sempre, porém, que Roque Bandeira ou Arão Stein o pilhava lendo uma brochura de Allan Kardec ou de Sir Conan Doyle, ele se sentia na obrigação de explicar que estudava aquelas coisas por pura curiosidade, pois estava sempre aberto a todas as aventuras do espírito.

Havia muito que Chiru Mena insistia com ele para que fossem visitar um sargento reformado, famoso na cidade e arredores pelos seus extraordinários dotes de médium vidente.

— O sargento Sucupira é um colosso! — proclamava Chiru. — Ele vê, mas *vê* mesmo, gente que já morreu. Não é truque, o homem é sério. Um dia destes me avistou na rua, me fez parar e disse: "Está atrás do senhor um velho de barbas brancas. Diz que se chama Rogério. Pergunta como vai a dona Evangelina". Fiquei arrepiado. O velho Rogério é o pai da tia Vanja. Quando ele morreu, eu ainda não era nascido. Agora me diga, Rodrigo, como é que o Sucupira, que nunca entrou na minha casa nem conhece a minha tia, podia saber daquilo?

Uma tarde, Rodrigo resolveu ir ver o homem, que morava num chalé de madeira, numa rua esburacada da Sibéria, em meio dum terreno alagadiço. O sargento recebeu-os metido na sua indumentária caseira: culotes de brim cáqui sem perneiras, chinelas sem meias e casaco de pijama listrado de azul e branco. Era um cinquentão indiático, grisalho e gordo, duma cordialidade lerda e meio paternal. Separado da esposa legítima, que abandonara havia anos com três filhos, vivia com a viúva dum veterinário.

— Entrem. Sentem. Fiquem à vontade. Não reparem os meus trajos. Se eu soubesse que o doutor vinha...

Rodrigo e Chiru sentaram-se. Na mesinha no centro da sala, sobre o linóleo novo de losangos tricolores, havia num vaso de vidro flores de papel. Em cima de aparadores e braços de cadeiras via-se uma profusão de guardanapos de crochê. Moscas voejavam no ar quente da tarde de maio.

— Sulamita, meu bem! — gritou o sargento. — Traz um licorzinho pras visitas. — Olhou para Rodrigo. — É uma honra, doutor, eu já conhecia o senhor de nome e de vista. Aqui o seu Mena me fala muito na sua pessoa, com boas ausências.

Rodrigo estava decepcionado. O vidente era a negação mesma do mistério. Não era possível que aquele homem de aspecto vulgar, com aquelas roupas ridículas, com aquela cara sonolenta e estúpida, pudesse ter os dotes que seus amigos apregoavam. É um impostor. E eu sou uma besta por ter vindo.

O médium sorria, balançando-se numa cadeira de vime. Tinha a testa curta — notou Rodrigo — e faltava-lhe o indicador da mão esquerda.

A mulher entrou, trazendo uma bandeja com três cálices de licor de butiá.

— Minha patroa... — apresentou-a o vidente.

Rodrigo e Chiru ergueram-se, apertaram a mão da mulher. Depois apanharam os cálices. A companheira do sargento retirou-se. Era ossuda, ictérica, de olhos mansos e estava metida num quimono estampado: garças e juncos brancos em campo azul.

Um mosquito zumbiu junto do ouvido de Rodrigo. Chegavam até suas narinas as emanações pútridas da água estagnada que negrejava num valo, à frente da casa. "Este Chiru me mete em cada uma!", pensou ele, já meio irritado, tomando com certa repugnância um gole de licor.

A situação piorou quando o sargento se julgou na obrigação de brilhar diante do doutor. Fez uma dissertacão sobre o espírito cristão da doutrina de Allan Kardec, citando Ingenieros e Vargas Villa. Era a última! Por fim entrou com Nostradamus pelo domínio da profecia e disse: "Tome nota das minhas palavras, doutor, estamos em vésperas de grandes acontecimentos".

Chiru observava Rodrigo para ver o efeito que produziam nele as palavras do oráculo. Rodrigo limitava-se a sacudir a cabeça.

— Vamos ter ainda este ano uma grande revolução.

— Opa! — exclamou Chiru.

— Contra quem? — sorriu Rodrigo, depondo o cálice sobre a mesinha.

— Ora, contra o governo — explicou o médium. — O quatriênio Bernardes começou com sangue e com sangue terminará.

O sargento sacava contra o futuro. Era evidentemente um impostor.

Rodrigo olhou para Chiru, a sugerir que se fossem. Mas o médium encarou-o:

— Quem é Licurgo?

Rodrigo franziu o cenho.

— É o meu pai.

O sargento ergueu a mão gorda:

— Não me diga mais nada. Ele está aí por trás do senhor. Está perguntando pelo Bio. Existe alguém com esse nome na família?

415

— O meu irmão... Toríbio.

Rodrigo resistia. "Esse sujeito sabia que eu vinha, informou-se da vida da minha gente..." Mas mesmo assim estava impressionado.

— Seu pai está perguntando se o Bio ainda tem o punhal... — continuou o sargento. — Espere, não estou compreendendo bem... Sim, é punhal mesmo.

Rodrigo sentiu um calafrio. Tratava-se do punhal que Toríbio sempre carregava consigo, uma relíquia de família. Como podia o homem saber daquelas coisas?

— Não é mesmo um bicharedo? — perguntou Chiru, radiante.

Uma mosca passeava pelas bordas de um dos cálices.

Sucupira levou a mão direita à testa, cerrou os olhos e murmurou:

— Hoje não estou muito bom. É sempre assim, doutor. Depois que tenho relações carnais, minhas faculdades diminuem...

Tornou a abrir os olhos.

— Quem é Alice?

Rodrigo estremeceu.

— É a minha mãe.

— Uma senhora magra, muito pálida e com ar triste. Está ao lado de seu pai. Diz que tudo vai bem, que o senhor não deve se preocupar.

Rodrigo remexeu-se na cadeira. Sentia o suor escorrer-lhe pelas costas, ao longo da espinha. Mas resistia ainda. A coisa se explicava. A telepatia era um fenômeno aceito pela ciência. Naturalmente o sargento estava captando seus pensamentos, seus desejos — dos quais ele, Rodrigo, não tinha consciência clara... Decidiu fazer uma experiência. Pensou intensamente em Alicinha, pois viera com a esperança de receber uma mensagem da filha morta.

— Quem é Candango? — perguntou Sucupira.

— Candango ou Fandango? — perguntou Chiru.

O médium entrecerrou os olhos, coçou distraidamente o dedo grande do pé, e depois disse:

— Um velho alegre, de cara tostada, barbicha branca. Diz que foi capataz do coronel Licurgo. Está perguntando pelo Liroca.

Rodrigo pensava desesperadamente em Alicinha, repetindo mentalmente o nome dela.

— Não está enxergando uma criança? — perguntou.

O vidente ficou um instante pensativo e depois sacudiu negativamente a cabeça.

— Não.

Chiru ergueu-se, muito corado, o carão reluzente de suor, tirou o casaco, passou o lenço pela testa.

— Pergunte ao coronel Licurgo se ele já se encontrou com a neta — pediu Rodrigo.

Por alguns instantes Sucupira permaneceu em silêncio, de olhos entrecerrados. Depois murmurou:

416

— Ele não quer responder.

— Mas por quê?

— Diz que não está autorizado...

Sem mudar o tom de voz, o sargento desatou a falar em futilidades: o veranico, a última fita que vira no Cine Recreio, anedotas de quartel. De súbito apontou para um canto da sala e disse:

— Ali está uma negra-mina. Diz que se chama Rosária. Conhece?

Rodrigo sacudiu negativamente a cabeça.

— Está perguntando pela Canela Fina...

Mais tarde, já no automóvel, de volta para o centro da cidade, Chiru perguntou ao amigo:

— E que tal? O homem não é mesmo um batuta?

Rodrigo não soube que dizer. Estava confuso. O médium — tinha de confessar — dissera-lhe coisas impressionantes. O que ele, Rodrigo, não podia compreender era como poderes excepcionais como esses pudessem encontrar-se num homem tão prosaico, tão vulgar.

— É um impostor — repetiu, mas sem muita convicção.

Chiru discordou:

— Qual nada! Como é que ele ia saber todas aquelas coisas, conhecer toda aquela gente, até a história do punhal?

Rodrigo encolheu os ombros. Se o sargento tinha a capacidade de ver os mortos, como se explicava que não tivesse visto Alicinha? Essa ideia agora começava a preocupá-lo, porque ele queria acreditar que o espírito da filha morta o acompanhava por toda a parte, a todas as horas.

Entrou no Sobrado e perguntou a Maria Valéria:

— A senhora conhece algum membro de nossa família chamado Rosária?

A velha ficou um instante pensativa, repetindo baixinho o nome. De repente, lembrou-se:

— Era uma negra velha que a mamãe tinha em casa. Mas isso foi há muitos anos, no tempo da Guerra do Paraguai...

— Quem é a Canela Fina?

Maria Valéria cerrou o cenho:

— Como é que vacê sabe disso, menino? A Canela Fina sou eu. Era assim que a Rosária me chamava quando eu era menina.

Rodrigo e Chiru entreolharam-se em silêncio.

8

Rodrigo agora ia também à missa aos domingos. Enquanto durava o ofício, ficava de pé, junto da porta, e ali orava, a cabeça baixa, os olhos fechados. Ajoelhar — achava — era coisa para mulher. Costumava dizer que era religioso à sua maneira, sem exageros nem fanatismos. Detestava os ratos de sacristia e as beatas.

Preferia entrar na igreja quando ela estava vazia. "Quando saem os padres", costumava dizer, "entra o Espírito Santo." Ficava sentado a meditar, a olhar para o altar e para as imagens em seus nichos. Pensava na glória da Igreja, nos seus santos, nos seus mártires, nos seus milagres e mistérios. Admirava intelectualmente são Paulo: não compreendia mas respeitava a mansuetude de são Francisco de Assis. A figura de Jesus Cristo fascinava-o, principalmente pelo que tinha de humano e contraditório. O Filho do Homem, que oferecia a face esquerda quando lhe batiam na direita, fora suficientemente *macho* para, num momento de cólera, expulsar os vendilhões do templo, a chicotadas. Esse ato caudilhesco de Nosso Senhor tinha para Rodrigo um valor extraordinário.

Nas horas de silêncio e solidão, na igreja vazia, ele murmurava suas orações. Não chegava, porém, a entregar-se a elas por inteiro. Não conseguia deixar de pensar em coisas materiais. Cansava-se de tudo aquilo com muita facilidade.

Estava fora de qualquer dúvida que Deus existia — raciocinava ele. O universo sem Deus não tinha explicação nem sentido. Havia uma razão divina acima da nossa pobre e primária razão humana, que não admitia fenômeno sem causa. Deus devia ser o princípio e o fim de todas as coisas.

Naqueles dias em que procurava imaginar-se "dentro duma aura religiosa", Rodrigo vivia numa castidade que lhe era esquisitamente nova e agradável. A magreza, a palidez e a melancolia de Flora tornavam-na de tal maneira inapetecível, que — além da indelicadeza que seria o convidá-la ao amor físico — era mórbido pensar nela como objeto de prazer. Por outro lado, tratava de convencer-se de que achava repugnante e constrangedora a ideia de procurar outra mulher. Não concebia a possibilidade de entrar num prostíbulo. Seria uma indecência e até um sacrilégio, pois para ele, dum modo obscuro, a memória de Alicinha era como que fiadora de sua abstinência sexual.

Mas agora, naquele lânguido veranico que se prolongava além de maio, começava a inquietar-se. Procurava, mas sem genuíno interesse, a roda da Casa Sol e a do Clube. Pensou em escrever artigos políticos para o *Correio do Povo*, chegou a esboçar dois ou três, mas acabou desistindo da ideia. Escrever para quê?

Havia vendido a farmácia e a Casa de Saúde a Carbone e Camerino. Fechara definitivamente o consultório. "É uma alma penada", murmurava Maria Valéria, quando o via a andar pela casa, sem destino.

— Vamos para o Angico — disse ele, um dia, a Flora. — Vai te fazer bem o ar do campo. A Dinda fica com as crianças.

Foram.

Rodrigo tentou entregar-se por inteiro às tarefas campeiras. Procurava cansar o corpo para atordoar o espírito e não pensar em coisas tristes. Dormia largas sestas, das quais despertava mal-humorado, e quando anoitecia ficava tomado duma melancolia mesclada de exasperação. Fugia da companhia de Toríbio e, quando Flora se recolhia ao quarto de dormir, ele saía a caminhar à toa sob as estrelas, falando consigo mesmo, analisando sua vida, interrogando o futuro, fumando cigarro sobre cigarro. Ia para a cama tarde e custava-lhe pegar no sono.

Um dia, abrindo a gaveta duma cômoda, encontrou uma bruxa de pano que pertencera a Alicinha. Teve uma crise de choro e dali por diante desejou freneticamente voltar para Santa Fé, pois lhe viera de inopino a ideia culposa de que tinha "abandonado" a filha, e de que a menina estava encerrada no mausoléu, sozinha e com medo. Sozinha e com medo! Essa impressão foi de tal maneira intensa e perturbadora, que ele mandou Bento preparar o automóvel e Flora fazer as malas. E, apesar dos protestos de Toríbio — "Homem, chegaste há menos de cinco dias!" —, tocou-se com a mulher para a cidade. A primeira coisa que fez foi visitar o túmulo da filha. Levou-lhe flores. Ficou ao lado dela até a hora em que o zelador do cemitério lhe veio dizer que o doutor desculpasse, mas que ele tinha de fechar o portão, pois já era noite.

Naquele princípio de junho os crepúsculos vespertinos eram longos e tristes. Os plátanos e os cinamomos perdiam as folhas. Pela manhã uma névoa leitosa pairava sobre a cidade e o campo. Ao anoitecer havia já no ar um mal escondido arrepio de inverno. Nos quintais e pomares as laranjas e as bergamotas pareciam esperar a hora do amadurecimento.

Um domingo a banda de música militar deu no coreto da praça da Matriz a última retreta da temporada. Findava o outono.

9

Na segunda semana de junho, Rodrigo foi convidado para uma reunião na casa do cel. Alvarino Amaral. Encontrou lá vários companheiros da Revolução de 23, entre os quais o Juquinha Macedo, com três de seus irmãos, e mais Chiru e Liroca. Fecharam-se na sala de visitas do palacete, mobiliada com um mau gosto pomposo: poltronas forradas de veludo, cortinas de seda, uma coluna de alabastro a um canto, sustentando um vaso horrendo. Pendia da parede, numa pesada moldura cor de ouro velho, um retrato a óleo de d. Emerenciana. Lá estava a falecida amiga de Rodrigo, com seus olhos empapuçados, seu buço, sua papada e seu jeito matriarcal.

A princípio comentaram o tempo. Liroca trocou com um dos Macedos um pedaço de fumo em rama. Alvarino quis saber da saúde de Flora. Depois entraram no assunto que os congregara. Foi o dono da casa quem falou. Como os amigos sabiam, as eleições para intendente municipal iam realizar-se em breve. O Madruga tinha o seu candidato, mas estava decidido que a oposição se absteria de votar.

— O que eu acho errado — interrompeu-o Juquinha Macedo.

— Sei que não temos jeito de ganhar, mas como exemplo devíamos comparecer às urnas.

Alvarino escutou-o com paciência e depois disse:

— Está bem, respeito sua opinião. Mas eu reuni vosmecês aqui pra outro assunto.

Calou-se, esperando que a criada, que entrara, terminasse de servir o café. Depois que a rapariga se retirou, prosseguiu:

— A situação está muito séria. O general Leonel Rocha me mandou ontem um próprio. A ordem vai ser outra vez perturbada.

As caras dos quatro Macedos iluminaram-se de repente. Chiru ergueu-se, como que impelido por uma mola. O Liroca apertou o cigarro com força entre os dentes amarelados. Rodrigo não se mostrou muito interessado. Olhava fixamente para o retrato de sua amiga, pensando na noite longínqua em que, no meio duma sessão de cinema, ela caíra fulminada por um colapso cardíaco.

Fez-se um silêncio. Os outros esperavam, com os olhos postos em Alvarino Amaral, que acendia o seu cigarro. Depois da primeira tragada, revelou:

— Está para rebentar uma revolução contra o Bernardes. O general Leonel, o Zeca Neto e o Honório foram convidados para o levante. Agora eles querem saber se podem contar conosco...

Houve novo silêncio prolongado, que Liroca cortou com um pigarro. Juquinha olhou para Rodrigo. Chiru caminhava dum lado para outro.

— Mas quem é que vai chefiar a revolução? — perguntou, parando com as mãos na cintura, diante do dono da casa. — Onde é que o tumor vai rebentar?

Alvarino citou nomes de oficiais do Exército, desligados da tropa em 1922, que estavam conspirando. O levante começaria em São Paulo, depois se alastraria pelo resto do país. Haveria revoltas em várias guarnições, no Norte, no Centro, no Sul. A coisa parecia bem articulada.

Rodrigo sentia junto do ouvido a respiração asmática do Liroca. A notícia deixava-o indiferente. Não havia nada mais distanciado de suas cogitações do que uma revolução. Talvez Bio estivesse interessado no movimento. Ele, não.

Juquinha Macedo, absorto em pensamentos, mordia o lábio, coçava a cabeça, consultava os irmãos com os olhos.

— Mundo velho sem porteira! — suspirou Liroca.

E deu um chupão no cigarro. Chiru queria mais pormenores. O cel. Alvarino contou tudo que sabia. E não sabia muito.

— Mas qual é a *sua* opinião? — perguntou o mais velho dos Macedos.

O velho tossiu seco, cuspiu na escarradeira, ao pé de sua cadeira, e respondeu:

— Pois, para le ser franco, não sei. Acho meio arriscado. Pode ser mais uma quartelada e a gente fica no mato sem cachorro. Botamos fora o que acabamos de conquistar com a nossa revolução contra o Chimango...

Chiru de novo caminhava dum lado para outro, bufando.

— E tu, Rodrigo? — perguntou Juquinha.

Rodrigo ergueu-se, enfiou as mãos nos bolsos das calças.

— Não contem comigo. Como é que vou me meter numa revolução cujo programa não conheço? Depois, vocês sabem, não gosto de militar. O mal deste país é o Exército. Sou como o velho Licurgo. Tenho raiva de milico.

— Não se trata de gostar ou não gostar de milico — replicou um dos Macedos mais jovens —, mas de derrubar um tirano.

— Isso! — reforçou Chiru. — O governo do Bernardes é o pior que esta pobre república tem tido.

Começou a enumerar calamidades. O mineiro tinha passado seu quatriênio à sombra sinistra do estado de sítio. O Fontoura, na chefia de polícia do Rio de Janeiro, cometia violências e arbitrariedades. O presidente deportava seus inimigos políticos para o inferno da Clevelândia. A imprensa estava amordaçada. O Congresso, desmoralizado.

— Se dependesse do Bernardes, teríamos até a pena de morte! — acrescentou Juquinha Macedo.

Chiru abriu dramaticamente os braços:

— É como digo. Esse mineiro sacripanta mijou em cima de todos nós, do Exército, da Câmara, do Senado, do povo...

— Talvez seja isso que merecemos — murmurou Rodrigo.

Houve protestos. Depois se fez um silêncio, que o cel. Alvarino quebrou para perguntar:

— Em que ficamos?

— Por mim... — começou Juquinha.

Mas não terminou a frase.

— Se vocês entrarem na mazorca — disse Liroca —, eu entro. Sou soldado do Partido. Mas se vocês não entrarem, não entro.

Chiru olhava súplice para Rodrigo, que deu sua opinião:

— Sou contra. Bem ou mal, o presidente Bernardes nos ajudou na nossa revolução. Se os milicos quiserem dar um golpe, que deem. Mas não à nossa custa. Dentro da minha viola eles não vão pro céu. E não tenham ilusões. Se eles ganharem a parada, vão botar na presidência um general, e então vai ser um deus nos acuda.

O dono da casa olhava pensativo para o cigarro que tinha entre os dedos.

— É muito duro a gente negar apoio a um correligionário... — murmurou.

— Nossas obrigações para com os companheiros — observou Rodrigo, que achava tudo aquilo chocho e sem sentido — também têm os seus limites. Se o meu melhor amigo quiser se atirar pela janela dum quinto andar, meu dever não é me atirar com ele, mas evitar que ele cometa essa loucura...

Alvarino mirou-o por alguns instantes.

— Então o senhor acha, doutor...?

Não terminou a frase, pois Rodrigo apressou-se a dizer:

— Acho.

Despediu-se um pouco bruscamente e retirou-se. Chiru e Liroca o seguiram, como pajens. Atravessaram a praça, deram os primeiros passos em silêncio. Soprava um vento frio vindo das bandas da Sibéria.

— Espero que vocês não me considerem um traidor ou um covarde por não ter entrado logo de olhos fechados nessa revolução.

— Ora, Rodrigo — protestou Chiru.

Liroca caminhava encurvado, lutando com sua asma. O galo do cata-vento da igreja rodopiava. Uma grande nuvem branca boiava no céu.

— Qualquer dia temos minuano — murmurou o velho.

Os outros continuaram calados. Rodrigo deu um pontapé num seixo.

10

Naqueles primeiros dias de inverno Rodrigo achou o Sobrado mais frio e triste que nunca. Sua vida — achava — esvaziara-se de todo o conteúdo. Não encontrava estímulo para nada. A rotina familiar começava a entediá-lo. Que fazer? Que fazer? Aproximava-se com assustadora rapidez dos quarenta anos, o pico da montanha... Depois — adeus! — começaria o declive do outro lado. Ah, mas o que mais o exasperava era a falta de imprevisto, a mediocridade daquela vidinha! Santa Fé era um fim de mundo, e o Angico não era melhor. Tempo houvera em que alimentara a ilusão de ser um homem do campo. Agora sabia que não passava dum bicho urbano, amigo do conforto, gregário, civilizado.

Procurava reler seus autores prediletos. Abria um livro, lia duas, três páginas quando muito, e depois largava-o, bocejando. Vivia agora tomado duma estranha sonolência. Sempre que se via em face duma dificuldade, dum problema, sentia uma névoa na cabeça, uma dorzinha acima dos olhos.

— Esse menino anda doente — murmurou um dia Maria Valéria. — Vive bocejando.

Rodrigo sentia-se numa posição de inferioridade com relação a Flora. Invejava-a por vê-la aceitar serenamente sua vida. Enciumava-o o fato de os filhos dependerem tanto dela e lhe darem, mais que a ele, demonstrações de carinho. Era com uma mistura de admiração e impaciência que a via tão segura de si mesma a mover-se naquela casa, fazendo coisas, os pés bem plantados naquele chão. A vida de Flora tinha um sentido claro e alto: ela a dedicava à tarefa de criar e educar os filhos. "No fim de contas", concluía Rodrigo, "a pessoa indispensável nesta casa não sou eu, mas Flora. Posso morrer sem fazer a menor falta."

Agora sem obrigações profissionais, acordava às dez da manhã. Adquirira o hábito de tomar aperitivos — vermute e cachaça — no café do Schnitzler, com alguns amigos. Voltava ao meio-dia para almoçar, depois dormia uma sesta até as três, ficava a vaguear sem destino pela casa, abrindo e fechando livros, sentando-se à mesa para rabiscar artigos que nunca terminava. Fumava muito. À noite ia para o clube, metia-se em rodas de pôquer. De vinte em vinte minutos o garçom trazia cafezinhos para os jogadores, e ele os tomava às dúzias, com uma avidez nervosa de quem se quer intoxicar. Voltava para casa perto da meia-noite, excitado e sem sono. Encontrava Flora já deitada. Vestia o pijama e estendia-se ao lado dela. Muitas vezes tomava-a nos braços, mas sem entusiasmo. Ela não o satisfazia. E o resto era insônia. Decidiu que a solução era fazer uma viagem. Paris! Discutiu o assunto com a esposa, que num ponto foi categórica:

— Vai sozinho. É melhor para ti.

— Sem tua companhia essa viagem não tem graça — mentiu ele.

Não era propriamente mentira. Ele queria sinceramente sentir aquilo. Mas não sentia, e não soube disfarçar.

— Sabes que não deixo as crianças.

— Então não vou.

Maria Valéria interveio:

— Deixe de bobagem. Vá. Vacê está precisando mudar de ares.

Por aqueles dias Toríbio voltou do Angico e Rodrigo levou-o para o escritório. Foi direito ao assunto.

— Estou pensando em ir à Europa agora. Preciso de dinheiro.

— Quanto?

— Uns vinte e cinco ou trinta contos, no mínimo.

Toríbio tirou as botas, coçou os dedos dos pés.

— Onde é que vou arranjar tanta gaita?

— E a venda daquela tropa para o frigorífico?

— O negócio vai ser lá pro fim do ano, se sair...

Rodrigo estava impaciente:

— Mas será que nossa situação financeira é tão má assim?

Detestava discutir assuntos de dinheiro, jamais perguntava como iam os negócios. Quando o irmão lhe descrevia a situação econômica do Angico, ele não prestava atenção.

— Menino — disse Toríbio —, a crise continua braba. Deixa essa viagem pra mais tarde.

— Se eu não viajar agora, estouro!

O outro riu, malicioso:

— Por que não dás um passeio a Tupanciretã?

Rodrigo não gostou da piada. Saiu batendo com a porta.

11

Um dia abriu a Bíblia ao acaso e surpreendeu-se a ler, salteando versículos, os Cantares de Salomão. Era no escritório, pouco depois da sesta. Estava sentado confortavelmente numa poltrona, tendo a seu lado um cálice de porto, que tomava em pequenos goles, retendo o líquido na boca e degustando-o antes de engolir.

O meu amado é para mim um ramalhete de mirra; morará entre os meus seios. Em matéria de seios, nenhuma como Zita, a húngara... Bicudos e rijos como limões. Por uma adorável coincidência recendiam mesmo a limão maduro. *Ó minha esposa!* (mas não foi a imagem de Flora que lhe veio à mente) *mel e leite estão debaixo da tua língua e o cheiro de teus vestidos é como o cheiro do Líbano.* (Eram três da tarde e ele tinha dezoito anos. A chinoca mais bonita do Angico cheirava a manjericão e picumã. Passaram duas horas loucas no bambual. O farfalhar dos bambus parecia um cochicho.) *O meu amado meteu a sua mão pela fresta da porta, as minhas entranhas estremeceram por amor dele.* (Nenhuma estremecera tanto sob suas carícias como uma polaca loura e forasteira que um dia entrara em seu consultório como cliente e de lá saíra como amante. A cara do Gabriel, que ouvira os gemidos, os gritos e os silêncios!) *O teu umbigo é como uma taça redonda a que não falta bebida; o teu ventre como um monte de trigo, cercado de lírios.* (A morena que ele vira saindo do mar, na praia do Flamengo... Se tornasse a encontrá-la, seria capaz de perder a cabeça...) *Sustentai-me com passas, confortai-me com maçãs, porque desfaleço d'amor.*

De repente, veio-lhe a revelação. Fechou o livro com força, bebeu o resto do vinho, ergueu-se... Claro, o que lhe faltava era amor! Sua vida estava vazia de amor. *Confortai-me com maçãs porque desfaleço d'amor.* Ele desfalecia por falta de amor. Flora era a melhor, a mais dedicada, a mais decente das esposas. Mas era incapaz de ardor amoroso. Ou de amor ardoroso.

Saiu do escritório, entrou na sala de jantar e foi debruçar-se numa das janelas que davam para o quintal. As bergamoteiras e as laranjeiras estavam pintando de amarelo. Por cima da cerca, o rev. Dobson entregava uma pilha de revistas americanas a Floriano, que depois voltou com elas debaixo do braço. Decerto ia meter-se na água-furtada. Menino solitário... preciso ter uma conversa séria com ele. Já deve andar inquieto, sentindo certos prurídos. Ó idade perigosa! Ou serei eu quem está na idade perigosa? Quando ele fizer quinze anos, mando o Bio levá-lo à casa duma mulher limpa. *Sessenta são as rainhas, e oitenta as concubinas e as virgens sem-número.*

O pastor metodista avistou-o e fez-lhe um aceno. Perdido em meio de oitenta concubinas, Rodrigo não lhe prestou nenhuma atenção. Era perturbador pensar nas virgens sem-número que andavam pelo mundo. A esposa do pastor apareceu à porta de sua casa com uma bacia de alumínio nas mãos. Era magra e assexuada. *Temos uma irmã pequena, que ainda não tem peitos: que faremos a esta nossa irmã no dia em que dela se falar?* Não. Dessa ninguém falará. Garanto.

Uma brisa fria sacudia as folhas do arvoredo. Bicos-de-papagaio manchavam de vermelho a cerca que dava para a padaria. *Confortai-me com maçãs, porque desfaleço d'amor.*

Sim, ele precisava dum amor cálido, sanguíneo, desses que não se envergonham da carne. Um amor abrasador e convulsivo. A quase castidade em que vivia não era apenas humilhante, mas também absurda em face do fato de que o tempo passava, inapelavelmente. A vida era curta e incerta. O Pitombo passava o dia por trás do balcão a cocar o Sobrado com seu olho agourento de urubu. O que lhe faltava era mesmo amor. Agora ele sabia. Precisava dos dois tipos de amor.

424

Do lírico, do ideal: mulheres que o admirassem. E do físico: uma, duas, dez mulheres que não só lhe dessem prazer, mas que também sentissem prazer com ele. Mas que fazer? Que fazer? Que fazer? Santa Fé era um burgo horrendo. Oh! as velhotas mexeriqueiras que falavam por trás dos leques nos bailes do Comercial! E o famigerado grupinho que se reunia na frente da Casa Sol! E a rodinha de pôquer do Centro Republicano! Uns desocupados maldizentes, todos! Ele não podia dizer *ah* que no dia seguinte a cidade inteira não ficasse sabendo que o dr. Rodrigo Cambará havia suspirado. Imaginem que audácia! Suspirar!... Se ele entrasse hoje numa pensão de mulheres, no dia seguinte todo o município ficaria sabendo da história. Chegava uma rapariga nova na cidade? Ora, só podia ser para o dr. Rodrigo, para quem mais havia de ser?

"Santa Fé me tritura. Santa Fé me sufoca. Santa Fé *m'emmerde*!" Como sair daquele poço de mediocridade e tédio? Pensou então em fazer uma viagem ao Rio, já que no momento não tinha dinheiro para ir à Europa. Sim, ir ao Rio e chafurdar. Isso! Precisava chafurdar. Era uma condição indispensável à sobrevivência, à sanidade tanto de seu corpo como de seu espírito. Embarco amanhã — decidiu.

Mas não embarcou. Porque naquela mesma noite despertou por volta das duas da madrugada sentindo com tamanha urgência um desejo de satisfação sexual, que pulou da cama, vestiu-se ("Não é nada, Flora, estou com insônia, vou dar uma voltinha."), saiu, foi à casa do Neco, tirou-o da cama e obrigou-o a levá-lo à casa duma china. "Não interessa o pelo. Só quero que seja moça e bonita. E limpa." Neco pensou na Palmira. Tiveram de acordar a rapariga, que era de boa paz e que, mesmo estremunhada de sono, compreendeu que era uma honra receber o dr. Rodrigo, "porque eu já conhecia o doutor, de vista". Ele a interrompeu com impaciência. "Tira toda a roupa!" Ela resistiu. "Mas com este frio?", choramingou. "Fique nua!" Palmira apagou a luz antes de despir-se. Era insensato que uma fêmea daquela profissão tivesse ainda pudores! Rodrigo desnudou-se também e meteu-se debaixo das cobertas, sentindo-se como um menino que ia ter a sua primeira mulher.

E nos meses seguintes portou-se mesmo como um adolescente que de súbito tivesse descoberto o sexo. Entregava-se a uma espécie de fúria orgástica. Não escolhia muito o objeto. Lamentava agora ter fechado o consultório, lugar ideal para aquelas atividades.

Passava os dias a pensar nas aventuras da noite. "Que é que temos para hoje, Chiru?", perguntava às vezes. Neco um dia chamou-o à parte, na sua barbearia, e disse:

— Devagar com o andor. A coisa não vai a matar.

— Ora, não me amoles.

— O mundo não vai acabar, Rodrigo.

— Estás enganado, Neco. O mundo *vai* acabar. Estou correndo na reta final para os quarenta. O tempo é um parelheiro que não para nunca. E como corre! Quero espremer a vida como um limão, tirar dela todo o suco que puder, e depois jogar fora o bagaço, sem remorso.

Segurou forte o braço do amigo e acrescentou:

— Quando eu ficar velho (que Deus me livre!), sei que vou me arrepender das coisas que deixei de fazer e não das que fiz, estás compreendendo? E agora deixa de ser moralista e me faz uma barba decente.

Roque, cujo olho mortiço enxergava mais coisas do que parecia, disse um dia a Stein:

— Pelo que vejo, nosso amigo superou a fase mística e entrou na erótica.

— Mas a solução do problema não está em Deus nem no sexo.

— Quem sabe?

— A vida dele está vazia de sentido. É um cavaleiro andante sem estandarte, um paladino sem causa.

— Investindo contra moinhos de vento?

— Não. Investindo contra si mesmo. Travando lutas imaginárias. Não descobriu que sua armadura e sua lança são de papel.

— Já sei onde queres chegar...

— Nenhum homem digno desse nome pode viver a contemplar egoística e estupidamente o próprio umbigo. Se ele vive alienado da sociedade, convencido de que é o centro do universo, acaba na loucura ou no suicídio. E tu sabes que há muitas formas de suicídio. No fundo o doutor Rodrigo é um homem infeliz, apesar de toda a sua riqueza.

Tio Bicho olhou firme para o amigo, segurou-lhe a lapela do casaco e disse:

— Uma coisa não consigo compreender... Como é que podes ter tanto amor pela humanidade e tanta má vontade para com o homem? Será que o comunismo se interessa pela coletividade mas despreza o indivíduo?

— Ora, vai sofismar pro diabo que te carregue!

12

Quem primeiro deu a notícia a Rodrigo foi o Cuca Lopes. Entrou no Sobrado como uma bala. Estava tão excitado, que mal podia falar.

— Rebentou uma revolução em São Paulo! — exclamou, ofegante.

Flora e Maria Valéria entreolharam-se em silêncio. A primeira levou a mão à garganta e interrogou o marido com os olhos: "Vais te meter nessa também?".

Ainda de chapéu na cabeça, Cuca cheirava frenético a ponta dos dedos, olhando para Rodrigo, como à espera de sua reação.

— Tire a tampa — ordenou Maria Valéria.

O oficial de justiça descobriu-se.

— Me desculpe, dona, é que estou meio fora de si.

Contou que havia chegado um telegrama ao cel. Madruga, anunciando o levante e pedindo-lhe que começasse a formar corpos auxiliares para a Brigada Militar estadual.

— Mas qual foi a tropa que se revoltou? — perguntou Rodrigo. — Quem comanda o movimento?

Cuca encolheu os ombros, não sabia informar. Estava tudo lá no tal telegrama...

Rodrigo vestiu o sobretudo, botou o chapéu e saiu na direção da casa dos Amarais. Encontrou no meio da praça o Juquinha Macedo e mais três de seus irmãos.

— Já sabem? — perguntou de longe.

Sabiam. Vinham do telégrafo.

— Quase toda a guarnição de São Paulo — contou o mais velho dos Macedos — e parte da Polícia Militar do estado estão revoltados!

— Quem é o chefe?

— O general Isidoro Dias Lopes.

— A la fresca! — exclamou o Liroca, que naquele momento se reunia ao grupo. — O general Isidoro é um veterano de 93. Andou com o Gumercindo Saraiva. Maragato dos quatro costados!

De mãos enfiadas nos bolsos do sobretudo, Rodrigo olhava para o Juquinha Macedo. Estava interessado no movimento, era claro. Como poderia ficar indiferente ao que acontecia em seu país? Queria, porém, pormenores. Não poderia dizer que a revolução lhe causava surpresa. Havia muito que se falava abertamente em perturbação da ordem. A situação política de São Paulo andava agitada desde que Bernardes havia imposto àquele estado a candidatura de Washington Luís. Ninguém ignorava que alguns oficiais jovens do Exército conspiravam desde os tempos de Epitácio Pessoa. Restava agora saber se a revolução ia alastrar-se por todo o país ou ficaria confinada a São Paulo.

— O Bernardes vai reagir — disse Rodrigo. — Não se iludam. O mineiro é macho.

Havia já um movimento desusado de gente na praça. Homens entravam e saíam da Intendência, a cuja porta estacava agora um automóvel.

— Quem deve estar contente é o Madruga — observou um dos Macedos, fazendo com a cabeça um sinal na direção do palacete municipal. — Agora, com a organização do novo corpo provisório, vai ter mais uma oportunidade para roubar.

Liroca soltou um suspiro.

— Pobre país. Desta vez vai mesmo a gaita.

— Não vai, Liroca — replicou Rodrigo. — O Brasil é muito mais forte que os brasileiros.

Naquele mesmo dia chegaram notícias pormenorizadas. A revolta começara no 4º Batalhão de Caçadores, às três da madrugada. Miguel Costa havia conspirado dentro da força policial, conseguindo a adesão do Regimento de Cavalaria. O 4º de Caçadores havia cercado o quartel da Força Pública, que fora dominado em poucas horas, quase sem resistência. Outras unidades do Exército também se haviam revoltado. Esperavam-se novos pronunciamentos.

Os jornais do dia seguinte foram disputados a peso de ouro ao chegarem a Santa Fé pelo trem do meio-dia. O vendedor foi lançado ao chão, na plataforma da estação. E Bento, que levara uma ordem expressa de trazer ao Sobrado um exemplar do *Correio do Povo*, custasse o que custasse, ao perceber que não poderia comprar o jornal, não teve dúvida: arrancou um exemplar das mãos do primeiro sujeito que passou por ele. E, como o homem fosse grandalhão e fizesse menção de agredi-lo fisicamente, o peão do Angico levou a mão à adaga, diante do que o outro achou melhor fazer meia-volta e escafeder-se.

Rodrigo abriu o jornal sofregamente. Como de costume o *Correio do Povo* evitava o sensacionalismo dos cabeçalhos em tipo graúdo e negrito. Noticiava o levante com a sua habitual discrição.

— Luta-se nas ruas de São Paulo... — foi Rodrigo contando à medida em que lia. — Os quarteirões são disputados palmo a palmo, à custa de vidas. É um quadro dantesco...

Procurava dar com palavras suas uma interpretação dramática àquele noticiário frio e meio impessoal. As duas mulheres o escutavam. O velho Babalo, sentado a um canto da sala de jantar, picava fumo.

Depois de ler as notícias, Rodrigo atirou o jornal no soalho. Não acreditava na vitória do movimento. De resto, aquela era uma questão de "milicos". Que se arranjassem!

O governo federal reagia. O Congresso protestava-lhe irrestrita solidariedade. As forças legalistas convergiam sobre São Paulo, em cuja periferia se travavam combates. Tudo indicava que os levantes esperados em outros quadrantes do país haviam falhado. Foram essas as notícias que os jornais do dia seguinte trouxeram.

Estavam uma tarde Flora e Maria Valéria na sala de jantar, quando ouviram um grito que partia do escritório. Rodrigo! — pensaram logo. Precipitaram-se para lá e o encontraram furioso, brandindo o jornal:

— Uma monstruosidade! Vejam. Os lacaios do Bernardes estão bombardeando São Paulo. É uma coisa nunca vista.

Segundo o diário, estouravam granadas na Mooca, no Belenzinho e até no centro da cidade. A população estava em pânico. Edifícios públicos e fábricas ardiam. Era uma verdadeira hecatombe.

— Ouçam esta — disse Rodrigo. — A população apelou para o bispo. O bispo se prontificou a confabular com o general que comanda os atacantes, pedindo-lhe para cessar o monstruoso bombardeio. E que é que vocês pensam que o militar respondeu? Declarou que ia bombardear a cidade no dia seguinte com mais violência!

Amassou o jornal, jogou-o longe com um pontapé. Encheu um cálice de porto, emborcou-o e depois, meio engasgado, disse:

— No fim de contas, quem tem razão mesmo é o Bernardes. Tratou o Exército com punho de ferro, submeteu-o. Soldado é como mulher. Precisa apanhar para obedecer.

Maria Valéria mirou-o com seus olhos serenos.

— Desde quando vacê pensa isso de mulher, menino?

— Ora, titia, é uma maneira de dizer. Estou me referindo a mulher de soldado.

— Ué, gente! — exclamou a velha. — Mulher de soldado é também mulher como as outras.

13

Naquele dia chegou Toríbio. Desde que soubera da notícia do levante de São Paulo — confessou —, andava pisando em brasas, sentindo "comichões no cabo do revólver". Maria Valéria lançou-lhe um olhar enviesado.

Uma noite, na casa do Juquinha Macedo, reuniram-se secretamente vários oficiais da extinta Coluna Revolucionária de Santa Fé e examinaram a situação. Rodrigo compareceu à reunião, um tanto contrariado. Já agora desejava a deposição de Bernardes, mas continuava a não acreditar no sucesso daquele movimento armado.

— O que está claro — disse o dono da casa — é que o governo do Borjoca ficou a favor da legalidade. A Brigada Militar vai atacar os rebeldes.

Um dos Macedos leu a proclamação que Isidoro Dias Lopes tinha lançado havia poucos dias. Era um documento otimista.

A revolução marcha triunfalmente para o saneamento da República e salvação do Brasil. Conquistamos posições na Capital e no interior, que bem atestam o vosso patriotismo, a vossa bravura e a vossa lealdade. Nós não vos abandonaremos senão com a vitória integral da revolução.

— Vejam que programa vago — comentou Rodrigo. — *Saneamento da República e salvação do Brasil.* Que é que isso significa? Um general na presidência e uma ditadura militar?

Naquela noite — fazia muito frio mas o ar estava parado — Toríbio e Rodrigo voltaram para casa a pé. A rua estava deserta, o céu estrelado. Ao passarem pela frente da casa de Mariquinhas Matos viram as bandeirolas das janelas iluminadas e ouviram a música que vinha lá de dentro. Pararam à beira da calçada e ficaram escutando. A Gioconda tocava ao piano o seu Chopin. "Noturno nº 2." Era um dos favoritos de Rodrigo. A melodia casava-se bem com a lua cheia, olho luminoso que do céu espiava a cidade.

— Será que ela ainda é virgem? — perguntou Toríbio em voz baixa.

— A Gioconda? Com toda a certeza.

— Mas que é que está esperando? Faz muito que disse adeus aos trinta...

Rodrigo encolheu os ombros.

— Escuta. Isso é bonito. Como faz tempo que não ouço música!

Seu gramofone estava silencioso desde a morte de Alicinha. Pensou na filha. Havia na lua uma claridade, uma pureza que lhe lembrava a menina. Sim, e qualquer coisa de remoto, de inatingível. Nunca mais! Seus olhos se enevoaram.

— Vamos embora — convidou Bio.

— Espera um pouco.

Cessara a música. Rodrigo esperava outro noturno. Fez-se um silêncio. De súbito a Gioconda rompeu a tocar com um vigor furioso o "Espalha brasa". Indignado, Rodrigo pegou no braço do irmão:

— Vamos. Esse troço e o "Procópio amoroso" são as duas músicas que a gente mais ouve agora. A Leocádia vive cantarolando essas porcarias na cozinha. É uma calamidade.

No Sobrado, ficaram ainda por algum tempo na sala a conversar e a beber (Toríbio não gostava de conhaque, preferia parati). Da sua moldura dourada, o retrato de Alice Terra Cambará parecia contemplar os dois filhos com olhos apreensivos.

No dia seguinte chegou a notícia de que, para atender um apelo da população, Isidoro e suas forças haviam decidido abandonar a cidade de São Paulo, onde *as tropas governistas entraram ao repicar de sinos*.

Contava-se também que *as forças revolucionárias tinham tomado a direção do Oeste e pareciam marchar sobre o Paraná*.

— Está liquidada a revolução — disse Toríbio, penalizado.

E nesse mesmo dia voltou para o Angico.

Agosto entrou, com rijas ventanias e um frio úmido, que parecia penetrar nos ossos. Edu teve uma indigestão de bergamotas. Chico Pão caiu de cama com uma pontada nas costas. Camerino diagnosticou pneumonia. O doente queria apenas Rodrigo à sua cabeceira, não confiava em mais ninguém. E, quando o amigo entrava no quarto, ele rompia a chorar seu choro lento de gurizão, gemia que ia morrer, pedia-lhe que olhasse pela viúva.

Foi também naquele agosto que Sílvia entrou uma tarde no Sobrado, muito séria, sentou-se numa cadeira na frente de Rodrigo, compôs o vestido e perguntou-lhe se daquele momento em diante podia considerar-se sua filha legítima.

430

Comovido, Rodrigo tomou a menina nos braços, cobriu-lhe as faces de beijos, respondendo-lhe que sim, que sim, que sim...

O rev. Dobson, que fizera boa camaradagem com Floriano, continuava passando ao menino, por cima da cerca, as revistas ilustradas que recebia de seu país. Eram números velhos do *Saturday Evening Post* e do *Ladies' Home Journal*. Rodrigo folheava-os, uma vez que outra, com uma morna curiosidade. Não sabia patavina de inglês, mas admirava a perfeição daquelas tricromias. A importância que os americanos davam ao anúncio! E, coisa estranha, ali estava algo que ele jamais vira em nenhuma outra revista nacional ou estrangeira: um anúncio de laranjas... Para anunciar uma pasta de dentes, reproduziam o retrato duma bela rapariga de olhos azuis e faces coradas, com um sorriso de dentes brancos e perfeitos. Admirava também o desenho das ilustrações dos contos e das anedotas. Mas como aquelas publicações eram diferentes, por exemplo, de *L'Illustration*! Faltava às revistas do país do rev. Dobson um certo *cachez*, um certo peso, uma certa graça que não dependiam da qualidade do papel nem da riqueza de cores das gravuras, mas de algo mais profundo, algo que vem do tempo, da experiência, da tradição, em suma: da cultura.

Numa daquelas revistas americanas Rodrigo encontrou, ilustrando um conto, uma tricromia que representava uma rapariga de cabelos cortados à moda masculina, guiando um automóvel, com um cigarro apertado entre os lábios vermelhos de batom. Ali estava o símbolo da mulher moderna, produto daquele caótico *après guerre* que Victor Marguerite tão bem caracterizara em seu sensacional romance. (As comadres de Santa Fé murmuravam escandalizadas que a Mariquinhas Matos havia lido *La Garçonne* às escondidas.) A Guerra não tinha apenas destruído vidas humanas, cidades, catedrais: a Guerra tinha matado o pudor. As mulheres dos grandes centros europeus imitavam os homens na sua liberdade sexual e nos seus hábitos. Nos Estados Unidos tinham levado a coisa mais longe. Não apenas fumavam, bebiam e dirigiam automóveis, mas também haviam conseguido o direito de voto, e, pior que tudo, começavam a fazer-se rivais do homem no mundo dos negócios e no da política.

Curiosamente essas reflexões em torno do feminismo foram interrompidas por Maria Valéria, que lhe veio dizer que d. Revocata Assunção estava no Sobrado e queria vê-lo.

A diretora do Colégio Elementar David Canabarro era uma pessoa pela qual Rodrigo sentia a maior admiração e respeito. Cinquentona, solteirona e solitária, d. Revocata tinha a postura marcial dum coronel prussiano. Era — podia-se dizer — a personificação da autoridade e da disciplina, famosa por haver domado alunos rebeldes cujos pais, como último recurso, já pensavam em mandá-los para a Escola de Marinheiros da cidade do Rio Grande. Quando entrava na aula, pisando duro com seus sapatos de salto militar, a algazarra cessava imediatamente, os alunos encolhiam-se num silêncio tão profundo, que era possível ouvir-se o zumbido das moscas. Tinha uma voz de timbre metálico, enunciava as palavras com clareza e construía as sentenças com uma correção gramatical absoluta em que o sujeito, o predicado e os complementos, como soldados disciplinados, jamais ousavam sair da rígida formatura que ela lhes impunha. Onde quer que estivesse, sua só presença criava uma atmosfera de respeito. Pessoa de hábitos regulares, levava uma vida irrepreensível. Lia Voltaire e Diderot e não acreditava em Deus. Os padres, que não a estimavam, jamais haviam ousado fazer nada contra ela não só porque a temessem intelectual e até fisicamente, como também porque sabiam do prestígio de que ela gozava com altas autoridades do governo estadual.

A profa. Revocata Assunção esperava Rodrigo no escritório, de pé junto do armário dos livros de literatura, cujas lombadas examinava. Quando o dono da casa entrou, ela voltou-se, esperou que ele se aproximasse e estendeu-lhe a mão.

— Que prazer! — exclamou Rodrigo. — Vamos sentar, professora, vamos sentar.

— Minha visita será breve — disse ela, sentando-se e cruzando as pernas.

O cabelo grisalho, puxado para trás e preso num coque, harmonizava-se com o cinzento de aço de seus olhos. O nariz era longo e afilado, a boca enérgica, o queixo nitidamente torneado. Um buço forte sombreava-lhe o lábio superior.

— Quero lhe dizer duas palavrinhas sobre o Floriano.

— Andou fazendo alguma travessura?

— Não. Pelo contrário. O que me preocupa é que ele *não* faz travessuras. Acho-o quieto e triste demais. Um pouco amarelo e apático. Já mandou examiná-lo clinicamente?

Rodrigo sorriu:

— Casa de ferreiro, espeto de pau. Um médico raramente se lembra de examinar os membros da família. Mas foi bom a senhora me chamar a atenção para esse particular...

— Bom, mas vim aqui por outro motivo. Já pensou numa carreira para o menino?

— Bom, pensar propriamente...

— O senhor sabe que este ano Floriano termina o curso elementar... Seria conveniente mandá-lo para Porto Alegre no ano que vem, para que ele comece a tratar dos preparatórios.

— Já pensei nisso — mentiu Rodrigo. — Acho que vou mandá-lo para um desses internatos...

D. Revocata cortou-lhe a palavra com um gesto.

— Quer um conselho? Não o interne em nenhum colégio de padres. Essa gente deforma o espírito do adolescente, enchendo-o de superstições e temores que ele terá de carregar vida em fora e dos quais só conseguirá livrar-se muito tarde ou nunca. Mande o Floriano para um colégio leigo.

— Era exatamente o que eu tinha decidido... — improvisou Rodrigo.

— Escolha um internato (sei que não há muitos) em que o rapaz possa ter liberdade, uma vida normal e higiênica, enfim, um ambiente capaz de fazer dele um homem mesmo, e não um papa-hóstias preocupado com o pecado e com o demônio.

— Sabe de algum?

— Ouviu falar no Albion College de Porto Alegre? Fica no sopé dum daqueles morros da Glória ou do Partenon. É um colégio inglês particular, para poucos alunos e muito selecionados. Tem um sistema que me parece bom. Banho frio, ginástica, janelas abertas. Sistema britânico, o senhor sabe. A única dificuldade é que o Albion não é reconhecido oficialmente. O menino teria que prestar exames no Ginásio Júlio de Castilhos todos os anos.

— Compreendo...

— Outra coisa. O Floriano tem muito jeito para a literatura. Suas redações são excepcionais.

A professora ergueu-se, tirou o pincenê, limpou-lhe as lentes com um lenço de seda e tornou a ajustá-lo no nariz.

— Não admira — acrescentou — que com essa vocação literária seja um menino pensativo e tímido. Não se surpreenda se ele lhe aparecer um dia com um poema de sua lavra.

Rodrigo riu. D. Revocata estendeu-lhe a mão, que ele apertou. Acompanhou-a até a porta, murmurando agradecimentos. Depois seguiu-a com o olhar, viu-a atravessar a rua, ereta, pisando duro, a cabeça erguida. Quando ela desapareceu entre as árvores da praça, Rodrigo pensou em Floriano. Era incrível, mas não conhecia o filho que tinha. Fazia meses que andava prometendo a si mesmo chamar o rapaz para uma longa conversa, muito íntima, muito franca, em que lhe falaria de sexo, de estudos, duma carreira...

Tornou a entrar, subiu para o andar superior, acercou-se da escada que levava para a água-furtada, e gritou:

— Floriano! Venha cá, meu filho.

14

— Qual é a sua opinião, general Liroca? — perguntou Chiru Mena, inclinando-se sobre o amigo.

Era no escritório de Rodrigo, numa noite de princípios de setembro. As árvores da praça farfalhavam, batidas pela ventania. Fazia um friozinho úmido e escondido, que o dono da casa procurava atenuar bebendo e fazendo os amigos beberem conhaque e parati. Estavam ali também o Tio Bicho, que comia pessegada com queijo, e o Arão Stein, que a um canto folheava a Bíblia, distraído.

Sentado à escrivaninha, diante dum mapa do Brasil, José Lírio alisava os bigodões e de quando em quando ajeitava os óculos no nariz. Sua respiração de gato parecia uma réplica em tom menor do crepitar das árvores lá fora.

— Absolutamente, não acho que a situação seja desesperadora — sentenciou ele, erguendo a cabeça e fitando em Chiru os olhos de esclerótica amarelada.

O outro sacudiu a cabeça. Na sua opinião a revolução estava liquidada. O gen. Isidoro se havia retirado de São Paulo com seu efetivo reduzido pela metade e agora estava encurralado na saliência do Alto Paraná, entre Iguaçu e Catanduvas. Onde era que o Liroca via motivos para otimismo?

— Fracassaram os levantes de Sergipe, Amazonas e Pará... — acrescentou Rodrigo. — Mais um pouco de conhaque, major?

Liroca fez com a mão um gesto negativo, tornou a olhar para o mapa, soltou um suspiro sincopado e murmurou:

— Mundo velho sem porteira!

Ergueu-se, aproximou-se do amigo, segurou-lhe o braço e perguntou:

— E se o Rio Grande se levantasse como um só homem, hã? Se a gente marchasse para Foz do Iguaçu e se juntasse com os revolucionários de São Paulo, hã? Depois era só tocar na direção do Rio e o governo estava no chão.

Rodrigo pousou uma mão afetuosa no ombro do amigo:

— Liroca velho de guerra, sossega esse peito. Isso é um sonho. A revolução está perdida.

— O Rio Grande vai ficar desmoralizado!

— Por quê?

— Prometemos ajudar a derrubar o Bernardes e estamos de braços cruzados. Que é que os paulistas vão pensar de nós?

— Quem é que prometeu? *Eu* não prometi nada. Isso é uma revolução de militares, mais uma quartelada malfeita e malograda.

José Lírio fez um gesto de desamparo, encolheu os ombros e ficou a procurar nos bolsos do casaco palha e fumo para fazer um cigarro.

Chiru tomou um gole de parati.

— Mas o diabo é que os nossos correligionários vão acabar se metendo no barulho — disse. — O coronel Amaral me contou que o Zeca Neto, o Honório Lemes e outros chefes de 23 estão reunindo gente. — Baixou a voz. — E cá pra nós, que ninguém nos ouça, a guarnição local está sendo trabalhada. O Juquinha Macedo me garantiu. Um sargento do Regimento de Artilharia disse que tudo agora depende dos oficiais de alta patente, pois os tenentes e a sargentada estão dispostos a dar o grito.

Rodrigo encolheu os ombros. Os amigos começavam a irritá-lo. Pareciam ter-se transformado em revolucionários profissionais. Viviam à espera duma revolução. Para eles o que importava era derrubar o governo. Ninguém se preocupava com programas.

— Que é que há contigo hoje, Stein? — exclamou. — Estás tão calado... Algum problema da política russa?

O judeu ergueu os olhos, sorriu e murmurou:

— Pelo contrário. Não temos problemas políticos. A Grã-Bretanha já reconheceu a União Soviética. A França não tardará. Os outros virão depois. Não temos pressa, podemos esperar.

A vida tem cada uma! — refletiu Rodrigo. — Ali naquela sala estava o velho Liroca preocupado com a revolução de Isidoro, e Stein, com a de Lênin. E ele,

Rodrigo Cambará, vazio de ideais, de entusiasmos, de projetos. No momento não tinha nem mulher. Era tudo uma miséria!

Tornou a encher o cálice de conhaque e bebeu-o num sorvo só. Fitou os olhos em Roque Bandeira e disse, quase agressivo:

— Estás engordando demais.

Tio Bicho sorriu:

— Já estou gordo, doutor. Mas isso não me preocupa. O meu problema é outro.

— Que problema? És um filósofo. Levas tudo na flauta. Não tens responsabilidades nem compromissos. És um homem livre. Vives lá com teus livros e teus peixes. A propósito, quando é que dominas essa preguiça e vais conhecer o mar?

— Tem tempo. O mar pode me esperar. Faz alguns milhões de anos que está esperando...

Rodrigo se fez em silêncio uma pergunta íntima: "E tu, quando dominas a tua indecisão e vais a Paris? Há quase dois mil anos a cidade te espera".

Mas de onde tirar o dinheiro? Os negócios continuavam emperrados. Só se falava em "crise da pecuária". Criara-se ouvindo o pai queixar-se disso. Teria havido algum período na história do Rio Grande em que não se falasse em crise?

Enquanto Chiru confabulava a um canto, em surdina, com o velho Liroca, Roque Bandeira em voz alta contava a Stein de seu interesse mais recente: a enguia. Sim senhor, a enguia. Havia nas migrações desse peixe um mistério que perturbava os cientistas.

Bandeira acomodou as nádegas carnudas na cadeira, e disse:

— Não me refiro à enguia do mar, ao congro, mas à enguia comum.

— Mas qual é o mistério? — perguntou o judeu.

— Ora, essa enguia ordinária frequenta todas as águas e se reproduz em quantidades colossais. Aí é que está o mistério. Como pode reproduzir-se e propagar-se? Não sei se sabes, mas, segundo uma velha lenda, a enguia nasce do limo das lagoas...

Rodrigo caminhava dum lado para outro. Aquelas janelas fechadas e a ventania lá fora lhe davam uma angústia de emparedado. Andava farto daquela vida de prisioneiro. Às vezes os próprios amigos pareciam as barras de ferro das janelas de seu cárcere. Por mais que ame a esposa e os filhos, um homem precisa, uma vez que outra, de libertar-se, viajar sozinho, ficar a sós consigo mesmo, ver outras terras, outras caras, outros costumes, outras vidas... A mesmice embota o homem. A monotonia o emburrece. A monogamia o envelhece prematuramente.

Fez-se um silêncio. Liroca pitava, olhando com olhos tristes para o ponto do mapa que correspondia ao território onde deviam encontrar-se as tropas de Isidoro. Chiru mascava um pau de fósforo. Stein olhava a lombada dos livros. Bandeira, de olhos entrecerrados, batia de leve com a colherinha nas bordas do prato vazio.

Com um aperto no peito, Rodrigo escutava o uivo do vento e o farfalhar das árvores.

15

Outubro findava com aguaceiros e céus incertos. Uma noite estava Rodrigo no Clube Comercial a jogar pôquer com o Calgembrino do Cine Recreio, o Zeca Prates (candidato dos republicanos ao cargo de intendente municipal) e com o Veiga da Casa Sol, quando Chiru Mena entrou na sala de jogo carteado e soltou a notícia com voz dramática.

— Revoltou-se o Batalhão Ferroviário de Santo Ângelo!

Muitas cabeças voltaram-se na direção do recém-chegado. Sem erguer os olhos das cartas, Rodrigo perguntou:

— E tu achas que o Bernardes vai morrer de susto só porque esses gatos-pingados se sublevaram?

Chiru aproximou-se, grave, e murmurou:

— Mas a coisa é séria, menino. Levantou-se também o 3º de Cavalaria, de São Luís e o 2º, de São Borja. E parece que há barulho no Alegrete e outras cidades da fronteira...

— Opa! — exclamou Rodrigo, pousando as cartas na mesa e erguendo os olhos para o amigo.

Quando saiu do clube, cerca da meia-noite, notou uma agitação anormal nas ruas. Passavam caminhões cheios de provisórios, autos corriam. As janelas da Intendência estavam iluminadas.

Ao entrar no Sobrado, encontrou Toríbio à sua espera no escritório. Chegara havia pouco do Angico e parecia inquieto. Rodrigo conhecia o irmão. Quando ele estava excitado, suas narinas fremiam e ele não cessava de coçar-se.

Abraçaram-se. Bio fechou a porta.

— Já sabes da revolta de Santo Ângelo?

— Já.

Fazia frio, mas Toríbio tirou o casaco, meteu a mão pela abertura da camisa e pôs-se a esfregar o peito vigorosamente.

— Não aguento mais. Desta vez eu vou.

— Pra onde?

— Pra revolução.

Rodrigo já esperava e temia aquele pronunciamento. Não imaginava, porém, que ele viesse tão cedo.

— Não te precipites. Espera.

— Esperar o quê?

— Os acontecimentos.

— Mas eles estão aí, homem!

Sentou-se numa poltrona, descalçou as botas, coçou os dedos dos pés.

— Me dá um troço pra beber.

Rodrigo serviu-lhe um cálice de Lágrimas de Santo Antônio e ficou a observá-lo, intrigado. Notava nele alguma coisa de diferente. Claro! Bio estava de cabeça completamente rapada.

— Por que pelaste o coco?

— Faz parte do uniforme de campanha.

— Devagar! Não tomes nenhuma resolução. Vamos conversar.

Bio tornou a encher o cálice e bebeu um gole curto.

— De conversa estou farto. Quero é ação. Vou ou rebento.

— Mas é uma loucura. Pensa bem. Não conheces o programa dessa gente. E, depois, não te deves meter em canoa furada. O governo está forte, o povo apático. Esses levantes novos não significam nada. O Chimango organizou corpos provisórios. A Brigada Militar inteirinha está peleando contra os revoltosos. É uma causa perdida.

— Tanto melhor. Tem mais graça.

— Não sejas estúpido! Pensas que vou permitir que te suicides dessa maneira?

— Já te disse mil vezes que ainda não fizeram a bala...

— Para com isso! Escuta. És maior de idade. Sabes o que fazes. Vamos, então, discutir o assunto como gente grande. Estás mesmo decidido a ir para a revolução? Mas já pensaste nos detalhes?

— Que detalhes?

— Quando vais... com quem vais... *como* vais.

— Vou sozinho, me junto com essa gente de Santo Ângelo...

— Bio, usa a cabeça. Não podes sair às claras. Deves saber que a esta hora já começaram a nos vigiar... Não vai ser fácil.

Toríbio mexia com os dedos dos pés, olhando fixamente para os reflexos da luz no parati.

— Dá-se um jeito — murmurou.

Rodrigo soltou um suspiro de mal contida impaciência.

— Sabes duma coisa? Vamos dormir. Amanhã teremos notícias mais claras desses levantes. Saberemos quem comanda o movimento... E uma coisa eu te digo: se o negócio todo parecer mais uma quartelada inconsequente, não te deixo ir. Nem que eu tenha de te fechar no quarto e te amarrar na cama...

— Na cama? Com quem?

Sabia-se agora que quem comandava os revoltosos de Santo Ângelo era um capitão de engenharia, Luiz Carlos Prestes, "um ilustre desconhecido", como disse o Chiru, um tanto decepcionado ao descobrir que o homem tinha vinte e sete anos incompletos.

— Esses soldadinhos de chumbo — comentou ele —, esses espadas-virgens pensam que se faz uma guerra em cima dum mapa, com esquadro, compasso e teorias... A revolução precisa é de homens maduros e experimentados, como o general Honório Lemes...

Rodrigo esfregou-lhe então na cara o jornal que acabara de chegar com a notícia duma tremenda derrota sofrida pelas tropas de Honório Lemes em Guaçuboi.

— Pois aqui está o teu general. Caiu na emboscada que o Flores da Cunha lhe armou. Caiu como um inocente. Pensou que ia surpreender o inimigo e no entanto o inimigo é que o surpreendeu. E foi um deus nos acuda. Era revolucionário disparando para todos os lados, um verdadeiro desastre...

— Isso é invenção do jornal! — protestou Chiru.

— Antes fosse. E sabes onde está o teu Tropeiro da Liberdade? Asilado no Uruguai. E, para teu governo, o general Zeca Neto também se bandeou para o outro lado... Podes mandar rezar uma missa por alma dessa revolução.

Toríbio, entretanto, obstinava-se em afirmar que nem tudo estava perdido.

Nos dias que se seguiram noticiou-se a volta da Argentina de alguns chefes revolucionários, entre os quais o ten. João Alberto Lins de Barros, que comandara o ataque a Alegrete. Isso animou Toríbio, que a muito custo Rodrigo conseguiu conter.

— Espera um pouco mais. Volta para o Angico, vê como vai a coisa por lá. Temos de entregar aquela tropa ao frigorífico... Mas por amor de Deus, não vás para a revolução sem me avisar... Prometes?

Bio prometeu.

Rodrigo esperava secretamente que a revolução se desintegrasse e que a fúria bélica do irmão se aplacasse.

Toríbio voltou para o Angico exatamente no dia em que se realizavam as eleições municipais em Santa Fé. O candidato oficial não teve competidor. A oposição absteve-se de votar. Terminada a apuração, o Madruga mandou soltar uns foguetes chochos. Andava outra vez fardado de coronel provisório e dizia-se que tinha uma tropa de quase mil homens.

— Está se rebuscando de novo esse corno — rosnava o Neco.

Não se cumprimentavam. Quando se defrontavam na rua, trocavam olhares enviesados. Comentava-se na cidade que o chefe republicano dizia, para quem quisesse ouvir, que mais tarde ou mais cedo mandaria passar a faca no "cafajeste do Neco Rosa". Sempre que lhe contavam isto, o barbeiro cerrava os dentes e ameaçava:

— O Madruga que venha. Incendeio ele por dentro com o meu 44.

16

Aquele foi um dezembro triste para a gente grande do Sobrado. Quanto mais se aproximava o dia de Natal, mais eles pensavam em Alicinha, embora ninguém lhe pronunciasse o nome.

Rodrigo andava particularmente melancólico. Permanecia durante horas sozinho no quarto da filha, deitado na cama dela, pensando nos muitos momentos do passado em que a tivera nos braços, em diversas idades.

Floriano e Jango haviam sido aprovados nos exames finais. O primeiro vivia encafuado, sozinho, na água-furtada, com seus livros e revistas. Não tinha amigos. Pouco se comunicava com os outros membros da família. Flora começava a preocupar-se com ele.

Como prêmio pelas boas notas que tirara, Jango ia passar todo o verão no Angico. Seu sonho agora era vir a ser um dia o capataz da estância. Edu e Zeca continuavam sua turbulenta amizade que se alimentava de bate-bocas e sopapos. Muitas vezes se atracavam e rolavam pelo chão do quintal, cuspindo um no outro, arranhando-se mutuamente as caras. Era a muito custo que Floriano ou Maria Valéria ou Laurinda conseguia separá-los. Ficavam os dois garnisés por algum tempo vermelhos e ofegantes, rosnando um para o outro todos os nomes feios que sabiam, e a se mirarem de longe com o rabo dos olhos. Permaneciam assim por vários minutos até que, esquecidos da briga, juntavam-se e continuavam o diálogo ou o jogo interrompido. Segundo Rodrigo, eram "inimigos de peito".

Os jornais noticiavam que as forças rebeldes da fronteira concentravam-se em São Luís e que os legalistas se preparavam para cercá-las. Divulgava-se também que o gen. Isidoro Dias Lopes mandara um emissário ao cap. Prestes, aconselhando-o a levar suas tropas para o norte, para fazer junção com a Divisão de São Paulo em Foz do Iguaçu.

Pouco antes do Natal chegou ao Sobrado um dos peões do Angico, o Romualdinho Caré, trazendo um bilhete de Toríbio. Rodrigo leu-o já com o coração a bater descompassado, pois ao avistar o chasque tivera logo um mau pressentimento.

Rodrigo: Quando receberes esta, já estarei longe com as forças do Cap. Prestes. Não pude aguentar. Sigo para São Luís. Seja o que Deus quiser. Mas não te preocupes, eu volto. É como te digo, ainda não fizeram a tal bala. Lembranças para todos. Um abraço do

Bio

Sem ler o pós-escrito, amassou o bilhete e jogou-o no cesto de papéis. "Cachorro! Corno! Filho duma grandessíssima." Saiu a andar pela casa, excitado, com lágrimas nos olhos — lágrimas de indignação, de apreensão, de mágoa, sabia lá ele de que mais! "Como é que esse canalha vai me fazer uma coisa dessas?"

Foi direito à garrafa de parati, encheu um cálice, bebeu com sofreguidão. Como é que vou dar a notícia à velha? Isso não é coisa que se faça! Sair sem falar comigo, sem ao menos me dar um abraço... E como é que vai ficar o Angico? Não estou ao par dos negócios. Vai ser uma calamidade. Louco! Irresponsável! Caudilhote!

Lembrou-se do pós-escrito. Apanhou o bilhete de dentro do cesto, alisou-o e leu:

PS: Não te preocupes com o Angico. Já combinei tudo com o velho Babalo, a quem expliquei a situação. Ele prometeu capatazear a estância na minha ausência.

Então o velho Babalo sabia de tudo, hein? A coisa tomava o caráter duma conspiração generalizada. Agora ele compreendia o sentido daquela misteriosa visita do sogro ao Angico, havia pouco mais de uma semana... Estavam todos contra ele. Cambada! Corja!

Deu a notícia às mulheres. Flora ficou por um instante muda, a interrogá-lo com o olhar. Maria Valéria, porém, limitou-se a sacudir lentamente a cabeça.

— Eu já sabia — murmurou.

— Como? — vociferou Rodrigo. — Quem lhe disse?

— O Bio.

— Quando?

— A última vez que esteve aqui.

— E por que não me contou nada, Dinda?

— Ele me pediu segredo.

Rodrigo segurou-lhe ambos os braços e sacudiu-a.

— E a senhora nem tentou impedir que ele cometesse essa loucura?

— Vacê não conhece o seu irmão.

— A senhora sabe que ele pode morrer?

— Todos nós podemos, menino. Também se morre na cama.

Rodrigo virou-lhe as costas, meteu-se no escritório, fechou a porta, deixou-se cair sobre uma poltrona, tirou do bolso o bilhete e releu-o. *Quando receberes esta, já estarei longe...* Frase romântica dum ledor inveterado de novelas de capa e espada.

A indignação tinha passado. Agora estava só magoado. "Isso não se faz. Principalmente a um irmão como eu que." Dobrou cuidadosamente o bilhete e meteu-o no bolso.

Onde estaria o Bio àquela hora? Já com as forças revolucionárias? O remédio era beber um pouco de Lágrimas de Santo Antônio, tomar um porre. "A vida não vale um caracol."

Olhou para o retrato do Patriarca e pensou no pai. *Matei meu pai.* Qual! Aquilo era apenas uma frase. Os homens se suicidam de mil formas. Ou o destino os arrasta e liquida. Era um erro viver alimentando sentimentos de culpa. Tornou a encher o cálice.

Entardecia. Um sol amarelento e morno entrava pela janela numa larga faixa que cobria metade da escrivaninha e lhe iluminava as mãos agarradas nos braços da poltrona.

Espantou, irritado, uma mosca que lhe zumbia ao redor da cabeça. Ouviu o som duma corneta. Devia ser hora do rancho para os provisórios do Madruga. A vida era estúpida. Alicinha estava morta. E ele, sepultado vivo em Santa Fé.

* * *

Não armaram árvore de Natal aquele ano.

Fizeram muito cedo, na noite de 24, a distribuição de brinquedos às crianças e mandaram-nas para a cama. Carbone e Santuzza apareceram. Estavam sensibilizados com a notícia da partida de Toríbio. Toda a cidade já sabia da história.

— Devo confessar — mentiu-lhes Rodrigo — que eu estava a par de tudo. O Bio me avisou com antecedência, mas, como vocês devem compreender, eu tinha de guardar segredo...

Maria Valéria e Aderbal entreolharam-se, entendendo-se, mas sem dizerem palavra, ambos com as faces impenetráveis. Camerino contou que um dos batalhões do Madruga se preparava para reforçar as tropas governistas que cercavam os revolucionários do capitão Prestes.

Liroca, muito alcatruzado a um canto, brincava com a ponta de seu lenço "colorado".

— Se o Prestes se livrar dessa — disse —, ninguém pega mais ele. Não sei por quê, tenho uma fé danada nesse menino...

Os amigos retiraram-se antes das dez. Maria Valéria acendeu sua vela e saiu a verificar se as janelas e portas do casarão estavam devidamente fechadas.

Flora e Rodrigo surpreenderam-se então frente a frente ali na sala, no silêncio da casa quebrado apenas pelo tique-taque do relógio de pêndulo. Ficaram a olhar um para o outro, numa mútua interrogação, num mútuo apelo. E de repente abraçaram-se como amantes separados que se reconciliam. Subiram as escadas de mãos dadas e, sem combinação prévia, dirigiram-se para o quarto da filha morta, como se lhe fossem levar um presente de Natal.

17

Num dos primeiros dias de janeiro de 1925 uma notícia correu na cidade, de praça a praça, desceu pela rua do Comércio em várias bocas como uma bola de neve que, à medida que rola pela encosta da montanha, vai aumentando de volume e mudando de forma. Começou na praça Ipiranga como um simples boato: tinha havido um combate sério no boqueirão da Ramada entre as forças revolucionárias e as legalistas. Cuca Lopes acompanhou correndo a bola, empurrando-a como podia e tentando dar-lhe a direção de sua fantasia.

Mas Quica Ventura, que acendia o primeiro crioulo da manhã à frente do Clube Comercial, deteve-o:

— Espera aí, Cuca. Quem foi que te contou?

— Sei de fonte segura.

— Quem ganhou o combate?

— Os legalistas.

— Mentira!

E só para contrariar o Cuca, que embarafustara clube adentro, passou a notícia ao fiscal do imposto de consumo:

— A gente do governo levou uma sova dos revolucionários no boqueirão da Ramada. Foi uma mortandade medonha.

Quando a história chegou à praça da Matriz, trazida por um amigo do Pitombo, a coisa estava nestes termos: travara-se uma batalha campal, o batalhão do Madruga entrara em ação e os revolucionários, batidos, tinham fugido para a Argentina. O armador correu a contar a novidade a Rodrigo, que, depois de ouvi-la, ficou com fogo nas vestes. Com toda a certeza Toríbio tomara parte no combate! Enfiou o casaco e o chapéu e saiu na direção do telégrafo, onde as notícias eram contraditórias. Correu para o quartel-general. O cel. Barbalho recebeu-o com cordialidade, apesar de as relações de amizade entre ambos terem ficado abaladas depois dos acontecimentos de 23.

— O senhor me desculpe, coronel, sei que não tenho nenhum direito, mas vou lhe fazer uma pergunta. Que é que há de verdade sobre o combate da Ramada? Tenho ouvido as versões mais desencontradas. Explico o meu interesse: é que tenho razões para supor que meu irmão Toríbio fazia parte da força revolucionária que entrou em ação. Seja franco.

O comandante da guarnição abotoou a gola da túnica, encomendou dois cafezinhos ao ordenança que apareceu a seu chamado, e disse:

— Olhe, doutor, foi um combate danado de sangrento, com baixas pesadas de parte a parte. Como o senhor sabe, o boqueirão da Ramada é uma passagem de grande importância para quem quer marchar para o norte...

Fez uma pausa, lançou um rápido olhar para o retrato do Duque de Caxias, que pendia da parede, e, baixando a voz como se temesse ser ouvido pelo padroeiro do Exército, confidenciou:

— Aqui que ninguém nos ouça... O governo pode espalhar oficialmente as notícias que quiser, mas a verdade é que no combate da Ramada os legalistas tiveram de se retirar meio correndo na direção da Palmeira. Acho que levamos uma surra em regra...

— Mas o senhor não tem nenhuma ideia sobre a identidade dos mortos e dos feridos?

O cel. Barbalho sacudiu negativamente a cabeça. Ofereceu um cigarro a Rodrigo. Fez-se uma pausa, que durou até o momento em que ambos soltaram a primeira baforada de fumaça.

— Espere mais uns dias, doutor. Recebi a comunicação de que alguns feridos, entre eles vários revolucionários, vão ser recolhidos ao nosso hospital. Algum deles pode trazer a informação que o senhor deseja.

— E qual é, coronel, a sua opinião sincera sobre o destino dessa revolução?

— Está perdida, doutor. Não se iluda. É a opinião desapaixonada dum militar. A única esperança estaria num golpe mortal na "cabeça da cobra", no Rio. Ora, isso hoje está fora de cogitação. Depois que Isidoro evacuou suas forças de

São Paulo, eu disse cá comigo: perdeu a parada. O mais que pode fazer agora é continuar uma ação de guerrilhas. O resto será questão de tempo.

— Quer dizer então que não atribui nenhuma importância a esse movimento que rebentou no Rio Grande?

O coronel sacudiu os ombros, encrespou os lábios.

— Estou seguramente informado de que as deserções já começaram nas fileiras dos rebeldes.

— Não creio que meu irmão esteja entre os desertores.

— Eu também não.

Entrou o ordenança trazendo duas xícaras de café. Rodrigo sentiu pelo cheiro que era requentado. Tomou um gole. Estava horrendo. O coronel engoliu o conteúdo de sua xícara num sorvo só, fazendo uma careta, como se tomasse por obrigação um remédio amargo.

— Que tal é esse capitão Prestes? — perguntou Rodrigo, depondo a xícara sobre a mesa.

— Como estrategista, deve ser um amador. Não compreendo como esteja no comando da Coluna. Agora, é um homem decente e de coragem, um bom engenheiro e um apreciável matemático.

Sorriu e acrescentou:

— Mas é jovem demais. Sabe duma coisa interessante? Completou vinte e sete anos exatamente no dia do combate da Ramada.

18

Quando chegaram os feridos, o cel. Barbalho proporcionou a Rodrigo a oportunidade de falar com um deles no Hospital Militar.

Chamava-se Clementino Garcia, era natural de Uruguaiana e pertencera às forças de Honório Lemes. Quando o caudilho do Caverá fora obrigado a emigrar, ele ficara para trás, incorporando-se mais tarde ao destacamento do ten. João Alberto. Era um homem grandalhão e melenudo. Estava em cima duma cama, com o torso nu, e uma das pernas engessadas até a metade da coxa.

— Me mataram o cavalo — foi logo explicando. — O animal testavilhou, eu rodei, quebrei a perna. Foi por isso que me pegaram.

Rodrigo disse-lhe quem era e a que vinha. O rosto do prisioneiro como que se iluminou.

— Mano do major Bio? Machuque estes ossos!

Tornou a apertar, dessa vez com mais força, a mão do visitante.

— Então conheceu o meu irmão?

— Se conheci? Doutor, quando o bicho chegou, olhei pra ele e vi logo que tinha homem pela frente. Daí por diante não nos separamos mais. Outro que se encantou logo com o seu mano foi o tenente João Alberto... São unha e carne.

— Agora me diga uma coisa. O major Toríbio estava no combate da Ramada?

— Claro. Onde havia barulho o major sempre aparecia. Nunca vi ninguém pelear mais alegre. Uns brigam por obrigação. Outros por profissão. O seu mano briga porque gosta.

Andava no ar um bodum humano, misturado com emanações de água da guerra e fenol. Na cama próxima, um ferido gemia, de olhos cerrados. Sua face tinha uma cor citrina.

— Esse aí — contou Clementino — peleou também na Ramada. Um tiro nos bofes. É do Alegrete. Não tem nem vinte anos. Eu disse: "Fica junto comigo, guri, tu não tem prática destas coisas". No primeiro tirotéu ele ficou assim meio atrapalhado, como cusco em procissão. Mas depois se aprumou e até brigou direitinho.

Clementino passou os dedos pela barba negra que lhe cobria as faces. O suor escorria-lhe pelo torso queimado de sol.

— Amigo Clementino, vou lhe perguntar uma coisa e quero que me responda com toda a sinceridade. O meu irmão está vivo?

O caboclo fitou obliquamente o interlocutor.

— Olhe, doutor, meu finado pai sempre dizia que pr'um homem morrer, basta estar vivo. E o senhor compreende, numa revolução...

— O que eu quero saber é se você viu o major ferido ou morto nesse combate...

Clementino ficou um instante pensativo. O paciente da cama vizinha soltou um gemido. Um enfermeiro aproximou-se dele e aplicou-lhe uma injeção.

— Pra le falar a verdade, doutor, a última vez que vi o seu mano, ele estava vivo e por sinal carregando um companheiro ferido na cacunda... Mas se eu fosse o senhor, não me preocupava. O major tem o corpo fechado.

— Por que é que você diz isso?

— Olhe, vou le contar. Duma feita a gente estava de linha estendida num combate, atirando deitado. Mas tinha dois homens que tiroteavam de pé. Um era o João Alberto e outro, o seu mano. Eu estava perto deles, as balas passavam zunindo, era uma música braba. Ouvi o João Alberto gritar: "Vamos deitar, major, que a coisa está ficando feia". E o doutor sabe o que o Toríbio respondeu? "Não sou lagarto pra andar de barriga no chão." E continuou de pé. Ora, o outro não teve remédio senão continuar também de pé, pra não se desmoralizar.

Rodrigo sorriu, orgulhoso. Reconhecia que a atitude do irmão era irracional, absurda, pois a obrigação dum revolucionário é, antes de mais nada, durar a fim de levar a revolução à vitória; mas não podia deixar de ver uma grande beleza naquele gesto. "Não sou lagarto pra andar de barriga no chão." Estava já ansioso por contar a tirada aos amigos. O Neco, o Chiru e o Liroca iam gostar.

Clementino procurou uma posição mais cômoda na cama.

— Vou le contar outra história que o senhor vai apreciar. Nossa gente andava percurando o destacamento do tenente Portela, que estava tiroteando ninguém sabia onde. Nos tocamos direito ao lugar donde vinham os tiros, assim meio no palpite. Um dos nossos companheiros de repente caiu do cavalo, botando sangue pela boca. Imagine, morrer de bala perdida, até nem tem graça, coitado! Apeamos, deixamos a cavalhada atrás dum capão, e nos atiramos a pé pro lugar do combate. Quando chegamos assim no alto duma coxilha, demos com uma força legalista, meio perto. Pois le digo que senti uma coisa ruim na barriga. Mas não tive tempo de dizer água. Os companheiros logo abriram fogo. E o senhor sabe duma coisa? Já briguei de arma branca com muito correntino. Uma vez um guarda aduaneiro me meteu o cano do revólver no peito. Está vendo esta marca perto da mamica direita? Pois foi o filho da mãe do tal guarda, à queima-roupa, só por causa duma desconfiança, porque, palavra de honra, nunca passei contrabando, estava só ajudando um amigo. Pois é como eu ia dizendo, já andei metido em muita briga, mas uma coisa eu nunca tinha visto: era boca de fogo apontada na minha direção...

Moscas passeavam pela testa gotejante de suor do doente da cama próxima, que agora ressonava de boca aberta. Aos ouvidos de Rodrigo esse ressonar soava já como estertor de morte. Longe soou um clarim.

— Imagine o senhor, doutor. A bateria abriu fogo: bum! Um ronco medonho. Palavra, meio que me afrouxei, meti a cabeça no chão, me encolhi e pensei: "Estou frito". O João Alberto gritou que não era nada. Explicou lá na língua dele que os tiros eram altos e não sei o quê. E o Bio gritou: "Vamos entreverar antes que esses frescos tenham tempo de regular a alça de mira". Avançamos gritando pra assustar o pessoal da bateria. O Bio queria laçar o canhão, só que não tinha laço. Avançamos que nem loucos, mais ligeiro que enterro de pobre em dia de chuva. Perdemos muita gente, pois os milicos tinham armas automáticas. Pei-pei-pei-pei... Mas quem foi que disse que nós paramos? Os legalistas recuaram. Dispararam os que puderam. Outros caíram. Foi uma mortandade braba, dava até nojo ver tanto sangue, tanta barriga aberta, tanta tripa pelo chão...

Calou-se e ficou com o ar de quem sonha de olhos abertos.

— E depois? — perguntou Rodrigo, fascinado pela narrativa.

— Ora, o comandante achou que a gente não podia aguentar a posição. Só se o Siqueira Campos viesse nos socorrer com sua força. Mas o diabo do homem não vinha. O remédio era voltar pro matinho, pegar cavalhada e ir embora. O Bio queria levar o canhão. "Deixe esse trambolho, major!", gritou o João Alberto. Seu mano deixou, mas antes de se retirar arriou as calças e fez o serviço em cima da peça.

Riu, passou a mão pelo peito úmido de suor.

— Nesse combate, nos rebuscamos. Eu tirei umas botas das pernas dum oficial morto, e fiquei também com a pistola dele. Os companheiros, que andavam mal de roupa, também aproveitaram a ocasião e se serviram. Quando vi, os inimigos caídos estavam quase todos pelados. Vesti uma túnica de tenente meio manchada de sangue. Mas o senhor compreende, guerra é guerra, quem não quer se sujeitar a essas coisas que fique em casa...

— Quantos homens vocês perderam?

— Olhe, vou le dizer, doutor. Tivemos aí por perto dos cinquenta mortos e coisa duns cem feridos... Eu caí no outro dia, numa escaramuça boba. Foi como le disse: se eu não tivesse quebrado a perna, nunca na vida eles me agarravam.

— Então você acha que o Bio deve estar vivo.

— Estou apostando, doutor. O homem tem sorte.

Rodrigo soltou um suspiro. O otimismo do ferido não significava nada. Mas ele, Rodrigo, queria iludir-se, precisava convencer-se de que o irmão estava são e salvo.

— Me diga uma coisa, Clementino: que tal é esse João Alberto?

— Pois, doutor, é um moço magro e alto, meio com cara de cavalo, mas simpático. É muito influído. Posso lhe garantir que é macho. Só tem umas coisas esquisitas...

— Coisas esquisitas?

— Pois é. Toca piano. O senhor já viu despautério igual? Paramos numa casa pra descansar, tinha um piano e enquanto o Bio e eu fomos direito pra mesa, loucos de fome, o pernambucano abriu o instrumento e começou a tocar uns troços...

— Quero saber uma coisa: a tropa o respeita?

— Respeitar respeita, porque o homem se impõe. Mas o senhor compreende, mais de metade da força é de paisanos, gauchada que veio de 23, acostumada a brigar ao lado de homens como o general Honório e general Portinho. Ficam assim meio sem jeito de obedecer a esses moços... O senhor vê...

— Viu o Prestes?

— Vi uma vez.

— Que tal?

— Ora, *no me suena*, como diz o castelhano. Dizem que é bom nas matemáticas. Não ri nunca. Não sei... O senhor compreende, nunca fui muito nem com batina nem com uniforme. Mas o homem é o chefe, o senhor compreende...

— Clementino, vou lhe fazer uma pergunta.

— Faça, doutor.

— Por que foi que você entrou na revolução?

— Ué! Sou maragato, revolucionário de 23, gente do general Honório.

— Só por isso?

— E o senhor quer mais? Meu pai era veterano de 93, federalista até debaixo d'água. Quando o general Honório deu o grito, botei o lenço colorado no pescoço, agarrei o pau-furado, montei a cavalo e me apresentei...

— Agora me diga outra coisa. Se não tivesse quebrado a perna, você continuaria com os seus companheiros na marcha para o Iguaçu?

— Por que não? É como disse o doutor Assis Brasil: "Não largo a rabiça do arado senão no fim do rego".

— Mas que me diz do seu chefe que está na Argentina?

Clementino Garcia sorriu:

— Não tenha dúvida. Qualquer dia ele volta. Quando menos se esperar, o general Honório invade de novo o estado. O velho é caborteiro.

Rodrigo sacudiu lentamente a cabeça. Olhou para a cama vizinha e, como visse uma mosca prestes a entrar na boca do paciente adormecido, ergueu-se e espantou-a.

19

Rodrigo passou aquele resto de janeiro e as primeiras semanas de fevereiro no Angico, com toda a família. Teve a oportunidade de ver o sogro em ação no seu posto de capataz. O velho parecia remoçado: andava alegre, lépido, conversador, cheio de entusiasmos e planos.

— Está nos seus pernambucos — murmurava Maria Valéria, quando o via sobre o lombo dum cavalo a dar ordens para a peonada.

Rodrigo acompanhava-o às invernadas, interessava-se pelas coisas da estância, tomava ares de proprietário. Mas cansou cedo. Entregou-se, então, a longas sestas. À tardinha ia tomar banho na sanga, à noite ficava lendo até tarde à luz duma lâmpada de acetileno, e no dia seguinte acordava às oito, o que causava escândalo à "gente antiga" do Angico.

Maria Valéria punha ordem e método na cozinha, gritava ordens ou ralhos para as chinocas, fazia-as trabalhar, enquanto Flora passava os dias preparando o enxoval que Floriano devia levar para o internato.

Da segunda semana em diante, naquelas longas tardes de bochornoso silêncio, Rodrigo começou a encontrar conforto e distração no corpo da Antônia Caré, irmã do Romualdinho, uma morena de pele cor de marmelo assado. Tinha vinte e pouquíssimos anos, era magra mas bem-feita.

— Quem foi que te fez mal, menina? — perguntou ele uma tarde, num momento de ternura.

Ela hesitou, voltou a cabeça para o lado, evitando encará-lo, e murmurou:

— O seu Toríbio.

"Bandido!", pensou Rodrigo, inconsequentemente. "Sempre na minha frente." Mas apiedou-se da criatura.

Ficava às vezes longo tempo a examiná-la com uma curiosidade cheia de admiração. Como era que um bichinho daqueles, nascido numa família miserável no meio do campo, podia ter aquela cara, aquele corpo, aquela graça? As Carés fêmeas possuíam todas um certo feitiço que atraía os homens — refletia Rodrigo ao estudar a anatomia de Antônia. A rapariga tinha pudores, evitava desnudar-se, e, quando ele a forçava a isso, ela se deixava ficar deitada, rígida, de olhos fechados, os lábios apertados. Como um menino que pela primeira vez estivesse vendo nudez de mulher, ele se comprazia em passar-lhe a mão por todo o corpo, como que a esculpi-la.

Encontravam-se no capão da Jacutinga, na invernada do Boi Osco. Rodrigo achava um sabor esquisito em possuir a cabocla no mato, sabendo que das árvores os bugios os espreitavam alvorotados, faziam gestos obscenos, soltavam gritos estridentes e acabavam por perseguirem suas fêmeas. Tudo aquilo era a um tempo grotesco, assustador e excitante.

Muitas vezes, terminada a comédia, ele ficava deitado ao lado da rapariga, sentindo vir-lhe, com a lassidão do desejo satisfeito, uma fria sensação de constrangimento e remorso. Um homem de quase quarenta anos! E Flora e as crianças estavam na estância, a menos de dois quilômetros daquele capão... Por outro lado, o fato de Antônia ser sobrinha de Ismália Caré, a amásia de seu pai, dava àquela ligação um caráter vagamente incestuoso.

Saía dali resolvido a não voltar. O tempo, porém, lhe pesava no espírito e no corpo. As tardes eram quentes, o desejo se lhe colava à pele como um visgo, o sangue latejava-lhe nas têmporas e ele sentia que, se não voltasse ao capão, estouraria... Voltava. Encontrava Antônia sentada sempre debaixo da mesma árvore, descalça, metida no seu vestido de chita, e recendendo a água de cheiro. Rodrigo não gostava disso. Preferia o cheiro natural da rapariga, que andava sempre limpa. Sua pele era lisa e seca, jamais parecia transpirar, ao passo que ele acabava sempre com a camisa empapada e grudada desagradavelmente ao tronco.

Uma tarde beijou a cabocla na boca pela primeira vez. Ocorreu-lhe uma comparação: o beijo de Antônia Caré tinha o sabor agridoce e meio áspero do sete-capotes, a fruta que mais dava naqueles matos do Angico.

Nunca saíam juntos do esconderijo. Ela se retirava primeiro, tomando a direção oposta à da casa-grande. E uma tarde, depois que a rapariga se foi, Rodrigo esperou cinco minutos antes de deixar também o capão. O sol descia em meio de nuvens rosadas. Acentuavam-se as sombras nas canhadas. O coqueiro torto desenhava-se nítido contra o horizonte. Mal começara a mover-se, Rodrigo ouviu sons de ramos partidos e folhas pisadas. Algum bicho? Olhou para todos os lados, procurando, e viu uma pessoa sair de outro setor do mato. Reconheceu Floriano, que deitava a correr rumo da casa. O rapaz devia ter estado escondido atrás de alguma árvore, decerto vira tudo... Teve ímpetos de gritar, chamar o filho, enfrentar a situação. Mas calou-se e ficou imóvel, acompanhando com o olhar o menino, que continuava a subir a encosta sem olhar para trás.

Naquela noite, à hora do jantar, notou que Floriano se mantinha silencioso, evitando encará-lo. Maria Valéria e Laurentina discutiam as aventuras domésticas do dia. Babalo contava a história duma certa vaca brasina que julgavam perdida...

Rodrigo não prestava nenhuma atenção à conversa do sogro. Prometera a si mesmo nunca mais voltar ao capão da Jacutinga. Sabia, porém, que voltaria. Desprezava-se por isso. (É uma miséria. Sou um animal.) E, por se desprezar assim, julgava-se redimido. E, como estava redimido, achava-se com direito a um prêmio. E o prêmio era ainda o corpo da Carezinha. A vida era curta, a morte certa. *Confortai-me com sete-capotes às cinco da tarde, porque desfaleço de desejo.*

Floriano comia, os olhos postos no prato.

— Que tristeza é essa, menino? — interpelou-o Maria Valéria. — Só porque vai pro colégio em Porto Alegre não carece ficar jururu. Nove meses passam ligeiro. Vacê só beliscou a comida. Coma um pouco mais de feijão mexido.

Decerto ele me odeia — refletiu Rodrigo, olhando para o filho. Afastou o prato, sentindo-se de repente vítima duma grande injustiça. E isso lhe doía no coração.

No dia seguinte chegou um próprio da cidade, trazendo uma pilha de jornais. Rodrigo levou-os para a cama à hora da sesta e começou a lê-los pela ordem cronológica. Dormiu depois com a cara coberta por uma folha do *Correio do Sul*. Acordou azedo. E, quando o sogro lhe perguntou pelas novidades, resmungou:

— Tudo uma droga. O estado de sítio foi prorrogado. Da gente do Prestes, nenhuma notícia direta. O "impoluto" Borges de Medeiros telegrafou ao presidente da República declarando que considera terminado o levante militar no Rio Grande do Sul. O "impávido" Bernardes respondeu congratulando-se com o Chimango pela "dispersão do derradeiro grupo revoltoso e sua internação no território argentino". — Mudou de tom. — E este calor! E estas moscas! Se ao menos a gente tivesse gelo na estância...

Montou a cavalo e gritou para Flora que ia tomar um banho na sanga. Não foi. Galopou rumo do capão da Jacutinga, onde a Carezinha o esperava. *Confortai-me com sete-capotes porque a revolução está perdida, eu caminho para os quarenta e a vida é uma droga.*

Voltou para casa ao anoitecer, estranhamente aliviado, com uma visão menos pessimista do mundo. Um pouco antes do jantar, abriu de novo os jornais. Num deles, na primeira página, negrejava um cabeçalho: OS GRANDES PROGRESSOS DA AVIAÇÃO. Noticiava-se a inauguração do serviço postal aéreo na América do Sul. Os aeroplanos e hidroplanos da companhia francesa Latécoère iam fazer o percurso entre Toulouse e Buenos Aires em menos de quatro dias, com escalas em Dakar, Natal e Rio de Janeiro. Não era uma coisa fabulosa?

O velho Babalo não pareceu muito impressionado.

— Um navio leva quase um mês para fazer o mesmo percurso, seu Aderbal! Uma carta da França à Argentina daqui por diante levará apenas noventa e cinco horas!

— Isso não é coisa que se faça — murmurou Maria Valéria, que escutava a conversa. — Estão todos malucos.

— E dentro de pouquíssimos anos — acrescentou Rodrigo — haverá aviões comerciais transportando gente da América para a Europa e vice-versa. E se Deus quiser, este seu criado, Rodrigo Terra Cambará, um dia embarcará num desses aeroplanos no Rio para desembarcar em Paris três dias depois!

Aderbal alisava uma palha de cigarro, os olhos postos no genro.

— E o que é que se ganha com todas essas côsas? — perguntou.

— Que é que se ganha? Ora essa! Tempo.

— Pra quê?

Rodrigo ergueu-se, deu dois passos na direção do velho, como se fosse agredi-lo fisicamente. Mas pôs-lhe a mão no ombro, com brandura, dizendo:

— Olhe, respeito a sua opinião e a sua maneira de ser. Mas o mundo marcha. O tempo das carretas se acabou. O progresso está aí. Já leu alguma coisa sobre o telefone sem fio?

— Más ou menos...

— Pois é. Pode-se falar duma cidade para outra, dum continente para outro, pelo ar, sem o auxílio de fios, graças a essa coisa maravilhosa que se chama rádio. Tudo isso significa, seu Aderbal, que aos poucos o homem domina a natureza, melhora a sua vida, tornando-a mais fácil, mais higiênica, mais agradável, mais... mais...

— Atrapalhada — terminou o velho, tirando do bolso um naco de fumo em rama.

— Qual atrapalhada! Essa história em falar no "tempo de dantes" é pura conversa fiada, puro romantismo. O mundo tem melhorado, ninguém pode negar. E vai melhorar mais.

Rodrigo não gostou da expressão gaiata que o velho tinha no rosto.

— Que é que o senhor está achando tão engraçado? — perguntou, entre divertido e irritado.

— É que ninguém ainda se lembrou de inventar uma droga pra curar a maior doença da humanidade.

— A tuberculose?

O velho sacudiu a cabeça negativamente.

— Não. A estupidez.

20

Voltaram para a cidade na Quarta-Feira de Cinzas e três dias depois Rodrigo embarcou com Floriano para Porto Alegre. À hora da despedida o menino estava pálido e trêmulo. Flora estreitou-o contra o peito, os olhos embaciados.

— Não é nada, meu filho. O tempo passa depressa.

Maria Valéria fez uma rápida carícia na cabeça do rapaz e disse:

— Vá com Deus. E tenha juízo.

O trem partiu à uma hora da tarde. Da janela do vagão, os olhos tristes de Floriano viram o casario da sua cidade perder-se por entre as coxilhas que ficavam para trás. A luz do sol era tão intensa que chegava a desbotar o azul do céu, onde grandes nuvens gordas estavam imóveis como os lerdos bois e vacas que à beira dos aramados olhavam placidamente o trem passar. O carro cheirava asperamente a poeira e carvão de pedra. Ao passarem por uma charqueada, chegou até eles, num bafo quente, um cheiro fétido e ao mesmo tempo adocicado.

Rodrigo observava o filho disfarçadamente. A expressão melancólica do rosto do menino dava-lhe pena. Seu silêncio preocupava-o. Decerto viu *tudo* aquela tarde no capão... e me odeia.

Imaginou uma conversa. "Olhe aqui, Floriano, não devemos nunca julgar as pessoas sem primeiro..." Sem primeiro... quê? Se o menino me viu, me viu, não há mais nada a fazer. Pensou então em dizer-lhe: "Todos os homens têm defeitos. Sempre imaginamos que nossos pais são perfeitos, mas infelizmente não são. O meu não era. Tinha uma amásia e um filho natural. É bom que saibas dessas coisas. Teu pai também não é santo, tem muitos defeitos, grandes defeitos. Mas uma coisa quero que saibas. Ele é teu amigo. O teu melhor amigo. Haja o que houver, nunca te esqueças disso".

Podia dizer-lhe coisas assim... Mas perguntou apenas:

— Queres o último número do *Eu Sei Tudo*?

Passava naquele momento o vendedor de revistas e jornais.

— Não, obrigado. Vou ler um livro.

— Que livro?

Floriano tirou da maleta uma brochura e mostrou-a ao pai. *Contos*, de Edgar Poe. Rodrigo sorriu:

— Quem foi que te recomendou isso?

— Ninguém.

Ali estava a evidência duma outra omissão sua. Esquecera-se de orientar as leituras do filho.

— Que outros autores tens lido?

— Coelho Neto... Eça de Queiroz... Zola.

— Opa! Os realistas.

Bateu de leve no joelho do menino.

— Está bem. Um homem tem de saber tudo.

Depois, na esperança de iniciar um diálogo amigo, perguntou:

— Estás vendo esses campos? São da estância do Juquinha Macedo...

O rapaz lançou para fora um olhar indiferente. Abriu o livro, baixou a cabeça e começou a ler. "Não há dúvida, ele me odeia", pensou Rodrigo. Desdobrou o jornal que comprara na estação. Epitácio Pessoa — informava um telegrama do Rio — escrevera uma carta ao *ABC* desmentindo a notícia, que esse semanário publicara, de que o ex-presidente da República era partidário da anistia para os revoltosos. Passou a outros tópicos. Não havia nada importante. Notícias do Carnaval. As próximas eleições para a renovação da Assembleia estadual. Nenhuma informação sobre a Coluna revolucionária, a não ser a de que um forte destacamento do Rio Grande do Sul marchava pelo sul do Paraná em perseguição aos rebeldes, para pô-los entre dois fogos. Por onde andaria Toríbio? Vivo? Morto? Ferido? Asilado na Argentina? Olhou para fora. Urubus voavam em círculo sobre uma carniça. Dentro do carro homens conversavam em voz alta e alegre. Um sujeito com aspecto de caixeiro-viajante, metido num guarda-pó creme, com um bonezinho de alpaca na cabeça, tomava com gosto seu chimarrão.

— Vamos baldear para o noturno em Santa Maria — disse Rodrigo.

Absorto na leitura, Floriano não o ouviu.

"Ele me odeia. Nem me olha. Preciso reconquistar meu filho." Soltou um suspiro de impaciência. Ia ser uma viagem cacete. A poeira, fina e avermelhada, entrava pela janela, de mistura com a fumaça da locomotiva. Partículas de carvão caíram sobre as páginas do livro de Floriano, que as soprou. Numa curva, o trem diminuiu a marcha e seu apito longo, tremido e triste, ergueu-se sobre as coxilhas como um risco sonoro no ar luminoso.

Chegaram a Porto Alegre na manhã seguinte. Rodrigo levou o filho para o internato, pouco depois do almoço.

Ficava o Albion College num calmo e verde vale, entre o Partenon e a Glória. O edifício principal do colégio fora antigamente a residência dum português ricaço, que Mr. Campbell comprara e mandara adaptar às necessidades de seu internato. Tivera, porém, o bom gosto de não alterar-lhe a severa fachada colonial nem tocar na velha fonte do jardim, à frente do casarão, e no centro da qual um fauno de bronze, a cabeça erguida para o céu, tocava a sua flauta.

O diretor do internato devia estar beirando os cinquenta. Era um inglês alto e corpulento, de cara vermelha e carnuda e cabelos grisalhos, ainda abundantes. Tinha um ventre saliente que parecia começar à altura do estômago, mas que ele conseguia manter erguido numa postura atlética. E, como suas coxas e pernas fossem desproporcionalmente finas e o homem usasse calças muito justas, Rodrigo teve a impressão de estar diante duma versão modernizada do Mr. Micawber, de Dickens.

— Minha mulher vive aqui comigo — disse ele a Rodrigo. — O Albion College é uma casa de família. Tratamos todos os alunos como nossos filhos.

Falava português com fluência, mas à maneira do inglês de Oxford, em golfadas bruscas e sincopadas, como latidos. Isso — achava Rodrigo — dava àquele homem o ar dum cachorrão cordial, dum grande são-bernardo prestimoso, com seu barrilzinho de genebra preso ao pescoço. Essa imagem — como Rodrigo veio a descobrir mais tarde — nada tinha de impróprio ou gratuito, pois num dado momento em que o inglês lhe falou perto do nariz, ele sentiu um forte hálito de uísque.

O "cachorrão" tomou-lhe do braço e saiu a mostrar-lhes o internato.

— Os quartos são individuais — explicou. — Isso não é quartel nem hospital de caridade, *what*? Nas aulas, no recreio, nos esportes, nas horas das refeições, os alunos convivem uns com os outros. Mas há um momento, meu caro doutor, que todos precisamos de intimidade, *right*?

Rodrigo sacudiu a cabeça, concordando. E, enquanto Floriano, distraído, olhava pela janela, os estudantes que jogavam futebol num campo situado a um dos flancos do edifício principal, Mr. Campbell puxou Rodrigo para um canto e murmurou:

— Não se preocupe, senhor. Durante o dia cansamos tanto os alunos com jogos, estudos e passeios que à noite, na solidão do quarto, eles não têm tempo nem ânimo de pensar em atos imorais.

Levou o pai e o filho a verem o pomar, que, amplo e rico de frutas, ia dos fundos do colégio até as faldas do morro da Polícia. Mostrou-lhes depois o refeitório arejado, claro e limpo, onde não se via uma única mosca. Passaram à cozinha, também imaculada e sem cheiros. Percorreram as salas de aula, cujas carteiras recém-lustradas recendiam a verniz.

— Temos um esplêndido corpo docente — disse Mr. Campbell, quando caminhavam no corredor, de volta ao escritório. Citou nomes.

Deixaram Floriano sentado na saleta de espera, vendo velhos números de revistas londrinas, e fecharam-se no gabinete do diretor. Rodrigo acendeu um cigarro. O cachorrão encheu de fumo o bojo do cachimbo.

— Só fumo longe dos meninos — explicou, riscando um fósforo. — Os alunos estão proibidos de fumar. Bebidas alcoólicas também não entram nesta casa. — Piscou um olho, sorriu, acendeu o cachimbo e aduziu: — Quer dizer, Mrs. Campbell e eu bebemos mas *in private*, como se diz em inglês, isto é, nos nossos aposentos, *see*?

Sentado atrás da escrivaninha, o são-bernardo preparou-se para preencher a ficha de Floriano. Foi fazendo perguntas, a que Rodrigo respondia. Nome por inteiro? Idade? Nomes dos pais? Religião?

— Ah! Eu ia lhe perguntar qual é a norma do colégio quanto a esse problema.

O inglês pousou a caneta sobre a mesa e disse:

— Mrs. Campbell e eu somos anglicanos, mas o colégio é rigorosamente leigo. Cada aluno segue a sua religião, ou não segue nenhuma, se essa é a vontade dos pais. Aos domingos os protestantes vão a um templo episcopal aqui perto. Tenho um professor que leva os alunos católicos a uma igreja, na Glória. Qual é a religião de seu filho?

— Católica.

— Perfeito. Quer que ele vá à missa todos os domingos?

Rodrigo sorriu:

— Se ele quiser...

— Tem mais alguma recomendação a fazer?

— Não. Só lhe peço que faça de meu filho um homem. É um rapaz ensimesmado e arredio. Puxe por ele, obrigue-o a fazer esportes e amigos. Ah! Antes que me esqueça, o ponto fraco do Floriano é a matemática.

O cachorrão bateu com a pata no ar:

— Ah! O professor Schneider se encarrega disso.

Apontou para a janela.

— Está vendo aquele morro? Todos os sábados subimos até o pico... Mrs. Campbell nos acompanha sempre, é uma grande alpinista. Ah! temos um bom time de futebol, e este ano esperamos derrotar o quadro do Colégio Cruzeiro do Sul...

Ao saírem encontraram Mrs. Campbell a conversar com Floriano, que parecia muito embaraçado.

— *Meet Mr. Cambárra, darling* — disse o diretor. — Doutor, esta é minha senhora.

453

Rodrigo apertou a mão duma mulher sem idade certa, de cabelos cor de abóbora e olhos azuis, nem bonita nem feia, nem gorda nem magra, nem bem-feita nem malfeita. Inglesa — resumiu ele para si mesmo. E concluiu: numa noite de tempestade, numa casa deserta, sem outro recurso, talvez servisse...

— *Roger, dear!* — exclamou ela, dirigindo-se ao marido. — Veja como este rapaz se parece com o pai.

Passou a mão pelos cabelos de Floriano, que ficou com as orelhas cor de lacre.

Os Campbells deixaram pai e filho sozinhos na hora da despedida. Ficaram ambos frente a frente. Quando Floriano ergueu o rosto para o pai, havia um brilho líquido em seus olhos.

— Está bom, meu filho. Chegou a hora.

Abraçou o rapaz, e, como este inesperadamente lhe beijasse a face, Rodrigo comoveu-se quase a ponto de chorar. Fez meia-volta e se foi sem olhar para trás. Disse um rápido adeus aos Campbells e atravessou o jardim com passos apressados. Uma menina loura, de seus treze anos, brincava com a água, sentada nas bordas da fonte. "*Hello!*", murmurou ela quando Rodrigo passou. "Boa tarde!", disse ele, e continuou seu caminho. Quem seria? Junto do portão parou e voltou-se. O sol parecia incendiar os cabelos da menina. Gritou-lhe:

— Como é teu nome?

— Mary Lee.

Rodrigo voltou para o automóvel que o trouxera até ali, e disse ao chofer que o levasse de volta ao hotel. Sentia o beijo do filho na face esquerda, como um ponto morno. Sim, a inglesa tinha razão. O rapaz estava cada vez mais parecido com ele. Um Rodrigo em miniatura — pensou. Mas só por fora. Por dentro era Terra. Parecido com o velho Licurgo.

Pensava nas dificuldades que o filho ia encontrar no internato, nos primeiros dias, longe da família e no meio de estranhos. Havia também os trotes dos colegas. E a disciplina, a ginástica, as horas de nostalgia e solidão. Ah! mas tudo aquilo lhe ia fazer um grande bem.

Veio-lhe uma súbita saudade de Flora e dos filhos. Prometeu a si mesmo dedicar-se mais à sua gente, dali por diante. A família era o maior tesouro que um homem podia possuir. Fora um néscio por ter-se afastado tanto de Floriano. E agora a ausência do rapaz não ia melhorar a situação. Levou a mão à face. Ele não me odeia — pensou com alegria. — Ele me ama.

Começou a assobiar o "Loin du Bal".

Naquela noite, sentindo-se solitário, foi ao Clube dos Caçadores. Mas arrependeu-se. Não encontrou lá nenhum dos velhos companheiros. Contaram-lhe que o Pudim havia sido recolhido ao hospício ("Também, doutor, o rapaz andava tomando cocaína aos baldes!") e que o *cabaretier* francês tinha deixado a cidade. Na sala de jogo viu algumas caras conhecidas, e lá estava ainda, de piteira em punho, a mirar de longe a mesa de bacará, o dr. Alfaro.

— Mas que é feito dessa vida?

Abraçaram-se, trocaram-se breves notícias pessoais.

— Sempre firme no propósito de não jogar, doutor?

— Firmão. Firmão.

Na sala de danças havia uns tipos estranhos sentados às mesas. E umas mulheres decotadas, pintadas com um exagero de palhaço, fumando cigarro em cima de cigarro. Dois ou três pederastas caminhavam requebrados por entre as mesas, muito íntimos de todos.

Onde estava o Barão? Tinha desaparecido duma hora para outra. E a Zita, aquela húngara com cara de gatinha? Em São Paulo, por conta dum miliardário. E o Cabralão? Ah, esse, coitado, andava nas últimas... E o Treponema Pálido? Não sabia? Pois morreu em novembro de 23, naquele tiroteio na frente do Grande Hotel.

A orquestra estava aumentada, tinha um pistão estridente, um saxofone rouco, uma bateria barulhenta. Tocava melodias de "La Scugniza" e de "A dança das libélulas", e berrava uma infinidade de foxes, a cujo ritmo aqueles mocinhos dançavam o abominável e ridículo passo de camelo.

Positivamente, o Clube dos Caçadores vulgarizava-se, baixava de classe. *Où sont les neiges d'antan?* — perguntou Rodrigo, nostálgico. Onde, aquelas grandes figuras da política e do alto comércio que costumavam frequentar a casa, dando-lhe cor própria, importância e um caráter quase... sim, quase histórico?

Para mal de pecados, uma romena com uma cara que era um verdadeiro compêndio de patologia mórbida, dançou no palco um *shimmy*, sacudindo os peitos caídos e longos como orelhas de perdigueiro. E um espanhol travestido de mulher cantou cançonetas picantes. Era a decadência.

Uma paraguaia loura — ó raridade! — sentou-se à mesa de Rodrigo e quis beber champanha. Ele lhe satisfez o desejo. Depois a mulher o convidou para ir a seu quarto, que ficava do outro lado da rua. Foi. E também se arrependeu.

Deixou a prostituta pouco depois da meia-noite. Estou ficando velho — pensou, mas sem sinceridade, porque não estava convencido disso. — Já não acho mais graça nessas coisas... Decerto estou criando juízo.

Voltou para o hotel, decidido a embarcar para Santa Fé na manhã seguinte.

21

Mal saltou do trem na estação, Chiru Mena precipitou-se para ele e, antes de abraçá-lo, exclamou:

— A cidade foi invadida pelos baianos!

Contou que um batalhão da Polícia Militar da Bahia, que o governo federal mandara ao Rio Grande para perseguir as forças revolucionárias, estava aquartelado provisoriamente na cidade.

— E que mal há nisso, homem?

— Andam por toda a parte, tomaram conta de tudo. Pra onde a gente se vira avista um baiano. É mesmo que praga de gafanhoto.

Rodrigo deu uma palmada nas costas do amigo:

— Deixa de exagero, Chiru. Onde está o teu cavalheirismo? E a tradicional hospitalidade gaúcha? Temos de tratar bem esses nossos patrícios.

— Mas é uma verdadeira ocupação!

As opiniões na cidade estavam divididas com relação aos visitantes. Havia os que eram a favor, os que eram contra e os indiferentes. Os bairristas não gostavam do ar que tomavam os oficiais e os praças do batalhão forasteiro quando andavam pelas ruas, cafés e lojas, falando alto, rindo, gesticulando e brincando, assim com o ar — dizia o Cuca Lopes — "de quem está fazendo pouco na gente da terra". Um dos Spielvogel, presidente da Associação Comercial, achava que a presença do batalhão ia animar o comércio — "Os senhores já calcularam a quanto monta o soldo de toda essa gente? E já pensaram que boa parte desse dinheiro vai ficar na nossa comuna?". Era, portanto, favorável à ideia de dar um tratamento amistoso aos forasteiros.

Num daqueles domingos, a banda de música do batalhão deu uma retreta na praça da Matriz, debaixo da figueira, pois o coreto não era suficientemente grande para conter todos os seus músicos. A praça formigava de gente, as calçadas transbordavam, muitos tinham de caminhar pelo meio da rua. Os bancos estavam todos tomados e havia até gente sentada na relva dos canteiros. Nas casas em derredor viam-se espectadores, principalmente senhoras, debruçados em todas as janelas. Uma multidão de curiosos cercava a banda. Os músicos ostentavam o seu uniforme escuro de gala, com botões dourados: e o carmesim da fita do quepe, da gola da túnica e do debrum das calças constituíam notas atraentes para aquele povo acostumado à monotonia do uniforme cáqui da banda militar local. Tudo aquilo era novidade. "Até o bombo é diferente!", proclamou um entusiasta.

O largo se encheu de melodias alegres que — na opinião de Edu — o eco "arremedava" atrás da igreja. Os santa-fezenses ouviram pela primeira vez frevos pernambucanos e uma quantidade de cateretês e sambas até então desconhecidos deles. Quanto aos dobrados — ah! —, "chega me correr um frio na espinha", disse um filho da terra. Quando a banda tocava marchinhas ou sambas, as moças e rapazes que caminhavam pelas calçadas chegavam quase a dançar. Gente havia, porém, que ou não gostava do espetáculo ou, se gostava, era só por dentro, pois permanecia séria, silenciosa, olhando tudo com um olho meio arisco. Fosse como fosse, os santa-fezenses aplaudiam os músicos, ao fim de cada peça, coisa que só estavam habituados a fazer quando a banda local executava trechos líricos ou o Hino Nacional.

D. Vanja assistiu à retreta da janela do Sobrado. Estava encantada como uma criança diante dum carrossel.

— Não é mesmo um portento? — exclamou, voltando-se para dentro da casa com um brilho juvenil nos olhos. — Olhem só os uniformes. Os músicos parecem príncipes de opereta!

Maria Valéria, que, como Flora, se abstinha de aparecer à janela, pois estavam ambas ainda de luto, retrucou:

— Mas se essa baianada continua na terra, dentro de pouco tempo não nos sobra nenhuma cozinheira, nenhuma criada de dentro... A Leocádia arranjou um anspeçada mais preto que ela.

As donas de casa queixavam-se de que suas chinocas, mulatas e "crioulas" viviam de "pito aceso", não faziam mais nada direito, só pensando na hora de saírem para a rua de braços dados com seus baianos, ou de ficarem "de agarramentos" com eles nos portões ou cantos escuros.

As mães redobravam inquietas a vigilância das filhas solteiras. Se os soldados buscavam as criadinhas ou espalhavam-se pelos bordéis do Barro Preto, do Purgatório e da Sibéria, os sargentos preferiam as mocinhas das chamadas "ruas de trás", enquanto os oficiais superiores voltavam suas atenções e pretensões para as senhoritas das melhores famílias, que moravam nas ruas centrais.

Na primeira semana um coronel tratou casamento com uma solteirona considerada irrecuperável. A Gioconda fisgou um major, que já lhe frequentava a casa, provocando falatórios, pois murmurava-se que o homem era casado em Salvador e pai de cinco filhos. Naqueles primeiros dias depois da chegada do batalhão o comandante da Guarnição Federal e o intendente municipal tiveram de enfrentar sérios problemas. Havia já uma rivalidade surda entre os praças do Exército e os do corpo auxiliar da Brigada Militar. Agora a soldadesca da Bahia, muitas vezes inadvertidamente, provocava conflitos com uns e outros. As noites eram muitas vezes pontilhadas de tiros, e no dia seguinte notícias corriam pela cidade, como sempre exageradas.

— Mataram um provisório no Barro Preto.

— Deram uma sova num baiano, na casa duma china.

— Lastimaram um civil no beco do Poço.

— Houve um tiroteio num baile do Purgatório: mataram um cabo do Exército e feriram um sargento da polícia baiana.

Os conflitos, porém, foram diminuindo, à medida que a vigilância das patrulhas do Exército aumentava e os baianos se impunham à simpatia dos nativos. Eram extrovertidos, tinham uma fala cantada e doce, uns ares afetuosos.

Muitos santa-fezenses entregaram-se por completo aos visitantes, convidando-os às suas casas. Os mais casmurros e bairristas, porém, resistiam, dizendo: "Ninguém sabe quem são".

Para surpresa de Rodrigo, Chiru revelou pruridos racistas:

— Como é que eu vou levar esses negros pra dentro da minha casa, para o seio da minha família?

— Deixa de besteira — replicou Rodrigo. — Antes de mais nada, família não tem seio. Depois, cretino, que mal faz uma pessoa ter um pouco de sangue negro? Além disso, existem nesse batalhão dezenas de sujeitos mais brancos que tu!

— É uma pena — suspirou Neco Rosa, cínico — que a Bahia não nos tenha mandado uma boa partida de mulatas...

457

Mas a *cause célèbre* da época foi a questão dos oficiais do batalhão baiano com o Clube Comercial. Houve uma semana em que a pergunta mais ouvida na cidade era esta: "Como é o negócio, Fulano? Devemos ou não devemos deixar os baianos entrarem no Comercial?". A diretoria do clube reuniu-se e, de portas fechadas, discutiu o assunto durante quase duas horas, decidindo-se pela negativa. "Que ao menos este reduto da nossa sociedade resista!", bravateou o secretário.

Um dia o batalhão desfilou pelas ruas centrais de Santa Fé no seu uniforme de gala. A banda de música tocava dobrados marciais, rodeada e seguida por um bando de moleques descalços, que procuravam acompanhar o passo dos soldados. Quando a banda cessava de tocar, rufavam os tambores, soavam as cornetas. Mulheres debruçavam-se nas janelas, corriam para as portas e portões, avançavam até o meio-fio da calçada. E ao sol daquele dia de fins de verão, refulgiam os instrumentos metálicos da banda, os botões dos dólmãs, as espadas e as baionetas. E era bonito — todos concordavam — ver e ouvir centenas de pés com polainas brancas batendo cadenciadamente nas velhas pedras do calçamento da rua do Comércio.

Quica Ventura, que presenciava o desfile, apertando o cigarro entre os dentes, murmurou:

— Têm todos cara de bandido.

Ao que Liroca, que estava perto, replicou:

— Qual nada! É uma rapaziada linda. E depois, Quica, são nossos patrícios, nossos irmãos.

Como única resposta o outro cuspiu na calçada. Mas teve de tirar o chapéu imediatamente, pois naquele momento passava o pavilhão nacional no ombro do ten. Antiógenes Coutinho. Era um jovem alto, de pele "cor de jambo" (segundo dizia a Mariquinhas Matos, que jamais vira um jambo em toda a sua vida). O que mais impressionava naquele oficial de vinte e seis anos, além do contraste entre os olhos verdes e a face tostada, era a voz mole e doce como mingau de baunilha. Era uma voz cariciosa, que logo sugeria intimidades. De toda a oficialidade do batalhão baiano, era o ten. Antiógenes o mais popular entre as moças de Santa Fé, muitas das quais o convidavam para reuniões e bailarecos. E, como algumas delas parecessem apaixonadas pelo garboso porta-bandeira, era nele que se concentrava a malquerença e a má vontade dos rapazes que, segundo a classificação do cronista social d'*A Voz*, constituíam a *jeunesse dorée* de Santa Fé.

O ten. Antiógenes usava uniformes muito bem cortados, que lhe modelavam o torso atlético. Caminhava sempre teso, o peito inflado. Quando era apresentado a alguma dama, inclinava-se de leve, fazia uma continência e batia os calcanhares. Quando, porém, estava dentro de casa, numa festa, relaxava a postura militar, como que se humanizava, ficava logo íntimo da família, derramando sobre todos — mulheres, homens e crianças — o melaço de seu encanto.

As prostitutas locais andavam também loucas por ele, e o jovem tenente jamais as decepcionava. Depois das reuniões familiares, em que passava as horas sob o olhar vigilante e inapelável das mamães e titias, metia-se nas pensões de mulheres em busca de outra espécie de diversão.

Uma noite na Pensão Veneza tirou a china dum capitão do corpo provisório. O homem virou bicho, quis dar-lhe um tiro mas foi agarrado a tempo. Chiru Mena, que se encontrava no bordel na hora do incidente, conseguiu tirar o rapaz de lá e levá-lo para o hotel. Ao despedir-se, recomendou: "Daqui por diante, olho vivo, tenente. O capitão é vingativo". Tinha ouvido o homem gritar: "Vou mandar dar uma sumanta nesse mulato cafajeste".

Uma noite em que o ten. Antiógenes deixava a casa duma de suas namoradas, na rua das Missões, dois indivíduos vestidos à paisana se lhe aproximaram pelas costas e atiraram-se em cima dele, de rabo-de-tatu em punho. O oficial recuou contra a parede e chegou a arrancar o revólver do coldre. Recebeu, porém, uma pancada tão forte no pulso, que deixou cair a arma. Depois, o mais que pôde fazer foi proteger a cabeça com ambas as mãos e pedir socorro.

No dia seguinte Rodrigo contou a seguinte história aos amigos:

— Pois vejam como são as coisas... Eu saía do clube, depois dum poquerzinho, com uns amigos, e de repente, não sei por que cargas-d'água, resolvi entrar na rua das Missões, em vez de seguir pela do Comércio... Foi então que vi a cena: dois paisanos surrando um tenente da polícia baiana... Tirei o revólver, corri para o grupo e gritei: "Parem, bandidos!". Um dos atacantes se virou para mim. Não tive dúvida: prendi-lhe fogo. *Pei!* O homem virou as costas e disparou... O companheiro fez menção de tirar o revólver e eu atirei de novo, dessa vez em cima dos pés dele. Foi um deus nos acuda. Os bandidos se despencaram rua abaixo, que nem veados. O tenente veio pra mim de braços abertos e só faltou me beijar.

Desde aquela noite o ten. Antiógenes passou a frequentar o Sobrado. Estava reconhecido a Rodrigo. Levava presentes para seu "salvador", para Flora e para as crianças. Um dia entrou na cozinha e, sob o olhar crítico da Maria Valéria, ensinou à Laurinda como fazer vatapá. De quando em quando, sem motivo aparente, abraçava o dono da casa, que ficava um pouco constrangido ante a beleza quase feminina do oficial.

Ainda naquele mês de março, um sócio benemérito do Clube Comercial resumiu para um amigo as vantagens que o Batalhão da Polícia baiana havia trazido para Santa Fé. As retretas continuavam, generosas e alegres, divertindo e ilustrando o povo. O comércio local, tanto o alto como o baixo, vendia como nunca. As mais conhecidas solteironas da cidade haviam contratado casamento com majores e tenentes-coronéis de meia-idade. Além disso os oficiais baianos revelavam um comportamento exemplar. Por que não convidá-los a frequentar o clube?

De novo reuniu-se em sessão especial a diretoria do Comercial, para reexaminar o caso. Dessa vez Rodrigo compareceu ao debate e fez-se advogado dos forasteiros. Como a decisão final da diretoria tivesse sido outra vez negativa, saiu furioso do clube, resolvido a fazer alguma coisa para desagravar os baianos.

Deu no Sobrado uma festa — a primeira depois da morte da filha — e convidou todos os oficiais do batalhão visitante. Serviu-lhes champanha e deu-lhes de comer os quitutes de Laurinda. Ergueu a taça num brinde à Bahia, "berço glorioso da nacionalidade, terra do grande Rui Barbosa". Um dos baianos, um coronel gordo e calvo, respondeu com um discurso torrencial e interminável.

Flora só apareceu na sala no princípio da festa para cumprimentar os convidados. Retirou-se depois para a cozinha, de onde ficou dirigindo as negras que serviam croquetes, pastéis, empadas, sanduíches e doces. Maria Valéria a intervalos vinha espiar os "estrangeiros" pela fresta duma porta.

Quando, depois da meia-noite, os convivas se retiraram, a velha se acercou de Rodrigo e disse:

— Se seu pai fosse vivo, não ia ficar nada alegre vendo tanto militar junto na casa dele.

— Ora, titia! Também não morro de amores pela farda. Mas o caso agora é diferente. Eu precisava fazer alguma coisa para salvar o bom nome de Santa Fé e do Rio Grande, e para dar uma lição de cavalheirismo àquelas beatas da diretoria do Comercial.

Em princípios de abril o batalhão partiu. Desfilou pelas ruas no seu uniforme de campanha, ao som dum dobrado triste. Ao vê-lo passar, muitas mulheres tinham lágrimas nos olhos. A plataforma da estação estava atestada de gente. Ergueram-se vivas ao Brasil, ao Rio Grande e à Bahia. Um jovem santa-fezense fez um discurso. O coronel gordo respondeu, falou demais e atrasou o trem um quarto de hora. Quando o comboio se pôs em movimento, a banda tocava uma valsa lenta, "dessas de rasgar o coração", como disse mais tarde uma costureirinha que ficara noiva dum sargento natural de Feira de Santana. A locomotiva apitou e até o apito pareceu um lamento de despedida.

Naquele dia e nos que se seguiram, a cidade a muitos pareceu vazia. Os irônicos diziam: "Por que o intendente não decreta luto municipal por três dias?". Os maldizentes proclamavam que como resultado da "ocupação baiana" houvera em Santa Fé dois casamentos legais, três por contrato, oito noivados, cinco defloramentos — isso para não falar no grande número de criadinhas que haviam ficado grávidas. "Viva o Brasil!", bradou um gaiato, ao ouvir essas estatísticas.

Na noite do dia da partida dos baianos, a Gioconda sentou-se ao piano e tocou com muito sentimento noturnos de Chopin. No Sobrado, Maria Valéria fez uma observação que deixou Rodrigo pensativo: "Vacê não acha que nas espingardas desses baianos já pode estar a bala que vai lastimar o Bio?".

22

Uma tarde, em meados de abril, entraram pelo portão do Sobrado, carregadas por caboclos descalços e suarentos, três caixas de madeira com o nome de Rodrigo pintado nas tampas. Flora não sabia do que se tratava, mas desconfiava que fosse mais uma das "encomendas" do marido.

— Deixem os volumes no quintal, perto do porão — instruiu ela aos carregadores.

Maria Valéria franziu o nariz fisicamente ao sentir o bodum dos caboclos, e psicologicamente ao ver as caixas, nas quais farejava mais uma "loucura" do sobrinho.

— Que negócio é esse? — perguntou.

— Ora, Dinda, são uns vinhos franceses e alemães, uns queijos, umas conservas...

— Ainda que mal pergunte, vacê vai se estabelecer com casa de negócio?

Ele sorriu mas nada disse. Gritou pelo Bento, que lavava o Ford no fundo do quintal, e ordenou-lhe abrisse as caixas com a maior cautela. O factótum obedeceu.

Rodrigo segurava as garrafas que Bento lhe entregava, tirava-as com um cuidado carinhoso de dentro de seus invólucros de palha, erguia-as no ar contra a luz, os olhos cintilantes. Eram vinhos brancos e tintos — topázio e rubi! Ia enfileirando as garrafas no chão, contra a parede da casa. Pegou uma delas e leu o rótulo em voz alta: Liebfraumilch!

Bento abriu a caixa que continha os queijos e as conservas. Rodrigo acocorou-se junto dela, remexeu a palha com mãos sôfregas, e foi tirando as latas — patê de *foie gras*, sardinhas, anchovas, atum —, estralando a língua, cheirando os queijos...

Alçou os olhos para o céu de outono — um polvilho azul remoto e sereno. Pairava no ar uma leve bruma que o sol dourava. Pela cidade as paineiras rebentavam em flores. E Flora — concluiu ele —, Flora ressuscitava, seu rosto ganhava cores, suas carnes se faziam de novo apetitosas. A vida era boa. Deus era generoso. E ali estavam aqueles vinhos — rubi e topázio!

Convidou amigos para virem aquela noite ao Sobrado "beber o leite da mulher amada e comer uns queijinhos".

Além da velha guarda, apareceram Stein, Bandeira e Carbone. Rodrigo levou-os para o escritório, a peça da casa mais apropriada para "assuntos de homem".

Chiru examinou uma garrafa de vinho branco e, olhando antes para os lados, para se certificar de que não havia nenhuma dama presente, murmurou:

— Olha, Rodrigo, leite de mulher, amada ou não, eu bebo nos peitos mesmo, e não em garrafa.

— Sai, bagualão! — repeliu-o o dono da casa. — Sei que vais preferir cerve-

461

ja. Tu e o Neco são uns bárbaros. Agora aqui o nosso doutor Carbone, esse sabe apreciar o que é bom.

O italiano sorriu, seus lábios dum vermelho úmido apareceram sob os bigodes castanhos. Encostou os dedos na boca, colheu nela um beijo sonoro e depois atirou-o no ar com o gesto de quem solta um pássaro.

— E tu, Bandeira? — perguntou o anfitrião, ao servir o vinho em longos copos de forma cônica.

— Que venha esse leite — murmurou Tio Bicho, acomodado na sua poltrona, a papada a esconder a borboleta da gravata, as faces já coradas pelo vinho que tomara ao jantar.

Rodrigo voltou-se para Stein:

— Que cara é essa, rapaz?

— Decerto está preocupado com o destino do camarada Trótski — explicou Bandeira, com um sorriso provocador. — A encrenca está armada na União Soviética, Papai Lênin morreu e agora os filhos disputam o direito de primogenitura. O Arão esperava que Trótski fosse eleito secretário-geral do Partido, mas Stálin passou-lhe a perna...

Stein segurou o copo que lhe ofereciam, olhou para Tio Bicho e disse:

— Eles sabem o que fazem.

O outro tomou um gole de vinho, degustou-o e deixou escapar um suspiro de puro prazer.

— Estão vendo? — disse. — Isso sim é disciplina partidária. Quando Lênin estava vivo, o Arão achava que não havia outro para substituí-lo senão Trótski, a maior cabeça do Partido, o melhor organizador, et cetera, et cetera, et cetera. Agora engole e trata de digerir caladinho esse tal de Stálin. E se amanhã deportarem ou fuzilarem Trótski, o nosso comunista aqui não soltará o menor pio.

— Não se trata de pessoas mas de princípios — replicou o judeu.

E, desconversando, perguntou ao dono da casa se havia lido as últimas notícias sobre as atividades de Abd El-Krim no Marrocos francês.

Rodrigo, que andava de conviva em conviva, oferecendo fatias de queijo, respondeu que não. Liroca, que até então estivera a um canto, conversando com Neco, aproximou-se do marxista e disse:

— Pouco me interessa esse turco.

— Árabe — corrigiu-o Stein.

— É a mesma coisa. Mas... eu estava dizendo ao Neco... É o mais belo feito militar da história do Brasil. Maior que a retirada da Laguna ou que a batalha de Tuiuti! Só comparável às proezas de Aníbal, César e Napoleão.

Referia-se — explicou — à marcha da Coluna Revolucionária de Prestes, de São Luís das Missões até Foz do Iguaçu, onde finalmente se havia reunido à Divisão de São Paulo.

— De acordo! — exclamou Rodrigo, abraçando o amigo. — Vocês já imaginaram o que é vencer duzentas léguas de sertão, vejam bem, *duzentas* léguas de terreno acidentado, abrindo picadas pelo mato a machado e a facão, atravessando rios, escalando montanhas... lanhados, esfarrapados, sangrando, mas marchando sempre?

— E perseguidos por quatro mil soldados do governo! — acrescentou José Lírio.

— Sim, brigando todo o tempo... — Num repentino assomo de emoção cívica, Rodrigo fez uma frase: — Marcando seu itinerário glorioso com as sepulturas dos companheiros que tombavam no caminho.

Liroca sacudia a cabeça num grave assentimento.

— Muita gente boa foi ficando para trás — continuou Rodrigo —, companheiros de Prestes da primeira hora, tanto civis como militares... Aníbal Benévolo morreu no ataque ao Itaqui... Mário Portela, outro bravo, tombou na travessia do Pardo...

Ergueu o cálice e exclamou:

— A Luiz Carlos Prestes e aos seus heróis!

Neco, Chiru e Liroca levantaram imediatamente seus copos. Roque Bandeira acompanhou-os, após breve hesitação, mas sem muito entusiasmo. Arão Stein, que se havia sentado, permaneceu de cabeça baixa.

— E tu? — interpelou-o Rodrigo. — Não nos acompanhas no brinde?

Stein sacudiu a cabeça, murmurando:

— Não seria sincero. Não tenho entusiasmo por essa revolução...

— Não digas uma barbaridade dessas!

Todos, menos o judeu, tomaram um largo trago. Liroca lançou para o rapaz um olhar torvo, como se estivesse diante dum caso teratológico.

— Que é que o senhor tem na cabeça? — perguntou. — Miolos ou bosta de vaca?

Chiru e Neco avançaram também sobre o anti-Prestes. Parecia que o Sobrado ia ser teatro duma cena de linchamento. Tio Bicho continuava sentado, a bebericar o seu Liebfraumilch. Os outros falavam ao mesmo tempo, querendo convencer o "renegado" de que aquela era a mais bela, a mais nobre, a mais justa de todas as revoluções.

Carbone, que havia alguns minutos deixara o escritório para ir conversar na sala de visitas com *le belle donne*, voltou e quis saber de que se tratava.

— É um *pogrom* — explicou Roque Bandeira. Depois, erguendo a voz, pediu: — Deixem o homem explicar seu ponto de vista!

Quando os outros se aquietaram, Stein falou.

— Para principiar — disse —, quero fazer uma pergunta. Contra quem é essa revolução do Isidoro e do Prestes?

— Ora — respondeu Chiru —, contra o Bernardes.

— Quer dizer que, se o presidente da República morresse de repente dum colapso cardíaco ou duma indigestão, os revolucionários poderiam depor as armas tranquilamente?

Rodrigo interveio:

— Está claro que não. O Bernardes simboliza um estado de coisas. Esse movimento revolucionário é um protesto contra a autoridade atrabiliária do homem que representa uma camorra política que quer perpetuar-se no poder. Numa palavra, essa revolução visa derrubar as oligarquias que nos infelicitam!

Stein coçou a cabeça, uma mecha fulva caiu-lhe sobre os olhos.

— Está bem, está bem — disse. — Esses tenentes querem dar à sua quartelada um caráter antioligárquico. Magnífico! É uma causa simpática, sem a menor dúvida. Mas acontece que esse objetivo não chega às raízes de nossos males. Sem uma mudança básica em toda a nossa estrutura econômica e social, jamais resolveremos os nossos problemas.

Rodrigo lançou-lhe um olhar enviesado:

— Não me venhas de Karl Marx em punho, que não te recebo.

Stein sorriu amarelo, e por alguns instantes deu a impressão de que considerava encerrada a discussão.

De novo se encheram os copos. Carbone pediu um brinde especial ao maj. Toríbio Cambará. Rodrigo ficou comovido. A ideia de que o irmão estava entre os bravos daquela marcha épica enchia-o dum orgulho embriagador. (Ou seria também efeito do vinho?) Um calor agradável subia-lhe ao rosto, animava-lhe a palavra, tornando-o duma cordialidade derramada. Aproximou-se de Stein, acariciou-lhe a cabeça e disse:

— Bebe, menino. A vida é curta.

O outro, porém, não parecia participar daquele espírito leviano e esportivo. Pôs-se de pé.

— Por favor — suplicou —, tratem de me compreender. Não sou nenhum espírito de contradição. Nenhum fanático. — Bateu na testa. — Tenho cabeça, tenho miolos, logo: penso.

— Esse é o teu mal — sorriu Bandeira. — Usas demais a cabeça e de menos o resto do corpo.

O dono da casa desatou a rir:

— Muito bem, Roque! Puseste o dedo no dodói dele. O que falta ao Stein é amor. Vamos arranjar-lhe mulher.

O rapaz arregaçou os lábios num sorriso que mais parecia um ricto canino. Chiru e Neco conversavam a um canto animadamente, e Carbone voltara à companhia das damas.

Alguns minutos depois Rodrigo tornou a interpelar Stein.

— Qual é a solução que ofereces para o problema nacional? Fala, hebreu!

— Não sou tão ingênuo ou tão vaidoso a ponto de pensar que tenha no bolso um remédio rápido, fácil e infalível para nossos males. Mas de algumas coisas tenho certeza absoluta. Escutem. O povo, com sua misteriosa sabedoria, seu instinto divinatório, já sentiu que essa não é a *sua revolução* e por isso permanece apático diante dela. Por outro lado, os revolucionários, cegos aos fatores econômicos que dão forma e rumo à nossa vida política e social, investem romanticamente contra a sua Bastilha, em nome dum vago programa de "regeneração nacional". Seu lema de "Abaixo as oligarquias!" tem um caráter de improvisação demagógica. Em suma, trata-se ainda duma revolução burguesa, cuja vitória pouco ou nenhum bem traria para nossas massas rurais e urbanas e para nosso incipiente proletariado.

Liroca desenrolou e tornou a enrolar o cigarro apagado e, olhando de viés para o judeu, perguntou:

— Moço, onde é que o senhor aprende essas coisas?

Tio Bicho apressou-se a explicar:

— Ele lê isso nos livros russos e alemães que recebe em traduções espanholas. Anda tão empapado de castelhanismos que não usa mais a palavra camponês, e sim *campesino*.

Stein voltou-se para o amigo e reagiu:

— Para ti tudo é uma questão de palavras. Para mim pouco importa que chamemos ao homem do campo camponês, campesino ou campônio. O essencial é libertá-lo da miséria, da doença, do analfabetismo e da fome. Isso sim é importante.

Quando uma hora depois Stein despediu-se do dono da casa, este lhe tomou afetuosamente do braço:

— Podes dizer o que quiseres, citar os autores que te vierem à cachola, mas uma coisa não poderás negar: a beleza dessa marcha, a grandeza desses homens. Se tudo se reduz a uma pura necessidade econômica, como vocês marxistas afirmam, como se explica a dedicação e o sacrifício desses revolucionários que não têm terras ou fábricas a defender, e que de seu hoje não possuem mais que a roupa do corpo, o cavalo e as armas? Não, meu caro Stein, existe algo mais que o fator estômago e o interesse de lucro. Nossos homens são capazes de lutar desinteressadamente por um ideal, por um amigo, pela cor dum lenço, por... por... pelo seu penacho! Em 23 muito provisório recrutado a maneador na hora do combate brigou como leão. Por quê? Por causa de fatores econômicos? Por causa da plus-valia ou da ditadura do proletariado? Não! No fundo, o verdadeiro partido dum homem é seu amor-próprio, o seu orgulho de macho.

Stein nada disse. Limitou-se a sorrir e a estender a mão para o amigo, dizendo:

— Boa noite, doutor. Me desculpe se falei demais.

Rodrigo estreitou-o contra o peito.

— Qual nada, Arão! Tu sabes que te quero bem. Nesta casa podes falar à vontade. Também já vais, Roque? Boa noite, meu velho. Cuidado com a escada. Liroca, bota o capote, que a noite está meio fria. Chiru e Neco, vocês fiquem. Não é um pedido: é uma ordem do major Rodrigo. — Baixou a voz, olhou na direção da sala, de onde vinham as vozes das mulheres, e acrescentou: — Estou pensando num programa... Me contaram que chegou uma uruguaia macanuda pra Pensão Veneza...

23

Nos últimos dias de julho daquele ano, Rodrigo recebeu uma carta de Terêncio Prates, datada de Paris.

Prezado Amigo:

Faz muito que ando pensando em escrever-te, mas fui deixando a carta para depois, por uma razão ou outra. Seja como for, aqui estou para uma prosa. Há tanta coisa a dizer, que nem sei por onde começar.

Meu curso vai bem e me tem dado o privilégio de estar perto de grandes mestres do pensamento contemporâneo. Imagina, meu caro, um piá natural do Rincão das Dores, como eu, a respirar numa sala de conferências o mesmo ar que entra nos pulmões de homens como Alain e Bergson!

Durante todos estes anos tenho esperado em vão a tua visita. É uma pena que não tenhas vindo, pois Paris se modifica dia a dia, e já não é, pelo menos na superfície, o que era antes da Grande Guerra.

De mim sei dizer que estou escandalizado e até meio perturbado pelo que vejo, ouço e leio. Tu conheces mais ou menos minhas ideias em matéria de política e moral. Apesar de ter formado meu espírito dentro deste século XX, considero-me um homem do século passado. Fui educado segundo um conceito de vida individualista. Embora não me encante nem convença tudo quanto vem do Grande Século — pois sempre achei detestável seu cientificismo ateu e orgulhoso — participo de sua crença no Progresso e na evolução lenta porém segura e inspirada das instituições. Mas a verdade, meu caro amigo, é que estamos presenciando um cataclismo social em toda a Europa, quiçá no mundo inteiro. E Paris, como cérebro e coração da civilização ocidental, não podia deixar de estar no epicentro do terremoto. Os valores da sociedade estável do século XIX caem por terra. A Guerra abalou e revolveu tudo. É o caos. Não há mais Fé, nem Moral, nem Ética e nem mesmo Estética! O grande conflito armado deu um golpe talvez mortal na sociedade dentro da qual os homens de nossa geração nasceram, foram educados, adquiriram seus hábitos e deram forma a seus sonhos. A licenciosidade impera em todos os setores da vida e do pensamento. As mulheres perdem o pudor, cantam canções bandalhas, dançam danças lúbricas, desnudam-se em público, fumam, bebem, sim senhor, embriagam-se como homens. Encontra-se em Paris, fazendo um sucesso delirante, uma mulata norte-americana que se exibe num destes cabarés completamente nua, apenas com uma tanga de bananas! É o fim do mundo, Rodrigo. Uma geração como a nossa, que se alimentou de Schubert, Schumann, Beethoven, Chopin e outros grandes da música universal tem de aguentar agora essa "coisa" cacofônica, barulhenta e negroide que é "jazz-band" (não sei se é assim que se escreve) e que Paris teve o mau gosto e a infelicidade de importar dos Estados Unidos.

A mocidade parece ter tomado o freio nos dentes e saído a apedrejar homens e instituições, a rasgar e espezinhar velhas bandeiras tradicionais, quebrar as vidraças das academias. (Está claro que falo no sentido figurado...) Esses moços embriagam-se não só de álcool como também de velocidade. Campeia no mundo a mania da pressa, a paixão pelo automóvel, pelo avião, pelo telefone sem fio, em suma, por tudo que represente vertigem e rapidez. E o mais trágico é que não sabem ainda aonde querem chegar. Está claro que apenas se atordoam. É a "geração das trincheiras" como já escreveu alguém.

Um dia destes tive a oportunidade de conversar com um jovem francês que fez a Guerra, onde perdeu a mão esquerda. Disse-me que está revoltado contra a tradição humanista que não soube preservar a paz do mundo. Odeia, portanto, o academicismo, o conformismo e a tábua de valores morais de seus maiores. Acha que só "la sincérité, mais toute la sincérité" pode salvar o mundo, se é que ainda há esperança de salvação. Considera, por exemplo, Anatole France um farsante, um fariseu, um falso homem de letras.

Pois é, meu caro amigo, o que se vê agora por aqui é uma literatura pseudo-moderna, que não consigo estimar nem ao menos entender. Os "novos" decretaram a morte de homens como Victor Hugo, Taine, Renan e tantos outros, para exaltar os Apollinaire, os Blaise Cendrars e os Cocteau.

E sabes a quem cabe, em boa parte, a culpa de tudo isso? A dois tipos de mentalidade que estão procurando impor-se no mundo. A da Rússia, com seu bolchevismo materialista e iconoclasta, e a dos Estados Unidos, com sua irreverência esportiva e sua arrogância de "nouveau riche". Os bolchevistas espalham seus agentes pelo mundo. Os americanos nos mandam esses pretos tocadores de "jazz-band" e detestáveis fitas de cinema em que essa mentalidade de "après guerre" é exaltada e embelezada. A Guerra tornou a nação de Wilson uma potência de primeira categoria. A prosperidade a está perdendo. Só espero, meu amigo, que aqui mesmo na França, coração e cérebro da latinidade, surja a reação contra todos esses abusos, exageros e imoralidades. Contra o ateísmo russo e o mercantilismo calvinista dos ianques terá de erguer-se a força moral e histórica da nossa Igreja.

Rodrigo releu a carta em voz alta na presença de seus amigos, na primeira oportunidade em que os viu reunidos. As reações foram as mais variadas. Terminada a leitura, Neco Rosa perguntou:

— Como é mesmo a história da mulata que dança pelada?

— Que belo espécime de reacionário nos está saindo o doutor Terêncio! — exclamou Tio Bicho.

— Lógico! — apressou-se a dizer Arão Stein. — Com doze léguas de campo povoadas, casas na cidade, apólices no Banco da Província, os Prates só podem desejar a continuação da ordem social vigente.

— E se essa coisa que ele chama de "latinidade" — ajuntou Bandeira — é tão forte, tão boa, tão cheia de cultura e tradição, como pode ser abalada por um bando de negros americanos que batucam em tambores e tocam saxofone? Ou por fitas de celuloide vindas de Hollywood? Ou mesmo por esses tais "agentes do bolchevismo"?...

— O que ele não compreendeu — tornou Stein — é que se o edifício da burguesia começa a desmoronar é porque estava podre e abalado nos alicerces. Naturalmente o doutor Terêncio esperava que o jovem mutilado de guerra continuasse a amar e admirar os que o mandaram para a trincheira, para morrer na defesa dos banqueiros internacionais, dos fabricantes de armamentos e das companhias de petróleo...

Rodrigo meteu a carta no bolso. Estava de certo modo lisonjeado. Afinal de contas Terêncio Prates jamais fora seu íntimo. Aquele desabafo epistolar indicava, entre outras coisas, que o homem o tinha em alta consideração e procurava sua amizade.

— E depois — observou Tio Bicho — o doutor Terêncio fala como se antes da Guerra o mundo e principalmente Paris fossem um convento, um modelo de decência e austeridade. Nós sabemos que a coisa não era absolutamente assim. Aí estão todos esses romances de bulevar... e as estatísticas, as crônicas policiais...

— Espera, Roque! — interrompeu-o Rodrigo. — Mas há limites para tudo. Se as mulheres soubessem o que estão perdendo aos olhos dos homens por se despirem em público ou se masculinizarem...

— Isso! — apoiou-o Chiru.

Costumava afirmar que um homem pode frequentar um bordel e apesar disso continuar a ser um exemplar chefe de família, como ele, pois "uma coisa nada tem a ver com a outra e o que olhos não veem coração não sente". Afinal de contas, como muito bem dizia Rodrigo, um homem precisa de mais de uma mulher.

— Isso! — repetiu. — Tenho uma filha de treze anos e essas coisas todas me assustam. Um dia destes peguei a menina olhando numa revista o retrato dessa tal mulata que dança nua... Como é mesmo o nome dela?

— Josephine Baker.

— Pois é. Imaginem que exemplo!

O Neco, porém, era solteirão e não suportava os moralistas.

— Nada disso me assusta — disse. — Que venham essas modas e essas mulatas. Quem não quiser usar elas que não use. Eu acho que Santa Fé já comportava um bom cabaré, hein, Rodrigo?

24

Que Santa Fé se transformava, era coisa que se podia observar a olho nu. Começava a ter sua pequena indústria, graças, em grande parte, aos descendentes de imigrantes alemães e italianos como os Spielvogel, os Schultz, os Lunardi, os Kern e os Cervi, os quais, à medida que prosperavam economicamente, iam também construindo suas casas de moradia na cidade e estavam já entrando nas zonas até então ocupadas apenas pelas famílias mais antigas e abastadas.

O clã dos Teixeiras, que, com a morte recente de seu chefe, se havia transformado num matriarcado, habitava um casarão acachapado e feio como um quartel, com frente para a praça Ipiranga. Nele reinava a viúva, d. Josefa, cercada de filhos, noras, genros e netos. Em princípios daquele ano, José Kern inaugurara sua residência ao lado da mansão dos Teixeiras, com uma festa que teve quase um caráter de *Kerb* e para a qual convidou seus amigos de Santa Fé e de Nova Pomerânia. Cantou-se, dançou-se, comeu-se e bebeu-se com entusiasmo ruidoso, desde as sete da noite até o amanhecer. No dia seguinte d. Josefa disse a uma amiga: "Não pude dormir a noite inteira. Houve uma bacanal na casa nova, ao lado da minha. Por sinal parece uma igreja, com aquelas torres... E que é que a senhora me diz daqueles anõezinhos de barro pintado no jardim? Pois é... Acho que temos de nos mudar. A nossa zona está sendo invadida pela alemoada".

Os Spielvogel enriqueciam no negócio de madeira. Com sua casa de comércio, o Schultz era o maior concorrente da Casa Sol, cujo proprietário, o Veiguinha, envolvia a sua indolência no manto prestigioso da tradição. "A minha loja está como era no tempo do meu avô. Não tenciono mudar nada. Que diabo! Temos que respeitar as coisas do passado." Falava mal do Schultz, que ultimamente se metera no negócio de máquinas agrárias. "Esse lambote quer abarcar o mundo com as pernas. Um dia estoura."

Marco Lunardi ampliara a padaria e a fábrica de massas. Ganhava dinheiro, tinha casa própria — um verdadeiro bolo de noiva com estátuas sobre a platibanda, altos-relevos na fachada, paisagens da Itália pintadas a óleo nas paredes internas. Continuava, porém, a trabalhar como um mouro e, descalço e metido num macacão de zuarte, era frequentemente visto pelas ruas e estradas a dirigir um caminhão carregado de sacos e caixas.

Um dia o Quica Ventura parou na frente do "palacete" do Lunardi e disse ao amigo que o acompanhava: "O avô desse gringo chegou aqui com uma mão na frente e a outra atrás. Veja agora o estadão do neto".

Havia muitos, porém, que observavam esses fenômenos dum ângulo simpático: "Imaginem só... O primeiro Spielvogel que pisou neste município chegou sem um tostão no bolso. Construiu um moinho d'água, plantou milho e feijão. Hoje os netos têm uma serraria a vapor e são os madeireiros mais fortes da região".

Quando José Kern, retaco, rubicundo, rebentando de saúde e vigor, passava na rua no seu andar apressado, diziam:

— Esse alemão vai longe. Começou mascateando na colônia. Hoje é o comerciante mais ativo da cidade. Tem um prestígio danado no interior do município. Ainda acaba deputado.

Muitos desses santa-fezenses de origem alemã ou italiana haviam já conseguido fazer-se sócios do Clube Comercial, vencendo certas resistências que se iam afrouxando à medida que a prosperidade econômica dos "colonos" se refletia na maneira como andavam vestidos, nas casas onde moravam e nos autos que possuíam.

O José Spielvogel tinha um Mercedes-Benz. José Kern adquirira um Chevrolet. Entre os fazendeiros da cidade começara o que se poderia chamar "a guerra do automóvel". Cada qual queria ter o carro maior e mais luxuoso. Na maioria dos casos não eram os chefes de família que estimulavam essa competição, mas suas mulheres ou, melhor ainda, suas filhas. As meninas do cel. Prates tinham um Chrysler? As netas do cel. Amaral compravam um Studebaker. Ah! As Teixeiras andavam num Fiat dos grandes? Um mês depois chegava um Buick, último modelo, para os Macedos. Mas cada um desses fazendeiros tinha também um forde de bigode, pau para toda obra, o único carro capaz de vencer aquelas estradas medonhas que os levavam da cidade às suas estâncias.

Aos domingos geralmente os membros de cada uma dessas famílias vestiam as melhores roupas e saíam a passear em seus carros, de tolda arriada. Para os que passavam certas horas dominicais debruçados nas janelas de suas casas, só o desfilar daqueles automóveis era um divertimento. Os carros em geral tinham um único itinerário: faziam a volta da praça da Matriz, desciam depois pela rua do Comércio, contornavam a praça Ipiranga e de novo voltavam pela mesma rua. Repetiam isso dezenas de vezes, em marcha lenta.

Existiam na cidade já três automóveis de aluguel. Os boleeiros de carros puxados a cavalo olhavam para os choferes profissionais com um desprezo mesclado de rancor. Os primeiros vestiam-se ainda à maneira gaúcha: bombachas, botas, chapéus de abas largas, um lenço ao redor do pescoço, ao passo que os condutores de automóveis usavam roupas citadinas e um quepe de tipo militar.

— Bonezinho de veado — diziam os boleeiros.

E divertiam-se quando o motor de um dos automóveis enguiçava, ou quando um pneumático se esvaziava. Boa parte da população local, entretanto, continuava a dar preferência aos carros de tração animal.

Não era essa, porém, a única das rivalidades existentes em Santa Fé. Havia a tradicional e infindável desavença entre maragatos e pica-paus, que continuava a separar indivíduos e famílias inteiras. E a competição entre os clubes de futebol Charrua e Avante. O primeiro tinha como presidente perpétuo Jacques Meunier, o ex-marista francês que casara com uma das filhas do falecido cel. Cacique Fagundes. Era o Avante o campeão crônico de Santa Fé, e, como seus jogadores usassem camiseta vermelha, todos os maragatos se achavam na obrigação cívico-sentimental de torcer por ele. Os pica-paus inclinavam-se para o Charrua, que — azul, amarelo e preto — vivia sob a asa protetora do cel. Laco Madruga. As partidas que os clubes rivais jogavam eram sempre acidentadas. Enquanto os jogadores disputavam a bola ou, esquecidos desta, trocavam pontapés e pechadas, os torcedores nas arquibancadas se engalfinhavam a sopapos e não raro a facadas e tiros.

A rivalidade mais recente — que tão bem caracterizava as transformações por que passava a cidade — surgira no campo da música. A orquestra mais antiga de Santa Fé, que se revezava com o terno da banda militar nos bailes do Comercial, era o Grupinho do Chico Meio-Quilo, um homúnculo baixo e gordo que tocava flauta. Tinha na sua orquestra dois violões, um violino, um cavaquinho e um contrabaixo. O conjunto especializara-se em valsas, tangos argentinos, marchinhas e polcas. Tudo estava no melhor dos mundos para Chico Meio-Quilo quando um dia apareceu um forasteiro e organizou o primeiro *jazz-band* de Santa Fé, com elementos da banda militar: saxofone, pistão, clarineta, trombone. O organizador encarregou-se da bateria, em cujo bombo escreveu em letras negras JAZZ MIM. (Era gaiato e trocadilhista, o cafajeste!)

A guerra começou. Os jovens logo se entregaram ao conjunto moderno, ao passo que os da velha guarda se mantiveram fiéis à música de Chico Meio-Quilo. Os dois conjuntos passaram a revezar-se nos bailes da cidade. Dois partidos então se formaram. Mas havia os trânsfugas: elementos passadistas bandeavam-se para o lado do *jazz*, aderiam ao passo de camelo, ao *one-step* e ao fox — "senhores e senhoras de meia-idade, que deviam dar-se o respeito", como comentavam os do grupo conservador.

Era porém no aspecto e no comportamento das mulheres que mais se evidenciavam os sinais dos tempos. Agora muitas delas usavam ruge nas faces, batom nos lábios e algumas até bistre nas pálpebras. Senhoras casadas, de mais de quarenta anos, haviam cortado o cabelo à *la garçonne* e já se apresentavam com saias a meia canela e vestidos de "cintura perdida".

Segundo os padrões de Laurentina Quadros, Josefa Teixeira e outras matronas de Santa Fé, uma moça verdadeiramente bonita tinha de ser gorda e corada, numa palavra: viçosa. Até havia pouco os homens gostavam das fêmeas de pernas grossas. Agora, porém, algumas mulheres faziam dieta, queriam estreitar os quadris, diminuir o volume dos seios, pois o ideal feminino moderno eram as figurinhas esbeltas dos figurinos europeus. Outro modelo se lhes apresentava, tentador: a estrela de cinema Clara Bow, símbolo da moça "evoluída" e esportiva, dançadora de *charleston* e de *shimmy*, o tipo da boneca feita para andar de baratinha a grandes velocidades.

O cinema norte-americano havia desbancado definitivamente o europeu e impunha a Santa Fé e ao mundo seus heróis e heroínas, sua moral e sua estética. Gioconda pintava os olhos como Theda Bara. Uma das Prates, com o auxílio do batom, transformava a boca num coração, à maneira de Mae Murray.

Muitas mocinhas santa-fezenses compravam e assinavam a *Cena Muda* e algumas delas conheciam melhor os mexericos de Hollywood que os municipais. E quase todas suspiravam de amor pelo galã da moda, Rodolfo Valentino. No princípio, os filmes de Hollywood tinham oferecido ao mundo o tipo do herói ianque, esportivo nos trajos e nos gestos, cheio dum bom humor juvenil e ao mesmo tempo viril — sujeitos atléticos, risonhos, ágeis de pernas e vigorosos de músculos. Eram os George Walsh, os Douglas Fairbanks, os Norman Kerry. Ah! Mas Valentino superara a todos. Onde os outros empregavam os punhos, ele usava o seu olhar magnético. Era moreno, romântico, sensual, lânguido e latino. Ninguém sabia beijar como ele. Amara na tela mulheres como Nita Naldi, Agnes Ayres e Pola Negri. (Diziam que com esta última o amor continuava fora do celuloide, real e tempestuoso.)

Mariquinhas Matos fundara o Clube das Admiradoras de Rodolfo Valentino, que se reunia todas as quintas-feiras, ora na casa duma sócia, ora na de outra. Discutiam os filmes em que aparecia o seu patrono, trocavam-se fotografias com autógrafos do ídolo, liam umas para as outras as cartas que lhe escreviam.

Os maldizentes — homens e mulheres despeitados — comentavam: "Os artistas de cinema passam, mas a Gioconda fica. Já era mocinha nos tempos da Nordisk e da Cines, quando escrevia cartas apaixonadas ao V. Psilander e ao Emilio Ghione. Passou pelo Thomas Meighan e pelo Wallace Reid. Agora está no Rodolfo Vaselina. Que resistência!".

Quando passaram no Cine Recreio *A Dama das Camélias* em versão modernizada, com a Nazimova no papel de Margarida Gautier e Valentino no de Armando Duval, o cinema teve uma enchente tão grande que a empresa foi obrigada a exibir de novo o filme no dia seguinte, coisa que raramente acontecia.

Nos sermões dominicais o vigário pregava contra o cinema americano. "Por que não nos mandam mais fitas *egzemplares* como o *Honrarás tua mamãe*?". E insinuava que toda a imoralidade que se irradiava da América do Norte naquelas películas era o resultado duma maquinação protestante com a finalidade de solapar os alicerces da sociedade católica do resto do mundo. E o rev. Robert E. Dobson de seu púlpito replicava, negando que Hollywood fosse o porta-voz do protestantismo dos Estados Unidos. E ele próprio deblaterava, à sua maneira vaga de palha e cinza, contra os excessos e imoralidades da vida moderna, invocando a trágica lição de Sodoma e Gomorra.

O último Carnaval oferecera boa oportunidade para quem quisesse observar até que ponto tinham mudado os costumes de Santa Fé. Durante o dia, apareceram nas ruas mascarados tristes e desenxabidos, como de costume. Ao entardecer surgiram de todos os quadrantes da cidade os ranchos, uns de "gente branca" e outros de "gente de cor". Os primeiros eram em geral sem graça nem ritmo. Os segundos exibiam as melhores balizas, as melhores orquestras, canções e fantasias. Para não quebrar a tradição, o alfaiate Padilha travestiu-se de mulher, e saiu a passear pelas ruas centrais num automóvel de tolda arriada.

A "melhor sociedade" se reservava para o *bal masqué* do Comercial. O da Terça-Feira Gorda foi o mais memorável de todos. Houve como sempre uma competição nas fantasias entre as moças das famílias mais ricas. Chamou logo a atenção uma Mme. Pompadour decotadíssima (forasteira). Havia odaliscas, baiaderas, húngaras, damas antigas; apaches, tiroleses, caipiras, índios, dominós de várias cores; e os eternos pierrôs. Um funcionário de banco ostentava um turbante de seda branca. (Valentino em *O jovem rajá*.) Um caixeiro de loja suava sob um albornoz. (Valentino em *O sheik*.) Esmeralda — a quem um maldizente chamara "a adúltera oficial da cidade" — estava fantasiada de baralho, e mostrava os joelhos, tão curta era a sua saia. Passou a noite a puxar dum lado para outro, como a um boneco de pano, o manzanza do Pinto, seu marido.

A orquestra do Meio-Quilo desde o início do baile foi repudiada pela maioria, de sorte que o Jazz Mim berrou a noite inteira marchinhas, sambas e choros nacionais, para a alegria da velha guarda. A forasteira (contou-se mais tarde num murmúrio de escândalo) chegara a dar alguns passos de *shimmy* ali em pleno salão do Comercial, sacudindo os peitos. Vários rapazes tomaram bebedeiras de éter e caíram no soalho, em coma. Outros tomaram porres de champanha ou chope. Travaram-se também entre os homens as costumeiras e ferozes batalhas de lança-perfume, em que cada qual procurava alvejar com o esguicho de éter os olhos do adversário, até tirá-lo fora de combate. Houve entreveros, atracações a sopapos, e um filho do Cervi teve o pulso cortado pelos cacos dum tubo de lança-perfume que se partira no auge da refrega.

Mariquinhas Matos, porém, manteve a linha. Fantasiada de castelã medieval, dançou de "par efetivo" com o novo fiscal de imposto de consumo recém-chegado à terra. Era um moço muito correto, de Belém do Pará. Trajava *smoking* e semiescondia o rosto sob a meia-máscara preta. Gioconda procurou exibir cultura. Assinava o *Para Todos*, deliciava-se com os almofadinhas e as melindrosas desenhados por J. Carlos e adorava as crônicas de Álvaro Moreyra. Seu poeta predileto era Olegário Mariano — declarou ela ao fiscal. Já leu *As Últimas Cigarras*? O moço não tinha lido.

— Prefiro a poesia moderna, senhorita.

— Ora, nem diga!

O fiscal era exímio no passo de camelo. A propósito dum pierrô cor-de-rosa, que fazia piruetas no meio do salão, a Gioconda recitou ao ouvido do par:

Sob a pele de alvaiade
Pierrô tem alma também,
Não compreende o que é saudade
Mas tem saudade de alguém.

Enlaçando com a mão direita a cintura de Mariquinhas e com a esquerda segurando o lança-perfume e irrigando com heliotrópio o longo pescoço da moça, o paraense atacou Olegário Mariano e os outros poetas passadistas. Eram os homens dum mundo que morria — disse. — Convencionais, acadêmicos, artificiais. A srta. Maria devia voltar-se para as vozes novas e originais que se erguiam no Brasil e no resto do mundo, na era dinâmica e vertiginosa do rádio, do automóvel e do avião!

473

A Gioconda sorria, encolhia-se, de olhos cerrados. Quando a música parou por um instante, o fiscal arrastou sua castelã para a área aberta do clube, sentou-se com ela a uma mesa, pediu cerveja e depois, com bolhas de espuma no bigode de galã, recitou-lhe em meio do pandemônio um poema de Oswald de Andrade.

— Mas isso é loucura! — exclamou Mariquinhas Matos. — Não tem metro, não tem rima, não tem nexo!

— Qual! É muito boa poesia — sorriu o moço. — É questão da gente se habituar e nos desintoxicarmos do nosso olavobilaquismo.

No fim da semana seguinte *A Voz da Serra* publicou um artigo do fiscal em que ele tentava explicar o sentido do modernismo. O promotor público, um velhote natural de São Paulo, e que dizia ter frequentado "a roda do Bilac", tomou as dores do "passadismo" e respondeu ao artigo, num tom entre irônico e agressivo. O paraense treplicou no mesmo tom. Alguns jovens da cidade que tinham o hábito da leitura, solidarizaram-se com o fiscal, ao passo que a maioria ficava do lado do promotor.

O melhor comentário sobre a polêmica veio do Liroca. Quando lhe explicaram do que se tratava, exclamou: "Xô égua!".

"Santa Fé civiliza-se", escreveu Amintas Camacho num de seus editoriais. Falou nas modas, nas danças "deste nosso século dinâmico e trepidante", nos automóveis de modelo novo que chegavam à cidade. "Ninguém pode deter o carro do Progresso", concluiu.

— Fresco progresso — resmungou Stein. — Enquanto essas meninas ricas botam dinheiro fora em vestidos, pinturas e automóveis, os pobres do Barro Preto, do Purgatório e da Sibéria continuam na sua miséria crônica. A mortalidade infantil aumenta. A tuberculose se alastra.

— É a vida — filosofou Tio Bicho.

— Não — replicou Stein. — É a morte.

25

Fazia mais de seis meses que Rodrigo não recebia notícias, quer diretas quer indiretas do irmão. Assaltavam-no agora com frequência acessos de melancolia. Vinham-lhe pensamentos tétricos. Imaginava Bio morto no meio da selva, o rosto coberto de moscas, como o do cadáver insepulto que ele encontrara um dia abandonado no campo, durante a campanha de 23. Uma noite sonhou que andava com o corpo de Bio nas costas, no meio dum matagal, à procura dum lugar para enterrá-lo, o que não conseguia, porque o chão daquela selva escura era de pedra. No entanto, a marcha tinha de continuar, o cheiro do morto se fazia cada vez mais ativo, as moscas lhe enxameavam ao redor do corpo, mas ele, Rodrigo, continuava a andar e a buscar, porque se sentia no dever de sepultar o irmão que misteriosamente era ao mesmo tempo seu pai e seu filho...

Acordou impressionado e passou o dia com aquela sensação de desastre.

Havia momentos em que identificava Toríbio com Alicinha e vinham-lhe fantasias que em vão procurava esconjurar. Via o irmão cruzando o mato a cavalo, levando a menina na garupa... Ou então ambos caídos lado a lado, apodrecendo na boca duma picada, devorados pelos urubus. Eram imagens que com maior ou menor intensidade lhe ensombreciam horas inteiras.

Duma feita lhe veio com tanta força a certeza de que Toríbio estava morto, que, não podendo reprimir as lágrimas, saiu de casa precipitadamente para que Flora e Maria Valéria não o vissem chorar. Saiu a caminhar pelas ruas menos movimentadas, procurando evitar conhecidos. Encontrou quem menos desejava: o sarg. Sucupira. Depois de saudá-lo com cordialidade patriarcal, o médium olhou fixamente para ele e murmurou:

— O senhor está sendo seguido por alguém...

— Não me diga nada! — gritou Rodrigo.

E precipitou-se rua abaixo, em ritmo de fuga.

Às vezes, porém, passava longos períodos de otimismo e até de entusiasmo. Pensava em Toríbio, imaginava-o na vanguarda da Coluna ao lado de João Alberto, barbudo e seminu, abrindo picadas a facão... Sorria e murmurava: "Esse Bio é das arábias...". Não raro lhe vinha um vago sentimento de culpa por não estar ao lado dele. Podia parecer aos outros uma covardia ficar em casa, abrigado de agruras e perigos, enquanto o outro Cambará macho arriscava a vida naquela marcha, que já agora começava a assumir cores lendárias.

Em vão procurava nos jornais notícias da coluna revolucionária. Não encontrava quase nada. O *Correio do Povo*, sob o título morno de "O movimento sedicioso", dedicava-lhe quando muito quinze ou vinte linhas: movimento de tropas no estado, dissolução de corpos auxiliares, e lá de quando em quando uma notícia direta da Coluna. A última informava que, depois de ter invadido o Paraguai em fins de agosto, os sediciosos haviam tornado a entrar no Brasil pelo Mato Grosso, encetando uma marcha na direção de Goiás, sempre perseguidos por tropas legalistas dez vezes mais numerosas.

Naquele princípio de primavera chegaram notícias a Rodrigo por intermédio de amigos que simpatizavam com o movimento. Isidoro Dias Lopes, por causa da idade avançada, emigrara para a Argentina, de onde continuaria trabalhando pela revolução. Comissionado em general, Miguel Costa comandava a Coluna. Luiz Carlos Prestes, agora coronel, era chefe do Estado-Maior. Mesmo de longe Rodrigo sentia, como milhares de outros brasileiros, a personalidade magnética do capitão-engenheiro do batalhão de Santo Ângelo. Ninguém dizia ou escrevia "a Coluna Miguel Costa", mas sim a "Coluna Prestes".

Um dia alguém perguntou a Rodrigo:

— Que é que quer essa gente?

A resposta veio pronta e inflamada:

— Manter aceso o facho da revolução. Galvanizar a opinião pública. Esbofetear com essa marcha épica a cara desavergonhada desta nação de eunucos!

Irritava-se ao saber que os revolucionários eram recebidos à bala pelas populações das vilas e cidades do Mato Grosso por onde passavam.

— É o cúmulo! — vociferava. — Essa gente então não compreende que a Coluna Prestes está lutando por ela, é a sua única esperança de libertação? Pobre país!

— O povo não merece o sacrifício — sentenciou Liroca, que estava num de seus dias de descrença cívica.

Em princípios de outubro Rodrigo jogava pôquer uma noite no Comercial com o Calgembrino, o Juquinha Macedo e o promotor público, quando o Quica Ventura, que vinha do telégrafo, lhes deu a notícia de que o gen. Honório Lemes, que tinha invadido o estado havia poucos dias com um grupo de revolucionários, fora derrotado e aprisionado com toda a sua oficialidade pelas forças do deputado Flores da Cunha.

Rodrigo atirou as cartas na mesa, ergueu os olhos para o Quica e pediu pormenores.

— A coisa se deu no passo da Conceição. Da gente do Honório, quem não morreu à bala se atirou no rio e morreu afogado. Eu sabia que isso tinha de acontecer. O velho, desde que voltou do Uruguai, quando não andava correndo, se enfurnava no Caverá...

Rodrigo soltou um suspiro. Mexeu com calma aparente o café que o empregado do bufê acabava de lhe servir, e tomou um gole com ar distraído.

— Mais um ídolo que se vai... — murmurou o promotor.

Rodrigo sacudiu lentamente a cabeça, penalizado.

— Que necessidade tinha o general Honório de se meter nessa história, se não estava preparado? Que esperava fazer com seu grupinho? Com que apoio contava? É uma lástima...

O promotor referiu-se então, em tom apocalíptico, aos desastres nacionais dos últimos meses. A Coluna Prestes embrenhada no interior de Mato Grosso... ou Goiás, não se sabia ao certo — sempre perseguida pelos legalistas e hostilizada pelas populações civis das zonas que cruzava. Em setembro a Convenção Nacional escolhera como candidato oficial à presidência da República o dr. Washington Luís, homem do agrado de Bernardes.

Rodrigo rapou com a colherinha o açúcar que ficara no fundo da xícara e lambeu-a.

— Somos todos uns capados — disse o Calgembrino, apertando o cigarro entre os dentinhos enegrecidos. — O Bernardes montou a cavalo no país, governou com estado de sítio, fez gato e sapato do Exército, não se afrouxou pros revolucionários, vai terminar o quatriênio de cabeça erguida e ainda por cima nos impinge um candidato!

— Pior que isso — aduziu o promotor, brincando com o baralho. — Vai conseguir reformar a Constituição de 1891 a seu bel-prazer, dando mais força ao governo da União para oprimir os estados e restringir as garantias individuais, e tirando da alçada do júri o julgamento de crimes políticos. Vocês já imaginaram o poder com que, daqui por diante, ficará o chefe da nação? Estive lendo o projeto de reforma. O presidente terá a faculdade de rever, aceitar ou rejeitar em parte ou no todo o orçamento da República!

— E a reforma vai ser aprovada... — vaticinou Rodrigo. — Na Câmara e no Senado, com pouquíssimas exceções, são todos uns sabujos... O país está abúlico. A oposição nem vai apresentar candidato. É o fim de tudo.

O promotor continuou a enumeração dos horrores do bernardismo. Conhecia muito bem o assunto, conversara no Rio com pessoa muito ligada à polícia celerada do mal. Fontoura. Bernardes enchera todos os presídios com seus inimigos políticos: a ilha Rasa, a ilha Grande, a ilha da Trindade estavam superlotadas. E o supremo requinte era mandar os "criminosos políticos" para as regiões desertas e insalubres da Clevelândia — nome que adquirira uma conotação sinistra — e lá nesse fim de mundo o menor dos males que podiam acontecer ao prisioneiro era ser atacado de impaludismo.

O promotor olhou para os lados, inclinou-se sobre a mesa na direção de Rodrigo e, baixando a voz, disse:

— Vocês naturalmente leram nos jornais a versão do "suicídio" do Conrado Niemeyer... Suicídio coisa nenhuma! Assassínio. Sei de fonte segura que o homem foi atirado pela janela pelos esbirros do chefe de polícia. Agora me digam, aonde vamos parar?

Rodrigo ergueu-se. Era preciso fazer alguma coisa para sacudir o país. Mas com que recursos humanos? Em torno de quem? Onde? Como?

— Mais uma mão de pôquer? — convidou o Calgembrino.

— Não. Vou-me embora. Boa noite.

26

Às vezes parava diante do espelho, buscava cabelos brancos, arrancava com uma pinça os poucos que encontrava, examinava os olhos, punha a língua de fora, passava a ponta dos dedos pelas faces, tirava conclusões, dava-se conselhos, fazia-se promessas.

Olhos injetados... cara de bêbedo ou de bandido. Língua saburrosa, gosto amargo... Fígado. Hesitava entre as pílulas que Camerino lhe receitava e os chás de sabugueirinho-do-campo da Dinda.

Preciso deixar de beber. Tenho de fazer uma dieta rigorosa. (Começo na segunda-feira.) Estou já com excesso de peso.

Traçava um rígido programa de vida. Levantaria da cama às sete da manhã, faria ginástica de acordo com *O meu sistema*, de Müller, uma brochura que o ten.

Rubim lhe dera em priscas eras. (Por onde andaria aquela alma napoleônica?) Aboliria a sesta. E as massas. E as sobremesas.

Era também com alguma frequência que se plantava na frente do próprio retrato, na sala de visitas, admirando-se como num espelho mágico que lhe refletisse não a imagem daquele momento, mas a de 1910.

Andava agora preocupado com o problema da idade. "Ano que vem, entro nos quarenta: o princípio do declive..." A ideia lhe causava uma sensação desagradável.

Sentia necessidade de encher a vida com algo de belo e grande e não apenas com aquelas satisfaçõezinhas e glóriolas cotidianas e municipais. Vivia num burgo parado e triste. O diabo era que não havia descoberto ainda o que queria. Talvez necessitasse mesmo dum grande amor, desses que fazem um homem consumir-se como uma sarça ardente.

Um dia, quando se abandonava a esses devaneios, ouviu a voz de Eduardo, vinda do andar superior, e de repente tomou consciência, dolorosamente, da alienação em que nos últimos tempos vivia com relação aos próprios filhos. Entregava a Flora e Maria Valéria a tarefa não só de educá-los como também de conviver com eles. Como resultado disso, estava adquirindo a condição de "hóspede" dentro de sua própria casa.

Veio-lhe então nesse dia um acesso de ternura temperado de remorso. Saiu para a rua, entrou na Casa Schultz, comprou brinquedos mecânicos para Jango, Eduardo, Bibi, Zeca e Sílvia, voltou para casa carregado de pacotes e projetos paternais, distribuiu presentes, com abraços e beijos, chamou Jango para um canto e puxou conversa sobre o Angico.

— Por que o vovô Babalo vendeu o zaino perneira que era da Alicinha? — perguntou o menino.

Rodrigo ficou surpreendido e sensibilizado. Não sabia de nada. Vovô Aderbal tinha feito mal em vender o animal de estimação da falecida sem consultá-lo. Jango fez outras perguntas. Por que não inventavam uma marca mais bonita "para o nosso gado"? Por exemplo, um estribo com uma cruz no meio...

— Vou pensar nisso — respondeu Rodrigo, sério.

— Papai, por que é que não temos um banheiro de carrapaticida mais grande? — tornou a indagar o menino.

— Maior — corrigiu-o o pai.

Agora lhe ocorria que andava alienado também dos assuntos da estância. Atirara toda a responsabilidade da administração do Angico para as costas do sogro e para isso lhe dera carta branca. Achava a situação a um tempo conveniente e constrangedora. Fosse como fosse, o velho, que administrara tão mal seus próprios negócios, a ponto de ir à bancarrota total, agora se revelava competentíssimo na capatazia do Angico.

Rodrigo dedicou os minutos que se seguiram a Eduardo, que, então com quase oito anos, tinha perdido o aspecto de touro xucro. Havia crescido, estava enxuto de carnes, desdentado e muito palrador. Sua amizade com Zeca continuava, mas tomara um rumo diferente. As lutas corporais eram menos constantes, embora as discrepâncias de opinião continuassem. Viviam discutindo: futebol, fitas de Tom Mix, histórias do *Tico-Tico*, tipos de automóvel... Quando a polêmica esquentava Edu procurava suplementar o discurso com o gesto — e as palavras como que se lhe amontoavam na boca, atropelando-se, cada qual querendo sair primeiro, e como resultado disso o menino gaguejava, furioso por não poder exprimir-se melhor. Como último recurso, voltava as costas ao interlocutor e afastava-se, pisando duro.

— Venha cá, meu filho.

Eduardo aproximou-se. Rodrigo fê-lo montar no próprio joelho, e, movendo a perna para dar a impressão de um cavalo a corcovear, exclamou:

— Upa, upa, cavalinho!

O menino teve uma reação inesperada. Deixou-se ficar de corpo rígido, as mãos caídas, e lançou para o pai um olhar misto de estranheza e censura. Rodrigo, desconcertado, fez cessar o movimento da perna. Criou-se entre ambos uma atmosfera de gelo. Era como se a criança estivesse a pensar: "Que negócio é esse? Por que duma hora pra outra descobriu que sou seu filho?".

Rodrigo fez Eduardo "apear do cavalo", deu-lhe uma palmada leve nas nádegas e disse:

— Vá brincar.

Voltou-se para Bibi, que, sentada no soalho, lidava com um macaquinho mecânico:

— Quem é a filha mais querida do papai?

Nesse momento percebeu que o olhar crítico de Maria Valéria estava focado nele. Teve a desagradável impressão de ter sido apanhado numa mentira. Quem salvou a situação foi Sílvia, que se acercou dele, enlaçou-lhe o pescoço com os bracinhos magros e beijou-lhe as faces.

Rodrigo andava também preocupado com suas relações com Flora. Havia entre ambos algo que o intrigava e que ele não saberia definir com precisão. Duma coisa tinha certeza absoluta. Flora não demonstrava mais para com ele o carinho de outrora.

Ao casar-se, era pouco mais que uma menina, tanto de corpo como de espírito. Adquirira, ao entrar na casa dos trinta, uma esplêndida maturidade física, mas (essa era a impressão de Rodrigo) fora a morte da filha que lhe dera uma completa maturidade espiritual.

Era hoje uma criatura de aparência repousada. Depois dum prolongado luto, interessava-se de novo por vestidos. Havia pouco chegara a pedir ao marido permissão para cortar o cabelo. Rodrigo — sinceramente chocado pelo inesperado pedido — debatera-se então entre o desejo de mostrar-se simpático e dizer sim, e o impulso de gritar: "Minha mulher de cabelos cortados como qualquer dessas piguanchas modernas? Ah! Isso é que não!". Dera uma resposta evasiva: "Pois tu é que resolves, meu bem, os cabelos são teus". Flora sorrira, dera de ombros, e conservara os cabelos compridos.

A ideia de que a esposa o *adorava* sempre lhe fizera um grande bem. A suspeita de que agora ela pudesse ter deixado de amá-lo inquietava-o e chegava quase a exasperá-lo.

Flora já não era a mulher de antes, mesmo tendo-se em vista que jamais fora uma amante ardente. Além do velho pudor, da relutância em desnudar-se ou mesmo em demonstrar que fazia *aquilo* por prazer — agora ela tomava uma atitude que Rodrigo não podia nem queria compreender. Ficava numa imobilidade de estátua, não fazia um gesto voluntário, não dizia uma palavra. Obedecia apenas, mas como quem cumpre uma obrigação a um tempo grotesca e sórdida.

E Rodrigo, que jamais estivera com outra mulher sem ouvir dela um elogio à sua virilidade e à sua habilidade como amante, exasperava-se.

Mais de uma vez tentara discutir claramente o assunto, mas Flora gelava-o sempre com um olhar ou uma palavra, fugindo a qualquer verbalização do problema.

No mais, era a esposa perfeita. Solícita, sensata, boa companheira e — o que era raro nas pessoas dum modo geral — dotada de um humor inalterável, dum comportamento regular.

Via-se que os filhos a amavam. As criadas a respeitavam. Maria Valéria, que no princípio a hostilizara, fizera com ela, já havia anos, uma *entente cordiale* que — apesar da diferença de idade entre ambas — aos poucos se transformara numa dessas amizades em que o entendimento mútuo é de tal modo completo, que às vezes dispensa o uso de palavras.

Por mais que buscasse uma explicação para a atitude da mulher, Rodrigo só encontrava uma: ela sabia de suas aventuras amorosas.

O bom senso realista da mulher era outra coisa que de certo modo o irritava. Flora encarava a vida e o mundo com o espírito prático de d. Laurentina. Por outro lado, tinha para com as pessoas, os animais e as coisas uma ternura que não devia ter herdado da mãe, mas do velho Aderbal.

Mais duma vez, à hora das refeições, quando ele fazia uma observação qualquer, percebia uma troca de olhares entre a mulher e a tia, como se ambas se dissessem: "Conhecemos bem essa bisca". Isso não o agradava. A verdade, porém, era que naqueles anos de vida matrimonial Flora, com sua intuição feminina, aprendera a conhecê-lo de tal modo, que era como se ele fosse transparente. Sabia quando ele mentia ou quando escondia pensamentos ou sentimentos. O que Rodrigo sentia ao ver-se "descoberto" não era nada lisonjeiro para seu amor-próprio. Procurava então justificar-se perante si mesmo, dizendo-se: "Está bem. Sou como uma casa de vidro. É o que a gente ganha por não ser hipócrita ou dissimulador como tantos que andam por aí". Mas a sensação de inferioridade diante de Flora e Maria Valéria continuava, e era tanto mais forte quanto mais ele pensava na sua superioridade cultural sobre ambas as mulheres.

Um dia em que o sogro lhe veio falar sobre umas reformas que introduzira no sistema de trabalho do Angico — alterando uns "modernismos" instituídos pelo Bio —, Rodrigo, que não andava de muito boa veia, refletiu: "Não mando mais nada na minha estância". E, como visse Flora e Maria Valéria a moverem-se no Sobrado como rainhas, mandando e desmandando, sem dependerem de sua aprovação ou de seu conselho, pensou: "Também não mando nada na minha casa". E meio em tom de brincadeira e meio a sério, num amuo que achava pueril mas nem por isso menos legítimo, chegou à conclusão que secretamente desejava: "Não há mais lugar para mim nem aqui nem no Angico. Logo, posso me ausentar numa longa viagem".

E de novo pensou em ir a Paris. Mas não foi. Porque o sogro, interpelado sobre se havia dinheiro disponível no momento, respondeu que "a côsa não anda lá pra que se diga".

27

Floriano escrevia todas as semanas. Rodrigo notara, despeitado, que o rapaz quase sempre dirigia suas cartas à mãe ou à Dinda, raramente a ele. Isso o levou a reflexões amargas. Seria que o velho Licurgo tinha razão quando afirmava que os filhos deviam ser educados à maneira antiga, mais no temor que no amor dos pais? "Trato meu filho como se fosse meu irmão e no entanto ele não me estima."

Lembrou-se da cena do capão... Mesmo assim não compreendia a atitude do rapaz para com ele. "Não amei menos o meu pai por saber que ele era amante da Ismália Caré."

Um dia, porém, chegou uma carta de Floriano dirigida a ele: "Estimado Pai". Por que não *querido* pai? O rapaz começava ordinariamente suas cartas com um "Minha muito querida Mãe". Bom. A coisa era assim desde que o mundo era mundo. Os filhos sempre foram mais apegados às mães.

Rodrigo assumiu perante si mesmo (e ao mesmo tempo se considerou um pouco farsante por isso) a atitude de mártir. É o que mereço. Bem feito!

Dentro dele, porém, vozes gritavam que não! que não! Ele não merecia aquele tratamento. Adorava os filhos. Era capaz de todos os sacrifícios por eles!

A carta encheu-o de orgulho. O estilo do rapaz melhorava dia a dia, tomando uma coloração literária cada vez mais acentuada. Floriano contava incidentes da vida colegial e era com um certo humor à Dickens que descrevia os professores, seus cacoetes, indumentária, cheiros e tom de voz.

Rodrigo levou a carta à casa de d. Revocata Assunção, que a leu, sorrindo.

— Eu não lhe disse que o rapaz tem veia literária? Uma bela carta. Mas quando escrever a ele, diga-lhe que "vem de aparecer" é galicismo. E como vão as notas?

— Excelentes. Nos primeiros meses, a senhora se lembra, o Floriano me tirou o terceiro e o quarto lugar na classe. Mandei dizer: "Precisas honrar o nome dos Cambarás. Quero que daqui por diante tires sempre o primeiro lugar, custe o que custar". Ele prometeu e tem cumprido. Uma pena é que as notas de matemática não sejam tão altas como as outras...

— Faça-o advogado — disse a mestra.

— É uma boa sugestão.

Ao despedir-se, d. Revocata manifestou sua indignação ante o caso noticiado pelos jornais de que um professor norte-americano fora processado e levado a júri pelo governo de seu estado por ter ensinado a evolução em sua escola, numa pequena cidade do Sul dos Estados Unidos.

— Como vê — concluiu ela —, os protestantes não são mais tolerantes nem mais avançados que os católicos. É o eterno crê ou morre. Imagine — disse em voz alta, como que falando para uma classe — mentir a essas pobres crianças que Deus fez o mundo e tudo quanto nele há em seis dias e descansou no sétimo, tendo tirado Eva duma costela de Adão!

Rodrigo sorriu.

— Cuidado, dona Revocata. Se a senhora ensinar aos seus alunos que o homem descende dos macacos, vamos ter barulho.

O pincenê da professora relampejou a um movimento brusco de sua cabeça.

— Se se meterem com a minha vida, arraso-os.

Floriano voltou para casa em meados de dezembro. Tinha feito excelentes exames. Rodrigo achou-o não só mais alto, e já com um jeito de homem, como também um pouco mais desembaraçado. Maria Valéria examinou-o da cabeça aos pés, fazendo perguntas. Gente direita no internato? Boa comida? Por que tanta brilhantina no cabelo? E que ideia tinha sido aquela de viajar de trem com roupa domingueira, tomando toda a poeira da estrada?

Pegou uma escova e começou a escovar o rapaz com uma eficiência agressiva. Flora olhava para o filho e sorria. Achava-o engraçadíssimo naquelas calças compridas. Parecia mesmo um "pinto calçudo", como dissera a Dinda. Que idade ingrata! Havia naquele menino de quinze anos, de cara pintada de espinhas e buço cerrado, um desengonçamento a um tempo cômico e comovedor. Uma permanente expressão de acanhamento tocava-lhe os olhos, que jamais se fixavam frontalmente no interlocutor. E a voz, santo Deus! Agora barítono, segundos depois tenor ou contralto — parecia uma torneira da qual jorrasse alternadamente água quente, morna e gelada.

Floriano não sabia onde botar as mãos, apoiava todo o peso do corpo ora numa perna ora noutra. Parecia não saber como tratar os irmãos. No primeiro momento procedeu como se fosse um estranho, um visitante de cerimônia naquela casa. Eduardo e Jango o miravam como a um bicho raro, pois o mano mais velho tinha vindo *sozinho* de trem, de Porto Alegre, e, além disso, falava inglês. E, quando o rapaz, só para fazer alguma coisa, passou a mão pela cabeça de Bibi, numa tímida carícia, a menina encolheu-se e começou a choramingar.

Floriano saiu a andar por toda a casa, olhando sala por sala, como quem mata saudades. Flora notou, sensibilizada, que o rapaz parava diante da porta do quarto da irmã morta, hesitava por um instante e depois continuava seu caminho, sem entrar. Subiu mais tarde para a água-furtada e lá ficou fechado um tempão.

Tiveram um Natal festivo. Rodrigo mandou armar no centro do quintal um pinheiro da altura dos pessegueiros maiores. Pendurou nele uma quantidade de rútilos enfeites de estanho e vidro — esferas, cones, estrelas, florões... Para iluminar a árvore, em vez de velas empregou lâmpadas elétricas de muitas cores.

Convidou meio mundo para a festa. Além do peru recheado da Laurinda e duma grande quantidade de empadas, pastéis e doces, havia sobre as mesas, no quintal, travessas cheias de passas de figo, de uva e de pêssego, nozes, castanhas, amêndoas e avelãs. E, como se tudo isso não bastasse, o anfitrião encarregou o Bento de preparar um churrasco de carne de ovelha.

Era uma noite morna e estrelada, de ar parado. Os jasmins-do-cabo temperavam o ar com a sacarina de sua fragrância. Vaga-lumes piscavam por entre as árvores. Um deles pousou na cabeça da mulher do pastor metodista e ali ficou a brilhar como um diamante num diadema. O rev. Dobson sorriu, contou à esposa o que se passava, e acrescentou: *"Don't move, dear. You look like a queen".* E ambos continuaram a beber a sua limonada.

Um gaiteiro trazido do Angico tocava toadas campeiras. Maria Valéria, como um almirante na ponte de comando da nau capitânia, fiscalizava o quintal, da janela dos fundos do casarão, dando ordens às negras e chinocas que serviam os convidados.

Sentada a uma mesa na companhia do juiz de comarca, d. Revocata comeu com muita dignidade uma costela de ovelha. Respingos de farinha pontilhavam o narigão do Liroca, que não afastava o olhar de Maria Valéria.

Júlio Schnitzler surgiu na sua fantasia de Papai Noel, mas não fez o sucesso dos anos anteriores. Jango nem mesmo sorriu ao vê-lo entrar pelo portão, com o saco de brinquedos às costas e soltando as suas gargalhadas estentóreas. Eduardo e Zeca trocaram cochichos: sabiam já da grande mistificação e nem sequer procuravam disfarçar. Só Bibi e Sílvia ainda se impressionaram um pouco com o espetáculo.

Chiru Mena desafiou o gaiteiro para trovar e, cercados de convivas, ficaram ambos uma hora inteira a improvisar, sob aplausos e risadas.

Stein passeava inquieto sob os pessegueiros. Tio Bicho não se afastou um minuto do barril de chope. Carbone trinchou o peru com habilidade cirúrgica e Santuzza serviu-o com sabedoria administrativa.

O Gabriel da farmácia excedeu-se na cerveja, ficou sentimental, abraçou Rodrigo, choramingando que queria voltar a ser empregado dele, porque a farmácia já não era a mesma dos velhos tempos... "Está bem, Gabriel, está bem", murmurava o ex-patrão, batendo nas costas do prático, que desatou a chorar, suplicando: "Doutor, não me abandone. Eu sou seu filho!".

— Um café forte sem açúcar pro Gabriel — pediu Rodrigo a Flora, que passava naquele momento.

E entregou o rapaz aos cuidados da mulher.

28

Rodrigo passou janeiro, fevereiro e parte de março no Angico com toda a família. Foram meses de bom tempo excepcional, com amplos céus, límpidos e rútilos. Um calor seco que começava por volta das dez da manhã, atingia seu auge entre meio-dia e três da tarde, mas depois se ia atenuando até esvair-se em noites frescas ou tépidas, pontilhadas de estrelas, grilos e vaga-lumes.

Tornou a encontrar um certo prazer na vida do campo. Saía para as invernadas em companhia do sogro, antes de nascer o sol, laçava, dirigia a peonada no aparte do gado e mais de uma vez teve discussões — rápidas e cordiais — com o velho Aderbal, a propósito de assuntos de trabalho. Dormia sestas mais curtas, comia moderadamente, lia muito e conseguira até terminar dois artigos políticos que tencionava mandar para o *Correio do Povo*.

A Antoninha Caré, que se casara, havia pouco, com um posteiro da estância dos Fagundes, tinha abandonado definitivamente o Angico. Rodrigo fez mais de uma visita nostálgica ao capão da Jacutinga. Deitava-se ao pé da árvore onde a cabocla costumava esperá-lo e ali se quedava a ruminar os muitos prazeres que ela lhe dera, e a esperar vaga e absurdamente o aparecimento duma outra mulher... Com as mãos trançadas contra a nuca, ficava a escutar o canto dos pássaros e a gritaria dos bugios. Observava, divertido, as piruetas que estes faziam, saltando de galho em galho nas altas árvores.

E, como as outras chinocas da estância, por sujas ou feias, lhe fossem intragáveis, Rodrigo pôde dar-se o luxo da monogamia. Retemperava-se ao sol do Angico, limpava os pulmões e a mente — achava ele — respirando aquele ar puro e verde. Tostava a pele, afinava a cintura, perdia a papada incipiente, recuperava a confiança em si mesmo. Era outro homem.

À tardinha levava as crianças para o banho na sanga. Era nessas horas que sentia mais que em qualquer outra a falta do irmão. Tinha, às vezes, a impressão perfeita de ouvir a voz do Bio ou os bufidos que ele costumava soltar quando emergia dum mergulho no poço. Curioso: o mundo sem Bio não só lhe parecia menos divertido como também menos seguro.

Por onde andaria aquela alma? Por que sertões, canhadas, desertos ou serras? Ferido? Prisioneiro? Vivo? Morto? Lançava essas perguntas mudas para o céu da tardinha. As crianças espadanavam na água ou gritavam sob a cascatinha. Os cavalos e petiços que os haviam trazido até ali pastavam em calma à beira da sanga.

Os jornais mais recentes que haviam chegado ao Angico noticiavam que a Coluna estava agora no Piauí, e que Prestes tinha sido promovido a general. Mais de mil e duzentas léguas de marcha! Era incrível...

***

Quando os Cambarás voltaram para a cidade, os jornais davam como certa a vitória de Washington Luís.

— O país está narcotizado! — disse Rodrigo a Roque Bandeira e Arão Stein, que haviam almoçado no Sobrado aquele dia. — A oposição nem sequer apresentou candidato. Enrolou a bandeira. Ensarilhou as armas. Entregou-se ao mineiro!

Eram quase duas da tarde e os três amigos conversavam na praça, à sombra da figueira.

— E o pior — observou Tio Bicho — é que ninguém está interessado em votar. Dizem que houve uma abstenção enorme em todo o território nacional.

Rodrigo abriu os jornais que Bento trouxera, havia pouco, da estação. Correu os olhos por todas as páginas e por fim exclamou:

— Nenhuma notícia sobre a Coluna Prestes! Que é que vocês me dizem a isso?

Roque Bandeira sorriu. Estava em mangas de camisa, sem gravata, e de colarinho aberto. Respirava com dificuldade, dando uma impressão de empanturramento.

— Digo que essa é uma maneira mágica de destruir os revolucionários: ignorar a existência deles.

— Atitude típica da burguesia — interveio Stein, mordendo um talo de grama. — Mete a cabeça na areia para não ver o perigo, para não enfrentar a realidade.

Rodrigo contou que estava pensando em escrever um artigo sobre Luiz Carlos Prestes, intitulado "A gênese dum herói".

— Vejam esse fenômeno milagroso. Os jornais se calam mas existe neste imenso país uma vasta, misteriosa rede de comunicações que veicula as notícias. É por meio dessa rede que se divulgam as proezas do general Prestes e de sua "Coluna fantasma". É uma espécie de jornal contra o qual nada pode a lei de imprensa do Bernardes. E vocês sabem que o povo nunca se engana...

Tio Bicho sacudiu a cabeçorra:

— Isso é poesia, doutor Rodrigo. Não há quem se engane mais que o povo. Essa história de *vox populi, vox Dei* é uma peta.

Rodrigo voltou-se para Stein:

— É impossível que neste ponto não concordes comigo, Arão! O povo conhece instintivamente o que é verdadeiro e bom.

A fronte alta e branca do judeu pregueava-se em rugas de preocupação.

— O povo pode enganar-se a curto prazo — disse ele, depois de breve reflexão. — Mas a longo prazo sempre acerta.

— Estás ouvindo? — exclamou Rodrigo, voltando-se para Bandeira, que estava agora escarrapachado no banco. — É isso que eu quero dizer. E o povo já pressentiu que o Prestes é um novo herói que surge. É por isso que lhe deram o cognome de Cavaleiro da Esperança.

— Novo herói? — repetiu Stein. — O senhor quer dizer "novo mito".

— Não me interessa a palavra. Mito, herói, lenda, seja o que for...

Rodrigo encontrava-se de pé diante do banco em que os dois rapazes estavam sentados. Um sol intenso iluminava a praça, as sombras eram manchas dum azul violáceo sobre o chão cor de sangue de boi.

— O Brasil é um país sem heróis. Esta é a tese do meu artigo. Os que temos estão mortos fisiológica e psicologicamente, vocês compreendem? Na história da humanidade vemos heróis que funcionam e heróis que não funcionam. Como exemplo dos que funcionam, para não sair do continente americano, mencionarei Lincoln, Juarez e Zapata. Há neles uma seiva vital que a morte e o tempo não conseguiram destruir. São citados, queridos e imitados como se ainda estivessem vivos...

Tio Bicho coçava o peito, olhando sempre para Rodrigo com seus olhos empapuçados e sonolentos.

— Agora vejam os nossos heróis — continuou o senhor do Sobrado. — Tiradentes... Não passa dum tema escolar. A monotonia, a falta de colorido dramático de nossos livros didáticos mataram a figura do inconfidente, empanaram o símbolo. Tomem o Duque de Caxias... era um homem austero, um ilustre militar, um estadista, et cetera e tal... Mas como é possível admirar ou amar um herói "fabricado"? Aí está! Nossos heróis são construídos, feitos sob medida, quando o verdadeiro herói tem que brotar espontaneamente do chão nativo, compreendem? Desse solo prodigioso que é a alma do povo... do... da... vocês sabem o que eu quero dizer... Tem de ser a consubstanciação, a personificação dum anseio popular. — Sorriu e perguntou: — Estou já em tom de discurso, não estou? De vez em quando o deputado ressurge dentro de mim.

— Devem ser as energias adquiridas no Angico — observou Bandeira, sorridente.

E Stein, muito sério:

— Num sistema socialista como o da Rússia soviética, o herói não é necessariamente o guerreiro e muito menos o general ou o fazedor de discursos. O herói é não só o homem do povo que morreu pela Causa, como também o que se distingue dia a dia no trabalho das fábricas ou das granjas coletivas.

— Besteira! — replicou Tio Bicho. — Queiram ou não queiram, o herói de vocês comunistas é o Lênin.

— Mas deixemos a Rússia — pediu Rodrigo, erguendo o braço. — Vamos falar de homens e coisas que estão mais perto de nós. Este pobre país desmoralizado estava precisando dum herói. Não podemos continuar falando nas glórias da Guerra do Paraguai. É ridículo. Vivemos numa mediocracia. Temos tido homens de coragem, de caracu, como o Epitácio e o próprio Bernardes, não nego. Mas no Brasil ninguém pode ser herói e ao mesmo tempo inquilino do Palácio do Catete. Faltou a esses dois homens a aura romântica da oposição ou a auréola do martírio...

— Lincoln foi presidente dos Estados Unidos... — lembrou Bandeira.

— Sim, mas Lincoln de certa maneira era da oposição. Opunha-se à escravatura e à secessão. Não te esqueças de que ele foi assassinado. E, que eu saiba, não mandou ninguém para a Clevelândia.

— Há outra coisa que agora me ocorre — aduziu Rodrigo. — Um povo anglo-saxônico como o dos Estados Unidos não podia deixar de ter um ídolo que fosse uma mistura de sábio, pastor protestante e humorista. Já essa castelhanada do resto da América precisa de heróis a cavalo, como Bolívar, San Martín e outros. Creio que é muito difícil encontrar nessas republiquetas hispano-americanas estátuas de heróis que não sejam equestres...

— Conhecem a história do cavalo de Zapata? — perguntou Bandeira. — Contam que quando o caudilho mexicano foi assassinado, seu cavalo branco conseguiu fugir para as montanhas, transformando-se num mito, numa espécie de símbolo imortal da ideia revolucionária.

— Aí está! Cada povo tem o herói que merece. O nosso tem de ser como Prestes, uma mescla de guerreiro e taumaturgo. Um dia um peão do Angico me perguntou: "Doutor, é verdade que esse tal de Prestes fura montanha?". Ouvi gente do povo dizer que o homenzinho tem o corpo fechado pra bala. Já se contam dele histórias fantásticas e absurdas, mas que dão uma medida de sua popularidade, que dia a dia aumenta...

— E a barba que ele deixou crescer, de certo modo ajuda a lenda... — observou Tio Bicho.

— Mas a coisa não para aí. Se para as massas Prestes oferece, talvez involuntariamente, essa face de taumaturgo (o devorador de distâncias, o furador de montanhas, o homem que está em cinco lugares ao mesmo tempo), para as elites ele apresenta outra face igualmente portentosa: a do homem de coragem e caráter, o matemático, o lógico, o incorruptível.

— E o que comove e impressiona muita gente — diz Bandeira — é o caráter de "causa perdida" que tem a sua revolução.

— Isso! — exclamou Rodrigo. — É o prestígio do martírio. Vocês conhecem página mais bela que essa na nossa história? Uma coluna de mil homens escassos, maltrapilhos e mal armados tenta acordar o gigante adormecido!

— Mas o gigante continua deitado em berço esplêndido... — observou Bandeira.

— Esplêndido? Os soldados da Coluna estão sentindo na própria carne que o berço tem muitos pontos em que não é nada esplêndido: serras e boqueirões e matagais medonhos, zonas em que imperam a seca, o impaludismo, o mal de Chagas, a fome, o banditismo... Prestes é o novo Pedro Álvares Cabral: está descobrindo o Brasil, meninos! Que grande aprendizado para todos esses bravos tenentes que estão com ele: o João Alberto, o Juarez Távora, o Cordeiro de Farias, o Siqueira Campos!... Deus queira que nenhum morra. Porque um dia espero vê-los anistiados e de volta às suas unidades. Poderão ainda fazer muita coisa por este povo desgraçado!

Tio Bicho abafou um bocejo.

— Vai dormir, vagabundo! — exclamou Rodrigo. — Porque eu também vou.

Stein, que ficara todo o tempo calado e pensativo, fez uma observação atrasada.

— Sim, cada povo tem o herói que merece. A Itália só podia ter um herói de ópera.

— Ópera-bufa — acrescentou Bandeira.

— Não me falem no Mussolini! — bradou Rodrigo. — No princípio simpatizei com o gringo, mas desde que esse canalha mandou matar o Matteotti e dissolveu os partidos políticos cortei relações com ele.

Tio Bicho ergueu-se.

— Eu gosto da maneira como o doutor Rodrigo fala no Mussolini — disse —, como se o *Duce* fosse um chefe político de Palmeira.

— Pois olha, Roque. Se o Mussolini fosse intendente de Palmeira ou Soledade, a esta hora já tinham passado a faca nesse patife. E era bem feito! Até logo. Vou sestear.

E saiu num marche-marche na direção do Sobrado.

29

Aquele — 1926 — foi um ano significativo na vida de Rodrigo Cambará. "O nosso amigo voltou a ser o que era", observou um dia o velho José Lírio. "E o Sobrado está de novo como nos velhos tempos." Tinha razão. Não havia quem não considerasse um privilégio entrar no casarão dos Cambarás, privar com seus moradores, beber os vinhos de sua adega e provar os quitutes de sua cozinha. Sempre que um forasteiro de certa importância chegava a Santa Fé, a primeira pergunta que se fazia sobre ele era: "Já foi ao Sobrado?".

Rodrigo andava eufórico, cheio de belos projetos. Seus artigos apareciam no *Correio do Povo*. Lia muitos livros, em geral de maneira incompleta, mas apesar disso discutia-os com os amigos, como se tivesse penetrado neles profundamente. Apanhava no ar as coisas que outros diziam e depois, com imaginação e audácia, dava-lhes novas roupagens e usava-as como suas na primeira oportunidade. Roque Bandeira, que observava o amigo com olho terno mas lúcido, costumava dizer em segredo a Stein que Rodrigo possuía a melhor "cultura de oitiva" de que ele tinha notícia. De resto, não seria esse um hábito bem brasileiro? O que havia entre nossos escritores, artistas e políticos — afirmava — não era propriamente cultura, mas um tênue verniz de ilustração. O brasileiro jamais tinha coragem de dizer "não sei". Em caso de dúvida, respondia com um "depende", que não só o livrava da necessidade de confessar a própria ignorância como também lhe dava tempo para achar uma saída.

Foi também naquele ano que Rodrigo se sentiu tomado do desejo de realizar grandes coisas. Um dia, da janela da água-furtada do Sobrado, contemplou as ruas e telhados de Santa Fé e murmurou para si mesmo: "Preciso ajudar minha terra e minha gente". E uma voz apagada dentro dele ciciou, maliciosa: "E a mim mesmo. Mas de que modo? Não se sentia com disposição de entrar na Intendência, subir ao gabinete de Zeca Prates e dizer: 'Meu amigo, tenho umas ideias sobre o nosso município e quero colaborar contigo'". Sua intenção podia ser mal interpretada. E, de resto, seria um gesto inútil. Depois de eleito, o irmão de Terêncio caíra na rotina. Murmurava-se — e devia ser verdade — que era manobrado pelo Laco Madruga, como um títere. As finanças municipais viviam num estado crônico de insolvência. Por esse lado, portanto, nada se podia fazer.

Às vezes Rodrigo perguntava-se a si mesmo se o melhor não seria atirar mais longe a lança da ambição, fazendo-a passar as fronteiras do município e do estado. Concluía que a maneira mais eficaz de melhorar Santa Fé era melhorar o Brasil. Pensava então numa deputação federal. Mas por que partido? Sentia-se no ar, sem ligações políticas.

Vinham-lhe então impaciências. A revolução estava perdida. Washington Luís eleito e reconhecido. O país teria provavelmente de aguentar mais quatro anos de estado de sítio, com a imprensa amordaçada, os presídios cheios de prisioneiros políticos e o povo acovardado ou indiferente.

Em princípios de junho daquele ano, Washington Luís visitou Porto Alegre, onde recebeu as homenagens do governo do estado. O trem especial que o levou de volta a São Paulo parou por meia hora na estação de Santa Fé, onde a oficialidade da Guarnição Federal, o intendente municipal e o que *A Voz da Serra* costumava chamar de "outras pessoas gradas", esperavam o presidente eleito. A plataforma estava atestada de curiosos. Ouviram-se alguns vivas um pouco frios. Liroca, Neco e Chiru lá estavam no meio da multidão, ostentando provocadoramente seus lenços vermelhos. A banda de música do Regimento de Infantaria tocava dobrados marciais com tamanho vigor, que se tinha a impressão que a coberta de zinco da plataforma ia voar pelos ares daquele tépido meio-dia de fins de outono.

Ladeado pelo intendente e pelo comandante da guarnição, Washington Luís sentou-se no banco traseiro dum automóvel de tolda arriada e foi levado a passear pela cidade em marcha lenta.

Da janela de sua casa, Rodrigo viu-os passar. E, como Zeca Prates lhe tivesse feito um aceno cordial e o comandante da guarnição uma continência, o presidente eleito voltou a cabeça para o Sobrado e tirou solenemente o chapéu. Rodrigo correspondeu efusivamente ao cumprimento. "Simpático, o filho da mãe!" E o auto não havia dobrado ainda a próxima esquina e ele já estava cheio duma alvoroçada esperança. Fosse como fosse, o Brasil ia ter um presidente que era um verdadeiro tipo de *gentleman*. A pera grisalha, a estatura, a discreta elegância, a postura digna, tudo isso lhe conferia um *physique du rôle*. Que diabo! Era impossível que um homem civilizado como aquele fosse continuar a política sórdida e despótica de Artur Bernardes. "Abro-lhe um crédito", decidiu Rodrigo, como se o futuro do próximo quatriênio dependesse exclusivamente de sua benevolência.

30

Aquele inverno o Sobrado entrou numa fase intensamente musical. Rodrigo, que no dizer de Maria Valéria vivia com "o comprador assanhado", mandou buscar em Porto Alegre uma radiola RCA que vira anunciada no *Correio do Povo*, e instalou-a no escritório. Uma noite, depois de tentativas infrutíferas — descargas, assobios e roncos — para apanhar alguma estação de Montevidéu ou Buenos Aires, perdeu a paciência e decidiu devolver o aparelho. Foi quando Roque Bandeira teve a lembrança de trazer ao Sobrado o Ervino Kunz, curioso em coisas de mecânica e eletricidade, e o primeiro representante em Santa Fé duma nova espécie de gente que se estava formando no mundo: o "radiomaníaco". O alemãozinho corrigiu a antena, mexeu uns botões e de súbito conseguiu o milagre. Ouviu-se uma voz de homem, clara, grave, cheia, falando espanhol. Pouco depois os acordes dum tango arrastavam-se, gemebundos, na sala.

O rosto de Rodrigo iluminou-se. Mas as reações entre os que o cercavam naquela noite foram as mais diversas. Para as crianças a coisa toda positivamente cheirava a magia. Segundo Chiru, tudo aquilo era apenas "mais uma tramoia dos americanos para tirar o nosso dinheiro". Liroca olhava o "bicho" com prevenção, vagamente desconfiado — como confessou depois — de que o negócio não passava dum truque, e de que devia haver um disco de gramofone escondido dentro do aparelho.

Rodrigo achava que com a radiola o Sobrado ganhava dimensões novas.

— De tempo e espaço — sorriu Tio Bicho.

— Exatamente. Novas geografias me entram agora pela casa. O Sobrado se universaliza. Há também um progresso dentro do tempo. Antes, vários dias de viagem nos separavam dessas vozes e músicas platinas. Agora apenas segundos. Segundos? Qual!

Explicou aos amigos que eles ali no Sobrado ouviam a música daquela orquestra ao mesmo, ao mesmíssimo tempo que as pessoas que se encontravam no estúdio da *broadcasting* em Buenos Aires.

— Xô égua! — resmungou o Liroca.

Rodrigo não cessava de mexer nos botões. Lá vinha de novo a estática, os assobios que — como disse o Bandeira — davam a impressão de que demônios alucinados andavam pelo espaço a vaiar a Terra e a humanidade. Mas de súbito, contra o fundo caótico e cacofônico, desenhou-se nítida e cristalina a voz duma soprano.

— A "ária da loucura" — exclamou Rodrigo, excitado.

Olhou orgulhoso para os outros. Depois recostou-se no respaldo da poltrona e cerrou os olhos. Não era maravilhoso — pensou — que no casarão onde outrora sua avó Luzia dedilhara sua cítara estivessem agora ouvindo aquela voz e aquela melodia?

Stein sacudiu a cabeça. Sim, era tudo muito bonito. Santa Fé recebia aquelas expressões do progresso mecânico, mas havia ainda seres humanos que morriam de frio e de fome no Barro Preto, no Purgatório e na Sibéria.

— Todo o mundo sabe — observou Tio Bicho — que o progresso não é uniforme... e que não tem coração.

— Silêncio! — exigiu Rodrigo.

Durante aquele inverno, em que a radiola lhe tornou possível ouvir a temporada lírica do Teatro Colón de Buenos Aires, Rodrigo tornou a descobrir o quanto gostava de ópera. Como podia ter adormecido nele tão completamente aquela paixão?

Deixou de ir ao clube à noite, como fora seu hábito naqueles dois últimos anos. Agora, mal terminava o jantar, acendia um charuto, sentava-se na frente do rádio e ficava tentando captar as vozes e melodias que andavam pelo espaço.

Trazia amigos para casa, acomodava-os no escritório, dava-lhes vinhos e licores e, segundo a expressão de Flora, "queria obrigá-los a gostar de ópera a gritos e sopapos".

Uma noite, não conseguindo conter a impaciência diante daquela "cantoria", que não podia entender nem amar, Chiru Mena puxou conversa com Neco Rosa.

— Cala essa boca, animal! — explodiu Rodrigo. — Se não gostas de boa música, vai lá pra cozinha conversar com a negrada.

Chiru saiu, vermelho de indignação e vergonha. (Estavam presentes pessoas com quem não tinha intimidade.) Neco seguiu-o pouco depois. Por fim o velho Liroca também se esgueirou para fora do escritório, na ponta dos pés.

Desapontado, Rodrigo verificou um dia que "a rodinha da ópera" ficara reduzida apenas aos Carbone, que assim mesmo começavam a criar-lhe problemas. Como soubessem de cor a maioria dos trechos líricos, nunca se limitavam a ouvir, mas cantavam junto com os intérpretes. Quando chegava o momento de algum dueto importante, Santuzza e o marido erguiam-se de suas cadeiras e vocalizavam e representavam cenas inteiras.

Na noite em que levaram no Colón *La bohème*, a ópera favorita de Rodrigo, o sacrilégio chegou ao auge. Quando Mimi e Rodolfo, no palco do teatro municipal portenho, e Carlo e Santuzza, no escritório da casa dos Cambarás, cantavam simultaneamente o apaixonado dueto do final do primeiro ato, Rodrigo não se conteve, apagou bruscamente a radiola e exclamou:

— Me desculpem! Ou vocês ou eles. O Colón ou o Sobrado. As duas coisas ao mesmo tempo é que não pode ser!

Foi também naquele inverno que a voga da "vitrola ortofônica" e do disco tomou conta de Santa Fé. José Kern, que havia pouco abrira a sua Casa Edison, foi o responsável, ou melhor, um dos instrumentos da nova mania. Vendeu dezenas de vitrolas e centenas de discos à maioria dos fazendeiros de Santa Fé, gente que em geral só pagava suas contas uma vez por ano, na época da safra. E, inaugurando na cidade e no interior do município o sistema de vendas a prestações (que o velho Babalo achou imoral), permitiu que funcionários públicos, comerciantes menores e até empregados do comércio pudessem adquirir aquelas máquinas que iam aos poucos lançando no olvido ou no ridículo os gramofones de modelo antigo.

Stein comentou o fenômeno com uma ira de profeta bíblico. Era o cúmulo do absurdo! Pessoas que viviam sem nenhum dos confortos mais elementares da existência, em casas sem água corrente, em que as latrinas ou eram de cubos ou não passavam de fétidas fossas abertas no solo — compravam aqueles aparelhos entre cujos preços e suas rendas havia uma desproporção colossal.

— É assim que vai se fazendo sentir a garra do imperialismo ianque — dizia ele. — São os automóveis, os rádios, a gasolina, os gramofones... Aos poucos vamos nos transformando numa colônia dos Estados Unidos!

Nossa urbe agora vive cheia de música — escreveu o cronista d'*A Voz da Serra*. — *O disco, que havia morrido entre nós, ressuscita.*

As vitrolas da Casa Edison atiravam para a rua os dobrados marciais da Sousa's Band. E a voz de Claudia Muzzio, a morrer tuberculosa no último ato de *La traviata*, mais de uma vez chegou aos ouvidos indiferentes de muito caboclo que passava na rua a cavalo, pitando o seu crioulo. Mariquinhas Matos ficava em êxtase ouvindo Miguel Fleta cantar o *Ay-ay-ay!*. O Quica Ventura sentia-se insultado quando ouvia os guinchos, roncos e batidas dum *jazz-band*. Pensava em reunir gente para empastelar a Casa Edison e dar uma sova no Kern. As meninas do cel. Prates eram loucas pelo Tito Schipa. E muita gente agora cantarolava ou assobiava a "Valencia", inclusive Rodrigo Cambará, que se tomara de amores pela melodia, que lhe evocava a cálida e luminosa Espanha que ele encontrara e amara nos romances de Blasco Ibáñez. Contava-se que o próprio dr. Carlo Carbone fizera recentemente a ablação do rim dum paciente cantarolando durante toda a operação o *Garibaldi pum!*.

Nas reuniões do Comercial, agora animadas como nunca, o Jazz Mim tocava as músicas da moda. E jovens pares, sob o olhar escandalizado das comadres — as meninas com as saias pelos joelhos, os rapazes com seus "casaquinhos de pular cerca" e suas calças bocas de sino dançavam furiosamente o *charleston*.

Rodrigo comprou a maior vitrola que o Kern tinha à venda: uma Credenza de aspecto monumental, em estilo Renascimento. Levou-a para casa com algumas dezenas de discos e duma feita tocou vinte vezes seguidas a "Valencia"; e como a Leocádia continuasse a cantarolar a música na cozinha, com sua voz estrídula, Rodrigo, tomado dum súbito enjoo da melodia, quebrou o disco e atirou os cacos pela janela.

Por uma semana o rádio ficou esquecido no escritório, enquanto o dono da casa e os amigos davam toda atenção à Credenza, que fora entronizada na sala de visitas e que durante horas ("Prestem atenção aos graves... Não é um colosso? Parece que os cantores estão aí dentro") tocou discos de Chaliapin, Titta Ruffo, Galli-Curci, Tetrazzini...

Tio Bicho um dia confessou seu desamor à ópera.

— És um ignorante — disse Rodrigo. — De que gostas então?

— Ora, de Beethoven, para começar...

Rodrigo foi à Casa Edison e voltou de lá com uma pilha de discos com músicas de Beethoven, e uma noite quase os atirou na cara do Bandeira.

— Toma! Empanturra-te de Beethoven. Eu fico com o *bel canto*.

Voltou para junto da radiola.

Stein considerava a ópera uma expressão musical da burguesia. De resto achava que a música, como a religião, era uma espécie de ópio.

Maria Valéria olhava para todas aquelas máquinas, danças, músicas e modas com um olho antigo e moralista. Por aqueles dias vieram à tona em Santa Fé alguns fatos escandalosos. Quinota, a única filha solteira do finado cel. Cacique Fagundes, fugira de casa com um homem casado. Um empregado dos Spielvogel dera um desfalque na firma e emigrara para a Argentina. No Barro Preto uma mocinha abandonada pelo homem que a seduzira, prendera fogo nas vestes e morrera queimada.

Contava-se também que no Comercial os rapazes dançavam praticamente grudados aos corpos das moças, fazendo movimentos indecentes. Maria Valéria atribuía todas essas poucas-vergonhas às influências maléficas do gramofone, do rádio e do cinema, às quais Aderbal Quadros, igualmente alarmado ante a dissolução dos costumes, ajuntava as do automóvel, do aeroplano e do futebol.

Foi também em fins daquele triste e frio agosto que chegou a Santa Fé a notícia da morte de Rodolfo Valentino. O clube de suas admiradoras mandou rezar uma missa de sétimo dia em intenção à alma do patrono. A Gioconda saiu da igreja com os olhos vermelhos de tanto chorar. Uma de suas consócias desmaiou na calçada, à frente da Matriz. Alguns rapazes despeitados, que esperavam na rua o fim da cerimônia, romperam numa vaia às "viuvinhas do Vaselina".

Maria Valéria assistia à cena de uma das janelas do Sobrado, achando tudo aquilo uma pouca-vergonha. E, quando viu d. Vanja sair também da igreja, de mantilha preta na cabeça, a enxugar os olhos com seu lencinho de renda, murmurou: "O desfrute!". E fechou bruscamente a janela.

31

No dia em que completou quarenta anos, Rodrigo acordou sombrio como o céu daquela ventosa manhã de outubro. Recebeu sem entusiasmo os abraços e presentes dos membros de sua família e, durante todo o dia, plantou-se muitas vezes na frente do espelho, a examinar o rosto com um interesse cheio de apreensão.

Quando Flora lhe perguntou se ia convidar os amigos para virem à noite ao Sobrado, respondeu:

— Não convidei ninguém. Não há motivo para festa.

Os amigos, porém, vieram e encheram a casa. O aniversariante a princípio permaneceu calado e de cara amarrada, mas não tardou a entrar num "porre suave" de champanha, que o tornou loquaz e cordial como de costume. Discutiu sociologia e política com Terêncio Prates, que, recém-chegado de Paris, estava cheio de ideias e projetos. E, como Chiru Mena, em dado momento da conversação, manifestasse suas simpatias pela Liga Cívica Rio-Grandense, fundada havia pouco em Porto Alegre, "para fomentar os ideais separatistas", Rodrigo ergueu um dedo acusador e bradou-lhe na cara:

— O separatismo é um crime de lesa-pátria!

Chiru apelou para o dr. Terêncio. Não achava ele que o Rio Grande sempre fora preterido no cenário político nacional em que a última palavra ficava sempre com o bloco formado por São Paulo e Minas Gerais? Não lhe parecia também que desde o Império se fazia tudo pelo café e pouco ou nada pela pecuária? O charque fora a gaita no século passado, e agora estava ameaçado da mesma sorte. A má vontade do resto do país para com o Rio Grande era tão evidente que, quando se tratava de descobrir o desenho para um escudo do estado, um jornalista "não gaúcho" oferecera uma sugestão maldosa:

Nuvens negras no horizonte,
De cima a baixo um corisco,
O busto de Augusto Comte
E a faca do João Francisco.

— Mas é perfeito! — exclamou Tio Bicho, soltando uma risada.

Terêncio estava sério. Não era homem que brincasse com aqueles assuntos. Rodrigo chegou à conclusão de que o amigo não tinha o menor senso de humor. O estancieiro-sociólogo concordava que o Rio Grande constituía uma cultura à parte do resto do Brasil, mas na sua opinião a ideia separatista oferecia graves inconvenientes e perigos...

Do solene ventre da Credenza saía o vozeirão de Chaliapin, cantando a cena da morte de Dom Quixote. Ali na sala de visitas as mulheres estavam caladas, a escutar aquela voz que parecia doer dentro delas. Lágrimas escorriam pelas faces de boneca de d. Vanja. Sem conseguir esconder a comoção, Flora fungava, levava o lenço ao nariz, assoava-se. Santuzza, essa estava desfeita em pranto. Dom Quixote soluçava: *"Ma mère! Ma mère!"*. A esposa de Terêncio Prates inclinou a cabeça para a dama que tinha a seu lado, e cochichou: "Ele está chamando a mãe". "Coitado!", disse a outra. Os seios da esposa do juiz de comarca arfavam de comoção. Só dois rostos se mantinham impassíveis, os olhos enxutos a fitarem meio agressivos a Credenza: o de Laurentina Quadros e o de Maria Valéria. Se as tristezas e incomodações da vida não conseguiam abatê-las, a troco de que santo haviam de comover-se com aqueles gritos e choros "em estrangeiro" que saíam do gramofone?

Dante Camerino apareceu mais tarde em companhia da noiva, a filha mais velha do Juquinha Macedo, ambos devidamente escoltados por uma tia solteirona da moça. Ninguém ignorava que os Macedos não faziam muito gosto naquele casamento, por causa da origem humilde do médico. "Afinal de contas, comadre, o rapaz foi engraxate, o pai dele é funileiro e, ainda por cima, calabrês... Tudo tem o seu limite, a senhora não acha?"

Fosse como fosse, o contrato de casamento se fizera, e agora ali estavam os noivos a um canto, de mãos dadas, encantados um com o outro. Liroca, que os observava com olho terno, segurou o braço de Rodrigo e murmurou-lhe ao ouvido: "Os rodeios se misturam no Rio Grande. Italiano casa com brasileiro. Alemão, com caboclo. Nas estâncias, nossos bois franqueiros e de chifre duro também estão se cruzando com gado indiano e europeu. Quero só ver no que vai dar tudo isso".

Rodrigo, porém, não lhe prestou atenção, pois continuava a discutir com os amigos as relações do Rio Grande com o resto do Brasil.

— Há um grande equívoco de nossos patrícios lá de cima com relação a nós, um equívoco que precisamos desfazer duma vez por todas. — Tornou a encher a taça de champanha. — Admiro o Euclides da Cunha e li *Os sertões* dez vezes — inventou, acreditando na própria mentira. — Mas não posso aceitar o paralelo que ele faz entre o sertanejo e o gaúcho, apresentando-nos como homens da primeira arrancada, que se acovardam quando encontram resistência. O Euclides esqueceu que os farrapos brigaram sozinhos contra o resto do país durante dez anos!

Tio Bicho, que até então permanecera calado, interveio:

— Temos sempre vivido num isolacionismo psicológico com relação ao resto do Brasil, e isso se deve em grande parte a Júlio de Castilhos e à Carta de 14 de Julho.

— Carta essa — completou Rodrigo — que hoje está morta, enterrada e putrefata.

Terêncio brincava com a corrente do relógio, pensativo.

— Pois eu acho — disse — que o Tratado de Pedras Altas foi um erro pelo qual todos nós, republicanos e maragatos, ainda iremos pagar muito caro.

— Não diga isso! — protestou Chiru.

— Castilhos — prosseguiu o estancieiro — foi o único estadista de verdade que este país jamais produziu. Reconhecia a tese do presidencialismo como sistema constitucional, admitia o poder presidencial a coexistir com o legislativo, mas, notem bem, não concedia a este uma só partícula de sua autoridade executiva...

Rodrigo escutava com o ar de quem não dá crédito aos próprios ouvidos.

O outro acrescentou:

— O que o doutor Borges de Medeiros devia ter feito em 23 era renunciar e não permitir que nossa Carta fosse mutilada como foi.

Rodrigo não se conteve:

— Mas meu caro, depois de quase quatro anos de Paris tu ainda me vens com essas ideias retardatárias?!

Terêncio Prates sacudiu lentamente a cabeça:

— Toda a força e todo o prestígio do Rio Grande repousavam no espírito do castilhismo. A reforma da Constituição que vocês assisistas conseguiram (e eu, que sou republicano, reconheço nisso uma grande vitória) vai afrouxar nossa disciplina partidária, vai talvez com o tempo desintegrar o partido que ajudou a fazer e a manter a República.

Rodrigo pousou a mão no ombro do conviva:

— Falas como um velho republicano para quem só existe um partido, um só chefe, um só espírito, um só objetivo.

Liroca olhava enviesado para Terêncio, como se este fosse uma cobra venenosa que de repente se lhe atravessasse no caminho. Rodrigo foi até a sala de visitas e mudou o disco. Quando voltou ao escritório, o sociólogo falava sobre a plataforma de governo de Washington Luís.

— O novo presidente está bem orientado. Em Paris estudou o plano Poincaré. Veio disposto a instituir e levar a cabo uma nova reforma financeira...

— O homem do cavanhaque — interrompeu-o Chiru — declarou que governar é construir estradas. Para o Epitácio era fazer açudes. Para o Bernardes prender gente, amordaçar a imprensa...

Sem tomar conhecimento da interrupção, Terêncio olhou para Rodrigo (pois era evidente que só a ele se dirigia) e disse:

— O plano do doutor Washington é conseguir o equilíbrio orçamentário, cortando as despesas supérfluas, regularizando a dívida externa, consolidando a flutuante, e evitando os abusos de crédito. Ele acha (e nisso tem toda a razão) que a causa do nosso caos financeiro, da nossa fraqueza econômica e da carestia da vida, são as variações bruscas do valor da nossa moeda.

Rodrigo bebeu um gole de champanha, estralou os lábios e perguntou:

— Mas tu acreditas, Terêncio, que podemos fazer essa reforma financeira com o Getulio Vargas no Ministério da Fazenda?

— E por que não?

— Vocês têm a memória muito fraca. Não faz muito, ofereceram ao Getulinho um lugar na Comissão de Finanças da Câmara e ele o recusou, alegando que não entendia patavina do assunto.

Cerca das onze horas, quando o último conviva se retirou, Rodrigo fechou-se no escritório com Neco e Chiru.

— Vamos fazer uma farrinha, hein? Que é que vocês acham?

— Hoje? — estranhou o Chiru.

— Hoje mais que nunca.

— Tu mandas, eu obedeço.

— E tu, Neco?

O barbeiro hesitou.

— E que é que vais dizer a dona Flora?

— Não te preocupes com o que vou dizer à minha mulher. O problema é meu.

— Pois então vamos.

Saíram quando o relógio grande batia as primeiras badaladas da meia-noite. Chuviscava e havia no vento uma qualidade mordente. Rodrigo, que caminhava entre os dois amigos, levantou a gola do impermeável.

— Quarenta anos — murmurou. — Parece mentira. Estou começando a descer pelo outro lado da coxilha.

— Não sejas bobo! — interrompeu-o Chiru. — Agora é que entramos numa idade bonita!

— Aonde é que vamos? Vocês sabem de alguma mulher nova na terra?

— Sugiro a Pensão da Virgínia — disse o barbeiro. — Tem "material" novo lá.

Foram. E aquela noite Rodrigo Cambará teve na sua cama duas raparigas cujas idades, somadas, mal davam a sua.

32

Nos primeiros dias de novembro, foi procurado por um chefe maragato de Palmeira, que entrou no Sobrado com ares de conspirador, pedindo-lhe "um particular". Foram para o escritório, sentaram-se, o visitante puxou um pigarro e murmurou:

— O "leicenço" vem a furo por estes dias, doutor.

— Que leicenço?

— Ué... Então o coronel Macedo não lhe disse nada? A revolução.

Rodrigo encarou em silêncio o caboclo que ali estava à sua frente, retaco e bigodudo, de bombachas, botas e esporas. De pernas abertas, mais parecia montado que sentado na poltrona.

— O coronel Macedo ainda não voltou da estância...

O maragato passou pelo rosto um lenço encardido. Seus olhos tinham uma expressão acanhada.

— Pois o general Zeca Neto vai invadir o estado pelo sul e o general Leonel Rocha pelo norte... Não sabia?

Foi a custo que Rodrigo reprimiu um palavrão. Uma súbita irritação, uma cálida, formigante impaciência tomou-lhe conta do corpo. Pôs-se a tamborilar com os dedos nos braços da poltrona. Irresponsáveis! Levianos! Estavam com a neurose da revolução. Brincavam com fogo. Que histórias teriam contado a Zeca Neto para que o bravo e digno velho, aos setenta e cinco anos, decidisse abandonar a paz da sua estância para se meter noutra campanha?

— Mas esse movimento está bem articulado? — indagou. — Com que apoio contam os senhores?

— Umas quantas Guarnições Federais vão se revoltar. Eu vim saber se podemos contar com os correligionários de Santa Fé.

Rodrigo ergueu-se com gana de mandar o revolucionário para o inferno.

— Não sou chefe político. Por que não fala com o coronel Amaral?

O visitante mirava-o num silêncio de estupor. O suor escorria-lhe pela face curtida.

— Já falei...

— E que foi que ele disse?

O palmeirense soltou uma risadinha seca.

— Disse que era macaco mui velho, não metia mais a mão em cumbuca.

Rodrigo mirava agora fixamente a fotografia dos Dezoito do Forte, pensando em Toríbio. O caboclo foi sacudido por um acesso de tosse que o deixou afogado, apopléctico, os olhos lacrimejantes.

— Acho que o coronel Amaral tem razão — disse Rodrigo, pondo-se a caminhar dum lado para outro, sem olhar para o interlocutor. — Sou também contra o movimento. Vai ser mais um sacrifício inútil de vidas. Não há clima para revolução. A Coluna Prestes mais dia menos dia se dissolve. Dentro de duas semanas o novo presidente toma posse... Os senhores deviam pelo menos esperar. O homem pode levantar o estado de sítio, conceder a anistia geral... tudo é possível.

O maragato sacudia a cabeça negativamente, ainda afogado, olhando aflito para o chão na vã procura duma escarradeira. Por um instante Rodrigo temeu que o homem escarrasse no soalho.

— O Washington Luís é um preposto do Bernardes — disse por fim o caboclo com voz sumida. — O que ele quer é ver a nossa calaveira.

— E os senhores esperam com essa "invasão" impedir que o presidente seja empossado?

— E se toda a Guarnição Federal do Rio Grande se levantar?

— Admiro o seu otimismo, mas vou lhe ser franco. Não conte comigo.

O outro estava perplexo. Esfregava as coxas lentamente, com as palmas das mãos, como para alisar as bombachas. A cábula dava ao rosto daquele homem de cinquenta e poucos anos uma expressão juvenil. Ficou longo tempo em silêncio, como se tivesse perdido a fala.

Sentindo que estava sendo demasiadamente rude, Rodrigo procurou remediar a situação:

— Toma um mate, coronel?

Quis dar à voz um tom afetuoso, mas não conseguiu. A frase soou dura e áspera, como se tivesse convidado o outro a retirar-se.

— Não, gracias. Tenho que ir andando. Vou cantar noutra freguesia. Me desculpe, doutor...

Apertou a mão do dono da casa e encaminhou-se para a porta da rua, arrastando as esporas e ajeitando no pescoço o lenço encarnado.

Ainda havia tempo de fazer um gesto cordial — refletiu Rodrigo — ou de dizer algumas palavras amáveis de despedida... Não fez o gesto nem encontrou as palavras. Nem sequer acompanhou o outro até a porta. Permaneceu no alto da escada do vestíbulo, incapaz de reprimir ou pelo menos esconder a irritação que o visitante lhe causara. E o fato de estar irritado por uma situação que era menos grave que grotesca exasperava-o ainda mais.

Só depois que voltou para o escritório é que compreendeu por que aquela visita o deixara tão perturbado.

É que o caboclo, sem querer nem saber, lhe evocara os aspectos negativos da campanha de 23: a frustração das marchas e contramarchas, que na maioria das vezes nada mais eram que fugas: a desorganização das colunas, a imprevidência dos comandantes, a indisciplina dos comandados: a sujeira, o desconforto, o desperdício de vidas... Sim, o homem de Palmeira recendia a revolução. Sua presença enchera a sala com um fartum de suor humano muitas vezes dormido, misturado com cheiro de couro curtido, poeira e sarro de cigarro de palha... E esses odores se haviam transformado no espírito de Rodrigo em imagens que ele preferia esquecer. Miguel Ruas agonizante no saguão da Intendência, a morte a passar-lhe no rosto o último pó de arroz... O cadáver de Cantídio, os olhos exorbitados, o peito esmagado...

Rodrigo acendeu um cigarro, sentou-se, soltou uma baforada de fumaça como para esconder a mais terrível de todas as lembranças: seu pai lívido e arquejante, a afogar-se no próprio sangue. De olhos fechados, com uma fúria que lhe vinha do próprio terror, precipitou-se ao encontro do perigo, recordou frio aquela hora, minuciosamente. Tornou a sentir a mornidão do sangue do Velho no próprio peito, viu aqueles olhos que aos poucos se embaciavam, ouviu o pan-pan ritmado do moinho d'água... ruminou, enfim, a angústia daquela hora trágica.

Agora estava tudo claro. Quem na realidade recebera o maragato havia poucos minutos não fora ele, Rodrigo, mas Licurgo Cambará. O Velho falara pela sua boca. Mais ainda: o filho reagira ao convite do revolucionário com as idiossincrasias, os nervos, o corpo do pai. Por um instante pelo menos conseguira ressuscitar um morto.

499

* * *

Dias depois, Chiru entrou no Sobrado como uma ventania.

— A procissão está na rua, menino! — gritou. — O Leonel Rocha já anda tiroteando pras bandas da Vacaria. O velho Zeca Neto entrou por Uruguaiana...

Rodrigo escutou-o sem entusiasmo. Tirou do bolso um charuto, mordeu-lhe a ponta, prendeu-o entre os dentes e ficou a acendê-lo com uma lentidão deliberada.

— Senta, Chiru. Te acalma. Bebe um copo d'água. Tua revolução já morreu na casca.

— Morreu coisa nenhuma! Espera-se um levante na Guarnição Federal de Santa Maria e outro na de São Gabriel.

Minutos depois apareceu o velho Liroca, que se sentou a um canto do escritório e ficou a olhar para Rodrigo com uma ternura canina.

— Sabes quem é o chefe civil do movimento? — perguntou Chiru. — O doutor Assis Brasil. Ele e o general Isidoro estão dirigindo a coisa de Montevidéu.

Rodrigo atirou a cabeça para trás e soltou a fumaça que retivera na boca por alguns segundos.

— Então? — perguntou com um sorriso sardônico — O nosso egrégio *chefe* está dirigindo a revolução a distância, não? Provavelmente do quarto do melhor hotel de Montevidéu, perfumadinho, barbeadinho, metido num *robe de chambre* de seda... Pois se é assim, amigo Chiru, não tenhamos dúvida, o movimento está vitorioso.

Chiru estava espantado.

— Homem, que bicho te mordeu?

Nesse momento entrou o Neco Rosa, olhou para o dono da casa e disse, grave:

— Estamos esperando as tuas ordens.

— Não sejam bobos — respondeu Rodrigo. — Não tenho ordens.

De seu canto, Liroca murmurou:

— Sou soldado disciplinado. Se me mandam pegar na espingarda e ir pra coxilha, obedeço.

Rodrigo lançou-lhe um olhar oblíquo e pensou: "Obedeces e depois te borras na hora do combate". Mas não disse nada. Havia algo de patético naquele velho asmático e frágil, que ainda sonhava com revoluções.

Naquele dia os três amigos retiraram-se juntos do Sobrado: Neco calado e digno, Chiru vermelho e a resmungar queixas, Liroca cabisbaixo, o peito sacudido de suspiros. Rodrigo ficou a acompanhá-los com o olhar, debruçado numa das janelas do casarão, já com a vaga sensação de havê-los abandonado e traído. E se eles estivessem com a razão? — perguntou a si mesmo, vendo-os desaparecer entre as árvores da praça. — E se aquela revolução tivesse estatura para vencer?

Sua dúvida, porém, foi de curta duração. Dias depois, leu nos jornais a notícia de que a coluna de Leonel Rocha tinha sido derrotada num combate em Bom Jesus pelas tropas legalistas e que Zeca Neto e seus homens haviam tornado a transpor a fronteira, internando-se na Argentina. Era o fim.

Esperou a visita dos amigos para lançar-lhes em rosto o clássico "Eu não disse?". Não teve, porém, oportunidade para isso, pois o Chiru uma tarde embarafustou Sobrado adentro, exclamando:

— Aposto a minha fortuna como o Washington Luís não toma posse!

Fez uma pausa dramática e encarou o amigo, esperando que ele perguntasse por quê, mas como Rodrigo se tivesse limitado a encolher os ombros, sem curiosidade, Chiru despejou a notícia:

— Revoltou-se a Guarnição Federal de Santa Maria, sob o comando de dois tenentes, os irmãos Etchegoyens! Estão combatendo na cidade, pois o Regimento da Brigada Militar não aderiu ao movimento. E há barulho também em São Gabriel. — Segurou com força o braço do amigo. — Tu sabes o que isso significa, na véspera da posse do Cavanhaque?

No dia seguinte verificaram que a coisa significava muito pouco ou nada. O boletim de notícias do rádio comunicava que a posse do presidente da República se processara normalmente, e sob aclamações populares.

33

Na soalheira daquele bochornoso 1º de janeiro de 1927, a própria cidade de Santa Fé — de ruas quase desertas, as casas duma palidez cansada, sob a luz branquicenta da manhã — parecia curtir a ressaca das bebedeiras e comilanças a que boa parte de sua população se havia entregue na noite anterior.

Foi com mal contida irritação que Rodrigo Cambará desceu do quarto com a boca amarga (champanha, caviar e maionese de lagosta) para receber a visita do cel. Afonso Borralho, veterano da Guerra do Paraguai. Como costumava fazer todos os anos, no mesmo dia e à mesmíssima hora, o octogenário vinha ao Sobrado para apresentar aos Cambarás seus votos dum "próspero e feliz Ano-Novo". Fazia isso desde 1896, com uma pontualidade impecável, como uma espécie de funcionário exemplar do Tempo. Quem sempre o recebia, num misto de reconhecimento e impaciência, era o velho Licurgo. Agora cabia a Rodrigo fazer as honras da casa.

Acolheu o veterano com a amabilidade que seu mal-estar lhe permitia, tomou-lhe do braço, levou-o para a sala de visitas, fê-lo sentar-se.

— O senhor sempre forte e rijo, hein, coronel?

— Qual nada, doutor! Acho que este vai ser o meu último Ano-Novo.

Dizia sempre isso. Tinha uma voz rouca e cava. Barbas dum branco amarelado cobriam-lhe as faces angulosas, duma cor de marfim antigo. A fronte era alta, o nariz em sela, os cabelos, ainda abundantes e duma finura frouxa de retrós. Metido no seu terno de casimira preta, parecia um profeta bíblico vestido por um alfaiate de 1900.

Era o cel. Borralho uma das "relíquias vivas" de Santa Fé, como dizia e repetia a folha local. D. Revocata costumava apresentá-lo aos alunos como um exemplo vivo de patriotismo e dignidade humana. Não se concebia cerimônia cívica sem sua presença. Rodrigo admirava o ancião, mas achava que ele se estava compenetrando demais de sua condição de monumento municipal. Jamais sorria ou pilheriava, dava-se ares de oráculo, e ali estava agora numa postura de estátua.

Enquanto o visitante falava, Rodrigo sentia a cabeça latejar de dor. O calor era tanto, que ele tinha a impressão de que uma boca de fornalha acesa, do tamanho da abóbada celeste, respirava em cima de Santa Fé. O casarão também parecia pulsar sob o olho implacável do sol, como se um sangue grosso e quente corresse surdo por dentro das paredes, fazendo-as inchar.

E aquele homem vestido de casimira — trajo completo, com colete e colarinho duro — a falar, a falar: o tempo, a revolução, a crise da pecuária, velhos amigos mortos...

Eu não aguento! — pensava Rodrigo, lavado em suor, a visão perturbada, nauseadamente consciente como nunca de ter um estômago. Por fim o cel. Borralho se retirou, depois de pronunciar todas as frases de praxe. Rodrigo ficou com a impressão nada animadora de que o veterano era um comissionado que a Morte mandava todos os anos bater à sua porta para cobrar-lhe mais uma prestação de vida. Essa ideia não lhe melhorou em nada o estado de espírito, como a dose de sal de frutas, tomada ao despertar, não lhe resolvera a situação gástrica.

Era tudo uma choldra! Os levantes no estado haviam fracassado. Não se tinha notícia certa do paradeiro da Coluna Prestes. Washington Luís governava sem oposição, recusando-se a conceder anistia geral. E lá estava o Getulinho aboletado no Ministério da Fazenda, como um dos grandes da República. E já se falava dele como sucessor de Borges de Medeiros. Sim senhor! O maroto havia feito sua carreirinha na maciota... "E eu aqui de mãos abanando... E por quê?" Olhou para o próprio retrato, como se sua imagem pintada pudesse responder à pergunta. "Por quê? O Getulio não é mais inteligente nem mais culto que eu. Somos quase da mesma idade. Fomos colegas na Assembleia. São Borja não é mais importante que Santa Fé. Então, como se explica que ele esteja no Rio feito ministro e eu esquecido aqui nesta bosta?"

Pensou no verão que tinha pela frente e atirou-se desanimado numa poltrona, com uma súbita, mas passageira, vontade de morrer.

Só pôde ir para o Angico em princípios de fevereiro. Levou toda a família e fechou o Sobrado. Encontrou Aderbal Quadros como sempre contente da vida e cheio de planos para a estância. Apenas uma preocupação — e Rodrigo riu-se dela — toldava o espírito do velho. Estava apreensivo ante a notícia que lera no último número do *Correio do Povo* chegado a suas mãos. O hidroavião *Atlântico*,

502

do Kondor Syndikat, fizera sua primeira viagem de Porto Alegre à cidade do Rio Grande, levando passageiros e cento e sessenta e dois quilos de bagagem. Apesar do forte vento contrário, o percurso durara apenas duas horas e quarenta e cinco minutos. O velho sentia-se afrontado. Era uma imoralidade — disse ele ao genro — um despautério, que aquelas engenhocas de voar, fabricadas no estrangeiro, estivessem cortando e sujando os céus do Rio Grande, que de direito pertenciam às aves e nuvens, isso para não falar no sol, na lua e nas estrelas, que eram de todo o mundo. Aquele progresso — continuou — estava aos poucos mudando a boa vida antiga do gaúcho, pois, assim como as máquinas registradoras haviam trazido a imoralidade para as casas de comércio, o aeroplano, como o automóvel, constituía um *insulto* ao cavalo, à diligência e à carreta.

— O governo federal já deu licença à Kondor Syndikat para estabelecer uma linha aérea entre Porto Alegre e o Rio de Janeiro — contou Rodrigo, para escandalizar o sogro. — E lhe digo mais, seu Aderbal, a primeira vez que eu tiver de viajar para o Rio, vou de avião.

Babalo nada respondeu. Montou a cavalo, saiu sem rumo pelas verdes invernadas, agitando macegas e espantando quero-queros, respirou a plenos pulmões o ar do campo, limpou o espírito de cuidados e irritações, voltou para casa assobiando, e não tocou mais no assunto.

Foi em princípios de março que, ainda no Angico, Rodrigo recebeu a notícia de que Luiz Carlos Prestes e os seiscentos e poucos homens que restavam de sua Coluna se haviam internado na Bolívia, depondo as armas.

Passaram-se duas semanas e Rodrigo começou a inquietar-se seriamente com a sorte do irmão. Se Bio estava vivo — refletia —, por que não se comunicava com ele? Escreveu uma carta ao embaixador do Brasil na Bolívia, perguntando-lhe se por acaso sabia do paradeiro dum certo maj. Toríbio Cambará, membro da Coluna Prestes.

Voltou no fim daquele mês para Santa Fé, onde o aguardava a pior das notícias. O Veiga, da Casa Sol, depois de muitos rodeios, pigarros e hesitações, revelou-lhe que um tropeiro de Santa Bárbara ouvira dizer que um conhecido seu de Passo Fundo abrigara uma noite em sua casa um ex-soldado da Coluna Prestes, que lhe contara ter visto Toríbio Cambará cair morto num combate, no interior do Ceará.

Rodrigo entregou-se a uma crise de choro.

— Não acredito — disse Maria Valéria.

Roque Bandeira chamou o amigo à razão:

— Tudo isso é muito vago — argumentou. — Veja bem, doutor. O Veiga não se lembra do nome nem do endereço do tropeiro que lhe contou a história que teria ouvido da boca duma terceira personagem ainda mais improvável que a primeira e a segunda.

No dia 1º de abril chegou ao Sobrado um telegrama. Num mau pressentimento, Rodrigo meteu-o no bolso, sem abri-lo. Saiu a andar pela casa, agoniado, com a quase certeza de que aquele papel lhe trazia a notificação oficial da morte do irmão. Subiu para a água-furtada, tirou o despacho do bolso, virou-o dum lado e de outro, atirou-o em cima da mesinha de vime e ficou a mirá-lo de longe... De repente uma onda de esperança o envolveu. E se a mensagem fosse do próprio Toríbio? Claro. Podia ser. Era! Era!

Agarrou o telegrama e abriu-o com tal açodamento, que quase o rasgou ao meio. Estonteado, teve de ler o texto três vezes para compreendê-lo:

COMUNICO ILUSTRE AMIGO DESCOBRI ENTRE DETENTOS POLITICOS RIO SEU IRMÃO TORIBIO APRISIONADO FINS ANO PASSADO INTERIOR BAHIA E AGORA SUJEITO SER TRANSFERIDO ILHA TRINDADE PT MANDE INSTRUÇÕES URGENTE PT CORDIAIS SAUDAÇÕES

TEN.-CEL. RUBIM VELOSO

Rodrigo desceu precipitadamente e foi dar a grande notícia a Flora, Maria Valéria e Laurinda. Toríbio estava vivo! Toríbio estava vivo! Era isso o que importava. Mas sua alegria em estado puro não durou mais que uns escassos cinco minutos, porque em sua mente a ideia de *Toríbio vivo* foi dominada pela de *Toríbio preso*. Um Cambará na cadeia, como um reles criminoso. Toríbio degredado na ilha da Trindade! A ideia deixava-o de tal maneira indignado, que os amigos a quem mais tarde mostrou o telegrama, tiveram a impressão nítida que ele queria fazer outra revolução, organizar uma expedição punitiva contra o Rio de Janeiro, apear Washington Luís do poder e incendiar o Catete.

— Sossegue o pito — disse Maria Valéria.

— Mas ele vai morrer, Dinda!

— Não morre. Tudo acostuma. Até cadeia.

— Mas fica louco.

A Dinda quase sorriu quando disse:

— Bem bom do juízo seu irmão nunca foi...

Rodrigo resolveu embarcar no dia seguinte para Porto Alegre, onde tomaria o primeiro vapor para o Rio. Era uma pena que a linha aérea do Kondor Syndikat não estivesse ainda funcionando!

Antes de partir redigiu um telegrama endereçado ao ten.-cel. Rubim. Mostrou-o a Flora e Maria Valéria.

— Que é que vocês acham? Está muito forte?

GRATISSIMO TUA COMUNICAÇÃO MAS DESOLADO NOTICIA PT POBRE PAIS EM QUE OS HOMENS DE BEM ESTÃO NA CADEIA E OS LADRÕES E BANDIDOS NO PODER PT EMBARCO RIO HOJE MESMO PT AFETUOSO ABRAÇO

De lábios apertados, a velha ouviu em silêncio a leitura do despacho.

— Que tal, Dinda?

— Não carece ofender ninguém. Isso pode até dificultar a saída do Bio da cadeia. Por que não diz só que vai embarcar?

Flora foi da mesma opinião, mas Rodrigo, enamorado da própria violência, mandou expedir o telegrama tal como o havia redigido.

Embarcou no dia seguinte, tão carregado de malas que a tia perguntou:

— Ué? Vai se mudar pra Corte?

34

Duas semanas depois, telegrafava do Rio contando à sua gente que conseguira falar com Toríbio; que, contra sua expectativa, o encontrara de muito boa saúde; que havia contratado um grande advogado para tratar da libertação do irmão; e que esperava ter uma entrevista com Getulio Vargas no dia seguinte. As últimas linhas do telegrama prometiam para breve uma longa carta.

Esta chegou duas semanas depois. Flora leu aos amigos a parte em que Rodrigo narrava as circunstâncias romanescas da prisão de Toríbio:

A coisa se passou nos sertões da Bahia. O Bio e o seu piquete de vanguarda caíram numa emboscada. Alguns morreram, outros fugiram, e quatro, entre os quais estava o nosso herói, foram feitos prisioneiros. "Só me pegaram", contou o Bio, "porque meu cavalo recebeu um balaço na cabeça, caiu e eu fiquei com uma perna apertada debaixo dele. Os milicos se atiraram em cima de mim. Eram três. Me ergueram do chão e pensaram, os inocentes, que eu ia me entregar sem mais aquela. Consegui derrubar dois deles a socos e pontapés, mas vieram mais dois, me subjugaram e me levaram amarrado." Assim o nosso major e mais três companheiros foram conduzidos para o acampamento duma companhia da força legalista e amarrados a troncos de árvores para serem fuzilados ao amanhecer. Quando o dia clareou, começaram as execuções. Antes de passar cada prisioneiro pelas armas, o capitão que comandava o pelotão de fuzilamento interrogava-o, pedindo o nome e o lugar do nascimento. Anotava tudo isso numa caderneta, voltava pra junto dos soldados e dava ordem de fogo. Pouco antes de morrer, um dos revolucionários gritou meio rindo: "Até a vista, Major Toríbio!". Diz o Bio que nessa hora não conseguiu conter o pranto, e ficou fungando, sem poder enxugar os olhos, pois estava de mãos amarradas. O segundo a ser fuzilado recusou-se a dar o nome. Disse uma barbaridade que envolveu não só a mãe do capitão como a de todos os soldados do pelotão. Antes da ordem de fogo soltou um viva a Luiz Carlos Prestes e à liberdade. Nosso major me confessou que naquela hora ele não sabia o que era mais forte: se a sua pena de ver aqueles bravos morrerem de mãos e pés amarrados ou se a raiva, "não o medo", de saber que sua hora tinha chegado. Pensou assim: "Ora, um dia todos morrem, os bons e os maus, os valentes e os covardes, os santos e os bandidos. De bala, de doença ou de velhice". Mas no fundo ainda contava com algum acontecimento inesperado que o salvasse. Começou então a dizer, baixinho: "Ainda não fizeram a bala... ainda não fizeram a bala". O terceiro condenado, poucos segundos antes de receber a descarga, gritou: "Atirem, covardes!". E soltou uma gargalhada. Quando chegou a hora do Bio, o sol já tinha aparecido. O capitão aproximou-se do major. Era um homem com cara de moço-família, estava pálido, de voz engasgada e mãos trêmulas. O Bio viu logo que o rapaz não dava para aquelas coisas. "Como é o seu nome?" O Bio, que tinha deixado crescer a barba, teve vontade de responder: "Antônio Conselheiro". Mas achou melhor dizer direito como se chamava e de onde era. "E por falar em Rio Grande, moço, lá na minha terra não estamos acostumados a morrer de mãos amarradas. Gaúcho macho prefere morrer peleando. Se algum favor lhe peço, é que me deixe morrer de arma na mão." O outro se fez de desentendido. "De que cidade do Rio Grande você é?" Quando o Bio disse Santa Fé, a cara do milico se iluminou. E agora pasmem todos! O capitão em seguida perguntou: "É parente do doutor Rodrigo Cambará?". Respondeu o nosso caudilho: "Acho que sou! Somos filhos do mesmo pai e da mesma mãe". O oficial gritou para os soldados: "Desamarrem este homem!". Pegou o Bio pelo braço, levou-o para sua barraca, deu-lhe um bom café com bolachas e contou: "Sou o Antiógenes Coutinho. Estive na sua casa, conheci a sua família. E se hoje estou aqui é graças ao seu irmão, que me salvou a vida". E repetiu a história que todos vocês conhecem.

Assim, o Bio escapou de ser fuzilado no sertão da Bahia, foi levado para Salvador, onde durante mais de um mês quase apodreceu num calabouço infecto, com vinte ou trinta outros prisioneiros políticos. Um dia meteram toda essa gente no porão dum navio de carga, que zarpou para o Sul. Bio me contou com pormenores os horrores dessa viagem. Para principiar, passaram todo o tempo com água a meia canela. Parecia um navio negreiro. O fedor no porão era medonho, pois todos faziam suas necessidades ali mesmo. Quanto ao que se dava aos prisioneiros para comer, nem é bom falar, vocês podem imaginar. Um deles morreu durante a travessia e os outros só deram pela coisa quando o cadáver começou a cheirar mal.

Chegadas ao Rio, essas pobres criaturas tiveram destinos diversos. O Bio foi atirado numa das famigeradas geladeiras da Polícia. Como trazia um bom poncho, um caboclo alto e forte que, pela sua truculência e sua força física, era uma espécie de chefe dos prisioneiros da cela, atirou-se em cima do nosso major com a intenção de tirar-lhe o poncho, pois lá dentro o frio e a umidade eram de dar pneumonia até em pedra. Para resumir o caso: o Bio deu uma surra tão tremenda no sujeito, que o deixou estirado no chão. Como resultado, não só conservou o poncho como também daí por diante ficou sendo o chefe do grupo.

Semanas depois, foi transferido para uma cadeia mais decente (mas não muito) e mantido incomunicável por dois meses. Foi ali que um dia o ten.-cel. Rubim o descobriu por puro acaso.

Não me foi fácil conseguir licença para ver o meu irmão. Eu não saberia descrever nosso encontro. Não tenho vergonha de dizer que chorei como uma criança ao abraçá-lo. O Bio, esse só ria, mas ria às gargalhadas como se aquilo tudo fosse a coisa mais engraçada do mundo. Continua barbudo, está com o corpo todo escalavrado, mas forte e são de lombo. Para aguentar as geladeiras da Polícia, só os pulmões do Bio!

Agora pasmem de novo! Esse gauchão de dedos grossos e desajeitados durante o tempo de cadeia aprendeu com um companheiro de cela a fazer trabalhos de paciência. Construiu um navio com pauzinhos coloridos dentro duma garrafa. Quando ele me mostrou a sua obra, fiquei com um nó na garganta e lágrimas de novo me brotaram nos olhos.

E assim, como vocês podem ver, a vida, para alegria de D. Vanja, às vezes imita os folhetins de capa e espada.

A segunda carta, chegada dias depois, dizia:

Tenho feito o barulho que posso na imprensa do Rio em torno do caso do Toríbio. Conversei também com o Dr. Getulio, que me recebeu muito bem, todo sorridente, mas nada prometeu de positivo. "Não vai ser fácil", disse ele, "trata-se dum assunto político fora da competência do meu ministério." Ora bolas! Todo o mundo sabe como se fazem as coisas neste país de opereta. E depois, não se trata de competências de ministérios, mas da saúde, da vida e da liberdade dum gaúcho corajoso e digno. Fiquei com vontade de mandar o Ministro da Fazenda àquela parte. Mas foi bom que eu tivesse me contido, porque no dia seguinte o Getulio me comunicou, por intermédio de um de seus oficiais de gabinete, que, depois de confabular com o Ministro da Justiça, achava que havia esperanças...

No mesmo dia Flora recebeu um telegrama urgente:

BIO LIBERADO PT EMBARCAREMOS IMEDIATAMENTE PT CARINHOS

RODRIGO

35

No dia seguinte ao da sua chegada a Santa Fé, Rodrigo reuniu amigos no Sobrado, para comemorar com uma ceia o que ele chamava de "a volta do filho pródigo". Fascinado pela analogia, mandou matar um "bezerro cevado".

Maio findava, o outono andava a enevoar os céus e a desbotar as folhas dos cinamomos e dos plátanos. O inverno já mandava pelo vento discretos avisos de que não tardaria a pôr-se a caminho. Maria Valéria, sempre atenta às coisas da natureza e do calendário, achou que já era tempo de abrir a despensa e entregar ao consumo doméstico as primeiras caixetas das pessegadas e marmeladas feitas em fevereiro.

Tio Bicho cultivava seus peixes, lia seus filósofos e engordava. Arão Stein, apaixonado pelo caso de Sacco e Vanzetti, escrevia artigos incendiários para jornais semiclandestinos, procurando provar que a justiça dos Estados Unidos condenava esses dois mártires à cadeira elétrica não pelo assassínio do pagador duma companhia de calçados (pois nada de *irrefutável* ficara provado contra os réus), mas sim por serem ambos anarquistas. Não se tratava, portanto, dum ato de justiça, e sim duma cruel, indigna, clamorosa vingança política.

Mas alguns santa-fezenses, para os quais Hollywood se havia tornado mais importante que Washington, pareciam concentrar seu interesse na guerrinha local que agora se travava, por motivos óbvios, entre as "viúvas do Valentino" e o novo clube das fãs de John Gilbert.

Noticiavam então os jornais que a Warner Brothers acabava de produzir o primeiro filme sonoro da história: *The Jazz Singer*. Uns quatro ou cinco rapazes intelectualizados de Santa Fé, que costumavam referir-se ao cinema como "a sétima arte", e eram adoradores de Charlie Chaplin, achavam que dar voz às figuras da tela seria a mais grosseira e ridícula das heresias. Entrevistado por *A Voz da Serra*, o Calgembrino, do Cinema Recreio, foi franco: "Fita falada? Aposto como esse negócio não pega".

Também por aquela época andava o mundo inteiro (inclusive e principalmente o rev. Robert E. Dobson) entusiasmado com a façanha de Charles Lindbergh, um americano de vinte e seis anos que, no seu pequeno aeroplano, *The Spirit of St. Louis*, atravessara o Atlântico, dos Estados Unidos à Europa, num voo ininterrupto.

Para Liroca, porém, herói mesmo, herói de verdade, era Toríbio Cambará. Na reunião no Sobrado, passou quase a noite inteira a mirá-lo com olhos afetuosos e cheios de admiração. Ficou furioso com o dr. Terêncio Prates, que, por mais de meia hora, procurou chamar para a sua pessoa as atenções gerais, comentando o último livro que recebera de Paris: *La Vie de Disraëli*, de André Maurois.

— Como é, major? — perguntou Neco Rosa. — Que tal foi a campanha?

Toríbio, que estava escarrapachado numa poltrona, ao lado de Tio Bicho, consumindo com ele garrafa sobre garrafa de cerveja preta, respondeu:

— Divertida.

E tratou de mudar de assunto. Mais tarde outros tentaram, mas em vão, fazer o vanguardeiro da Coluna Prestes contar suas proezas.

Rodrigo andava dum lado para outro, radiante por ter o irmão de volta à querência são e salvo, mas um nadinha enciumado por vê-lo como figura central da reunião. Houve um instante em que, continuando a paródia da parábola bíblica, representou dois papéis ao mesmo tempo: o do pai do filho pródigo e o do irmão despeitado.

Depois que a maioria dos convidados se retirou — fechado no escritório com o irmão, Chiru Mena, Neco Rosa, José Lírio e Roque Bandeira —, Toríbio soltou a língua.

Foi José Lírio quem deu o mote:

508

— Uma marcha linda, major!

— Linda? Nem sempre, amigo Liroca.

Fez-se um silêncio de expectativa. Todos os olhares se focaram no maj. Toríbio, que a essa altura da festa tinha abandonado a cerveja em favor da caninha. Com seu jeitão lerdo e pesado de boi manso, os olhinhos entrefechados, ele sorria para algum pensamento gaiato.

— Pois aqui onde vocês me veem, amigos, já invadi o Paraguai.

— Como foi a coisa? — perguntou Neco Rosa, mostrando os dentes num riso de antecipado gozo.

— Depois da queda de Catanduvas, o negócio ficou feio pro nosso lado. O melhor jeito da gente chegar ao Mato Grosso era cortar pelo Paraguai. Eu fazia a vanguarda do 2º Destacamento. Até brinquei com o João Alberto: "Já que estamos aqui, comandante, por que não aproveitamos a ocasião pra derrubar o governo paraguaio?".

— Esse Bio... — sorriu Liroca, sacudindo a cabeça.

O guerrilheiro remexeu-se na poltrona:

— Estou me lembrando dum baile que arranjamos em território paraguaio, na fronteira com o Mato Grosso...

As caras de Chiru e Neco reluziram de malícia. Liroca osculava o herói com seu olhar canino.

— A vila se chamava Pero Juan Caballero. Pequenita. Uma porcaria. Quero dizer, porcaria no tamanho, mas muito mais divertida que Santa Fé. Tinha vários cabarés que funcionavam todas as noites.

— Mas em que tipo de casa? — quis saber Rodrigo.

— Ranchos de taipa, com chão de terra batida.

— Música de gaita, naturalmente...

— Não. Violas, violinos, umas flautas e harpas de bugre. Me cheguei pra uma china paraguaia, delgadita mas de boas ancas, e convidei a bichinha pra dançar uma polca. Estavam comigo uns dez revolucionários. Também se serviram das chinas. Comecei a ver pelos cantos uns muchachos meio trombudos e farejei barulho. Mas tomamos conta do baile. O João Alberto tinha me recomendado que tivesse muito cuidado, não queria encrenca com governo estrangeiro, nossa briga era só contra o do Bernardes... Proibiu a venda de bebidas, mas qual!... vocês sabem, sempre se dá um jeito de conseguir uma branquinha por baixo do poncho. Mas o que eu sei é que lá pelas tantas o pessoal foi se esquentando, se excedendo, e aqueles paraguaios mal-encarados acabaram virando bicho. Não me lembro como foi que a coisa começou. Só sei que de repente um índio cor de cuia cresceu pra cima de mim de faca em punho. Nem pisquei. Apliquei-lhe um pontapé nos bagos e ele largou a faca e se dobrou todo, gritando de dor. Quando vi que estavam sangrando a facadas um companheiro nosso no meio da sala (a música nem tinha parado!), saquei do revólver e o tiroteio começou. Nossas patrulhas entraram em ação e foi uma confusão danada. Imaginem vocês um entrevero dentro dum rancho pequeno...

Calou-se. Liroca, para quem as palavras do guerrilheiro eram um vinho capitoso, perguntou:

— Morreu muita gente?

— Nem tanto. Dois nossos e um paraguaio. Mas uns dez ou doze se lastimaram...

Toríbio fez nova pausa para beber um trago de caninha. De novo o sorriso malicioso lhe encrespou os lábios.

— No outro dia tornamos a entrar no Brasil — prosseguiu — e tocamos pras cabeceiras do rio Apa. E vocês querem saber da melhor? Umas duas dúzias de paraguaias se vestiram de homem pra acompanhar o destacamento. — Soltou um suspiro. — Mas o João Alberto não quis saber da brincadeira. Guerra era guerra! Mandou elas voltarem para a fronteira. E a pé. Dez quilômetros! Foi uma pena. Eu já tinha a minha bugra marcada na paleta.

O relógio grande começou a bater meia-noite.

— E depois? — perguntou o Neco, que estava montado numa cadeira, ambos os braços pousados no respaldo.

Rodrigo tirou da gaveta da escrivaninha um mapa do Brasil e estendeu-o em cima da mesinha, diante da poltrona que o irmão ocupava. Toríbio inclinou-se para a frente, franziu o cenho:

— Sou ruim pra mapas... Quem entende bem deste negócio é o Prestes... Ah! — A ponta de seu dedo grosso e tosco resvalou sobre a carta geográfica e parou num ponto. — Aqui neste lugar atacamos o inimigo com uma carga de cavalaria. Eu tinha comigo gente do Rio Grande e boa cavalhada. Me lembrei muito de 23...

— Que efetivo tinha a coluna? — indagou Rodrigo.

— Quatro destacamentos num total de pouco mais de mil e quinhentos homens.

— Mal armados?

Toríbio deu de ombros:

— Ninguém se queixava. Tínhamos até metralhadoras pesadas. Mas lá por fins de junho... deixe ver... Eu me perco nesse negócio de datas... Sim! Em junho de 1925, entramos em Goiás.

— Mas qual era o plano de vocês?

— Cruzar o Brasil Central, ir arrebanhando pelo caminho cavalos e gado, requisitando munição de guerra e de boca, recrutando gente... voluntários, naturalmente.

— Que tal o João Alberto? — perguntou Chiru.

— É um bicho que eu estimo e respeito. Tem a cabeça fria. Mesmo na hora do maior perigo não perde as estribeiras. Pensa claro, faz o que é certo. Uma vez, na retranca duma metralhadora pesada, ele e mais uns poucos companheiros aguentaram um ataque violento da cavalaria inimiga em número muito superior. Quem socorreu o pernambucano foi um gaúcho muito amigo dele, o major Nestor Verissimo, que, com seu piquete, fez uma contracarga que obrigou os atacantes a recuarem.

Toríbio sorriu, com ar evocativo.

— O João Alberto achava o Nestor tão parecido comigo que às vezes, assim um pouco de longe, até me confundia com ele. Quando queria se referir ao Verissimo, ele me dizia "o teu irmão gêmeo". Pois esse gaúcho de Cruz Alta tinha boas. Uma vez na linha de fogo, no meio das balas, resolveu descansar porque fazia duas noites e dois dias que não dormia. Disse pra um companheiro: "Se a coisa piorar, me acordem". Deitou-se, fechou os olhos e pegou logo no sono. É um bárbaro.

— Fala o roto do esfarrapado... — sorriu o Neco.

— Há uns tipos que não vou esquecer mais — prossegue Toríbio — nem que eu viva mil anos. — Calou-se por alguns instantes, sorrindo decerto para as suas memórias. — Um deles é o coronel Luís Carreteiro, caboclo alto, reforçado, morenaço, de barba e bigode, a cabeleira já meio querendo branquear. Andava mais enfeitado que mulher de gringo. Não gostei nada da fantasia dele. Umas bombachas largonas cheias de bordados e botões de madrepérola. Chapelão de abas anchas, com barbicacho. Lenço colorido no pescoço. Peito cheio de medalhas e penduricalhos. Chilenas de prata que faziam barulho de libra esterlina quando ele caminhava. Dois revólveres na cintura. Parecia mais um caubói de cinema que um gaúcho de verdade. A gente tinha a impressão que ele tinha se preparado não pra marchar com a Coluna, mas pra tirar o retrato. Na fita do chapéu lia-se um letreiro, numa mistura de castelhano e português: "Não dou nem pido ventaja". Contou que era do Rio Grande do Sul e que, muito moço, tinha feito a Revolução de 93. Botei o homem de quarentena, mas no primeiro combate vi que tinha valor. Era macho mesmo. Daí por diante desculpei todo aquele carnaval.

— O bicho aguentou até o fim da marcha? — perguntou Liroca.

— Até o fim da vida dele.

— Morreu de bala ou de arma branca? — tornou a perguntar José Lírio.

Esses pormenores tinham para o veterano uma importância mágica.

— Parece mentira. O coronel Carreteiro tomou parte em muitos combates, e nunca foi ferido. Morreu na cama, de uremia.

— Que injustiça!

Rodrigo ergueu-se para se servir de conhaque.

— Que homens como tu, o Nestor e outros gaúchos "duros pro frio" tenham aguentado a marcha eu compreendo — disse. — Mas nunca pensei que esses "tenentinhos" tivessem caracu...

— Pois é pra ver como são as coisas. Eu também me enganei com muitos deles. Quem fazia a nossa retaguarda era o Cordeiro de Farias, um moço simpático, muito bem-educado, e de fala macia. Olhei pra ele e pensei: "Chii, este menino bonito não vai aguentar o repuxo". Mas qual! Aguentou. E lindo. Uma ocasião o Cordeiro e seu destacamento ficaram tiroteando com a vanguarda legalista do Bertoldo Klinger. Queimaram até o último cartucho, contiveram o inimigo e assim deram tempo pro resto da Coluna escolher uma posição mais conveniente pro combate.

— E o Siqueira Campos? — indagou Neco, ao mesmo tempo em que Chiru perguntava:

— E o Juarez Távora?

— Desses nem preciso contar nada, porque vocês conhecem bem... Os jornais sempre falavam neles. Flor de gente. Coragem sem fanfarronada.

— O que prova — interveio Roque Bandeira — que valentia não é privilégio de gaúcho.

Liroca lançou um olhar de reprovação para o lado de Tio Bicho. Como ousava dar palpites aquele gordo sedentário, aquele gaúcho renegado que jamais vira de perto uma revolução em toda *su perra vida?*

36

Rodrigo, agora sentado num dos braços da poltrona do irmão, bateu no ombro deste:

— E o Chefão? O Prestes?

Toríbio ergueu o copo, que Chiru se apressou a encher de caninha.

— No princípio foi um caro custo convencer a minha gente a acreditar no homem como nosso comandante. Vocês sabem... O pessoal implicava com a vestimenta dele, uns culotes esquisitos, e com aquelas lutas cheias de mapas que o homem sempre carregava no cavalo... Depois, a barba não iludia ninguém. Por trás dela estava um menino. Nossa tropa era muito misturada, tinha de tudo: gente desligada do Exército, revolucionários de 22 e 23, peões de estância, doutores, estancieiros, comerciantes, caixeiros de loja, índios vagos, tudo... Olhavam para o Prestes com desconfiança. Mas o homem se impôs. Acabou mandando mais que o Miguel Costa. Depois da queda de Catanduvas, a Coluna estava desmoralizada, alguns falavam até em emigrar. Mas o Prestes bateu pé e disse que fosse embora quem quisesse, porque ele ia continuar. Daí por diante ninguém teve mais dúvida quanto à chefia da Coluna.

— E o Miguel Costa?

— Aí está outro sujeito de fibra. Um pouco difícil de entender. Falava pouco. Mas macho. Caiu ferido mais tarde, quando eu já estava preso, e a Coluna rumbeava de novo para Mato Grosso. Uma bala no peito, ferimento feio. Foi um companheiro de cadeia no Rio que me contou a história. Quem socorreu o Miguel Costa foi o João Alberto. Diz que o coitado botava sangue pela boca (me lembrei do velho Licurgo). O rombo era enorme, quase se podia ver o coração batendo... Pois o homem aguentava tudo sem gemer. Fizeram-lhe um curativo ligeiro, botaram iodo na ferida, tudo isso no meio do combate. E o homem dê-le a botar sangue pela boca. Todos achavam que ele estava perdido, mas conseguiram costurar o talho e dois meses depois o Miguel Costa já andava de pé, pronto pra outra.

Rodrigo de novo caminhava dum lado para outro. Todas aquelas histórias o deixavam numa excitação febril: mescla de entusiasmada admiração e inveja, pois *ele não tinha participado da marcha heroica*. Intrigava-o saber que "tenentinhos" que não haviam passado da casa dos vinte se tivessem atirado naquela grande aventura, indo até o fim. Que força os animaria? Com que misteriosas reservas morais contariam? Que iria acontecer-lhes, agora que estavam exilados ou presos? Haveria alguma esperança de que um dia fossem reincorporados à vida nacional?

Tio Bicho abafou um bocejo, mas seus olhos interessados não se afastavam do rosto de Toríbio, que prosseguiu:

— Mas chega de falar nos graúdos, nos graduados, nesses que sempre tiveram os nomes nos jornais. Vamos falar nos outros, na soldadesca. Havia uns tipos macanudos. Alguns conheci de perto, brigaram a meu lado. Outros vi de longe. E de outros só ouvi falar, pois não eram do meu destacamento. Davam um romance. E que romance!

O Zé Bigode, guarda do arquivo da Coluna, um misto de funcionário e revolucionário, defendia sua carga como um tesouro. Vadeava rios com ela nas costas, sem molhar um papel. Contava-se que um dia, no pior dum combate, em vez de abrigar-se atrás dos peçuelos que continham o arquivo, preferira proteger este com o próprio corpo.

O Pé de Anjo era especialista em assaltar trincheiras a peito descoberto, e tivera o corpo quatro vezes furado por balas.

E o Zé Viúvo? Esse era um voluntário maranhense, e ficara aleijado em consequência dum ferimento recebido na linha de fogo. Também não quis ficar para trás, e por algum tempo foi carregado em padiola pelos companheiros. Por fim ele mesmo improvisou umas muletas, com galhos de árvores, e continuou a marchar "por conta própria". Dizia-se que era uma coisa portentosa ver aquele homem na hora do combate, a atirar de pé com sua carabina, o corpo sustentado pelas muletas.

O caso do negro Ermelindo era dos mais comoventes. Juntara-se à Coluna para acompanhar um jovem que ele ajudara a criar, filho dum estancieiro do Rio Grande do Sul do qual o crioulo fora peão durante quase quarenta anos. Ermelindo servia seu amo como um fiel escudeiro, cuidando-lhe da roupa, da comida e das armas. Sua dedicação era tamanha que os companheiros de destacamento lhe chamavam "Anjo da Guarda". Duma feita, numa escaramuça de patrulhas, seu protegido, que era tenente, ficou para trás e um piquete de cavalaria inimigo precipitou-se na direção dele. Ermelindo sentou o joelho em terra e começou a atirar com sua Mauser, ao mesmo tempo que gritava: "Vai-te embora, guri! Vai-te embora! Tenho pouca munição e quando as bala se acabar tenho de entreverar com a chimangada". Como era maragato, para ele o inimigo só podia ser chimango. O tenente safou-se. Depois de disparar o último tiro, Ermelindo puxou da espada e esperou a carga. Morreu varado de balas.

— Havia um sargento protestante — continuou Toríbio —, um tal de João Baiano, que não perdia oportunidade pra fazer sermões e ler trechos da Bíblia que carregava num embornal, de mistura com balas de revólver. Conheci também um católico beato, o tenente Belchior, melenudo e mal-encarado. Ajudava a rezar missa onde encontrasse igreja e padre, botava uma daquelas vestimentas de sacristão por cima da adaga e da pistola e lá ficava a tocar campainha e a alcançar coisas pro vigário. Um espetáculo!

Era espantosa a coragem e a capacidade de resistência daquela gente. A Coluna não tinha serviço médico organizado. Toríbio lembrava-se do caso dum companheiro cujo peito fora varado por uma bala, e que se curara no mato, mastigando as ervas que os sertanejos lhe recomendavam. Um outro recebera um tiro que lhe entrara na boca e lhe saíra na nuca. O homem sobreviveu e continuou a seguir a Coluna.

37

O relógio bateu uma badalada. Nenhum daqueles homens ali no escritório teve consciência disso. Pareciam estar todos dentro duma dimensão épica e intemporal.

— Isso é melhor que fita de cinema — comentou o Chiru dando uma palmada no ombro de Toríbio, que perguntou:

— Será que sobrou alguma coisa do jantar?

Rodrigo foi até a cozinha, de onde voltou com uma travessa cheia de pedaços de galinha e peru com farofa, sarrabulho e fatias de pão. Toríbio e Tio Bicho foram os primeiros a se servirem. Ninguém reclamou pratos e talheres. Usaram os dedos, como que contagiados pelo espírito da Marcha.

— Agora precisamos dum bom vinho tinto! — exclamou o anfitrião.

Foi buscar duas garrafas de borgonha e novos copos.

— Sim, havia mulheres seguindo a Coluna — disse o guerrilheiro, após um silêncio, satisfazendo a curiosidade do Neco. — Eram casadas ou amasiadas com soldados ou oficiais. Na minha opinião a Santa Rosa era a mais extraordinária de todas.

Contou, enternecido, a história da mulher. O marido era soldado do destacamento de Cordeiro de Farias e ambos seguiam a Coluna desde o Rio Grande do Sul. Ficou grávida e seu ventre foi crescendo durante a marcha. "Então, Santa Rosa, pra quando é a festa?" A mulher sorria: "Pra qualquer dia destes, se Deus quiser". Nos últimos tempos recusava-se a andar a cavalo, seguia os soldados a pé "pra fazer a criança baixar e nascer mais ligeiro". Uma noite vieram as dores. O inimigo andava por perto. Alguém se arriscou a sugerir que deixassem Santa Rosa pra trás. Houve protestos gerais. Todo o mundo queria bem àquela mulher destemida e dedicada, que acompanhava o marido através de perigos e durezas.

— E vocês sabem o que fez o João Alberto? — disse Toríbio. — Pois esse pernambucano com cara de pau no fundo é um sentimental. Retardou a retirada por algumas horas, pra Santa Rosa ter a criança. Fizeram um fogo, aquentaram água numa lata, meteram dentro dela uns trapos, e a função começou. Mas o grosso do destacamento não pôde esperar muito tempo. Deixamos a mulher pra trás, com um pequeno grupo de voluntários, e seguimos nosso caminho.

Toríbio ficou um instante pensativo, como quem sente saudade de alguma coisa.

— Somos todos umas vacas — murmurou, sacudindo a cabeça e mastigando um bom naco de galinha, os lábios lustrosos de banha. — Marchei com os outros pra obedecer ordens, mas fiquei com um remorso danado. O inimigo podia agarrar e liquidar a Santa Rosa e os companheiros. Depois de algumas horas de marcha, notei que o Nestor estava com uma cara engraçada, assim como quem quer dizer alguma coisa e não encontra jeito. Sabem o que era? O major Veríssimo estava preocupado com o que pudesse acontecer a Santa Rosa e à sua guarda. Por fim falou franco com o João Alberto, que não teve outro remédio senão permitir que o major e mais trinta homens voltassem para escoltar a mulher até onde estávamos acampados. No outro dia, de manhãzinha, um dos nossos soldados veio a todo o galope anunciar que a criança tinha nascido sem novidade. Era macho e ia se chamar José. Nesse mesmo dia apareceu a Santa Rosa montada a cavalo, com o filho nos braços, rodeada pela sua escolta. Para resumir a história, a criança cresceu durante a marcha, andava escanchada nas cadeiras da mãe e às vezes pendurada no pescoço dum que outro soldado.

Lágrimas escorriam pelas faces do velho Liroca. Rodrigo não podia nem tentava esconder sua emoção. Tio Bicho soltou um arroto e disse:

— É uma pena que mulheres como essa jamais passem para a história. Para principiar, nem sabem que existe tal coisa...

Toríbio ergueu-se, espreguiçou-se, tornou a encher o copo de vinho, ficou um instante a olhar para a bebida e depois:

— Mas havia outras — disse. — Umas horrorosas, verdadeiras megeras. De vez em quando aparecia uma bonitinha. Das feias a pior era a Cara de Macaca. Andava sempre com gibão e chapéu de couro. — Soltou uma risada. — Agora estou me lembrando duma boa história. Um dia o amásio da cangaceira tomou um porre monstro e resolveu acabar com a vida dela. Ergueu o revólver na fuça da mulher, puxou o gatilho mas a arma negou fogo. A sertaneja tirou a arma da mão do companheiro, agarrou ele pelo gasnete, levou o bicho ao comandante do destacamento, contou toda a história mas suplicou pelo amor de Deus que não castigassem "o coitado".

Outra figura popular entre os soldados era a Tia Maria. Tinha o hábito de festejar as vitórias da Coluna com tremendas bebedeiras. Duma feita, num lugar chamado Piancó, bebeu tanto que acabou ficando para trás. O inimigo trucidou-a.

A enfermeira Hermínia costumava ir buscar os feridos na linha de fogo. A Chininha, gordíssima, apesar das longas marchas a pé, não conseguia emagrecer. E a Joana era tão pequena, que na travessia dos rios quase se afogava, quando a água dava apenas pelo peito dos soldados. Houve quem fizesse versos contando a odisseia da Albertina, flor de moça, que um dia deixou a Coluna para ficar cuidando dum tenente que, além de tuberculoso, tinha sido ferido em combate. Foi presa e degolada por um batalhão de civis.

Fez-se um silêncio. Rodrigo sentou-se e ficou de olhos cerrados, pensando nas coisas que o irmão acabara de contar. Neco acendeu um cigarro de palha. Toríbio e Chiru o imitaram.

Quando o relógio bateu as duas da madrugada, os seis amigos estavam ainda no mesmo lugar. Toríbio, mais desperto que antes, ainda falava.

— Aconteciam coisas engraçadas. Uma vez passamos a noite num convento de dominicanos, em Porto Nacional, nas margens do Tocantins. — Aproximou-se da mesa e apontou para um lugar no mapa. — Aqui. E pela primeira vez na minha vida dormi com um padre.

— Opa! — exclamou Chiru.

— Quero dizer, dormi no mesmo quarto. Os padres nos trataram à vela de libra. Mas não resisti... roubei um livro do meu companheiro de quarto... Eu andava sem nada pra ler...

— Não me diga que era o Livro de Horas — brincou Tio Bicho.

— Era o *Rocambole*, uma brochura esbeiçada e sebosa. O livro me acompanhou por vários meses. Muitas noites, à luz das fogueiras, eu me distraí com ele... Depois perdi o volume. Não. Desconfio que o Nestor me roubou. — Soltou uma risada.

Liroca olhava atentamente para o mapa. Queria saber exatamente qual tinha sido o trajeto da Coluna.

— O nosso plano, depois de sair de Ponta Porã, era cruzar o Brasil Central e depois rumbear pro Nordeste. Invadimos Minas Gerais porque esse era o caminho mais fácil para chegar ao coração de Goiás. Foi então que vi uma coisa que nunca esperava ver na vida: o rio São Francisco. Continuamos a marchar pro Norte e, quando estávamos perto da Bahia, quebramos à esquerda, entramos em Goiás e tocamos pro vale do Tocantins.

— E tu sempre foste fraco em corografia do Brasil! — exclamou Rodrigo.

— A marcha através de Goiás foi divertida, fácil. O estado é bonito, o clima, bom. O João Alberto me dizia, olhando o planalto: "Seu Bio, aqui é que está o futuro do Brasil. Quando é que esses governos de borra vão compreender?".

— Quanto tempo levaram para atravessar Goiás? — indagou Liroca.

— Sei lá! Eu não carregava calendário. Nem relógio. Quem sabia dessas coisas era o Prestes e o João Alberto. Eu não. Mas... o que sei dizer é que era primavera e começavam as chuvas. A tropa estava agora bem montada, bem alimentada, comendo boa carne. Foi assim que chegamos ao Maranhão.

— Minha nossa! — exclamou o Liroca, olhando para o mapa. — Como vocês foram longe, major!

516

— Depois descemos pro Sul e fizemos um estrupício danado no Nordeste — continuou Toríbio. — Muito vilarejo invadi com o meu piquete de vanguarda. Quase tomamos a capital do Piauí. Chegamos a fazer o cerco e travar combate. Esperávamos um levante dentro de Teresina, mas a coisa gorou. Perdemos nesse ataque uns cem homens, dos bons.

Fez um silêncio. Rodrigo afrouxou o laço da gravata, desabotoou o colarinho e o colete: estava agora mais deitado que sentado na poltrona. Seus olhos continuavam fitos no rosto do irmão, que prosseguiu:

—Foi lá que prenderam o Juarez Távora. Assim, tivemos de entrar no Ceará sem o nosso cearense, com quem a gente contava pra fazer uns contatos e animar o povo. Atravessamos o Rio Grande do Norte e entramos na Paraíba. Marcha forçada. O passeio tinha acabado. Agora não só as forças do governo andavam nos nossos calcanhares como também batalhões de jagunços. Fomos encontrando surpresas pelo caminho. Gente que devia estar do nosso lado atirava em nós. Nossos soldados, mais de metade, estavam atacados de malária. Havia horas que dava no pessoal uma tremedeira danada, que era triste e ao mesmo tempo engraçado de ver.

Toríbio apanhou a última coxa de galinha, meteu-lhe os dentes e, com a boca cheia, retomou a narrativa:

— No limite de Paraíba com Pernambuco me aconteceu outra coisa engraçada. Como disse há pouco, nunca tinha dormido com padre. Outra coisa que eu nunca tinha feito com padre era brigar. Pois no Piancó fui obrigado a dar uns tirinhos no padre Aristides, que na minha opinião era mais cangaceiro que sacerdote. Primeiro nos armou uma cilada, veio de bandeira branca... depois abriu fogo. Pois o diabo do homem defendeu a cidade com seus paroquianos e capangas. Era valente com as armas. Morreu em ação. Por causa do raio desse padre quase nos perdemos do resto da Coluna. Só nos juntamos com ela em terras de Pernambuco. Daí por diante tudo piorou. Tínhamos sido bem recebidos em todos os estados que cruzamos, até o Piauí. Depois a coisa mudou de figura. Corria por toda a parte a notícia da morte do padre Aristides, e em cada lugarejo onde a gente chegava nos recebiam à bala. Uma vez me acerquei dum rancho, gritei: "Ó de casa", pedi um copo d'água e o que me deram foi uma descarga de chumbo. Depois foi o deserto, o calor e não queiram saber o que é passar sede. Mil vezes pior que fome. Nunca senti tanta saudade dos campos e das aguadas do Angico!

Tornou a rir:

— Me lembrei muito do Euclides da Cunha. Me parecia que eu tinha entrado dentro do livro dele. Tu sabes, Rodrigo, li *Os sertões* muitas vezes, principalmente a parte da campanha de Canudos. O diabo queira brigar com jagunço! Onde a gente menos esperava, lá estavam eles de tocaia. A gauchada que me acompanhava andava louca da vida. Queriam cargas de cavalaria (o terreno não se prestava), entrevero em campo aberto... Essa história de ficar esperando o inimigo atrás dum toco de pau não era com eles. Depois, quando se metiam pelas caatingas, se feriam nos espinhos e saíam furiosos. — Encolheu os ombros. — Mas que era que se ia fazer? Dança-se de acordo com o par. Tocamos pra diante. E como se os jagunços não bastassem, tínhamos outros inimigos: bichos pequenos e grandes e outras calamidades... Uma ocasião o 2º Destacamento pegou uma sarna braba, e mesmo na hora do combate os soldados tinham de parar pra se coçarem.

Toríbio limpou as mãos lambuzadas de banha nos lados das calças. Deu alguns passos no escritório, sentou-se na escrivaninha e tornou a falar:

— A situação melhorou um pouco quando entramos em Minas Gerais. Os legalistas tinham uma concentração nas margens do São Francisco e nós fomos informados que mais tropas iam ser enviadas do Sul para nos atacar. O remédio era voltar para trás.

— O movimento é a vitória — murmurou Liroca, repetindo sua citação napoleônica favorita.

— Tornamos a entrar na Bahia. Foi lá que me pegaram. Vocês conhecem a história. Mas a Coluna continuou, cruzou Pernambuco, Piauí, meteu-se de novo naqueles campos sem fim de Goiás, atravessou o Mato Grosso e se internou na Bolívia.

— Quantos quilômetros ao todo, major? — perguntou Chiru.

— Não contei. Pra mim distância é movimento. Tempo também é ação. O que eu queria era cancha. Já disse que não carregava no bolso nem folhinha nem relógio. O sol me dizia quando era dia e as estrelas, quando era noite. Quando não havia estrela, a escuridão tinha a palavra. Mas ouvi dizer que a marcha da Coluna Prestes cobriu quase trinta mil quilômetros.

— *A la putcha!* — exclamou Liroca.

38

O relógio bateu mais uma badalada. Chiru abriu a boca, num bocejo musical. Rodrigo olhou para o relógio-pulseira. Mas Neco e Liroca estavam ainda a escutar, interessados, as palavras do vanguardeiro de Prestes, que, com a voz agora amolentada pelo sono, ainda falava.

— Inventavam cobras e lagartos da Coluna. Diziam em todo o sertão que nós levávamos feiticeiras e que de noite elas dançavam na frente das metralhadoras, e essa dança fazia os soldados ficarem com o corpo fechado. — Toríbio escancara a boca num bocejo. — Essa história de flauta e música tem o seu fundamento. Sempre que a gente acampava, o João Alberto, que é louco por música, fazia funcionar uma vitrola que andava sempre com ele, e tocava os seus discos com uma agulha que com o uso ficou rombuda. Acho que algum espião inimigo ouviu a música e viu as nossas vivandeiras na luz da fogueira dos acampamentos...

— Atribuíam ao Prestes poderes sobrenaturais — disse Rodrigo, que estava quase morto de sono e ao mesmo tempo fascinado pela narrativa do irmão.

— É. Diziam que o homem era adivinho. Inventaram até que, com aquelas suas barbas, o Prestes era uma nova encarnação de dom Pedro II que voltava para tomar conta do Brasil. Outros garantiam que até a princesa Isabel andava com a gente.

Fez-se um silêncio. Os olhos de Neco aos poucos se apequenavam de sono. Liroca soltou um suspiro:

— Que epopeia!

Toríbio tirou o casaco e a camisa e ficou com o dorso completamente nu.

— Fiz a maior parte da travessia assim... Só botava camisa e casaco de noite, quando a temperatura caía... e quando eu tinha camisa e casaco. Perdi as botas em Pernambuco. Andei de pé no chão durante vários dias.

— Teu peito parece um mapa — sorriu Rodrigo.

Na pele queimada de sol viam-se cicatrizes, lanhos, manchas. Toríbio, sorridente, mostrava as marcas uma a uma com o dedo.

— Chumbo... chumbo... chumbo... — contou doze delas. — Esta aqui foi duma bala que me pegou de raspão. Esta outra não sei bem... um bicho qualquer me mordeu de noite, a ferida apostemou, tive febre.

— Escorpião — sugeriu Liroca, novelesco.

— Quem sabe! E esta aqui, perto da mamica, foi um talho de faca, num corpo a corpo. E o resto, amigos, são arranhões dos espinhos das caatingas, talhos de ponta de pedra... e recuerdos da prisão do Rio. O filho da mãe do carcereiro me queimou a mão com a chama duma vela... estão vendo a marca? Só de implicância. Quebrei-lhe todos os dentes. Daí por diante ficou que nem doce de coco, muito meu amigo, me trazia comidinhas especiais...

Tornou a atirar-se na poltrona e abriu a boca num prolongado bocejo. Bateu no braço do irmão:

— E tu, patife, que não querias que eu fosse pra revolução! Te lembras? Vê só quanta coisa eu ia perder se tivesse ficado...

Eram quase três da madrugada quando Liroca, Chiru e Neco se retiraram do Sobrado, arrastando consigo Tio Bicho, que a todo transe queria ficar para continuar a beber.

Toríbio e Rodrigo permaneceram ainda alguns instantes no escritório, num duelo de bocejos, ambos sonolentos mas sem muito ânimo para subirem a seus quartos.

— Como vai o Zeca? — perguntou o guerrilheiro.

— Muito bem. Foi o primeiro da classe este semestre. Os maristas estão muito orgulhosos dele.

— Não puxou por mim...

Toríbio sorriu, e uma ternurinha lhe brilhou nos olhos mal abertos. Depois ficou a mirar sua "obra-prima" — o navio de paus de fósforos que na cadeia ele armara dentro duma garrafa — que estava agora em cima da escrivaninha.

— Vou dar esse negócio pro meu guri — murmurou ele.

Ergueu-se, acercou-se da mesa, ficou a olhar por alguns segundos para o retrato do velho Licurgo, que ali estava. Depois, tornou a aproximar-se do irmão.

— Nunca duvidaste do meu juízo...

— Ué, Bio? Nunca.

— Sabes que nunca fui de ver visões.

— Claro.

— Nem um mentiroso...

— Homem, que negócio é esse?

Toríbio coçou a cabeça.

— Desde o nosso encontro no Rio estou pra te contar uma coisa que me aconteceu, mas ainda não tive coragem...

Rodrigo ergueu-se, picado pela curiosidade.

— Fala, rapaz! Tens algum problema? Desembucha.

— És a primeira pessoa a quem vou contar a história. A primeira e a última. E te peço que não repitas a ninguém.

— Vamos, homem.

— A coisa aconteceu pouco depois do combate do Piancó. Eu e uns oito companheiros estávamos perdidos no mato. Chegamos a uma clareira e vimos dois caminhos: um que ia pra direita e outro pra esquerda. Qual deles nos podia levar de volta ao grosso do destacamento? Não havia tempo a perder. O inimigo andava por perto. Cinco dos companheiros não tiveram dúvidas: atiraram-se para a direita e se sumiram no mato. Esporeei o cavalo para ir atrás deles quando, de repente, o animal se assustou de qualquer coisa. Pensei que era onça. Olhei pra frente e vi um vulto atravessado no meio das árvores. Agora não vás me chamar de doido. O dia estava claro e eu vi, mas *vi* mesmo o velho Licurgo a cavalo, de lenço branco no pescoço, bem como no dia que foi morto. Fiquei gelado. Papai me fazia sinais com a cabeça e com a mão, dando a entender que eu não devia seguir por aquele caminho. Dei de rédeas e me toquei pela estradinha da esquerda, sem olhar para trás. Os três homens que estavam comigo me seguiram. Não tínhamos andado nem cinco minutos quando ouvimos um tiroteio. Compreendemos que os outros companheiros tinham caído numa emboscada. Nunca mais soubemos notícias deles...

Rodrigo, arrepiado, olhava para o irmão sem dizer palavra. Toríbio pegou a garrafa com o navio e ergueu-a contra a luz. Um galo cantou longe na madrugada.

Reunião de família IV

1º de dezembro de 1945

Sete e meia da manhã. Floriano barbeia-se diante do espelho do quarto de banho, pensando que dentro de alguns minutos terá de enfrentar a família à mesa do café. À medida que passam os dias, mais constrangedores se vão tornando para ele esses encontros. A presença física de Sílvia causa-lhe uma perturbação cada vez mais difícil de dissimular.

Que fazer? — pergunta mentalmente à imagem que do espelho também o contempla com ar indagador. Que fazer?

Os olhos ainda um tanto enevoados de sono, dois ou três fios prateados apontando entre os cabelos negros das têmporas, o tom de marfim dos dentes, acentuado pelo contraste com a espuma branca que lhe cobre as faces — Floriano sorri para a própria imagem, tendo ao mesmo tempo consciência dum narcisismo que o desagrada, pois ele (ou o Outro?) deseja mesmo acreditar que não é, nunca foi vaidoso.

Ali está um sujeito que o conhece melhor que ninguém: o olho implacável que lhe vigia e critica pensamentos, gestos, palavras e até sentimentos. Como seria bom poder livrar-se desse incômodo anjo da guarda, desse capanga metafísico!

A cerimônia matinal de fazer a barba foi sempre para Floriano a hora de dialogar com seus fantasmas, fazer planos para a vida e para os livros, ruminar emoções passadas, corrigindo às vezes o que aconteceu, imaginando *o que poderia ter feito e dito* em determinadas ocasiões, em suma, passando a vida a limpo. Essa é também a hora em que costuma projetar suas fantasias no futuro, dando às coisas que estão para vir o desenho mais conveniente a seus desejos.

Apanha o aparelho Gillette e começa a escanhoar uma das faces. Curioso: não consegue dissociar este devaneio meio sonolento e voluptuoso das suas masturbações da infância, aqui neste mesmo quarto. Não haverá acaso entre esses dois exercícios solitários um certo parentesco, pelo lado do faz de conta? E não serão ambos em última análise um melancólico pecado contra a existência autêntica?

522

Passa agora a lâmina pelo pescoço. (No pátio da Intendência degolavam-se maragatos.) Degolar o Outro, liquidar o Anjo... Não. O melhor será descobrir uma fórmula mágica para promover a fusão das duas partes de seu Eu. Deixar de ser ao mesmo tempo sujeito e objeto: eis a questão. Unificar-se... Avante, Garibaldi!

É sempre assim. Todas as suas autoanálises acabam em farsa. Tempo houve em que achava isso uma atitude estoica diante da vida. Seria pelo menos uma paródia de estoicismo... Agora, porém, sabe que suas fugas pela porta do humor nada mais são que a tentativa de pregar um rabo de papel colorido nos seus problemas, pintar um bigode caricatural na face dramática da vida, em suma, eliminar ou atenuar o caráter ameaçador de tudo quanto — por misterioso, estranho, hostil ou insuperável — lhe possa aumentar a angústia de existir. Sim, não se levando a sério e não levando a sério suas situações, ele se exime da responsabilidade de viver a sério. Mas, por outro lado, o levar-se demasiadamente a sério não oferecerá riscos maiores? A incapacidade de duvidar, de rir dos outros e de si mesmo não poderá levar um homem à intolerância e ao fanatismo?

Por um instante Floriano fica atento aos ruídos da casa e da manhã. Depois aproxima mais o rosto do espelho, para escanhoar o queixo. Se ele se livrasse do Outro, que vantagens teria na vida? Para principiar, quando se deitasse com uma mulher (fosse ela quem fosse) iria inteiro para a cama — carne, ossos, nervos, vísceras, sangue — e não teria aquele Fiscal absurdo e frio a seu lado, a observá--lo e a insinuar coisas que lhe aguçavam o sentimento de culpa e ridículo. Sim, e quando escrevesse, escreveria com o corpo todo, sem ter o Outro — no fundo um representante dos Outros, da Família, da Crítica, da Sociedade, da Ordem Estabelecida —, sem ter aquele Censor a ler por cima de seu ombro... Merda então para o Outro! Merda para a Família! Merda para a Sociedade! Merda para a Crítica! Merda para a Ordem Estabelecida! E por fim merda para a Merda! E assim, senhoras e senhores, fechamos o círculo, voltando ao ponto de partida, isto é, à Merda inicial.

Floriano grita de repente o palavrão, fazendo estremecer o chuveiro de lata pintada de verde que pende do teto. (Adolescente, ele cantava aqui árias de ópera, orgulhando-se de fazer vibrar o chuveiro: pois Caruso não tinha quebrado um copo com um dó de peito?)

O homem do espelho parece apreensivo. A escatologia não é solução. Floriano quer pronunciar a Palavra com absoluta convicção, com um certo fervor cívico e até religioso. Talvez nisso esteja a sua salvação. Mas qual! Sente que no fundo é ainda o menino bem-comportado, de boa família, que não escreve nem diz nomes feios, porque Papai e Mamãe não querem, a Dinda não quer, a Professora não quer...

Dum pequeno talho no queixo lhe escorre uma gota de sangue, que tinge a espuma de carmesim. Morango com nata batida: a sobremesa predileta de Mandy. O homem estendido na calçada em Chicago, seu sangue avermelhando a neve... Sangue nos algodões e gazes nos baldes da sala de operações do dr. Carbone. *Do you like strawberries and cream, dear?* O apartamento de Mandy, a janela aberta sobre a baía de San Francisco... *No, dear, I don't.*

Mas em que ficamos? Qual a solução? Antes de mais nada, qual o problema? Mesmo em pensamento lhe é difícil, constrangedor, verbalizar sua situação. *Estás apaixonado pela mulher do teu irmão.* Quem constrói a frase é o Outro. Nessa formulação está encerrado um julgamento moral, uma censura. Não será mais verdadeiro dizer simplesmente: *Estou apaixonado por Sílvia?* Mas *apaixonado* será a palavra exata? A palavra nunca *é* a coisa que pretende exprimir. A realidade não é verbal. Merda para a semântica!

Floriano põe a água da torneira a correr e nela lava o aparelho de barbear. Depois torna a ensaboar as faces.

Só há duas soluções possíveis. Ou tomo Sílvia nos braços e a levo para longe daqui e vamos viver nós dois a nossa vida, mandando o resto para o diabo... ou então me convenço duma vez por todas de que não há solução... e me vou embora amanhã. Não há meio-termo. Mas não terei sido sempre o homem dos meios-termos, das meias soluções? E... e será que ela *ainda* me ama?

E por um momento lhe vem, agudo, urgente, o desejo de fugir. Fugir de Santa Fé, do Sobrado, sim, da morte do Pai e do amor de Sílvia.

Não! Desta vez é preciso ficar. Vim para enfrentar a situação. Esse problema e os outros. Se é para o bem de todos e felicidade geral da nação, diga ao povo que fico. (D. Revocata em cima do estrado, peitos murchos, bigodes de granadeiro.)

Passa agora a lâmina pelo espaço entre o nariz e o lábio superior. Mas distrai-se, vendo refletida no espelho a bandeirola tricolor da janela. Nos banhos da meninice muitas vezes o sol projetava-lhe no peito manchas vermelhas, verdes e amarelas. Isso lhe inspirara aos doze anos um poema.

O sol me pinta no peito
a bandeira do Rio Grande.

Vêm-lhe à mente agora imagens do sonho que teve há duas ou três noites. Andava atrás de Sílvia dentro dum imenso casarão cheio de portas fechadas e proibidas, ao longo de imensos corredores; o casarão era ora o Sobrado, ora o internato do Albion College, ora um quartel... e ele perseguia o vulto branco (seria mesmo Sílvia?) mas não conseguia alcançá-lo... E de repente se viu deitado em sua cama e Sílvia entrou no quarto na ponta dos pés (ou era Mandy?) e meteu-se nua debaixo das cobertas... Ele quis tocá-la mas não conseguiu mexer-se, estava paralisado, incapaz dum gesto... e a mulher imóvel a seu lado, esperando. E, quando finalmente conseguiu mexer-se e ia abraçar Sílvia — pois agora tinha a certeza de que era ela —, despertou...

Fica a imaginar a sensação de ter Sílvia desnuda nos braços, mas só de pensar nisso lhe vem um sentimento de culpa mesclado de uma fria vergonha, como se por desejá-la fisicamente ele estivesse cometendo uma espécie de "incesto branco". Não se trata da mulher de seu irmão? E não foi ela criada no Sobrado quase como sua irmã? (Ah! mas a diferença de idade nos separava na infância... e as minhas prolongadas ausências... Seja como for, merda para o incesto!)

Por muito tempo ele se defendeu da ideia de que desejava Sílvia como mulher. Preferia acreditar que sua afeição por ela pouco ou nada tivesse de carnal. Leituras e superstições da adolescência. *La chair est triste, hélas!, et j'ai lu tous les livres.*

Havia de me acontecer essa... a mim, que sou o capitão. (*Três a mexer, quatro a comer... quem falar primeiro come, menos eu que sou capitão*.) Mas preciso me analisar mais a sério. E me barbear melhor...

O sangue continua a escorrer-lhe do corte.

Sejamos realistas. O que se passa comigo é que há mais de um mês não tenho mulher: a castidade forçada aumenta meu desejo por Sílvia. Logo, o remédio é procurar uma mulher... Mas quem? Onde? Como? A ideia de recorrer a uma prostituta lhe é constrangedoramente repugnante. Outro preconceito, meu amigo! (A voz de Tio Bicho.) A pessoa não é a sua profissão ou a sua função!

Sônia no Hotel da Serra. Floriano repele imediatamente a sugestão, procura, quase em pânico, esquecê-la. A ideia lhe veio porque ele a temia ou ele a temia por ter a intuição de que ela se aproximava, inapelavelmente? Está claro que a coisa toda é absurda, indecente, indigna, impossível. (Tio Bicho: "Palavras, palavras, palavras! E tu não sentes nada do que estás dizendo".) Dormir com a amante do pai? A possibilidade deixa-o estranhamente excitado. Como e por que negar que se sente fisicamente atraído pela rapariga? Mas como negar também que a ideia o envergonha? E por que imaginar que Sônia *queira* dormir com ele? Só por ter pensado nessa possibilidade Floriano se despreza, e por desprezar-se fica irritado, sentindo-se ridiculamente como um cachorro que tenta morder o próprio rabo.

Gosto de sangue na boca. Floriano parte um pedaço de papel higiênico e cola-o sobre o minúsculo manancial.

Existir não será, entre outras coisas, estar condenado a, mais tarde ou mais cedo, comer as porcarias da Vaca Amarela? Ninguém é Capitão. Talvez só Deus. Ou talvez não exista nenhum Capitão. O que não exclui a existência da Vaca Amarela. Bandeira diria que o Capitão é uma verdade abstrata, ao passo que a Vaca Amarela *é* uma realidade existencial.

Larga o aparelho Gillette. Afinal de contas preciso acabar com essa ideia pueril de que é possível atravessar a vida sem ferir ninguém nem sujar as mãos. Escrever mil vezes como castigo a frase: *Não devo iludir-me: não sou um sujeito decente.* Por que não me aceitar a mim mesmo como sou e arcar com todas as consequências? Sim, as más e as boas. O Outro, o do espelho, replica: "Bela desculpa para fazeres tudo quanto desejas sem olhar o interesse dos outros". Besteira! Vocês (mas vocês quem?) inventaram e nos impingiram a vergonha do corpo, a vergonha dos desejos do corpo e como resultado disso nos transformaram em eunucos.

Enquanto enxuga o aparelho de barbear, sempre a assobiar um trecho do adágio do *Quinteto para clarineta e cordas*, de Brahms, a melodia lhe desenha na mente a figura de Sílvia. De certo modo essa música é Sílvia. Ao banho!

Despe-se, coloca-se debaixo do chuveiro e puxa no barbante — a mesma engenhoca da infância — pensando no banheiro coletivo do Albion College. Nas manhãs de inverno os rapazes tiritavam e gritavam sob o chuveiro gelado, seus corpos despedindo "fumaça". Floriano sorri, lembrando-se de Mr. Campbell, que invariavelmente entrava no quarto de banho a essa hora, a pretexto de apressar os rapazes, e ali se deixava ficar, lançando olhares ávidos para a nudez dos meninos. *Come on, boys! Hurry up! Hurry up!* E cantava canções inglesas, batendo palmas para marcar o compasso; uma lubricidade meio fria e senil lhe vidrava os olhos injetados de bebedor de uísque.

Floriano torna a pensar em Sônia, e contra sua vontade compara-a com Sílvia, como fêmea, e se odeia por fazer isso, mas nem assim consegue afastar esses pensamentos. Esfrega com força o sabonete na cabeça, no pescoço, no torso, com frenética energia, como na esperança de poder tirar do corpo todos esses desejos, e limpar o pensamento dessas sujeiras. Merda para a limpeza!

Deixa o quarto de dormir pouco antes das oito. Acaba de enfiar umas calças de alpaca cor de chumbo e uma camisa de linho branco. Agora aqui vai ao longo do corredor a pensar, contrariado, que terá de pôr gravata e casaco às dez da manhã para assistir à inauguração do busto do cabo Lauro Caré e aguentar a oratória e as patriotadas sob o olho do sol. Sim, e terá também de apertar a mão do prefeito municipal e do comandante da Guarnição Federal, e comunicar-lhes que ali está como representante do dr. Rodrigo Cambará, etc., etc., etc. Como está passando o senhor seu pai? Melhor, muito obrigado. E a senhora sua mãe? Mas que é que a senhora minha mãe tem a ver com isto? Vamos, senhores! Depressa com os discursos e os hinos! Ó mísero apátrida! Ó homem sem passaporte! Serás acaso incapaz de vibração cívica? Que sentes ao ouvir o nosso hino? Nó suíno? Cacófato! Serei um cacófato vicioso nesse concerto patriótico. Desculpem o mau par.

Floriano para junto da janela que dá para o patamar da escada interna e olha para fora. Que sol! Que céu! Que verdes! No fim de contas quem tem razão mesmo é o Hino Nacional. "Nossos bosques têm mais vida e nossa vida em teu seio mais amores".

Passa a mão pelas faces, arrependido já de as ter friccionado com loção de alfazema. A Dinda detesta qualquer água de cheiro. Jango tem em péssima conta homem que se perfuma. Mas quando é que vou aprender a fazer o que me agrada sem me preocupar com os outros?

Quando entra na sala de jantar, que recende a café recém-passado, o relógio de pêndulo começa a bater as oito. Além de Maria Valéria, só Sílvia se encontra à mesa. Ao ouvir os passos de Floriano, ergue a cabeça e sorri. A velha nem dá tempo ao recém-chegado para lhes dizer bom-dia.

— Estava com bicho-carpinteiro no corpo? — pergunta. — Passou a noite caminhando.

Floriano depõe um beijo na testa da Dinda, depois senta-se, apanha um guardanapo, desdobra-o e estende-o sobre o regaço.

— Quem foi que lhe contou?

— Ouvi seus passos.

— Como é que sabe que eram meus e não do Jango ou do Eduardo?

— Conheço muito bem o tranco do meu gado. Jacira! Traga esse café duma vez.

O relógio bate a última badalada, que soa longa, com uma gravidade meio fanhosa e desafinada como a fermata dum velho cantor de ópera que está perdendo a voz mas que ainda não perdeu a dignidade. É um som antigo, familiar mas nem por isso totalmente amigo. O menino Floriano sempre sentiu nele algo de autoritário e quase fatal. Era o "relógio grande" quem lhe dizia que era hora de levantar da cama, de ir para a escola e voltar para a cama à noite. Havia em suas ordens um tom definitivo e irrevogável.

E agora, como é preciso dizer alguma coisa, Floriano conta que quando criança sempre teve uma vontade danada de saber que era que a máquina do tempo tinha "na barriga".

— Um dia teu pai te pegou mexendo na caixa do relógio — diz Maria Valéria — e te deu umas palmadas.

— Teria sido papai ou a senhora?

— Foi seu pai. Ainda não estou caduca.

Sílvia sorri, e seus dentes alvos e regulares aparecem.

— Pra mim — diz ela — esse relógio sempre foi uma pessoa, um membro da família. Mas confesso que tinha um certo medo dele. Um dia eu estava sozinha aqui e de repente ele bateu... Levei um susto e desatei o choro. Foi quando dona Maria Valéria apareceu e eu me agarrei nas saias dela. Lembra-se, Dinda?

A velha encolhe os ombros.

— Se eu fosse contar todas as vezes que vocês se agarraram nas minhas saias...

Jacira entra trazendo uma bandeja com um bule de café, outro de leite e um prato de torradas. Coloca todas essas coisas fumegantes em cima da mesa.

Floriano olha em torno. A luz da manhã, entrando pelas janelas, parece esforçar-se por dar um pouco de alegria e brilho à baça severidade desta sala.

Desde que veio morar no Sobrado, Sílvia se tem empenhado numa campanha lenta mas pertinaz para vestir a nudez do casarão e dar-lhe alguma graça. Tudo lhe ficou um pouco mais fácil depois que Maria Valéria perdeu a visão. A velha, por exemplo, não sabe que uma toalha de linho amarelo cobre agora a mesa, nem que o serviço de café é de cerâmica cor de terra de siena, em desenho não convencional. Se soubesse, protestaria contra todo "este desfrute". Faz relativamente pouco que se veem tapetes nos soalhos das salas principais do Sobrado, cortinas nas janelas e uns quadros nas paredes: reproduções de Degas,

Cézanne, Utrillo e Renoir. Antes, além do retrato de Rodrigo, dumas fotografias ampliadas e pintadas a óleo de pessoas falecidas, enquadradas em funéreas molduras cor de ouro velho, o mais que Maria Valéria se permitia ter em casa em matéria de "arte" eram os cromos das folhinhas que a Casa Sol distribuía como brinde entre seus fregueses. Quanto a móveis e utensílios, ela e Jango se contentavam com o mínimo. Esta mobília de jacarandá lavrado, pesada e triste, sempre causou um certo mal-estar a Floriano, que, quando menino, descobriu entre ela e os ataúdes do Pitombo um certo ar de família. Dentro da grande cristaleira, que lembra uma vitrina de museu — juntamente com bibelôs, xícaras de porcelana e cálices de cristal que jamais se usam —, vê-se a famosa coberta de mesa de louça holandesa, herança de sua bisavó Luzia e que, segundo a tradição oral da família, pertenceu originalmente ao príncipe Maurício de Nassau.

Sílvia acaba de encher de leite com algumas gotas de café a xícara de estimação de Maria Valéria, presente que o dr. Carl Winter lhe deu no Natal de 1905 — um xicarão que ostenta um ramo de flores amarelas e azuis pintado à mão, circundando um coração branco em relevo, sobre o qual se lê em letras douradas: ZUM ANDENKEN.

O maior aliado que o sol encontra aqui na sua tentativa de animar o ambiente é a reprodução em tamanho natural dum quadro de van Gogh, de cores vivas e quentes, e que parece ser também um foco de luz.

Maria Valéria segura a xícara com ambas as mãos e leva-a aos lábios. A fumaça lhe sobe para o rosto dum moreno terroso de cigana, onde rugas fundas se cruzam e entrecruzam como gretas no leito adusto dum rio que secou. Por um instante Floriano fica a comparar a face da velha com a da figura do quadro.

— Não achas que a Dinda e aquele camponês podiam ser parentes chegados? — pergunta.

Sílvia, que tem o bule de café na mão, lança rápido olhar para trás e depois, tornando a encarar o cunhado, diz:

— Primos-irmãos. — E, mudando de tom: — Preto ou com leite?

— Preto, por favor.

Floriano empurra para o centro da mesa a xícara, que a cunhada, de braço estendido, enche de café. A cor de sua tez, dum moreno parelho, enxuto e cetinoso, parece continuar fragmentada nos pratos, xícaras e pires. Floriano lembra-se de que viu essas mesmas qualidades na pele duma dançarina chinesa no Chinatown de San Francisco da Califórnia. A criatura, que dançava completamente desnuda na atmosfera crepuscular do cabaré, lhe trouxera à mente, de maneira perturbadora, a imagem de Sílvia.

— Mais alguma coisa?

— Não. Obrigado.

Floriano puxa a xícara, serve-se de açúcar e começa a passar manteiga numa torrada, com um cuidado lento e exagerado, como se quisesse esconder-se atrás desse gesto para melhor ruminar suas lembranças proibidas. Maria Valéria dá ordens em voz alta a Jacira. Da cozinha vêm os resmungos de Laurinda. Ruído de passos no andar superior.

Foi talvez naquela noite californiana, em plena Guerra, que pela primeira vez ele teve consciência da natureza carnal de seu amor por Sílvia. A chinesinha movia-se na pista perseguida pela luz do holofote. Em torno dela marinheiros e soldados embriagados diziam-lhe gracejos ou simplesmente urravam. Segurando um balão amarelo de borracha, com o qual escudava o sexo, ela rodopiava leve como uma figurinha de papel. Seus seios miúdos, firmes como as nádegas, tinham algo de patético. E ele seguia a dançarina com os olhos, perturbado pela descoberta...

Toma um gole de café e olha para a cunhada, irresistivelmente. Sim, ela tem algo de oriental. (Algum antepassado bugre?) No rosto alongado, de pômulos salientes, os olhos de castanha e mel são levemente oblíquos. Quando ela sorri o nariz se franze, os zigomas se acentuam, apertando os olhos, que ganham uma expressão entre lânguida e menineira. Aos vinte e sete anos, Sílvia tem algo que a Floriano parece uma espécie de precoce aura outonal: é como se a criatura andasse permanentemente tocada pela luz de maio. Sua voz fosca, surpreendentemente grave num corpo tão frágil, sugere a cor e a esquisita fragrância da folha seca. De novo uma clarineta toca na mente de Floriano uma frase do adágio do *Quinteto* de Brahms. Mas é preciso dizer alguma coisa.

— Acho que já te contei, Sílvia, por que comprei essa reprodução de van Gogh. Encontrei-a numa livraria de Nova York. Gostei das cores, desse fundo de laranja queimado contrastando com o blusão azul e o chapéu cor de sol. Mas o que mais me tocou foi a cara desse camponês mediterrâneo. Achei nele uma parecença extraordinária com vovô Babalo...

Sílvia torna a voltar a cabeça.

— Tens razão...

— ... a cara angulosa, a tez tostada, a barbicha branca, os olhos ao mesmo tempo bondosos e lustrosos de malícia. E repara nas mãos... que integridade! São mãos de gente acostumada a mexer na terra.

— Eu me lembro que, ao ver este quadro pela primeira vez, o velho Liroca notou logo essa espécie de lenço vermelho que o homem tem no pescoço e perguntou: "Quem é o maragato?".

De novo Sílvia está voltada para Floriano, e desta vez os olhos de ambos se encontram. Ela baixa a cabeça em seguida. Ele faz o mesmo, mordisca uma torrada, toma um gole de café — amargo, pois não o mexeu — e depois olha para Maria Valéria, que passa mel numa fatia de pão.

É admirável — reflete — como apesar de ter os olhos velados pela catarata a velha caminha por toda a casa, sobe e desce escadas, sem jamais dar um passo em falso ou colidir com pessoas, móveis ou paredes. É como se tivesse a guiá-la uma espécie de radar. Um dia, como alguém a elogiasse por isso, resmungou: "Depois de velha virei morcego".

Ruídos de passos na escada.

529

— É o Jango — murmura a Dinda.

Poucos segundos depois Jango entra na sala. Está sem casaco, veste uma camisa branca de mangas arregaçadas acima dos cotovelos, bombachas de brim xadrez e botas. Resmunga um bom-dia geral, senta-se ao lado da mulher e, sem olhar para ninguém, começa a servir-se.

— Esse amanheceu com o Bento Manoel atravessado — resmunga Maria Valéria.

— Não achei a minha faca de prata — diz Jango.

— Já está na tua mala — informa Sílvia.

— Mandaste lavar o meu lenço branco de seda?

— Mandei. Está também na mala.

O sol bate em cheio no rosto de João Antônio Cambará. Em suas faces, dum moreno iodado, azuleja sempre a sombra duma barba cerrada, por mais que ele as escanhoe. Tem uma vigorosa cabeça de campeiro a que as costeletas dão um ar um pouco espanholado e anacrônico. Nos olhos escuros e apertados do irmão, Floriano descobre algo que em seu jargão particular poderia ser definido como "uma expressão babalesca". No físico Jango se parece principalmente com o avô paterno. É o mais alto dos Cambarás, o que levou Maria Valéria a dizer um dia que "esse menino mais parece filho do Sérgio Lobisomem que do Rodrigo". Quanto ao temperamento, Jango herdou de ambos os avós o amor pela vida do campo e uma certa impaciência com relação ao que ele costuma chamar de "bobagens de cidade".

Floriano observa o irmão furtivamente. A presença de Jango é dessas que logo se impõem ao olfato e à vista. Recende a suor, de mistura com sarro de crioulo e com o cheiro de couro curtido das botas e da guaiaca. Há certas pessoas vagas, meio apagadas, como um pastor metodista que Floriano conheceu quando menino: parecem desenhadas a lápis e depois pintadas com aquarela diluída. Mas Jango, de cabelos negros e sobrancelhas bastas, braços peludos e traços fisionômicos nítidos — é positivamente um desenho feito a nanquim e colorido com têmpera.

Enquanto Maria Valéria e Sílvia confabulam em voz baixa, decidindo o que vão mandar preparar para o almoço, Floriano fica olhando para dentro da sua xícara e analisando o Jango que ele "vê" na galeria fotográfica de sua memória, em meio de incontáveis retratos, uns mais apagados que outros.

Que será que ele pensa de mim? E que será que *eu* penso mesmo dele? Se não nos entendemos melhor, a culpa por acaso não será mais minha que dele? Acho que Jango sente por mim uma afeição morna misturada com certa perplexidade diante do bicho raro que sou: o homem que viaja, escreve e lê livros, que detesta a vida de estância e que — pecado dos pecados! — gosta de música... Minha afeição por ele talvez seja o resultado dum hábito combinado com a consciência dum dever. (Nunca tentei esconder nem de mim mesmo que sempre tive mais afeição pelo Eduardo.) Sim, às vezes Jango me irrita pelas suas qualidades positivas que tanto põem em relevo as minhas negativas. (*Positivo* e *negativo*, entenda--se, de acordo com a tábua de valores do Rio Grande.)

Talvez o que me separa dele seja o meu espírito crítico... Mas desde quando tenho espírito crítico? Não vivo a dizer a mim mesmo que sou mais um mágico que um lógico? Que sei eu! Temos vivido muito separados um do outro geograficamente, mas a verdade é que nossa maior separação deve ser na dimensão dos temperamentos. Acho Jango superior a mim. Ah! Como busco solução fácil para os problemas! Rebaixo-me, sou um réprobo, pequei contra os deuses guascas, bato no peito, faço ato de contrição e liquido o assunto. Não senhor! Nada é tão simples assim. Sou *diferente* de Jango, nem melhor nem pior. Jango, que em matéria de leitura não vai além do *Correio do Povo*, deve ter lido pouquíssimos livros em toda a sua vida, ao passo que eu já perdi a conta dos que li e reli. Mas como é grande o número das coisas que ele sabe e eu não sei — coisas práticas, coisas essenciais! Essenciais? Opa! Uma palavra perigosa. Grande demais. Mas Jango goza de intimidade com a terra, conhece as manhas do céu e do tempo, tem os pés bem plantados no chão. Não é um estrangeiro no território que habita. Seu conhecimento das pessoas e dos bichos é instintivo, deixa longe o falso psicologismo de meus romances. ("A modéstia", dizia d. Revocata, "é uma das mais belas virtudes que ornamentam o caráter humano." Mas merda para a modéstia! "Menino, não diga nome na mesa!") Há nele muita coisa que me desagrada: essa melena, essas costeletas platinas, a voz um pouco pastosa, como se tivesse sempre na boca um naco de churrasco gordo. E esse tom afirmativo e autoritário de quem está habituado a lidar com a peonada. Sim, e seu apego muar a um punhado de ideias feitas, de prejuízos... Essa tendência de considerar "coisa louca" tudo quanto esteja fora de seu código ético, de seus hábitos e de seu gosto. É o homem da tábua rasa. Fanático do trabalho, nada existe que despreze mais que o vadio. Fanático da propriedade, poderá ser tolerante para com um assassino, porém jamais perdoará a um ladrão de gado. Senhor de mui arraigado senso de hierarquia, parece achar que, se há ricos e pobres no mundo, é apenas em virtude dum decreto divino inapelável. Mas poderá alguém honestamente negar que ele seja um homem bom, decente, e um amigo fiel?

Maria Valéria grita uma ordem para a cozinha. Floriano ergue os olhos. Sílvia, visivelmente perturbada, mantém os olhos baixos e mexe o café com a colher, dando a esse gesto uma importância exagerada. Jango continua a mastigar pão vigorosamente e a tomar largos sorvos de café, sempre com o cenho franzido. Por alguns segundos Floriano fica a olhar fascinado para o irmão.

Ali está um homem que tem objetivos claros. Viver a sua vida, ter filhos e criá-los à sombra de sua autoridade e dentro de seus princípios... conduzir bem seus negócios, manter a propriedade que possui, aumentando-a sempre que possível... Nas horas vagas, divertir-se... Mas qual é seu conceito de diversão? Detesta cinema: coisa pra crianças ou para vadios. Não tem — parece — nenhuma necessidade de música. Como o velho Licurgo, não consegue assobiar nada, além da melodia óbvia do "Boi barroso". Quais então os seus prazeres? O chimarrão, um assado de costela, um crioulo, melancia fresca, banho na sanga, bons cavalos, corridas em cancha reta, rinhas de galo... Sim, e mais esse gosto, que lhe deve encher o peito, de saber-se coproprietário de vastos campos povoados, essa volúpia de dar ordens, de entregar-se à atividade campeira como ao mais excitante e viril dos esportes. De vez em quando uma "espiada" na cidade e — quem sabe? — uma escapadinha sexual, mas muito discreta, pois um homem deve antes de mais nada manter sua fachada de respeitabilidade...

A voz de Jacira:

— Dona Maria Valéria, o enfermeiro disse que o doutor já acordou.

— Está bem. Aquente a água pro chimarrão.

Floriano censura-se a si mesmo. Não devia estar analisando meu irmão dessa maneira, mas sim procurando *aceitá-lo* tal como ele é. Sim, e amá-lo. Principalmente amá-lo. A ele e a todos os outros. Talvez seja esse o caminho da minha... (Até em pensamentos lhe soa falsa a palavra *salvação*.) Construir pontes e outros meios de comunicações entre as ilhas do arquipélago — não será mesmo o supremo objetivo da vida?

Volta a cabeça e olha para a velha ilha que é Maria Valéria — ilha de clima áspero (na aparência apenas), roída pela erosão, batida pela intempérie e pela idade. A velha está agora de cabeça alçada, narinas palpitantes, farejando o ar, como um cão de caça:

— Quem é que está me cheirando a barbearia?

— Sou eu, Dinda — confessa Floriano.

Jango levanta a cabeça e diz sério:

— Logo que cheguei também senti...

Floriano não consegue conter-se:

— Desculpa. Eu sei que teu perfume predileto é o de creolina.

Arrepende-se imediatamente de ter pronunciado essas palavras.

Jango lança-lhe um olhar hostil e diz:

— Creolina é cheiro de quem trabalha.

Pronto. Recebeste o que mereces. E lá se vai águas abaixo a pinguela que existia entre a ilha-Jango e a ilha-Floriano...

O marido de Sílvia parte um pão sovado quase com raiva. Floriano fica a olhar disfarçadamente para os dedos do irmão, longos, fortes e nodosos como raízes. Essas mãos maltratadas, mas cheias duma grande integridade, o fascinam e ao mesmo tempo lhe causam uma vaga inveja. São mãos que sabem fazer coisas — trançar lombilhos, curar bicheiras, plantar, colher, usar a plaina, o formão, o serrote, a tesoura de tosquiar —, mãos hábeis e úteis. Sim, mãos que também sabem castrar. Floriano ouve mentalmente as palavras que o velho Liroca um dia lhe disse: "Quando Jango capa um animal, o talho nunca infecciona. Flor de mão!". Mas, lançando um rápido olhar para Sílvia, ele sente de maneira aguda o contraste entre a fragilidade da moça e a rudeza do marido. Quer-se mal, despreza-se ao pensar que naquele inesquecível ano de 1937 tudo dependera duma palavra sua, dum gesto seu. E ele não fizera esse gesto, não pronunciara essa palavra. Idiota! Idiota! Mas não se insulta com muita convicção. Talvez as coisas estejam certas da maneira como estão. Qual! Está claríssimo que Sílvia e Jango não se entendem, não são felizes um com o outro. Quem a merece sou eu. Merece? Fugi dela como um covarde. Encontrei admiráveis desculpas para não fazer o gesto decisivo. E depois fiquei ressentido, quase irritado porque ela casou com o Jango. Querias — ridículo romanticão! incurável egoísta! —, querias que ela te permanecesse fiel e ficasse aqui como uma Penélope guasca a tricotear eternamente um suéter para este Ulisses sempre ausente e indeciso.

Neste momento Flora entra, bate de leve no ombro de Jango: "Como vai, meu filho?", passa a mão na cabeça de Sílvia, toca no braço de Maria Valéria. "Bom dia!", beija o rosto de Floriano e depois vai sentar-se à outra cabeceira da mesa.

Por que beijo só para mim? — pergunta Floriano a si mesmo. Essa preferência não só o constrange como também lhe pesa como uma ameaça potencial à sua liberdade.

— Jacira! — exclama a velha. — Traga mais café e mais leite quente. — Seus olhos de estátua estão voltados na direção de Flora. — Onde estão os lordes?

Refere-se a Bibi e Sandoval. Jacira, que entra neste momento, informa:

— Dona Bibi deixou um bilhete, pra eu acordar eles às nove e levar café na cama.

— Não leve coisa nenhuma! — exclama a velha. — Se quiserem, que venham tomar café na mesa com os outros. Isto não é hotel.

— A Bibi e o Marcos voltaram da rua muito tarde ontem — diz Flora.

— Eu ouvi.

— Estiveram jogando *bridge* na casa do doutor Prates.

— Jogando o quê?

— *Bridge*, um jogo de cartas.

A velha franze o nariz, com nojo. Flora pega o bule para servir-se de café. Suas mãos tremem. Embacia-lhe os olhos machucados uma expressão que é ao mesmo tempo de abandonada tristeza e quase de susto — a gazela indefesa que no meio do mato começa a pressentir a aproximação dum grande perigo. Seu rosto, sem um pingo de pintura, parece esculpido em cera. (O menino Floriano detestava os anjos de cera do Pitombo, símbolos de morte que lhe davam um medo mesclado de náusea.) Flora envelheceu alguns anos nestas últimas semanas... Os cabelos embranqueceram de repente. Ou deixou de tingi-los? (Odeia-se por causa desse pensamento, no qual descobre um grão de sarcasmo.) Mas não pode deixar de reconhecer que sente muito mais ternura por esta mãe envelhecida e apagada do que pela outra que via no Rio, perturbadoramente jovem, bem cuidada, bem vestida e sempre maquilada.

Floriano não se sente feliz por verificar que suas reações de homem adulto não diferem muito das do menino que não queria aceitar, por indecente, a ideia de que os pais ainda pudessem ter hábitos e apetites de gente moça — do menino para quem só as prostitutas é que andavam enfeitadas, perfumadas e de cara pintada.

Sempre as contradições! Apesar de partidário do divórcio e de seu horror cerebral às atitudes convencionais, reagiu como um moralista ao casamento por contrato de Bibi. Ele, o puritano impuro!

Agora aqui está, perturbado como um colegial, por ter Sílvia ali do outro lado da mesa, lutando entre o desejo de olhar para ela e o temor de revelar seu segredo. E como pode sequer pensar em levá-la daqui, se a simples ideia de que os outros possam *desconfiar* de seu amor deixa-o aterrorizado?

Faz-se na sala um silêncio que Floriano sente prenhe das *coisas que não se dizem* sobre a situação: a presença de Sônia em Santa Fé, a visita que Rodrigo lhe fez, o perigo de que ele repita a façanha e morra na cama da rapariga, naquele sórdido quarto de hotel... (Sórdido? Outra vez o puritano. Nem sequer conheço o hotel.) A amante do dr. Rodrigo é o grande assunto do momento, mais sensacional talvez que o da eleição presidencial. A cidade inteira comenta a história, enriquecendo-a com fantasias maldosas. Há dois dias Esmeralda Pinto não se conteve e veio ao Sobrado visitar Flora, que a recebeu fria na sala de visitas, sentada na ponta da cadeira. Depois do introito costumeiro — "Como vais, Flora? Muita saudade do Rio? E o doutor Rodrigo, está melhor?" — a maldizente municipal entrou de chofre no assunto, que era evidentemente o objetivo principal da visita. "Por falar no doutor Rodrigo, eu invejo a coragem dele. Trazer essa moça para um lugar pequeno como Santa Fé, e ainda por cima ir visitar ela no hotel... Te digo, Flora, é preciso ter muito caracu." Flora não disse palavra, limitou-se a olhar impassível para a mexeriqueira. "Não vais me dizer que não sabes... Todo mundo sabe, até as pedras da rua... Todo mundo comenta o acinte. Pobre da Flora, dizem, tão distinta, tão boazinha, não merecia." Flora mantinha os lábios apertados. "Queres saber de uma coisa?", continuou a outra. "Se fosse comigo, eu entrava naquele hotel e tirava a china de lá a bofetadas." Nesse momento d. Maria Valéria surgiu à porta e gritou: "Fora daqui, sua cadela!".

Quem quebra agora o prolongado silêncio é a velha:

— Ontem os cupinchas do Rodrigo ficaram até tarde conversando lá em cima. O Dante devia proibir esses ajuntamentos.

— Proibir? — repete Floriano. — A senhora não conhece o papai.

— Conheço *como se lo hubiera parido*, como dizia o Fandango.

Floriano sorri ao ouvir tais palavras da boca duma virgem.

— Mas quem insiste nessas reuniões é ele. Manda chamar os amigos, reclama quando eles não vêm...

— O pior — insiste a velha — são esses tais de queremistas que aparecem aos magotes. Ficam horas e horas lá em cima, pitando e bebendo, e o sem-vergonha do Rodrigo aproveita o entrevero e pita e bebe também com os outros...

Jango ergue a cabeça e, com a boca cheia de pão, diz:

— O papai está praticamente dirigindo o movimento queremista no município. Eu até me admiro de ele não ter insistido em ir falar em praça pública.

A velha alça a cabeça e fica à escuta. Soam passos na escada.

— É o touro xucro — murmura ela.

Eduardo entra, resmunga um mal audível "Bom dia para todos" e senta-se ao lado de Floriano.

— Bom dia, mal-educado! — exclama a velha. — Não dormimos juntos.

— Eu disse bom dia — replica Eduardo, sorrindo.

— Só se foi pra ouvido de cachorro. Não ouvi nada.

Flora serve café para o recém-chegado.

— Deves ter dormido muito pouco, meu filho. Voltaste tarde ontem.

— Às três — apressa-se a informar a velha.

— Como é que a senhora sabe a hora? — indaga Floriano.

Maria Valéria leva o indicador à testa:

— Tenho um relógio aqui dentro.

Floriano lança um olhar furtivo para Sílvia. As mãos de Jango amarfanham o guardanapo amarelo que ele leva aos lábios. Eduardo assobia baixinho uma melodia que Floriano não consegue identificar. Positivamente, esta é a família mais amelódica do mundo! Tem vontade de estender o braço, abraçar o irmão, fazer-lhe perguntas cordiais. Mas contém-se, inibido pela lembrança das recentes agressões do outro. Claro que ele não pode levar Eduardo rigorosamente a sério. Não que ele não seja sincero ou inteligente no que diz... O que lhe parece um pouco juvenil e risível é o seu fervor frenético de templário.

Jango olha para Eduardo e diz:

— Então amanhã temos finalmente essas famosas eleições...

— A primeira em quinze anos — diz o irmão mais moço. — Parece mentira.

Esfregou a palma da mão na coroa da cabeça, num gesto que se lhe torna compulsivo sempre que tem de falar na presença de mais de uma pessoa. É curioso — reflete Floriano — como por trás de toda essa agressividade se possa esconder uma tão grande timidez.

— E os comunistas esperam eleger esse candidato mixe de última hora? — pergunta Jango, num tom provocador.

Eduardo dá de ombros.

— Está claro que não. Se apresentamos um candidato nosso é porque não podemos votar num nazista nem num reacionário. E, depois, queremos dar um balanço nas nossas forças eleitorais.

Toma um gole de café, e pouco depois pergunta:

— E vocês esperam eleger o brigadeiro?

— E por que não?

— Não sejas bobo. O Getulio recomendou aos seus apaniguados que votem no Dutra. O general está eleito.

— Queres apostar?

— Não.

— Irá haver barulho? — pergunta Maria Valéria, que não concebe carreira, rinha de galo e eleições sem briga.

— Vai tudo correr bem, Dinda — assegura-lhe Floriano.

— Não sei... — murmura a velha. — Mas eu preferia os tempos do doutor Getulio. Não tinha eleição pra incomodar a gente.

— Nem diga isso! — protesta Jango.

Floriano pousa a mão no pulso da tia-avó e diz, sorrindo:

— Mas alguém tem alguma dúvida? A Dinda é totalitária. Esse foi sempre o regime político e econômico do Sobrado.

— Não sei o que vacê está dizendo. Mas eu preferia que não houvesse eleição.

Jango faz um gesto que lembra a Floriano o velho Aderbal: afasta de si a xícara vazia. (Faz sempre isso com o prato, ao terminar cada refeição.) Tira do bolso da camisa um cigarro de palha feito e acende-o.

— Voltas hoje para o Angico? — indaga Eduardo.

É uma pergunta inocente, mas Floriano sente de imediato suas possibilidades de perigo. E não se engana, porque Jango responde com voz sombria:

— Vou, e sozinho como sempre. — Faz um sinal com a cabeça na direção de Sílvia. — Esta moça aqui não gosta lá de fora...

— Por favor, Jango — murmura ela —, não vamos recomeçar...

— Ora, Sílvia, todo o mundo sabe que tu tens raiva do Angico.

Sílvia lança um olhar de súplica para a sogra, como a pedir-lhe auxílio. Mas o socorro vem de outro quadrante.

— A Sílvia precisa ficar, Jango — intervém Maria Valéria. — Se ela for pro Angico, quem é que vai me ajudar a cuidar do Rodrigo?

Floriano olha instintivamente para a mãe, que baixa os olhos. Desta vez a frechada foi dirigida contra ela. Maria Valéria não se conforma com a atitude de retraimento de Flora para com o marido. Ela se limita a aparecer periodicamente à porta do quarto e a perguntar: "Precisa de alguma coisa?", feito o quê se retira para continuar no seu silêncio arredio. Floriano, porém, compreende o drama da mãe, que deve debater-se continuamente *entre o dever de esposa e o orgulho de mulher*. (E a formulação do problema nesses termos lhe soa desagradável e ridiculamente como uma situação de novela de rádio.)

— Vocês se lembram do Manequinha Teixeira? — pergunta Jango, soltando uma baforada. — Casou-se com uma moça que não gostava da campanha. Quando ele ia pra estância, ela ficava na cidade. Pois tanto o rapaz ficou sozinho, que acabou se amasiando com uma china.

Floriano sente o sangue subir-lhe à cabeça. Não se contém:

— A moral da tua história é muito simples, Jango. No fundo o que o Manequinha Teixeira merecia mesmo era a china.

— Meninos — grita Maria Valéria. — Vamos parar com isso!

Jango ergue-se intempestivamente, atirando o guardanapo em cima da mesa.

— Está pronta a minha mala? — pergunta.

Sílvia limita-se a fazer um sinal afirmativo com a cabeça.

— Pois então, até outro dia!

Sai da sala pisando duro. Faz-se um silêncio, quebrado poucos segundos depois por Maria Valéria:

— Jacira, vá levar a água pro chimarrão do doutor.

Floriano serve-se de mais café, sem vontade, apenas para fazer alguma coisa, já que não sabe o que dizer. Pensa em erguer-se da mesa mas não atina como fazer isso de maneira natural, sem dar a esse movimento um caráter dramático.

Quando, alguns minutos depois, Sandoval e Bibi entram na sala — ele muito expansivo, de calças e sapatos brancos, camisa esportiva italiana cor de jade, um lenço dum verde-musgo amarrado ao pescoço, o cabelo muito lambido e reluzente; ela vestida de vermelho com ar azedo mas já completamente maquilada, com uma pesada máscara de *pancake* no rosto — Floriano se faz a si mesmo estas perguntas: por que estamos todos aqui reunidos? Que grande acontecimento esperamos? E a primeira resposta que lhe ocorre, deixa-o gelado. *Estamos todos, duma maneira ou de outra, esperando a morte do dono da casa.*

Tomado de uma súbita pena do pai, sente um enternecido desejo de vê-lo.

O relógio lá embaixo está ainda a bater nove horas quando Floriano entra no quarto do doente. Ao passar pelo enfermeiro, que monta guarda à porta como um cão de fila, contém a respiração, pois Erotildes como de costume está envolto na sua aura fétida.

— Que milagre! — exclama Rodrigo.

Mais sentado que deitado na cama, entre travesseiros, tem na mão a cuia de mate e ao seu lado, em cima da mesinha, a chaleira com água quente.

— Senta, meu filho. Que é que há de novo?

Floriano senta-se na ponta da cadeira, o busto ereto, como numa visita de cerimônia, mas percebendo imediatamente o absurdo de sua postura, corrige-a, procurando ficar mais à vontade.

— De novo? A inauguração da herma do herói, daqui a pouco... E as eleições amanhã.

— Não. Quero saber que é que há de novo contigo.

— Comigo? Nada.

— Deves estar morrendo de tédio neste cafundó do judas.

— Nem tanto.

— Estás, eu sei. — Rodrigo toma um longo sorvo de mate. — Me arrependo de ter te trazido. Não tens nada que fazer aqui.

Bela deixa para entrarmos no nosso ajuste de contas — reflete Floriano. Posso dizer: "O senhor está enganado. Tenho uma coisa muito importante a fazer em Santa Fé: acabar de nascer. Esta é a grande oportunidade. Talvez a última". Mas continua calado. Por quê? Sente que a hora não é propícia ao tipo de conversação que precisa ter com o Velho. Jamais conseguiu escrever ou ler com proveito o que quer que fosse de sério nas primeiras cinco ou seis horas após o nascer do sol. Tem a impressão de que até a música de Bach quando ouvida pela manhã perde parte de seu sabor, como a fruta gelada. É como se a leveza fresca da atmosfera matinal se comunicasse às ideias e aos problemas, diminuindo-lhes o peso específico. Sim, esta luz de ouro novo que agora entra alegre pelas janelas, parece ter a capacidade de atravessar as pessoas e as coisas, deixando-as transparentes e vazias de conteúdo dramático.

— Mas não estou arrependido de ter vindo — diz em voz alta. — Afinal de contas um congresso de família é sempre interessante...

Ia quase dizendo *edificante*, o que tornaria o sarcasmo (involuntário?) ainda maior.

— Fresco congresso — murmura Rodrigo, apanhando a chaleira para tornar a encher a cuia.

Vozes humanas vêm da praça, em frases ou gritos. São como dardos soltos na grande manhã luminosa. Rodrigo faz menção de entregar a cuia ao filho, mas não completa o gesto.

— Ia esquecendo que não tomas mate.

— Pecado mortal segundo a teologia gaúcha, não?

— Pecado venial. Os mortais são outros.

Contemplando o filho com uma mistura de afeto e impaciência, Rodrigo pensa: "Pecado mortal é ter um corpo como o teu e não usá-lo inteiro. Pecado mortal é viver a vida que levas. Qualquer dia ainda vou te dizer estas coisas na cara. Agora não. Estou cansado. Mas quem me dera os teus trinta e quatro anos!".

Floriano contempla o pai, esforçando-se para não deixar transparecer na fisionomia a pena que sente dele.

Este rapaz terá alguma coisa a me dizer? — pergunta-se Rodrigo a si mesmo. Decerto quer me falar sobre a Sônia, me pedir que mande embora a rapariga. Sempre foi do lado da mãe. Não o censuro, é natural. Mas por que não desembucha logo?

Pigarreia, mete a mão por dentro da camisa, apalpa o tórax à altura do coração. Floriano percebe por entre a cabelama do peito do velho o lampejo de alumínio duma medalhinha oval com a imagem duma santa.

— Como está se sentindo?

— Pior que rato em guampa. O Dante quer me empulhar com suas falsas esperanças. Pensa que esqueci toda a medicina que me ensinaram.

— Mas a crise aguda não passou? Agora não é apenas...?

Rodrigo interrompe-o com um gesto de impaciência.

— Qual nada! É o que vocês literatos chamam de "mentira piedosa". Eu sei que pode sobrevir uma recidiva repentina e violenta... e adeus, tia Chica! Não me iludo, meu filho, os meus infartos foram relativamente benignos, com repouso e dieta séria eu podia ir longe. Mas depois deste edema pulmonar agudo, estou condenado. É questão de tempo.

À noite me seria fácil acreditar que ele vai morrer mesmo — reflete Floriano. — Agora não. Há muita esperança na manhã. Muita beleza nessa cabeça tocada de sol. Muito apetite de vida nesses olhos.

— E sabes como é que vou acabar? Pois eu te digo. Tenho uma insuficiência ventricular esquerda. Vou morrer de assistolia. Para falar ainda mais claro: vou morrer asfixiado. Quando eu era menino, a história que mais me apavorava era a do homem que tinha sido enterrado vivo. Tu vês, essa morte foi escolhida a dedo pra mim...

Agora devo me levantar — pensa Floriano —, pousar a mão no ombro dele e dizer, jovial: "Acabar coisa nenhuma. Não se entregue. O senhor vai aos oitenta". E por que continuo aqui sentado e silencioso? Porque estou mesmo convencido de que ele vai morrer? Porque sei que ele não acreditará nas minhas palavras? Ou porque tudo pareceria teatral, convencional ou piegas? Ou será porque já descrevi uma situação como esta num de meus romances? Por quê? Por quê? Vamos, ainda é tempo! Amanhã, depois que ele se for, sentirei remorso por não ter feito o gesto.

— Às vezes — continua Rodrigo —, quando estou aqui sozinho, pensando na morte, pergunto a mim mesmo se não seria melhor meter uma bala nos miolos e acabar logo esta agonia.

Floriano olha instintivamente para a mesinha de cabeceira em cuja gaveta Rodrigo guarda o revólver. Imagina-se entrando no quarto na calada da noite, na ponta dos pés, para roubar a arma. E só de pensar no que essa cena tem de melodramático, ele sente nas faces e nas orelhas um calorão formigante de vergonha.

Rodrigo espera e deseja do filho um gesto de amor. Por que está ele ali de olhos baixos, calado, com as mãos segurando os joelhos, como um réu?... Sim, é curioso, Floriano tem um permanente ar de réu. É incrível que meu filho não tenha nenhuma intimidade comigo. Talvez o culpado disso seja eu. Mas não, deve ser o sangue dos Terras. Para ser justo não devo esquecer que às vezes eu também tinha ar de réu na frente do velho Licurgo. Agora aqui estou como pai. Não tenho nenhuma vocação para o papel.

Torna a encher a cuia, que aperta com uma das mãos, sentindo-a quente, com algo de humano — seio ou nádega de mulher.

— Ah! — exclama. — Tive um sonho engraçado a noite passada. Vou ver se me lembro direito...

Feliz por ver a conversação tomar outro rumo, Floriano anima-se:

— Somos uma família de sonhadores. Eu sonho tanto, que às vezes desperto cansado com a impressão de haver passado a noite em claro.

Rodrigo fica por um instante a pescar imagens nas águas turvas do sonho, tal como esse lhe ficou na memória.

— Bom... Eu estava sentado, não sei bem onde, se aqui ou no Rio... Só sei que era uma roda de chimarrão. Enchi a cuia e passei-a à pessoa que estava mais perto de mim, dizendo: "Muito cuidado, que ela está rachada". Mas senti que essa pessoa não estava acreditando muito no que eu dizia. Fiquei preocupado, respirando com dificuldade, porque sabia que se alguém apertasse a cuia com mais força ou a deixasse cair eu ia sentir todas essas coisas no corpo... Não me lembro do que aconteceu depois... Ah! Eu estava encalistrado porque a cuia não tinha bomba... Os outros percebiam isso mas não diziam nada, para não me ferir, e eu passei agoniado todo o tempo que a cuia corria a roda... e já estava até meio brabo, querendo brigar. Não é engraçado?

— A cuia é evidentemente a imagem de seu coração... veja a semelhança na forma. E não preciso dizer-lhe o que a bomba simbolizava...

— Não me venhas com as tuas interpretações.

— O senhor se lembra de quem estava nessa roda de chimarrão?

— Não — mente Rodrigo, negando ao filho elementos para prolongar o assunto.

Lembra-se bem de que eram mulheres... mulheres cujas feições ele não podia distinguir direito, mas cuja identidade misteriosamente adivinhava...

Não posso continuar nesta posição — reflete Floriano. — Preciso fazer alguma coisa.

Ergue-se, aproxima-se da janela e fica a olhar para a fachada da velha Matriz, lembrando-se das muitas vezes em que essa imagem, fundida ou alternada com a do Sobrado e a do mausoléu dos Cambarás, lhe assombrou a memória, durante o tempo em que viveu no estrangeiro: a casa onde nascera, a casa onde fora batizado e onde seu cadáver possivelmente seria encomendado, e a "última morada".

Há entre esses "abrigos" uma certa identidade — reflete. — Os três estão de certo modo ligados à ideia de nascer e morrer: símbolos maternos, portanto. Zeca poderia dizer que entre o berço e a vida terrena representados pelo Sobrado e a morte do corpo simbolizada pelo jazigo perpétuo da família, a igreja ali estava como uma promessa de vida eterna... Ah! Se eu pudesse acreditar nisso — mas acreditar intensamente, não só com o cérebro mas com todo o corpo —, tudo estaria resolvido...

No coreto da praça um homem experimenta o microfone dizendo num tom monocórdio: um... dois... três... quatro... cinco... seis...

— Daqui a pouco — queixa-se Rodrigo — vou ter que ouvir o bestialógico do comandante da Guarnição Federal e o do representante do prefeito... A pústula do Amintas vai também deitar falação. Se eu não estivesse tão esculhambado era capaz de sair daqui e ir dizer a esses calhordas uma meia dúzia de verdades.

— Por exemplo...

— Ora, diria a esse povo o que representou a participação da Força Expedicionária Brasileira na Guerra, do ponto de vista moral. E aproveitaria a ocasião para mostrar o que o Brasil deve ao governo do Getulio. Isso como prelúdio... Depois entrava na história dos Carés, começando na Guerra do Paraguai, em que um antepassado do Laurito salvou meu tio Florêncio, que estava ferido, carregando-o nas costas... Passaria pelas revoluções de 93, 23 e 30, para finalmente chegar a 1945.

Torna a encher a cuia, dá um chupão na bomba, faz uma careta e grita:

— Enfermeiro!

Recusa-se a pronunciar o nome Erotildes, que lhe parece indigno de homem. O ex-sargento surge à porta, perfilado.

— Me traga mais água quente.

O homenzarrão apanha a chaleira e retira-se. Rodrigo prossegue:

— Li a ordem do dia em que o Laurito foi citado. Foi numa das tentativas de nossa gente para tomar Monte Castelo. O rapaz saiu com uma patrulha de reconhecimento, a patrulha caiu numa emboscada, o tenente que a comandava ordenou a seus homens que se retirassem, pois eram em número menor que o do inimigo, e estavam numa posição desvantajosa. O cabo Caré recusou obedecer à ordem, ficou para trás, sentou joelho em terra, abriu fogo contra os nazistas e ali se plantou, protegendo a retirada dos companheiros, que conseguiram salvar-se. Só encontraram o cadáver do rapaz duas semanas mais tarde, coberto de neve e abraçado ao seu fuzil-metralhadora. Tinha sete balaços no corpo.

— As sete dores de Nossa Senhora. Os sete pecados mortais. O senhor sabe duma coisa? Temos aí elementos para uma canonização ou pelo menos para uma beatificação.

— Não seja cínico, Floriano. Sei que esse não é o teu feitio. Por que é que vocês intelectuais vivem posando de cépticos, fingindo que não são sentimentais, que não acreditam em patriotismo nem em civismo? É impossível que a façanha do Laurito não te entusiasme. Se o velho Licurgo fosse vivo, aposto como estaria rebentando de orgulho do neto, embora sua cara de pedra não revelasse nada. Era fechado como um Terra. Tu, além de Terra, és Quadros. Tens vergonha de teus próprios sentimentos.

— Está claro que a proeza do Lauro Caré me comove, me entusiasma. Não sou diferente dos outros. Ainda hoje, quando ouço um dobrado marcial, sinto arrepios cívicos. Quando tocam o Hino Nacional tenho ímpetos de invadir o Paraguai ou a Argentina e de matar castelhanos (É isso que o senhor quer?) e de morrer abraçado ao auriverde pendão. Está satisfeito?

Rodrigo solta uma risada. Sua mão treme, a erva úmida lhe cai da cuia sobre o peito da camisa, manchando-o de verde.

— És um caso perdido! — exclama, sacudindo a cabeça.

— Mas acontece — prossegue Floriano — que tudo isso é irracional, uma deformação, um reflexo condicionado, um resultado da educação defeituosa que tivemos e que nos prepara para a aceitação passiva da guerra como uma fatalidade. Há duas ideias muito convenientes às classes dominantes: uma é a de que pobres sempre os haverá (e nisto elas contam com o testemunho das Escrituras) e a outra é a de que as guerras são inevitáveis. Vocês todos estão encantados com a ideia do Laurito herói. Pois eu penso no Laurito agonizando, esvaindo-se em sangue, com sete balas no corpo, morrendo sozinho, numa montanha da Itália... Não seria preferível que ele estivesse vivo, em Santa Fé, a manejar o seu torno, a exercer o seu artesanato?

Rodrigo ergue o braço e aponta para o filho um dedo acusador.

— Se esse menino e centenas de milhares de outros não tivessem sacrificado suas vidas na luta contra a tirania nazista, hoje os beleguins do Hitler nos estavam dando ordens e pontapés no traseiro. Gostarias disso?

— Está claro que não.

— Então? Continuas achando que o Laurito morreu em vão?

— Precisamos aprender a analisar a guerra sem ilusões românticas, sem o tamborzinho inglês ou o estudante alsaciano. Temos de ver *todo* o problema e não apenas parte dele. Essas centenas de milhares de soldados morreram convencidos de que estavam defendendo suas pátrias e salvando o mundo da tirania. A curto prazo estavam mesmo. Mas não devemos esquecer certas contradições monstruosas. As armas e as balas que mataram os soldados aliados foram em parte financiadas por capitais ingleses e americanos, pelos grupos que ajudaram a Alemanha nazista a armar-se, com a esperança de que ela se lançasse sobre a Rússia. Muitos desses *nobres* motivos que levam os homens à guerra não passam às vezes de sórdidas intrigas mercantis. O resto é neurose coletiva estimulada pela propaganda.

— Parece até que estás te convertendo às ideias do teu irmão comunista... Mas esqueces que as causas das guerras não são apenas econômicas. É preciso levar em conta também o instinto agressivo do homem...

— De acordo, mas esse instinto agressivo pode ser dirigido num bom sentido construtivo, tanto no plano individual como no social. Pelo menos devemos *tentar* isso.

Por alguns instantes ficam ambos em silêncio. Depois, mexendo a bomba de prata com ar distraído, Rodrigo diz:

— Queres então dizer que os atos de bravura de homens como o cabo Lauro Caré e tantos outros para ti não têm valor nenhum...

— Claro que têm! Um imenso valor, mesmo na gratuidade e no absurdo. Valem em si mesmos numa afirmação do homem como homem, na sua capacidade de enfrentar o perigo, de dominar o medo, de lutar e arriscar-se pelo que lhe parece justo e bom. Eu não perco a esperança de que um dia esses heróis possam atingir um bom senso tão grande quanto a sua coragem física.

Rodrigo olha para o filho fixamente, por alguns segundos, silencioso e sério, e depois explode:

— Queres saber duma coisa? Vai-te à merda! E me dá um cigarro.

Floriano sorri.

— O senhor sabe que não fumo.

— Não fumas, não bebes, não jogas... Que é que fazes?

— Faço o resto, que não é pouco.

Quando esse filho da mãe cair em si — reflete Rodrigo — vai ser tarde. Estará velho, feio e impotente.

— Senta — diz em voz alta. — Quero te contar umas cenas que estive recordando hoje.

Floriano torna a sentar-se. Rodrigo aponta para a janela, que emoldura um quadro: o céu límpido, as copas das árvores da praça, as torres da Matriz, a cúpula do edifício da Prefeitura...

— Hoje quando acordei fiquei pensando nas voltas que a vida dá... Parece mentira que eu, Rodrigo Cambará, já fui intendente municipal deste burgo podre. Te lembras? O culpado foi o Getulio. Insistiu para que eu aceitasse a minha candidatura. Tinha sido eleito presidente do estado, disse que precisava de mim. Não tive outro remédio.

— Sempre quis saber que foi que o senhor sentiu ao ver-se dentro do gabinete que o coronel Madruga ocupou por tanto tempo.

— Nojo. Mandei imediatamente fazer uma limpeza geral no edifício, desinfetar as salas com formol, pintar de novo as paredes, tirar enfim aquele cheiro de sangue, suor e mijo, aquele bodum de várias gerações de sacripantas e bandidos.

Erotildes entra com a chaleira, que repõe sobre a mesinha.

— Mais alguma coisa, doutor?

— Não. Pode ir embora. E feche a porta.

Rodrigo segue com o olhar o enfermeiro que se retira. Depois de ver a porta fechar-se, diz:

— E tu ainda me vens com teus sonhos de igualdade... Mas, como eu ia dizendo... Vinte dias depois da minha posse, quase duzentos e cinquenta operários estavam abrindo valas nas ruas de Santa Fé...

Enche a cuia, toma um gole prolongado, sorri e prossegue:

— ... e um trem com dez vagões cheios de tubos e outros materiais chegava à estação. O doutor Rodrigo Cambará cumpria a promessa que tinha feito ao eleitorado e a si mesmo: dar um serviço de água e esgotos a Santa Fé antes de terminar seu primeiro ano de governo! Que me dizes?

— Eu me lembro da reação popular.

— Engraçado! Te lembras apenas do aspecto negativo do problema. Natural! No princípio quase todos ficaram contra mim. Desandaram num falatório desenfreado, porque eu estava demolindo as finanças do município... porque aquilo era uma loucura... porque eu ia sacrificar várias gerações de santa-fezenses... porque a cidade não aguentava despesas daquele porte... e porque isto e porque aquilo. Chegaram até a insinuar que eu estava metendo a mão nos cofres municipais, quando na realidade eu tirava dinheiro de meu próprio bolso, me arruinava quase, para ajudar as obras. Te lembras daquele drama, *O inimigo do povo*? Claro que te lembras, pois eu te via sempre às voltas com o Ibsen. Pois é. Olha o que aconteceu ao doutor Stressmann ou Stockmann... ou coisa que o valha. O povo é inconsequente e ingrato.

Estende o indicador na direção de Floriano.

— E tu tens aí o resultado. Agora todo o mundo me aplaude, me dá razão. Fiz naquele tempo por um preço irrisório o que hoje custaria uma fortuna. O empréstimo que o município contraiu está pago e a vida da cidade melhorou. Mas... ah! Antes de reconhecer isso a canalha tinha de me difamar, de pedir a minha cabeça, de me crucificar...

Faz uma curta pausa em que fica pensativo, acariciando a cuia. Depois pergunta:

— Te lembras do meu plano para acabar com a pobreza de Santa Fé?

Floriano sacode afirmativamente a cabeça. Mal tomou posse do cargo, Rodrigo saiu a visitar comerciantes, fazendeiros e capitalistas do município para pedir-lhes o auxílio financeiro de que necessitava a fim de levar a cabo o seu grandioso projeto de liquidar os ranchos miseráveis e nauseabundos do Purgatório, do Barro Preto e da Sibéria, substituindo-os por casas de madeira, modestas mas limpas e razoavelmente confortáveis, que seriam entregues gratuitamente aos "desprotegidos da sorte". Não fazia propriamente pedidos: dava ordens, impunha quantias, não aceitava negativas. Quase bateu na cara dum Spielvogel que recusou contribuir para o fundo, alegando que já pagava impostos altos ao município. Por fim, de posse duma importância considerável em dinheiro, mandou começar a construção das casas, mas da maneira como fazia todas as coisas: depressa, com paixão e sem plano. Quando viu terminado o primeiro grupo de moradas, erguidas em terras pertencentes à municipalidade, deu-lhe o nome de Vila Esperança e inaugurou-o festivamente com discursos, foguetório e banda de música. A mudança dos primeiros habitantes do Barro Preto convocados para povoar a vila processou-se sem maiores dificuldades. As famílias vinham de bom grado, trazendo a prole e os tarecos. Houve, porém, um caboclo que recusou mudar-se: Juca Cristo, assim chamado por causa da barba, da cabeleira longa, dos olhos doces e duma certa reputação de milagreiro. Morava com a mulher e cinco filhos num pardieiro construído em cima dum pântano e feito de taquaras, esterco e latas de querosene. As crianças, magras, macilentas, seminuas e cobertas de muquiranas, viviam em promiscuidade com cachorros e porcos. Daquele chão, daquele rancho e daquela gente despedia-se uma fedentina medonha. Mas por uma razão qualquer, sentimental ou supersticiosa, Juca Cristo negava-se a abandonar sua moradia. Rodrigo decidiu tratar do assunto pessoalmente. Numa fria manhã de agosto, encaminhou-se para o Barro Preto, parou a cinco metros da morada do caboclo e gritou por ele; Juca Cristo apareceu com toda a família. "Quero que se mudem hoje mesmo", disse o senhor do Sobrado. O caboclo, molambento, encardido, descalço, pregou o olhar no chão e balbuciou: "Não carece, doutor. A gente está bem aqui". Rodrigo tentou todos os meios suasórios, e quando viu que não conseguia nada, tornou-se ameaçador, falou em autoridade e em polícia. Mas Juca Cristo manteve-se irredutível. Sua arma agora era o silêncio. E o intendente de Santa Fé ali estava, furioso e ao mesmo tempo embaraçado, recendente a Chantecler, metido no seu sobretudo com gola de astracã — parado e impotente diante daquele pobre-diabo esquelético e esquálido, atrás do qual se enfileiravam a mulher de cor terrosa, com horríveis varizes nas pernas, e aquelas crianças opiladas e subnutridas, cujos molambos esfiapados se agitavam ao vento gélido da manhã.

— Estou pensando no caso do Juca Cristo... — diz agora Floriano.

— Tens uma memória infernal para as coisas negativas!

— O senhor não vai me dizer que não é uma grande história...

— Lá isso é! Te confesso que passei os piores momentos da minha vida no dia em que enfrentei o Juca Cristo e a família. Palavra, eu preferia estar diante dum pelotão de fuzilamento... Mas não podia ficar desmoralizado. Quando vi que não havia outro remédio, mandei um funcionário da Intendência atirar querosene no rancho e tocar fogo nele...

— Temos aí o eterno problema dos fins e dos meios.

— Minha consciência me dizia que eu estava procedendo bem. Mas assim mesmo a coisa foi dura. Ao ver o rancho em chamas, a família rompeu a gemer e a chorar, o Juca Cristo caiu de joelhos, ergueu os braços como um profeta e começou a gritar coisas para o céu. Me amaldiçoou, me rogou pragas, disse horrores... Eu já não sabia se lhe pedia desculpas ou se lhe dava um pontapé na cara. A mulher, essa parecia uma possessa, atirada no chão, rolava no barro, soltando guinchos. E os olhos daquelas crianças... Santo Deus! Estavam fitos em mim com uma expressão de pavor como se eu fosse um monstro, um incendiário! Aí tens outra prova de que o povo não sabe bem o que lhe convém. Ah! Meus inimigos naturalmente aproveitaram a oportunidade para me atacar. Imagina, só porque eu quis melhorar a vida duma família. Não vás me dizer que também achas que procedi mal.

— Está claro que não. Mas me parece que não se cura câncer com pomadinhas caseiras.

— Bolas! Nem com literatura.

— Não pense que não compreendo o seu gesto...

— Não se trata de compreender gestos. Olha a realidade, os fatos. Contribuí ou não contribuí para melhorar a vida da gente da minha terra?

— Contribuiu, não nego. O Bandeira vive a citar um filósofo segundo o qual a verdade só se revela na ação.

— Pois estou inteiramente de acordo com esse filósofo, seja ele quem for.

Faz-se um silêncio. Rodrigo tem um curto acesso de tosse e Floriano julga perceber em seus olhos uma sombra de susto. Mas acalma-se, pigarreia, passa os dedos pela garganta, respira fundo e depois, mais calmo, torna a despejar água quente na cuia e a chupar a bomba.

— A Intendência me deu muitos cabelos brancos — diz ele, sorrindo —, mas houve momentos cômicos. Ainda hoje de manhã estive me lembrando de um episódio, dos melhores... Tu sabes como a nossa gente é sem cerimônia, alivia a bexiga em qualquer parte. Se cachorro procura árvore ou poste, para nossos caboclos qualquer parede serve... Pois bem. Um mês depois que mandei pintar e desinfetar a Intendência já não se podia mais aguentar o cheiro de urina que vinha do pátio. É que todo o mundo, funcionários e pessoas de fora, usava a parte traseira do edifício como mictório. Mandei pregar boletins e cartazes em toda a parte, proibindo terminantemente o abuso e ameaçando os infratores com multas. Pois bem. Um belo dia eu entrava na Intendência pela porta dos fundos quando vi um gaúcho todo paramentado, botas, esporas, sombreiro e pala, encostado a uma parede, vertendo água. Não me contive. Avancei na direção dele e apliquei-lhe um bom pontapé no rabo. O homem deu um pulo, virou-se, assustado, já com a mão no revólver, mas quando me reconheceu ergueu os braços, começou a gaguejar: "Me desculpe, doutor, me desculpe...", e a todas essas a esguichar urina como um chafariz, e eu recuando para não ser atingido pelos esguichos do homem, e já sem saber se me ria ou se ficava brabo... Foi uma cena grotesca. Nunca vi maior cábula numa cara. Era um subdelegado do interior do município e tinha vindo para me pedir uma audiência. Não teve coragem. Estava encafifado e ao mesmo tempo ofendido. Montou a cavalo e voltou para seu distrito no mesmo dia. Estás a ver que a história se espalhou (houve duas ou três testemunhas) e na Intendência não se falou noutra coisa durante dias.

Rodrigo inclina-se e põe a cuia do lado da chaleira.

— Aí tens uma cena para o teu próximo romance.

Floriano limita-se a sorrir. E o pai acrescenta:

— Está claro que não podes usá-la. Eu sei. Não é de *bom gosto*. Vocês romancistas costumam passar a realidade por um filtro purificador e o resultado é uma vida pasteurizada, expurgada, capada... E eu te pergunto se a vida real tem alguma consideração para com nossa sensibilidade e o nosso bom gosto. O velho Teixeira está no fundo duma cama comido pelo câncer, sabias? Eu estou aqui com o coração e o pulmão bichados. Compara aquele retrato lá embaixo com este original...

— Qual nada! O senhor está muito bem para um homem de sessenta anos.

— Cinquenta e nove.

— Pois parece cinquenta.

— Tenho espelho no quarto. Sei como me sinto. Mas grita ao enfermeiro que me traga o café. Estou com fome.

Floriano obedece.

— No fim do meu sexto mês de Intendência — diz-lhe o pai, quando ele retorna ao quarto — já andava enojado daquilo, louco para largar o cargo. Estava cansado da papelama, da rotina, da burocracia, dos pedintes, da adulação, da pequenez das pessoas e dos seus problemas... E também farto de Santa Fé, com uma vontade danada de fazer uma viagem a Paris.

— A campanha da Aliança Liberal foi então providencial.

— Chegou na hora exata. Eu me sentia neste fim de mundo como um parelheiro que precisa de cancha maior.

Floriano ouve mentalmente a voz de Eduardo: "O que o velho não conta é que em 1929 os negócios do Angico iam mal e ele encontrou na campanha política e mais tarde na revolução uma saída para as suas dificuldades financeiras. Esse foi o caso não apenas dele como também o de centenas de outros estancieiros e homens de negócios. O que prova que o marxismo está rigorosamente certo". E em pensamento Floriano responde: "Tens apenas uma parte da verdade. O econômico não explica *tudo*. Houve também um poderoso fator psicológico. Esqueces que nosso pai em 29 tinha já entrado na casa dos quarenta, a idade em que o homem começa a fazer-se perguntas sobre si mesmo e sua vida, e a pensar no pouco tempo de mocidade que lhe resta. Não é natural que um homem da vitalidade do Velho se estivesse sentindo sufocado, maneado, dentro das limitações de Santa Fé?".

— Foi uma grande campanha — diz Rodrigo, olhando para a janela. — Me atirei nela de corpo e alma, tu te lembras... Os rodeios estavam misturados, maragatos e republicanos faziam as pazes, velhos inimigos se reconciliavam à sombra da bandeira da Frente Única. O Liroca, esse andava transfigurado, como se estivesse presenciando um milagre. A mim me coube dirigir o movimento na Serra. O próprio Getulio me escreveu pedindo isso. Ah! Mas não foi fácil, tive de engolir uns caroços duros. Logo que se anunciou a nova frente política no estado, o Amintas me mandou um emissário: queria fazer as pazes comigo a todo o transe. Relutei, desconversei o quanto pude, mas tu sabes, não guardo rancor a ninguém, o homem insistiu e eu acabei dizendo que viesse. O filho da mãe se vestiu de preto, se perfumou de Jicky e veio me ver na Intendência, se desfez em elogios à minha pessoa. Se desculpou das infâmias que tinha dito e escrito a meu respeito, só faltou me beijar os pés. Me trouxe uma faca de prata de presente. Tive vontade de dizer: "Meta no rabo". Mas aceitei, para não discutir. Dias depois apresentou-se o Madruga. Esse, mais discreto, se limitou a me apertar a mão, sem me olhar de frente. Puxou um pigarro, resmungou duas palavras e se foi. E agora me diz uma coisa, Floriano. Nesta hora em que eu podia estar na rua fazendo essa campanha e ajudando o Getulio, não é uma injustiça eu estar fechado aqui neste quarto, como um mutilado, um inválido?

Floriano sacode afirmativamente a cabeça.

— Mas tu não podes compreender isso direito — continua Rodrigo — porque não tens como eu a política no sangue. Puxaste pelo velho Babalo.

Erotildes entra com uma bandeja, que põe na mesinha ao lado da cama: café com leite e torradas secas.

— Querem me matar de fome?

E, como Erotildes esteja à sua frente, com o dente de platina a brilhar, Rodrigo grita:

— Está bem, pode ir embora!

Volta-se para Floriano:

— Tu vês, nem comer direito me deixam. Isto é vida?

— Tenha paciência.

— A paciência não é das minhas virtudes, tu sabes.

Rodrigo põe açúcar na xícara, mexe o café, mergulha nele uma torrada e põe-se a comê-la com uma voracidade sem gosto.

— Seu apetite é um bom sinal.

O pai encolhe os ombros, toma um gole de café.

— Eu me lembro muito bem das eleições de 30 — diz Floriano, passeando à toa pelo quarto.

— Uma farsa! — exclama Rodrigo, de boca cheia. — A situação recorreu à fraude. A máquina política do governo federal entrou em atividade. A revolução se impunha como um corretivo às urnas.

— Nós também fizemos a nossa fraudezinha...

— Como? — protesta Rodrigo, e uma partícula úmida de pão lhe salta dos lábios como um projétil.

— Então o senhor não se lembra?

— Não me lembro de coisa nenhuma.

— Pois a história está fresca na minha memória por ter representado o meu primeiro contato direto com o "processo democrático". Eram cinco da tarde, no dia das eleições, e eu estava na praça lendo *Le Jardin d'Épicure* (por sinal era um livro com notas suas à margem), quando o Chiru se aproximou e disse: "Teu pai está te chamando". Acompanhei-o até a Intendência, onde estavam instaladas várias das mesas eleitorais. O senhor me segurou o braço e murmurou (vou lhe repetir suas palavras textuais): "Meu filho, a esta hora os lacaios do Washington Luís em dezoito estados da União estão falsificando as atas e esbulhando a eleição. Se não fizermos o mesmo, estamos perdidos. A nossa causa é boa e o fim justifica os meios". Foram estas exatamente as suas palavras. Lembra-se?

Os olhos postos no soalho, mastigando lentamente, Rodrigo parece consultar a memória.

— O senhor então me mostrou seus companheiros que estavam todos empenhados em assinar nas atas nomes de eleitores imaginários, para aumentar os votos para Getulio Vargas e João Pessoa. Em suma, queriam que eu também colaborasse... Minha relutância caiu diante da sua veemência. Ainda me segurando o braço com força, o senhor me puxou para uma mesa, fez-me sentar, me meteu uma caneta entre os dedos e me apresentou o livro de atas. E, com as orelhas ardendo, ali fiquei a assinar nele os nomes que me vinham à cabeça, em letra ora redonda ora angulosa ora caída para a direita ora para a esquerda...

— Repito que só tens memória para as coisas negativas.

— E sabe qual foi a maneira que encontrei de varrer a testada? Foi inventando e escrevendo nomes como Jérôme Coignard da Silva, João Gabriel Borkmann da Cunha, Dorian Gray de Almeida, Hendrik Ibsen de Oliveira. Era como se eu estivesse mandando uma mensagem cifrada à Posteridade nestes termos: "Forçado a me acumpliciar nesta fraude, submeto-me à comédia *cum grano salis*". E enquanto eu escrevia, uma voz dentro de mim repetia um estribilho: "Isto então é democracia? Isto então é democracia?".

Rodrigo olha para o filho e diz:

— Exatamente. Aquilo era democracia. Foi por essa e por outras que o Getulio compreendeu que nosso povo não estava e não está amadurecido para o regime democrático. Naturalmente não concordas.

— Não. Na minha opinião, que vai contra a sua e contra a do Eduardo, só há um caminho para uma boa democracia: é ainda uma democracia defeituosa como as que temos tido.

Faz-se um novo silêncio. Por alguns segundos o enfermo toma o seu café e come as suas torradas. Por fim, diz:

— Na tua opinião, a Revolução de 30 foi desnecessária...

Floriano encolhe os ombros. E no silêncio que de novo se faz, pai e filho pensam ao mesmo tempo naquela noite de 3 de outubro de 1930. E ambos têm na mente o mesmo fantasma: a imagem do ten. Bernardo Quaresma.

Às dez menos quinze, quando Neco Rosa entra no quarto de Rodrigo, encontra-o sozinho.

— Tratante! Estás atrasado. Fecha essa porta.

Neco obedece. Depois coloca o chapéu e a bolsa em cima duma cadeira.

— E que tal, chê, como vamos? — pergunta o barbeiro.

— Mal. Viste a Sônia?

— Vi.

— Como vai?

— Meio chateada. Contou que passa o dia fechada no quarto do hotel, lendo. Pediu que te agradecesse os livros que mandaste.

— Algum recado?

— Nada especial. Só diz que está com muita saudade.

— Neco, fala com toda a sinceridade. Alguém andou dando em cima da menina?

— Ninguém.

— Palavra de honra?

— Palavra de honra.

— Vamos duma vez com essa barba!

Neco Rosa tira os petrechos da maleta, despeja um pouco da água da chaleira na tigela de metal, onde deitou um pouco de sabão em pó, e mexe-a com o pincel, para fazer espuma. Amarra uma toalha ao redor do pescoço de Rodrigo e põe-se a ensaboar-lhe o rosto.

— As eleições amanhã... — começa.

Mas o outro interrompe-o:

— Neco, vou te pedir um grande favor.

— Diga.

— Preciso ver essa menina hoje, custe o que custar.

Neco para, com o pincel no ar, lançando para o amigo um olhar enviesado.

— Que é que estás arquitetando?

— Muito simples. Quando saíres daqui, vai ao hotel e diz à Sônia que hoje, estás ouvindo?, *hoje*, ali por volta das seis da tarde ela passe devagar pela calçada da praça, na frente do Sobrado...

Neco continua a mirar o amigo com o rabo dos olhos.

— Não estou te entendendo direito...

— Eu estarei com a cama perto da janela, para vê-la passar.

— Mas isso não é arriscado?

— Deixa o risco por minha conta.

— Às seis o dia ainda está claro!

— Se não estivesse eu não podia ver a cara dela, animal!

O movimento do pincel recomeça. Neco dá de ombros.

— Está bem. Sua alma, sua palma.

— Diz pra ela que também estou louco de saudade. Que faça mais esse sacrifício. Talvez seja o último...

Segura de repente com ambas as mãos as lapelas do casaco do barbeiro e exclama:

— Neco, eu vou morrer! Tu não compreendes? Eu vou morrer!

Seus olhos enevoam-se. Suas mãos caem. Neco abre a navalha e começa a passá-la freneticamente no assentador, como a preparar-se para degolar o amigo.

Agora os sons duma banda de música atroam os ares. É um dobrado: "El capitán". Lágrimas brotam nos olhos do senhor do Sobrado.

Desconcertado, Neco aproxima-se da janela, olha a praça e, para fazer alguma coisa, começa a contar o que vê:

— Vai começar a festa... Quem diria, hein? O Laurito Caré feito herói nacional... Chii... O coreto está cheio de oficiais com crachás no peito. A praça toda embandeirada como clube de negro. Vem chegando uma companhia do Regimento de Infantaria... O busto está coberto com a bandeira brasileira.

— Me fazes ou não me fazes esta barba? — vocifera Rodrigo.

Floriano marcou um encontro com Roque Bandeira no Café Poncho Verde, onde está agora sentado a uma mesa junto da janela, a olhar para fora.

Se eu tivesse de descrever num romance esta praça neste exato momento... que faria? O problema mais sério não seria de espaço, mas de tempo. Como dar em palavras o quadro inteiro com a rapidez e a luminosa nitidez com que a retina o apanha? Impossível! O remédio é reproduzir um por um os elementos do quadro. Mas por onde começar? Do particular para o geral? Tomar, por exemplo, aquela menininha de vestido azul-turquesa que ali passa na calçada, lambendo um picolé tão rosado quanto sua própria língua? Ou partir do geral e descer ao particular? Nesse caso eu começaria pela abóbada celeste e me veria logo em dificuldades para definir a qualidade desse azul sem mancha — sem *jaça*, como se dizia no tempo do Bilac, quando os escritores tinham uma paixão carnal pelas palavras. Depois qualificaria a luz do sol — ouro? âmbar? mel? topázio? chá? Podia escrever simplesmente "a luz do sol das cinco horas duma tarde de dezembro"... e o leitor que se danasse! Está claro que viriam a seguir as árvores: cedros, plátanos, jacarandás, paineiras, cinamomos... O pintor frustrado que mora dentro de mim não poderia deixar de anotar o contraste entre o vermelho queimado dos passeios interiores da praça e o verde vivo e lustroso da relva dos canteiros. Mas que importância pode ter esse pormenor pictórico depois da destruição de Hiroshima? E por falar em Hiroshima, lá vai o Takeo Kamuro, o primeiro e o único residente japonês de Santa Fé, puxando por cordéis os balões que, como um enorme cacho de uvas amarelas, azuis, vermelhas e verdes, esvoaçam sobre sua cabeça. Leva também um cesto cheio de ventoinhas tricolores de papel de seda. No centro do redondel, cercado de crianças que erguem as mãos para os balões, o japonês parece um haicai vivo... Mas escrevendo tudo isso eu não ajudaria muito o leitor a visualizar o quadro. A cena toda tem um ar alegre e meio rústico de feira: homens, mulheres e crianças a passearem pelas calçadas ou sentados nos bancos:

senhoras e senhores idosos debruçados às janelas de suas casas que dão para a praça. O vento faz esvoaçar (terei eu um dia a coragem de usar o verbo *flabelar*?) as bandeirinhas de papel — do Brasil e do Rio Grande — que os funcionários da Prefeitura laboriosamente colaram em extensos barbantes que, presos nos galhos das árvores, atravessam a praça em duas longas diagonais. E os cheiros? Grama, poeira ensolarada, pipoca, fumaça de cigarro, perfumes de todos os preços. E os sons? As vozes humanas... os alto-falantes da Rádio Anunciadora, um em cada esquina da praça, despejando no ar implacavelmente uma valsa vienense. A corneta fanhosa do sírio que vende picolés. Que mais? (Lá se vai o método!) Cachorros, passarinhos, uma pandorga rabuda no ar, longe... Uma criança correndo atrás duma bola em cima dum canteiro... Um gaúcho pobre passando na rua montado num bragado de olhos tristes... Os automóveis cruzando pela frente do café... O busto de Lauro Caré no centro da praça, frente a frente com o de d. Revocata Assunção, tendo a separá-los o redondel de cimento, onde moças e rapazes deslizam, sozinhos ou aos pares, nos seus patins de rodas...

Terminado o inventário, teria eu dado ao leitor uma ideia do quadro? Duvido. Neste particular a pintura, arte espacial, é mais feliz que a literatura. De resto, que importância real poderá ter a descrição duma paisagem numa história de seres e conflitos humanos? Talvez o melhor seja resumir tudo assim: *Eram cinco da tarde, na Praça da Matriz, a essa hora cheia de gente que vinha ler a estátua do Cabo Lauro Caré, herói da Força Expedicionária Brasileira, inaugurada pela manhã.*

— Falando sozinho?

Floriano volta a cabeça e vê Tio Bicho a seu lado.

— Ah! Estava *pintando* a praça.

Soltando um suspiro de alívio, o outro se acomoda na cadeira ao lado do amigo, tira a palheta da cabeça e coloca-a em cima da mesa. Passa o lenço pela carantonha reluzente de suor, chama o garçom, pede uma cerveja gelada, descalça os sapatos e fica a acariciar os joanetes.

— Como te foste de inauguração? — indaga.

— Ora... aguentei como pude.

— E os discursos... muito infectos?

— Um dos oradores me deu a impressão de que sem o auxílio do Brasil os Aliados jamais teriam derrotado a Alemanha. E o nosso inefável Amintas Camacho, que por sinal esteve sublime, afirmou que o Laurito Caré, ajudando a Itália a livrar-se do jugo nazista, tinha pago a dívida de honra e de gratidão que o Rio Grande contraiu com Giuseppe Garibaldi em 1835...

— Muita gente?

— Uma pequena multidão.

— A avó do busto compareceu?

— Sim, toda de preto, muito digna, como uma verdadeira dama.

— Dona Ismália é uma dama.

— Os pais do Laurito choraram durante todo o tempo da cerimônia, mas a avó ficou impassível, de cabeça erguida, os olhos secos e serenos.

— Deve ter sido uma cabocla bonita, porque o velho Licurgo teve um rabicho danado por ela.

— Sabes duma coisa? Às vezes sinto uma certa vontade de conversar com a velhinha, perguntar-lhe coisas sobre o meu avô. Acho que ela o conheceu melhor que ninguém.

— É possível que o coronel Licurgo fosse menos fechado e enigmático deitado do que de pé. E por falar em avô... aquele que lá vem não é o velho Aderbal?

Aponta na direção do Sobrado. Floriano olha, sorri e diz:

— Em carne e osso...

E Tio Bicho completa:

— ... com seus oitenta e pico na cacunda.

No seu tranco de petiço maceta, tão conhecido em Santa Fé e arredores, Aderbal Quadros atravessa a rua palmeando fumo picado, com uma palha de cigarro especada atrás da orelha. As largas abas do chapéu campeiro sombreiam-lhe a cara emagrecida, onde as falripas brancas da barba e do bigode esvoaçam. Veste um casaco de riscado, bombachas da mesma fazenda, calça botas de fole e traz um lenço branco amarrado ao pescoço. Chegou há pouco do Sutil, deixou o cavalo no quintal do Sobrado e agora vem "dar uma olhada" no busto do cabo Caré.

Um grupo de curiosos cerca a herma, discutindo a parecença fisionômica. O trabalho foi feito meio às pressas pelo escultor duma casa de monumentos fúnebres de Porto Alegre, que teve como único modelo uma fotografia. Laurito Caré aqui está com um capacete de guerra na cabeça, o torso apertado no dólmã militar, uma medalha no peito.

Chico Pais, que hoje abandonou sua padaria muitas vezes para vir "espiar a estatua", proclama que a esta só falta falar. E acrescenta: "O Laurito, quando era pequeno, foi meu empregado, me ajudava a tirar pão do forno". Cuca Lopes, que em movimentos de piorra tem andado ao redor do monumento, examinando-o dos mais variados ângulos, profere agora sua sentença: "Não está parecido. O Laurito era mais magro e não tinha nariz tão grande".

Quica Ventura olha obliquamente para a estátua, de longe, resmungando para o Calgembrino do cinema, que está a seu lado: "Muito corridão dei nesse moleque quando ele pulava a cerca lá de casa pra me roubar laranja. Agora está aí feito herói. Xô mico!". Solta uma cusparada no chão.

Aderbal Quadros aperta os olhos, foca-os na figura de bronze e pensa: "A testa e a boca são do finado Licurgo". Mas nada diz. Alguém lhe bate no ombro. Babalo volta-se.

— Olha quem está aqui! — exclama. — Como vai essa bizarria, Liroca?

Abraçam-se. José Lírio, enfarpelado na roupa domingueira de casimira preta, com a qual compareceu esta manhã à inauguração do busto, brinca com a libra esterlina que lhe pende da corrente do relógio. As pontas dum lenço maragato aparecem acima das bordas do bolso superior do casaco. Liroca acerca-se do monumento, tira respeitosamente o chapéu, e lê pela quinta vez a inscrição da placa:

AO CABO LAURO CARÉ, SOLDADO DA FORÇA EXPEDICIONÁRIA BRASILEIRA, E QUE MORREU COMO UM BRAVO NA ITÁLIA, NA DEFESA DA PÁTRIA E DA DEMOCRACIA — A SUA CIDADE NATAL ORGULHOSA E GRATA.

— Quem diria! — murmura ele para Babalo. — Um piá que muita vez eu vi na rua de pé no chão, fazendo mandaletes. — Seu peito arfa ao ritmo duma respiração áspera e cansada. — Os Carés sempre pelearam em campo aberto, mas esse menino teve de brigar em montanha, como cabrito. Mas brigou lindo, como homem. Sangue não nega. Cambará misturado com Caré só podia dar isso...

Aderbal Quadros pita agora em calmo silêncio, a fumaça de seu cigarrão sobe no ar. Com passos incertos de bêbedo, Don Pepe García aproxima-se do busto, mira-o com seus olhos injetados, murmura: "Pútrida!" e continua seu caminho, vociferando contra a arte comercial e contra o capitalismo engendrador de guerras que matam a flor da mocidade. E, pisando nas flores dos canteiros, grita para o céu:

— Me cago en la leche de la madre de todos los héroes!

O dr. Carlo Carbone, todo vestido de linho branco, sai da sua Casa de Saúde de braço dado com a segunda esposa, e encaminha-se para o centro da praça, a cabeça descoberta, as barbas e os cabelos completamente brancos. O ex-coronel dos *bersaglieri* conserva, apesar da idade, uma postura rígida. Seus passos e gestos são vivos, e todos afirmam que suas mãos de cirurgião não perderam nada da antiga firmeza e habilidade.

— Olha só aquele velho desfrutável — ronrona Liroca ao ouvido de Babalo, tocando-o com o cotovelo. — Quando dona Santuzza bateu com a cola na cerca, ele ficou desesperado, inconsolável... Falou até em suicídio. No entanto um ano depois casou com essa gringa de Garibaldina, quase quarenta anos mais moça que ele. É ter muita vocação pra corno!

Babalo abstém-se de qualquer comentário.

O dr. Carbone mostra a herma à esposa e conta-lhe que um dia operou Laurito Caré dum quisto sebáceo. Desprende-se dela, dá dois passos e toca com o indicador o centro da testa da escultura: "Bem aqui". Ela sorri. É alta, duma boniteza agreste de colona: seios abundantes, duas rosas naturais nas faces. O médico torna a agarrar-lhe o braço. Sua cabeça mal chega aos ombros da mocetona, que ele proclama *"bella comme una pittura di Caravaggio"*.

Ouve-se um grito lancinante. Liroca e Babalo voltam a cabeça. Uma criança chora aos berros no redondel, os braços erguidos para o balão amarelo que acaba de escapar-lhe das mãos e sobe, impelido pela brisa, quase toca no galo do cata-vento da Matriz e depois se vai, rumo do poente.

Sentado ainda à sua mesa de café, Floriano acompanha com o olhar o balão amarelo, pensando em Sílvia, desejando sair de mãos dadas com ela por esses campos ao sol (a ideia pode ser piegas mas a coisa em si seria boa) e caminhar, caminhar rumo de horizontes impossíveis, procurando no espaço uma solução que o tempo lhes nega. E, ao pensar essas coisas, beberica o horrendo café que acabam de servir-lhe. Tio Bicho toma um largo sorvo de cerveja, ficando com bigodes de espuma, que lambe voluptuosamente com a língua pontiaguda, dum róseo pardacento. O balão desaparece do campo de visão de Floriano, mas a imagem de Sílvia ainda continua em sua memória... Sílvia dançando nua na noite californiana, o balão amarelo sobre o sexo. E ele chega a ressentir na memória os odores daquele cabaré de Chinatown: comida chinesa, uísque e chá de jasmim.

Tio Bicho toca-lhe o braço.

— Olha quem vem lá...

Floriano avista Irmão Zeca e Eduardo, um vestido de preto e o outro de branco. Caminham lado a lado ao longo de um dos passeios da praça. Agora param, ficam frente a frente, parecem discutir, o marista sacode negativamente a cabeça. Edu ergue o jornal que tem na mão, bate nele como para mostrar alguma coisa.

O outro encolhe os ombros. Retomam a marcha, atravessam a rua, entram no café e sentam-se à mesa de Floriano e Bandeira. Este último toma o jornal das mãos de Eduardo. É o *Correio do Povo* de hoje, chegado pelo avião da manhã.

— Ouçam esta... — diz o Tio Bicho, com o jornal aberto diante dos olhos. — A Liga Eleitoral Católica recomenda a seu eleitorado os nomes do general Dutra e do brigadeiro Eduardo Gomes para presidente da República, e declara que nenhum católico deve votar no candidato dos comunistas. Que é que vocês tomam? Um guaraná, Zeca?

O marista apalpa distraído o crucifixo que lhe pende do pescoço.

— Guaraná coisa nenhuma! — diz. — Uma cerveja gelada.

— Esse é dos meus! — exclama Tio Bicho, dando uma palmada nas costas do rapaz e fazendo desprender-se da batina uma tênue nuvem de poeira. Volta-se para Eduardo: — E tu, camarada?

— O mesmo.

Floriano chama o garçom e pede as bebidas. Tio Bicho continua a folhear o jornal.

— Esta é boa. Escutem. O Comitê Pró-Fiuza analisa os candidatos à presidência da República. *Dutra: candidato dos integralistas, espiões e criminosos que avisaram os submarinos do Eixo da saída de nossos pacíficos navios mercantes, mandando à morte milhares de patrícios.* Agora o Eduardo Gomes. *Candidato dos velhos politiqueiros, da alta aristocracia e dos agentes do capitalismo estrangeiro colonizador.*

Sempre de olhos baixos, a manipular seu crucifixo, Irmão Zeca sacode a cabeça murmurando:

— Nada disso tem sentido.

O garçom põe sobre a mesa duas garrafas de cerveja e dois copos. Os recém-chegados servem-se e começam a beber com o entusiasmo da sede. Tio Bicho continua a ler:

— *Disse em discurso não precisar do voto dos marmiteiros.* (*Marmiteiros são os trabalhadores pobres que conduzem suas marmitas para fazer suas refeições nos locais de trabalho.*)

O marista alça vivamente a cabeça:

— Vocês acreditam que o brigadeiro tenha mesmo dito isso? Que achas, Bandeira?

— Pode ser uma intriga, como a das famosas cartas do Bernardes em 1922. E o fato da intriga ser agora contra o Zé Povinho e não contra o Exército é um sinal dos tempos... E um bom sinal.

— Se o brigadeiro não disse isso — opina Eduardo —, pelo menos pensou, porque essa é a atitude mental de sua classe. Seja como for, ele é o candidato dos americanos. Ninguém ignora que o golpe de 45 foi encorajado por um discurso do embaixador dos Estados Unidos.

A voz descomunal do locutor da Rádio Anunciadora engolfa o largo, anunciando o filme que o cinema do Calgembrino vai exibir esta noite. Depois a música repenicada dum choro começa a jorrar dos alto-falantes, metálica e distorcida. O café se vai enchendo aos poucos de gente. À maioria das mesas discute-se política. Fazem-se apostas em torno das eleições de amanhã, dizem-se bravatas. Floriano avista o cel. Laco Madruga, que passa na calçada, encurvado, envelhecido e murcho, arrastando os pés e o inseparável bengalão. E dizer-se que a figura desse bandido assombrou tantas horas da minha meninice!

Um automóvel estaca à frente da Prefeitura e de dentro dele salta, lépido e atlético, José Kern, o rosto e o cachaço luzidio dum vermelho de lagosta, os cabelos louros já desbotados pela idade. É candidato a deputado pelo Partido de Representação Popular. Floriano lembra-se de que viu e ouviu um dia Kern num comício integralista, aqui nesta mesma praça, erguendo no ar o dedão profético e ameaçando todos aqueles que se recusavam a colaborar com os camisas-verdes. Agora proclama-se democrata nos milhares de cartazes em tricromia espalhados por todo o município, pedindo o voto de todos os cristãos "que queiram livrar a nossa Pátria da influência de nefastas doutrinas exóticas".

Roque Bandeira solta uma gargalhada. E, como os outros querem saber onde está a graça, Tio Bicho lhes mostra numa das páginas do jornal um clichê no qual o gen. Eurico Gaspar Dutra aparece em uniforme de gala a receber algo das mãos dum cavalheiro solenemente vestido de fraque e calças listadas. Ao lado da fotografia, a seguinte legenda, que Bandeira lê com gosto:

Esta condecoração não foi recebida do Papa. Dutra recebeu-a de Hitler, por intermédio do Embaixador Kurt Prueffer "por serviços de excepcional relevância", a 25 de abril de 1940, já em plena guerra. É a Cruz de Ferro, Heil, Hitler! E ainda não foi devolvida... Quem votará neste democrata?

— Não deviam usar esses métodos... — diz o marista. — Eu vinha dizendo ao Edu, sou contra o vale-tudo.

Eduardo volta-se para o amigo:

— Mas vocês aceitam o vale-tudo quando se trata de combater o comunismo. Valeu tudo para destruir o Harry Berger, para manter o Prestes nove anos na cadeia, para perseguir, torturar e assassinar membros do Partido Comunista. Que diabo de ética é essa?

Mais uma vez Floriano alarma-se ante a seriedade do irmão. Não tem um pingo de senso de humor — reflete. — Palavra, esse menino me assusta.

O marista, com ar pensativo, começa a raspar com a unha o rótulo duma das garrafas.

— Tu sabes, Edu, que nunca aprovei esses métodos. São contra a minha maneira de sentir, de pensar, de viver...

— Está bem. Não vou cometer a injustiça de te julgar capaz de recomendar a tortura e a crueldade. Mas essa tua deformação profissional, vamos dizer assim, te faz torcer todos os argumentos para enquadrá-los na filosofia escolástica. Metes santo Tomás de Aquino onde ele não cabe, não pode caber. Nenhuma filosofia funciona quando se trata de problemas reais, sentidos e sofridos por pessoas que estão vivas aqui e agora.

Tio Bicho dobra o jornal, põe-no sobre a mesa, toma um gole de cerveja, que lhe desce pela gorja com um glu-glu alegre:

— Há um território vago de valores transcendentes cuja entrada está completamente vedada à maioria das criaturas humanas. Sempre digo que precisamos duma filosofia do homem total, de algo prático, militante, existencial, que funcione no plano da realidade cotidiana.

Floriano sorri, pensando: lá vem o Tio Bicho com seus filósofos de *colis postaux*... Os dedos de Zeca tamborilam no mármore da mesa ao compasso do choro.

— O homem total? — reflete Eduardo, encarando Bandeira. — Está claro que essa noção existe, e é de Karl Marx. Não se trata duma definição filosófica e abstrata do homem, dessa safada escamoteação teológica que transfere as dificuldades humanas do plano do tempo histórico para o da eternidade, fugindo à solução dos problemas que todos os dias nos esbofeteiam a cara.

Tio Bicho e Irmão Toríbio entreolham-se. O primeiro pisca um olho. Mas Eduardo continua:

— É muito fácil mandar o padre Josué apascentar suas ovelhinhas da Sibéria, do Barro Preto e do Purgatório, dizer a esses miseráveis que aguentem com paciência e em silêncio a sua desgraça, porque a verdadeira felicidade está no Céu e não aqui, neste "vale de lágrimas", e que os que sofrem nesta vida serão automaticamente recompensados na outra. É uma operação puramente retórica, que tem a vantagem de ser conveniente à Igreja e ao mesmo tempo de não custar nada à burguesia apatacada, que o clero prestigia e defende...

Enquanto Eduardo fala, Floriano observa Zeca, procurando descobrir nele algo de Cambará. Troncudo como o pai, tem no entanto esse marista de menos de trinta anos uma expressão de cordura que Floriano não se lembra de jamais ter visto no rosto de Toríbio Cambará, cujas proezas caudilhescas e eróticas são talvez o elemento mais rico e colorido do folclore do Sobrado e do Angico. Nem sempre, porém, consegue o irmão reprimir certos impulsos e paixões, que Tio Bicho classifica como o "potro interior". Há momentos em que o animal se liberta, empina-se, nitre, solta um par de coices e foge a todo o galope... Entretanto essas explosões — na maioria das vezes puramente verbais — são de curta duração. O marista consegue de novo laçar o potro, prendê-lo na soga, e tudo nele volta à habitual aparência de calma. O animal daí por diante se limita a espiar para fora, de quando em quando, pela janela desses olhos escuros e intensos.

Tio Bicho pousa a mão gorda e pequena, sarapintada de manchas pardas, no ombro de Eduardo:

— Até certo ponto estou contigo — diz. — Essa história de quererem pôr dum lado a natureza com todas as suas leis e do outro o homem com sua liberdade, me parece um truque besta, um dualismo falso. Acho que a liberdade humana é uma coisa que se conquista, e que se afirma na nossa capacidade de domínio sobre a natureza. — Volta-se para Floriano. — Que tal, romancista? Estás comigo?

Floriano encolhe os ombros, vago. Sabe que agora vão resvalar para uma discussão interminável, como tem acontecido tantas vezes nestes últimos dias. Eduardo não perde oportunidade para doutriná-lo, e o curioso é que faz isso com uma seriedade tão sem malícia e às vezes tão agressiva, que dá a impressão de que na verdade ele se está doutrinando a si mesmo, mais que aos outros. E como é difícil discutir ideias num café barulhento, numa tarde barulhenta, numa época barulhenta! E esta bebida requentada, negríssima e meio azeda, não melhora em nada a situação.

— Não foi Marx o primeiro nem o único a tentar essa teoria do homem total — diz Zeca.

E Edu replica:

— Não estou me referindo à totalidade cósmica, metafísica e abstrata, mas sim à totalidade humana. O homem é um produto da própria atividade. Ele conquistou a sua liberdade no plano social e no plano da história. Estudando o desenvolvimento social do ser humano, Marx descobriu um conjunto de fatos em que a história natural do homem coincidia com a sua história social.

Tio Bicho interrompe-o para dizer com fingida solenidade:

— Neste ponto nos despedimos. Passe bem e faça boa viagem!

— Tu falas em conquista da liberdade — intervém Floriano, dirigindo-se ao irmão. — Achas que na Rússia soviética o homem é livre?

— O homem novo da nova Rússia está em formação. Não representa ainda o homem total, mas sim uma etapa rumo desse objetivo. A técnica moderna vai acabar desenvolvendo todas as possibilidades do homem soviético para que então seja possível a sociedade comunista.

— A técnica! — exclama o Irmão Zeca. — Os comunistas enchem a boca com essa palavra. Censuram os católicos por acreditarem em absolutos e num Deus único e no entanto adoram centenas de deuses e de absolutos.

— Na minha opinião — diz Floriano — o grande perigo que estamos correndo hoje é o da desumanização do homem, que se perde cada vez mais numa floresta de máquinas. Estamos correndo o risco de acabar sendo uma coletividade de robôs. Está claro que não me refiro ao nosso mundo latino-americano nem aos países subdesenvolvidos em geral, mas sim àqueles em que existe ou começa a existir uma superindústria e uma supertécnica.

Eduardo sorri um sorriso superior.

— Esse perigo — diz — só pode existir nos países capitalistas de produção desordenada, onde imperam os trustes, cujo objetivo primordial é o lucro, e onde a economia anda às cegas, sem plano, dominada por grupos que se entre-devoram e periodicamente provocam as guerras. Mas nos países socialistas as máquinas não escravizam os seres humanos porque estão nas mãos do Estado. Na Rússia a técnica é usada a favor do homem e não contra ele. Mas me deixem continuar a exposição...

Através da janela Floriano vê na praça o mudo e rápido desenrolar-se duma cena que o diverte. Um velhote aproxima-se do japonês, compra-lhe um balão vermelho e encosta nele a ponta do cigarro aceso, fazendo-o estourar. Depois atira fora o pedaço de borracha que lhe ficou na mão e continua, muito sério, seu caminho.

— Segundo a noção do homem total — está dizendo Eduardo —, seus órgãos, suas funções naturais se transformam no decurso de seu desenvolvimento social e histórico. Tu negas isto, Zeca?

O marista hesita: o potro dentro dele parece escarvar-lhe o peito.

— A vida social do homem — continua o mais jovem dos Cambarás — e sua história na face da Terra têm a força de transformar suas funções naturais, seus sentidos, o tato, o gosto, o olfato, a visão, o ato de comer, de beber, de procriar. A essa transformação Marx chama apropriação pelo homem da Natureza e de sua própria natureza.

"O Baixinho vai ganhar de rebenque erguido!", grita alguém com voz estrídula na mesa próxima, soltando em seguida uma risadinha. Os quatro amigos voltam instintivamente a cabeça. Um garçom passa com uma bandeja cheia de canecões de chope. A música dum *paso doble* enche agora o largo, dando-lhe um vago ar entre festivo e dramático de praça de touros.

— E aqui chegamos ao ponto nevrálgico da questão — prossegue Eduardo, depois de tomar um gole de cerveja. — Existem milhões de criaturas humanas no mundo inteiro que estão excluídas desta ou daquela atividade social, deste ou daquele privilégio ou poder. As massas não vivem: vegetam.

— É o que o teu chefe chama de "alienação do homem" — acrescenta Tio Bicho.

Eduardo olha para Floriano:

— Tu mesmo falavas outro dia lá em casa nessa alienação, só que raciocinavas dentro dum psicologismo estreito, sem te preocupares com os aspectos concretos e imediatos dessa alienação. Tu és desses que em face duma lâmpada acesa querem estudar o fenômeno da luz em si mesmo, sem jamais procurar saber nada da lâmpada que produz a luz, dos fios a ela ligados, da corrente elétrica que passa por esses fios, e do dínamo que produz essa corrente.

— E assim por diante até Karl Marx — sorri Bandeira.

— Até Deus — corrige-o Zeca.

Eduardo está ainda a olhar intensamente para o irmão:

— Tu te refugias num vago humanismo estético ou poético, feito, eu não duvido, de boas intenções... vagamente religioso (apesar de teu agnosticismo) mas absolutamente inoperante, contemplativo e cretino.

Floriano sorri e pergunta a si mesmo: por que os silêncios e os olhares críticos de Jango sempre me irritam mais que a agressividade verbal do Eduardo?

Este se recosta no respaldo da cadeira, passa a mão pela cabeça, lança para a praça um olhar vazio, e continua:

— O sistema capitalista reduziu todas as necessidades humanas a uma necessidade única: a do dinheiro, seu valor máximo. Tu mesmo, Floriano, vives a proclamar isso... E qual é a técnica do homem de negócios capitalista senão a de criar necessidades nas outras pessoas a fim de forçá-las a uma nova dependência? Como resultado disso, todo o mundo vive de crédito, no regime inflacionário da prestação, hipoteca o seu futuro, perde a identidade e a liberdade... Quanto maior for o número de artigos produzidos pela indústria no sistema capitalista, maior será o reino das coisas alheias que escravizam o homem...

Floriano pensa agora numa noite de tempestade da sua infância. Os relâmpagos, visíveis através das bandeirolas do quarto, de quando em quando clareavam a treva interior. As trovoadas faziam estremecer as vidraças do casarão. Sem poder dormir, ele esperava que o temporal se desfizesse em chuva, pois sabia que só assim ele se aliviaria daquele peso opressivo no peito, daquela sensação de fim de mundo. Foi então que viu um vulto à luz dum relâmpago. Reconheceu Eduardo, que entrava no quarto, corria para sua cama, metia-se debaixo das cobertas, achegava-se a ele e lhe murmurava junto da orelha: "Tou com medo". Abraçou o irmão mais moço, cochichando: "Não é nada. Dorme, isso logo passa". E seu medo desapareceu dissolvido no medo maior do outro, cujo coração batia acelerado de encontro ao seu. Dentro de alguns minutos cessaram os trovões e os relâmpagos, a chuva começou a cair. Eduardo dormia sereno em seus braços.

— A técnica — prossegue este último, e Floriano de novo sorri da seriedade didática do irmão —, dando ao homem o domínio sobre a Natureza, tornou possível a felicidade social. No nosso mundo ocidental essa felicidade é privilégio duns poucos. O comunismo despertou as massas, deu-lhes a consciência de seus direitos, para que elas reclamem a sua parte nesse progresso e nesse bem-estar.

Inclina-se, apoiando ambos os braços sobre a mesa, e prossegue, incisivo:

— O Roque se engana quando afirma que não existe uma ideia militante adequada à nossa época e à nossa realidade cotidiana. Ela existe, e é a que acabo de expor: a noção marxista do homem total. Em vez de usar o falso trampolim duma definição abstrata, acadêmica, partimos do exame concreto dos acontecimentos históricos e procuramos fazer que o homem supere, ultrapasse por atos e não por pensamentos todos os seus conflitos, oposições, separações, desencontros e contradições... Vocês vivem a perguntar: "Que é o homem? De onde vem?". Ora, nós os marxistas preferimos pensar no que o homem pode vir a ser, e em até que ponto ele pode ser o arquiteto de si mesmo.

Inclina-se ainda mais, fica quase a tocar com a boca o gargalo de uma garrafa. Floriano lembra-se do tempo em que o Edu de seis anos lhe vinha dar "concertos", soprando muito compenetrado num garrafão de vinho vazio, procurando tocar uma música que mentalmente ele devia estar ouvindo em toda a sua riqueza melódica, mas que na sua reprodução se reduzia a duas notas.

Tio Bicho fita em Eduardo seus olhos claros e diz:

— Até certo ponto somos correligionários, menino. O que me impede de ir mais longe contigo é que, assim como não acredito na capacidade do homem de fazer-se santo, como proclama a fé religiosa, não confio na sua habilidade para conseguir a felicidade terrena ou social como a tua fé, Edu, apregoa.

— Tu sabes que não tenho nenhuma *fé*.

— Como não? Vocês comunistas se sacrificam a ponto de estarem dispostos a morrer pela causa do proletariado, da fraternidade universal e quejandas besteiras. Por outro lado não acreditam em recompensas numa outra vida, e, se morrem, nada ganharão também nesta... Assim sendo, o que leva vocês a esses sacrifícios é inescapavelmente uma fé que transcende a dialética marxista. Logo, comunismo *é* religião.

Por um instante o que Floriano lê no rosto do irmão é uma expressão de indignada perplexidade. E, antes que ele reaja, Bandeira torna a falar.

— Tanto para o comunista como para o cristão (talvez eu devesse dizer especificamente "o católico"), o fim justifica os meios...

— Não me venhas outra vez com essa cantiga... — replica Eduardo. — Olhem, o que posso dizer é que se os *meios* da Rússia marxista são às vezes violentos, é preciso não esquecer que eles são apenas *meios*, isto é, processos transitórios, ao passo que os fins do capitalismo são permanentes: a injustiça social, a busca do lucro por uma minoria com o sacrifício da maioria. A decantada "civilização ocidental e cristã" tem estado sempre a serviço de grupos financeiros e econômicos como a DuPont, a Standard Oil, a Krupp... E agora, com a bomba atômica, os Estados Unidos poderão defender com mais eficiência a dignidade e a integridade da pessoa humana, como ficou provado com a destruição de Hiroshima e Nagasaki. Claro, é preciso esclarecer que japonês não é bem "gente". Nem negro. Nem mexicano. E (não nos iludamos) nem nós sul-americanos...

— Não é bem assim, Edu! — protesta o marista. — Os fins que os comunistas visam são imanentes e históricos, e portanto os meios de que eles se servem terão de ser fatalmente humanos e materiais. Explica-se desse modo o fato de terem seus líderes de recorrer frequentemente à violência. Agora, nós os católicos vivemos em relações íntimas com o sobrenatural, de sorte que nossos meios serão sempre sobrenaturais e espirituais. Jamais exercemos a violência, quer física quer espiritual, sobre o homem. A Igreja o deseja livre, com a liberdade de escolher entre o Bem e o Mal.

— Vocês não descobriram ainda — sorri Tio Bicho — que o diabo é subvencionado pelas igrejas cristãs? (E a católica é a que paga a quota maior.) Sem Pero Botelho o "negócio" religioso não funcionaria. O fim do diabo bem poderia ser o fim de Deus.

— É através do reconhecimento da transcendência — prossegue o marista, sem dar maior atenção às palavras de Bandeira — que o homem se libera. A negação dela o transforma num escravo. A falta de transcendência leva vocês comunistas a essa brutalidade de linguagem e de atos que elimina desde o início qualquer possibilidade de diálogo. — Sorri e, por um instante, Floriano julga ver a expressão pícara de Toríbio Cambará no rosto do filho. — E se hoje dialogas conosco é porque estás aqui em minoria. No dia em que o comunismo triunfar (que Deus nos acuda!) e tu fores feito comissário, estaremos todos perdidos.

Agora é Rodrigo Cambará quem surge repentino em Edu, quando este agarra o jornal dobrado e trata de atingir com ele o marista, entre as pernas, exclamando: "Nesse dia eu te capo, ordinário!".

E os quatro desatam a rir.

— Como vamos nos entender — continua Zeca, de novo sério —, se estás preocupado apenas com a salvação do homem na Terra e não acreditas na existência duma alma que transcende o corpo? O homem é uma criação de Deus, o centro do universo. O dogma da queda e da redenção, que tanto ridicularizas (talvez porque no fundo ele te preocupe mais do que desejarias), dá ao ser humano a certeza de que dele depende a salvação ou a perdição de sua vida.

— Vocês falam, por exemplo, na "pessoa humana" — replica Eduardo — como se ela não passasse duma abstração, duma entidade estática. O marxista, pelo contrário, vê no indivíduo uma realidade complexa. O homem é um núcleo, um centro de relações ativas em contínuo processo de transformação.

Tio Bicho faz com a cabeça um sinal de assentimento.

— Tu vives a afirmar — diz o marista — que a Igreja não se preocupa com a miséria das massas. Não é verdade. Péguy escreveu, e eu estou apaixonadamente de acordo com ele, que é necessário fazer uma revolução temporal para conseguir a salvação eterna da humanidade, pois é insensato deixar que os homens continuem no inferno da miséria. É indispensável fazê-los transpor a linha que os separa da pobreza, que já é um purgatório em si mesma. Nossa obrigação de cristãos é a de estar presentes em todos os esforços do mundo no sentido de construir uma sociedade mais humana. O verdadeiro cristão não terá de ser necessariamente contemplativo, mas militante. E se pensas, Edu, que na hora em que a tua revolução estiver nas ruas eu vou me esconder atrás do altar, estás muito enganado. Saio para enfrentar vocês de homem para homem, com batina ou sem batina.

Bandeira, que tem estado a fumar cigarro sobre cigarro, desata numa risada convulsiva que se emenda com um acesso de tosse. Ergue-se e, dobrado sobre si mesmo, faz uma volta convulsiva ao redor da mesa, e depois, mais calmo, torna a sentar-se. O potro volta à soga. Irmão Toríbio prossegue:

— Não é só o pecado de Adão a causa dos sofrimentos da humanidade. São os pecados que os homens continuam a cometer dia a dia, hora a hora, minuto a minuto. A ambição desmedida, a falta de verdadeiro amor ao próximo, a ausência duma tábua de valores morais rígida, a libertação dos instintos, tudo isso conduz ao crime, à guerra, às revoluções, às desigualdades sociais, às crises econômicas e a todas as outras.

— Ainda estás no domínio das palavras e das boas intenções — replica Eduardo. — Como diz Emmanuel Mounier, que por sinal é anticomunista: "A palavra separada do *engagement* resvala para a eloquência, e o farisaísmo está, ainda que imperceptivelmente, no âmago de toda a eloquência moral".

Floriano vê o japonês atravessar a rua: vendeu todos os balões, leva nas mãos apenas uma ventoinha que o vento faz girar. O sol da tarde acentua-lhe o amarelo do rosto.

— Não é verdade também — diz Irmão Toríbio — que a Igreja aprove o sistema semifeudal que existe em países como o nosso. Chamamos ao latifúndio "terras de injustiça".

— Mas não é isso que o nosso vigário prega em seus sermões — intervém Tio Bicho. — Segundo ele, a propriedade é um direito divino.

— O vigário é uma besta! — relincha o potro. Mas em seguida, percebendo que se excedeu, o marista procura corrigir-se. — O padre Josué, coitadinho, é um santo homem, mas um tanto ingênuo. Em matéria de literatura, além do Livro de Horas, acho que só lê as *Vozes de Petrópolis*.

Agora quem ri é Eduardo. Mas nem por isso deixa de voltar ao ataque:

— Só um inocente pode acreditar na santidade duma Igreja como a católica, cujo passado não está absolutamente isento de atos de violência, crueldade e injustiça.

— A Igreja — explica Zeca, escandindo bem as sílabas — é santa na sua estrutura divina, mas é também humana porque seus sacerdotes são homens que todos os dias precisam pedir perdão a Deus pelos seus erros e pecados. A Igreja é transcendente no tempo pela sua mensagem de ressurreição, mas não pode ficar indiferente às formas que assumem as sociedades humanas. Não vou negar que temos tido bispos e arcebispos e cardeais demasiadamente políticos e até politiqueiros, que se portaram como se a missão da Igreja fosse apenas a de sobreviver no tempo e na Terra. E outra coisa! É um engano também pensar que o católico despreza o corpo. Não senhor. O corpo para nós também é importante. E o admirável é que a Graça pode salvar não somente a alma como também a carne.

— Não acredito na alma — diz Roque — e não tenho o menor interesse em salvar este corpo.

— Um dia destes — continua o marista — o Floriano me dizia que na sua opinião a Igreja se fortaleceria espiritualmente se voltasse às catacumbas. Eu respondi que essa era uma ideia romântica e ultrapassada. E, seja como for, em certos países hoje em dia a Igreja foi obrigada a voltar mesmo às catacumbas. Vocês precisam compreender que a fé cristã não é uma ideologia ou um mito social, político ou econômico. É uma transcendência. Mas nem por isso nós os católicos deixamos de nos interessar pelos problemas e pelas dores do homem na Terra, no famoso plano histórico a que o Eduardo dá tanta importância. Estamos sempre do lado das forças da justiça e do amor, pois só há uma maneira de o cristão provar que ama a Deus: é amando seus semelhantes.

Eduardo faz uma careta de cepticismo. Floriano olha na direção do Sobrado e pensa simultaneamente em Sílvia e no pai. O marista continua com a palavra:

— E depois, sejamos sinceros, não sou daqueles que acreditam na possibilidade de qualquer pessoa, nem mesmo num sacerdote, passar pela vida com as mãos imaculadas...

— Diz isso ao Floriano — atalha-o Eduardo, olhando provocadoramente para o irmão. — Ele é o grande discípulo de Pôncio Pilatos.

— Há pouco — diz o marista — li uma frase que muito me agradou. É mais ou menos assim: "Devemos lutar como se tudo dependesse de nós e pormo-nos de joelhos como se tudo dependesse de Deus". Repito que não é possível deixar de sujar as mãos em assuntos terrenos. Só um neutralismo absoluto nos poderia manter de mãos limpas. E, nesta hora, na minha opinião a neutralidade é uma covardia. Quando nos negamos à luta, estamos condenando milhares de seres humanos à desgraça. Estamos pecando por omissão.

— Entendo — interrompe-o Eduardo — que com toda essa conversa estás procurando justificar também a Inquisição...

— Não é precisamente isso. Mas ouve o que vou te dizer. A Inquisição cometeu crimes injustificáveis e horrendos pelos quais nós nos penitenciamos e oramos. Mas, seja como for, as suas vítimas eram postas, em última instância, nas mãos de Deus, o Supremo Juiz. Por isso afirmamos que mesmo quando a autoridade (que segundo santo Tomás de Aquino é um mal necessário e uma consequência do pecado, bem como a propriedade), mesmo quando a autoridade comete erros, tais erros não são irremediáveis, porque Deus terá a última palavra, e os inocentes serão redimidos.

— É monstruoso! — exclama Eduardo. — Como pode uma pessoa que pensa dizer uma coisa dessas?

Tio Bicho ergue-se lentamente, depois de calçar os sapatos, e põe o chapéu na cabeçorra.

— O Zeca acaba de falar não apenas em nome da Igreja como também do Partido Comunista. Substitua-se a expressão "Deus, Supremo Juiz" por "Presidium do Soviete Supremo", e teremos também justificados os expurgos e todos os outros crimes do comunismo. Vamos sair e tomar um pouco de ar!

Floriano chama o garçom e pede a nota.

— Não! — exclama Tio Bicho. — O nosso proletário que pague a despesa. No fim de contas o *show* foi dele...

Acham-se os quatro amigos há já algum tempo a andar à toa na praça agora quase deserta. Os alto-falantes da Anunciadora estão mudos. O sol escondeu-se por trás da Matriz, cuja sombra se projeta sobre a rua, atingindo os primeiros canteiros. Vem de algum quintal próximo a fumaça aromática e evocativa de ramos de jacarandá queimados.

Olhando para o busto de Lauro Caré, Bandeira pensa em voz alta:

— Não é mesmo estranho que esse piá, que pouco ou nada sabia de geografia e história, acabasse morrendo na Itália, numa guerra que decerto nunca chegou a compreender direito?

— O destino dos Carés — glosa Eduardo — foi sempre lutar na "guerra dos outros", sem nenhum proveito para o seu clã. Esse bem podia ser também um monumento ao Alienado Social.

Num cartaz colado à base do coreto, vê-se o retrato dum homem jovem de cara larga, expressão simpática mas um tanto palerma, acima deste letreiro: *Vote em* LINO LUNARDI, *candidato de* GETULIO.

— O filho do Marco, candidato à deputação pelo Partido Trabalhista... — murmura o Tio Bicho. — Positivamente, este mundo velho está de patas para o ar. — Acende outro cigarro. — Tomem nota: vai ser eleito. Tem todas as qualidades para vencer. É analfabeto e filho de pai rico. O Marco está gastando uma fortuna com a propaganda desse *bambinão*.

Sentam-se os quatro num banco e ficam longo tempo em silêncio a olhar para o busto. Eu gostaria — pensa Floriano — de fazer uma experiência: chamar a atenção do Eduardo para esta doce hora do entardecer em que as sombras vão ficando cor de violeta, a luz se faz mais branda e dourada, dando à paisagem não só mais dignidade como também uma espécie de quarta dimensão, impossível quando o sol está alto. Qual seria a reação dele? Claro, acharia que apreciar a tarde pela tarde é algo assim como fazer arte pela arte — um fútil e inútil passatempo pequeno-burguês... Não, mas talvez eu me engane. E se ele estiver agora pensando romanticamente na companheira que deixou no Rio, na sua "Passionária do Leblon" com quem parece estar mantendo uma correspondência tão ativa? E por onde andará o pensamento do filho de Toríbio Cambará? Desta vez quem vai quebrar o silêncio sou eu.

— Estive há pouco imaginando uma fábula moderna — diz. — Prestem atenção. Mr. Smith, cidadão americano, luta na Primeira Guerra Mundial para *"to make the world safe for democracy"*. É ferido em ação e, quando a guerra termina, volta para suas atividades comerciais, esforça-se à melhor maneira ianque para obter seu lugar ao sol e acaba ficando rico. Vem a Segunda Guerra Mundial e o filho de Mr. Smith alista-se na Força Aérea de seu país, é mandado em várias missões de bombardeio sobre a Alemanha, e as bombas de seu avião, financiadas com o dinheiro dos impostos de homens como seu pai, destroem algumas fábricas, pontes, represas e ramais ferroviários... Na volta de uma dessas tarefas, seu aparelho é abatido pela artilharia alemã e o jovem Smith perde a vida. Pois bem. Terminou a guerra, firmou-se a paz e agora tudo indica que os Estados Unidos vão dar ajuda financeira à Alemanha para que ela se reerga. Teremos então o nosso Mr. Smith a contribuir com altos impostos para reconstruir as fábricas, pontes, represas e ramais ferroviários destruídos pelo filho que ele perdeu e que ninguém jamais lhe poderá restituir. Não é uma farsa insensata e cruel?

Num pulo Eduardo ergue-se e posta-se na frente do irmão, batendo forte com o jornal contra a própria coxa:

— E esse Mr. Smith continua achando que a *free enterprise*, o sistema capitalista competitivo em que vive, é o regime ideal! Palavra, Floriano, eu não te compreendo. Vês claro o problema e no entanto te recusas a erguer um dedo para melhorar a situação. Só posso atribuir isso a um comodismo não apenas vergonhoso como também criminoso.

— Ó Edu, não me venhas outra vez com essa besteira. Qualquer psicólogo te dirá que o comodista é o homem normal. O outro, o que quer morrer, matar ou sacrificar-se por uma causa, esse é um masoquista ou um sadomasoquista.

Eduardo quase encosta o jornal no nariz do irmão quando lhe diz:

— Vocês intelectuais indecisos se refugiam na psicanálise e na semântica para escaparem à responsabilidade de tomar uma posição política definida.

Floriano rebate:

— Essa necessidade de extremismo, meu filho, não passa duma doença romântica e juvenil. Vocês parecem achar que só por ser extremista a posição política do comunista terá de ser necessariamente a melhor ou a única. Tenho verdadeiro horror a certos sujeitos que se levam demasiadamente a sério, fica tu sabendo. Essas ideias dogmáticas que andam por aí são camisas de força que eu me recuso a vestir. Vocês marxistas se colocam no ponto de vista da história para poderem apossar-se do futuro e em nome dele se avocarem o direito de sacrificar as gerações de hoje, em benefício das de amanhã. Ora, humanidade já é uma abstração. Humanidade do futuro é uma dupla abstração. Recuso dar aos comunistas ou a quem quer que seja essa carta branca. Vocês pedem ao mundo um perigoso crédito em tempo e em vidas humanas. É uma operação que o povo tem toda a razão de temer e à qual positivamente *eu* me nego.

— Se me provares — replica Eduardo — que o regime capitalista não mata gente aos milhões por omissão ou comissão, em guerras, revoluções ou então por absoluta falta de justiça social, se me provares isso eu me comprometo a tomar a primeira comunhão domingo que vem.

— E eu pago o véu! — diz Tio Bicho.

— Outra coisa — acrescenta Floriano. — Quando um homem, seja ele quem for, está disposto a tolher a liberdade de seus semelhantes, a torturá-los ou a assassiná-los em nome duma ideia política ou de qualquer outra "verdade"; quando se está compenetrado demais de seu papel de Regenerador, de Profeta ou de

Vingador, enfim, quando sua paixão política ou religiosa se faz fanatismo, esse homem na minha opinião passa a ser um perigo social, está precisando urgentemente dum tratamento psiquiátrico.

— Já que te impressionam tanto os casos de psicopatologia — diz Eduardo —, o teu quietismo, a tua indiferença, a tua abulia não serão também uma neurose?

Floriano encolhe os ombros.

— Pois se forem... serão neuroses das quais não poderá vir nenhum mal social, me parece.

— E nenhum bem! Até o Zeca reconhece que nesta hora em que os bandidos são militantes, a neutralidade ou a indiferença dos homens de bem é, além duma covardia, um crime.

Tio Bicho, que se abana com o chapéu enquanto passa o lenço pela testa, murmura:

— Acho que vamos acabar chegando à cômica conclusão de que de nós quatro o único cristão puro é ainda aqui o nosso romancista...

Floriano avista de seu banco o velho Aderbal, que neste momento sai a cavalo pelo portão do Sobrado — teso em cima da sela, a cabeça erguida, a imagem viva do "monarca das coxilhas", figura de retórica que o Amintas tantas vezes usou no seu discurso da manhã.

Eduardo caminha impaciente dum lado para outro, na frente do banco, passando as mãos perdidamente pelos cabelos.

— Houve um tempo — diz Floriano, sentindo uma preguiça boa que lhe vem da tarde — em que quase me deixei levar pelo canto de sereia do comunismo. Para ser mais exato, o que me empurrava para a extrema esquerda era menos a sedução do marxismo do que as contradições e injustiças do capitalismo. Este absurdo sentimento de culpa que nós os intelectuais (com o perdão da má palavra) carregamos, me levava a perguntar a mim mesmo se eu não estaria cometendo um erro, permanecendo à margem da luta social, e se não me devia atirar de olhos fechados nos braços de Papai Stálin, nem que fosse apenas como um protesto contra o regime em que vivemos. Ora, essa dúvida não durou muito, porque logo comecei a tomar consciência também das contradições e injustiças do regime comunista. Cheguei à conclusão de que o remédio marxista estava matando o paciente com a cura. Em outras palavras, vocês, Eduardo, estavam jogando fora o bebê com a água do banho!

Sem sequer voltar a cabeça para o lado do irmão, e sempre a andar dum lado para outro, Eduardo murmura:

— Com esse tipo de humor e de raciocínio, darias um excelente redator para a *Time* e para a *Life*.

O outro prossegue:

— Reconheço a grande dívida que a humanidade tem para com Karl Marx. Mas não devemos esquecer que os acontecimentos deste século não confirmaram em absoluto a convicção do Velho de haver descoberto as leis que governam a história. Acho a crítica marxista à sociedade capitalista do século XIX perfeita:

não há nada a tirar ou a acrescentar. Mas acontece que o capitalismo se tem modificado. E a ideia de que a luta proletária seria definitiva, capaz de abolir o Estado e criar uma sociedade sem classes me parece baseada num desconhecimento quase completo da psicologia humana. A socialização dos meios de produção não suprimiu automaticamente a luta pela existência individual. Longe de conseguir a abolição das classes, o Estado soviético se transformou num instrumento de opressão sem precedentes, e acabou criando não só uma tremenda burocracia como também uma classe privilegiada.

Eduardo estaca na frente do irmão e pergunta:

— Quem te contou isso! Foste à Rússia? Leste a respeito da União Soviética outra literatura que não essa encomendada e divulgada pela Wall Street?

— O marxismo — continua Floriano, sem tomar conhecimento da interrupção — começou sendo um método científico, uma ideia dialética e acabou por transformar-se numa ideologia, numa mística, num dogma e finalmente numa religião secular, numa igreja militante, já com seu calendário de santos e mártires...

— Protesto contra a comparação — acode Zeca, entre sério e brincalhão.

— Eu te confesso — diz ainda Floriano — que a minha fé ou, se não gostares da palavra, o meu desejo de justiça social não vai tão longe a ponto de me fazer entregar voluntariamente ao comissário a minha liberdade pessoal...

— Essa famosa liberdade — completa Eduardo — que diariamente entregas a todos os tipos de pressão externa e interna, inclusive a que vem das notícias mundiais deformadas por agências como a Associated Press e a United Press, que fazem o jogo dos trustes, dos monopólios e dos cartéis.

— Mantendo a falácia da ditadura do proletariado — prossegue Floriano —, a Rússia soviética instituiu uma tirania estatal, um sistema supercapitalista, supernacionalista e militarista em que o homem deixa de ser um fim em si mesmo para se transformar num instrumento dos interesses desse gigante impessoal, dessa máquina econômica em que os meios de produção permanecem *ainda* nas mãos dum pequeno grupo.

Com o jornal debaixo do braço, Eduardo está agora parado de costas para o interlocutor, assobiando como para não ouvir o que ele diz.

— Não estou interessado em salvar o mundo capitalista nem em esconder suas tremendas deficiências e contradições — continua Floriano —, mas não vejo por que aceitar a solução soviética como a única alternativa. Na Rússia tudo é planificado implacavelmente, desde a economia até a literatura e a arte. Os *kulaks* que se negaram a aceitar a coletivização de suas terras foram deportados, presos ou executados. Trótski foi declarado fascista e Ivan, o Terrível, proclamado herói soviético. Ora, deves reconhecer que para engolir tudo isso é preciso ter muita fé ou então ser muito ingênuo...

— Negas também — pergunta Eduardo — que tenha havido progresso social e econômico na Rússia depois da Revolução de Outubro? E que a União Soviética seja hoje uma potência mundial tão importante quanto os Estados Unidos?

— Não nego. E vou mais longe. Reconheço também que devemos à presença ativa da Rússia no mundo, e ao trabalho dos comunistas através de todos os outros países, essas mudanças que estão por assim dizer esquerdizando o capitalismo, obrigando-o a revisar sua política.

— Não me venhas com essa... — começa Eduardo, mas Floriano fala mais alto:

— Digo-te mais, rapaz: sem essa ação catalisadora da Rússia estaríamos marcando passo em matéria de política social... Mas por outro lado se o comunismo soviético vier a dominar o mundo, estaremos perdidos.

— Que propões então? A República de Platão?

— Confesso que me sinto um tanto ridículo expondo um programa político, social, econômico — olha o relógio — às seis da tarde, em plena praça de Santa Fé. Mas posso te adiantar que o regime ideal seria um socialismo humanista: o máximo de socialização com o máximo de liberdade individual. Nesse regime a terra e o capital seriam comuns, mas o governo, democrático. Numa palavra: esse sistema deveria não só conseguir uma democracia social como também preservar a democracia política, sem o que terá destruído exatamente aquilo que todos queremos salvar: a liberdade, a identidade e a dignidade do homem.

Tio Bicho, que parece despertar de sua modorra, diz:

— Bravo, muito bem, o orador foi vivamente cumprimentado. Mas nem só de ideias e sonhos vive o homem. Minha barriga já está roncando. Acho que podíamos começar a pensar em comer. Vocês jantam comigo?

Floriano aceita o convite. O marista diz que não pode. Eduardo não toma conhecimento dele, e torna a falar:

— Suponhamos que esse teu regime ideal seja possível (o que não creio), que estás tu fazendo para que esse mundo se torne real? Escrevendo poemas? Rezando? Vives acomodado, encaramujado, em permanente estado de contemplação. Teu socialismo é o do "bom moço" que quer apaziguar sua consciência de liberal e ao mesmo tempo não ficar de todo malvisto pela burguesia.

Floriano ergue-se, espreguiçando-se, e responde sem rancor:

— Queres saber o que estou fazendo? Estou resistindo a vocês como resisti e resisto aos fascistas, recusando-me a aceitar a escravidão do homem, a anulação da personalidade como o *único* caminho da salvação social. E olha que já não é pouco.

Começam os quatro a caminhar devagarinho na direção do Sobrado. Tio Bicho coloca-se entre os dois irmãos, tomando o braço de um e de outro.

— Vocês querem saber — pergunta — por que não levo a sério essas panaceias sociais? É porque não creio, repito, na bondade inata do homem, nessa coisa que o Zeca vive a proclamar. O homem está mais perto do animal do que ele próprio imagina. Tem ainda a marca da *jungle*. Essa história de amor cristão, altruísmo, et cetera, não passa de conversa-fiada. O homem hipocritamente se atribui sentimentos e qualidades que na realidade não possui. Em matéria de espírito, vive muito além de suas posses reais. É, vamos dizer, um carreirista safado no plano moral. Saca contra o Banco da Decência e dos Sentimentos Nobres S. A., onde absolutamente não tem fundos, mesmo porque esse banco no final de contas é também uma fraude. Mas a verdade é que os cheques se descontam, têm valor, andam de mão em mão... e vocês sabem por quê? Porque todos somos falsários, estamos desonestamente no jogo. E assim a comédia continua.

O marista, que vem logo atrás do trio, sacode a cabeça e diz:

— Tu não acreditas nisso, Bandeira, sei que não acreditas. Não nego que a natureza animal do homem o empurre muitas vezes para o mal. Mas a noção da existência de Deus nos distingue dos irracionais. Essa ideia é a porta de nossa salvação não só espiritual como até mesmo corporal.

— Se fôssemos mais modestos — conclui Bandeira —, se tivéssemos uma opinião menos alta de nós mesmos e nos mantivéssemos no limite de nossas "contas bancárias espirituais", talvez vivêssemos num mundo melhor, de menos enganos e erros.

Uma mulher caminha lentamente por uma das calçadas da praça. Reconhecendo-a, Floriano estaca instintivamente. Os outros também fazem alto, percebendo de imediato de quem se trata. Sônia Fraga, a amante de Rodrigo Cambará, está neste momento passando pela frente do Sobrado!

Vestida de branco, traz ainda na pele muito do sol de Copacabana. Óculos escuros escondem-lhe os olhos. Os cabelos, dum castanho-profundo, caem-lhe lustrosos sobre os ombros. Tem pernas longas, seios e nádegas empinados, e seu andar, a um tempo leve, ondulante e firme, sugere algo de garça e de gata.

O marista baixa os olhos, pigarreia, manipula o crucifixo. Eduardo põe-se a assobiar sua musiquinha sem melodia. Para disfarçar, Tio Bicho busca no bolso um cigarro, prende-o entre os dentes, risca um fósforo, que falha três vezes — e a todas essas continua de olhos postos na "visão". Floriano segue a rapariga, fascinado, notando que ela mantém a cabeça todo o tempo voltada para o casarão. Na janela do quarto de Rodrigo divisam-se os contornos duma pessoa.

Sentado no leito, junto da janela, Rodrigo Cambará vê Sônia passar. Tem na mão o frasco de Fleurs de Rocaille, que mantém junto das narinas, aspirando-lhe o perfume para ter a ilusão de que está mais perto daquele corpo querido. O coração bate-lhe descompassado, uma ardência quase sufocante sobe-lhe pela garganta, lágrimas escorrem-lhe pelas faces.

Caderno de pauta simples

Ao anoitecer tivemos de chamar o médico às pressas; o *Velho* se encontrava em estado de angústia, respirando com dificuldade e temendo uma recidiva do edema.

Nosso Camerino medicou seu impossível paciente e proibiu-o de receber visitas esta noite, fosse de quem fosse.

Está claro que a passagem de Sônia pela frente do Sobrado deixou-o perturbado. Estou certo também de que foi ele quem pediu à rapariga que fizesse aquele passeio.

O curioso é que nós quatro ficamos desconcertados ante a cena, cada qual à sua maneira e por suas razões. Para disfarçar meu embaraço, procurei comentar o fato objetivamente, mas esbarrei no silêncio encabulado do Zeca e no silêncio indignado do Edu. Mas Bandeira, refeito do choque (no fundo esse filósofo que quer parecer cínico não passa dum moralista), tratou de encarar a situação racionalmente. Examinamos seus muitos aspectos e naturalmente não chegamos a nenhuma solução.

Irmão Zeca escapuliu-se ao primeiro pretexto. Eduardo resmungou marxices. Achará ele que num Estado comunista coisas como essa não podem acontecer? Esperará que um soviete brasileiro possa regular o desejo carnal, controlar os pruridos sexuais, burocratizar o amor?

Curiosa a inibição que todos sentem (inclusive eu mesmo) de atacar de frente, como coisa natural, os assuntos de sexo...

Estou pensando agora numa coisa. Como poderei escrever o meu "pretensioso" romance-rio sobre os gaúchos, esses saudáveis carnívoros sensuais, sem falar (e muito) em sexo? Ou sem deixar que eles usem livremente sua própria linguagem, com todos os palavrões que com tanta frequência e espontaneidade lhes saem das bocas?

Privá-los desse vocabulário escatológico seria quase o mesmo que capá-los. Sim, uma castração psicológica. E um atentado à autenticidade da história.

As pessoas em geral têm mais medo das palavras do que das coisas que elas significam. Para muita gente é mais fácil cometer um desses atos que se convencionou chamar de imorais do que dar-lhe expressão verbal.

Por outro lado, conheço velhas damas gaúchas completamente desbocadas e verbalmente pornográficas mas que, não obstante, na vida privada são esteios da virtude e da moralidade, impecáveis matronas romanas.

/

Sônia me pareceu um misto de ave pernilonga e felino. *Agora, revendo-a com a memória, sinto nela algo de reptil. É a teiniaguá da lenda da salamanca do Jarau. A lagartixa encantada que desgraçou o sacristão. Uma teiniaguá que não carrega seu carbúnculo ardente na cabeça, mas noutro lugar.*

Há poucos dias reli essa lenda na versão de Simões Lopes Neto. Estou pensando agora que minha iniciação sexual aos quinze anos tem uma certa analogia com a aventura do gaúcho Blau Nunes.

Alma forte e coração sereno! A furna escura está lá: entra! entra! — disse o fantasma do sacristão. — E se entrares assim, se te portares lá dentro assim, podes então querer e serás ouvido.

Mas havia sete provas a vencer.
Blau Nunes foi andando. Entrou na boca da toca, meteu-se por um corredor de onde outros sete corredores nasciam.

Foi numa noite de dezembro, nas férias depois do meu primeiro ano no Albion College. Por ordem de meu pai, tio Toríbio apadrinhava minha iniciação, levando-me à casa duma mulher. Pelo caminho dava-me conselhos, como a alma do sacristão dera a Blau. Entramos no Purgatório, metemo-nos em becos e labirintos como os com que se defrontou o herói da lenda.

Mãos de gente invisível batiam no ombro de Blau Nunes.

Eu sentia no ombro a mão de minha mãe
e parecia-me ouvir sua voz:
Não vás! Volta, meu filho! Não vás!

Blau meteu o peito por entre um espinheiro de espadas.

Na escuridão duma ruela esbarrancada, atravessamos uma cerca de unhas-de-gato, cujos espinhos me arranharam as mãos.

Blau Nunes foi andando. *Eu também.*
Num cruzamento de carreiros ouviu-se um ruído de ferros que se chocavam.

Na frente dum boliche homens brigavam num corpo a corpo. Adagas e espadas tiniam, tio Toríbio sussurrou:
Não é nada. É uma patrulha do Exército contra uma patrulha da polícia.

Puxou-me pelo braço e entramos noutro beco, que desembocava noutro beco, de onde saía ainda um outro beco. Um suor frio me escorria pelo corpo.
Vai então jaguares e pumas saltaram aos quatro lados de Blau Nunes.

No lusco-fusco cachorros nos atacaram, latindo, os dentes arreganhados. Tio Toríbio espantou-os com pedradas.

Blau Nunes meteu o peito e continuou a andar.
Agora era um lançante e ao fim dele o gaúcho parou num redondel tapetado de os-samentas humanas.

Passamos por um pequeno cemitério, e minha imaginação viu no escuro esqueletos brancos dançando uns com os outros.

Por fim chegamos à casa da mulher.
Escolhi esta rapariga — disse Tio Toríbio — porque é limpa e de confiança. Não é china de porta aberta. Por sinal, mora com a família.

Blau Nunes foi rodeado por uma tropa de anões, cambaios e galhofeiros, fandanguei-ros e volantins, que pulavam como aranhões e faziam caretas impossíveis para rostos de gente.

Quando entramos na mei'água as crianças da casa (uns sete, contei, mesmo no meu espanto) nos cercaram pulando e gritando, feios, seminus e barrigudos.

Por trás dum cortinado havia um socavão reluzente. E Blau Nunes viu sentada numa banqueta, fogueando cores como as do arco-íris, uma velha encurvada e toda trêmula.

Sentada a um canto, pitando um cigarro de palha cuja brasa lucilava na penumbra, vi uma velha encarquilhada. Tio Toríbio murmurou:
É a avó da menina.
E, dirigindo-se à velha: Boa noite, dona Pulca, onde está a Carmelinda?
No quarto. 'Tá esperando. Pode entrar.

Meu tio me deixou sozinho com a teiniaguá, que se enroscou em mim e me puxou para a cama.

E então procurei sôfrego a cova escura e úmida
varei o cerro coberto de matagal.
Meu coração batia
meu corpo inteiro latejava

eu tinha vencido as sete provas
e dentro da salamanca estava o tesouro
e os prazeres cobiçados
e o meu documento de homem.

/

Basta. Levei longe demais a fantasia. Decerto forcei a memória a me fornecer elementos para a analogia.

Blau Nunes, alma forte e coração sereno, venceu os sete obstáculos. Ofereceram-lhe como prêmio todos os dons que um mortal pode desejar. Mas ele disse que cobiçava a teiniaguá.

Eu queria a ti, porque tu és tudo!
És tudo o que eu não sei o que é,
porém que atino que existe fora de mim,
Em volta de mim
Superior a mim...
Eu queria a ti, teiniaguá encantada!

Estará nessa lenda a chave da alma e do destino do gaúcho? Enigma a decifrar.

/

Avisto ali na estante de livros a lombada do Pygmalion *de Bernard Shaw. Uma brochura da Coleção Tauchnitz. Apanho-a e leio a dedicatória na terceira página.*

For my dear, dear Floriano,
with best wishes from his
devoted
    Marjorie W. Campbell

Porto Alegre, December 5, 1928

O Albion College... Importante capítulo da minha adolescência.
Éramos acordados às seis e meia da manhã. Ginástica às sete. Banho frio às sete e meia. Café às oito.
Antes de cada refeição Mr. Campbell lia pequenos trechos da Bíblia com sua voz de mordomo inglês.
Nas manhãs de sábado, numa paródia de alpinismo, saíamos a escalar o morro da Polícia.
O diretor abria a marcha, com seu verde chapéu bávaro, sua camisa escocesa, seus knickerbockers, *suas botinas com agarradeiras nas solas, e sua bengala com ponteira de metal.*

Os alunos o seguiam em fila indiana.

Sem tirar o cachimbo da boca, Mr. C. costumava cantar pelo caminho uma canção que os Tommies cantavam durante a Guerra.

It's a long way to Tipperary
It's a long way to go...

A mulher do diretor em geral caminhava a meu lado, e achava sempre um pretexto para me pegar a mão.

Help me, dear boy!

Os meninos caminhavam com o olhar no chão. Dizia-se que o morro estava infestado de aranhas venenosas.

Quando chegávamos ao cume, Mr. C. respirava a plenos pulmões, movendo ritmicamente os braços, e exigia que fizéssemos o mesmo.

Nesses momentos assumia ares de triunfador, como se tivesse acabado de atingir as culminâncias do Himalaia. Só lhe faltava plantar no topo do morro a bandeira da Inglaterra.

Voltávamos para o colégio, cansados. E com um apetite de lobos.

/

Foi no meu derradeiro ano no Albion, na época em que sofri de insônias.

Mrs. Campbell compadeceu-se de mim — pity! pity! poor boy! — e me fazia tomar todas as noites, antes de ir para cama, um copo de leite morno.

Uma ocasião, depois que as luzes do dormitório se apagaram, ela entrou furtivamente no meu quarto, perguntou como eu me sentia, ajeitou-me as cobertas, acariciou-me rapidamente os cabelos, sussurrou: sleep tight, dear boy, and have sweet dreams *— e se foi.*

Outra noite, já tarde, sua presença no quarto se denunciou primeiro por uma fragrância de lavanda. Ouvi quando a mulher do diretor fechou a porta, vi seu vulto acercar-se de mim.

Pobrezinho! Insônia é uma coisa tão, tão horrível!

Sentou-se na cama e disse que ia cantar em surdina uma velha balada da Escócia, para me ninar. Sua voz, trêmulo falsete, era uma caricatura de soprano.

A coisa toda me divertia, e ao mesmo tempo me fazia sentir pena da criatura, e também me constrangia e alarmava, pois eu sabia o que estava para vir.

No princípio da balada, Mrs. C. me afagava os cabelos.

No meio da balada era meu ombro que seus dedos friccionavam.

Quando a cantiga terminou, a mão da inglesa insinuou-se por baixo das cobertas e, como uma aranha-caranguejeira, me subiu coxa acima, à procura de algo que não lhe foi difícil encontrar.

Senti a respiração arquejante da mulher bafejar-me a face.

Soltando um gemido débil, Mrs. C. meteu-se inteira debaixo das cobertas.

Don't be afraid, dear one!

Decerto julgava que me ia desvirginar. Tive ímpetos de dizer-lhe que era homem, que já conhecera muitas mulheres.

Continuei, porém, calado e imóvel, deixando que ela tomasse todas as iniciativas.

Seus beijos, quentes na intenção mas frios no contato, sabiam a Odol e a uísque.

Nessa primeira noite Mrs. C. manteve um relativo decoro. Mas nas seguintes seus ardores foram ganhando aos poucos uma intensidade frenética. Por fim ela já me murmurava ao ouvido, com seu sotaque britânico, obscenidades brasileiras. (Onde, quando e com quem as teria aprendido?)

Havia momentos em que eu me assustava, com a impressão de que ia ser devorado ou privado de alguma parte essencial da minha anatomia.

Havia momentos em que o Cambará que dormia dentro de mim despertava e vinha à tona. E eu tinha então a orgulhosa ilusão de que estava cavalgando o Império britânico!

Mrs. C. devia andar pelos seus trinta e cinco anos, mas para o adolescente era uma senhora idosa.

Isso não só me impedia de ter por ela um desejo autêntico, integral, como também me deixava perturbado, com a desagradável sensação de estar cometendo incesto.

A esse constrangimento se mesclava o puro temor de sermos descobertos.

E Mr. Campbell — perguntei uma noite. — E se ele entra de repente e descobre tudo?

A mulher, que me apertava contra seu corpo, soltou uma risadinha seca.

Não se preocupe. Mr. Campbell a esta hora anda atrás de seus meninos. Tem um fraco pelos louros de pele branca. Eu prefiro os morenos.

Depois de nosso primeiro contato carnal, pensei que a inglesa não me desse mais uma noite de folga.

Enganava-me. Mrs. C. era metódica. Vinha a meu quarto apenas nas noites de quarta-feira.

Fiquei sabendo depois que tinha outros amantes. No internato havia mais rapazes morenos que louros...

Essa situação durou quase todo um ano letivo.

Quando os colegas descobriram a minha história, não me deixaram mais sossegar com seus trotes e dichotes, suas alusões veladas ou claras ao caso.

Mas neguei tudo. Continuei a negar até o fim.

Depois daquele ano não tornei a rever o Albion College.

Jamais contei essa aventura a quem quer que fosse.

Por que a relembro agora?

Talvez para contar ao homem adulto o segredo do adolescente.

Aconteceu também que naquele último ano de internato meu amor platônico por Mary Lee havia chegado a seu zênite.

A menina teria seus treze ou quatorze anos.

Loura e espigada, parecia uma guardadora de gansos saída dum conto de fadas.

Era, para o adolescente, uma espécie de anti-Marjorie Campbell.

Uma personificação das coisas belas, puras e inatingíveis.

Filha dum missionário episcopal, americano de Alabama, morava na casa vizinha ao colégio. Frequentava os Campbells, a cuja mesa muitas vezes se sentava, no refeitório geral, para meu encanto e espanto.

Eu a adorava de longe.

Muitas vezes, escondido atrás do tronco de um dos cedros do jardim, ficava contemplando a menina dos cabelos de ouro, que, sentada na beira da fonte do fauno, traçava com o dedo desenhos n'água.

Certa manhã (findava o ano, e nós já fazíamos as despedidas) reuni todas as forças de que era capaz, furtei uma rosa vermelha do jardim e dei-a a Mary Lee.

Ela se negou a aceitar a flor. Encolheu os ombros. Virou-me as costas. E com sua clara e fina voz de cristal, disse:

I don't like you, negro boy. Go back to where you belong.

Não me lembro de nada que me tenha doído tanto como esse gesto e essas palavras.

FIM DO SEGUNDO TOMO

O ARQUIPÉLAGO vol. III

O cavalo e o obelisco

1

Naquele sábado de fins de julho de 1930, Rodrigo reuniu alguns amigos no Sobrado para comemorar o aniversário de Flora. Chegaram primeiro os Macedos: d. Veridiana, gorducha e matronal, o rosto redondo, a pele de requeijão, anéis faiscantes nos dedos, toda metida no seu rico casacão de peles, e envolta numa atmosfera de L'Origan de Coty e naftalina; Juquinha, sempre jovial, com sua invejável cabeleira negra e espessa, enfarpelado numa roupa escura feita antes da Revolução de 23, e que já agora começava a ficar-lhe apertada nos lugares mais inconvenientes. O dr. Dante Camerino veio com a mulher na esteira dos sogros: ele já com sua barriguinha próspera, pois tinha boa clínica, fazia dinheiro, começava a ensaiar-se em aventuras pecuárias; ela cada vez mais parecida com a mãe, de quem ganhara no último Natal o casacão de peles que ostentava agora. (Desse casal dissera Rodrigo com terna ironia: "Entendem-se bem: engordam de comum acordo".)

Contra a expectativa do dono da casa, que convidara os vizinhos americanos por pura cortesia, compareceram também à festa o rev. Dobson e sra. D. Dorothy, alvoroçada, soltando suas risadinhas nervosas, procurando ser amável com todos: o pastor sem saber onde colocar as manoplas incendiadas de pelos ruivos ou acomodar as pernas de joão-grande: ambos com um ar vago, transparente e indeciso, como fantasmas sem experiência que estivessem assombrando uma casa pela primeira vez.

Pouco depois entraram os Prates. O dr. Terêncio, que agora, morto o pai, era o chefe de seu clã, entregou à criada no vestíbulo o sobretudo preto trespassado, feito por um dos melhores alfaiates de Paris, tirou as luvas de pele de cão e jogou-as dentro do seu chapéu Gelot que a rapariga segurava; e, depois de ajustar o nó da gravata num gesto automático, tomou do braço da mulher e dirigiu-a para a sala de visitas, com a gravidade de quem carrega um andor. Marília Prates tinha mesmo algo de madona, uma beleza meio seca e morta de imagem de pau pintado. Trazia um vestido de seda negro, simplicíssimo, recendia a Nuit de Noël e como única joia estadeava no peito, à maneira de broche, uma comenda da Ordem da Rosa que o Imperador conferira a seu bisavô, general das tropas legalistas que em 35 combateram os Farrapos. Raramente sorria, tinha orgulho de sua árvore genealógica, gostava de livros, sabia o seu francês, passara com o marido alguns anos em Paris e — afirmavam as comadres maliciosas — não dava duas palavras sem dizer: "Uma vez nos Champs Elysées...".

Os Prates entraram na sala e foram cumprimentando as pessoas que ali já se encontravam: Laurentina Quadros, indiática e séria, com aspecto de mulher de cacique, as mãos pousadas no regaço, sentada numa postura de retrato antigo; Santuzza Carbone, de peitos monumentais, corada e exuberante, numa sutil redolência a manjerona e alho, já a mastigar docinhos e pasteisinhos roubados na cozinha graças a seus privilégios de íntima da casa; Mariquinhas Matos, entronizada numa poltrona sob o espelho grande, sorrindo como a Mona Lisa, esforçando-se por parecer o próprio quadro de Da Vinci.

D. Marília e o dr. Terêncio deram parabéns a Flora. Rodrigo beijou a mão da recém-chegada, apertou a do marido, disse-lhes de sua alegria de tê-los no Sobrado e foi logo perguntando ao homem: "Que bebes? Um porto? Um conhaquezinho?". O dr. Prates aceitou o porto e depois, à sua maneira reservada, saiu a cumprimentar os outros convivas: Chiru (que como de costume não trouxera a mulher, coitada da Norata, sempre às voltas com os bacuris), a juba reluzente de brilhantina, uma chamativa gravata de seda azul-ferrete com uma rosa amarela pintada a óleo, e que em geral ele só usava em duas ou três ocasiões solenes durante o ano. O Neco, constrangido numa velha fatiota preta, que raramente tirava da mala, e que lhe havia sido feita pelo Salomão em priscas eras, e o velho Aderbal, também infeliz dentro da sua roupa de enterro, batizado e casamento, a meter de quando em quando o indicador entre o pescoço e o colarinho duro...

Rodrigo entregou ao dr. Terêncio o cálice de porto e conduziu-o ao escritório, onde Arão Stein e Roque Bandeira estavam sentados no sofá — o Tio Bicho já com um copo de cerveja ao lado, o judeu entusiasmado a enumerar as consequências do *crash* da Bolsa de Nova York. José Lírio escutava-o sem interesse, sentado a um canto, quieto e sonolento como gato velho em borralho.

Seriam quase nove horas quando Roberta Ladário entrou no Sobrado acompanhada pelo ten. Bernardo Quaresma. Estavam ambos ainda no vestíbulo a se desfazerem dos abrigos e já quase todas as mulheres na sala manifestavam na expressão fisionômica, em diferentes graus de intensidade, a sua estranheza ou desaprovação ante o fato escandaloso de uma moça solteira andar na rua àquelas horas da noite na companhia dum homem jovem que não era seu parente chegado. Mariquinhas deu voz à sua crítica, segredando-a ao ouvido de Flora, que sacudiu de leve a cabeça e transmitiu a observação da Gioconda a Santuzza, a qual encolheu os ombros e fez *"Eh!"*. Laurentina, porém, absteve-se de qualquer comentário, mesmo monossilábico, e Marília Prates procedeu como se estivesse ausente.

Rodrigo veio radiante beijar a mão da professora e abraçar o tenente de artilharia, que estava vestido à paisana e entanguido de frio.

— Naturalmente vocês todos conhecem a Roberta... — disse o dono da casa, olhando em torno. — E o nosso Bernardo... nem se fala!

Claro, todos conheciam! Muito desembaraçada, com sua graça carioca e balzaquiana, Roberta Ladário pôs-se a distribuir beijinhos, começando com Flora, a quem entregou um presente. As mulheres em geral achavam a forasteira "dada e simpática", mas encaravam essas suas virtudes com uma certa reserva serrana. Não se sentiam muito à vontade ante seus chiados e sua desenvoltura teatral. Reprovavam a maneira exagerada com que ela pintava o rosto, principalmente as pálpebras, quase sempre tocadas duma sombra azulada, que lhe dava um jeito de atriz... "A senhora vê, uma professora!" E como se tudo isso não bastasse, Roberta fumava em público, cruzava as pernas como homem, escrevia e até publicava versos!

D. Laurentina recebeu impassível o beijo da professora. Marília manteve-a à distância, com um olhar glacial. Santuzza pegou com ambas as mãos a cabeça da moça e beijou-lhe sonoramente as faces, numa espécie de solidariedade de mulherona para mulherona. A Gioconda esquivou-se ao beijo, graças a um estratagema: levantou-se, segurou a outra pelos braços, conservando-a afastada de si, e disse duma maneira em que se sentia a hipocrisia de suas palavras:

— Estás maravilhosa hoje, Roberta!

E a professora, risonha:

— Achas? Muito obrigada, meu bem.

Desde que chegara a Santa Fé, havia menos de cinco meses, Roberta Ladário, professora da Escola Elementar, era um dos assuntos mais discutidos na cidade. Os homens estavam fascinados por aquela morenaça vistosa, bonita de cara, bem-feita de corpo e um tanto livre de hábitos. Poucas semanas depois de sua chegada, publicara no jornaleco local um poema seu que causara escândalo no plano literário por causa da ausência de rima e metro, e no plano moral pela sua natureza ardentemente erótica. Os versos eram em última análise uma descrição do corpo e dos desejos da autora. "Isso não é um poema", dissera alguém. "É um anúncio!"

A madre superiora do Colégio do Sagrado Coração de Jesus, onde Roberta Ladário se hospedava, recebeu uma carta anônima em que um Amigo da Moral, enviando-lhe um recorte do jornal com o poema, perguntava-lhe se depois daquele "acinte" a boa freira permitiria ainda que a devassa continuasse a viver debaixo do mesmo teto que cobria as cabecinhas inocentes das alunas do internato. Ora, a madre superiora, natural da Alemanha, era uma mulher "evoluída", leitora de Goethe, e não reprovava bailes nem cinemas. Leu a carta, mostrou-a a Roberta e depois rasgou-a, dizendo: "Faz de conta que ninguém escreveu, hã?".

O ten. Bernardo Quaresma seguia Roberta na sala como um cachorrinho fiel. Era retaco, de pernas arqueadas, nariz adunco, caminhar gingante — traços esses que lhe davam um ar de papagaio. "Mas papagaio muito simpático!", explicava Rodrigo, que tinha já uma afeição quase paternal por aquele alagoano de cara rosada (agora um tanto arroxeada de frio) que servia no Regimento de Artilharia local havia quase um ano, sendo também um dos frequentadores mais assíduos do Sobrado. De resto o ten. Bernardo conquistara praticamente toda Santa Fé. Loquaz, brincalhão, fazia amigos com facilidade, gostava de dar presentes e prestar serviços. Tinha um cão pastor-alemão, o Retirante, seu companheiro quase inseparável, animal tão gregário e popular quanto o dono. À tardinha o tenente de artilharia costumava deixar o hotel onde se hospedava (diziam que dormia com o cachorro na mesma cama) e subia a rua do Comércio na direção da praça da Matriz. As mulheres que ao entardecer costumavam vir debruçar-se nas suas janelas, e os homens que estavam às portas das lojas ou à frente do Clube Comercial, sabiam que podiam contar àquela hora do dia com um espetáculo divertido. Enfarpelado no seu uniforme cáqui (o quepe alto, as perneiras e o talabarte negros contribuíam para aumentar-lhe o porte), lá vinha Bernardo Quaresma no seu tranco de marinheiro, batendo nos lados do culote com seu inseparável pinguelim, a conversar com o cachorro. "Retirante velho, bichinho bom. Quem é que vai ganhar hoje um churrasco? Eta cabra da peste! Dança!" O cachorro começava a girar sobre si mesmo. "Rola!" E o animal rolava na calçada. "Olha o inimigo!" E o Retirante estacava, encostava o ventre nas pedras, estendia as patas traseiras, cobria o focinho com as dianteiras. E as pessoas que viam a cena punham-se a rir, e o tenente de artilharia, feliz, continuava seu caminho, conversando com um e com outro — "Cuca velho, meu bem, como vão as coisas?" —, parando à janela de Esmeralda Pinto para ouvir seus mexericos ou à de Mariquinhas Matos, para lhe dizer um galanteio. E se, ao passar pela frente da Barbearia Elite, o Neco estivesse parado à porta, era certo que o tenente empunhava o pinguelim à guisa de metralhadora, entrincheirava-se atrás dum poste telefônico e abria o fogo contra o barbeiro: — *ta-ta-ta-ta-ta*. O outro, arreganhando a dentuça equina, recuava para trás da porta, e improvisando um revólver com a mão direita disparava também. "Avançar!", gritava o tenente. Retirante precipitava-se na direção do barbeiro e, empinando-se, sentava as patas nos ombros de Neco e quase o derrubava. "Tira este cachorro daqui!" E Bernardo, rindo, vinha em socorro do amigo. "Quieto, cabra da peste!" E o cachorro se aquietava, ficava de língua de fora, resfolgante, a olhar para o dono com olhos ternos, enquanto Neco limpava o casaco, e o tenente o abraçava, dizendo quase sempre coisas assim: "Não faço a barba em barbeiro aqui no Rio Grande por causa da fama de degoladores que vocês gaúchos têm".

2

Quando Roberta passou por Chiru aquela noite, na sala do Sobrado, depois de cumprimentá-lo, este murmurou para o amigo:

— Essa morena é um balaço. Olha só que cadeiras, que peitos, que rabo. Deve ser de estouro na cama. E tu sabes duma coisa? O nosso Rodrigo já está fazendo o cerco... Ele pensa que sou cego, mas a mim ele não engana...

Neco Rosa lançou para a professora um olhar avaliador de perito e disse:

— É um balaço mesmo. E de bala dundum!

O ten. Quaresma plantou-se diante dos dois amigos, as pernas abertas, as mãos na cintura, o olhar provocador:

— Onde está a revolução que vocês iam fazer? O Rio Grande cantou de galinha.

Chiru Mena baixou para o tenente um olhar desdenhoso:

— Sai, nanico! Eu tomo aquele quartel de vocês a grito e a pelego!

— Qual nada! Gaúcho é só prosa, só farofa.

Chiru avançou sobre o tenente e envolveu-o com um abraço de urso, como se quisesse esmagar-lhe o tórax.

— Se eu não gostasse tanto de ti, milico safado, eu te reduzia a pó de traque, estás ouvindo?

E ficaram a trocar palmadas nas costas, muito amigos, enquanto o Neco cocava as pernas da professora.

— Por que não se senta, reverendo? — perguntou Flora ao pastor metodista, mostrando-lhe uma cadeira.

— Oh! Muito obrigado — murmurou ele, sentando-se e pousando as mãos sobre os joelhos, enquanto a mulher distribuía olhares e risinhos em derredor, como se procurasse compensar com aquela alegria estereotipada seu pouco conhecimento da língua dos nativos.

— Ponha alguma coisa na vitrola — pediu a dona da casa dirigindo-se ao Chiru.

O homenzarrão obedeceu e, dentro de poucos segundos, do ventre da Credenza saltavam os sons duma marcha. "Stars and stripes for ever". A mulher do pastor soltou um ah!, juntou as mãos num encantado espanto, como se tivesse visto entrar inesperadamente um primo-irmão recém-chegado dos Estados Unidos. A face do rev. Dobson permaneceu impassível, mas seu pé direito, marcando o compasso da marcha, denunciava-lhe o contentamento.

Junto da porta do escritório, na frente de Terêncio, mas sem prestar muita atenção no que este lhe dizia, Rodrigo observava disfarçadamente Roberta Ladário. Aquela mulher excitava-o de tal maneira, que ele não podia vê-la sem desejar agarrá-la ou pelo menos tocá-la. Fora a conquista mais rápida que fizera em toda a sua vida. Mal chegara a Santa Fé, a professora pedira que a levassem ao Sobrado. "Todos me diziam que vir a Santa Fé e não conhecer o doutor Rodrigo Cambará seria o mesmo que ir a Roma e não ver o papa." Rodrigo achara a imagem vulgar mas nem por isso se sentira menos lisonjeado. Vislumbrava nos olhos dela — oh, intuição! oh, sexto sentido! — um mundo de possibilidades e mesmo de facilidades. Aquela fêmea lhe surgira num momento crítico de sua vida. A derrota eleitoral de Getulio Vargas e João Pessoa, o malogro da conspiração revolucionária, o Rio Grande desmoralizado aos olhos do Brasil por não ter levado a cabo suas ameaças revolucionárias... enfim, aquele marasmo, aquela mediocridade de Santa Fé — tudo concorria para que ele se sentisse frustrado, deprimido, amargurado, necessitando novos interesses e estímulos. Sim, Roberta Ladário chegara na hora certa. Contara-lhe que fazia poemas. "Gostaria muito que o senhor os lesse, me desse conselhos, dissesse se prestam, se devo continuar..." Voltara dias depois ao Sobrado com um caderno cheio de versos, e Flora fora suficientemente compreensiva para permitir que ele e Roberta ficassem a sós no escritório, de portas fechadas. Sentaram-se no sofá. Que perfume era aquele que a envolvia? Não conseguiu identificá-lo... mas que importava? Roberta ali estava a seu lado, quase a tocá-lo com os braços, as ancas, as coxas, as pernas... Seu corpo despedia uma quentura perturbadora. Ela abriu o caderno: escrevia com tinta roxa, tinha uma letra graúda, de nítido e ousado desenho. "Este é um poeminha antigo. Veja se gosta." Começou a ler com uma voz que tinha a temperatura do corpo, e de quando em quando voltava a cabeça e envolvia-o com um olhar também cálido, que era evidentemente uma provocação. Ele não conseguia prestar atenção no que a criatura dizia. Apanhava apenas palavras, frases soltas... *corpo sedento... cântaro de barro... pássaro... prata*. O decote da blusa de Roberta era tão profundo que ele podia ver-lhe o rego dos seios. Não conseguia desviar o olhar daquela misteriosa e sombria canhada entre dois montes de desejo, ó Rei Salomão! "Que tal?" Ele levou algum tempo para responder. "Maravilhoso. Leia outro." Os dedos de unhas longas e esmaltadas de vermelho folhearam o caderno. "Ah! Este é um dos meus favoritos... Ouça." Rodrigo esforçou-se por prestar atenção.

A lua no céu toda nua.
Toda nua eu, na terra.
A lua espera o sol.
Mas eu quem espero?

Os versos não prestavam, mas a professora estava "no ponto". O braço de Rodrigo estendia-se sobre o respaldo do sofá, por trás da cabeça dela. Um movimento simples bastaria para precipitar tudo: deixar cair a mão esquerda sobre aquelas espáduas, depois levar a direita na direção daqueles seios. Tão simples... Ou seria cedo demais? A mulher continuava a ler, e suas palavras lhe batiam nas têmporas como pedradas, no mesmo compasso do sangue. Suas palavras feriam, doíam. Ele sentia o corpo inteiro túrgido e latejante. Era insuportável! Uma provocação acintosa! Na sua própria casa! E se entrasse alguém? Jamais em toda a sua vida... O caderno tombou. Rodrigo tomou Roberta nos braços, mordeu-lhe a boca, e ela desfaleceu... E nas folgas que ele lhe dava, entre um longo beijo e outro longo beijo, ela balbuciava de olhos cerrados: "Eu te adoro, eu te adoro, eu te adoro". E então ouviram-se passos na sala. E ambos se puseram de pé. Ele passou rápido o lenço nos lábios. Uma batida na porta. Entre! Floriano entrou. E a oportunidade se foi... Roberta saiu do Sobrado incólume. E ele ficou excitado e impaciente, a pensar num lugar seguro onde pudesse ficar com ela algumas horas sem ser molestado, sim, e sem que ela corresse o perigo de perder a reputação. Chegara até a pensar num pretexto para levá-la ao Angico... ("E essa? A Roberta nunca viu uma estância em toda a sua vida! Ah! Precisa conhecer o Angico urgentemente.") Imaginou-se a conduzi-la ao capão onde tivera a Carezinha e tantas outras chinocas. Roberta ia gostar de ver os bugios assanhados nas árvores. Podia até fazer um poema...

O dr. Terêncio continuava a falar com sua voz pausada, nítida e autoritária:

— ... de sorte que estamos nessa situação ridícula. Perdemos a eleição, ameaçamos céus e terras... acabamos acovardados. O doutor Borges de Medeiros acha que a questão ficou encerrada com a decisão das urnas e deu um novo "Pela Ordem" que eu não aprovo mas acato, como soldado disciplinado do Partido. Se havia alguma articulação revolucionária, essa se foi águas abaixo depois do pronunciamento do Chefe. Tu vês, Rodrigo, os jornais do Rio e de São Paulo não nos poupam, nos atacam, nos ridicularizam... E o mais triste, meu amigo, é que quem está pagando a mula roubada é o doutor João Pessoa. O doutor Washington Luís protege os cangaceiros de Princesa para vingar-se do presidente da Paraíba, cujo gesto de independência ele não perdoa nem esquece.

Levar Roberta para um hotel? — pensou Rodrigo. Impossível. E se fôssemos os dois em trens diferentes a Santa Maria? Daria muito na vista... Se ao menos ela morasse numa casa... ou mesmo numa pensão. Mas havia de estar hospedada logo num colégio de freiras!

Seu olhar encontrou o de Roberta e por um instante ficaram presos um no outro. Rodrigo sentiu uma onda quente subir-lhe das entranhas à cabeça, estonteando-o. E de súbito percebeu que Mariquinhas Matos e Marília Macedo o observavam. Desviou o olhar mas ficou vendo mentalmente a rapariga. Os lábios dela o deixavam meio louco, com vontade de mordê-los: o inferior mais carnudo que o superior. Aquelas narinas abertas e palpitantes eram outro elemento afrodisíaco... E sua voz cariciosa e meio rouca, voz de alcova, parecia estar sempre sugerindo coisas libidinosas.

Chiru aproximou-se da Credenza e mudou o disco. Uma valsa de Strauss precipitou as águas do Danúbio para dentro da sala. Roberta bateu a ponta dum cigarro contra a cigarreira de ouro. Bernardo avançou de isqueiro aceso em punho, e a professora "serviu-se do fogo do tenente" (segundo Maria Valéria, que observava a cena com o rabo dos olhos), soltou uma baforada, sorriu e agradeceu. Neco cutucou Chiru com o cotovelo, fez com o olhar um sinal na direção da dupla e murmurou:

— O tenente não é rabo pr'aquela pandorga.

— Que esperança!

Terêncio teve de altear a voz para fazer-se ouvido em meio das golfadas danubianas:

— Outra coisa que me preocupa é a situação do Banco Pelotense. Tenho medo duma corrida. Andam boatos por aí... Pensei até em retirar o depósito que mantenho lá, mas o gerente me suplicou que não o fizesse. Está apavorado com a possibilidade de criar-se o pânico entre os depositantes. — Soltou um suspiro.

— O preço do charque está baixando assustadoramente. Ninguém tem dinheiro. Meu amigo, há muito que o nosso Rio Grande não atravessa uma hora tão negra.

Rodrigo sacudiu lentamente a cabeça, olhando de soslaio para as pernas de Roberta, metidas em meias cor de carne. Flora naquele momento convidou as senhoras a irem para a mesa.

— Fizemos só uns frios... — desculpou-se.

— Ah! — fez Marília Prates. — Não há nada como um *buffet froid*...

E acompanhou a dona da casa, entrando com ela na sala de jantar. Santuzza seguiu-as ao mesmo tempo que respondia a uma pergunta de d. Laurentina.

— O Carlo? Pobrezinho, foi ver um doente em Garibaldina. Vida de cão!

Mona Lisa deixou passar um intervalo elegante, para não parecer esfaimada, e depois encaminhou-se para a mesa de frios, ao lado de Dante Camerino e da senhora. Esta ia dizendo:

— Bom, eu já resolvi... Hoje quero comer de tudo, porque segunda-feira vou começar uma dieta rigorosa.

Camerino sorriu, piscando um olho céptico para Mariquinhas. O velho Aderbal veio sentar-se ao lado da esposa, e Rodrigo teve a impressão — e como isso o irritou! — de que ambos ali ficavam para vigiá-lo.

3

Eram quase dez horas, e alguns dos homens estavam agora a conversar no escritório, de porta fechada. A julgar pela expressão fisionômica de alguns deles, o assunto de que tratavam não era dos mais alegres.

Liroca dormitava a um canto. Stein achava-se junto da janela, tendo nas mãos um pratinho com croquetes. Roque Bandeira, sempre sentado no sofá, enxugava a sua quarta garrafa de cerveja preta. A seu lado, Chiru comia diligentemente o seu peru com farofa e sarrabulho, tomando de instante a instante largos sorvos de clarete. Meio escarrapachado numa poltrona, Juquinha Macedo brincava com a corrente do relógio, olhando para o tapete, enquanto o dr. Terêncio, sentado com mais aprumo na poltrona fronteira, olhava fixamente para o retrato de Júlio de Castilhos. De pé, na frente do sofá, Rodrigo estava com a palavra:

— Em mais de quarenta anos de República, nunca tivemos um presidente gaúcho. Os paulistas sempre nos boicotaram. Em 1910 impugnaram o nome do senador Pinheiro Machado. O Governo Federal nada mais tem feito até agora senão fomentar as lutas partidárias do Rio Grande.

— Por quê? — perguntou o Tio Bicho, incrédulo.

— Ora, porque querem nos dividir, nos enfraquecer! Em 35 a Corte considerava os Farrapos bandoleiros, bandidos que estavam pondo em perigo o resto do país, gente xucra de pé no chão, faca e pistola na cintura, ásperas verdades na ponta da língua. É que sempre fomos homens do frente a frente e não das conspiratas e intriguinhas de bastidores. A nossa franqueza rude assusta os nossos compatriotas lá de cima. O que o Governo Federal quer é que o Rio Grande continue sendo o que foi no princípio da sua história: um acampamento militar. Acham que para guardar a fronteira e conter os castelhanos somos bons. Para governar o país, não!

Aproximou-se de Bandeira, segurou-lhe a lapela do casaco e disse:

— Eles nos temem, Roque, essa é a verdade, eles nos temem!

— Temiam... — corrige o gordo com pachorra.

A princípio pareceu que Rodrigo ia contradizer o amigo violentamente. Mas soltou um suspiro, enfiou as mãos nos bolsos das calças e murmurou:

— Infelizmente tens razão. Temiam. Estamos desmoralizados. Juquinha Macedo lembrou que, noticiando recentemente a inauguração dum cinema em Porto Alegre, um jornal do Rio escrevera que nele haveria "duas mil poltronas para dois mil poltrões".

Rodrigo voltou-se para Terêncio:

— Tu vais me desculpar, mas o principal responsável por esta situação de acovardamento é o chefe do teu partido, que era também o partido do meu pai e já foi o meu. O doutor Borges é o campeão do pé-frio, o profissional da água fria. O João Neves faz o que pode na Câmara para salvar a honra do Rio Grande. Mas a hora não é mais de oratória e sim de ação.

O dr. Terêncio Prates fitou no dono da casa os olhos mosqueados.

— Pensa bem, Rodrigo, pensa sem paixão. Os mineiros também estão encolhidos. O doutor Antônio Carlos chegou à conclusão que o movimento revolucionário está desarticulado. As guarnições federais do Norte e até as de Minas parecem estar todas do lado do governo. Seria criminoso lançar o país numa guerra civil que poderá custar milhares de vidas. Não deves ser tão severo para com o doutor Borges de Medeiros. Hás de concordar comigo em que não é muito fácil para um castilhista transformar-se duma hora para outra em revolucionário...

— Qual! — replicou Rodrigo. — Não se trata agora de ideias, mas de ter caracu. O Oswaldo Aranha tem. O Flores da Cunha também.

— Tu sabes que o doutor Getulio não é nenhum covarde...

— Pois olha que começo a ter as minhas dúvidas. O homenzinho não arrisca nada, só quer jogar na certa. Entrou na corrida presidencial meio empurrado. Até a última hora negociou com o Washington Luís por baixo do poncho, à revelia dos companheiros, na esperança de vir a ser o candidato oficial. Eu estava em Porto Alegre quando o Aranha abandonou a Secretaria do Interior. Sabes o que foi que ele me disse? "Olha, Rodrigo, estou farto desta comédia, desta mistificação. Com um chefe fraco como o Getulio, a revolução está liquidada..."

Houve um silêncio prolongado. Vinha da outra sala a voz da Credenza: "La violetera". Com a boca cheia, soltando borrifos de farofa, Chiru Mena repetiu a velha fórmula:

— Eu já disse... O remédio é separar o Rio Grande do resto do país, mandar estender uma cerca de arame farpado na fronteira com Santa Catarina.

— Deixa de besteira! — exclamou Rodrigo. — A solução é marchar contra o Rio, tomar aquela joça a grito e amarrar nossos cavalos no obelisco da Avenida.

Juquinha Macedo pareceu ganhar vida nova:

— Isso! Isso! — gritou, soltando em seguida uma risada de galpão.

O dr. Terêncio sacudiu a cabeça negativamente.

— Seria uma gauchada bonita, reconheço, mas sem nenhum conteúdo ideológico. Um ato puramente irracional.

— Sejamos práticos — interveio Rodrigo. — O programa virá depois de vitoriosa a revolução. E quem vence, vocês sabem, quem vence sempre tem razão.

Erguendo de novo o olhar para o retrato do Patriarca, o dr. Terêncio tornou a falar:

— E tu esperas que o doutor Borges de Medeiros participe duma insurreição vazia de ideias?

— Que queres então? — perguntou Rodrigo, já meio espinhado. — Estender o positivismo borgista ao resto do país? Fazer de cada brasileiro um castilhista, do Amazonas ao Rio Grande? Levar a famigerada "ditadura científica" do Chimango ao governo central? Eu vejo o problema de maneira mais singela. Há quarenta anos que nosso estado é a Gata Borralheira da República. Chegou a nossa hora de ir ao baile do Príncipe! Apresentamos legalmente um candidato à presidência e fomos esbulhados nas urnas. Agora só nos resta o recurso das armas!

— Seja como for — murmurou o outro —, a conspiração se desarticulou. O Siqueira Campos morreu. O João Alberto voltou desiludido para Buenos Aires. Luiz Carlos Prestes virou a casaca do lado moscovita.

Rodrigo sacudiu a cabeça vigorosamente.

— Não me conformo. Não me conformo. Não me conformo. Por baixo da cinza fria que o doutor Borges e essa Esfinge de São Borja atiraram sobre o fogo revolucionário, ainda ardem brasas sopradas por homens como o Aranha. Te garanto que ardem.

Rodrigo inclinou-se sobre o amigo e, baixando a voz, acrescentou:

— Aqui que ninguém mais nos ouça... O Aranha encomendou dezesseis mil contos de armas da Tchecoslováquia. Vocês podem me chamar de otimista, se quiserem, mas aposto como o Júlio Prestes não assume o governo. Mando me capar se ele assumir!

— Mas se o maior interessado no assunto está apático! — exclamou o Bandeira.

Rodrigo apontou para Tio Bicho com um dedo profético:

— Pois empurraremos o Getulio para a revolução a trancos e bofetões!

Stein deu alguns passos e sentou-se ao lado de Bandeira. Chiru ergueu-se e saiu do escritório com o prato vazio na mão. Quando ele abriu a porta, Rodrigo viu que dançavam na sala. Roberta passou nos braços do ten. Quaresma. Juquinha Macedo precipitou-se para a outra peça e foi convidar a mulher para "arrastar os pés". Chiru largou o prato nas mãos de Maria Valéria e, enlaçando a cintura da Mona Lisa, pôs-se a rodopiar com ela. A Credenza tocava o "Ça c'est

Paris". Dante Camerino e a mulher dançavam com muito esforço e pouco ritmo, dando a impressão de que cumpriam uma tarefa difícil e compulsória, que nada tinha de divertida. Imóvel, a uma das portas, toda vestida de negro, Maria Valéria dominava a sala com seu olhar de pederneira.

Rodrigo fechou a porta do escritório, não sem antes lançar um olhar faminto para as ancas da carioca. Sentiu sede, pegou a taça de champanha que esquecera, quase cheia, em cima da escrivaninha e bebeu um gole. Que fazer? Já que não posso derrubar o governo, que ao menos me seja permitido dormir com a professora! Gostou da frase e mentalmente se deu uma palmadinha admirativa no ombro. Concentrou depois a atenção no que se dizia no escritório e verificou que, como de costume, o dr. Terêncio e o Tio Bicho estavam atracados numa discussão. Sabia que o chefe do clã dos Prates detestava tanto Bandeira como Stein. Chamava-lhes "a dupla do inferno". Achava o judeu petulante e agressivo no seu comunismo, e já havia declarado que não estava disposto a tratá-lo esportiva e levianamente, como fazia Rodrigo. Quanto a Bandeira, sentia repulsa pelo seu físico de batráquio, pelo seu desleixo nas roupas e na higiene pessoal, e principalmente pela insolência de suas ideias, amparada numa erudição feita de leituras desordenadas e mal digeridas.

— Devemos ter a humildade suficiente para reconhecer — dizia Tio Bicho — que na federação brasileira São Paulo é mesmo uma locomotiva a puxar vinte vagões vazios.

Terêncio Prates ergueu-se, os músculos faciais retesados, e por um momento pareceu que ia esbofetear o interlocutor. Depois, com uma voz que a emoção tornava gutural e baça, mas sem perder o ar didático e autoritário, disse:

— Sabe por que São Paulo é hoje o estado mais rico da Federação? É porque sempre foi a menina dos olhos do governo central, que sacrifica o resto do país para proteger a lavoura cafeeira paulista e seu arremedo de indústria. Os fazendeiros de café recebem dinheiro adiantado do Banco do Estado, têm sua safra garantida a preços artificialmente elevados. Por isso sempre nadaram em dinheiro, viveram à tripa forra, com automóveis de luxo, grandes casas, viagens frequentes à Europa, ao passo que nós aqui no Rio Grande levamos uma vida espartana, esquecidos do Centro, envolvidos em crises financeiras e econômicas crônicas...

Stein sorriu:

— É o regime latifundiário, doutor. Essa situação vem do Império. Vem do período colonial, quando começaram os privilégios da aristocracia rural, que governava o país e fazia as leis de acordo com suas conveniências. No princípio eram os senhores de canaviais e engenhos. Hoje são os fazendeiros de café. Mas estão todos enganados se pensam que essa prosperidade inflacionária é a solução para a economia nacional. O Brasil nunca teve lastro para garantir essas operações de crédito feitas no estrangeiro. E o resultado aí está. O *crash* da Bolsa de Nova York precipitou a degringolada. Os preços do cafe caíram. O pânico começou.

Stein levantou-se, aproximou-se de Rodrigo e prosseguiu:

— Os senhores não deviam preocupar-se. O tempo e as contradições do sistema capitalista estão trabalhando para a revolução. A curto prazo para a vossa revolução nacional burguesa. A longo prazo para a nossa revolução internacional socialista. O edifício do capitalismo é como um castelo de cartas: basta soprar uma delas para que as outras comecem a cair. Não se admirem se os Estados Unidos se virem às voltas com agitações comunistas. O desemprego lá cresce dia a dia. Quanto a nós, na América do Sul, nem se fala. Governos já estão caindo... A baixa dos preços do café vai deitar por terra o Washington Luís. Os senhores não precisam dar um tiro.

Tio Bicho ergueu no ar contra a luz a garrafa vazia, murmurando:

— Adoro os teóricos. Resolvem tudo no papel.

— Não dou três meses de vida para esse governo que aí está...

— Cala essa boca, Arão! — exclamou Rodrigo com uma agressividade paternal. — Tua panaceia bolchevista não vai resolver nossos problemas. E uma coisa te digo: se te prenderem de novo, não contes mais comigo pra te tirar da cadeia. Tens a língua solta demais.

— Não se pode falar nem academicamente? — perguntou o judeu com um sorriso contrafeito.

— Academicamente ou não — replicou o dono da casa —, levaste várias sumantas de borracha na Polícia, não foi? Uma vez te quebraram três costelas, te deixaram sem sentidos, quase te liquidaram. Se eu não interviesse, terias morrido e ninguém ficava sabendo... Já vês que nossa polícia não compreende a "linguagem acadêmica", e nisso ela se parece muito com essa GPU que vocês têm na União Soviética.

Stein passou a mão perdidamente pelos cabelos.

— Eu sei... — murmurou, como a recordar-se das torturas sofridas e passadas. — Acontece que as costelas são minhas, doutor, e minha vida é minha.

Terêncio fez um gesto de impaciência. Tio Bicho reprimiu um arroto, mas não com absoluto sucesso. Rodrigo ficou por alguns segundos tentando identificar a melodia que vinha da sala, mas só conseguia ouvir com nitidez as notas graves e cadenciadas do contrabaixo.

4

Naquele exato instante, Floriano estava na água-furtada, estendido no divã, com um livro aberto sobre o peito, as mãos trançadas contra a nuca, escutando... Tinha a impressão de que os sons cavos do contrabaixo eram a voz mesma do casarão. Ele os sentia dentro do tórax, como numa caixa de ressonância.

Estava inquieto. Não saberia dizer bem por quê. Seu mal-estar se exprimia fisicamente por uma sensação de aperto no peito e psicologicamente por uma indefinível premonição de desgraça iminente.

Passou a mão pela capa do livro que estivera a ler com atenção vaga, até havia pouco. Era o *Stray birds*, de Rabindranath Tagore. Um poema lhe ressoava na mente: *O silêncio carregará tua voz como um ninho que abriga pássaros adormecidos.* Pegou o volume, fechou-o, colocou-o em cima duma cadeira, sentou-se no divã e ficou pensando em Roberta Ladário. A professora estava lá embaixo, na sala. Vira-a entrar no Sobrado em companhia do ten. Quaresma. Que estaria ela fazendo agora? Lembrou-se da tarde em que a surpreendera fechada no escritório com seu pai, ambos com ar de criminosos, ele com os lábios manchados de vermelho, ela com o vestido amassado. "Que é que queres?" "Nada, papai, vim buscar um livro..." "Já conhecias a professora Roberta Ladário? Roberta, este é o meu filho, Floriano. Teu colega, sabes? Ó Floriano, Roberta faz poemas maravilhosos." Aquele cheiro quente e perturbador de mulher, o ar de culpa dos dois, o caderno caído — tudo isso dava ao escritório uma atmosfera excitante de alcova. "Muito prazer..." A professora tinha mãos mornas e macias. Seus seios redondos arfavam. Que livro ele ia buscar? Não se lembrava direito... Mas não importava. Pegou um ao acaso e retirou-se, embaraçado, as orelhas em fogo. Tinha a certeza de que interrompera uma cena de amor, e isso o deixava excitado. De certo modo, participava não só do desejo do pai pela professora como também de seu sentimento de frustração por ter sido interrompido. Teve ímpetos (tudo teórico, claro, porque jamais teria coragem para tanto) de sussurrar-lhes que voltassem para o sofá e se amassem despreocupados com o resto do mundo, porque ele, Floriano, ficaria de guarda à porta, como um cão. E por pensar essas coisas sentia que estava atraiçoando a mãe.

A música parou. Vozes, risos e palmas vieram lá de baixo. Floriano sentiu um passageiro desejo de descer e olhar a festa, mas uma timidez mesclada de preguiça o tolheu. Não lhe era fácil conviver com as outras pessoas. Preocupava-se demasiadamente com o que os outros pudessem estar pensando dele. Suspeitava que em geral as pessoas não o estimavam, não simpatizavam com ele, achavam-no aborrecido. Recusava-se, porém, a dizer as frases e a assumir as atitudes que conquistam amizades, simpatias e admirações, não só por achar o estratagema hipócrita e primário como também por uma espécie de preguiça tingida de não-vale-a-penismo. Quando se via em grupos, tinha a impressão de estar sempre *sobrando*. Isso lhe dava uma sensação de solitude que era triste e ao mesmo tempo esquisitamente voluptuosa. O desejo de ser aceito e querido alternava-se nele com o temor de que, no dia em que isso acontecesse, ele viesse a perder não só sua intimidade consigo mesmo como também sua identidade.

Decidiu ouvir música. Ergueu-se, aproximou-se da mesinha sobre a qual estava a sua portátil Victor, colocou-lhe no prato o primeiro disco da *Sinfonia pastoral* e pôs o aparelho a funcionar. Tornou a deitar-se. Cerrou os olhos, e as vozes dos violinos, violoncelos e altos, desenvolvendo o tema inicial, pintaram-lhe na mente uma cena: rapazes e raparigas a dançarem numa verde paisagem campestre. Mas lá no meio da alegre ronda surgiu de repente, como a encarnação mesma de Baco, a imagem de Tio Bicho, com um copo de cerveja na mão... E o

Floriano de dezenove anos sorriu com indulgência para o de dezesseis, que passava horas junto da Credenza, a ouvir trechos de ópera, com sério fervor, comovendo-se com as árias e duetos de Rodolfo e Mimi, vibrando com a cena final de *Andrea Chénier...* Roque Bandeira lhe dissera um dia: "Estás agora na fase operática. Ninguém se livra desse sarampo musical. Mas isso passa e um dia morrerás de amor por Tchaikóvski, Berlioz, Lizt, Schubert e Chopin, desprezando a ópera. Mas tempo virá em que, compreendendo a verdadeira música, descobrirás Ludwig van Beethoven, como se ninguém tivesse feito o mesmo antes de ti. Começarás naturalmente pelas sinfonias, ali por volta dos vinte anos. Mas só na casa dos trinta é que poderás apreciar as sonatas para piano e os quartetos, principalmente os últimos, que a meu ver são a essência mais pura do gênio do Velho. Quando te aproximares dos quarenta, te voltarás inteiro para Bach, e então, só então, eu te darei um certificado de maturidade".

A profecia do Tio Bicho se estava cumprindo. Tendo já passado pelas duas primeiras fases, ele gozava agora as delícias da terceira, sem poder nem querer admitir a possibilidade de vir um dia a superá-la. Tentara várias vezes, mas em vão, gostar das sonatas para piano. Quanto aos quartetos, nem sequer sabia onde e como adquirir suas reproduções fonográficas.

Distraído a pensar essas coisas, Floriano só percebeu que a música havia desaparecido quando teve consciência do rascar da agulha sobre o rótulo do disco. Ergueu-se brusco e desligou o aparelho. Até Beethoven tinha um sabor diferente aquela noite!

Ficou por alguns segundos a andar ao redor do quarto, sem saber bem o que queria. Fazia muito frio ali dentro e um ventinho gelado entrava pelas frinchas da janela. Enrolou-se num cobertor de lã, voltou a deitar-se e ficou a olhar fixamente, como que hipnotizado, para a lâmpada elétrica que pendia do teto, da ponta dum fio. Lembrou-se em seguida duma noite em que, num quarto de pensão em Porto Alegre, passara um tempão a olhar para um bico de luz, como a pedir-lhe solução para os problemas que o atormentavam no momento, e que ainda agora continuavam sem solução.

Encolheu-se debaixo do cobertor, apertando ambas as mãos entre os joelhos. Que diabo! Afinal de contas a culpa do que acontecera não era inteiramente sua.

O pai nem sequer se dera o trabalho de consultá-lo antes. Impusera-lhe uma carreira: "Quero que te formes em direito". Não era uma sugestão, mas uma ordem. Ele tentara um fraco protesto, mas não achava fácil contrariar o Velho. Como era de esperar, este não lhe dera a menor atenção. "Vais amanhã para Porto Alegre. Tens três semanas para te preparares para os exames vestibulares. Contrata os professores que achares necessário." O remédio era obedecer.

Embarcou para a capital. Hospedou-se numa pensão, contratou um professor de francês e outro de latim, e aguardou angustiado o dia dos exames. A ideia de entrar para a faculdade de direito deixava-o completamente frio. Achava o direito árido, o latinório insuportavelmente cacete. Não havia profissão que estivesse mais longe de sua simpatia e de suas tendências espirituais que a de advogado.

Aquelas semanas que haviam precedido os exames foram de incertezas, aborrecimentos e apreensões. Que fazer? O certo seria falar franco com o Velho, escrever-lhe uma carta, contar-lhe tudo, já que pessoalmente não conseguira fazer-se ouvido... Os dias, porém, passavam e ele não escrevia. Para matar as horas, metia-se à tarde em sessões de cinema, das quais não tirava nenhum prazer, pois ficava lá dentro com uma sensação quase insuportável de culpa, à ideia de estar perdendo tempo, gastando dinheiro inutilmente, enganando aos outros e a si próprio. Diante dos livros, sentia uma sonolência invencível, bocejava, tinha tonturas, impaciências, irritações.

No dia do exame, amanheceu com a impressão de que levava uma pedra de gelo contra a boca do estômago. Não conseguiu comer nada. Encaminhou-se perturbado para a faculdade de direito, os passos incertos, as mãos trêmulas. Chegado à frente do edifício, não teve coragem de entrar. Ficou a andar dum lado para outro na calçada oposta, com a sensação de haver cometido um crime, perseguido pelas vozes e pelos olhares de inúmeros Terras, Quadros e Cambarás vivos e mortos. Por fim olhou o relógio. Os exames tinham começado. Não havia mais nada a fazer. Os dados estavam lançados. Agora o problema era contar tudo ao pai. Passou ainda dois dias sem ânimo para escrever-lhe. Finalmente fez a carta. Foi seco, direto e quase agressivo. Era a coragem do desespero. Pôs a carta no correio antes que pudesse arrepender-se, e esperou o pior. Passaram-se quatro dias e nenhuma resposta lhe veio. Finalmente encontrou um dia um telegrama debaixo da porta do quarto. Abriu-o. Era do pai, e dizia, lacônico: *Volte imediatamente*. Voltou no dia seguinte. Apenas seu tio Toríbio o esperava na estação de Santa Fé. Abraçou-o sorrindo, com a cordialidade brincalhona de sempre.

— O papai está muito brabo comigo?

Toríbio acendeu um cigarro antes de responder.

— Teu pai brabo contigo? Acho que nem pensou direito no assunto. Anda muito preocupado com as eleições.

O Bento apareceu, abraçou o "guri", tirou-lhe a mala das mãos e levou-a para o automóvel. Já a caminho do Sobrado, Toríbio olhou para o sobrinho:

— Fizeste muito bem em não entrar pra faculdade de direito. O Brasil tem bacharéis demais.

Depois duma pausa curta, perguntou:

— Afinal de contas, que carreira vais seguir?

— Não escolhi ainda...

— É impossível que não tenhas uma profissão em vista. Já que não gostas da estância...

Floriano ia dizer "Quero ser escritor", mas temeu que o tio risse dele. Para principiar, era uma profissão que nem sequer parecia existir no Brasil.

Chegaram ao Sobrado. Depois dos beijos e abraços das mulheres e dos tímidos apertos de mão dos irmãos, Floriano enfrentou o pai no escritório. A cena foi menos difícil do que ele esperava. Rodrigo abraçou-o, sério mas sem rancor.

— Então, meu filho, que foi que houve?

Floriano contou-lhe tudo. O pai escutou-o sem dizer palavra. Por fim perguntou:

— Por que não me falaste com franqueza antes de embarcar?

Mas se ele tinha dito claro que não queria ser advogado! Achando que era inútil explicar, Floriano permaneceu calado, como um réu que aceita a acusação.

— Pois é uma pena — continuou Rodrigo. — Neste país o diploma de bacharel é chave para todas as portas. Mas se não gostas do direito... paciência, não se fala mais nisso.

Deu alguns passos no escritório, as mãos trançadas às costas, como esquecido da presença do filho. Depois fez alto na frente deste:

— Está bem. Descobriremos depois alguma coisa para fazeres. Seja como for, este ano já está perdido. Agora podes ir.

Floriano continuava a olhar para a lâmpada. Pensou em Mary Lee, a de olhos azuis e tranças douradas, como as guardadoras de gansos dos contos dos Grimm. Tornara a vê-la em Porto Alegre no dia seguinte ao de uma aventura erótica num beco de prostituta, do qual saíra envergonhado de si mesmo e da francesa que lhe sugara a vida com a boca eficiente e mercenária, deixando-o trêmulo, enfraquecido e triste. Sentia uma necessidade urgente de purificação. Por isso pensara em Mary Lee. Sabia onde encontrá-la: no culto divino da Igreja Episcopal, em Teresópolis. Foi... Lá estava ela cantando hinos com sua boca pura. Já não usava mais tranças e seus cabelos eram agora dum ouro mais velho. Sim, tinha ficado mulher. O sol entrava no templo através do vitral da rosácea acima do altar. Floriano sentou-se a pequena distância atrás da sua Guardadora de Gansos, desejando e ao mesmo tempo temendo ser visto e reconhecido. Durante todo o sermão, não tirou os olhos da nuca branca da rapariga, e de novo se sentiu tomado pela impressão que o dominava quando estava ao lado dela: a de que era inferior, grosseiro, sujo, indigno de sua companhia. De súbito, porém, lhe veio uma grande esperança, uma grande alegria. Envolvia-o uma luz que parecia irradiar-se também da cabeça de Mary Lee e não apenas da rosácea. Havia beleza no mundo! Havia esperança no mundo! Havia amor no mundo!

E agora Floriano se perguntava a si mesmo se aquilo podia ser mesmo amor. Sabia que nunca mais tornaria a ver a americana. Pior que isso: tinha a certeza de que ela jamais viria a tomar conhecimento de sua existência. Mary Lee devia ser — concluiu — mais uma ideia poética do que uma pessoa.

Estava tudo bem. E estava tudo mal. Sua inquietude e a pressão de desastre iminente perduravam. Seria tudo por causa dos boatos de revolução que andavam no ar? Não era apenas isso. Atormentava-o a ideia de não ser ninguém, de não fazer nada. As histórias que escrevia não o satisfaziam. Achava-as falsas, sem base na realidade... e ao mesmo tempo não gostava da realidade que o cercava. Sentia-se um estrangeiro em sua própria cidade natal, em sua própria casa. Dava-lhe uma fria vergonha andar pelas ruas de Santa Fé, ser visto pelos conhecidos, imaginar-se alvo de comentários. "Ali vai o filho mais velho do doutor Rodrigo. Que é que faz? Nada. Um vadio. Fugiu do exame vestibular por medo. Um parasita. E ainda por cima é metido a literato."

Como para esconder-se desses pensamentos desagradáveis, Floriano cobriu a cabeça com o cobertor.

5

O relógio grande do Sobrado havia terminado de bater a badalada das dez e meia quando os Dobson se retiraram e um conviva retardatário entrou. Era Ladislau Zapolska, professor de piano e pianista que já tivera certo renome como concertista. Era um cinquentão alto, meio desengonçado e, no dizer de Maria Valéria, "magro como cusco de pobre". Seus braços longos davam a impressão de nunca se moverem em harmonia com o resto do corpo: sua única utilidade parecia ser a de carregar aquelas duas mãos longas, magras mas fortes, com algo de garras. Coroava-lhe o crânio miúdo um tufo de cabelos ralos e cor de palha. Nas faces rosadas e já marcadas de rugas, os olhos claros eram animados de quando em quando por uma luz estranha, e tinham qualquer coisa de permanentemente lesmáticos. Caminhava com longas passadas indecisas, como em câmara lenta ou num vácuo. Famoso por suas distrações e excentricidades, ganhara na cidade a alcunha de Sombra. Rodrigo amparara-o desde o primeiro dia, comprando todas as entradas para seu concerto e abrindo as portas do teatro gratuitamente ao público. E depois, quando o professor manifestara o desejo de radicar-se em Santa Fé, arranjara-lhe vários alunos de piano. Acolhera-o carinhosamente no Sobrado, mas em menos de duas semanas estava arrependido de tudo isso, porque o diabo do homem era aborrecidíssimo, pegajoso, e se tomara de tamanha afeição por ele que vivia a namorá-lo e a cercá-lo de atenções exageradas. Seus apertos de mão eram prolongados e úmidos como seus olhares.

Ladislau Zapolska entrou com passos indecisos, como quem experimenta o terreno. Ficou depois parado no meio da sala, sem saber que fazer ou dizer. Flora veio em seu socorro, tomou-lhe do braço e entregou-o aos cuidados de Chiru e de Neco. Mas quando o maestro avistou Rodrigo, seu rosto se iluminou, ele estendeu os braços e precipitou-se na direção do dono da casa, envolvendo-o num abraço muito terno:

— O meu querido doutor!

Com o nariz encostado no peito do outro, Rodrigo achou de bom aviso conter a respiração.

— O maestro quer comer alguma coisa? Temos uma bela mesa de frios...

E Rodrigo foi empurrando o homem para a sala de jantar, onde o deixou sob a proteção de Laurinda.

Chiru mudou o disco e a Credenza gemeu a música dum chorinho. O ten. Bernardo, que contra os seus hábitos de bebedor de guaraná e limonada havia tomado várias taças de champanha, andava estonteado dum lado para outro, num extravasamento geral de cordialidade. Abraçando Chiru, procurou algo de carinhoso para dizer-lhe. Por fim, não encontrando palavras, limitou-se a murmurar com voz arrastada:

— Cabra da peste!

Passou por Neco Rosa e declarou-se seu irmão. Mas sua mais veemente declaração de amor foi para Rodrigo. Estreitou-o contra o peito, exclamando:

— Grande caráter, grande cultura, grande coração!

Rodrigo sorria para Roberta, por cima do ombro do tenente, procurando dar a entender que não acreditava naquelas coisas, e que se Quaresma as dizia era porque estava alegrete. Maria Valéria passou com um prato de pastéis quentes na mão.

— Ó titia, com quem a senhora acha o Bernardo parecido?

— Não sei — murmurou a velha sem deter-se. E apresentou o prato para Marília Prates, que pegou um pastelzinho com seus dedos finos e brancos, que tantas vezes haviam partido os *croissants* de Paris.

— Ó Chiru — insistiu Rodrigo —, o Bernardo não te lembra o tenente Lucas? — Voltando-se para Roberta, explicou: — Era um oficial de obuseiros, muito nosso amigo, que serviu aqui por volta de 1910. Grande pândego, grande sujeito!

Maria Valéria, que tornava a passar pelo sobrinho, murmurou:

— O Lucas era ainda mais louco que este.

Neco contribuiu com um detalhe técnico:

— E tinha mais resistência pra bebida...

Rodrigo tentava desembaraçar-se de Bernardo Quaresma, mas ele o retinha, segurando-lhe com força o braço.

— Ouça, doutor Rodrigo, eu não sou só seu amigo, sou seu filho, está compreendendo? Seu filho!

— Está bem, Bernardo, está bem. Vamos sentar um pouco.

Flora estava agora ao lado do alagoano, a oferecer-lhe uma xícara de café preto.

— Tome este cafezinho, tenente.

Bernardo segurou o pires, sobre o qual a xícara dançou perigosamente:

— E a senhora, dona Flora, a senhora é a minha segunda mãe!

— Fica aí com o nosso filho — disse Rodrigo à mulher, aproveitando a oportunidade para escapar. Acercou-se de Roberta e convidou-a para dançar. A professora ergueu-se, ele lhe tomou com força a mão direita, enlaçou-lhe a cintura e, como observou Chiru ao ouvido de Neco, "chamou-a aos peitos". O barbeiro sentenciou:

— Essa está no papo.

Os Macedos e os Camerinos também dançavam. D. Santuzza fez um sinal para Chiru, chamando-o para "bailar", e quando o marido da eterna ausente Norata se aproximou, a italiana começou a cantarolar o choro, com trêmulos operáticos na voz rica de bemóis.

A Gioconda ouvia Marília Prates contar as maravilhas do Louvre e do Palácio de Versalhes. Com a xícara de café na mão, o tenente de artilharia andava por entre os pares, dum lado para outro, como uma mosca tonta. Junto da porta da sala de jantar, Flora observava disfarçadamente o marido, que estava praticamente grudado à professora, enquanto Maria Valéria na cozinha mandava fritar croquetes para o Sombra.

Um cigarro de palha entre os dentes, o velho Aderbal atravessou a sala rengueando, na direção do vestíbulo. Vendo-o através da porta, Liroca, que continuava no seu borralho, inclinou-se para Terêncio e disse:

— Hai um rifão que diz que todo o gago é brabo, todo o torto é peleador e todo o rengo é velhaco. Ora, tenho visto nesta minha vida muito gago manso, muito torto covarde, e ali vai o velho Babalo, que rengueia mas é flor de pessoa.

Terêncio limitou-se a sacudir afirmativamente a cabeça, desinteressado. Se lhe perguntassem por que continuava ali na frente de Stein e Bandeira, pessoas pelas quais não tinha a menor estima, não saberia dizer. Contara as garrafas de cerveja que Tio Bicho esvaziara: seis. O monstro só se erguia de seu lugar para ir de quando em quando ao quarto de banho, para esvaziar a bexiga. Falava agora em peixes para o judeu, que não parecia muito atento.

— Estive lendo hoje sobre um peixe venenoso, o peixe-leão. Se um dos espinhos do bichinho te entra, por exemplo, na perna, tu sentes uma dor fortíssima, a perna incha, ficando duas vezes o tamanho normal. Há casos em que a picada do peixe é fatal. No entanto, olhas pro bandido e ficas encantado: é escarlate, com raias brancas, tem o aspecto mais inocente deste mundo. Sabes como se alimenta? Ingere água pelos poros e depois a expele por uns orifícios redondos que tem no corpo. O processo é muito curioso. Nesse percurso a água sai filtrada do corpo do peixe, deixando nele microrganismos comestíveis que alimentam o nosso herói.

Bandeira voltou-se para Terêncio e perguntou-lhe, sério:

— O doutor não se interessa por peixes?

— Não. Prefiro seres humanos.

— Questão de gosto.

Stein estava ansioso por voltar ao assunto que discutiam havia poucos minutos: a defecção de Prestes da família revolucionária. Mas Liroca tomou a palavra:

— Cada qual com a sua mania. O velho Aderbal gosta de bichos. Aqui o nosso doutor Terêncio prefere gente. Pois eu gosto é de flor. Tenho lá em casa o meu jardinzito, com rosas de todo o ano. — Olhou para Bandeira. — O senhor gosta de rosas?

Tio Bicho bebeu o resto de cerveja que havia no copo e respondeu:

— Rosa? É uma flor óbvia demais...

Terêncio lançou-lhe um olhar rancoroso. Liroca não compreendeu a resposta, mas não pediu esclarecimento.

A música cessou. Da sala vieram risadas e vozes animadas. Rodrigo voltou para o escritório, alvoroçado e feliz. Tinha conseguido ciciar uma pergunta ao ouvido da professora: "Então, quando vai me ler mais uns poemas?". E ela, a bafejar-lhe a face com seu hálito, respondera: "Qualquer dia. Tenha paciência". Isso significava que Roberta também estava pensando numa maneira de se encontrarem a sós.

— Por que é que vocês estão assim tão macambúzios? — perguntou Rodrigo aos amigos. — Quem foi que morreu?

Aludindo ao assunto da discussão de havia poucos minutos, Liroca murmurou, trágico:

— Luiz Carlos Prestes.

Arão Stein ergueu-se e exclamou, iluminado:

— Pois para mim agora é que Prestes nasceu!

Instado por Oswaldo Aranha a entrar na conspiração revolucionária, o Cavaleiro da Esperança, que ainda se encontrava exilado em Buenos Aires, recusara-se, tendo lançado, havia quase dois meses, um manifesto que tivera repercussão nacional.

— A carta de Prestes — disse Stein — é o mais importante documento político publicado no Brasil desde o advento da República. O homem que foi para a coxilha em 1924 com um programa vago de regeneração dos costumes políticos, voto secreto e outras bobagens, agora começa a ver claro os nossos problemas, a tocar as raízes de nossos males. Principia por dirigir o manifesto aos trabalhadores oprimidos das fazendas e das estâncias, às massas miseráveis de nossos sertões. Compreendeu que o governo que surgir duma revolução verdadeira, isto é, legitimamente popular, deve ter como base as massas trabalhadoras das cidades e dos campos. Em suma: ele quer a revolução agrária, anti-imperialista, e a libertação dos trabalhadores de todas as formas de exploração.

Terêncio revelava sua impaciência por um movimento nervoso de dedos, como se estivesse escrevendo uma mensagem colérica numa máquina invisível. Não se conteve:

— Mas esse senhor Prestes está usando uma linguagem ostensivamente marxista! Fala em governo baseado em conselhos de operários, soldados, marinheiros e camponeses. É um manifesto com acentuado sotaque russo!

Stein olhou para o estancieiro e disse:

— Claro que é, e isso me alegra. Mas veja como são as coisas... O senhor acha esse manifesto extremista, no entanto para mim o defeito que ele tem é o de ser ainda um pouco personalista. Há nele muito de "prestismo". Para que o documento fosse perfeito, seria necessário que Prestes dissesse claramente que esse governo com que sonha só é possível se ele entregar a revolução aos líderes comunistas. Seja como for, acho que o homem deu um grande passo na direção da extrema esquerda.

Terêncio ergueu-se, como para agredir fisicamente o judeu.

— Luiz Carlos Prestes está doido! — exclamou. — Chega a falar na confiscação, nacionalização e divisão das terras, para que elas sejam entregues gratuitamente aos trabalhadores. Tudo isso é utópico, produto dum cérebro confuso, elucubrações de quem nada sabe de nossos problemas agrários. Esse alucinado quer confiscar e nacionalizar até os serviços públicos, os bancos e as vias de comunicação. Vai ao ponto de recomendar a anulação da dívida externa. É um paranoico!

Rodrigo lembrou que para entender todas aquelas coisas era necessário primeiro aprender a raciocinar como um comunista. Porque a Revolução Russa não havia subvertido apenas a economia capitalista mas também a moral vigente.

Tio Bicho remexeu-se no sofá, cruzou as pernas e disse:

— Acho que fiz uma descoberta curiosa: a analogia entre as razões que os comunistas dão para justificarem seu desejo de destruir sem remorso a ordem capitalista, e os argumentos que aquele estudante de *Crime e castigo* invocou na taverna para coonestar o assassínio da velha dona da casa de penhores. Os senhores devem estar lembrados... Enquanto o estudante falava, Raskolnikov, sentado a outra mesa, o escutava. Dizia o rapaz: "De um lado temos uma velha estúpida, insensata, sórdida, mesquinha, doente, horrível, que não só é inútil como também prejudicial, que não sabe por que vive, e que, seja como for, qualquer dia vai morrer mesmo. De outro lado temos milhares de vidas frescas e jovens atiradas ao léu, por falta de auxílio... Centenas de milhares de boas coisas se poderiam fazer com o dinheiro dessa velha que vai acabar sendo enterrada com sua fortuna num mosteiro. Centenas, talvez milhares de pessoas poderiam tomar o bom caminho, e inúmeras famílias seriam salvas da miséria, da ruína, do vício... tudo isso com o dinheiro dela. Matemos, pois, a velha, tiremos-lhe o dinheiro...", et cetera, et cetera.

Rodrigo achou o paralelo interessante. Terêncio escutou-o num silêncio soturno. Roque prosseguiu:

— Ah! Agora me lembro do resto. "Matemos a velha e com o auxílio de seu dinheiro dediquemo-nos ao serviço da humanidade e à felicidade geral. Que achas? Milhares de boas ações não conseguiriam apagar um crime minúsculo? Ao preço de uma vida, milhares seriam salvas da corrupção e do apodrecimento. Em troca duma morte, cem vidas. É simples aritmética."

— Esse é o espírito do bolchevismo — disse Terêncio Prates. — Sua moral não passa duma reles operação aritmética.

Roque Bandeira encolheu os ombros.

— Não me culpe. Não fui eu quem inventou o marxismo.

Houve um silêncio, que Liroca quebrou com voz sentida:

— Pra mim, o pior é que o Luiz Carlos Prestes recebeu cinco mil contos do doutor Oswaldo Aranha pra comprar armas pra Revolução, e agora não quer devolver o dinheiro.

Stein deu dois passos na direção de José Lírio e bateu-lhe amistosamente no ombro:

— Pois isso é bom leninismo, meu amigo. Prestes depositou essa quantia num banco argentino para usá-la quando chegar a hora da verdadeira Revolução. E, de mais a mais, é preciso não esquecer que ele sabe de onde veio esse dinheiro.

Passeou o olhar em torno, como a perguntar se os outros também sabiam. Como todos permanecessem calados, revelou:

— Uma poderosa companhia ianque, por intermédio de sua subsidiária em Porto Alegre, entregou essa contribuição aos líderes da Revolução, a troco de favores futuros, no caso do movimento sair vitorioso.

— Já vens com tuas fantasias... — murmurou Rodrigo.

Terêncio fechou a cara e retirou-se do escritório. Chiru apareceu à porta e anunciou que, por sugestão de d. Marília Prates, o Sombra ia tocar piano. Rodrigo e Tio Bicho trocaram um olhar significativo, o dono da casa soltou um suspiro de mal contida impaciência e encaminhou-se para a outra peça.

Ladislau Zapolska estava já sentado ao piano, tirando dele acordes profundos. A Gioconda pediu um noturno, ao mesmo tempo que Mme. Prates sugeria um prelúdio e Rodrigo, uma *polonaise*. O maestro atirou-se numa *polonaise* que fez o piano vibrar. Tocava com uma bravura digna de melhor técnica — conforme observou Tio Bicho, que continuava sentado ao lado de sua garrafa de cerveja, prestando pouca ou nenhuma atenção na *polonaise*, pois não gostava de Chopin e muito menos do pianista. Recostado à ombreira da porta, Rodrigo procurava o olhar de Roberta. O ten. Bernardo começou a dizer algo em voz alta, mas o Neco Rosa fez *cht!*, obrigando-o a calar-se. D. Laurentina continuava a presidir de sua cadeira aquela reunião tribal. E Babalo, que não tinha muita paciência com música, resolveu ir até o andar superior dar uma olhada nos netos.

Quando o maestro bateu os acordes finais da *polonaise*, romperam os aplausos.

— Agora um noturno — suplicou a Mona Lisa.

Ladislau Zapolska tocou as primeiras notas do nº 2 exatamente no momento em que o relógio da sala de jantar começava a bater as onze horas. O maestro interrompeu-se, deixando cair os braços ao longo do corpo, cerrou os olhos e esperou que o relógio se calasse. Chiru mal podia conter o riso ante a cena grotesca: o Sombra sentado ao piano, as manoplas no ar, as pessoas em torno caladas, e o relógio ronceiro a bater as horas lentamente, sem a menor pressa, como quem tem diante de si a Eternidade.

Três... — contou Rodrigo — *quatro...* — D. Veridiana tossiu seco — *cinco...* — "Eta cabra da peste!", resmungou o tenente — *seis...* — Roberta descruzou e tornou a cruzar as pernas: os olhos de Rodrigo entravam-lhe, ávidos e rápidos, por entre as coxas — *sete...* — Maria Valéria surgiu à porta para ver o que tinha acontecido — *oito...* — o dr. Terêncio tirou o lenço do bolso, assoou o nariz, produzindo uma nota de trombone — *nove...* — Flora olhou para o marido e sorriu — *dez...* — um rangido na escada fez muitos voltarem a cabeça na direção do vestíbulo — *onze...* — ai que alívio! O maestro permaneceu ainda alguns instantes de olhos cerrados. Depois ergueu as mãos, pousou-as sobre o teclado e começou a tocar o noturno, com grande sentimento, movendo a cabeça lânguida dum lado para outro, e lançando de quando em quando olhares visguentos na direção de Rodrigo.

Quando as últimas notas do noturno se dissolveram no ar e se fez esse breve hiato que precede os aplausos, ouviu-se como que o súbito e áspero rechinar de cigarra. Era a campainha da porta. Flora olhou para o marido. Quem poderia estar chegando àquela hora? Rodrigo caminhou para o vestíbulo. Ouviram-se seus passos na escada. Houve um momento de expectativa geral. Um minuto depois ele tornou a aparecer à porta da sala, com um papel na mão. Estava pálido e sério. Olhou em torno e murmurou:

— Um telegrama...

Flora correu aflita para junto dele, com um pressentimento de morte na família. Juquinha Macedo e Terêncio Prates levantaram-se. Houve um alvoroço entre as mulheres. Só d. Laurentina nada revelou no rosto de arenito.

Rodrigo baixou os olhos para o papel e, com voz velada, resumiu os dizeres do telegrama:

— O doutor João Pessoa foi assassinado esta tarde com três tiros num café do Recife.

Fez-se um silêncio álgido. E só Maria Valéria pareceu ouvir o vento que batia na janela, como se quisesse entrar.

6

O país inteiro foi sacudido pela brutalidade do crime. Na capital da Paraíba, a massa popular revoltada atacou e depredou as casas dos inimigos políticos de João Pessoa. Nas ruas de centenas de vilas e cidades, através de todo o território nacional, o povo chorava a morte do presidente nordestino e ao mesmo tempo clamava por vingança, exigindo a revolução. Na Câmara dos Deputados, em certo trecho dum discurso vibrante de indignação, Lindolfo Collor bradou: "Caim, que fizeste de teu irmão? Presidente da República, que fizeste do presidente da Paraíba?".

— Os olhos do Brasil estão voltados para o Rio Grande, esperando a revolução! — exclamou Rodrigo Cambará num daqueles primeiros dias de agosto, depois de ler os jornais que Bento lhe fora buscar à estação. — E nós continuamos de braços cruzados. Nada fazemos a não ser discursos.

Acompanhou comovido, pelo noticiário da imprensa, a transladação dos restos mortais de João Pessoa do Recife para a capital de seu estado, e dessa cidade para o Rio de Janeiro, onde deviam ser sepultados. O povo, que atulhava as ruas da Paraíba por onde passou o cortejo fúnebre, agitava lenços brancos e chorava, despedindo-se de seu presidente. O esquife foi posto a bordo do *Rodrigues Alves*, que fez escalas em Recife e Maceió, onde verdadeiras multidões desfilaram respeitosas pela frente do cadáver exposto numa das salas de bordo.

Num entardecer da segunda semana de agosto, Rodrigo reuniu no seu gabinete da Intendência os chefes republicanos e libertadores de Santa Fé, a portas fechadas. Contou-lhes confidencialmente que havia recebido uma carta de

Oswaldo Aranha em que este o autorizava a começar a sério no município de Santa Fé os preparativos para um movimento armado.

— O assassinato de João Pessoa acendeu de novo a fogueira da revolução — disse Rodrigo. — Acho que devemos começar a reunir gente, organizar corpos e ao mesmo tempo retomar as sondagens na Guarnição Federal, para ver com quem podemos contar. Cá entre nós, não confio muito na oficialidade. Pelo que pude concluir de conversas ligeiras que tive com um capitão de infantaria e com um major de artilharia, eles não estão dispostos a arriscar um fio de cabelo. Um deles me confessou que só entraria no movimento se tivesse a certeza de que o Exército em peso aderiria à revolução. O outro me declarou peremptoriamente que não se meteria na coisa de maneira alguma. Por isso acho que nossa esperança está na sargentada, que goza de grande prestígio na tropa. Tenho no Regimento de Infantaria um bom amigo, o sargento Aurélio Taborda, sujeito muito decente e muito querido dos companheiros. O Bio conhece no Regimento de Artilharia um tal sargento Atílio Bocanegra... acho até que já fizeram umas farras juntos. Dizem que é um rapaz de valor... não sei.

Rodrigo fez uma pausa curta e depois continuou:

— Se desta vez não tiramos o Cavanhaque do poder, estamos desmoralizados e o melhor que temos a fazer é entregar o Rio Grande aos castelhanos!

Deu um pontapé no cesto de papéis usados, que tombou, espalhando seu conteúdo pelo chão.

Silencioso a um canto daquele gabinete, de onde durante vários anos governara o município com punho de ferro, Laco Madruga torcia os bigodões grisalhos. Sentado a seu lado, Amintas Camacho tinha o cotovelo do braço direito apoiado na palma da mão esquerda, o rosto metido na forquilha formada pelo polegar e indicador, numa pose muito intelectual que já estava começando a irritar Rodrigo.

Juquinha Macedo, de mãos nos bolsos, escutava o amigo com afetuoso interesse, recostado à janela, enquanto Terêncio Prates, de cabeça baixa, olhava para a capa do livro que tinha nas mãos: *La rebelión de las masas*, de Ortega y Gasset. A todas essas, Alvarino Amaral, que envelhecera muito naqueles últimos anos, picava fumo para um crioulo, no fundo duma poltrona de couro, os olhos lacrimejantes, os dedos trêmulos.

Depois que Rodrigo terminou de falar, houve um curto silêncio em que Laco Madruga com a ponteira da bengala começou a empurrar para dentro do cesto caído as bolotas de papel que juncavam o soalho. Os outros ficaram a vigiar a operação, como se se tratasse dum jogo fascinante.

— Então? — perguntou Rodrigo. — Não me dizem nada?

Juquinha Macedo prometeu que começaria a formar o seu corpo de voluntários imediatamente. Madruga assegurou que teria um batalhão organizado dentro de um mês. O velho Amaral confessou que, para ser bem franco, até já tinha uns "bombachudos" reunidos na sua estância: o que lhes faltava agora era só o armamento...

— O Oswaldo Aranha me prometeu mandar armas e munições ainda este mês — esclareceu o intendente.

Amintas Camacho mencionou nomes de correligionários seus que também podiam recrutar gente dos distritos.

— E tu, Terêncio, que me dizes?

O estancieiro pigarreou, descruzou e tornou a cruzar as pernas e por um instante pareceu procurar a resposta numa das páginas do livro que agora tinha aberto sobre os joelhos.

— Ora — disse ele por fim —, vocês sabem que podem contar comigo, haja o que houver. Mas devem reconhecer que minha posição é um tanto difícil... Falo por mim, pois o coronel Madruga, pelo que ouvi, já se decidiu... O meu partido ainda não se pronunciou *oficialmente* a favor da revolução.

Rodrigo fez um gesto de impaciência.

— Se vamos esperar um pronunciamento claro do doutor Borges, estamos fritos.

— É uma questão de disciplina partidária... Não viste os jornais? O senador Paim acaba de declarar num discurso no Senado que a revolução não se fará com o Rio Grande do Sul. "Não a querem o senhor Borges de Medeiros nem o senhor Getulio Vargas nem o Partido Republicano Rio-Grandense." São suas palavras textuais.

— Mas o povo a quer! — vociferou Rodrigo. — E a revolução vai para a rua, com o Chimango ou sem o Chimango, com o Partido Republicano ou sem ele.

Ao som da palavra Chimango, o cel. Madruga pigarreou e cerrou o cenho, Amintas remexeu-se inquieto na cadeira, como se estivesse sentado sobre brasas.

— O doutor Getulio também continua calado... — arriscou Juquinha Macedo.

— É um zorro — sorriu Alvarino Amaral, batendo a pedra do isqueiro para acender o cigarro. — Um zorro mui ladino.

— Que grande "chefe" fomos arranjar! — ironizou Rodrigo. Deu um novo pontapé no cesto, desmanchando o serviço que Madruga havia pouco terminara.

— Em que ficamos? — perguntou Juquinha.

— Eu vou trabalhar como se a revolução fosse estourar amanhã — declarou Rodrigo. — Continue a reunir gente, coronel Alvarino. E o senhor também, coronel Madruga. E tu, Juquinha, vou te pedir um favor especial. Mas precisas usar muito tato. Sei que o comandante da Guarnição Federal frequenta tua casa, é teu amigo. Sonda o homem, vê se podemos esperar alguma coisa dele. Se encontrares resistência, bico calado, é melhor não insistir. Repito que minha esperança está nos sargentos.

Quando os amigos se retiraram, Rodrigo ficou olhando fixamente para o lugar em que, naquele inesquecível dia de maio de 1923, o corpo do ten. Aristides caíra varado por um balaço de Toríbio. Pensou também no negro Cantídio, de peito esmagado sob o peso de seu cavalo morto. E em Miguel Ruas, a dessangrar-se aos poucos no saguão lá embaixo... Hoje os inimigos de ontem estavam de braços dados, lenços brancos, verdes e vermelhos amarrados num nó de amizade. Havia pouco apertara a mão do Madruga e a do Amintas. Agora, para começar a nova revolução, todos esperavam o beneplácito do dr. Borges de Medeiros, o homem que em 1923 os maragatos tanto odiavam e combatiam.

De súbito a mente de Rodrigo foi tomada por completo pela figura de seu pai. Viu-o tal como no dia em que ele lhe morrera nos braços. Pareceu-lhe que o velho queria fazer-lhe uma pergunta, mas de sua boca saía apenas o estertor da morte, de mistura com golfadas de sangue. Rodrigo teve a impressão de que podia ler uma interrogação naqueles olhos embaciados: "Por quê? Por quê?".

Ficou a ouvir a própria voz a repetir a pergunta, enquanto punha o chapéu, saía do gabinete e descia as escadarias da Intendência. Atravessou o saguão perturbado. Não respondeu aos cumprimentos dos funcionários que estavam por ali, porque não os viu nem ouviu. Na sua cabeça, soava agora uma musiquinha remota, saltitante e fútil: "Loin du Bal".

Ganhou a calçada. O céu estava nublado e um vento frio agitava as árvores. Rodrigo ergueu a gola do sobretudo e atravessou a rua. Uma voz:

— Não conhece mais os pobres?

Parou e voltou-se.

— Roque Bandeira! Onde andas metido que não apareces mais?

Tomou-lhe do braço e arrastou-o consigo.

— Vamos até o Sobrado beber alguma coisa quente. Tenho um conhaque português de primeira. Mas tu preferes cerveja preta, eu sei. És um bárbaro. Como vai essa vida, homem?

Encolhido dentro do sobretudo ruço, Tio Bicho recusava-se a apressar o passo.

— Vamos indo. Recebi ontem um peixinho do Japão. Parece uma joia.

— Como podes pensar em peixes numa hora destas?

Passavam pela frente da Matriz. Rodrigo tirou o chapéu, respeitosamente.

— E que me dizes desse belo movimento que agita o país? És um céptico, não acreditas em nada e em ninguém. Pois eu te repito que ainda tenho fé no Brasil. O gigante adormecido finalmente acordou. O assassinato de João Pessoa galvanizou-o. O sacrifício do grande presidente não foi em vão. Mas qual! Tu não lês jornais.

Lembrou ao amigo a chegada do cadáver de João Pessoa ao Rio de Janeiro. Maurício de Lacerda, num discurso comovente feito no cais do porto, onde a multidão se comprimia aguardando o féretro que era desembarcado do *Rodrigues Alves*, pedira ao povo que se ajoelhasse, pois o corpo do grande morto ia entrar os muros da cidade.

— Foi a cena mais grandiosa, mais tocante da nossa história, Roque. Não rias. Nem tudo é farsa, há coisas sérias na vida. Imagina tu o povo quebrando o cordão de isolamento da polícia e precipitando-se para o féretro com lágrimas nos olhos, para carregá-lo nos ombros até o cemitério! Pisando as flores com que senhoras e senhoritas haviam atapetado o chão, o cortejo passou por entre alas de estudantes ajoelhados a cantarem em surdina o Hino Nacional. Que me dizes, céptico duma figa!

Tio Bicho encolheu os ombros e, mal movendo os lábios pardacentos, gretados pelo frio, balbuciou:

— Digo que tudo acaba virando religião.

— Mas isso é civismo, animal, puro civismo!

— Confirma-se mais uma vez a minha teoria de que o povo precisa duma mística, de mitos, mártires e santos... As massas amam os profetas barbudos como Antônio Conselheiro e Luiz Carlos Prestes. Isso que fizeram com o cadáver de João Pessoa foi um ato de religião e de superstição. Um simulacro de Procissão do Senhor Morto. Não me admirarei se aparecer por aí a história da Vida, Paixão e Morte de João Pessoa, o Cristo do Nordeste. Washington Luís será comparado com Pilatos, mas um Pilatos teimoso que reluta até em lavar as mãos...

Rodrigo parou e segurou o gordo amigo pelas lapelas do sobretudo, como se quisesse erguê-lo do solo.

— Não sei onde estou que não te quebro a cara!

Imperturbável, o outro respondeu:

— Me mate. Aí então serei eu o novo mártir. São Roque. Vai haver uma confusão danada no futuro com o outro santo do mesmo nome. Mas isso não me preocupa. O problema não será meu e sim do mundo cristão.

— Sai! — exclamou Rodrigo, largando o outro. — Perdi a esperança contigo. És um literato irremediável. Não tens sangue nas veias, mas tinta de impressão. Te alimentas de livros, devoras alfarrábios, por isso arrotas essas asneiras pseudofilosóficas. Mas vamos depressa, que o frio está brabo.

Entraram no Sobrado. Havia uma estufa acesa no escritório, mas assim mesmo Roque Bandeira achou de bom aviso não despir o sobretudo.

Rodrigo gritou para a cozinha que lhe trouxessem uma cerveja preta. Ele próprio tirou duma gaveta da escrivaninha a garrafa de conhaque e um copo. Nesse momento soou uma voz inesperada:

— Mais um cálice, que eu também bebo!

Rodrigo olhou para a porta e seu rosto resplandeceu. Lá estava Toríbio, metido num poncho de campanha, chapelão na cabeça, bota e esporas, rebenque a pender-lhe de um dos pulsos.

Bio! Os irmãos abraçaram-se e ficaram a mover-se numa espécie de valsa lenta e a darem-se palmadas nas costas.

— Quando chegaste?

— Agorinha mesmo.

— Tira esse poncho, vamos "bebemorar".

Toríbio desvencilhou-se do irmão e repetiu a valsa com o Tio Bicho, dizendo:

— Este safado cada vez mais gordo... E como vai aquele judeu filho duma mãe?

— Feliz. Acha que a crise econômica mundial vai bolchevizar o mundo.

— Por falar em bolchevizar... — disse Rodrigo, que despejava conhaque nos copos — estou decepcionado com teu amigo Prestes. Leste o manifesto dele que te mandei?

— Li — respondeu Toríbio, tirando o poncho e escarrapachando-se numa poltrona, sempre de chapéu na cabeça.

— Não achas que o homem está de miolo mole?

— Não.

— Mas é um manifesto comunista!

Bio encolheu os ombros, bateu com a ponta do rebenque nos costados da poltrona, apanhou depois o copo que o irmão lhe entregava, bebeu um gole, fez uma careta e perguntou:

— Não tens aí uma caninha boa?

— Bebe esse conhaque, homem! É do melhor. Mas que achaste do manifesto do teu chefe?

— Ora, pode ser besteira, mas é uma opinião. Não modifica o conceito que faço do homem. É um cara decente e de coragem. Pode dizer e escrever o que quiser... pra mim ele ainda é o companheiro da Marcha.

Tio Bicho, que bebia com gosto a cerveja trazida por uma das crias da casa, disse:

— No meu entender, o Prestes cometeu um erro. Se fosse mesmo um bom leninista, ele esconderia o jogo, entraria na revolução sem tornar público o seu manifesto. Uma vez vitorioso o movimento, ele trataria de empolgar o poder e levar o país para a esquerda...

— E tu pensas que os Estados Unidos iam ficar de braços cruzados? — perguntou Rodrigo, depois de tomar um largo gole.

— Já se foi o tempo em que os americanos resolviam suas dificuldades com os países sul-americanos mandando um couraçado "visitar" os vizinhos turbulentos...

— Não sei... não sei... Mas uma coisa eu digo a você. O Prestes me decepcionou. E sua defecção nesta hora crítica fez um grande mal à causa da revolução. — Olhou para o irmão. — Ah! Teu amigo João Alberto está em Porto Alegre conspirando. Veio a chamado do Aranha.

Toríbio sorriu:

— Ando com saudade daquele pernambucano.

— Pois se andas, vamos juntos à capital. Preciso me avistar com o Aranha, estabelecer certos contatos, saber com que armamento podemos contar. E, acima de tudo, descobrir para quando está marcada essa encantada revolução.

— Não me fales em revolução que eu fico com água na boca... — disse Toríbio.

— Então a coisa sai mesmo? — indagou Tio Bicho com tépido interesse.

Os irmãos entreolharam-se, sorrindo.

— Conta pra ele, Bio, quantos homens já tens no Angico.

— Cinquenta caboclos de pelo duro, entre eles vinte e dois dos meus trinta lanceiros de 23.

Tio Bicho sacudiu a cabeça lentamente.

— *Alea jacta est* — murmurou com fingida solenidade.

— Se tens alguma dúvida — disse Toríbio —, vou te provar que já ando no meu "uniforme" de campanha.

Tirou o chapéu e mostrou a cabeça completamente raspada.

7

Na segunda quinzena de agosto, Rodrigo foi a Porto Alegre, de onde voltou uma semana depois. No dia de sua chegada, reuniu em casa alguns amigos e contou-lhes as novidades. A revolução era uma realidade, mas a data da sua eclosão não estava ainda marcada: seria entre fins de setembro e princípios de outubro. Oswaldo Aranha era o centro da conspiração, a alma do movimento. Borges de Medeiros? Continuava fechado em copas. Os senadores Paim Filho e Vespúcio de Abreu lhe haviam escrito uma carta em que lhe pediam declarasse publicamente que o Partido Republicano Rio-Grandense *desautorizava* a conspiração. O Solitário do Irapuã não lhes respondera, e isso era um indício de que se não estava a favor, pelo menos não estava *contra* a revolução.

— E o Getulio? — indagou Juquinha Macedo.

Rodrigo olhou em torno. Achavam-se no escritório, sentados e atentos às suas palavras — além do homem que fizera a pergunta —, Toríbio, Terêncio Prates, Alvarino Amaral e José Lírio.

— A atitude do Getulio, ao que parece, é a mesma que ele patenteou na noite em que mataram o João Pessoa. *Gelada* é o adjetivo que encontro para ela. E isso me dá arrepios...

E como Liroca lhe lançasse um olhar cheio de interrogações, explicou:

— Os jornais noticiaram o fato e nós já o comentamos aqui mesmo neste escritório. Mas agora o Oswaldo me contou a história com detalhes. Prestem atenção, que vale a pena.

Sentou-se, acendeu um charuto e contou:

— Na noite de 26 de julho, quando estávamos nesta casa festejando o aniversário da Flora, as classes conservadoras ofereciam em Porto Alegre um banquete ao Oswaldo Aranha, no Clube do Comércio. Ao sentar-se à mesa, o homenageado viu na sua frente um vaso com violetas... Como bom gaúcho da fronteira, não gostou daquilo, pois dizem que violeta é flor de mau agouro. Bueno, o banquete transcorreu em ordem, com muito entusiasmo, e lá pelas tantas alguém veio trazer um bilhete ao Oswaldo, que o leu e ficou pálido. Era a notícia do assassinato de João Pessoa.

Liroca escutava o amigo, de boca entreaberta. Terêncio apertava a haste de seu cálice. O velho Amaral, meio surdo, punha a mão em concha junto da orelha direita.

— Terminado o banquete — prosseguiu Rodrigo —, os convivas saíram e encontraram na frente do clube uma verdadeira multidão. A notícia do crime se espalhara e o povo estava indignado, comovido e agitado. Havia gente com lágrimas nos olhos. Ao avistarem o Oswaldo e os outros políticos, começaram a gritar: "Fala, Oswaldo Aranha! Fala, Oswaldo Aranha!". Eu sei dizer que se improvisou um comício. Discursou primeiro o homenageado da noite. Depois falou o João Neves e por fim Flores da Cunha. Todos foram aplaudidos com delírio. Começaram então os gritos: "Para o Palácio! Para o Palácio!". Queriam ouvir o presidente do estado. E a massa humana começou a movimentar-se, rua da Ladeira acima... Agora vem um desses detalhes que os historiadores esquecem ou ignoram, mas que para mim tem uma significação humana extraordinária. O Aranha chamou seu irmão mais novo, o Zé Antônio, um rapaz de seus dezessete anos, e mandou-o ir correndo avisar o Getulio de que o povo estava a caminho do Palácio e que esperava dele um pronunciamento... O jovem Aranha chegou esbaforido aos aposentos do presidente e encontrou-o sentado a afagar a cabeça do angorá que tinha no colo. Despejou-lhe a notícia, que Getulio escutou sorridente e sereno. Já a essa hora o povo estava na frente do Palácio e gritava: "Getulio! Getulio!". Vocês pensam que o homenzinho se afobou? Qual! Pôs o gato em cima da escrivaninha, encaminhou-se para a janela, abriu-a e ficou olhando para a multidão, que prorrompeu numa ovação enorme, talvez a mais vibrante que ele tenha recebido em toda a sua vida. E quando a massa silenciou e todos ficaram esperando um discurso, um pronunciamento definitivo, um incitamento à revolução, a Esfinge de São Borja limitou-se a sorrir e não disse patavina!

Rodrigo ergueu-se, bateu a cinza do charuto em cima dum cinzeiro e rematou:

— Esse é o chefe da nossa revolução. Ah! Mas não vamos gastar cera com tão ruim defunto. Temos de tocar pra diante. Como está a situação por aqui?

Juquinha Macedo contou que havia sondado o comandante da Guarnição Federal.

— O homem não quer nem ouvir falar em revolução.

Alvarino Amaral informou que já tinha mais de duzentos caboclos reunidos, à espera de armas e munição.

— E os teus sargentos, Bio?

— Estão dispostos a virem aqui conversar conosco. É só marcar o dia e a hora.

— Está bem. Mas devem vir de noite, entrar pelos fundos do quintal, escondidos, para não despertar suspeitas. A esta hora devemos estar sendo vigiados...

Toríbio ia continuar a falar mas calou-se, pois à porta do escritório surgiu a figura do ten. Bernardo Quaresma.

— Com licença! — Entrou e começou a apertar mãos. — Interrompo alguma conversa particular?

— Ora! — fez Rodrigo. — Não temos segredos para ti.

Quando o tenente voltou-lhe as costas, piscou um olho para Toríbio e disse:

— Ó Juquinha... fecha a porta.

O amigo obedeceu. Rodrigo pousou cordialmente a mão no ombro do alagoano:

— Por falar em segredo, chegaste bem na hora. Temos um assunto muito importante a tratar contigo... Que é que vais beber?

Havia espanto no rosto do oficial.

— Que é isso comigo, doutor?

Uma vermelhidão lhe foi cobrindo as faces, o pescoço e as orelhas, enquanto ele repetia: "Que é isso comigo, doutor?".

— Senta-te, Bernardo. Vou te dar um cálice de vinho do Porto. Ou queres alguma coisa mais forte?

Agora sentado, Bernardo Quaresma olhava dum lado para outro, como que compreendendo aos poucos do que se tratava.

— Se vão me falar em...

— Espera! — interrompeu-o o dono da casa, segurando-o pelo talabarte. — Não digas nada ainda. Me deixa falar primeiro. Depois respondes. Mas quero a tua palavra de honra, palavra de homem, palavra de soldado... seja qual for a tua resposta, vais prometer que não dirás a ninguém o que se conversou aqui nesta sala. A ninguém. Juras?

— Que é isso comigo, doutor?

— Juras?

Liroca ergueu-se, alvoroçado, esfregando as mãos como um colegial. Alvarino tratava de ajustar a sua improvisada concha acústica, para não perder palavra do diálogo.

— Juro — disse por fim o tenente. — Mas isso não quer dizer...

— Eu sei, eu sei... — atalhou Rodrigo. — Toríbio, traz uma cachacinha aqui pro nosso amigo.

Enquanto o irmão fazia isso, Rodrigo reacendeu o charuto, tirou uma bafora da, olhou furtivamente para a porta e, baixando a voz, disse:

— Não ignoras, a esta altura dos acontecimentos, que o Rio Grande e o resto do Brasil estão de corpo e alma com a revolução.

Bernardo Quaresma bebericou a cachaça e fez uma careta de repugnância.

— Conspira-se em todo o território nacional — prosseguiu Rodrigo. — A revolução é uma fatalidade, estás compreendendo? Uma fa-ta-li-da-de! É questão de tempo.

O tenente olhava silencioso para os reflexos violáceos da bebida.

— Sabes que sou teu amigo, Bernardo. Todos somos. É como se fosses meu parente, pessoa da casa. Seria um absurdo se eu não fosse franco contigo. Seria um insulto à tua pessoa se eu não tivesse confiança em ti.

— Mas doutor...

— Espera. Escuta. Não queremos derramar o sangue de nossos irmãos. Mais tarde ou mais cedo, as tropas federais aquarteladas no estado vão aderir ao movimento. Fui informado, com toda a segurança, de que a guarnição de Porto Alegre está toda conosco.

Rodrigo fez uma pausa. Depois, tornando a pôr a mão no ombro do oficial, disse vagarosamente:

— Agora me escuta. Nós contamos contigo.

O outro pôs-se de pé num pulo, como se tivesse levado um choque elétrico.

— Comigo não!

— Senta. Tem calma, olha aqui... Já pensaste na legitimidade da nossa causa? O Governo Federal fraudou as eleições, mandou assassinar João Pessoa, e agora, como supremo insulto, tropas federais ocuparam Princesa, sob o pretexto de restabelecer a ordem. É a intervenção mascarada! A revolução portanto é um imperativo não só político como também moral. É um ato de justiça. Pensa bem, Bernardo. Podemos contar contigo? Não queremos muita coisa de ti... Se não estás disposto a nos ajudar na catequese de teus companheiros de farda, se não queres tomar parte ativa no movimento, nós nos contentamos com a tua promessa de não fazer nada *contra* ele... Mas sei que estás conosco!

Bernardo sacudiu a cabeça negativamente.

— Não, doutor. Não. Sou seu amigo. Seria capaz de dar a minha vida pelo senhor. Mas o que me pede está acima das minhas forças. Sou um soldado, e soldado não faz revolução contra governo legalmente constituído. Meu falecido pai, que era também militar, me ensinou isso. Não contem comigo...

Ergueu-se, como que estonteado, e por alguns instantes ficou perdido entre aquelas pessoas, mesas e poltronas. Aproximou-se da janela, encostou a testa na vidraça, puxou o dólmã, passou as mãos pelos cabelos. Todos os olhares estavam postos nele. E agora, encostado na parede, como para melhor defender-se do inimigo, o tenente de artilharia tornou a falar.

— Vou pedir minha remoção de Santa Fé imediatamente. Não quero ser levado a uma situação em que tenha de lutar contra os meus amigos.

Rodrigo sorriu amarelo. Aproximou-se do alagoano, tomou-lhe do braço e puxou-o para a roda.

— Ora, Bernardo, não vamos fazer drama. — Obrigou-o a sentar-se de novo. — Isto não é sangria desatada. Nós te damos tempo para pensar.

— Não preciso de tempo. Já decidi. Sou soldado. Defendo a legalidade.

As narinas de Rodrigo palpitaram e ele quase soltou as palavras que se lhe amontoavam no pensamento: "Mete essa tua legalidade no rabo, menino! Pensas que precisamos de ti para fazer a revolução?". Mas conteve-se. Pegou o copo que deixara esquecido em cima da mesinha, na frente do sofá, tomou um gole de conhaque.

— Essa é a tua última palavra? — perguntou.

O oficial sacudiu afirmativamente a cabeça.

— É sim senhor.

Rodrigo olhou em torno, com um ar um pouco teatral, e disse:

— Todos vocês são testemunhas de que fiz o possível... Agora quero que o nosso tenente responda a uma pergunta. Se os soldados de teu regimento se revoltarem e tentarem prender-te... que farás?

— Reajo à bala.

— Aí, Floriano Peixoto! — exclamou o Liroca.

— Está bem — disse Rodrigo. — Não temos mais nada a dizer.

— Mas não se esqueça, tenente — interveio Juquinha Macedo —, que o senhor prometeu não contar a ninguém o que se conversou aqui esta noite.

— Já dei a minha palavra.

Fez-se um silêncio de constrangimento. Toríbio, porém, salvou a situação. Ergueu-se da poltrona, onde estivera sentado, com as mãos trançadas sobre o ventre, numa atitude modorrenta, avançou para o tenente e segurou-o pelos ombros:

— Reages coisa nenhuma, porcaria! Na hora da onça beber água, eu te pego, te prendo e liquido o assunto. E queres saber duma coisa? Deixa esses conspiradores de meia-tigela e vamos ver se encontramos alguma mulher que preste nessas pensões...

Bernardo Quaresma pareceu ganhar vida nova. Ergueu-se, sorrindo, e, ainda meio contrafeito, distribuiu apertos de mão. Quando chegou a vez de despedir-se de Rodrigo, murmurou:

— Está zangado comigo, doutor?

— Zangado eu? Claro que não, homem. Admiro a tua franqueza como admiro a tua lealdade. Mas deixa de bobagem, não peças a tua transferência...

— Sinto muito, mas acho melhor pedir...

Saiu em companhia de Toríbio. Pouco depois Rodrigo aproximou-se da janela, olhou para fora e viu o irmão e o tenente de artilharia atravessarem a rua, seguidos pelo Retirante, que ficara todo aquele tempo inquieto, esperando o amo, à porta do Sobrado.

8

A festa de inauguração da caixa-d'água de Santa Fé, em princípios de setembro — e para a qual Rodrigo convidara a população da cidade e as autoridades militares —, acabou por transformar-se num comício político. O cel. Borralho, veterano do Paraguai, estava no palanque, ao lado dos convidados de honra. À medida que os oradores se exaltavam, excedendo-se nos ataques ao presidente da República, o comandante da Guarnição Federal dava mostras de seu mal-estar. Por fim, quando Rodrigo, no seu discurso oficial, saltou do assunto "saneamento material de Santa Fé" para "saneamento moral do Brasil", falando nos "sórdidos esgotos da política autoritária do Catete" e fazendo alusões claríssimas à revolução, o comandante da praça e os outros oficiais retiraram-se do palanque ostensivamente, mas não sem antes ordenarem à banda de música do Regimento de Infantaria que se recolhesse imediatamente ao quartel.

— Que siga o baile sem música mesmo! — gritou um gaúcho que assistia à solenidade de cima do seu bragado.

Terminados os discursos, improvisou-se uma passeata cívica. Cantando hinos e gritando vivas, tendo à frente uma das filhas de Terêncio Prates, que levava ao ombro uma bandeira do Brasil, e Roberta Ladário, toda vestida de vermelho, com uma bandeira do Rio Grande nas mãos, o cortejo, numa mistura de lenços vermelhos, brancos e verdes, desceu a colina da Sibéria na direção do centro da cidade. Cuca Lopes ia à frente rodopiando e soltando foguetes. E à medida que avançava, a procissão ia engrossando e o entusiasmo crescendo. Homens e mulheres apareciam às janelas das casas e acenavam com bandeirinhas ou lenços. Atrás das porta-estandartes, ladeado por chefes políticos locais, Rodrigo Cambará caminhava, glorioso, dividindo seu entusiasmo e sua atenção entre as pessoas que lhe acenavam das janelas ou calçadas, e as nádegas da professora. E tudo — sentia ele — tudo cabia dentro do mesmo entusiasmo cívico e da mesma alegria de estar vivo.

Na praça da Matriz, antes de dispersar-se o cortejo, Rodrigo tornou a falar. E quando, perorando, declarou que os descendentes de Bento Gonçalves muito breve haveriam de amarrar seus pingos no obelisco da Avenida, na capital federal, um urro de entusiasmo guerreiro se elevou da multidão e foi repetido pelo eco atrás da Matriz.

Naquele mesmo dia, chegou a Santa Fé a notícia de que o presidente Irigoyen da Argentina havia sido deposto pelo Exército.

— Eu não disse? — exultou Arão Stein. — Os castelos de cartas continuam a cair. O próximo a rolar será o de Washington Luís. Não será necessário disparar um tiro.

Rodrigo quis saber de pormenores da revolução argentina. O judeu mostrou-lhe os jornais. Uma junta presidida pelo gen. Uriburu tinha assumido o governo do país vizinho. No manifesto que os militares haviam lançado à nação, Rodrigo descobriu um trecho que se poderia aplicar, sem mudar sequer uma vírgula, à situação brasileira. Declaravam os militares que se haviam rebelado para "intimar os homens que atraiçoaram no governo a confiança do povo e da República, ao abandono imediato dos cargos que não exerceram para o bem comum, mas em exclusivo proveito de seus apetites pessoais".

Rodrigo, porém, não se mostrou entusiasmado com a queda de Irigoyen. Quando Juquinha Macedo lhe perguntou por quê, explicou:

— Seria um desastre se nosso Exército, seguindo o exemplo do argentino, depusesse Washington Luís. Teríamos então uma ditadura militar e a situação ficaria ainda pior. Nossa revolução tem de ser feita por nós com a participação do Exército. Tem de ser uma revolução civil e popular.

Em muitas daquelas noites de setembro, vieram ao Sobrado dois sargentos, um de artilharia e outro de infantaria, e ficaram a conspirar no escritório com Rodrigo e os outros chefes revolucionários locais. Chiru e Neco montavam guarda à casa, para dar o sinal de alarma, caso o ten. Quaresma se aproximasse.

O sarg. Aurélio Taborda era um quarentão retaco e cambota, de ar descansado, com algo de oriental na larga cara amarela. Lembrava a Rodrigo a figura dum general nipônico que ele vira nos números de *L'Illustration* dedicados à guerra russo-japonesa. Entrava em geral pelo portão dos fundos, embuçado numa capa preta, e batia na porta da cozinha. Laurinda fazia-o entrar. Rodrigo em geral o recebia com estas palavras:

— Ah! O nosso general Oyama!

Taborda gostava da brincadeira. Era literato, ledor de Pérez Escrich, Alexandre Dumas e Emile Richebourg. Escrevia peças de teatro, uma das quais já fizera Rodrigo ler. Tratava-se dum melodrama histórico, cuja personagem principal era um capitão brasileiro, herói da Guerra do Paraguai. A dificuldade para encenar o drama — dizia o autor — era o seu alto custo. Havia uma batalha campal em cena aberta, com canhões, uma carga de baioneta et cetera e tal... Precisariam de, pelo menos, quinhentos atores. "O senhor vê, doutor, não temos palco nem gente que chegue." Rodrigo concordava, sério, para agradar o dramaturgo.

O outro sargento, Atílio Bocanegra, era, no dizer de Taborda, "dos modernos". Muito mais moço que ele — pois não teria mais de vinte e sete anos —, era claro, esbelto, de olhos cinzentos e metálicos. Segundo Toríbio, dava-se ares de galã.

— Por que me trazes então esse pelintra? — perguntara Rodrigo chamando o irmão à parte.

— Porque o diabo do rapaz tem um prestígio danado entre a soldadesca. E é macho.

Ali no escritório, os dois sargentos, cada qual à sua maneira, contavam o progresso de seu trabalho de catequese entre os companheiros. Bocanegra era conciso e direto. Taborda, prolixo e amigo de imagens literárias. De toda a conversa, Rodrigo deduzia que alguns dos sargentos do Regimento de Infantaria achavam-se ainda indecisos, mas os de Artilharia estavam todos decididos a, na hora oportuna, revoltar a soldadesca e prender os oficiais.

— E que me diz do tenente Bernardo? — perguntou Rodrigo.

Bocanegra não hesitou:

— É um garganta. Proseia mas não sustenta. Não se preocupe com ele.

Em muitas daquelas noites ventosas e ainda frias, ficavam ali no Sobrado a discutir os pormenores do "golpe" e a beber café ou cachaça com mel e limão. Muita vez Rodrigo surpreendia-se a olhar fixamente para o sarg. Bocanegra, procurando descobrir que traço, que expressão daquela face era responsável pela antipatia, pelo mal-estar que o rapaz lhe causava. Não que fosse feio; pelo contrário: era um belo tipo. Tinha feições regulares, boca bem desenhada, testa alta, queixo voluntarioso. Talvez a "antipatia" estivesse nos olhos frios de réptil. Claro! Eram olhos de cobra — decidiu uma noite Rodrigo consigo mesmo. Para agravar a situação, o jovem sargento tinha o cacoete de, a intervalos, lamber os lábios com a língua pontuda e longa.

— É justo e natural — disse Bocanegra uma noite — que depois de dominada a situação todos os sargentos sejam automaticamente comissionados em tenentes. Foi uma promessa que tive de fazer aos colegas.

— E que nós manteremos — apressou-se Toríbio a dizer.

Esse bichinho é ambicioso — pensou Rodrigo. — Ambicioso e vingativo. Por tudo quanto ouvi até agora, tem pela oficialidade uma má vontade que quase chega às fronteiras do ódio. Agora, o outro, esse caboclo literato e pachorrento é uma boa alma. Pai da vida. Trabalha devagar e com excessiva cautela. O que ele quer mesmo é fazer frases.

— Quando é o grande dia? — perguntou Taborda certa vez.

Rodrigo deu de ombros.

— Aguardamos ordens de Porto Alegre. Pode ser este mês. Pode ser no outro.

— Pois nesse dia, doutor — disse o dramaturgo, erguendo o copinho de cachaça —, estaremos todos no palco, ao subir o pano para o drama da regeneração nacional.

Bocanegra soltou uma risada desagradável. Rodrigo teve ímpetos de esbofeteá-lo.

9

Os problemas de Floriano agravaram-se quando chegou do Angico para trabalhar no Sobrado a Olmira, cabocla de dezesseis anos. Tinha nas feições e na cor da pele algo de malaia. Seus olhos de obsidiana, enviesados e ariscos, luziam, como aliás o resto da cara, com um lustro de pintura envernizada. Ao vê-la pela primeira vez, Floriano teve inesperados ímpetos antropofágicos. Desejou morder e comer aqueles lábios polpudos como pêssegos, e aqueles seios que mal apontavam. Surpreendeu-se e envergonhou-se um pouco desse apetite. Estava resignado à castidade, por mais que isso lhe custasse. Era-lhe agradável a ideia de permanecer limpo de corpo — já que de espírito tal coisa não lhe era possível — e continuar merecendo a confiança da mãe e da Dinda.

Quase sempre descalça, Olmira movia-se com uma graça ágil e mortífera de felino. O namoro começou desde o primeiro dia, e a iniciativa partiu da caboclinha, que, à sua maneira dissimulada, olhava com insistência para Floriano, mas quando este a encarava, desviava o olhar. Falava pouco, quase nada. No fim da primeira semana, ele ainda não lhe tinha ouvido a voz. Quando Olmira servia a mesa, Floriano interceptava os olhares cúpidos que seu pai dirigia para a rapariga, e isso o perturbava não só pelo temor que ele tinha de que sua mãe os notasse como também porque dum modo obscuro ele começava a aceitar a ideia de que Olmira lhe pertencia, e afinal de contas o dr. Rodrigo Cambará não podia ser dono de todas as mulheres do mundo. Observava também que Jango, com seus quatorze anos e seu desenvolvimento precoce, o buço forte, os olhos sombreados de olheiras arroxeadas, uma voz grotesca, ora grossa, ora fina — Jango parecia também fascinado por Olmira. E o próprio Eduardo, que tinha apenas doze anos, não perdia a oportunidade de tocar na chinoca sob qualquer pretexto. Onde quer que a encontrasse — uma vez que não houvesse nenhum dos "grandes" à vista — dava-lhe uma palmada nas nádegas, soltava uma risada safada e saía a correr... De um modo geral, todos os machos do Sobrado pareciam enfeitiçados pela cabocla.

Agora as noites de Floriano começavam a ser mais difíceis, principalmente quando ele despertava de madrugada, o corpo latejando do desejo despertado por algum sonho erótico, e pensava que Olmira dormia sozinha num quarto do porão. Ficava a fantasiar excursões secretas, imaginava-se a descer as escadas na ponta dos pés, sair para a rua e finalmente bater na porta do quarto da rapariga. Só de pensar nisso ficava com a respiração alterada, o coração a pulsar aflito. Muitas vezes essas aventuras se prolongavam sonho adentro.

Não raro revoltava-se. "Também não sou de ferro. Trazer uma guria dessas para o Sobrado, nas minhas ventas, chega a ser uma provocação. Não me culpem se eu..." Mas sorria, vendo também o lado humorístico da situação.

Estava uma tarde sentado no banco do quintal, debaixo da marmeleira-da-índia, quando de repente teve a intuição duma presença invisível, a estranha sensação de que estava sendo observado. Olhou em torno: o pátio deserto. Ninguém nas janelas do casarão. Ia baixar de novo o olhar para o livro que tinha nas mãos, quando vislumbrou uma mancha vermelha entre os ramos, folhas e flores dum cinamomo. Olmira estava trepada na árvore e de lá o espreitava... Ele sorriu. Ela também. Foi nesse exato instante que Maria Valéria apareceu a uma das janelas do casarão e gritou:

— Desatrepa daí, menina!

Quando Olmira descia, abraçada ao tronco do cinamomo, a ponta de sua saia se prendeu num galho, deixando-lhe completamente à mostra as coxas roliças e cor de cobre. Por um segundo, Floriano ficou siderado. A chinoca sentou os pés no chão, baixou o vestido e esgueirou-se na direção da porta da cozinha.

Depois desse dia, o jogo a que ambos se empenharam num acordo tácito — o caçador e a caça — tomou os aspectos mais variados. Havia momentos em que a rapariga parecia querer entregar-se; noutros, dava a impressão de fugir em pânico. Passava um dia ou dois arredia para, de súbito, sem razão aparente, provocá-lo com um olhar mais demorado, um sorriso, uma rabanada faceira ou um pretexto qualquer para ficar numa posição em que ele lhe pudesse ver as coxas. E o caçador, demasiado tímido para o ataque frontal, arquitetava vagas armadilhas, mas dum jeito que, em caso de perigo para sua reputação de bom filho, elas pudessem ser debitadas à conta do acaso, livrando-o da responsabilidade moral de tê-las preparado deliberadamente. Horas havia em que ele se recriminava por entregar-se a tão arriscada aventura dentro da própria casa. Temia ser descoberto. Era-lhe insuportável a ideia de fazer a mãe sofrer, de decepcioná-la, de dar-lhe motivo para concluir que, no fim de contas, ele e o pai eram feitos do mesmo estofo. De resto, Olmira devia ser ainda virgem. Se dormisse com ela, poderiam surgir complicações sérias. Pensando nessas coisas, Floriano tinha quase sempre em mente a imagem do Tio Bicho, que costumava dizer-lhe que a nossa moralidade é quase toda feita de medo.

Fechado na água-furtada, o rapaz entregava-se às suas aventuras intelectuais. Descobrira Bernard Shaw, que conseguia ler no original com relativa facilidade. Relia o seu Ibsen e andava rabiscando traduções de Tagore.

Para cúmulo de males, agora a primavera se acumpliciava com seus desejos. Havia na atmosfera algo de excitante e embriagador. A natureza parecia em cio. Às vezes Floriano tinha a impressão de que respirava pólen e ficava grávido de coisas verdes. Os cinamomos da praça e do quintal do Sobrado rebentavam em flores lilases, que enchiam o ar com o mel de sua fragrância adocicada. O vento arrepiava a paisagem e as epidermes, tumultuava o céu com nuvens inesperadas, levantava na rua o vestido das mulheres, despenteava as pessoas e as árvores.

Naquela quarta-feira — o primeiro dia de ar sereno e morno que setembro lhes dava — Rodrigo parecia especialmente preocupado. Durante o almoço, queixou-se do silêncio em que se mantinham os chefes da revolução em Porto Alegre e declarou que estava decidido a partir para lá no dia seguinte, para averiguar o que se passava.

— Ou atam ou desatam. Esta situação de dúvida não pode continuar. O velho Borges finalmente já declarou aos correligionários que aceita a revolução. No entanto o marasmo continua.

Tirou o jornal que tinha no bolso, abriu-o e leu em voz alta um trecho do manifesto recentemente divulgado pelos estudantes da Faculdade de Direito do Recife:

É a vós, gaúchos e mineiros que começais a desertar da trincheira em fogo para a qual nos convidastes pela clarinada de vossos tribunos e pelo incitamento de vossos generais; é a vós, brasileiros de todos os quadrantes, que a mocidade acadêmica de Pernambuco dirige este apelo em nome do martírio de João Pessoa.

Atirou o jornal em cima duma cadeira.

— Lá no Norte já estão pensando que desertamos. É preciso precipitar o quanto antes a revolução. A fruta está caindo de madura. Se esperarmos mais um mês, ela apodrece. E nós apodreceremos com ela, irremediavelmente!

Flora comia a sobremesa em silêncio, e nos seus olhos já se via o medo antigo da guerra. Maria Valéria deu uma ordem em voz alta para Olmira. Bibi, Jango e Eduardo olhavam para o pai, sérios. Floriano procurou alguma coisa para dizer, mas não encontrou nada. Rodrigo encarou-o:

— E tu, meu filho, já estás na idade de tomar algum interesse pela política. Vives num mundo excessivamente livresco. Precisas plantar os teus pés no nosso chão, no chão do Rio Grande. Esta é uma hora em que ninguém pode ficar indiferente. Tragam esse café duma vez!

Além da vergonha de ter falhado nos exames vestibulares — refletiu Floriano —, além da vergonha de viver como um parasita, de não ter ainda escolhido uma carreira, o pai acabava de criar para ele uma nova vergonha: a de estar alheio ao movimento revolucionário. Não seria a vida mais que um rosário de vergonhas e sentimentos de culpa? Teria o homem de passar seus dias a bater no peito e a murmurar *mea culpa*?

Olmira estava particularmente atraente aquele dia, no seu vestido amarelo-claro, que lhe ia tão bem com o tom acobreado da pele e com o negror lustroso dos cabelos. Uma franja tarjava-lhe a testa redonda. Seus seios pareciam ter crescido naquelas últimas semanas, talvez por artes da primavera. Aquela manhã, ao ver a cabocla deixar cair um copo que se partira em cacos nos mosaicos da cozinha, a Dinda gritara: "Essa menina não está com o sentido no que faz. Anda com fogo no rabo". Mesmo ditas pela voz seca e fria da velha, essas palavras incendiaram a imaginação de Floriano.

Subiu às primeiras horas da tarde para a mansarda, pensando nelas. Por volta das três e meia, quando Olmira lhe foi levar a bandeja com uma xícara de café e umas fatias de bolo de milho, sentiu desejos de agarrá-la, mas não teve coragem para tanto. Mas quando ela voltou meia hora mais tarde, dizendo que tinha ido buscar a bandeja, Floriano fechou a porta, com o coração a bater acelerado, e aproximou-se da chinoca. Olmira encolheu-se, como quem espera uma bofetada, mas não se moveu. Floriano abraçou-a com trêmula fúria e, sem dizer palavra, deitou-a no divã.

10

Naquela mesma tarde, por volta das cinco, estava sentado no peitoril da janela da água-furtada, a olhar a praça. Sentia-se aliviado, estranhamente sem remorso. Pensava apenas de maneira vaga no que poderia acontecer. Como se portaria Olmira dali por diante? Contaria tudo à patroa? Claro que não, pois se entregara sem resistência. Passaria a fugir dele por ter achado a experiência desagradável? (Seu rosto enigmático não traíra nenhuma emoção.) Era possível mas não provável. Voltaria outros dias à mesma hora? Pouco lhe importava agora. Naquele momento Floriano sentia-se estranhamente tranquilo e seguro de si mesmo: um homem sem passado nem futuro.

As copas das árvores da praça estavam imóveis. Subia até a mansarda o perfume das flores de cinamomo. Pela primeira vez em muitos dias, o céu estava completamente limpo.

Uma mulher vestida de branco sentou-se no banco que ficava junto da calçada fronteira à igreja. Floriano reconheceu-a: Roberta Ladário. Abriu o livro que trazia, e por alguns instantes pareceu entretida a ler. Poucos segundos depois, fechou o volume e olhou na direção da Intendência. Floriano compreendeu tudo. Roberta sabia que seu pai costumava passar por ali mais ou menos àquela hora. Preparava com toda a certeza um "encontro casual". Tinha muito topete, a professora!

Ao cabo de alguns minutos, apareceu o dr. Rodrigo Cambará a caminhar pela calçada, já de chapéu na mão. Parou junto do banco, inclinou-se, beijou a mão que Roberta lhe estendeu, olhou para os lados e por fim sentou-se ao lado dela. Ficaram numa conversa animada, durante alguns minutos. Ela sacudia a cabeça negativamente, ele gesticulava, como que tratando de convencê-la de alguma coisa... Quando alguém passava pela frente do banco, ambos pareciam calar-se, cumprimentavam o passante e a seguir retomavam a conversa. Floriano estava achando a cena divertida.

Minutos mais tarde, o ten. Bernardo Quaresma atravessou a praça seguido pelo Retirante, e aproximou-se do banco. Devia ter dito alguma coisa, pois Roberta e Rodrigo voltaram a cabeça para trás ao mesmo tempo. Rodrigo levantou-se, apertou a mão do tenente, que contornou o banco, inclinou-se na frente da professora, unindo os calcanhares e fazendo uma breve continência. Ficou a bater com o pinguelim na perneira. (Aposto como papai está furioso com a interrupção.) A seu redor, o Retirante dava pulos, brincalhão. Num dado momento, ergueu as patas e sentou-as nos ombros de Rodrigo, tentando lamber-lhe a cara. O tenente interveio para livrar o amigo das carícias do animal. Roberta atirou a cabeça para trás, numa risada. Rodrigo limpava as ombreiras do casaco. Naquele instante surgiu nova personagem em cena. O prof. Zapolska, que saía da igreja, atravessou a rua, encaminhando-se para o grupo. Estreitou Rodrigo contra o peito, deu a ponta dos dedos ao tenente e, olhando para Roberta, tocou com o indicador na aba do chapéu. Havia muito que Floriano observava a paixão que o velho pederasta tinha por seu pai. Visitava com frequência o Sobrado, ficava-se pelos cantos a olhar para o dono da casa, soltando suspiros sentidos, e sempre que tocava Chopin revirava os olhos na direção do seu "querido doutor", como para lhe dar a entender que estava tocando apenas para ele e mais ninguém. Uma noite achava-se Floriano na água-furtada a ler, quando ouviu, vindo da calçada fronteira, um ruído de passos. Foi espiar à janela e avistou o vulto do professor, que andava dum lado para outro, a olhar para as janelas do casarão, como um namorado romântico.

Floriano agora sorria olhando a cena lá embaixo. O que no princípio havia sido o clássico triângulo, com a chegada de Zapolska se transformara num quadrado. Mas não! Era preciso também contar o cachorro. Era um polígono! E a história se poderia resumir assim: o Retirante amava Bernardo, que amava Roberta, que amava Rodrigo, que por sua vez era amado por Zapolska. Que pantomima!

Rodrigo fazia agora as suas despedidas, e no minuto seguinte retomava sua marcha na direção de casa. Floriano recuou para dentro da água-furtada e pôs-se a remexer numa pilha de discos, pois sentia uma súbita, urgente necessidade de ouvir música.

11

Rodrigo voltava para o Sobrado com um sentimento exasperante de frustração. Tentara convencer Roberta de que o único lugar em que poderiam encontrar-se a sós era no próprio quarto dela. "Uma madrugada destas tu deixas a janela aberta, a rua estará deserta, eu salto para dentro... que dizes, meu amor?" A princípio ela parecera horrorizada à ideia. "No Colégio? Santo Deus!" Pronunciando *Deuchs*, com o esse chiado, ela tirara de certo modo ao nome do Senhor grande parte de sua grandeza e de seu grave mistério. Ele, então, lhe provara que aquela era a única solução. Invocara até um argumento dramático: "Não ignoras que a revolução vai ser deflagrada dentro de pouquíssimos dias... Sabes que não sou homem de ficar em casa na hora da luta. Tudo pode acontecer... Não temos muito tempo". E a professora parecera sensibilizada ante esse argumento. Estava quase a dar seu consentimento quando surgira o diabo do alagoano com aquele insuportável cão policial, tão expansivo quanto o dono, a fazer-lhe festas, a sujar--lhe o casaco com as patas e a querer lamber-lhe a cara. E como se tudo isso não bastasse, aparecera também o Sombra. O professor de piano se estava transformando num caso muito sério!

Entrou em casa com um humor ácido. Meteu-se num banho morno, onde se entregou aos devaneios habituais. Tinha agora dois objetivos capitais: um, a prazo curto, era o de dormir com a professora; outro, a prazo mais longo (mas não muito), era o de fazer a revolução. Estava decidido a embarcar para Porto Alegre no dia seguinte. Procuraria Oswaldo Aranha e não voltaria sem que o chefe da conspiração lhe dissesse claramente que data estava marcada para a explosão do movimento. Aquela espera lhe estava atacando os nervos. Mas se ia embarcar no dia seguinte, tinha de pular para dentro do quarto de Roberta aquela noite! Pensou em Toni Weber, numa espécie de desfalecimento agravado pela tepidez da água. Era incrível — e ao mesmo tempo excitante — que aos quarenta e quatro anos estivesse pensando em repetir a façanha dom-juanesca dos vinte e quatro. A figura de Toni estendida no chão, lívida, com os lábios queimados de ácido, por alguns instantes lhe ocupou a memória. Mas era uma imagem de apagado terror, como a ilustração dum conto de Edgar Poe que nos assustou a meninice.

A vida é curta — refletiu — e a minha talvez não dure mais de vinte dias. Não estava realmente convencido disso, mas naquele instante o argumento lhe servia. Depois, Roberta Ladário não era Toni Weber. Estava claro que a professora já tivera antes aventuras sexuais. "E seja como for — Augusto Comte que me desculpe — o homem se agita e o sexo o conduz."

Pensando nessas coisas, ensaboava vigorosamente o peito, as axilas, o pescoço, as orelhas. Tem de ser hoje de noite ou nunca. Aquela rua em geral está deserta... A janela fica a uns dois metros do nível da calçada... Um salto fácil. Seria grotesco se alguém me surpreendesse entrando pela janela do Colégio do Sagrado Coração de Jesus, como um ladrão vulgar. Ora, no fim de contas — como diz Tio Bicho —, todos nós somos no fundo vulgares ladrões. O freio que nos contém é o medo da polícia (o gordo cínico!), das sanções tribais, e o nosso desejo de parecer virtuosos, porque afinal de contas a virtude é uma moeda que ainda circula...

Saiu do banho com o corpo amolentado. Estava diante do espelho a dar o nó na gravata, quando Flora apareceu à porta:

— O professor Zapolska está aí. Tem um assunto muito sério a tratar contigo.

— Que estopada! Diz a esse cacete que não estou em casa.

— Não posso. Ele sabe que estás. Faz um sacrifício, acho que o coitado está doente.

Com um suspiro de contrariedade, Rodrigo murmurou:

— Está bem. Que me espere no escritório.

Alguns minutos depois, armando-se de paciência e espírito cristão, foi ao encontro do maestro, que ao vê-lo entrar precipitou-se para ele, pegou-lhe de ambas as mãos e pôs-se a beijá-las com a avidez duma criança a comer bombons. Surpreendido e ao mesmo tempo nauseado, Rodrigo desvencilhou-se do Sombra, murmurando:

— Que é isso, professor? Contenha-se.

— Me perdoe, meu querido doutor, me perdoe. Mas é um assunto urgente e muito pessoal...

Disse essas palavras e encaminhou-se para a porta, fechando-a. Rodrigo franziu o cenho e preparou-se para a comédia. Acendeu um cigarro, soltou uma baforada e ficou a olhar para o outro.

— Que é que há?

— Preciso consultar com o senhor. Ando muito doente.

— Faz séculos que abandonei a clínica. Por que não procura o doutor Camerino?

Zapolska sacudiu a cabeça numa negativa vigorosa.

— Tem de ser o senhor e mais ninguém.

— Está bem. Sente-se.

O professor obedeceu e ficou a mirar o dono da casa com seu olhar de molusco.

— De que se trata?

— Estou muito enfermo. Não durmo. Não como. Não sei o que é que tenho. Não posso parar quieto num lugar. Sinto uma coisa aqui — mostrou o peito. — Não é dor. É uma coisa... o senhor compreende? Uma apertura... uma... uma coisa. Ando distraído, esqueço o nome das pessoas, os compromissos, estou perdendo alunos, tenho medo de enlouquecer...

Houve um silêncio durante o qual Rodrigo não pôde suportar o olhar mórbido de Zapolska e voltou a cabeça para outro lado, a pretexto de esmagar a ponta do cigarro contra o fundo do cinzeiro. Nesse momento o professor caiu de joelhos a seu lado, num baque surdo, e procurou envolvê-lo com seus longos braços. Rodrigo pôs-se bruscamente de pé. O outro ergueu-se também e de novo tentou abraçá-lo. Tomado dum súbito ódio, que era ao mesmo tempo medo pânico, Rodrigo arremessou, com uma força feroz, o punho fechado contra o queixo do professor, que tombou de costas, de todo o comprimento, e ficou estendido sobre o tapete por alguns segundos, o rosto contraído de dor, os olhos arregalados, num estupor... Depois rolou o corpo, ficou deitado de bruços, as mãos segurando a cabeça, um filete de sangue a escorrer-lhe da comissura dos lábios. E desatou num choro sentido, em soluços profundos que lhe sacudiam o corpo. Rodrigo mirava-o sem saber que fazer nem dizer, já arrependido e envergonhado da violência de seu gesto. Tinha a impressão de que acabara de bater numa mulher ou numa criança.

Ajoelhou-se ao pé de Zapolska e tocou-lhe de leve o ombro.

— Vamos, levante-se.

O outro balbuciou:

— O senhor não devia ter feito isso. Não era necessário. Sou um desgraçado.

— Está bem. Mas levante-se.

Rodrigo sentia a mão dolorida. Concluía agora que agira num impulso de legítima defesa. Surpreendia-se, porém, da intensidade de sua reação. E a ideia de que seu gesto fora desmedidamente violento deixava-o perturbado e confuso.

De repente o choro cessou. Lentamente o Sombra começou a erguer-se. A princípio Rodrigo teve a impressão de que o pobre homem tentava uma tarefa impossível, pois lhe dava a impressão dum corpo sem esqueleto, um longo e flácido boneco de trapos.

E, momentos depois, quando o maestro estava de novo sentado na poltrona, a olhar fixamente para o tapete, dessa vez encurvado, as faces cobertas pelas mãos, Rodrigo encheu um cálice de conhaque e, oferecendo-o ao outro, disse:

— Tome isto, que vai lhe fazer bem. Tome e vamos os dois esquecer o que aconteceu.

Obediente, Ladislau Zapolska pegou o cálice e bebeu um gole. Gotas de conhaque escorreram-lhe pelo queixo, misturadas com sangue. Passou pelos lábios os dedos trêmulos. Depois, sem olhar para Rodrigo, ergueu-se, pôs o copo sobre a mesinha e, sem apanhar o chapéu, que deixara em cima do sofá, encaminhou-se para a porta, abriu-a e saiu sem dizer palavra.

Rodrigo deixou-se ficar onde estava, a cabeça baixa, a respiração ainda irregular. Ouviu os passos do outro no vestíbulo e depois na escada. Que estupidez! Que cena grotesca! E era sempre a ele que aconteciam aquelas coisas...

Dirigiu-se para a sala de visitas, onde se defrontou com o Retrato. Sentiu-se quase na obrigação de dar explicações ao outro. Mas limitou-se a murmurar para si mesmo um palavrão.

Flora apareceu à porta do vestíbulo, apreensiva.

— Vi o professor sair sem chapéu. Que foi que aconteceu?

— Nada, minha filha, nada.

— A boca dele estava sangrando...

— O coitado está doente. Muito doente.

— Tísico?

— Não. Tu não compreendes essas coisas. Não vamos falar mais nisso.

— E tu... estás bem?

— Estou. Mas preciso ficar um pouco sozinho.

Voltou para o escritório. Chegavam agora até ele, vindos da água-furtada, acordes abafados da *Sétima sinfonia* de Beethoven.

12

À hora do jantar, Flora sugeriu ao marido que fossem ao cinema. Seria bom para espairecer...

— Que dizes?

— Vamos — respondeu ele, sem grande entusiasmo. E continuou a comer, taciturno.

Jango, Eduardo e Bibi puseram-se então a discutir a nova maravilha que conheciam apenas através de jornais e revistas: o cinema sonoro.

— Em Porto Alegre — disse o primeiro — tem uma fita do Gordo e do Magro, falada em espanhol. O Floriano viu.

E os três olharam para o irmão mais velho com invejosa admiração.

Uma hora depois, quando o Calgembrino viu Rodrigo aproximar-se da bilheteria do Ideal, tomou-lhe do braço, dizendo:

— Era só o que faltava o doutor Rodrigo pagar entrada no meu cinema!

Não permitiu que o casal sentasse na plateia. Levou-o para o camarote reservado às autoridades. E como faltassem alguns minutos para começar a função, Rodrigo, contrafeito, teve de ficar ali "exposto", a acenar para amigos e conhecidos, com a impressão perfeita de que todos já sabiam do que se havia passado entre ele e o professor de piano.

Os Macedos encontravam-se na plateia, ocupando quase uma fila inteira. Os Teixeiras enchiam o camarote do qual tinham uma espécie de assinatura. O Cuca Lopes, cinemeiro inveterado, possuía uma espécie de cadeira cativa na terceira fila, e lá estava, serelepe, a voltar a cabeça dum lado para outro e a chupar balas.

Rodrigo procurava Roberta com o olhar. Localizou-a finalmente na plateia ao lado do ten. Bernardo, o que não deixou de irritá-lo um pouco. Era voz geral que ali "havia namoro". Rodrigo certa vez chegara a simular ciúmes, para forçar a professora à explicação que ele esperava e desejava ouvir. "Mas não compreendes que eu encorajo esse pobre rapaz apenas para que os outros pensem que existe alguma coisa entre nós, e assim ninguém possa desconfiar de que é a ti, só a ti que eu amo?" Mas quando a luz se apagasse, o tenente não procuraria tomar liberdades com ela, pegando-lhe a mão... ou outras partes do corpo? Besteira!

Quando a função terminou, Rodrigo esteve a pique de sugerir a Flora que esperassem Roberta à porta para levá-la até o colégio no Ford, mas, achando que a mulher podia desconfiar daquela solicitude, desistiu da ideia.

Em casa ficou algum tempo no escritório a beber, a fumar e a caminhar dum lado para outro, olhando de quando em quando para o relógio. Às onze horas, Flora lhe perguntou:

— Não vais dormir?

— Não, minha flor, acho que vou sair, dar uma volta por aí. Estou sem sono. Ah! Me arruma a mala. Sigo amanhã para Porto Alegre.

Flora lançou-lhe o olhar que Rodrigo já conhecia de outras situações semelhantes: principiava com uma expressão de surpresa que se transformava, numa fração de segundo, em resignação e por fim chegava a ter um toque de malícia, como se ela quisesse dizer: "Essas tuas famosas viagens...".

Flora subiu. Rodrigo ficou a dizer-se a si mesmo: "Hoje ou nunca. Hoje ou nunca". E bebeu outro cálice de parati. Acendeu um novo cigarro. A mão, de juntas esfoladas, lhe doía. Tornou a pensar no professor de piano, com uma piedade mesclada de vergonha e irritação. Imaginou-se num diálogo com Oswaldo Aranha. "Se essa revolução não sai logo, meu caro, estamos todos avacalhados aos olhos do Brasil." Fantasiou uma cena: Ele procura saltar para dentro do quarto de Roberta, quando surge uma patrulha da polícia. Um dos soldados faz fogo e, com o corpo varado por uma bala, ele tomba sangrando sobre a calçada e ali morre ingloriamente como um reles ladrão de galinha. Ele, o Chantecler! Velho galo ridículo!

Acercou-se da janela e olhou para fora através das vidraças. A culpa era da primavera. E da expectativa enervante em que vivia naqueles últimos meses. E da crise econômica que se agravava. E daquela sórdida rotina na Intendência, dos cheiros daquelas salas, das caras repetidas e prosaicas, dos pedintes, dos bajuladores... Sim, e havia ainda seus quarenta e quatro anos. E a monotonia de Santa Fé. Hoje ou nunca. Hoje ou nunca.

O relógio grande bateu doze badaladas. Não podia esperar mais tempo, pois Roberta poderia cair no sono. Mas... não seria cedo demais? Não. A rua para onde dava a janela do quarto da professora àquela hora estaria completamente deserta.

Enfiou o sobretudo, pôs o chapéu na cabeça e saiu. Soprava um ventinho áspero e frio. Vinha da padaria do Chico Pais um cheiro evocativo de pão recém-saído do forno. Ah! se ele pudesse contentar-se com as coisas simples da vida, com uma existência serena, boa como pão quente, limpa como pão quente. Mas para isso seria preciso que seu corpo permanecesse permanentemente anestesiado. Ou que ele estivesse irremediavelmente velho. Agora tinha a impressão de que não pensava com a cabeça, mas com o sexo. Seu corpo era um barco cuja bússola era o sexo. Um barco... O sexo o capitão. O sexo o mastro. Um mastro incandescente.

Entrou na rua Voluntários da Pátria com a impressão de que aquilo já havia acontecido antes. Claro que havia. Só que agora não se dirigia para a meiágua dos Weber, mas para o Colégio do Sagrado Coração de Jesus. Lembrou-se do discurso que pronunciara o ano passado, na qualidade de paraninfo das meninas que terminavam o curso. Fizera o elogio da virtude, da religião, da pureza. *Nas vossas mãos, meninas de hoje e mães de amanhã, está o destino do Brasil. Os homens que dareis ao mundo, os homens cujo caráter haveis de moldar* (como era horrenda a segunda pessoa do plural!), *governarão este país, serão os construtores de nosso futuro. Sede, pois, castas. Sede, pois, virtuosas. Sede, pois, puras!* Hipocrisia? Talvez. Mas era sempre necessário dançar de acordo com o par e com a música. E nada do que estava acontecendo era realmente grave ou irremediável. Não se devia confundir honra ou decência com sexo. A morte, essa sim, era irreversível.

Avistou o edifício do colégio, dum cinzento frio na rua mal iluminada. Aproximou-se da janela de Roberta, pisando de leve. Não se via viva alma nas vizinhanças. Parou à esquina. Um trem apitou longe. Aquilo também já tinha acontecido. O vulto de Roberta se recortou contra a penumbra por trás das vidraças. Menina inteligente! Adivinhou que eu vinha. Fez um sinal... A professora pareceu hesitar. Por fim ergueu a janela de guilhotina e recuou para dentro do quarto. Rodrigo não perdeu um segundo. Lançou um rápido olhar para a esquerda e outro para a direita, pôs-se na ponta dos pés, segurou as bordas da janela, içou o corpo, apoiou um pé num rebordo da parede, e, fazendo um novo esforço, saltou para dentro do quarto.

13

Na manhã seguinte, embarcou para Porto Alegre. Voltou três dias depois, alvorotado. Toríbio quis saber das novidades. Estava tudo pronto — informou-lhe o irmão — e a "coisa" estouraria nos primeiros dias de outubro. Oswaldo Aranha prometera mandar-lhe oportunamente um telegrama cifrado, informando-o do dia e da hora exata em que a revolução seria deflagrada.

— Parece mentira — disse Rodrigo, puxando o irmão pelo braço e levando-o para o fundo do quintal. — Tu sabes que o Getulio até ainda há poucos dias estava indeciso?

— Não é possível!

— Sim senhor. Aqui que ninguém nos ouça... Para convencer o presidente do estado a aceitar a revolução, o Oswaldo Aranha e o Flores da Cunha tiveram que assumir toda, mas *toda* a responsabilidade do movimento. Se a coisa fracassar, o Getulio ficará isento de qualquer conivência. E sabes o que me contaram mais? O homenzinho teria dito: "Olha, Oswaldo, se essa tua revolução for malsucedida, mando a Brigada Militar atirar em vocês, porque governo não faz revolução".

Toríbio olhava incrédulo para o irmão. Arrancou uma folha de pessegueiro e mordeu-a.

— E esse vai ser o nosso chefe!

— E o nosso presidente, se a revolução triunfar.

— Xô égua!

Havia algumas semanas, Terêncio perguntara a Rodrigo a quem caberia o comando da praça no caso de os revolucionários ficarem senhores da cidade. Rodrigo respondeu automaticamente: "A mim, está claro". O outro ficara silencioso, com ar de quem não estava de acordo. "Mas não achas que os sargentos e os soldados prefeririam ter como comandante um militar profissional?" "Acho, mas quem vai ser, se os oficiais não aderirem na primeira hora?"

Foi então que Terêncio sugeriu convidassem Alcides Barradas, um coronel reformado que vivia em Santa Fé e era casado com uma contraparente dos Prates.

— E ele está de acordo? — perguntou Rodrigo.

— O Barradas está com a revolução em toda a linha. É um oficial ilustre, herói do Contestado.

Rodrigo não pareceu muito entusiasmado com o título "herói do Contestado", mas acabou aceitando a sugestão.

Por isso, naquela noite de fins de setembro, havia mais dois conspiradores no escritório do Sobrado. Um era o cel. Barradas, homem franzino, de sessenta e cinco anos, olhos mansos e cabelos dum negror suspeito.

— Pois, coronel — disse-lhe Taborda com ar respeitoso —, conto com dois terços da sargentada. Ouro e fio. O resto está meio duro. A oficialidade, essa não quer saber de revolução. A começar de amanhã, as forças federais vão ficar de rigorosa prontidão, e ninguém poderá sair do quartel. O melhor é a gente deixar tudo combinado hoje.

O outro novo conspirador viera em companhia de Bocanegra: era o sargento de artilharia Paulo Sertório, rapaz de ar tímido, que pouco falou durante toda a reunião. Rodrigo simpatizou logo com ele. Era a antítese do "olho de cobra". Parecia, porém, completamente dominado pelo colega. Concordava com tudo quanto este dizia.

— Ouçam o meu plano — começou Rodrigo, sem esperar que o cel. Barradas se manifestasse. — Depois me digam se é bom ou não. A mim me parece que o Regimento de Artilharia é o pivô da questão: tem canhões, está no alto duma coxilha, dominando a cidade... Se não o tivermos de nosso lado desde o primeiro momento, estamos perdidos. Agora, se revoltarmos a "poderosa", poderemos exigir a rendição do quartel do Regimento de Infantaria sob a ameaça de bombardeio.

— E quem se encarrega de tomar o Quartel-General? — perguntou o cel. Barradas.

— Não se impressione, chefe — disse Taborda. — O comandante da Guarnição já se instalou com armas e bagagens no quartel da Infantaria. O Quartel--General está fechado e desguarnecido.

— Isso simplifica o nosso problema — disse Rodrigo. — O sargento Bocanegra e seus colegas sublevam o regimento, prendem a oficialidade e depois abrem as portas do quartel para nós entrarmos. Estarei com quinhentos homens nos arredores...

Olhou para o irmão:

— Aqui o major Toríbio vai trazer suas tropas do Angico para se reunir às do coronel Alvarino e juntas cercarem o quartel do Regimento de Infantaria.

— E quem vai nos avisar do dia e da hora certa da revolução? — quis saber Taborda. — De amanhã em diante, estaremos fechados no quartel...

— Não há problema — replicou Bocanegra. — A soldadesca está toda conosco. No dia em que o senhor receber o tal telegrama, doutor Rodrigo, me escreva um bilhete e mande alguém entregá-lo ao cabo da guarda. Não haverá o menor perigo.

Rodrigo olhou para o cel. Barradas:

— Pois tire o seu uniforme da mala, coronel, e mande azeitar a sua pistola. Porque a grande hora chegou.

Terêncio Prates, estranhamente silencioso, olhava para o retrato do Patriarca, e não parecia muito feliz.

14

Na manhã do último dia de setembro, Rodrigo encontrou o ten. Bernardo na praça a brincar com o Retirante. Pareciam duas crianças. Ou dois cachorros. Rodrigo sorriu, enternecido.

— Bernardo, ainda é tempo. Fique conosco. A causa é boa. — E, num transporte de cordialidade, quase cometeu uma indiscrição. — A coisa está por estourar.

— Não me diga nada, doutor, senão o senhor me coloca numa posição muito difícil.

— É que ainda conto contigo, Bernardo.

— Não conte. Sou soldado. Soldado não faz revolução.

— Deixa de bobagem. A maioria está do nosso lado.

— Fico com a minoria e com a minha consciência.

— Pois então te prepara, que serás preso.

— Já lhe disse que a mim ninguém prende. Só com ordem de meus superiores. Sargento não me prende. E muito menos civil.

— Deixa de besteira.

— Estou lhe dizendo, doutor, eu reajo.

— Reages coisa nenhuma! Vamos até o Poncho Verde tomar um aperitivo.

Segurou o braço do tenente e conduziu-o na direção do café. O Retirante seguiu-os.

Naquela mesma manhã, chegou o esperado telegrama. Estava codificado. Rodrigo fechou-se com Toríbio no escritório e decifrou-o:

Absolutamente secreto. Movimento Estado e resto país será irrevogavelmente no dia 3 ao cair da noite. Porto Alegre a essa hora estará em nosso poder. Avise unicamente amigos indispensáveis. Oswaldo Aranha.

Os irmãos entreolharam-se. Toríbio meteu a mão por dentro da camisa e começou a coçar o peito. Era a sua famosa comichão guerreira.

— Tens de seguir imediatamente para o Angico — disse Rodrigo. — Procura o coronel Alvarino e combina com ele a hora e o ponto da reunião. Vou marcar às nove da noite para começar o *baile* aqui. A essa hora já teremos notícias de como correu a coisa em Porto Alegre.

Aquela tarde todos os chefes revolucionários de Santa Fé foram notificados dos dizeres do despacho secreto de Oswaldo Aranha. E à noitinha, Rodrigo mandou Neco Rosa entregar ao cabo da guarda do Regimento de Artilharia um bilhete endereçado ao sarg. Bocanegra, nestes termos: *Três de outubro. Nove da noite. R.* O Bento conduziu o Neco no Ford até certo ponto nas proximidades do quartel, e dali o barbeiro fez o resto do percurso a pé. Quinze minutos depois, estava de volta ao Sobrado e dizia a Rodrigo, não sem certa solenidade:

— Missão cumprida.

O amigo sorriu:

— Péssimo barbeiro mas ótimo mensageiro. Estás promovido a major.

Riram-se.

Pouco depois da meia-noite, naquele mesmo dia, Rodrigo tornou a saltar para dentro do quarto de Roberta Ladário, apesar de haver tentado antes — pelo menos teoricamente — convencer-se a si mesmo de que repetir a arriscada aventura nas vésperas do movimento era uma perigosa leviandade. A professora mostrou-se mais ardente ainda do que na primeira noite e por longo tempo ficaram ambos enlaçados na estreita cama, na penumbra daquele quarto que recendia ao perfume de Roberta, de mistura com o cheiro do óleo de linhaça do verniz dos móveis. Acima da cabeceira do leito, negrejava um crucifixo com um Cristo de prata. Que profanação! — pensava vagamente Rodrigo. E encostando os lábios na orelha da amante, murmurou-lhe que dentro de dois dias a revolução "estaria na rua". Contou também que comandaria pessoalmente o ataque ao Regimento de Artilharia.

— E depois? — quis ela saber.

— Ora — respondeu ele —, depois de dominada a situação em Santa Fé marchariam para o Norte, contra o Rio de Janeiro...

— Você me leva, meu bem? — brincou ela.

— Levo. Serás a minha vivandeira.

Era bom — achava ele —, muito bom passar as mãos por aquelas carnes quentes, rijas e elásticas, ter acesso a todas as intimidades daquele corpo... E que beijos! Era como se a professora quisesse chupar-lhe pela boca não só a alma mas também as vísceras até esvaziá-lo por completo.

Às vezes ouviam passos no corredor pavimentado de mosaicos, e ficavam ambos com a respiração suspensa, imóveis, à escuta. Mas as passadas afastavam-se, sumiam-se, e voltava o silêncio em que Rodrigo ouvia o surdo pulsar do coração da rapariga. Às vezes era um cachorro que latia em alguma rua longínqua. Ou o relógio do refeitório do colégio que batia os quartos de hora, numa paródia do Big Ben.

— E o tenente Bernardo? — perguntou Roberta, depois dum silêncio em que ficaram de corpos e bocas colados.

— Está contra nós e diz que vai reagir.

— E você acha que ele está falando sério?

— Acho que o tenente é um fanfarrão. Mas estás preocupada com ele ou comigo?

Fez-se uma pausa em que ela ficou a acariciar os cabelos de Rodrigo.

— Sabes que o Bernardo veio se despedir de mim ontem?

— Despedir-se? Por quê?

— Disse que tinha o pressentimento de que ia morrer.

— Que grande fiteiro! Mas... e tu, que disseste?

— Ora... disse que deixasse de tolice, que tudo ia acabar bem. Mas qual! O rapaz estava fúnebre. Não quero mentir... mas parece que tinha lágrimas nos olhos quando me disse adeus.

Rodrigo estava quase irritado. O patife do tenente fazia o seu melodramazinho para impressionar a professora. Enfim... fosse como fosse, quem a tinha na cama e nos braços era ele. "Toca a aproveitar, que a vida é curta!" Estreitou Roberta contra o peito, e ela lhe deu um beijo misturado com um gemido, um beijo profundo em que sua língua lhe entrou pela boca como um réptil. Rodrigo esqueceu o resto do mundo. Por alguns instantes, ficou como que fora do tempo e do espaço numa convulsiva dimensão de ânsia e gozo.

Eram duas da manhã quando tornou a saltar para a calçada. Caía um chuvisqueiro frio que parecia penetrar até os ossos. Ergueu a gola do sobretudo de gabardina, puxou a aba do chapéu sobre os olhos, enfiou as mãos nos bolsos e, encolhido, voltou para casa.

Quando entrou no quarto de dormir, encontrou a luz acesa e Flora ainda acordada.

— Onde estiveste? — perguntou ela, que não o via desde o princípio da tarde.

— Em Flexilha, passando as tropas em revista.

Soerguida na cama, ela o mirou longamente com olhos tristes, sem dizer palavra.

— Por que não dormes, minha flor?

— Perdi o sono. Estou nervosa.

— Já te disse que não tens razão, filha. Isso não vai ser uma revolução, mas um passeio. O país inteiro está conosco.

Flora tornou a estender-se na cama, de costas, e ficou a olhar o teto, os olhos muito abertos e parados.

— E se o movimento fracassar? — perguntou.

Rodrigo despia-se devagarinho, cheirando furtivo as mãos e as roupas, para verificar se ainda trazia consigo o cheiro de Roberta.

— Não fracassa. Fica descansada.

— E se vencer?

— Marcharemos sobre o Rio. As tropas do Juarez Távora descerão do Norte. Os dias do Washington Luís estão contados.

— Sim, mas que é que vai nos acontecer se a revolução triunfar? — Ele acabou de vestir o pijama, sentou-se na cama, tomou carinhosamente da mão da mulher e perguntou-lhe:

— Que tal se fôssemos morar no Rio?

— Deus nos livre!

— Por quê, meu bem?

— Tenho horror de cidade grande.

— Mas Santa Fé é o fim do mundo. Não podemos passar aqui o resto de nossa vida.

Como única resposta, ela cerrou os olhos. Rodrigo deitou-se a seu lado, sem soltar-lhe a mão.

— As crianças terão mais oportunidade para se educarem — disse, com voz suave e persuasiva. — Eu terei horizontes mais largos. E tu levarás uma vida mais fácil e mais divertida. Para principiar, não iremos morar num casarão deste tamanho, com esse batalhão de criadas...

Flora continuava calada e imóvel. Agora Rodrigo ouvia em surdina uma música que vinha da água-furtada. Olhou para o relógio e disse, numa súbita irritação:

— Quase duas e meia e o Floriano ainda não foi dormir.

— Deixa o menino em paz. Ele também tem os seus problemas.

Por que teria Flora usado a palavra *também*?

— Mas não são horas de tocar música. Pode acordar os outros...

— Isso é o que menos me preocupa — murmurou ela, os olhos sempre cerrados. — Há coisas muito mais sérias.

Rodrigo temeu perguntar a que coisas se referia ela. Largou-lhe a mão e cruzou os braços sobre o peito.

Três de outubro — pensou. — Nove da noite. Que música seria aquela? A *Heroica*? Ou a *Quinta*? Por que o rapaz não ia para a cama? Padeceria de insônias? Por que vivia sempre fechado naquela água-furtada?

Veio-lhe então a ideia de levar Floriano consigo no ataque ao quartel. Claro! Tinha dezenove anos, era já tempo de pôr à prova sua hombridade. Estava resolvido. Levaria o filho. Como seu ajudante de ordens. Sorriu. Aquilo ia erguer-lhe o moral...

Decidiu, porém, não contar nada a Flora, pois estava certo de que ela se oporia histericamente à ideia.

Rebolcou-se, procurando uma posição mais cômoda. Cerrou os olhos e sentiu que não lhe ia ser fácil dormir aquela noite. Ficou escutando a música. Agora tinha a certeza: era a *Heroica*. Ou seria a *Quinta*?

15

O dia 3 de outubro amanheceu nublado e frio. Floriano, que passara uma noite maldormida, com sonhos aflitivos, subiu para a água-furtada às dez horas, encolhido dentro do sobretudo. Pegou um livro, tentou ler mas não conseguiu. Tinha a atenção vaga, a cabeça como que oca, a visão perturbada. Olhou para a vitrola e sentiu imediatamente que num dia como aquele nem a música lhe saberia bem. Estendeu-se no divã e ficou a olhar para as tábuas do teto. Lá estavam as manchas familiares na madeira: o pagode chinês... o rio com sua ilha alongada... a cabeça do beduíno... o morcego de asas abertas.

A luz que entrava pelas vidraças — lembrou-se ele — era gris e fria como a que alumiava o mausoléu dos Cambarás no dia em que Alicinha fora sepultada.

Silêncio no casarão. Silêncio na cidade. Floriano encolheu-se, ficando na posição fetal, e o frio que sentia estava mais nos ossos que na epiderme. Era como se *ele* fosse uma casa cheia de frinchas nas paredes por onde a umidade e a tristeza do dia se infiltrassem. Oprimia-o uma premonição de desgraça próxima. Sabia que a revolução ia rebentar aquela noite e que o pai comandaria o ataque ao quartel de Artilharia. Ouvira o Velho tranquilizar as mulheres da casa: "Não se impressionem, eu já disse. Os sargentos e a tropa estão todos conosco. Podemos tomar o quartel sem disparar um tiro".

Mas quem podia ter a certeza absoluta daquilo?

Ouviu passos na escada. Olmira? Não. As pisadas da caboclinha eram leves como as duma gata. A porta abriu-se. O pai! Floriano distendeu bruscamente as pernas, como que sob a ação dum choque elétrico. Fez menção de erguer-se, mas Rodrigo deteve-o com um gesto.

— Fica deitado. Preciso conversar contigo...

Sentou-se na cadeira de vime, ao lado da mesinha sobre a qual estava o fonógrafo.

— Hoje ao entardecer o movimento revolucionário vai ser iniciado em Porto Alegre, inapelavelmente, e esta noite às nove revoltaremos a Guarnição Federal de Santa Fé.

O rapaz continuou calado. O pai perguntou:

— Com quantos anos estás?

Se ele sabe — pensou Floriano —, por que pergunta? Teve a súbita intuição do que ia acontecer, e seu coração disparou.

— Dezenove...

— Bom, quase vinte. Escuta. Não ignoras que no Rio Grande nenhum homem digno desse nome pode passar a vida em branca nuvem. Mais tarde ou mais cedo, tem de se submeter ao batismo de fogo... Acho que tua hora chegou.

Fez uma pausa durante a qual procurou ler no rosto do interlocutor o efeito de suas palavras. O filho estava pálido. Seria possível que Deus lhe tivesse dado o desgosto de ser pai dum covarde?

Floriano esforçava-se por não deixar transparecer na cara o que estava sentindo, mas temia que as batidas desordenadas de seu coração o traíssem.

Com voz clara e escandindo bem as sílabas, Rodrigo prosseguiu:

— Quero que estejas a meu lado quando atacarmos esta noite o Regimento de Artilharia.

Floriano soergueu-se, atirou as pernas para fora do divã. Teve ímpetos de gritar: "Não! Não! Não!". Não tinha nada com aquela revolução. Não tinha nada com o pai. Não tinha nada com ninguém. Por que não o deixavam em paz? Detestava a violência. Não pertencia àquele mundo de bárbaros.

Rodrigo tirou do bolso um revólver.

— Já atiraste alguma vez?

Floriano fez com a cabeça um sinal afirmativo. Lembrou-se de que duma feita no Angico dera tiros ao alvo com seu tio Toríbio. Surpreendera-se da precisão da própria pontaria e horrorizara-se ao pensar em que um dia, em vez de estar furando a tiros latas de querosene vazias, pudesse alvejar seres humanos.

Rodrigo colocou a arma em cima da mesinha, junto com uma caixa de balas. Ergueu-se e acendeu um cigarro.

— Te agrada a ideia? — perguntou, soltando com as palavras a primeira baforada de fumaça.

— Não...

O pai mirou-o um instante num silêncio irritado. Não lhe bastava amar o filho: precisava de motivos para orgulhar-se dele. Agradava-lhe a ideia de que o rapaz se parecesse com ele fisicamente, mas exasperava-se por vê-lo tão diferente em matéria de temperamento.

— O filho mais moço do Juquinha Macedo pediu, estás ouvindo?, *pediu* ao pai para ir com ele no ataque desta noite. E sabes quantos anos tem? Dezessete.

Floriano olhava perdidamente para as botinas do pai. Uma espécie de náusea começava a contrair-lhe o estômago. Como a sensação de medo se parecia com a de fome!

Rodrigo caminhou até a janela, lançou um olhar distraído para fora e depois tornou a aproximar-se do filho.

— Afinal de contas, que é que queres?

Floriano estava a ponto de chorar, mas a ideia de dar essa demonstração de fraqueza lhe era tão desagradável e deprimente que, num esforço supremo, ergueu-se de olhos secos e encarou o pai:

— Quero viver a minha vida.

— Mas pensas que podes passar todo o tempo trancafiado neste cubículo?

Segurou o rapaz pelos ombros e sacudiu-o:

— Reage, Floriano, reage antes que seja tarde demais! Não me dês motivos para pensar que meu filho é um poltrão. E eu sei que não és!

Vendo aquela cara lívida e contraída (que de certo modo era a sua própria), ele se descobria a sentir pelo filho um misto de compaixão, amor e ódio. Sim, era possível haver dentro do amor um núcleo duro de ódio, como o caroço no âmago dum fruto.

— Vais ou não vais comigo?

— Vou! — exclamou Floriano, como se cuspisse a palavra. E de súbito se surpreendeu a odiar o pai, a desejar morrer no ataque para que ele viesse a ter remorsos de sua morte.

— Está bem. Agora presta atenção. Tua mãe não deve saber nada, até o último momento. Não contes a ela nem à Dinda nem a ninguém o que acabamos de conversar. Quando chegar a hora, agasalha-te bem, põe no bolso do sobretudo o revólver e a caixa de balas. Sairemos de casa às oito e meia em ponto.

16

Às primeiras horas da tarde, chegou um próprio a Santa Fé trazendo um bilhete de Toríbio. Estava tudo em ordem: começariam o cerco do quartel do Regimento de Infantaria às oito da noite. Tinham oitocentos e poucos homens bem armados. O bilhete terminava com uma fanfarronada. *Queira Deus que haja resistência. Tomar o quartel sem dar um tiro não tem graça.*

Chiru Mena apareceu no Sobrado de culotes de brim cáqui, botas de cano alto, lenço vermelho no pescoço, todo envolto num poncho por baixo do qual escondia a pistola Nagant e um facão. José Lírio veio também "paramentado" receber ordens.

— Liroca velho de guerra! — exclamou Rodrigo. — Tu vais comigo. Revolução sem a tua presença não é bem revolução.

O veterano estava triste. Acabara de saber da morte recentíssima de Honório Lemes.

— Logo nesta hora! — lamentou ele. — O Leão do Caverá podia estar com a gente nesta campanha. — Soltou um suspiro. — Vou dedicar à memória dele o primeiro tirinho que der.

Ficaram os amigos a beber e a conversar no escritório por algum tempo. Por volta das quatro horas, Terêncio Prates chegou ao Sobrado com o cel. Barradas, que estava já metido no seu fardamento. Ficou decidido que às nove da noite Terêncio e seus homens ocupariam militarmente a agência dos Correios e Telégrafos, a usina elétrica, a Companhia Telefônica e a estação da estrada de ferro. Neco Rosa ficaria encarregado do serviço de ligação entre os diversos corpos revolucionários.

Rodrigo não pôde evitar um sentimento de indignação ao ver entrar-lhe casa adentro, sem ser convidado, o Amintas Camacho, todo uniformizado, de talabarte e botas reluzentes, espada à cinta, galões de major nas ombreiras. Não se conteve e gritou:

— Quem foi que lhe deu esse posto?

O outro pareceu espantado.

— Ora, doutor! — defendeu-se. — Era o que eu tinha na revolução passada.

O cel. Barradas interveio para evitar que a discussão se azedasse.

— Depois resolveremos esses pormenores. O que importa agora é tomar conta da praça.

E aquele homem de ar tímido, aquele coronel reformado, agora de novo dentro duma farda como que readquiria sua postura militar, renascia, sua voz ganhava um metal autoritário, o busto se empertigava.

Fora caía um chuvisqueiro frio.

De olhos avermelhados, Flora andava pela casa como uma alma penada e de quando em quando ia ajoelhar-se ao pé do oratório, onde desde a manhã havia velas acesas. As crianças, que aquele dia não tinham ido ao colégio, andavam também meio perdidas pela casa. Rodrigo notou que Jango o rondava com um ar de guaipeca em busca dum dono.

— Que é que queres? — perguntou.

— Posso ir também?

— Ir aonde?

— Na revolução.

Rodrigo mordeu o cigarro, sorriu, passou a mão pela cabeça do rapaz, pensando: "Ao menos este...".

— Não, meu filho. É muito cedo. Espera, que teu dia há de chegar.

Naquele momento, Rodrigo deu com outra figura ali na sala, a mirá-lo com olhos amorosos e tristonhos.

— Sílvia, minha querida, que é que tens?

— Nada — murmurou a menina. E aproximando-se do padrinho, tomou-lhe da mão e beijou-a. Rodrigo sentiu um aperto na garganta, acariciou a cabeça da menina, depois ergueu-a nos braços e beijou-lhe as faces, lembrando-se da filha morta.

Bibi e Eduardo também o observavam de longe, ariscos, como se ele fosse um estranho. Todos sabiam que aquela noite Papai ia para a guerra.

Maria Valéria, entretanto, durante todo o dia abstivera-se de fazer qualquer referência, direta ou indireta, ao "assunto". Continuava a dar ordens às chinas da cozinha, a cuja porta de quando em quando assomava Laurinda, que, com os seus olhos sujos de peixe morto, ficava a olhar para o patrão com uma dolorosa expressão de pena, como se já estivesse vendo seu cadáver.

A Dinda lá estava agora ao pé do fogão, mexendo com uma colher de pau num tacho de doce de abóbora. Era a sua maneira de reagir a mais uma revolução.

Cerca das cinco da tarde, quando os companheiros tinham todos partido para seus postos, Rodrigo deixou-se ficar no escritório, inquieto, a desejar que o tempo passasse depressa. Depois começou a andar pela casa, evitando olhar de frente para a mulher. Ia do escritório para a sala de visitas, mirava o próprio retrato, entrava na sala de jantar, postava-se na frente do relógio grande, seguia com os olhos por alguns instantes o movimento do pêndulo, lembrando-se de outras esperas angustiosas do passado.

E se o movimento fracassar? E se o assalto ao Quartel Militar da Região de Porto Alegre for repelido? Sim, e se os sargentos dos regimentos de Santa Fé não conseguissem revoltar a tropa? Claro, nesse caso os civis teriam de lutar, mas com uma tremenda inferioridade numérica e de armamento. O remédio seria saírem para a coxilha, para livrar a cidade do perigo do bombardeio. Mas não! O movimento estava bem articulado, não podia falhar... Era preciso ser otimista.

Naquelas duas últimas horas, fumava um cigarro em cima do outro. Aproximou-se da janela, encostou a testa na vidraça, e olhou para fora. Continuava a chuva, agora mais forte. O chão da praça estava juncado de flores de cinamomo. Pensou em Toríbio, que naquele instante devia estar marchando sobre a cidade, na intempérie... De súbito a imagem de Roberta Ladário ocupou-lhe a mente. Se pudesse passar o resto da tarde com ela... Agora lhe ocorria que poderia levá-la para a casa do Bandeira. Naturalmente! Como era que a ideia não lhe havia ocorrido antes? O covil do Tio Bicho era o lugar indicado. Mas qual!... Tarde demais!

Olhou para a cúpula da Intendência. Que estava fazendo ele ali no escritório sozinho? Vestiu a capa, botou o chapéu e saiu. A Intendência estava em pé de guerra, com o saguão cheio de soldados, numa mistura de lenços vermelhos, brancos e verdes. Com seus ponchos molhados, suas botas embarradas, os legionários conversavam, fumavam e mateavam. Rodrigo subiu as escadas, respondendo vagamente a cumprimentos e continências. No primeiro patamar, o busto do dr. Borges de Medeiros mirou-o com seus olhos vazios de bronze. Rodrigo lembrou-se daquele dia de maio de 1923 quando ele e seus homens haviam atacado Santa Fé e tomado a cidadela do Madruga. Fale-se no mau e apronte-se o pau. Encontrou o ex-intendente no segundo patamar. Rosnaram cumprimentos sem se olharem. Rodrigo entrou no seu gabinete de trabalho, pegou o telefone e pediu uma ligação para o telégrafo federal.

— Alô? Fala aqui o doutor Rodrigo. Faça o favor de chamar o Chiru Mena. — Uma pausa. — Alô! Chiru? Nada de novo ainda?

— Ainda é cedo — respondeu o amigo. — Faltam vinte e cinco minutos pra festa começar.

— Não arredes pé daí. Logo que vier a notícia, telefona pra cá.

Repôs o fone no gancho e ficou sentado a olhar para o retrato do Patriarca, e a tamborilar com os dedos sobre a mesa, acompanhando a remota orquestra que dentro de seu crânio tocava o "Loin du Bal".

17

Havia anoitecido, e Floriano continuava na água-furtada estendido no divã. Estava gelado, com a impressão de que a garganta se lhe havia fechado e uma garra lhe apertava o diafragma. Não tinha a menor dúvida. Era um medo subterrâneo que lhe convulsionava as tripas, lhe amolecia os membros e a vontade. Passara toda a tarde numa agonia, a ouvir o relógio bater as horas. Pela sua cabeça conturbada, haviam cruzado milhares de pensamentos, planos, estratagemas, resoluções... Fugir... Suicidar-se... Contar tudo à mãe e suplicar-lhe que não deixasse o pai levá-lo... Enfrentar o pai, negar-se... Resignar-se, marchar com os outros, dominar os nervos, lutar, mostrar que também era homem... Tudo isso, porém, era vago, inconsistente, efêmero. Só havia uma realidade implacável: o seu medo. Envergonhava-se dele, e achava-se mais covarde ainda por não ter coragem de aceitar o próprio medo e proclamá-lo ao mundo inteiro, usá-lo como uma espécie de símbolo — por mais grotesca, triste e desprezível que pudesse parecer — da sua maneira de sentir, de viver, de ser...

Sempre se considerara uma peça solta na engrenagem do Sobrado, de Santa Fé, do Rio Grande. Era o habitante solitário dum mundo criado pela sua própria imaginação e no qual se asilava para fugir a tudo quanto no outro, no real, lhe era desagradável, difícil, desinteressante ou ameaçador. Mas agora via como era frágil o seu universo de faz de conta: apenas uma irisada bolha de sabão...

Remexeu-se, ficou deitado de bruços, como para apertar o medo contra o divã. Ficou ouvindo o pulsar do próprio sangue, os olhos semicerrados, mas não tanto que não pudesse entrever o brilho mortiço do revólver em cima da mesinha...

Às seis e meia, Olmira esgueirou-se para dentro da água-furtada e disse:
— Está na mesa. Dona Flora mandou chamar...
— Estou sem fome.
A chinoca saiu mas voltou pouco depois.
— O doutor disse pro senhor descer duma vez!
Floriano não teve outro remédio senão obedecer. Decidiu salvar as aparências. O menos que podia fazer era não deixar que os outros percebessem que ele estava apavorado.

Quando entrou na sala de jantar, a família já se achava à mesa. Sentou-se no seu lugar, sem olhar para ninguém, e desdobrou o guardanapo, esforçando-se por dominar o tremor das mãos.

A uma das cabeceiras, o pai comia com uma pressa e uma voracidade nervosas. Na outra, a Dinda tinha diante de si a terrina fumegante.
— Passe o prato, Floriano — pediu ela.
Poucos segundos depois, o rapaz remexia a sopa com a colher, distraído.
— Não comes, Flora? — perguntou Rodrigo estendendo o braço e pousando sua mão sobre a da mulher.
— Não estou com fome.
— Minha flor, eu já te disse que tudo vai acabar bem. Uma passeata. Aposto como não vamos disparar um tiro...
Voltou-se para o filho e contou:
— Chegou há pouco um telegrama de Porto Alegre. O Quartel-General

encontra-se em poder dos revolucionários e o comandante da Região está preso. O Arsenal de Guerra caiu quase sem resistência. Nossos companheiros estão agora atacando o sétimo BC onde a revolta interna fracassou. Mas a rendição do quartel é questão de horas. A capital está em poder dos revolucionários e o entusiasmo popular é indescritível!

Floriano levou uma colherada de sopa à boca e teve a impressão de que não a poderia engolir.

— São coisas como essa — disse Rodrigo, sorrindo — que me fazem ter entusiasmo pelo Rio Grande. Os chefes da revolução não ficaram em casa dirigindo o movimento pelo telefone. O ataque ao Quartel-General foi conduzido pelo Oswaldo Aranha e pelo Flores da Cunha. Caminharam sob a metralha de peito descoberto à frente dos soldados da Guarda Civil comandados pelo coronel Barcellos Feio. O Flores estava fardado de general, tinha na mão apenas um pinguelim. O Oswaldo Aranha nem sequer tirou o revólver que levava na cintura. Três de seus irmãos estavam a seu lado.

Rodrigo fez uma pausa e olhou significativamente para Floriano:

— Três filhos do Flores da Cunha seguiram o pai. O mais moço deles tem apenas vinte anos!

Olmira entrou trazendo travessas fumegantes. Maria Valéria começou a servir o sobrinho.

— Quer de tudo?

— Quero.

Rodrigo pôs-se a comer com um apetite de que ele próprio se surpreendia. Floriano observava-o com uma inveja irritada.

— Floriano! — exclamou a velha. — Está surdo? Quer de tudo?

— Não quero mais nada.

Rodrigo achou que chegara a oportunidade de fazer a revelação. Mas era preciso não atribuir nenhuma importância excepcional ao fato: devia dar à coisa um tom de brincadeira esportiva, para que as mulheres não se alarmassem.

— Coma, meu filho — disse. — Um guerreiro precisa alimentar-se antes de entrar em ação.

Nesse momento os olhares de Flora e os do filho se encontraram. Floriano leu pânico nos olhos da mãe, que voltou a cabeça vivamente para o marido, a boca entreaberta, a testa franzida, os lábios trêmulos, como a perguntar-lhe se a coisa horrenda de que suspeitava era mesmo verdade.

— O Floriano vai também tomar parte no assalto ao Regimento de Artilharia, não há razão para alvoroço. Chegou a hora de ele provar que é homem.

— Rodrigo! — gritou Flora. — Que tu te metas nessa... nessa loucura eu compreendo, não é a primeira vez. Mas que queiras também arriscar a vida do teu filho... eu... eu...

Não pôde terminar a frase. Havia agora em seu rosto uma tamanha expressão de revolta que Floriano pensou que ela fosse agredir fisicamente o marido.

— Calma, Flora — disse este último, também surpreendido.

— Como é que vou ter calma se queres matar o meu filho?

As narinas de Rodrigo palpitaram, um brilho duro lhe veio aos olhos.

— Eu não quero matar o teu filho, mulher! Quero fazer dele um homem, estás ouvindo? Um homem!

Flora voltou a cabeça para Maria Valéria:

— Dinda, diga alguma coisa!

A velha, imperturbável, continuou a servir as crianças, que estavam todas caladas e atentas à conversa. Depois dum curto silêncio, disse:

— Quem tem de resolver essa questão não sou eu, nem vacê nem mesmo o Rodrigo. Quem resolve se vai ou não, é o Floriano. Se o pai acha que o rapaz está em idade de brigar é porque acha também que ele está em idade de se governar.

Flora olhou para o filho. Rodrigo fez o mesmo. Todos os olhares concentraram-se em Floriano, que cortava o seu bife, a cabeça baixa. Como ele nada dissesse, o pai perguntou:

— Queres ou não queres ir?

Sem erguer os olhos, ele respondeu:

— Quero.

Era estranho, mas a fúria com que a mãe o defendera lhe dera a constrangedora sensação de ser ainda um pobre menino fraco e desamparado, e isso era deprimente. Depois, não queria passar por covarde aos olhos dos irmãos, cuja admiração ele tanto buscava e prezava.

Flora ergueu-se bruscamente, levou ambas as mãos ao rosto e, rompendo a chorar, saiu precipitadamente da sala.

— Passe o prato, Jango — disse Maria Valéria.

Floriano olhou para o relógio, que começara a bater a hora. Levou um naco de bife à boca e teve a impressão de que ia mastigar a própria carne.

18

Rodrigo acendeu sua lanterna elétrica, fazendo incidir o feixe luminoso sobre o mostrador de seu relógio de pulso. Oito e cinquenta. Estava de pé atrás dum barranco, junto da linha férrea, a uns duzentos metros da fachada do quartel do Regimento de Artilharia. Apenas duas das vinte e quatro janelas do casarão acachapado e sombrio estavam iluminadas. Rodrigo avistava nitidamente a guarita da sentinela, mas não via sinal de vida nela ou ao seu redor.

Do céu baixo e pesado de nuvens escuras, continuava a cair uma garoa fina e fria. O ar estava parado e um silêncio úmido e emoliente envolvia todas as coisas.

Um vulto aproximou-se. Rodrigo reconheceu Chiru Mena, que lhe vinha dizer que acabava de fazer a pé toda a volta do quartel. As tropas revolucionárias haviam tomado posição, de acordo com o plano preestabelecido.

— Um traguinho?

Tirando de baixo do poncho uma garrafa, Chiru desarrolhou-a e entregou-a ao amigo.

— Que é isto?

— Cachaça com mel.

— Vem do céu. Estou gelado.

Levou o gargalo à boca, empinou a garrafa, bebeu um gole largo.

— Isto é tão importante como munição — murmurou Chiru, tornando a arrolhar a garrafa que o outro lhe devolvera.

— Onde está o Floriano?

— Perto do automóvel.

Rodrigo voltou a cabeça e avistou ao pé da caixa-d'água o Ford que os havia trazido da Intendência até ali. Longe, lá embaixo, piscavam em meio da garoa as luzes amortecidas da cidade.

Recostado contra o para-lama do carro, as mãos nos bolsos, encolhido dentro da capa de chuva, Floriano olhava fixamente para a fachada do quartel. Sentado atrás do guidom, Bento picava fumo para um crioulo.

— Por que não vem pra dentro do auto? — perguntou o caboclo. — Está tomando chuva à toa.

Floriano fez que não com um movimento de cabeça. Já que o haviam metido contra sua vontade naquela aventura estúpida, recusava confortos e privilégios. Sentia-se tomado dum esquisito, absurdo desejo de martirizar-se, transformar-se numa vítima. A garoa borrifava-lhe a cara, deixando-a como que eterizada. Entrava-lhe pelas narinas um cheiro de terra e grama molhadas. Sob a sola dos sapatos, sentia o barro viscoso e pegajoso como goma-arábica. Tinha a desconfortante impressão de que a umidade lhe subia pelas pernas, anestesiava-lhe o sexo, entrava-lhe pelo ânus, gelando-lhe as tripas.

Liroca aproximou-se dele sem dizer palavra. Limitou-se a pousar-lhe a mão no ombro e ficou nessa posição durante alguns segundos, como para confortá-lo, numa solidariedade de poltrão para poltrão. Depois murmurou:

— Não há de ser nada — e foi pedir fogo ao Bento, que nesse instante acendia o seu cigarro. Ficaram ambos a pitar e a conversar em voz baixa.

Vultos moviam-se nas sombras. Num deles Floriano reconheceu o pai, que se acercava, dizendo:

— Vamos esperar dentro do automóvel. Venha, Liroca, essa umidade vai lhe fazer mal ao peito. — Rodrigo entrou no carro. E como Floriano permanecesse imóvel, ordenou: — Entra, rapaz.

— Estou bem aqui — respondeu o filho. Queria apanhar uma pneumonia, arder em febre, morrer. E por antecipação, atirava o próprio cadáver nos braços do pai, para que ele sentisse o remorso de havê-lo assassinado.

Sem dizer mais palavra, Rodrigo sentou-se no banco traseiro e acendeu também um cigarro. Minutos depois tornou a olhar o relógio à luz da lanterna.

— Quase nove horas e não vejo nenhum sinal de vida lá dentro...

— Não é nada — disse Chiru, que, do lado de fora, acabava de debruçar-se numa das janelas do carro. — Às vezes acontece um imprevisto.

— Mundo velho sem porteira! — suspirou o Liroca. E bateu o isqueiro para reacender o cigarro.

Ouviram-se naquele momento, vindas do quartel, três detonações sucessivas, seguidas dum silêncio. Rodrigo saltou do automóvel de revólver em punho. Chiru seguiu-o, exclamando:

— Começou a bacanal!

A tremedeira tomou conta do corpo de José Lírio.

Os dois amigos aproximaram-se do barranco e olharam para o quartel.

— Acho que vamos ter de entrar em ação, Chiru.

— Pois estimo!

O silêncio continuou por alguns minutos. Rodrigo sem sentir tinha encostado a boca no barranco e agora mordia a terra.

— Vou atacar imediatamente — disse, cuspindo barro.

Mas naquele exato momento abriu-se o portão do quartel e apareceram as luzes do pátio interno, de onde emergiu um vulto que se precipitou em marcha acelerada declive abaixo. A meio caminho, estacou, voltou a cabeça dum lado para outro, como a procurar alguma coisa.

Rodrigo escalou o barranco e deu alguns passos à frente, gritando:

— Sargento Bocanegra!

— Doutor Rodrigo!

Aproximaram-se um do outro. O sargento estava encapotado, mas de cabeça descoberta, e trazia uma Parabellum na mão.

— A tropa está revoltada — disse ele, arquejante. — A oficialidade presa na Sala do Comando. Mas aconteceu uma desgraça.

— Que foi?

— O sargento Sertório está gravemente ferido. Balaço no ventre.

— Quem foi?

— O canalha do Quaresma.

— Mas como? Como?

— Ao receber ordem de prisão, fez fogo, fugiu para a sala da guarda e fechou-se lá dentro. Eu quis liquidar o assunto atirando pela janela uma granada de mão, mas os colegas não concordaram, não por causa do porco do Quaresma, mas por causa do cachorro dele, que também está lá dentro.

— Eu resolvo isso em dois tempos — garantiu Rodrigo. — Deixem o alagoano por minha conta. Chiru, volta e dá a notícia à nossa gente. Diga que fiquem onde estão, aguardando ordens.

Voltou a cabeça e gritou:

— Floriano!

Surpreendeu-se de ver o filho apenas a dois metros de onde ele estava. O rapaz o havia seguido espontaneamente. Isso o alegrou.

— Vem!

Encaminharam-se os três a passo acelerado na direção do portão central do quartel.

— O tenente se entrega — disse Rodrigo. — É questão de tempo. E de habilidade. Temos de pegar o homem vivo.

— O senhor não me compreendeu, doutor — replicou Bocanegra. — Não estamos interessados em poupar o tenente, mas o cachorro. Quando o Quaresma sair lá de dentro, acabamos com a vida dele.

Rodrigo estacou, brusco, segurou o braço do outro e disse:

— Se ele se entregar e sair desarmado da sala, vocês não têm o direito de matá-lo.

— O crápula atirou num companheiro nosso. O Sertório não se salva...

— É a guerra.

— Mas ele atirou de mau. Sabia que estava perdido. Por que não se entregou, como os outros oficiais?

— Seja como for, uma coisa quero deixar bem clara, não me meti nesta revolução pelo prazer de matar ou levar a cabo vingancinhas. Comprometo-me a tirar o Bernardo lá de dentro sem dar um tiro. Mas preciso que você e todos os seus colegas me garantam, sob palavra de honra, que respeitarão a vida do tenente e que ele será tratado como um prisioneiro de guerra.

Mesmo na penumbra Rodrigo podia sentir a dureza metálica do olhar do outro. Fez-se um silêncio difícil. Por fim o sargento falou:

— Está bem. Mas o senhor vai perder o seu tempo.

Retomaram a marcha. Floriano seguia-os a pequena distância. O coração batia-lhe descompassado, ardia-lhe a garganta a ponto de sufocá-lo. Não — concluía ele –, não podia ter mais medo. O quartel estava em poder dos revolucionários, não haveria tiroteio. Estava certo de que seu pai conseguiria persuadir o tenente a render-se. Mas perturbava-o agora a ideia de que aquele alagoano cordial e brincalhão tivesse sido forçado a alvejar um companheiro de armas. Isso o enchia duma tristeza que era ao mesmo tempo um vago horror à espécie humana.

Entraram no quartel. O pátio era um amplo quadrângulo calçado de pedras, flanqueado por arcadas, à feição de claustro. Do teto dessas arcadas, pendiam, a intervalos regulares, lâmpadas elétricas que despediam uma luz amarelenta e lôbrega, que se refletia no pavimento molhado.

Rodrigo e Floriano apertaram a mão dos quatro sargentos que ali os aguardavam. Bocanegra apontou na direção duma janela.

— É a sala da guarda. O bandido está lá dentro. Para azar nosso estava de ronda na hora do levante.

Rodrigo acendeu um cigarro, sem ter consciência muito nítida do gesto.

— Vamos fazer uma coisa... — sugeriu. — Vocês me dão dez minutos. Vou usar a persuasão para tirar aquele cabeçudo lá de dentro. Se eu fracassar, lavo as mãos e entrego o caso a vocês. Façam o que entenderem. Mas se ele vier às boas, notem bem, se vier às boas, serei eu o seu fiador e exijo que o tratem com dignidade.

Bocanegra consultou os colegas. Todos concordaram com a proposta.

— Onde estão os soldados? — indagou Rodrigo estranhando a solidão e o silêncio.

— Tiveram ordem nossa de permanecer nos seus alojamentos.

— Outra coisa: afastem-se daqui. Quero assumir a responsabilidade desta operação. — Voltou-se para Floriano: — Vamos, meu filho. Vais me ajudar a convencer aquele idiota.

Bocanegra e seus quatro companheiros esconderam-se atrás dos pilares das arcadas, no lado oposto do pátio. Pai e filho aproximaram-se até uns dez metros na janela da sala da guarda. Rodrigo gritou:

— Tenente Bernardo!

Nenhuma resposta. Só se ouvia, vindo lá de dentro, o ruído dos passos inquietos do Retirante e o seu resfolgar aflito.

— Tenente Bernardo Quaresma!

Ouviu-se então a voz do alagoano, desfigurada pela cólera.

— Quem é?

— Sou eu, o teu amigo Rodrigo Cambará.

— Não tenho amigos — voltou a voz dura. — Só minha pistola.

— Não sejas teimoso, Bernardo! O regimento aderiu à revolução. A oficialidade está toda presa. Entrega-te. Tua vida será respeitada, dou-te minha palavra de honra.

— Já disse que sargento não me prende. Nem civil.

— Não queremos derramar mais sangue.

— Sou dono do meu sangue.

— Mas não do sangue dos outros — replicou Rodrigo, já começando a agastar-se. E, mudando de tom, ordenou: — Saia pra fora desarmado, com os braços erguidos!

Floriano escutava, a poucos metros do pai, com a mão direita metida no bolso da capa e crispada sobre o cabo do revólver. Aquele diálogo ali no pátio sob a chuva fria tinha algo de irreal.

— Quem tem vergonha na cara não faz revolução! — gritou o tenente.

Rodrigo sentiu o sangue subir-lhe à cabeça. Seu cigarro se havia apagado, mas ele o mantinha colado no lábio inferior.

— Então sai para fora, nanico, que eu quero te quebrar essa cara!

— Não me provoque, doutor, não me provoque!

— Te dou três minutos. Se não saíres, entrego o caso aos sargentos e eles te arrebentam aí dentro com granadas de mão.

Rodrigo cuspiu fora o cigarro.

Fez-se um silêncio. Floriano tinha o olhar fito na porta... Na porta que se abriu de repente, enquadrando a figura de Bernardo Quaresma. A luz duma lâmpada caiu-lhe em cheio sobre a cabeça descoberta. O tenente tinha na mão uma Parabellum. Por trás dele negrejou o vulto do Retirante, que saltava e gania, esforçando-se por sair. Quaresma, porém, obrigou-o a recuar para dentro da sala, fechou a porta e exclamou:

643

— Adeus, amigo velho! Esta briga é minha!

— Larga a arma! — gritou Rodrigo.

Como única resposta, Bernardo Quaresma fez fogo. Rodrigo sentiu como que um coice no ombro esquerdo, perdeu momentaneamente o equilíbrio e deixou cair o revólver. Pelo espaço de alguns segundos, a surpresa e o choque o estontearam e imobilizaram. Encostado na parede, a arma sempre erguida, o tenente bradou:

— Venham, gaúchos de merda!

— Atira, meu filho! — berrou Rodrigo.

Floriano tirou o revólver do bolso, mas não conseguiu erguer a mão. Estava paralisado, como num pesadelo.

— Vá embora, menino! — gritou-lhe Bernardo. — Vá embora! Não quero te matar.

Os cinco sargentos, que ao primeiro tiro haviam deixado os esconderijos, agora atravessavam o pátio a correr, de pistolas em punho. Rodrigo, que conseguira agarrar de novo o revólver, ergueu-o, apontou-o para o oficial e fez fogo. Largando a Parabellum, Bernardo levou ambas as mãos ao peito, no lugar onde a fazenda do dólmã começou a tingir-se de escuro. Seus joelhos se vergaram, mas ele não caiu de imediato, porque os sargentos tinham rompido numa fuzilaria cerrada, e alguns de seus balaços acertaram em cheio no corpo do tenente, que por alguns segundos ficou como que pregado à parede pela violência dos impactos — duas balas vararam-lhe o peito, duas entraram-lhe no baixo-ventre, uma quinta no estômago — e foi lentamente escorregando e vertendo sangue, até ficar estendido nas lajes, a estrebuchar. Bocanegra aproximou-se dele e, murmurando com voz apertada "Filho duma puta!", encostou-lhe o cano da Parabellum na cabeça e puxou o gatilho. Ouviu-se sob a arcada uma detonação que para Rodrigo foi a mais forte e terrível de todas. Do crânio que se partiu, saltaram pedaços de miolos, respingando as botas do sargento. Dentro da sala, o Retirante soltava uivos desesperados.

Floriano assistiu à cena atordoado, sem poder desviar os olhos da figura de Quaresma. Deixou cair o revólver e, numa súbita náusea, apertou com ambos os braços o estômago, que se lhe contraía em espasmos tão violentos, que ele teve a agoniada sensação de que as vísceras iam sair-lhe pela boca. Deu alguns passos, encostou a cabeça num dos pilares da arcada e ali ficou encurvado sobre si mesmo, a vomitar um líquido viscoso e amargo.

Os sargentos agora cercavam o morto, conversando em voz baixa. Rodrigo ergueu-se. O braço lhe ardia como se alguém lhe tivesse encostado na carne um ferro em brasa. O sangue continuava a escorrer-lhe ao longo do braço imobilizado e por entre os dedos, pingando no chão. Exaltado, com um confuso desejo de continuar o tiroteio, aproximou-se do filho e exclamou:

— Por que não atiraste, covarde?

Desferiu-lhe um pontapé no traseiro, fazendo-o inteiriçar o corpo:

— Vai-te embora! — gritou. — Vai pra baixo das saias da tua mãe, maricas! Vai, covarde! Vai, galinha! Não és meu filho!

Lívido, mal podendo arrastar as pernas, e sempre a babujar bílis, Floriano encaminhou-se para o portão central do quartel e precipitou-se colina abaixo, na direção da cidade...

Rodrigo tinha ainda na mão o revólver. E quando viu Bocanegra aproximar-se, teve ímpetos de meter-lhe uma bala entre aqueles olhos de cobra. Quando o sargento lhe segurou o braço, ele estremeceu, numa sensação de repulsa.

— O senhor está ferido, doutor!

— Não é nada.

— Precisamos ver um médico imediatamente.

— Já disse que não é nada.

Mas Bocanegra arrastou-o consigo na direção da enfermaria. A garoa continuava a cair.

Quinze minutos depois, Rodrigo tornou a encontrar-se com os sargentos numa das salas do Cassino dos Oficiais. Trazia o braço em tipoia, estava pálido e de olhos brilhantes.

Quando Bocanegra lhe perguntou pelo ferimento, respondeu mal-humorado:

— Não tem nenhuma gravidade, não atingiu o osso. Tirou apenas um naco de carne. — Com a mão que tinha livre apontou para o telefone. — Vamos chamar o Regimento de Infantaria...

— Não é necessário — respondeu Bocanegra. — Já chamei. O Taborda e os companheiros dominaram facilmente a situação. O comandante da praça e os oficiais estão todos presos. O quartel se encontra em nosso poder.

Rodrigo leu uma alegria satânica no rosto do sargento.

— Como vai o Sertório? — perguntou, dirigindo-se aos outros.

Foi Bocanegra quem respondeu:

— Morreu há cinco minutos.

Tirou do bolso um lenço e começou a limpar as botas.

19

Rodrigo passou o resto daquela noite na agência do telégrafo, em conferência com os chefes da revolução em Porto Alegre, a beber café preto e a fumar incessantemente. E enquanto o telegrafista, com os olhos pesados de sono, recebia ou transmitia mensagens, ele se comunicava pelo telefone com os dois regimentos locais e com o cel. Barradas, que havia instalado seu Quartel-General no edifício da Intendência. Foi informado de que cerca de dois terços da oficialidade, tanto de infantaria como de artilharia, tinham resolvido aderir ao movimento, e que os sargentos haviam sido promovidos a tenentes.

Estava o dr. Rodrigo de acordo — perguntou-lhe o cel. Barradas — em que se encarregasse o Juquinha Macedo do abastecimento das tropas? Claro, respon-

645

deu ele. Qualquer um, menos o Madruga e o Amintas. E não achava que o dr. Terêncio Prates era o homem indicado para tomar conta da agência dos Correios e Telégrafos e da Companhia Telefônica, ficando inteiramente responsável pelo setor das comunicações? Ninguém melhor que ele! E a quem na sua opinião se devia entregar o policiamento da cidade?

— Ao Neco Rosa — respondeu Rodrigo sem hesitar.

Só deixou a agência do Telégrafo alta madrugada, depois que recebeu a notícia da rendição do 7º Batalhão de Caçadores e que Oswaldo Aranha, num telegrama dirigido a ele, Rodrigo, pessoalmente, lhe comunicou que a revolução estava vitoriosa não somente em Porto Alegre como também no resto do estado.

Ao clarear do dia, saiu da Intendência, rumo do Sobrado. Estava já na calçada da praça quando Toríbio veio ao seu encontro. Abraçaram-se. O guerrilheiro recendia a cachaça. Tinha o poncho ensopado e as botas embarradas.

Apontou para o braço do irmão:

— Então o tenentinho te marcou na paleta, hein?

— Uma porcaria de nada. Em três dias estou bom.

— Eu não te dizia que o Bernardo era macho? Conheço covarde pelo cheiro.

Saíram a caminhar lado a lado. O ar úmido recendia liricamente a flor de cinamomo. O céu começava a clarear e, por entre as nuvens cor de chumbo que o noroeste movia no céu, apareciam nesgas dum límpido azul de turquesa.

— Que miséria! — exclamou Toríbio. — Se todo o mundo continuar aderindo, eu me passo pro lado do governo. Tomamos o quartel sem dar um tirinho!

Rodrigo caminhava olhando para o chão, taciturno.

— Pois eu preferia não ter dado o tiro que dei...

— Se não atirasses, o Bernardo te matava.

— Mas teria sido melhor se aquele cabeçudo não tivesse resistido. Agora vou ficar com esse remorso pelo resto da vida...

— Remorso? Deixa de besteira. O homem foi fuzilado. Cinco pessoas, seis contigo, atiraram nele. Quando muito serás sócio nessa "empresa"... e sócio com uma quota muito pequena: um miserável tiro. Os sargentos descarregaram as pistolas em cima do alagoano.

— Mas quem acertou nele primeiro fui eu. No peito... Acho que meu tiro foi mortal.

— Quem é que pode ter a certeza agora? Acho que não vais mandar autopsiar o cadáver...

Entraram no Sobrado. Flora e Maria Valéria os esperavam na sala.

Estavam ambas de pé junto da porta que dava para a sala de jantar, e ali continuaram imóveis e caladas, enquanto os homens se desembaraçavam de seus ponchos e armas.

Rodrigo exibia o braço em tipoia como uma condecoração. Esperava que as mulheres fizessem algum gesto ou dissessem alguma palavra que traduzisse seu espanto ou sua pena. Nada disso, porém, aconteceu. Ambas continuaram imperturbáveis. E o senhor do Sobrado, que contava com uma bela cena — o guerreiro ferido volta ao lar, a mulher encosta a cabeça no seu peito para chorar —, ficou primeiro perplexo, depois decepcionado e por fim irritado ante aquela indiferença. E não percebeu que de certo modo tirava a sua desforra quando disse:

— Acho que já sabes do comportamento *heroico* do teu filho... Portou-se como um verdadeiro covarde. Se a coisa tivesse dependido só dele, a esta hora eu estaria morto. É o que vocês ganham com esses mimos que dão ao Floriano. Toda a cidade decerto já sabe que o filho do doutor Rodrigo Cambará é um poltrão.

As mulheres, porém, nada disseram nem fizeram. Derrotavam-no aos poucos com o seu silêncio.

Minutos depois Laurinda veio perguntar se os "meninos" queriam comer alguma coisa.

— Eu quero — respondeu Toríbio. — Me faça um bife com ovos. Quatro ovos fritos na banha. E um café bem quente. O Chico já trouxe o pão?

Chico Pais apareceu pouco depois com um cesto cheio de pães frescos, um susto nos olhos. Ficou impressionadíssimo por ver Rodrigo com o braço em tipoia e a camisa manchada de sangue. Quis saber detalhes da "batalha", mas Rodrigo fez um gesto irritado e exclamou: "Ora não me amole!" e meteu-se no escritório, fechando a porta. Estendeu-se no sofá e cerrou os olhos.

Mataste o Bernardo. Mataste o Bernardo. Mataste o Bernardo. A cena reproduziu-se contra o fundo de suas pálpebras: o tenente com ambas as mãos no peito, o sangue manando da ferida, manchando o dólmã... Mas quem atirou primeiro foi ele. Se o tiro me tivesse pegado no peito um palmo à esquerda, me varava o coração... Legítima defesa caracterizada. Nenhum júri me poderia condenar em sã justiça. Mas isso não me tranquiliza. Vou ficar com essa morte na consciência. Consciência? — perguntou Tio Bicho, soltando uma risada. E lá estava o gordo Bandeira — fantasiou Rodrigo — sob as arcadas, olhando o tenente que estrebuchava sobre as lajes, numa poça de sangue. E o bandido do Bocanegra partira o crânio do pobre rapaz com uma bala. Por quê? Pura crueldade. Estava claro, claríssimo que ele odiava o tenente. Queriam estraçalhar o alagoano com granadas de mão. Bernardo estava condenado. Mas preferiu ter morte de homem... E quase me mata, o patife. E quem vai provar que *meu* tiro foi mortal? O Toríbio tem razão: *Bernardo Quaresma foi fuzilado por cinco sargentos*. A noite passada morreram uns dez homens em Porto Alegre no assalto ao Quartel-General. Alguém vai procurar descobrir quem os matou? As balas não trazem os nomes dos donos. Mas se ao menos eu pudesse dormir, dormir, dormir... Seis, oito, dez, doze horas. Depois... acordar e descobrir que tudo foi um pesadelo. Mas não. Aquilo tinha de acontecer. Estava escrito. Ninguém faz revolução com balas de chocolate. Fiz o possível para salvar a vida do Bernardo. Tenho a consciência tranquila...

Mas lá estava a figura grotesca do Tio Bicho, sob as arcadas, a olhar para o cadáver e a perguntar: "Afinal de contas, em nome de que ou de quem morreu este moço? E em nome de que ou de quem vocês o assassinaram?". Mas não! Seria horrível, monstruoso se tudo aquilo fosse gratuito...

Rodrigo sentia o pulsar do sangue nas fontes, a cabeça lhe doía surdamente, e uma espécie de... de quê? Dor não era... mas um certo mal-estar localizado no crânio acima dos olhos impedia-o de raciocinar com clareza, de examinar a situação com paciência e lucidez.

Mataste o Bernardo. Mas ele atirou primeiro no sarg. Sertório. Mataste o Bernardo, não, ele se suicidou. Está tudo bem. O melhor que tenho a fazer é esquecer. É a guerra.

Abriu os olhos. O sol da manhã entrava pelas vidraças, dourando o teto do escritório. Rodrigo sentiu roncar-lhe o estômago vazio. Era estranho. Precisava comer, mas a simples ideia de levar à boca qualquer alimento lhe era repugnante. Sabia que não poderia esquecer os pedacinhos de matéria cinzenta que haviam esguichado do crânio de Bernardo Quaresma... Como tudo aquilo era estúpido e gratuito! Sim, gratuito, gratuito, gratuito! Ontem eram amigos, estavam de abraços e brinquedos ali nas salas do Sobrado. Hoje...

Pensou em Roberta. Àquela hora ela já devia saber de tudo. Como reagiria ao fato de ele, Rodrigo, ter participado do "fuzilamento" de Bernardo Quaresma? Decidiu não ver mais a professora. Nunca mais. Estava tudo acabado. Mas o melhor mesmo seria dormir, fazer o pensamento parar. Tornou a cerrar os olhos.

A campainha do telefone tilintou. Rodrigo pôs-se de pé num salto. Aproximou-se da escrivaninha, ergueu o fone do aparelho e encostou-o na orelha:

— Olá! Hein? Sim... é ele mesmo. — Alteou a voz, já irritado. — É o doutor Rodrigo quem fala!... Quem? Ah! Que é que há, Chiru?

A voz do amigo lhe chegava um pouco sumida:

— Estou ainda no quartel de Artilharia. Vão enterrar o tenente Bernardo como um cachorro pesteado. Enrolaram o corpo num pano velho, atiraram num caminhão e vão levar o coitado pro cemitério sem encomendação nem nada.

— Já saíram?

— Estão saindo agora.

Rodrigo repôs o fone no lugar e correu para a sala de jantar.

Sentado à mesa, Toríbio comia o pão que o Chico trouxera, enquanto esperava o bife com ovos. Rodrigo repetiu-lhe o que Chiru lhe contara e acrescentou:

— Temos de dar um enterro de cristão ao Bernardo, com os sargentos, sem os sargentos ou *contra* os sargentos.

— Mas ainda não comi!

— Comes depois. Manda o Bento tirar o Ford enquanto eu vou buscar o padre.

Botou o chapéu na cabeça e o revólver na cintura, ganhou a rua e dirigiu-se para a casa paroquial, que ficava ao lado da igreja. Entrou sem bater, encontrou o vigário à mesa do café e contou-lhe a história em poucas palavras.

— Vamos, padre! Não temos tempo a perder. Pegue as suas coisas.

O sacerdote obedeceu. Em menos de cinco minutos, estavam os dois na calçada, junto da qual Bento fazia parar o carro. Toríbio, sentado ao lado do chofer, perguntou:

— E o caixão?

— É mesmo! — exclamou o irmão. — Bento, me espera na frente da casa armadora.

Rodrigo correu para lá, bateu na porta com impaciência e, quando o Pitombo veio abri-la, não se deu o trabalho de explicar-lhe do que se tratava. Empurrou-o e foi entrando na loja sombria. Olhou em torno e finalmente apontou para um esquife da melhor qualidade.

— Qual é a medida daquele ali?

— Quem foi que morreu?

— O bispo. Anda, Pitombo, não tenho tempo a perder.

O defunteiro avaliou o caixão com os olhos e murmurou:

— Um metro e sessenta e cinco... um metro e setenta...

— Serve. Me ajuda a levar essa coisa para o automóvel.

Dentro de pouco, Rodrigo e o vigário estavam no banco traseiro do Ford, tendo o esquife atravessado à frente de ambos, com a extremidade mais estreita para fora do carro.

— Me mande a conta! — gritou Rodrigo para o armador, quando o veículo arrancou.

Dentro de dez minutos, paravam junto do portão do cemitério. Pouco depois chegava um caminhão do Regimento de Artilharia. Toríbio, Rodrigo e Bento aproximaram-se dele, ao passo que o vigário continuou sentado dentro do Ford.

Um soldado dirigia o veículo cor de oliva. A seu lado, estava sentado um cabo, um mulatão espadaúdo e mal-encarado.

— Vocês trazem aí o corpo do tenente Quaresma? — indagou Rodrigo, dirigindo-se ao cabo.

— Trazemos. Por quê?

— Queremos dar um enterro digno ao tenente.

O mulato lançou para Rodrigo um olhar enviesado.

— Tenho ordens pra enterrar o defunto assim como está.

— Ordens de quem?

— Do sar... do tenente Bocanegra.

— Pois nós temos ordens do coronel Barradas, comandante da praça.

— Onde está?

Toríbio fez uma figa e ergueu-a quase à altura do nariz do mulato.

— Está aqui.

Nesse instante exato, Bento levou a mão ao revólver. Rodrigo fez o mesmo. O mulato fechou a carranca. Mas o soldado sorriu:

— Eu conheço esse moço. É o doutor Rodrigo Cambará. Gente nossa. Gente boa.

— Mas eu tive ordens... — resmungou ainda o cabo, já com menos empáfia.

— Que é que eu vou dizer depois pro tenente Bocanegra?

— Diga que se entenda comigo.

O mulatão encolheu os ombros e saltou para fora do caminhão. O soldado fez o mesmo e ambos foram abrir a parte traseira do veículo.

Só agora Rodrigo via como o alagoano era pequeno. Ali estava enrolado naquela lona suja, recendente a gasolina, com negras manchas de graxa, amarrado com cordas à altura do pescoço, da cintura e dos tornozelos.

O cabo puxou o fardo com um gesto brusco que revelava toda a sua má vontade.

— Devagar! — gritou-lhe Rodrigo. — Mais respeito. Você não está lidando com um cachorro sem dono, mas com o corpo dum homem. E dum homem digno!

O mulato mordeu os beiços mas nada disse. O soldado ajudou-o a colocar o cadáver dentro do esquife, que Bento e Toríbio haviam agora aproximado da traseira do caminhão.

Enquanto fechavam o caixão, Rodrigo ouviu uma voz que lhe dizia: "O senhor é mais que meu amigo. O senhor é meu pai". Fez um esforço desesperado para não rebentar em soluços. Mas lágrimas vieram-lhe aos olhos, ele fungou, disfarçou, procurando evitar que os outros lhe vissem a cara. Depois de atarraxar a tampa, disse:

— Vamos.

Pegou numa das alças. Toríbio, Bento e o soldado agarraram as outras. Ergueram o ataúde e encaminharam-se lentamente para o cemitério, cujo zelador — que assistira a toda a cena cautelosamente do lado de dentro dos muros — veio ao encontro do pequeno cortejo, e, aproximando-se de Rodrigo, disse-lhe ao ouvido:

— A cova já está aberta, doutor. Vou na frente para mostrar o caminho.

Rodrigo fez com a cabeça um sinal de assentimento.

Para além dos muros do cemitério, as coxilhas de Santa Fé se estendiam verdes e livres sob um céu agora completamente azul.

Um quero-quero gritou longe e Rodrigo sentiu uma súbita e lancinante saudade do Angico e da infância.

A cerimônia foi breve. Enquanto o padre resmungava o seu latim e aspergia o esquife com água benta, Rodrigo pensava na mãe de Bernardo Quaresma. Ia descobrir o endereço da velhinha e enviar-lhe todos os meses uma pensão, anonimamente. Sim, e dentro de alguns anos mandaria remover os restos do tenente para o cemitério de sua terra natal... Assumia aquele compromisso sagrado perante Deus e sua consciência.

Terminada a encomendação, o caixão foi descido ao fundo da cova. Bento atirou-lhe em cima um punhado de terra. Toríbio e o soldado o imitaram. Em seguida os coveiros começaram a entulhar o buraco.

O padre e o soldado foram os primeiros a se retirar. Rodrigo, Toríbio e Bento ficaram ainda por alguns minutos diante da sepultura e depois, sempre em silêncio, voltaram para o automóvel.

20

Naquela manhã de segunda-feira, os jornais trouxeram o manifesto de Getulio Vargas à nação. Terminava assim: *Rio Grande, de pé pelo Brasil. Não poderás faltar ao teu destino glorioso!*

Tio Bicho leu o documento, sorriu e ia fazer uma de suas observações mordazes quando Rodrigo o reduziu ao silêncio com um olhar duro e estas palavras:

— Cala a boca! Nesta hora não há lugar para cépticos nem para maldizentes profissionais. Maragatos e pica-paus enterraram suas diferenças para o bem do Brasil. Eu já esqueci as indecisões e fraquezas do Getulio: ele é agora o chefe de todos nós. Quem não está com a Revolução está contra ela. Toma cuidado. Tu e o Arão. Quem avisa amigo é.

Roque Bandeira encolheu os ombros e não tocou mais no assunto. E tanto ele como Stein se mantiveram afastados do Sobrado durante aquela primeira e agitada semana de outubro.

Já então ninguém mais podia duvidar da extensão e da força do movimento revolucionário em todo o país. Juarez Távora, à frente de oitocentos homens, depusera o presidente da Paraíba, entrara em Pernambuco, ocupando Recife e, depois de conquistar Alagoas, marchava sobre a Bahia.

— Os governos caem de podres! — exclamou Rodrigo ao ler essas notícias.

Liroca andava entusiasmado pelo fato de o ten.-cel. Góes Monteiro haver sido escolhido por Getulio Vargas para chefe do Estado-Maior das forças revolucionárias.

— Dizem que é um grande estrategista — comentou ele um dia no Sobrado.

— E tem também uma admiração bárbara por Napoleão Bonaparte.

Os dois regimentos de Santa Fé tiveram ordem de seguir imediatamente para a frente de batalha. À hora da partida, Rodrigo Cambará fez um discurso na plataforma da estação. Enquanto falava, dificilmente conseguia afastar o olhar da cara do ten. Atílio Bocanegra, que lá estava recostado a um vagão, no seu uniforme de campanha, orgulhoso de suas lustrosas botas de cano alto, de seu talabarte novo em folha, e principalmente das divisas de tenente. Era como se Rodrigo estivesse falando apenas para aquele homem de olhos frios e maus.

Quando a banda de música do Regimento de Infantaria rompeu num dobrado cuja melodia evocava a tristeza duma despedida, muitos olhos ali na plataforma encheram-se de lágrimas.

Os jornais chegavam trazendo notícias animadoras. Em todo o estado, voluntários apresentavam-se aos milhares para formar as legiões libertadoras.

— Um rapaz de treze anos apareceu ontem na Intendência — contou Rodrigo à mulher, à hora do almoço. — Queria por força alistar-se. Era tão franzino que tu não lhe darias mais de dez anos...

Ao dizer isso, lançou um olhar enviesado para o lugar vazio de Floriano à mesa, não perguntou pelo filho, não o via desde a noite de 3 de outubro e não queria vê-lo. O rapaz fazia suas refeições na água-furtada, onde se mantinha isolado.

Pouco depois da uma hora, Bento voltou da estação com os jornais do dia anterior. Rodrigo leu em voz alta o texto do telegrama que Getulio Vargas enviara aos revolucionários de Curitiba: *Breve marcho com o Rio Grande. Vamos todos: Exército e Povo.* João Neves declarava à imprensa: *Este movimento marca o fim da política personalista que tantos desmandos tem praticado.* Flores da Cunha esclarecia a repórteres que lhe haviam pedido um pronunciamento. Que ninguém se iludisse: o grande arquiteto da Revolução tinha sido Oswaldo Aranha. *Nós não fizemos outra coisa senão segui-lo.*

— É o mais belo movimento da história do Brasil! — exclamou Rodrigo.

Toríbio, porém, não parecia muito interessado nos aspectos históricos da Revolução. O que ele queria mesmo era entrar em ação o quanto antes. A organização da Legião de Santa Fé se processava com excessiva lentidão, e Bio tivera já vários atritos com Laco Madruga e com Amintas Camacho. Impacientava-se também ante o formalismo pedante de Terêncio Prates, que parecia querer resolver os problemas da Revolução com fórmulas abstratas aprendidas na Sorbonne.

Como os legionários do Rio Grande em sua maioria tivessem escolhido espontaneamente o lenço vermelho como símbolo da rebelião, Liroca andava exaltado e feliz, como se aquilo significasse a maragatização do país inteiro. Um dia entrou no Sobrado e, com voz trêmula, contou:

— O nosso Assis Brasil chegou ontem a Porto Alegre e teve uma recepção consagradora. Foi saudado como o Apóstolo da Democracia Brasileira. E com justiça, com muita justiça!

Citou uma frase do senhor de Pedras Altas: *Agora é preciso marchar para a realização de uma nova República e sob a inspiração de uma só ideia.*

Toríbio, trocista, perguntou que ideia era essa. Liroca engasgou-se com a resposta, limitando-se a resmungar "Ora... ora...". Rodrigo socorreu-o:

— Não dês confiança a esse primário. O Bio é um homem sem ideias nem ideais. Gosta da guerra pela guerra. É um bárbaro.

Agora um dos divertimentos, ou melhor, uma das devoções mais queridas dos santa-fezenses era ir à estação ver as tropas que passavam para a zona de operações. Faziam isso com grande entusiasmo. Senhoras e senhoritas levavam aos guerreiros flores, cigarros, doces, bandeiras e medalhinhas com a efígie de santos... Improvisavam-se discursos e o povo cantava na plataforma o Hino Nacional, enquanto o trem se afastava, e das janelas dos carros os soldados acenavam adeuses...

Corria por todo o estado a história dum jovem legionário que, ao partir para a linha de fogo, gritara: "Tenho pena dos que ficam!". Mas Oswaldo Aranha, a quem Getulio Vargas, no momento de seguir para a frente, confiava o governo do Rio Grande, disse que também era preciso ter "a coragem de ficar".

Quica Ventura, entretanto, achava que aquela não era ainda a revolução de seus sonhos. Continuava de lenço encarnado no pescoço, mas falava mal dos revolucionários, não acreditava na vitória do movimento, e agora andava pelas esquinas a criticar Rodrigo Cambará, dizendo que a administração do município estava entregue às moscas.

Rodrigo na realidade pouca ou nenhuma atenção dava aos seus deveres de intendente. Achava-se inteiramente absorvido pela revolução, e já agora, como Toríbio, ansiava por marchar para a linha de fogo.

Quando recebia telegramas anunciando vitórias das forças revolucionárias, mandava soltar foguetes e pregar um boletim informativo num quadro-negro, à frente do edifício da Intendência. E cada nova notícia lhe parecia melhor que a precedente.

Juarez Távora continuava no Norte a sua marcha gloriosa, derrubando governos, conquistando estados inteiros e engrossando suas tropas.

A vanguarda do gen. Miguel Costa já se encontrava nas imediações de Itararé. Forças mineiras haviam invadido o Espírito Santo e São Paulo. O Pará, o Maranhão, o Piauí, o Ceará e o Rio Grande do Norte estavam praticamente nas mãos dos revolucionários.

— É uma avalanche — disse Terêncio Prates um dia —, uma avalanche que nenhuma força humana poderá conter.

D. Revocata, que estava presente, observou que *avalanche* era um galicismo desnecessário, uma vez que em português existia a palavra *alude*. Mas, gramática à parte, achava também que a vitória da causa revolucionária era uma fatalidade.

D. Vanja andava entusiasmada com "a rica arrancada cívica" e queria a todo o transe criar um corpo de vivandeiras na cidade. Olhando um dia para Santuzza Carbone, Toríbio sorriu e disse baixinho para o irmão:

— Que grande cavalariana dava essa gringa!

Dante Camerino e Carlo Carbone faziam parte do corpo médico da Legião de Santa Fé. O primeiro andava todo apertado num uniforme cáqui de capitão, com uma túnica que lhe ia quase até os joelhos, e uns culotes muito mal cortados. O italiano tirara da mala, de seu sono de cânfora, o fardamento cor de oliva dos *bersaglieri*, que envergava agora com orgulho; e como um toque de cor local, trazia ao pescoço um lenço vermelho.

Rodrigo começava a inquietar-se à ideia de que as tropas de Juarez Távora pudessem chegar ao Rio de Janeiro antes das legiões do Rio Grande. Que fazia Getulio Vargas que não marchava duma vez para a zona de operações?

Um dia recebeu um telegrama que o deixou exaltado. Dizia assim:

Presidente Getulio Vargas te convida meu intermédio a seguires com ele e seu Estado-Maior rumo da frente de batalha no trem que passará por Santa Fé dentro de dois ou três dias. Abraços cordiais. João Neves da Fontoura.

Saiu a mostrar o despacho à gente da casa e aos amigos. Flora e Maria Valéria abstiveram-se de qualquer comentário. Chiru fanfarroneou:

— Não te invejo. Vou chegar ao Rio primeiro que tu. Encontrarás o meu cavalo já amarrado no obelisco da Avenida.

— Vais aceitar? — indagou Toríbio.

— Claro, homem! — respondeu Rodrigo. — Não compreendes o alcance desse convite? Significa que vou entrar na capital federal ao lado do chefe da revolução vitoriosa!

— Mas sem dar um tiro — replicou Bio. — E de braço dado com a beleza do Góis Monteiro...

Naquele mesmo dia, o velho Aderbal Quadros foi chamado ao Sobrado e levado solenemente para o escritório, onde Rodrigo e Toríbio tiveram com ele uma conferência a portas fechadas.

— Vamos lhe pedir mais um sacrifício, seu Aderbal... — começou Rodrigo.

O sogro soltou uma baforada de fumaça e disse:

— Já sei. Querem que eu tome conta do Angico.

— Exatamente. Mas temos de lhe falar com toda a franqueza. Nossa situação é negra...

Babalo escutava, sacudindo a cabeça lentamente. Os Cambarás estavam em dificuldades financeiras, tinham dívidas, a estância se achava hipotecada e o prazo da hipoteca prestes a vencer-se.

O ar do escritório enchia-se aos poucos da fumaça azulada do crioulo do velho.

— Mas a vitória da revolução é certa — acrescentou Rodrigo com animação. — E o senhor não pode imaginar que o doutor Getulio Vargas, uma vez na presidência da República, vá deixar seu estado ir à bancarrota. O Brasil precisa dum Rio Grande economicamente sadio. Havemos de sair desta situação difícil. É questão de paciência e de coragem.

Depois dum curto silêncio, o ex-tropeiro soltou um leve suspiro e disse:

— Pôs vou pedir ao negro Calixto que fique me olhando pelo Sutil. E vou dizer à Laurentina que prepare os seus tarecos. Nos mudamos pro Angico amanhã ou depôs...

21

Silenciosa e de olhos secos, Flora naquela tardinha começou a fazer a mala do marido. O trem que levaria Getulio Vargas e seu Estado-Maior para a frente de batalha passaria pela estação de Santa Fé na manhã do dia seguinte.

Maria Valéria estava na cozinha a fazer um tacho de doce de coco. Da água-furtada vinham os acordes abafados da *Heroica*. De vez em quando, Flora erguia os olhos e via pela janela um pedaço do céu esbraseado do anoitecer. Sentia uma tristeza resignada e lânguida. Não. Aquela revolução não lhe dava muito medo... Sabia que Rodrigo estaria seguro dentro do trem do presidente. A tristeza lhe vinha da compreensão a que chegara, da inutilidade de todos os gestos, da monotonia com que os fatos se repetiam. Os homens insistiam nos mesmos erros. Pronunciavam frases antigas com um entusiasmo novo. Encontravam justificativas para matar e para morrer, e estavam sempre dispostos a acreditar que "desta vez a coisa vai ser diferente". Crescera ouvindo histórias de violências e crueldades praticadas durante a Revolução de 1893. Sofrera na carne a de 1923. Agora Rodrigo estava metido num movimento que poderia mudar por completo sua vida e a de toda a família.

Flora alisava num gesto distraído o peito duma camisa de seda. Tinha na memória a imagem do ten. Bernardo Quaresma. "E a senhora, dona Flora, a senhora é a minha segunda mãe." Mordeu o lábio, lágrimas brotaram-lhe dos olhos. Tudo aquilo era ao mesmo tempo triste e estúpido. Não podia conformar-se com a ideia de que Rodrigo havia participado do assassínio do tenente. Ouviu mentalmente a voz do marido. "Ele atirou primeiro, meu bem. E atirou para matar, do lado do coração."

Sim, havia também o problema do Floriano. O rapaz passava os dias fechado na água-furtada, recusando-se a ver quem quer que fosse. Rodrigo não queria fazer as pazes com o filho e tudo indicava que ia partir sem se despedir dele.

Flora foi despertada de seu amargo devaneio por um ruído de passos no quarto contíguo.

— És tu, Rodrigo?

— Sim, minha flor. Que é que há?

Entrou na sala, aproximou-se da mulher, pousou-lhe no ombro a mão que tinha livre. Ela permaneceu imóvel, de costas para ele.

— Queres que eu ponha na mala a tua fatiota de tussor de seda? Deve estar fazendo calor no Rio.

— Não, querida. Comprarei lá o que necessitar. Quero levar apenas a indispensável roupa branca. Não ficaria bem eu me apresentar ao doutor Getulio cheio de malas, como quem vai fazer uma viagem de recreio.

Cedendo a um impulso, beijou longamente a nuca da mulher, que se encolheu num movimento que a ele pareceu de repulsa. Diabo... que é que há?

— Como vai o ferimento? — perguntou ela.

Ele achou a pergunta fora de lugar, mas respondeu:

— Bem. O Carbone me fez há pouco um curativo.

Obrigou a mulher a voltar-se, estreitou-a contra o peito, procurou a boca esquiva e beijou-a. Os lábios dela permaneceram imóveis.

— Que é que tens, menina?

— Nada — respondeu ela, evitando encará-lo.

Rodrigo largou-a, num gesto irritado, e saiu do quarto intempestivamente.

No dia seguinte, saltou da cama muito cedo, tomou um rápido banho de chuveiro e depois começou a barbear-se diante do espelho. Por que estava com aquela cara de ressaca? — perguntou-se a si mesmo, examinando a imagem que o vidro refletia. Devia estar alegre, a cantar. Era um grande dia: ia entrar aquela manhã no trem presidencial, embarcando na mais nobre aventura de toda a sua vida. No entanto ali estava com uma sensação de derrota, de frustração... Tudo por causa de Flora! Estaria ele perdendo o seu encanto, a sua lábia, os seus poderes de sedução? Procurara fazer daquela noite de despedida a grande noite de sua reconciliação definitiva com a esposa, o princípio duma nova vida para ambos. Dissera-lhe coisas ternas ao ouvido, fizera-lhe grandes promessas de regeneração, pedira-lhe perdão por todas as decepções que lhe causara. Sim, e deixara que sua mão também falasse. Mas qual! Flora permanecera muda, imóvel, insensível, tanto às suas palavras como às suas carícias. Por fim, já de madrugada, entregara-se, mas com tanta relutância que ele ficara com a impressão de haver estuprado uma donzela. Pior que isso. Como Flora tivesse permanecido imóvel e fria como um cadáver, ele se sentira quase como um necrófilo.

Diabo! Rodrigo fez um movimento brusco com o pincel, borrifando espuma no espelho. Tornou a ensaboar as faces e de novo passou nelas o aparelho de barbear. Tirou o braço esquerdo da tipoia e verificou que podia movê-lo sem dor. Veio-lhe então uma ideia. Estava claro que teria de fazer um discurso ao presidente... Iria para a estação com o braço em tipoia e lá, a certa altura do discurso, jogaria o lenço fora e passaria a gesticular com ambos os braços. Seria um gesto de grande efeito teatral...

Sorriu. Mas tornou a ficar sério em seguida, pensando em Flora. Se ela soubesse do golpe demagógico que ele estava planejando, havia de desprezá-lo ainda mais. Diacho! Era preciso reagir. Ultimamente Flora, como Maria Valéria, se estava transformando para ele numa espécie de consciência viva. Ambas conheciam-no demais... Sim, aquela revolução tinha sido providencial. Tirariam o Washington Luís do poder, Getulio Vargas assumiria o governo, ele, Rodrigo, se estabeleceria no Rio e depois mandaria buscar a família... Até lá o tempo e a ausência trabalhariam a seu favor. E uma vez na capital federal, começariam uma vida nova. Vida nova! *Vita Nuova! Novíssima! Fortunatissima!* Rompeu a cantar um trecho do *Barbeiro de Sevilha. Fortunatissima, per carità, per carità... Per ca-ri--tà...* Sua voz encheu o quarto de banho.

Pôs-se a lavar o rosto, com muito espalhafato e ruído. Depois enxugou-se, arrancou com uma pinça alguns cabelos brancos, penteou-se e por fim começou a vestir-se. Não envergaria fardamento militar nem se atribuiria nenhum posto. Enfiou uns culotes de gabardina cor de oliva e umas botas novas de cano alto. Vestiu uma camisa branca de seda, com uma gravata de jérsei preta. Envergaria um casaco azul-marinho de meia-estação. E o lenço? Sentia-se atraído pelo vermelho, mas estava decidido a usar o branco, como uma homenagem à memória do pai.

Postado diante do espelho, melhorava o nó da gravata, assobiando distraído o "Loin du Bal", e imaginando a chegada triunfal ao Rio de Janeiro... Foi então que uma nuvem lhe toldou de repente o céu interior. Lembrou-se de Bernardo Quaresma crucificado a balaços contra a parede do quartel toda respingada de sangue...

Precipitou-se quase a correr do quarto de banho, como para livrar-se do fantasma.

22

Cerca das dez horas da manhã, o trem presidencial chegou sob aclamações à estação de Santa Fé. A plataforma estava atestada de povo e o entusiasmo atingia as raias do delírio. Empurrado pela multidão que queria ver o presidente de perto, um velho caiu entre as rodas do trem, que felizmente estava parado, e em poucos segundos foi içado para a plataforma, pálido, escoriado e trêmulo, mas já dando vivas à Revolução.

Getulio Vargas apareceu na parte traseira do último carro, sorriu, acenou para a multidão, que prorrompeu em vivas, aplausos e gritos. Estava metido num uniforme militar cáqui e tinha ao pescoço uma manta com as cores da bandeira do Rio Grande que uma dama lhe dera no dia anterior no Rio Pardo.

O primeiro membro da comitiva presidencial que Rodrigo abraçou foi João Neves da Fontoura. Caiu depois nos braços de Flores da Cunha. Por fim conseguiu subir para o carro e foi abraçado pelo presidente, que lhe perguntou:

— Que é isso no braço?

— Um recuerdo da noite de 3 de outubro — murmurou Rodrigo.

E ante o sorriso aberto, de bons dentes, de Getulio Vargas, pensou: "Eu não me lembrava como esse patife é simpático!". Apertou outras mãos — Ah! doutor Maurício Cardoso! — e viu caras vagamente conhecidas dentro do vagão. Foi o próprio Getulio Vargas quem o apresentou ao ten.-cel. Góes Monteiro, que ofereceu uma flácida mão gorda, que o senhor do Sobrado apertou efusivamente. O chefe do Estado-Maior das forças revolucionárias pareceu-lhe a negação mesma da postura militar. Vestia um uniforme mal cortado e já amassado e trazia na cabeça um chapéu de pano de dois bicos; pendia-lhe do pescoço uma manta longuíssima que nada tinha a ver com o uniforme. Era duma feiura caricatural, mas nem por isso destituída de simpatia.

Na plataforma da estação, a gritaria e o tumulto continuavam. De repente uma voz se fez ouvida acima das outras:

— Que fale o doutor Rodrigo Cambará!

Outras vozes ecoaram o pedido. Estrugiram palmas. Alguém sugeriu que Rodrigo falasse de cima dos fardos de alfafa que estavam empilhados na plataforma, a uns cinco metros do trem. Rodrigo subiu para a improvisada tribuna e dali fez um discurso, saudando em nome do povo de Santa Fé "o presidente eleito da República dos Estados Unidos do Brasil!". Ao perorar libertou o braço do lenço que o sustentava e começou a gesticular com ambas as mãos. Como esperava, o gesto causou um grande efeito, e ele teve de esperar uns bons trinta segundos para que os bravos e aplausos cessassem. Foi então que pronunciou a frase que mais tarde amigos e inimigos haveriam de explorar das maneiras mais diversas e contraditórias: *Se eu cumprir minhas promessas, povo de Santa Fé, não vos pedirei nenhuma recompensa. Mas se eu vos atraiçoar, matai-me!*

O trem apitou, dando o sinal de partida. A confusão nesse momento foi geral. Rodrigo sentiu-se erguido de cima dos fardos e posto no chão. Daí por diante, começaram os abraços de despedida. Por entre aquelas centenas de caras, em sua maioria de homens mal barbeados e de ar façanhudo, Rodrigo vislumbrou a face de Roberta Ladário (coitadinha, m'esqueci dela!) e a de Ladislau Zapolska, que não tornara a ver desde o dia em que lhe quebrara os dentes. Teve ímpetos de abraçar ambos. Mas qual! Perdeu-os de vista. A multidão levava-o dum lado para outro e ele tentava, mas em vão, abrir caminho rumo do trem. Todos queriam estreitá-lo contra o peito. "Até a volta, bichão!" — "Amarre por mim o cavalo no obelisco." — "Vá com Deus!" — "Me mande um fio do cavanhaque do Washington!" — E Rodrigo, o suor a escorrer-lhe pelo rosto e pelo torso, sentia nas costas as palmadas ferozmente cordiais dos amigos e conhecidos. E durante minutos teve diante dos olhos e das narinas, num desfile estonteador, caras, bigodes, barbas, olhos, hálitos, dentes, suores, lenços... E assim empurrado, erguido no ar, conseguiu aproximar-se do comboio — que já começava a mover-se — e saltar para a plataforma do último carro. Alguém lhe havia dado um soco bem em cima da ferida, que agora lhe doía intensamente. Bento, que corria entre os trilhos atrás do trem, gritando esbaforido: "Doutor! Doutor!", conseguiu aproximar-se da plataforma e entregar a Rodrigo a mala que ele esquecera. Getulio Vargas assistiu à cena sorrindo, divertido, ao mesmo tempo que continuava a acenar para o povo, que agora desbordava da plataforma da estação. Alguns seguiram o comboio em marcha acelerada. Bento velho de guerra! — murmurou Rodrigo. Lá estava o caboclo, perfilado entre os trilhos, a mão no chapéu, numa continência...

Rodrigo ficou na plataforma do vagão, ao lado de João Neves e de Getulio Vargas, até ver desaparecer a estação à primeira curva que o trem fez. E quando os outros voltaram para dentro do carro, ele permaneceu no mesmo lugar. Tinha a impressão de que a ferida sangrava e de que ele estava um pouco febril... Tétano?

Dentro em pouco a composição atravessava a Sibéria. Rodrigo avistou o quartel do Regimento de Artilharia e de súbito todo o horror da morte de Bernardo lhe veio à mente. Voltou a cabeça para o lado oposto e avistou lá embaixo o casario do centro da cidade, as copas das árvores da praça, as torres da Matriz, o telhado do Sobrado...

Fez um esforço para conter as lágrimas. Não se despedira de Floriano. As mulheres da casa até a última hora haviam continuado na sua greve de silêncio. Perdera Toríbio de vista no entrevero da estação... nem sequer lhe pudera dizer um adeus de longe. Como tudo de repente se havia precipitado!

O trem entrou no campo: sol e vento sobre as coxilhas. Rodrigo foi transportado em pensamentos para uma remota tarde de dezembro de 1909 em que, com vinte e quatro anos de idade, um diploma de médico na mala, ele voltava para casa cheio de belos projetos e esperanças...

Não pude salvar a vida da minha filha — refletiu ele com amargura. Queimei o meu diploma, abandonei minha profissão. Levei meu pai à morte. Perdi o afeto da minha mulher e do meu filho mais velho. Matei um amigo... Santo Deus, que tremendo fracasso!

As lágrimas agora escorriam-lhe livremente pelas faces. João Neves da Fontoura apareceu rapidamente à porta e disse:

— O presidente manda te convidar para um uísque...

Enxugando os olhos com as pontas do lenço, Rodrigo entrou no carro.

Reunião de família v

14 de dezembro de 1945

Floriano acaba de jantar em companhia de Roque Bandeira num restaurante italiano da rua do Faxinal, e agora aqui vão, lado a lado, a caminhar lentamente por uma das calçadas da praça Ipiranga. São quase sete e meia da noite, as luzes da cidade já estão acesas, mas veem-se ainda no firmamento vestígios do lento e rico crepúsculo que os dois amigos apreciaram através das janelas do Recreio Florentino e que levou Tio Bicho a observar:

— É uma sorte o pôr do sol não depender do governo e de nenhuma autarquia, porque, se dependesse, o trabalho cairia nas garras de funcionários incompetentes e desonestos, haveria negociata na compra do material, acabariam usando tintas ordinárias... e nós não teríamos espetáculos como este.

O ar da noitinha, que uma brisa morna e débil de vez em quando encrespa, está temperado de fragrâncias estivais: um cheiro longínquo de macegas queimadas, o bafo que sobe duma terra e de pedras que tomaram sol o dia inteiro, o aroma das madressilvas e dos jasmineiros que pendem das pérgolas desta praça, a preferida dos namorados e a menina dos olhos do prefeito. Suas calçadas foram recentemente cobertas de mosaicos bicolores. Seus canteiros estão forrados de viçosas hortênsias, que, em matéria de cor, parecem nunca decidir-se entre o rosa, o roxo-desmaiado e um vago azul. No centro do redondel, orlado de hibiscos carregados de flores escarlates, uma fonte de azulejos contribui com sua musiquinha aquática para dar um ar de frescura bucólica ao logradouro.

Tio Bicho, empanturrado de macarrão e Chianti, sente mais que nunca o peso do corpo, caminha e respira com dificuldade, passa repetidamente o lenço pela cara rorejada de suor, gemendo baixinho: "Vou estourar... vou estourar...". Floriano, porém, sente-se leve de corpo e espírito: comeu meio frango assado com salada verde, bebeu uma mineral e fez o que havia muito andava querendo fazer: desabafou, falou franca e demoradamente sobre os acontecimentos da noite de 3 de outubro de 1930, coisa que jamais fizera em presença de outra pessoa. Bandeira escutou-o em silêncio, os olhos quase sempre no prato, interrompendo o amigo de raro em raro, apenas com monossílabos, para dar-lhe a entender que seguia a narrativa com atenção e interesse.

— Tu podes imaginar — diz agora Floriano, voltando ao assunto — o meu estado de espírito quando saí correndo do pátio do quartel e me precipitei para a cidade. Alguém me gritou alguma coisa, procurou me deter... acho que foi o Chiru, não tenho certeza... Mas não parei, continuei a correr, entrei meio às cegas por umas bibocas... umas ruas embarradas e escuras, uns becos de pesadelo... Me lembro vagamente duns cachorros que latiam, me perseguiam... de luzes em janelas... vozes humanas... O espasmo de estômago continuava, era como se minhas vísceras estivessem todas amarradas num nó... E sempre o gosto de fel... e a garganta ardida, porque eu respirava de boca aberta... O barro acumulava-se na sola dos sapatos e meus passos iam ficando cada vez mais pesados. A todas essas a voz de meu pai me perseguia: "Vai, covarde! Vai pra baixo da saia da tua mãe! Vai, galinha! Não és meu filho!".

Floriano segura o braço de Tio Bicho, que sopra forte como um touro, e fala-lhe junto da orelha, em voz baixa, para não ser ouvido pelas pessoas que passam.

— Tu vês... Eu era um "galinha" e não deves esquecer o duplo sentido que essa palavra tinha para nós meninos, na escola. O pontapé do velho me ardia não só no traseiro como também na cara, no corpo inteiro. Eu era um poltrão numa terra cujo valor supremo é a coragem, a hombridade, a machidão. O que me acontecera correspondia a uma castração, mas uma vergonhosa castração em público. Pensa bem, Bandeira... Em breve a cidade inteira ia saber de tudo. Os sargentos se encarregariam de espalhar a história. Com que cara ia eu enfrentar o mundo?

Tio Bicho sacode a cabeça e resmunga:

— Compreendo, compreendo perfeitamente.

Continuam a fazer a volta da praça. Namorados passam pela calçada ou estão muito juntos nos bancos. Automóveis cruzam-se na rua em marcha lenta. À frente do Hotel da Serra (e Floriano fica subitamente tomado dum desejo-cócega-temor-curiosidade de avistar Sônia), sentados em cadeiras postas na calçada, caixeiros-viajantes conversam alegremente em voz alta.

— Houve um momento em que tive de parar para não cair de cansaço... — prossegue Floriano. — Sentei-me no meio-fio da calçada e ali fiquei ofegante, ouvindo um coaxar de sapos e a água correr na sarjeta entre meus pés. Não sei quanto tempo fiquei naquela posição, com os gritos do Velho no crânio. "Não és meu filho." Eu estava órfão de pai. Fui atacado dum acesso tão forte de piedade por mim mesmo, que quase rompi a chorar. Me ocorreu então que para mim só existia uma solução: morrer. E só de pensar que morrendo podia melhorar minha situação diante de meu pai, provocar-lhe lágrimas de saudade e de remorso... só de pensar isso eu sentia uma certa doçura na ideia da morte. Se me perguntares se o suicídio me passou pela cabeça, te responderei que não. Tornei a me levantar, procurei me orientar para a praça da Matriz, pois o que então eu queria

662

era o aconchego, a solidão e a paz do meu quarto. Saí a caminhar, mas dessa vez em marcha lenta. Alguns minutos depois avistei as torres da Matriz. Parei numa das esquinas da praça. (Até hoje, sempre que sinto cheiro de flor de cinamomo, todas as imagens e sensações daquela noite voltam, e eu devo te dizer que essas lembranças — é curioso — não me são de todo desagradáveis.) A garoa continuava a cair, eu olhava firme para a fachada da igreja, e nesse momento me aconteceu uma coisa tão estranha que nem sei se poderia te dar uma ideia.

— Eu imagino o que foi...

— Entrei numa espécie de transe místico, pela primeira e única vez em toda a minha vida. Fiquei assim meio no ar, sem sentir mais o corpo, consciente duma vaga luminosidade em torno das torres da igreja... De repente nada do que acontecera parecia ter importância. As minhas dores e aflições eram coisas do tempo e eu estava fora do tempo. Senti que a solução para todos os meus males estava na Igreja. E me veio um desejo aéreo, molenga e trêmulo, de me atirar nos braços de Cristo, o meu verdadeiro Pai. O sobrenatural me bafejou a alma naquele instante. Podes rir, Bandeira, o fato assim contado com palavras, quinze anos depois, perde a força, perde o sentido, a autenticidade...

Tio Bicho solta uma risadinha de garganta.

— Me desculpa, mas empachado como estou, não posso compreender os transes místicos. Mas continua.

— Bom. A coisa toda deve ter durado apenas alguns segundos. De repente senti de novo o corpo, ferroadas na nuca, dores nos músculos das pernas e dos braços, a náusea, o frio, o desconforto. Nesse momento a imagem que cresceu mesmo diante de meus olhos foi a do Sobrado. Comecei então a caminhar apressado na direção de casa.

— E em vez de cair nos braços de Cristo, caíste nos da Virgem Maria.

— Exatamente. Contei a minha mãe tudo quanto havia acontecido no quartel. Não procurei melhorar minha situação. Pelo contrário, exagerei até minha culpa e minha vergonha. Ela me abraçou, me beijou, tentou justificar minha atitude, me consolar, me compreender, responsabilizando papai por tudo quanto havia acontecido. E sabes qual foi minha reação? Fiquei irritado, revoltado até... Eu não queria que ela me dissesse, como me disse, que a coragem física não é uma virtude capital, e que não havia por que esperar que todos os homens fossem valentes. Tu compreendes, Bandeira, se eu aceitasse essa espécie de consolo, se eu me abandonasse nos braços dela, estaria dando razão ao Velho, que me tinha mandado para baixo das saias maternas. Bom, para te resumir a história: subi para a mansarda, fechei a porta, me atirei no divã e desatei o choro.

Tio Bicho limita-se a sacudir a cabeça. O outro prossegue:

— Agora eu compreendia que meu mundo tinha vindo abaixo... Eu detestava a violência e a brutalidade, mas não era insensível, como imaginava, às seduções do heroísmo. Orgulhava-me da minha condição de homem civilizado, incapaz de exercer violência contra meus semelhantes. Gostava de me imaginar dotado desse tipo de fibra do cristão das catacumbas, tu sabes, a coragem de resistir à agressão sem agredir, em suma, a capacidade de colocar os valores espirituais acima de todos os impulsos animais agressivos e egoístas. No entanto, na hora de dar provas concretas da legitimidade desses sentimentos e princípios, eu descobrira que não podia aguentar a pecha de covarde.

— Teu pai, teu tio, o código de honra do Rio Grande e as preleções cívicas de dona Revocata devem ser os principais responsáveis por essa supervalorização do ato heroico.

— Mas lá pelas tantas, um novo tipo de preocupação começou a me inquietar. A vida do Velho havia dependido dum gesto que eu não tivera a coragem de fazer...

— Talvez não estivesses interessado em salvar a vida de teu pai.

Floriano estaca:

— Roque!

O outro faz alto também, volta-se para o amigo.

— Que é? Te escandalizo?

— Não, mas isso é levar muito longe a...

Não termina a frase, já convencido de que Tio Bicho acaba de abrir-lhe uma nova e terrível porta.

— Bom... — murmura Bandeira. — Não te preocupes, encara o que eu te disse como uma mera "hipótese de trabalho".

— És um monstro.

— Mas não um atleta. Vamos parar esta maratona. Estou exausto. E se sentássemos num banco lá perto da fonte?

— É uma ideia.

Encaminham-se para o centro da praça. Antes de sentar-se, Tio Bicho molha o lenço na água da fonte e passa-o pela testa, pelas faces e pelo pescoço. Depois, com um suspiro de alívio, larga todo o peso do corpanzil sobre o banco, descalça os sapatos e põe-se a friccionar os joanetes.

Floriano despe e dobra o casaco, colocando-o a seu lado no banco. A frase do amigo continua a ocupar-lhe a mente. *Talvez não estivesses interessado em salvar a vida de teu pai.* Se essa hipótese for válida (e quem pode ter a certeza?), a paralisação de seu braço não deverá então ser atribuída simplesmente ao medo... Mas em que poderá essa descoberta melhorar a situação?

Roque Bandeira começa a abanar-se com a palheta.

— Seja como for — diz Floriano —, essa coisa toda me traumatizou. Passei boa parte da vida tentando me convencer de que não havia razão para me envergonhar de não ser valente e de que devia ter a coragem moral de admitir que não tinha coragem física. Continuei cultivando o pacifismo, a não violência, andei lendo coisas sobre o budismo, mas a todas essas devo confessar que continuava a sentir uma certa nostalgia do heroísmo, e a necessidade de provar que no fim de contas eu não era um covarde. O que eu queria mesmo era recuperar a autoestima, isso para não falar na estima do meu pai.

— Mas o que te aconteceu naquela noite de Ano-Bom — pergunta Tio Bicho

664

— não te devolveu o respeito por ti mesmo? Não resolveu a dúvida sobre a tua hombridade?

— Até certo ponto... Mas uma coisa ficou clara: a minha irremediável alergia pela violência.

Faz uma pausa, passa a mão pelos cabelos, sorrindo, e continua:

— Vou te contar uma história... um caso grotesco que ainda não contei a ninguém. Talvez um dia utilize a cena num conto...

— Vocês escritores de ficção contam com um admirável sistema excretório. O romancista mais cedo ou mais tarde acaba defecando os seus problemas e angústias...

— Foi em 1943, na Califórnia. Eu tinha ido passar um fim de semana no Lake Tahoe, um lago vulcânico duma beleza indescritível. Estava uma tarde sentado na praia lendo ou, melhor, tentando decifrar uns versos de Ezra Pound, quando ouvi um grito. *Help!* Ergui os olhos e avistei um menino que estava se afogando... Não tive dúvida: me atirei no lago, sem sequer tirar o casaco, e tratei de me aproximar do rapaz. Logo que senti a água pelo peito, fiquei em pânico. Não sei se sabes que nunca aprendi a nadar... e que sempre tive verdadeiro pavor de morrer afogado. E no momento exato em que consegui segurar a criança, numa de suas voltas à superfície, perdi o pé. A criaturinha se agarrou em mim como um polvo e os dois fomos ao fundo. Quando voltamos à tona, gritei por socorro e já então o que eu queria a todo o transe era me desvencilhar do menino e salvar a pele. Feio, não? Para encurtar a história, se não fosse um americano grandalhão e ruivo, que surgiu não sei de onde e nos puxou para a praia, teríamos os dois morrido afogados... O que eu tinha querido que fosse uma cena sublime se transformou apenas numa comédia grotesca. Que me dizes?

— Digo que quando ouviste o grito do menino, sentiste de novo no rabo o pontapé de teu pai, que gritava: "Vai, covarde!".

Floriano sacode negativamente a cabeça.

— Não. Agora quem está simplificando és tu. Claro que sinto até hoje no traseiro e no amor-próprio a marca daquele pontapé. Mas o que me levou a salvar o menino, além dum gesto natural de solidariedade humana, esse impulso que nos faz às vezes acreditar na nobreza do bicho-homem, foi o chamado, o apelo de todos os heróis da minha mitologia particular, que nasceram no menino e continuaram, em menor ou maior grau, no homem adulto. A voz que ouvi naquele instante, a voz que me incitou foi talvez a de Tom Mix... a de Eddie Polo... a do Herói de Quinze Anos... a de Miguel Strogoff... e quem sabe? do general Osório, de André Vidal de Negreiros...

Por alguns instantes, ficam ambos em silêncio, observando uma criança de seus três anos que se aproxima da fonte, põe-se na ponta dos pés e procura mergulhar os dedinhos n'água.

— Sai daí, porqueira! — grita-lhe a mulata gorda que a segue, evidentemente a sua babá. A criança deita a correr, tropeça, cai e abre o berreiro. A criada ergue-a nos braços e se vai com ela ao longo de um dos passeios.

— No dia em que tiveres com o Velho "a grande conversa", não poderás esquecer essa luz nova que o Tio Bicho lançou cinicamente sobre o drama do quartel. *Não atiraste no Quaresma porque naquele momento desejaste inconscientemente a morte de teu pai.* — Bandeira volta a cabeça para o amigo. — Terás caracu para dizer isso ao teu Velho?

Floriano encolhe os ombros.

— E se disser, que é que se ganha com isso?

— Pois, meu caro, se queres mesmo acabar de nascer tens de encarar com coragem *todos* os dados de teu problema com o marido da tua mãe. Será interessante observar as reações dele. Não negarás que o doutor Rodrigo é um homem inteligente e de coragem. E depois, se ele se sentiu com o direito de te insultar e agredir fisicamente naquela noite, por que não hás de ter agora o direito de dizer-lhe *tudo* quanto pensas sobre o assunto?

Ficam ambos em silêncio por alguns instantes. Um cachorro de pelo negro e lustroso passa pela frente do banco e em seguida se atufa nas hortênsias dum canteiro.

— Ah! — faz Floriano, como quem se lembra de repente de alguma coisa. — Nenhum dos cronistas que escreveram sobre a Revolução de 30 em Santa Fé mencionou, que eu saiba, uma personagem cuja presença dramática perturbou os dias de exaltação patrioteira e preparativos bélicos que vieram depois da noite de 3 de outubro...

— A quem te referes?

— Ao Retirante, o pastor-alemão do tenente Quaresma.

— Sim, me lembro.

— No momento em que os sargentos estavam liquidando o seu amo a balaços, o animal encontrava-se fechado na sala da guarda, ganindo, batendo freneticamente com as patas na porta, como se soubesse do que estava acontecendo. Só o soltaram horas depois, quando já tinham sepultado o tenente. O cachorro saltou para fora, farejou o chão bem no lugar em que o Bernardo caíra e depois saiu a uivar e a procurar o dono por todas as dependências do quartel...

— Francamente, não fiquei sabendo de nada disso, pois durante aqueles dias "heroicos" permaneci fechado em casa, neutro, com meus peixes e meus livros.

— Pois bem. Depois de varejar todo o quartel sem encontrar o que procurava, o Retirante desceu para a cidade, entrou na pensão onde Quaresma se hospedava, foi direito ao quarto dele, depois saiu pela casa a choramingar, a olhar para as criadas e para os hóspedes, com olhos tristonhos, como a pedir-lhes notícias do amo.

Floriano ergue-se e planta-se na frente de Bandeira.

— Às duas da tarde, irrompeu no Clube Comercial, entrou na sala de bilhar onde àquela hora o tenente Bernardo costumava jogar, e ali ficou rondando as mesas, farejando o ar, esfregando-se nos jogadores, ganindo... E sabes aonde foi depois? Ao Sobrado. Encontrou a porta aberta, entrou e enveredou para o escritório, onde papai estava mexendo nuns papéis. Ao ver o animal, o Velho empalideceu, como se tivesse visto fantasma. O Retirante aproximou-se dele, lambeu-lhe as mãos. Papai recuou. "Tirem este animal daqui!" Ergueu-se, saiu perturbado da sala e foi fechar-se no quarto. O cachorro andou pela casa toda, com os olhos embaciados de tristeza, e finalmente tornou a sair... É muito difícil separar a verdade da fantasia em tudo quanto se contou a respeito do Retirante nos três dias seguintes...

— Como?

— A cidade inteira começou a sentir a presença incômoda do animal, como a duma espécie de consciência viva. O Retirante parecia estar pedindo contas à população pelo assassínio de seu amo. Recusava o alimento que lhe davam, esquivava-se a todas as carícias. À noite era visto vagueando nas ruas. E começaram então os boatos. Dizia-se que passava horas no cemitério, deitado em cima da sepultura do tenente Quaresma; e que um dia se pôs a cavar a terra como se quisesse desenterrar o amo... Contava-se também que o lobo que morava dentro dele tinha vindo à tona. Mordeu a mão dum soldado que tentou alisar-lhe o pelo. As crianças fugiam dele apavoradas. Quando o encontravam na rua, os homens levavam a mão ao revólver... Uma manhã correu pela cidade a notícia de que o Retirante havia sido morto a tiros durante a noite por guardas da Polícia Municipal. Pura invenção. À tarde o cachorro tornou a aparecer, entrou de novo no clube, rondou a sala de bilhar. Um dos jogadores, assustado, bateu nele com um taco... Uma noite, muito tarde, estava eu lendo na mansarda quando ouvi uns ganidos que pareciam vir de muito perto. Fui até a janela e avistei o Retirante caminhando dum lado para outro, na frente do Sobrado, o focinho erguido, soltando uns uivos tão tristes, que chegavam a me dar calafrios. Sabes de quem me lembrei? Do mastim dos Baskervilles. Lá em casa, na cozinha já se murmurava que o Retirante tinha virado lobisomem. Um dia a Laurinda ameaçou a Bibi: "Se tu não come direito, eu chamo o Retirante". Ouvi dizer que houve uma reunião especial na Intendência (imagina!) para decidirem que fazer com o animal. Porque o Retirante se havia transformado num problema municipal, numa ameaça pública. Meu pai absteve-se de dar qualquer opinião. Mas os outros próceres (acho que essa é a palavra que *A Voz da Serra* costuma usar para esses "pilares da sociedade"), os outros próceres chegaram à conclusão de que a solução mais prática e ao mesmo tempo mais "humana" era dar ao cachorro um pedaço de carne envenenada. Por que não um tiro na cabeça? — propôs alguém. O doutor Terêncio Prates, homem civilizado, achou que o melhor seria prender o "cão fantasma", levá-lo para muito longe e abandoná-lo em pleno campo. Foi então que o velho Babalo, que havia comparecido à reunião sem ter sido convidado, pediu a palavra e disse simplesmente: "Deixem que eu resolvo a questão". E resolveu mesmo.

— De que maneira?

— Tive a sorte de ver a grande cena.

— Sempre da janela da mansarda?

— Era exatamente onde eu estava. Tu te ris porque dou a impressão de que sempre via o mundo do alto da minha janela de solitário. Corri mesmo o risco de passar o resto da vida como um observador remoto e desligado, que olha a Terra dum outro planeta. Pois bem. Eu estava uma tarde sentado no peitoril da janela da mansarda, quando vi empregados da limpeza pública tentando cercar o Retirante no redondel da praça. De repente surgiu em cena o velho Aderbal, que disse alguma coisa aos mata-cachorros e depois se aproximou do animal lentamente, com seu eterno crioulo entre os dentes. O Retirante primeiro fez menção de fugir. Tinha o corpo retesado, uma das patas dianteiras meio erguida... O velho se acercava cada vez mais dele. Por fim acocorou-se a seu lado, afagou-lhe a cabeça e pareceu segredar-lhe qualquer coisa ao ouvido. De onde estava pude ver ou *sentir* que os músculos do Retirante se relaxavam. Um minuto mais tarde, o animal começou a sacudir o rabo alegremente. O velho Babalo fez um sinal para os empregados da Intendência: que fossem embora, pois o problema estava resolvido. Os homens obedeceram. Vovô ergueu-se, bateu a pedra do isqueiro para reacender o cigarro, tudo isso com uma grande calma, e a seguir, sem olhar para trás, pôs-se a caminhar... O cachorro por alguns segundos ficou onde estava, mas depois saiu atrás do velho. No dia seguinte, ficamos todos sabendo que o Retirante estava já integrado na vida do Sutil.

Tio Bicho sorri.

— É curioso — diz. — Acho que teu espírito sempre viveu e ainda vive a oscilar entre dois polos opostos, fascinado igualmente por ambos: teu avô Aderbal, cruza de Mahatma Gandhi e são Francisco de Assis, e teu tio Toríbio, aventureiro e espadachim. — Mudando de tom, acrescenta: — Olha só quem lá vai...

Floriano segue a direção do olhar do amigo e avista Arão Stein, que atravessa o redondel, por trás da fonte. Sai a caminhar acelerado na direção do judeu, gritando:

— Stein! Stein!

O outro volta a cabeça mas não para; pelo contrário: estuga o passo, como a fugir. Floriano, porém, alcança-o e toma-lhe afetuosamente do braço:

— Homem! Parece mentira. Faz mais de um mês que cheguei a Santa Fé e ainda não tinha te visto. Onde andas metido?

— Ah! — Stein entrega-lhe uma mão mole, suada e fria. — Como vais?

A luz duma lâmpada cai em cheio sobre ele. Floriano pode agora ver-lhe claramente as feições. Acha-o extremamente envelhecido. Nas faces lívidas, cresce uma barba de três dias, em que pelos brancos e ruivos se misturam. O chapéu de feltro negro, muito enterrado na cabeça, a cabeleira crescida a cobrir-lhe as orelhas e a cair sobre a gola do casaco, e mais esta roupa negra e sebosa — tudo contribui para dar-lhe o aspecto furtivo de um judeu ortodoxo, desses que nas ruas de Jerusalém fogem dos turistas no santo horror de serem fotografados. E o que mais impressiona Floriano é a expressão dos olhos do amigo: metidos no fundo de órbitas profundas e ossudas, têm um brilho de insânia, mexem-se assustados dum lado para outro.

— Quando vais aparecer no Sobrado? Papai tem perguntado por ti.

— Qualquer dia... qualquer dia — responde o outro, evasivo. Fala baixo, sempre a olhar inquieto dum lado para outro.

— Mas que é que há contigo?

— Eles não me deixam em paz. Vivem me seguindo.

— Eles quem, criatura?

— Querem destruir minha folha de serviços, querem me desmoralizar perante os outros camaradas. Recorrem a todas as infâmias. Tu sabes que fiz sacrifícios pelo Partido. Mas eles exigem a minha cabeça. Não descansarão enquanto não me liquidarem.

Vem de Stein um cheiro de suor rançoso — juros de suores antigos que acabaram capitalizados.

Floriano faz um sinal na direção do banco.

— Não vais falar com o teu velho amigo Bandeira?

— O Bandeira não é mais meu amigo. Está envenenado contra mim. No fundo também acha que estou vendido aos americanos. Mas tu me conheces, Floriano, sabes da minha fé de ofício. Dei meu sangue pelo Partido. Fui ferido na Guerra Civil Espanhola. — Abre a camisa, obriga Floriano a apalpar com o dedo a cicatriz que tem no peito. — Estás vendo? Estilhaço de granada. Estive à morte. Tudo isso eles querem destruir.

Stein aproxima-se mais do amigo e murmura:

— Se o Eduardo te contar alguma coisa a meu respeito, não acredites. É mentira. Ele também está envenenado. Tudo que dizem são infâmias.

— Claro, homem, claro.

— Bom, tenho que ir... Qualquer dia nos vemos. Mas precisamos descobrir um lugar escondido pra conversar. A cidade está minada de espiões. Querem a minha cabeça.

Stein ergue a gola do casaco e acrescenta:

— Estou entre muitos fogos. Os capitalistas me odeiam porque sou marxista. Os da minha raça me desprezam porque sou um renegado. Os comunistas me perseguem porque inventaram que atraiçoei o Partido. Me chamam de Judas Iscariotes. Dizem que vendi minha consciência por trinta moedas de prata aos banqueiros da Wall Street. Tu sabes que não sou Judas. Então passe bem! Não sou Judas, fica tu sabendo. Não sou.

Outra vez a mão viscosa. Stein faz meia-volta e se vai. Floriano torna ao banco.

— Compreendeste agora? — pergunta Tio Bicho. — Outro dia te expliquei a situação do Stein e achaste que eu estava exagerando. Não se trata duma simples neurose, mas já duma psicose. O Stein já morou na minha casa, comeu na minha mesa e agora não me olha nem fala comigo...

— É incrível como esse homem mudou. Está uma ruína.

— Eu vivo dizendo... Comunismo é religião. Já trataste com padre que abandonou o sacerdócio? Fica com a marca da batina para o resto da vida, jamais encontra completa paz de espírito. Assim é o comunista. Uma vez fora do Partido, porque perdeu a fé ou porque foi expulso, porta-se exatamente como um *défroqué*.

— Mas que foi que aconteceu com o Stein? Parecia um comunista exemplar.

— E era. Lá por volta de 43, discordou do Comitê Central e parece que manifestou publicamente sua discordância. Exigiram dele uma autocrítica, mas o nosso amigo se recusou, pois acha que nunca se desviou da mais pura linha marxista-leninista. Foi tachado de trotskista e expulso do Partido. A princípio recebeu o golpe de cabeça erguida, mas aos poucos foi se entregando ao desespero... até ficar reduzido ao que acabas de ver.

— E que é que a gente pode fazer por ele?

— Já fiz a mim mesmo essa pergunta, muitas vezes. Mas não encontrei resposta. Talvez tu consigas descobrir uma...

Quando Floriano e Bandeira entram no Sobrado, o relógio de pêndulo está terminando de bater as nove horas. Encontram no vestíbulo o dr. Dante Camerino, que acaba de descer do quarto de Rodrigo.

— Hoje o nosso doente está bem-disposto... — diz ele, apanhando o chapéu e preparando-se para sair. — O doutor Terêncio está lá em cima, e quando saí tinham começado a discutir política. Vou pedir uma coisa a vocês. Não deixem o doutor Rodrigo falar demais nem se excitar. E por amor de Deus não lhe deem cigarros, nem que ele ameace vocês com uma pistola. E façam o possível para o doutor Terêncio ir embora antes das onze. Teu pai anda dormindo pouco, Floriano.

Rodrigo recebe-os com alegria:

— Puxa! Até que enfim vocês me aparecem. Pensei que não viessem mais. — Segura o número do *Correio do Povo* que está sobre um dos braços da poltrona. — Eu não disse? De acordo com os últimos resultados, já se pode afirmar que o general Dutra está eleito, e por uma margem larga. E o Getulio também, por mais de um estado!

Depois de roncar um cumprimento na direção do dr. Terêncio Prates, que lhe responde com um vago aceno de cabeça, Tio Bicho vai sentar-se no lugar de costume, ao passo que Floriano fica a andar lentamente ao redor do quarto.

— E essa vitória — acrescenta o dono da casa — deve-se exclusivamente ao apoio que o Getulio deu ao general.

Repoltreado na cadeira, as mãos trançadas sobre o ventre, Roque Bandeira cantarola: *Parabéns, ó brasileiros, já com garbo varonil.* Floriano olha de soslaio para Terêncio, e mais uma vez compreende o quanto deve ser difícil para esse estancieiro letrado e com pretensões de aristocrata suportar as gaiatices e irreverências do Tio Bicho. Trigueiro, as têmporas grisalhas, bem vestido e bem sentado — o chefe do clã dos Prates de Santa Fé evita olhar de frente para o gordo filósofo.

— Quero mostrar a vocês um documento histórico precioso que encontrei hoje numa gaveta — diz Rodrigo, tirando do bolso da camisa um pequeno instantâneo fotográfico e entregando-o ao filho.

Floriano sorri, vendo na foto três gaúchos — chapelões de abas largas com barbicacho, lenços vermelhos, bombachas, botas e esporas — postados à frente do obelisco da avenida Rio Branco e cercados de curiosos.

— Reconheces os heróis?

— Claro. O Neco, o Chiru e o Liroca.

— Queriam por força amarrar os cavalos no obelisco — sorri Rodrigo. — Diziam que era um compromisso sagrado. Não foi fácil tirar a ideia da cabeça deles... Me deram um trabalho danado.

— Mas afinal de contas — pergunta Bandeira — amarrar nossos cavalos no obelisco não foi o objetivo principal da Revolução de 30?

— Não me venhas com as tuas ironias — repreende-o Rodrigo.

— Quer dizer então que o movimento tinha mesmo um conteúdo ideológico?

— Tu sabes que tinha, não te faças de tolo.

Terêncio olha para Rodrigo:

— Confesso que por algum tempo andei iludido, mas ao cabo do primeiro ano de governo provisório compreendi que a revolução tinha sido traída e que todo o sacrifício havia sido inútil. O que se viu foi apenas uma mudança de homens... e para pior.

— Vocês estão todos errados! — exclama Rodrigo.

Terêncio descruza e torna a cruzar as pernas, com um grande cuidado para não desmanchar o friso das calças. A um movimento de seus braços, os miúdos rubis de suas abotoaduras de punho faíscam. E ele sorri um meio sorriso que lhe põe à mostra um canino cor de marfim velho.

— O Rodrigo naturalmente vai defender o amigo...

— O Getulio não precisa de defensores — replica o senhor do Sobrado —, mesmo porque não me consta que ele esteja no banco dos réus...

Floriano sabe que agora vai seguir-se, como de costume, uma longa e franca discussão em torno da personalidade do ex-ditador. Terêncio, hoje um dos mais assíduos frequentadores dos serões do Sobrado, parece ter um prazer todo particular em atacar Getulio Vargas, para provocar e irritar Rodrigo. E Floriano sente fortalecer-se cada vez mais a sua desconfiança de que o estancieiro-sociólogo alimenta uma secreta malquerença com relação a Rodrigo Cambará, uma birra antiga que este lhe retribui com a mesma intensidade.

É curioso — reflete — como um certo tipo de desamor pode manter duas pessoas unidas com uma força quase tão grande quanto a do amor.

— Não compreendo como possas inocentar o teu amigo — diz Terêncio. — Afinal de contas, ele teve nas mãos o poder discricionário pelo menos durante dez anos. Se não é responsável pela situação em que o país se encontra, então não sei quem será...

Junto a uma das janelas, Floriano fica a examinar disfarçadamente o rosto do pai, em cujos olhos descobre esta noite um brilho quase juvenil. Possivelmente Sônia Fraga tornou a passar à tardinha pela frente do Sobrado...

— Vocês querem transformar o meu amigo em bode expiatório...

— A verdade — insiste Terêncio — é que fizemos a revolução para apear do poder um presidente autoritário que queria influir na escolha de seu sucessor. Levamos para o governo um homem que se transformou num ditador e que nem sequer admitiu a possibilidade de ter sucessores. É ou não é um contrassenso?

Tio Bicho chama o enfermeiro, pede-lhe uma dose de sal de frutas em meio copo d'água e, depois de beber o remédio, de soltar um arroto e de pedir desculpas aos presentes, diz:

— A personalidade do doutor Getulio me fascina. O homenzinho está longe de ser simples. Tem vários Getulinhos por dentro. É como essas caixas que encerram outra caixa menor, que por sua vez contém outra e assim por diante até a última...

— Que está vazia... — completa Terêncio. — Como o Dom Quixote, o doutor Getulio beneficia-se das interpretações da crítica. Mas ao contrário da grande obra de Cervantes, ele não passa dum vácuo sorridente, que seus intérpretes enchem dos atributos mais variados e contraditórios, ao sabor de sua fantasia. Não foi o Getulio que disse: "Prefiro que me interpretem a explicar-me?".

— Sei de mil frases atribuídas ao meu querido amigo, mas que na realidade ele nunca pronunciou — replica Rodrigo.

— Mas quando eram frases de espírito ou de alguma sabedoria — intervém Tio Bicho — ele as adotava como suas.

Por um instante, Rodrigo esquece a discussão para concentrar-se na imagem de Sônia, que agora lhe ocupa a mente. Recorda com esquisito prazer mesclado de tristeza as palavras do bilhete que Neco lhe entregou esta manhã.

Meu amor. Estou morrendo de saudade. Quando é que esta tortura vai acabar? Sonho todas as noites que estou nos teus braços. Será que tua saúde não te permite voltares para o Rio, onde temos o nosso ninho? Não suporto mais a separação. Beijos, beijos, beijos da sempre tua S.

Terêncio Prates está com a palavra:

— Tudo nele é mediano, medíocre. Jamais teve o pitoresco dum Flores da Cunha, o brilho dum Oswaldo Aranha, a eloquência dum João Neves. Não se lhe conhece nenhum gesto desprendido, nenhum impulso apaixonado. É um homem frio, reservado, cauteloso, impessoal. Seu estilo literário é vago e incaracterístico. Seu físico não impressiona.

Rodrigo limita-se a sorrir e a sacudir a cabeça, como quem diz: "Esse Terêncio não tem jeito...".

— Examinemos a carreira desse favorito dos deuses — prossegue o estancieiro. — Foi escolhido para sucessor do doutor Borges de Medeiros entre três candidatos papáveis, não porque fosse o melhor dos três, mas sim porque entre eles era o único que não frequentava o Clube dos Caçadores, centro de jogatina e prostituição elegante, que o doutor Medeiros, homem austero, naturalmente não via com bons olhos...

— Isso tudo é lenda! — exclama Rodrigo.

— Washington Luís, que queria comprar a simpatia e o apoio do Rio Grande, convidou o nosso Getulio para a pasta da Fazenda, apesar de saber que o homenzinho de São Borja não entendia nada de economia ou de finanças. E durante o tempo em que foi ministro, Getulio teve a oportunidade de manifestar-se publicamente contra a anistia e o voto secreto, pontos que viria a incluir mais tarde na sua plataforma de candidato da Aliança Liberal.

— No entanto — interrompe-o Rodrigo —, depois de eleito presidente do Rio Grande, quando o doutor Borges de Medeiros lhe apresentou uma lista de sugestões para a formação de seu secretariado, o Getulio teve um belo gesto de independência, dizendo: "Já convidei meus secretários. E todos aceitaram".

Terêncio quer retomar o discurso, mas Rodrigo fala mais alto:

— Depois de assumir o poder, transforma por completo a vida política e social do Rio Grande. É preciso que vocês não esqueçam isso. Pela primeira vez na história de nosso estado, as vitórias eleitorais da oposição eram reconhecidas. Getulio governou com imparcialidade, à revelia de seu partido. Chegou ao extremo de nomear para postos importantes adversários políticos, libertadores e gasparistas. Era um vento novo e sadio a soprar sobre as coxilhas. A coisa era tão "subversiva" e inesperada, que chegou a causar uma espécie de pânico entre a velha guarda republicana. Se isso não é ter personalidade, então não sei mais nada...

— Ora — replica Terêncio —, Getulio fez todas essas coisas com um olho frio e calculista na presidência da República, esperando congregar republicanos e maragatos num bloco unido que amparasse sua candidatura.

— E quem o pode censurar por isso? — pergunta Rodrigo, inclinando o busto para a frente. — Já viste alguém ganhar eleição sem votos? E o que importa, Terêncio, é que a situação do Rio Grande melhorou. Todos aqueles intendentes e delegados de polícia façanhudos e bandidotes que, à sombra da indiferença ou da cegueira do borgismo, viviam fraudando eleições, espaldeirando e assassinando membros da oposição, todos esses cafajestes se aplacaram... ou foram destituídos de seus postos. Com o governo de Vargas, começou o declínio do caudilhismo e do banditismo oficial no nosso estado.

— Mas não se esqueça — intervém Floriano — que nada disso teria sido possível sem a Revolução de 23.

— Como é que vou esquecer essa revolução, menino, se andei metido nela?

Terêncio olha para Floriano e diz:

— Em maio de 1929, quando o João Neves já havia iniciado na Câmara Federal um movimento em favor dum candidato gaúcho (que seria naturalmente o Getulio, pois era sabido que o velho Borges não aceitava a própria candidatura), o amigo do Rodrigo escreveu secretamente a Washington Luís uma carta que é um primor de insídia e duplicidade. Dizia que estava fechado a qualquer manifestação sobre a sucessão presidencial, para que o senhor presidente da República ficasse com a livre iniciativa quanto ao assunto, quando achasse oportuno. Há um trecho dessa carta que vale como uma frecha envenenada dirigida contra o João Neves, seu amigo, seu colega, líder da bancada de seu partido na Câmara. É o em que Getulio se refere às *intromissões dos mestres de obras feitas, farejadores de candidatos ou pretendidos precursores que queiram jogar com o nome e o prestígio do Rio Grande, inculcando-se mais tarde ao prêmio das recompensas pessoais.*

Rodrigo sorri, abre os braços e exclama:

— Que queres? O Getulio não tinha autorizado ninguém a propor candidaturas em seu nome ou em nome do Rio Grande.

— A carta getuliana — continua Terêncio — dizia também claramente que o presidente da República podia ficar certo de que o Partido Republicano Rio-Grandense não lhe faltaria com o apoio no momento preciso. E a coisa não ficou apenas nisso. Getulio encarregou o doutor Paim Filho a tomar na Câmara Federal uma posição de combate a João Neves.

— Vocês falam do Getulio como se ele fosse o único político do mundo a usar de artimanhas. Quantas cartas piores que essas que mencionaste existem na nossa vida política mas nunca foram divulgadas? O Washington Luís, despeitado ao saber mais tarde que o Getulio havia aceito a indicação de seu nome para a sucessão presidencial, mandou publicar a famosa carta de maio de 1929, por um mesquinho espírito de vingança, para indispor seu signatário com amigos e aliados.

Tio Bicho, as mãos sempre trançadas sobre o ventre que repetidos borborigmos agitam, lança um olhar oblíquo na direção de Terêncio. Floriano sabe que Roque sente prazer em contrariar o estancieiro. Esta trégua agora se deve ao fato de que, com relação à personalidade que se discute, as ideias de ambos coincidem em muitos pontos.

Os olhos de Terêncio brilham duma estranha luz — um "rancor esverdeado", pensa Floriano — quando ele retoma a palavra:

— O Washington Luís queria transferir para setembro de 1929 a discussão do problema da sucessão, mas todo o mundo sabia que ele já escolhera como seu sucessor o Júlio Prestes, quebrando a velha norma de fazer que um paulista fosse sucedido na presidência por um mineiro. Ficou também claro desde o princípio do ano que o estado de Minas Gerais estava decidido a opor-se à candidatura oficial. Assim os mineiros fizeram uma consulta ao nosso Maquiavel guasca, que lhes respondeu contando das boas relações que o Rio Grande mantinha com o presidente da República... Em suma, foi uma resposta sutil em que não se comprometia com a gente da montanha mas também não a desencorajava.

— Vocês têm uma memória safadamente parcial — atalha-o Rodrigo. — Só se lembram do que lhes convém. Esquecem, por exemplo, que o doutor Borges, o Flores e o Aranha (estes dois últimos chegadíssimos ao situacionismo paulista) buscaram até a última hora um acordo com o governo federal. E que o Getulio em certa altura da campanha declarou claramente que a Aliança Liberal não estava subordinada a homens, mas a ideias. E que se Júlio Prestes aceitasse o programa da Aliança no todo ou em parte, ele, Getulio Vargas, estaria disposto a abrir mão de sua candidatura.

Sem tomar conhecimento da interrupção, Terêncio prossegue:

— Em junho de 29, João Neves encontra-se no Rio a portas fechadas com emissários de Minas, que lhe declaram estarem dispostos a aceitar um candidato gaúcho, caso o Rio Grande decidisse entrar na luta eleitoral. Foi o próprio João Neves quem me contou a história desse "salto no escuro". Quando os mineiros lhe perguntaram se ele estava autorizado a firmar naquele momento um pacto de aliança entre seu estado e o de Minas Gerais, respondeu que sim, sem hesitar. Seu raciocínio foi este: não havia tempo de consultar o chefe de seu partido. Se não assinasse o documento imediatamente, deitaria a perder a grande oportunidade de levar um gaúcho à presidência, pois os mineiros ficariam desconfiados ante qualquer indecisão... Se assinasse o pacto e depois o doutor Borges de Medeiros não o aprovasse, ele, João Neves, seria o único sacrificado.

— No lugar dele eu teria feito o mesmo — diz Rodrigo. — Mas tudo isso é história antiga e sabida.

— E qual foi a atitude do Getulio ao ter conhecimento do compromisso? Ficou irritado, pois o pacto o obrigava a abandonar a sua trincheira de silêncio. Mesmo assim se conservou mudo por algum tempo, sempre na esperança de que Papai Washington acabasse escolhendo o filhinho obediente para seu sucessor. E como resultado dessa indecisão getuliana, João Neves por algum tempo teve de suportar os olhares desconfiados dos mineiros.

— Não te impressiones — sorri Rodrigo. — O nosso tribuno vingou-se mais tarde de tudo isso escrevendo o "Acuso".

— Ante a pressão dos acontecimentos e do silêncio de Washington Luís quanto à sucessão, o doutor Getulio Vargas não teve outro remédio senão aceitar a sua candidatura oposicionista. E aqui é aonde quero chegar. Foi empurrado pelo João Neves para a Aliança Liberal assim como mais tarde seria empurrado pelo Oswaldo Aranha para a Revolução.

— Afinal de contas — pergunta Rodrigo —, de que pecado acusas o Getulio? De não ter a simpatia de bom moço, a palavra brilhante, a rica fantasia do Oswaldo Aranha? Ou as atitudes de espadachim e os impulsos epileptiformes do Flores da Cunha? Discípulo de Castilhos, Getulio foi sempre o homem da ordem. Não queria lançar o Rio Grande numa luta perigosa. E depois, falemos com toda a franqueza, não conheço ninguém dotado dum amor-próprio mais acentuado que o dele. É natural que tenha sempre procurado evitar situações constrangedoras ou desmoralizadoras para seus brios de homem. Pode alguém censurá-lo por isso?

— O que ele queria com suas negociações por baixo do poncho — insiste Terêncio, inflexível — era, repito, inculcar-se como candidato oficial. Lutou por isso até a última hora, à revelia de amigos e correligionários. Em 1930, já havia começado o tiroteio da revolução e ele se encontrava no Palácio, seguindo em calma a sua rotina, como se nada de anormal estivesse acontecendo...

Com os olhos enevoados de sono, a voz pastosa, Tio Bicho conta:

— Sei duma historiazinha pouco divulgada que ilustra muito bem o caráter do amigo do doutor Rodrigo. Na tarde de 3 de outubro de 1930, no momento exato em que Flores da Cunha, Oswaldo Aranha e um punhado de paisanos e elementos da Guarda Civil atacavam de peito descoberto o Quartel-General da Região, uma dama, esposa de um dos líderes que naquela hora arriscavam a vida no assalto, entrou no gabinete de Getulio Vargas, no Palácio do Governo, e encontrou o nosso homem fumando serenamente um charuto e brincando com o seu angorá branco. Indignada diante daquela atitude de indiferença, explodiu: "O senhor já pensou, doutor Getulio, que se essa revolução fracassar estamos todos perdidos?". Ele ergueu os olhos plácidos para a dama e respondeu sem altear a voz: "Já. Tanto pensei, que trago aqui no bolso um revólver. Vivo, eles não me pegam".

— O Getulio não é homem de suicidar-se! — exclama Terêncio. — Barganhará com a morte até o fim, como tem barganhado com os homens e com a vida.

Rodrigo franze o cenho. Nunca ouviu a história que Bandeira acaba de contar, mas ela lhe evoca um fato que muito o impressionou, ocorrido em 1932, quando parecia que a revolução paulista ia alastrar-se vitoriosa por todo o país. Nos corredores do Catete, correu um dia o boato de que, para evitar a continuação da luta fratricida, os generais iam intimar Getulio Vargas a abandonar o governo. Estava ele, Rodrigo, com Getulio no seu gabinete, quando Góes Monteiro entrou para explicar ao presidente que o movimento de tropas da guarnição do Rio, que motivara o boato, fora autorizado por ele próprio, e que a história do ultimato dos generais não tinha o menor fundamento. Depois que o general se retirou, Getulio voltou-se para o amigo e disse: "Se eles viessem só encontrariam o meu cadáver. Trago sempre no bolso um revólver e uma carta dirigida à Nação". Sorriu e acrescentou: "O Cardeal não me leva daqui como levou o Washington Luís".

— Tudo isso prova — continua Terêncio — que o Getulio detesta, sempre detestou a ideia de estar na oposição, sem o bafejo oficial, não por falta de coragem pessoal, que covarde ele não é, mas por uma certa preguiça mental, e pelo horror de ficar do lado que perde. Toda a sua vida revelou certa ojeriza pelos compromissos irrevogáveis, pelos gestos frontais. O homenzinho cultiva as atitudes oblíquas, influência decerto dos índios missioneiros da região onde nasceu e se criou...

Que pretensão! — pensa o dono da casa. — Que suficiência! Não sei por que estou aqui a escutar esse esnobe e não o mando àquele lugar...

Rodrigo já descobriu que sente uma certa volúpia em procurar argumentos para rebater os ataques que em sua presença se fazem ao homem de quem se considera amigo e que, a despeito dum convívio de quinze anos (convívio sem intimidade, pois quem neste mundo ou no outro é íntimo de Getulio Vargas?), ele ainda não conhece direito. É a volúpia do bom jogador de xadrez diante dum lance complicado, a do verdadeiro alpinista ante uma montanha difícil de escalar ou, melhor ainda, a do advogado que entra num júri para defender um réu a quem ama mas que não só se recusa a lhe fornecer elementos para sua defesa como também parece comprazer-se em irritar e provocar o juiz e os jurados com seu silêncio, seu sorriso e sua indiferença.

Neste mesmo momento, Floriano, que continua seu lento passeio pelo quarto, pensa: "Alguém poderá algum dia dizer a última palavra sobre Getulio Vargas? Ou sobre quem quer que seja? Pode uma personalidade ser descrita em termos verbais? Impossível. E toda a confusão vem disso. Julgado através de seus atos e ditos, no mundo bidimensional e preto e branco das notícias de jornal, o homem pode parecer alternadamente um santo e um demônio, um herói e um bandido, um estadista sério e um pândego. O antigetulismo, como o getulismo, converteu-se hoje numa espécie de neurose coletiva. Mas até que ponto meu pai estará convencido da verdade das coisas que diz em defesa de Getulio? Mas que é a verdade? Talvez o Velho tenha assumido a posição incondicional de amigo e mandado a verdade às favas. O que não deixa de ser uma atitude simpática. E um jeito de defender-se a si mesmo".

— Ó Terêncio — pergunta Rodrigo —, que foi que o Getulio te fez? Que reivindicação ou pedido teu ele deixou de atender? Sim, porque essa tua má vontade para com ele não pode ser gratuita ou puramente acadêmica.

A tez do rosto de Terêncio se faz duma cor de tijolo, os músculos de sua face se retesam, os olhos se apertam, e é com voz engasgada que ele responde:

— Nunca pedi favores ao ditador, tu sabes muito bem. Mas vou te dizer qual é a queixa que não só eu mas milhões de brasileiros têm do Getulio: Ele traiu a Revolução.

Rodrigo solta uma risada e ao mesmo tempo dá uma palmada no braço da poltrona.

— Que estranho tipo de sociologia — indaga ele com uma ponta de ironia na voz — me andaste aprendendo lá pela Sorbonne? Será que teus mestres te ensinaram que um único homem tem o poder de mudar o curso da história dum povo? Ou que um presidente ou mesmo um ditador pode ser responsável por tudo, mas tudo quanto acontece em todo o território que governa? Pelas secas, pelas chuvas, pelas safras, pelos terremotos, pelos humores e maquinações da oposição, pelas oscilações do câmbio? E que me dizes de seus ministros? E dos seus secretários? E dos amigos e parentes que usam seu nome em vão ou, pior ainda, com propósitos interesseiros?

Tio Bicho solta a sua risadinha de batráquio.

— O engraçado — diz ele — é que, quando se trata de enumerar os aspectos positivos da era getuliana, o nosso caro anfitrião dá todo o crédito ao doutor Getulio...

Rodrigo olha fixamente para Bandeira, muito sério.

— Queres saber duma coisa? Vai-te à merda!

O palavrão tem a virtude de aliviar a tensão do ambiente. Tio Bicho e Floriano desatam a rir. Terêncio, apesar de seu horror aos "nomes feios" e às atitudes deselegantes, não consegue reprimir um sorriso. Rodrigo aproveita a trégua para mandar vir bebidas.

Erotildes entra, trazendo numa das mãos uma bandeja cheia de garrafas e copos, e na outra, um balde com gelo.

— Para que tanto gelo? — pergunta o patrão. — A cerveja não está gelada?

— A Frigidaire anda meio encrencada — explica o enfermeiro.

Tio Bicho, que à vista das bebidas despertou por completo, apossa-se duma garrafa de cerveja e dum copo. Terêncio e Floriano servem-se de água mineral.

Erotildes vai passar de largo pelo amo, quando este o interpela:

— Epa! E eu?

O enfermeiro lança um olhar para Floriano, como a pedir-lhe socorro. Rodrigo, porém, puxa-o pela aba da bata e obriga-o a dar-lhe um copo de cerveja, com muito gelo.

— O senhor não devia... — começa o filho.

— Não me amoles! A um moribundo não se nega nada. Algum de vocês ainda tem dúvida? Estou condenado. É questão de tempo. A troco de quê vou me privar das coisas que gosto?

— É que...

— Me dá um cigarro, Roque.

Tio Bicho hesita mas, a um olhar do senhor do Sobrado, encolhe os ombros, mete a mão no bolso, tira dele uma carteira de cigarros e apresenta-a ao amigo:

— Dum condenado pra outro...

— Tu, condenado? Tens uma saúde de touro. Me dá o fogo.

Bandeira risca um fósforo e aproxima a chama do cigarro de Rodrigo, que fica por uns instantes a inalar fumaça e a expeli-la pelo nariz, olhando para o filho com um ar de desafio e alternando as tragadas com largos goles de cerveja. Os cubos de gelo produzem ao bater nas bordas do copo um ruído agradável e evocativo a seus ouvidos. (Uísque e soda, Cassino da Urca, terceira dúzia, coristas americanas de belas pernas, orgias na madrugada... Aquilo era vida!)

Podemos agora entrar noutros assuntos que irritem menos o Velho — pensa Floriano. E prepara-se para perguntar a Terêncio se tem recebido novos livros de Paris. Mas o pai se antecipa:

— Espero que vocês não presumam conhecer o Getulio melhor que eu, que vivi perto dele durante quinze anos...

Bandeira faz uma careta:

— Olhe, às vezes a gente enxerga melhor de longe.

Faz-se um silêncio ao cabo do qual, voltando-se para o filho, Rodrigo diz:

— Naturalmente estás de acordo com o Roque...

— Por que *naturalmente*? Acho seu amigo Getulio uma personalidade fascinante. Mas confesso que ainda não o decifrei direito.

— Não há nada a decifrar — resmunga Roque, cuja voz a cerveja avivou. — Getulio é uma esfinge sem segredo.

— Muitas vezes a sua força vinha da fraqueza moral dos que o cercavam... — opina Terêncio.

— Obrigado pela parte que me toca — murmura Rodrigo.

— Se vais tomar tudo que estamos dizendo pelo lado pessoal, não podemos conversar...

— Podemos. Tenho o couro grosso. Mas por que não te sentas, meu filho? Estás hoje com bicho-carpinteiro no corpo?

Floriano senta-se.

— Eu às vezes penso — diz ele — nos condutores de homens que o Rio Grande tem produzido, e em como eles se parecem em matéria de temperamento. Júlio de Castilhos gerou Borges de Medeiros, que por sua vez gerou Getulio Vargas. O que essas três figuras têm em comum, como um traço de família, é o caráter autoritário, a par duma certa frieza nas relações humanas.

— Aonde queres chegar com o paralelo? — pergunta Rodrigo.

— Há necessidade de chegar a alguma parte?

— Uma atitude tipicamente literária! Vocês caminham, falam, escrevem, tecem fantasias, ficções e hipóteses... para chegarem a parte nenhuma. Que autoridade tens para falar dum homem do qual jamais te aproximaste? Uma vez eu quis te levar ao Guanabara para jantarmos com o Getulio, tu deste uma desculpa e não foste. Era uma oportunidade para veres o homem de perto. Se tivesses chegado a conhecê-lo pessoalmente, terias sentido seu magnetismo.

— Eu acho — diz Floriano — que não podemos estudar o caráter do doutor Getulio Vargas no vácuo. É preciso colocar o homem dentro das coordenadas de tempo e espaço, numa palavra, dentro da história. E se quisermos ser mais exigentes, teremos de situá-lo não só no tempo cronológico como também no psicológico.

— Já me vens com os teus bizantinismos... — resmunga Rodrigo. — Mas continua.

Vendo três pares de olhos postos nele, Floriano sente-se tomado da inibição que sempre o assalta toda a vez que se vê como alvo único de muitas atenções.

— Não quero ser solene nem pedante — prossegue. — E devo dizer que não sou especialista no assunto. Mas acho que nosso problema ficaria mais claro se tratássemos, antes de mais nada, de estabelecer que tipo de sociedade tínhamos no Brasil por volta de 1930...

Lança para Terêncio o olhar de quem pede um aliado: "O senhor, que é doutor em sociologia, deve me ajudar". Mas lá está o estancieiro, silencioso com o ar de quem não se quer ainda comprometer. Tio Bicho parece dormitar, com o copo de cerveja apertado entre as coxas.

— Bom... — prossegue Floriano. — No Brasil as fronteiras entre as classes sociais são elásticas e imprecisas, sem a nitidez que encontramos nas velhas sociedades europeias...

Cala-se, embaraçado, com a impressão de que o truísmo que acaba de pronunciar paira por um instante no ar e depois lhe cai sobre a cabeça como cinza fria e vã. Mas é preciso ir adiante...

— A grosso modo, havia no Brasil, dentro dos quadros dum capitalismo comercial, industrial e financeiro, uma burguesia que se misturava com uma alta burguesia menos numerosa porém mais poderosa. Ambas dependiam em maior ou menor grau de comércio exterior, e estavam perfeitamente acomodadas à situação semicolonial do país, da qual tiravam o maior proveito possível. Não sei se estou sendo claro...

— Claro, sim — opina Terêncio. — Exato... não sei.

— Bom. Essas duas classes tinham um aliado natural: a aristocracia rural, que nos tempos do Império fazia e desfazia gabinetes e que na República, através principalmente dos fazendeiros de café, continuara a exercer grande influência política e econômica. Foi com o dinheiro produzido pelo café nos seus tempos áureos que o Brasil começou a industrializar-se. E o fato de muitas vezes os capitães de indústria atribuírem nosso emperramento industrial à proteção sistemática que os governos sempre deram ao café em detrimento da indústria, não significa que tenha havido ou haja hostilidade entre fazendeiros e industriais, pois no fim de contas são todos lobos da mesma alcateia.

— Estás falando como o teu irmão comunista — observa Rodrigo.

— Tenha paciência e escute. Do outro lado, tínhamos uma pequena burguesia que cresceu depois da Primeira Guerra Mundial e que, sentindo na pele e no bolso os efeitos nefastos dos maus governos, estava ansiosa por influir na política mas que, dentro de nossa democracia defeituosa, pouco ou nada podia fazer com a única arma de que dispunha: o voto. É natural que essa pequena burguesia se sentisse mais identificada com o proletariado do que com as camadas mais altas. E esse proletariado, depois de 1930, não só aumentou como também começou a ter consciência de classe e a politizar-se, graças principalmente à ação do Partido Comunista. Há até quem afirme que, nas revoluções de 22, 24 e 26, os tenentes se fizeram, consciente ou inconscientemente, os paladinos da causa dessa pequena burguesia, na sua luta contra as oligarquias, a plutocracia e os corrilhos políticos.

Floriano olha para Terêncio, cuja expressão fisionômica agora lhe parece de ressentimento. Já observou que o estancieiro se sente lesado e até insultado toda vez que na sua presença alguém se aventura em divagações sociológicas, por mais modestas que sejam. De certo modo, ele se considera uma espécie de dono da sociologia em Santa Fé e arredores.

Floriano, um tanto perplexo ante o fato de ainda não haver sido interrompido, continua:

— Para melhor julgarmos o doutor Getulio, é necessário situá-lo dentro desse quadro que o movimento de 30 sacudiu, tumultuou, "chacoalhou", como diz o velho Liroca. Estou convencido de que não poderemos compreender os primeiros anos da era getuliana se não levarmos em conta duas poderosas correntes antagônicas, no meio das quais o destino colocou Getulio Vargas como uma espécie de quebra-mar de algodão...

— Isso! — exclama o Tio Bicho, abrindo os olhos. — E nessa qualidade absorvente de algodão residia grande parte da força e da durabilidade do homem de São Borja.

Rodrigo sacode a cabeça num acordo. Terêncio, porém, permanece numa atitude neutra.

— Dum lado — prossegue Floriano — tínhamos os líderes dos partidos que haviam formado a Aliança Liberal. Essa gente estava interessada apenas numa mudança de superfície, de natureza política, numa troca de homens, e não queria por nada deste mundo que se tocasse na estrutura econômica e social do país nem na Constituição de 91, coisas tão convenientes aos interesses das classes dominantes. O doutor Washington Luís estava deposto? Pois bem, o país devia voltar o quanto antes à normalidade. Do outro lado, agitavam-se os tenentes, jovens veteranos de três revoluções. Esses queriam antes que se convocasse uma nova Constituinte, reformas de natureza social e econômica, reformas profundas...

— Profundas demais para meu gosto... — interrompe-o Terêncio. — Vocês se lembram do programa tenentista? Falava em unificar o país e para tanto preconizava medidas que reduziam os presidentes dos estados a tristes zeros à esquerda. Queria organizar sindicatos e cooperativas de produção, promulgar leis de salário mínimo, regulamentar o trabalho das mulheres e das crianças, nacionalizar as minas, as quedas-d'água e até o comércio varejista. Eram reivindicações visivelmente inspiradas na famosa carta de Prestes, de maio de 1930. Em suma, um programa comunista.

— Os tenentes — sorri Floriano — ouviam cantar o galo mas não sabiam onde. Olhavam meio confusos ora para a direita, ora para a esquerda. Num momento pareciam comunistas e noutro, fascistas. Miguel Costa fundou em São Paulo a Legião de Outubro, com tinturas vermelhas, ao mesmo tempo que Francisco Campos criava em Minas Gerais uma outra legião com igual nome mas com camisas cáqui, nitidamente fascista...

— Legião essa — intervém Bandeira — que o ridículo felizmente matou.

— Tudo isso — continua Floriano — revelava o confusionalismo dos tenentes. Não tinham madureza política mas pareciam bem-intencionados. Pelo menos procuravam sintonizar com a hora e o mundo em que viviam.

— Claro — apoia-o Rodrigo. — Também preconizavam a federalização das polícias estaduais para cortar a asa aos caudilhos regionais e a unificação da justiça sob a égide do Supremo Tribunal Federal, o que seria um golpe de morte no coronelismo. Vocês se lembram como o corno do Madruga costumava amedrontar e até espancar juízes de comarca e promotores públicos, para conseguir deles o que queria...

— A luta entre essas duas correntes começou já no primeiro ano do Governo

Provisório — prossegue Floriano. — E a maioria dos jornais, controlada pelo grupo reacionário e conservador, atacava com violência o doutor Getulio e os tenentes...

— Como era possível — pergunta Rodrigo — governar direito no meio desse caos?

Terêncio faz um gesto brusco:

— Mas se o próprio Getulio era o mais desconcertante dos fabricadores de caos! Querem loucura maior que a de nomear o capitão João Alberto interventor dum estado da importância econômica e cultural de São Paulo? E entregar os estados do Norte a uns tenentinhos que ainda cheiravam a cueiros?

Rodrigo chupa o cigarro, atira a cabeça para trás e sopra a fumaça para o ar.

— Tu te esqueces — sorri ele, com uma cordura que surpreende Floriano — que o Clube 3 de Outubro tinha uma influência extraordinária. A pressão dos tenentes era muito forte. E, o que é mais importante, Getulio simpatizava com muitas das ideias "tenentistas"...

— Eu cá tenho a minha explicação para a situação de São Paulo — diz Terêncio. — Getulio, que nunca morreu de amores pelos paulistas, tudo fez para quebrar-lhes a castanha. A nomeação de João Alberto foi uma bofetada que o ditador deu na cara do "quatrocentismo". O homenzinho não tem paixões violentas, mas costuma alimentar raivas fininhas e duradouras, o que é pior. Prefiro mil vezes os repentes do Flores da Cunha. Com ele pelo menos a gente sabe a quantas anda. O homem pode ser impulsivo e violento, mas depois de seus desabafos não guarda rancores.

Rodrigo sacode a cabeça:

— Perdeste teu tempo na Sorbonne, meu caro Terêncio, permite que te diga. Para usar uma frase do velho Fandango, os livros passaram por ti, mas tu não passaste pelos livros.

Floriano nota que Terêncio não gostou da brincadeira. Está sério, a pele do rosto esticada sobre os malares, a boca apertada. Ergue-se, dá alguns passos na direção da porta, como se fosse retirar-se, mas a meio caminho estaca e, sem olhar para o dono da casa, murmura:

— Eu preferia que não insistisses tanto no fato de eu ter feito um curso na Sorbonne. Nunca me gabei disso.

Rodrigo faz um gesto de paz.

— Homem de Deus! Ficaste zangado? Senta. És uma sensitiva e no entanto achas que os outros devem ter pele de jacaré. Não te esqueças de que o Getulio é meu amigo particular. Quando o insultas estás insultando também a mim.

— Ora, o Getulio é já uma figura histórica — replica Terêncio —, queiramos ou não. É possível falar dele com franqueza e mesmo rudeza, dum modo... digamos impessoal, como se discutíssemos uma personagem de romance.

— Está bem — sorri Rodrigo. — Sejamos impessoais e continuemos os insultos. Senta, por favor. E não esqueças que estás diante dum homem em artigo de morte. Isso não me dá certos privilégios e imunidades?

* * *

O relógio lá embaixo anuncia com um gemido metálico que são nove e meia. Tio Bicho acende um novo cigarro. Rodrigo imita-o. Floriano esboça um protesto, mas o pai imobiliza-o com um olhar. Faz-se um curto silêncio em que se ouve o latido longínquo dum cachorro. Surge a figura de Erotildes emoldurada pela porta.

— Percisa dalguma coisa, doutor?

— Preciso de mais vinte anos de vida — grita Rodrigo. — Podes me conseguir isso?

A cara do enfermeiro está vazia de qualquer expressão, e nesse vácuo sardento e oleoso os olhos claros piscam de imbecilidade.

— Traga mais cerveja — ordena o dono da casa. — Ponha mais gelo no balde. E peça a dona Sílvia que nos faça um cafezinho bem bom.

Ao ouvir o nome da cunhada, Floriano sente um rápido e cálido formigamento percorrer-lhe o lombo.

— Sabem vocês o que me disse uma vez o Getulio naqueles dias brabos da crise paulista? — torna a falar Rodrigo —, quando os "carcomidos" o pressionavam dum lado e os tenentes do outro? "Eu devia andar com um uniforme zebrado." Perguntei: Por quê, presidente? E ele: "Porque o que sou mesmo é um prisioneiro".

— O Getulio foi sempre um humorista... — murmura Terêncio.

— Ah! Isso ele é. — Rodrigo fica um instante pensativo, a sorrir para uma recordação. — Há uma história muito boa... é verídica porque eu me achava presente quando a coisa aconteceu. A crise paulista estava no auge. *O Estado de S. Paulo*, o general Isidoro e o Partido Democrático atacavam violentamente João Alberto e incitavam contra ele o ódio popular. Um dia um grupo de próceres paulistas procurou o Getulio e pediu-lhe que desse uma solução urgente ao problema, pois a coisa não podia continuar como estava. O homenzinho escutava-os em silêncio, caminhando dum lado para outro, fumando sereno o seu charuto, a cara impassível. Os paulistas continuaram a pintar o quadro com as cores mais negras. Num dado momento, julgando que Getulio não compreendia a gravidade da situação, um deles exclamou num arroubo de tragédia: "Se o capitão João Alberto não deixar a interventoria, presidente, ele será fatalmente assassinado". O Getulio parou, soprou uma baforada de fumaça e, sem altear a voz, disse: "Olhem, aí está uma solução".

Tio Bicho desata a rir. Mas Terêncio observa, sério:

— *Humeur noire*. Não é o meu gênero.

— Qual! — exclama Rodrigo, bonachão. — No fundo tu gostas do homem. Estás na situação daquele Judeu Errante, do Machado de Assis, que julgava odiar a vida. "Ele não a odiava tanto senão porque a amava muito."

Tio Bicho levanta-se com um gemido e encaminha-se para o quarto de banho.

— Uma vez o general Góes Monteiro me disse... — principia Terêncio.

Rodrigo, porém, interrompe-o, impetuoso:

— Ora, o Góes! Que foi que esse confusionista de má morte já não disse? Vivia alarmando a nação com suas entrevistas asnáticas. Enquanto estava ao lado do Getulio, só criou dificuldades para seu governo. E no fim fez o papel de Judas, atraiçoando o homem que o havia tirado do anonimato duma Guarnição Federal em Santo Ângelo para projetá-lo numa grande posição na vida pública nacional. Ora, o Góes!

Terêncio não termina a frase. Fecha-se num silêncio ressentido.

— Vira bem esse ventilador pro meu lado, meu filho.

Floriano obedece. Rodrigo desabotoa a camisa, expondo o peito à corrente fresca que vem do aparelho. Erotildes entra com mais garrafas de cerveja e o balde de gelo.

— O calor está aumentando... — murmura Floriano, passando o lenço pelo rosto úmido de suor.

— Enfim — diz Rodrigo, tornando a encher seu copo — os tenentes deitaram tudo a perder quando empastelaram o *Diário Carioca*, sob a alegação de que o jornal tinha publicado um editorial insultuoso aos brios da "classe"...

Tio Bicho, que neste momento volta para seu lugar, diz:

— A sorte deste país é que os militares mais tarde ou mais cedo cometem uma burrada, metem os pés pelas mãos, não se entendem entre si e assim nós nos livramos da calamidade que seria uma ditadura militar.

— Foi por essa época — lembra Terêncio — que Getulio começou o seu perigoso namoro com o Exército que acabou na boda sinistra de 10 de novembro de 1937.

— É engraçado — diz Tio Bicho. — O Góis agora acusa o Getulio de ter tido sempre uma certa má vontade para com as Forças Armadas...

— No entanto o Getulio — conta Rodrigo — me confessou um dia que quando moço teve uma grande fascinação pela farda e pelas glórias militares...

— Confessou? — repete Terêncio, incrédulo. — Esse verbo jamais poderá ter como sujeito Getulio Vargas. Esse homem fechado e reticente nunca confessou nada a ninguém. Quando fala é só para fazer perguntas.

Rodrigo bebe com gosto um gole de cerveja, solta um ah! de puro prazer, lambe a espuma que lhe ficou nos lábios e depois, como se não tivesse ouvido as palavras de Terêncio, comenta:

— O empastelamento do *Diário Carioca*, essa demonstração de força bruta e todo esse acintoso aparato de metralhadoras e caminhões militares assustaram e alienaram a parte do povo que porventura simpatizasse com a causa dos tenentes. Vocês sabem... o brasileiro detesta a violência, é visceralmente antimilitarista.

— Mas teu amigo nada fez para punir os culpados.

— Não é verdade! Mandou instaurar um inquérito para apurar responsabilidades e ver até que ponto havia oficiais do Exército envolvidos no assalto.

— Pura cortina de fumaça! — replica Terêncio. — O ministro da Guerra se opôs a que os oficiais responsáveis pelo empastelamento fossem punidos. O Getulio não teve coragem de contrariá-lo... Foi então que o ministro da Justiça e o chefe de Polícia se demitiram, desencadeando uma crise ministerial.

— Ora! O Lindolfo Collor, o Maurício Cardoso, o João Neves e o Batista Luzardo andavam mais era ansiosos por descobrir um pretexto para criar uma crise. Estavam atacados do vírus da conspiração. Se eles quisessem mesmo "salvar" a Revolução de 30, teriam ficado no Rio ao lado do Getulio. No entanto optaram pela solução mais dramática. Voltaram para o Rio Grande com ares de vítimas e foram conspirar debaixo das asas agitadas do general Flores da Cunha, sob o olhar benevolente do doutor Borges de Medeiros.

— E assim — resmunga Tio Bicho, abrindo os olhos que o sono começa a empanar — se completou a ruptura da família republicana gaúcha, tão unida desde os tempos do Patriarca. E o Getulio, que se havia rebelado contra Papai Borges, era agora abandonado pelos irmãos...

— Pois aí está — diz Rodrigo. — Como queriam vocês que o Getulio administrasse o país em meio desses entrechoques de paixões partidárias e interesses pessoais? São Paulo clamava por um interventor civil e paulista. O presidente fez-lhe a vontade. Isso resolveu o impasse? Núncaras! A agitação continuou. Populares atacaram e incendiaram a sede da Legião de Outubro; no assalto morreram quatro estudantes que foram imediatamente transformados em mártires, em estandartes da rebelião. Finalmente veio a revolução armada... que São Paulo prefere se chame Guerra Civil... está bem, vá lá! Ao saber da notícia, Getulio filosofou: "Dizem os paulistas que estão lutando pela volta do país ao regime constitucional. Mas eu acho que a razão é outra. Eles devem saber que já nomeei uma comissão para elaborar o anteprojeto da nova Constituição. Não podem dizer que ignoram isso, pois o decreto foi publicado em todos os jornais. Dei também solução ao problema do café... logo não devem ter queixas de meu governo nesse setor. O que eles querem mesmo é me expulsar do Catete".

— Segundo os correligionários de seu filho Eduardo — diz Bandeira —, essa revolução paulista foi apenas uma luta entre dois grupos burgueses de fazendeiros e banqueiros que serviam, um, os interesses do imperialismo americano e, outro, os do imperialismo inglês. Ninguém ignora as ligações de Armando Salles com a alta finança britânica. Afirmam os "comunas" que a Inglaterra não se conformou com a guinada que o Brasil deu para o lado dos Estados Unidos depois de 1930, e procurou, através duma vitória de São Paulo, reaver a colônia perdida.

— Conversas! — exclama Rodrigo. — Fantasias! A coisa é mais simples. O que São Paulo queria era recuperar a hegemonia política nacional que lhe escapou das mãos em 30. E vocês já pensaram que, se essa revolução tivesse sido vitoriosa, o país seria obrigado a adotar a famigerada ortografia do general Bertoldo Klinger?

— Seja como for — diz Terêncio —, foi um belo movimento em que os paulistas deram provas admiráveis de coragem física e moral.

— De acordo — replica Rodrigo —, mas foi uma revolução de grã-finos. A massa operária permaneceu indiferente.

— Houve um momento — intervém Floriano — em que a vitória de São Paulo dependeu do Rio Grande. Até hoje não compreendo como e por que o general Flores da Cunha faltou com seu apoio aos paulistas...

— Muito simples — tenta explicar Terêncio. — O Flores e o Aranha sempre viveram fascinados, hipnotizados pelo Getulio. Na hora da decisão, nosso general ficou com o Bruxo. E com o correr do tempo, o Getulio os triturou e devorou a ambos. Tirou o Flores da interventoria e forçou-o a exilar-se. E quando parecia que o Aranha começava a impor-se como um candidato natural à presidência da República, Getulio mandou-o para Washington como embaixador.

Tio Bicho faz uma careta de incredulidade e diz:

— Essa é a explicação mágica para o gesto de fidelidade do Flores da Cunha em 32. Eu cá me inclino para uma explicação lógica. Getulio usou contra o general Flores da Cunha a sua arma secreta: o Banco do Brasil. O Rio Grande precisava de dinheiro.

— É irritante a maneira parcial e injuriosa como vocês interpretam as pessoas e os acontecimentos! — exclama Rodrigo.

À entrada de Sílvia, que traz uma bandeja com um bule de café, um açucareiro e várias xícaras, faz-se no quarto um silêncio repentino em que os homens se remexem nas suas cadeiras, procurando uma postura mais condizente com a presença duma mulher. Rodrigo abotoa a camisa. Tio Bicho fecha as pernas. Terêncio ergue-se respeitosamente. Mau grado seu, Floriano sente alterar-se-lhe o ritmo do coração. Absurdo! Uma reação de colegial enamorado... Procura uma frase para dizer — algo de casual que mostre aos outros e também a Sílvia que a presença dela não o perturba. Mas continua mudo, os olhos irresistivelmente postos na cunhada. Ela serve primeiro o dr. Terêncio, que recusa açúcar, e depois Tio Bicho, que põe na sua xícara três colheradas.

— Café, Floriano? — pergunta ela.

Ele faz com a cabeça um sinal afirmativo. Sílvia aproxima-se de olhos baixos, e, ao segurar o bule para servir o cunhado, sua mão treme. O perfume e o calor dela envolvem Floriano. E há um momento em que ele tem ímpetos de estreitá-la contra o peito. (Rodrigo observa-os disfarçadamente.)

— Açúcar?

Agora é a mão dele que treme ao tomar a colher do açucareiro. E por um rápido instante os olhares de ambos se encontram, ela sorri dum jeito entre triste e resignado, e ele julga ler nessa expressão uma mensagem: *Eu sei que tu me queres. Tu sabes que eu te quero. Mas nós dois sabemos que não há solução.*

Sílvia faz meia-volta e encaminha-se para a porta.

— E eu, minha flor? — pergunta Rodrigo.

Ela para, lança um sorridente olhar de dúvida para o sogro.

— E o sono?

— Não te preocupes, meu bem. Estou mais perto do que imaginas do Grande Sono.

O chantagista sentimental! — pensa Floriano. É verdade que ele vai morrer, mas por que será que suas palavras soam falso como mau teatro? A verdade é que lá está o Velho, a cara subitamente triste, o olhar brilhante e Sílvia parada na frente dele, com a bandeja na mão, também de olhos piscos.

Rodrigo toma o seu café em três rápidos sorvos e depois rapa com a colher o açúcar que ficou no fundo da xícara e come-o com um prazer infantil. Os outros repõem na bandeja suas xícaras vazias, com os costumeiros elogios e agradecimentos. Sílvia prepara-se para sair quando o sogro lhe pede:

— Um beijo para o padrinho...

Ela lhe oferece o rosto, que ele segura com ambas as mãos, beijando-lhe as faces. Floriano volta as costas à cena. Não aceita a inocência daqueles beijos. Conhece demais a sensualidade do pai para se iludir. E na sua cabeça agora várias imagens se misturam — Bibi, Sílvia, Sônia — num amálgama incestuoso. E ele se irrita consigo mesmo por pensar e sentir essas coisas.

Não vê, apenas *ouve* Sílvia sair do quarto.

É bom aproveitar a pausa — reflete ele — para mudar o rumo da conversa. Vou perguntar ao dr. Terêncio como vai o livro que está escrevendo... Inútil! O estancieiro e o dono da casa estão de novo a discutir a Revolução de 32. E quando, minutos mais tarde, fazem uma pausa, Floriano diz:

— Tenho uma confissão a fazer...

— Que é? — pergunta o pai.

— Durante a revolução de São Paulo, a polícia do Rio proibia à população escutar as notícias irradiadas pelos revolucionários. Lá em casa o senhor reforçou essa proibição, dizendo (eu me lembro claramente de suas palavras) que não queria que nos envenenássemos com as mentiras dos rebeldes. Pois bem. Aqui vai a confissão: este seu filho renegado fechava-se todas as noites no quarto para ouvir em surdina no seu rádio o boletim de notícias das estações paulistas.

Espanto na cara de Rodrigo.

— Mas por quê? Desejavas a vitória dos revolucionários?

Floriano tem um momento de hesitação.

— Tinha as minhas simpatias pela causa...

— Mas por quê? Por quê? Que podias ganhar com a vitória da plutocracia quatrocentista? Não sabias que era uma revolução contra o Getulio, que é meu amigo, e portanto uma revolução contra mim, que sou teu pai?

— Não se esqueça — murmura Tio Bicho — que seu mano Toríbio também lutou do lado de São Paulo.

Rodrigo fecha a cara, e Floriano compreende que Bandeira machucou uma ferida cicatrizada. Lembra-se da reação do pai quando em fins de julho de 1932 recebeu a notícia de que Toríbio estava comandando um batalhão de revolucionários paulistas. "Idiota! Fazer uma coisa dessas sem me consultar! Parece um guerreiro profissional, um mercenário, um homem sem ideais! O que importa pra ele é brigar, dar tiros." Depois, passado o primeiro acesso, tomou ares de vítima. "Parece mentira. O meu irmão, o meu único irmão, de armas na mão contra mim."

Rodrigo continua em silêncio. Um tanto desconcertado, Tio Bicho, para fazer alguma coisa, amassa a ponta do cigarro no cinzeiro, tira outro do bolso, prende-o entre os dentes e acende-o.

Floriano levanta-se e vai debruçar-se à janela. O ar quente e perfumado da noite bafeja-lhe o rosto. Fica a pensar nas noites que tem passado ultimamente, depois que Jango voltou para o Angico e em que a simples ideia de ter a cunhada sozinha a pequena distância de seu quarto o enche dum alvoroço que é a um tempo intenso desejo carnal, apreensão, temor, sentimento de culpa e outra vez desejo ainda mais intenso... Sim, e também expectativa — uma expectativa exasperante que o deixa num estado quase febril, mantendo-o alerta, atento aos menores ruídos —, e assim se passam os segundos, os minutos, as horas, e ele escuta, angustiado, as batidas do relógio grande, e o silêncio volta, e nada acontece e ele fica a revolver-se na cama, sentindo o desejo doer-lhe no corpo, esperando que o sono venha, mas sabendo que não virá ou que, se vier, será uma modorra que não lhe dará repouso, um crepúsculo povoado de sonhos equívocos em que todo o seu sentimento de culpa por desejar a cunhada e toda a sua frustração por não satisfazer esse desejo lhe aparecem disfarçados nas imagens mais estranhas e inquietadoras. O remédio será tomar um comprimido de seconal ao deitar-se. É preciso dormir, pois suas noites de insônia ou de sono perturbado já se lhe estão fazendo visíveis na cara, já começam a afetar-lhe a memória.

Chega-lhe aos ouvidos a voz sonolenta de Tio Bicho:

— Um dos fatos mais portentosos da nossa história foi o doutor Borges de Medeiros ter em 1932 despido a sua sobrecasaca, tirado o seu colarinho duro, envergado seus trajes campeiros e saído para a coxilha de arma na mão, a fim de cumprir o compromisso de honra assumido com os revolucionários de São Paulo e traído pelo Flores da Cunha.

— Um gesto puramente romântico... — diz Rodrigo.

— Mas duma grandeza moral extraordinária! — exclama Terêncio.

— E ao lado do Chimango — continua Tio Bicho —, de lenço vermelho no pescoço, marchavam Batista Luzardo e outros libertadores que em 1923 haviam feito uma revolução para derrubá-lo do poder... revolução essa que permitiu ao Getulio ser eleito governador do estado e mais tarde presidente da República. Não é mesmo uma política surrealista, a nossa?

— Só não posso compreender — fala agora Terêncio — como é que Getulio, depois de derrotar São Paulo, consentiu na convocação duma Constituinte que nunca desejou.

— Ora... — diz Rodrigo — quem explicou o fenômeno com uma clareza cristalina foi o Aranha. Quando um tenente o interpelou a respeito do assunto, respondeu que o país estava diante dum dilema: ditadura ou Constituição. A ditadura administrativa sem a revolução política é a antecâmara da Constituição. Toda a ditadura que não é revolução será caminho do regime legal. Os "carcomidos", que tinham ainda uma grande força, não deixavam Getulio fazer a revolução. Logo...

Floriano torna a sentar-se.

— A Constituição de 1934 — diz Rodrigo —, a carta pela qual vocês democratas tanto suspiravam, não passou dum aborto, um monstrengo híbrido. Aqui esquerdizante, mais adiante fascistizante (para acompanhar a moda), e ainda mais além reacionária, recebeu no fim uma leve e vistosa camada do açúcar cristalizado do liberalismo. Não tinha unidade doutrinária nem técnica. Ora parecia uma Constituição feita para povos verdadeiramente civilizados, como os escandinavos, ora dava a impressão dum estatuto destinado a reger uma comunidade colonial de botocudos. Uma verdadeira salada mista... e com azeite rançoso! Como muito bem disse o Getulio, a nova carta deixava o presidente da República sem recursos para defender-se diante da desenfreada disputa dos estados.

Terêncio ergue a mão em cujo anular brilha também um rubi:

— A coisa é mais simples. O Getulio não sabia mais administrar dentro dum regime legal. Estava viciado em governar por decretos.

Rodrigo sorri. Depois, mexendo com o indicador nos cubos de gelo que boiam na cerveja de seu copo, diz:

— Eu me lembro muito bem do dia em que foram contar ao presidente que a nova carta tinha sido promulgada. Ele ficou impassível e depois me olhou, sorriu, e disse: "Tenho o palpite de que eu vou ser o primeiro revisionista dessa Constituição".

— Revisionista? — repete Tio Bicho. — Que colossal eufemismo!

— E vocês vão concordar comigo — prossegue Rodrigo —, aqueles três anos em que Getulio governou o país como presidente eleito pela Constituinte foram dos mais agitados. Um minuano trágico varria o mundo: golpes de Estado, sabotagens, assassinatos políticos, fermentações sociais de toda a ordem... A chamada democracia liberal perdia terreno assustadoramente. Os regimes totalitários se fortaleciam. Os campos estavam divididos nitidamente em esquerda e direita. E vocês sabem que o Brasil não vivia dentro de nenhuma redoma invulnerável... Fundou-se a Ação Integralista Brasileira, que fez a sua primeira parada com camisas-verdes em 1933, e começou logo a ganhar adeptos... Por sua vez, os comunistas se articulavam à sombra da Aliança Nacional Libertadora. E não preciso lembrar-lhes o que foi a brutalidade daqueles levantes vermelhos de 1935...

— Por falar em 1935 — interrompe-o Tio Bicho. — A visita que o presidente fez ao Rio Grande nesse ano, para assistir às festas do Centenário da Revolução dos Farrapos, parece que deixou bem acentuada a deterioração de suas relações com seu velho companheiro Flores da Cunha.

— Exatamente — diz Rodrigo. — O Flores fez ao presidente toda a sorte de desfeitas imagináveis. Hospedou-o no Palácio do Governo, mas tratou-o como a um desafeto. Segundo me contou o próprio Getulio, o general chegou a violar sua correspondência cifrada para divulgá-la na imprensa.

— Nessa não acredito! — exclama Terêncio. — O Flores tinha muitos defeitos, mas não era homem capaz duma coisa dessas.

— Quem me contou a história foi o próprio Getulio, cuja palavra me merece todo o crédito. E me disse mais: "Tu sabes, o Flores anda obcecado pela ideia da sucessão presidencial. Acha que eu quero me perpetuar no poder. Intromete-se na política dos outros estados. Estou seguramente informado de que anda comprando armas".

— Há um episódio — lembra Tio Bicho — que seu amigo talvez não lhe tenha contado, mas que eu presenciei. Na noite em que essas duas prima-donas políticas visitaram o Cassino Farroupilha, o doutor Getulio entrou primeiro com a sua comitiva e provocou aplausos discretos. Minutos depois entrou o general Flores da Cunha e foi recebido com vivas e palmas, numa verdadeira consagração.

Rodrigo encolhe os ombros.

— Achas que isso magoou o Getulio? Então não o conheces. Ele tem horror às cenas teatrais. Terá as suas vaidades, como todo o mundo, mas elas não são epidérmicas como as do Flores, nem se alimentam de aplausos, vivas e bajulações. E tu sabes muito bem, Bandeira, que essa recepção que o general teve no Cassino foi preparada pelos cafajestes que sempre o cercaram, alguns dos quais exerciam as funções acumuladas de capangas e cáftens.

Há um silêncio, que Rodrigo quebra com uma risada.

— O Getulio merece um livro! — exclama.

— Acho que sou eu quem vai escrevê-lo — ameaça Terêncio.

— E por que não? Só te peço uma coisa. Trata primeiro de conhecer bem o homem.

— Tu o conheces *bem*?

— Bem, *bem* mesmo não posso dizer que o conheça. Ninguém conhece... Só Deus. Mas melhor que tu, ah!, disso tenho a mais absoluta certeza. E se queres, posso desde já te dar umas notas psicológicas sobre o nosso herói...

— Considero-te suspeitíssimo no assunto.

— Mas escuta. Escutem todos vocês. Antes de mais nada, o biógrafo de Getulio Vargas terá de levar em conta certos traços de seu caráter que o tornam uma figura singular neste país, dando-lhe vantagens muito grandes sobre os outros políticos. É um homem calmo numa terra de esquentados. Um disciplinado numa terra de indisciplinados. Um prudente numa terra de imprudentes. Um sóbrio numa terra de esbanjadores. Um silencioso numa terra de papagaios. Domina seus impulsos, o que não acontece com o Flores da Cunha. Controla sua fantasia, coisa que o Oswaldo Aranha não sabe fazer. Se o João Neves usa da sua palavra privilegiada para dizer coisas (e coisas que às vezes o comprometem), Getulio é o mestre da arte de escrever e falar sem dizer nada.

— E tu consideras isso uma virtude? — pergunta Terêncio.

— Num país imaturo como o nosso, considero. Muitas vezes não dizer nada para um político é um gesto de defesa comparável ao de certos animais que por mimetismo conseguem tornar-se da cor do terreno, para ficarem invisíveis e para salvarem a pele.

— Não esqueças que o Getulio se tem revelado o maior corruptor da nossa história... — interrompe-o Terêncio.

— Só se corrompe aquilo e aqueles que são corruptíveis. Como dizia Machado de Assis, a ocasião faz o furto e não o ladrão, porque este já estava feito. Não queiras culpar o meu amigo da vulnerabilidade dos outros políticos brasileiros. Vítimas de suas paixões: mulheres, jogo, cavalos de corrida, luxo e outras fraquezas e vaidades, ficam às vezes à mercê de quem tem a chave do Banco do Brasil e dos grandes empregos.

— Mas o que estás dizendo é algo de monstruosamente cínico!

— Perdão. Eu não inventei este mundinho em que vivemos. Ele existiria mesmo que eu não existisse.

Faz-se um silêncio, ao cabo do qual Floriano se dirige ao pai:

— O senhor afirma então que Getulio é um homem absolutamente sem paixões?

Rodrigo hesita um instante. Depois:

— Não — diz. — Acho que sua grande, talvez a sua única paixão é a do poder.

— Poder para quê? — pergunta Terêncio. — Para nada?

— Talvez poder pelo poder — intervém o Tio Bicho: — *Ars gratia artis.*

— Mas cinquenta milhões de brasileiros não podem ficar na dependência desse capricho pessoal! — exclama Terêncio.

Rodrigo encolhe os ombros.

Novo silêncio. Ouve-se um toque de corneta que parece vir dos confins da noite e que tem o poder de provocar simultaneamente a mesma imagem, tanto na cabeça do pai como na do filho: o ten. Bernardo Quaresma pregado a balaços contra uma parede branca respingada de sangue...

O ventilador zumbe. Tio Bicho boceja. Terêncio olha para o relógio, descruza as pernas, mas Rodrigo o detém com um gesto que quer dizer: "Fica mais um pouco".

Por quê? — pergunta-se a si mesmo num súbito acesso de mau humor. — Não simpatizo com ele. Um esnobe. Um pedante. Um vaidoso. Por que razão desejo que ele venha todas as noites e, quando vem, lhe peço que fique? Tio Bicho... esse é uma espécie de mau hábito antigo. Mas por onde andará o outro, o Stein? Que fim levou o Eduardo? E o Zeca? Uns ingratos. O Liroca não me aparece há séculos! Todos uns mal-agradecidos. Flora bem podia abafar o orgulho cinco minutos por dia e vir conversar comigo. Não sou nenhum criminoso. E Bibi... por que não vem me ver? O Sandoval... já compreendi o que está se passando na cabeça desse canalha. Sabe que estou no fim, quer ficar com o meu cartório. Deve estar rezando para que eu morra. Sacripanta! Talvez todos desejem a minha morte. Será um alívio geral. Uma solução. Cada qual poderá seguir o seu caminho. Cada qual ficará com a sua parte no meu espólio. Mas é desumano. É injusto. É monstruoso! E a Sônia? A poucas quadras daqui, e eu sem poder estar com ela... Talvez também receba a minha morte com uma sensação de alívio. Um amante inválido de nada lhe serve. Como pude acreditar no seu amor? Decerto a esta hora está com um homem na cama. O bilhete que me mandou nada significa, é pura hipocrisia. Sozinho. Estou sozinho. Não conto com ninguém. Nem mesmo com Sílvia. Não duvido da afeição dela, mas já notei que anda cansada. Para essa menina minha morte também vai ser um alívio. Abandonado. Sem ninguém. Floriano, meu filho, tu também não compreendes? Mas não vou dar a vocês o gosto de me verem chorar.

O suor escorre-lhe pelo rosto e pelo torso. Rodrigo pega uma pedra de gelo e começa a passá-la na testa e nas faces. Sabe que quando todos forem embora ele vai ficar sozinho aqui neste quarto. Tem medo da noite. Do silêncio da noite. Da solidão da noite. Da implacável memória da noite. Que fiquem todos comigo até a madrugada. E não apaguem as luzes. Não apaguem as luzes!

Floriano franze o sobrolho:

— Ninguém vai apagar as luzes, papai.

— Hein?

Rodrigo percebe que pensou em voz alta. Sorri e diz:

— Arteriosclerose cerebral, meu filho. Não te espantes, o teu dia também chegará.

Floriano quer desviar a conversa para outro assunto, mas Terêncio inicia nova catilinária contra o golpe de 10 de novembro de 1937. Rodrigo escuta-o agora com uma paciência meio aborrecida e, aproveitando uma pausa do outro, diz:

— Eu explico esse golpe de Estado de outro modo. Escutem. Quando se aproximava o fim do período presidencial iniciado em 34, o Brasil, vocês se lembram, apresentava um quadro alarmante. O Armando Salles era o candidato da plutocracia paulista saudosa do poder. Plínio Salgado candidatava-se em nome dos integralistas, com um programa totalitário. O doutor Goebbels lançava suas redes de espionagem e intriga sobre o Brasil, articulando camisas-verdes com camisas-pardas. Escolhido como candidato oficial à sucessão, José Américo procurava atrair as esquerdas com frases e promessas avermelhadas, e os comunistas já se aninhavam à sua sombra. O Flores da Cunha, que apoiava o Armando Salles, tinha no Rio Grande uns vinte mil homens em armas. Havia até quem pressionasse o Getulio para que ele entregasse o governo aos integralistas, ficando com relação ao Plínio Salgado assim como o general Hindenburg estava com relação a Hitler. De Washington, preso aos encantos desse outro bruxo que era o presidente Roosevelt, Oswaldo Aranha puxava a sardinha brasileira para a brasa americana... A confusão era geral.

— E nesse mar revolto e incerto — diz Tio Bicho —, seu amigo Getulio navegava no seu barquinho de papel, ao sabor do vento e das correntes...

— E como solução para a grande crise — ironiza Terêncio — inventou-se o Plano Cohen.

— Hoje se sabe — diz Rodrigo — que esse documento foi forjado pelos integralistas. O Góes fingiu que acreditava nele...

— O Góes e o Getulio — completa Tio Bicho.

Rodrigo sorri.

— Não. O Getulio deixou que o Góes fingisse por ele. E lavou as mãos.

— Não fez outra coisa durante todo o seu governo senão parodiar Pilatos — diz o estancieiro. — E esse plano fantástico, essa conspiração inexistente foi o pretexto para o golpe de 1937 e para o famigerado Estado Novo!

— O curioso — intervém Floriano — é que já por essa época a atitude e a filosofia getulianas, essa sua neutralidade, essa capacidade de omitir-se diante dos acontecimentos, essa espécie de fatalismo cínico-gaiato do "vamos deixar como está para ver como fica" tinham de tal maneira contaminado o país, que o próprio presidente quase acabou vítima dela. Eu me refiro ao assalto ao Palácio Guanabara em maio de 38. Ninguém pareceu muito interessado em salvar a vida do ditador e de sua família...

Rodrigo varre logo a testada:

— Por desgraça eu estava em Petrópolis nessa noite e só fiquei sabendo da coisa no dia seguinte. Desci imediatamente.

— Os socorros levaram quase cinco horas para chegar — prossegue Floriano —, isto é, o tempo suficiente para que os assaltantes liquidassem Getulio Vargas e boa parte de seu clã. Todos pareciam dispostos a aceitar o fato consumado, com a vantagem de ficarem com as mãos limpas de sangue...

— Por falar em sangue — diz Terêncio —, há um episódio desse golpe que a imprensa não divulgou. Depois que os socorros chegaram e os assaltantes foram dominados, algumas dezenas de prisioneiros foram fuzilados ali mesmo, sumariamente, nos jardins do Palácio.

— Que calor bárbaro! — exclama Rodrigo. E num gesto brusco despe a camisa e atira-a em cima da guarda da cama. Fica a apalpar o ventre e a olhar fixamente para o estancieiro. Depois diz: — Vocês só enxergam o lado negativo do Estado Novo. Dizem que ele suprimiu as liberdades civis, fechou a Câmara e o Senado, instituiu a censura, deu força ao DIP, e mais isto e mais aquilo... Floriano, vai me buscar uma toalha lá no quarto de banho...

Quando o filho lhe traz a toalha, Rodrigo põe-se a enxugar as costas e o peito por onde o suor escorre em grossas bagas.

— Vocês intelectuais vivem enchendo a boca com a palavra *liberdade*. Agora eu pergunto: para que as massas hão de querer liberdade? Para que querem imprensa livre os favelados? O que essa pobre gente deseja mesmo é ter o que comer, o que vestir e onde morar.

— Luiz Carlos Prestes falou pela sua boca... — diz Bandeira.

— Espera, Roque. Me deixa continuar. Este país precisava e ainda precisa dum homem como o Getulio, dum governante paternal capaz de descer ao nível do povo e dar-lhe exatamente o que ele necessita. Reconheço que ao assumir o governo provisório em fins de 30 o Getulio não tinha programa definido, não sabia que fazer, mas depois encontrou duas grandes metas, dois grandes objetivos: melhorar as condições de vida do povo e proclamar a independência econômica do Brasil. Olhem para trás e vejam quanta coisa esse homem extraordinário realizou...

Terêncio mira fixamente a ponta dos próprios sapatos, os lábios encrespados numa expressão de cepticismo.

— Manteve a unidade nacional — continua Rodrigo. — Evitou o caos e a ruína. Se não fosse a coragem e a habilidade do Getulio, o Brasil hoje estaria nas mãos dos comunas do Prestes ou dos galinhas-verdes do Plínio.

— Diz o Eduardo — interrompe-o Tio Bicho — que está nas mãos dos americanos.

— Não sejam bobos. Virem esse disco batido. O país seria vendido aos americanos se o candidato da UDN fosse eleito, o que felizmente não aconteceu. Mas não me interrompam. O Getulio dotou o país duma indústria siderúrgica que faz inveja ao resto da América Latina. Deu aos trabalhadores leis sociais mais avançadas que as da própria União Soviética! Mas de que é que estás rindo, Roque?

— Estou rindo das leis sociais.

— Tu sempre com teu espírito de contradição. Negarás acaso que devemos nossa legislação trabalhista ao Getulio?

Bandeira depõe o copo no chão ao lado da garrafa.

— Devagar com o andor — diz ele. — Quem inventou essas leis sociais foi o Lindolfo Collor, e por sinal custou-lhe muito impingi-las ao Getulio.

— Quem te contou essa mentira?

— Espere e escute. Vou mais longe. O seu presidente relutou muito em criar o Ministério do Trabalho. Foi o Oswaldo Aranha quem a duras penas o convenceu disso. E sabem que foi que o doutor Getulio disse, depois de assinar o decreto? "Queira Deus que esse 'alemão' (referia-se ao Collor) não vá nos incomodar."

— Mais uma fantasia das muitas que se inventaram em torno do presidente!

— Foi o Marcondes Filho — reforça Terêncio — quem mais tarde abriu os olhos do Getulio para o valor demagógico, a força política desse ministério e das leis do Collor. E assim o seu amigo foi empurrado para o trabalhismo...

Quando, minutos depois, Terêncio põe-se de pé, murmurando "Bom, são horas...", Rodrigo segura-lhe a aba do casaco e diz:

— Senta, homem. Agora é que a conversa está ficando boa. Senta ou então tomo a tua retirada como uma confissão de derrota. Como Napoleão Bonaparte, Getulio Vargas é um assunto inesgotável.

Terêncio volta ao seu lugar. E Floriano, que sente a camisa ensopada de suor — pois o calor aumentou sensivelmente nesta última meia hora —, olha para o estancieiro e pensa: "Esse homem não sua. Jamais se despenteia. Suas calças nunca perdem o friso. O colarinho nunca se enruga. A gravata não sai do lugar. Seu hálito recende a Odol. Seu lenço, a lavanda. Aposto como tem em casa a Enciclopédia de Larousse. E um binóculo francês. E uma *épée de combat*. Seus livros, bem encadernados, cheiram a naftalina. Coitos conjugais semanais, com a luz apagada".

Rodrigo faz um gesto teatral quando diz:

— Vocês não devem tirar a este moribundo o único consolo que lhe resta: prosear. A política é um dos meus vícios. Já que agora não posso fazer política, que me seja ao menos permitido ruminar a que fiz ou a de que fui testemunha. Não bebes mesmo uma cerveja, Terêncio? O Roque não precisa que ninguém o convide... E ali o meu filho é abstêmio, sargento do Exército da Salvação, hein, Floriano?

Ergue mais o busto, ajeita os travesseiros e depois continua:

— Essa história de 29 de outubro não está bem contada. O Getulio aparece nela como o vilão, o ditador que queria a todo custo perpetuar-se no poder. O Góes, o Dutra e os outros generais que o depuseram, querem inculcar-se como heróis que libertaram o país da tirania.

Tio Bicho sorri e murmura:

— Escutemos então o Evangelho segundo são Rodrigo.

— Ó Floriano, dá manivela nesta cama. Quero ficar mais sentado.

O filho faz o que o pai lhe pede.

— Nem o pior inimigo do presidente poderá acusá-lo de falta de sensibilidade política... — prossegue Rodrigo. — Depois que a Força Expedicionária Brasileira embarcou para a Europa, o Getulio sentiu que estava na hora de ir trazendo o país gradualmente, sem traumas, de volta ao regime que se convencionou chamar de democrático...

Terêncio esboça um sorriso incrédulo. Tio Bicho crocita a sua risadinha. Sem dar-lhes a menor atenção, o dono da casa continua a falar.

— Pediu a seus ministros que redigissem uma emenda à Constituição de 37 que regulasse o alistamento eleitoral e as eleições para presidente da República, governadores estaduais, Parlamento nacional e assembleias legislativas. Se a memória dos meus amigos não falhar mais uma vez, hão de lembrar-se de que essa emenda foi publicada a 28 de fevereiro de 1945.

— Já então o José Américo — recorda Tio Bicho — tinha dado seu famoso "grito", a entrevista em que pedia claramente eleições. As barreiras do DIP estavam por terra, a imprensa mais séria fazia coro com os que pediam o pleito. Nasceram esses partidos políticos que hoje aí estão em atividade.

— E então? — exclama Rodrigo. — Era ou não era o regime de liberdade em pleno vigor? As eleições estavam marcadas para 2 de dezembro. No entanto, em abril de 45, voltando de Montevidéu, aonde o levara uma comissão diplomática, nosso inefável Góes Monteiro deu uma entrevista à imprensa durante a qual pronunciou uma frase que imaginou fosse abalar *urbi et orbi*: "Vim para acabar com o Estado Novo".

— Não vais afirmar — atalha-o Terêncio — que o Getulio estava feliz com a ideia da emenda...

— Pelo contrário, posso te assegurar que ele a achava absurda. Na sua opinião, que é também a minha, o que se devia fazer antes de mais nada era convocar uma Constituinte, que declararia caduca a carta de 37 e elaboraria uma nova.

— Mas por que, então, o ditador aceitou a sugestão dos ministros?

— Para que não dissessem que ele queria continuar no poder.

Terêncio sacode vigorosamente a cabeça.

— Não! Ele cedeu ante a pressão da opinião pública.

— Ó Terêncio! Que é que chamas de opinião pública? Meia dúzia de politicoides? A embaixada dos Estados Unidos? Um grupinho de generais? Tu sabes que o povo estava com o Getulio.

— Se estava, por que é que teu amigo não renunciou ao poder em tempo de se apresentar candidato à presidência?

— Ora, eu um dia lhe perguntei isso. Respondeu que se sentia cansado, queria voltar para São Borja, para a paz da sua estância.

— Só por isso? Puxa pela memória, Rodrigo. Não havia outra razão?

Rodrigo sorri como um menino surpreendido numa mentira por omissão. — Bom... ele me disse (e não pediu segredo) que não saberia governar com a Câmara e o Senado abertos.

— Ah! — faz Terêncio. — E não ignorava também que o Exército se oporia terminantemente à sua candidatura.

— Também isso... Mas por outro lado, não ignorava que o povo andava pela rua gritando: "Queremos Getulio!". E que o próprio Prestes tinha adotado a fórmula "Constituinte com Getulio". Se o meu amigo fosse o ambicioso inconsciente que vocês imaginam, teria lançado o país numa guerra civil. E a todas essas a nossa burguesia estúpida não compreendia como não compreende ainda hoje o serviço que Getulio Vargas prestou à nação, encaminhando para o trabalhismo as massas que fatalmente acabariam caindo nos braços do comunismo.

Tio Bicho cabeceia, em cochilos intermitentes. Um galo canta nas lonjuras da noite. Terêncio olha instintivamente para o relógio.

— Por falar em pressão — continua Rodrigo —, é bom não esquecer a norte-americana. Vocês se lembram do discurso que o embaixador Adolf Berle fez em Petrópolis, no banquete que os líderes da UDN lhe ofereceram, e em que o americano encareceu a conveniência da volta do Brasil ao regime democrático... Foi o cúmulo! Durante toda a nossa história, pressões desse tipo se exerciam por via diplomática, militar ou econômica. Agora a coisa era clara.

— Ouvi dizer que o doutor Getulio ficou furioso ao saber desse pronunciamento — observa Floriano.

— Mas sem razão — opina Terêncio —, porque estou informado de que o embaixador americano lhe mostrou o discurso antes de pronunciá-lo. E o Getulio o aprovou.

Rodrigo coça a cabeça.

— Aí está um episódio que nunca cheguei a compreender direito. Me contou o Getulio que não entendeu claro o português do Berle, que parecia falar com uma batata quente na boca. E mesmo na hora em que o americano lhe mostrou o discurso, ele, Getulio, estava cansado, desatento, talvez ansioso por se livrar do homem... Aposto como nem leu o catatau.

Entreabrindo os olhos, Roque Bandeira exclama:

— Qual nada! Foi uma atitude tipicamente getuliana. Aprovou o discurso para se mostrar liberal ou então, o que é mais provável, por preguiça mental de reagir, criticar ou tomar uma atitude frontal contra o embaixador. Mais tarde, observando a reação dos amigos, descobriu que o discurso era uma excelente arma política, uma bandeira nacionalista que ele podia agitar em proveito próprio. "Vejam, uma potência estrangeira está se intrometendo na nossa política interna!", et cetera, et cetera...

— Acorda primeiro — diz Rodrigo —, depois raciocina e finalmente fala. O sono te obscurece a inteligência, ó Tio Bicho.

— E o mais curioso — acrescenta Terêncio — é que estou seguramente informado de que Adolf Berle teria dito a alguém, confidencialmente, que seu país preferia Getulio Vargas, como candidato a presidente nestas eleições, ao brigadeiro, que sempre se mostrou tão difícil e mesmo hostil quando se tratou da concessão de bases aéreas no Brasil aos americanos, durante a guerra.

Rodrigo empina o busto, infla as narinas, parece que vai saltar da cama:

— Mas desde quando temos de consultar os Estados Unidos antes de escolher um presidente? E já que estamos neste assunto, quero contar a vocês uma história que ainda não foi revelada. Numa audiência que o Getulio concedeu ao Berle, o americano teve o topete de perguntar qual era a política que nosso governo ia seguir com relação ao petróleo nacional. O Getulio fechou a cara e disse que não se sentia obrigado a satisfazer a curiosidade de potências estrangeiras, e que o Brasil resolveria o problema como e quando entendesse. O que sei dizer, em resumo, é que a despedida do Berle nesse dia foi das menos cordiais... E que uma semana depois ele era declarado *persona non grata*.

— Foste testemunha desse encontro?

— Não. Não houve testemunhas. O fato me foi contado pelo próprio Getulio.

— Ah! — faz Terêncio, com uma entonação maliciosa.

— Vocês talvez não saibam que pela primeira vez na sua história o Brasil é *credor*... Quando Getulio deixou o governo, sabem quanto tínhamos em divisas ouro? Seiscentos milhões de dólares. Pasmem. Os americanos andavam loucos, como corvos a voejar em torno dessas disponibilidades. Queriam que o Brasil liberasse essas divisas para eles nos impingirem as sobras de seu material de guerra, para nos abarrotarem o mercado com toda sorte de artigos inúteis, essas porcarias de matéria plástica, essas engenhocas inúteis que sua indústria está produzindo todo o dia. E este governo provisório que aí está, e que num mês e pouco deu empregos para mais de mil parentes, amigos e afilhados, cedeu à pressão externa e já liberou as divisas. Escrevam o que vou dizer. Dentro de menos de um ano, estaremos de novo de volta à velha situação de devedores. E falem mal do Getulio, falem!

Terêncio vai abrir a boca, mas Rodrigo o silencia com um gesto.

— O Bernardes governou o país dentro do estado de sítio, com um chicote na mão, mandando seus adversários ora para a geladeira do general Fontoura, ora para o inferno da Clevelândia. Washington Luís, o "Braço Forte", jamais desceu de seu Olimpo, e achava que a questão social era um caso de polícia. Comparem o Getulio com esses dois presidentes e vejam como o nosso homem cresce... Para principiar, foi um ditador benévolo. Não mandou matar ninguém...

— Em última análise — murmura Tio Bicho —, devemos beijar a mão de Getulio e de todos os membros da dinastia Vargas por não nos terem fuzilado, cuspido na cara ou tratado a pontapés no rabo.

— Tu sabes que não é isso que eu quero dizer!

— E não é verdade — intervém Terêncio — que Getulio tenha sido um ditador benévolo. Teve uma das polícias mais cruéis de que se tem notícia, e que em matéria de torturas e brutalidades nada ficava a dever à Gestapo.

— Acusam o ditador — diz Floriano — de muitos pecados que me parecem apenas veniais. A meu ver o seu pecado mortal, o maior de todos, foi o de ter feito vista grossa aos banditismos de sua Polícia.

Rodrigo retesa o busto e exclama:

— Te asseguro que ele não sabia de nada!

— Como podia não saber? — replica Terêncio. — É inadmissível.

— Uma vez — improvisa o dono da casa, absolvendo-se ao mesmo tempo da mentira — cheguei a perguntar ao Getulio se havia algum fundamento nas negras histórias que corriam sobre a Polícia, e ele me respondeu que tinha mandado fazer uma investigação, mas que nada fora apurado de positivo. Disse mais: que tinha entregue inteiramente o setor policial aos tenentes...

— E depois disso naturalmente lavou as mãos... — murmura Tio Bicho.

— Não vais me dizer também — diz Terêncio — que teu amigo não ficou sabendo que seu governo entregou a esposa de Prestes, grávida de muitos meses, à Gestapo, que a mandou para a morte num campo de concentração.

Rodrigo pensa em replicar: "Tratava-se dum complicado caso de direito internacional", mas cala-se, lembrando-se do quanto ele próprio havia ficado revoltado ante o fato.

— A insensibilidade moral de Getulio Vargas — e ao dizer isto a voz de Terêncio está cheia dum surdo rancor — só encontra par na de Luiz Carlos Prestes, que, ao sair da prisão, não hesitou em estender a mão e oferecer uma aliança política ao homem que foi seu carcereiro durante nove anos e, pior ainda, ao homem que havia entregue sua esposa aos carrascos nazistas, tornando-se assim seu coassassino. Encontraram-se os dois monstros num palanque de comício político. O chefe comunista lívido e grave, o ditador rosado e sorridente. Prestes aceitava a situação como um sacrifício imposto pelo seu Partido, em nome duma ideologia, dum programa político definido. E Getulio? Por que se sujeitava à situação constrangedora? Por puro desejo de continuar no poder? Ou apenas como uma consequência da sua supina descrença dos homens e dos valores morais?

Filho duma puta! — pensa Rodrigo. — Cachorro despeitado, não sei onde estou que não te mando a mão na cara. Enfim o culpado sou eu, que insisto em discutir o Getulio com quem não o conhece.

E a indignação de Rodrigo vem um pouco do fato de saber que no fundo Terêncio tem a sua razão, pois ele próprio não pôde aceitar a união política de Prestes com Getulio. Nunca compreendeu como seu amigo se sujeitou àquele encontro...

— Não digas asneiras, Terêncio! — exclama. E torna a passar a toalha pelo pescoço, pelo peito e ao longo dos braços.

Com o "rancor verde" nos olhos, o estancieiro continua:

— Jamais se roubou tanto e tão descaradamente nas esferas governamentais do Brasil como na era getuliana, em que imperou, como nunca em toda a nossa história, o empreguismo, o nepotismo, a advocacia administrativa, o peculato, o suborno, a malversação de fundos públicos... E a imoralidade dos homens de governo e de seus sócios nas negociatas ao fim de algum tempo acabou por contaminar irreparavelmente quase todas as classes sociais.

Rodrigo olha para Terêncio e sorri com indulgência, como se estivesse diante duma criança ou dum débil mental.

— A atitude do ditador, que permaneceu apático, sorridente ou omisso diante de todo esse descalabro moral — continua o outro —, conseguiu anestesiar a opinião pública, que passou a rir do que lhe devia provocar choro e ranger de dentes, aceitando o regime da safadeza e do golpe como norma de tal modo que hoje em dia a palavra *honesto* tem entre nós um sentido pejorativo.

Rodrigo faz um gesto de impaciência:

— Que ideia fazem vocês dum presidente da República? A de que ele é um guarda-noturno? Um ecônomo de sociedade recreativa? Um fiscal? Um mestre-escola de palmatória em punho a castigar os maus alunos? Ou um feitor com um chicote na mão? Como pode um homem sozinho, fechado no Catete, ser responsável por tudo quanto acontece num país do tamanho do nosso? Ora, vocês estão exigindo do Getulio qualidades de mago, de demiurgo.

— Não, Rodrigo — replica Terêncio —, eu me refiro também à patifaria, aos desmandos e às negociatas que se processaram debaixo do nariz do ditador, e que foram praticadas por amigos, parentes e áulicos. Eu não acuso, e ninguém até hoje acusou Getulio de desonestidade pessoal, no que toca aos dinheiros públicos. Mas eu o acuso, isso sim, de ter sido tolerante com os ladrões, de se haver acumpliciado com eles pelo silêncio ou pela indiferença.

Rodrigo dá uma tapa no ar:

— Oitenta por cento dessas histórias de negociatas e panamás não passam de invencionices. Este é o país do *diz que diz que*, uma terra de comadres maldizentes. Se eu te pedisse para apresentares uma prova, uma única prova do que acabas de afirmar, ficarias numa posição difícil, porque não tens nenhuma.

Com voz pesada de sono, Tio Bicho intervém:

— E se o senhor me exigisse agora uma prova da existência de Sócrates ou Pedro Álvares Cabral, isto para não falar na de Deus, eu ficaria numa situação igualmente embaraçosa.

— Num gesto demagógico — prossegue Terêncio —, teu amigo criou os institutos de aposentadoria, que se transformaram num foco fabuloso de ladroagem, corrupção e favoritismo. Se levarmos em conta o vulto da arrecadação desses institutos, o benefício que o operário recebe, em troca do sacrifício de suas contribuições mensais, é mínimo, quase nulo. Os encaixes fantásticos desses institutos foram desviados para empréstimos ilegais concedidos a privilegiados do Estado Novo, que os empregavam em aventuras imobiliárias. Um crime inominável!

— Quem te ouve falar — exclama Rodrigo — imagina que o Rio antes do governo do Getulio era uma cidade de santos, puritanos e eremitas!

Floriano ergue-se, vai de novo até a janela, a pensar numa maneira de pôr um ponto final nesta discussão. Tranquiliza-se um pouco, porém, vendo na fisionomia do pai que ele parece não estar levando muito a sério as palavras de Terêncio.

— Limpa o peito de todos os rancores — diz Rodrigo com um sorriso generoso. — Não há nada como a gente desabafar. Ó Floriano, me serve mais cerveja. Essa porcaria deve estar morna e choca. Tem ainda gelo no balde?

Tio Bicho agora dorme a sono solto e ronca, a cabeça caída para trás, a boca aberta. Rodrigo lança-lhe um olhar cheio de tolerante simpatia. Terêncio continua tenso, olhando para o dono da casa:

— Há mais ainda. O Getulio usou o Banco do Brasil como meio para comprar adversários, apaziguar amigos descontentes, ajudar amigos fiéis e submeter à sua vontade os governadores dos estados.

— Acho — diz Floriano — que a história deste país poderia ser contada de maneira fascinante através da história do Banco do Brasil.

— Não esqueçam, rapazes — sorri Rodrigo —, que o Banco do Brasil já existia antes do Getulio assumir o governo...

— Sim — retruca Terêncio —, mas não com a força, a importância que o ditador lhe deu. Foi uma maneira que ele descobriu para burlar a Constituição de 34 e cercear a autonomia dos estados. A política econômico-financeira foi centralizada de tal modo que os estados passaram a depender do governo federal, perdendo praticamente sua autonomia política. Com o nosso absurdo sistema fiscal e mais as arrecadações dos Institutos de Previdência, o governo central engorda à custa da sangria dos estados. Todo o dinheiro da nação se concentra no Rio. E os negocistas corvejam em torno dos ministérios e das autarquias.

— O Banco do Brasil tem exercido o que se poderia chamar de "imperialismo interno" — diz Floriano. — É um Estado dentro do Estado.

Rodrigo toma um gole de cerveja e, olhando para Terêncio, sorri:

— Vocês, estancieiros, são muito engraçados. Têm um sagrado horror a qualquer coisa que cheire a intervenção estatal na economia particular, mas sempre que estavam em dificuldades financeiras, iam de chapéu na mão bater à porta do governo, suplicando-lhe que interviesse nos negócios de vocês com medidas providenciais, como empréstimos, moratórias, reajustamentos... Além de incoerentes, são uns ingratos!

— Seja como for — diz Terêncio —, isso que aí está, essa desmoralização dos costumes, essa indecência administrativa que se transformou em norma, esse cinismo diante do erro e do crime que se comunicou à nossa maneira de ver o mundo: tudo isso devemos a Getulio Vargas. Tudo isso aconteceu, começou ou se agravou durante o seu governo...

Floriano aproxima-se de Terêncio, põe-lhe a mão no ombro, mas retira-a imediatamente, sentindo o movimento de repulsa — quase imperceptível — que o estancieiro faz, como para evitar que a mão suada lhe macule a fatiota de tropical bege.

— Não estou de acordo com o senhor. A era getuliana coincidiu com um período particularmente conturbado da história. A moral que imperou entre os gângsteres de Chicago, na década dos 20, passou a ser adotada por estadistas europeus na dos 30. Ninguém mais acreditava na força do direito, mas sim no direito da força. Hitler rasgou tratados. As tropas de Mussolini invadiram a Abissínia. As do Japão atacaram a China. Franco levou soldados argelinos para lançá-los no continente contra a república popular espanhola...

— Que era comunista — interrompe-o Terêncio.

— Que era um governo democraticamente eleito — replica Floriano, prosseguindo: — Mais tarde *El Caudillo* aceitou a colaboração de tropas regulares alemãs e italianas para que elas, com suas armas modernas, massacrassem seus compatriotas. A tábua de valores morais que, bem ou mal, prevaleceu durante o século XIX e que a Primeira Grande Guerra abalou não fora ainda substituída por outra. Era a época do vale-tudo, do cinismo, da violência, da moral da águia e da matança dos cordeiros... Por outro lado, a ciência e a técnica aliadas à indústria produziam como nunca, contribuindo para que se formasse esta nossa civilização de coisas: máquinas, instrumentos, utensílios, objetos que facilitam a vida e nos proporcionam prazer. Coisas, enfim, cuja posse é um símbolo de sucesso. Uma publicidade cada vez mais inteligente, intensa e insidiosamente penetrante tratava de criar nas populações necessidades artificiais. Era o resultado natural do espírito competitivo, da *free enterprise* do sistema capitalista. A fúria de ganhar gerou a fúria de anunciar, que ajudou a fúria de vender e estimulou a fúria de comprar. E é natural que não tenhamos ficado imunes a essas influências que nos vinham não só da Europa como também e principalmente dos Estados Unidos. Depois da Primeira Guerra Mundial, o Brasil começava a despertar de seu sono florestal, mais pelos seus méritos naturais do que pelo esforço e sabedoria de seu povo. Começava a aparecer aos olhos do mundo como o País do

Futuro, uma espécie de Terra da Cocanha. Atraía capitais estrangeiros, capitães de indústria, aventureiros, escroques, et cetera, et cetera. Em 1930 o Rio foi varrido pela enxurrada da Revolução vinda de todos os quadrantes do país. Quando as águas voltaram a seu leito natural, ficaram algumas flores e pepitas de ouro às margens da Guanabara, mas o que se via mesmo a olho nu eram detritos. Fazia-se portanto necessária uma operação de limpeza nada fácil de levar a cabo. Não podemos em boa razão culpar um homem por todo esse estado de coisas e de espírito.

Tio Bicho continua a dormir. Rodrigo tem agora a toalha amarrada ao redor do pescoço, os olhos amortecidos de sono. Terêncio olha para o bico dos próprios sapatos, a fisionomia inescrutável.

Floriano prossegue:

— Quanto a Getulio Vargas... acho que, vendo-se perdido numa floresta amazônica, cheia de bichos ferozes ou venenosos, de todos os tamanhos, procedeu como o jabuti das nossas lendas indígenas. Descobriu que, para sobreviver em meio dos animais maiores que ameaçavam devorá-lo, tinha de usar a astúcia e a paciência e jogar com o fator tempo. Começou a lançar um bicho grande contra outro bicho grande, uma cobra venenosa contra outra cobra venenosa, raciocinando assim: "Enquanto eles se entredevoram, eu continuo vivo tocando a minha flauta".

Terêncio ergue vivamente a cabeça:

— Ninguém estava interessado na sobrevivência ou na flauta do Getulio. E a função dum chefe de governo não é essa. Repito que ele é responsável pelo clima de imoralidade que reinou no país durante o tempo em que foi ditador e presidente.

Floriano passa a mão pelos cabelos, com o ar de quem está perdido.

— Bom — replica —, se o senhor insiste nesse problema da culpa, acho que todos somos culpados em menor ou maior grau. Fomos cúmplices do Estado Novo por comissão ou omissão. Quando os carrascos da Polícia queimavam com a brasa dum charuto os bicos dos seios da companheira de Harry Berger, eu estava estendido na areia de Copacabana, lendo Aldous Huxley. E havia outros em situações e posições ainda mais comprometedoras.

— Se te referes a mim — diz Rodrigo —, perdes o teu tempo. Tenho a consciência tranquila. Não pertenço à súcia dos moralistas "ausentes" como tu e outros intelectuais. Ninguém faz omelete sem quebrar ovos. E quem não quer se molhar, que não saia pra chuva...

Terêncio levanta-se, abafando um bocejo.

— Seja como for — diz Rodrigo, erguendo os olhos para o estancieiro e empunhando um exemplar do *Correio do Povo* —, o eleitorado deu a última palavra. O Getulio está eleito deputado e senador. Não há remédio... Vocês o terão de volta à vida pública, queiram ou não queiram.

E, num gesto de terceiro ato, atira o jornal aos pés de Terêncio Prates.

Caderno de pauta simples

Já vejo claro o que vai ser o novo romance. A saga duma família gaúcha e de sua cidade através de muitos anos, começando o mais remotamente possível no tempo. Talvez no Presídio do Rio Grande, no ano de sua fundação, com um soldado ou um oficial do Regimento de Dragões. Não! Tenho uma ideia melhor. Vejo o quadro.

1745. No topo duma coxilha, uma índia grávida, perdida no imenso deserto verde do Continente. O filho que traz no ventre é dum aventureiro paulista que a preou, emprenhou e abandonou.

A criança nasce na redução jesuítica de São Miguel, onde a bugra busca refúgio. A mãe morre durante o parto, esvaída em sangue. A fonte... Porque esse bastardo, um menino, virá a ser um dos troncos da família que vai ocupar o primeiro plano do romance, e que bem poderá ser (ou parecer-se com) o clã dos Terras Cambarás.

Quero traçar um ciclo que comece nesse mestiço e venha a encerrar-se duzentos anos mais tarde.

/

Quando a velha Maria Valéria anda pela casa nas suas rondas noturnas, com uma vela acesa na mão, vejo nela um farol. Estou certo de que a luz dessa vela me poderá alumiar alguns dos caminhos que ficaram para trás no tempo. Vaqueana dos campos e veredas do passado desta família, a Dinda talvez seja a única pessoa capaz de me fornecer o mapa dessa terra para mim incógnita. Ela própria é uma arca atulhada dum tesouro de vivências e memórias. Mas arca fechada e enterrada. Resigno-me portanto à ideia de, à custa de estratagemas verbais, ir arrancando suas moedas, uma por uma. D. Maria Valéria nunca foi mulher de muitas palavras. Para ela o passado é uma sepultura: remexer nele seria sacrilégio. Devemos deixar os mortos em paz, para que eles façam o mesmo conosco.

Nestes últimos dias, temos mantido alguns diálogos: ela balançando-se na sua cadeira, os braços cruzados, os olhos fitos nos seus misteriosos horizontes de cega; eu sentado a seu lado, medindo as palavras com cautela, para que a velha não desconfie de minha curiosidade.

Depois de muitas negaças e silêncios, consigo tirar da arca uma que outra onça de ouro, que fico a revirar entre os dedos, fascinado, pensando já no que posso fazer com ela, mas tratando de não deixar meu alvoroço transparecer na voz. Às vezes o mais que consigo é uma moeda de cobre azinhavrado. Mas isso também me alegra, pois estou convencido de que, para o tipo de história que vou escrever, o cobre talvez seja um metal mais nobre que o ouro.

/

Tenho tentado, com algum sucesso, que a Dinda me conte causos de sua tia Bibiana, minha trisavó, e de seu marido, um certo cap. Rodrigo, aventureiro, espadachim, mulherengo, homem de coragem extraordinária e apetites insaciáveis, desses que bebem a vida não aos copos, mas aos baldes. A Dinda não o conheceu pessoalmente (o capitão foi morto no princípio da Guerra dos Farrapos), mas noto que estão ainda nítidos em sua memória os ditos e proezas do Falecido, que d. Bibiana costumava contar à sobrinha nas noites de ventania.

— Por que de ventania? — pergunto.

— Porque tia Bibiana sempre dizia que era nas noites de vento que ela mais pensava nos seus mortos.

Procuro saber de outros antepassados mais longínquos, como essa quase lendária Ana Terra, minha pentavó, que a tradição aponta como um dos fundadores de Santa Fé. Desde menino ouço falar nessa brava pioneira que "matou um índio com um tiro nos bofes".

Depois de muitas hesitações e resmungos, a Dinda me confia a chave do baú de lata em que traz guardadas suas lembranças e relíquias. Encontro nele, de mistura com incontáveis bugigangas (camafeus, medalhões com mechas de cabelo, frascos de perfume vazios, lencinhos de renda, leques), importantes peças do museu da família, como o dólmã militar do cap. Rodrigo, um xale que pertenceu a d. Bibiana e uma camisa de homem, de pano grosseiro e encardido. (É a que meu bisavô Bolívar Cambará vestia no dia em que foi assassinado pelos capangas dos Amarais, e que sua mãe guardou, assim esburacada de balas e manchada de sangue como estava.) Todas essas coisas naturalmente me excitam a fantasia pelas suas possibilidades novelescas, mas concentro a atenção principalmente nas cartas, nos recortes de jornais e nos daguerreótipos que descubro dentro duma caixa de sândalo, no fundo do baú. Dinda permitiu, com certa relutância, que eu trouxesse todas essas coisas para a mansarda. Aqui estou a ler as cartas e as notícias de jornal, e a escrutar os retratos.

/

Entro num nevoeiro em busca duma figura enigmática de quem não encontro nenhum retrato no Sobrado nem no velho baú. Trata-se de minha bisavó Luzia, mãe do velho Licurgo. Sinto um silêncio terrível em torno de sua pessoa. Digo terrível porque tudo indica que é deliberado, produto duma conspiração talvez tácita do resto da família.

Falo nela à Dinda, que se mantém num silêncio de pedra, mas de pedra antiga, o que torna o silêncio ainda mais sepulcral.

Alguns recortes de jornais fazem referência a essa estranha criatura, que parece ter sido duma beleza invulgar. Encontro nas páginas dum almanaque local um poema assinado por Luzia Cambará, versos mórbidos de quem deve ter lido com paixão Noites na taverna. Mas a descoberta mais importante que fiz nestes últimos dias foi a das cartas dum certo dr. Carl Winter, natural da Alemanha, que veio para Santa Fé em meados do século passado e aqui se radicou, tornando-se frequentador do Sobrado e médico da família. Seu português, duma fluência admirável, tem acentuado sabor literário. Nessas cartas, dirigidas a Luzia Cambará — a quem ele se refere mais de uma vez como "a minha Musa da Tragédia" —, encontro elementos que talvez me permitam reconstituir a personalidade dessa dama que cultivava a música e a poesia e que, pelo que dá a entender o nosso doutor, foi educada na Corte e vivia nestes cafundós do Rio Grande como um peixe fora d'água.

Fico até tarde da noite a ler esses papéis. Levo para a cama um cansaço cerebral que me tira o sono. Minha imaginação começa a pintar os mais variados retratos de Luzia Cambará. Coisa estranha, uma bisavó de trinta anos!

/

17 de dezembro. Duas e vinte da madrugada.

Esta noite Bandeira e eu mantivemos um diálogo para mim muito interessante. Vou tentar reconstituí-lo agora tão fielmente quanto possível, antes que seus ecos se percam nos labirintos da memória.

Como o Camerino tivesse proibido o Velho de receber visitas, obrigando-o a dormir cedo, Tio Bicho e eu deixamos o quarto do doente pouco antes das nove e saímos a caminhar rua do Comércio em fora, no nosso passinho de procissão. Ficamos sentados durante uma boa meia hora num café e depois, tangidos por afetuoso hábito, viemos para baixo da figueira grande da praça e ali nos quedamos até as primeiras horas da madrugada.

A noite estava terna e tépida como um pão recém-saído do forno, e a lua me evocava antigos dezembros.

Falei ao Bandeira dos meus planos para o novo livro. Ele me escutou no seu silêncio ofegante e depois observou:

— Acho que esse romance, apesar de todos os elementos de pura ficção que fatalmente terá, vai dar ao leitor a impressão de ser apenas um álbum de família, uma transcrição literal da crônica dos Terras e dos Cambarás, caso em que por motivos óbvios não o poderás publicar, mesmo que mudes os nomes das personagens e dos lugares.

— Já pensei em tudo isso e estou resignado a deixar os originais do livro indefinidamente no fundo duma gaveta.

— Já avaliaste os perigos que, do ponto de vista artístico e literário, uma história dessa amplitude envolve? Pintar um mural num paredão de tempo assim tão extenso, palavra, me parece uma tarefa não só difícil como também ingrata. Pensa na vasta comparsaria... Terás de usar ora a pistola automática, ora o pincel do miniaturista. Duvido que o efeito de conjunto seja satisfatório. Outra dificuldade danada vai ser a da seleção das personagens e dos episódios, principalmente dos históricos. Enquanto se tratar do passado remoto, tanto do Rio Grande como da tua família, tudo estará bem. A bruma do tempo, a escassez de informações, a qualidade épica daquele período da nossa história... as bandeiras, as arriadas, as guerras de fronteira, a vida rude e simples... tudo isso te ajudará. Ao percorreres os campos e almas do Continente, serás guiado pelo radar da tua imaginação, da tua intuição poética. Mas à medida que te fores aproximando dos tempos modernos, ficarás confundido e desorientado pela abundância de material, pela riqueza de sugestões e informações (livros, jornais, revistas, depoimentos pessoais) e também pelo fato de passares a ser, tu mesmo, uma testemunha da história.

— Já pensei em todas essas dificuldades... e em muitas outras.

— Outra coisa. Terás de enfrentar um dilema dos diabos. Se omitires este ou aquele fato histórico (principalmente os que são objeto de controvérsia), ou se fizeres vista grossa ao lado negativo de certos figurões da política (especialmente os que estão ainda vivos e os que morreram recentemente), dirão que não tiveste nervos para enfrentar a situação, temendo possíveis sanções de grupos partidários ou familiares ou mesmo da própria "vítima". Mas se, por outro lado, para provar que és independente, decidires contar tudo ou quase tudo, acabarás produzindo apenas uma arte menor, sem teres conseguido fazer história de verdade. Já pensaste que, faças o que fizeres, teu livro está condenado?

— Já. Mas preciso escrevê-lo.

— Descobrirás depois que precisas também publicá-lo. É por isso que no teu inconsciente decerto já se fazem secretas negociações em torno de sutis compromissos e transigências que te permitam escrever esse romance de tal forma que sua publicação não venha a arranhar as faces respeitáveis da ética e do civismo.

— Desde quando tens o poder de ver o que se passa no meu inconsciente, homem?

— Desde nunca. Mas... por falar nisso, de que ângulo pretendes contar a história?

— A primeira pessoa me limitaria demais o campo de visão. Usarei a terceira. Como narrador espero colocar-me num ângulo impessoal e imparcial.

— Impossível! Tua parcialidade mais cedo ou mais tarde se revelará até mesmo na maneira de apresentar uma personagem ou um episódio. Tuas idiossincrasias, gostos, birras, implicâncias, simpatias e antipatias acabarão por vir à tona, dum modo ou de outro. Verás que vais gostar mais desta figura humana que daquela, e que terás mais paciência com A do que com B. E que tua indiferença para com C e D fará que estas duas personagens não passem de vagos vultos cinzentos. Outra coisa. Aposto como seguirás nesse romance a tua velha linha.

— Qual?

— A parcialidade para com as mulheres. Tuas personagens do sexo feminino (se não me falha o olho crítico nem a memória) sempre têm melhor caráter que as do sexo masculino. Para resumir o assunto, teus romances são escritos (não te ofendas) dum ponto de vista quase feminino.

— Obrigado pelo quase.

— É por isso que duvido possas pôr de pé com vida e uma verdade... digamos, hormonal, tipos tão acentuadamente machos como esse tal capitão Rodrigo e o teu tio Toríbio.

— Voltemos ao assunto "imparcialidade", que me interessa de maneira especial...

— Nem mesmo o Deus barbudo dos judeus e dos cristãos é imparcial na apreciação deste mundinho que Ele fez (dizem) em seis dias. O Padre Eterno julga os homens de acordo com Suas leis e mandamentos. Como é que tu, mísero mortal, podes aspirar à imparcialidade? Acho que deves ser apaixonadamente parcial. Será melhor para o romance. E para ti mesmo.

— Ando às voltas também com um problema de técnica. Não sei se devo começar a história do princípio, isto é, de 1745, e depois seguir rigorosamente a ordem cronológica... É curioso como esse mistério do tempo sempre me visita quando estou por começar uma narrativa.

— Já pensaste que o Tempo pode bem ser um dos muitos disfarces de Deus? Vou mais longe. Talvez o Tempo seja Deus. Podes usar esse pensamento onde e quando quiseres. É um presente de Natal que o Tio Bicho te oferece... Mas, voltando à vaca fria, que no caso é o teu romance... já começaste mesmo a escrevê-lo?

— A vaca está mais quente do que imaginas. Ainda não comecei a botar o preto no branco, mas sei que já adoeci do romance. Conheço bem a síndrome. É uma espécie de febre ondulante. Languidez de membros em contraste com uma crescente excitação cerebral. Sim, e uma esquisita hipersensibilidade epidérmica. Durmo pouco. Sonho muito... e que sonhos! Como sem interesse. Presto uma atenção vaga no que as outras pessoas fazem e dizem a meu redor. Em suma, ausento-me aos poucos do mundo e passo a viver numa ilha mágica, completamente fora da nossa geografia cotidiana...

— Num providencial desterro que te livra dos problemas e angústias do mundo real, não?

— Não é bem isso. O que faço talvez seja transferir para esse feudo do espírito segmentos do mundo chamado real para projetar neles criaturas da minha imaginação.

— E nessa ilha em que és rei, como Sancho Pança na Barataria, te sentes senhor absoluto de tuas personagens e de seus destinos...

— Puro engano. Às vezes essas criaturas se rebelam contra o criador, escapam das mãos dele e passam a viver vida própria, completamente independentes de seu arbítrio. Aprendi que esse é o melhor sinal de que realmente estão vivas.

Tio Bicho me olhou de soslaio, sorriu com malícia e disse:

— É engraçado, mas esse processo de gestação literária, no caso de vocês os ficcionistas, parece-se muito com o da gravidez... Vê bem. A personagem (ou o livro) cresce na tua mente como um feto no ventre materno. Como uma gestante, estás sujeito a momentos de alegria, esperança e plenitude alternados com náuseas, apreensões e crises de nervos. Um dia a criança nasce, depois cresce e já não te pertence mais: passa a ser um pouco dos outros e muito de si mesma. Agora eu só queria saber como é que os contadores de histórias ficam grávidos... Alguns devem ser fecundados pelo pólen da inspiração trazido pelo vento, pelos insetos e pelos passarinhos...

Ao dizer isto Tio Bicho deu à voz um tom aflautado.

— Essas eternas virgens de hímen complacente produzem livros delicados, coloridos e perfumados como flores. Mas os outros, os que ficaram grávidos como resultado duma cópula completa, gostosa e sem inibições com o mundo, isto é, dum verdadeiro ato de amor, esses dão à luz filhos sanguíneos, fortes e belos. Não perguntei quem é o pai da tua criança... Sou um homem discreto. Mas... falando sério, será que depois desse parto, que imagino difícil e doloroso, vais te resignar a esconder o bebê no fundo duma gaveta?

Como única resposta, encolhi os ombros. E na pausa que se seguiu, fiquei atento às vozes e evocações da noite. Um galo cantou longe num terreiro que me pareceu mais do tempo que do espaço. Os grilos continuavam seu monocórdio concerto de vidro.

O Sobrado estava de janelas apagadas. O luar parecia escorrer do telhado, como mercúrio.

— Se meu pai ainda não dormiu — pensei em voz alta — é possível que esta noite morna e perfumada esteja despertando nele uma certa saudadezinha do Rio...

Depois duma breve pausa, Tio Bicho falou:

— É mais provável que ele esteja pensando na amante. Já imaginaste a angústia do Velho? Preso naquele quarto, sabendo que a rapariga está na cidade, a poucas quadras de distância, e ele sem poder agarrar e nem mesmo ver a bichinha...

— Se imaginei? Mais que isso: senti. Sabes como me identifico com o meu pai...

— Te identificas tanto que às vezes te sentes culpado pelas coisas que ele faz. E o culpas por muitas das que fizeste ou deixaste de fazer. Não esqueço o que me disseste ontem, depois do serão, aqui debaixo desta mesma árvore. "O velho Rodrigo atravessou a era getuliana de sexo em riste."

— Ah! Mas foi uma frase caricatural, evidentemente uma brincadeira...

— Não creio. Já notei que essa é a tua maneira de interpretar as atividades de teu pai no Rio. Não te lembras nunca de creditar na conta dele as boas e belas coisas que fez. E as outras que, se não foram belas nem boas, nada tinham de sexuais.

— Exageras. Não sou assim estúpido como imaginas.

— Na apreciação do caráter e da vida do doutor Rodrigo Terra Cambará, tu te portas com a estupidez dos apaixonados. Jamais poderás compreender o homem que ele é (digo o homem integral) se não te livrares desse puritanismo, herdado ou adquirido, que te leva a ver o ato sexual extraconjugal como algo de pecaminoso, reprovável e socialmente nocivo. E o que mais te perturba, irrita e confunde é que, sendo tão sensual quanto o Velho, não tens a coragem de, como ele, dizer sempre sim aos teus desejos.

Estive a ponto de gritar: "Para com o sermão! Já discutimos essas coisas um milhão de vezes". Mas não disse nada. Limitei-me a apanhar um seixo e a atirá-lo contra um arbusto. Tio Bicho percebeu o que se passava comigo e pôs-se a rir baixinho.

— Um homem é dono de seu sexo — disse — e tem o direito de usá-lo a seu bel-prazer. Será lícito censurarmos alguém por usar o nariz para respirar ou a boca para comer? Já te passou pela cabeça a ideia de que a atividade sexual de teu pai bem pode ser algo mais que esse brasileiríssimo priapismo de mico, produto duma comichão incoercível? Às vezes chego a pensar que o doutor Rodrigo, como D. H. Lawrence, chegou muito cedo na vida à percepção (consciente ou inconsciente, não sei) de que o sexo é uma das mais profundas formas de conhecimento...

Dessa vez quem riu fui eu. Bandeira continuou:

— Toma um homem como o nosso doutor Rodrigo, um gourmet e um gourmand da vida, coloca-o com todos os seus apetites e audácias dentro daquele ambiente e daquela hora que o doutor Terêncio costuma descrever com tanto fervor apocalíptico, e verificarás que ele não podia deixar de sentir o que sentiu, dizer o que disse e fazer o que fez. Contenta-te com a evidência e não tentes explicar o que talvez seja inexplicável. Resigna-te às contradições e imperfeições do bicho-homem, que são até certo ponto o resultado da luta desigual entre sua poderosa natureza animal e os preconceitos duma educação cristã que nos quer impor uma moral feita mais para anjos que para homens. Vives aí nessa lamúria de menino só porque teu papai não correspondeu à imagem ideal que tinhas dele, e pela qual ele não é responsável...

— Nesse ponto te enganas. O Velho tudo fez para encorajar nos outros essa idealização de sua pessoa. Nos outros e possivelmente em si mesmo.

— Não o recrimines por isso. Todos nós, em maior ou menor grau, somos uns farsantes, uns dissimuladores. Procuramos mostrar ao mundo as nossas mais belas máscaras, em vez da nossa face natural. Às vezes tentamos até iludir a nós mesmos, em solilóquios diante do espelho. Teu pai faz isso. Eu faço. Tu fazes. Todo o mundo faz. É humano. E outra coisa! É bom não esqueceres que o doutor Rodrigo Terra Cambará, antes de ser uma personagem do romancista Floriano Cambará, é uma pessoa viva, um ser que existe independentemente da tua fantasia, das tuas expectativas e das tuas necessidades.

Bandeira ergueu-se, acendeu um cigarro, soltou uma baforada e depois me convidou a acompanhá-lo até sua casa. Pusemo-nos a caminho pela Voluntários da Pátria.

— E tu... — perguntou ele — como vais entrar no romance?

— Serei uma personagem como as outras.

— Achas que te podes ver a ti mesmo com objetividade?

— Acho, e isso significa que terei de cortar na própria carne.

— Veremos então um espetáculo portentoso: o Floriano moralista escrevendo sobre o Floriano imoral ou amoral. Ou vice-versa... Vai ser uma confusão dos demônios. Quero só ver.

— Não procurarei inocentar-me. Passei boa parte desses quase doze anos de Rio de Janeiro estendido ociosamente nas areias de Copacabana, discutindo com outros "moços de futuro" como eu assuntos como a poesia de Auden e a música de Hindemith.

— Não vejo nisso nada de mau ou de feio...

— Para nós as favelas eram apenas cores na paisagem. Seu fedor não chegava às nossas narinas tão afeitas ao perfume da rosa de Gertrude Stein. Sua dor não conseguia sequer tocar nossos nervos tão sensíveis às dores e angústias das personagens da literatura universal. E eu tinha sempre a meu lado a conveniente bacia de Pilatos para as minhas abluções diárias...

— Asseguro-te que Pilatos no fundo era um bom sujeito. E tão céptico, o coitado!

— Numa manhã de novembro de 1937, eu estava deitado na areia do Posto 3 com a cabeça pousada no ventre de Miss Marian Patterson. O Estado Novo tinha sido proclamado havia pouco, o país mudara de regime da noite para o dia, e tudo isso se processara sem derramamento de sangue. A americana estava perplexa e queria que eu lhe explicasse o fenômeno.

Então eu, de olhos semicerrados, acariciando os ombros da rapariga, murmurei com um sorriso preguiçoso: "É muito simples, darling. O brasileiro é avesso à violência". E passamos a outros assuntos. No entanto é bem possível que naquela mesma hora os "especialistas" da Polícia estivessem aplicando nas suas vítimas seus requintados métodos de *tortura. Tu ouviste falar neles... Arrancavam as unhas dos prisioneiros com alicates... esmagavam-lhes os testículos com martelos... aplicavam-lhes pontapés nos rins... Sim, e metiam buchas de mostarda nas vaginas das mulheres dos prisioneiros políticos, ou então as sodomizavam na frente dos maridos... Nós os moços da praia ouvíamos falar nessas brutalidades da Polícia, mas preferíamos achar que tais rumores não passavam duma mórbida ficção, produtos dum sinistro folclore em processo de formação... Recusávamos aceitar essa realidade não poética.*

— Assim vais mal, meu filho — disse Bandeira. — Se começas a te sentir culpado por todos os desmandos, arbitrariedades e injustiças que se cometem no mundo ou mesmo neste país, terás um fim triste. Já que não és homem de barricada, acabarás fechado num convento, rezando, batendo no peito o mea culpa *e fazendo penitência. É preciso encarar a vida com um certo espírito filosófico, rapaz! Tua responsabilidade para com o próximo é limitada, como não podia deixar de ser.*

— Mas tu mesmo vives proclamando a necessidade de nos tornarmos responsáveis por nós mesmos e por nosso destino!

— Ah, meu caro! A responsabilidade que preconizo não é dessas que acabam criando em nós um sentimento de culpa. Nada tem a ver com o catecismo, o Código Civil ou o Exército de Salvação. Não é uma responsabilidade de menino que acaba de tomar a primeira comunhão, mas de adulto que enfrenta tanto a vida como a morte sem ilusões cor-de-rosa.

— Precisarei te repetir que meu sentimento de responsabilidade para com todas essas injustiças e atrocidades pouco ou nada tem a ver com a moral teológica, mas muito com a moral social? Depois de bater com a cabeça em incontáveis paredes e muros, em busca duma saída para o tipo de liberdade com que sonhava, cheguei à conclusão de que essa liberdade é um mito, e de que o homem deve ser responsável não só por si mesmo como também até certo ponto pelos outros. Não existe o ato gratuito.

— É bom que tenhas dito "até certo ponto". Porque um sentimento exagerado de responsabilidade para com o próximo bem pode trazer no fundo um grãozinho de messianismo e de paranoia. Cuidado, meu velho. Adolf Hitler julgava-se responsável pela grandeza e pela felicidade da raça germânica...

Dei uma palmada nas costas de Tio Bicho.

— Estás infernal hoje, homem!

Quando paramos à frente de sua casa, na calçada deserta, meu amigo me mirou longamente e depois, com voz quase doce, perguntou:

— Será que algum de nós dois sabe mesmo o que está dizendo?

— Sei lá! Vivemos enredados em palavras.

Roque Bandeira me olhou bem nos olhos — e disse:

— Acho que hoje me compenetrei demais de meu papel de advogado do diabo e não te ajudei nada nessa coisa do romance. Só espero que não tenha te desencorajado muito. Acho sinceramente que precisas botar esse filho para fora o quanto antes.

Ficamos alguns instantes em silêncio.

— Sabes duma coisa? — disse eu. — Descobri um título para ti.

— Qual é?

— *Cínico municipal.*

— *Pois eu tenho outro melhor para ti. Romancista penitente.*

Despedimo-nos e eu voltei lentamente para o Sobrado, ruminando a conversa da noite.

Noite de Ano-Bom

1

Na manhã do último dia do ano de 1937, o corpo de Sara Stein foi enterrado no cemitério dos judeus, que fica por trás do campo-santo de Santa Fé. Umas escassas vinte pessoas, membros da comunidade israelita local, formavam o acompanhamento fúnebre.

Era pouco mais de dez horas, o sol brilhava num céu sem nuvens, o ar estava seco e límpido, e uma brisa fresca trazia das coxilhas em derredor um cheiro de grama e queimadas.

A comitiva esperava em silêncio, enquanto os coveiros desciam o rústico esquife ao fundo da sepultura. A quietude do cemitério era quebrada apenas pelo rechinar duma cigarra e pelas lamentações de três senhoras idosas, vizinhas e amigas da defunta, que soltavam exclamações de dor em iídiche, os corpos sacudidos de soluços, as lágrimas a escorrerem pelas faces sofredoras.

A oração fúnebre ia ser pronunciada pelo velho franzino, encurvado e macilento que estava à beira da cova. Tinha longas barbas grisalhas, vestia surrada sobrecasaca negra e trazia na coroa da cabeça um barrete também preto. De braços cruzados sobre o peito, as pálpebras cerradas, parecia imerso em profunda meditação. Houve um momento em que um dos companheiros lhe tocou o braço, chamando-lhe a atenção para quatro homens, evidentemente cristãos, que haviam entrado no cemitério e agora, as cabeças descobertas, faziam alto a uns dez metros da cova, como se tivessem vindo especialmente para prestar uma homenagem à morta. O patriarca abriu os olhos, fitou-os nos recém-chegados, sorriu com satisfação e explicou em hebraico de quem se tratava. O cavalheiro de branco era o dr. Rodrigo Cambará, uma das figuras mais importantes não só de Santa Fé como também da República. Os dois jovens que estavam a seu lado deviam ser seus filhos. O homem de roupa cinzenta? Ah! esse era o dr. Dante Camerino, o médico que assistira d. Sara com a maior dedicação até a última hora. Todos amigos do Arão...

Agora um novo som se juntava ao canto da cigarra e aos soluços das velhas:

os coveiros com suas pás atiravam terra sobre o caixão, que soava soturno como um atabaque.

Rodrigo levou o charuto à boca e inalou a fumaça com um prazer um tanto prejudicado pela ideia de que fumar num momento como aquele chegava a ser quase um sacrilégio. Fosse como fosse, mamar um charuto caro diante daquela comitiva de aparência tão pobre não deixava de ser um acinte... Foi, pois, com uma certa discrição que expeliu a fumaça. Pensou em jogar fora o charuto, mas achou que era uma pena, pois o acendera havia menos de cinco minutos. Continuou a fumar.

Ao chegar a Santa Fé no dia anterior, ficara logo sabendo do falecimento da mãe de Arão. Não quisera, porém, ir à casa mortuária não só porque detestava velórios como também porque o espetáculo da miséria o deixava deprimido.

Recordava a criatura infeliz que fora d. Sara, sempre assombrada por temores e preocupações. Sua pele era branca e oleosa, de largos poros, como os queijos da Dinda. Caminhava com dificuldade, gemendo e arrastando as pernas deformadas pela elefantíase. Trabalhava de sol a sol no seu ferro-velho, e muita razão tinha Tio Bicho quando dizia que a mãe do Arão parecia uma personagem de Dostoiévski. Pobre mulher! Seus olhos jamais haviam perdido a expressão de terror que neles ficara dos *pogroms* que presenciara, quando menina, na sua aldeia natal no sul da Rússia.

A atenção de Rodrigo foi despertada pela conversa de dois jovens judeus que se achavam a pequena distância. Aparentavam ter entre dezoito e vinte anos. Um deles, rosado, anguloso, ruivo e sardento, lembrava um pouco o que Arão Stein fora quando rapaz. O outro, moreno e descarnado, tinha algo de levantino na cor azeitonada da pele e no aveludado dos olhos escuros. Falavam em voz baixa mas perfeitamente audível. Dizia este último:

— Não concordo. Ele tinha que ir. Era um dever.

— O dever dele era cuidar da mãe.

— Não. Um homem não pertence apenas à sua família, mas a toda a humanidade. Ou então não é um homem verdadeiro.

— Quem é mau filho não pode ser bom cidadão. O Stein deixou a mãe sozinha, passando necessidades. A velha morreu de desgosto.

— Tu não compreendes mesmo ou não *queres* compreender?

Neste ponto o rapaz moreno percebeu que Rodrigo os mirava de soslaio, aparentemente interessado no diálogo. Sua voz então perdeu a naturalidade, assumindo um tom quase teatral:

— A causa da República espanhola — continuou — é a causa mesma da liberdade e da dignidade humana. É a nossa causa, Moisés. Quando aviões alemães bombardearam Guernica eu chorei. Chorei de pena das crianças, das mulheres e dos velhos indefesos que os bandidos nazistas assassinaram. Mas chorei também de raiva desses carniceiros, e de vergonha por estar aqui de braços cruzados... Palavra de honra, se eu tivesse dinheiro fazia o que o Arão fez. Tomava o primeiro navio para a Espanha e ia me alistar na Brigada Internacional.

O outro olhava para a sepultura e sacudia a cabeça fulva numa negação obstinada. O jovem moreno prosseguiu:

— Não te iludas. Se o nazifascismo ganhar esta guerra, a nossa raça estará condenada. A causa da República espanhola é a nossa causa, tu não vês?

— Pode ser, mas o Arão matou a velha.

— Mesmo que isso fosse verdade (e não é!), que importa a vida dum indivíduo quando se trata da salvação e do bem-estar de milhões de seres humanos através de todo o mundo?

— O Arão matou a mãe, é só isso que eu sei.

O rapaz moreno soltou um suspiro de impaciência e exclamou:

— Não passas dum pequeno-burguês sentimental!

Ao ouvir estas últimas palavras, Eduardo Cambará, que também seguia o diálogo, mas sem olhar para os interlocutores, voltou a cabeça vivamente e seus olhos encontraram os do judeu moreno. Houve um entendimento mútuo e instantâneo: estabeleceu-se entre ambos uma corrente de solidariedade e simpatia. Sorriram um para o outro.

2

O patriarca barbudo começou a ler a oração. Tinha uma voz grave e metálica, mas que no fim das sentenças perdia o brilho e a empostação, esfarelando-se no ar.

Eduardo ruminava as palavras do rapaz moreno. Ele também sofrera na carne, nos nervos, o bombardeio de Guernica. Aprovara com entusiasmo o gesto de Arão Stein. Envergonhava-se de estar ali, inútil, seguro, à sombra do pai, a cabeça metida no solo, como uma avestruz estúpida. Depois que Stein partira para a Espanha, sentira ímpetos de segui-lo. Mantivera um diálogo desagradável com o Velho, havia menos de um mês.

— Estás louco? Não tens nada a ver com essa guerra. Vai cuidar da tua vida.

— O senhor então não compreende que as tropas alemãs e as italianas estão fazendo o povo espanhol de cobaia, experimentando nele as armas e os aviões modernos com que mais cedo ou mais tarde vão agredir o resto do mundo livre? A Segunda Guerra Mundial já começou!

— Que se danem! Não vais. Tira isso da cabeça.

— E se eu for?

— Se insistires nessa besteira, mando te prender. Tu sabes que o chefe de polícia é meu amigo.

— Uma técnica perfeitamente fascista.

— Cala a boca! Não vou permitir que arrisques tua vida por causa duma fantasia insensata. Quando o Arão voltar, vai ter de ajustar contas comigo por te haver metido na cabeça essas caraminholas socialistas.

O fato era — refletia agora Eduardo, tendo como uma espécie de monótona música de fundo a voz do patriarca — que Arão apenas lhe abrira os olhos para uma verdade que mais cedo ou mais tarde ele acabaria descobrindo por si mesmo. A Revelação lhe caíra como um raio sobre a cabeça, deitando por terra o pomposo edifício de mentiras e ilusões que sua imaginação construíra com o auxílio de toda uma literatura burguesa artificiosa, sem raízes na realidade social. Só então é que começara a sentir o sabor de decadência, o que havia de *faisandé* na obra de Marcel Proust, que antes tanto admirava. O marxismo lhe fornecera os instrumentos de que ele necessitava para escalpelar o cadáver moralmente putrefato da sociedade capitalista, dando-lhe ao mesmo tempo o mapa do maravilhoso mundo socialista do futuro, que tudo indicava não estar muito longe no tempo. E aos poucos lhe viera uma crescente vergonha de sua situação familiar, principalmente de sua condição de filho dum figurão da política situacionista, cúmplice (sim, por que não dar nomes aos bois?), cúmplice, pelo menos por omissão, dos crimes da polícia getuliana; cúmplice também (nesse caso por comissão... e gordas comissões!) de mil e uma negociatas — gozador, vaidoso, autoritário, não respeitando no seu priapismo nem as mulheres dos amigos. Isso para não falar em secretárias e datilógrafas...

Ao pensar nessas coisas, Eduardo via com o rabo dos olhos a figura do pai, todo vestido de linho branco, tendo na boca um charuto fálico, dum tipo fabricado especialmente para o ditador. O diabo era que apesar de tudo ele ainda tinha pelo Velho um certo respeito que só podia ser um vestígio do temor que em menino tivera do homem que exercia em casa uma autoridade arbitrária e indiscutível, e que de vez em quando lhe dava palmadas nas nádegas ou puxões de orelha. Se eu não gostasse dele — refletiu — tudo ficaria mais fácil. Sairia de casa e ia viver a minha vida.

Sentia-se constrangido em receber uma mesada do pai para continuar seu curso de direito, uma coisa puramente formal, absolutamente inútil para quem como ele não acreditava mais na justiça capitalista. Começara a sentir esses escrúpulos de menos de um ano para aquela data, depois da Revelação. O que antes era uma situação que aceitava com naturalidade, se havia transformado num problema. Que fazer?

Tornou a olhar para o judeu moreno. Outra vez trocaram um sorriso. Eduardo encaminhou-se então para ele, estendeu-lhe a mão, que o outro apertou.

— Meu nome é Eduardo Cambará.

— O meu é Gildo Rosenfeld.

— Ouvi o que você disse ao seu amigo. Eu também aprovei e invejei o que o Arão fez.

Tomou do braço do novo camarada e conduziu-o para um dos ângulos do cemitério.

3

Floriano Cambará seguiu-os com o olhar e compreendeu o que se havia passado. Tinha ouvido também o diálogo dos dois jovens. Sorriu para si mesmo. Começava a acreditar que um comunista convicto e apaixonado era capaz de emitir fluidos, transmitir mensagens imperceptíveis para o comum dos mortais, e que só podiam ser captadas e decifradas por outro crente. Que maçonaria!

Olhando para o pequeno grupo que rodeava a sepultura recém-fechada, começava a ver a cena dum ângulo plástico. Havia, porém, algo de errado no quadro. Aquele enterro nada tinha a ver com a manhã festiva: pedia, isso sim, um pressago céu de sépia, como o de certas telas de El Greco. As palavras do patriarca, bem como o choro das velhas, perdiam-se na amplidão luminosa. Outro elemento sonoro estranho à cerimônia eram os guinchos dos quero-queros, que de quando em quando cortavam o ar, vindos dos campos adjacentes. E estava perfeitamente claro que a cigarra não cantava para a defunta, mas para o sol. Em suma, o pequeno cemitério judaico — com seus muros sem reboco, suas sepulturas pobres, suas lápides em que se viam estrelas de davi e inscrições em iídiche e hebraico — parecia uma ilha anacrônica perdida num mar de luz e azul, um azul vivíssimo e improvável de cartaz de turismo, um azul pueril e sem memória, que nada parecia saber de diásporas, *pogroms* e guetos, nem da dor, da tristeza e da nostalgia duma raça sem pátria no espaço. Surgiu então na mente de Floriano uma imagem que ele estava habituado a associar àquele tipo de céu e de luz: Marian Patterson saindo das águas do oceano, o corpo enfeitado de gotas cintilantes de sol. Sim, Mandy ameaçadoramente hígida e atraente. Que estaria ela fazendo àquela hora? Floriano olhou para o relógio. Dez e quarenta. Claro que estava estendida nas areias de Copacabana. Será que já me enganou com alguém? Não creio ou, melhor, não quero crer. Nem pensar no assunto. Que direito tenho de lhe exigir fidelidade? Nunca me pediu nem prometeu nada. E é isso que dá à nossa ligação muito da sua beleza... e toda a sua conveniência. Pouco me importa o que Mandy possa estar fazendo agora ou o que vá fazer esta noite. Mentes, velhaco! Bem que a coisa me preocupa. Mas eu me sinto diminuído por me preocupar.

Pensou então na prova que o esperava aquele dia: seu primeiro encontro com Sílvia depois da interrupção da correspondência que haviam mantido... e depois da notícia do noivado dela com Jango. Como tratá-la? Que dizer-lhe? A verdade era que desde que chegara a Santa Fé, havia menos de vinte e quatro horas, sentia-se de novo preso ao sortilégio da amiga, mesmo antes de tê-la visto ou ouvido. É que ela estava inapagavelmente ligada às imagens, aos odores, aos sons, em suma — ao clima do Sobrado. Mais que isso: ela pertencia ao *tempo* do Sobrado. Pela mente de Floriano passaram, no espaço de alguns segundos, as muitas Sílvias que ela fora ao longo dos anos, à sombra do relógio grande de pêndulo e dos calendários da Casa Sol, cujas folhinhas a Dinda arrancava infalivelmente todas as manhãs.

Primeiro, uma criaturinha de pernas finas, que irritava um pouco o menino Floriano, por causa de sua devoção por Alicinha, a quem obedecia e servia como uma escrava, e de sua adoração pelo padrinho Rodrigo, a quem um dia se oferecera como filha.

Depois, a meninota de doze anos que se movia como uma sombra silenciosa pelas salas do casarão, olhando para tudo e todos com olhos cheios de amor, como a suplicar que a aceitassem, e, se não fosse pedir muito, que também a amassem...

Dezembro de 1932. De uma das janelas dos fundos do Sobrado, uma tarde Floriano viu, sem ser visto, a Sílvia de quatorze anos. Estava no quintal, vestida de branco, sentada debaixo dum jasmineiro-manga, as mãos pousadas no regaço, a cabeça um pouco alçada, a expressão séria, como a posar para um pintor invisível. Era a primeira vez que a via, depois duma ausência de dois anos. E a graça da adolescente foi para ele uma surpresa, uma súbita revelação. Ficou a contemplá-la encantado, já pensando em se daquele momento em diante poderia continuar a beijá-la fraternalmente como antes... e ao mesmo tempo lutando consigo mesmo, recusando-se a aceitar a ideia duma Sílvia mulher... No entanto lá estava ela, com a sombra das folhas, ramos e flores da árvore no rosto e nos braços, menina e moça, mais moça que menina. E Floriano fruiu aquele instante como quem entreouve a mais bela frase duma sonata, ao passar por uma janela aberta: um momento inesperado e gratuito... um minuto roubado que se pode deteriorar se o passante inadvertido se detiver para ouvir a sonata inteira.

Outra foi a Sílvia que ele encontrou no vestíbulo do Sobrado ao chegar do Rio, em setembro de 1935, para assistir às festas com que Santa Fé comemorou o Centenário da Revolução dos Farrapos. Teria Sílvia então dezessete anos e era já uma mulher-feita. Foi exatamente por isso que ele a tomou nos braços com um ardor pouco fraternal e beijou-a na face, mas tão perto da boca, que as comissuras dos lábios de ambos se tocaram de leve. Uma vermelhidão cobriu o rosto da moça, que, sem dizer palavra, fugiu para o fundo da casa, enquanto ele, Floriano, também perturbado, abraçava os outros. Ao estreitar contra o peito o corpo seco da Dinda, esta lhe disse significativamente: "Não se esqueça que vacê não está no Rio de Janeiro, mas em Santa Fé, j'ouviu?". E nas duas semanas que passara em sua cidade natal, naquele setembro ventoso, tivera pouquíssimas oportunidades de ficar a sós com Sílvia, por duas razões igualmente poderosas. Primeiro porque Jango cercava a moça com suas atenções de apaixonado, não lhe dando trégua. E depois porque a Dinda exercia uma fiscalização de tal modo rigorosa nos assuntos sentimentais do casarão, que toda a vez que o encontrava em companhia de Sílvia, descobria um pretexto para separá-los. Não raro dizia simplesmente: "Sílvia, o Jango anda te procurando". Gritava em seguida: "Ó Jango, a Sílvia está aqui!". E Floriano sorria, compreendendo que o irmão era o "candidato oficial" do Sobrado à mão da moça. Resignava-se, mesmo porque ele próprio não era candidato a coisa nenhuma. (Ou era e não sabia?)

Outono de 1936. Da janela do apartamento da família, em Copacabana, numa manhã de domingo, ele lia uma carta, fazendo de quando em quando pausas na leitura para contemplar as ondas que rebentavam em espuma. Era estranho — refletiu —, mas Sílvia nunca tinha visto o mar... Entre outras coisas, a carta dizia:

Sabes por que te escrevo? Se sabes então manda me dizer, porque eu não sei. De repente me veio uma vontade danada de conversar contigo, e aqui estou, me sentindo um pouco sem graça, com a impressão de estar falando sozinha. Porque nem sei se tens tempo ou interesse em manter correspondência com uma "amiga provinciana". Não te julgues obrigado a me responder. Se há coisa que eu detesto é ser tratada com caridade. Acho até que suporto melhor os maus-tratos que a piedade, não te esqueças nunca disso. Mas se escreveres, podes ficar certo de que me farás muito feliz. Sei o que estás pensando: "A Sílvia está fazendo a sua chantagem". E eu acho que estou mesmo.

Aquela carta fora o princípio duma correspondência que durara mais de um ano. E uma Sílvia que ele não conhecia e nem sequer suspeitava se foi aos poucos revelando, rica de imaginação, de humor e de substância humana, naquelas cartas escritas em papel de seda, com tinta azul-turquesa, numa caligrafia nítida, de corte tão decidido que não parecia ter sido traçada pela frágil mão daquela morena de olhos amendoados.

4

Terminada a cerimônia fúnebre, Rodrigo foi cumprimentar o patriarca e acabou apertando a mão a todas as outras pessoas que se aproximaram dele.

Eduardo, que ainda conversava a um canto do cemitério com Gildo Rosenfeld, murmurou, como que pensando em voz alta:

— Lá está o Velho cortejando o eleitorado. Todos os políticos são iguais.

O judeu sorriu, sem ousar dizer o que pensava do figurão. Mas Eduardo, para se mostrar liberto de preconceitos, disse:

— Não pense que não sei o que se conta por aí de meu pai. E o pior é que tudo ou quase tudo é verdade. O pretexto desta viagem foi celebrar esta noite num *réveillon* o noivado de meu irmão. Vai haver festança lá em casa, em grande estilo. Bom, mas o que trouxe mesmo o Velho até aqui foi o propósito de convencer alguns amigos relutantes, como o coronel Macedo e o doutor Prates, de que o Estado Novo deve ser aceito e prestigiado, porque dele depende a salvação do Brasil.

— Acha que seu pai acredita mesmo nisso?

Eduardo fez uma careta de dúvida.

— Acho que ele quer acreditar, precisa acreditar. No fundo não deve estar se sentindo muito bem. Passou a vida fazendo demagogia, dizendo-se democrata, civilista e não sei mais o quê, e agora se acumpliciou com os militares para impor ao país um regime fascistoide.

As mãos metidas nos bolsos, Rosenfeld tentava arrancar com a ponteira do sapato um seixo meio enterrado no solo.

— E o Partido? — perguntou sem erguer os olhos.

Eduardo compreendeu o sentido da pergunta.

— Não sou ainda membro, mas simpatizante. Conheço pessoalmente vários camaradas. O Partido faz o que pode na ilegalidade, está se reorganizando, depois do fracasso do golpe de 35. O trabalho de sapa, você sabe, não cessa nunca. E mesmo essa burguesia safada trabalha para nós. Quando voltar ao Rio, quero ver se me inscrevo. Tenho medo que não me aceitem, por eu ser filho de quem sou. — E noutro tom: — Há muitos comunistas por aqui?

Rosenfeld encolheu os ombros.

— Alguns simpatizantes. Nenhum membro do PC, que eu saiba, além do Stein. — Fez com a cabeça um sinal na direção do cortejo fúnebre que começava a dispersar-se. — Quem é o de roupa azul-marinho?

— Meu irmão mais velho.

— É dos nossos?

— Não... Um intelectual indeciso.

— É o que escreve livros?

— É. Vive dizendo que é socialista, mas fica tudo na boa intenção, não faz nada. No tempo da Aliança Libertadora, chegou a assinar um manifesto antifascista, mas acho que se arrependeu. O chefe de polícia telefonou ao meu pai: "Então, não sabia que tinhas um filho comunista, hein?". O Velho ficou furioso, chamou o Floriano, passou-lhe um pito, gritou que a Aliança Libertadora não passava de mais um disfarce dos comunistas.

Eduardo viu o pai fazer-lhe de longe um sinal: uma ordem para que o acompanhasse.

— Bom, o chefe da tribo está me chamando. Afinal de contas, é ele quem financia este parasita social que você está vendo aqui. — Sorriu. — Mais um exemplo da ditadura econômica. Mas não há de ser nada. As coisas logo vão mudar. Mesmo que eu não consiga embarcar para a Espanha, pretendo me atirar na luta dum jeito ou de outro.

Os olhos de Rosenfeld tinham uma doçura quase infantil; suas mãos eram frágeis, seus ombros estreitos. Eduardo ficou a perguntar a si mesmo se seu novo amigo estaria fisicamente qualificado para lutar na Espanha...

— Bom, havemos de nos encontrar outra vez — disse. — Podemos jantar juntos um destes dias. Que tal sábado que vem?

— Está combinado. Onde nos encontramos?

— No café do Schnitzler, às sete em ponto. — Sorriu. — Se entramos no Poncho Verde, correremos o risco de ser linchados...

Apertaram-se as mãos em silêncio. Eduardo encaminhou-se para o portão do cemitério, e Rosenfeld ficou onde estava, de olhos baixos, e ainda tentando desenterrar o seixo.

5

Rodrigo Cambará pôs o panamá na cabeça e, dirigindo-se ao Dante Camerino e aos filhos, disse:

— Vamos agora dar uma olhada no *nosso* cemitério.

Não era um convite, mas uma ordem. Floriano não gostou da ideia, mas seguiu o grupo. O vento trazia-lhe às narinas a aura paterna: fumaça de charuto misturada com eflúvios de Tabac Blond, o perfume com o qual, havia já alguns anos, o Velho "traíra" seu Chantecler. Segundo a opinião de muita gente, não fora essa a sua única traição. Murmurava-se que ele havia "apunhalado pelas costas" o próprio Rio Grande, apoiando o golpe de 10 de novembro, que fechara o Parlamento, rasgara a Constituição de 1934, instituíra a "Polaca" do Chico Campos e determinara a queima das bandeiras estaduais. Isso para não falar de outras traições mais sutis, de natureza não política.

Eu só queria saber como é que ele se sente, bem no fundo — refletia Floriano, olhando as verdes coxilhas que se estendiam rumo de horizontes largos e luminosos. — Esse ar de homem forte, seguro de si mesmo e dos outros bem pode ser apenas uma fachada para esconder o tumulto que lhe vai no íntimo. Afinal de contas, o povo tem memória. E ele também... Seus discursos liberais de certo modo ainda ecoam nos ares de Santa Fé.

Entraram no cemitério. Rodrigo e Dante tornaram a descobrir as cabeças. Eduardo e Floriano não usavam chapéu, hábito com que Rodrigo não simpatizava. "Em certas coisas sou um homem antigo", dissera ele, não fazia muito. "Há modernismos que não aceito. Essa história de andar na rua sem chapéu, por exemplo... Em outros assuntos considero-me evoluído. Principalmente no terreno das ideias." Sim, a facilidade com que aceitara a falácia do Estado Novo — refletira Eduardo na ocasião — provava bem isso...

Floriano ficou angustiado ao dar os primeiros passos dentro do cemitério. Teve a impressão de que a mão da morte lhe acariciava o peito. E aqueles cheiros (cera e sebo derretidos, flores murchas, terra das covas recém-abertas) e mais a ideia de que debaixo daquele chão jaziam ossadas humanas e apodreciam cadáveres — produziam-lhe uma sensação de náusea.

O cemitério de Santa Fé lembrava-lhe vagamente uma cidade árabe, com cúpulas e minaretes em branco, rosa e azul, com suas casas caiadas e seus becos estreitos e desconcertantes como os do Casbah argelino. (Mais duma vez sonhara que andava perdido naqueles labirintos.) Só alguns dos mausoléus das grandes famílias destoavam do conjunto. O dos Teixeiras, todo de mármore branco, tinha a forma dum templo grego. O dos Prates, em mármore gris, parodiava uma catedral gótica. O dos Macedos era uma miniatura da Basílica de São Pedro, em granito róseo.

O menino que havia ainda em Floriano olhava em torno com olhos supersticiosos e apreensivos, mas o adulto tratou de recorrer ao sarcasmo para tranquilizar a criança.

Não achas absurda a pompa desses mausoléus? E tome mármore e tome bronze, e tome granito! Prefiro mil vezes um cemitério protestante, lápides simples dentro dum parque verde, sem nada de pretensioso ou macabro... Repara na cretinice de certos epitáfios. Ali está o infalível soneto de Camões. *Alma minha gentil que te partiste...* Maminha? Cacófaton! Te lembras de como ríamos no ginásio toda a vez que nos tocava analisar esse verso? Olha só a cara daquele anjo hermafrodita de nádegas carnudas... O que está ajoelhado sobre a lápide, depondo sobre ela uma coroa... Devia ter no rosto uma expressão de melancolia, no entanto por inadvertência ou molecagem do escultor tem apenas um sorriso safado. *Saudades eternas do teu amantíssimo marido.* Aposto como o *amantíssimo* tornou a casar-se. Tome muito cuidado com as palavras, menino, é um conselho que te dou. Se algum dia vieres a ser escritor, como sonhas, põe sentido nas palavras. *Eterno* e *infinito* no fim de contas não querem dizer tanto quanto se pensa. Alto! Aqui chegamos à última morada de d. Vanja. O retrato, como o epitáfio, não lhe fazem justiça. Branquinha e asseada, cercada de rosas frescas, esta sepultura parece-se muito com a defunta. Só lhe falta recender a patchuli. Adiante! Sossega esse peito. Os mortos são inofensivos. O que eles querem é que os vivos os deixem em paz. Ah! O jazigo da família Fagundes... Imagina só o cadáver do cel. Cacique tomando chimarrão todas as manhãs à frente dessa abominável imitação de *palazzo* florentino...

Floriano avistou o túmulo de Sérgio, o Lobisomem, uma das personagens de sua mitologia privada, e de súbito a espada do seu sarcasmo perdeu o fio. O adulto, vencido, entregou-se ao menino, que lhe tomou da mão e o levou a ver o "seu" cemitério, onde Eternidade e Infinito tinham ainda um prestígio e um sentido que seria um sacrilégio, além de uma insensatez, discutir.

Os passos de Floriano o levaram até uma das sepulturas mais famosas. Era toda de tijolos, na forma dum baú antigo, e continha os restos duma mulher que fora assassinada com cinco tiros pelo marido, que a apanhara nos braços de outro homem. O esposo enganado mandara gravar por baixo do nome da morta este epitáfio terrível: *Aqui jaz uma adúltera.*

— Ó Floriano!

Voltou a cabeça. O pai chamava-o. Aproximou-se dele. Apontando para uma pequena sepultura de arenito, Rodrigo perguntou:

— Te lembras do doutor Miguel Ruas?

— Claro.

Lá estava, num medalhão oval incrustado na pedra, o retrato do promotor, de meio corpo, a cara sorridente, os braços cruzados, uma palheta na cabeça, num jeito meio gaiato, o colarinho altíssimo e uma gravata tão fina como um cordão de sapatos. Como aquilo era comovedoramente 1920!

— Morreu nos meus braços — recordou Rodrigo. — E como um homem. Sem soltar um gemido.

Pararam, poucos passos adiante, à frente dum túmulo em que um anjo de asas fechadas tinha o rosto coberto pelas mãos e os cotovelos apoiados numa coluna partida. Sobre a lápide horizontal de mármore cinzento, via-se um livro aberto. De dentro de uma das folhas desse livro, o retrato de d. Revocata Assunção olhava agora para Floriano com olhos autoritários, perguntando-lhe, de cima do estrado de sua Aula Mista Particular: "Em quantas partes se divide o corpo humano?". Floriano ouviu com a memória a voz metálica da velha mestra, chegou a sentir os cheiros da escola. "Ora, professora, o corpo humano que no momento conheço melhor, além do meu, é o de Mandy Patterson. Perdoe-me a insolência, mas, como a senhora sempre dizia, quem fala a verdade não merece castigo, e mais depressa se apanha um mentiroso do que um coxo. Os livros estão cheios de erros crassos. Uma das coisas que a experiência me ensinou é que o corpo humano tem mais de três partes, principalmente o das mulheres."

De novo o homem tentava proteger o menino. Mandy era o antídoto ideal para os pálidos pavores daquele cemitério.

— Mulheres como esta não aparecem mais — murmurou Rodrigo, contemplando com reverência o retrato da professora. — Estão se acabando.

— Já se acabaram — corrigiu Dante Camerino.

— E o mais curioso — disse Floriano, fazendo com a cabeça um sinal na direção da escultura — é que a professora não acreditava em anjos.

— Nem em Deus — ajuntou o médico. E contou que presenciara os últimos momentos de d. Revocata. Um padre se acercara da cama e a exortara a converter-se ao catolicismo. Ela respondera simplesmente: "Deus não existe". Expirou poucos minutos depois. O sacerdote cerrou-lhe os olhos e, voltando-se para as poucas pessoas presentes, murmurou com um sorriso triste: "A esta hora dona Revocata já descobriu o seu engano". E ajoelhou-se ao pé do leito para rezar pela alma da defunta.

6

Rodrigo continuou a andar, dessa vez com passo mais apressado, como se tivesse destino certo. De súbito, porém, estacou, como um homem ameaçado de morte que tem o pressentimento de que o sicário pago para o assassinar está atocaiado na próxima esquina... É que perto da capela grande, para onde seus passos o conduziam, ficava a sepultura do ten. Bernardo Quaresma...

Vou ou não vou? — pensou, mordendo o charuto, quase a ponto de trincá-lo. — O Dante já deve ter percebido a causa da minha hesitação...

— Vamos ver o Bernardo — disse em voz alta, procurando dar à voz um tom casual. Mas Floriano, que ouvira o convite, fez meia-volta e afastou-se rumo do portão do cemitério, num ritmo de fuga que mal conseguia disfarçar.

O epitáfio que o próprio Rodrigo redigira para a tumba do tenente de artilharia, rezava: *Morreu como um Bravo na Defesa de suas Convicções*. A inscrição alinhava-se em letras de bronze sobre uma lápide lisa de granito cor de chumbo, em cujo centro se viam uma espada e um quepe militar gravados em baixo-relevo. Rodrigo notou, indignado, que alguém havia quebrado, possivelmente com um martelo, a palavra *bravo*. Lembrou-se então da torva história que ouvira havia algum tempo. Todos os anos, no Dia de Finados, o pai do sarg. Sertório vinha infalivelmente cuspir sobre a sepultura do homem que lhe matara o filho. No último ano de sua vida, alquebrado e hemiplégico, fora trazido até ali nos braços de parentes e, já sem força para escarrar, atirara-se de bruços sobre a lápide, onde a boca aberta e mole ficara a babujar a pedra. Dum modo geral, porém, aquele túmulo gozava da estima popular, e era até foco de superstições, pois gente havia que, acreditando nos poderes taumatúrgicos do defunto, ia levar-lhe flores, acender-lhe velas, fazer-lhe orações e promessas.

Rodrigo pensava em Bernardo Quaresma com um misto de terna saudade e apagado horror. Porque a imagem do tenente de artilharia era agora para ele a personagem duma horrenda noite de pesadelo e ao mesmo tempo um objeto de remota afeição. Lembrava-se da alegria com que nos bons tempos Bernardo entrava no Sobrado, orgulhoso de ser íntimo da casa: passava a mão pela cabeça de Sílvia, chamando-lhe "minha namoradinha", e tentava, mas em vão, conquistar a Dinda com abraços que ela repelia e com presentes que nem sequer a faziam sorrir. Rodrigo pensou também em Roberta Ladário, a grande paixão de Bernardo. Avistara a professora havia pouco em Copacabana: gorda, grisalha, matronal. E o fato de ter enganado o tenente, dormindo com sua bem-amada, era agora para ele mais um motivo de remorso e mágoa.

Lembrava-se também, sensibilizado, de como o achara pequeno quando vira seu cadáver enrolado naquela lona sórdida...

E aqui estou eu vestido de linho, perfumado, próspero, vivo. Vivo! Se Bernardo me aparecesse e perguntasse "De que serviu minha morte?" — o melhor que eu tinha a fazer era baixar a cabeça e calar. Posso enganar os outros, mas não a mim mesmo. O que aí está não é positivamente o que nós queríamos fazer quando marchamos contra o Rio em 30. De quem a culpa? Minha não é. Sou um homem imperfeito, limitado. Tenho um corpo, nervos, apetites, paixões. Não me culpem pelo rumo que os acontecimentos tomaram... Mas quem é que me acusa? Eu mesmo. Qual! Não ignoro o que se murmura por aí... Esses maldizentes profissionais não sabem da missa a metade. A enxurrada de 30 levou para o Rio o que este pobre país tinha de mais corrupto... ou de mais corruptível. Todos nós fizemos o que foi humanamente possível fazer. No entanto houve momentos em que tivemos de transigir para evitar o pior. Engoli esse Estado Novo, mas a verdade é que não o digeri ainda. Não me agrada a posição de comparsa do Góes Monteiro e de seus generais. O que temos agora é uma ditadura fascistoide. (Por sorte o Getulio é um homem sereno.) Seja como for, o Rodrigo Cambará de 1930 a esta hora já estaria na coxilha, de armas na mão, para derrubar este novo governo. Mas acontece que sou o Rodrigo Cambará de 1937. Há coisas irreversíveis. O tempo, por exemplo. A morte. O remédio agora é levar adiante a comédia, representar a sério. O pano está erguido e os olhos do público em cima de nós. Já decorei o meu papel — o mais difícil da minha vida. Representá-lo direito é no momento a única esperança de salvação.

Bernardo Quaresma estava morto. Aquilo ninguém podia mudar. Mas... a troco de que mexer em feridas cicatrizadas? Que os mortos enterrem seus mortos, como diz a Bíblia. (Ou seria o Alcorão?) E um dia, houvesse o que houvesse, ele, Rodrigo Cambará, também seria trazido para ali, não enrolado numa lona suja, mas dentro dum caixão decente. E então tudo estaria bem. Bem uma ova!

Jogou fora o charuto, passou o lenço pela cara e pelo pescoço.

O calor aumentava, começava a causar-lhe mal-estar. Uma voz vinda da infância gritou: "Vem pra dentro, menino, sai do sol!". (A Dinda achava que o sol era capaz de *fritar* os miolos dum vivente.)

— Não é mesmo uma coisa estúpida? — disse, voltando-se para Dante Camerino, que a seu lado suava e bufava.

O outro sacudiu a cabeça numa lenta afirmativa.

— Tu sabes... — continuou Rodrigo. — Ele atirou primeiro.

— Ora, doutor. Todo o mundo sabe. Ninguém discute.

— Mesmo assim não é nada agradável a gente saber que matou um homem...

— O senhor não pode dizer isso. Eu me lembro que o tenente tinha cinco ou seis balas no corpo...

— Uma delas, a primeira, saiu do meu revólver.

Camerino permaneceu calado.

— Dante, vou te fazer uma pergunta e quero que me respondas com toda a franqueza... com a franqueza que sempre usei contigo. Na tua opinião, o sacrifício da vida do Quaresma foi inútil? Achas que a Revolução de 30 não melhorou em nada este país?

Camerino arrancou a gravata num gesto brusco, desabotoou o colarinho, passou o lenço pelo pescoço, olhando a todas essas para o túmulo.

— O assunto é muito complicado... — começou ele.

— Podes dizer o que pensas. Tenho o couro grosso.

— Ora, doutor. Acho que os revolucionários de 30 pretenderam fazer uma coisa e acabaram fazendo outra. Isso acontece muitas vezes em medicina. Mesmo quando cometemos erros ninguém pode nos acusar de ter procurado matar e não curar o doente...

— Compreendo. A Revolução de 30 provocou no organismo nacional uma infecção mais séria do que a que ela queria combater... e o nosso doente pode morrer da cura.

— Não é bem isso.

Rodrigo sorriu:

— Seja como for, não devemos perder a esperança. Porque nosso paciente tem uma resistência de cavalo. É o que nos vale!

Tornou a olhar para o túmulo:

— Vê só como são as coisas... Esse menino vem lá das Alagoas, estuda no Realengo, sai aspirante, vai servir numa guarnição do Norte, depois é promovido a tenente e transferido para cá. Pensa bem, Dante. Por que não Santa Maria? Ou Cruz Alta? Ou Caixa-Prego? Não, tinha de ser Santa Fé. Chegou aqui, frequentou minha casa, tomou-se de amores por mim, sentou-se à minha mesa, ficou sendo quase uma pessoa da família. Quando o sargento Sertório lhe deu voz de prisão, ele reagiu... trocaram tiros. O sargento errou a pontaria e pagou o erro com a vida, mas se tivesse acertado, eu teria encontrado o Bernardo morto ou ferido quando cheguei ao quartel. Suponhamos também que o policial do tenente não estivesse com ele na sala da guarda... Os sargentos teriam feito explodir uma granada lá dentro e liquidariam o Bernardo antes de irem me chamar... Mas qual! O destino arranjou as coisas de tal modo que eu, eu!, logo eu, o amigo do Bernardo...

Calou-se, meio engasgado e já prestes a chorar. Camerino desviou os olhos do rosto do amigo. Naquele momento o zelador do cemitério saía da capela. Rodrigo chamou-o.

— Seu Amâncio — disse —, vamos fazer uma coisa que há muito já devia ter sido feita. Quero mandar os restos do tenente Quaresma para Maceió, onde ele nasceu. Vou escrever ao prefeito de lá. O senhor tome todas as providências necessárias, se houver algum papel a assinar, eu assino. E todas as despesas naturalmente correm por minha conta. Mandaremos a urna por via aérea.

O zelador sacudiu a cabeça afirmativamente, murmurando:

— Está bem, seu doutor, está bem.

Rodrigo olhou para Dante:

— Vamos embora, está um sol filho da mãe!

Viera-lhe de repente uma ânsia de fugir, de meter-se em casa, tomar um banho, perfumar-se, beber uma cerveja gelada, ouvir música, esquecer o cemitério, a morte, o passado...

Dirigiu-se a passos largos para o portão. Avistou de relance, à sombra dum cedro, o túmulo de Toni Weber, que costumava visitar sempre que vinha a Santa Fé. Não! Já tivera sua dose de tristeza e remorsos... Para um dia só, bastava! Passou de largo pelo próprio jazigo dos Cambarás, já se sentindo culpado com relação ao pai, à mãe, à filha e aos outros parentes lá sepultados. Outro dia! Outro dia! Outro dia!

7

Entrou no Chevrolet azul que o esperava à entrada do cemitério. Sentou-se ao lado do chofer. Dante, Floriano e Eduardo acomodaram-se no banco traseiro.

— Toca, Bento! — ordenou Rodrigo. Depois que o auto arrancou, voltou-se para trás. — As minhas têmporas estão latejando, Dante. Acho que vou ter uma enxaqueca. — E, sem dar tempo para que o outro dissesse o que quer que fosse, perguntou: — Mas como foi essa história da velha Stein?

— Ora, depois que o filho embarcou para a Espanha, a coitada não teve um minuto de sossego. Vivia desesperada, com palpitações e dores no peito, a pressão subindo... Fiz o que pude, mas ela não me ajudava. Parecia até que tinha prazer em ser infeliz, só enxergava o lado negativo das coisas, imaginando sempre o pior. Passava as noites em claro pensando no Arão. Só conseguia dormir à custa de muito Luminal. Um dia alguém teve a infeliz ideia de lhe contar que tinha lido no *Correio do Povo* a notícia de que um moço do Rio Grande, soldado da Brigada Internacional na Espanha, tinha sido ferido gravemente. Tratava-se dum tal Vasco não sei de quê, de Jacarecanga... mas a velha gritou logo: "Estão me enganando! Foi o Arãozinho. Ele morréu! Eu sei. Ele morréu!". Nesse dia teve um derrame cerebral, dos brutos. Faleceu uma semana depois.

— Eu me sinto um pouco responsável por tudo isso — murmurou Rodrigo.

— Ora, por quê?

— Então não sabes? Fui eu quem deu dinheiro para o Arão comprar a passagem para a Espanha. Ele me procurou no Rio e declarou que se não fosse ajudar a defender a República espanhola, morreria de vergonha. E tantas fez e disse, que acabei dando o dinheiro...

— Se o senhor não desse, ele se arranjaria de outro jeito...

O auto descia a colina do cemitério na direção da cidade. Ao olhar para os casebres miseráveis do Purgatório, que se estendiam lá embaixo no canhadão, Rodrigo pensou no seu famoso plano para acabar com a pobreza de Santa Fé. Teve saudade do ingênuo otimista que um dia fora.

Olhou para Bento. Passava-se o tempo e no entanto o caboclo não envelhecia. Ali estava ele, rijo nos seus sessenta e três anos, sem um fio de cabelo branco na cabeça, a pele curtida mas lisa, os olhos limpos e vivos. Suas mãos, que seguravam o guidom, pareciam raízes.

— Então, Bento, que é que se conta de novo por aí?

Sem tirar os olhos da estrada, o caboclo respondeu:

— Nada, doutor. Tudo velho.

— Como vai o Angico?

— Regular pra campanha.

Eta Bento velho! — pensou Rodrigo. Pau para toda obra, tanto em tempo de paz como em tempo de guerra. Pedia pouco, dava muito. Era parco de palavras, sóbrio no comer e no beber. Fazia mais de cinquenta anos que estava a serviço dos Cambarás. Orgulhava-se de ser "gente do coronel Licurgo". Rodrigo contemplava-o com uma afeição temperada por uma absurda pitadinha de inveja. Qual seria o segredo daquele homem? Onde, as fontes daquela tremenda vitalidade, daquela incorruptível capacidade de ser amigo, de servir, de manter-se fiel?

— Doutor — disse o caboclo —, ainda que mal pergunte... que negócio é esse que ouvi falar... o tal de Estado Novo?

Rodrigo não gostou muito da pergunta, mas respondeu como pôde, em termos que Bento pudesse entender. O homem escutou-o com atenção e, quando o patrão terminou, fez nova pergunta:

— Mas carecia mesmo queimar a bandeira do Rio Grande?

Rodrigo ficou desconcertado. E antes que ele achasse uma resposta para a pergunta embaraçosa, Eduardo interveio:

— Isso não é nada, Bento. O doutor Getulio fez coisa pior. Mandou queimar toneladas de café num país onde milhões de pessoas nunca tomam café por falta de dinheiro. E sabes para quê? Para conseguir preços melhores para o produto, a fim de que uns graúdos muito ricos fiquem ainda mais ricos.

Floriano teve ímpetos de acrescentar: "Mas esse café na verdade não foi queimado, e sim desviado e vendido criminosamente no mercado negro por figurões da República". Mas calou-se, intimidado pela presença do pai.

— Já estás tu com teu marxismo de meia-pataca! — exclamou Rodrigo, voltando a cabeça na direção de Eduardo. — Conta o que os teus camaradas fazem na Rússia aos que se desviam da linha política do Partido...

Eduardo ia replicar, mas o pai fulminou-o com um olhar e três palavras: "Cala a boca!".

O rapaz calou-se, fechou a cara, cruzou os braços, ficou olhando para fora. Floriano sorriu amarelo, numa desconfortável neutralidade. Camerino disfarçou seu embaraço num gesto automático: tirou um cigarro do bolso, prendeu-o entre os lábios e acendeu-o.

O auto agora entrava na primeira rua calçada de Santa Fé. Sem voltar-se, Rodrigo disse:

— Vou tomar uma aspirina e me deitar um pouco.

— Ótimo — murmurou Camerino. — Não esqueça que tem convidados para o almoço.

8

Quando em 1933 José Kern comprou o Café Poncho Verde ao seu fundador e proprietário, um ex-tropeiro de Dom Pedrito, a opinião quase geral era a de que a popular casa da praça da Matriz ia perder o seu aspecto nacional e germanizar-se, o que seria uma pena — comentava-se —, pois o café tinha uma tradição que estava ligada ao seu nome, à sua fachada pintada de verde, aos seus móveis, que pouco ou nada haviam mudado naqueles vinte e três últimos anos, e principalmente à sua história. Contava-se que em 1910, numa de suas raras visitas a Santa Fé, o senador Pinheiro Machado entrara no Poncho Verde para comprar um maço de palha de cigarro e uma caixa de fósforos, causando sensação entre os que lá se encontravam. Em 1913 (e quando agora se contava isto a gente nova exclamava: "Essa eu não como!") Theodore Roosevelt, ex-presidente dos Estados Unidos, entrara em carne e osso no café em companhia do intendente municipal e de autoridades militares — imaginem para quê? — para tomar um cálice de cachaça, o que fizera com gosto, estralando a língua e lambendo os bigodes. Os antigos do lugar explicavam o fenômeno. O gringo andava viajando em trem especial pelo Brasil e ao passar por Santa Fé manifestara às autoridades que tinham ido cumprimentá-lo à estação o desejo de conhecer de perto um gaúcho legítimo e observar como ele usava o laço. O trem interrompeu a viagem por quarenta minutos. Levaram o americano para um campinho, atrás da Matriz, e mandaram buscar um tal de Armindo Bocoró, peão dos Amarais e famoso laçador e domador. Durante quase meia hora, o caboclo laçou potrilhos, agarrou à unha e derrubou um novilho de sobreano e, em cima de seu cavalo, fez proezas de burlantim. Roosevelt batia palmas, arreganhava a dentuça e de vez em quando dizia *wonderful!* Quis saber o nome de cada peça dos aperos e da indumentária do gaúcho. Por fim perguntaram ao figurão se queria provar uma cachacinha, a bebida nacional... *Oh si!* — exclamou ele, *Oh si!* E encaminharam-se todos para o Poncho Verde.

Eram histórias como essa que valorizavam o estabelecimento.

Havia no salão principal umas vinte e poucas mesinhas redondas de mármore branco, cercadas de cadeiras de madeira vergada, e cada qual com seu açucareiro geralmente de bocal esclerosado pelo açúcar que, umedecido de café, se solidificava. Pendia do centro do teto um ventilador antigo de longas hélices, como de aeroplano. A intervalos, ao longo das paredes, viam-se caixotes de madeira cheios de areia de ordinário pontilhada de baganas ou então de escarros que ali ficavam com um trêmulo e repulsivo ar de ostras. E os seis espelhos pequenos que se alinhavam em duas das paredes, raramente preenchiam a sua função de espelhar, pois a maior parte do tempo estavam cheios de letreiros pintados com tinta branca, anunciando especialidades da casa ou do dia.

Pervagava geralmente a atmosfera do salão uma mescla de odores: café recém-passado ou velho, sarro de cigarro antigo ou novo, bafio de álcool e um cheiro de suor humano de dois tipos: um já histórico, entranhado nos móveis, nas frestas, no soalho, nos panos, e o outro vivo e atual, produzido pelos fregueses presentes.

No inverno fechavam-se as portas e o ar ali dentro se ia adensando com o bafo da respiração e a fumaça dos cigarros daqueles homens metidos em sobretudos, capas ou ponchos, e todos sempre com os chapéus nas cabeças. Quem chegava, vindo da rua, tinha a impressão de que o café fora invadido por um desses ruços que costumam assombrar os lugares altos. E o vozerio nessas noites de inverno era arranhado de quando em quando por um pigarro, um expectorar ruidoso e agressivo, pois gente havia que procurava afirmar sua masculinidade em escarros homéricos que ou erravam o alvo — os caixotes de areia — ou eram lançados propositalmente no chão, coisa que muito poucas pessoas estranhavam. Havia bronquites crônicas famosas entre a freguesia da casa. E lá vinha o garçom trazendo cálices de caninha com mel e limão para confortar aquelas gargantas e aqueles peitos.

No verão imperavam ali dentro as moscas, que rondavam os bocais dos açucareiros e as cabeças dos fregueses, enquanto o ventilador girava, lerdo e quase inócuo.

Em torno daquelas mesas, várias gerações de santa-fezenses e forasteiros haviam, vezes sem conta, "matado o bicho" e tomado os seus cafés, trocando pedaços de fumo em rama ou cigarros feitos, contando anedotas, falando mal da vida alheia, discutindo seus problemas e os dos outros. E os assuntos mais capazes de provocar dissensões e paixões eram, como sempre, dinheiro, mulheres, política e futebol. A rivalidade entre os clubes esportivos Avante e Charrua continuava encarniçada, separando famílias; e aos sábados, em véspera de partida, e aos domingos, depois desta, o café se enchia de gente, e não se falava noutra coisa. Discutiam-se os lances do jogo, insultava-se o juiz, armavam-se brigas. E o dono da casa andava bonachão por entre as mesas a apaziguar os ânimos.

Sempre que alguma coisa importante acontecia na cidade ou no mundo, era para o Poncho Verde que muitos dos habitantes de Santa Fé corriam, para "comentar o fato". Em 1910, na noite em que apareceu o cometa de Halley, o café esteve quase deserto, pois pelas dúvidas as pessoas ficaram em casa, mesmo as que não acreditavam naquelas histórias de fim de mundo. Apenas dois ou três paus-d'água inveterados foram vistos no salão, diante de seus cálices de caninha e de seus copos de cerveja. E quando, anos mais tarde, chegou a Santa Fé a notícia do assassinato de Pinheiro Machado, o café ficou atopetado de gente, as discussões em torno do crime se acaloraram, dois sujeitos se atracaram a socos e em poucos minutos a briga se generalizou, e foi um entrevero dos demônios.

Junto daquelas mesas, de 1914 a 1918, os estrategistas locais dirigiram os exércitos aliados em mortíferas ofensivas contra os boches. "Se eu fosse o Joffre, mandava uma divisão atacar este flanco..." (Alguns andavam munidos de mapas da Europa.) "Eu acho que o Foch cometeu um grande erro..." Uma noite um castelhano melenudo gritou: "El Kaiser está hodido!". Ouviram-se gargalhadas.

As muitas revoluções que entre 1922 e 1932 agitaram o país encontraram nos frequentadores do Poncho Verde adeptos e inimigos, mas pode-se afirmar que os adeptos eram sempre em maior número, pois aquela gente parecia ter um fraco por qualquer movimento de rebeldia contra o governo. Entre 1924 e 1927, um amanuense com ar de estudioso e olhos de ictérico acompanhou a marcha da Coluna Prestes, riscando a lápis no mármore da mesa o itinerário dos revolucionários através dos sertões do Brasil, explicando sempre por que a seu ver Luiz Carlos Prestes era já uma figura histórica maior que Napoleão, Alexandre e Aníbal, e por que considerava matematicamente certo que o Cavaleiro da Esperança ia acabar derrubando o governo. E quando um dia leu a notícia de que a Coluna se havia internado na Bolívia, dissolvendo-se, o amanuense tomou o maior porre de sua vida e acabou caído no chão, em coma.

Como é natural, o Poncho Verde foi teatro de incontáveis brigas, que na maioria dos casos não passavam de duelos verbais. Uma vez que outra, porém, os contendores chegavam a "vias de fato", como dizia o noticiarista de *A Voz da Serra*. Mas mesmo esses pugilatos a socos e garrafadas geralmente não tinham consequências sérias, e alguns eram até grotescos, como fora o caso do Cuca Lopes, que um dia se pusera a correr apavorado por entre as mesas, perseguido por um "marido ultrajado", o qual, de facão em punho, ameaçava em altos brados de castrá-lo.

A crônica do Poncho Verde, entretanto, registrava histórias trágicas. Em 1920 um moço de Passo Fundo tomava calmamente uma cerveja quando um desconhecido entrou, apunhalou-o pelas costas e, ato contínuo, saiu do café sem que ninguém sequer tentasse detê-lo. Quando os fregueses presentes se refizeram de seu estarrecimento e correram para fora com a intenção de prender o assassino, este já tinha montado no seu cavalo e desaparecido...

Outro caso muito falado foi o dum funcionário da Intendência que se apaixonara sem ser correspondido — por uma das meninas da família Macedo. Numa tarde de primavera, com os cinamomos da praça cheios de flores, os canteiros brancos de junquilhos, o muro da Padaria Estrela-d'Alva roxo de glicínias, um ventinho brando a espalhar por toda a parte a fragrância das flores — o pobre rapaz arrinconou-se num canto do café, escreveu um bilhete a ninguém num pedaço de papel de embrulho, tomou uma dose de cianureto e em menos de três minutos estava morto.

Era também naquele café que um dos filhos do coletor estadual costumava ter ataques epilépticos: caía no chão e ali ficava a estrebuchar e a babujar durante um ou dois minutos. Os forasteiros que porventura se encontrassem no salão ficavam impressionados e até revoltados pela indiferença dos outros ante a cena. É que os fregueses estavam habituados àquilo. Esperavam que o ataque passasse, erguiam o rapaz, limpavam-lhe a roupa, davam-lhe a beber um pouco d'água, e nunca faltava um cristão que lhe tomasse do braço e o conduzisse de volta à casa.

Uma das páginas mais violentas da história do Poncho Verde foi escrita à bala num agosto frio e úmido, por volta das dez da noite. Dois homens que se odiavam e que se haviam ameaçado mutuamente de morte, encontraram-se diante do balcão do café, onde tinham ido beber uma pinga para esquentar o coração. Olharam-se, putearam-se e arrancaram os revólveres. Foi um corre-corre tremendo, mesas e cadeiras tombaram, o salão esvaziou-se em poucos segundos. Ouviram-se oito tiros sucessivos e depois se fez um silêncio sepulcral. E quando um curioso ousou meter a cabeça para dentro da porta, no primeiro momento só viu a sala deserta... É que os duelistas estavam estendidos no chão, mortos, em meio duma sangueira medonha.

E por coisas como essa, afirmava-se com razão que o Café Poncho Verde tinha a sua história.

9

José Kern teve a habilidade de conservar o café tal como sempre fora. Alimentava secretamente a esperança — que por fim se realizou — de que o Poncho Verde acabasse sendo um ponto de encontro natural entre os integralistas e os nazistas de Santa Fé, assim como ele próprio, membro influente de ambos os grupos, era uma espécie de ponte viva entre o fascismo alemão e o indígena.

Fundado em meados de 1933, o núcleo local da Ação Integralista Brasileira ganhara logo muitos adeptos, principalmente entre os teuto-brasileiros e alguns dos descendentes de italianos que na época andavam fascinados pelos discursos de Mussolini e os empreendimentos do fascismo.

As figuras mais importantes do novo movimento, entretanto, pertenciam a famílias tradicionais do lugar. Todos os Teixeiras machos se alistaram na primeira hora. Um filho do dr. Terêncio Prates, o Tarquínio, desiludido com a democracia liberal, atirou-se no integralismo com o zelo e a paixão dum templário. Ele e Jorge Teixeira, engenheiro civil, homem empanturrado de leituras de Alberto Torres e admirador pessoal de Plínio Salgado, eram considerados as melhores cabeças do movimento em Santa Fé.

Depois das revoltas comunistas de 1935, o número dos adeptos do integralismo ali em Santa Fé, como no resto do país, aumentou consideravelmente. As novas adesões locais foram anunciadas pelo *Anauê*, o semanário do Partido: a do vigário, a de três oficiais do Exército, a do juiz de comarca, isso para não contar uns cinquenta jovens que passaram a integrar briosamente a milícia dos camisas-verdes.

Tarquínio Prates fez o que pôde para trazer o pai para a AIB.

— Mas é um partido autoritário! — criticou Terêncio.

— Que era o Castilhos, o seu ídolo, senão um partidário do autoritarismo?

— Mas vocês querem acabar com todos os partidos para ficarem sozinhos!

— E quem lhe disse que a pluralidade de partidos é a solução para os nossos problemas? Pense bem, papai, precisamos acompanhar os tempos. Não olhe para trás, olhe para a frente. O senhor tem horror ao comunismo, não é? Agora me diga, que outra força organizada existe no mundo capaz de erguer-se contra Moscou senão o fascismo?

Terêncio simpatizava com o caráter nacionalista do partido do filho e com o lema "Deus, Pátria e Família"; mas tinha sérias reservas quanto ao corporativismo e não tolerava que um grupo político brasileiro tivesse qualquer semelhança, por superficial que fosse, com o nazismo. Francófilo desde a infância (o Estudante Alsaciano, *ils ne passeront pas*, etc.), não esquecia a humilhação de Sedan nem o bombardeio de Paris durante a guerra de 1914.

Decidiu que ficaria onde estava, com o Partido Republicano e com o dr. Borges de Medeiros. Sorrindo e batendo no ombro do filho, disse: "Com relação a vocês integralistas, prometo manter-me numa neutralidade benevolente...".

Pouco depois que Hitler tomou o poder na Alemanha, fundou-se no Rio Grande do Sul o *Kreis*, o círculo nazista, e tanto na sede do município de Santa Fé como no distrito de Nova Pomerânia foram criados núcleos do Partido Nacional Socialista. Todo esse movimento se processou a princípio com uma certa discrição, quase em segredo, mas à medida que se iam anunciando as vitórias de Hitler e o fortalecimento de seu partido, os nazistas do Rio Grande alçavam a cabeça, faziam as coisas mais às claras e até com uma certa arrogância. Seu plano de expansão estava baseado num trabalho de proselitismo feito nas escolas, nas sociedades recreativas e nas congregações da Igreja Evangélica Luterana, com o auxílio de seus pastores. Por volta de 1935, um dos objetivos mais importantes dos nazistas de Santa Fé foi o de tomar conta da sociedade ginástica, o Turnverein. Para isso, membros dos grupos hitleristas se foram infiltrando em sua diretoria e, quando a ocasião lhes pareceu oportuna, convocaram uma sessão de Assembleia Geral e, por meio da intimidação, da cabala e da fraude, conseguiram que se aprovasse uma moção segundo a qual daquele momento em diante a sociedade passava a ser *propriedade* do Partido. Os poucos que se opuseram a isso — o confeiteiro Schnitzler, dois ou três dos Spielvogel e dos Kunz — foram expulsos do recinto da assembleia, sob vaias. No fim da sessão, foi inaugurado um grande retrato do *Führer*, cantou-se o hino alemão e todos os presentes ergueram o braço na saudação nazista. Idêntico movimento foi posto em prática com igual sucesso no Turnerbund e na Sociedade de Atiradores da Nova Pomerânia, cujo jornal em língua alemã, *Der Tag*, publicava então editoriais em que se mencionavam as "minorias alemãs no Rio Grande do Sul" e se lhes encarecia a necessidade de manter a pureza da "etnia germânica".

O pastor luterano de Nova Pomerânia, um dos nazistas mais fervorosos do município, do púlpito concitava os fiéis a prestigiarem o Nationalsozialistische Deutsche Arbeiterpartei, e a contribuírem todos os anos para o Fundo de Socorros de Inverno como era desejo de "nosso amado *Führer*". E um dia, num arroubo de retórica hitlerista, declarou num sermão que a seu ver a Igreja devia abandonar por completo o Velho Testamento, por ter essa parte da Bíblia origens puramente semíticas. (Conta-se que por causa desse excesso de zelo arianista o pastor foi severamente repreendido pelo Sínodo.)

Nas escolas teuto-brasileiras, onde se ensinava pouco ou nenhum português, a campanha de nazificação da infância se processava livremente. Foi criada a Juventude Hitlerista e, em dias de festas nacionais (alemãs), rapazes e raparigas entre dez e dezoito anos marchavam uniformizados pelas ruas de Nova Pomerânia, conduzindo bandeiras e insígnias nazistas, batendo tambores, tocando clarins e cantando canções do *Vaterland*.

Foi precisamente naquele ano de 1937 que a campanha nazista recrudesceu no Brasil e o integralismo chegou ao seu zênite. No dia 7 de setembro, como de costume, tropas do Exército desfilaram pela frente dum palanque armado numa das calçadas da praça Ipiranga, e no qual se encontravam o coronel-comandante da Guarnição Federal, acompanhado de seu Estado-Maior, o dr. Terêncio Prates, então prefeito municipal, e outras autoridades civis. Depois de passarem o Regimento de Infantaria e o de Artilharia, desfilaram os colégios públicos e particulares. A seguir surgiram os integralistas com suas bandeiras e charangas, garbosos em suas camisas verdes. Fechava a parada uma centúria nazista — o grupo local reforçado de elementos vindos de Nova Pomerânia —, todos impecavelmente fardados: camisas pardas, culotes pretos, botas de cano alto. Uma banda de música também uniformizada tocava dobrados alemães, seguida duma banda de clarins e tambores. Cinco passos atrás desta — altos, louros, musculosos: versões coloniais de Sigfried —, marchavam quatro dos principais atletas do Turnverein, cada qual empunhando a bandeira nazista com a cruz gamada. À frente dos milicianos, o peito inflado, a cabeça erguida, José Kern parodiava como podia um comandante da SS de Hitler em dia de parada. E ao passar pela frente do palanque, gritou em alemão uma ordem a seus comandados, e imediatamente ele e a tropa romperam a marchar em passo de ganso, e duzentos e poucos tacos de botas bateram com um ritmo viril e insolente nas pedras da rua. Ouviram-se aplausos ralos. O comandante da Guarnição, porém, fechou a cara, e nem ele nem os outros oficiais saudaram as bandeiras nazistas. O dr. Terêncio, vermelho de indignação, enfiou o chapéu na cabeça e virou as costas ao desfile. Houve um mal-estar generalizado.

No dia seguinte, *A Voz da Serra* noticiou a parada como tendo sido a mais brilhante e grandiosa da história do município. Amintas Camacho — que começava então o seu namoro com o integralismo — teve palavras de louvor para com a disciplinada milícia dos camisas-verdes e, como temia perder os anúncios que davam a seu pasquim algumas firmas alemãs da cidade, absteve-se de fazer qualquer comentário desfavorável à centúria hitlerista.

A população dum modo geral considerou aquela exibição dos camisas-pardas um acinte. "Parece que estamos na Alemanha", disseram alguns. E outros: "Se não abrimos o olho, qualquer dia o Hitler toma conta desta joça". Um sabido revelou: "Existe na Alemanha um mapa no qual o Rio Grande do Sul aparece como território alemão". Brasileiros germanófilos, entretanto, murmuravam: "Antes Hitler que Stálin". Chiru Mena queria reunir gente para "arrebentar a pleura da alemoada". O Quica Ventura achava aquilo tudo uma palhaçada indigna de sua atenção. O juiz de comarca disse numa roda à frente da Casa Sol que Adolf Hitler, nova encarnação de Constantino, ia livrar o mundo católico das garras de Stálin, o Anticristo. Estava claro — explicava — que a Alemanha nazista se armava para atacar o colosso moscovita e salvar a Civilização Cristã Ocidental.

Em novembro de 1935, pouco depois que se teve notícia dos levantes comunistas, Arão Stein foi uma noite atacado e espancado por três sujeitos que o deixaram atirado numa sarjeta, a deitar sangue pelo nariz e pela boca. "Coisas dos integralistas!", vociferou o Chiru. E dessa vez quis arregimentar alguns companheiros de 23 e 30 para empastelar a sede da Ação Integralista Brasileira e liquidar de vez com os "galinhas-verdes". Mas houve quem dissesse: "Bem feito! Esse judeu é espião dos russos".

Em dezembro de 1935, José Kern entronizou no salão do Café Poncho Verde um retrato de Plínio Salgado e outro de Adolf Hitler.

Quando em 1936 ali chegara a notícia de que o *Führer* repudiara o acordo de

Locarno e reocupara a Renânia, Kern mandou distribuir cerveja aos fregueses presentes, por conta da casa. E houve bebedeiras, risadas, vivas, bravatas. Comemorou também naquele mesmo ano a revolta de Franco no Marrocos espanhol e todas as vitórias subsequentes do caudilho em terras de Espanha, bem como havia festejado no ano anterior o massacre dos abissínios pelos soldados de Mussolini. E quando se noticiou que tropas e aviões alemães tinham intervindo na Guerra Civil Espanhola a favor dos franquistas, Kern exclamou: "República espanhola... *kaputt!*". Ao ter conhecimento do bombardeio aéreo de Almería e mais tarde do de Guernica, nem sequer pensou nas populações civis assassinadas, mas elogiou, e com feroz entusiasmo, a eficiência dos pilotos e bombardeiros da Luftwaffe.

Em 1933 alguns dos "magos" que frequentavam o Poncho Verde à hora do aperitivo haviam profetizado a queda do regime comunista na Rússia, mercê da fome provocada pelo fracasso da coletivização das terras. Menos de dois anos depois, naquele mesmo salão, nazistas e integralistas comentaram com alegria e esperança as notícias de que o terrorismo e a sabotagem campeavam nas fábricas e nas minas da União Soviética. E que havia sido descoberta uma tremenda conspiração contra o regime stalinista na qual estavam envolvidas altas personalidades do governo soviético. Trótski, asilado na Noruega, era acusado de estar em entendimentos com agentes nazis. Stálin desfechava uma campanha implacável contra os inimigos internos, e em 1936 Kamenev e Zinoviev eram executados. Tinham começado os famosos julgamentos de Moscou durante os quais Andrei Vichinski, como representante do Estado, havia desmascarado os traidores. Revelou-se então que o próprio Exército Vermelho estava minado de conspiradores. Sabia-se que os dias de homens como Yagoda, Bukharin, Rykov e Tukhachevski estavam contados...

Esses julgamentos públicos, que por mais de dois anos tiveram cabeçalhos sensacionais na imprensa mundial, eram interpretados no Café Poncho Verde como sendo o último ato do drama comunista. O regime stalinista estava prestes a cair, afirmava-se. Já discutiam até o destino que se devia dar à Rússia.

— Sou pelo desmembramento — disse um freguês, depois de tomar um gole de parati.

— Sim — concordou um sujeito de ar truculento que tomava o seu café para "fazer boca para cigarro" —, mas primeiro temos que desmembrar o Stálin.

E a todas essas jogavam "pauzinho", para ver quem pagava a despesa.

10

Entre as figuras exponenciais do integralismo em Santa Fé, a mais colorida era indiscutivelmente a do Vivaldino Vergueiro, que tinha veleidades literárias e se considerava o filósofo do movimento. Os desafetos chamavam-lhe "o mulato Vergueiro". Era um homem alto, magro e encurvado, de idade indefinida. Tinha o rosto anguloso e quase glabro, dum moreno rosado e liso, lábios arroxeados e olhos brilhantes de tísico. Era dentista formado, trajava com grande esmero, manicurava as unhas e perfumava-se com excesso. Bem-falante, sabia ser simpático quando queria, mas geralmente preferia ser sarcástico. Integralista da primeira hora, proclamava aos quatro ventos que era racista e gabava-se de ter correspondência pessoal com o pai da doutrina arianista de Hitler, Alfred Rosenberg, que lhe havia mandado um exemplar com dedicatória de seu livro *Mythus des 20 Jahrhunderts*. Sonhava com "um pogromzinho" em Santa Fé "para limpar o ambiente". Fora o inspirador — segundo se murmurava — do movimento antissemita que irrompera ridiculamente na cidade em princípios de 1937, e durante o qual alguns negociantes de ferro-velho e uns dois ou três tintureiros da rua do Império, o gueto local, foram aparentemente responsabilizados pela pirataria financeira internacional dos Rothschild, dos Lazar Brothers e dos "banqueiros judeus da Wall Street". As paredes e muros de suas pobres casas um dia amanheceram escurecidas de frases escritas a piche: *Abaixo o Judaísmo Internacional! Morte aos apátridas. Morram os detentores do ouro mundial!*

Por essa mesma época, um mascate judeu, popularíssimo em Santa Fé, e que andava de porta em porta a vender gravatas e pentes, foi apedrejado na rua do Comércio, em plena luz do dia, por três rapazotes alourados que tinham o aspecto iniludível de membros da Juventude Hitlerista. Neco Rosa, que estava à porta da sua barbearia, pegou uma navalha, abriu-a e correu na direção dos atacantes, gritando: "Eu capo vocês, bandidos!". Os rapazes precipitaram-se rua abaixo, e o barbeiro, depois de exprimir em altos brados suas dúvidas sobre a honestidade da mãe dos agressores, levou o agredido para dentro da barbearia, onde lhe fez na cara ensanguentada curativos de urgência.

No dia 2 de novembro de 1937, à hora do cafezinho das duas da tarde, Vivaldino Vergueiro provou por a + b aos companheiros que se achavam à sua mesa que a vitória definitiva do integralismo no Brasil estava iminente.

— Ontem no Rio de Janeiro — disse com sua voz fluida como pomada — cinquenta mil camisas-verdes desfilaram pela frente do Chefe Nacional, que tinha a seu lado o presidente da República com ar sorridente e satisfeito. Que é que isso significa, hein?

Os correligionários o escutavam com atenção, no mais absoluto silêncio.

— Significa — continuou Vergueiro — que o governo está procurando o apoio da Ação Integralista Brasileira na sua luta contra o comunismo. O general Gaspar Dutra simpatiza com a nossa causa. O general Góes Monteiro não lhe é adverso. De resto os generais sabem que existe em todo o território nacional um milhão e meio de integralistas disciplinados e dispostos a tudo. É uma força que ninguém pode desprezar ou ignorar.

Acendeu um cigarro, soltou alegremente uma baforada de fumaça e prosseguiu:

— Ontem à noite, falando ao microfone da Rádio Mayrink, Plínio Salgado declarou com sua franqueza habitual que nosso partido não criaria dificuldades aos objetivos das Forças Armadas e estava disposto a colaborar com o governo numa Nova Ordem. Disse também que o integralismo não deve ser confundido com as agremiações políticas de finalidade exclusivamente partidária e de âmbito puramente regional... Agora pensem bem, puxem pelas ideias e tirem conclusões. Está claro que grandes coisas definitivas estão para vir, possivelmente um regime autoritário em que nós integralistas teremos um papel de importância primordial.

Calou-se e procurou ler no rosto dos companheiros o efeito de suas palavras.

— Não confio muito no Getulio... — murmurou um deles com ar céptico.

Vivaldino Vergueiro soltou a sua proverbial risada em escala descendente.

— Não se trata de confiar ou não confiar no presidente — disse. — Ele tanto brincou com fogo que acabou se queimando... Os acontecimentos o colocaram numa situação em que ou ele se apoia em nós ou cai. Vejam bem. A democracia liberal está falida no mundo inteiro, é um chove não molha irritante e ridículo. O comunismo é uma doutrina de bárbaros. Que outro remédio tem o Getulio Vargas senão adotar o regime fascista e dar a Plínio Salgado um alto posto no novo governo? A coisa está clara como água. Há meses que o Homenzinho vem namorando o Chefe Nacional. Escrevam o que estou dizendo. Nossa hora soou.

— Deus te ouça! — exclamou um céptico.

Nove dias depois, Vivaldino Vergueiro entrou glorioso no Café Poncho Verde, que soava como um viveiro de gralhas. Discutia-se — uns com esperançoso entusiasmo, outros com certa apreensão — a grande notícia. Getulio Vargas dissolvera a Câmara dos Deputados e o Senado e promulgara a nova Constituição.

Vergueiro ergueu no ar o jornal que chegara havia pouco pelo avião da Varig e exclamou:

— A nova Constituição é fascista, adota o corporativismo e tem como finalidade principal dar mais autoridade ao governo central para combater o comunismo e promover o progresso e a unidade nacionais!

Sentou-se, pediu um conhaque e discursou:

— Plínio Salgado será o novo ministro da Educação. Dirigida e inspirada por ele, a juventude brasileira será arregimentada e preparada para a luta contra o comunismo e para a aceitação consciente de nossa doutrina!

José Kern andava dum lado para outro, por entre as mesas, risonho, vermelho, gotejante de suor, o cachaço reluzente, os cabelinhos das ventas a esvoaçarem ao ritmo duma respiração agitada. Encheu um copo de cerveja e ergueu um brinde ao Estado Novo.

Jorge Teixeira, porém, não participava do otimismo da maioria dos companheiros. Andava apreensivo, farejando mais uma perfídia do presidente. Getulio Vargas, no discurso da noite de 10 de novembro, em que expusera à Nação as razões e os objetivos do seu golpe de Estado, não fizera a menor referência ao integralismo.

Seguiram-se semanas de indecisão, de dúvida e de boatos. Todos os partidos políticos brasileiros haviam sido abolidos por um decreto do ditador. Sabia-se como certo que um general do Exército simpático ao integralismo obtivera do presidente, antes de 10 de novembro, a promessa de que o novo governo não só permitiria que a Ação Integralista Brasileira continuasse sua atividade, sob o nome de Associação Brasileira de Cultura, como também não se oporia a que as milícias-verdes seguissem organizadas e vigentes.

A promessa, porém, não foi cumprida. Em princípios de dezembro, a Polícia Política fechava truculentamente todos os núcleos integralistas do Rio de Janeiro, e pouco depois o mesmo acontecia nos estados.

Nas rodas não integralistas de Santa Fé, dizia-se entre risotas: "O Baixinho passou uma rasteira no Plínio".

Houve, entre a clientela do Café Poncho Verde, primeiro estarrecimento e a seguir indignação. O Vivaldino Vergueiro, lívido de ódio, pregou e esperou a revolução durante vários dias. Tempo perdido! De todos os quadrantes políticos, vinham adesões ao Estado Novo. Os políticos profissionais, bem como a maioria dos jornais, acomodavam-se à nova situação com raríssimas exceções. E para os inconformados, para os rebeldes, a polícia tinha os seus remédios.

Às onze e meia da manhã daquele último dia de 1937, tomava Vivaldino Vergueiro o seu aperitivo no Café Poncho Verde, em companhia dum correligionário, quando através da janela avistou o Chevrolet azul dos Cambarás, que parava à porta do Sobrado.

— Canalha — rosnou o racista por entre dentes.

O companheiro seguiu-lhe a direção do olhar e viu Rodrigo Cambará no momento exato em que este descia do carro e entrava em casa.

— Volta com a mesma cara... — murmurou.

— Cheio de dinheiro e de empregos, o traidor...

— Bom, mas esse até que não é dos piores...

— Qual! — exclamou Vergueiro, fazendo uma careta. — Os piores são exatamente os que não ocupam cargos administrativos. São os "amigos do Homem", como esse Rodrigo Cambará, os intermediários, os "mascateadores de influência", os que trabalham por baixo do poncho... Estão metidos em todos os negócios, direta ou indiretamente. Sei de boas desse tipo...

Fez-se um silêncio. Vivaldino Vergueiro passou pelo rosto o lenço de cambraia recendente a Maja de Myrurgia. Depois, apertando o cálice com seus longos dedos de fidalgo, lançou um olhar torvo para o Sobrado, resmungando:

— O que este país está precisando, meu caro, é duma boa Noite de São Bartolomeu. Com sangue, com muito sangue...

Pediu mais um aperitivo.

11

Estendido em sua cama, apenas em calção de banho, Floriano ouviu o relógio grande bater meio-dia e pensou, contrariado, que dentro de pouco teria de tornar a vestir-se da cabeça aos pés, apesar do calor. Tinham convidado para o almoço e seu pai exigia que os homens da casa se apresentassem à mesa de paletó e gravata. Era uma exigência absurda, principalmente por partir de alguém que naqueles últimos sete anos vivera numa metrópole semitropical completamente liberta de preconceitos em matéria de indumentária.

As pernas abertas, a nuca assentada sobre as palmas das mãos trançadas, Floriano olhava para cima... De repente não era mais o teto de seu quarto que ele via, mas o céu do Rio. Veio-lhe então uma vaga saudade tátil de Mandy. Lembrou-se das manhãs de Copacabana em que, deitado na areia ao lado da rapariga, ele fechava os olhos e, como um cego voluptuoso, punha-se a passar os dedos pelas pernas e pelas coxas dela, tentando ler o cálido braile daquele corpo que cheirava a gardênia e óleo de bronzear...

Tinha sido num domingo de maio, naquele mesmo ano, que Floriano vira Mandy pela primeira vez. Estava deitado de bruços na areia da praia, relendo uma carta de Sílvia e sentindo no lombo a carícia do sol, quente como um contato humano. De vez em quando, erguia o olhar e ficava a contemplar a variada e numerosa fauna que pululava naquela floresta de para-sóis coloridos. Se entrecerrava os olhos, tinha a impressão de estar diante dum quadro pontilhista, rico de tons amarelos, pardos e dourados, num contraste com o azul do céu e o verde do mar. Erguiam-se no ar bolas, petecas, papagaios e vozes. Aquelas centenas de corpos seminus, reluzentes de óleo e suor, davam-lhe a impressão de bichos — bois, porcos, javalis, pássaros de todos os tamanhos — besuntados de manteiga, postos a assar num enorme forno e destinados a um monstruoso banquete dominical. Alguns estavam já dourados, prontos para serem servidos. Outros — como aquele senhor ruivo e pançudo de meia-idade, ali sentado à sombra dum para-sol, a pele descascada, de aspecto purulento — haviam passado do ponto. A praia oferecia um espetáculo belo e bárbaro, que ia ganhando em ferocidade à medida que o sol se aproximava do meio-dia.

Floriano sorriu para os próprios pensamentos. *O sol aproximar-se do meio-dia...* como se as horas fossem pontos no espaço e não no tempo! De quem era a ideia de que é o tempo que se move? Ora — objetara alguém —, as coisas se movem em velocidades várias relativas a outras coisas, de sorte que necessitam dum tempo no qual se moverem. Assim sendo, o tempo ao mover-se não precisará para isso de outro tempo, que por sua vez exigirá outro tempo e assim por diante, numa hierarquia infinita de tempos?

Tornou a baixar os olhos para a carta e releu sorrindo o seguinte trecho:

D. Maria Valéria me diverte com suas opiniões e ditos. Um dia destes estávamos comentando umas senhoras santa-fezenses nossas conhecidas que vivem na igreja, desde as cinco da manhã, às voltas com padres, missas e santos, e a Dinda saiu-se com esta: "São umas desfrutáveis. Estão se mostrando para Deus".

Um objeto caiu repentino do alto, roçou a orelha de Floriano, arrancou-lhe a carta das mãos e — pof! — ali ficou sobre a areia, em cima do papel: uma peteca com penas multicores. Ele alçou a cabeça, irritado, mas em seguida dominou o recôndito gaúcho que nele dormia e que a pequena contrariedade acordara — e preparou-se para fazer que seu amável *eu* carioca devolvesse sorrindo a peteca ao dono. Olhou em torno. Uma moça aproximou-se. Óculos de vidros escuros escondiam-lhe os olhos. Ele ergueu-se e entregou-lhe o que ela buscava.

— Desculpe — disse a desconhecida, apanhando a peteca. Tinha um sotaque estrangeiro. Escandinava? Alemã? Talvez americana. Sim, devia ser americana. Merecia uma capa em tricromia num número de verão da *Look*.

Floriano tornou a deitar-se e ficou a contemplar a rapariga que jogava peteca sozinha, a uns dez passos de onde ele se encontrava. Vestia maiô preto, tinha pernas longas, e via-se que o moreno de suas carnes rijas e elásticas (os olhos têm às vezes, quase tão desenvolvido como os dedos, o sentido do tato) não era congênito, mas adquirido. Cobria-lhe as pernas, as coxas e os braços uma penugem dourada que ia muito bem com o tostado da epiderme. Não era possível adivinhar-se-lhe a idade por causa dos óculos, mas Floriano calculava que ela devia ter vinte e pouquíssimos anos. A cada movimento que fazia ao tapear a peteca, sua cabeleira, dum louro-claro, puxando a palha, agitava-se e ele se surpreendia a pensar nas macegas dos campos do Angico batidas pelo vento. Pef! E lá subia a peteca, e a rapariga corria para o ponto onde ela ia cair, e, como adversária de si mesma naquele jogo, pef!, dava-lhe outra tapa e tornava a correr... Seu corpo, de ombros largos e quadris estreitos, reluzia ao sol. Era atraente — concluiu o Cambará que estava agora alerta, esquecido da carta, dos bichos, do forno, de tudo —, tinha movimentos de felino, mas dum felino esportivo, universitário, que não parecia alimentar-se de carne humana, como as tigras latinas, mas sim de cachorros-quentes, hambúrgueres e coca-cola. Floriano voltava à sua posição inicial para continuar a releitura da carta, quando viu que a peteca ia cair de novo em cima dele. Pôs-se de pé num pincho (um menino que queria mostrar-se para a americana como as beatas de Santa Fé se mostravam para Deus) e rebateu masculamente a peteca. A rapariga soltou uma risada e tratou de devolvê-la com igual energia ao adversário improvisado. Quando Floriano deu acordo de si, estava no jogo. E aquela coisa colorida, aquele pequeno cocar, começou a andar da mão dela para a dele, enquanto ambos trocavam frases rápidas ou interjeições, mas sem se olharem, a atenção no jogo. Muito bem! — gritou ele, vendo-a ajoelhar-se para rebater a peteca quando esta ia já tocar a areia. *Oops!* — exclamou ela. Ele tornou a bater na peteca, perguntando: "Cansada?", e ela: "Não". Quando, segundos depois, ele errou o golpe, a moça gritou: "Perdeu!", e desatou a rir. Depois ajoelhou-se, ofegante, atirou a cabeleira para trás, alisou-a com ambas as mãos, e sempre de joelhos arrastou-se para a zona de sombra que seu para-sol de gomos amarelos e pardos projetava na areia. Floriano aproximou-se para lhe entregar a peteca.

— Entre no meu oásis e sente-se.

Floriano aceitou o convite e por alguns instantes ficou a contemplar a desconhecida, sem saber por onde começar a conversa. Ela tirou os óculos e pôs-se a limpá-los com a ponta dum lenço de seda. Ele viu então que os olhos dela eram duas esferas dum azul de cobalto. Sim, agora tinha a certeza, a criatura não podia ter mais de vinte e três ou vinte e quatro anos.

— Americana? — perguntou.

— Sim. Como adivinhou? Terei minha nacionalidade estampada na face?

— Mais ou menos.

— E você? Brasileiro?

— Sim. Mas do Sul. Gaúcho.

Surpreendeu-se a dizer isso com orgulho e achou-se tolo. Sempre lhe parecera absurda a empáfia com que seus coestaduanos, que a Revolução de 30 trouxera para os cartórios e cassinos do Rio, viviam a gabar-se de serem gaúchos, como se isso fosse um privilégio especialíssimo.

Fez-se uma pausa. Ela tornou a pôr os óculos.

— Como é o seu nome?

— Marian. Marian K. Patterson. Meus amigos me chamam de Mandy. E o seu?

Floriano disse. Ela achou Cambará um nome engraçado. Havia naquela rapariga — refletia ele — várias *irregularidades* que a tornavam particularmente fascinante. A boca, rasgada e de lábios carnudos, sugeria uma sensualidade de que aqueles olhos metálicos pareciam não ter a menor ideia. A linha da testa prolongava-se quase reta no nariz, numa espécie de paródia de "perfil grego". Sim, e aqueles ombros eram demasiadamente largos em proporção aos quadris de adolescente.

— Falo muito mal o português — sorriu ela. — Você fala inglês?

— Um pouco.

Floriano lia autores ingleses e americanos, era senhor dum vocabulário rico, e ali no Rio uma vez que outra tinha a oportunidade de falar a língua.

— Diga alguma coisa.

— Por exemplo?

— Qualquer coisa.

Estará mangando comigo? — pensou ele. Mas não teve outro remédio senão construir uma frase e dizê-la à melhor maneira do Albion College. Ela riu.

— Engraçado. Você tem sotaque britânico.

— *Sotaque* britânico? Sotaque têm vocês os americanos. Os ingleses são os donos da língua, não se esqueça.

Ele olhava fascinado para as coxas de Marian, pensando nos pêssegos penugentos do quintal do Sobrado.

— Seu sotaque, por exemplo, me diz que você é do Sul dos Estados Unidos. Mississípi? Alabama?

— *Heavens, no!* Texas.

Aquela tarde Floriano escreveu a Sílvia. Ia contar: *Conheci hoje na praia uma americana muito interessante.* Mas conteve-se, pois sentiu que procedia como um adolescente, procurando com aquela notícia despertar o ciúme da amiga. A correspondência entre ambos havia tomado naquelas últimas semanas um rumo acentuadamente sentimental. A palavra amor não tinha sido ainda escrita, não houvera da parte de nenhum dos dois uma declaração formal, mas era evidente que caminhavam para lá. A correspondência agora se processava numa atmosfera de subentendidos, de entrelinhas, de metáforas, de alusões veladas — tímidos, tanto ele como Sílvia, encabulados ante a nova situação, como se achassem difícil transformar uma velha amizade em amor. Sempre que lia as cartas de Sílvia, Floriano ouvia-lhe mentalmente a voz. Sentia que nas últimas semanas o tom dessa voz havia mudado: era o de uma mulher apaixonada. E ao escrever-lhe, ele sentia que seu próprio tom também mudara, abandonando a atitude protetora de irmão mais velho para assumir umas tintas equívocas de... de... nem ele mesmo sabia ao certo de quê. Resolveu não contar nada a Sílvia do encontro com Marian. Mas ao tomar essa decisão, achou-se desonesto, pois a omissão parecia indicar que ele tinha planos para o futuro com relação à americana, isto é, que contava encontrá-la outras vezes, na esperança de que aquele conhecimento fortuito pudesse eventualmente tomar o rumo da alcova.

Na manhã seguinte, voltou à praia e procurou Marian. Ela o recebeu com um *Hello!* natural e esportivo de velha conhecida. Conversaram, trocando dessa vez documentos de identidade. Marian K. Patterson trabalhava como secretária numa grande companhia americana que tinha um escritório no Rio, onde ela chegara fazia quase um ano. Vivia sozinha num apartamento, num daqueles edifícios das cercanias do Posto 3. Ficou muito interessada quando Floriano lhe disse que escrevia livros. Quis saber de que gênero eram, e quando ele respondeu: "Ficção", ela soltou um oh! de alegre surpresa e lhe perguntou se alguma de suas obras já tinha alcançado a lista dos *best-sellers*. Ele não gostou da pergunta, e também não gostou de não ter gostado, pois afinal de contas aquela conversa de praia não tinha a menor importância, e ele não sabia (hipócrita!) se ia ou não ver a americana outra vez. O diabo era que a criatura se lhe tornava cada vez mais atraente.

Marian preferia falar inglês e a sua voz arrastada e musical, sugestiva de melaço e magnólia, parecia pertencer a uma mulata e não àquela loura. Seus lábios como que se esgaçavam ao pronunciarem as longas vogais sulinas, e isso o excitava.

No terceiro encontro, Floriano verificou contrariado que, quando estava com Marian Patterson, era tomado pela mesma sensação de inferioridade que a presença de Mary Lee provocava no menino que ele fora. Embora exteriormente procurasse dar a entender que aceitava aqueles encontros como coisa natural, a sua atitude íntima era dum humilde *non sum dignus* que o rebaixava a seus próprios olhos, e que ele procurava combater. Havia entre ambos longos silêncios: ficavam olhando e ouvindo o mar, numa preguiça boa e irresponsável.

Por ocasião do quarto encontro, Marian lhe disse:

— Você pode me chamar de Mandy.

Parecia dar-lhe esse privilégio como um presente real. Ele sorriu, sacudiu a cabeça e continuou em silêncio.

— Posso chamar você de Floriano?

— Claro. Esse foi sempre o meu nome.

Ela tirou os óculos e fitou nele o seu olhar azul, séria. Depois de alguns segundos disse:

— Você é engraçado.

— Você também.

— Eu? Por quê?

— Ora, porque sim.

Ela o mirava dum jeito como se estivesse tentando decifrá-lo.

Na semana que se seguiu, saíram uma noite juntos e foram dançar e ver o show no Cassino Atlântico. Mandy espantou-se ao descobrir que Floriano não fumava, não bebia nem se interessava por jogo.

— Que virtuoso!

— Tenho vícios horríveis escondidos.

Ela sorriu e continuou a beber. Ele estava inquieto. Descobrira já que não tinha afinidades espirituais com Mandy: o que o prendia a ela era apenas uma atração física. Hígida, alta e esbelta, assim naquele vestido de noite, a americana parecia uma rainha — o que aumentava nele a sensação de não merecê-la. Tudo isso, entretanto, tornava mais inexplicável seu desinteresse pela companhia social da rapariga, pelas coisas que ela dizia... Que era então que faltava a Mandy K. Patterson? Uma pitada de tempero latino? Tolice. Não existia tal coisa. O cassino estava cheio de "latinas" insossas... Santo Deus! A gente vive repetindo lugares-comuns, frases, símbolos que talvez nunca tenham tido correspondentes na vida real. (Quando perguntavam ao velho Liroca se existia lobisomem, ele respondia: "Se existe o nome é porque existe o bicho".) Falava-se em frieza nórdica, fleugma britânica, *salero* espanhol. Ele conhecera uma norueguesa ninfomaníaca, um inglês afobadíssimo e espanholas sem a menor graça.

Tinham pequenas discussões cordiais. Um dia, na praia, vendo uma página de jornal cheia de convites para enterros e missas de sétimo dia, entre grossas tarjas pretas, ela murmurou:

— Vocês latinos são mórbidos.

— Antes de mais nada nós não somos latinos. E depois você precisa ficar sabendo que não costumamos pintar os nossos cadáveres. No Brasil defunto é defunto mesmo e não manequim com ruge nas faces e batom nos lábios.

— Mas quem é que pinta cadáveres?

— Vocês americanos.

— Ah! — e Mandy deu uma tapa no ar. — Coisas da Califórnia...

Uma noite, no Cassino da Urca, conseguiu que Floriano tomasse um uísque. Disse que achava desagradável continuar a beber sozinha, tendo do outro lado da mesa aquele homem que bebericava tônicas com limão e a mirava com olhos de proibicionista. Ele riu, chamou o garçom e pediu um *scotch* com soda e muito gelo. Mandy continuou a falar. Floriano escutava-a com a atenção vaga, olhando para os pares que dançavam na pista. Como bom brasileiro, achava que àquela altura dos acontecimentos a amiga já podia entrar em confidências de natureza íntima: problemas de família, os seus sonhos, os seus planos, sim, a sua vida sexual... por que não? No entanto ela discutia impessoalmente, com uma eficiência irritante, marcas de automóvel, o imposto de renda nos States (era contra o *New Deal*) e raças de cães.

Naquela noite queixou-se da falta d'água no seu apartamento.

— Por que é que as coisas no Brasil nunca funcionam direito?

— Algumas funcionam — respondeu Floriano, sentindo uma tontura boa, que o deixava aéreo e alegre.

— Por exemplo?

Ele pensou: "Nossos aparelhos sexuais", mas não teve coragem de transformar seu pensamento em palavras. Sorriu duma maneira tão maliciosa que ela compreendeu tudo.

— Vocês não pensam noutra coisa... — murmurou, prendendo entre os lábios um novo cigarro. Floriano abriu a carteira de fósforos e acendeu um. E quando Marian se inclinou para aproximar da chama a ponta do cigarro, ele disse:

— Não me venha dizer que nos Estados Unidos os bebês são trazidos pelas cegonhas...

Ela soltou uma baforada de fumaça, atirando a cabeça para trás.

— Claro que não. Mas é que temos mil outros interesses na vida.

Olhou em torno.

— O Rio às vezes me dá a impressão dum imenso bordel de luxo à beira-mar.

— O que — replicou ele — sob certos aspectos não deixa de ser mil vezes mais interessante do que a imensa fábrica que é o teu país...

Ele sabia que, como Marian, estava simplificando as coisas: mas o uísque soltava-lhe a língua, fazia-o tomar interesse naquele diálogo que começara tão opaco e ralo.

Mais tarde, discutindo pessoas de suas relações, ela concluiu:

— Os brasileiros são morbidamente sentimentais. Vivem mexendo nas próprias feridas e parecem tirar um grande prazer disso. E os homens são ainda piores que as mulheres.

— Queres saber o que penso das mulheres americanas?

— Quero.

— Posso ser franco?

— Pode.

— Vocês se parecem com essas máquinas de selecionar fichas da International Business Machine. A gente aperta num botão e lá salta a ficha com a informação desejada. Dentro da cabeça de vocês, está tudo catalogado direitinho: sentimentos, preconceitos, frases feitas para as diversas ocasiões sociais, dados estatísticos e informações, muitas informações... Ah! E principalmente fórmulas... fórmulas para conseguir sucesso na vida social, na vida comercial, na vida literária e artística e até na vida eterna.

Ela o escutava sorrindo e soltando lentas, provocadoras baforadas de fumaça propositalmente na direção do rosto dele. Floriano prosseguiu:

— Acho que as mulheres americanas são fabricadas em série, como automóveis ou máquinas de lavar roupa. Espiritualmente vocês pertencem ao sexo masculino. Isso explica o número de divórcios nos States. É que lá homens e mulheres não conseguem entender-se.

Ela bebeu mais um gole de uísque. Ele fez o mesmo. Miraram-se por alguns instantes em silêncio. Depois ela falou.

— Que é que você tem contra as americanas? Alguma delas já o humilhou alguma vez?

— *That's a good question*. Já.

— É segredo ou posso saber como foi?

— Até este momento foi um segredo. Mas como estou meio bêbedo vou contar tudo. Chamava-se Mary Lee, tinha uns treze anos, era loura como você, morava na casa vizinha ao colégio onde eu estava internado. Tive por ela uma paixão distante, desesperançada, impossível, e de caráter absolutamente angélico. Ela nunca se dignou sequer a olhar para o meu lado. Tratava-me como se eu fosse um selvagem. E como selvagem eu me sentia quando estava perto dela.

— Continue.

Floriano sorria, deliciado com a própria história, que nem ele sabia ao certo se era autêntica ou não.

— Há mais ainda... — continuou. — Também tive namoros com a moça cujo retrato aparecia nas páginas do *Saturday Evening Post* sorrindo com belos dentes e fazendo propaganda da pasta dentifrícia Ipana.

— Você é engraçadíssimo.

— Não ria, que é sério. E agora vou lhe contar de outra paixão: Pearl White.

— Quem era?

— Uma artista do cinema mudo, uma heroína de filmes seriados.

— Ah! Acho que já li algo a respeito...

— Foi uma paixão *cabeluda*, como se diz na minha terra. — Ergueu um dedo acusador na direção da amiga. — Você tem uma responsabilidade tremenda, Mandy.

— Eu? Por quê?

— Porque você é hoje para mim a encarnação da trindade ideal da minha infância: Mary Lee, a Ipana *girl* e Pearl White.

— Que é que tenho de fazer?

— Você deve saber melhor que eu. Aperte no botão competente e veja a ficha.

— Não seja bobo. Vamos dançar.

Foram. Ele a enlaçou e ficaram a andar ao ritmo do *blues*, peito contra peito, face contra face, na penumbra daquele salão que, de tão cheio, mal lhes dava espaço para se moverem. Floriano avistou o vulto do pai a uma porta; o Velho devia estar voltando da sala de jogo... Rodrigo também viu o filho e fez-lhe um sinal amistoso. Quando o encontrava nos cassinos, mesmo quando estava em companhia de mulheres suspeitas, procurava tomar com relação a Floriano um ar esportivo, como se fossem irmãos.

— Quem é? — indagou Mandy.

— Meu pai.

— Pai? Tão jovem assim?

Rodrigo pareceu interessado em descobrir quem era a bela fêmea com quem o filho dançava. Abriu caminho por entre o emaranhado de pares e, aproximando-se do rapaz, bateu-lhe no ombro...

— Quem é a deusa?

Sem interromper a dança, Floriano fez as apresentações. A expressão dos olhos do Velho, ao mirar a americana, chegava a ser patética, de tão famélica. Rodrigo tornou a bater no ombro do filho.

— Deus te ajude. — E afastou-se.

— Um belo tipo, o seu *Old Man*.

— Ah!

— Parecidíssimo com você.

Enfim sei o que ela pensa de mim — refletiu ele, lisonjeado, mas ao mesmo tempo um tanto contrariado com a intervenção do pai.

Vinha de Mandy um bafio de uísque misturado com fragrância de gardênia e cheiro quente de mulher moça e limpa. Ela cantarolava o *blues* e seu hálito produzia uma cócega excitante na orelha de Floriano, que a apertou com mais força.

— *Take it easy, boy* — murmurou ela. Ele traduziu mentalmente a frase: *Devagar com o andor, menino.*

Por volta das duas da manhã, Mandy abafou um bocejo. Vamos? Ele fez um sinal afirmativo, chamou o garçom, pediu a conta, pagou. Com voz arrastada Marian recomendou:

— Guarde a nota. Depois acertaremos as contas.

— Está bem — disse ele, contrariado. Mandy tinha o exasperante hábito de querer pagar a sua parte nas despesas. Desde a primeira noite estabelecera condições: só o acompanharia aos lugares públicos se ele consentisse em *to go Dutch*, isto é, fazer as coisas "à holandesa": cada qual pagar a sua despesa. Ele não gostou

da ideia. Quis explicar-lhe que na sua terra o cavalheiro... "Não!", interrompeu-
-o ela. "Não me venha com essa história de cavalheirismo latino. Eu trabalho,
ganho um bom salário, não sou sua irmã nem sua mãe nem sua filha." Floriano
achou de bom agouro que ela não tivesse dito também "nem sua amante". O
remédio tinha sido concordar. Mas mesmo assim a situação o humilhava um
pouco.

Saíram. Entraram no carro dela. Floriano possuía um Chevrolet 35, mas
Mandy preferia andar sempre no seu Buick 37.

No saguão do edifício onde ela tinha seu apartamento, na avenida Atlântica,
ficaram a contemplar-se em silêncio, enquanto esperavam que o elevador descesse. Mandy tinha o ar lânguido: o sono estava visível em suas pálpebras, como
uma coisa física. Floriano, excitado, sentia um desejo terrível dela. Quando o
elevador chegou, ele abriu a porta e fez menção de entrar também. Marian, porém, o deteve, sorrindo:

— Não. Você bebeu demais hoje. Está um homem perigoso. Não me arrisco.
— Aproximou-se dele e pousou-lhe numa das faces um beijo breve e fresco.

Floriano saiu do edifício irritado. Mandy que não me venha com essa história de beijos fraternais. Não somos irmãos. Nem primos. Ela bem sabe o que eu
quero. Pois se acha que estou pedindo demais, que me mande embora, mas não
me embrome.

Sentou-se num dos bancos da calçada da avenida e ficou olhando a noite
sobre o mar. Marian Patterson tinha de certo modo alterado sua vida, trazendo
para ela um elemento de desordem. Ele havia interrompido naquela última semana o trabalho no novo romance... Relaxara a correspondência com Sílvia:
suas cartas à amiga agora eram mais curtas e raras... Sim, e talvez menos ternas.
Era uma injustiça!

E ali na calçada solitária começou a murmurar coisas para si mesmo. Ah!
— tratava ele de se convencer — entre as duas nem há que hesitar... Sílvia é uma
pessoa, é *gente*. Comparemos os assuntos de suas cartas com as conversas de
Mandy. Sílvia não entende de motores de explosão nem de estatística nem de
vitaminas, mas entende de relações humanas. Sílvia tem três dimensões, ao passo que Mandy tem só duas. É uma capa de revista em tricromia, impressa em
papel gessado. Mandy é de papel. Isso! De papel. Mas não! Ninguém pode ser
tão simples assim. Se ela fosse de papel eu não estaria aqui procurando refrescar
na brisa do mar este corpo cheio do desejo que aquela texana me provocou mas
não satisfez. Papel coisa nenhuma!

Fosse como fosse, começava a ter saudade do tempo em que ainda não conhecia Marian e em que era senhor de suas horas, de seus desejos, de sua vida.
Livre! Disponível. Principalmente isso. Disponível! Mas disponível para quê,
meu caro cretino? Para ficar de papo para o ar na praia olhando o céu? Para ler
T. S. Elliot e André Gide? Para de vez em quando ir para a cama constrangido
e sem prazer, com uma prostitutinha qualquer?

Dormiu pouco e mal aquela noite.

* * *

Durante dois dias, não teve notícias de Mandy. Decidira deixar que a sugestão do próximo encontro partisse dela. Uma noite foi ao Cassino da Urca, sozinho, e teve a desagradável surpresa de avistar Marian dançando, cara contra cara, com um sujeito ruivo, alto e espadaúdo — evidentemente americano — e com um jeito entre ingênuo e truculento de *fullback* universitário. Mandy falava muito, e de vez em quando o homenzarrão atirava a cabeça para trás e ria. O primeiro impulso de Floriano foi o de procurar ali mesmo outra mulher, levá-la para uma mesa, depois para a pista de dança e mais tarde para a cama. O essencial era que Mandy o visse aquela noite, feliz em companhia duma fêmea atraente. Qual! Tudo isso era pueril. Retirou-se do cassino antes que Mandy o visse. Estava desgostoso consigo mesmo, pois acabava de descobrir que sua armadura, que sempre julgara de puro e rijo aço, era apenas de lata. Vulnerabilíssima. Imaginem, ele enciumado! Era o fim de tudo...

No dia seguinte não tentou comunicar-se com a amiga. Esta, porém, lhe telefonou.

— Que é feito de você?

— Continuo vivo — respondeu ele. E decidiu pôr à prova a honestidade de Mandy. — Saíste ontem?

— Saí. Tive um encontro com um americano.

— Quem é o herói?

— Um oficial da Marinha dos Estados Unidos. Está passando uns dias no Rio, onde não conhece ninguém. Um amigo meu da embaixada me pediu para o entreter.

Entertain! Até que ponto teria ela levado esse dever cívico de entreter um compatriota perdido numa terra de botocudos?

— Divertiu-se?

— Oh! Tivemos *lots of fun*.

Outra frase corriqueira da vida americana: *lots of fun*, pensou Floriano com amargor. E o fato de não ter podido surpreender Mandy numa mentira, longe de deixá-lo orgulhoso dela, aumentava-lhe a exasperação. Sim, porque a naturalidade com que a criatura lhe contara a história chegava a ser um insulto. Então ela não compreendia que...?

— Alô! Que foi?

— Estou perguntando — disse ela escandindo as sílabas — se você tem compromisso para esta noite.

— Não. Por quê?

— Vamos então sair juntos. Está combinado?

— Está — murmurou ele, já se desprezando por entregar-se sem condições.

— Encontraremos o *crowd* no bar do Copacabana Palace.

O *crowd*! Como ele odiava aquela palavra e tudo quanto ela representava! O *crowd* era a turma, o grupo, o pessoal. E o *crowd* de Mandy, que Floriano tivera lá de aguentar tantas vezes em noitadas intermináveis, era formado de dois secretários da embaixada americana, com suas pequenas, uns altos funcionários da Standard Oil e da Texaco, com suas esposas, e uns dois ou três moços ricos brasileiros que gostavam de parecer americanos: compravam suas roupas em Nova York, fumavam cachimbo e falavam inglês com sotaque ianque.

Naquela noite Floriano aborreceu-se mortalmente. Irritou-o a maneira como alguns daqueles "projetos de magnatas" analisavam a situação mundial e comentavam Hitler e Mussolini, como se a política internacional fosse apenas uma partida de beisebol. Um deles, funcionário da Esso, declarou-se simpático aos ditadores do tipo de Trujillo e Baptista, pois lhe parecia que países subdesenvolvidos de mestiços, como eram os da América do Sul, não estavam ainda preparados para o sufrágio universal.

— Claro — replicou Floriano. — Para as companhias de petróleo e para a United Fruit Co. é mais fácil e barato comprar um ditador que todo um Congresso.

O funcionário soltou uma risada, bateu no ombro de Floriano e perguntou-lhe esportivamente se ele era comunista.

— Não. E você é fascista?

O outro tornou a rir, achando a piada muito boa. E a conversa derivou para cavalos de corrida e mais tarde para marcas de uísque.

E das dez da noite às três da manhã, o *crowd* andou de bar em bar, de cassino em cassino (ia tendo baixas pelo caminho), numa espécie de via-sacra profana. Mandy quis ficar até o fim. Estava se divertindo muito. E sempre que Floriano lhe sugeria que fossem dormir, ela lhe pegava o queixo e murmurava maternalmente: "*Silly boy*". E ficava.

Um dia Floriano analisou a sério seus sentimentos com relação a Marian K. Patterson. Concluiu que não a amava desse amor que nos leva a desejar a companhia permanente do objeto amado (*objeto* era palavra que descrevia melhor Mandy que Sílvia) — desse amor cheio de ternura que torna enormes as coisas aparentemente simples: ouvirem juntos, de mãos dadas, o quarteto *Opus* 132, de Beethoven; ou contemplarem em silêncio um quadro num museu; ou saírem simplesmente a caminhar lado a lado, sem necessidade de se dizerem nada, numa noite de luar... ou mesmo sem lua, que diabo! Jamais pensara ou desejara fazer qualquer dessas coisas com Marian. Ele a cobiçava fisicamente, gostava de sua carne, mas sua companhia não lhe era *poeticamente* agradável. Havia mais ainda. Ao lado da americana, ele era perturbado por um sentimento quase permanente de inferioridade, que lhe vinha duma série de coisas... Quando calçava sapatos de salto alto, Mandy ficava uns cinco centímetros mais alta que ele. Era uma excelente nadadora, ao passo que ele não sabia nadar. Uma tarde, como estivessem ambos em trajos de banho perto da piscina do Copacabana Palace, debaixo dum para-sol, Mandy ergueu-se de súbito, atirou-se n'água e saiu a nadar. E ele, Floriano, ficou entre divertido e encafifado a pensar numa história de Monteiro Lobato — a dum galo capão de pintos que criara maternalmente sob suas asas um patinho...

Quando jogavam tênis um contra o outro (haviam feito isso umas duas ou três vezes naquelas últimas semanas), não raro Mandy ganhava as partidas. Tinha uma grande agilidade e, pernilonga, cobria a cancha com facilidade. Muitas vezes Floriano estava tão absorto na contemplação do bailado que aquela garça atlética lhe proporcionava, lá do outro lado da rede, que se esquecia de rebater as bolas que ela lhe atirava com uma violência quase masculina.

Mais de uma vez procurara ter para com Marian — como fizera com Sílvia, por carta — uma atitude protetora de macho forte. A americana, porém, recusava-se a ser protegida. Ultimamente parecia querer transformar-se numa espécie de musa inspiradora. Perguntava-lhe pelo romance que ele estava escrevendo, queria saber pormenores a seu respeito, principalmente o *plot*, o enredo. Repetia--lhe que ele tinha de escrever um *best-seller* que fosse no Brasil o que ...*E o vento levou* fora nos Estados Unidos. Floriano reconhecia que ela dizia aquelas coisas sem malícia nem ironia, com a melhor das intenções. Mas nem por isso deixava de ficar irritado. Mãe... me basta uma! — pensava.

Concluiu, ao cabo de todas essas reflexões, de todo esse amargo ruminar de situações passadas, que só havia um território no qual poderia impor-se, afirmar--se e submetê-la: a cama. Era também por isso que ansiava pela oportunidade, que nunca chegava, de tê-la como... amante. (A palavra *amante* repugnava-o, fazia-o pensar na linguagem da cozinha do Sobrado, onde Laurinda cochichava sobre peões que tinham *amásias*.)

Agora Mandy e Floriano beijavam-se na boca ao se despedirem à noite. Mas era o tradicional *good-night kiss* americano. Ele tentava torná-lo profundo e ardente, mas ela se obstinava em mantê-lo superficial e frio, como algo de fraternal ou, pior ainda, de impessoal.

O Cambará que havia nele aconselhava-o a agarrá-la à unha. Ele achava o projeto fascinante, mas temia o ridículo em que ficaria se ela o repelisse.

Chegou-lhe uma carta de Sílvia que o deixou sensibilizado e tomado dum profundo sentimento de culpa.

Que é que há contigo? Sinto que já não és o mesmo. Tuas cartas estão ficando cada vez mais curtas, mais raras e mais frias. Longe de mim a ideia de te forçar a uma correspondência que não te dá prazer, mas eu queria que me dissesses que é que se está passando no teu espírito, na tua vida. Seja o que for, conta a verdade. Eu sentiria muito, mas muito mesmo, se deixasses de ser meu amigo, mas quero que saibas que se tal acontecer eu não morrerei. Ficarei triste, isso sim, mas saberei sobreviver como tenho sobrevivido a tantas outras coisas desagradáveis que me têm acontecido na vida. Digo-te essas coisas para que não fiques desde já com remorsos. Sou mais forte do que imaginas ou do que meu físico faz supor. Portanto, trata de compreender. O que te peço não é caridade nem sequer justiça, mas franqueza.

Floriano recriminou-se, fez propósitos de mudar a situação e, sem perda dum minuto, escreveu a Sílvia uma carta carinhosa que, relida, lhe pareceu forçada. Mandou-a, porém, como estava, e quando, uma semana depois, lhe chegou a resposta, percebeu, encabulado, que não conseguira enganar a amiga.

Obrigada pelo esforço que fizeste na tua última carta para voltar ao tom antigo. Apesar da tua negativa, agora eu sei que há alguma coisa mesmo. Não faz mal. Continua me escrevendo, se isso não te for muito difícil. Um dia terás a coragem de contar tudo.

Aquela noite ao saírem dum cinema, Marian declarou-lhe que não estava *in the mood* para ir ao Cassino da Urca, como haviam projetado, e convidou-o a subir até o seu apartamento, para um *drink*. Era a primeira vez que fazia um convite dessa natureza. Subiram. Logo ao chegar, ela preparou uma água tônica com uma rodela de limão para Floriano e um *highball* para si mesma.

Sentaram-se lado a lado no sofá. Ele olhou em torno. Uma papeleira em estilo Chippendale. Quadros na parede: pássaros pintados por Audubon. Poltronas confortáveis cobertas de chitão estampado em cores alegres. No chão um tapete oval, rústico, em cinco cores. Tudo como em anúncios que ele vira nas páginas do *Ladies Home Journal*: alegre, confortável e impessoal.

Floriano apontou para um retrato que estava sobre uma mesinha, enquadrado numa moldura de metal prateado: um casal de meia-idade, ambos de óculos, os dentes expostos num sorriso que originalmente tinha sido dirigido para a câmara fotográfica, mas que agora parecia dedicado especialmente àquele brasileiro que ali estava em companhia de sua filha.

— Quem são?

— Papai e mamãe.

— Ah!

Daddy, uma rosa branca na botoeira, o ar próspero, parecia sentir-se *like a million dollars*, a imagem viva do sucesso. *Mom*, de tão doméstica, parecia trescalar a *apple pie* e *ice cream* de baunilha.

Mandy ergueu-se, pôs a eletrola a funcionar em surdina. Gershwin, como Floriano havia previsto. Depois apagou a luz do lustre e acendeu a lâmpada ao lado do sofá. Tornou a sentar-se. Floriano sorriu para si mesmo, pois lhe parecia que a americana se portava como um homem do mundo que prepara o ambiente para conquistar a mocinha que conseguiu atrair ao seu apartamento... Esperou, com a respiração um tanto alterada. Nada, porém, aconteceu nos minutos que se seguiram. Mandy continuou a falar com o ar neutro de sempre, contou incidentes do escritório e repetiu a última anedota carioca que ouvira aquela manhã. De vez em quando, fazia uma pausa para perguntar a Floriano se queria mais gelo, ou então para trautear trechos do *An American in Paris*.

— Queres comer alguma coisa?

— Não. Obrigado.

— Como vai a novela?

— Assim assim.

Ela então lhe pregou um pequeno sermão sobre a necessidade de ter força de vontade e método. Lera no *Reader's Digest* que Thomas Mann, Somerset Maugham e Ernest Hemingway mantinham horários rígidos de trabalho: escreviam geralmente das nove da manhã à uma da tarde. Por que Floriano não os imitava? Ele encolheu os ombros, mexeu distraído com a ponta do indicador os cubos de gelo de seu copo. Houve um silêncio.

Mandy deixou o sofá e aproximou-se da janela. Ele fez o mesmo. Ficaram ambos olhando a noite e a lua sobre o mar. Lá de baixo, das ruas, vinham ruídos de vozes humanas, buzinas de automóveis, o chiar dos pneumáticos que rolavam no asfalto, cujo cheiro empoeirado, de mistura com o de gasolina queimada e maresia, subia até aquele sexto andar. Olhando para as favelas iluminadas num morro próximo, Mandy murmurou:

— Nenhum país que se considere civilizado pode permitir uma coisa dessas.

Não era a primeira vez que ela se referia à miséria do Rio. Floriano não lhe deu resposta. Mas ela insistiu:

— Por que é que o governo brasileiro não acaba com essa vergonha?

— Ora, vocês nos Estados Unidos têm a pior favela do mundo...

— Nós? Favela? Onde?

— Eu me refiro a essa monstruosa favela moral que é a segregação em que vivem os negros.

As luzes dum letreiro neon em três cores refletiam-se alternadamente no rosto de Mandy, que agora estava tocado de vermelho. Foi a essa luz que Floriano viu a expressão de fúria que desfigurava o semblante da americana.

— Estava tardando que me atirasses na cara a discriminação racial! — exclamou ela, as narinas palpitantes, a voz alterada.

Floriano contemplava-a, meio apreensivo. Estava claro que tinha apertado no botão de alarma daquela bela máquina.

— Vocês, brasileiros, como amam os negros, não podem compreender a nossa situação...

E com aqueles reflexos no rosto — verde, violeta, encarnado — Marian K. Patterson continuou a falar com uma fúria surda na voz. Já que ele provocara o assunto, ia desabafar... Achava o Rio a cidade mais bela do mundo, quanto a isso não havia dúvida. Os brasileiros eram encantadores, ninguém podia negar... Ah! mas havia coisas no Brasil que ela simplesmente detestava. Não suportava a presença constante do negro e do mulato na vida carioca, nem a tolerância com que a população branca os tratava. Não havia nada que a enojasse mais que a promiscuidade racial. No Rio via negros e mulatos por toda a parte, misturados com brancos: na rua, nos cafés, nos cinemas, nos teatros, nos ônibus, nas salas de espera, nas lojas... negros! negros! negros! Achava-os sujos, malcheirosos, insolentes, metidos. Nas repartições públicas, encontrava funcionários mulatos — empafiados, pedantes, com ares de senhores do mundo. Na rua mais de uma vez um preto lhe dirigira olhares lúbricos, um até chegara a dizer-lhe uma obscenidade. E por fim, soltando a voz, quase num apelo, perguntou:

— Vocês não compreendem que com essa tolerância estão impedindo o Brasil de ser um dia uma grande nação?

Floriano escutava-a em silêncio. E quando ela fez uma pausa, perguntou:

— Já desabafou?

— *I am sorry*.

— Não se desculpe. Você disse apenas o que sente. Agora vou lhe fazer uma pergunta. Como é que você concilia seus ideais cristãos de presbiteriana com essa fúria antinegra?

— A religião nada tem a ver com o assunto.

— Então que é que tem?

— A decência, o respeito pelos nossos corpos, pelo nosso sangue, pelos nossos filhos. O desejo de evitar que nossa raça se abastarde. Vocês não podem compreender. É preciso ter vivido no Sul dos Estados Unidos para sentir esse problema na carne e nos nervos. Nós não maltratamos os nossos negros. Pelo contrário, damos a eles todas as oportunidades para se educarem e para fazerem uma carreira na vida. Na minha terra há negros doutores, técnicos, milionários até. De que serve a famosa tolerância racial dos brasileiros se os negros aqui dificilmente conseguem sair da favela?

Floriano debruçou-se na janela e ficou olhando para o pavimento da rua, que também refletia as cores do letreiro de neon. Mandy parecia um caso perdido como tantos outros americanos que ele conhecia e, apesar de tudo, estimava. Suportavam passavelmente que se criticasse Roosevelt, a Corte Suprema e o *American way of life*, mas quando se tocava no problema negro, perdiam a compostura, exaltavam-se. E ficavam então hediondos.

Marian debruçou-se também na janela e explicou com voz serena que estava arrependida, não das coisas que dissera, mas da paixão com que se expressara. Ele continuou calado. Ficou olhando a luz duma boia que pisca-piscava no mar. Depois de alguns instantes ela perguntou, quase terna:

— Ficou zangado comigo?

— Claro que não. Como pode a gente zangar-se com uma pessoa por ela ser asmática ou tuberculosa?

— Quê?

— Acho que vocês americanos estão doentes. Herdaram esse ódio aos negros como poderiam ter herdado outra doença qualquer.

— Não seja bobo.

Novo silêncio. Veio lá de baixo, duma rua próxima, o som duma buzina que reproduzia os primeiros compassos d'*A viúva alegre*.

— Não sei como não te envergonhas de seres vista na companhia dum homem moreno como eu. Já pensaste que posso ter nas veias sangue negro? Neste país nunca se sabe...

— *Don't be silly.*

Outra vez o silêncio. Que dizer? — pensava ele. — Que fazer? Continuava a olhar o mar e a ruminar as palavras da amiga. E aos poucos lhe vinha um desejo malvado de violentar aquela bela fêmea, de rebaixá-la, de conspurcá-la com seu esperma de mestiço...

Fez meia-volta, encaminhou-se para a porta, as mãos metidas nos bolsos.

— Bom — murmurou. — Acho que vou andando.

Apanhou o copo e bebeu, sem vontade, um gole de tônica. Sentiu então que Mandy se aproximava dele e lhe pousava ambas as mãos nos ombros. O hálito dela bafejou-lhe a nuca.

— Fica.

Floriano voltou-se brusco, tomou-a nos braços, apertou-a contra seu próprio corpo, beijou-lhe violentamente a boca.

— Espera... — murmurou ela.

E descalçou os sapatos para que ficassem da mesma altura. E como a mão de Floriano já estivesse a mexer-lhe nas roupas, aflita, ela disse:

— Devagar. Temos tempo.

Desvencilhou-se dele, fechou a porta à chave e, sem dizer palavra, dirigiu-se para o quarto. Ele ficou, meio estonteado, onde estava, o corpo inteiro a pulsar de desejo. Que fazer agora? Segui-la até o quarto? Ouviu o ruído do chuveiro. Compreendeu o que se passava. Sentou-se no sofá, pegou o cinzeiro e ficou a rodá-lo nervosamente nas mãos. Alguns minutos depois, ouviu a voz da amiga:

— Floriano!

Encaminhou-se para o quarto de dormir e parou à porta. A luz lá dentro estava apagada, mas o luar entrava pelas janelas com o som do mar. Olhou para a cama e viu (ou sentiu?) que Mandy estava toda nua sob o lençol. Pensou vagamente em tomar também um banho, antes de deitar-se com ela, mas havia tamanha urgência em seu desejo, que mandou a ideia para o diabo. Tirou o casaco, desfez o nó da gravata, arrancou-a fora, desabotoou a camisa — tudo isso num açodamento de ginasiano.

— Não vais tomar um chuveiro? — perguntou ela.

— Era o que eu ia fazer...

Achou a insinuação indelicada. E o tom natural com que ela sugerira aquela coisa também tão natural, de certo modo quebrava o sortilégio do momento.

— Leva o meu roupão...

Ele aceitou a ideia. Tomou um banho rápido, enxugou-se às pressas, enfiou o roupão, voltou para o quarto e foi direito para a cama. Mandy havia jogado fora o lençol e agora ali estava completamente nua. Floriano deitou-se e enlaçou-a. Aquele corpo bicolor — cobre nas partes que ela expunha ao sol da praia e leite nas estreitas zonas que o maiô protegia — deu-lhe uma curiosa sensação de ser ao mesmo tempo cálido e fresco. Ela se deixava beijar, mais que o beijava, enfurnava os dedos nos cabelos dele, dizia-lhe coisas ternas em surdina, começava a chamar-lhe *boyzinho*. Mas os minutos passavam e ela parecia não querer sair daquele prelúdio de carícias superficiais. Permanecia de coxas trançadas, defendendo-se como uma virgem medrosa. Quando Floriano tentou penetrá-la, ela resistiu. Já quase agastado, ele lhe perguntou:

— Que é que há contigo?

— Nada. Tem paciência...

Contou-lhe que, como tantas outras moças americanas, fora desvirginada nos tempos de *high school* por um colega sem a menor experiência sexual. A coisa toda fora dolorosa e constrangedora, deixando-a com um misto de medo, frustração e vergonha.

— E depois disso... — quis ele saber — nunca mais?

— Nunca mais.

Era incrível — pensava ele. Mandy, a máquina eficiente. Mandy, a superior. Mandy, a imperturbável, ali estava agora como uma menininha atemorizada. Floriano afrouxou o abraço e ficou a contemplar a amiga como a um objeto raro. Teria de ir embora levando a frustração do ato tão desejado mas não realizado? Havia algo que ele não compreendia ainda. Era a facilidade com que ela decidira aquela noite ir para a cama com ele, a naturalidade com que se despira e fizera todos os outros preparativos, como uma cortesã experimentada.

— Comigo vai ser diferente... — segredou-lhe ao ouvido.

Tornou a abraçá-la, dessa vez com uma fúria agressiva. Meteu o joelho como uma cunha entre as pernas da texana e surpreendeu-se por não encontrar nenhuma resistência. Marian K. Patterson abriu-se toda como uma flor. E Floriano sentiu que seu furor se aplacava um pouco, se tingia de ternura, e ele passava a tratá-la como a uma flor, temeroso de magoá-la física e psicologicamente, desejoso de fazer que ela tirasse daquela ligação o máximo de gozo. Curiosamente, passaram-lhe pela cabeça, num relâmpago, fragmentos de histórias que Don Pepe García contava ao menino Floriano sobre touradas e toureiros, dando uma importância capital a *el momento de la verdad* — em que o toureiro mata o touro com uma estocada certeira.

Mandy teve naquela noite pela primeira vez na vida o seu "momento da verdade". O prazer que sentiu foi tão intenso, que a projetou espasmodicamente em alturas vertiginosas para depois depô-la em suave desmaio num sereno vale de sonolenta ternura — o que a fez desatar um choro manso e agradecido.

Floriano veio vê-la no dia seguinte, curioso de saber como a encontraria. Ficou decepcionado e até meio desarvorado quando, ao abrir-lhe a porta, antes mesmo de beijá-lo, ela o censurou:

— Devias ter telefonado antes.

Maldita ordem ianque! — pensou. Fórmulas para tudo. Não terão um momento de espontaneidade? Mas quem sou eu para falar em espontaneidade? Um homem inibido, um...

Marian abraçou-o, entregou-lhe os lábios, um pouco passiva, fez-lhe nos cabelos uma carícia rápida.

— Olha, antes que me esqueça... — começou ela, preparando um *highball*. — Temos que fazer um contrato.

— De compra e venda?

— Não. Estou falando sério.

Deu-lhe um copo com água mineral.

— É a respeito do que aconteceu ontem...

— Ah!

Sentaram-se no sofá.

— Artigo primeiro — disse ela. — Não devemos *comentar* o assunto. De acordo?

— De acordíssimo.

— Artigo segundo: não me deves nada, não te devo nada, está bem? — Ele sacudiu afirmativamente a cabeça. — A nossa vida seguirá como antes, quero dizer, cada qual com a sua liberdade.

— Ótimo!

Aquela situação lhe convinha à maravilha. Duas ideias existiam que ele repelia com igual veemência. Uma era a de casar-se com Marian; a outra, a de não tornar a dormir com ela.

Saíram juntos aquela noite, reuniram-se ao *crowd* no Cassino Atlântico. Depois do terceiro uísque, Mandy tomou-lhe da mão por baixo da mesa, a seguir saíram a dançar, muito apertados um contra o outro, e ela não protestou quando em plena pista ele lhe beijou o lóbulo da orelha. Mas quando voltaram para o apartamento dela e Floriano quis entrar, ela o deteve. Estava cansada, alegou. "Outra noite, *boyzinho*, sim?" Ele se resignou.

Na noite seguinte, porém, ela tornou a entregar-se. E durante o resto da semana encontraram-se no mesmo apartamento todos os dias. Ficavam a ouvir música e a conversar. E pensando em *el momento de la verdad*, ele agora achava menos difícil suportar os "assuntos" de Mandy. Uma noite, como ele a beijasse dum jeito que não deixava dúvidas quanto ao que queria, ela o empurrou sem violência mas com decisão:

— *Boyzinho*, você não pensa noutra coisa. Tenha moderação. Você disse que nós americanos somos máquinas, não foi? Pois os homens brasileiros é que são verdadeiras máquinas de fazer amor.

— Basta apertar num botão... — sorriu ele, esforçando-se por encarar o assunto com espírito cínico-esportivo. Mas na realidade a coisa toda o perturbava um pouco. Dificilmente conseguia ir para a cama com Mandy sozinho: levava sempre consigo quase toda a gente do Sobrado. Lembrava-se de Sílvia com remorso. Pensava na mãe, que já andava desconfiada de tudo. Pensava na Dinda, cujo fantasma muitas vezes surgira acusador ao pé do leito da americana. E pensava principalmente em si mesmo, no outro Floriano da "época pré-Marian".

Era julho, as praias andavam desertas e o vento que vinha do mar à noite trazia um mal escondido arrepio de inverno.

Marian um dia decidiu que não deviam escravizar-se ao hábito de se encontrarem todas as noites. Marcaram dias para se verem. Floriano não gostou da ideia, mas submeteu-se ao trato. Afinal de contas, que direito tinha de exigir dela o que quer que fosse?

Nos dias em que não via a amiga, não sabia que fazer. Não conseguia concentrar-se no trabalho. Se pegava um livro para ler, a atenção lhe fugia. Acabava saindo e dirigindo-se para os lugares onde poderia encontrar Marian. Mais de uma vez a viu em companhia de outros homens. Ela lhe explicava depois que sua embaixada continuava a pedir-lhe para "entreter" compatriotas mais ou menos ilustres que visitavam o Rio sozinhos. Mandy parecia fazer aquilo com naturalidade e até com gosto, o que deixava Floriano enciumado.

A todas essas, ele andava picado de remorsos, pois havia interrompido por completo a sua correspondência com Sílvia. Um dia, ao receber uma carta em cujo envelope reconheceu a letra dela, teve medo de abri-la. Ficou com ela no bolso durante várias horas. Finalmente abriu-a. Dizia:

O teu silêncio (ou devemos como bons brasileiros continuar culpando o correio?) tem uma eloquência maior que a mais franca das confissões. Ele me revelou tudo quanto se está passando contigo. Pensei que fosses suficientemente meu amigo para confiar em mim. E por falar em confiança, vou te fazer agora uma consulta cujo sentido mais profundo espero e desejo que compreendas. Presta atenção. Jango, teu irmão, continua a dizer que quer casar comigo. Tu sabes o que acontece quando ele quer uma coisa... Ninguém mais obstinado que ele. A Dinda faz gosto no casamento e sempre que apareço no Sobrado me prega grandes sermões, me dá conselhos, etc. Padrinho Rodrigo me escreveu uma carta muito carinhosa dizendo, entre outras coisas, que ficaria muito feliz se eu me tornasse sua nora. Eu quero Jango como a um irmão, tu sabes, e às vezes chego a pensar que está a meu alcance fazer o rapaz feliz, e que o amor (e quem repete isto é a Dinda), o amor mesmo virá depois do casamento, com o convívio. Também pergunto a mim mesma se não será egoísmo meu continuar a dizer não à única pessoa que parece me querer de verdade. Enfim, não sei explicar a minha situação sentimental. Confio em que, com tua intuição de romancista, possas achar uma resposta certa à consulta que te vou fazer. Devo casar-me com Jango ou esperar que o homem a quem realmente amo, mas cujos sentimentos a meu respeito ignoro, um dia me queira também? Fica certo de que só tu podes dar uma resposta decisiva a essa pergunta. E o que quer que digas estará bem. Preciso me libertar duma vez por todas dessa dúvida.

Floriano leu e releu a carta, numa confusão de sentimentos em que se mesclavam, em quantidades impossíveis de dosar, surpresa, ternura, decepção, piedade, constrangimento, gratidão, remorso... e alarma. A necessidade de tomar uma decisão definitiva deixava-o conturbado.

Seria que amava Sílvia dum amor suficientemente profundo para resistir, incólume, à burocracia conjugal?

Naquele dia dialogou consigo mesmo, como costumava fazer quando queria resolver problemas de composição literária. Estava à janela de seu quarto, que dava para o mar.

— Se amasses Sílvia de verdade, esse caso carnal com a americana não teria tido força para te fazer perder o interesse nela, a ponto de interromperes por completo a correspondência...

— Tu sabes que se Sílvia estivesse fisicamente perto de mim a coisa teria sido diferente.

— Não creio que sintas uma verdadeira atração física por Sílvia. Teceste em torno da figura dela uma fantasia poética como uma espécie de antídoto para o veneno da vida que aqui levas. E talvez ames menos Sílvia do que a *ideia de amar a menina de olhos amendoados que te ama*. Melhor ainda: Sílvia é um espelho em que tu te miras e te amas a ti mesmo.

— Minha ligação com Mandy não pode conduzir a coisa nenhuma. Na posição horizontal, nos entendemos cada vez melhor. Na vertical temos sempre conflitos e atritos.

— Em que ficamos então?

— Se eu fosse um sujeito decente e decidido, embarcaria amanhã mesmo para Santa Fé e livraria Sílvia desse casamento desastroso. Jango não é o homem para ela. Tu sabes.

— Deves reconhecer também que o fato de Sílvia ter mencionado a possibilidade de casar-se com Jango te deixou enciumado e irritado. Porque a ideia de ter em Santa Fé uma mulher bonita, inteligente e terna que pensa em ti com amor, te era e te é muito agradável. Confessa...

— Não é bem assim.

— É. Tu sabes. Roubam o teu espelho. Pior que isso: embaciam o teu espelho.

— E que queres que eu faça? Que me case com Sílvia e depois não lhe possa dar uma vida material decente? Que é que tenho para lhe oferecer? Não sou nada. Ainda não fiz nada. Arrasto-me num emprego passável para um homem solteiro... um emprego que me envergonha pelo seu caráter de sinecura. No mais, sou apenas um parasita que de certo modo ainda depende do "papai". Essa é a triste verdade, a grande contradição no homem que tanto deseja ser livre.

— Corta então esse cordão umbilical. Há quanto tempo vens prometendo isso a ti mesmo?

— Mas como é que se começa?

— Tu mesmo tens que descobrir.

— E o pior é que neste exato momento já estou pensando com certo alvoroço de colegial na hora em que vou ter Mandy nua nos meus braços, esta noite.

— E o puritano que mora dentro de ti te censura por isso.

— Eu me irrito porque essa dependência da americana está se tornando uma ameaça à minha liberdade. Sinto-me diminuído por depender tanto do prazer que ela me dá.

— A tua famosa liberdade! Sabes de que me lembra? De certas famílias antigas de Santa Fé, como a do barão de São Martinho, que passam necessidades e até fome, mas recusam-se a lançar mão da baixela de prata com o monograma do senhor barão e das joias lavradas da senhora baronesa. De que te serviu até hoje essa "joia guardada" que é a tua liberdade?

— Seja como for, se eu me casar com Sílvia, deixarei também de ser livre.

— Só espero que não venhas a descobrir um dia que essa pedra preciosa que entesouraste com tanto zelo não passa duma imitação sem valor.

— Mas vamos aos fatos... Que fazer?

— Mandy, tu sabes, volta para os Estados Unidos em meados do ano que vem. Ofereceram-lhe um bom emprego em San Francisco...

— Pois assim o meu problema com ela terá uma solução natural. Mas... e Sílvia?

Fez meia-volta, sentou-se à frente da máquina de escrever (sua correspondência com a amiga distante tinha sido toda manuscrita) e começou a bater uma carta, tratando de convencer-se de que aquilo era apenas um rascunho, um balão de ensaio, talvez uma mensagem mais para si próprio do que para Sílvia.

Recebi, li e reli tua carta. O homem que amas — se é quem penso — tem uma imensa ternura por ti e muitas vezes lhe passaram pela cabeça fantasias matrimoniais em que eras sempre a esposa eleita. Mas não te iludas. Ele não é um bom homem. Pelo menos não é o homem que te convém, capaz de te fazer feliz. É um desajustado, debate-se numa contínua dúvida sobre si mesmo, é um ausente da vida, um marginal. Tu me compreendes. Pediste um conselho e eu te dou o melhor, o mais sincero, o mais coerente que me ocorre. Casa-te com o Jango. Tu o farás muito feliz e com o tempo também serás feliz. Ele te dará uma vida tranquila e segura. É um gaúcho sólido, com os pés firmemente fincados na terra, a cabeça limpa. Casa-te com o Jango. Já não é mais um conselho, mas um pedido. O Sobrado precisa de ti.

Perdoa a quem quer continuar a merecer sempre a tua amizade, haja o que houver.

Veio-lhe de repente uma ânsia de livrar-se do assunto. Assinou a carta assim como estava, meteu-a num envelope e sobrescritou-o. Andou com ele no bolso durante dois dias, sem coragem de remetê-lo à destinatária. Precisava reformar a carta — dizia-se a si mesmo —, fazê-la mais longa, menos brusca, mais carinhosa, de maneira que Sílvia compreendesse que, apesar de tudo, ele ainda a amava. Toda a vez, porém, que apanhava o envelope com a intenção de rasgá-lo e tirar-lhe a carta de dentro, sentia-se inibido, bem como nas poucas ocasiões em que se imaginara na cama com Sílvia, na noite nupcial.

Um dia entrou numa agência postal, selou a carta e deixou-a cair na caixa, com uma sensação de alívio e ao mesmo tempo de vergonha.

Em outubro corriam no Rio boatos de que a ordem seria perturbada. Comentava-se claramente que as eleições presidenciais não se realizariam, como se vinha anunciando. Floriano notava que o pai andava excitado, na expectativa de grandes acontecimentos.

— Prepare-se para a bomba, meu filho! — disse ele um dia, enigmaticamente.

Quando Mandy soube que se preparava "um golpe", quis saber de onde viria. Dos comunistas? Dos integralistas? De ambos? Diante da política brasileira, vivia em permanente estado de perplexidade.

— Talvez do próprio Getulio — disse Floriano.

— Mas não compreendo, *boyzinho*! Como pode um presidente dar um golpe no seu próprio governo?

— Espera e verás.

E quando se noticiou que Getulio Vargas havia fechado o Congresso e proclamado o Estado Novo, Marian K. Patterson felicitou o amigo pela "profecia".

— É preciso ter nascido neste país — explicou ele — para compreender o que se passou. Aqui toda a ciência dos sociólogos e dos economistas estrangeiros cai por terra. Toma nota do que te digo. O Brasil não é um país lógico, mas um país mágico.

A discussão nessa noite não prosseguiu, pois estavam ambos lado a lado na posição horizontal que, contrariando uma definição de d. Revocata — sorriu Floriano para si mesmo —, não seguia naquele caso a direção das águas tranquilas.

Em meados de novembro, num encontro fortuito entre pai e filho, Rodrigo disse a Floriano:

— Sabes da grande novidade? O Jango e a Sílvia vão contratar casamento. Já escrevi a eles pedindo que transfiram o contrato oficial para a noite de 31 de dezembro. Quero dar uma festa de arromba no Sobrado.

Aquela tarde Floriano encontrou Mandy na praia.

— Por que estás com essa cara tão triste, *boyzinho*?

— Nada.

Deitado ao lado da americana, Floriano de olhos cerrados passava-lhe lentamente os dedos pelas pernas e pelas coxas.

O relógio do Sobrado bateu uma badalada. Floriano ergueu-se da cama com alguma relutância, enfiou o roupão, pegou algumas peças de roupa branca e uma toalha, e encaminhou-se para o quarto de banho.

No quintal pregavam-se os últimos pregos no estrado de madeira onde aquela noite se dançaria. O ruído das marteladas ecoava pela casa. Na cozinha, onde havia também grande atividade, a Dinda dava ordens, com seu jeito autoritário.

Floriano caminhava ao longo do corredor quando a voz de Sílvia chegou até ele, produzindo-lhe um estranho arrepio de epiderme e alterando-lhe o ritmo do coração. Teve então a certeza de que ainda a amava.

Entrou no quarto de banho, perturbado. Tirou o roupão, postou-se debaixo do chuveiro e abriu a torneira como um suicida que abre o gás.

12

Depois do almoço, Rodrigo levou seus dois convidados para o escritório e ofereceu-lhes charutos. As damas acomodaram-se na sala de visitas. Laurinda serviu café a todos.

Terêncio Prates apanhou um havana, rolou-o entre os dedos, cheirou-o, mordeu-lhe uma das pontas e depois prendeu-o entre os dentes. O dono da casa aproximou-se sorrindo, com o isqueiro aceso.

— Espero que este seja o "cachimbo" da paz.

— Mas não estamos em guerra... — murmurou Terêncio, depois de acender o charuto.

— Passamos o almoço inteiro brigando.

— Uma diferença de opinião não é necessariamente uma briga.

Juquinha Macedo recusou o havana e preparou-se para fazer um crioulo. Rodrigo reconheceu a faca que o outro tirava da bainha de prata. Era a mesma que o amigo tivera consigo durante toda a campanha de 23. Servia para tudo: para cortar churrasco, picar fumo, limpar as unhas... Duma feita, devidamente passada pelo fogo, fizera as vezes de instrumento cirúrgico, desalojando a bala que se encravara, não muito fundo, na perna dum companheiro.

Rodrigo repoltreou-se numa poltrona e começou a saborear o seu Partagás. Tinha comido bem, talvez demais... Sentia-se enfartado, com um peso no estômago. O Mateus *rosé* e o Liebfraumilch eram responsáveis por aquela tontura — nada desagradável — e por aquele peso nas pálpebras. Pensava numa dose de bicarbonato de sódio e numa boa sesta. O bicarbonato não oferecia nenhum problema; quanto à sesta, bom, teria de esperar que os convidados fossem embora, e isso ia levar ainda algum tempo... Olhou discretamente para o seu relógio-pulseira. Passava das duas. Reprimiu um bocejo. Era o diabo que estivesse assim sonolento na hora em que mais ia precisar duma cabeça clara. Prometera apresentar aos dois amigos provas irrefutáveis de que havia no país uma Grande Conspiração que justificava plenamente o novo regime. Juquinha Macedo, depois de alguma relutância e duns resmungos saudosistas de maragato, aceitara a situação. De resto todos os partidos do Rio Grande — menos naturalmente a ala florista do Partido Liberal — tinham decidido colaborar com o Estado Novo.

Mas o cabeçudo do Terêncio, aquela vestal do castilhismo, ao saber do golpe de Estado, depusera seu cargo de prefeito nas mãos do interventor federal e mandara um telegrama insolente ao chefe da nação... Passara bom tempo, durante o almoço, a dar as razões (teorias, teorias e mais teorias!) por que não podia aceitar a nova ordem.

Ali estava ele agora, a cabeça atirada sobre o respaldo da poltrona, fumando em silêncio e soprando lentamente para o teto a fumaça de seu charuto, através dum ridículo orifício formado pelos lábios franzidos em bico. Não envelhecia, o filho da mãe. Raspara ultimamente o bigode onde os primeiros fios brancos apareciam. As têmporas levemente tocadas de prata lhe davam um ar *distingué*. Apesar de estar já beirando os cinquenta anos, conservava um corpo de bailarino andaluz, sem o menor vestígio de barriga. Aprendera esgrima em Paris e, dizia-se, todas as manhãs ali em Santa Fé tinha duelos de florete com o filho. *En garde! Touché!* Que grande besta! E frugal, por cima de tudo. Resistira aos quitutes da Laurinda, o monstro! Ao almoço contentara-se com umas verdurinhas, uns pálidos legumes, um pouco de arroz... Recusara os vinhos, o puritano! Para que quereria ele aquele corpo, se não o usava com plenitude? Não tinha aventuras amorosas extraconjugais... pelo menos não se sabia de nenhuma. Vivia para a família, para a estância e para os livros. Fazia anos que trabalhava numa monografia que todos os seus amigos (todos menos Rodrigo Terra Cambará) esperavam viesse a ser a obra definitiva sobre o Rio Grande. Defendia com unhas e dentes o que possuía — terras, gado, prédios, apólices — e odiava tudo e todos quantos pudessem pôr em perigo a sua condição social e econômica. Se um dia chegasse a ser ditador, mandaria fuzilar sumariamente todos os comunistas e todos os socialistas, inclusive os moderados. E no domingo seguinte iria à missa com a mesma cara. (Depois dos namoros que na mocidade tivera com o positivismo, convertera-se ao catolicismo.)

Foi Terêncio Prates quem quebrou o silêncio.

— Não. Não. Não — disse, sacudindo obstinadamente a cabeça. — Respeito a tua opinião, mas não posso aceitar essa coisa que aí está...

Rodrigo endireitou o busto, inclinou-se depois para a frente numa atitude confidencial e, num tom grave, murmurou:

— Talvez mudes de ideia quando eu te puser ao corrente da verdadeira situação nacional...

Juquinha Macedo palmeava o fumo, olhando fixamente para o dono da casa, dum jeito meio vago e desinteressado.

— Vocês sabem o que é esse tal Plano Cohen? — perguntou Rodrigo. — Mas sabem direito nos seus pormenores, nas suas sinistras intenções? Pois trata-se dum documento apreendido pelo Estado-Maior do Exército e contendo o plano dum *Putsch* de caráter por assim dizer científico, baseado na experiência revolucionária comunista no mundo inteiro. O objetivo desse *Putsch* era derrubar o nosso governo de maneira rápida e fulminante, dando um golpe certeiro na cabeça do país, usando para isso dum mínimo de gente. Grupos de comunistas devidamente treinados e "especializados" assaltariam o Catete e ao mesmo tempo ocupariam os ministérios, tomariam as estações de rádio, as usinas elétricas, o edifício dos Correios e Telégrafos, a Companhia Telefônica... A cidade ficaria em poucos minutos inteiramente paralisada. Atos de sabotagem e de terrorismo criariam o pânico na população, dificultando ou impossibilitando mesmo uma reação do governo.

Rodrigo ergueu-se e começou a andar dum lado para outro, na frente dos interlocutores.

— E vocês já pensaram no que aconteceria se esse plano fosse posto em prática e triunfasse? Já imaginaram o que seria o Brasil em poder dos comunistas? — Estacou na frente de Terêncio e pousou-lhe uma das mãos no ombro, aliciante. — Mesmo que essa vitória fosse de curta duração, teríamos por dias ou talvez semanas o reino da anarquia e do terror, com fuzilamentos sumários, incêndios, vinganças... o caos enfim!

Terêncio Prates olhava reflexivamente para a ponta do charuto. Juquinha Macedo perguntou:

— Mas tu *viste* esse documento?

Rodrigo, que não esperava a pergunta, ficou espinhado, mas conseguiu dominar-se a tempo.

— Vi! — mentiu, fazendo imediatamente uma reserva mental.

Era *preciso* acreditar naquele plano, era *indispensável* amparar o novo regime ou então tudo estaria perdido. Ele não sabia nem queria saber se o documento era autêntico ou se havia sido forjado pelos integralistas, como se murmurava. O importante era ter em mente a gravidade da hora nacional.

— Vocês sabem que os comunistas são capazes de tudo — continuou, depois duma pausa dramática. — Quanto a isso, o golpe de 35 não deixou a menor dúvida.

Novo silêncio no escritório. Da sala de visitas, vinham as vozes das mulheres, principalmente a de d. Marília Prates.

— Que calor filho da mãe! — exclamou Rodrigo tirando o casaco e convidando os amigos a fazerem o mesmo.

Macedo aceitou a ideia. Terêncio continuou como estava.

Agora recomeçavam as batidas de martelo no quintal. Rodrigo teve a impressão de que um carpinteiro infernal pusera-se a pregar-lhe cravos nos miolos.

— Há outro problema talvez mais sério ainda — prosseguiu, afrouxando o nó da gravata e desabotoando o colarinho. — É o perigo nazista. Tu não ignoras, Terêncio, que existe um velho plano pangermanista que abrange o Brasil. A coisa vem, se não me engano, de 1740, do tempo de Frederico II...

Apanhou a pasta de couro que estava em cima da escrivaninha e tirou de dentro dela alguns livros e folhetos.

— Aqui está — disse, segurando um volume — a obra que Wilhelm Sievers, professor da Universidade de Giessen, escreveu em 1903. Chama-se *A América do Sul e os interesses alemães*. Sua tese é a de que a Alemanha deve colocar sob o seu protetorado os países sul-americanos.

Dois pares de olhos um tanto incrédulos — observou Rodrigo, meio agastado — estavam postos nele. Pegou outro volume.

— Este é o *Hitler me disse*, de Rauschning, ex-presidente do estado de Dantzig. Ouçam o que diz o *Führer* — abriu o livro numa página marcada por uma tira de papel e leu:

— *Edificaremos uma nova Alemanha no Brasil. Ali encontraremos tudo que for necessário.*

Sentia o suor escorrer-lhe pelo peito e pelas costas. E agora, para cúmulo de males, começara a azia: subia-lhe do estômago à garganta como que uma fita amarga de *fogo*. E Terêncio, ali, branco, imaculado e plácido como um lírio...

Rodrigo agarrou um folheto e ergueu-o:

— Tenho aqui a tese dum tal Rudolf Batke, membro, notem bem, membro do Círculo Teuto-Brasileiro de Trabalho, fundado há uns dois anos por brasileiros de origem germânica que estudaram na Alemanha. Diz esse calhorda que o conceito "alemães-brasileiros" deve ser prescrito, pois na sua opinião todos os teuto-brasileiros fazem parte da etnia alemã... são alemães no sangue, na espécie, na cultura e na língua. Mais adiante o tipo nega a existência de "um povo brasileiro". O que há, diz ele, é um Estado brasileiro, dentro do qual vivem alemães, lusitanos, italianos, japoneses e mestiços... Vocês compreendem — acrescentou, baixando a voz e lançando um rápido olhar na direção da sala —, na opinião desse sujeito o Brasil é uma espécie de cu de mãe joana, com o perdão das excelentíssimas famílias... — Mudando de tom, acrescentou: — Vocês não estão com sede? Eu estou.

Gritou para a cozinha que trouxessem água gelada. E quando, pouco depois, entrou uma chinoca, cria do Angico e nova na casa, trazendo três copos d'água numa salva de prata, Rodrigo lançou para as ancas da rapariga um olhar avaliador de macho, que não passou despercebido a Juquinha. Rodrigo esvaziou seu copo dum sorvo só. Macedo fez o mesmo. Terêncio bebericou a sua água com método.

O dono da casa bateu a cinza do charuto em cima dum cinzeiro:

— Pois bem. Essa gente toda se organizou. O sul do Brasil está minado de núcleos nazistas que contam até com tropas de assalto, como na Alemanha de Hitler. Seu Terêncio, ouça o que lhe digo, a situação é grave, temos um cavalo de Troia dentro de nossos muros!

— Sim — começou o outro —, mas...

Rodrigo interrompeu-o:

— E o pior é que os nazistas contam aqui dentro com o apoio dos integralistas.

Terêncio entesou o busto e protestou:

— Essa é que não! Asseguro-te que isso não é verdade.

— Quem foi que te disse?

— Meu filho, o Tarquínio, como sabes, é membro da Ação Integralista Brasileira. Ele me garante, sob palavra, que tal ligação não existe e nunca existiu. É

765

pura invenção dos comunistas. Pode haver entre os dois movimentos algumas semelhanças de superfície. Não te esqueças de que o integralismo é antes de mais nada uma doutrina política basicamente cristã, ao passo que o nazismo é pagão.

Rodrigo tornou a sentar-se.

— Acredito na sinceridade do teu filho. Mas é que esses entendimentos se processam em segredo, são do conhecimento apenas dos dirigentes mais altos do partido. E depois, meu caro, é preciso ser cego para não ver. As semelhanças saltam aos olhos. O caráter totalitário de ambos os movimentos. A saudação fascista. O culto do *Führer* lá e o do Chefe Nacional aqui. Dum lado as camisas pardas e do outro as camisas verdes. A cruz gamada e o sigma. Ora, Terêncio, não és nenhum ingênuo...

Veio lá da sala, com repentina nitidez, a voz de d. Marília Prates, que se queixava ao dr. Camerino. "Tenho tido umas *migraines* terríveis..." Depois que voltara de Paris tinha *migraines* em vez de dores de cabeça, como as demais santa-fezenses.

Juquinha pitava o seu crioulo em silêncio, esperando que Rodrigo continuasse o seu trabalho de catequese.

— E não é só isso — continuou o senhor do Sobrado. — Todo o mundo sabia que o Armando Salles e o Flores da Cunha articulavam um movimento revolucionário contra o governo. O nosso general tinha aqui no Rio Grande mais de vinte mil homens em armas. Que é que vocês queriam que o Getulio fizesse numa conjuntura dramática como essa? Que renunciasse? Que entregasse o país ao Plínio Salgado? Ou ao Luiz Carlos Prestes?

— Podia ter pedido o estado de guerra ao Congresso — replicou Terêncio. — Era o que bastava para fazer frente à situação.

— Ora, tu sabes como são esses deputados e senadores. Embromam, falam demais, atendem primeiro seus interesses pessoais e partidários para depois pensarem no Brasil... quando pensam. O momento exigia uma medida drástica. E o fato de não ter havido nenhuma reação violenta, nenhuma manifestação contrária da parte do povo, significa que a medida correspondeu a um anseio geral.

Tornou a erguer-se e deu alguns passos na direção da janela. Olhou com olhos entrefechados para a grande claridade da tarde. Subia das pedras das ruas e das calçadas um bafo de fornalha. O ar estava parado. A praça, deserta.

Tornou a aproximar-se dos amigos:

— O Getulio raciocinou assim: ou nos adaptamos às circunstâncias do momento ou perecemos. A Constituição de 1934 deixou o governo amarrado, incapaz de se defender.

— E sob o pretexto de evitar que o país caísse nas mãos do extremismo integralista ou do extremismo comunista, o teu amigo instituiu o extremismo getulista.

— Não nego, o que temos aí é um governo de força — replicou Rodrigo com bonomia. — Mas vocês têm de reconhecer que sua finalidade não é entregar o Brasil à Rússia ou à Alemanha, mas a si mesmo, ao seu grande destino. O Estado

Novo visa preservar a ordem e a unidade nacionais, acabando com os regionalismos perniciosos. Que outra coisa era o Flores da Cunha senão um barão feudal que tinha o seu exército particular, suas veleidades de influir na política de outros estados em benefício de seus caprichos, vaidades de mando e interesses pessoais? Caudilhos como ele têm custado caro demais ao país. Não! As oligarquias tinham de acabar. De certo modo o Getulio repetiu as "salvações" do Pinheiro Machado, só que desta vez a salvação foi drástica e geral.

Terêncio fitou nele um olhar duro.

— Pois com todos os defeitos que possa ter, o general Flores da Cunha é um homem leal e corajoso, de cuja palavra nunca tive razões para duvidar. Já não sei se posso dizer o mesmo do doutor Getulio Vargas.

Rodrigo sentiu o sangue subir-lhe à cabeça, que de resto já lhe começava a latejar e doer. Teve ímpetos de gritar: "Cala essa boca! Tu mesmo não passas dum senhor feudal. Pensas que não sei que manténs a tua peonada com salários de fome? E que teus empregados raramente comem carne? E que só te falta exigir que eles te beijem a mão?".

Mas conteve-se, sorriu e disse:

— Ora, Terêncio, tu que és um castilhista convicto, devias ser o primeiro a aceitar a nova situação. O que aí temos é castilhismo da melhor qualidade.

O outro ergueu-se, brusco.

— Mas isso é uma heresia! Não queiras comparar a carta modelar que era a Constituição de 14 de julho, com esse feto monstruoso, fruto do conúbio adulterino do Getulio com o Chico Campos, e partejado pelo Góes Monteiro. Ah!... essa é que não!

Juquinha Macedo abafou um bocejo.

— Qual é a essência do castilhismo? — perguntou Rodrigo. E ele próprio respondeu: — É o governo autoritário que não só administra como também legisla, sem os estorvos, as demoras e os bizantinismos dos regimes parlamentares, tão onerosos aos cofres públicos. Que liberdade política teve o Rio Grande durante a ditadura castilhista e borgista, hein?

— Pouca — concordou Terêncio —, mas tínhamos liberdades civis, que o teu Estado Novo agora nos nega.

— Aaah! — fez Rodrigo. — Estás vendo as coisas negras demais. O que tens de pensar é isto: o Estado Novo representa uma vitória do Rio Grande. Getulio Vargas acaba de realizar o grande sonho da sua vida: projetou o castilhismo no plano nacional!

— Mas para encenar essa paródia ridícula — replicou Terêncio — ele destruiu o verdadeiro espírito castilhista, transformando-se numa espécie de anti--Bento Gonçalves. Os Farrapos lutaram dez anos em prol duma república federativa. O doutor Júlio de Castilhos e seus adeptos continuaram a luta pela autonomia dos estados. Teu amigo agora deita tudo isso por terra com um decreto...

Rodrigo soltou um suspiro, aproximou-se do armário de livros, tirou dele uma brochura amarelada, abriu-a e ficou por alguns segundos a procurar uma página:

— Vou te refrescar a memória — disse. — Aqui está o que o doutor Júlio de Castilhos pensava da democracia. Escuta: ... *é vão e inepto o empenho daqueles que através da expressão numérica das urnas pretendem conhecer as correntes que sulcam profundamente o espírito nacional,* tererê e tal, como dizia o finado coronel Cacique... ah! Aqui está: *O voto não é nem pode ser o verdadeiro instrumento capaz de determinar precisamente o profundo trabalho da formação das opiniões, operado fora da preocupação eleitoral, que se desliza nas correntes partidárias.*

Fechou a brochura e jogou-a para cima da escrivaninha.

— Mas os tempos mudaram! — exclamou Terêncio. — E tu não me vais comparar a personalidade de Júlio de Castilhos com a de Getulio Vargas.

— Ah! Comparo. Por que não?

— Numa coisa o doutor Getulio se parece com o doutor Castilhos — interveio Juquinha Macedo. — ... cá na minha opinião de maragato. O doutor Castilhos venceu os gasparistas na revolução de 93 graças à ajuda do Exército nacional, que ele tanto cortejou. A vitória dos republicanos no Rio Grande foi uma vitória do marechal Floriano, quer dizer, dos militares. Agora o doutor Getulio, para se manter no governo, recorre ao Exército, dando assim um novo alce ao militarismo. Isso é que me parece perigoso.

— Castilhos tinha pensamento filosófico e político — insistiu Terêncio — e um plano definido de governo. O Getulio não tem.

Rodrigo soltou uma risada um pouco forçada.

— Estás muito mal informado, Terêncio. Essa balela de que o Getulio não tem pensamento filosófico nem político é pura invencionice de inimigos. O homenzinho sabe o que faz.

— Mas que foi que fez até hoje, depois de sete anos de governo? — perguntou Macedo.

Rodrigo olhou longamente para o amigo, em silêncio. Depois respondeu:

— Olha, Juquinha, eu vou te dizer... Durante estes sete anos, o Getulio apenas conseguiu *sobreviver*... Os politiqueiros não o deixaram administrar. Ele tateou, aprendeu a conhecer os homens com quem trabalhava e o país que lhe tocou governar. No princípio não conseguia ver a floresta por causa das árvores que o cercavam. (Conheço muita aroeira que tem dado sombra ao presidente...) Digamos que estes sete anos foram um período de aprendizado, de limpeza do terreno... Sim, de pesca aos pirarucus que atravancavam as águas. Ele arpoava esses peixes grandes, dava-lhes corda para que tivessem a ilusão de estarem livres e ilesos, e esperava... esperava com calma: os pirarucus iam se esvaindo em sangue e morriam... Só agora é que o Homem vai poder cumprir o programa da Revolução de 30.

Juquinha Macedo remexeu-se na cadeira e, sem tirar o cigarro da boca, disse:

— Não sei por quê, mas esse Estado Novo me cheira a tenentismo.

Rodrigo deu de ombros.

— Até certo ponto... talvez. Mas um tenentismo amadurecido, adulto. De resto é natural: os tenentes de 30, 31 e 32 hoje são majores e coronéis... — Mudando de tom e dirigindo-se a Terêncio, ajuntou: — O Getulio chegou à conclusão de que um país como o nosso, onde impera o pauperismo e o analfabetismo, não se pode dar o luxo de ter o sufrágio universal. Seus deputados e senadores jamais serão os representantes do povo, mas sim das oligarquias municipais e estaduais. O que nossa gente precisa é dum governo paternalista que cuide dela como de uma criança, que a alimente, que lhe dê roupa, casa, trabalho com bom salário e principalmente a sensação de que está segura, protegida. O doutor Getulio acha, como eu, que sem democracia econômica não pode haver democracia política.

— Mas isso é uma tese comunista! — bradou Terêncio, quase em pânico.

— E é fascista também, meu caro — respondeu Rodrigo, tomando a dose de bicarbonato com água que mandara buscar havia pouco. — Para mim o que importa é que seja uma tese certa. E é!

Tornou a lançar um olhar interessado para as nádegas da rapariga que lhe trouxera o remédio e que agora se retirava num bamboleio um tanto provocador de ancas.

— Tudo vale, tudo serve quando se quer tomar ou conservar o poder — murmurou Terêncio num tom quase funéreo.

13

Rodrigo dormiu uma sesta longa, da qual despertou um pouco estonteado. Um chuveiro frio, entretanto, clareou-lhe as ideias e tirou-lhe o torpor do corpo.

À tardinha debruçou-se numa das janelas do fundo da casa e ficou a observar o que se passava no quintal. O estrado, um quadrilátero de quinze metros de comprimento por dez de largura, ficara finalmente pronto. Havia pouco, uma das chinocas da cozinha andara a salpicar-lhe as tábuas com raspa de vela de espermacete, para tornar a pista mais leve para as danças. E por falar em danças, quem era aquele sujeito espigado, de ademanes femininos, que lá estava a mover-se dum lado para outro, rebolando as nádegas? Vestia calças dum azul-celeste, camiseta amarela de mangas curtas, muito justa ao torso. Deslizava sobre o tablado com uma graça de bailarino, punha-se na ponta dos pés para prender lanternas japonesas nos galhos das árvores e depois recuava para olhar o efeito — tudo isso ao ritmo duma música inaudível para os outros mortais. Houve um momento em que, talvez excitado pela presença de tantos homens (rapagões louros, empregados do restaurante do Turnverein, preparavam as mesas para a noite), o dançarino num gesto brusco arrancou um pêssego dum pessegueiro e mordeu-o com uma furiazinha coquete. Depois, com a fruta entre os dentes, tornou a cruzar o estrado, fingindo que patinava, os braços estendidos, como um acrobata que se equilibra no arame...

769

Rodrigo observava-o, divertindo-se. E quando Jango veio debruçar-se a seu lado, perguntou:

— Onde foi que vocês me arranjaram esse beija-flor?

— É o vitrinista da Casa Sol. Tem muita fama.

— Fama de quê?

— De decorador.

— Ah! Como se chama?

— Elfrido.

— O nome, de tão bom, chega a ser descritivo.

Elfrido, que desaparecera por alguns minutos, de novo entrava em cena — sim, porque o tablado era para ele um palco, e a ideia de estar sendo observado pelo dono da casa deixava-o com fogo nas vestes. Dessa vez trazia nas mãos um longo barbante do qual pendiam bandeirinhas triangulares de papel, em muitas cores. Leve como uma sílfide, cruzou o estrado, tornou a saltar para o chão, encaminhou-se para a escada que estava apoiada no tronco duma árvore e começou a galgar-lhe os degraus como quem executa os passos dum bailado.

— Ó moço! — gritou Rodrigo.

O decorador voltou a cabeça.

— Me chamou, doutor?

Tinha uma voz de saxofone contralto.

— Chamei. Que negócio é esse?

— Bandeirolas.

— Eu sei, mas que é que vai fazer com elas?

O artista explicou que ia estender os barbantes com as bandeirinhas de maneira que eles passassem em duas diagonais sobre o tablado.

— Essa é que não! Isto não é clube de negro.

— Mas vai ficar muito chique, doutor.

Rodrigo tinha começado o diálogo por puro espírito de galhofa, mas tais trejeitos de boca, braços e mãos estava fazendo o vitrinista, que ele começou a impacientar-se.

— Já disse que não quero saber de bandeirolas. Vá já guardar essas porcarias.

Elfrido obedeceu. Dessa vez contornou o estrado, de crista caída, e dirigiu-se para uma das portas do porão.

— Ora já se viu? — murmurou Rodrigo. — Vocês me arranjam cada tipo!

Jango limitou-se a soltar uma risada gutural e breve. Depois olhou para o céu e disse:

— Estamos com sorte. Vamos ter bom tempo.

Lá embaixo, marcial e enérgico como um sargento prussiano, o chefe dos garçons vociferava ordens em alemão para seus pupilos, que obedeciam, rápidos, sem discutir. Pequenas mesas achavam-se colocadas ao longo dos quatro lados do tablado, de modo a deixar um amplo espaço livre para as danças. O início da festa estava marcado para as nove da noite. Às dez haveria o que d. Marília Prates insistia em chamar de *buffet froid*.

— Me contaram — disse Jango — que o pessoal da diretoria do Comercial está furioso com a gente.

— Ué? Por quê?

— Porque nossa festa vai fazer concorrência ao *réveillon* do clube. Acham que todo o mundo vem pra cá...

Rodrigo segurou afetuosamente o braço do filho.

— Para mim esta festa é mais que um *réveillon* de 31 de dezembro: é a noite de teu contrato de casamento com a Sílvia. Tu sabes, esse foi sempre o meu sonho...

Jango suava, encabulado, sem encontrar o que dizer.

— Vocês têm todas as condições para serem felizes... — murmurou Rodrigo, pensando no lamentável estado de suas relações com Flora. Lembrou-se dos maus momentos que passara à mesa do almoço. Não sabia exatamente por quê, mas os convivas pareciam estar ali por obrigação, sem nenhum prazer. A conversa arrastara-se, com hiatos de silêncio, sem a menor espontaneidade, por mais que ele se esforçasse para animá-la. Flora não lhe dirigira sequer uma palavra ou um olhar. No rosto de Sílvia — estranha noiva! — não vira nenhuma expressão de alegria. Talvez a menina estivesse tristonha por causa da doença da mãe... O Jango — coitado! — portava-se como um noivo da roça, tomado dessa felicidade alvar que leva a gente a rir sem motivo; e o mambira parecia não saber que fazer com as mãos. E depois, a Dinda... Desde que ele, Rodrigo, chegara, a velha se fechara num silêncio exasperante, como se com isso quisesse castigá-lo por ter educado mal a Bibi (que se recusara a comparecer à mesa, sob o pretexto de que os convidados eram "uns chatos"), de ter feito a infelicidade de Flora e de haver permitido que Eduardo se tornasse comunista... E durante todo o almoço, ele tivera diante de si aquela mulher seca e séria, de olhos quase completamente tomados pela catarata, mas que parecia enxergar tudo e todos, enxergar até demais, desconfortavelmente demais... O Dante Camerino comera como um abade, e depois ficara empachado jiboiando num silêncio sonolento e estúpido. O Juquinha, de ordinário tão conversador, estava num de seus piores dias. As mulheres trocavam impressões rápidas sobre acontecimentos triviais — vestidos, fitas de cinema, o calor —, mas tudo numa conversa chocha, sem real interesse da parte de ninguém. Terêncio limitara-se a atacar o Estado Novo e Eduardo só abrira a boca duas ou três vezes para agredir Terêncio. E envolvendo aquela gente e aqueles silêncios — o calor, o ar espesso e meio oleoso, as moscas importunas que se colavam nas caras e nas mãos dos convivas, que pousavam na comida ou caminhavam pela beira dos pratos. Sim, havia ainda Floriano, o grande ausente, o demissionário da vida — pensativo, distraído, com seu eterno ar de réu. Um verdadeiro desastre, aquele almoço! Queira Deus que a festa desta noite não seja a mesma coisa!

— Para quando marcaram o casamento? — perguntou.

— Para abril ou maio do ano que vem.

— Para isso não se espera a safra, hein? Bom, quanto mais cedo, melhor. O Dante me disse que o estado de saúde da mãe da Sílvia piora de dia para dia. Parece que a coitada não vai longe... Seria bom que antes de morrer visse a filha casada...

— Tio Toríbio não apareceu até agora... — disse Jango depois duma pausa.
— Que terá acontecido?

Rodrigo encolheu os ombros. Estava também preocupado com a demora do irmão. Ao chegar a Santa Fé no dia anterior, encontrara um bilhete escrito a lápis numa folha de papel quadriculado:

Rodrigo. Uma coisa te peço. Quando nos encontrarmos, não me fales nesse teu Estado Novo, senão eu vomito. Podes empulhar os outros, mas a mim não empulhas. É uma sorte o velho Licurgo estar morto, porque assim ele não vê o filho feito cupincha dos milicos e lacaio do Getulio. O melhor é a gente não falar. Já que a merda está aí mesmo, vou fechar a boca, tapar o nariz e pedir que não façam onda. Quem gostar da porcaria que coma. Bio.

— Acho que teu tio vai nos estragar a festa... — murmurou Rodrigo.
— Ora, por quê?
— É um intolerante. Não quer aceitar a situação política. Tu sabes como ele é: oito ou oitenta. Não tem meias medidas.
— Mas que é que ele pode fazer?
— Se pudesse fazia uma revolução. Como não pode, vai ficar por aí insultando e provocando meio mundo. Palavra que estou apreensivo. Conheço bem o Bio. Seria até melhor que ele ficasse no Angico...

Não estava sendo sincero. Na realidade ardia por tornar a ver o irmão, por ouvi-lo contar suas últimas aventuras, as eróticas e as outras. Aos cinquenta e três anos, Toríbio revelava uma predileção cada vez mais acentuada por mulatinhas de menos de vinte. A coisa tinha assumido tais proporções, que várias sociedades recreativas de gente de cor — das quais Bio era sócio benemérito — haviam proibido sua entrada nos seus salões em noite de baile.

Rodrigo soltou um suspiro.
— Que calor medonho! Tomei um banho há menos de meia hora e já estou todo encharcado de suor.

Elfrido tornou à cena, fez uma pirueta em cima do tablado, deu um piparote numa das lanternas, soltou uma risadinha nervosa e depois olhou em torno para ver a reação dos garçons.

— Esse tipo merecia uma boa surra — resmungou Rodrigo por entre dentes.

14

Toríbio chegou ao anoitecer. Depois de abraçar as mulheres da casa, que estavam concentradas na cozinha, às voltas com problemas de copa, forno e fogão — perguntou à Dinda, com uma maldade não de todo destituída de afeto:

— Onde está o doutor Rodrigo Vargas?
— Não conheço ninguém com esse nome — replicou Maria Valéria.

— Ora! O seu sobrinho. O amiguinho do general Góes, do general Dutra, do general Rubim. A mascote do regimento.

— Não provoque — aconselhou a velha. — É melhor não falarem em política. Pelo menos hoje, que é noite de Ano-Bom.

— Ó Flora... por falar em Ano-Bom — disse Toríbio, entrando na sala de jantar —, manda preparar o meu terno de brim claro... Ou será que a festa vai ser de gala?

Rodrigo, que naquele instante saía do escritório, exclamou jovial:

— Gala coisa nenhuma, major! Então não me conheces?

Toríbio parou, mirou o irmão, como se o tivesse visto na véspera, e disse:

— Pois pensei que te conhecia, mas vejo agora que não te conheço.

Rodrigo precipitou-se para ele e abraçou-o efusivo. Toríbio apenas se deixou abraçar.

— Não te encostes muito em mim — murmurou. — Suei pra burro na viagem. Estou fedendo.

O outro estava desapontado. Nunca, mas nunca em tempo algum o irmão o recebera com aquela indiferença. Sempre que se encontravam, mesmo depois de ausências curtas, davam um verdadeiro espetáculo: abraçavam-se e ficavam numa dança de tamanduás, a se darem palmadas um nas costas do outro, e a se dizerem desaforos carinhosos.

— Que é que há contigo, hombre?

— Comigo? Nada. Vou tomar um chuveiro.

Enveredou pelo corredor, entrou no seu quarto, apanhou uma muda de roupa branca, uma toalha e um sabonete e depois dirigiu-se para o quarto de banho. Rodrigo seguiu-o.

Toríbio despiu-se em silêncio, coçou distraído a cabelama do peito, abriu o chuveiro, postou-se debaixo dele e começou a ensaboar-se freneticamente, como se não tivesse dado ainda pela presença do irmão.

— Bio, deixa de representar! Não sejas teimoso!

Apertando repetidamente com o braço a mão ensaboada contra a axila, Toríbio agora se comprazia em produzir sons que semelhavam o grasnar dum pato.

— Pelo menos escuta o que vou te dizer...

— Se vais me falar nessa bosta que o Getulio e os militares inventaram...

— Espera! Deixa ao menos que eu me justifique. Não sejas intolerante, arre!

Por alguns minutos falou sem ser interrompido: repetiu o que havia dito àquela tarde ao Terêncio e ao Juquinha: dramatizou como pôde a situação.

— A mim vocês não empulham... — resmungou Toríbio, erguendo a cabeça para receber o jorro d'água em pleno rosto.

— Abre pelo menos um crédito ao novo governo, dá-lhe um prazo de tolerância.

— Prazo? Sete anos não bastaram? Sete anos de desmandos, roubalheiras, safadezas, negociatas?

— Mas que é que tu sabes de positivo, se nunca viste a coisa de perto?

Repetes o que te contam os maldizentes profissionais, o que lês nos jornais da oposição.

O rosto ensaboado, os olhos cerrados, uma pasta de cabelo colada na testa, Toríbio ergueu o dedo:

— Bota a mão na consciência e me diz... Mas fala com franqueza. Não sou repórter de jornal nem microfone de rádio, sou teu irmão, estamos na nossa casa, ninguém nos escuta... Tu aceitas mesmo essa porcaria que aí está? Não acredito. Se acreditasse, era o fim de tudo.

Rodrigo tinha acendido um cigarro e agora fumava sentado num mocho, num canto do quarto aonde não podiam chegar os respingos daquele banhista estabanado que não parava de agitar os braços e de bufar. Toríbio parecia-lhe mais gordo, mais ventrudo do que na última vez em que o vira. Assim nu lembrava-lhe um lutador japonês de sumô.

Houve um silêncio. Toríbio tornou a ensaboar-se. Rodrigo observava-o taciturno, ansioso já por abrir-se com o irmão e dizer-lhe o que realmente sentia.

— Às vezes um homem tem que transigir... — murmurou, sem muita convicção.

O outro fechou o chuveiro, apanhou a toalha e começou a enxugar-se.

— Eu sei. Transijo cem vezes por dia, com os outros e comigo mesmo, mas em pequenas coisas. Nunca transigi com a patifaria, com a opressão, com a ladroeira, com a mentira. Mas pelo que vejo, teu nariz já se habituou a toda essa fedentina.

O quarto de banho recendia a sabonete: uma fragrância leve e inocente, que nada tinha a ver com aquele homem másculo, rude e musculoso que ali estava a esfregar-se com fúria, e em cujo corpo o suor já começava de novo a escorrer.

— Por exemplo... — tornou ele a falar, enfiando a camisa — ... essa barbaridade que o Getulio fez com o general Flores da Cunha... Cercou o homem, acuou-o de tal maneira que o obrigou a emigrar para salvar a pele. E por quê? Porque teu amigo tinha medo do nosso caudilho, porque sabia que ele ia se opor a um regime ditatorial e a essa Constituição de borra...

Rodrigo olhava para o irmão sem dizer palavra. O suor empapava-lhe as roupas, escorria-lhe pelas faces. Ergueu-se, jogou no chão o cigarro e começou a despir-se, primeiro devagar, mas depois com uma urgência tão grande, que chegou a rasgar a camisa. Correu para o chuveiro e abriu a torneira, como se um banho fosse a solução para todos os seus problemas.

15

Cerca das onze da noite, no dizer de José Lírio "a coisa pegou fogo". Foi quando o Jazz Rosicler, aboletado num coreto ao pé do marmeleiro, começou a tocar sambas e marchinhas do último Carnaval, e o Chiru Mena saiu a pular, puxando um cordão improvisado no qual se misturavam casados e solteiros. O tablado soava como um tambor às batidas ritmadas daqueles passos.

Muitos dos convivas ainda comiam, sentados ao redor de mesinhas. Os garçons moviam-se dum lado para outro, com bandejas carregadas de garrafas e copos, fazendo prodígios de equilibrismo. Andava no ar um cheiro de galinha temperada e um bafio de cerveja e vinho — tudo isso de mistura com o perfume que se evolava das mulheres. A guerra de serpentinas entre as mesas continuava: as fitas de papel desenrolavam-se coloridas por cima das cabeças dos que dançavam. Soprava uma brisa morna, bulindo com as lanternas e as folhas das árvores.

Rodrigo, que havia encarregado Jango e Sílvia de receberem os convidados, aproveitara as primeiras horas da noite para deitar-se e repousar, e só agora começava a cumprimentar os amigos e conhecidos. Conhecidos? Era incrível, mas tinha a impressão de que, com exceção da Velha Guarda, já não conhecia mais ninguém em Santa Fé. Metido numa roupa de tropical azul-marinho, camisa de seda branca, gravata cor de vinho, percorria as mesas, com um charuto apagado entre os dedos, e acompanhado de sua aura de Tabac Blond.

Cumprimentara já várias gerações de Macedos, Prates e Amarais. Verificara, alarmado, que meninas de ontem eram agora mães de família, o que o fazia sentir-se um pouco avô. (Os Amarais — reparava ele — tinham o mau hábito de se casarem entre primos.) Ali estavam também algumas das "caboclinhas" do falecido cel. Cacique, hoje gordas senhoras peitudas que suavam no buço e se abanavam com leques. Uma delas o achou "cada vez mais moço e bonitão".

Ach du lieber Gott! Júlio Schnitzler bateu os calcanhares, fez uma continência e depois envolveu-o com seus braços rijos de halterofilista. Quando Rodrigo chegou à mesa dos Spielvogel, só reconheceu ali o chefe do clã. O mesmo aconteceu com o grupo dos Schultz, com o dos Kunz, com o dos Lunardi e com o dos Cervi. Dirigiu um galanteio (insincero) à mulher deste último; e ela lhe pagou com um "o senhor também está muito conservado". "Conservado é a vó!", exclamou ele mentalmente.

Foi com um certo mal-estar que apertou a mão fria e úmida do Amintas Camacho. (Por que teriam convidado aquela pústula?) Passou a outras mesas, abraços e exclamações. Trepado numa cadeira, Cuca Lopes jogava confete na cabeça dos dançarinos. E à música implacável da charanga, que emendava sambas com marchinhas, marchinhas com frevos e frevos de novo com sambas — uniam-se agora os ruídos produzidos pelos apitos, guizos, chocalhos, cornetinhas, gaitas, pandeiros e reco-recos que os garçons acabavam de distribuir pelas mesas. Rodrigo teve a impressão de estar perdido numa floresta tropical quente e úmida, cheia de bichos grandes (os convivas), de insetos (o confete), de lianas (as serpentinas) — uma floresta amazônica que ele havia inventado e financiado, e que agora começava a devorá-lo.

Um homem surgiu diante dele, de braços abertos.

— Liroca velho de guerra!

— Meu querido!

Abraçou o veterano, que tinha já os olhos cheios de lágrimas.

— Estás cada vez mais jovem, major!

— Qual, menino! Na minha idade é um perigo a gente andar vivo.

Rodrigo franziu o cenho. Não era possível... Até o Zé Defunteiro estava na festa! Sentado a uma mesa, Pitombo lutava com a carcaça duma galinha, a beiçola lustrosa de banha, a luz duma lanterna a refletir-se-lhe na calva morena. Ao ver o dono da casa, ergueu-se, de guardanapo amarrado no pescoço, limpou apressado os dedos na ponta da toalha da mesa e exclamou:

— O meu caro doutor!

Abraçaram-se. E como estivesse se sentindo muito bem, Rodrigo se concedeu o luxo duma brincadeira negra:

— Então, Zé? E o caixão que fizeste especialmente pra mim? Tu ainda o tens? Olha que te prometi vir morrer aqui em Santa Fé para te evitar o prejuízo...

— Esse doutor Rodrigo sempre pilhérico!

— Como vai a vida?

— Pois, meu caro, aqui estou sempre nos meus conciliábulos com a morte.

— Volta à tua galinha. Depois conversaremos.

Bateu, de passagem, no ombro do Neco, com quem conversara aquela tarde, quando o caboclo lhe viera fazer a barba; e a seguir enfrentou o Chiru, que, sem parar de dançar, o abraçou exclamando:

— Que festa, menino! O Sobrado nunca negou fogo!

Mariquinhas Matos esperou-o com um bico armado à Gioconda. Rodrigo fez um esforço e elogiou-lhe a elegância, o *aplomb*. Mas da cara não teve coragem de dizer nada.

Ah! Ali estava na mesa seguinte o dono do Hotel da Serra com a mulher. Como era mesmo o nome dela? Dormira com a criatura uma meia dúzia de vezes, lá por 1929, nos seus tempos de intendente. Era uma morena ardente, que na hora do orgasmo soltava gritos tão desesperados que ele tinha de tapar-lhe a boca com a mão para evitar um escândalo. Quando a abandonou (a coisa estava dando na vista de todo o mundo), ela o ameaçara com o suicídio. Encontrara, porém, consolo na cama dos vários caixeiros-viajantes que frequentavam o hotel do marido. E ali estava agora, mais gordinha, menos louça, mas ainda com restos da antiga boniteza, e sempre com aqueles olhos ávidos de devoradora de homens.

— Mas que prazer!

Ela lhe reteve a mão num aperto longo e quente. Depois, mostrando o marido com o leque, perguntou:

— Lembra-se do Paco?

— Mas como não!

O hoteleiro, um homem gordo e nédio, tinha na cabeça um fez egípcio de cartolina vermelha e, sob o nariz carnudo, bigodes postiços, de guias longas e negras.

— Querido, esse é o doutor Rodrigo... te lembras?

— Ah!

O paxá ergueu-se e estendeu a mão pequena e mole, que Rodrigo apertou. Nesse exato instante, Jango aproximou-se do pai, tomou-lhe do braço e levou-o até uma mesa ocupada por "pessoas gradas". Fez as apresentações: o juiz de comarca... o promotor público... o fiscal do imposto de consumo... Estavam todos com as esposas (opa! uma delas, uma *fausse maigre* com olhos de pantera, pareceu-lhe bem interessante...) e então disseram-se que tinham muita honra... e que linda festa!... o promotor era do Paraná... estava um pouco quente, sim... bem, com licença, esta é a vossa casa, fiquem à vontade... estão sendo bem servidos?... mas claro! ... está tudo perfeito!

Rodrigo chamou Jango à parte.

— Não vi ainda o Eduardo. Por onde andará?

— Me disse que ia ao baile da União Operária.

— Guri besta. Anda agora com essa mania de proletário.

Acenou para os Carbone, que passavam dançando, muito agarrados. D. Santuzza, mais alta que o marido, parecia carregar a cabeça deste em cima dos seios... Rodrigo riu, pensando em Salomé e no João Batista decapitado.

Toríbio e Roque Bandeira bebiam, conversavam e riam, sentados a uma mesa colocada estrategicamente perto dum barril de chope. Por artes de Bibi, Tio Bicho tinha na cabeça uma cartolinha tricolor com um barbicacho de elástico e Toríbio, um chapéu cônico chinês. Rodrigo notou — preocupado por causa do irmão — que os dois amigos não cessavam de beber: esvaziavam rapidamente os copázios de chope que de instante a instante lhes entregava o garçom que, em mangas de camisa, suava ao pé do barril. Ao avistar Rodrigo, Bandeira gritou:

— Como o senhor vê, doutor, o produto vem diretamente da fábrica para o consumidor!

Rodrigo acendeu o charuto, deu duas ou três tragadas e ficou a olhar o pandemônio. Avistou Flora, que andava de mesa em mesa, com a compostura duma grande dama, a falar com um e outro. Estava linda aquela noite, e dava gosto vê-la fresca e serena no meio da "selva". Teve então uma súbita esperança... Talvez à meia-noite, à hora comovida dos abraços e votos de felicidade, ele a pudesse apertar contra o peito, beijá-la na boca (quanto tempo!), pedir-lhe que tudo perdoasse e esquecesse... suplicar-lhe que concordasse em começar com ele uma vida nova. Talvez à meia-noite...

Voltando a cabeça para trás, divisou os vultos dos sogros recortados dentro do retângulo iluminado de uma das janelas do Sobrado. Haviam ambos recusado descer para o quintal. O velho Aderbal alegara que "não tinha roupa", e mesmo morreria sufocado se fosse obrigado a botar colarinho e gravata. Lá estava o grande teimoso em mangas de camisa, de bombacha de riscado e chinelos, fumando o seu crioulo. Quanto a d. Laurentina, "tinha quizila de festa"; desde que chegara ao Sobrado, aquela tarde, andara dum lado para outro a suspirar e a gemer, e quando Flora lhe perguntara se estava doente, a velha respondera que não: é que todo aquele exagero de comidas e bebidas, todos aqueles gastos lhe doíam na alma.

777

Numa das janelas do segundo andar, Rodrigo viu outra silhueta: Maria Valéria. Lembrou-se comovido de que, à tarde, quando ele lhe perguntara: "Dinda, vai à festa?", a velha sacudira negativamente a cabeça, dizendo: "Não. Mas vou espiar da janela do meu quarto". Espiar... coitadinha! Praticamente cega, mal conseguia perceber o vulto das pessoas quando estas passavam entre seus olhos e um foco de luz.

A orquestra rompeu num frevo. Com gritos e empurrões, Chiru Mena conseguiu fazer que os pares que atopetavam o tablado parassem de dançar e abrissem uma clareira para que no centro dela Bibi Cambará fizesse sozinha "o passo", mostrando àqueles mambiras como era o legítimo frevo pernambucano. A menina descalçou os sapatos e, empunhando um guarda-sol imaginário, saiu a dançar, movendo os braços, inclinando o busto ora para a frente, ora para trás, trançando as pernas, dando saltos e desferindo pontapés no ar... Ao redor dela homens e mulheres a incitavam com gritos, risonhos, suados e excitados, requebrando-se também ao ritmo contagiante da música.

E quando a rapariga se acocorou e fez um passo que lembrava o de uma dança de cossacos — o que exigia certa habilidade acrobática —, o aplauso foi geral. Por fim, exausta, Bibi atirou-se no chão, braços e pernas abertos, o vestido sungado até a metade das coxas nuas. E, ainda sob gritos, risadas e assobios, ali se deixou ficar, os olhos fechados, os seios arfantes, a boca entreaberta, dando a impressão de que esperava (assim pensou Rodrigo, num mal-estar, ao vê-la naquela posição), convidava mesmo, qualquer daqueles machos a atirar-se em cima dela. Aproximou-se da filha e obrigou-a a erguer-se. Apertou-lhe o braço com força e rosnou-lhe ao ouvido:

— Sua desavergonhada! Então isso é coisa que se faça?

16

Havia já algum tempo que Floriano andava a caminhar sozinho sob as árvores, no fundo do quintal, gozando e ao mesmo tempo sofrendo e achando ridícula, absurda e talvez um pouco orgulhosa a sua solidão, a sua incapacidade de convívio social. Repetidas vezes, naqueles últimos anos, sentira nostalgias do *homem que poderia ter sido*: espontâneo, gregário, extrovertido, *engagé*. Vinham-lhe de quando em quando impulsos de misturar-se com os *outros*; confundir-se no grupo, pertencer a alguma coisa ou a alguém. Eram, porém, sentimentos débeis que desapareciam ante o seu horror a compromissos definidos que pudessem redundar numa perda de liberdade. Falava-se com frequência na tirania das ditaduras policiais, mas nunca suficientemente na tirania da comunidade chamada democrática que nos exige um padrão determinado e rígido de comportamento, palavras, gestos e até sentimentos certos na hora apropriada, e mais o uso de fórmulas consagradas: uma espécie de burocratização pragmática da hipocrisia.

Mas afinal de contas — perguntara a si mesmo muitas vezes — para que desejava ser livre? Ora... para mover-se... ou ficar imóvel, de acordo com seus interesses, desejos ou caprichos. Para fazer o que entendesse... ou para não fazer nada. Sim, e principalmente para ter direito aos seus silêncios. Era horrível falar apenas porque isso é uma obrigação quando se está em sociedade. Não deixava, entretanto, de achar estranho e até suspeito o seu quietismo, a sua fome de silêncio e imobilidade. Seria um candidato natural à ioga... ou à catatonia? E era preciso não esquecer que seus silêncios estavam cheios de diálogos, não apenas o eterno solilóquio interior mas também longas conversas hipotéticas que mantinha com as outras pessoas e que às vezes lhe pareciam tão reais. Passara boa parte daquela tarde no quarto a imaginar um diálogo com Sílvia: uma conversa franca em que lhe contaria, sem omitir o menor detalhe, toda a sua aventura com Marian Patterson.

Um dia, procurando analisar a essência do seu desejo de solidão, ele se submetera a um teste. Imaginara-se sozinho numa ilha deserta onde contasse com todo o conforto: boa casa, água e comida fácil, uma eletrola com seus discos prediletos, uma grande biblioteca... tudo, enfim, menos gente. Cerrara os olhos e tratara de *sentir-se* nesse exílio... e a ideia acabara por causar-lhe pânico. Concluíra que sua solidão só tinha sabor e sentido se — ilha também — fosse cercada de seres humanos. Ficara claro que seu retraimento não tinha o menor traço de misantropia. Gostava de *gente*, interessava-se pelas pessoas, queria saber como *eram* por dentro e como viviam. Satisfazia essa curiosidade lendo... e escrevendo romances. Reconhecia o caráter juvenil e masturbatório dessa maneira de viver por procuração. Uma vez escrevera um conto no qual, em vez de apresentar diretamente as personagens e os acontecimentos, ele os mostrara vagamente refletidos no vidro dum espelho avoengo. Haveria nele a tendência a interessar-se menos pelas coisas do que pelo seu reflexo? E a metáfora e o símbolo seriam para ele mais importantes que as próprias coisas que representavam? Essas reflexões lhe tinham sido de grande utilidade, pois tomara consciência do perigo que esse *espelhismo* constituía não só para a sua literatura como também e principalmente para a sua vida.

Que haveria então no fundo de seu retraimento? Um desejo de autenticidade? Ou pura timidez? Talvez fosse o medo de não ser socialmente aceito, amado ou admirado na medida de suas ambições mais recônditas. Considerava-se sensível à amizade, envolvia o gênero humano numa espécie de ternura. Era, porém, uma ternura desconfiada, ressabiada, de alguém que, tendo sido um dia profundamente agredido por outrem, hoje se encolhe no temor de novas agressões e decepções. Mas por mais que vasculhasse na memória, não conseguia descobrir quando, onde e por quem fora tão seriamente ferido. O episódio com Mary Lee — que agora ele transformara num conto de seu folclore particular — não poderia ser responsável pelo seu comportamento de adulto.

Havia pouco Bibi dançara sozinha na frente de várias dezenas de pessoas: sem a menor inibição, livre, espontânea, autêntica, um pouco despudorada. Despudorada? Lá estava o moralista que ele não queria ser, mas que era, apesar de tudo. Invejava essa capacidade, que a irmã possuía em alto grau, de não depender da opinião alheia e que no fundo era a mais completa forma de liberdade. Quando ele tinha de falar em público (as poucas conferências que fizera haviam sido uma tortura!), o seu eu se dividia em dois. Um permanecia na plataforma a discursar e o outro sentava-se na primeira fila... não! sentava-se em todas as filas, em todas as cadeiras e ficava a mirá-lo com um olho de Terra, morno, fixo, crítico, pronto a achá-lo ridículo, artificial ou aborrecido, principalmente aborrecido, como se isso fosse o maior dos pecados sociais.

Encostado a uma árvore, numa zona sombria, Floriano contemplava agora o tablado que — resplendente de luzes, cheio de alegres seres humanos e de música — parecia um barco de prazer ancorado ali no quintal do Sobrado.

Quando chegasse a meia-noite, ele ia ter a oportunidade de abraçar e beijar a cunhada. Por que não? Não fazia isso todos os anos, na noite de Ano-Bom? Só que desta vez queria dar ao abraço e ao beijo um calor especial... transmitir a Sílvia uma mensagem que ela pudesse entender com o espírito e com o corpo. Uma despedida... Mas não! Era pueril. Era cretino. E também criminoso. Já que não tivera a coragem de vir quando ela lhe pedira socorro, o melhor, o mais decente que tinha a fazer agora era deixá-la em paz.

Encaminhou-se para o portão e saiu. Parou debaixo dum combustor e olhou o relógio. Onze e quarenta. Podia-se sentir a pulsação do corpo da cidade na expectativa da grande hora. Passavam pela rua autos em grande velocidade. Nas calçadas pessoas falavam e riam, numa alegria nervosa. Em ruas distantes, alguns insofridos começavam já a dar tiros. Quase todas as janelas das casas que davam para a praça estavam iluminadas. Havia no ar como que a expectativa dum grande acontecimento...

Floriano foi sentar-se no banco debaixo da figueira grande e de lá ficou a olhar para o Sobrado. Pensou no dia em que da janela da mansarda vira num daqueles bancos o estranho quinteto: o pai, Roberta Ladário, Ladislau Zapolska, o ten. Quaresma e o Retirante... Sorriu para seus pensamentos. Quanta coisa havia acontecido depois de 3 de outubro de 1930! Afinal de contas, ali estava ele, sete anos após a noite mais angustiosa de sua vida... Quem era? Que procurava? Por que ou por *quem* esperava? Era preciso tomar uma decisão antes que fosse tarde demais. Não podia continuar naquela dependência do pai nem a manter-se naquele emprego que o rebaixava moralmente, que o envergonhava...

Seus livros por outro lado não podiam permanecer naquela zona cinzenta e morna, naquele vago esteticismo sem sangue nem nervos, medroso da vida, sestroso da realidade.

Olhando para a fachada da Matriz, Floriano tentou provocar aquela espécie de transe místico que na sua noite de terror e vergonha tivera o poder de erguê-lo no ar, dando-lhe um vislumbre da eternidade e da salvação. Inútil. O milagre (e usava essa palavra por falta de outra) não se repetia. E o pior era que a tentativa tinha um caráter puramente literário... inautêntico. Olhando a cruz da torre da igreja, pensou em Zeca e achou engraçado que um filho de seu tio Toríbio estivesse a estudar num seminário... Um Cambará irmão marista parecia-lhe a coisa mais improvável deste mundo...

17

Faltavam poucos minutos para a meia-noite quando Floriano se encaminhou para casa. Ao chegar ao portão, o Ano-Novo entrava... (Outra vez a ideia do tempo que se move.) O sino da Matriz começou a badalar como num alarma de incêndio. Dos fundos do Sobrado, subiam rojões que espocavam no alto, derramando lágrimas luminosas em várias cores. Soavam reco-recos, apitos, pandeiros, cometas, guizos, chocalhos, pratos. A orquestra tocava um galope. De muitas ruas vinham detonações de revólveres, explosões de foguetes. No quintal as pessoas se abraçavam freneticamente, em meio de gritos, risadas, serpentinas e confete. Pensando em Sílvia, Floriano aproximou-se do estrado. Apertá-la nos braços, beijá-la... Já agora estava dominado por essa ideia — não seria este um novo transe místico? —, alheio a qualquer perigo, indiferente a qualquer problema de ética.

Foi abraçado primeiro por Dante Camerino. Depois caiu nos braços da mãe, que, de olhos úmidos, beijou-lhe ambas as faces. Mas onde estaria Sílvia? Alguém o puxou na aba do casaco. Voltou-se: era o Cuca Lopes, de braços abertos.

— Guri, tu não sabes como eu te quero bem!

Desvencilhou-se do oficial de justiça, mas caiu de encontro ao peito quente e suado do Chiru. Desconhecidos o abraçavam, lhe desejavam "boas entradas". Igualmente! Muito obrigado! Igualmente! Mas onde estaria Sílvia? Avistou o pai a abraçar Jango. Estava começando a ficar tonto no meio da balbúrdia. Levava encontrões, era empurrado dum lado para outro. Alguém lhe pisou no pé. Uma senhora desconhecida puxou-o contra os seios moles, num silêncio patético. Quem era? Mas que me importa? Sílvia! Era como se estivesse numa casa em chamas, aflito, procurando salvar uma pessoa querida... E de súbito avistou a cunhada. Correu para ela, estreitou-a contra o peito, beijou-lhe ternamente a face, os cabelos, murmurando:

— Minha querida, minha querida...

Tinha esquecido onde estava. O desejo de levar Sílvia dali para qualquer parte da noite foi tão forte, que quase chegou a verbalizá-lo. Era como se estivesse embriagado com o perfume que vinha dela, pelo calor do seu corpo, pelo seu contato... Mãos fortes agarraram-lhe os ombros, obrigando-o a fazer meia-volta.

— Deus te dê um ano feliz, meu filho.

Era o pai. Abraçaram-se. Mas Rodrigo largou-o para receber nos braços a mulher do hoteleiro, que se atirava para ele com uma espécie de fúria antropofágica. Floriano olhou em torno. Sílvia tinha desaparecido.

Trepado numa cadeira, o Chiru erguia os braços e gritava, pedindo silêncio. Levou uns cinco minutos para conseguir o que queria. A orquestra cessou de tocar. As vozes aos poucos se aquietaram. Abriu-se no tablado, graças à intervenção do Neco Rosa, uma nova clareira, no centro da qual Rodrigo, com uma taça de champanha na mão, fez um sinal para Jango e Sílvia, que se aproximaram de braços dados.

— Meus amigos... — começou o dono da casa. Fez uma pausa. Floriano notou que a comoção embaciava a voz do pai. — Meus queridos amigos e conterrâneos! Este é o momento mais feliz da minha vida.

Floriano não pôde evitar que o seu eu crítico exclamasse interiormente: "Mascarado!" — "Mas não", protestou o Outro, "tu sabes que ele está mesmo comovido." — "Sim, mas não era preciso exagerar, dizendo que este é o momento mais feliz da sua vida." — "Intolerante!"

— Tenho o prazer e a honra de comunicar aos presentes o contrato de casamento de meu filho João Antônio com a minha afilhada Sílvia... — E, já com lágrimas nos olhos, acrescentou: — ... que também é cria do Sobrado...

Aproximou-se da futura nora, enlaçou-lhe a cintura e beijou-lhe a testa. Abraçou demoradamente o filho, depois ergueu a taça e pediu que todos bebessem um brinde à felicidade dos noivos. Romperam os aplausos. Jango e Sílvia viram-se envolvidos por amigos que os abraçavam e lhes davam parabéns. De novo Chiru pedia silêncio, explicando que Amintas Camacho ia propor "o brinde de honra". As atenções voltaram-se para o diretor-proprietário d'*A Voz da Serra*, o qual, lambendo os beiços, ergueu a taça.

— Ao chefe da nação! — exclamou, solene. — E ao Estado Novo!

Nesse momento Toríbio ergueu-se com tamanho ímpeto que sua mesa quase virou; os copos que estavam sobre ela rolaram, caíram e se partiram. Jogando fora o chapéu caricato que tinha na cabeça, encaminhou-se para Amintas Camacho e gritou-lhe na cara:

— Patife! Canalha! Cachorro! Capacho! Sabujo!

O outro recuou, apavorado.

— Ninguém vai beber à saúde do Getulio nem do Estado Novo, estás ouvindo, cretino?

— Bio! — vociferou Rodrigo, segurando o braço do irmão.

Toríbio desvencilhou-se dele, olhou em torno, vermelho, as narinas palpitantes, uma paixão a incendiar-lhe o olhar.

— Vocês todos são uns covardes! O Getulio esbofeteia o Rio Grande, queima a nossa bandeira, rasga a nossa Constituição, submete o país a uma ditadura sórdida e vocês ainda vão beber um brinde a esse pulha?!

— Cala a boca! — gritou Rodrigo.

O outro voltou-se para ele.

— Tu também! O que eu disse pra essa lesma serve também pra ti.

— Estás bêbedo!

— E tu? Tu estás podre por dentro, o que é muito pior!

Rodrigo deu um passo à frente, ergueu o punho para bater no irmão, mas Chiru interveio, envolveu-o com os braços e arrastou-o para longe dali, ao mesmo tempo que o Neco tentava persuadir Toríbio a que se retirasse. Jango, aparvalhado, não sabia que fazer nem dizer. Sílvia tremia. Flora, pálida, olhava do marido para o cunhado, atarantada. Alguém gritou: "Música!". E o Jazz Rosicler atacou o "Mamãe eu quero".

Toríbio aproximou-se de Floriano, disse-lhe "Vamos", e puxou-o pelo braço. Saltaram do estrado para o chão de terra batida e dirigiram-se para o portão.

Que será que ele quer comigo? — pensava Floriano. O tio caminhava de cabeça baixa, em silêncio, soprando forte. Pararam no meio-fio da calçada, à frente do casarão. Toríbio soltou um assobio, chamando o automóvel de aluguel que estava parado junto à calçada da praça. Entraram nele e sentaram-se no banco traseiro.

— Sabes onde é o Buraco do Libório? — perguntou Toríbio ao chofer.

— Quem não sabe, seu Bio?

— Pois toca pra lá.

O carro arrancou. Floriano ainda não se refizera do choque causado pelo conflito que presenciara havia pouco. Toríbio tocou-o no joelho e disse:

— Não estou bêbedo. Sei o que digo. E não me arrependo do que disse. É uma tristeza, mas teu pai perdeu a vergonha no Rio. E tu sabes disso melhor que ninguém...

Floriano continuou calado, olhando para fora. O auto descia agora a rua do Comércio. As calçadas estavam cheias de gente alegre. Na maioria das casas, as janelas se achavam abertas e iluminadas. Um bêbedo cantava, agarrado a um poste. Havia um ajuntamento (briga?) na frente da Confeitaria Schnitzler. Na praça Ipiranga, retardatários descarregavam seus revólveres para o ar.

— O Rodrigo não tem mais jeito — continuou Toríbio em voz baixa. — Mas tu! Por que não abandonas aquela miséria? Vem pro Rio Grande. Vem respirar este ar puro. Temos muita porcaria por aqui, eu sei, mas em geral a coisa ainda não está tão podre como lá em cima.

— Eu tenho pensado... — murmurou Floriano.

— Mas não basta pensar. É preciso decidir a coisa duma vez, antes que seja tarde demais. Safadeza, desonestidade é doença contagiosa, dessas de micróbio... Eu avisei o teu pai a tempo. Ele me chamou de exagerado. Mas eu vi o Rodrigo adoecer devagarinho... de ano a ano ia mudando, piorando. É uma tristeza, uma pena... uma bosta!

O auto entrou na rua do Faxinal. Floriano tinha ouvido dizer que o Buraco do Libório, famoso por seus bailes de Carnaval e de Ano-Bom, era frequentado pela pior gente de Santa Fé e arredores. E agora ele pensava no curioso tipo de moralidade de Toríbio Cambará. Segundo o seu código particular, permitia-se a um homem a satisfação de todos os seus caprichos e desejos sexuais: podia cometer adultério, indiscriminadamente, até com a mulher do melhor amigo; tinha o direito de deflorar chinocas como as do Angico e até fazer-lhes filhos... O que importava para um macho era não ser covarde, ladrão ou vira-casaca em matéria de política.

783

— Larga essa tua sinecura... — prosseguiu Toríbio. — Sei que não gostas da estância, não és homem de campo. Está bem. Mas vai para Porto Alegre, procura lugar num jornal, escreve... Escreve contra essa cambada. Quem me dera o teu talento! Tu sabes que sou um casca-grossa. Depressa com essa gaita! — gritou para o chofer. E, tornando a baixar a voz: — O importante é a gente não se entregar. Não te preocupes com dinheiro. Eu te ajudo, se precisares. Mas larga aquela porcaria o quanto antes. Tenho esperança em ti.

Pensei que ele me desprezasse por causa do que aconteceu "aquela noite" — refletiu Floriano.

O carro entrou na zona do Purgatório e, depois de andar aos solavancos por bibocas e ruelas escuras, estacou à frente dum prédio de alvenaria com aspecto de garagem.

— É um baile de chinas — explicou Toríbio, sorrindo. — Vais ver que gente "distinta" frequenta esse frege-moscas. — Deu uma palmada nas costas do sobrinho. — É uma boa experiência para um romancista, hein? Desce.

18

Entraram na espelunca. Um cheiro cálido de corpos suados e loção barata bafejou-lhes as caras. Uma orquestra estridente, composta quase exclusivamente de instrumentos de metal e de percussão, infernizava o ambiente. Guirlandas de papel crepom em várias cores pendiam do teto.

Libório veio ao encontro dos recém-chegados. Era um negrão alto, desempenado, de dentes alvos, carapinha já um pouco amarelada pela idade. Tinha a imponência dum potentado africano. Recebeu Toríbio com abraços e palavras de carinho.

— Quanta honra pro meu tugúrio! Ah! Este então é o filho do doutor Rodrigo? Muito prazer. É! Esta casa é sua, moço, é... Mas vamos arranjar uma mesa pros amigos... é... Ah! Antes que me esqueça... estão armados? Não é por mim, mas a polícia exige. Não? É. Está bem. Por aqui...

Toríbio e Floriano seguiram Libório por entre aquele emaranhado de homens e mulheres que se agitavam numa espécie de acesso epiléptico ritmado e alegre. Floriano achava estranho, improvável mesmo o simples fato de ele *estar* ali. E olhava para as caras, fascinado. Via gente de todos os tipos imagináveis: brancos, mulatos, cafuzos, sararás, negros retintos, caboclos, índios... Lembrou-se dum livro que gostava de folhear quando menino, e no qual havia uma página com gravuras mostrando espécimes de tipos étnicos, sob o título: *Raças humanas*.

O calor ali dentro era quase insuportável. Floriano sentia o suor escorrer-lhe por todo o corpo. Axilas passavam-lhe perto do nariz, perigosamente. Batiam nele braços, cotovelos, ancas, nádegas... Vislumbrava caras patibulares: homens de queixadas largas e quadradas, olhos de bicho, testas curtas. De quando em quando, num contraste, surgia-lhe no campo de visão, para desaparecer segundos depois, uma face quase angélica como a da menina magra de olhos inocentes que agora ali passava, com ar de primeira comunhão. As prostitutas, mascaradas de pó de arroz com estrias de suor e rosas malfeitas de ruge nas faces, deixavam--no ao mesmo tempo assustado e enternecido.

Chegaram por fim a um dos cantos do salão onde Libório mandou colocar uma mesa tosca de pinho, sem toalha. Toríbio e Floriano sentaram-se junto dela, em cadeiras com assento de palha trançada.

A gritaria agora era de tal maneira intensa, que da música Floriano só ouvia os roncos ritmados da tuba, marcando a cadência dum samba. Os pares dança-vam colados, peito contra peito, ventre contra ventre, coxa contra coxa. Havia algo de resvaladio, de repugnantemente seboso e ao mesmo tempo azedo naque-las caras, naqueles corpos, naquela atmosfera.

— Que é que vão beber? — indagou Libório, antes de deixá-los.

Toríbio pediu uma pinga e duas cervejas.

Inclinando-se sobre o tio e praticamente berrando as palavras no ouvido dele, perguntou:

— E agora... como vai ser? Me refiro às suas relações com o Velho... depois do que aconteceu há pouco.

Toríbio encolheu os ombros, olhando distraído em torno, como à procura de alguém.

— Sabes por que escolhi este antro? É porque aqui às vezes aparecem umas mulatinhas do outro mundo...

Floriano insistiu:

— Mas é uma pena que dois irmãos tão unidos desde meninos...

Toríbio pousou-lhe a mão no ombro, interrompendo-o:

— O Rodrigo que brincou comigo... o companheiro de banhos da sanga... de farras nessas pensões... esse não existe mais. Morreu. O outro eu já não entendo. Não fala a minha língua.

O empregado trouxe as bebidas. Toríbio encheu ambos os copos de cerveja e empurrou um deles na direção do sobrinho, dizendo:

— Bebe ao menos hoje, pra festejar a noite de Ano-Bom.

Bebeu a pinga num único sorvo e depois começou a tomar lentamente a cerveja. Floriano olhava pensativo para dentro do copo.

— Ânimo, rapaz! Bebe e esquece!

Floriano bebeu. A cerveja estava morna e com gosto de sabão.

— Mas o Velho pode ainda voltar ao que era antes — disse, sem muita con-vicção. — Acho que esse seu eu novo é apenas uma casquinha, um verniz...

Toríbio sacudiu a cabeça, numa negativa obstinada.

— Qual! Cachorro que come ovelha uma vez... só matando.

— Mas não será intolerância sua?

— Antes fosse... E o pior é que toda a família está contaminada. Tua mãe... tua mãe continua a ser uma mulher decente, honesta, prendada, não nego, mas também mudou.

— Em que sentido?

— Não gosta mais de Santa Fé nem do Angico... Habituou-se à vida de cidade grande... alta sociedade, festas... tu sabes. Já não é mais *nossa*.

Floriano ficou pensativo. Ele também sentia que a mãe tinha mudado. Admirava-se, porém, de o tio haver percebido isso, ele que parecia sempre desatento a tudo que não fosse de seu interesse pessoal, material e imediato.

— Tua irmã vai em mau caminho. É uma pena, mas vai. E a culpa não é minha. Mas não vamos falar em coisas tristes...

Começou a olhar com insistência pra um grupo que se encontrava a uma mesa próxima.

— Olha só aquela mulatinha... É o meu tipo.

Floriano olhou. A rapariga era bem-feita de corpo, tinha feições delicadas e atraentes, nariz fino, cabelo corrido.

— Não me digas que não gostas dessa fruta... Olha bem. É uma flor... Pele cor de rapadurinha de leite. Acho que não tem nem vinte anos. Feita sob medida..

A mulatinha sorria, toda caída para um rapaz franzino, do tipo sarará, que se achava a seu lado. À mesma mesa, estava também um quarentão melenudo, de má catadura, abraçado com uma mulher gorda, com um dente de ouro, muito pintada, e com tanto óleo de mocotó nos cabelos, que o ranço dele chegava até as narinas sensíveis de Floriano. A quinta figura era um mulato corpulento, com a cara marcada de bexigas, nariz chato, beiçola sensual, olhos de quelônio. Floriano notou de imediato que havia algo de equívoco naquele quinteto. A mulatinha e o sarará pareciam encantados um no outro. A gorda apoiava dengosa a cabeça no ombro do "cabeleira", que por sua vez não tirava os olhos da mulatinha. O mulatão apertava com o joelho a perna do sarará, lançando-lhe olhares suspeitos.

Toríbio fez um sinal para o dono da casa, que se aproximou, atencioso.

— Ó Libório, quem são? — Fez com a cabeça um sinal na direção da mesa vizinha.

— O bexiguento não conheço, é novato aqui. O melenudo é o famigerado Severino Tarumã, nunca ouviu falar? Bandidaço. Tem umas três ou quatro mortes na cacunda. Homem perigoso.

— O que me interessa é a mulatinha, homem!

— Ah! É uma de tantas. Uma piguancha de vinte mil-réis. É. O sarará ao lado dela é um sapateiro da Sibéria. É...

— Mas ele não merece aquela joia...

O negrão arreganhou os dentes.

— É como diz o outro: "Não hai justiça neste mundo". É.

O soalho gemia ao peso dos dançarinos, que agora pulavam e cantavam ao compasso do "Mamãe eu quero". Toríbio continuava a namorar a rapariga. Floriano olhava fixamente para Severino Tarumã, sentindo nele uma espécie de epítome vivo de todos os bandidos e degoladores que haviam assombrado sua meninice. Era decerto por isso que o encarava com aquela raiva crescente, imaginando — com uma violência de que ele próprio se admirava — o prazer que sentiria em quebrar-lhe a cara com um soco. O melenudo continuava a cocar a mulatinha. O mulato tinha agora a mão na coxa do sarará, que parecia achar isso muito natural.

Percebendo que estava sendo observado, Severino Tarumã cerrou o cenho e encarou Floriano, que desviou o olhar e ficou a raspar disfarçadamente com a unha o rótulo duma das garrafas. Toríbio, que tudo fizera naqueles últimos dez minutos para atrair a atenção da rapariga, ergueu-se e disse: "Vou dançar", aproximou-se dela e segurou-lhe o braço. O sarará levantou-se e tocou no ombro do intruso, dizendo-lhe algo que Floriano não conseguiu ouvir. Toríbio meteu a munheca aberta na cara do rapaz e empurrou-o com tanta força, que ele caiu de costas. O mulato ergueu-se de inopino. Era um homem de quase dois metros de altura, senhor de bíceps assustadores. As duas mulheres também se levantaram, afastando-se da mesa, encolhidas e alarmadas. Severino Tarumã recuou três passos, levou a mão ao bolso e ficou nessa posição, como a esperar que o companheiro liquidasse o intrometido. Tenso, Floriano assistia à cena, com um aperto na garganta, um frio nas entranhas, a respiração arquejante. O mulato saltou sobre Toríbio, mas como este quebrasse o corpo e lhe passasse uma rasteira, o homenzarrão tombou de bruços no soalho, produzindo um ruído surdo. E estava já a erguer-se quando Bio lhe golpeou a cabeça com uma cadeira. O gigante soltou um gemido e tornou a cair com a cara no chão, já fora de combate. Toríbio voltou-se para o melenudo, que agora tinha na mão uma navalha aberta. Tentou aproximar-se dele mas não pôde, pois o sarará, de joelhos, enlaçava-lhe uma das coxas, impedindo-o de caminhar.

Floriano não desviava o olhar do "cabeleira". Todos os pavores da infância agora se concentravam nele, dando-lhe um ímpeto agressivo... Agarrou uma garrafa pelo gargalo e, com fúria cega, investiu contra Severino Tarumã, que, brandindo a navalha, gritou "Cuidado, menino, que eu te corto a cara!". Floriano aplicou-lhe uma garrafada no braço, fazendo-o largar a arma. E, antes que o outro tivesse tempo para apanhá-la, cerrou os dentes e, com toda a força de que era capaz, bateu com a garrafa na cabeça do bandido, que soltou um gemido e caiu de borco no soalho, e ali ficou, imóvel. Floriano voltou-se e viu então algo que no primeiro momento não compreendeu... O sarará, sempre de joelhos, dava a impressão de que mordia o ventre de Toríbio, cujo rosto se contraía numa expressão de dor. A charanga continuava a tocar, uns poucos pares tinham cessado de dançar e olhavam a briga, mas ninguém intervinha. Toríbio pegou o sapateiro pelo gasnete e ergueu-o. Nesse instante Floriano viu cair das mãos do rapaz uma pequena faca ensanguentada. As calças de Toríbio começavam a tingir-se de vermelho à altura de uma das virilhas. Alguém gritou:

— Para a música! Lastimaram um homem! Chamem o Libório!

Mas a banda e o coro continuavam, frenéticos:

Mamãe eu quero!
Mamãe eu quero!
Mamãe eu quero mamar!

Bio, que agora apertava a garganta do sarará com a mão esquerda, com a direita agarrou-lhe os testículos. O sapateiro soltou um urro. Floriano assistia à cena com um horror mesclado de fascinação. Viu Toríbio erguer o adversário acima da própria cabeça, dar alguns passos cambaleantes e por fim atirá-lo para fora, por uma das janelas.

— Alguém mais? — gritou o Cambará, voltando-se e olhando em torno.

A música havia parado. Libório apareceu e viu os dois homens estendidos no soalho. Ergueu depois os olhos para Toríbio, que, amparado agora na mesa, uma das pernas das calças já completamente empapada de sangue, sorria, murmurando:

— Não é nada, Libório... não é nada...

— Chamem um médico depressa! — exclamou Floriano. Mas ninguém se moveu. O círculo de curiosos ao redor deles cada vez engrossava mais.

— Se arredem! — pediu o dono da casa em altos brados. — Se arredem! Que siga o baile! Música! Se arredem!

Segurou Toríbio por baixo dos braços, enquanto Floriano lhe erguia as pernas. Levaram assim o ferido para um quarto dos fundos, onde o depuseram em cima duma cama de ferro. Libório mandou um de seus empregados chamar um auto a toda pressa.

Floriano desceu as calças do tio. O sangue saía aos borbotões dum talho na virilha esquerda. "Femoral seccionada", pensou ele, horrorizado.

— Não é nada... — balbuciava Toríbio. Sorriu para o negro, murmurando:

— Uma vez... dormi com uma china, nesta cama... hein, Libório?

O sangue continuava a manar do ferimento. Se o talho fosse mais embaixo, na coxa — refletiu Floriano —, ele poderia tentar um torniquete. Mas assim... que fazer, meu Deus, que fazer? A cabeça lhe doía, uma náusea lhe convulsionava o estômago. Agarrou uma toalha e amarrou a parte superior da coxa do ferido com toda a força. Inútil. O pano ficou em poucos segundos empapado de sangue.

— Temos que levar este homem daqui! — gritou. — Precisamos dum médico o quanto antes!

Toríbio estava já duma palidez cadavérica. "Ele vai morrer", pensou Floriano. Correu para um canto do quarto e pôs-se a vomitar. Quando, poucos segundos depois, tornou a aproximar-se da cama, notou que o tio movia os lábios, como se quisesse dizer-lhe alguma coisa. Inclinou-se sobre ele.

— Um piazinho de merda... — sussurrou Toríbio. — Com uma faquinha de sapateiro... xô... xô égua!

A música, as danças e os gritos haviam recomeçado no salão. Floriano tremia todo, da cabeça aos pés, mole de fraqueza, as mãos e os pés gelados.

Libório, que havia saído por um instante, voltou.

— Não é nada, seu Toríbio. Aguente a mão que o auto já vem.

O ferido cerrou os olhos. O dono da casa olhou para Floriano de tal jeito, que este compreendeu que ele também achava que estava tudo perdido.

Do salão vinham as vozes e as pancadas ritmadas dos passos dos dançarinos. *Mamãe eu quero! Mamãe eu quero!* O lençol se tingia aos poucos de vermelho.

Mamãe eu quero mamaá! Sentado na beira da cama, Floriano passava os dedos trêmulos pela testa do tio, rorejada dum suor frio. *Dá a chupeta! Dá a chupeta! Dá a chupeta pro nenê não chorá mais!*

Finalmente ouviu-se uma voz.

— O auto! O auto chegou!

Levaram Toríbio para dentro do carro e fizeram-no deitar-se no banco traseiro. Floriano ajoelhou-se junto dele. Libório sentou-se ao lado do chofer.

— Depressa! Pro hospital.

— Que hospital?

— O da praça da Matriz.

— Não! — lembrou-se o preto. — O militar fica mais perto!

— Pois toque! — gritou Floriano. — O mais depressa possível. E acendam a luz.

O chofer obedeceu. Toríbio estava lívido, os olhos entrecerrados, a respiração estertorante. O sangue continuava a manar do talho, em torno do qual Floriano, num desespero, apertava mais e mais a toalha.

A um dos solavancos do carro, Toríbio abriu os olhos, fitou-os no sobrinho e balbuciou:

— O melenudo... Tu... tu liquidaste... o... ban... bandido... 'to bem. Teu pai vai... vai... vai ficar contente... Cambará não nega fogo...

Floriano segurava a mão do tio, cujo sangue ele sentia agora, morno, no próprio corpo: no ventre, no sexo, nas coxas...

Houve um momento em que Toríbio pareceu recobrar as forças. Abriu bem os olhos e, com um meio sorriso, disse audivelmente:

— Um piazinho de merda...

E não falou mais. Seu peito cessou de arfar. Seus olhos se vidraram.

Quando o automóvel parou na frente do hospital, Toríbio Cambará estava morto.

Reunião de família VI

16 de dezembro de 1945

Ah! — exclama Rodrigo ao ver Floriano entrar no quarto. — Ao menos tu me apareces. Estou aqui que nem cachorro sem dono. Onde estão os outros?

— É muito cedo ainda. Oito e dez.

Semideitado na cama, Rodrigo tem na mão um espelho oval de cabo, no qual se mira atentamente. Sem desviar os olhos da própria imagem, pergunta:

— Já viste os jornais? O Dutra leva uma vantagem de mais de um milhão de votos sobre o brigadeiro. Está eleito. Quanto ao Getulio, nem se fala... — Faz uma careta. — Estou hoje com a cara amarrotada. Me sinto meio bombardeado...

— Alguma dor?

— Dor propriamente não. — Passa a mão espalmada pelo peito, por baixo da camisa. — Uma opressão... um mal-estar...

— Quer que eu chame o Dante?

— Não. De qualquer maneira ele vai aparecer à hora de costume. Não é nada sério. Talvez seja essa atmosfera pesada. Acho que está se armando um temporal...

O Velho está contrariado — refletia Floriano — porque a Bibi embarcou hoje para o Rio.

Como se houvesse lido o pensamento do filho, Rodrigo exclama:

— Não podia ter esperado um pouco mais? Que necessidade tinha de ir com tanta urgência? Que o "sujeito" fosse, está bem. Mas ela! Não sabe que estou gravemente doente, que posso morrer duma hora para outra?

Floriano aproxima-se da janela e olha para o céu. Por entre nuvens escuras, a lua em quarto crescente parece um fruto mordido. Relâmpagos de quando em quando clareiam o horizonte, para os lados do poente.

— Eu sei o que aquele corno foi fazer no Rio... — continua Rodrigo. — Foi entender-se com a gente do Dutra, tratar de garantir para ele o meu cartório, estás ouvindo? O *meu* cartório! Como se eu já estivesse morto, enterrado e podre...

Floriano põe-se a folhear distraído a antologia poética que apanha de cima da cômoda. Rodrigo põe o espelho sobre o mármore da mesinha de cabeceira.

— A Sílvia hoje de tarde esteve me lendo poemas desse livro. Diz que vai me ensinar a gostar do Drummond, do Vinicius, do Bandeira, do Quintana... Podes me chamar de conservador, de antiquado, do que quiseres... Mas continuo sendo fiel ao Bilac, ao Raimundo Corrêa e ao Vicente de Carvalho. Estou velho demais para mudar. Mas... a minha filha não me quer bem... — acrescentou num tom de queixa.

— Não diga isso, papai. Cada pessoa tem seu jeito de querer bem. Uns demonstram, outros escondem. Outros ainda querem bem duma maneira meio estabanada, como a Bibi.

— Qual nada! Tua irmã é uma egocêntrica, uma fútil, uma vaidosa. Nunca levou nada a sério. Tem a mentalidade duma menina de doze anos. Só pensa em vestidos, automóveis, festas... Contei as vezes que ela subiu até aqui para me ver, desde que chegamos. Oito. Só oito em mais dum mês!

Floriano está certo de que o pai exagera.

— E o Eduardo... que fim levou?

— Foi à União Operária. Vão eleger hoje a nova diretoria. Parece que três facções organizaram chapas: os comunistas, os anarquistas e os outros, isto é, o grupo composto de getulistas, de membros dos novos partidos e principalmente de apolíticos. Está claro que o Eduardo foi trabalhar pela chapa vermelha.

— Ganham os comunistas. Queres apostar? Os anarquistas são uma minoria anárquica. Os comunistas fatalmente fazem uma aliança com os getulistas e acabam empolgando o poder. Aposto o que quiseres. Vai se repetir o que aconteceu a semana passada no Comercial. Os libertadores, como sempre, tiveram candidato próprio, mesmo sabendo que iam perder. A UDN e o PSD apresentaram cada qual a sua chapa. Ora, os getulistas se aliaram aos esquerdistas e aos tais que o Prestes chama de *progressistas* e juntos acabaram ganhando a parada.

— E assim, pela primeira vez na história do clube, vamos ter uma diretoria populista sem a participação de nenhum estancieiro. Para muitos isso deve ser o fim do mundo.

— E é! — exclama Rodrigo, alçando a cabeça. — Pelo menos é o princípio do fim dum determinado mundo... Em vez de termos na presidência do Comercial um Teixeira, um Amaral, um Prates...

— ... ou um Cambará... — ajunta Floriano, sorrindo.

— Sim, ou um Cambará... em vez de um representante do patriciado rural, temos um Morandini, filho dum napolitano que começou a vida em Santa Fé vendendo verdura de porta em porta, na sua carrocinha puxada por uma mula...

O olhar de Floriano cai sobre um poema de Cecília Meirelles, no volume aberto:

Minha vida bela,
minha vida bela,
nada mais adianta

se não há janela
para a voz que canta.

— Por falar em comunismo — pergunta Rodrigo —, que fim levou o Stein?
O ingrato ainda não me apareceu...

— Eu já lhe disse, o Stein está muito doente. Ainda há pouco, encontrei-o
na praça, sentado no banco debaixo da figueira. Quando me viu, quis fugir. "Espera aí, homem!", gritei. Puxei-o pelo braço e obriguei-o a sentar-se. E então ele
desandou a falar com uma loquacidade nervosa. Me contou como e por que tinha
sido expulso do Partido Comunista.

— Mas então foi mesmo expulso?

— Da maneira mais espetacular. Intimado a comparecer em Porto Alegre a
uma espécie de assembleia geral de camaradas, presidida por membros do Comitê Estadual, foi acusado de ter traído o Partido, de entregar-se a atos de "diversionismo" e de haver desobedecido à direção do PC. E o pior de tudo, o que mais
lhe doeu foi a acusação, feita também em público, em altos brados, de que quando ele lutava na Espanha, como soldado da Brigada Internacional, estava já a
soldo do capitalismo, era, portanto, um espião, um traidor.

— Não me diga!

— O Stein defendeu-se como pôde, invocou os serviços prestados à causa,
durante mais de vinte anos: prisões, espancamentos, privações... Mas a maioria
votou pela expulsão. Stein saiu do plenário debaixo duma tremenda vaia. Um de
seus antigos camaradas gritou-lhe na cara: "Judas!". O Arão me contou tudo isso
com lágrimas nos olhos.

— São uns fanáticos — murmura Rodrigo —, uns fanáticos... Mas qual é a
situação do Stein agora?

— Está se desintegrando aos poucos. Acho que entrou numa psicose.

— E que é que a gente pode fazer por esse rapaz?

— Interná-lo num sanatório. Mas não acredito que ele aceite a ideia.

— Mandamos agarrar o judeu à unha. É para o bem dele.

— Talvez seja a solução. Mas temos que fazer isso o quanto antes.

— E o Eduardo... que diz de toda essa história?

— Não toca no assunto. Cortou relações com o Stein.

— É incrível! Foi o Arão quem lhe meteu o comunismo na cabeça.
Rodrigo fica olhando pensativo através da janela. Vêm-lhe à mente dois versos de um dos poemas que ontem Sílvia leu em voz alta ao pé de sua cama:

La muerte me está mirando
desde las torres de Córdoba.

Agora ele divisa a torre da igreja e recorda... Durante o cerco do Sobrado
pelos maragatos, em 1895, havia sempre um atirador inimigo naquela torre. Um
deles matou o homem que seu pai mandara buscar água ao poço, no fundo do

quintal... Naquelas frias noites de junho, atocaiada numa das torres da Matriz, a morte espreitava o Sobrado. "Decerto agora a Megera lá está a me mirar", reflete Rodrigo, fazendo mentalmente uma figa na direção da torre, "a Grande Cadela, como diz Tio Bicho, a prostituta desavergonhada e insaciável!".

Floriano senta-se junto do leito e olha para o pai.

— A noite passada acordei de repente, de madrugada — diz este último com voz lenta e baixa —, e fiquei ouvindo duas coisas impressionantes: o silêncio da casa e as batidas do meu coração. E, não sei se foi porque estava estonteado de Luminal, me pus a pensar e a fazer bobagens... Tomei meu próprio pulso, escutei o sangue batendo nas fontes, e de repente pareceu que o coração me crescia dentro do peito... Então pensei: e se este bicho estoura? Adeus, tia Chica!

— Se tivéssemos de todos os nossos órgãos a consciência que temos do coração, a vida seria um prolongado pânico, uma coisa insuportável.

— Depois do edema, o pulmão também me preocupa... vivo no pavor de morrer asfixiado... Se tusso, fico alarmado. Às vezes tenho a impressão de que *vejo* o pulmão inflar e desinflar como um fole. Vejo e ouço. E assim se passam os minutos, as horas. Meio que durmo de novo, e não sei também se as coisas que penso são mesmo pensamentos ou já sonho... De repente desperto como se alguém tivesse gritado por mim, me ergo da cama, assustado... e esse cavalo do enfermeiro, que tem ouvido de tuberculoso, acorda, salta do catre e vem saber que é que estou sentindo. Mando-o lamber sabão e fico, encharcado de suor, olhando para a janela, querendo mais ar, amaldiçoando o verão... É por isso tudo que hoje vou tomar uma dose dupla de Luminal. Mas não me contes isso ao Dante, estás entendendo?

Ouve-se um ruído de passos no corredor, e poucos segundos depois José Lírio entra, arrastando as pernas, praticamente nos braços de Roque Bandeira e do Irmão Toríbio.

— Liroca velho de guerra! — exclama Rodrigo afetuosamente.

— É muito amor... — balbucia o veterano, ofegante. — Subir... to-todas essas esc-escadas... pra... pra te ver... É muito amor!

Inclina-se sobre o amigo e abraça-o.

— Sentem-se. A tua cerveja já vem, Bandeira. E tu, que é que bebes, Zeca? Cerveja também? Bueno. Ó enfermeiro!

Erotildes surge à porta.

— Vá buscar bebidas. O de costume. E traga muito gelo. Floriano, me liga o ventilador. Então, Roque, que é que há de novo por esse mundo velho?

— Só calamidades — murmura Tio Bicho, depondo sobre a cômoda a sua palheta amarelada. — O Dutra está eleito.

— Isso eu já sabia — diz Rodrigo.

— O Brasil está perdido.

— Isso é velho — sorri Floriano.

Sentado numa poltrona, Liroca procura recobrar o fôlego. Irmão Toríbio e Floriano a um canto conversam sobre a situação de Arão Stein.

Minutos mais tarde, precedido por uma aura de alfazema, o dr. Terêncio Prates entra no quarto. Rodrigo aperta-lhe a mão efusivamente, pensando: "Por que será que quando ele chega eu me alegro e, cinco minutos depois, sua presença já me irrita? E por que é que, apesar disso, não quero que ele vá embora?".

Terêncio cumprimenta os outros e senta-se. Floriano percebe nos olhos de Roque Bandeira um brilho de malícia e conclui: "O Tio Bicho está hoje com o cão no corpo. Temos briga".

A provocação não tarda.

— Vocês se lembram do Novembrino Padilha? — pergunta Bandeira. — Um caboclo retaco e bigodudo, antigo capataz dos Amarais, e que andou metido em contrabando de pneumáticos durante a guerra...?

Rodrigo faz um sinal afirmativo com a cabeça.

— Pois o Novembrino hoje de manhã baleou um homem num bolicho da Sibéria.

— Por quê? Questão de mulher? Jogo de osso? Rinha de galo?

— Nada disso. O contrabandista estava tranquilamente sentado, tomando sua cachacinha, quando um desconhecido, que bebia de pé junto do balcão com dois amigos, pôs-se a olhar para ele com muita insistência. O Novembrino ficou queimado e perguntou: "Por que é que está me olhando, moço?". O homem não respondeu. Sorriu e desviou o olhar. Mas pouco depois tornou a fincar o olho em Novembrino. Nosso herói não teve mais dúvida. Ergueu-se, tirou o revólver da cintura e meteu dois balaços no corpo do outro. O primeiro entrou no baixo--ventre e o segundo nos testículos. O homem perdeu muito sangue e está à morte.

Faz-se um silêncio. Bandeira remexe-se na cadeira, enlaça as mãos sobre a pança.

— Querem ouvir uma profecia? — pergunta. — Se o Novembrino for a júri, será absolvido.

— Por que estás tão certo disso? — indaga Rodrigo. — Já se acabou o tempo em que no Rio Grande os bandidos matavam impunemente.

— Ouçam a minha tese... — diz Tio Bicho. — Mas não me atirem pedras antes de eu terminar. E esse pedido é dirigido especialmente ao doutor Terêncio, cujos brios gauchescos conheço. Bom. Cá na minha fraca opinião, por trás dessa permanente necessidade que o gaúcho sente de demonstrar em público que é viril e tem coragem pessoal, está o temor de que pensem que ele é um maricas, um pederasta.

Irmão Zeca e Floriano entreolham-se, sorrindo e entendendo-se.

Terêncio ergue a cabeça vivamente e exclama:

— Não diga tamanha barbaridade!

— Calma, doutor — pede Bandeira. — Calminha. Ficou no inconsciente coletivo gaúcho esse temor, que vem dum tempo em que no Continente havia uma escassez tremenda de mulheres. Conheço histórias de mil brigas que começaram porque um sujeito se pôs a olhar com insistência para outro. Que significa isso para um homem não muito certo de sua masculinidade? Ele raciocina assim: "Esse cachorro está me *namorando*, logo pensa que sou efeminado". E não há para o gaúcho insulto maior que esse. Ora, se ele estivesse mesmo seguro de seu machismo, a coisa não teria a menor importância. Mas não está. Lá nos refolhos da alma (com o perdão aqui do nosso Irmão Zeca), no inconsciente do "monarca das coxilhas", mora a negra suspeita. E então ele vira bicho e agride o "sedutor" para provar a este e ao mundo que não há nem deve haver a menor dúvida quanto à sua masculinidade.

— Cala a boca! — diz Rodrigo. — Estás bêbedo.

— Ainda não estou, doutor. Ficarei. Paciência. Ficarei. Mas... voltando à minha história: as testemunhas confirmarão que a vítima estava olhando com impertinência para o acusado. E o júri, possivelmente composto de homens que devem ter os mesmos problemas e dúvidas, absolverá o réu...

— Sua tese é suja, insultuosa e falsa! — exclama Terêncio. — Sem a menor base científica. É o resultado de leituras mal digeridas de Freud e de outros charlatães vienenses.

Tio Bicho começa a rir miúdo e baixo, murmurando: "Freud, charlatão vienense... essa é boa, muito boa!" — e todo ele treme: bochechas, papada, ventre... Começa a tomar a cerveja que Erotildes acaba de servir-lhe.

— O Bandeira é um caso triste — suspira Rodrigo, com fingida seriedade. — Perdi a esperança com ele há mais de quinze anos. É o profissional do sarcasmo e da ironia. As muitas leituras o confundem.

— Qual! — diz o velho Liroca. — O Roque é um gaúcho degenerado. No entanto o pai dele foi dos legítimos. Pobre do finado Eleutério! Quem havia de dizer que o filho ia dar para essas coisas...

— Que coisas? — pergunta Bandeira.

— Ora, viver às voltas com livros e peixes, e essas ideias de gente louca. E não gostar da vida campeira nem saber andar a cavalo. Isso até nem é normal.

Tio Bicho continua a rir baixinho. Terêncio fecha a cara. Rodrigo bebe lentamente sua cerveja. Irmão Toríbio põe-se a andar dum lado para outro, com o copo na mão.

— Se o destino do Rio Grande tivesse dependido de gaúchos da marca do Roque Bandeira — diz Terêncio —, nosso estado estaria hoje incorporado ao Uruguai ou à Argentina. Esta terra foi conquistada e mantida por homens de verdade, capazes de lutar e de morrer pela pátria.

Bandeira encolhe os ombros:

— Não tenho a menor necessidade de provar aos outros que sou valente, viril ou patriota.

Irmão Toríbio intervém:

— Conheço bem o Roque, doutor Terêncio. A tese que ele nos expôs não passa de mais uma brincadeira, produto de seu espírito de contradição.

— Espírito de porco — corrige Rodrigo.

— Espírito e corpo — sorri Tio Bicho.

— Eu não disse isso. Sabes que te admiro e quero bem. Só te acho às vezes irritante. Mas não te levo a sério. Ninguém leva. Nem tu mesmo.

— É engano, doutor. Sou um homem muito sério. O doutor Terêncio, que me compreende, sabe disso.

Ouve-se, vindo de longe, o troar dum trovão. Liroca lança um olhar inquieto na direção da janela. Rodrigo volta-se para Terêncio:

— E o livro, como vai?

— Bastante adiantado. Mas tenho ainda uns seis meses de trabalho pela frente...

— Seis? Então não estarei mais aqui quando a obra for publicada. Acho que não duro nem três meses.

— Não diga isso! — acode Irmão Toríbio. — Vai durar mais vinte anos. Aposto.

— Não apostes porque perdes. Mas, ó Terêncio, conta-nos agora qual é a tese do teu ensaio. A outra noite começaste a me falar nele, mas fomos interrompidos...

Terêncio pigarreia, cruza as pernas, olha de soslaio para Bandeira, torna a pigarrear, mas continua silencioso. É evidente que a presença de Tio Bicho o perturba.

— Querem ouvir mesmo? — pergunta, alguns segundos depois.

— Claro, homem! — encoraja-o o dono da casa.

— Bom. O título, como sabem, é *Tradição e hierarquia*. Faço inicialmente um esboço da história política, social e econômica de nosso estado, para depois traçar um paralelo entre o Rio Grande de ontem e o de hoje. A conclusão a que chego é, em suma, a de que nossos costumes estão sendo modificados, deturpados, abastardados não só sob a influência da colonização alemã e italiana como também do cinema e duma literatura nefasta que nos vem de fora, principalmente dos Estados Unidos. Por outro lado, nosso sentido de hierarquia e tradição vem sendo solapado aos poucos pelas ideias socialistas de igualdade, pelo comunismo ateu, numa palavra, pelo populismo, que procura nivelar a sociedade por baixo.

Faz uma pausa e encara Bandeira, com uma expressão de desafio, como a esperar um protesto. Tio Bicho, porém, está de olhos semicerrados, com o copo de cerveja apertado entre as coxas. Liroca dormita. Os outros escutam com atenção.

— Procuro mostrar — continua Terêncio — que o caminho da salvação para nós não é, não pode ser o da socialização, o da reforma agrária e o da abolição das classes, mas sim o da volta à tradição da estância, à tutela do estancieiro patriarcal, ao culto das qualidades mestras da nossa raça: coragem pessoal, firmeza de caráter, cavalheirismo, desprendimento, franqueza... Precisamos para isso buscar inspiração no passado, resistir moralmente ao gringo nos dias de hoje como nos velhos tempos resistimos fisicamente ao castelhano invasor. Formar um dique contra ideias, hábitos e atitudes mentais alheios à nossa índole, à nossa história, à nossa natureza. Evitar que nossa indumentária campeira tradicional se transforme numa ridícula imitação da do caubói das fitas de faroeste.

Reviver as nossas danças, as nossas cantigas, o nosso folclore. Enfim, ter um corajoso orgulho do que é nosso. Precisamos também restabelecer o primado do espírito, seguir a religião de nossos avós, o catolicismo, repelindo o protestantismo germânico e anglo-saxônico, bem como os cultos africanos e o espiritismo. Não sei se falei claro.

— Claríssimo — resmunga o Tio Bicho. — Cristalino.

Faz-se um silêncio em que Rodrigo fica alisando o lençol e pensando em Sônia com uma quente saudade tátil do corpo da rapariga. Floriano tem na mente a imagem de Sílvia tal como a viu à tarde a caminhar no quintal olhando para a própria sombra no chão de ocre avermelhado.

— Falar em primado do espírito — diz Bandeira — fica muito bonito para quem anda de barriga cheia, mora em boa casa e tem dinheiro no banco. Precisamos levar em conta que essa é a situação apenas duma minoria no Rio Grande. A maioria vive mal, tanto na cidade como no campo. O meu caro doutor Terêncio já pensou no gaúcho que não tem cavalo nem terra, e que raramente ou nunca come carne?

— Você não conhece o assunto! — exclama o estancieiro. — Está jogando com dados e fatos inventados e divulgados pelos comunistas. O Rio Grande é um dos estados de nível de vida mais alto em todo o Brasil!

— O que não quer dizer — replica Tio Bicho — que esse nível não seja ainda muito baixo. Mas voltemos à obra... Pelo que entendi, o doutor considera a propriedade um dom divino, inalienável...

— E é! Abra um livro de história universal. Verá que sempre existiram os grandes proprietários e as aristocracias, como inevitáveis expressões do direito natural. Uma sociedade, como disse Charles Maurras, pode tender para a igualdade, mas em biologia a igualdade só existe no cemitério.

— Charles Maurras! — exclama Tio Bicho. — Credo! Nossa Senhora!

— No meu entender — continua Terêncio, sem tomar conhecimento da interrupção —, os doutores da Igreja deixaram esse ponto bem claro, e aqui está o Irmão Toríbio que me pode corrigir, se estou errado... Os proprietários de terras são depositários de bens que lhes foram confiados por Deus, para que eles os administrem num espírito de justiça e de caridade, tendo em vista o bem-estar geral.

— Caridade? — torna a vociferar Bandeira. — Mas o que o senhor quer é uma volta à Idade Média! Ó Zeca, não permitas que o doutor Terêncio use o nome do Senhor teu Deus em vão.

Irmão Toríbio limita-se a um sorriso contrafeito. Rodrigo torna a apanhar o espelho e mirar-se nele.

— Eu sei — prossegue Terêncio —, os estancieiros do Rio Grande em sua grande maioria são egoístas e gananciosos, só pensam em engordar o gado, vendê-lo a bom preço e botar seu rico dinheirinho no banco. Esses na minha opinião traem o mandato divino.

Floriano não se contém e pergunta:

— Mas o senhor está mesmo falando sério?

— Claro! E por que não? Considero minha atividade de estancieiro como uma espécie de apostolado, que tudo faço para honrar. Quanto aos outros senhores de terras, precisam ser reeducados para compreenderem que como proprietários eles não devem ter apenas privilégios, mas também e principalmente obrigações. Que me diz a isso, Irmão Toríbio?

O marista coça a cabeça, hesita por um instante e finalmente fala:

— Bom, eu acho que... bom, são Tomás de Aquino dizia que a propriedade é um *mal* necessário... Que autoridade temos nós para afirmar que Deus põe o seu selo de aprovação em algo que, embora necessário, é mau? E não foi Cristo quem disse que é mais fácil um camelo passar pelo fundo duma agulha do que um rico entrar no Reino de Deus?

Os malares do estancieiro saltam, seus lábios e seus olhos apertam-se.

— Eu não podia esperar que um marista entendesse de teologia... — diz, com voz também apertada.

Uma súbita vermelhidão cobre o rosto de Irmão Toríbio. Floriano sente o potro escavar no peito de Zeca, quando este replica, agressivo:

— A que ordem religiosa pertence o senhor? Com quem estudou a sua teologia? E onde está a carta de sesmaria que Deus lhe deu?

Rodrigo solta uma risada. Liroca abre os olhos. Tio Bicho pega a garrafa de cerveja e, sorrindo, torna a encher seu copo.

Terêncio, com uma luz de paixão nos olhos mosqueados, continua a falar, como se não tivesse escutado as palavras do marista.

— Repito que falta aos nossos estancieiros o verdadeiro espírito cristão. É uma pena. O regime socialista para o qual estamos lamentavelmente descambando é o da ditadura duma minoria de ateus armados sobre uma maioria inerme. No regime patriarcal que preconizo, os ricos associarão os pobres às suas empresas. Faremos pela persuasão o que no regime comunista se faz pela coação. Trataremos de doutrinar as massas, mostrando-lhes que, como disse certo pensador francês, o socialismo exprime necessariamente um ressentimento contra Deus e contra tudo quanto existe de divino no homem. Consciente de sua baixeza, o "proletariado moral" trata de rebaixar os que lhe são superiores.

Rodrigo olha para a janela e vê um relâmpago clarear o horizonte. Seu mal-estar aumenta: é um aperto no peito, a sensação de que não pode respirar fundo. "Por que esse tratante do Camerino não me aparece? E por que o Terêncio está agora me apontando com um dedo acusador?"

— Em nome duma demagogia criminosa — diz este último — o Estado Novo começou a destruir a propriedade no Brasil...

— Deixem o Getulio em paz! — grita Rodrigo.

— Tu sabes disso melhor que eu — prossegue Terêncio. — Já não somos mais donos do que era nosso. Os impostos nos debilitam, a burocracia nos cria percalços, o estabelecimento do "preço-teto" e do salário mínimo é uma terrível ameaça ao nosso futuro.

— Por favor — pede Floriano —, não vamos voltar a discutir o Estado Novo. Eu quero é saber a razão da animosidade do doutor Terêncio contra os brasileiros de origem alemã e italiana.

— Eu explico. Parto do princípio (e isto ninguém me tira da cabeça) de que o território duma pátria pertence ao povo que o conquistou e manteve com seu suor, suas lágrimas e seu sangue, para usar da expressão do grande Churchill. Lá de repente nos chegam imigrantes da Itália e da Alemanha, aboletam-se nas nossas terras e querem impor-nos a sua maneira de ser, de pensar, de viver e até de falar.

— Vamos então devolver o Brasil aos bugres! — exclama Bandeira.

— Não me interrompa! — vocifera Terêncio. — Aprenda a ouvir. Ouça e depois replique. Mas... como eu dizia, vêm esses estrangeiros e querem repartir entre si o que é de domínio puramente nacional. Na América somos demasiadamente tolerantes para com os imigrantes, dando-lhes todas as facilidades e oportunidades, inclusive a de poderem seus descendentes da primeira geração eleger-se para cargos administrativos ou legislativos.

— E que mal há nisso? — pergunta Irmão Toríbio.

— Só não vê quem não quer. Um gringo desses, antes de ser completamente assimilado, de compreender o espírito, a alma, a história da terra de adoção de seus pais, já nos pode governar. E, como resultado disso, a nossa continuidade e a nossa identidade históricas estão correndo o risco de serem interrompidas. O Rio Grande aos poucos se agringalha, se estrangeiriza. Estamos perdendo a primazia política. Esse também é o drama do Paraná e de Santa Catarina. Se não tomarmos cuidado, em vez de assimilarmos os colonos e seus descendentes, seremos assimilados por eles!

— Ora, não vejo nenhuma desvantagem nisso... — resmungou Bandeira.

— Ó Roque — intervém Rodrigo —, não sejas exagerado. Concordo que o Terêncio é um tanto reacionário nas suas ideias, mas devo confessar que eu também tenho cá as minhas reservas com relação ao elemento alemão e italiano. Sempre tive.

— Na minha opinião — diz Floriano —, o fenômeno sociológico mais importante da história do Rio Grande, nestes últimos cinquenta anos, é o declínio da aristocracia rural de origem lusa e o surgimento duma nova elite com raízes nas zonas de produção agrícola e industrial onde predominam elementos de ascendência alemã e italiana. Neste meio século, processou-se a marcha do colono da picada para a cidade, da pequena plantação para o comércio e para a indústria. Antigamente o produtor menor e o assalariado não podiam nem sequer sonhar com uma carreira política. Agora a situação está mudando. O estancieiro perde seu poder econômico e político, e os nossos deputados, senadores e governadores já não são mais, digamos assim, eleitos pela força do boi. Hoje os candidatos se chamam também Spielvogel, Greenberg, Lunardi, Schmidt, Kunz, Kalil.

De cabeça baixa, fazendo passar o friso da calça entre o polegar e o indicador, Terêncio escuta com expressão triste, como se o escritor estivesse pronunciando uma oração fúnebre.

— Se folhearmos, por exemplo, o catálogo telefônico de Porto Alegre — prossegue Floriano —, descobriremos uma grande, expressiva quantidade de médicos, advogados, engenheiros, professores, comerciantes e industriais com nomes alemães, italianos, sírio-libaneses, polacos, judeus... E as listas dos estudantes que todos os anos entram ou saem nas nossas escolas superiores revelam o mesmo fenômeno. Estamos saindo da era mesozoica da nossa história, isto é, da idade de ouro dos grandes répteis. Em breve não veremos mais dinossauros na nossa paisagem política, pois o caudilho urbano, tão bem tipificado por Pinheiro Machado e continuado até nossos dias por homens como Flores da Cunha, pertence a uma espécie praticamente extinta. Com o desaparecimento dos "répteis" maiores, automaticamente se extinguem os menores, os chefetes locais.

— E o senhor acha isso bom, bonito ou auspicioso? — pergunta Terêncio.

— Com todos os seus possíveis defeitos e limitações, os políticos do Império, os da primeira República e os poucos que sobraram na segunda tinham *pedigree*, qualidades intelectuais indiscutíveis, charme, nobreza...

— Sabiam falar francês — interrompe Bandeira –, o que lhes facilitava o comércio com as cocotes elegantes que importávamos da França. Conheciam vinhos, comiam caviar, recitavam Victor Hugo no original, e eram muito pitorescos, não resta a menor dúvida, pitoresquíssimos. Mas caros demais para os cofres públicos.

— Pertenciam — continua Terêncio, sem tomar conhecimento da interrupção — a uma sociedade em que havia hierarquia, classes definidas. Porque, como os países europeus, o Brasil possuía uma tradição, uma consciência de *rang* que pouco ou nada tinha a ver com assuntos de produção e com a situação econômica do indivíduo. Não devemos esquecer que a posição social do homem europeu não está condicionada, como nos Estados Unidos, à sua capacidade de produzir, à sua situação financeira. Existem no Velho Mundo as elites profissionais amparadas em valores de ordem moral e tradicional.

— O senhor fala como um monarquista! — exclama Irmão Toríbio.

Floriano de novo toma a palavra:

— A mim me parece tão absurdo querer italianizar ou germanizar o Rio Grande como pretender ignorar a grande contribuição que o imigrante alemão e o italiano trouxeram para a nossa vida. Acho que temos de aceitar essa contribuição com alegria e esperança. Só poderemos lucrar com isso. A vantagem começa pelo tipo físico que aqui se está formando, como resultado dessa mistura de raças.

— Isso não discuto — diz Rodrigo. — Estou de acordo com Floriano. Em que outra parte do Brasil vocês encontram mulheres mais bonitas e saudáveis que as do Rio Grande? Espero que não me neguem autoridade no assunto.

— A raça portuguesa — replica Terêncio — é das mais belas da Europa. Se degenerou no Brasil foi por causa da mistura com o índio e o negro.

— E que me diz do prodigioso progresso de São Paulo? — pergunta Irmão

Toríbio. — Não se deverá em grande parte ao imigrante italiano e seus descendentes?

Terêncio volta para o marista o seu olhar de templário.

— O senhor esquece, Irmão, a contribuição básica do elemento tradicional, do paulista de quatrocentos anos, sem cujo apoio o imigrante pouco ou nada poderia ter feito. A indústria paulista não se teria aguentado sem o amparo duma agricultura forte. E, depois, não nos devemos entregar a essa febre de industrialização provocada pelos comunistas, que tudo fazem para criar no Brasil um proletariado urbano que lhes será fácil manejar politicamente de acordo com os interesses da Rússia soviética.

— Estranho o seu entusiasmo pela agricultura... — observa Tio Bicho com malícia. — A outra noite, o senhor defendia a pecuária e atacava a agricultura como sendo uma expressão "gringa"...

— Ah! Mas o caso do Rio Grande é diferente. A pecuária constitui a espinha dorsal de nossa economia, além de ser uma expressão sociológica. Se nos entregarmos à agricultura em larga escala, não teremos mais campos de boa qualidade onde criar nossos bois, e como consequência disso produziremos menos carne, o que seria desastroso sob todos os pontos de vista. Desbovinizar nossas estâncias é o mais nefasto dos erros. Não formo na legião dos partidários da plantação de trigo em larga escala no Rio Grande.

— Mas, ó Terêncio — diz Rodrigo —, agora estou pensando em tudo quanto disseste... Tu te contradizes, homem! Sempre atacaste o Getulio porque na tua opinião ele liquidou a democracia no Brasil, e no entanto todas as ideias que estás expondo com tanto fervor me parecem a negação mesma do espírito democrático. Tu és, permite que te diga, um aristocrata monarquista. Teu livro devia chamar-se *Saudade de d. Pedro II.*

Todos desatam a rir, menos Terêncio, que fixa o olhar duro no dono da casa, replicando:

— Sou um republicano castilhista, e tu sabes bem o que isso significa. Continuarei a repetir que o Getulio abriu no Brasil todas as comportas que continham as águas populistas e com elas inundou, talvez irreparavelmente, a nossa vida política, econômica e social, deixando-nos à beira do comunismo.

Por um momento a conversa deriva para outros rumos. Liroca indaga sobre a saúde de Rodrigo e aproveita a oportunidade para enumerar suas dores e achaques. Floriano leva Irmão Toríbio para um canto do quarto e ali fica a estudar com ele a maneira mais prática de conseguir a internação de Arão Stein num sanatório para doenças mentais. Terêncio folheia distraído a antologia poética. Tio Bicho, os olhos semicerrados, sorri para seus pensamentos. Depois de alguns instantes, diz:

— Eu cá tenho a minha teoria sobre as causas do atraso do Rio Grande com relação a São Paulo...

Leva algum tempo para conseguir a atenção dos outros.

— Os fatores são muitos, e eu vou enumerar alguns... — continua depois que sente cinco pares de olhos postos nele, com as expressões mais variadas: irritada impaciência nos de Terêncio; fatigada indiferença nos do dono da casa; sono e incompreensão nos de Liroca; expectativa divertida nos de Zeca e Floriano. — Cessadas as lutas de fronteira e as duas grandes guerras, a dos Farrapos e a do Paraguai, entrou o Rio Grande num período de reconstrução, agitado mais tarde pela propaganda republicana. Proclamada a República, a direção da política estadual foi empolgada por Júlio de Castilhos, e a influência do positivismo começou a fazer-se sentida entre nós. Tivemos então um governo autoritário, conservador e, até certo ponto, castrador. Borges de Medeiros, herdeiro de Castilhos, exerceu durante um quarto de século a "ditadura científica". Mercê de sua curteza de visão e de suas superstições positivoides, transmitiu aos seus discípulos e colaboradores um certo horror ao progresso e ao risco, contaminando-os com o vício da cautela e do conservantismo. Em princípios deste século, o doutor Borges de Medeiros não quis nem sequer examinar a *possibilidade* de aceitar o milhão de dólares que a Fundação Rockefeller oferecia ao seu governo com a finalidade de criar em Porto Alegre uma faculdade de medicina. Recusou-se a promover a eletrificação do estado quando uma oportunidade admirável para isso se apresentou. E, como não contávamos com energia elétrica abundante e barata, não conseguíamos atrair novas indústrias, que por motivos óbvios iam instalar-se em São Paulo.

Terêncio escuta com impaciência, cruzando e descruzando as pernas, puxando de quando em quando pigarros hostis.

— Por outro lado, nossos estancieiros (e esses na maioria dos casos não eram positivistas nem mesmo borgistas, mas gasparistas federalistas) revelavam-se também conservadores, atrasados, egoístas, sem o menor espírito público. Pagavam mal à peonada, que dormia no galpão em cima dos arreios.

— E os poetas — interrompe-o Floriano — cantavam esses peões e sua fidelidade canina aos patrões, procurando tirar efeitos poéticos e épicos do desconforto e da miséria em que viviam, pois achavam que isso era uma prova da fibra da raça.

— Exatamente — concorda Tio Bicho, continuando: — Esses peões não tinham escolas para os filhos nem assistência médica. Não lhes davam os patrões oportunidades de melhorarem de vida, de tirarem o pé do lodo... Bom. Mas o tempo passou. Vieram outros governos que se caracterizaram quase sempre por uma grande falta de imaginação e de coragem criadora. Nossas casas bancárias, por sua vez, não facilitavam o crédito, e ao menor sinal de crise retraíam-se, fechando as carteiras de desconto e limitando-se a cobrar, implacavelmente. Sim, e, num outro plano, não devemos esquecer também a qualidade de nosso clero. A Igreja nunca teve influência na nossa política enquanto Borges de Medeiros se manteve no governo: essa justiça eu lhe faço. Mas depois de 1928, o clero ergueu a cabeça, um clero formado de elementos em geral saídos da zona colonial italiana e alemã: homens pouco inteligentes, intolerantes, duros, sem o menor senso de humor. E esse clero passou a dominar a crescente massa eleitoral do interior, principalmente das colônias.

— Não diga asneiras! — exclama Terêncio.

— Digo. Também tenho esse direito, doutor. Mas... deixem-me terminar o bestialógico. Outro mal que nos aflige é o nosso sebastianismo farroupilha, o nosso *bentogonçalvesismo*, que até hoje nos tem mantido separados psicologicamente do resto do país, alimentando o nosso permanente ressentimento. Nossos compatriotas lá de cima chegam às vezes a pensar que pertencemos à órbita platina.

— Isso não é verdade! — protesta Rodrigo.

Tio Bicho, imperturbável, continua:

— Creio que a timidez e as limitações dos ilhéus dos Açores e mais os temores e cautelas do imigrante italiano e alemão (um pouco assustados com a terra, os bugres, as guerras e as revoluções) são os responsáveis remotos pela mediocracia em que vivemos, por esta nossa economia de pé-de-meia, pela nossa falta de ousadia no domínio da empresa comercial, pela nossa incapacidade de jogar longe a lança do otimismo e de fazer ou semear coisas grandes. E como é que procuramos compensar essas deficiências? Com gritos, com ameaças truculentas, com patas de cavalo. E por todos esses motivos, meus caros paroquianos, o gaúcho entra na era atômica montado na carcaça do cavalo de Bento Gonçalves e empunhando uma bandeira de charque!

Terêncio ergue-se, como se lhe fosse impossível suportar sentado sua indignação. Avança dois passos na direção de Bandeira e quase a encostar-lhe no nariz o indicador enristado, exclama:

— Você acaba de dizer um amontoado de barbaridades, de inexatidões e de injustiças!

Tio Bicho dá de ombros.

— E o senhor, montado no cavalo do general Osório, e de lança em riste, investe agora contra mim, achando mais fácil me assustar com gritos do que me convencer com argumentos. Sente-se, recobre a calma e conteste o que eu disse. Está com a palavra...

Liroca olha para os contendores com os mesmos olhos entre divertidos e alarmados com que costuma assistir a rinhas de galo.

— Antes de mais nada — diz o estancieiro, sempre de dedo erguido —, tudo quanto você apresenta como sendo "defeitos" da nossa gente são qualidades, grandes qualidades. O que você chama de mediocracia é uma democracia racional, baseada numa política "filha da sã moral e da razão". O que você classifica como "economia de pé-de-meia" é uma economia sólida, que anda devagar mas com passos firmes, uma economia, enfim, de cidadãos responsáveis e não de gananciosos aventureiros arrivistas. E quem foi que lhe disse que nós queremos progredir industrialmente como São Paulo? Quem nos garante que progresso industrial seja igual a felicidade social? E a nossa austeridade, a nossa seriedade na vida política e econômica deve-se ao espírito de Júlio de Castilhos, continuado por Borges de Medeiros. Olhe para o panorama político de nossos dias. Quem se salvou desse grande naufrágio moral? Quem nesta República de negocistas, peculatários e demagogos continua ainda de pé, como um exemplo de honorabilidade, discrição e sabedoria senão Antônio Augusto Borges de Medeiros?

Rodrigo pensa: "E que me importa tudo isso se estou condenado à morte?". Despe a camisa num gesto brusco, sentindo um súbito desejo de saltar da cama, sair para a rua e enfrentar aqueles céus e ares de tempestade, que no momento ele considera como os seus piores inimigos.

— Reconheço — continua Terêncio — que o clero gaúcho não é intelectualizado como o da França. Mas é um clero virtuoso, dedicado, limpo e capaz de sacrifícios. E quanto ao que você chama de *bentogonçalvesismo*, é apenas respeito e amor à tradição, ao culto dos nossos maiores. Porque nenhum povo que se preze pode jogar fora um passado heroico e glorioso como o nosso, só para agradar a Joseph Stálin e a seus lacaios no mundo inteiro. E que autoridade tem para falar de estancieiros e estâncias quem como você recebeu um pedaço de terra, como legado paterno e portanto sagrado, e em vez de cuidar dele arrenda-o a um estranho?

Tio Bicho sorri sem ressentimento.

— Perdão. Neste caso, existem em mim duas personalidades distintas. Uma é a do que possui um campo e o arrenda. A outra a do que critica o arrendador e o arrendamento. Esta última é a que se encontra aqui agora. E depois, meu caro doutor, não considero um pedaço de terra (que nem sei se foi bem ou mal havido) uma herança "sagrada". Tanto que, se amanhã vier a reforma agrária...

— Reforma agrária? — exclama Terêncio, com uma expressão de horror. — Mas quem é que pode pensar nesse absurdo senão os comunistas, os judeus e os maçons, que querem o desmantelamento da nossa ordem social?

— Eu não esperava mesmo que o senhor fosse favorável à ideia... — sorri Bandeira.

Transfigurado pela cólera, o estancieiro alteia a voz:

— Só pode ser favorável à reforma agrária quem não entende do assunto ou quem quer deliberadamente servir os interesses das esquerdas. Ou então os inocentes úteis, mocinhos do asfalto que não conhecem o problema e acham muito bonito, muito nobre, muito "avançado" preconizar essa reforma.

Floriano e o marista entreolham-se. Rodrigo olha para a janela, desinteressado da discussão.

— A pequena propriedade entre nós — continua Terêncio em voz mais baixa mas ainda apaixonada — é o regime da miséria. Temos no Rio Grande mais de quatrocentos e cinquenta mil pequenos proprietários, e isso talvez explique as nossas frequentes crises econômicas.

— Ora — diz Floriano —, abandonados pelos governos e permanentemente arrastados na onda inflacionária, o mais que os pequenos proprietários podem conseguir é uma medíocre sobrevivência. Mas isso nada prova contra a necessidade de uma divisão racional da terra.

— A divisão racional é a que aí está: a natural — replica Terêncio. — Se, com essa tal reforma que os demagogos tanto apregoam, dermos aos pequenos proprietários nossas terras mais férteis, onde iremos criar nosso gado? Quem irá produzir carne?

Ergue-se, passa pelo rosto úmido de suor um lenço de cambraia, dá alguns passos até a janela, olha para fora e depois, voltando a aproximar-se do interlocutor, torna a falar.

— Se um dia (que tal Deus não permita) se fizer essa divisão de terras romântica e insensata, dentro de pouco tempo os pequenos proprietários, impotentes diante dos obstáculos inerentes à economia do minifúndio, se verão na contingência de vender suas terras, e de novo teremos as coisas de volta ao seu estado anterior, isto é, às grandes propriedades que vocês tão injustamente atacam. E digo mais. A existência do pequeno proprietário depende de nós, os grandes, que estamos constantemente a tirá-los de aperturas, dando-lhes sementes, empreitando-lhes vacas, cavalos e instrumentos agrários.

— Pois essa função paternalista — retruca Floriano — pode ser exercida com mais eficiência e sem o espírito de caridade pelo Estado.

— Lá me vem o senhor com o Estado todo-poderoso!

— Já lhe disse muitas vezes que detesto o Estado totalitário, esse que intervém na vida privada do indivíduo, cerceando-lhe a liberdade, ditando-lhe o que deve ler, o que deve escrever, como deve pensar, falar e mover-se, a que igreja deve ou não deve ir. Mas pense bem. Quantas vezes nossos fazendeiros e homens de negócio pediram a intervenção providencial do Estado para salvá-los da falência? Não seria mais sensato pedir essa intervenção antes, na forma dum planejamento de produção?

— Mas isso é monstruoso!

— Escute. Cheguei à conclusão (com relutância, confesso) de que a economia não pode mais ser totalmente livre como tem sido até agora. O sistema competitivo capitalista leva a crises periódicas e a guerras que se vão fazendo cada vez mais destruidoras, a ponto de nos dias de hoje a gente já acreditar na possibilidade da extinção completa da raça humana, promovida pelo engenho dos homens de ciência, combinado com a estupidez dos homens de Estado.

— O senhor está sofismando.

— Pode parecer paradoxal — continua Floriano —, mas estou quase convencido de que uma economia planejada, não só na esfera nacional como na internacional, poderá assegurar ao homem as outras liberdades que me parecem tão mais importantes que as de acumular dinheiro ou mesmo as de comprar o supérfluo.

— Não estou de acordo. Só pode haver planejamento sob um governo de força, e sob um governo de força não pode haver liberdades civis.

— Quero deixar claro — diz Floriano, depois de pequena pausa — que não preconizo uma reforma agrária à la Robin Hood, isto é, tirar dos ricos para dar aos pobres. Se fizéssemos isso, nossa produção agropastoril cairia verticalmente da noite para o dia. Para mim o problema não é apenas econômico, mas também moral. Não é preciso ter olho de sociólogo para ver o tremendo desnível que existe entre a população urbana e a rural. A legislação trabalhista do Estado Novo esqueceu o homem do campo. Nos Estados Unidos, dois terços dos agricultores são donos de suas terras. No Brasil menos de um décimo de nossos trabalhadores agrícolas tem propriedades. Sua maioria é formada de assalariados muito mal pagos. Qual! Alguns nem salário têm, são párias no mais puro sentido da palavra. Constituem a mendicância rural.

— O senhor está falando como um comunista! — vocifera Terêncio.

— E o senhor está usando dum raciocínio primário quando me acusa de ser o que não sou.

Estampa-se no rosto de Terêncio uma expressão malaia — olhos apertados de ódio, zigomas saltados — que apaga por alguns segundos a do homem civilizado. Mas antes que o estancieiro torne a atacar, Floriano prossegue:

— Sei que o problema é terrivelmente complexo. É preciso não esquecer a praga dos intermediários, homens que nunca encostaram o dedo na terra, mas que acabam ficando com a parte do leão na produção agrícola. Há toda uma gangue envolvida nesse processo de obtenção de créditos ou mercados, de estabelecimento de preços, de facilidades de transporte... E que dizer dos monopólios? Sim, a reforma agrária supõe a destruição dessa numerosa e fortíssima quadrilha, com todas as suas ramificações nos ministérios, nas autarquias e no Banco do Brasil. Sei que não vai ser fácil desmontar a máquina. Mas isso terá de ser feito, mais cedo ou mais tarde.

— E o senhor pensa resolver o problema agrário com um decreto governamental? — pergunta Terêncio. — Ou com um passe de magia?

Floriano encolhe os ombros.

— Acho que a terra é um bem comum e que uma lei constitucional poderia regular sua propriedade. Está claro que não haveria apenas um tipo de reforma agrária, mas muitos, de acordo com cada região do país. Para descongestionar as zonas urbanas e povoar as rurais, temos de tornar o campo tão confortável e interessante quanto a cidade, ou mais...

— Com cinemas e teatros? — pergunta Terêncio, tentando o sarcasmo, mas em vão, pois persiste em sua voz apenas o tom rancoroso. — Com clubes?

— Com condições de vida decentes — replica Floriano. — Com escolas, hospitais, facilidades de crédito, cooperativas, assistência técnica e social, máquinas agrárias usadas num espírito coletivista, estradas para o escoamento da produção, et cetera, et cetera. E por fim com cinemas e clubes, por que não?

— O senhor é um visionário.

— Claro. Meu raciocínio está condicionado à minha profissão como o seu está subordinado à sua condição de latifundiário. Nunca esperei que nos pudéssemos entender nesse assunto...

Faz-se um silêncio difícil, dentro do qual só se ouve o zumbido do ventilador.

— A pressão barométrica deve estar muito alta — murmura Irmão Toríbio.

— Eu que diga... — murmura Rodrigo. — Meu barômetro está aqui — acrescenta, espalmando a mão sobre o peito. — Este não nega fogo.

Volta-se para o chefe do clã dos Prates e diz:

— O melhor é vocês pararem com o assunto, porque não vão chegar nunca a uma conclusão. Fica tranquilo, Terêncio, ninguém vai tocar nos teus campos. E tu, Floriano, continua a sonhar. Mas seria melhor que em vez de ficares a fazer teorias na cidade, fosses um dia visitar as nossas estâncias, para conheceres o problema mais de perto. Talvez mudasses de ideia. Não sei. O que sei é que eu daria todos os campos do Angico em troca de mais dez anos de vida. Ó Zeca, me traz alguma coisa gelada pra beber.

Pouco depois, já com o copo na mão, volta-se para Terêncio Prates e, para dar outro rumo à conversação, pergunta:

— Que tens lido ultimamente?

Sem muito entusiasmo, Terêncio conta de suas últimas leituras a Rodrigo, que o escuta sem nenhum interesse. Floriano ouve o estancieiro pronunciar a palavra *filósofo*... Imediatamente uma figura se lhe desenha na memória: a do prof. Mark Kendall.

Que foi que lhe veio primeiro à mente: a imagem ou o nome do homem? Talvez ambos tenham chegado simultaneamente. Floriano almoçou muitas vezes com o prof. Kendall no Faculty Club da Universidade da Califórnia. Mas neste momento pensa num certo almoço especial, no inverno de 1943. Seus olhos focaram interessados o professor de filosofia e, em alguma parte da câmara fotográfica que era o seu cérebro, as impressões daquele lugar e daquela hora se haviam gravado numa chapa sensível que tinha o poder não só de fixar imagens, cores e movimentos como também odores, sons e até sensações de temperatura. E agora ele tem diante dos olhos do espírito essa "chapa", talvez já um pouco alterada pelo tempo: o professor sentado do outro lado da mesa, apertando a haste do cachimbo entre os dentes: cinquentão, sólido, a cabeçorra lembrando na forma a de Oswald Spengler, olhos cor de lápis-lazúli no rosto rosado, o padrão sal e pimenta do casaco de *tweed* combinando com o grisalho dos cabelos e das sobrancelhas bastas e híspidas... A fumaça do cachimbo com uma fragrância doce e morna de mel e guaco... A atmosfera superaquecida... O gosto da galinha ao molho de caril... Uma reprodução de *O vaso azul* de Cézanne na parede... E a voz de pelúcia do filósofo. Ah! Com que clareza Floriano a "escuta" agora: "*Human behavior, my dear Cambará, is symbolic behavior*". Mark Kendall, leitor e admirador de Alfred Korzybski, passou todo o tempo do almoço a dissertar sobre a necessidade de estudar-se o comportamento humano à luz da semântica geral.

Um trovão faz estremecer as vidraças do casarão. Liroca murmura:

— Santa Bárbara, são Jerônimo! — E sem mudar o tom de voz: — A chuva não demora... Como é que o velho José Lírio vai pra casa?

Terêncio volta a cabeça para o veterano e tranquiliza-o:

— Não se impressione, major, o meu carro está lá embaixo.

Piscando o olho para Tio Bicho, Floriano encara o estancieiro e faz também a sua provocação:

— A mim me parece, doutor, que nós no Rio Grande temos vivido todos estes anos às voltas com alguns... *equívocos semânticos*... digamos assim...

— Como? — pergunta Terêncio, franzindo o cenho.

— Bom. Suponhamos que eu esteja pensando em voz alta... Longe de mim a ideia de apresentar estas minhas observações e conclusões meio improvisadas como absolutas. Se fizesse isso, estaria também cometendo um grave erro semântico...

Liroca solta, com um suspiro, esta pergunta:

— Que língua esse menino está falando?

— Para principiar... somos mais dependentes do que pensamos dos hábitos de linguagem de nosso grupo social. Nosso ajustamento ao mundo real é feito por meio de palavras. Vejam bem... Nosso comportamento está condicionado aos símbolos, mitos e metáforas vigentes na linguagem da sociedade em que vivemos.

— E daí? — pergunta Rodrigo.

— No Rio Grande — continua Floriano —, há gente que ainda permanece na ilusão de que possuímos o monopólio da coragem e da audácia no Brasil. Daí expressões como "centauro dos pampas", "monarca das coxilhas", "fazer uma gauchada", et cetera.

— Não me venhas... — começa Rodrigo. Mas não termina a frase. Não vale a pena — reflete —, porque esses intelectuais são um caso perdido. Transformam suas deficiências em virtudes e suas inclinações em leis. Floriano, como o velho Aderbal, nunca foi de briga, logo, procura negar o valor da coragem física.

— Outro mito — continua o escritor — é o da indumentária. Muito gaúcho procede como se bombacha, botas e esporas fossem símbolos de hombridade, desprendimento, nobreza de caráter.

Terêncio e Rodrigo entreolham-se. Irmão Toríbio, que nos últimos minutos esteve junto da janela, a escrutar o céu, aproxima-se de Floriano, que continua com a palavra:

— O Bandeira há pouco falou de nosso *bentogonçalvesismo*. Existem ainda gaúchos que não conseguem examinar o Rio Grande e sua gente objetivamente, quero dizer, sem *verbalizações épicas*. Não procuram ver o que somos, temos e fazemos *hoje*, não enxergam a nossa realidade (para usar uma palavra perigosa), porque, por uma exigência de seu formidável superego, precisam acreditar nesse Rio Grande idealizado pela poesia, pela epopeia e pela mitologia.

— Estava tardando a entrar em cena o Freud... — ironiza Rodrigo.

— No momento em que escrevemos ou pronunciamos a palavra *gaúcho* ou *Rio Grande*, nas coxilhas e pampas do nosso espírito, surge Garibaldi com seus lanceiros de 35... Chico Pedro e suas califórnias... Pinto Bandeira tomando o forte de Santa Tecla... E daí por diante entramos em transe, começamos a ter um comportamento um tanto parecido com o do esquizofrênico.

— O senhor está fazendo apenas um jogo de palavras! — exclama Terêncio.

— Estão vendo? A emoção, a indignação que minhas ideias provocam no doutor Terêncio de certo modo provam a minha tese. Mas... continuando com o perigo das metáforas, dos símbolos e dos mitos... A Alemanha nazista viveu recentemente um dos mais trágicos enganos semânticos de todos os tempos. Seu povo aceitou como verdades provadas uma série de mitos, superstições e metáforas que Hitler lhes impingiu em discursos repetidos e histéricos: a superioridade da raça ariana, do *Herrenvolk*, sobre as outras raças da terra... o *Führerprinzip*, o Protocolo dos Sábios de Sion... a ideia de que o marxismo, a finança internacional e a maçonaria são invenções dos judeus, na sua campanha para a dominação do mundo... et cetera, et cetera. Essa ilusão semântica, se me perdoam a simplificação, custou vários milhões de vidas.

— É estranho — observa Terêncio — que logo um escritor aí esteja a desprezar, a atacar os símbolos, as metáforas e os mitos. Como seria possível gerarem-se e manterem-se civilizações sem o uso de símbolos? Como poderia o homem transmitir a cultura aos seus descendentes, através dos séculos, sem os símbolos?

— Estou absolutamente de acordo com o senhor — replica Floriano. — Como poderia haver arte literária sem símbolos? Como poderia existir arte poética sem palavras, símbolos e metáforas? Mas quero que me entendam... A linguagem figurada pode ser perfeitamente inocente, além de bela e *necessária*. Mas o perigo começa quando o povo toma ao pé da letra, como verdades absolutas, os símbolos e metáforas políticas e sociais engendrados de acordo com o interesse imediato de quem os emprega.

— E é nisso — intervém Bandeira — que reside a força dos demagogos. Eles procuram fazer que o povo reaja, sem a menor crítica, às suas metáforas e mitos, de maneira automática, imediata e apaixonada.

— Essa é a técnica que usamos — acrescenta Floriano — não só para conseguir votos e levar o povo à guerra como também para vender sabonetes, cigarros, medicamentos, et cetera. A publicidade moderna alimenta-se duma série de hábeis prestidigitações verbais.

— Ela cria necessidades falsas — reforça Tio Bicho — e também "vergonhas" e "indignidades" convencionais. A vergonha de não possuir o último tipo de refrigerador ou de automóvel... A vergonha de não usar desodorante... A inconveniência de não comprar todos os anos uma cesta de Natal... e assim por diante, até o último dia do mês, em que se vencem as prestações e se acentuam as angústias.

— Por tudo isso — torna Floriano — devemos concluir que a linguagem não é apenas o instrumento que usamos para transmitir nossos pensamentos, pois na verdade ela acaba determinando o caráter da realidade cotidiana. E assim vivemos quase todos num mundo de abstrações metafísicas, dogmas, crendices... E por causa dessas abstrações, às vezes matamos, morremos e adquirimos úlceras gástricas.

Rodrigo faz um gesto de impaciência:

— Mas que é que o Rio Grande tem a ver com tudo isso?

Floriano sorri:

— Repito que muitos gaúchos alimentam ainda uma bela ilusão, acreditando num Rio Grande que já não existe. Confundem o tradicional com o apenas velho. O autêntico com o puramente pitoresco. Parecem não ter compreendido que bombacha não é adjetivo qualificativo, mas substantivo comum.

— Nosso comportamento político e social — intervém Tio Bicho — tem sido muitas vezes condicionado pela nossa mitologia e por nossos hábitos verbais. Quando nos vemos diante dum problema que exige habilidade técnica, política ou diplomática, viramos centauros e metemos as patas.

Irmão Toríbio solta uma risada.

— Mas afinal de contas — pergunta Rodrigo —, que é que vocês querem? Rasgar a nossa história? Abolir o nosso passado?

Depois de beber um gole de cerveja, Bandeira exclama:

— Queremos tocar DDT nos nossos mitos! Fazer o gaúcho apear desse cavalo simbólico no qual está psicologicamente montado há mais de dois séculos!

Terêncio rebate:

— E substituir nossas tradições gloriosas e nossa fé em Deus por símbolos da Rússia soviética?

Tio Bicho encolhe os ombros. Floriano, porém, responde:

— A Rússia soviética, doutor, também vive seus equívocos semânticos e alimenta seus mitos, como a ditadura do proletariado, a sociedade sem classes, a onipotência da história, et cetera. Quanto aos mitos americanos, são mais que sabidos: a liberdade da iniciativa privada, o *American way of life*, a ideia de que um dia poderemos resolver todos os problemas do corpo e do espírito por meio de engenhocas, dessas em que se apertam botões...

Terêncio parece estonteado.

— Mas é assustador! — exclama. — Os senhores destroem tudo, não acreditam em nada e em ninguém! Se nós os gaúchos jogamos fora os nossos mitos, que é que sobra?

Floriano olha para o estancieiro e diz tranquilamente:

— Sobra o Rio Grande, doutor. O Rio Grande sem máscara. O Rio Grande sem belas mentiras. O Rio Grande autêntico. Acho que à nossa coragem física de guerreiros devemos acrescentar a coragem moral de enfrentar a realidade.

— Mas o que é que o senhor chama de *realidade*?

— O que somos, o que temos. E não vejo por que tudo isso deva ser necessariamente menos nobre, menos belo ou menos bom que essas fantasias saudosistas do gauchismo com que procuramos nos iludir e impressionar os outros.

— Não estão falando a minha língua — murmura o Liroca, que tem estado a dar cochiladas intermitentes.

— Os mitos sempre existiram — prossegue Floriano — como expressões da irreprimível força do cosmos refletidas nas culturas humanas. E mesmo no âmago das religiões, das filosofias, das manifestações artísticas e até mesmo da ciência, existe um remoto núcleo mítico. E é curioso que muitos dos mitos e símbolos das civilizações primitivas continuam a aparecer, sob os mais variados disfarces, nos sonhos do homem moderno. O que me parece absurdo é essa nossa mitologia fabricada por uma literatura duvidosa e feita sob encomenda. É desse civismo convencional de grupo escolar que nos devemos livrar. Nunca preguei nem desejei a destruição ou a difamação dos heróis da nossa história. O que sempre achei absurdo foi a projeção desses homens no plano ideal, com prejuízo de sua humanidade, de sua autenticidade, de sua verdade existencial.

Terêncio sacode a cabeça lentamente, os olhos no chão, e murmura:

— Não compreendo, palavra de honra, não compreendo...

— A mim me impressiona muito menos uma carga de cavalaria dos Farrapos — continua Floriano — do que a coragem das mulheres desses guerreiros que ficaram em suas casas esperando os maridos, os filhos e os irmãos que tinham ido para a guerra. As mulheres que durante horas incontáveis de agonia ficaram ouvindo o uivar do vento no descampado e o lento arrastar-se do tempo.

— Mas sem esses guerreiros — intervém Rodrigo, subitamente interessado na conversa — essas mulheres teriam sido violadas ou assassinadas pelo invasor. Sem esses guerreiros o Rio Grande não seria hoje território brasileiro.

— Está bem — replica Floriano —, mas sem mulheres como a velha Ana Terra, a velha Bibiana e a velha Maria Valéria (isso para citar só gente de casa) não existiria também o Rio Grande. Elas eram o chão firme que os heróis pisavam. A casa que os abrigava quando eles voltavam da guerra. O fogo que os aquecia. As mãos que lhes davam de comer e de beber. Elas eram o elemento vertical e permanente da raça.

— Estás inspirado hoje, menino! — sorri Rodrigo, voltando-se para o filho e encarando-o dum jeito como se o estivesse vendo pela primeira vez.

— A mim não me inquieta o futuro do Rio Grande — diz Floriano. — Tenho esperança nele. Não temo a *agringalhação* da nossa gente, como o nosso doutor Terêncio. O que resultar desse amálgama de raças no tempo e no espaço será ainda Rio Grande. Teremos o nosso jeito peculiar de falar, de gesticular, bem como um jeito de ser, de pensar, de amar e de odiar, de cantar e dançar, de trabalhar e de sonhar... E os mesmos misteriosos laços de solidariedade e amor (apesar de nossos ressentimentos periódicos de irmão que se sente esquecido ou injustiçado) continuarão a nos prender ao resto do Brasil.

Neste momento rompe um aguaceiro furioso. Rodrigo solta uma exclamação de triunfo. Liroca abre os olhos, espantado. Irmão Toríbio corre a fechar as janelas. E por alguns segundos ficam todos em silêncio a escutar a chuva que bate nas vidraças.

Dante Camerino entra, instantes depois, com a roupa toda respingada.

— Até que enfim! — exclama Rodrigo. — Se essa tempestade não desabasse, acho que eu estourava. Ó Dante, vem ver como está este coração e estes bofes.

O médico aproxima-se da cama, com o estetoscópio ajustado aos ouvidos, e põe-se a auscultar o paciente.

Floriano, que há pouco recomendava a necessidade de encarar a realidade, desmascarando os mitos e evitando o pensamento mágico, entrega-se a uma de suas fantasias favoritas. Imagina-se a caminhar abraçado com Sílvia pelas ruas, sob a chuva...

Sorri indulgente para a própria incoerência.

Caderno de pauta simples

Como e até que ponto as coisas que pensei, senti e me aconteceram nos Estados Unidos devem ser incorporadas ao romance que estou projetando? Questão a discutir.

Tenho aqui o diário que mantive, embora irregularmente, durante minha estada naquele país. Vou catar agora, para recompor mais tarde se necessário, os trechos que me parecem mais significativos.

/

Fim de meu primeiro semestre em Berkeley.

Voluptuosa sensação de liberdade. Longe da família, do Estado Novo, de seu DIP e de sua Polícia Especial. Livre para dizer, escrever e fazer o que entendo.

Ninguém parece esperar muito de mim. Ninguém interfere na minha vida nem no meu trabalho. Ninguém me faz perguntas. Todos me tratam cordialmente, mas de longe, sem nunca forçarem intimidades.

Duas aulas por semana. Matéria fácil e vaga, prestando-se a digressões e fantasias.

/

Fiz já várias conferências públicas. Nas primeiras procurei divertir as amáveis senhoras que me escutavam. (Digo senhoras porque estas formam aqui o grosso do público das conferências.) À medida, porém, que fui vencendo certas inibições, passei a criticar a vida e os costumes americanos num tom de condescendente ironia, como se eu fosse um cidadão da Utopia. As damas continuaram a me escutar com sorridente interesse.

Confesso que mais de uma vez temi que uma delas se levantasse para me interpelar:

Ó moço! Perdi dois filhos nesta guerra. Que é que você faz aí nas suas roupas de civil? Não sabe que um leão está nas ruas?

/

Passeio minha disponibilidade de corpo e espírito pelo verde parque da universidade. Este jovem sol californiano sempre presente e este cálido ar tocado duma névoa que tres-

cala a feriado convidam a gente a um ócio irresponsável. Deitado na relva dos canteiros, converso sobre temas acadêmicos com colegas latino-americanos.

O perfil dos edifícios de San Francisco esfuma-se longe, do outro lado da baía. Aviões de guerra cruzam os céus, rumo do Pacífico, do inimigo e da morte.

Discutimos o barroco espanhol.

Pelas calçadas e alamedas, passam estudantes, rapazes e raparigas, sobraçando livros. Centenas deles vestem o uniforme da Marinha, estão sendo preparados tecnicamente para a guerra.

Dialogamos sobre Góngora.

O carrilhão do Campanile marca com música a passagem do tempo
misturando Mozart com Stephen Foster
Debussy com hinos patrióticos e religiosos
Händel com nursery rhymes
Bach com Irving Berlin.

Passo longas horas na biblioteca, onde praticamente tenho todos os livros que possa desejar.

Não era esta a vida, o limbo que eu tanto desejava?

Mas é inútil tentar convencer-me a mim mesmo de que sou feliz. Ou de que pelo menos estou tranquilo. Às vezes, quando caminho pelos corredores destes edifícios, pelos relvados e bosques deste campus, pelas ruas desta cidadezinha universitária, sinto-me sem substância, como uma sombra.

Tento escrever mas faltam-me motivações. Surpreendo-me vazio, inclusive de passado. Sou um fugitivo do tempo. Transparente e bidimensional, não passo duma projeção do meu eu verdadeiro, feita por uma lanterna mágica da infância nesta luminosa tela sul-californiana. E isso me angustia.

Começo a desconfiar de que me tornei prisioneiro da minha própria liberdade. Que no fim de contas não é uma liberdade autêntica, mas uma fútil paródia.

/

A sensação de "não ser", de "não estar" e de "não pertencer" apodera-se de mim principalmente quando almoço no Faculty Club.

Meu olhar se perde numa floresta erudita de cabeças, em sua maioria grisalhas, faces marcadas, testas altas, óculos, casacos de tweed... Cachimbos defumam aromaticamente o ar, criando aqui dentro uma réplica do fog que envolve San Francisco na distância.

Quem é o velho que lá está, de barba e cabelos completamente brancos, e que tanto me lembra o nosso cel. Borralho, veterano do Paraguai? É o prof. S., exilado da Itália fascista. Sentado na sua poltrona, um jornal esquecido sobre os joelhos, o pincenê na ponta do nariz, dorme sua breve sesta, como um vovô qualquer. À tarde dará aulas de história da civilização a esses rapagões atléticos de olhos límpidos que aqui estão sendo preparados para o matadouro.

Quem é o senhor de face rubicunda e olhos claros? O descobridor da vitamina K.

E o outro, o de terno gris, com aspecto de caixeiro-viajante?

O inventor do ciclotron, o esmagador de átomos. E eu, quem sou?

Digo a mim mesmo que em vez de fazer perguntas como essas devo gozar com plenitude o momento presente, colhendo o que ele me pode oferecer aos sentidos e à fantasia. Não tenho por que estar com este ar de quem se desculpa, o chapéu na mão e a cabeça baixa, como um camponês que desavisadamente trespassou a propriedade do sr. Barão.

/

Súbita saudade de Sílvia. Penso em escrever-lhe mas hesito. Uma carta minha poderia causar-lhe dificuldades domésticas. Jango não compreenderia.

Mas escrevo assim mesmo, impelido por uma necessidade de confissão. É como se, após ouvir a enumeração de meus pecados, S. tivesse autoridade para dizer: Ego te absolvo... Mas em nome de quem? De quê? De minha terra, de onde me exilei voluntariamente? Duma velha amizade que atraiçoei?

Procuro ser franco nessa carta. Não é fácil. As palavras têm tamanha força, que as regras de seu jogo (inventadas por nós mesmos, e nisso está a ironia da coisa toda) são capazes de engendrar verdadeiras camisas de força para as ideias e os sentimentos. Se não tomamos cuidado, a linguagem acaba comandando nossos pensamentos e nossas vidas, tornando quase impossível a comunicação entre as criaturas humanas.

Ponho a carta no correio, antes que me arrependa de havê-la escrito.

/

Férias de Natal em Los Angeles. O Menino e o Adolescente me levam a Hollywood.

Ruas de cenário, com casas que só parecem ter fachadas.

Pessoas que dão a mesma impressão.

Turistas ávidos à caça de estrelas de cinema.

Pederastas rebolando as ancas ao longo de Hollywood Boulevard e de Vine Street.

De vez em quando, um caubói de drugstore *encostado num poste, lendo o* Los Angeles Times *enquanto espera o ônibus.*

Reduzido a um punhado de cinzas, ó pobre Mona Lisa, teu Rodolfo Valentino repousa num panteão de mármore, num destes festivos cemitérios locais.

O Menino, decepcionado, descobre que Pearl White jamais viveu em Hollywood.

À noite me embrenho numa selva de gás neon. Faço uma peregrinação, que mais me estonteia que diverte, por estes cabarés. Não sei ao certo o que busco.

Madrugada. Estou no bulevar, parado a uma esquina, quando uma mulher se aproxima de mim, toma-me do braço e sussurra-me ao ouvido: What's on your menu for tonight, honey?.

A pergunta vulgar me aborrece, mas a rapariga me interessa. Bela cara, belo corpo. Uns vinte anos no máximo.

Vamos para um hotel. Como de costume, o recepcionista não faz perguntas embara-
çosas. Assinamos o registro como Mr. e Mrs. Tom Brown.

(A vida não será um pouco isso — um repetido mudar de identidade, numa tenta-
tiva de despistamento dos outros e de nós mesmos? Quantos pseudônimos e máscaras
usamos no decorrer duma existência?)

Apanhamos a chave dum quarto e entramos no elevador. O fantasma de minha mãe
e o de S. entram também. A velha Maria Valéria, essa já está à minha espera no quar-
to, sentada ao pé da cama, um xale sobre os ombros, os braços cruzados contra o peito.
Suas pupilas esbranquiçadas fitam-se em mim, acusadoramente.

Dispo-me, contrafeito. A rapariga é do Texas. Conta que está há mais de um ano
em Hollywood, onde espera ser descoberta por um diretor de cinema. Procura convencer-
-me de que não é uma prostituta profissional, e que se faz estas coisas é porque precisa
"manter corpo e alma juntos", enquanto a grande oportunidade não lhe aparece.

Porta-se com uma fria eficiência de máquina. Sua face maquilada se mantém
impassível como a dum manequim. O Cambará sente-se insultado. Mas Mr. Tom Brown
encara a situação esportivamente.

/

Termina o ano escolar. A universidade me oferece uma prorrogação de contrato por
mais dois anos. Aceito. Mas por quê, se a sensação de inanidade e tempo perdido continua
a me perseguir?

Ora, vou me deixando ficar por uma espécie de dourada inércia propiciada por esta
luz, este ar de paisagem de Corot... Sim, e por estas facilidades, confortos e pequenos
prazeres cotidianos de drugstore.

Bom, é preciso não esquecer que quase sempre temos na Bay Area boa música: solis-
tas, quartetos, orquestras sinfônicas... (A profecia de Tio Bicho se cumpre: entrei no meu
período bachiano.)

Às vezes, quando tento racionalizar a decisão de ficar, trato de convencer-me a mim
mesmo de que talvez não tenha para quem ou para onde voltar. A situação política do
Brasil não se modificou. A doméstica — percebo nas entrelinhas das discretíssimas cartas
de minha mãe — permanece inalterada. Ou pior.

Não raro me sinto inclinado a dramatizar o caso. Sou o homem que destruiu todas
as pontes que ficaram para trás. Meu drama, porém, não me convence mais que as ficções
que Hollywood produz em massa.

Sei que minhas pontes de importância vital permanecem intactas. E que talvez
muitas delas sejam indestrutíveis.

Isso me conforta. E ao mesmo tempo me ajuda a ficar.

/

S. me escreve com regularidade. Numa de suas últimas cartas, encontro algo que
me faz pensar:

Não pode existir verdadeiro amor no coração dum homem que se exilou da família
humana.

A carapuça traz a medida exata da minha cabeça.

/

Desde que cheguei a este país, há pouco mais de um ano, tenho pensado algumas vezes em Marian Patterson, com um leve desejo (ou curiosidade) de revê-la. Nada fiz, entretanto, para localizá-la. Sabia que estava casada com um homem de negócios e morava em Chicago. Ou Detroit.

Tive ontem a surpresa de receber um chamado telefônico de Mandy. Conseguiu meu endereço no Consulado Geral do Brasil, em San Francisco, onde agora vive. Perguntei--lhe pelo marido. Contou que estavam divorciados. Mental cruelty. *Quando ouvi esta expressão convencional, que pode ter um conteúdo terrível, mas que na maioria dos casos não significa nada — tive ímpetos de desligar o telefone, pois numa fração de segundo me voltou à mente, numa súmula mágica, nosso exasperante convívio no Rio.*

Marcamos um encontro para o primeiro sábado à noite, no saguão de um desses grandes hotéis de San Francisco. Fico surpreso por encontrar M. no uniforme azul — que de resto lhe senta muito bem — do corpo feminino auxiliar da Marinha. É uma WAWE.

Vamos jantar num cabaré de Chinatown. Mandy me parece mais amadurecida. Os olhos perderam a inocência esportiva da jogadora de peteca da praia de Copacabana. Noto-lhe já no rosto algumas marcas de vida.

Pede-me que conte minhas andanças e vivências nestes últimos cinco anos. Resumo o assunto em cinco minutos. Depois é a sua vez de contar as suas.

M. bebe um burbom duplo. Sua voz começa a ficar pastosa e meio arrastada. A embriaguez a princípio a torna sentimental. Pega-me do queixo e murmura palavras carinhosas. Mas à medida que continua a beber vai ficando excitada, e acaba por me convidar claramente: Let's go to bed.

Passo a noite em seu apartamento. No dia seguinte tomamos um breakfast *tardio e triste, diante duma janela aberta sobre a baía.*

Tudo isso se enquadra à maravilha dentro deste esquema de inanidade e meios--prazeres do qual me sinto prisioneiro voluntário e não de todo infeliz.

Continuamos a nos encontrar nas noites de sábado, numa espécie de burocracia sexual. Quando não estamos na posição horizontal, discutimos a guerra, o comunismo, os problemas deste país. Com frequência me surpreendo a criticar, nem sempre com muita convicção, o American way of life. *E percebo, alarmado, que faço isso com a intenção de agredir M.*

Uma noite ela me atira na cara esta pergunta:

Por que não estás também em uniforme?

/

As aulas... Nada mais estúpido e sem sentido que falar sobre o romantismo na literatura brasileira nesta hora em que morrem milhões de criaturas humanas na mais medonha guerra da história. Roterdã, Coventry, Lídice... são nomes que me perseguem, como íncubos destas minhas luminosas vigílias californianas.

Oh! que saudades que tenho
Da aurora da minha vida,
Da minha infância querida
Que os anos não trazem mais!

Agora que as tropas aliadas vão penetrando vitoriosamente em território alemão, o mundo começa a descobrir, estarrecido, os horrores e crueldades dos campos de concentração nazistas.

Hitler e seus cúmplices levam a cabo metodicamente o plano de liquidação dos judeus. A diabólica alquimia totalitária transforma as pessoas em números. Para os burocratas do Partido encarregados da "solução definitiva", deve ser mais fácil condenar à morte algarismos do que seres humanos. Podem depois, em relativa paz de espírito, ouvir o seu Wagner e ler o seu Goethe.

Os prisioneiros chegavam a Auschwitz em vagões de carga, como animais. Muitos morriam na viagem.

Repreendido por seus superiores por só ter matado oitenta mil em seis meses, o comandante do campo tratou de aprimorar o processo de extermínio.

Os condenados — homens, mulheres e crianças — despiam-se atrás dum valo: duzentos e cinquenta de cada vez. Eram depois encerrados num salão hermeticamente fechado, para dentro do qual se atiravam, por um buraco engenhosamente aberto na parede, duas latas de Cyclon B, um composto de ácido prússico.

Calcula-se que cada condenado levava pouco mais de dez minutos para morrer asfixiado.

Abriam-se as portas meia hora depois. Os cadáveres eram levados para fora, amontoados dentro dum poço, e ali cremados, mas não antes de os guardas terem tido o cuidado de tirar deles os dentes de ouro e os anéis.

Herr Kommandant, porém, era um homem exigente: queria chegar à perfeição de matar e cremar dois mil prisioneiros em apenas doze horas.

Um de meus alunos me pergunta de que morreu Gonçalves Dias. Outro me pede um espécime de sua poesia. Lá vou eu para o quadro-negro:

Minha terra tem palmeiras,
Onde canta o sabiá;
As aves, que aqui gorjeiam,
Não gorjeiam como lá.

A menina de Oklahoma quer saber se Mr. Dias teve algum de seus livros traduzidos para o inglês. Não, que eu saiba.

Um diligente Obersturmführer inventou uma nova maneira de matar. Fazia a vítima sentar-se numa cadeira, ordenava a dois outros prisioneiros que lhe imobili-

zassem os braços e a um terceiro que lhe vendasse os olhos. Depois, enfiando no peito do condenado uma longa agulha, fazia-lhe uma injeção de fenol. Em pouco mais de um minuto, o paciente estava morto.

Calcula-se que uns vinte e cinco mil tenham sido liquidados dessa maneira.

Mas havia os afortunados. Esses morriam com relativa rapidez, enforcados, fuzilados ou com um balaço na nuca.

Em Buchenwald era uma prática comum castrar os prisioneiros, afogá-los em esterco ou quebrar-lhes os ossos com pedras.

A esposa do comandante do campo de concentração de Dachau, dama de fino gosto artístico, mandava fazer abajures para suas lâmpadas e encadernações para seus livros com as peles dos prisioneiros mortos. Preferia, por motivos óbvios, as que tinham tatuagens.

Em Buchenwald médicos e estudantes de medicina usavam os prisioneiros judeus como cobaias. Não só os adultos, como também crianças de cinco a doze anos de idade.

Para apaziguar os pequeninos, davam-lhe doces e brinquedos. Uma cuca de mel pelos teus pulmões.

Uma bola colorida pelos teus olhinhos.

Uma barra de chocolate pelo teu coração.

/

Saio para a tarde de abril. As árvores de Berkeley estão floridas e tranquilas. Deitados na relva, de mãos dadas, os namorados olham para o céu. O carrilhão do Campanile toca a "Pequena fuga" de Bach.

Caminho de cabeça baixa, observando minha sombra na calçada. A uma esquina compro um número do San Francisco Chronicle. Subo depois para meu apartamento. Estas salas vazias de humanidade e esta ausência de retratos de amigos estão começando a me angustiar. Sento-me e abro o jornal.

Os nazis não parecem interessados apenas na liquidação física de seus inimigos. Comprazem-se em aviltá-los, reduzi-los a bichos, vermes, amebas.

Em Belsen, onde os prisioneiros morriam de fome, alguns deles, desesperados, entregavam-se à antropofagia, comendo pedaços dos cadáveres dos companheiros.

Centenas de outros, atacados de disenteria e não tendo forças para irem até as latrinas, defecavam onde estavam e acabavam morrendo de inanição em cima do próprio excremento. Milhares deles foram dizimados pelo tifo.

/

Se leio, releio e rumino quase obsessivamente essas histórias de atrocidades, é talvez pela simples mas perturbadora razão de que elas não me horrorizam, não me ferem tão visceralmente como deviam. Parece-me que não basta sentir um repúdio intelectual por essas brutalidades. É preciso, por um milagre do espírito, sentir um pouco na própria carne as dores, mutilações e misérias desses milhões de injustiçados. Temo que, passada a guerra e o tempo, o mundo esqueça os crimes nazistas. O mundo e eu com ele. Esta ideia me preocupa, dando-me um antecipado sentimento de culpa.

/

Recordo as palavras de Roque Bandeira em uma de suas cartas críticas:

Na minha opinião, tua mais séria deficiência como romancista vem de tua relutância em tomar conhecimento do lado bestial do homem. Ficas dançando uma valsinha medrosa à beira do abismo da alma humana, sem coragem para o salto que te poderia levar às profundezas...

/

Almoço frequentemente com o prof. K., do departamento de filosofia da universidade. Ontem falei-lhe intensamente sobre a barbárie nazista. Ele me escutou em silêncio e depois sorriu, dizendo:

— E diante de tudo isso, meu caro Cambará, você continua pacifista? Claro, também participo de seu horror à violência, mas acho que há momentos, como este que agora estamos vivendo e sofrendo, em que é absolutamente necessário empregar a violência contra a violência, para conseguir que sobrevivam na face da Terra certos princípios (e entre eles o da própria não violência) que são essenciais à nossa vida de homens civilizados. Ou acha que devíamos ter cruzado os braços, deixando que Hitler e seus exércitos transformassem o mundo num vasto campo de concentração?

Penso na negra noite de Ano-Bom em que este pacifista se precipitou sobre um homem e golpeou-lhe furiosamente a cabeça com uma garrafa.

Inquieta-me a suspeita de que naquele momento de ódio desejei matá-lo.

/

Encontro numa página do meu diário estas anotações avulsas:

Precisamos aprender a viver melhor com nossas próprias contradições, com as dos outros e com as da vida.

A neutralidade é impossível. Na hora em que nasce, o homem entra inescapavelmente na história. Desde o primeiro minuto de vida, começa a sentir pressões de toda a sorte. O ato de nascer é um engagement. Um compromisso que outros assumem tacitamente em nosso nome, e do qual jamais poderemos fugir nem mesmo pelo abandono voluntário da vida, pois o suicídio seria um compromisso terrível com a eternidade.

/

A Alemanha rendeu-se incondicionalmente. Na hora em que chega a grande notícia, o carrilhão do Campanile rompe a tocar o "God Bless America".

Aqui estou em cima do estrado, na frente de meus alunos. Prometi falar-lhes hoje em Machado de Assis, e no entanto surpreendo-me a fazer-lhes um discurso que não premeditei.

A guerra na Europa terminou. Tudo indica que o Japão não tardará muito a render-se.

Os Estados Unidos sairão desse conflito como a nação mais poderosa da Terra. Já pensastes no que isso significa?

Que tendes a oferecer ao mundo, além de máquinas, produtos manufaturados, fitas de cinema e ajuda financeira e técnica?

Já revisastes vossos valores éticos e morais?

Direis que um latino-americano como eu, que ficou à margem da guerra, em conforto e segurança, não tem o direito de vos falar assim. Mas falo. Uma das liberdades pelas quais lutastes foi a de pensamento e palavra. Além disso, não deveis esquecer que me dirijo a vós como amigo.

A humanidade contraiu para convosco e para com os ingleses, os russos e os outros aliados uma dívida incalculável, por terdes juntos livrado o mundo da barbárie e da escravidão nazista.

Ninguém imaginava que vós — alegres meninos ricos e mimados, mascadores de goma e dançadores de boogie-woogie *— vos pudésseis transformar em bravos e eficientes soldados, capazes de enfrentar a técnica militar prussiana e o fanatismo japonês.*

Festejai a vossa vitória. Mas permiti que eu vos fale em coisas que vossos jornais, vossos livros escolares e vossos hinos patrióticos não vos ensinam, mas que precisais saber.

Vivemos num sistema político, social e econômico que está sendo devorado por suas próprias contradições.

Boa parte das armas e munições com que os nazistas mataram vossos irmãos e vossos aliados foi financiada pelas potências ocidentais, que encorajaram o rearmamento da Alemanha nazista, na certeza de que, forte e remilitarizada, um dia ela fatalmente viesse a atacar a Rússia soviética, sua inimiga natural.

Os aviões japoneses que bombardearam Pearl Harbor usaram gasolina americana; e suas bombas foram feitas com metais extraídos do solo deste país.

O capital acende uma vela a Deus e outra ao diabo. Se a transação lhe for financeiramente vantajosa, o homem de negócios será capaz de vender ao pior inimigo a arma com que este amanhã o poderá matar.

Vós os moços tendes sido sempre o melhor combustível para as caldeiras da guerra. O big business, *através de sua complicada rede de influências e pressões, jogará com vossas vidas com a mesma frieza com que costuma manipular os algarismos de sua contabilidade industrial.*

Encanta-me e ao mesmo tempo assusta-me a ideia de que vós, os meninões que cantavam e jogavam bola no parque, fostes chamados pelo destino a dirigir o mundo.

Que sabeis da vida e das gentes para além de vosso playground?

Gosto de vossas caras
admiro vossa cordialidade
o vosso otimismo construtor

vosso desejo de jogo limpo
vossa perene mocidade de espírito
vossa vocação salvacionista
vosso talento para inventar e fabricar coisas...
Mas deploro vossa incapacidade de entender os outros povos
vosso conceito pragmático de sucesso
vosso injustificável orgulho racial.

Sob aspectos formais, sois talvez o povo mais religioso da terra, mas muitos de vós querem meter à força um capuz da Ku-Klux-Klan na cabeça de Jesus. Outros sonham com um Cristo Babbitt e imaginam que suas ceias com os apóstolos eram como alegres reuniões rotarianas.

Tendes de aprender que não podemos entregar às máquinas eletrônicas a solução dos problemas de relações humanas;
e que uma pessoa é mais que uma ficha perfurada;
e que amor nada tem a ver com estatística.

Calo-me. Quem me encomendou este sermão? Que direito tem de falar assim quem como eu vem dum país tão cheio de defeitos, contrastes e contradições?

Os alunos permanecem silenciosos. Um deles pigarreia. Ouve-se um vago arrastar de pés. A ruiva de Oklahoma fita em mim os olhos de jade. O marinheiro magro ergue perplexo uma sobrancelha. Uns três ou quatro estudantes parecem tomar notas em seus cadernos. Estão todos sérios. Não sei como reagiram à minha arenga. Só sei que me sinto terrivelmente encabulado. Procuro disfarçar, dizendo:

Bom, agora vamos conversar um pouco sobre Machado de Assis.

/

Cinco da tarde. Saio do edifício da biblioteca e ponho-me a caminhar por uma destas alamedas que recendem a murta. O carrilhão toca uma melodia que me evoca alguma coisa, não sei bem quê. De repente meu cérebro funciona como uma máquina eletrônica selecionadora de fichas. É como se a música dos sinos tivesse apertado num botão... Vejo saltar uma fotografia colorida e animada: a Guardadora de Gansos sentada à beira da fonte do fauno, riscando a água com o dedo e cantando o "Home on the Range".

Continuo a andar, já agora com uma coleção de instantâneos do passado a se misturarem e superporem no campo da memória. Fixo-me principalmente num dos quadros: o Adolescente entregando uma rosa a Mary Lee, que a recusa com um desdenhoso encolher de ombros. Ouço sua voz de vidro e água a dizer-me coisas cruéis.

Ocorre-me então (e essa ideia me faz estacar) que meu discurso desta manhã bem pode ter sido uma resposta, tardia mas nem por isso menos apaixonada, que o "negro boy" deu à loura americana que o mandou voltar para seu lugar. E por que não? Decerto era também a Mary Lee que inconscientemente eu me dirigia quando, de minha plataforma de conferencista, criticava com manso sarcasmo as instituições americanas. Levando o raciocínio mais longe, pode bem ter sido a Guardadora de Gansos quem até certo ponto determinou meu comportamento para com Marian Patterson. Toda esta hipótese pode estar errada, mas uma coisa agora me parece evidente. Nestes últimos três anos, tenho estado tentando provar alguma coisa...

/

Termina o ano escolar e o meu contrato com a universidade. Pretendo fazer uma longa viagem através dos Estados Unidos, antes de voltar para o Brasil.

Despeço-me de M. em seu apartamento. Ao anoitecer ficamos longo tempo em silêncio junto da janela, vendo o fog cobrir aos poucos a cidade e a baía. Quando as luzes se acendem, M. murmura:

— So this is the end of the line...

E para minha surpresa e embaraço, põe-se a chorar de mansinho.

Pouco depois me leva no seu carro até a estação, onde tomo o trem para Berkeley. Seu último beijo sabe a neblina.

Não terá sido esse o gosto de toda a nossa história?

Do diário de Sílvia

1941

24 de setembro

Chove sem parar faz três dias. Devagarinho, miudinho, como para azucrinar os que gostam de sol, como eu. Um céu baixo cor de ratão oprime a cidade. E aqui estou, tristonha, arrepiada de frio, como um passarinho molhado empoleirado num fio de telefone.

O vento hoje anda correndo e uivando como um desesperado por céus, ruas e descampados. Atrás de quem? Talvez do tempo. Diz a Dinda que o vento e o tempo têm uma briga antiga, que vem do princípio do mundo.

Maneira esquisita de começar um diário. Decerto um jeito de dizer a mim mesma que não estou levando a sério este negócio. Mas estou, e muito. Preciso escrever certas coisas que venho pensando e sentindo. A quem mais posso me confessar senão a mim mesma? Isso prova que, como todo o mundo, tenho dupla personalidade. Agora sou a que escreve e depois serei a que lê. Qual! Tenho muitas Sílvias dentro de mim. Cada vez que eu reler estas páginas, serei outra. E cada uma dessas outras será diferente da que escreveu. E mesmo a que escreveu não foi sempre a mesma, mas várias. Isso tudo me alarma um pouco.

Comprei este diário a semana passada na Lanterna de Diógenes. Era o único que existia na casa. Tipo álbum, fecho de metal, uma gaivota dourada na capa de plástico azul imitando couro. Ridículo! Senti necessidade de explicar à empregada da livraria que eu queria o álbum para dá-lo de presente a uma mocinha. Bom, não foi uma mentira completa. Porque na realidade dei o diário à *jeune fille* que em parte ainda sou. Agora só falta o amor-perfeito seco entre duas páginas. Não, isso não se usa mais. Mas que é que se usa hoje em dia? Angústia. Tio Bicho fala no *Angst* de seus filósofos alemães. Minha angústia é menor. Angustiazinha nacional e municipal. Tem um mérito que é ao mesmo tempo um inconveniente. É minha. Em certos momentos, chegamos a ter até um certo orgulho de nossas tristezas e infelicidades, e usamos essas "desgraças" para comover os outros e arrancar deles piedade ou amor. (Não quero piedade, quero amor.) Em suma, uma chantagem. Um caso parecido com o da Palmira Pepé, que há anos anda pelas ruas da cidade manquejando, choramingando e mendigando. Quando os médicos querem curar-lhe o defeito da perna, a Palmira recusa, alegando que, se sarar, não terá mais razão para pedir esmolas.

Não quero usar o truque da Palmira. É por isso que vou desabafar neste livro. É mais decente lamber as próprias feridas na solidão, a portas fechadas. Mas o certo mesmo é curá-las.

Ouço as goteiras. É a musiquinha do tédio, esse "inimigo cinzento", como costuma dizer o Floriano.

Não contava escrever esse nome tão cedo. Ia esperar um intervalo decente... o que prova que ainda não tenho intimidade com o diário.

Preciso fazer exercícios de franqueza. Para começar, pergunto a mim mesma se Floriano não terá sido o *motivo* deste jornal. Sim, foi, mas não o único. Nem mesmo o principal, apesar da grande importância afetiva que ele tem na minha vida. Surgiu um novo "possível amor" no meu horizonte espiritual: Deus. Através da correspondência que mantivemos entre 1936 e 1937, Floriano com seu agnosticismo muito fez (inconscientemente, claro) para afastar de mim esse possível rival. Meu amigo cessou de me escrever, mas Deus continuou onde estava.

Afinal de contas, onde está mesmo Deus? Não sei. Sinto que ainda não o avistei. Se Ele me conceder a graça da Sua presença, estou certa de que minha vida mudará para melhor. Em suma, *necessito* que Deus exista.

28 de setembro

Continua a chuva. Mas não comprei este livro para fins meteorológicos. Preciso ter uma conversa muito sincera comigo mesma. Botar as cartas na mesa. Olhar de frente umas certas situações que me inquietam. São problemas que se apresentam na forma de pessoas: minha mãe, Floriano, Jango, padrinho Rodrigo... Mas essas quatro pessoas se fundem numa só. Está claro que meu problema maior sou eu mesma.

Cada vez mais, me convenço da utilidade deste jornal. Ele me pode ajudar muito na exploração desses poços insondados que temos dentro de nós, e que tanto nos assustam por serem escuros e parecerem tão fundos. Por outro lado, talvez eu possa deixar nestas páginas, de vez em quando, discretamente, um bilhetinho a Deus. O endereço? Posta-restante. Estou convencida de que um dia, dum modo ou de outro, Ele me responderá...

29 de setembro

Acabo de fazer uma importante descoberta. No inferno o castigo não é o fogo eterno, mas a eterna umidade, o que é muito mais terrível. Neste quinto dia de chuva ininterrupta, sinto que cogumelos me brotam no cérebro. Um bolor esverdeado me forra a alma. Sou um vegetal.

6 de outubro

Oito da manhã. Acabo de dar café ao meu marido, como uma esposa que se esforça por ser exemplar. A comédia continua. Represento como posso. Mas não posso muito. Não tenho talento de atriz. Não consigo decorar o meu papel. Falo e me movimento no palco sem convicção. Não presto atenção nas deixas de Jango. Isto é: não digo nem faço no momento exato as coisas que em geral uma boa esposa diz e faz. E não é por falta de hábito, pois esta peça já está no cartaz há mais de três anos... De vez em quando tento improvisar, sair fora do papel, dizer o que sinto, o que penso *mesmo* de certas situações. Jango então me olha admirado, como se estivesse me vendo pela primeira vez. E não diz nada. Fala pouco. Não tem o talento nem o gosto do diálogo. Está habituado a gritar ordens aos peões. Para me dar a entender que seus silêncios e casmurrices não significam que deixou de me querer, ele frequentemente me abraça, me beija e parece ficar seguro de que isso resolve tudo. Muitas vezes tentei entabular com ele conversas francas e sérias, dessas capazes de mudar a vida dum casal ou pelo menos deixar uma janelinha aberta para melhores perspectivas. Mas ele recusa obstinadamente aceitar a realidade desse outro mundo em que tais problemas se apresentam e tais conversas são possíveis e necessárias. Essa teimosia em negar a existência das coisas que estão fora dos limites de seu mundo, de suas necessidades, gostos e conveniências não deve ser apenas egocentrismo, mas insegurança: esse medo que temos de visitar um país estrangeiro cuja língua não falamos nem entendemos. Jango acha que eu invento, imagino coisas que na realidade não existem. Mais duma vez esquivou-se de perguntas que lhe fiz sobre nossas relações dizendo apenas: "Foi o que ganhei por ter casado com uma professora".
É um homem sólido e prático, incapaz de sonhos e fantasias. Como pode acreditar em feridas da alma quem vive tão preocupado com as bicheiras dos animais do Angico? Se eu lhe contar meus problemas espirituais, temo que me receite creolina. Como tudo seria mais fácil na vida (deve refletir ele) se pudéssemos juntar todos os nossos parentes, amigos e dependentes que têm problemas de consciência, e atirá-los como se faz com o gado, dentro dum banheiro cheio de carrapaticida...
Jango é um homem bom e decente. O que acabo de escrever sobre ele é grosseiro e injusto. Resultado dum acesso de mau humor. Estou pensando em rasgar esta página. Mas não rasgo. Um diário não é apenas um escrínio onde a

gente guarda as raras joias que a vida nos dá. É também uma lata de lixo onde despejamos a cinza de nosso tédio, o cisco de nossas tristezas, a aguada bile de nossos odiozinhos e birras de cada dia.

15 de outubro

Temos a tendência de classificar as pessoas como os naturalistas classificam as borboletas, feito o que as espetamos com um alfinete contra um quadro... e pronto!, passam a ser peças do nosso museu particular. Acho que foi isso que Jango fez comigo. Não quero fazer o mesmo com ele. Duma coisa, porém, tenho certeza: não nascemos para ser marido e mulher. Somos psicologicamente antípodas. Um realista diria que o mundo de Jango *é*, ao passo que o meu *seria*. Considero-me irmã gêmea de Floriano. Se eu me tivesse casado com ele, teríamos cometido um incesto espiritual. Mas casando com Jango, que sempre considerei um irmão, desde o tempo em que éramos crianças, estou cometendo um incesto carnal, que me repugna e que me dá um permanente sentimento de culpa.

Nestes últimos meses, tenho feito mentalmente a necropsia de nosso casamento. Qual foi a sua *causa mortis*? Atribuir toda a culpa do fracasso a mim mesma seria dar uma explicação fácil demais ao caso. Eximir-me de qualquer responsabilidade seria injusto, insincero.

Pergunta essencial: "Por que casei com Jango?". Respostas que me ocorrem: Porque ele insistiu com uma fúria apaixonada. — Porque desejei despeitar Floriano por ele me ter recusado. — Porque sabia que minha mãe estava para morrer e a ideia de ficar sozinha no mundo me apavorava. — Porque queria a qualquer preço vir morar no Sobrado...

Mas não teria havido também da minha parte uma certa inércia, uma espécie de covardia moral, receio ou preguiça de dizer não, de lutar contra todos e gritar que não me podia casar com Jango pela simples razão de que não o amava como homem, embora lhe quisesse bem como a um irmão?

Não sei. Talvez eu me deva fazer justiça e reconhecer que também tive pena do rapaz. Ele vivia repetindo que precisava de mim e que eu lhe "estragaria a vida" se continuasse a dizer não. Lembro-me duma frase de minha mãe: "Que é que te custa fazer esse moço feliz?". Naqueles meses de 1937, eu estava confusa e desolada. Tinha chegado à conclusão de que Floriano não me amava. E isso me doía. Por essa ocasião recebi uma carta de meu padrinho que foi decisiva.

Quero-te como a filha que perdi. Tu me darias uma imensa alegria se casasses com o Jango, que tanto te ama. Pensa que está ao teu alcance tornar esse bom e leal campeiro um homem venturoso. O Angico precisa dele, e ele precisa de ti.

Na noite em que Jango e eu contratamos casamento, na hora em que os convidados começaram a chegar para a festa, senti de repente uma espécie de pânico. Fiquei de mãos trêmulas e geladas. Floriano havia chegado do Rio no dia anterior, mas eu ainda não o tinha visto. Não sabia que dizer ou fazer quando o encontrasse. Temia trair meus sentimentos ali na frente de toda aquela gente. Houve um instante em que me encolhi num canto da sala de visitas e fiquei olhando fixamente para o retrato de meu padrinho. Nesse momento tio Toríbio entrou, com aquele seu jeitão de boi manso e bom, me olhou bem nos olhos, me acariciou a cabeça, como se eu fosse ainda uma criança, e perguntou: "Tens a certeza de que não vais cometer um erro? Pensa bem. Ainda é tempo". Eu quis dizer alguma coisa, mas não consegui pronunciar a menor palavra. E à meia--noite, quando no centro do estrado, no quintal, Floriano me abraçou, me beijou os cabelos e o rosto, murmurando "Minha querida... minha querida...", tive a impressão de que subia às estrelas. Floriano me amava, não havia a menor dúvida! O que eu devia ter feito naquele instante era agarrar-lhe o braço e gritar: "Eu te amo também! Vamos embora daqui, já, já!... antes que seja tarde demais!". Mas qual! O respeito humano, a minha timidez, e principalmente esse sentimento de obediente inferioridade que sempre senti diante da "gente grande" do Sobrado, de mistura com gratidão e afeto — tudo isso fez que eu ficasse muda e paralisada... Perdi Floriano de vista em meio do tumulto.

E naquela madrugada terrível, quando velavam o corpo de tio Toríbio na sala de visitas, e quando eu já tinha chorado todas as lágrimas que existiam dentro de mim — inclusive lágrimas antigas e reprimidas, de outros choques e desgostos —, fiquei a olhar para as mãos que me tinham acariciado a cabeça havia poucas horas. "Tens a certeza de que não vais cometer um erro?" O erro já estava cometido. Mas aquelas mãos pálidas pareciam falar: "Mas não! Ainda há tempo. O Floriano está ali no canto, olhando para ti, te pedindo alguma coisa". Impossível, tio Toríbio! Sou ainda a filha da pobre modista, a menina de olhos assustados que nunca ousou contrariar o senhor do Sobrado.

Exatamente no momento em que eu pensava essas coisas, Jango aproximou--se de mim, abraçou-me e pôs-se a chorar, com a sua cabeça encostada na minha.

18 de outubro

Continuemos a necropsia.

Neste quarto ano de casados, onde estamos? Como nos sentimos um com relação ao outro? Só posso responder por mim, e assim mesmo não com absoluta segurança. O que eu esperava e desejava — isto é, que o convívio no tempo me fizesse amar o Jango — não aconteceu. É um erro o casamento entre irmãos. (Frase horrível, mas fica.) Quando estou na cama com meu marido e ele me abraça e acaricia com gestos que dizem claro de sua intenção, sinto algo difícil de descrever: pânico misturado com repugnância... e uma certa vergonha, como se eu fosse uma prostituta e estivesse me submetendo àquilo tudo por dinheiro. É horrível quando Jango cresce sobre mim com a segurança e a naturalidade patronal com que costuma montar nos seus cavalos. Seus ardores me ferem tanto o corpo como o espírito. Meu marido tem um animalismo que deve ser normal e sadio, mas que nem por isso me desagrada menos. Fui muito mal preparada para essas coisas. Quando aos treze anos fiquei mulher, minha mãe, depois de grandes rodeios, com voz dorida e olhos tristes, me pediu pelo amor de Deus que eu tivesse cuidado com os homens. Eram todos uns porcos e só procuravam as mulheres para fazerem com elas as suas sujeiras. E quando me casei — coitada! —, imaginando que apesar de meus vinte anos de idade — quatro dos quais passados na Escola Normal, em Porto Alegre — eu ainda não conhecesse "os fatos da vida", deu-me instruções pré-conjugais. Escutei-a, contrafeita. O ato físico do amor — disse-me ela — era uma coisa sórdida mas infelizmente necessária. O mundo é assim. Que é que a gente vai fazer?

Não me considero uma mulher frígida, mas não concebo sexo sem amor. Por outro lado, sou suficientemente normal para não ficar sempre insensível às carícias de meu marido. E esses desejos provocados mas não satisfeitos me deixam com um sentimento de frustração e angústia que às vezes dura dias e dias.

Não creio que eu satisfaça Jango de maneira completa, pois nesses minutos de contato carnal permaneço numa espécie de estado cataléptico. Ele, porém, nunca se queixou. Jamais discutiu, nem mesmo indiretamente, o assunto. O que ele parece querer mesmo é que na hora em que me deseja eu esteja a seu lado, submissa. Um cavalo sempre encilhado à porta da casa, pronto para qualquer emergência...

Certas noites, na estância, chego a desejar que ele volte tão cansado das lidas do dia que ao deitar-se durma imediatamente e me deixe em paz.

Há horas em que Jango está eufórico e outras — mais frequentes — em que fica tomado dos seus "burros", como diz a Dinda. "O gênio do finado Licurgo", explica a velha. As coisas do Angico o preocupam de maneira obsessiva. Trabalha sem cessar de sol a sol. Suas mãos são ásperas e cheias de calos. Sua pele está ficando cada vez mais curtida pelo sol e pelo vento. Gosta de mandar. E, como acontece com a maioria dos patrões, acha que ninguém sabe fazer nada, que os peões são "uns índios vadios". É por isso que às vezes quer fazer tudo pessoalmente. Não descobri ainda por que trabalha tanto. Não creio que enriquecer seja o seu objetivo principal. O poder político não o seduz. O social muito menos. Que é que busca, então? O Bandeira me deu sua interpretação: "Para o Jango, o trabalho do campo é uma religião, com seus sacramentos, seus pecados, seu ritual e seu calendário de santos e mártires. Ele se entrega ao seu culto com um fervor ortodoxo e quase fanático. O Angico é a sua grande catedral. Lá estão as imagens de santa Bibiana, são Licurgo, são Fandango...". Tio Bicho soltou uma risada e disse mais: "Esse Savonarola guasca considera pagãos os que não gostam da vida campeira. Não se iludam: ele já nos queimou a todos na fogueira do seu desprezo".

10 de novembro

Floriano escreveu a Jango dizendo que virá fazer-nos uma rápida visita em fins deste mês, antes de partir para os Estados Unidos. A ideia de que ele vai encontrar-se com a sua americana desperta em mim um leve e tolo ciúme, do qual me envergonho. Afinal de contas, Floriano é um homem livre. Faço o possível para esquecer certas coisas, mas é inútil. Relembro uma tarde do verão passado em que, num dos raros momentos em que a Dinda afrouxou sua vigilância sobre nós, Floriano me contou sua aventura com essa estrangeira. Eu não lhe havia perguntado coisíssima alguma. Falávamos na guerra e na possibilidade de os Estados Unidos entrarem no conflito... De repente Floriano desatou a língua e, com essa coragem meio cega que às vezes os tímidos têm, me narrou sua história com a americana em todos os seus pormenores, inclusive os de alcova. Eu gostaria de ter visto minha cara num espelho naquele momento. Acho que corei. A coisa me tomou de surpresa. Não me foi fácil encarar F. enquanto ele falava. Ao cabo de alguns minutos, me refiz do choque e acho que me portei como uma mulher adulta e "evoluída". É quase inacreditável que uma pessoa de tanta sensibilidade e malícia como Floriano tenha caído na armadilha que lhe preparou a vaidade masculina. Fez questão de me dizer — e mais tarde repetir — que havia satisfeito plenamente a amante como homem. Talvez estivesse inconscientemente procurando me despeitar com a narrativa de suas proezas sexuais. Era como se dissesse: "Estás vendo agora o que perdeste por teres casado com o Jango e não comigo?". Depois que nos separamos, pensei melhor no assunto e compreendi que no fundo daquela confissão o que havia mesmo era um homem pouco seguro de si mesmo e de seus objetivos. E mais uma grande solidão agravada pela certeza de que aquela aventura de praia não tinha nenhuma profundidade. Tive pena dele. Tive pena de mim. Perdoei-o e me perdoei... não sei bem por quê.

19 de novembro

Sou agora uma espécie de confidente do Arão Stein. Está claro que não me custa ouvi-lo. Pelo contrário, faço isso com interesse. Esse homem tem levado uma vida rica de aventuras e paixão. Ponho *paixão* no singular porque ele só tem uma: a causa do comunismo. O diabo é que não consigo apenas escutar. Lá pelas tantas, entro a sofrer com o meu confidente, a sentir nos nervos e na carne, bem como no espírito, suas dores e misérias. Minha tendência para querer bem às pessoas (estou aqui de novo modestamente lembrando a mim mesma como sou boa, generosa e terna) abre muitas frestas no aço ou, melhor, na lata da armadura de egoísmo com que em geral costumo andar protegida.

Stein nos apareceu em fins de abril do ano passado. Era a primeira vez que eu via um fantasma ruivo. Em 1937 chegou-nos a notícia de que ele tinha sido morto em combate na Guerra Civil Espanhola. A história depois foi desmentida, mas no ano seguinte correu como certo que ele havia morrido de gangrena, num campo de concentração. Bom, mas a verdade é que o nosso Stein lá estava à porta do Sobrado, apenas com a roupa do corpo — velha, sebosa e amassada — e um livro debaixo do braço. Trazia uma carta do padrinho Rodrigo, contando que tinha tirado aquele "judeu incorrigível" do fundo duma "cadeia infeta" do Rio, onde ele fora parar depois de repatriado da Espanha. No primeiro momento, não o reconheci. O pobre homem estava esquelético, "pura pelanca em cima da ossamenta", como logo o descreveu a Dinda. A cara marcada de vincos, pálido como um defunto, encurvado como um velho, e com uma tosse feia. Na sua carta, meu padrinho pedia que déssemos um jeito de hospedar Stein. Mas Jango disse que não. "A troco de que santo vou abrigar um inimigo debaixo do meu teto?" Tio Bicho salvou a situação, acolhendo o velho companheiro em sua casa. Dentro de poucas semanas, com as sopas do Bandeira e os remédios do dr. Camerino, Stein pareceu ressuscitar. A tosse parou. Suas cores melhoraram. Quanto às marcas que o sofrimento lhe havia cavado na cara, essas ficaram.

Arranjou um emprego de revisor numa tipografia, onde lhe pagam um salário de fome. Aos sábados à noite aparece com Tio Bicho nos serões do Sobrado. A Dinda continua a tratá-lo com a aspereza dos velhos tempos, e com sua ironia seca e oportuna, mas desconfio que a velha tem pelo "muçulmano" uma secreta ternurinha. Sempre que o vê, a primeira coisa em que pensa é alimentá-lo com seus doces e queijos. Stein nunca recusa comida. Parece ter uma fome crônica. O Jango, como eu esperava, trata-o mal, faz-lhe todas as desfeitas que pode. Retira-se da sala quando ele entra, não responde aos seus cumprimentos e jamais olha ou solta qualquer palavra na direção dele.

Foi em algumas dessas noites de sábado do outono e do inverno passados que Arão Stein me contou suas andanças na Espanha, como legionário da Brigada Internacional. Tomou parte em vários combates. Ferido gravemente por um estilhaço de granada, esteve à morte num hospital de Barcelona. Depois da derrota final dos republicanos, fugiu com um punhado de companheiros para a França. Foi internado num campo de concentração onde passou horrores. Andava coberto de muquiranas, mais de uma vez comeu carne podre, quase morreu de disenteria e quando o inverno chegou, para abrigar-se do vento gelado que soprava dos Pireneus, metia-se como uma toupeira num buraco que cavara no chão, e que bem podia ter sido sua sepultura. Finalmente repatriado, ficou no Rio, onde se juntou aos seus camaradas e começou a trabalhar ativamente pelo Partido. Preso pela polícia quando pichava muros e paredes, escrevendo frases antifascistas, foi interrogado, espancado e finalmente atirado, com trinta outros presos políticos, num cárcere que normalmente teria lugar, quando muito, para oito pessoas.

"Queriam que eu denunciasse meus camaradas", contou-nos Stein uma noite. Estendeu as mãos trêmulas. "Me meteram agulhas debaixo das unhas. Me queimaram o corpo todo com ferros em brasa. Me fizeram outras barbaridades que não posso contar na frente de senhoras. Me atiraram depois, completamente nu, numa cela fria e jogaram água gelada em cima de mim. Mas não me arrancaram uma palavra. Mordi os beiços e não falei."

20 de novembro

Relendo o que escrevi ontem, penso no inverno de 1940, do qual guardo tão vivas recordações. Vejo com a memória o Zeca, recém-chegado a Santa Fé, feito irmão marista, muito compenetrado na sua batina negra... e meio encabulado também, talvez temeroso de que ninguém o levasse a sério. Achei-o tão parecido fisicamente com o pai, que tive vontade de me rir, pois a última coisa que a gente podia esperar na vida era ver o major Toríbio Cambará metido no hábito duma ordem religiosa. Pois lá estava o nosso Zeca a passear na frente do rádio, indignado, a perguntar: "Mas e esse famoso Exército francês não briga? Que faz o Gamelin? Onde está o Weygand?". Tio Bicho encolheu os ombros. "A França está podre", disse ele. Jango replicou: "Podre coisa nenhuma! Quando vocês menos esperarem os nazistas estão cercados". Mas a situação era realmente negra. Em abril os exércitos de Hitler tinham invadido e conquistado a Dinamarca e a Noruega. Em maio, a Bélgica, a Holanda e Luxemburgo. Nesse mesmo mês, as divisões blindadas alemãs rompiam as linhas francesas em Sedan.

As noites que me ficaram mais intensamente gravadas na memória foram as de 28 de maio a 3 de junho: as da nossa "vigília de Dunquerque". Escutávamos em silêncio as notícias da catástrofe e seguíamos, com o coração apertado, a narrativa da operação de retirada das tropas inglesas, sob o fogo inimigo. Aquilo para nós era um fim de mundo. Jango estava alarmado, sentindo instintivamente que os alicerces de seu mundo começavam a desmoronar. Vivia então (como até agora) numa espécie de ambivalência, porque, se por um lado a guerra oferece o perigo remoto da vitória final do nazismo, por outro apresenta oportunidades imediatas de bons negócios aos estancieiros, ao comércio e à indústria.

O Liroca vinha muitas noites trazer-nos sua solidariedade de aliado. Ficava no seu cantinho, olhando de um para outro, como esperando que alguém lhe desse uma injeção de ânimo. O dr. Carbone andava desinquieto, cofiava a barba, cabisbaixo, envergonhado de saber que sua pátria pertencia ao Eixo e podia a qualquer momento apunhalar a França pelas costas, o que de fato aconteceu dias depois. Suplicava que não julgássemos o povo italiano por aqueles "porcos fascistas". D. Santuzza, essa vivia com lágrimas nos olhos, pensando nos seus oito irmãos que estavam na Itália, todos em idade militar.

Eu sentia um frio na alma, um minuanozinho particular soprava dentro de mim, gelando as minhas esperanças. Só duas pessoas pareciam indiferentes aos acontecimentos. Uma era a Dinda, que se recusava a levar a sério o que ela chamava de "guerra dos outros". As guerras dela tinham sido a do Paraguai, a Revolução de 93, a de 23, a de 30 e as outras, isto é, os "barulhos" em que gente de sua família se tinha metido. Por que haveria ela de preocupar-se com "briga de estrangeiro"? O outro era o Stein, que não cansava de repetir: "É uma guerra de capitalistas. Nós os comunistas nada temos com o peixe. Eles que se entredevorem!". Um dia Jango gritou-lhe que calasse a boca, Stein calou. Sentou-se ao meu lado, como um menino que levou um pito do pai e vem queixar-se à mãe. Cochichei: "Fique quieto. Guarde essas suas ideias para você mesmo. E não fica bonito a gente tocar flauta no funeral dos outros".

Uma noite o dr. Terêncio Prates e sua senhora vieram visitar-nos. Chegaram de cara triste, falando baixo, como se tivessem vindo para um velório. As notícias continuavam péssimas. Os nazistas estavam senhores de quase toda a Europa Ocidental. Dentro de poucos dias, poderiam entrar em Paris. O dr. Terêncio sentou-se, soltou um suspiro e disse: "Quando os boches atacaram Ruão, não sei por quê, tive a doida esperança de que o espírito de Joana d'Arc ressurgisse para guiar os exércitos da França na expulsão do invasor". Tio Bicho soltou a sua risadinha cínica: "As *panzer Divisionen*, meu caro doutor, foram construídas à prova de milagre".

No dia em que Paris caiu, o dr. Terêncio ficou tão abatido que foi para a cama, com uma pontinha de febre. Uma semana depois, recebi uma carta do padrinho, que dizia:

> É o fim de tudo. Se tivermos de viver num mundo dirigido por esse alemão louco e sanguinário, então o melhor é morrer. Mas esta parece não ser a opinião de certos generais de nosso Exército, que festejam as vitórias de Wermacht na embaixada alemã, com champanhadas.

Foi por aquela época que, num dos nossos serões, Tio Bicho leu em voz alta o discurso que Getulio Vargas fizera recentemente a bordo do couraçado *Minas Gerais*. O presidente afirmava que marchávamos para um futuro diferente de tudo quanto conhecíamos em matéria de organização econômica, social ou política, e sentíamos que os velhos sistemas e fórmulas antiquadas entravam em declínio. Um dos trechos desse discurso me assustou de tal maneira, pelo que tinha de extremista e imprevisto, que cheguei a decorá-lo:

> Não é, porém, como pretendem os pessimistas e os conservadores empedernidos, o fim da civilização, mas o início tumultuoso e fecundo de uma era nova. Os povos vigorosos, aptos à vida, necessitam seguir o rumo de suas aspirações, em vez de se deterem na contemplação do que se desmorona e tomba em ruína. É preciso, portanto, compreender a nossa época e remover o entulho das ideias mortas e dos ideais estéreis.

Terminada a leitura, o Bandeira disse: "É um discurso nitidamente fascista. O presidente vê a balança da vitória pender para o lado dos nazistas e já está preparando a sua adesão ao Eixo...".

Que pensaria padrinho Rodrigo de toda aquela história? Dias depois recebemos outra carta sua. Dizia:

A princípio pensei em romper com o Getulio por causa de seu discurso visivelmente pró-Eixo, a bordo do *Minas Gerais*, mas acontece que estou aprendendo a conhecer o nosso homem, ele é muito mais sutil do que seus atos e seu próprio estilo oratório dão a entender. A princípio me pareceu que, com esse pronunciamento fascistoide, ele se preparava para atrelar o Brasil ao carro do nazismo. O discurso foi aparentemente uma resposta indireta ao que o presidente Roosevelt havia pronunciado no dia anterior... Comecei a perceber que o nosso homenzinho está apenas marombando, "bombeando" a situação mundial. No momento precisa contentar alguns de nossos generais, que parecem fascinados pelos feitos militares do exército alemão. Mas não se iludam! O Getulio também confabula secretamente com os americanos por intermédio do Aranha, que é aliadófilo. Fiquem certos de que, na hora da decisão, nosso presidente fará o que for melhor para o Brasil.

"Santa boa vontade!", exclamou o Tio Bicho, quando lhe mostrei a carta. "O presidente é um felizardo. Pode fazer ou dizer todos os absurdos que não faltará nunca um intérprete benévolo que o explique e justifique."

23 de novembro

Ainda Stein. Essa criatura de Deus me preocupa. Deve estar sofrendo uma crise de consciência, algo de muito sério que ele não revela nem a esta sua confidente. Quando Trótski foi assassinado, ficou num desconsolo, num abatimento que durou semanas. Tio Bicho lhe perguntou então: "Tens alguma dúvida de que foi teu patrão Stálin quem mandou assassinar o Trótski?". Stein não respondeu. Sentou-se no seu canto, os cotovelos fincados nas coxas, as mãos cobrindo a cara. Permaneceu nessa posição quase uma hora, sem dizer palavra. Tio Bicho me contou que em 1939 Stein ficou também chocado e desiludido com o pacto nazi--soviético que resultou no sacrifício da Polônia, mas, soldado disciplinado do Partido, engoliu a amarga pílula em silêncio. Continua a afirmar que o Império Britânico está em agonia e que sua morte é questão de meses. Mas o fervor com que diz isso é apenas aparente. No fundo me parece meio desorientado, cheio de dúvidas.

Não esquecerei nunca mais a noite em que Stein nos contou, exaltado, o que sentiu quando viu e ouviu *La Pasionária*, num dos primeiros anos da Guerra Civil Espanhola. Ela tinha vindo especialmente para dirigir a palavra aos legionários da Brigada Internacional. Falou do alto duma colina. Sentados ou reclinados a seus pés, os soldados a escutaram. Entardecia, e um sol fatigado de fim de verão descia no horizonte. O que Stein nos disse foi mais ou menos o seguinte: A voz da *Pasionária* primeiro me remexeu as entranhas e fez que eu me sentisse

837

homem como nunca em toda a minha vida. Era o privilégio dos privilégios, a honra das honras, a beleza das belezas estar ali naquele lugar, naquela hora e com aquela gente. Tínhamos vindo de várias partes do mundo para defender a Espanha republicana e com ela a ideia universal dos direitos do homem. E quando *La Pasionária*, com sua voz inesquecível, declarou que nós éramos a flor da terra, a consciência do mundo; quando nos agradeceu por estarmos ali como *hermanos*, ajudando o povo espanhol e a causa da liberdade e da justiça social, senti que tinha atingido o momento mais belo, mais glorioso da minha vida. A brava guerreira estava de pé no alto da colina, e seu corpo recebia em cheio a luz do sol. Ah!, mas nós sentíamos que uma luz mais forte e mais clara nascia de seu ventre, de seus olhos, de sua boca, de seus seios, de seu coração. E essa luz nos purificava! Nós éramos todos irmãos e *La Pasionária* era a nossa mãe. Não tenho vergonha de confessar que chorei. Chorei de alegria, de orgulho, de... de fraternidade. E então senti que morrer uma vez só por aquele ideal era pouco. Desejei ter cem vidas para entregá-las todas à causa republicana.

Assistimos todos a esse arroubo quase místico em respeitoso silêncio. Irmão Zeca pareceu-me comovido. Eu não vou negar que também estava. Quando o Stein se calou, Tio Bicho mirou-o por alguns instantes e depois soltou a sua farpa. "Como vocês veem, tenho razão quando afirmo que mais cedo ou mais tarde tudo acaba virando religião. Arão Stein, nosso materialista dialético, teve, naquela colina da velha Espanha, a sua visão de Nossa Senhora."

25 de novembro

Quando em fins de junho deste ano os exércitos nazistas invadiram a Rússia, a atitude de Stein mudou por completo. O que para ele tinha sido até então uma luta de interesses capitalistas, passou a ser uma guerra santa. Com a cara coberta pelas mãos torturadas, escutava taciturno as notícias das primeiras vitórias alemãs em terras da União Soviética. Uma noite Liroca acercou-se dele e disse: "Não se impressione, moço. Lembre-se de 1812. Se Napoleão Bonaparte não pôde com a Rússia, como é que o Hitler, esse cabo de esquadra vagabundo, vai poder?".

Numa outra ocasião em que o Stein falava na fatalidade da socialização do mundo, declarando que achava legítimos todos os sacrifícios de hoje para garantir a felicidade da humanidade de amanhã, eu lhe sussurrei: "Posso te dizer uma coisa? Amas tanto a humanidade que não te sobra muito amor para dares aos indivíduos". Ele me lançou um olhar perdido. E em seguida, atribuindo a minhas palavras uma intenção que eu não lhes quis dar, desandou a falar na mãe, justificando-se por tê-la deixado só e desesperada em Santa Fé, quando fora para a Espanha. Tratei de tranquilizá-lo: "Mas eu sei! Eu sei! Não precisas explicar nada. Eu compreendo...". Ele, porém, continuou a falar. Recordou sua infância com essa riqueza de minúcia (principalmente para os fatos dolorosos) que em geral o judeu intelectualizado possui mais que ninguém. Relembrou, numa espécie de autoflagelação, todos os sacrifícios que a mãe fizera por ele, todas as provas de amor que ela lhe dera — tudo isso para declarar no fim que não se arrependia de havê-la abandonado para atender a um chamado de sua consciência de comunista.

Levantou-se bruscamente e, sem dizer boa-noite a ninguém, deixou o Sobrado.

26 de novembro

Floriano chegou. Tudo foi mais fácil do que eu esperava. Como tem acontecido sempre que ele volta, encontramo-nos no vestíbulo. Abraçamo-nos, ele me beijou de leve a testa e os cabelos. Não tivemos tempo de trocar mais de duas frases. ("Fizeste boa viagem?" — "Perfeita.") Porque a Dinda interveio, puxou F. pelo braço e levou-o consigo para o fundo da casa.

E desde essa hora nos tem vigiado como um cão de fila. Tudo faz para que nunca fiquemos a sós. Noto que Jango também não se sente muito à vontade com a presença do irmão no Sobrado. Como consequência de tudo isso, F. se mostra um tanto contrafeito. Disse que ficará em Santa Fé apenas uns quatro ou cinco dias, e que desta vez não irá ao Angico.

28 de novembro

Hora inesquecível com Floriano, ontem, debaixo dos pessegueiros do quintal. Uma conversa muito calma e amiga. Sentamo-nos no banco, lado a lado. Eu tinha comigo um prato e uma faca. Apanhei alguns pêssegos maduros e comecei a descascá-los. Nada mais natural. Notei que F. estava inquieto. Eu não me sentia lá muito tranquila, mas acho que sabia dissimular melhor que ele. Havia na tarde quente algo de perturbador. A terra parecia uma pessoa que desperta lânguida duma sesta tardia. O sol descia ao encontro da noite.

Eu sabia que não íamos ter muito tempo para o nosso diálogo. E era tão bom ter F. ali sentado ao meu lado! Sua presença tem para mim um poder ao mesmo tempo excitante e sedativo. Seu sensualismo deve estar escondido a sete chaves, pois o que lhe aparece nos olhos é uma ternura muito humana e tímida, como que envergonhada de si mesma. Nunca encontrei ninguém que temesse mais que ele as situações grotescas ou ambíguas. F. talvez não saiba, mas descubro nos seus silêncios uma grande eloquência.

Ofereci-lhe um pêssego. Ele o aceitou e deu-lhe uma dentada distraída. Comecei a comer o meu, e durante alguns instantes de silêncio pareceu que estávamos ali só para comer pêssegos.

Foi F. quem falou primeiro. Procurou analisar as razões que o tinham levado a aceitar o contrato que lhe oferecera a Universidade da Califórnia. Perguntei: "Mas é preciso haver uma razão? Não bastava a curiosidade pura e simples de ver outras terras e outros povos? Ou o mero desejo de variar?". F. replicou que sentia que outros motivos, além dos que eu mencionara, o impeliam para os Estados Unidos. "É talvez uma viagem à infância e à adolescência, uma volta aos filmes da Triangle e da Vitagraph... às revistas ilustradas do reverendo Dobson... sim, e a *O último dos moicanos...*"

Ficou de novo calado, decerto mastigando lembranças junto com pedaços de pêssego. Perguntei perigosamente: "Não seria também o desejo de reencontrar aquela moça... como é mesmo o nome dela?".

Curioso, o mecanismo dessas nossas mentirinhas e hipocrisias cotidianas. Ele funciona movido pelo combustível de nossas vaidades, medinhos, vergonhas, orgulhos e também pelo hábito mecânico de dissimular. Eu bem que me lembrava de todo o nome da americana: Marian K. Patterson, Mandy para os íntimos. Conhecia o desenho de seu rosto, o formato de seus seios e de suas coxas, o sabor de seus beijos, o tom de sua voz e de seus olhos. Não me estimei por me ter portado como uma namoradinha despeitada.

Floriano respondeu apenas: "A ligação terminou em 1938. Mandy está hoje casada. Não existe mais nada entre nós".

Apanhei outro pêssego, como para mudar de assunto. Eu temia que alguém ou alguma coisa viesse perturbar nosso colóquio, e me admirava de nada ainda ter acontecido. O casarão parecia morto.

Floriano me falou de sua vida, de sua carreira, de suas dúvidas, de sua insatisfação com tudo quanto havia escrito até então. Contou-me também de seu novo romance, cujos originais acabara de entregar ao editor: *O beijo no espelho.*

Eu esperava que F. me falasse também de seus problemas, dos resultados de sua busca de raízes sentimentais e de liberdade. Fiz sugestões nesse sentido, mas ele desconversou e entrou a desenvolver uma teoria, que me pareceu interessante, a respeito das relações dos homens de sua família com a terra, isto é, com Santa Fé e o Angico. O que disse foi mais ou menos o seguinte:

"Suponhamos que esta terra, esta cidade, esta querência seja uma mulher... Pois bem. O Jango casou-se legitimamente com ela, ama a esposa com um amor arraigado, calmo e seguro de si mesmo. Não tem olhos para as outras mulheres, por mais belas que sejam. Seus erros como marido são mais de omissão que de comissão. Se não dá muito à esposa, é porque foi criado na ignorância de que um esposo pode e deve também dar e não apenas receber. Tem um agudo senso de hierarquia. Acredita que há bem-nascidos e malnascidos, e sabe vagamente que Cristo disse que sempre haverá gente pobre na terra. É um marido autoritário, ciumento, exclusivista e conservador. Não quer que a esposa converse com outros homens nem que fume ou acompanhe a moda. Exige dela o recato das damas de antigamente. Com isso quero dizer que repele com paixão não só a ideia da reforma agrária como também a de qualquer inovação nos hábitos de trabalho do Angico".

Fez um parêntese para esclarecer que eu, Sílvia, não entrava na alegoria como esposa do Jango. Ele se referia mesmo à terra. Sorriu e não disse palavra. O retrato de Jango como "meu" marido estava saindo perfeito. F. continuou:

"Já o velho Rodrigo é diferente. Casado com esta terra, sua enorme vitalidade, sua imaginação, e seus apetites o impedem de manter-se fiel à esposa legítima. Vive com os olhos e os desejos voltados para as outras mulheres. Teve desde a primeira mocidade uma amante espiritual e longínqua: Paris. Mas sua grande traição, seu grande adultério se consumou quando ele abandonou a esposa para ir viver com uma bela e ardente morena, tão inconstante e sensual quanto ele: a cidade do Rio de Janeiro. Sem romper de todo com a esposa legítima, entregou-se à amante e está sendo aos poucos destruído por ela... Mas sempre que se sente cansado dos ardores, enganos e exigências da concubina, volta para a esposa legítima, que aqui está, paciente e silenciosa, a esperá-lo sempre de braços abertos. E em seu verde regaço, ele retempera o corpo e o espírito... para voltar depois para os braços trigueiros da amante".

F. calou-se. Perguntei: "E o Eduardo?".

"Ah! Esse é o jovem, imaturo apaixonado da terra. Sabe que seu amor é ilegal perante as leis vigentes, mas decidiu enfrentar a situação com coragem, e está esperando que se lhe apresente a oportunidade de arrebatar a mulher dos braços do marido chamado legítimo, mas que para o Edu não passa dum usurpador. Todo o seu procedimento está condicionado a essa permanente ideia de ilegalidade. Sabe que a qualquer momento pode ser agredido pelo esposo, que tem a seu favor a Lei e a polícia. Não sabe nem sequer se a mulher o ama, mas está disposto a fazer tudo, inclusive arriscar a própria vida, para conquistá-la."

Floriano ficou algum tempo pensativo, revolvendo na boca um caroço de pêssego. Depois disse:

"O velho Babalo, esse é ao mesmo tempo marido, pai, filho e irmão da terra, que ele ama com um fervor quase religioso, sem jamais ter a necessidade de proclamar ao mundo esse amor e essa fidelidade. É um poeta à sua maneira rude. Um são Francisco de Assis leigo. Sim, e dotado dum senso de humor, coisa que parece ter faltado ao santo".

Creio que foi nesse momento que a Dinda apareceu a uma das janelas do casarão e olhou para o quintal. Não nos pode ter visto, porque está praticamente cega. Mas tenho a impressão de que sentiu nossa presença, ouviu nossas vozes. Continua a exercer sobre nós uma vigilância tão implacável, que chego às vezes a sentir-me culpada de coisas que não fiz. Eu ia escrever *ainda não fiz*. Não. De coisas que *nunca* farei, haja o que houver.

Enquanto a velha permaneceu à janela, Floriano e eu ficamos calados, quase contendo a respiração, como duas crianças que não querem ser descobertas pelo dono do pomar onde foram roubar frutas. Depois que a Dinda desapareceu, murmurei: "Falta um Cambará na tua história". F. sorriu: "Ah! Esse é o forasteiro. O homem sem passaporte. Sente que amar, compreender e contar com o apoio dessa *mulher* é algo de essencial para a manutenção de sua identidade e para a sua *salvação* como artista e como homem. Não sabe ao certo se a ama nem

841

se é amado por ela. Só tem uma certeza que ao mesmo tempo o anima e perturba: a necessidade desse amor".

Parti um pêssego pelo meio e dei uma das metades a F. Pusemo-nos ambos a comer. Era uma comunhão. Um ato de puro amor.

2 de dezembro

Floriano voltou para o Rio. O Sobrado de repente ficou vazio.

7 de dezembro

A notícia, ouvida através do rádio, tem quase a força duma bomba. Aviões japoneses atacaram Pearl Harbor de surpresa e destruíram vários navios de guerra americanos que estavam ancorados no porto. Penso imediatamente na viagem de Floriano. Agora que os Estados Unidos foram empurrados para a guerra, o convite que lhe fizeram para dar um curso na Universidade da Califórnia talvez seja cancelado. Não sei se essa possibilidade me entristece ou alegra. Em todo o caso, fico desgostosa comigo mesma por estar dando mais importância à viagem de F. do que ao ataque a Pearl Harbor e às consequências inevitáveis desse ato de traição.

25 de dezembro

Natal triste numa casa sem crianças. Jango não quis passá-lo conosco na cidade. Deve estar se estonteando de trabalho no Angico.

Alguns amigos aparecem. Comemos melancolicamente nozes, amêndoas, avelãs e passas de figo e uva. Bebemos um Moscatel. Penso nos tempos em que todos os anos, nesta noite, cintilava um pinheirinho na sala, e os Schnitzler vinham cantar-nos suas canções.

Stein me dá uma surpresa: traz-me um presente, um belo livro com reproduções em cores de quadros célebres. Passo-lhe um pito afetuoso, porque ele ganha pouco e o livro deve ter custado caro. Stein está excitado. Vem nessa exaltação desde o começo da batalha de Stalingrado. Atravessou um período de negro pessimismo e desânimo. Temi que ele caísse numa psicose maníaco-depressiva. (A terminologia é do Tio Bicho, não minha, porque não entendo direito dessas coisas.) Hoje nosso comunista está conversador, ri com espontaneidade, bebe, propõe um brinde ao Exército Vermelho. Bebemos todos, menos a Dinda, que não gosta de vinho e declara que nada tem a ver com a Rússia. Stalingrado ainda resiste, mas a batalha de Moscou terminou com a vitória das tropas soviéticas. "Stálin em pessoa comandou a defesa", repete Stein com orgulho.

"Olhando" para o pinheirinho enfeitado que minha imaginação armou no centro da sala, penso seriamente em adotar uma criança. Mas já sei que Jango não vai aceitar a ideia. Essa adoção poderia parecer aos outros uma confissão de impotência. E isso é coisa que nenhum Cambará (nem mesmo o Floriano) jamais admitiria.

1942

4 de fevereiro (no Angico)

Sonhei a noite passada com F. Como sempre, um sonho de frustração. Estávamos os dois, de noite, num grande jardim que era ao mesmo tempo um labirinto. Um buscava o outro, mas não nos podíamos encontrar. De repente caí numa cisterna (?) e estava me afogando quando acordei de repente, assustada.

São nove da manhã. Jango saiu para o campo antes de clarear o dia. A Dinda está na cozinha dando à cozinheira instruções para o almoço. Caminhando dum lado para outro debaixo dos cinamomos, na frente da casa da estância, esquadrinho a memória, buscando fragmentos do sonho. Não me lembro nunca de ter ouvido a voz de quem quer que fosse num sonho. É cinema mudo. Pura imagem. E é fantástico como essas imagens são fluidas, como se fundem umas com as outras, mais indefiníveis e inconstantes que nuvens em dia de vento. No sonho uma pessoa pode ser duas ao mesmo tempo e juntas serem ainda uma terceira. Num certo momento, Floriano era o dr. Rodrigo — o que me intrigava — e então eu não queria que ele me visse, pois o padrinho sabia que eu estava no jardim para me encontrar com F. E eu me lembrava agora do medo e do sentimento de culpa que sentia por estar ali àquela hora (alta madrugada) para me encontrar com um homem que não era o meu marido. Pensava em desculpas: "Mas não, padrinho, ele é mesmo meu irmão". E então de novo via Floriano, e ele me avistava, e nos aproximávamos um do outro, mas lá vinha um nevoeiro e os dois acabávamos outra vez perdidos e separados. Os momentos mais aflitivos do sonho eram aqueles em que eu percebia que F. *fugia* de mim propositadamente. Desde os dias da minha infância, F. foi sempre para mim "o que vai embora". Quando todas as crianças do Sobrado estavam reunidas, brincando, ele cruzava sem nos olhar e subia para a água-furtada. Depois veio a época do colégio em Porto Alegre. F. passava as férias de verão no Sobrado ou no Angico, e depois de novo voltava para o internato. Isso aconteceu muitas vezes... Em 1930 ele se mudou para o Rio com o resto da família. Não me lembro de ter chorado tanto na minha vida como nesse dia. Finalmente, de todos os meus companheiros de infância, os únicos que ficavam em Santa Fé era a Alicinha e eu. Ela morta no seu mausoléu. Eu triste na minha casa, que de certo modo era também um túmulo.

(Aqui estou de novo manquejando como a Palmira, pedindo piedade e esmolas a mim mesma.)

Nos meus seis, sete, oito e nove anos, o que eu tinha vontade de dizer a Floriano era: "Fica pra brincar com a gente". Quando comecei a ficar mocinha, meu ímpeto era de lhe gritar: "Fica! Fica *comigo*!". Acontece que gozo da reputação, talvez merecida, de ser uma pessoa silenciosa. Tenho pago um preço alto pelos meus silêncios.

Agora me lembro dum grande dia. 1932. Eu tinha quatorze anos. F. chegara a Santa Fé, acompanhando a família, que vinha para as férias de verão. Botei o meu melhor vestido, pintei-me às escondidas de minha mãe, e me toquei para o Sobrado. Faltou-me coragem para ir diretamente abraçar Floriano. Preferi que ele me encontrasse por acaso. (Nesse tempo eu lia Delly, Ardel e Chantepleure.) Fui diretamente para o quintal, sentei-me num banco, debaixo duma árvore, e ali fiquei numa pose de retrato, esperando que alguma coisa maravilhosa acontecesse. E aconteceu! F. surgiu a uma das janelas dos fundos da casa e ficou me olhando por muito tempo. Fingi que não o tinha visto, mas observava-o com o rabo dos olhos. Um calor me subiu às faces, me formigou no corpo inteiro. Senti-me meio suspensa no ar. "Meu Deus!", dizia eu para mim mesma, "meu Deus, não deixe que este momento acabe. Um pouco mais, só um pouco mais!" Acho que foi nessa hora que avaliei o quanto amava Floriano. Ah!, mas eu o considerava inatingível. Era um homem de vinte e um anos e eu, uma menina de quatorze.

18 de fevereiro (ainda no Angico)

Por que escrevo todas estas coisas que ninguém, mas ninguém mesmo, deverá nem poderá ler a não ser as outras Sílvias? Aqui no Angico trago este diário escondido numa cômoda antiga, da qual só eu tenho a chave. No Sobrado este livro fica guardado no fundo de outra cômoda, dentro duma caixa cuja chave por sua vez trago presa ao pescoço por uma corrente, como um escapulário. Se Jango chegasse a ler estas confissões, eu estaria perdida. A ideia me assusta e ao mesmo tempo fascina. Ficar completamente perdida não será o começo da salvação? Tenho uma amiga torturada por problemas conjugais que me confessou ter secretamente guardado um vidro de seconal. Diz ela: "Quando a situação ficar insuportável, engulo vinte e cinco comprimidos da droga e está tudo resolvido". Não creio que jamais ela tente o suicídio. Mas a ideia de ter a chave da porta da liberdade deve ser-lhe esquisitamente agradável. Suicidar-se para ela seria também um meio de vingar-se do marido, que lhe atormenta a vida.

Até que ponto escrevo este diário num desafio ao meu marido, num obscuro desejo de que um dia ele o descubra e leia, e a coisa toda se precipite sem que eu tenha a responsabilidade completa pelo desfecho? Até que ponto este diário é o meu veneno?

Mas eu já não escrevi que Deus é o motivo principal destas páginas?

7 de março

Eu gostaria de compreender melhor as outras pessoas. Seria um modo indireto de me compreender a mim mesma. Gosto de gente. Desejo que os outros gostem de mim. A minha vida não teria sido, toda ela, uma busca de amor? Quando penso nos dias da infância, me vejo uma menininha de pernas finas a caminhar pelas salas do Sobrado atrás de alguém, pedinchando que me aceitassem... Se havia coisa que eu temia era não ser querida. Às vezes me envergonho um pouco dessa atitude canina: o vira-lata em busca dum amo.

Por muito tempo, d. Flora me deu as roupas e sapatos que iam ficando pequenos demais para a Alicinha. Coisas de segunda mão. De certo modo, a menina pobre sentia que o amor que lhe davam era também de segunda mão.

Tudo quanto ficou escrito acima é um produto deste dia cinzento, que parece aumentar a sensação de vácuo que esta casa, que tanto amei noutros tempos, agora me dá.

8 de março

Gostamos de nos imaginar bons e generosos. Mas se nos debruçássemos sobre o poço de nossos sentimentos e desejos mais secretos, esse túnel vertical onde se escondem nossas maldades, mesquinhezas, egoísmos e misérias — estou certa de que não reconheceríamos a nossa própria face refletida na água do fundo.

De vez em quando, faço a experiência e sinto vertigens. Estou agora debruçada nas bordas do meu poço, fazendo uma sondagem no tempo.

Quando Alicinha morreu, chorei a perda da amiga. Mas no momento mesmo em que derramava as minhas lágrimas sinceramente sentidas, dentro de mim uma voz diabólica me segredava: "Agora vais ser a filha predileta do teu padrinho. E ficarás com todos os brinquedos e roupas da Alicinha". Esses pensamentos, que aparentemente aceitei sem remorso no momento em que me vieram à mente, me fazem mal *hoje*. Lembro-me de algo ainda mais terrível. Se eu invejava Alicinha, não era apenas por ela ser filha de Rodrigo Cambará, morar no Sobrado e ter todos aqueles vestidos bonitos e a boneca grande que falava. A menina Sílvia invejava também a beleza de sua amiga, que toda a gente elogiava. E quando a viu no seu esquife, lívida, esquelética, horrenda, não pôde evitar este pensamento: "Agora sou mais bonita que ela".

Todas essas lembranças me deixam perturbada. Se as menciono aqui não é por masoquismo, mas com a intenção de fazer exercícios de sinceridade... e de coragem. O poço deve ter outras revelações igualmente terrificantes. Se eu ficar por muito tempo debruçada nas suas bordas, olhando para o fundo, posso acabar no desespero. Mas sei que será um erro tentar entulhar o poço. Outro erro igualmente grande seria "cultivá-lo" morbidamente. A solução é iluminá-lo com a luz de Deus. E então suas águas ficarão puras. Espero que um dia isso aconteça.

26 de março

Um sonho, que se repete com variantes, me tem perseguido e angustiado nestes três últimos anos. Em essência é isto: Homens que não conheço estão empenhados em demolir uma parede. Eu, imobilizada por inexplicável pavor, fico a olhar o trabalho, com o coração aos pulos. De repente compreendo por que estou apavorada. Emparedado entre aqueles tijolos está o cadáver duma mulher que "ajudei" a assassinar. Procuro chamar-me à razão. Não sou uma criminosa. Não seria capaz de matar ninguém. Não me *lembro* das circunstâncias do crime, mas *aceito o fato da minha cumplicidade* e sinto que estou perdida. Acordo alarmada e não consigo mais dormir. Levo algum tempo para me convencer de que tudo não passa dum sonho. A sensação de culpa, porém, permanece dentro de mim durante quase todo o dia seguinte.

A noite passada o sonho se repetiu. Voltei a uma casa que se parecia um pouco com a pensão onde vivi quatro anos em Porto Alegre, quando fazia o curso da Escola Normal. Uma velhinha encurvada, com um xale sobre os ombros, aproximou-se de mim com um papel na mão, dizendo: "Aqui está a conta que você se esqueceu de pagar". Olhei o papel: era uma importância absurdamente elevada. Respondi: "Mas eu já liquidei essa conta! Estou certa que não lhe devo nada". A velhinha sacudiu a cabeça tristemente. Depois me convidou a ir até o quarto que eu ocupara no tempo em que fora sua hóspede. Fui. Reconheci os móveis. De repente meu coração começou a bater com mais força, porque me *lembrei*(?) de que, debaixo das tábuas do soalho, jazia o corpo mutilado duma mulher para cujo assassínio eu tinha contribuído duma maneira para mim obscura. Como sempre, eu não me lembrava dos pormenores do crime, mas *aceitava a minha culpabilidade*. Acordei quase em pânico. Creio que este foi o mais desagradável de todos os sonhos pelo que teve de claro, e também pela intensidade de meu sentimento de culpa.

20 de maio

Passei a tarde no Sutil com os velhos. Como os invejo! Levam a vida que pediram a Deus. Sem compromissos mundanos, sem ambições, e possivelmente sem temores. Decerto aguardam a morte tranquilamente, como quem espera a visita duma velha comadre. Amam o pedaço de terra onde vivem, cercados de árvores, flores e bichos... Sem telefone, sem rádio, em suma, sem essas máquinas que o velho tanto detesta. A guerra não chega a tocá-los. Babalo segue o noticiário dos jornais com certa curiosidade, mas noto que não acredita na metade das coisas que lê. Um dia me disse: "É impossível que exista no mundo tanta gente louca e malvada".

Durante a visita pensei frequentemente em Floriano, por muitas razões, mas especialmente por causa da luz da tarde. Meu amigo dá sempre um jeito de meter nas suas histórias o outono, sua estação favorita. Enquanto eu caminhava ao lado do velho Aderbal pelo Sutil, frequentemente era a voz de F. que eu ouvia. "Que luz macia! A paisagem parece estar dentro dum enorme topázio amarelo. A gente vê ou sente que há também uns toques de violeta na tarde, mas não sabe exatamente onde estão." Babalo me mostrou uma grande paineira, no alto duma coxilha, tranquila no ar parado, pesada de flores rosadas. O velho percebeu o meu enlevo e disse: "Sabe o nome dessa árvore? Bibiana Terra". Mostrou-me depois um jequitibá alto e ereto: "Esta é a velha Maria Valéria". Levou-me a ver um ipê ainda novo: "Esta é a Sílvia". Olhou-me bem nos olhos e acrescentou: "Venha na primavera para ver como você fica bonita, toda cheia de flores amarelas".

Mas a mais bela de todas as coisas era a própria figura do velho Aderbal, com suas grandes mãos vegetais mas ao mesmo tempo tão humanas, sua pele tostada irmã da terra, e aqueles olhos que, de tanto olharem os largos horizontes da querência, pareciam cheios de distâncias, saudades e histórias. A gente custa a acreditar que Aderbal Quadros tenha sido o estancieiro mais rico da Região Serrana. Dizem que perdeu tudo que possuía por falta de competência administrativa misturada com falta de sorte e excesso de confiança no próximo. A meu ver, quem explica melhor o fenômeno é o Floriano. "O velho nunca se sentiu bem como homem de grandes posses. Sempre achou o lucro indecente e a distribuição de terras injusta. Tinha a vocação da pobreza. Foi ele mesmo que, talvez inconscientemente, *trabalhou* para a própria ruína."

Quando voltávamos para a casa, um crepúsculo grave pintava de vermelho e púrpura o horizonte. A tarde parecia afogar-se em vinho. O velho Babalo caminhava ao meu lado, mas calado, compreendendo decerto o que aquele momento significava para mim.

O ar era um cristal quase frio. Eu sentia o silêncio não só com os ouvidos mas também com os olhos, o tato e o olfato, porque o silêncio tinha um corpo, uma cor, uma temperatura, um perfume...

— Como vai essa tal de guerra? — perguntou o velho quando já entrávamos em casa.

Contei-lhe que a ofensiva russa em Krakov continuava vitoriosa. Ele sacudiu a cabeça lentamente. D. Laurentina me presenteou com um cesto cheio de bolinhos de milho. Quando se despediu de mim, deu-me a ponta dos dedos. Seu Aderbal me beijou a testa.

Bento me esperava no automóvel, à frente da casa. Voltei para o Sobrado com a alma limpa. Floriano costuma dizer que existem dias de duas, três e até quatro dimensões. Nos de duas, quase morremos de tédio. Nos de três, amamos a vida, vislumbramos o seu sentido, fazemos e criamos coisas... Nos de quatro... bom, os de quatro são pura magia. Passamos a fazer parte da paisagem, quase atingimos a unidade com o cosmos.

Tive hoje um dia quase quadridimensional. Que Deus abençoe esses dois velhos. E não Se esqueça muito de mim.

1º de junho

Estive relendo o que escrevi sobre minha visita ao Sutil, e me recriminando por viver tão longe da terra. Tenho feito esforços para amar o Angico. Jango insiste em dizer que eu detesto a estância. Não é verdade. O campo me encanta: as coxilhas verdes, o cheiro da grama, os claros horizontes, a sombra fresca dos capões, a sanga com a cascatinha, a sensação de desafogo que o descampado me dá... Mas quando começa a anoitecer fico tomada duma tristeza e dum sentimento de solidão tão grandes, que quase me ponho a chorar. Além disso, não tenho positivamente vocação para mulher de estancieiro.

A ideia dessa minha separação da terra não me é nada agradável, e me dá a sensação de ser uma "filha ingrata".

Curioso: minha mãe tinha uma pele um pouco cor de terra. Ela mesma era uma terra triste e seca, que produzia frutos escassos e amargos.

Por que escrevo essas coisas impiedosas? Elas me saem da pena espontaneamente. Não foram premeditadas nem desejadas. Não me deixam nada orgulhosa de mim mesma. Pelo contrário, me assustam, fazendo-me ver as víboras que se retorcem no meu poço interior. Luto com o desejo de arrancar fora esta página. Mas não. A página fica. É preciso desmascarar a Sílvia angélica. A imagem que pintei de mim mesma quando adolescente não corresponde à verdade. Devemos ter a coragem de examinar de quando em quando a coleção de faces que não usamos em público. A ideia da bondade me embriaga tanto quanto a da beleza. Não me considero uma criatura má. Mas quisera ser melhor, muito melhor. Fico alarmada ante o aparecimento súbito e indesejado dessa Sílvia capaz de escrever uma página como esta.

Aqui estou de novo a remexer no passado, a pensar num assunto que me tem preocupado muito nestes últimos cinco anos.

Minha mãe era viúva e muito pobre. Ganhava a vida como modista. Meu pai morreu quando eu tinha apenas três anos de idade e não deixou "nada a não ser dívidas", como mamãe não cansava de repetir. Cresci entre nossa meia-água e o Sobrado. O casarão dos Cambarás, com todos os seus moradores, divertimentos e confortos, me fascinava. Para falar a verdade, eu passava mais tempo aqui do que na minha própria casa. Isso irritava minha mãe, embora no fundo ela talvez tivesse um certo orgulho de ver a filha amiga dos filhos de um dos homens mais importantes de Santa Fé. Um dia ela me disse: "Teu pai gostava tanto dos ricos e dos poderosos, que não se sofreu de convidar o doutor Rodrigo para teu padrinho".

Era uma mulher triste e amarga, de pele oleosa e voz lamurienta. Teria sido preferível que gritasse comigo, que batesse em mim, a viver choramingando suas queixas, falando em morrer e ameaçando-me com o abandono da orfandade completa. Não me lembro de jamais tê-la visto sorrir. Costumava soltar longos suspiros que terminavam num "Ai-ai, meu Deus do céu!". Pedalava o dia inteiro, encurvada sobre a sua Singer, e em geral entrava noite em fora a trabalhar. "Estou ficando cega", dizia às vezes. "São estes panos pretos que me estragam a vista. Mas como é que pobre vai comprar óculos?" Essas coisas me doíam, e também me exacerbavam, fazendo que eu detestasse cada vez mais minha própria casa.

Lembro-me especialmente dos dias de chuva, em que eu andava dum lado para outro, com bacias e panelas na mão para aparar a água das goteiras. Nesses dias úmidos e cinzentos, eu ficava encolhida num canto, como um rato assustado, olhando para minha mãe, querendo pedir-lhe licença para ir ao Sobrado brincar com Alicinha, mas temendo a resposta negativa. O som da chuva, o ruído da máquina de costura, o cheiro de bolor da casa, os olhos da minha mãe... Que tardes inesquecíveis! Às vezes eu ia para a janela, encostava a cara na vidraça fria e ficava olhando o rio vermelho e encapelado que corria na sarjeta. Soltava nele meus navios de papel imaginários, pensando nos "meninos do Sobrado", e sentindo aos poucos o frio gelar-me os ossos.

Releio o que escrevi. Até aqui parece que nessa história toda só existe uma "vítima": a menina Sílvia. Só ela sofria. Só ela era incompreendida. Esforço-me para sentir piedade pela minha mãe — e não essa fria, calculada piedade intelectual, resultado da consciência dum dever —, mas uma piedade humana, quente, capaz de conduzir à compreensão e ao amor. Procuro meter-me na sua pele, sofrer nas minhas costas as dores que a lancinavam de tanto ficar encurvada sobre a máquina. Penso nas noites de solidão dessa mulher, viúva aos vinte e cinco anos, dessa criatura dotada dum temperamento ácido, que uma vida difícil agravara. Mas não posso evitar de pensar que às vezes ela me impedia de ir ao Sobrado por pura birra. Não *quero* pensar isso, mas penso. Mais duma vez, padrinho Rodrigo ajudou minha mãe com dinheiro, cuidados médicos e remédios. Foi ele quem custeou os meus estudos na Escola Normal. Minha mãe recebia mal todos esses favores. (Só percebi isso mais tarde, quando adolescente.) Sempre que Alicinha me dava um de seus vestidos ou um par de sapatos já usados, mamãe olhava para essas coisas e murmurava: "É triste a gente viver das sobras dos ricos".

Só Deus sabe como eu desejaria ter outras lembranças da minha mãe. Só Ele sabe como anseio por amá-la sem a menor reserva, de todo o meu coração.

Mas... vamos adiante. Tudo na minha casa me parecia pobre, triste e feio. Os bicos nus de luz elétrica pendiam do teto na ponta de fios que no verão se cobriam de moscas. As paredes caiadas ficavam manchadas de umidade no inverno. Não havia nessas paredes um único cromo. A cama de ferro desengonçada, coberta por uma colcha de retalhos de cores escuras ou neutras, mal cabia no cubículo que era o meu quarto de dormir. Lembro-me de outras coisas: a tábua de cortar carne da cozinha, toda lanhada de talhos e sempre recendente a cebola. O fogareiro Primus, onde minha mãe aquentava à noite as sobras do meio-dia. (Ah! Como eram patéticas as suas açordas!) As panelas de alumínio amassado. As tábuas largas do soalho, com grandes frestas por entre as quais a gente ouvia o ruído dos ratos à noite.

Para a criança que eu era, naquela casa só existia uma coisa bonita e luminosa: a fotografia de meu pai, que eu tinha perto da cabeceira da cama. Papai não devia ter mais de trinta anos quando tirou aquele retrato, pouco antes de morrer. Eu o achava um homem maravilhosamente belo. Tinha um sorriso cativante, uma testa alta, uma cabeleira negra e abundante, olhos meio enviesados e escuros, e um bigode preto. Eu o achava tão parecido com John Gilbert, que comecei a colar num caderno todas as fotografias desse ator de cinema que eu encontrava em revistas. Às vezes pedia a mamãe que me contasse histórias sobre meu pai. Ela não respondia ou então resmungava: "Boa bisca", e não dizia mais nada. Essa expressão não tinha nenhum sentido para a menina de seis anos. Por volta dos onze, encarreguei-me de suprir com a imaginação a biografia que mamãe me negava. Meu pai era marinheiro (sempre tive fascinação pelo mar, que até hoje não conheço), viajava principalmente no Mediterrâneo, tinha amigos em Malta, Creta e Chipre, usava um brinco na orelha e vendia belos panos de brocado de ouro, e pedras preciosas. Um dia, caçando na Índia, caiu do seu elefante e foi devorado por um tigre de Bengala. Eram histórias como essa que eu contava às minhas colegas na escola. Mas não ousava repeti-las aos "meninos do Sobrado".

Certa vez acordei em plena madrugada e ouvi o ruído da Singer. De repente a máquina cessou de rodar e um outro som me chegou aos ouvidos e me cortou o coração. Mamãe chorava aos soluços. Era inverno, o vento entrava pelas frestas das portas e janelas, e fazia muito frio dentro de casa. Cobri a cabeça com a colcha e comecei a chorar de pena de minha mãe.

Entre os "moradores" de nossa casa, havia um que me intrigava. Era o manequim em que mamãe ajustava os vestidos que fazia. Aquela "mulher" sem braços, sem pernas nem cabeça me assustava um pouco. Acho que esse medo me vinha da história que eu ouvira contar recentemente dum homem que matara e esquartejara a própria esposa, metendo seus pedaços dentro duma mala. O manequim na minha imaginação passou a ser a mulher esquartejada.

Jesus! Mas como foi que não pensei nisto antes? Aqui está talvez a explicação de meu sonho da outra noite. Claríssimo como um dia de sol! A *pensão* para onde voltei era a minha própria casa. A velha que me cobrava a dívida era a minha própria mãe, pois ficou em mim a ideia de que ela sempre me considerou uma filha ingrata, achando que não lhe *paguei* por tudo quanto fez por mim. Naturalmente eu também acho que a dívida não foi inteiramente paga, pois do contrário o sonho não me teria deixado um tamanho sentimento de culpa. Tenho vivido todos estes anos preocupada pela ideia de não ter retribuído com amor à minha mãe pelos seus "sacrifícios" (a expressão era dela, e eu a ouvi mil vezes). "Quando nasceste, tive eclâmpsia, quase fiquei aleijada." — "É pra te sustentar que me mato em cima desta máquina."

Agora que entrei nestas funduras, o melhor mesmo é ir até o fim. É bem possível que, nos últimos anos de sua vida, quando ela estava em cima duma cama, paralítica da cintura para baixo, choramingando, queixando-se, exigindo constantemente a minha presença — é bem possível que nessas medonhas canhadas do espírito, nesses infernos que estão dentro de nós, eu estivesse alguma vez desejando que minha mãe morresse e que toda aquela horrível situação terminasse. A mulher morta dos meus sonhos, para cujo "assassínio" eu de algum modo havia contribuído, era a minha própria mãe. Quando adolescente devo tê-la enterrado simbolicamente nas paredes sepulcrais de nossa casa. (Li aos treze anos o *Gato preto* de Poe.) Ou debaixo das tábuas do soalho. (Ainda Poe: *O coração revelador.*) E agora me ocorre que a mulher mutilada era o manequim, que tantas vezes identifiquei com minha própria mãe.

Estou confusa e comovida. Para um dia só, basta! Faz horas e horas que estou escrevendo, e a mão me dói. Só a mão?

4 de junho

Quando mamãe morreu, meus olhos permaneceram secos. Eu, que me comovo com facilidade com as histórias tristes imaginárias que leio em romances ou vejo no cinema, não tive lágrimas para chorar a morte da criatura que me deu o ser. O que senti foi uma espécie de alívio, mas um alívio doloroso, desses que dilaceram o peito. Tudo isso, como é natural, aumentou meu velho sentimento de culpa, que se agravou mais tarde quando verifiquei que não sentia falta dela. Foram dias terríveis, aqueles! Jango fez o que pôde para me ajudar, mas meu marido é desses homens que só têm soluções para problemas práticos e concretos. Nesse tempo eu estava grávida de três meses. Rezava para que a criança nascesse perfeita e fosse uma menina. Ia por-lhe o nome de mamãe: Elisa. Trataria de dar à criaturinha, em dose dobrada, o que eu devia ter dado mas não dera à minha mãe. Mas perdi a criança. Vi nisso um pronunciamento divino. Foi no nevoeiro desse período crítico da minha vida que Deus tornou a desaparecer.

6 de junho

A noite passada, tive uma conversa privada com Irmão Toríbio. Contei-lhe de meus sonhos e da interpretação que lhes dei. Ele fez uma careta, encolheu os ombros e disse apenas: "Pode ser...". E em seguida, tratou de me consolar. "Mas, Sílvia, eu sei, todo o mundo sabe que foste incansável com tua mãe. Não saías do lado dela. Passavas noites em claro à sua cabeceira. Que mais pode uma criatura humana fazer por outra?"

Consegui resumir meu problema numa frase: "Eu queria ter feito por amor o que só fiz por um sentimento de dever. É isso que me dói".

O Zeca me olhou intensamente e depois perguntou: "Há quanto tempo não te confessas?". Respondi: "Eu tinha dezesseis anos a última vez". — "Por que não te confessas agora?" — "Com o padre Josué? Acho que o coitadinho não ouve direito o que a gente diz. E se ouve não entende." Irmão Toríbio apalpou o seu

851

crucifixo: "Alguém mais estará também te escutando. E esse Alguém ouve e entende...".

Ficou algum tempo em silêncio, com os olhos cobertos pelas mãos. Depois, em voz muito baixa e lenta, disse: "Eu também tenho cá os meus problemas. A ti posso contar... Sinto remorsos do modo como sempre tratei a minha mãe. Eu me envergonhava de ser filho duma lavadeira... E quando descobri que era filho natural, revoltei-me contra ela e não contra meu pai. E agora que compreendo melhor a situação, a velha não está mais aqui para eu lhe pedir perdão, para lhe dar o carinho que ela merecia e que eu lhe neguei. O que me levou para a Sociedade de Maria deve ter sido o desejo de ser filho da mais pura das mães".

Olhei para o Stein e pensei comigo mesma: "Três matricidas".

1º de julho

A história de minha mãe volta a me perseguir. Irmão Toríbio vem almoçar conosco. As laranjas e bergamotas do Sobrado estão maduras. Convido o velho amigo a descer ao quintal para apanhar umas frutas. A princípio ele franze a testa, decerto achando estranho o convite. Depois, compreendendo a minha intenção, sorri e me segue. Levamos um pequeno balaio e começamos logo a trabalhar, dando a impressão de que discutimos apenas bergamotas e laranjas. Conto a Zeca algo que ainda não contei a ninguém.

Eu idolatrava meu pai, que para mim era uma fotografia e uma fantasia dourada. Um dia minha mãe me fez algo de cruel. Foi em fins de 1931, creio... Como eu lhe tivesse dito que meus sapatos estavam com as solas furadas e que naturalmente precisávamos comprar um par novo, ela fez um sinal com a cabeça na direção do retrato e, com fel na voz, disse: "Vai pedir ao teu maravilhoso pai que te dê dinheiro. Vai... Ele é o bom, o bonito, o inteligente, o tudo. Estás com treze anos, acho que já é tempo de saberes quem foi mesmo esse homem". Pôs as mãos na cintura e me encarou. Recuei para um canto, encolhida, com medo de ouvir o que ela ia dizer. "Pois era um vadio sem serventia pra nada. Escolheu a profissão de caixeiro-viajante pra poder andar na vagabundagem, de cidade em cidade, nas suas farras. Passava meses sem aparecer em casa. E se tu pensas que me mandava algum dinheiro para te sustentar, te comprar roupas, estás muito enganada. Gastava tudo que ganhava com essas ordinárias, nas pensões. Devia ter uma amante em cada cidade."

Eu tremia, queria pedir a mamãe que não dissesse mais nada, mas a emoção me amarrava a língua. Ela continuou a me martelar sem piedade: "Ah! Todo o mundo achava teu pai simpático. Tinha lábia, falava bonito, sabia contar anedotas, recitava poesias, tocava violão, trajava como um dândi. A antipática era eu, que vivia me massacrando em cima da máquina de costura. Pois fica tu sabendo que teu pai não prestava pra nada!".

Fez-se um silêncio. Quando pensei que a história tinha acabado, veio o golpe maior: "Antes que venhas a saber da coisa por outra pessoa, é melhor que eu te conte.... O teu pai deu um desfalque na firma. Não foi pra cadeia graças ao doutor Rodrigo Cambará, que reembolsou o dinheiro à companhia. Teu belo pai era um ladrão!".

Saí correndo da sala, desfeita em pranto.

Irmão Toríbio escutou a história em silêncio. Durante toda a minha narrativa, não tínhamos parado de trabalhar. O balaio estava quase a transbordar de laranjas e bergamotas. Voltamos com ele para casa, devagarinho. Paramos por um instante ao pé da escada de pedra e eu disse: "Desde aquela hora não quis mais a fotografia de papai perto da minha cama. Um dia o retrato desapareceu. Acho que mamãe se encarregou de dar o sumiço nele. Não é mesmo uma coisa triste? O que eu não daria hoje para encontrar essa fotografia!".

Zeca sacudiu a cabeça: "Santo Deus, as coisas que a gente não sabe nem imagina! Pensei que tivesses tido uma infância feliz".

Tornei a falar: "O curioso é que não sofri *demais* por causa daquela revelação. Tu sabes, estava ficando mocinha, pensando em mudar o penteado, pintar o rosto, calçar sapatos de salto alto... E não te esqueças de que já então eu me considerava filha do doutor Rodrigo Cambará. Quem poderia desejar um pai melhor?".

"Mas achas que essa coisa não te deixou nenhuma marca?", perguntou Zeca.

Respondi: "Um talho pode não doer muito na hora em que é produzido, mas deixa uma cicatriz que, bem ou mal, a gente carrega vida em fora... Uma cicatriz que em certos dias comicha e nos leva a pensar na pessoa que nos feriu".

"Ainda com rancor?"

"Não, Zeca, mas com uma enorme tristeza. Porque não podemos deixar de perguntar a nós mesmos se a ferida era *necessária*."

23 de julho

A conversa que tive com Irmão Toríbio esta manhã me deixou pensativa. A coisa se passou assim: como eu tivesse criado coragem suficiente para lhe dar a entender que padrinho Rodrigo de certo modo me havia decepcionado, depois de sua mudança para o Rio, Zeca me disse: "Há dias me contaste como tua mãe destruiu a imagem ideal de teu pai que tinhas no coração. Agora me contas de tua desilusão com o teu pai adotivo... Está claro que desde menina tens andado em busca dum pai. Viste no doutor Rodrigo o pai quase perfeito, tanto física como moralmente. Será preciso que te abra os olhos para o fato de que durante toda a tua vida o que tens buscado mesmo é Deus? Está claro que precisamos de pais no tempo e no espaço deste mundo. Porém mais cedo ou mais tarde, por uma razão ou por outra (ou sem nenhuma razão), eles nos decepcionam... E não os podemos censurar por isso, porque no fim de contas são humanos como nós...". Irmão Toríbio ergueu-se, me olhou firme com aqueles olhos que numa

853

hora são doces e meio tristes e noutra quase selvagens, e exclamou: "Não compreendeste ainda que o único pai que jamais te abandonará e jamais te decepcionará é Deus? Pensa nisso! Pensa nisso!".

25 de julho

Recebi ontem um exemplar do livro de Floriano, que acaba de ser publicado. A dedicatória é simples, mas para mim diz muito: *Para a Sílvia, velha amiga, afetuosamente.* Velha amiga. É isso que quero ser. Agora e sempre. Amiga no sentido mais profundo da palavra.

Já comecei a ler a novela com o encanto com que leio tudo quanto F. escreve. Não posso ser uma crítica imparcial duma pessoa que estimo tanto. Enquanto leio a história, tenho a impressão de estar ouvindo a voz do autor. E fico assim meio apreensiva, como uma mãe que vê o filho recitar em público. Medo de que ele esqueça o verso. Medo de que "faça feio". Medo de que os outros não gostem...

27 de julho

Terminei de ler *O beijo no espelho*. É a história dos amores apaixonados dum homem por quatro mulheres (uma de cada vez) em diversas idades: aos quatorze anos, aos dezoito, aos vinte e quatro e aos trinta e dois. O autor procura mostrar que todos esses amores foram sinceros. Parece querer provar que todo o amor é basicamente narcisista. O homem está sempre em frente do espelho. E quando beija a sua amada é a si mesmo que ele beija. A história foi inspirada por um poema de Mário Quintana que lhe serve de epígrafe.

Perguntas que me faço: será que Floriano acredita mesmo na sua própria tese? Até que ponto o romance é autobiográfico?

28 de julho

Ontem à noite discuti o livro de F. com Tio Bicho, que também já o leu. Pergunto-lhe que achou da história e da tese. Resposta: "Gosto mais do poema do Quintana".

Nunca sei quando o Bandeira está falando sério ou apenas fazendo blague. Digo-lhe que gostei do romance. Tio Bicho encolhe os ombros e declara que achou as personagens falsas: títeres sem sangue, sem vida própria, bonecos que apenas movem a boca. A voz que se ouve é sempre a do autor. E depois — acrescentou — essas personagens aparecem num vácuo, fora do tempo e do espaço.

Repliquei que não concordava com sua crítica. Ele sorriu, dizendo: "Está claro. Toda a crítica, quando favorável, é também um beijo no espelho".

Essas palavras me deixaram perturbada. Quis pedir uma explicação, mas não tive ânimo, temendo o que pudesse vir. E mesmo porque, a essa altura de nosso diálogo, o Jango tinha começado a prestar atenção no que dizíamos.

Mais tarde, Bandeira voltou ao assunto: "Queres saber qual é o problema do Floriano como escritor? É proprietário duma rica mina, mas não a explora em profundidade. Trabalha a céu aberto, contentando-se com o medíocre minério da superfície. Se ele cavasse nas entranhas da terra, estou certo de que encontraria os mais ricos metais. Talvez nem ele mesmo possa avaliar a riqueza de sua mina. Seu medo das cavernas, dos labirintos escuros das almas, o mantém na superfície da vida e dos seres. O nosso querido amigo é o homem do sol".

Fui dormir pensando nessas palavras.

30 de julho

Irmão Zeca me trouxe recortes de jornais e revistas católicos com críticas sobre *O beijo no espelho*. Os críticos são unânimes em condenar o que chamam de "preocupação erótica do autor". Um deles chega a classificar a história como pornográfica. Zeca, que leu o romance, está indignado. "Quando é que esses imbecis vão compreender que o pecado da carne não é o mais grave aos olhos de Deus? E que um escritor não pode fechar os olhos a esses problemas do sexo, que são uma das fontes mais infernalmente ricas de dramas, conflitos e neuroses? Infelizmente essa também é a atitude de grande número de sacerdotes católicos. Parecem achar que basta a uma pessoa não cometer adultério e não pecar contra a carne para ter sua entrada garantida no Reino dos Céus." (Nas suas horas de indignação, Zeca, mais que nunca, fica parecidíssimo com o pai.) "Conheço verdadeiros monstros que são castos. Famigerados bandidos que nunca traíram as esposas. E depois, olhem o estado do mundo. O grande pecado do século é a maldade, a violência, a crueldade do homem para com o homem, o genocídio... As massas vivem na miséria e nós aceitamos pacificamente essa situação. Hitler mata milhões de criaturas inocentes e nós nos indignamos menos com tudo isso do que com a atividade sexual das personagens duma novela! Os campos de concentração na Europa estão cheios... O extermínio frio e calculado dos judeus continua... Por que nossos sacerdotes e nossos líderes católicos leigos não se preocupam mais com essas monstruosidades do que com o erotismo na literatura?"

Tio Bicho interrompeu-o: "Porque a Igreja, meu caro, quer estar sempre do lado dos vencedores, numa neutralidade que lhe torna possível a sobrevivência dentro de qualquer regime político". Zeca saltou: "A Igreja não! Alguns de seus príncipes, sim. Conheço cardeais, arcebispos e bispos que não considero verdadeiros religiosos, mas sim políticos, na pior acepção do termo. Têm a volúpia dos uniformes, das paradas, das condecorações, dos banquetes, do prestígio social, das honrarias mundanas... Babam-se de gozo na presença de presidentes, senadores, milionários, generais, comendadores... Têm verdadeiro horror ao povo, à plebe. E a todas essas se afastam cada vez mais de Cristo".

2 de agosto

Que é que a Dinda pensa de mim? Que é que sente por mim? Nunca vi essa criatura seca de corpo, de palavras e gestos acarinhar qualquer dos sobrinhos. Quando eu era menina, ela me tratava como às outras crianças da casa, nem melhor nem pior. Estava sempre mais pronta a me criticar do que a me elogiar. "Sunga esses carpins, menina!" — "Vá lavar essa cara!" — "Não coma tão ligeiro!"

Num destes últimos serões de sábado, vendo d. Maria Valéria atravessar a sala, tesa e de cabeça erguida, Roque Bandeira cochichou ao meu ouvido: "Lá vai a Pucela de Santa Fé...", e eu terminei a frase: "... na sua armadura negra".

Discutimos depois a Dinda em voz baixa. Tio Bicho, que parece ter uma grande ternura pela Velha, definiu-a numa frase que para mim foi uma revelação. "Para dona Maria Valéria, amar é sinônimo de servir."

Depois falamos sobre as relações da Dinda com o Tempo. Acho que em sua cabeça o tempo do relógio e o do calendário se misturam com o atmosférico e juntos formam uma entidade fantástica e poderosa, que dirige a nossa vida, os nossos atos cotidianos e até o nosso destino. É a Dinda quem acerta o relógio grande de pêndulo e lhe dá corda. Agora que não enxerga mais, faz isso pelo tato. Uma vez me disse que o relógio é o coração da casa, e se ele parar o Sobrado morre. Claro que pronunciou essas palavras quase a sorrir, mas desconfio que no fundo é isso mesmo que ela pensa ou, melhor, sente. Fala do relógio grande como duma pessoa, a mais antiga da casa — um patriarca, um tutor, um juiz. É ele que diz quando é hora de comer, hora de trabalhar, hora de descansar, hora de dormir, hora de levantar da cama.

A Dinda está sempre atenta às passagens das estações. Há o tempo de ir para o Angico. O tempo de voltar do Angico. Tempo de fazer pessegada. Tempo de comer pessegada. Tempo de plantar. Tempo de colher.

Um dia, fitando em mim aqueles olhos cujos cristalinos a catarata velou por completo (e que parecem duas ostras mortas nas suas conchas abertas), ela me disse: "Acho que o relógio e o calendário se esqueceram do meu tempo de morrer".

Conto a Bandeira uma fascinante teoria da Dinda. Na verdade a ideia é da velha Bibiana. Mais ou menos assim: O tempo é como um barco a vela. Nos dias em que o vento sopra pela popa, o tempo anda depressa. Mas quando o barco navega contra o vento, então as horas parecem semanas e os meses, anos.

Tio Bicho gostou da teoria, sorriu e prometeu escrever um ensaio a respeito. Citando a velha Maria Valéria, naturalmente...

10 de agosto

Nosso grande Liroca aparece todos os sábados à noite no Sobrado e, como um namorado lírico, me presenteia sempre com uma flor.

Irmão Toríbio, que também não falta aos serões semanais, não vem nunca de mãos vazias. A flor que ele me traz é invisível para os outros. Como um moço de recados de Deus, ele deposita no meu regaço a rosa mística da fé.

23 de agosto

O Brasil declarou guerra às potências do Eixo. A cidade está agitada. Estouram foguetes. Grupos andam pelas ruas com bandeiras, cantando hinos, gritando vivas e morras. A coisa toda começou como um carnaval, mas à medida que as horas passavam, se foi transformando em algo de sério. Duma das janelas do Sobrado vejo, horrorizada, um grupo de populares atacar o Café Poncho Verde com cacetes, pedras e barras de ferro. Os guardas municipais assistem à cena de braços cruzados. Os manifestantes começam partindo as vidraças das janelas, depois entram no café e põem-se a quebrar espelhos, cadeiras, mesas — tudo isso em meio duma gritaria selvagem. A praça está cheia de gente. Os moradores das casas vizinhas vieram para suas janelas. O quebra-quebra dura mais de meia hora. Alguns assaltantes saem de dentro do café com braçadas de garrafas de cerveja e vinho, latas de compota, presuntos, salames... Ficam a comer e a beber no redondel da praça.

Contaram-me depois que a multidão desceu pela rua do Comércio e foi quebrando pelo caminho as janelas de todas as casas pertencentes a famílias de origem alemã. Nem os Spielvogel nem os Kunz — que são reconhecidamente antinazistas — foram poupados. Alguém sugeriu que empastelassem a Confeitaria Schnitzler. Ouviu-se uma voz: "Não! O Schnitzler é dos nossos!". "Qual nada!", berrou outro. "É alemão e basta." A multidão começou a entoar o Hino Nacional e a dar morras ao nazismo. O café foi invadido. Schnitzler mal teve tempo de fugir pelos fundos da casa com a família. Seus móveis foram tirados para fora e amontoados no meio da rua. Alguém jogou em cima deles o conteúdo duma lata de querosene e depois prendeu-lhes fogo. Dentro da confeitaria não ficou um vidro intato. Ao anoitecer os manifestantes ainda andavam pelas ruas, em pequenos grupos. Dizia-se que procuravam o Kern, o chefe nazista local, para dar-lhe uma sumanta.

Jango aprovou todos esses atos de violência. Justificou-se: "Eles puseram a pique os nossos navios, mataram patrícios nossos". Não me contive e repliquei: "*Eles* quem? Os Kunz? Os Schnitzler? Os Spielvogel?". Jango, excitado pelo "cheiro de pólvora" que andava no ar, perdeu a paciência: "Tu não entendes dessas coisas. Cala a boca". Ficou ainda mais irritado quando desatei a rir (um riso forçado de atriz amadora) e lhe disse: "Tu me mandas calar a boca ditatorialmente e no entanto detestas o Hitler porque ele é um ditador".

que existe no mundo pois os exércitos do *Führer* em poucos meses conquistaram quase toda a Europa". Stein não reage. Noto que anda preocupado, inquieto. Contou-me que foi repreendido pelo Comitê Central do Partido por causa dum artigo polêmico que publicou em torno de problemas específicos do comunismo no Brasil. O que mais lhe doeu foi um dos jornais do PCB ter-se referido a ele como a "um membro disfarçado da canalha trotskista". Stein passa o resto do serão num canto, silencioso e abatido. Parece um bicho acuado e cansado, que desistiu de lutar. Julgo ver em seus olhos uma expressão de medo.

28 de fevereiro

Faz uma semana, Stein voltou de Porto Alegre, aonde fora a chamado do Comitê Estadual do PC. Ainda não nos apareceu. Que teria havido com ele? Tio Bicho me conta uma história que me deixa embasbacada. Stein foi expulso do Partido como traidor. Pergunto sobre seu estado de espírito. Bandeira responde: "Está um trapo humano. Um saco vazio". Explica-me que essa expulsão implica a destruição completa de sua folha de serviços à causa do comunismo. "É toda uma vida de lutas e de sacrifícios que se vai águas abaixo. Pior que isso: que é eliminada, como se nunca tivesse existido." Mando pelo Tio Bicho um recado ao Stein. Peço-lhe que venha ao Sobrado. Na realidade não tenho vontade de *vê-lo*, mas quero ajudá-lo de alguma maneira. Mas como? Desgraçadamente não tenho nenhum bálsamo para as suas feridas.

30 de março

Com a escassez de gasolina, quase todos os automóveis de Santa Fé desapareceram da circulação. Apenas umas quatro ou cinco pessoas instalaram gasogênio em seus carros.

Hoje de manhã vi no nosso quintal uma cena cômica: o Bento de ventarola em punho avivando as brasas do aparelho de gasogênio de nosso Chevrolet.

Quando me viu, disse: "Pois é, sia dona, tenho feito de tudo na vida. Fui piá de estância, peão, tropeiro, carreteiro, boleeiro de carro e de jardineira... Quando o doutor inventou de comprar automóvel, tive de virar chofer. Primeiro foi um carro alemão. Depois veio um Ford de bigode, e depois um Ford sem bigode. Mais tarde, um Chevrolet. Agora... estou aqui que nem cozinheira, querendo acender este fogareiro".

Bento esqueceu modestamente de mencionar as outras coisas que tem sido, na paz e na guerra, e que são incontáveis. É o homem dos sete instrumentos. Sabe fazer tudo, e faz bem. Pessoas existem que cometem um único e grande ato de heroísmo e passam para a história da sua comunidade, de seu país ou da humanidade. O Bento é um tipo de herói cuja presença e valor ninguém nota,

10 de agosto

Nosso grande Liroca aparece todos os sábados à noite no Sobrado e, como um namorado lírico, me presenteia sempre com uma flor.

Irmão Toríbio, que também não falta aos serões semanais, não vem nunca de mãos vazias. A flor que ele me traz é invisível para os outros. Como um moço de recados de Deus, ele deposita no meu regaço a rosa mística da fé.

23 de agosto

O Brasil declarou guerra às potências do Eixo. A cidade está agitada. Estouram foguetes. Grupos andam pelas ruas com bandeiras, cantando hinos, gritando vivas e morras. A coisa toda começou como um carnaval, mas à medida que as horas passavam, se foi transformando em algo de sério. Duma das janelas do Sobrado vejo, horrorizada, um grupo de populares atacar o Café Poncho Verde com cacetes, pedras e barras de ferro. Os guardas municipais assistem à cena de braços cruzados. Os manifestantes começam partindo as vidraças das janelas, depois entram no café e põem-se a quebrar espelhos, cadeiras, mesas — tudo isso em meio duma gritaria selvagem. A praça está cheia de gente. Os moradores das casas vizinhas vieram para suas janelas. O quebra-quebra dura mais de meia hora. Alguns assaltantes saem de dentro do café com braçadas de garrafas de cerveja e vinho, latas de compota, presuntos, salames... Ficam a comer e a beber no redondel da praça.

Contaram-me depois que a multidão desceu pela rua do Comércio e foi quebrando pelo caminho as janelas de todas as casas pertencentes a famílias de origem alemã. Nem os Spielvogel nem os Kunz — que são reconhecidamente antinazistas — foram poupados. Alguém sugeriu que empastelassem a Confeitaria Schnitzler. Ouviu-se uma voz: "Não! O Schnitzler é dos nossos!". "Qual nada!", berrou outro. "É alemão e basta." A multidão começou a entoar o Hino Nacional e a dar morras ao nazismo. O café foi invadido. Schnitzler mal teve tempo de fugir pelos fundos da casa com a família. Seus móveis foram tirados para fora e amontoados no meio da rua. Alguém jogou em cima deles o conteúdo duma lata de querosene e depois prendeu-lhes fogo. Dentro da confeitaria não ficou um vidro intato. Ao anoitecer os manifestantes ainda andavam pelas ruas, em pequenos grupos. Dizia-se que procuravam o Kern, o chefe nazista local, para dar-lhe uma sumanta.

Jango aprovou todos esses atos de violência. Justificou-se: "Eles puseram a pique os nossos navios, mataram patrícios nossos". Não me contive e repliquei: "*Eles* quem? Os Kunz? Os Schnitzler? Os Spielvogel?". Jango, excitado pelo "cheiro de pólvora" que andava no ar, perdeu a paciência: "Tu não entendes dessas coisas. Cala a boca". Ficou ainda mais irritado quando desatei a rir (um riso forçado de atriz amadora) e lhe disse: "Tu me mandas calar a boca ditatorialmente e no entanto detestas o Hitler porque ele é um ditador".

Pouco depois apareceu-nos o Stein. Lamentou todas aquelas violências sem propósito prático, toda aquela energia agressiva do povo tão mal dirigida. Contou que constava na cidade que José Kern havia fugido para a Argentina.

Só à noite é que patrulhas montadas da polícia saíram à rua para restabelecer a ordem na cidade. A batalha de Santa Fé estava terminada.

26 de agosto

Trecho de conversa dum serão de inverno. Garoa lá fora. Vidraças embaciadas. Estamos na sala de jantar. Dinda sentada na sua cadeira. Jango lendo um jornal junto da mesa. Uma panela cheia de pinhões cozidos em cima dum braseiro. Uma estufa de querosene, com uma chaleira com água fervendo em cima, para tirar a secura do ar. Enquanto os outros tomam licor de butiá e discutem a guerra, Irmão Toríbio e eu, a um canto da sala, conversamos sobre os problemas da fé. Falo-lhe de meus momentos de dúvida e desesperança. Ele me escuta em silêncio, a testa franzida, mastigando um pinhão e olhando para as suas botinas pretas de bicos esfolados. Quando me calo, ele diz: "O fato de acreditarmos em Deus não elimina necessariamente todas as nossas dúvidas a respeito da vida e mesmo do próprio Criador. Eu cá tenho as minhas 'diferenças' com Deus. Qual é o filho que não briga de vez em quando com o pai? Isso significa que ele deixa de amar o Velho? Ou que cessa de acreditar na sua existência? Ou na sua bondade? Está claro que não. E vou te dizer outra coisa importante".

Levantou-se, aproximou-se da panela, apanhou outro pinhão, descascou-o e ficou a comê-lo com ar distraído, como se tivesse esquecido do que ia dizer. Depois tornou a sentar-se a meu lado e disse baixinho: "Olha. Os grandes arranha-céus têm a capacidade de oscilar com o vento... Sabias? Pois é. Se não oscilassem, viriam abaixo. Assim é a fé. Uma fé dura e inflexível pode transformar-se em fanatismo ou então quebrar-se. A fé que se verga como um junco quando passam as ventanias, essa resiste intata. Portanto, não te preocupes. Continua a duvidar. Deus está acostumado a essas nossas fraquezas".

14 de setembro

O vento da primavera soprou para Santa Fé outro fantasma do passado: Don Pepe García, o pintor espanhol, autor do retrato do padrinho. Está uma ruína. Bateu à nossa porta e, com ar dramático, pediu uma côdea de pão e um púcaro d'água. A Dinda deu-lhe um *puchero* suculento e uma garrafa de vinho. O castelhano contou-nos sua odisseia através do Brasil, desde que deixara Santa Fé, em fins de 1920. Atravessou o Mato Grosso e Goiás, pintando a fauna e a flora dessas regiões. Esteve prisioneiro dos xavantes, que quase o mataram. "O que me valeu foi eu ter comigo meus pincéis e minhas tintas. Conquistei o chefe da tribo pintando seu retrato." (Jango acha que tudo isso é pura invenção.) Ao cabo de todas essas aventuras, velho e cansado, não tendo recursos para voltar à Espanha, o artista decidira vir morrer em Santa Fé. "Mas não aqui em casa!", disse a Dinda, mais que depressa. O pintor a encarou com olhos graves e respondeu: "Não, madama, fique tranquila. Morrerei em qualquer sarjeta, como um cão".

Pediu-nos que o deixássemos sozinho por alguns instantes na sala de visitas, na frente do Retrato. Fizemos-lhe a vontade. Dentro de poucos minutos chegaram até nós os sons de seus soluços. Mais tarde seus passos soaram leves na escada. Ouvimos a batida da porta da rua ao fechar-se. E por vários dias não tivemos mais notícias do homem.

Tio Bicho nos contou depois que Don Pepe está trabalhando, mas sob protesto, para o Calgembrino do Cinema Recreio, para o qual pinta cartazes e — humilhação das humilhações! — tem de carregá-los às costas para colocá-los nas esquinas.

3 de novembro

O primeiro a chegar para o serão é o velho Liroca. Vem alvoroçado, nem nos diz boa-noite. Atira logo a notícia: "A ofensiva do Montgomery no Egito está vitoriosa. Os ingleses estão expulsando a alemoada a pelego!".

Senta-se, queixa-se de que passou um dia mau, com o "diabo da asma". Entram pouco depois Tio Bicho e Stein, ambos muito animados. Mando servir cafezinhos. Eles me acham abatida. Que é que tenho? Respondo que não tenho nada. Mas na realidade tenho tudo. A semana passada fui ao consultório do dr. Carbone, e ele me assegurou que eu estava grávida. Dei logo a boa-nova a Jango, que exultou. No entanto hoje minhas esperanças morreram, afogadas numa onda de sangue mau.

Jango está no Angico. Não sei como dar-lhe a triste notícia.

O vento da dúvida sopra de novo. Minha fé se curva como um junco sobre a água, para não se quebrar. O tempo amanhã pode melhorar.

1943

5 de fevereiro

Depois dum cerco que durou um ano e quatro meses, Stalingrado está livre. Os alemães, vencidos, se retiraram. Foi uma das mais ferozes e longas batalhas desta guerra. Stein afirma que a combatividade, a eficiência e o heroísmo dos soldados soviéticos são a prova mais eloquente das verdades e excelências do regime comunista. Tio Bicho encolhe os ombros e replica: "Nessa mesma linha de raciocínio, podemos também afirmar que o nazismo é o melhor regime político que existe no mundo pois os exércitos do *Führer* em poucos meses conquistaram quase toda a Europa". Stein não reage. Noto que anda preocupado, inquieto. Contou-me que foi repreendido pelo Comitê Central do Partido por causa dum artigo polêmico que publicou em torno de problemas específicos do comunismo no Brasil. O que mais lhe doeu foi um dos jornais do PCB ter-se referido a ele como a "um membro disfarçado da canalha trotskista". Stein passa o resto do serão num canto, silencioso e abatido. Parece um bicho acuado e cansado, que desistiu de lutar. Julgo ver em seus olhos uma expressão de medo.

28 de fevereiro

Faz uma semana, Stein voltou de Porto Alegre, aonde fora a chamado do Comitê Estadual do PC. Ainda não nos apareceu. Que teria havido com ele? Tio Bicho me conta uma história que me deixa embasbacada. Stein foi expulso do Partido como traidor. Pergunto sobre seu estado de espírito. Bandeira responde: "Está um trapo humano. Um saco vazio". Explica-me que essa expulsão implica a destruição completa de sua folha de serviços à causa do comunismo. "É toda uma vida de lutas e de sacrifícios que se vai águas abaixo. Pior que isso: que é eliminada, como se nunca tivesse existido." Mando pelo Tio Bicho um recado ao Stein. Peço-lhe que venha ao Sobrado. Na realidade não tenho vontade de *vê-lo*, mas quero ajudá-lo de alguma maneira. Mas como? Desgraçadamente não tenho nenhum bálsamo para as suas feridas.

30 de março

Com a escassez de gasolina, quase todos os automóveis de Santa Fé desapareceram da circulação. Apenas umas quatro ou cinco pessoas instalaram gasogênio em seus carros.

Hoje de manhã vi no nosso quintal uma cena cômica: o Bento de ventarola em punho avivando as brasas do aparelho de gasogênio de nosso Chevrolet.

Quando me viu, disse: "Pois é, sia dona, tenho feito de tudo na vida. Fui piá de estância, peão, tropeiro, carreteiro, boleeiro de carro e de jardineira... Quando o doutor inventou de comprar automóvel, tive de virar chofer. Primeiro foi um carro alemão. Depois veio um Ford de bigode, e depois um Ford sem bigode. Mais tarde, um Chevrolet. Agora... estou aqui que nem cozinheira, querendo acender este fogareiro".

Bento esqueceu modestamente de mencionar as outras coisas que tem sido, na paz e na guerra, e que são incontáveis. É o homem dos sete instrumentos. Sabe fazer tudo, e faz bem. Pessoas existem que cometem um único e grande ato de heroísmo e passam para a história da sua comunidade, de seu país ou da humanidade. O Bento é um tipo de herói cuja presença e valor ninguém nota, porque ele atomizou, fragmentou seu heroísmo em dezenas de milhares de pequenos gestos e atos cotidianos através de toda a sua vida, de tal maneira que eles não deram e não dão na vista.

Apesar de conhecê-lo desde menina, não sei qual é o seu sobrenome. Para mim ele sempre foi simplesmente o Bento, parte dos móveis e utensílios do Sobrado e do Angico. E isso me bastava. Mas é triste. Prova o quanto somos descuidados e ignorantes em matéria de relações humanas.

1º de abril

Releio o que escrevi anteontem sobre o Bento. Aceitamos as pessoas e as situações porque elas *estão aí*. Por puro hábito. E acabamos não as vendo nem sentindo mais. Um exemplo é a maneira como nos resignamos com a pobreza (dos outros), a miséria e as injustiças da sociedade em que vivemos, ao mesmo tempo que continuamos a nos considerar bons cristãos e a viver nossas vidas como se a ordem social vigente fosse um ato irrevogável de Deus. Absurdo! Cristo foi um revolucionário. Derrubou um império e instituiu uma nova ordem social.

O Purgatório, o Barro Preto e a Sibéria nada mudaram desde meu tempo de menina. Muitos ou, mais precisamente, quase todos os habitantes dessas zonas da cidade vivem em regime de fome crônica. É a miséria do pé no chão. A miséria do molambo. A mortalidade infantil entre essa pobre gente é aterradora. Praticamente não há inverno em que alguém não morra de frio nesses sinistros arrabaldes de Santa Fé.

Às vezes me ponho a pensar nessa situação e chego à conclusão de que sou uma pessoa inútil e covarde. Tenho tentado fazer alguma coisa, no meu âmbito familiar. Mantenho no Angico uma escolinha para filhas e filhos de peões, agregados, posteiros não só de nossos campos como também das estâncias vizinhas. Dou-lhes todo o material escolar de que necessitam. Faço isso durante dois meses no verão, dois no outono e um na primavera. É um prazer ensinar essas criaturinhas a ler e a fazer as quatro operações. Dou-lhes também algumas noções de geografia, astronomia e história do Brasil. Sim, e de higiene. Tenho uns três ou quatro alunos excepcionais. Um deles — um piá de tipo indiático — tem um talento especial para a aritmética. Faz contas de cabeça como uma pequena máquina, rápido e certo. Chamo-lhe "o Einstein do Angico". Uma neta da Antoninha Caré faz desenhos com lápis de cor que causariam inveja a muito pintor primitivo. A neta do Bento, uma guria de olhos vivos e inteligentes, mas quieta e arisca, modela em silêncio seus bonecos de barro com uma habilidade e com um bom gosto que me deixam comovida. A maioria dessas crianças não tem a menor ideia do que existe para além dos horizontes daquelas campinas.

Nas horas de aula, sinto-me feliz, tenho a sensação de estar fazendo alguma coisa decente, humana no melhor sentido. Mas isso é tão pouco! Penso em iniciar na cidade algum movimento com o fim de melhorar a vida de nossos marginais, mas as esposas dos nossos comerciantes e estancieiros acabam transformando tudo em "festas de caridade", oportunidades para exibirem seus vestidos e terem seus nomes nos jornais. Tudo isso me desencoraja e faz recuar.

Estou de acordo com Stein num ponto. Não é com *caridade* que se vai conseguir melhorar a vida dessa pobre gente, mas com uma reforma social de base. Na minha opinião, porém, a solução não está nos métodos stalinistas. Alguém escreveu que o mal de nossas revoluções é que elas começam com a violência, para imporem um ideal, mas depois o ideal fica esquecido e permanece apenas a violência.

E como é fácil recorrer à brutalidade! Como é *natural*! Como isso está de acordo com a nossa condição animal. Parece fora de dúvida que a violência goza de mais popularidade que a persuasão. Floriano me disse um dia que nos seus tempos de menino o público que ia ao cinema torcia unanimemente pelo mocinho e detestava o bandido, o "cínico" (em geral um sujeito de bigode). Mas duns tempos para cá a situação mudou. Para principiar, o bigode já não indica mais nada do caráter da personagem. Depois que começaram a aparecer os filmes sobre os gângsteres de Chicago, é comum a gente se surpreender a torcer pelo criminoso, a desejar que ele leve até o fim o seu plano de assassínio, ou o roubo do banco tão engenhosamente planejado. Não é mesmo horrível? Conheço pessoas aqui em Santa Fé que admiram Hitler e seus métodos, dizendo: "Ah! Com ele é pão, pão, queijo, queijo". É muito comum ouvir-se dizer: "O que o Brasil precisa é dum banho de sangue". Não há nada que perturbe mais Floriano do que frases como esta. "É pura magia negra!", disse-me ele certa vez. "E sujeitos aparentemente sensatos e pacatos repetem essa monstruosidade. Eu poderia citar mil casos na história em que esses famosos banhos de sangue não curaram nenhum mal social. Pelo contrário, em geral agravaram os já existentes, criando mais ódio. Os partidários do 'banho de sangue' deviam procurar imediatamente um psiquiatra."

23 de abril

Uma surpresa! Uma carta de Floriano. Sinto-me como que iluminada por dentro. É bom tornar a ouvir a voz dum amigo ausente. E principalmente palavras como estas: "Escrevo-te porque preciso desabafar com alguém que eu sei que me compreende". Quatro páginas datilografadas em que ele me conta de suas "ensolaradas angústias californianas".

30 de abril

Irmão Toríbio me visitou ontem à noite. Chovia, e ele veio enrolado no seu capote preto, que lhe dava o ar duma personagem de romance de capa e espada. Nenhum dos outros amigos apareceu.

O vento soprava a chuva contra as vidraças. A Dinda permaneceu no seu quarto. Laurinda nos trouxe café com bolinhos de polvilho.

Zeca me falou em Deus, em voz baixa, como quem conta um segredo. De todas as coisas que me disse, as que me ficaram mais vivas na memória são as que seguem.

*

A solidão e o tédio são as duas mais graves doenças de nossa época. Podem levar o homem ao desespero e ao suicídio. (Quem foi mesmo que escreveu que é o tédio que leva as nações à guerra?) São enfermidades do espírito a que estão sujeitas principalmente as pessoas sem fé. Porque não pode sentir-se só quem conta com Deus, a mais poderosa e confortadora presença do Universo. Não pode sucumbir ao tédio quem sabe apreciar em toda a sua riqueza, beleza e mistério o mundo e a vida que o Criador lhe deu.

*

Um homem pode matar-se das mais variadas maneiras. Uma delas é negar Deus. Quem nega a existência do Criador logicamente está negando a vida da criatura.

*

A solidão e o tédio podem arrastar uma pessoa não só ao suicídio violento como também ao lento, por meio da bebida e dos entorpecentes. Outra forma de suicídio — essa no plano moral — é a promiscuidade sexual, que, em última análise, é o desejo diabólico de degradar o próprio corpo e o corpo dos outros.

*

Não tenho paciência com esses fariseus que têm medo até de pronunciar a palavra sexo. O ato sexual realizado com verdadeiro amor só pode ser agradável aos olhos de Deus. Não devemos ter vergonha de nossos corpos. Mas não podemos esquecer que há um tipo de união sexual que significa vida e outro que significa morte.

*

Por fim Irmão Toríbio me falou numa carta que recebeu de Floriano, datada de Berkeley, Califórnia. Comentando-a, disse: "O nosso querido amigo parece estar começando a preocupar-se com dois problemas. Um é o da sua ansiedade diante do Nada, do não-ser, da morte. O outro, o da extensão e natureza de sua responsabilidade para com as outras criaturas humanas. Respondi-lhe que me alegrava sabê-lo às voltas com essas cogitações, mas na minha opinião esses dois problemas, apesar de terem uma importância enorme, não passam de subsidiários do supremo problema, isto é, o da situação do homem perante Deus".

Ao despedir-se, Zeca sorriu e disse: "Deus tem de existir nem que Ele não queira. Porque está comprometido conosco, não, Sílvia?".

2 de março (no Angico)

Acordei antes do raiar do sol. Jango tinha já saído para o campo. Levantei-me e fui olhar o nascer do dia. Que espetáculo! Os galos encarregaram-se do acompanhamento musical. Quando o sol apontou no horizonte, sua primeira luz se refletiu nas folhas do coqueiro torto, no alto da coxilha onde estão as sepulturas do velho Licurgo e do velho Fandango.

Como é que vou descrever o cheiro das manhãs do campo? Só me ocorre compará-lo com o dum bebê. Algo de fresco e úmido, recendente a leite e à vida que começa. Não posso deixar de sentir que o cheiro da grama é verde. A névoa parece ter um aroma próprio, bem como a terra molhada de orvalho.

Quem me pegou este vício de sentir o mundo pelo olfato foi Floriano. Não conheço ninguém mais sensível que ele a cheiros. Quando um resfriado lhe tira o sentido olfativo, costuma dizer que a vida perdeu para ele uma dimensão importante.

No céu pálido, algumas estrelinhas opiniáticas insistiam em fingir que ainda não tinham percebido que já era dia. O sol a princípio tinha o ar dum convalescente, mas depois ganhou força, se fez homem e as campinas entregaram-se a ele em amoroso abandono.

Pensei no dia da Criação. Cerrei os olhos e imaginei que o hálito de Deus me bafejava o rosto. Tudo isso e mais a sensação de fraqueza que me vinha de ter o estômago vazio, me puseram tremuras no corpo.

Ao pé da mangueira, bebi um copo de leite que trazia ainda o calor dos úberes da vaca. Em casa a Dinda me esperava com um café e uns bolinhos de coalhada. Encontrei junto da minha xícara um pacote envolto em papel de seda. Li o cartão que o acompanhava. Dizia apenas: *Feliz aniversário, minha querida. Beijos do Jango.* Ele não esqueceu, pensei com satisfação. Abri o pacote. Era um belo relógio com brilhantes. Comecei a chorar como uma colegial. Dinda naturalmente não viu minhas lágrimas. Apertou-me a mão rapidamente e disse: "Parabéns". As ostras mortas dos olhos fitaram-se em mim. Levantei-me e beijei o rosto da velha, que resmungou: "Ué! Que bicho le mordeu?".

Boa pergunta. Que bicho me teria mordido? Pode-se comparar a fé a um bicho? Talvez. Um pássaro... Mas não tenho medo de ser bicada por ele. Pelo contrário, quero pegá-lo, prendê-lo numa gaiola. Mas trata-se dum animal arisco. É por isso que nestes últimos tempos ando caminhando na ponta dos pés e falando baixo, para não espantá-lo.

Lá fora está um dia de ouro e esmeralda. A imagem pode ser vulgar, mas é a melhor que encontro. Ouro, esmeralda e porcelana azul.

Resolvi que Deus não pode deixar de existir. Porque eu preciso d'Ele. Porque o mundo precisa d'Ele. Duas boas razões, não é mesmo?

Já sei o que vou fazer daqui a pouco: procurar um lugar onde haja paz e sombra para meditar. O Capão da Jacutinga, por exemplo. Bom para um encontro com Deus. Espero que Ele não falte.

Olho para a folhinha, na parede. Não é mesmo engraçado? Estou completando hoje um quarto de século de existência.

15 de junho

Carta de madrinha Flora. Como sempre serena, amiga e contida. Eis uma pessoa que não se abre com ninguém. Não pode deixar de sofrer com o comportamento do marido, que parece piorar de ano para ano. No entanto ela nada diz a esse respeito. Mais de uma vez esperei dela uma confidência, uma palavrinha que fosse, assim como uma espécie de senha para entrarmos no "assunto". Nada. Nunca. Não vou esconder de mim mesma que sempre gostei mais de meu padrinho que dela, embora a ame também e goste de sua presença fresca e sedativa. Durante todo o tempo em que vivi no Sobrado, como menina e como adolescente, d. Flora sempre me tratou com um carinho discreto, nunca me fazendo sentir como uma estranha à família. Padrinho uma que outra vez perdeu as estribeiras e gritou comigo, o que me deixou primeiro assustada e trêmula e depois chorosa e sentida.

Por falar a verdade, a minha verdadeira "sogra" tem sido a Dinda. Mas não temos conflitos. Desde meu primeiro dia de casada, entreguei à Velha — com alegria, confesso — a direção da casa. É ela quem determina o que se deve comprar no armazém, o que se deve fazer para o almoço ou para o jantar. É ela quem dá ordens às criadas. A esta altura da vida, quem quererá ou poderá tirar esse cetro das mãos da Velha?

Desde que a família se mudou para o Rio, minha madrinha tem sido uma espécie de turista no Sobrado. Volta todos os verões, mas passa a maior parte de janeiro e fevereiro no Angico.

Ao primeiro exame, d. Flora parece uma criatura simples, duma transparência de cristal. Não teve mais que uma educação elementar, mas seu bom senso, sua inteligência natural, e essa admirável escola do velho Babalo contribuíram para fazer dela uma grande dama. Está claro que o convívio com o marido melhorou suas letras.

Não. Madrinha Flora não é um cristal. O que ela tem é essa transparência ilusória da porcelana. No fundo seu silêncio deve ser uma liga de pudor e amor-próprio, que produz um metal duma resistência extraordinária. Está habituada à vida do Rio e já não poderia mais viver feliz em Santa Fé. A princípio não compreendi bem por quê. Um dia ela me contou que seus primeiros três anos na capital federal, como mulher dum político de certa importância — com todas essas obrigações de tomar parte em recepções, coquetéis, jantares, campanhas de caridade —, foram para ela difíceis e cansativos. Um dia decidiu pôr fim a tudo isso e viver a sua vida, de acordo com seu temperamento. Foi então que descobriu que é mais fácil ter uma vida privada no Rio de Janeiro do que em Santa Fé...

Que ela e padrinho Rodrigo não vivem como marido e mulher, não é mais segredo, embora o assunto seja tabu na família. Tio Toríbio no último ano de sua vida andava preocupado com as "mudanças" da cunhada. Dizia: "Como é que uma gaúcha de boa cepa como a Flora, cria do velho Babalo com a velha Laurentina, pode gostar tanto do Rio a ponto de esquecer nossa terra?". Confesso que nunca me preocupei com essa situação. Como é o caso de tantas outras damas do Rio Grande que para lá se mudaram com os maridos depois de 30 (e a esposa do presidente parece ser um exemplo), acho-a incorruptível.

Há um problema que me preocupa há muito, mas sobre o qual não tenho querido pensar e muito menos escrever: padrinho Rodrigo.

Mas hoje não! Fica para amanhã. Ou para depois de amanhã. Ou para o dia de são Nunca.

20 de julho

Quem me contou a primeira história desagradável a respeito de meu padrinho foi minha própria mãe. Por muito tempo, reprimi essa lembrança, que agora me volta com uma intensidade inquietante. Eu devia ter quase quatorze anos. Os Cambarás estavam em Santa Fé, tinham vindo para passar o verão de 1932--1933.

Uma tardinha voltei para casa alvorotada, contando o que vira e ouvira no Sobrado. Estava encantada com os presentes que meus padrinhos me haviam trazido: um vestido de organdi cor-de-rosa e um par de sapatos de salto alto. Mamãe olhou para todas essas coisas sem muito entusiasmo. Soltou um de seus suspiros profundos e continuou a pedalar a Singer.

Olhei para um número d'*A Voz da Serra* que estava em cima duma mesa. Na primeira página, vi a notícia da morte duma mocinha do Purgatório, que tomara veneno por ter sido desonrada por um homem casado, cujo nome o jornal ameaçava revelar, caso o "sedutor" não confessasse seu crime espontaneamente. Li apenas os cabeçalhos. Nunca simpatizei com aquele jornal mal impresso em papel áspero, com seus clichês borrados e as enormes tarjas negras dos convites para enterro, que deixavam as mãos da gente sujas dum pretume macabro. Mas minha mãe, percebendo que eu tinha lido o título da notícia, murmurou: "Aposto como o bandido é um desses graúdos de colarinho duro". Eu nada disse. Estava cheia da luz e do calor humano do Sobrado, e principalmente de meu amor por Floriano. Mamãe, porém, não me deu trégua: "É bom a gente não se iludir com os homens. São todos iguais. Todos!". A conversa podia ter parado aí, porque eu não disse palavra. Não consigo compreender — por Deus que não consigo! — por que minha mãe levou o assunto tão longe. Que secretas reservas de ódio ou ressentimento teria ela para com o dr. Rodrigo, para dizer o que disse depois? Eis suas palavras cruéis: "Teu padrinho mesmo, que parece tão direito, não é diferente dos outros... Um dia fez mal para uma moça e a coitada se matou". Gritei: "É mentira!". Minha mãe me olhou, espantada: "Morde essa língua, desaforada!". Saí da sala e me meti no quarto. Mamãe, porém, me seguiu: "Se achas que estou mentindo, pergunta às pessoas que sabem. Foi em 1915. Tu nem eras nascida, mas eu me lembro. A moça era alemoa ou coisa que o valha. Uma família de músicos. Tomou veneno. Toda a cidade ficou sabendo". Eu não queria escutar. Estendida na cama, com a cabeça debaixo do travesseiro, tapava os ouvidos com as mãos. Minha mãe, percebendo decerto que tinha se excedido, calou-se. Depois, passando a mão de leve pelo meu ombro, murmurou, já com voz lamurienta, como se ela fosse a única vítima em tudo aquilo: "Se te contei isso, foi para o teu bem, para estares preparada. Teu padrinho é uma boa criatura, mas não é nenhum santo. É um homem como os outros. Agora que estás ficando mocinha, tens de aprender essas coisas tristes e feias da vida".

À noite, na cama, pensei, ainda perturbada, na história de Toni Weber. Conhecia sua sepultura muitíssimo bem. Todos os anos, no Dia de Finados, eu costumava levar flores ao jazigo dos Cambarás, ao túmulo do ten. Quaresma e ao da suicida.

No dia seguinte, a história me saiu quase por completo da cabeça. E por uma razão muito forte. Eu estava concentrada numa ideia: fazer-me bonita para me apresentar de novo a Floriano.

22 de julho

Curioso. Depois da perturbadora história que minha mãe me contou, passei a encarar o nome Toni Weber de outra maneira. É fantástico como só agora me lembro disso. Comecei a pensar na suicida com uma pontinha de ciúme. Recusava culpar meu padrinho pelo que tinha acontecido. Preferia responsabilizar a moça por tê-lo "seduzido". E pensando naquela tragédia amorosa, eu me compadecia não só de madrinha Flora como de mim mesma. Ambas tínhamos sido vítimas duma intrusa que um dia tentara nos roubar a afeição do homem que amávamos.

Não quero exagerar, mas penso que já no Dia de Finados do ano seguinte não visitei a sepultura de Toni Weber. Quando levaram os restos do ten. Quaresma para a sua terra natal, meus "interesses sentimentais" naquele cemitério concentraram-se exclusivamente no mausoléu dos Cambarás.

Agora mesmo neste momento em que, mulher-feita, tento reexaminar o assunto e "reabilitar" (se tal é o caso) a memória de Toni Weber, sinto-me ainda um pouco inibida. Move-me a curiosidade e ao mesmo tempo o temor de saber toda a verdade sobre essa triste história.

Mas voltemos aos vivos. Meu padrinho foi sempre o meu herói. O mais belo homem do mundo. O mais valente. O mais justo. O mais inteligente. O mais generoso. Se era possível a um ser humano atingir a perfeição, padrinho a tinha atingido. Era assim que eu pensava e sentia quando menina e adolescente. Era cega, *queria* ser cega a tudo quanto tendesse a manchar ou desmanchar essa imagem ideal. Refugiava-me no castelo fortificado de minha devoção, fechava as portas, erguia as pontes levadiças e resistia a todas as tentativas que o mundo fazia para me destruir o belo sonho. Mas como foi que o inimigo penetrou nas minhas muralhas? Era fácil resistir aos ataques frontais, fogo contra fogo e ferro contra ferro. Mas era quase impossível evitar a entrada de agentes secretos. Hoje toda uma quinta-coluna está irremediavelmente instalada dentro do castelo. Já não sou mais senhora de minha cidadela. Recolho-me a uma torre, último reduto que estou decidida a defender a qualquer preço. É a torre do amor. Do amor que não julga, que não pede explicações nem definições. Do amor que se basta a si mesmo.

25 de julho

Creio que só lá pelos meus dezoito anos é que comecei a me interessar um pouco pela política nacional, isto é, a prestar atenção nas personalidades e nas notícias, relacionando umas com as outras a ponto de ter pelo menos uma ideia vaga da situação geral. Eu sabia que meu padrinho era o que se chamava um "figurão da política", um dos "homens do Catete". Isso me dava um grande orgulho e uma satisfação especial, porque, como a maioria das meninas da minha geração, que atingiram a adolescência no princípio da era getuliana, eu tinha uma pronunciada simpatia pelo presidente Vargas. Gostava até mesmo de seu físico, que era a negação da estampa clássica do herói. Sentia-me atraída pelo seu sorriso aberto, e por um certo ar de serenidade e limpeza que envolve sua pessoa. É um homem que impõe respeito sem precisar fechar a cara nem levar a mão ao cabo do revólver. Consegue ser um humorista sem jamais correr o risco de se transformar em palhaço, o que não deixa de ser uma proeza. Não tem a menor pressa em fazer seu autorretrato, definir-se, explicar aos outros como é ou como não é. Creio que não vive, como aquela personagem de Raul Pompeia, na obsessão da própria estátua. Sempre apreciei as histórias que correm de boca em boca sobre suas picardias políticas. (O dr. Terêncio, que não o suporta, me disse um dia que um presidente da República é eleito e pago pelo povo para governar e não para ser personagem de anedotas ou para exibir sua maestria como capoeirista na arena política.) Seja como for, eu gostava e gosto do Gegê. E agradava-me a ideia de saber que o dr. Rodrigo era seu amigo.

Lembro-me de meu padrinho em várias etapas de sua "transformação". Eu estava na estação de Santa Fé, com lágrimas nos olhos, naquele dia de outubro de 30 em que ele entrou no trem de Getulio Vargas e seguiu para a frente de operações. A multidão que o cercava não permitiu que eu lhe desse um beijo de despedida, e isso agravou minha tristeza e minha sensação de abandono.

Só tornei a vê-lo em dezembro de 1931, quando ele voltou com a família para passar um mês no Angico. O fato de ele haver aceito um cartório tinha causado escândalo na cidade. Eu ouvia murmúrios, embora não entendesse bem por que aquela coisa era tão séria. Muitas vezes vi padrinho Rodrigo conversar no escritório com tio Toríbio sobre o novo governo. (Minha memória auditiva é muito melhor que a visual.) Estava exaltado. Lembro-me duma frase sua: "Te juro como desta vez endireitamos este país, ou então eu não me chamo mais Rodrigo Cambará". Doutra feita ouvi tio Toríbio perguntar: "Mas quanto tempo o Getulio pretende governar sem Congresso?". Meu padrinho, irritado, respondeu: "Estás doido? Fazer eleições agora seria o mesmo que abrir a porta para a volta de toda essa canalha que tiramos do poder há pouco mais de um ano!".

Meses para mim inesquecíveis foram os do verão de 1932-1933. Havia terminado a Revolução de São Paulo com a vitória do governo central. Tio Toríbio, que tinha lutado ao lado dos paulistas, voltou para casa. Todos nós temíamos o momento em que ele se encontrasse com o irmão. Esperava-se um atrito. Não houve nada disso. Caiu um nos braços do outro e puseram-se ambos a chorar e a rir como crianças. Depois foram beber no escritório e lá dentro cada qual falava mais alto. Recordo-me de ter ouvido meu padrinho perguntar: "Mas por quê? Por quê? Logo tu, meu irmão, meu amigo, companheiro de 23 e de 30! Querias que o Getulio arrumasse em menos de dois anos o que os carcomidos da velha República desarrumaram em quarenta?". Não ouvi a resposta de tio Toríbio. Mas me lembro, isso sim, de que por aqueles dias entreouvi uma conversa dele com Tio Bicho. Disse este: "Duas coisas deixaram magoado e perplexo o nosso amigo Rodrigo. A primeira foi a notícia de que estavas lutando ao lado de São Paulo. A outra foi a de ver que os paulistas brigavam como homens. Teu irmão não acreditava que aquela 'revolução de meninos ricos', como ele a chamava, tomasse tais proporções. Nem que aquelas flores do patriciado rural e intelectual paulista fossem capazes de atos de coragem física. O doutor Rodrigo se sentia um pouco agravado ante tudo isso, porque para ele a coragem era e é uma espécie de monopólio da gente do Rio Grande". Tio Toríbio disse depois: "O Flores da Cunha nos roeu a corda. Foi a maior decepção da minha vida. Se o Caudilho tivesse apoiado a revolução, como esperávamos, a esta hora o Getulio estava no chão e o país tomava outro rumo". Está claro que repito aqui com palavras minhas uma conversa ouvida há mais de dez anos. (Estive há poucos dias "conferindo lembranças" com Tio Bicho.)

Em janeiro de 1936, meu padrinho voltou para Santa Fé indignado com os comunistas por causa do levante de novembro do ano anterior. "Um verdadeiro banditismo! Os oficiais revoltosos assassinaram friamente a tiros os seus companheiros de caserna! Se a coisa dependesse de mim, eu mandava fuzilar sumariamente esses bárbaros." Quando padrinho saiu da sala, pronunciadas essas palavras, Bandeira puxou um pigarro, olhou para tio Toríbio e resmungou: "É engraçado... Em 1930 mataram aqui o Quaresma. Se mais dez oficiais tivessem resistido da mesma maneira, os dez teriam sido mortos. A diferença dos casos é apenas técnica... A Revolução de 30 foi vitoriosa e o golpe de novembro de 35 falhou". Não cheguei a ouvir a resposta de tio Toríbio porque saí da sala indignada. Não queria, nem mesmo pelo silêncio, participar daquela "traição" ao meu padrinho. Quando Tio Bicho mencionou o assassínio do ten. Bernardo Quaresma, foi como se ele me tivesse machucado, por pura malvadez, a cicatriz duma ferida antiga e esquecida. Porque, por um passe de prestidigitação psicológica, eu conseguira fazer desaparecer do meu passado aquele incidente dramático. Sim, eu sabia que meu padrinho tinha participado do "fuzilamento" do ten. Quaresma. Portava-me como uma testemunha que recusa dizer a verdade porque deseja salvar o réu. Não será isso um sinal de que está convencida de sua culpabilidade?

26 de julho

Releio as páginas anteriores. Já que comecei esse assunto para mim tão desagradável, acho que devo continuar. Passei os anos letivos de 1933 a 1936 em Porto Alegre, fazendo o curso da Escola Normal. Nos corredores dessa escola e na sala de refeições da pensão onde me hospedava, ouvi muitas vezes mencionarem o nome do dr. Rodrigo Cambará, nem sempre ou, melhor, quase nunca acompanhado de referências lisonjeiras. Era ele em geral apresentado como um dos muitos "heróis" do Rio Grande que em outubro de 1930 se haviam lançado numa "carga de cavalaria contra os cartórios e as sinecuras do governo federal".

Certa vez o dono da pensão, sem saber de minhas relações com a família Cambará, disse à hora do almoço, glosando uma notícia lida nos jornais da manhã: "Contam que esse tal de Rodrigo Cambará está ganhando horrores com a advocacia administrativa. A coisa começou o ano passado, quando o Aranha inventou essa história de reajustamento econômico". Baixei a cabeça, com as orelhas ardendo, um formigueiro no corpo, uma vontade de gritar que tudo aquilo era mentira, pura invencionice de invejosos.

Foi ainda em 1936 que ouvi falar na "amante peruana" do dr. Rodrigo. Contava-se que era uma mulher duma beleza exótica, descendente (as tolices que se inventam!) dum príncipe inca. Andava muito bem vestida, toda reluzente de joias caríssimas, e tinha um Cadillac com chofer uniformizado. "E tudo é o coronel que paga."

Durante as férias de verão, eu examinava a fisionomia de meu padrinho, atenta às suas palavras e gestos. Por mais que quisesse concluir que ele era o mesmo, a evidência me derrotava. Havia nos seus olhos qualquer coisa indefinível que me assustava sem deixar de me fascinar. As ideias que agora expunha eram a negação do Rodrigo romântico, liberal e desprendido de antes de 1930.

Nas férias de 1936-1937, eu o ouvi queixar-se pela primeira vez de seu amigo, o presidente da República. "O Getulio é um ingrato", disse ele um dia ao irmão. "Há mais de dois anos, prometeu me mandar para a Europa numa comissão, talvez como embaixador em Lisboa... Mas qual! Esqueceu-se. Ou então algum dos bobos de sua corte lhe encheu os ouvidos com mentiras a meu respeito."

Foi também naquele verão que, ouvindo alguém elogiar o trabalho de Oswaldo Aranha como embaixador do Brasil em Washington, meu padrinho fez a respeito desse homem, de quem eu o julgava amigo incondicional, alguns comentários que me pareceram pouco simpáticos. Numa de suas cartas daquela época, Floriano me fez sobre o pai uma observação que de certo modo me esclareceu essa atitude:

Sempre que vê pela frente um homem bonito e forte, a tendência natural do Velho é de considerá-lo sumariamente um competidor. E a sua reação diante dele pode ir da simples implicância à hostilidade aberta, dependendo tudo das circunstâncias. E quando o "antagonista", além das qualidades físicas positivas, é também inteligente e brilhante, o nosso dr. Rodrigo parece sentir-se roubado, diminuído, insultado. Isso explica a sua má vontade para com homens como Oswaldo Aranha e Flores da Cunha. Estou certo, porém, de que no fundo dessa animosidade encontraremos um certo elemento de relutante admiração e — quem sabe? — até de amor. É extraordinário como certos tipos indiscutivelmente másculos possam revelar características tão femininas. Getulio Vargas tem a seu redor vários "namorados" que lhe disputam o afeto. Cada qual quer ser o favorito do sultão. Entredevoram-se, cordiais e brincalhões, numa atmosfera de intimidade escatológica.

Em 1938 o que se murmurava era que o dr. Rodrigo andava metido em grandes empreendimentos imobiliários. Durante as férias, no fim daquele ano, ouvi meu padrinho falar com entusiasmo em construir prédios de apartamentos, promover o loteamento de terrenos, conseguir com o governo desapropriações... Tinha adquirido o hábito de fumar grandes charutos, desses que a caricatura e o cinema apresentam como símbolo da prosperidade econômica e da negação dos valores espirituais. Eu quase não o reconhecia.

Uma noite procurei discutir o assunto com Jango, mas o meu marido me arrasou com poucas palavras: "Vamos cuidar da nossa vida, o que já não é pouco". E a nossa vida não ia lá muito bem. Piorou consideravelmente em 1940, quando perdi a criança no terceiro mês de gravidez. Acho que Jango nunca ficou completamente convencido de que eu não tive nenhuma culpa desse insucesso.

Notei um tom de mágoa e também de censura (ou estarei exagerando?) na voz de meu padrinho quando ele disse: "Então, Sílvia, não é desta vez que me dás um neto...". Contou-me que Bibi evitava filhos e que seu casamento fora um fracasso. Fiquei com a impressão de que eu era culpada também de Bibi não querer filhos e de não viver feliz com o marido.

Nas férias de 1942-1943, achei meu padrinho tristonho. Uma noite ficamos sozinhos um na frente do outro, na sala. Ele olhou para o seu próprio retrato de

871

corpo inteiro, namorou-se por alguns instantes e por fim murmurou: "Estou envelhecendo, Sílvia". Eu sabia que o que ele queria mesmo era um elogio. "Qual! O senhor parece um quarentão, quando muito. Nenhuma ruga. Pouquíssimos cabelos brancos!" Não me enganei. Ele sorriu, satisfeito, me bateu na mão e depois acendeu um charuto. E o homem do charuto não era o mesmo que tinha olhado triste para o retrato.

Como é que uma pessoa muda? Por quê? Ou será que tudo se passa dentro das nossas cabeças? A culpa não será nossa, por esperarmos dos outros o que eles não nos prometeram ou não nos podem dar? Tomemos o caso de Floriano. Padrinho quis fazer dele primeiro um advogado e depois um diplomata. Zeca deseja convertê-lo ao catolicismo. Eduardo acusa-o de conformismo e acha que o dever do irmão é entrar para o Partido Comunista. Tio Bicho quer tê-lo sempre ao seu lado, na legião dos cépticos. E eu, que é que espero dele?

O melhor é não esperar nada de ninguém. Nunca. Assim dói menos viver...

28 de julho

Nova carta de Floriano, da Califórnia. É pueril, absurdo, mas aguardo essas cartas num alvoroço de namorada. E também numa espécie de susto. Acho que Jango não aprova essa correspondência, apesar de ele ainda não me ter dito nada claramente. Noto que fica contrariado toda vez que vê chegar um envelope debruado de azul e vermelho endereçado a mim. Faço questão de mostrar-lhe as cartas, para que ele veja que elas não contêm nada de "mau". Ele as lê por alto, com impaciência, e habitualmente diz: "Vocês literatos!".

Floriano continua um agnóstico, mas repete que sente "a nostalgia duma religião que nunca teve". Curioso, não conheço ninguém mais preparado que ele para aceitar Deus. Acho que tem na sua alma um belo nicho vazio, à espera duma imagem. Talvez pense que entregar-se a Deus seja um compromisso demasiado sério para quem como ele tanto deseja ser livre. Mal sabe o meu querido amigo que a aceitação de Deus é a suprema liberdade.

26 de setembro

Depois das derrotas dos nazistas na Rússia e na África, e do desembarque de tropas americanas na Sicília e em Salerno, não há mais dúvida: os aliados venceram a guerra. O fascismo se esboroou. Badoglio prendeu Mussolini. O resto agora é uma questão de tempo.

E a gente fica triste por saber que esse tempo vai ser ainda marcado pela morte e pela destruição.

Passei dois meses sem abrir este diário. Algo de muito importante se passou comigo durante estes últimos tempos. A "campanha interior" terminou com a minha capitulação. Fui conquistada pelos exércitos de Deus. É possível que na minha hinterlândia os soldados do diabo ainda continuem na sua atividade de guerrilhas. Mas o importante é que sou uma terra ocupada por Deus. Todas as praias. Todos os portos. Todas as cidades. Todas as planícies, montanhas, florestas, vales... Isso transformou por completo a minha vida. Acho que posso agora enfrentar com mais coragem as minhas dificuldades e resolver melhor os meus problemas. Já não tenho mais receio das minhas noites nem acho longos nem vazios os meus dias.

Por que não contei nada disso a Floriano nas minhas cartas? Não sei, um estranho pudor ainda me tolhe. Qualquer dia.

4 de dezembro

Entardecer no Angico. Estou parada, sozinha, na frente da casa da estância, olhando para o poente. O sol parece uma grande laranja temporã, cujo sumo escorre pelas faces da tarde. O ar cheira a guaco queimado. Um silêncio de paina crepuscular envolve todas as coisas. A terra parece anestesiada. Raras estrelas começam a apontar no firmamento, mais adivinhadas que propriamente visíveis. Sinto um langor de corpo e espírito. Decerto é a tardinha que me contagia com sua doce febre. Tenho a impressão de estar suspensa no ar... E de que alguma coisa vai acontecer. Cerro os olhos e fico esperando o recado de Deus.

Encruzilhada

1

Na madrugada de 18 de dezembro de 1945, Arão Stein enforcou-se num dos galhos da figueira da praça da Matriz. Quem encontrou o corpo, já sem vida, foi um empregado da Estrela-d'Alva, que andava distribuindo pão na sua carrocinha. Contou a história assim:

— O dia estava amanhecendo quando dei com aquela coisa dependurada na figueira. Pulei da carroça e vim olhar. Conheci logo o judeu. Estava completamente pelado, a cara roxa, a língua meio de fora, o pescoço quebrado. Vai então fui chamar o delegado, que já estava chimarreando na frente da casa. O homem tirou da cama o médico da polícia, vieram examinar o enforcado e viram que ele tinha esticado mesmo. Cortaram a corda com uma faca e o corpo caiu — pôf! — como uma jaca das grandes que se esborracha no chão.

Pouco antes das sete da manhã a polícia deu por terminadas as formalidades que o caso exigia e esperou que algum membro da família do morto viesse reclamar o corpo. Ninguém veio. Arão Stein não tinha parentes vivos em Santa Fé.

Dante Camerino, que passara a noite em claro na sua casa de saúde, à cabeceira dum doente, foi dos primeiros a saberem do suicídio. Correu a acordar Tio Bicho, o que só conseguiu com muita dificuldade. Por volta das oito da manhã, ainda estremunhado de sono, mas já com um crioulo aceso entre os dentes, Roque Bandeira compareceu à delegacia.

— Vim buscar o defunto — disse. — Acho que o Stein me pertence por usucapião.

O corpo do suicida foi levado para a casa do amigo. Bandeira comprou um caixão barato na armadora do Pitombo. O defunteiro queria fazer "um velório em regra", mas Tio Bicho repeliu a ideia.

— Nada de crucifixos, castiçais e velas. O homem era ateu. — Pitombo tentou puxar uma discussão sobre a imortalidade da alma, mas o outro virou-lhe as costas, dizendo simplesmente: — Me mande a conta.

Pouco antes das nove da manhã, a sala principal da casa de Roque Bandeira

875

estava transformada em câmara mortuária. O primeiro amigo que apareceu foi o dr. Camerino.

— Pensei que tinhas ido dormir — disse-lhe Tio Bicho, que então tomava seu café.

O médico abriu a boca num bocejo, atirou-se numa cadeira e resmungou:

— Estive no Sobrado tomando providências para evitar que o doutor Rodrigo venha a saber desta história. Agora vim ver se precisas de mim para alguma coisa...

— Não. Obrigado. Queres um cafezinho?

— Boa ideia.

O dono da casa entregou-lhe uma xícara fumegante.

— Açúcar?

— Não. Estou fazendo dieta para diminuir estas banhas.

Tomou um gole de café e depois indagou:

— Onde foi que encontraram as roupas e os sapatos dele?

— Em cima do banco, debaixo da figueira.

— Pobre do Arão! Eu vi que essa coisa toda ia terminar mal...

— Mal? Acho que até terminou bem. Há muito que o Stein não era mais o mesmo homem. É mil vezes preferível a gente ter uma morte violenta mas rápida a ficar se acabando aos poucos no fundo dum hospício. E, seja como for, o nosso hebreu arranjou um *"finale"* em grande estilo, digno de sua condição de personagem de Dostoiévski.

Camerino tornou a bocejar.

— Teu café estava ótimo. Vou andando...

Dirigiu-se de novo para o Sobrado e entrou sem bater no quarto de Floriano. Este acordou num sobressalto, soergueu-se na cama e perguntou, alarmado:

— O Velho?

— Não. O Stein. Enforcou-se esta madrugada na figueira da praça.

Floriano quedou-se por alguns instantes a olhar para o médico. Surpreendia-se por não se sentir chocado pela brutal notícia. Era como se tivesse tido a intuição de que aquilo mais cedo ou mais tarde tinha de acontecer. Ou então como se já tivesse vislumbrado no seu inconsciente a cena do enforcamento do Stein, como parte inevitável do romance que ainda ia escrever.

— Onde está o corpo?

— Na casa do Bandeira.

— O Velho já sabe?

— Não sabe nem vai saber. Já tomei todas as medidas. Conto também com a tua discrição.

— Natural.

Floriano sentou-se na beira da cama, ficou por algum tempo a passar a mão pelos cabelos e a olhar fixamente para o soalho.

— Vou me barbear, tomar um banho rápido e depois toco pra casa do Roque.

— Não tem pressa. O Arão agora pode esperar.

2

À mesa com as mulheres, Floriano não tocou no pão. Bebeu apenas café preto, em silêncio. Sílvia tinha os olhos um pouco avermelhados. Uma resignada tristeza anuviava a face de Flora. Nenhum dos quatro fez a menor referência ao acontecimento da madrugada. Só Maria Valéria, mas assim mesmo de maneira indireta e breve. Num certo momento suspirou: "Pobre do João Felpudo!".

Ao sair de casa, Floriano teve a impressão de que recebia no rosto o bafo duma fornalha acesa. Se àquela hora da manhã fazia um calor assim, que se poderia esperar do resto do dia? Tirou o casaco e a gravata, desabotoou o colarinho e atravessou a praça, procurando a sombra das árvores. Encontrou um conhecido, que lhe perguntou:

— Então, já sabe?

Ele fez que sim com a cabeça e continuou a andar. O outro o acompanhou durante alguns passos.

— Deixou alguma carta?

Floriano encolheu os ombros.

— Não sei de nada, desculpe, não sei.

Achou mais prudente descer pela Voluntários da Pátria, para evitar as rodinhas que fatalmente àquela hora estariam comentando "o prato do dia", à frente da Casa Sol, da Farmácia Humanidade, do Clube Comercial e da Confeitaria Schnitzler.

Floriano estava um tanto ofuscado ante o esplendor de cores da manhã. Por cima dum muro caiado, as flores dum pé de hibisco respingavam de vermelho o azul do céu. As árvores, dum verde profundo, ganhavam lustroso relevo contra a brancura das paredes das casas, que reverberavam a luz do sol. Aquilo parecia um quadro saído da palheta dum pintor convencional — refletiu Floriano. As tintas estavam ainda frescas, e ele próprio fazia parte da tela. O suor que começava a escorrer-lhe pelo corpo contribuía para aumentar-lhe a sensação de ser uma figura recém-pintada.

Os alto-falantes da Rádio Anunciadora inundavam o bojo luminoso da manhã com a música metálica e petulante dum dobrado. Floriano caminhava pensativo, sem poder conciliar a alegria ostensiva da paisagem e da hora com o suicídio de Stein.

Ao aproximar-se da casa de Bandeira, viu que curiosos — homens, mulheres e crianças — amontoavam-se na calçada. Descalço, suando em bicas, a camisa empapada, Tio Bicho gritava da porta:

— Vão embora! Isto não é circo de cavalinhos nem feira pública! O homem se matou porque quis. A vida era dele. Não é da conta de ninguém. Vão embora!

Alguns afastaram-se, contrafeitos. Outros, porém, insistiam em espiar para dentro, através das janelas escancaradas. O Cuca Lopes destacou-se do grupo, avançou lampeiro, com ares de íntimo do Bandeira, mas este lhe barrou a entrada:

— Alto lá, Cuca! Se queres assunto pros teus mexericos, vai procurar noutra parte. Na minha casa, não!

O oficial de justiça recuou dois passos, cheirou a ponta dos dedos, surpreso e aflito:

— Que é isso comigo, Roque? Tu sabes que eu era amigo do Arãozinho...

— Amigo coisa nenhuma. Raspa daqui!

Ao avistar Floriano, Tio Bicho exclamou:

— Ó homem! Estava à tua espera...

Floriano entrou. A primeira coisa que viu foram os pés do defunto, metidos em velhas botinas de solas esburacadas.

— Não achas que devíamos comprar uns sapatos mais decentes para o nosso amigo? — perguntou.

— Qual nada! Raciocinas com o formalismo do pequeno-burguês. Não vês, então, que para um campeão do proletariado esses buracos são condecorações?

Floriano colocou o casaco sobre o respaldo duma cadeira e depois ficou a enxugar com um lenço o suor do rosto e do pescoço. Um pano branco cobria a cabeça do morto.

— Queres ver a cara desse idiota? — perguntou Tio Bicho.

— Não.

— Eu já esperava essa resposta. Fazes bem. O Stein nunca foi nenhuma beleza, e a forca não lhe melhorou o focinho...

— É verdade que ele estava completamente nu quando se matou?

— É. E isso prova que sua cabeça funcionou direito na hora do suicídio. Um homem deve morrer nu como nasceu. Assim fica completo o grande ciclo: do ventre materno ao ventre da terra. Uma trajetória entre duas mães.

Floriano sentiu que Tio Bicho estava em grande forma e que aquela manhã prometia muito. Viu o amigo meter-se na cozinha e voltar de lá empunhando uma garrafa de cerveja gelada, o cigarro aceso preso entre os dentes.

3

— Pobre Raskolnikov! — exclamou Bandeira, aproximando-se do esquife. — Acabou assassinando a dona da casa de penhores! Racionalmente ele justificava o crime, mas emocionalmente repudiava-o. Seu sentimento de culpa levou-o à autopunição.

— Mas achas que sua expulsão do Partido Comunista não teve nenhuma influência nisso tudo?

— Teve, é claro, e como! Stein cometeu matricídio para ajudar seus irmãos em Marx. Por fim esses irmãos ingratamente o declararam renegado e o expulsaram da família, acusando-o de traidor. O golpe não podia ter sido mais cruel. Nosso Raskolnikov gritava que estava com a razão nas suas divergências com a direção do Partido, mas na noite em que o expulsaram, um dos camaradas o chamou de traidor, de Judas, e esse cretino tomou a coisa tão ao pé da letra, que acabou parodiando o Iscariotes. Claro que tinha de ser numa figueira! Tens ainda alguma dúvida quanto à força diabólica dos símbolos e dos mitos?

Floriano sacudiu a cabeça.

— Eu mesmo estou me sentindo um pouco culpado desse suicídio, porque se ontem...

— Eu sei! — interrompeu-o Tio Bicho. — Eu sei! Não podias perder a oportunidade de entrar no drama... Ah, não! Sempre achamos um jeitinho de dobrar finados por nós mesmos quando nossos amigos morrem de morte natural ou se matam. Achamos bonito sentir na própria carne as feridas e as dores alheias. É nobre. É purificador. É um alimento para nossa necessidade de autocomiseração. Somos uns porcarias, seu Floriano. Não queremos curar nossas chagas e viver com saúde. Preferimos ser crucificados pela humanidade. Somos uns "cristinhos" muito vagabundos, na pior, na mais barata das imitações.

Tio Bicho fez uma pausa, levou o gargalo da garrafa à boca, bebeu um largo gole de cerveja e disse:

— Por falar em Cristo, lá vem o filhote de urubu.

Irmão Toríbio entrou, sério, sem dizer palavra, acercou-se do esquife, ajoelhou-se e ali ficou a rezar.

— Não adianta — murmurou Roque Bandeira. — Segundo a teologia de vocês, o Stein a esta hora está no inferno. O melhor, Zeca, é rezares pelos vivos. Por exemplo, pelo Floriano, que sofre no seu inferninho particular em que ele é ao mesmo tempo diabo e alma condenada.

— A que horas é o enterro? — perguntou o Irmão, pondo-se de pé.

— Pedi ao Pitombo que me mandasse o carro às dez e meia. Precisamos observar primeiro um intervalo decente, para esse filho de Israel não pensar que estou louco pra me livrar dele. E depois, que diabo!, devemos gozar um pouco mais da sua agradável companhia. Hoje, como não pode falar, o Stein está mais brilhante que nunca. Para não quebrar um velho hábito, continuo a discordar até das coisas que ele não diz. Ó Zeca, se estás com sede, vai buscar uma cerveja no refrigerador...

O marista aceitou a sugestão e dirigiu-se para a cozinha. Floriano pôs-se a andar dum lado para outro, na sala. Esforçava-se por não sentir muita pena de Stein, por consolar-se com a ideia de que agora pelo menos o amigo cessara de sofrer.

Aquele era o compartimento maior da casa, um misto de gabinete de trabalho e sala de jantar e de visitas. Ali estava contra a parede uma pesada escrivaninha de tampo corrediço, sobre a qual se viam um tinteiro e várias canetas de tipo antigo, meia dúzia de lápis de cor, uns dois ou três livros abertos e uma folha de papel almaço pautado, sobre a qual negrejava um pedaço de fumo em rama. Junto da escrivaninha, uma cadeira giratória, pesada e escura, dava ao conjunto um ar de escritório comercial. Em cima duma pequena mesa auxiliar, amontoavam-se números do *National Geographic Magazine* e algumas obras sobre oceanografia. As paredes estavam cobertas de estantes cheias de livros em várias línguas, em sua maioria brochuras. E no soalho encerado e sem tapetes viam-se livros espalhados, de mistura com peças de roupa branca sujas, latas de conserva vazias, paus de fósforo e tocos de cigarro. Num aquário cúbico, peixes ornamentais nadavam serenamente.

— Não sei se o Stein aprovaria este cenário para o último ato de seu drama — disse Tio Bicho ao marista, quando este voltou com uma garrafa de cerveja numa das mãos e um copo na outra. — Quero dizer, a presença de todos estes produtos da literatura capitalista...

Irmão Zeca agora contemplava o defunto, sacudindo a cabeça e murmurando:

— Mas por quê? Por quê? Por quê?

— Eis uma boa pergunta — disse Bandeira — *Pourquoi? Warum? Perché? Why?*

O marista olhou para Floriano:

— Se tivéssemos agarrado o Stein ontem à tarde, ele não teria cometido esse ato de loucura. Uns meses num sanatório em Porto Alegre poderiam ter feito dele um homem novo. Enfim... ninguém sabe dos desígnios divinos.

— Se vocês que se correspondem com Deus não sabem, que dirá um ateu como eu?

O calor aumentava. Caras apontavam na janela, passantes paravam por um momento diante da porta aberta e lançavam olhares ávidos para dentro. Tio Bicho afugentava os curiosos com a irritação de quem espanta moscas.

— Que calor medonho! — exclamou, tirando a camisa e jogando-a no chão. O suor escorria-lhe por entre a cabelama do peito e dos braços. Seu torso reluzia, nédio como o duma foca.

4

Pouco antes das nove e meia, três velhas senhoras judias bateram à porta, identificaram-se como amigas da mãe do morto, entraram e durante longos minutos ficaram ao redor do esquife, a rezar e choramingar. Suas vozes a princípio soavam vagamente como um triste arrulhar de pombas, mas à medida que o tempo passava foram perdendo o tom íntimo de oração para se transformarem finalmente em lamentações ricas em erres guturais e que pareciam ora invocações a Jeová, ora interpelações ao defunto.

Antes de se retirarem, ficaram por uns três minutos a confabular em voz baixa com Tio Bicho, a um canto da sala. Falavam as três ao mesmo tempo. O dono da casa limitava-se a sacudir a cabeça afirmativamente. Depois que elas se foram, enxugando os olhos e fungando, Floriano perguntou:

— Que era que queriam?

Bandeira encolheu os ombros:

— Não entendi patavina.

De novo foi até a cozinha, abriu o refrigerador, apanhou mais uma garrafa de cerveja, pegou um cubo de gelo e pôs-se a passá-lo pelo rosto, pela papada, pelos braços e pelo peito. Quando tornou a entrar na sala, Floriano terminava uma frase:

— ... então a vida não passa de um jogo.

— Mas não um jogo pueril e inconsequente — replicou o marista. — É um jogo sério em que empenhamos a alma.

— E quem estabeleceu as regras desse jogo?

— Deus, naturalmente.

— Se assim é, estamos sempre em situação desvantajosa. Ele conhece todas as cartas, ao passo que nós...

— Mas não! Tu te enganas. Não estamos jogando contra Deus, mas contra o diabo.

— Tu acreditas mesmo na existência do diabo?

— Não vamos entrar nisso agora. Podes dar ao diabo o nome que quiseres... O Mal... A Besta... A Treva...

— Estamos perdidos de qualquer maneira — insistiu Floriano, sorrindo —, pois Deus deu ao Sujo as melhores cartas...

— Outro engano teu. O diabo, o grande trapaceiro, joga com cartas marcadas, mas em compensação Deus deu ao homem o que negou ao resto dos animais: uma inteligência e uma sensibilidade capazes de distinguir o Bem do Mal.

— Eu só não compreendo é o *porquê* do jogo. Deus precisa dele para existir? Tio Bicho interveio:

— Acho que em última análise o Universo não passa dum *hobby* do Todo-Poderoso.

Floriano olhou para o morto. Pobre Stein! Ali estava ele com seu corpo marcado de equimoses, queimaduras e cicatrizes. Sobrevivera a todas as brutalidades da polícia, mas sucumbira a uma palavra pronunciada por um camarada.

Naquele momento Irmão Toríbio dizia alguma coisa, mas Floriano não lhe prestava muita atenção. Só ouviu claro o final duma sentença: "... do teu ateísmo". Voltou-se para o marista e disse:

— Já te repeti mil vezes que não sou ateu, Zeca, mas agnóstico. Confesso-te que me sinto emocionalmente inclinado a desejar a existência dum Papai Grande sob cuja proteção, caso eu me comporte direitinho na Terra, minha alma poderá gozar as delícias intermináveis e indescritíveis da Eternidade. Mas minha razão repele essas fábulas, tu sabes... o Gênesis segundo as Escrituras, a Santíssima Trindade, essa história de Céu, Purgatório, Inferno, et cetera, et cetera. Não posso conceber um Deus vingativo e cruel que cria o homem do nada para depois colocá-lo (a meu ver sem a menor necessidade) num mundo em que, em virtude de sua própria condição animal, essa criatura tem noventa e nove probabilidades de transgredir os Dez Mandamentos contra uma apenas de obedecer rigorosamente a eles. E se o desgraçado peca no plano do Tempo, Deus o condena à danação eterna. Será possível que não percebeste ainda que, atribuindo ao

Criador esse tipo de "justiça", vocês o estão insultando? Na minha opinião, se Deus existe, deve ser muito mais magnânimo do que vocês o pintam...

Tio Bicho meteu-se na conversa:

— E esse ser todo-poderoso, o movedor inamovível, o causador sem causa, o princípio e o fim de todas as coisas... esse Deus criador das galáxias, do sistema solar e de outras enormidades não pode, cá no meu fraco entender, estar interessado em saber o que faço com os meus órgãos genitais, se como ou não carne às sextas-feiras ou se vou à missa todos os domingos.

Bebeu um gole de cerveja, soltou um arroto e ficou sorrindo, a olhar ora para Floriano, ora para o marista, que estavam frente a frente, tendo a separá-los o cadáver do suicida.

— Uma coisa que nunca pude compreender — murmurou Floriano — foi a morte da Alicinha... Por que razão a criança sofreu daquela maneira? Que crime ou pecado estaria expiando?

O marista apalpou o crucifixo que trazia pendurado ao pescoço e por alguns instantes pareceu não saber que responder. Depois, olhando para o amigo com uma ternura fraternal, disse mansamente:

— A gente tem de aceitar ou rejeitar *totalmente* o catolicismo, meu caro. Não há meios-termos possíveis... Segundo a revelação cristã, são os inocentes, os justos e os santos que pagam pelos outros. Este é um dos mistérios do cristianismo. Não devemos esquecer o Sermão das Bem-Aventuranças. E depois, Floriano, pensa bem em que a vida na terra é uma breve passagem, ao passo que a Eternidade...

— Pode bem ser apenas uma metáfora na mente de Deus — completou o outro, sorrindo, sem entender muito claro o que estava dizendo.

Tio Bicho fez nova excursão ao refrigerador, e quando tornou à sala, com outra garrafa de cerveja, Floriano estava com a palavra.

— Dizes que religião é revelação, algo independente da razão... em suma, um estado de graça. Ora, se o Espírito Santo desce sobre algumas pessoas e não sobre outras, então é porque existe uma discriminação, isto é, outra injustiça...

Bandeira soltou uma risada. O marista animou-se:

— Isso é sofisma! — exclamou. — A graça desce sobre os eleitos de Deus, mas pode descer também sobre todos aqueles que estiverem preparados para recebê-la, que a desejam de todo o coração. Temos de estar com as janelas da alma abertas para o Céu e com nossas antenas espirituais dirigidas para Deus. Ele pode nos mandar uma mensagem a qualquer momento.

— Não sou radioamador — resmoneou Tio Bicho.

— Não é pelos orgulhosos caminhos da razão — prosseguiu Irmão Toríbio — que chegamos a Deus, mas pelas veredas do coração, do sentimento, da nossa capacidade de amar. O resultado do pensamento e da ciência sem Deus é esse nosso mundo frio e desumano de máquinas. A ciência no século XIX proclamou que Deus estava morto. No século XX, ajudada pela técnica, ela está ameaçando de morte o homem.

O dono da casa foi dar de comer aos seus peixinhos. Houve um colorido e harmonioso tumulto de bailado dentro do aquário.

— Acho que estes salafrários sabem mais do que parece — disse Bandeira, contemplando seus peixes com um olhar afetuoso. — Será que concebem a existência dum Ser Superior, para além das águas? A propósito... estou traduzindo um poema de Rupert Brook cujo tema é exatamente esse.

O marista olhava obsessivamente para Floriano.

— Vocês escritores e artistas têm uma obrigação tão grande quanto a dos sacerdotes — disse ele. — A de salvar o humano que está sendo esmagado sob o peso das máquinas.

— Achas que Deus é o único caminho?

— Na minha opinião é. Os outros nos levam todos à adoração do homem, à glorificação do mundo e do sucesso material. Só a aceitação de Deus é que pode dar à criatura humana um absoluto de ordem moral e um sentimento de verdadeira responsabilidade para com sua própria vida e para com a do próximo. Sem Deus, nossos valores passam a ser apenas projeções de nossos apetites e ambições. O bem será tudo quanto desejamos, e o mal tudo quanto não nos agrada ou não nos convém. Assim, o mundo nada mais será do que a arena em que nossos egoísmos se entrechocam. O resultado de tudo isso é a violência, a crueldade, o caos.

Naquele momento Tio Bicho precipitou-se para a janela, gritando:

— Raspa, cambada! Raspa!

Vieram da calçada sons de passos apressados e risadas de crianças. Floriano olhou para o dono da casa e compreendeu que ele estava gostando daquele jogo.

5

Cerca das dez horas, Don Pepe García entrou com a boina na mão. Naquele corpo descarnado e envelhecido, o único vestígio de mocidade estava nos passos lépidos de toureiro. O pintor acercou-se do corpo de Stein, descobriu-lhe o rosto e murmurou:

— Bem feito, imbécil! Eu te disse que não te metesses com esses cachorros dos stalinistas...

Tornou a cobrir a cara do morto e depois foi cumprimentar os amigos.

— Que temos para beber, Roquesito?

— Água.

— Não. Falo em sério. Tens aí uma caninha?

Tio Bicho apontou para uma das estantes:

— Escondi uma garrafa ali atrás do Aulete. É tua, em memória do Stein. Pega um copo na cozinha.

O pintor saiu esfregando as mãos. Minutos depois estava instalado a um canto da sala, em esplêndido isolamento, tendo a seus pés um litro de cachaça de

Morretes. Um pouco mais tarde, chegou Chiru Mena, com uma barba de três dias, metido numa roupa preta de casimira, amassada e lustrosa.

— Peguei um resfriado medonho — disse. — Bom dia para todos! — Olhou para o cadáver. — Que barbaridade! Por que é que esse menino foi fazer uma coisa dessas? Tens uma cafiaspirina por aí, Bandeira?

O dono da casa apontou para um pequeno envelope de papel encerado que estava em cima dum aparador.

— Queres um pouco d'água para tomar o comprimido? — perguntou, zombeteiro.

Chiru fungou, assoou o nariz num lenço encardido, produzindo um ruído de trombeta. Foi só então que deu pela presença do castelhano. Fez-lhe um aceno cordial.

— Ó Pepe!

— Salud! Está na mesa — disse o outro, mostrando a garrafa com um sinal de cabeça.

Chiru aproximou-se.

— Ah! — exclamou. — Uma branquinha especial. Acho que vou tomar uma talagada...

— Quanto a isso, Chiru — disse Tio Bicho —, ninguém tinha a menor dúvida.

O marista conduziu Floriano para junto da janela que dava para o pátio.

— Segundo Bernanos — murmurou ele —, o maior pecado de todos é o pecado contra a esperança. Não devemos matar essa flor tão rara na aridez moral da nossa época. Mas o que me assusta, Floriano, é que nunca como nos nossos dias houve menos mensagens de esperança ou alegria na literatura e na arte. Os pintores fogem da figura humana, perdem-se em abstrações que, quando não refletem o inferno e o caos, parecem-se com máquinas ou amebas. Vocês romancistas cultivam uma literatura negra, em que procuram mostrar de preferência o lado animal do homem. Espero que nos teus próximos livros não esqueças tua obrigação de contribuir para que a esperança não morra.

Roque Bandeira aproximou-se dos dois amigos.

— O que o Zeca deseja, Floriano, é que te dediques a contos de fadas. — Limpou com as mãos espalmadas o suor que lhe rolava pelo peito. — Repito que temos de nos habituar a tomar nossas decisões sem contar com a ajuda divina e sem pensar no castigo ou no prêmio, numa outra vida. Nossa vida é aqui e agora. Esse tal radiograma Western que vocês vivem esperando do Altíssimo nunca chega.

Voltou as costas e foi até o outro canto da sala apaziguar Don Pepe e Chiru Mena, que àquela altura de suas libações já tinham começado a se desentender e descompor.

6

Floriano olhou para Zeca e perguntou:

— Como posso dar aos meus leitores o que não tenho? Refiro-me à fé em Deus...

— Mas é impossível que não tenhas mais coisas dentro de ti além do que tens dado em teus livros até agora...

O marista calou-se e suas orelhas ficaram de súbito afogueadas. Floriano percebeu que, sem querer, o amigo pronunciara um julgamento moral de sua obra.

— Quero dizer... — balbuciou Zeca, procurando emendar.

Floriano deteve-o com um gesto.

— Espera. Há um ditado muito bom no Norte do Brasil: "Boca não erra". Não precisas te desculpar... Reconheço que tenho dado muito pouco de mim nos livros que escrevi até hoje.

— Mas não foi isso que eu quis dizer.

— Está bem, mas me deixa falar. Não estou satisfeito com minha própria literatura. Realmente não tenho usado nela nem um terço de minhas reservas. A razão? Timidez, inibição, pudor de me desnudar em público... Sei lá! Estou certo de que meus livros não deram nem sequer uma pálida ideia de meu amor pela vida, da minha ternura (um pouco ressabiada e arisca, reconheço) pelas pessoas, de meu desejo de me aproximar delas, tentando compreendê-las e... se possível, querê-las mais. Não expressei ainda em nenhum livro a convicção que tenho de que o homem, por seus próprios meios, sem contar com o apoio de forças sobrenaturais, pode melhorar a sua vida e a de seus semelhantes na terra.

O marista sacudiu a cabeça numa lenta negativa.

— Não podes negar — prosseguiu o outro — que a obra da inteligência e do engenho humano é formidável. — Sorriu. — Mas precisamos fazer essa escrituração com honestidade, Zeca. Debitamos na conta do homem todos os seus fracassos, estupidezes, crueldades, violências e incoerências, mas esquecemos de levar a seu crédito todas as suas realizações positivas, seus inventos, descobertas, criações artísticas...

— De acordo, mas...

— Não negarás também que o homem tem povoado a Terra de muitas expressões de beleza e verdade. Dizer que tudo quanto é bom e belo vem de Deus e tudo quanto é mau e feio é obra do homem, tem paciência, é má-fé.... sem trocadilho.

— Pelo que vejo estás enquadrado no neo-humanismo, posição dos que não têm a humildade suficiente para aceitar a existência dum Ser Superior... dos que consideram religião coisa para mulheres e crianças.

— Neo-humanismo? Detesto os rótulos, Zeca. Porque eles são estáticos, ao passo que as criaturas humanas estão em constante devir.

— Os rótulos têm uma utilidade enorme. Sem eles, correríamos o risco permanente de tomar veneno por engano.

885

— Está bem. Podes dar qualquer nome à minha maneira de ver e sentir o mundo e a vida. Neo-humanismo, humanismo poético, estético... o que quiseres.

— Acreditas então na perfectibilidade do homem?

— Não. Acredito, isso sim, na sua *capacidade de melhorar*. Quem pode, em sã consciência, traçar um limite para o progresso da medicina, da física, da bioquímica, que tanto têm contribuído para melhorar nossas condições de vida? Por outro lado, quem poderá dizer até onde nos conseguirá levar o progresso da educação?

Foram interrompidos pelos gritos de Don Pepe, que, em cima duma cadeira, com a garrafa de cachaça na mão, fazia um discurso sobre a necessidade de salvar o mundo, fazendo explodir quatro bombas: a primeira debaixo da cama do papa, a outra na cara de Stálin, a terceira debaixo da cadeira de Truman e a última — a maior de todas — "no rabo de Franco".

Foi nesse momento que Neco Rosa entrou, bufando de calor e passando o lenço pelo rosto suarento. Abraçou Zeca, Floriano e o dono da casa, fez um aceno para o orador e para Chiru, que naquele exato instante, possesso, ameaçava agredir fisicamente o espanhol. Depois olhou para o morto e disse:

— Mas esse freguês não tinha mais nada que fazer? Por que foi, Bandeira? Amor mal correspondido?

— Isso! — exclamou o dono da casa, radiante. — Amor mal correspondido. Não é essa, em última análise, a causa de todos os suicídios, mesmo que os próprios suicidas não saibam? Ó Neco, ganhaste o teu dia. Vai buscar uma cervejinha pra ti.

O barbeiro despiu o casaco, atirou-o em cima duma cadeira e dirigiu-se para a cozinha, de onde voltou minutos depois, mamando numa garrafa de cerveja. Estralou os beiços, limpou-os com a manga da camisa e, olhando para Floriano, disse:

— Teu pai amanheceu muito bem-disposto hoje. Indagorinha fiz a barba dele.

— Espero que não tenhas contado ao Velho do suicídio do Stein.

— Estás doido? Antes mesmo da tua mãe me prevenir, eu já tinha resolvido não contar nada.

Irmão Toríbio puxou Floriano pelo braço e levou-o para o pátio. Fora, o calor parecia ter um corpo, um peso específico, bem como uma certa qualidade oleosa. Cigarras rechinavam, escondidas na folhagem das árvores. Galinhas ciscavam o chão, e uma delas, que havia subido para a tampa do poço, estava empoleirada nas bordas dum balde cheio d'água. Moscardos dum verde metálico zumbiam rútilos ao redor de pêssegos e peras que apodreciam no solo de terra batida, dum róseo arroxeado de gemada com vinho.

Por alguns instantes, Zeca ficou a passar o lenço entre o pescoço e o colarinho. Floriano perguntou:

— Não acreditas que a arte pode contribuir para melhorar os seres humanos, sendo como é o contrário da violência?

Tio Bicho, que da porta da casa ouvira estas últimas palavras, exclamou:

— Hitler amava a música. Goering gostava tanto de pintura que enriqueceu sua galeria particular saqueando os melhores museus da Europa. Ninguém nos tempos modernos cometeu maiores crimes e violências que esses "amantes da arte".

— Se pensas que vou aceitar tua provocação e entrar numa polêmica sobre a "sensibilidade artística" desses dois patifes, estás muito enganado. Quero terminar esta conversa com o Zeca. — Voltou-se para o marista. — Acredito sinceramente que a arte pode contribuir para a eliminação da violência do coração do homem. Creio que foi Platão quem disse que a arte pode ter um efeito moral não apenas como persuasão mas também como ação.

— Sim, mas uma arte sem Deus não passará nunca dum mero jogo de imagens, palavras e sons. Estou convencido de que a religião é a mais pura e alta expressão artística de que o homem é capaz.

Floriano ficou por alguns segundos a observar Tio Bicho, que continuava parado à porta da casa. Que figura! O sol batia-lhe em cheio na cara congestionada. Lentas bagas de suor escorriam-lhe pelo peito de mamicas intumescidas e pelas pregas das gordas carnes que lhe cobriam o estômago e o ventre. Suas calças estavam de tal modo puxadas para baixo da linha (imaginária) da cintura, que lhe punham o umbigo à mostra. Seus pés, pequenos como os de um menino de quatorze anos, tinham uma brancura encardida de cogumelo.

Irmão Toríbio apanhou uma folha de laranjeira e ficou a mordiscá-la por alguns instantes. Depois perguntou:

— Acreditas então que as massas têm noção do que seja arte?

— Acho que de certo modo têm... Observa com atenção o homem do povo... Conheço analfabetos capazes de atos de bondade que são, a meu ver, verdadeiras obras de arte. Porque arte não é apenas beleza, mas também bondade... e um tipo de verdade. A vida do velho Aderbal, por exemplo... A arte, como o amor, pode ser uma forma de conhecimento tão legítima quanto a ciência e a filosofia. Mas aqui me ocorre uma pergunta. Que direito temos nós os membros da chamada "elite intelectual" de esperar atos de bondade ou beleza dessa pobre gente que vive na miséria, mais no plano animal do que no humano? São perguntas como esta que têm levado muitos romancistas, principalmente em nossos dias, a fazerem incursões, bem-intencionadas do ponto de vista humano, mas raramente bem-sucedidas artisticamente, pelo campo da política e da sociologia. Um sentimento de responsabilidade os impele a denunciar em seus livros o farisaísmo, a exploração do homem pelo homem, as ditaduras, o genocídio...

— Mas se essas incursões são em geral malsucedidas, como tu mesmo reconheces, não será porque as árvores da história impedem o escritor de ver a floresta da Eternidade?

— Sei lá, Zeca! Trata-se talvez duma espécie de camicase literário... Estou começando a me convencer de que o romance é uma forma espúria de arte, incapaz dessa pureza de voz, dessa síntese cristalina que só a grande poesia nos pode dar... isso para não falarmos na música, que está tão mais alto e é tão mais livre do que qualquer outra expressão artística. Mas vamos para dentro, que o calor aqui está ficando bárbaro...

Encaminharam-se para a casa. Floriano segurou o braço do amigo e disse:

— Não sou muito amigo de fórmulas... mas estou tentado a te dizer que a solução ideal para nosso tempo seria "Ciência e técnica aplicadas com amor".

— E estaria resolvido o problema da humanidade! — exclamou Tio Bicho quando os dois amigos passaram por ele. — Tão fácil! Tão bonito! Ó Floriano, por quanto me vendes essa fórmula?

Ouviu-se o baque dum corpo seguido dum grito. Correram os três para a sala, Pepe García estava estendido no chão, a vociferar, e Chiru, montado nele, tentava estrangulá-lo. Neco ergueu Chiru nos braços, arrastou-o para o pátio, até o poço, e meteu-lhe a cabeça dentro do balde cheio d'água. Enquanto isso, o pintor se erguia, lançava em torno um olhar cheio de indignação e saía cambaleando na direção da porta da rua.

Tio Bicho, imperturbável, olhou para o relógio:

— Está chegando a hora do enterro, minha gente! Vou me preparar.

Meteu-se no quarto de dormir e voltou pouco depois para a sala, exatamente no momento em que José Lírio entrava, arrastando os pés e apoiado no bengalão. Estava vestido de brim pardo e trazia enrolado no pescoço o lenço maragato. Aproximou-se do defunto e depôs-lhe sobre o peito um ramilhete de rosas vermelhas.

— São do meu jardim... — murmurou, como se estivesse falando com Stein.

Voltou-se para o dono da casa e desculpou-se por ter chegado tão tarde. Bandeira, que vestira uma camisa branca e metera os pés sem meias numas sandálias de couro, aproximou-se do cadáver:

— Está na hora, Arão velho, tem paciência. — Olhou em torno. — Alguém sabe cantar a Internacional? Bom, não faz mal. O Stein morreu excomungado pelo Partido. Ó Zeca, tua Igreja não encomenda suicidas, não é? Pois então o remédio é encaixotar o defunto e mandá-lo para a Eternidade, sem endereço, frete a pagar. Vamos embora! Ó Neco, me ajuda a fechar esta joça.

Atarracharam a tampa do esquife. Floriano e Zeca seguraram as alças da cabeceira; Roque e Neco, as dos pés.

— Devagarinho! — exclamou Tio Bicho. E rompeu a cantarolar, imitando o som dum trombone. Voltou a cabeça para Floriano: — Sempre achei este *allegreto* da *Sétima* de Beethoven a mais bela das marchas fúnebres. E é um *allegreto*! Opa! Cuidado, não me arranhem a porta. Como é mesmo que um defunto deve sair de casa? Primeiro os pés... ou a cabeça? Não importa. Vai rachando!

7

Naquele mesmo dia, cerca das três da tarde, armou-se um desses rápidos mas violentos temporais de verão. O céu cobriu-se de nuvens cor de ardósia, a atmosfera se tornou opressiva e, sob o calor que a umidade agravara, não só as pessoas como também a cidade inteira pareciam ter adquirido uma flacidez de papelão molhado.

Rodrigo, que dormia a sesta, sentiu o temporal e a trovoada num pesadelo. Estava — não sabia ao certo onde e quando — sob um bombardeio, caído debaixo dos escombros duma casa. Uma pesada trave apertava-lhe o peito. Gritava por socorro, mas o ribombo dos canhões lhe abafava a voz. Acordou quase em pânico, sentou-se na cama, a respiração ofegante, o corpo lavado em suor, e ficou a olhar em torno, atarantado. Foi nesse momento que o temporal se desfez numa pancada d'água duma violência diluviana, que durou quase meia hora, inundando as sarjetas, despejando as nuvens e aliviando não só a atmosfera como também o peito do senhor do Sobrado.

Quando, pouco depois das cinco, Sílvia entrou no quarto de seu padrinho, sobraçando os discos que ele lhe pedira pela manhã (tinha mandado trazer lá de baixo a eletrola grande), ela o encontrou sorridente, de semblante tranquilo, respirando com regularidade. Erotildes tinha acabado de dar-lhe um banho e de mudar-lhe a roupa, bem como os lençóis da cama. O ar recendia a água-de-colônia.

— Ah! — exclamou Rodrigo. — Primeiro um beijo para o seu padrinho.

Sílvia ofereceu-lhe o rosto. Depois colocou a pequena pilha de discos sobre a mesinha de cabeceira. Rodrigo pôs-se a ler os rótulos. Eram gravações da Victor, algumas delas feitas antes da Primeira Guerra Mundial.

— *As alegres comadres de Windsor...* A abertura do *Egmont...* A barcarola dos *Contos de Hoffmann...* A *Siciliana* pelo Caruso. — Olhou com uma ternura particular para um dos discos menores, aproximou-o do nariz, cheirou-o demoradamente. — O *Loin du Bal*! Toca este primeiro.

Sílvia colocou o disco cheio de arranhões no prato da eletrola, pondo esta a funcionar. Por trás duma cortina de ruídos rascantes, ouviram-se os sons foscos e sem relevo duma longínqua orquestra de salão a tocar uma musiquinha buliçosa e feliz.

— Que tal?

Sílvia encolheu os ombros.

— Bom... o senhor está escutando a música no espaço e no tempo. Eu, apenas no espaço. O gosto tem de ser diferente.

— Tens razão. Essa música me traz muitas recordações. Os meus vinte e quatro anos...

Quando o diafragma da eletrola chegou à última estria, a orquestra desapareceu e ficaram apenas as crepitações que a agulha produzia sobre o rótulo do disco. Mas a melodia continuou na mente de Rodrigo na forma de imagens do passado.

— E agora? — perguntou Sílvia.

— Esse *pot-pourri* de *La Vie parisienne*.

A música rompeu num cancã frenético. Rodrigo reclinou a cabeça no traves-

889

seiro e sorriu para alguém ou alguma coisa que não estava fisicamente ali no quarto.

— E eu que nunca fui a Paris?! Parece mentira.

Fez o anular e o indicador da mão direita correrem sobre o lençol ao som do galope, imitando os movimentos das pernas das coristas que dançavam em seus pensamentos.

— Por quê? — perguntou em voz alta, talvez mais para si mesmo do que para a nora. — Por quê? Há razões que, analisadas agora, parecem fracas, absurdas, pueris até, mas que na época tiveram a sua força...

Sílvia o mirava em silêncio, prestando atenção no que ele dizia, mas ouvindo suas palavras contra um fundo de imagens trágicas: o corpo nu de Stein a balouçar-se como um pêndulo, pendurado num galho da figueira.

— Mas não é mesmo uma coisa ridícula? — tornou Rodrigo. — Quando eu era moço, sempre que falava em ir a Paris meu pai fechava a cara, queixava-se da crise da pecuária, da falta de dinheiro... que sei eu! O velho Licurgo era contra as viagens ao estrangeiro, como se elas fossem uma indecência, além dum desperdício de dinheiro.

Sílvia sorriu:

— Jango herdou essa mentalidade...

— Depois de 23, pensei outra vez em ir a Paris. Estava com tudo pronto quando a Alicinha adoeceu... tu te lembras. Depois vieram todas aquelas revoluções em que andei envolvido... e que só terminaram em 28. Nesse ano o Getulio me escreveu, pedindo-me que aceitasse a minha candidatura à Intendência de Santa Fé. Caí na asneira de dizer que sim e acabei me sentando na cadeira do Laco Madruga... o que não é a mesma coisa que sentar a uma mesa no Moulin Rouge... Em 29 veio a campanha da Aliança Liberal. Depois, a Revolução de 30, e fomos todos bater com os costados no Rio. E como é que eu ia viajar para o estrangeiro naqueles primeiros anos de reconstrução do país? Em 32 comecei a pensar de novo em Paris, mas bumba!, estoura a revolução em São Paulo...

La Vie parisienne terminou num outro cancã ainda mais vibrante que o primeiro.

— 34 foi o ano da Constituição. 35, o do Centenário da Revolução Farroupilha. Eu podia ter ido a Paris em 36 ou em princípios de 37, e se me perguntares agora por que não fui, eu não te saberia responder...

Sílvia sorriu, pensando: "Eu sei. A peruana...".

— No segundo semestre de 37 — prosseguiu Rodrigo —, começaram a se amontoar as nuvens de tempestade que rebentaram no golpe de 10 de novembro. O Getulio precisava de mim e eu não podia nem pensar em sair para fora do país... A situação estava ainda incerta. Em 38, o Guanabara foi atacado e o presidente por pouco escapou de ser massacrado com a família. Depois, veio a guerra... e adeus, Europa! E agora, que eu poderia começar de novo a pensar nessa sonhada viagem, aqui estou nesta situação que vês...

— Talvez o ano que vem... — arriscou Sílvia, sem muita convicção.

— Qual! Estou liquidado, minha filha. Não me iludo.

Ela esboçou um gesto de protesto, mas ele retomou a palavra:

— A França de hoje é uma nação dividida contra si mesma. Seu povo está amargurado e cheio de ódios. Paris deve guardar lembranças negras dos tempos da ocupação nazista. Estou certo de que eu não reconheceria a cidade de meus sonhos...

Sílvia ergueu-se e foi virar o disco. Voltou depois para junto do sogro.

— Pois é. O senhor não foi a Paris e eu ainda não vi o mar...

— Por culpa tua. Durante todos estes anos, te convidei mil vezes para ires ao Rio passar uma temporada conosco.

Ela fez um gesto de resignado desalento.

— Ora, o senhor se lembra de como era a minha mãe. Sempre que eu falava em dar um passeio ao Rio, ela começava a sentir suas dores de cabeça e a dizer que ia morrer. Melhorava quando eu desistia da viagem.

— Tua mãe era uma mulher infeliz. Coitada! Desconfio que nunca simpatizou muito comigo...

Sílvia não teve a coragem de contradizê-lo. Continuou:

— Depois, quando ficou paralítica, queria que eu estivesse sempre a seu lado.

— Faz mais de quatro anos que dona Elisa morreu. Durante esse tempo, poderias ter ido nos visitar muitas vezes...

— O senhor sabe muito bem que o Jango se recusa a ir ao Rio. Sempre se recusou, como se essa viagem significasse uma traição ao Rio Grande. Poderíamos ao menos ter ido passar alguns dias de verão nestas nossas praias do Atlântico, mas o meu marido, como a maioria dos gaúchos do interior, tem uma certa implicância com o mar.

A música cessou.

— Agora vamos fazer uma pausa — disse Rodrigo. — Senta-te aqui na cama.

Ela fez o que o sogro pedia. Este lhe tomou da mão.

— Sílvia, tu és uma mulher inteligente. Acho que contigo posso abrir meu coração.

Ela ficou um pouco alarmada, imaginando o que estava para vir.

— Vou te perguntar uma coisa. Quero que fales com toda a franqueza. É o maior favor que podes fazer a este teu padrinho que te quer tanto. — Calou-se por alguns segundos e olhou-a bem nos olhos. — Tu sabes do meu caso com... com essa moça do Rio?

— Sei.

— Naturalmente isso te escandaliza...

— Não.

— Não me reprovas, não me censuras?

— Censurar por quê? Essas coisas simplesmente acontecem. São um sinal de que o senhor está vivo.

Rodrigo olhava para a nora, agradavelmente surpreendido.

— E que é que se diz por aí desse meu caso?

891

— Por aí?

— Nesta casa.

— Nada. O assunto é tabu.

— Mas que é que teu marido pensa?

— Nunca me disse. Nem dirá.

Por um instante, ele voltou a cabeça para a janela e ficou a olhar para o céu límpido.

— Sei que sempre fui um mau marido, quanto a esse assunto de fidelidade conjugal. No mais minha consciência não me acusa de nada. Nunca deixei de respeitar minha mulher. E minha ternura por ela continua intata, como no dia de nosso casamento.

Sílvia não sabia que dizer.

— Mas a atitude da Flora está me ferindo profundamente. Ela se porta como se eu não existisse. Sei que não tenho o direito de exigir nada. A presença dessa menina em Santa Fé... compreendo que é uma humilhação para a Flora. E ela sabe que eu fui visitar a Sônia no hotel. — Rodrigo falava agora com a voz embaciada pela emoção. — Acho que não ignoras que eu e a Flora há muito não vivemos como marido e mulher. Que diabo! Não sou propriamente um velho... nem um monge. Enfim... é uma situação muito delicada, eu sei. Mas se ao menos a Flora se sentasse aqui a meu lado... e conversasse comigo, me deixasse contar, explicar certas coisas... ou pelo menos me desse uma oportunidade para lhe pedir perdão por todo... todo o sofrimento e a humilhação que lhe tenho causado... Mas não. Ela não toma conhecimento da minha existência. É cruel. Será que não sabe que vou morrer? Não, Sílvia, posso suportar tudo, menos a ideia de que minha própria mulher me despreza ou me odeia...

Lágrimas brotaram-lhe nos olhos e escorreram-lhe pelas faces.

— Sempre achei um espetáculo ridículo um homem chorar na frente de outras pessoas. Não contes nada a ninguém.

— Fique tranquilo. Não sou do tipo que conta.

Enxugou os olhos do padrinho com um lenço. Depois acariciou-lhe a mão e, usando quase o tom de quem fala com uma criança, disse:

— Antes de mais nada: o senhor não vai morrer. E depois... quem sabe?... amanhã as coisas podem melhorar. Deus é grande.

Rodrigo sorriu tristemente.

— Só falei de mim. Me conta alguma coisa de ti.

— Não tenho nada a contar. Quero dizer, nada de especial.

— Vou te perguntar mais uma vez. És feliz?

— Sou, eu já lhe disse.

— Estás sendo sincera?

Ela hesitou por uma fração de segundo.

— Estou.

— Não acredito.

— Por quê?

— Vejo na tua cara, nos teus olhos, na tua voz... em tudo. E eu me sinto um pouco culpado dessa situação. Tu casaste com o Jango porque eu insisti...

— Não pense nisso. Tudo está bem agora.

— Por que *agora*?

— Porque nestes últimos tempos aconteceram coisas muito importantes. Quero dizer, dentro de mim.

— Vejo que cometi um grande erro. Não compreendi que o Jango, apesar de ser um homem de bem, não era o marido que te convinha. Como foi que não enxerguei isso em tempo? Decerto porque tive pena do rapaz. E também porque temia que casasses fora da família Cambará.

Sílvia mal podia disfarçar seu embaraço. Seu olhar desviou-se para a eletrola.

— Quer que eu toque mais alguma coisa?

— Não. Quero que fales a verdade.

Ela forçou um sorriso.

— Vai me obrigar a dizer que não sou feliz?

— O marido ideal para ti teria sido o Floriano...

Ao pronunciar estas palavras, Rodrigo olhou intensamente para o rosto da nora, cujos lábios palpitaram. Ela esboçou um movimento de fuga, mas Rodrigo segurou-lhe a mão, detendo-a.

— Existe alguma coisa entre vocês dois?

Ela fez que não com um movimento de cabeça.

— Somos apenas amigos. Não há nem haverá nada mais entre nós, além duma amizade fraternal.

— Confio em ti, minha filha. O Floriano vai voltar logo para o Rio, e tudo ficará mais fácil... para os dois. O Jango precisa de ti. As mulheres têm uma capacidade de renúncia maior que a dos homens. É por isso que elas são mais fortes que nós.

Sílvia ergueu-se e saiu do quarto sem dizer palavra.

8

Floriano estava na água-furtada, deitado no divã, ouvindo a peça de Bach que sua eletrola portátil reproduzia. De olhos fechados, tentava conseguir o que o dr. Kendall tantas vezes lhe recomendara: "a disciplina do silêncio", isto é, ouvir música sem verbalizá-la, procurando desligá-la por completo das coisas do mundo, recebê-la na sua pureza essencial. Para isso era indispensável esquecer a pessoa do compositor, o fato de que a música estava sendo produzida por seres humanos, e principalmente ficar surdo ao que a melodia pudesse significar como voz que conta uma história ou descreve uma paisagem ou uma situação terrenas. Floriano escutava um prelúdio de *O cravo bem temperado*. As notas do instrumento — que soava ora como uma caixinha de música, ora como um alaúde — pareciam traçar no ar coloridos desenhos abstratos. Por alguns instantes, ele saboreou o prazer intelectual que a peça lhe proporcionava. Que admirável unidade dentro da diversidade e da liberdade de composição! Que riqueza de invenção! O prelúdio fluía perfeito, sem repetições de frases ou temas.

E se fosse possível viver a vida sem verbalizá-la? Sim, tocar seu cálido e enorme coração que pulsa, aflito e quase abafado, por baixo duma crosta de convenções, superstições e prejuízos... Libertar a vida, o mundo, o homem de sua prisão de palavras!

Tornou a concentrar-se no prelúdio duma maneira não verbal. Continuava de olhos fechados, procurando exorcismar uma série de imagens que lhe vinham à mente — a figura adunca de Wanda Landowska encurvada sobre o clavicórdio... a *Fête galante* de Watteau na Galeria Nacional de Washington... um poema de Verlaine que sempre lhe soava na memória quando ele contemplava o quadro... e a cabeça dum velho peão do Angico, que ele achava parecida com a do poeta... Por fim seu espírito entrou numa zona crepuscular que não era mais vigília mas que ainda não pertencia ao território do sono. Teve a impressão de que seu corpo flutuava no ar, como se o sortilégio do prelúdio houvesse abolido a força da gravidade. Essa sensação, porém, durou apenas alguns segundos. O poder subterrâneo do mundo se fez sentir, e na mente de Floriano a voz do clavicórdio passou a ser apenas um pano de fundo sobre o qual apareciam, se superpunham e fundiam lembranças daquele dia — o horrendo carro fúnebre do Pitombo, com seus anjos barrocos de olhos revirados para o céu, como num orgasmo místico... o corpo de Stein com seus sapatos de solas furadas... o ventre lustroso de Tio Bicho... Chiru barbudo, recendendo a cachaça... a poeira da estrada, no caminho para o cemitério, sob a soalheira... E de repente a figura luminosa de Sílvia lhe surgiu, ofuscando as outras. Ela dançava nua num cabaré de Chinatown, com um balão amarelo sobre o sexo. Floriano revirou-se no divã, conturbado. Era estranho, mas apesar das emoções do dia — ou talvez por causa delas — sentia seu desejo carnal exacerbado.

De novo procurou concentrar a atenção na música, apaziguar-se nas frescas águas daquela melodia límpida e assexuada.

A música cessou. Ele se ergueu e apagou a eletrola. Depois ficou um instante junto da janela, olhando as árvores da praça, imóveis na morna placidez da tarde.

O que eu preciso mesmo é dum banho — resolveu. Desceu, tomou uma ducha fria, vestiu-se e ficou no quarto de dormir, a andar desinquieto dum lado para outro, sem saber aonde ir. Tornou a pensar no romance. Sentia que suas personagens clamavam por nascer. Não poderia contê-las por muito mais tempo. Ultimamente surpreendia-se a pensar em termos de ficção nas pessoas em cujo meio vivia. Podia estar fisicamente com elas, dando-lhes pelo menos em parte sua atenção, mas dentro de sua cabeça o novelista estava a *escrever* aquela cena, a reproduzir aquele diálogo (já transfigurado, já "outra coisa") e não mais no presente do indicativo, mas no passado perfeito. Durante o grotesco velório de Stein, mais de uma vez ficara a descrever mentalmente o ambiente e as figuras humanas, como elementos dum capítulo de seu futuro livro...

894

Parou junto da pia e olhou-se no espelho. Sempre que isso acontecia, vinham-lhe dois impulsos: o de escovar os dentes e o de lavar a cara. Não raro fazia essas coisas distraído, várias vezes por dia.

Passou a mão pelo rosto e decidiu barbear-se de novo. Pôs-se a ensaboar lentamente as faces, perdido em pensamentos. Ocorreu-lhe uma ideia, um tanto à maneira de *scherzo*: "Serei o senhor do destino das personagens de meu romance. Posso salvar a vida do Velho... evitar o fim trágico de Stein... e casar-me com Sílvia!".

A voz de Tio Bicho soou-lhe implacável na mente: "Vejo que aos trinta e quatro anos ainda não abandonaste o vício solitário. Te contentas com ficções e faz de contas e não percebes que a vida, como uma fêmea, está te provocando, de saias erguidas".

Barbeou-se com uma pressa nervosa, pensando em Sílvia e desejando-a com uma intensidade impaciente. Esfregou água-de-colônia na pele irritada das faces, que lhe arderam como se estivessem queimadas. Um monge na sua cela entregue à mórbida delícia do cilício... *Delícia do cilício*. Ficou a repetir mentalmente essas palavras.

Vou visitar o Velho — decidiu. Deu o nó na gravata, enfiou o casaco e aproximou-se da porta. Abriu-a no momento exato em que Sílvia saía do quarto contíguo. Ao vê-lo, ela teve um movimento de hesitação, como que surpreendida e alarmada ante uma presença inimiga. O coração de Floriano rompeu a pulsar com uma força desesperada. O mundo como que se apagou ao seu redor e ele só teve consciência da imagem daquela *mulher* que tanto amava e desejava, e que ali estava na sombra do corredor deserto, na casa silenciosa... Sentia o calor e o perfume que se exalavam daquele corpo moreno, via seus seios arfarem... Um desejo violento incendiou-lhe as entranhas, aboliu-lhe a capacidade de raciocinar... Precipitou-se para Sílvia, tomou-a nos braços, estreitou-a contra o peito e pôs-se a beijar-lhe furiosamente a face, os cabelos... No primeiro momento ela se entregou, desfalecida, soltando um gemido. Os lábios dele buscavam os dela, famintos e aflitos. Mas Sílvia, de cabeça voltada para um lado, negava-lhe a boca:

— Não, não... pelo amor de Deus!

De súbito retesou o corpo, empurrou Floriano com força, desvencilhou-se do abraço, entrou no seu quarto e fechou a porta à chave.

Ele ficou onde estava, ofegante, uma névoa nos olhos, o desejo insatisfeito a doer-lhe na carne. Sentiu, mais que viu, outra presença no corredor. Maria Valéria aproximava-se sem ruído, como uma sombra.

— Quem é? — perguntou, parando a pequena distância dele.

Floriano permaneceu em silêncio, procurando conter a respiração. Suas têmporas latejavam. O suor escorria-lhe pelo peito e pelo lombo.

— É o Floriano? — insistiu a velha.

Não havia outro remédio senão responder. Era impossível que ela não estivesse ouvindo o seu resfolgar de animal acuado.

— Sim, Dinda, sou eu.

— Quem mais estava aqui?

— Ninguém.

Os olhos mortos da velha, fitos nele, pareciam ver toda a sua frustração, toda a sua vergonha, toda a sua miséria.

— Quando é que você vai voltar para o Rio?

Aquela pergunta era um indício de que ela sabia de tudo. Floriano não disse mais nada. Saiu a caminhar pelo corredor, atravessou o vestíbulo, desceu a pequena escada e ganhou a rua. Tinha a impressão de estar sujo duma sujeira viscosa e repulsiva, visível a toda a gente. Estava envergonhado e arrependido do que fizera.

Havia ferido gravemente Sílvia no corpo e no espírito. Se ao menos seu gesto tivesse sido de pura ternura... Mas não! Portara-se como um animal. Rebaixara-se aos olhos dela. Atraiçoara uma velha amizade. Atraiçoara o irmão. Atraiçoara a família inteira. Atraiçoara-se a si mesmo. Mais que nunca, compreendia agora que possuir Sílvia fisicamente não era tão importante como conservar sua amizade, sua confiança e seu respeito. Chegava a essas conclusões com o cérebro, mas sua carne ainda gritava pela da cunhada...

Entrou na rua do Comércio e tomou a direção do norte, rumo dos trilhos. Amolentava-lhe o corpo uma canseira dolorida, como se ele tivesse sido esbordoado. Doíam-lhe principalmente a nuca e os rins. Sentia a boca seca e uma ardência na garganta.

Que fazer? Que fazer? O remédio era mesmo voltar para o Rio... A Dinda tinha razão. Mas como explicar aos outros membros da família o porquê daquela decisão de ir-se assim de repente?

Parou a uma esquina e ficou a contemplar o casario da Sibéria, na encosta da coxilha, à luz daquele fim de dia. E sentiu então, com uma pungência quase insuportável, a enormidade de sua solidão.

Só voltou para o Sobrado muito tarde, quando todos estavam já recolhidos. Meteu-se logo no quarto, onde passou uma noite inquieta e insone. Tentou ler, mas não conseguiu interessar-se em nenhum dos quatro livros que tinha à cabeceira da cama. Seu pensamento voltava constantemente para Sílvia. A cena do corredor vinha-lhe à mente com frequência, e ele a ruminava numa mistura de remorso e gozo. Tentava ressentir agora, em relativa calma, as sensações daquele abraço, daquele convulsivo contato de corpos, e ao mesmo tempo se recriminava por entregar-se a essas lembranças.

Levantou-se várias vezes para lavar o rosto e principalmente para deixar a água fresca da torneira da pia cair-lhe sobre os pulsos — operação essa que lhe recordava as vigílias da adolescência. Finalmente, já alta madrugada, conseguiu dormir.

Acordou com o sol na cara e a sensação de que passara a noite inteira em claro. Tomou a sua ducha, barbeou-se, olhou para a própria imagem no espelho e refletiu. "Eis o grande moralista, o severo juiz do doutor Rodrigo Cambará."

Passarinhos cantavam nas árvores do quintal. Laurinda conversava com o verdureiro na calçada. As flores amarelas das alamandas pareciam entretidas num diálogo com os jasmineiros da padaria vizinha, que se debruçavam por cima do muro. Stein apodrecia na sua sepultura. Como era possível entender aquele mundo?

Quando uma das chinocas da cozinha veio bater à sua porta, anunciando que o café estava servido, Floriano gritou:

— Diga que não vou. Estou sem fome.

Saiu de casa sem ser visto. O dia estava morno, o céu limpo, o ar parado. Pôs-se a andar lentamente, descendo a Voluntários da Pátria. Suas pernas, com alguma cumplicidade da cabeça, o levaram para a casa do Bandeira. Encontrou-o sentado à escrivaninha, inclinado sobre um livro, com um lápis na mão.

— Olá, Floriano! Entra. Estou traduzindo o tal poema de Rupert Brook sobre os peixes. É muito curioso. Tomas alguma coisa?

— Aceito um café.

Tio Bicho foi até a cozinha e voltou de lá com a cafeteira na mão.

— Não te assustes: é café recém-passado... Mas onde te meteste ontem de noite que não apareceste no quarto de teu pai? Ele notou a tua ausência...

— Andei caminhando por aí...

— Em boa companhia?

— Péssima. Comigo mesmo.

— Deixa de fita. Tu te amas. Eu me amo. Todos nós nos amamos e nos achamos muito interessantes...

Floriano teve de sorrir.

— Algum problema?

— Sempre há problemas...

— Algo que um batráquio possa saber?

— Não.

— Então deve ser coisa muito séria. Aposto como é assunto de mulher.

Floriano ficou quase em pânico, temendo que o outro acabasse acertando no alvo, mesmo no escuro.

— Volto para o Rio dentro de poucos dias.

— Opa! Quando tomaste essa decisão?

— Ontem.

Roque Bandeira encarou o amigo com um ar inquiridor, mas Floriano apressou-se a dizer:

— Por favor, vamos falar noutra coisa.

Muito depois, quando terminavam de tomar café, Bandeira disse:

— O Camerino me contou ontem que nestes últimos dois dias teu Velho tem tido uma melhora tão grande que ele está inclinado a mandá-lo para o Rio.

— De quem partiu a ideia?

— Do teu próprio pai. E eu a acho sensata. No Rio há mais recursos médicos. E essa situação da Sônia se resolve, quero dizer... não fica essa menina metida no hotel, servindo de assunto aos mexericos locais. O passeio dela, todas as tardes às seis pela frente do Sobrado, já se tornou um dos "programas" da cidade. Quase todas as comadres das vizinhanças vêm para a janela aquela hora, para verem o espetáculo.

A manhã está linda. Podemos dar uma caminhada por aí... Se eu tivesse nascido na Grécia antiga, estou certo de que teria sido um filósofo peripatético.

— Apesar dos joanetes?

— Apesar de tudo. Vamos. O poema pode esperar.

Almoçaram juntos no Schnitzler. Cerca das duas da tarde, Bandeira declarou solene:

— Esta, meu velho, é a hora sagrada da sesta. Uma sesta completa, com sonhos, pesadelos e roncos. Obrigado pelo almoço. Nos veremos logo à noite.

Separaram-se. Floriano rondou o Sobrado por alguns minutos e por fim entrou, conseguindo chegar ao quarto sem encontrar ninguém no caminho. Deitou-se e dormiu quase imediatamente. Acordou muitas horas depois, suado e azedo, e com uma sensação de peso na cabeça. Pensou logo no chuveiro... Era curioso como um banho às vezes tinha o poder de melhorar não só a sua situação física como também a psicológica. Tio Bicho lhe dissera um dia: "Isso prova, meu velho, que teus problemas são apenas epidérmicos".

A hidroterapia aquela tarde não falhou. Floriano deixou o quarto de banho aliviado. Trocou de roupa e preparou-se para sair. Não tinha dado mais de meia dúzia de passos no corredor quando ouviu a voz de Sílvia pronunciar seu nome. Fez alto e voltou-se. Ela estava junto da porta do próprio quarto.

— Preciso falar contigo... — disse em voz baixa.

— Onde?

— No quintal. Desce e me espera. Daqui a pouquinho estarei contigo.

Floriano obedeceu. A calma e a naturalidade — sim, e também a ternura — com que Sílvia lhe falara o deixavam perplexo.

9

Sentou-se no banco debaixo dum dos pessegueiros. O sol se havia escondido por trás da torre da Matriz, e uma sombra morna e trigueira cobria o quintal. Temperava o ar a fragrância veludosa dos pêssegos maduros, mesclada com a das madressilvas e dos jasmineiros. Floriano olhou para o relógio. Não teriam muito tempo para conversar em paz, pois dentro de menos de meia hora a velha Maria Valéria como de costume desceria de mangueira em punho para regar suas plantas. Era admirável como podia fazer isso mesmo na sua cegueira. Sabia exatamente o lugar de cada arbusto, de cada árvore, de cada flor.

Floriano estava a olhar fixamente para uma lesma que se arrastava sobre a beirada de tijolos dum canteiro, deixando para trás uma esteira viscosa — quando Sílvia apareceu à porta da cozinha. Vestia uma blusa de seda creme e uma saia de linho azul. Trazia debaixo do braço dois livros e na mão um prato e uma faca. Caminhava com a cabeça um pouco projetada para a frente e apertando os olhos, como se fosse míope. Floriano ergueu-se. A expectativa punha-lhe no peito uma espécie de mancha de apreensão. Sentia um leve aperto na garganta. Fez um esforço para dominar a emoção.

Sentaram-se lado a lado em silêncio. Ela apanhou o pêssego que pendia dum galho, pouco acima de sua cabeça, e começou a descascá-lo.

— Não vejo razão — disse sorrindo — para a gente não conversar com toda a franqueza sobre o que aconteceu ontem. Afinal de contas, não somos mais crianças...

Ele sacudiu a cabeça afirmativamente, não ousando encará-la.

— Sílvia, não vou procurar me justificar. Só quero que me perdoes... e esqueças, se possível...

— Mas não! — exclamou ela, alçando o olhar. — Foi bom que tivesse acontecido.

— Bom?

— Sim. Teu gesto esclareceu muitas coisas. Tive a certeza de que me queres, e de que eu também te quero. Por outro lado, acho que chegamos os dois à conclusão de que o nosso caso não tem remédio. Fiquei mais que nunca convencida de que jamais serei capaz de atraiçoar o Jango. Respeito o meu marido mais do que imaginava. Compreendi também que, se eu o enganasse, estaria me enganando a mim mesma. E a ti também, Floriano. E então teríamos perdido o que possuímos de melhor. Não te esqueças de que somos suficientemente sensíveis para nos sentirmos feridos quando ferimos os outros.

Ele sacudiu a cabeça, concordando.

— Mas mesmo assim não me perdoo pelo que fiz. Destruí a imagem ideal que eu tinha de mim mesmo, e (vou ser sincero) que queria que tivesses de mim...

— Não te preocupes. Se eu disser que de certo modo secreto e muito difícil de explicar eu desejei que aquilo acontecesse... isso te tranquilizaria?

A franqueza dela o contagiava.

— Sim, talvez. Mas essa ideia também me excita um pouco como homem. E de novo me envergonho por causa desse sentimento carnal. É um círculo vicioso infernal...

— Aí está o teu engano. Ninguém deve envergonhar-se do que sente. Não somos responsáveis pelo que nosso corpo deseja, mas sim pelo que fazemos com ele.

Deu-lhe o pêssego que acabava de descascar. Era um molar pequeno de polpa branca, macia e sumarenta. Floriano meteu-o inteiro na boca e teve a impressão de que ele se derretia, doce e saboroso.

Sílvia tornou a falar:

— A renúncia para mim não teria sentido se eu não tivesse encontrado Deus. Mas encontrei, Floriano. Não sei por que não te havia contado isso antes...

— Eu desconfiava que alguma coisa importante tinha acontecido na tua vida.

Tirou da boca o caroço de pêssego e, num impulso juvenil, chutou-o para longe. Depois disse:

— O fato de teres encontrado Deus torna o meu gesto ainda mais grosseiro.

— Ora, não leves a coisa tão a sério. Não sou nenhuma Teresinha de Jesus. Sou uma mulher como as outras. Cheia de defeitos, vulnerável, capaz de pecar e me arrepender, e de pecar de novo...

— Dizes isso por pura caridade, para me apaziguar a consciência.

— Estás enganado. É o que eu penso mesmo. Ninguém pode viver impunemente. Existir é estar aberto a todas as paixões do mundo e às suas consequências...

Agora era ela que comia o seu pêssego. De quando em quando, Floriano lançava rápidos olhares na direção da casa.

— A ideia de que não és feliz — disse ele — me deixa perturbado e também infeliz.

— Eu era infeliz. Já não sou mais, quero dizer, *permanentemente* infeliz como antes. Tenho os meus momentos de dúvida, sofro ainda ataques do "inimigo cinzento"... mas são meros acidentes sem maior importância. O conhecimento e o amor de Deus me deram olhos para descobrir um desenho coerente, um sentido na vida.

— Mas não é justo que tu sejas sempre quem tem de renunciar. Tens obrigações para contigo mesma e não apenas para com os outros.

— Ora, um dia vais compreender que essa separação entre *nós* e os *outros* não é tão nítida como parece. Não descobriste ainda que para os outros nós somos os outros?

Ele se surpreendia e maravilhava de vê-la e ouvi-la falar assim, com aquela serena segurança de si mesma e ao mesmo tempo com um jeito tão despretensioso e autêntico.

— Outro pêssego?

Ele aceitou.

— Desde que cheguei, Sílvia, tenho pensado muito em ti. Considero-me responsável pela tua situação matrimonial. Em 1937 me portei como um idiota. Devia ter corrido para te suplicar que casasses comigo. Agora estou pagando caro o meu erro.

Ela sorriu.

— Para um homem que não acredita em Deus, tens um sentimento um tanto exagerado de responsabilidade moral.

Ele encolheu os ombros. Tornou a olhar para a lesma, que se arrastava lerda e paciente sobre os tijolos, e lembrou-se das crueldades do menino Zeca, que gostava de deitar sal de cozinha sobre aqueles bichos, para vê-los se retorcerem em agonia.

— Repito que não deves levar toda essa história tão a sério — tornou Sílvia.
— Ninguém, a não ser tu e eu, sabe do que se passou ontem. Vamos fazer um

trato: não aconteceu nada. Atrasamos os nossos relógios e recomeçamos tudo desde o momento em que saí do meu quarto e te encontrei no corredor. Eu te sorri, tu me sorriste, trocamos duas palavras e eu continuei o meu caminho. Está feito?

— Como me sinto pequeno perto de ti!

— Por favor, não me idealizes. Prefiro que me vejas como sou, se tal coisa é possível.

Pegou os dois livros de capa azul que estavam a seu lado, sobre o banco.

— Sabes o que é isto? É o meu diário íntimo... intimíssimo, começado em 1941... Confesso que passei boa parte da noite pensando se devia ou não te deixar ler essas coisas tão pessoais... essas confissões que a gente às vezes tem pudor de fazer até a si mesma. Acabei concluindo que devia. O assunto está resolvido e não quero pensar mais nele.

Floriano a escutava, comovido.

— E sabes por quê? — prosseguiu ela. — Porque quero que me conheças melhor... que tenhas a medida das minhas imperfeições, e não te recrimines pelo que possas sentir com relação a esta tua amiga. Ah! Tenho duas condições importantes a impor. A primeira é que não deves de maneira alguma deixar estes volumes caírem nas mãos de outra pessoa. Isso é fundamental. Eles contêm explosivos suficientes para ferir muita gente, principalmente o Jango... e a mim mesma. Acho que tu também vais sair dessa leitura com algumas escoriações, mas nada de grave... Bom, agora vem a segunda condição.

— Qual é?

— Seja qual for a tua impressão da leitura do meu diário, quero que me devolvas estes dois livros em silêncio, sem o menor comentário. Estamos entendidos?

Floriano sacudiu a cabeça afirmativamente. Ela lhe entregou os dois volumes, sorrindo:

— O conteúdo é um pouco melhor que as capas, isso eu posso te garantir. Mas põe essas coisas no bolso, antes que alguém veja...

Ele obedeceu, murmurando:

— Obrigado.

— Quero que aceites este meu gesto como uma prova (a maior que te posso dar) de confiança e de afeto... Por que não dizer sem medo a palavra exata? De amor... Sim, amor, por que não?

Por alguns segundos, ficaram a contemplar-se num silêncio grave e enternecido.

— Ah! — fez ela. — Chamo a tua atenção para a última página do diário. Foi escrita ontem. Explica muita coisa. Inclusive talvez o meu futuro.

Deu-lhe outro pêssego, que ele mordeu, olhando para os lábios dela.

— Sempre viveste procurando a liberdade... — disse Sílvia. — Descobri que a verdadeira, a grande liberdade é a aceitação dum dever, duma responsabilidade. Não há no mundo ninguém menos livre do que o egoísta... ou o homem *detaché*. É um perigo a gente pensar que liberdade é sinônimo de solidão.

901

— Cheguei à mesma conclusão por outros caminhos. — Ele sorriu: — Sempre me senti responsável por ti e, como te disse, isso me perturbava. Agora que encontraste Deus, estou tentado a entregar-te a Ele, que tem as costas mais largas...

— Suficientemente largas para aguentar todos os problemas do mundo, inclusive os teus. Vou rezar por ti. Outro pêssego?

— Sim, o último.

— Por quê? Espero que haja outros no futuro. Os pêssegos da amizade. A nossa páscoa.

Novo silêncio.

— Que pensas fazer agora? — perguntou ela.

— Escrever outro romance.

— Sim, mas fora da literatura?

— Estamos numa encruzilhada. O mundo. Este país. Esta família. Eu.

— Mas a gente não está sempre a cada passo encontrando encruzilhadas? Só um cavalo com tapa-olho não as enxerga...

Naquele momento Maria Valéria assomou a uma das janelas do fundo do casarão. Sílvia e Floriano levantaram-se e ficaram frente a frente.

— Aqui nos despedimos — murmurou ela. — Acho que não teremos outra oportunidade para uma conversa como esta. Cuida do diário. Cuida de ti. Vai com Deus.

— Posso te dizer o que estou pensando?

— Claro. Seja o que for.

— Neste momento estou te abraçando — sussurrou ele —, te beijando os cabelos, os olhos, a face, a testa, os lábios, com a maior ternura.

Ela cerrou os olhos e disse:

— Sou a tua imagem no espelho.

A voz da velha soou áspera na calma pastoral da tarde.

— Floriano!

— Que é, Dinda?

— Teu pai está te chamando.

10

Antes de subir ao quarto do pai, Floriano entrou no seu próprio e guardou o diário numa das gavetas da velha cômoda, debaixo de suas camisas e, ao sair, fechou a porta à chave.

Rodrigo recebeu-o com uma cordialidade triste e preocupada. Ai-ai-ai... — pensou Floriano — que terá acontecido?

— Enfermeiro! — chamou o senhor do Sobrado. Erotildes imediatamente apareceu à porta. — Daqui por diante não recebo mais ninguém, seja quem for.

— Nem o doutor?

— Nem o bispo. Floriano, fecha essa porta com o trinco... Isso! Agora te senta aqui perto de mim.

Floriano arrastou uma cadeira para junto da cama, sentou-se e esperou o pior. O pai mirou-o por alguns segundos em silêncio e depois disse:

— Temos um negócio muito sério a discutir.

— Que coincidência! Há dias que venho pensando em ter uma longa conversa com o senhor...

— Sobre quê?

— O meu assunto é muito comprido. Vamos primeiro ao seu.

— A pergunta que vou te fazer não é fácil nem agradável. Trata-se duma situação muito delicada, que me tem trazido preocupado... Tens de me falar com toda a sinceridade, mas *toda*, estás compreendendo? Nada de subterfúgios: quero respostas diretas. Posso contar com tua franqueza?

— Pode.

— Está bem. Não farei rodeios. É a respeito de Sílvia... Que é que há entre vocês dois?

Floriano sentiu a pergunta no peito com o impacto dum murro.

— Nada — respondeu automaticamente.

— Palavra de honra?

Floriano ergueu-se, postou-se aos pés da cama, agarrou-lhe a guarda com força, com ambas as mãos.

— Não nego que sempre gostei da Sílvia e que fui um idiota por não ter casado com ela.

— Mas ela gosta de ti? Vamos, responde!

Floriano hesitou. Teria o direito de revelar os sentimentos da cunhada? Não acreditava que o pai pudesse compreender a verdadeira situação... Refletiu: "Qual seria a melhor maneira de eu me exercitar para a desejada conversa com o Velho senão começando desde já a usar a mais brutal das franquezas?".

— Ontem de tardezinha, encontrei a Sílvia no corredor... Estávamos os dois sozinhos. Eu me portei como um canalha: abracei-a e tentei beijá-la...

Rodrigo abriu a boca num espanto.

— Tu? Não respeitaste a mulher do teu irmão?

Floriano encarou o pai e, sem rancor mas com firmeza, perguntou:

— Quantas vezes o senhor desrespeitou esta casa... e as mulheres dos outros?

Arrependeu-se imediatamente dessas palavras, porque Rodrigo soergueu-se brusco, vermelho de cólera, os olhos chispantes, como se quisesse levantar-se para agredi-lo fisicamente. Tornou, porém, a deixar cair a cabeça sobre o travesseiro. As pregas da testa se desfizeram, a boca perdeu a rigidez e os olhos recuperaram a sua quente simpatia humana. Ficou a olhar fixamente para o filho, num silêncio magoado.

— Quer me bater na cara? — perguntou Floriano, tornando a sentar-se. — Bata se isso lhe faz bem. Mas vamos continuar a ser francos um com o outro. Se me chamou para me repreender como se eu fosse ainda um menino, não chegaremos a parte nenhuma. Mas se quer ter comigo um diálogo franco de homem para homem, poderemos ir longe. E eu quero ir muito longe. Refiro-me a outros assuntos...

Em voz agora baixa, num tom que era quase de queixa, Rodrigo perguntou:

— Por que fizeste isso, meu filho?

— Ora, foi um desses impulsos de que o raciocínio não participa. O senhor não negará que teve centenas deles na sua vida...

— Mas logo com a mulher do teu irmão!

— Naquele momento a Sílvia era para mim apenas uma mulher. Sem rótulo... As coisas são mais complicadas do que parecem à primeira vista.

— Como foi que ela reagiu?

— Está claro que me repeliu. E eu saí de casa envergonhado do que tinha feito, furioso comigo mesmo, desejando me sumir...

— Mas não me vais negar que ela gosta de ti...

— Que importância pode ter agora esse pormenor?

Por alguns segundos, Rodrigo ficou a sacudir a cabeça lentamente, dum lado para outro.

— Acho que devias voltar para o Rio o quanto antes.

— Estou de acordo.

— Logo tu! Tu, o tímido, o retraído... Sempre te censurei por não usares esse corpo. Vivia te dizendo que era bom soltar de vez em quando o Cambará que tens dentro de ti, preso pelos Terras e pelos Quadros. Mas não com a tua cunhada, evidentemente. Há milhões de outras mulheres bonitas no mundo. A troco de que tinhas de escolher a Sílvia?

Floriano nunca ficou sabendo por que chegou a dar voz a um pensamento perverso que lhe veio à cabeça, nem como teve coragem para tanto:

— Se fosse a Sônia Fraga, o senhor teria ficado menos chocado?

Rodrigo tornou a soerguer-se bruscamente.

— Por que te lembraste dela?

— É mulher, é atraente e está na cidade.

— Estiveste com ela?

— Não. Nunca. Nem pretendo estar.

— Eu sabia que mais cedo ou mais tarde ias puxar esse assunto. Pois fica sabendo que eu faço o que entendo e não tenho de dar satisfação a nenhum calhorda. Fui ao hotel e dormi com ela. Não nego. Se não estivesse aqui esculhambado nesta cama, eu voltaria lá hoje mesmo, estás ouvindo? E ia fazer isso às claras, na cara de todos esses maldizentes e hipócritas de Santa Fé.

— Está no seu direito. A sua vida é sua. Esse corpo é seu.

Floriano agora sorria. Falar franco era mais fácil do que ele imaginara. A franqueza era um vinho capitoso. Tinha chegado finalmente a desejada hora de seu acerto de contas com o Velho. Aquela tarde no quintal, ele aprendera com Sílvia uma grande lição de sinceridade.

Rodrigo lançou-lhe um olhar enviesado em que o tom de hostilidade não passava duma paródia.

904

— Confessa... Subiste aqui resolvido a falar na Sônia. Queres que eu mande a menina de volta para o Rio. Sempre foste do lado da tua mãe...

— Está enganado. Meu assunto é outro. Muito mais complexo.

— Desembucha então.

Floriano hesitava.

— Como é que vou falar franco se o senhor se exalta quando digo coisas que não lhe são agradáveis?

— Deixa de bobagem. Não sou nenhuma sensitiva.

— Discordo. O senhor é uma das maiores sensitivas que conheço.

— Dizes isso porque não escondo o que sinto, não recalco nada. Se um palavrão me vem à ponta da língua, eu não engulo, solto.

— Está bem. Diga todos os nomes feios que quiser. Mas me escute e trate de me compreender. Não espero nem quero que concorde com tudo quanto lhe vou dizer.

— Vamos, então.

— O assunto é comprido. Está mesmo disposto a ouvir?

— Naturalmente, homem.

— Está bem. — Floriano tornou a erguer-se, deu uma volta pelo quarto e depois parou ao pé da cama. — Talvez não seja de seu conhecimento, mas o senhor tem sido um dos maiores problemas da minha vida.

— Eu? Por quê?

— Quando menino inventei um pai ideal, exemplar, e esperei que o senhor correspondesse a essa fantasia, o que não aconteceu.

— Não estou te entendendo... Troca isso em miúdos.

— À medida que eu crescia, fui aos poucos descobrindo suas fraquezas, seus pontos vulneráveis, em suma, seus *defeitos*, para usar da terminologia dos moralistas, que não aceito com a razão mas à qual me habituei emocionalmente.

— Que é que esperavas que eu fosse? Santo Antão Eremita? Santo Agostinho?

— Talvez. E mais são Jorge no seu cavalo branco. E Ricardo Coração de Leão. E Mirabeau. E Tom Mix. E Rui Barbosa... Tudo isso num homem só: meu pai.

— Que tenhas imaginado todas essas besteiras quando menino, compreendo. Só não entendo como é que até hoje essas coisas possam ainda te preocupar.

— Temos de começar pelo princípio da história. E afinal de contas, o menino continua a morar no homem...

Rodrigo estava intrigado. Tirou um cigarro do bolso do casaco do pijama e prendeu-o entre os lábios. Floriano apressou-se a acendê-lo com o isqueiro que estava em cima da mesinha.

Escurecia aos poucos. Da rua vinham vozes humanas de mistura com a algazarra dos pardais que àquela hora voltavam para as árvores da praça.

— Uma vez no Capão da Jacutinga (eu teria os meus quinze anos), vi o senhor em grande atividade em cima duma das caboclas do Angico.

905

Floriano não saberia como descrever a expressão do rosto do pai naquele instante: um misto de surpresa, malícia, orgulho, saudade...

— Eu desconfiava disso. Te vi saindo do capão aquela tarde. Foi pouco antes da tua entrada para o Albion College... E se te interessa saber o nome da chinoca, era a Antoninha Caré. Satisfeito?

— Depois... havia aquelas incontáveis caboclinhas que vinham aqui para casa. O senhor vivia metido com elas pelos cantos, erguendo-lhes as saias, apalpando-as, dizendo-lhes segredinhos...

Rodrigo soltou uma risada:

— Que memória!

— Não vim pedir que o senhor se declare arrependido de todas essas coisas ou que me peça desculpas. Quero só que pense na minha situação. Eu via o mundo através dos rígidos princípios de moral das damas do Sobrado, mas sentia-o com o meu corpo de Cambará. Meu pai era um pouco o meu rival. Por outro lado, eu temia que minha mãe (de quem eu sentia uma pena enorme) o apanhasse numa dessas escapadas eróticas e viesse a sofrer com isso.

— Mas por que é que essas coisas todas ainda te preocupam vinte anos depois?

— Espere. Lembra-se da Amelinha Bernardi?

Rodrigo franziu a testa.

— Vagamente.

— Vou lhe refrescar a memória. Filha dum relojoeiro italiano das vizinhanças. Uma menina corada, crescida para os seus quatorze anos, já com os seios apontando, uns olhos vivos e escuros, uma voz meio rouca...

— Ah... acho que agora me lembro.

— Foi durante as férias de verão, depois de meu primeiro ano de internato. A Amelinha era minha namorada... um desses amoricos duma adolescência livresca: mescla de lirismo e sensualidade... talvez mais lirismo que outra coisa. Muito bem. Na véspera de Natal, mamãe convidou a Amelinha para vir à noite ao Sobrado. Ficamos os dois conversando ou, melhor, olhando um para o outro a um canto da sala. Havia muita gente na festa. Na hora em que todos foram para a mesa, notei que minha namorada havia desaparecido. Saí a procurá-la pela casa, com um mau pressentimento, e o meu instinto me levou para o escritório. Abri a porta e vi uma cena que me deixou siderado... A Amelinha estava sentada no seu colo, o senhor lhe mostrava as gravuras dum livro, uma de suas mãos estava inteira em cima do seio esquerdo da menina e a outra lhe apertava a coxa, por baixo do vestido... Lembra-se?

Floriano julgou perceber uma tonalidade amarela no sorriso do pai.

— E por que eu não podia estar mesmo mostrando figuras à menina? Então tu imaginas...

Floriano interrompeu-o com um gesto.

— É inútil disfarçar... A coisa estava clara. Eu não o censuro por ter feito aquilo. Nem discuto o seu *direito* de fazer... Mas quero que pense um pouco em mim. A Amelinha era a minha namorada, e o senhor sabe o que é uma paixão dos dezesseis anos. Quando me viu entrar no escritório, ela ficou com o rosto ainda mais vermelho que de costume. Saltou para o chão. O livro caiu. Eu voltei as costas e fugi correndo... me meti na água-furtada e não saí mais de lá senão depois que o último convidado foi embora. É desnecessário dizer que nunca mais olhei para a filha do relojoeiro. Nem para o senhor, pelo menos por algumas semanas...

Rodrigo sacudia a cabeça, como que relutando em acreditar no que acabara de ouvir.

— Tens a certeza de que não estás fantasiando?

— Absoluta.

— Se não me engano, essa Amélia Bernardi está hoje casada e mãe de filhos. Já vês que as minhas apalpações não lhe fizeram nenhum mal...

— Mas fizeram a mim. Me deixaram uma marca. Prepare-se, porque não vai gostar do que vem agora...

Rodrigo estendeu o braço e acendeu a lâmpada de cabeceira.

— Vamos usar a técnica dos romances antigos — prosseguiu Floriano — e dizer que se passaram nove longos anos. Estamos no Rio, no Cassino da Urca, numa noite de fins de 1935. O senhor não compareceu para fazer a sua fezinha na roleta porque estava no Palácio Guanabara, numa vigília cívica ao lado do presidente. (Isso foi dois dias depois do levante comunista da Praia Vermelha.) Nessa noite eu me encontrava no *grill-room*, entre orgulhoso e chateado da minha solidão, quando avistei a mulher que todo o mundo apontava como sendo a amante do doutor Rodrigo Cambará. A peruana, lembra-se?

— Como é que não vou me lembrar, homem? A Amparo Garcez. Grande fêmea.

— Achei a criatura atraente e resolvi convidá-la para dançar. Havia dezenas de outras mulheres no salão, mas eu só via uma: a peruana que era a amante de meu pai. Contra meu hábito, tomei duas doses de uísque, para criar coragem, e fui...

— É incrível! Tu?

— Eu.

— E ela aceitou o convite?

— Por que não? Saímos a dançar. Eu estava meio no ar...

— Ela sabia quem tu eras?

— Descobriu logo. *Yo sé quien eres. Te pareces mucho con tu papá.*

Rodrigo estava de novo sentado na cama, tenso, o cigarro colado ao lábio inferior.

— E depois?

— Sugeri com a maior delicadeza de palavras que fôssemos para a cama.

— Ela foi?

— Está com ciúme?

— Foi ou não foi? — gritou Rodrigo.

— Não foi. Perguntou se eu não tinha vergonha na cara.

— E tu insististe?

— Insisti.

— Mas por quê? Por quê?

— Eu podia dizer que o namorado enganado se vingava, mas isso seria simplificar demais o problema. Havia outros motivos... muitos outros. Por exemplo, um sentimento de identificação... Naquela noite eu *era* o doutor Rodrigo Cambará. É possível também que o menino Floriano estivesse tentando roubar do pai a rival da mãe. Sei lá!

Fez-se um silêncio ao cabo do qual Rodrigo perguntou:

— A Amparito não dormiu mesmo contigo?

— Não.

— Palavra de honra?

— Palavra de honra.

— É engraçado... Ela nunca me contou esse fato. Nem disse que te conhecia pessoalmente...

Floriano encolheu os ombros. Rodrigo tornou a falar:

— Não sei ainda aonde queres chegar com todas essas histórias.

— Tenha paciência. Entre outras coisas, quero lhe mostrar como era imoral este moralista.

— É fantástico!

— E fascinante. Há tempos que ando com estas coisas atravessadas na garganta, com um desejo danado de botá-las para fora na sua frente. Nunca imaginei que fosse tão fácil falar com esta franqueza. Nem tão gostoso.

11

Era já quase noite fechada. Rodrigo acendeu outro cigarro.

— Terminaste? — perguntou.

— Não. Agora vem talvez a parte mais séria para mim. Trata-se dum acontecimento que me marcou para o resto da vida.

Rodrigo fez uma careta que exprimia ao mesmo tempo perplexidade, dúvida e uma vaga impaciência.

— Noite de 3 de outubro de 1930 — murmurou Floriano, olhando para o pai bem nos olhos.

Rodrigo ergueu vivamente a cabeça.

— Se vais me falar no Quaresma, desde já te previno que atirei nele em legítima defesa. Tu mesmo foste testemunha. O rapaz fez fogo primeiro e me feriu o braço. Depois, ninguém pode afirmar que foi o meu tiro que o matou. Os sargentos o crivaram de balas. Foi um fuzilamento.

Enquanto o pai falava, Floriano sacudia a cabeça numa lenta, paciente negativa.

— Não me refiro a isso, mas ao que aconteceu depois.

— Depois?

— O filho do doutor Rodrigo Cambará não teve a coragem de erguer a sua arma e atirar no oficial. O pai, furioso, deu-lhe um pontapé no traseiro e gritou: "Covarde! Não és meu filho! Vai pra baixo da saia da tua mãe, maricas!".

Havia uma expressão de espanto na cara de Rodrigo. Era como se estivesse ouvindo uma história fictícia.

— Ora, Floriano, tu sabes... Eu estava com os sentidos perturbados. Tinha sido obrigado a atirar num amigo, estava ferido, perdendo sangue. Tens de levar em conta todos esses fatores...

— Está bem. Mas não negue que estava envergonhado por ter visto seu filho fazer papel feio na frente dos sargentos. Meu ato de covardia de certo modo o atingia, papai, o diminuía. Foi por isso que o senhor se apressou a me renegar ali no pátio do quartel. Preste bem atenção nas suas palavras: "Não és meu filho!".

— Me deixa explicar...

Floriano ergueu o braço:

— Por favor, não se justifique. Escute. Passei o resto da vida com a marca daquele pontapé nas nádegas. Sabia que tinha perdido a sua estima e isso me doía. Fiz uma autoanálise tão rigorosa quanto me foi possível na época, e concluí que tenho um horror visceral à violência. Matar o Quaresma ou qualquer outro homem teria sido para mim uma espécie de suicídio. A bala que o atingisse me teria também atingido, irremediavelmente. Que fazer então? Decidi que devia resignar-me à ideia da minha falta de coragem física. É preciso um certo tipo de coragem para admitirmos que temos medo. Mas a coisa toda não é tão simples assim. Quando pensei que havia aceito definitivamente essa condição, me surpreendi várias vezes a querer provar a mim mesmo que eu não era nenhum poltrão. Não vou descrever todas as tentativas que fiz nesse sentido. Vou contar apenas uma, talvez a mais estúpida de todas. Treze anos depois daquela noite de outubro, eu estava na cidade do Panamá em férias, sentado a uma mesa, num café do *bas-fond* e me divertindo a olhar os tipos internacionais que bebiam e conversavam ao redor daquelas mesas: panamenhos, hindus, chineses, malaios, americanos, turcos, alemães, antilhanos... Tomava mentalmente as minhas notas, com a ideia de mais tarde escrever sobre aquela cidade, aquele café e aquele momento. Pois bem. Lá pelas tantas, armou-se entre dois marinheiros uma briga que acabou se generalizando. Foi o que em inglês se chama um *free for all* e que, traduzido livremente para a língua gaúcha, é um "pega pra capar". Uma coisa infernal... gritos, mesas caindo, garrafas, copos e cadeiras voando dum lado para outro... indivíduos com caras patibulares de navalha ou faca em punho... Mais da metade da freguesia do café, especialmente o elemento feminino, fugiu espavorida. Meu primeiro impulso foi o de sair também correndo para a rua, mas me veio de repente uma necessidade de ficar, de provar a mim mesmo que não estava com medo. Fiquei onde estava, segurando o meu copo e tratando de não ser atingido pelos objetos que passavam zunindo no ar. Vi um homem rolando no chão, com as mãos segurando o ventre de onde o sangue esguichava. Eu estava rígido, com o coração batendo descompassado, um frio nas tripas, a boca seca... Houve um momento em que senti novo ímpeto de disparar, mas ouvi mentalmente a sua voz, doutor Rodrigo, sim, a sua voz: "Fica sentado, covarde!". Fiquei. Um gesto temerário e perfeitamente insensato. Eu estava me mostrando para mim mesmo. Sim, e um pouco para o senhor... isto é, para a sua imagem que estava na minha mente me dando pontapés nas nádegas. Não é cômico?

— E eu que nem sequer suspeitava disso! — exclamou Rodrigo. — E dizer-se que com uma frase eu poderia ter te evitado todas essas complicações!

— Não. Nada de generosidades. Num caso como esse, elas só servem para retardar ou impedir a solução do problema. Não se trata de perdoar nem de esquecer, mas sim de meter fundo o bisturi e tratar de arrancar o tumor inteiro, com raiz e tudo. E é mais fácil fazer isso agora, que o tempo anestesiou o paciente.

— Mas quem é o paciente... eu ou tu?

— Eu. Pelo menos fui eu quem sentiu a necessidade desta intervenção cirúrgica.

— Nesse caso és o operador e ao mesmo tempo o operado.

— Nisso é que está o estranho da coisa toda. Ninguém é bom cirurgião quando opera no seu próprio corpo. Ou não corta o suficiente ou corta demais. Mas talvez isto não passe duma frase...

Fez-se um novo silêncio. Rodrigo olhou para o filho:

— Tu te fazes uma grave injustiça, esquecendo outra noite de tua vida. Refiro-me a 31 de dezembro de 1937. Um covarde não faria o que fizeste, investir contra um bandido armado de navalha...

— Bom, naquela noite o que fiz foi o que todo o homem mais cedo ou mais tarde tem de fazer, se quiser ficar completamente adulto: matar os espectros da infância. Aquele melenudo era a encarnação dos ogres, lobisomens e fantasmas que assombraram a minha meninice. Tentei liquidá-los todos com uma garrafada. Está claro que a motivação imediata foi evitar que o bandido matasse o tio Toríbio com uma navalhada. Mas a força, a fúria com que me atirei pra cima dele e lhe quebrei a cabeça vieram dos meus terrores infantis.

— Não sei se aceito tua interpretação. Por que complicar as coisas?

— E por que simplificá-las? Não sou nenhum herói. Disso tenho a certeza. Esse ato de violência me provocou náusea. A ideia de que eu podia ter matado aquele homem me deixou gelado, me perturbou por muito tempo. Repito que tenho horror à brutalidade. Um horror profundo tanto do corpo como do espírito. Tio Toríbio morreu praticamente nos meus braços. Seu sangue escorreu pelo meu ventre, pelos meus órgãos genitais, pelas minhas pernas. Eu quisera que essa espécie de batismo tivesse tido a virtude de transmitir-me a coragem extraordinária daquele homem. Nada disso aconteceu. Continuo a ser o que sempre fui. *E é assim que o senhor tem de me aceitar ou repudiar.*

— Te dou a minha palavra de honra — mentiu Rodrigo, caridosamente — que há muito tempo me saiu da lembrança essa noite de 3 de outubro de 1930.

— Não esteja tão certo disso. Mas quero lhe dizer algo mais. Prometi dizer tudo, mesmo que lhe doesse. Está preparado?

— Claro, homem, toca pra frente!

— O Bandeira uma noite destas ofereceu outra interpretação para o meu comportamento aquela noite. O meu gesto não foi de pura covardia. Minha mão ficou imobilizada *porque eu não estava interessado em salvar a sua vida*.

— Ora vai-te à merda! — exclamou Rodrigo entesando bruscamente o busto.

— Não atiraste no tenente porque eras amigo dele, porque tinhas dezenove anos... porque não é fácil matar um homem. Mas não me venhas com Freud. Ah, essa não! A troco de que santo havias de desejar a morte do teu pai?

— Eu sabia que sua reação ia ser essa. É duro para um pai ouvir o que acabei de dizer... Também é duro para um filho *dizer*... Mas não se esqueça que o Bandeira se refere a um desejo *inconsciente*. E eu não lhe disse que aceito a hipótese...

— Se não aceitas, por que a mencionaste?

— Esta é a hora da verdade. Quero desabafar... e não tocar mais, nunca mais, nesses assuntos.

— Vocês literatos!

Rodrigo apanhou o copo d'água que estava em cima da mesinha de cabeceira, tomou um gole, olhou para o filho e, resserenado, perguntou:

— Já terminaste?

— Não. Temos ainda o capítulo do Rio de Janeiro.

— Teu romance está ficando comprido demais.

— Meu romance? Não. *Nosso* romance.

Rodrigo sorriu.

— Seja. Mas é bom esclarecer a situação. Tu escreves e eu *vivo*.

— De acordo. Queira ou não queira, o senhor tem sido a minha personagem principal. O meu "pai pródigo". Seu comportamento no Rio me intrigou, me inquietou, me decepcionou, me fascinou... tudo isso alternadamente ou ao mesmo tempo, não sei...

— Mas por quê? Que esperavas de mim?

— Talvez o cumprimento das promessas de seus discursos revolucionários: a regeneração de costumes, a salvação da República... enfim, todas aquelas frases heroicas pronunciadas antes e durante a famosa "arrancada de 30".

— Achas também que "traí" a Revolução?

— Não. Achei (note que uso o verbo no passado), achei que o senhor havia traído a mim, o seu filho, por não se portar de acordo com o seu retrato romântico que o menino e o adolescente haviam pintado na minha mente com as tintas da fantasia.

— Tu não podes me acusar...

Floriano interrompeu-o:

911

— Por favor, não use essa palavra. Eu não o estou acusando de nada, estou apenas...

Rodrigo não o escutava mais. Sentado na cama, com o dedo quase a tocar o nariz do filho, dizia:

— Não sou santo, graças a Deus. Sou dos que comem quando têm fome e bebem quando têm sede sem se preocuparem com o que possa dizer a Bíblia, o vigário ou a opinião pública. Se alguma vez me contradisse, foi porque estava vivo. Nem Cristo se livrou das contradições. Um dia recomendava que oferecêssemos a face direita a quem nos tivesse batido na esquerda, e no outro expulsava os vendilhões do templo a chicotadas. E ele era santo. Eu sou um homem. E tu, que és romancista, deves saber tão bem ou melhor que eu o que era ser um *homem* no Rio de Janeiro, entre 1930 e 1945...

Floriano escutava, sorrindo. Quando o pai fez uma pausa, ele tornou a falar.

— Os livros de história e as antologias que lemos na escola foram todos escritos ou preparados do ponto de vista do menino e do adolescente, quero dizer, são uma glorificação, uma idealização da figura do Herói e do Pai. Se as vidas de nossos homens públicos tivessem sido contadas sem censura, em toda a sua extensão e profundidade humana, veríamos que essas criaturas tinham defeitos, falhas de caráter: cometiam erros e se contradiziam. O que ficou de suas vidas e de suas personalidades nesses livros escolares que nos prepararam tão mal para a vida, foi uma síntese dourada, por assim dizer *pasteurizada*, para efeitos cívicos. Nem mesmo os santos foram perfeitos. A santidade não é uma soma absoluta de parcelas de perfeição, mas uma espécie de luta entre o Débito e o Crédito, o Mal e o Bem, e da qual ficou um saldo considerável a favor do bem. O adulto hoje sabe disso, mas o menino e o adolescente, que são meus inquilinos crônicos, insistiam em cultivar, manter imaculado na parede de suas casas o retrato ideal do pai. A culpa, portanto, doutor Rodrigo Cambará (e *culpa* não é a palavra exata), não foi sua. Era isto que eu tinha a lhe dizer.

Rodrigo contemplava agora o filho, entre sensibilizado e perplexo.

— E eu que pensei que não representava nada para ti!

— Há pessoas que continuam vida em fora presas às mães por um cordão umbilical psicológico. Comigo se passou o contrário. Esse cordão me prendia a meu pai.

Rodrigo riu alto.

— O que estou tentando fazer com esta conversa — explicou Floriano — é cortar definitivamente esse cordão. Para meu bem, está entendendo?

— Acho essa coisa toda muito literária e rebuscada... mas compreendo.

— Fiz minha primeira tentativa nesse sentido em 1938. Lembra-se? Pedi demissão de meu emprego público e quis sair de casa. Eu precisava liquidar certas contradições de minha vida. Não podia continuar criticando uma engrenagem da qual eu era parte, nem atacar o parasitismo quando eu próprio era um parasita.

Rodrigo cruzou os braços, ficou alguns instantes a olhar o pedaço de noite que a janela emoldurava, e depois disse:

— Nunca tive preferência por nenhum de meus filhos... Bom, talvez pela Alicinha, quando vocês eram pequenos. Mas depois não. Reparti entre vocês todos o meu afeto, em partes iguais. Mas eu mentiria se negasse que sempre tive por ti um certo *beguin*, não sei, decerto por causa da nossa parecença... Parecença só física, porque em matéria de temperamento tu és Terra e Quadros até a raiz dos cabelos. É verdade que naquela noite de outubro, no quartel de Artilharia, fiquei furioso contigo. Tudo quanto te disse naquele momento foi sentido, sincero. Mas depois, quando esfriei, confesso que me arrependi. Havia uma coisa maior que tudo: a minha afeição pelo meu filho. Eu quis te falar, mas tu te fechaste no teu refúgio, não quiseste me ver, não foste à estação para te despedires de mim. Isso me magoou. E se mais tarde não toquei no assunto, foi para não reabrir a tua ferida, estás compreendendo? Depois... bom, depois te foste afastando de mim aos poucos, sempre mais chegado à tua mãe, o que é natural... Sempre foste um homem reservado, retraído, difícil. Estou admirado de como te abriste hoje...

Fez uma pausa, atirou o toco de cigarro no cinzeiro e prosseguiu:

— Reconheço que tenho sido um pai autoritário, exclusivista, absorvente, talvez um pouco egocêntrico, não sei... Mas que diabo! Ninguém pode viver de acordo com livros ou almanaques, e sim com seus nervos, suas glândulas, suas vísceras, seu temperamento, seu corpo... Foi bom termos tido esta conversa. Muita coisa fica esclarecida.

Pousou a mão no joelho do filho, encarando-o.

— Nunca te esqueças do que vou te dizer agora. Vocês literatos escrevem romances, poesias e ensaios. Os filósofos interpretam a vida e o mundo. Os cientistas e os técnicos inventam ou descobrem coisas e procuram domar a natureza, pondo-a a serviço do homem. Mas para fazer uma civilização não bastam os literatos, os filósofos, os santos, os profetas, os cientistas e os técnicos. É preciso também homens de ação e paixão como o teu trisavô, o capitão Rodrigo, e como o teu tio Toríbio, homens que não têm medo de sujar as mãos de barro, nem mesmo de sangue, quando necessário. Sem esse tipo de gente, a roda da história não anda...

Floriano sentou-se na beira da cama, apertou a mão do pai e murmurou:

— Quanto àquele outro assunto, fique tranquilo. A Sílvia é da fibra das Anas Terra, das Bibianas, das Marias Valérias e das Floras. E a minha promessa está de pé. Irei embora para o Rio o mais depressa possível.

— Estou tranquilo. Tua palavra me basta.

Floriano olhou para seu relógio de pulso.

— Bom. Acho que não é demais tentar de novo esclarecer o que procurei com toda esta conversa. Foi um cordial, honesto acerto de contas. Aceite-me como sou e eu o aceitarei como é. Sem idealizações, sem ilusões, com todas as nossas qualidades e defeitos. E sem outros compromissos um com o outro além desse enorme compromisso de nos entendermos e querermos como seres humanos.

— Que conversa, seu Floriano!

— Estamos então completamente quitados, de recibos passados?

— Sim, e devidamente selados, firmas reconhecidas em cartório — sorriu Rodrigo.

— Pois acho que hoje vou festejar o meu nascimento.

— Tens cada ideia! Para mim toda essa coisa era muito menos complicada do que a fizeste. Sou desses que não reprimem nada. Deixo escapar o vapor, alivio o peito e esqueço. E se amanhã eu te prender de novo um pontapé no rabo, quero que saibas desde já que isso não significa que não te quero bem. Pelo contrário, é uma prova de afeto. E um sinal de que não estamos mortos nem inválidos.

Floriano sacudiu afirmativamente a cabeça.

— O senhor não imagina como este desabafo me fez bem. Tirei um peso do peito. Espero que não lhe tenha feito mal.

— Mal? Pelo contrário. Eu andava louco por conversar contigo. Tu é que me fugias.

Depois de breve hesitação, Floriano disse:

— Pois vou fazer uma coisa que há muito ando querendo fazer mas não fazia por pudor. Pois o pudor que vá para o diabo. E se o senhor reprovar o meu gesto, também pode ir para o diabo. É isto.

Segurou o pai pelos ombros, inclinou-se sobre ele e deu-lhe um beijo no rosto. Depois ergueu-se como que um pouco envergonhado de tudo.

Rodrigo, os olhos brilhantes de lágrimas, olhou para o filho e, com uma profunda e máscula ternura na voz, murmurou:

— Esse filho da puta...

Floriano fez meia-volta e aproximou-se da porta, já meio em ritmo de fuga, para que o pai não visse a comoção que o dominava. Quando ele estava já com a mão na maçaneta, Rodrigo gritou:

— Mas não te esqueças, rapaz, de vez em quando solta o Cambará!

12

Grande dia! Enorme dia! — pensou Floriano ao sentar-se à mesa para jantar em companhia do resto da família. Os diálogos que mantivera com Sílvia e com o pai o haviam deixado de tal modo embriagado, que agora ele sentia uma espécie de ressaca daquelas orgias confessionais. Uma sensação de canseira lhe quebrantava o corpo, ao mesmo tempo que uma excitação cerebral lhe dava uma lucidez nervosa, uma loquacidade quase frenética. Era como se ele tivesse tomado uma dose maciça de benzedrina.

A princípio foi só ele quem falou: o suicídio do Stein, a música de Bach, a tirania da linguagem, o resultado das eleições, a bomba atômica... Sentada do outro lado da mesa, Sílvia o escutava, surpreendida ante aquela verbosidade.

Num dado momento, entraram ambos a dialogar sobre a poesia de García

Lorca. À cabeceira da mesa, Maria Valéria ficou atenta e tensa a escutá-los, naturalmente sem entender o que se diziam, e talvez já a imaginar que trocassem frases de amor numa linguagem secreta, só deles conhecida.

Flora parecia mais apreensiva que de costume. E Eduardo, que se manteve quase todo o tempo em silêncio, só abriu a boca para dizer que, com o novo governo, o Brasil teria pela frente cinco anos de reação e repressão.

Pouco depois das nove horas, Floriano apanhou os diários de Sílvia, subiu para a água-furtada, fechou a porta, depôs os dois volumes em cima da mesa e ficou a olhar para eles de longe, numa ambivalência em que a curiosidade de ler aquelas páginas secretas entrava em conflito com seu pudor de violar a intimidade da amiga. Por alguns segundos, portou-se como um noivo na noite de núpcias, hesitante à porta do quarto, ardendo de desejo pelo corpo da esposa mas ao mesmo tempo temeroso de feri-lo no ato dilacerante do desvirginamento.

Sentou-se por fim à mesa, pegou os livros, cheirou-os (recendiam a sândalo) e apalpou-os amorosamente, como se eles fossem partes do corpo de Sílvia. Fez correr as folhas de um e outro volume entre o polegar e o indicador: lá estava em tinta roxa a letra nítida e bem desenhada, que ele tão bem conhecia. Pensou em ler a última página do segundo livro, mas resistiu a essa tentação e começou pelo princípio.

Doía-lhe a cabeça e não lhe era fácil concentrar a atenção na leitura. O açodamento com que procurava *devorar* o que naquelas folhas estava escrito prejudicava-lhe o entendimento, e mais de uma vez, depois de ter lido uma página inteira, teve de voltar à primeira linha.

De instante a instante, fazia pausas, como para pôr ordem no caos que lhe ia dentro do crânio. Erguia os olhos doloridos, fitava-os em parte nenhuma e ficava pensando nas coisas que havia lido — sementes mágicas que no solo de sua fantasia rapidamente germinavam, cresciam, fazendo-se árvores, flores e frutos duma variedade e riqueza estonteantes.

O tom humorístico e menineiro das primeiras páginas do jornal o fez sorrir. Como ele compreendia aquele truque! Temendo levar-se demasiadamente a sério, Sílvia voltava contra si mesma o estilete da ironia. Mas quando ela começou a dissecar o *cadáver* de seu casamento, Floriano foi de novo tomado dum sentimento de culpa e remorso, pois considerava-se cúmplice daquele *assassínio*. Imaginou Jango *cavalgando* Sílvia e ferindo-a com as esporas de sua lubricidade. Houve um momento em que, com sua empatia de romancista, ele se meteu no corpo e no espírito de Sílvia e sentiu com ela o constrangimento, a repugnância e o susto daquela hora carnal sem amor e estranhamente perturbada pelo horror do incesto. Mas em seguida, se viu no lugar do irmão e ficou a imaginar, com um desejo meio cansado, mais da mente que do corpo, o que poderiam ter sido suas noites com Sílvia.

Ergueu-se, acercou-se da janela, como numa busca da companhia da noite, e ali se quedou por alguns minutos a olhar o luar sobre os telhados da cidade. Voltou a sentar-se à mesa, e ao ler o trecho em que Sílvia recordava as confidências que ele, Floriano, lhe fizera de suas intimidades com Mandy, um prurido de vergonha arrepiou-lhe a epiderme e pôs-lhe as faces e as orelhas em fogo. Como é que ele — logo ele! — não havia sentido o ridículo da situação? Portara-se como um ginasiano tolo e pretensioso. E o curioso, o absurdo — e novamente o ridículo! — era o ressentimento que agora lhe vinha para com Sílvia, mau grado seu, por ela ter *percebido* a sua intenção inconsciente de gabar-se como macho e despeitá-la, sim, e também por ter registado e comentado o fato no diário. Tratou de rasgar simbolicamente aquela folha, apagando-a da memória.

Em muitas passagens, Floriano se via a si mesmo como num espelho. Mais que nunca, sentia uma profunda afinidade espiritual com a mulher que amava, e isso lhe aumentava a pena de havê-la perdido. Havia momentos em que sorria: era quando Sílvia "pagava para ver" seus próprios blefes. Divertiu-o particularmente a confissão que ela fizera de ter fingido esquecer o nome de Marian Patterson.

Ficou impressionado ao descobrir que a cunhada tinha com ele aqueles sonhos de frustração em que ambos se procuravam sem poderem encontrar-se. Mais de uma vez, em sonhos aflitivos, ele andara pelos salões e corredores dum imenso casarão sombrio, deserto e silencioso, em busca de Sílvia, sentindo misteriosamente a sua presença, mas não conseguindo nunca encontrá-la...

Sentia-se lisonjeado e ao mesmo tempo enternecido por ver a frequência com que seu nome aparecia naquele diário. Mas não podia deixar de ficar contrariado e enciumado (e reagia contra esses sentimentos) toda a vez que Sílvia falava no *padrinho* e em seu amor e sua admiração por ele. Surpreendeu-se também a sentir uma espécie de ciúme ou inveja de Irmão Toríbio, por ter este penetrado em recantos do espírito e do coração de Sílvia a que ele, Floriano, no seu agnosticismo nunca tivera e talvez jamais teria acesso. Leu e releu, com uma reverência e uma simpatia não de todo isentas de um frio espírito crítico, as páginas em que Sílvia tratava de suas relações com Deus. Ficou-lhe de tudo isso a impressão de que, de certo modo, Sílvia *obrigara Deus a existir*.

As horas passavam. De vez em quando, o relógio lá embaixo batia. Floriano continuava a ler e a reler e a pensar. Erguia-se a intervalos, caminhava pelo quarto, procurando refazer-se do espanto, da alegria ou da apreensão que algum trecho do diário lhe causava, e depois tornava a sentar-se à mesa. A confissão de Sílvia com relação à morte de Alicinha provocou-lhe um calafrio. Era fantástico: Então *Sílvia também* tinha ciúme da menina por ela ser a preferida do pai?

A história de Tony Weber chocou-o um pouco, e ele se sentiu vagamente como um comerciante que descobre haver-se esquecido de fazer um lançamento de importância vultosa no débito dum freguês a cuja dívida acabara de dar quitação completa. Lembrava-se das muitas vezes em que, ao pé da sepultura da suicida, ele pensara em escrever sua história. Jamais, porém, lhe passara pela cabeça a ideia de que seu pai pudesse ter sido personagem daquele drama. Ali estava outra folha do diário que ele mentalmente devia rasgar...

A última página trazia a data do dia anterior. Continha simplesmente estas palavras:

Fui hoje ao médico. Desta vez parece
não haver a menor dúvida: estou grávida.
Este filho vai dar um novo sentido à
minha vida. É o melhor presente que o Céu
me poderá mandar. Olho agora para o futuro
com alegria e esperança. Deus é grande.
Deus é bom.

Floriano fechou o volume. Suas mãos tremiam. Seus olhos estavam úmidos, e ele procurava explicar a si mesmo que não se tratava de lágrimas de emoção, mas de efeitos daquela leitura prolongada a uma luz tão precária.

Compreendia agora em toda a sua profundidade o sentido do gesto de Sílvia ao confiar-lhe aquele jornal. Equivalia a uma entrega completa, não só de espírito como também de corpo.

Sentou-se no peitoril da janela e ali ficou a olhar para fora. Havia um morno mistério na noite. Da padaria vizinha lhe chegava, como um recado da infância, um cheiro de pão recém-saído do forno.

Como era que a menininha de pernas finas e olhos ariscos podia ter-se transformado na esplêndida mulher que escrevera aquelas páginas belas, tão honestas e tão corajosas? Pensou na criatura que crescia no ventre de Sílvia. *Filho do Jango? Não. Porque no momento do ato físico em que essa criança foi concebida, Sílvia de olhos fechados pensava em mim. Esse filho espiritualmente é meu.*

Cerrou os olhos, cansado. Precisava dormir, mas sabia que era inútil tentar. Estava demasiadamente excitado.

Estendeu-se no divã, cruzou os braços e ficou a recordar passagens do jornal. E assim se escoaram as horas e, sempre insone, ele viu através da janela um novo dia nascer.

Naquela mesma manhã, devolveu a Sílvia, sem dizer palavra, os dois volumes do diário. Ela os recebeu também em silêncio. Trocaram um longo olhar e se separaram.

13

Eram nove da manhã. Terminada a auscultação do paciente, Dante Camerino repunha na maleta o esfigmômetro e o estetoscópio.

— Doutor Rodrigo, o senhor tem uma constituição privilegiada. Seu coração está se portando com grande bravura. A auscultação dos pulmões não acusa nada que nos possa inquietar. A pressão está boa e a frequência do pulso também. Estou certo de que pode fazer a viagem tranquilo.

— Ótimo! Que dia do mês é hoje?

— Vinte.

— Podemos fretar um avião para o dia vinte e seis.

— Por que esperar mais seis dias?

— Ora, Dante, pra te falar a verdade eu até preferia embarcar amanhã. Mas a noite passada tive um sonho que me deixou impressionado...

Calou-se.

— Posso saber que foi?

— Sonhei que a Alicinha entrou aqui no quarto, sentou-se naquela cadeira, me olhou com ar triste e perguntou: "Papai, por que não ficas para passar o Natal comigo?". Engraçado... ela não era mais uma menina, mas uma mocinha... Te confesso que a coisa me deixou pensativo.

Não quis contar o resto do sonho: a filha desatou num choro convulsivo, exclamando: "Eu sei, tu vais passar o Natal no Rio, com a outra!".

Camerino coçou a cabeça, embaraçado.

— Doutor, compreendo e respeito seus sentimentos, mas como seu médico insisto que o senhor aproveite essa melhora excepcional e embarque o mais cedo possível.

Rodrigo ficou por alguns instantes num silêncio reflexivo. Depois disse:

— Está bem. Quando então?

— Depois d'amanhã.

— E o avião?

— Como o senhor me havia autorizado, telefonei à direção da Varig. Vão mandar um aparelho pequeno dia 22. Em Porto Alegre, o senhor será transferido para um Douglas DC-3, que seguirá imediatamente para o Rio, em voo direto.

Rodrigo sorriu.

— Estás louco para te livrares de mim, não? Confessa...

— Para lhe ser sincero, estou mesmo. Antes de mais nada, sou seu amigo. No Rio o senhor vai ter melhor assistência médica e todas as vantagens dum hospital de primeira ordem.

— Está bom, Dante. Agora descansa o peito. Não terás de assinar o meu atestado de óbito.

— Telegrafei ao Hospital do Nazareno, pedindo que lhe reservem um apartamento. E que mandem uma ambulância ao aeroporto.

— Ah! Telegrafa também para o doutor Alberto Romero, ao cuidado do hospital. Diz que faço questão que ele tome conta de mim. Além de meu amigo, o Romero é o homem que mais entende de coração neste país.

— Fique tranquilo. Farei tudo hoje mesmo. E não preciso lhe dizer que vou acompanhá-lo pessoalmente até o Rio...

— Obrigado, Dante. Eu já contava com isso.

Camerino apanhou a maleta e aproximou-se da cama.

— E agora, doutor, pelo amor de Deus, não faça nenhum excesso. Não abuse de comida. Durma cedo. E trate de não ficar muito excitado com essa viagem.

— Vou te pedir um favor — disse Rodrigo, sorrindo. — Depois que eu for embora, manda fuzilar esse enfermeiro. Mas primeiro vou dar uma boa gratificação a esse cretino.

O médico lançou para o paciente um olhar afetuoso.

— Quer mais alguma coisa?

— Não, obrigado.

— Até mais tarde, então.

— Dante Carnerino — murmurou Rodrigo, como se se dirigisse a uma terceira pessoa invisível — *bello bambino, bravo piccolino, futuro dottorino*.

O outro voltou-lhe as costas e saiu do quarto com os olhos cheios de lágrimas. Encontrou Floriano no andar inferior, deu-lhe boas notícias do doente, mas acautelou-o:

— Não tenham muitas ilusões. Essa melhora não exclui os perigos de que te falei na noite do edema...

Floriano sacudiu a cabeça, em silêncio.

Neco Rosa apareceu pouco antes das dez e começou o seu ritual de todas as manhãs: colocou seus petrechos em cima da mesinha de cabeceira, amarrou uma toalha ao redor do pescoço do amigo, fez espuma no pequeno pote de alumínio, passou a navalha no assentador...

— Embarco depois d'amanhã para o Rio, Neco.

— Não diga!

— Vou deixar esta prisão que estava me matando lentamente. Não sou homem de ficar em cima duma cama, fechado dentro dum quarto, principalmente numa hora em que tanta coisa está acontecendo e por acontecer no país. Leste os jornais? O Dutra já está falando num gabinete de coalizão. O Góes Monteiro recomeçou suas entrevistas asnáticas. Esses meninos queremistas ouvem cantar o galo, mas não sabem direito onde. Um partido não se organiza apenas com entusiasmo cívico e com amor e dedicação a um chefe. É preciso um programa definido capaz de atrair as massas. Cuidado, homem! Tua navalha está braba hoje. Que foi que houve? Andaste degolando alguém? Passa de novo esse facão no assentador...

O barbeiro obedeceu, mostrando os dentes amarelados, num ricto.

— Precisamos preparar o caminho para a volta do Getulio à presidência da República, dessa vez eleito pelo povo. Aposto como vai ser uma barbada. E depois, Neco, tenho uns negócios meio encrencados lá no Rio. E também essa história da Sônia...

— Pois vou sentir falta de ti. Podes encontrar barbeiros melhores que eu na capital federal. Mas nenhum vai ter o carinho que tenho por essa cara. Apesar de todos os teus desaforos.

— Ninguém me escreve — queixou-se Rodrigo, depois duma pausa. — Fiquei todo este tempo completamente sem ligações políticas. O Getulio, esse ingrato, não respondeu à minha carta.

— Ora, o homem tem andado ocupado. Os jornais dizem que a Estância dos Santos Reis nestes últimos tempos tem sido uma verdadeira Moca.

— Meca, homem! Moca é um tipo de café árabe. Mas Meca ou Moca, o homem podia ter me escrito pelo menos um cartão. Seja como for, estou disposto a aplicar nele um tipo novo de golpe: o da fidelidade.

Rodrigo fez uma pausa, olhou para a torre da igreja e murmurou:

— Acho que ainda não é desta vez que a Torta me leva.

— Não te disse que ias passar a perna na bicha?

— Aposto o que quiseres como no Rio o doutor Romero me bota de pé em duas semanas. E sabes que mais? Eu estava com medo de desmentir aquele ditado, "Cambará macho não morre na cama".

Neco aproximou-se da janela para atirar fora o cigarro. Passava naquele instante pela frente da casa um colono de Nova Pomerânia, conduzindo uma carroça cheia de pinheirinhos de Natal. Estava sem chapéu e o sol parecia incendiar sua cabeleira ruiva.

O barbeiro olhou para o céu limpo e disse:

— Vais pegar um dia lindo pra viagem...

— Neco, meu velho, preciso de ti para uma outra "operação secreta". Escuta. Vou te dar dinheiro para comprares uma passagem para a Sônia, daqui até o Rio.

— Pra quando?

— Pra amanhã.

Quando Neco terminou de barbeá-lo, Rodrigo apanhou uma folha de papel de carta e a caneta-tinteiro, e escreveu:

Minha querida: Como te contei na carta de ontem, a situação mudou para melhor. Estou me sentindo tão bem, que os médicos acham que posso voltar para o Rio. Sigo dia 22. Imagina as oportunidades que teremos lá de nos encontrarmos! Vou me internar no Hospital do Nazareno, onde poderás me visitar quando quiseres. Não é mesmo uma beleza? Agora presta atenção no que vou te dizer. Quero que voltes imediatamente para o Rio, para o nosso ninho. Sei o que tens passado aqui nesta cidade esquecida de Deus, nesse hotel infame, sujeita à curiosidade e à indiscrição dos intrigantes municipais. Não sei como te agradecer por todos os teus sacrifícios. O Neco vai providenciar a tua passagem no avião de amanhã. Peço-te que hoje, à hora de costume, não deixes de passar pela frente da minha casa, para eu te ver mais uma vez. É uma despedida, minha flor. Mas desta vez a separação vai ser curta.

Abraça-te e beija-te com muito carinho o teu

R.

Dobrou o papel, meteu-o num envelope e, sorrindo, entregou-o ao barbeiro:

— Capitão Neco, aqui está a mensagem. Veja se consegue passar as linhas inimigas... Se for preso, engula a carta. Viva o Brasil!

Neco Rosa perfilou-se, bateu os calcanhares e fez uma continência.

14

Na manhã da véspera do embarque de Rodrigo, Sílvia subiu ao quarto de seu padrinho para fazer-lhe as malas. Sentado na cama, excitado como uma criança, o senhor do Sobrado fumava e falava sem cessar.

— Mas onde está esse meu neto que ainda não dá sinais de vida?

— Tenha paciência — sorriu ela. — É cedo ainda. Tudo tem de seguir seu curso normal. A natureza não abre exceções nem mesmo para um neto do doutor Rodrigo Cambará.

— Quem diria, hein? Eu... avô!

Pegou o espelho oval de cabo, mirou-se nele, passou a mão pelas têmporas e murmurou:

— Um avô relativamente moço, não achas?

— E com muito boa pinta...

— Quando teu marido souber da novidade, vai dar pulos.

— O Jango não é homem de pulos...

— Isso é verdade. Mas por dentro vai ficar louco de contente, te garanto. — Tornou a mirar-se no espelho. — Que é que preferes? Homem ou mulher?

— O que vier vem bem.

— Pois eu prefiro homem.

— Não era preciso dizer. Eu já imaginava. No Rio Grande, mulher é criatura de segunda classe. Não. De terceira. Em primeiro lugar está o homem. Em segundo, o cavalo.

— Não digas isso, Sílvia minha querida. Nós falamos grosso e nos damos ares de patrões para esconder o fato puro e simples de que são vocês as mulheres que realmente mandam...

Sílvia escancarou a porta do guarda-roupa.

— Que fatiota vai usar na viagem?

— A de tropical cor de cinza.

— E estas duas mil gravatas... vão todas?

— Não. Só a azul, a cor de vinho, a prateada, a verde com quadrinhos brancos... deixa ver, sim, aquela listada também. Essa! As outras dá para o Jango.

— O senhor sabe que a coisa que ele menos usa é gravata. E este sobretudão?

— Cruzes! Com o calor do Rio? Deixa esse monstro na naftalina.

— E a roupa branca?

— Mete nas malas o que couber.

— Que sapataria! Aqui está um preto, um cor de chocolate, um bicolor... chii! Oito pares!

— Enfia todos no saco de viagem.

— Até os de verniz?

— Livra! Isso é sapato de defunto. Joga fora.

Por alguns instantes, ela trabalhou em silêncio, enquanto Rodrigo falava sem cessar. Depois de ter enchido por completo duas malas, Sílvia abriu a primeira gaveta da cômoda.

— Não sabia que o senhor usava Fleurs de Rocaille...

— Qual nada! Isso é extrato de mulher. Gostas?

— Não.

Sílvia compreendeu o que significava aquele frasco ali na gaveta. Vira mais duma vez Sônia Fraga passar pela frente do Sobrado e a rapariga lhe parecera o tipo exato de mulher para usar aquele perfume furta-cor.

— Deixa o vidro onde está. Estás vendo aquela roupa ali no canto? Está novinha. Só usei umas duas ou três vezes. Não gosto muito dela. Dá pro Jango.

— Não serve. Ele é mais alto que o senhor.

— Dá então pro Bandeira.

— Também não serve. É mais baixo e mais corpulento. Acho que quem tem as suas medidas é o Eduardo.

— Mas tu pensas que um líder do proletariado vai aceitar um presente deste mísero representante da plutocracia? Deixa a roupa aí mesmo...

Rodrigo apagou o toco de cigarro contra o fundo do cinzeiro e acendeu outro.

— O senhor está abusando do fumo — repreendeu-o Sílvia.

— Qual! Este é um grande dia.

— E está também muito excitado. Olha que a viagem vai depender de seu estado de saúde...

Ele se pôs a assobiar jovialmente o "Loin du Bal". Depois disse:

— Toca um disco, Sônia.

Não percebeu que tinha trocado o nome da nora. Sílvia fingiu não ter dado pelo lapso.

— Não. Nada de disco. Cada vez que ouve essas músicas, o senhor fica todo comovido. Ainda pouco toquei o *Rêverie* de Schumann e só lhe faltou chorar...

— Tu nem imaginas o que essa melodia me evoca... Um dia ainda vou te contar... Mas me traz umas cartas que estão na segunda gaveta da cômoda. E uma bacia lá do quarto de banho. E um vidro de álcool.

A nora obedeceu. Rodrigo rasgou as cartas, deitou seus pedaços na bacia, respingou-os de álcool e prendeu-lhes fogo.

— Não preciso te dizer de quem são essas cartas e bilhetes... Engraçado! Foi esta a bacia que o Camerino usou quando me fez a sangria...

Sílvia lançou-lhe um rápido olhar enviesado.

— Essa "fogueira" tem algum sentido simbólico?

Rodrigo esteve a ponto de dizer uma mentira. Hesitou um instante e por fim sacudiu a cabeça:

— Não. Nenhum. Eu gostaria de poder afirmar que está tudo acabado entre mim e essa menina. Mas não está. Mandei a Sônia hoje para o Rio. Na minha idade, não é fácil romper essas ligações... tu compreendes.

Sílvia desconversou:

— E estes trezentos e oitenta e quatro pares de meias?

— Atocha tudo nas malas. Mas descansa um pouco, menina. Não paraste um instante desde que entraste neste quarto. Senta. Vamos conversar. Olha que manhã linda... Nenhuma nuvem no céu. E essa brisa fresca não é mesmo uma beleza?

Ela se sentou. O suor rorejava-lhe a pele, entre o lábio superior e a ponta do nariz. Seus seios arfavam docemente. Rodrigo contemplou-a com ternura.

— Sabes duma coisa? Às vezes penso que tudo isto que está acontecendo não é verdade. Parece que todos estão me enganando. Quantas vezes fiquei aqui sozinho pensando na morte, atento às batidas do coração, com medo até de respirar? Quantas noites acordei pensando que tinha chegado o fim? E de repente tudo muda... há uma esperança...

— Deus sabe o que faz.

Rodrigo deixou cair o cigarro no cinzeiro, e quando quis acender outro, Sílvia deteve-o, segurando-lhe o pulso.

— Agora chega. Não é um pedido. É uma ordem.

No quarto contíguo, Flora também fazia as malas. Estava triste e apreensiva. Recebera aquela manhã um telefonema anônimo: "Então, que foi que houve? A china do doutor Rodrigo embarca hoje... Quebraram os pratos ou a rapariga vai esperar o coronel no Rio?". Era uma voz áspera e perversa de mulher. Flora desligou o aparelho, tomada dum súbito nojo, dum desejo de sumir-se, de não existir... No dia anterior, acontecera-lhe chegar por acaso a uma das janelas da casa, à tardinha, bem no momento em que uma mulher jovem vestida de verde, os olhos protegidos por óculos escuros, passava na calçada fronteira, com a cabeça ostensivamente voltada para o Sobrado... Compreendeu imediatamente de quem se tratava. Seu primeiro impulso foi o de fugir, mas recuou apenas um passo e escondeu-se atrás duma das venezianas, de onde podia ver a rua sem ser vista, e ali ficou a olhar para a rapariga, que caminhava firme, os seios empinados, consciente de sua mocidade e de seu magnetismo de fêmea. Os homens voltavam a cabeça para vê-la passar e depois ficavam a olhar longamente para suas pernas e para suas nádegas, que bamboleavam ao ritmo da marcha. Flora sabia que àquela hora muitas das comadres da vizinhança estavam debruçadas nas suas janelas, naturalmente a olharem ora para Sônia Fraga, ora para Rodrigo Cambará, cuja cama devia estar agora junto de uma das janelas de seu quarto. Flora sentia o ridículo da sua própria posição, ali a espiar a amante do marido — mas assim mesmo continuou onde estava, incapaz de um movimento, como que enfeitiçada. Viu a outra voltar a cabeça para trás, ao passar pela frente da igreja, e então os cabelos dela, lustrosos e pesados, moveram-se num balanço gracioso de onda. Seus óculos relampejaram, subitamente apanhados numa réstia de sol — e foi como se os próprios olhos da rapariga irradiassem fogo, como os dum belo monstro mitológico.

Sentada diante da mala aberta, Flora recordava essas coisas. Do quarto do marido vinha um rumor de vozes que as grossas paredes abafavam.

E agora? — perguntou ela a si mesma, sentindo-se mais só do que nunca em toda a sua vida. Pensou no velho crucifixo que estava pendurado numa das paredes da casa da estância: o Cristo sem nariz, ao pé do qual ela se ajoelhara tantas vezes, em tempo de paz e em tempo de guerra, para pedir pela saúde e felicidade de sua gente e pela sua própria. Aquela imagem de madeira carcomida de caruncho, na nudez da parede caiada, dava-lhe uma tamanha sensação de abandono e tristeza (os olhos do Cristo pareciam fitar perdidos o descampado, através da janela) que ela lhe chamava intimamente de Nosso Senhor da Solidão.

Flora via agora o seu futuro como uma imensa planície cinzenta, vazia de calor humano. Rodrigo e ela continuariam a viver como dois estranhos. Jango pertencia ao Angico e à Sílvia. Bibi não a amava. Eduardo era um rebelde, dedicava-se por inteiro a suas ideias políticas. Ela poderia contar com Floriano, tinha a certeza disso, mas era-lhe insuportável a ideia de vir a ser uma carga excessivamente pesada na vida do filho mais velho.

Ficou por alguns instantes a olhar para a mala, sem muito ânimo para continuar os preparativos para a viagem. De súbito lhe veio à mente um pensamento que a reconfortou. Avistava uma luz remota na desolação da savana. Em setembro voltaria a Santa Fé para assistir ao nascimento do filho de Jango e Sílvia. Um neto! A ideia de ser avó a comovia. Pensou: "Agora tenho o direito e a obrigação de começar a envelhecer". E ficou a sorrir para a imagem daquela criatura que ainda não existia.

15

Jango chegou pouco antes do meio-dia, mas Floriano, que tinha ido almoçar fora com Tio Bicho, só o encontrou à tardinha. Abraçaram-se.

— Já sabes da novidade? Vou ser pai.

— Parabéns, hombre.

Como aquilo era de Jango! Não era Sílvia que ia ser mãe: era ele que ia ser pai.

— Tomara que seja um machinho!

— Bom, a gente nunca sabe. Mas se nascer uma menina e tu não quiseres ficar com ela, manda-a pelo correio para o tio Floriano.

Jango deu uma palmada cordial nas costas do irmão e começou a subir a escada grande.

— Vou ver o avô do guri!

O velho Aderbal e d. Laurentina apareceram também aquela tarde. Como sempre, ela trouxe um cesto com ovos frescos, broas de milho e queijos caseiros. Babalo chamou Floriano à parte e perguntou-lhe, com seu jeitão pachorrento:

— Mas tu achas mesmo que teu pai pode viajar de avião?

— Os médicos dizem que sim. Mas sei que o senhor não confia em aviões...

— Nem em médicos.

Babalo subiu ao quarto de Rodrigo e lá ficou durante muito tempo a um canto, pitando o seu crioulo em silêncio e olhando para o genro com olhos ternos e tristonhos, como se o estivesse vendo pela última vez na vida.

À noite os amigos apareceram para a prosa habitual. O dr. Terêncio, vestido de linho branco imaculado, contou que terminara aquele dia o capítulo de sua obra em que refutava a ideia, que o resto do país parecia alimentar, de que o Rio Grande pertence culturalmente à órbita platina. Olhou num desafio para Bandeira, esperando uma frechada que não veio. Tio Bicho estava macambúzio. Floriano atribuiu isso à emoção da despedida. Irmão Toríbio não quis sentar-se. Enquanto os outros falavam, ele caminhava inquieto dum lado para outro, brincando com seu crucifixo.

Liroca também apareceu, arrastando os pés. Acercou-se da cama, tocou o ombro do amigo e, com olhos lacrimejantes, disse:

— Quando voltares no outro verão, não vais me encontrar mais aqui. Chegou a minha hora. Acho que o Generalíssimo lá em cima vai me convocar...

— Mas que é isso, Liroca velho de guerra? Hoje a Laurinda me entrou aqui choramingando, dizendo também que não vou encontrá-la quando voltar... Por que é que todo o mundo só pensa na morte? Temos que pensar na vida! Para a Magra o que eu dou é isto. — Dobrou o braço com violência, fazendo uma figa. — Ó Tio Bicho, vamos comemorar a minha viagem com uma cervejinha.

Camerino, que voltava nesse instante do quarto de banho, interveio:

— Nada disso. Entramos hoje em regime de lei seca. E o senhor, doutor, apague esse cigarro. E fique quieto. Os outros que falem.

Rodrigo soltou um suspiro de impaciência.

— Que é que há de novo por aí, Bandeira? — perguntou.

— Tudo velho.

— Como vai o nosso Stein?

Tio Bicho teve uma pequena hesitação.

— No mesmo.

— Por que não aproveitamos o meu avião para levar o rapaz para Porto Alegre, para um bom sanatório?

Fez-se um silêncio de embaraço.

— Desaprovo a ideia — declarou Camerino. — O Stein anda muito agitado, pode nos causar complicações a bordo. É melhor que vá depois.

— Mas quero que vocês me prometam cuidar dele — exigiu Rodrigo. — Temos que curar esse rapaz. É teimoso como uma mula, mas gosto dele. Errado ou certo, é um homem de coragem e de convicções. E depois, considero esse judeu cabeçudo um dos muitos filhos que tenho espalhados por este mundo. Meu filho, toca um disco.

Floriano, que estava perto da pilha de discos, leu o rótulo do primeiro deles.

— Offenbach serve? — perguntou.

— Ótimo. *Allez oup!*

A música alegre do *Galope infernal* inundou o ar. Rodrigo acompanhava a melodia, assobiando. Floriano, que achava o velho demasiadamente excitado, trocou um olhar com Camerino.

— Mas por que é que vocês todos estão com essa cara de velório? — perguntou Rodrigo, sentando-se na cama. Olhou em torno e, parodiando um diretor de circo, exclamou: — Respeitável público! Tenho a honra de comunicar que o Jango e a Sílvia vão me dar um neto! — Voltou ao tom natural para acrescentar: — Está claro que vai ser homem. Alguém precisa levar para diante o nome de Rodrigo Cambará. O nome e uma certa outra coisa que vocês sabem...

Os amigos murmuraram parabéns. Tio Bicho disse com ar reflexivo:

— Já imaginou o mundo em que seu neto vai viver? Maravilhas eletrônicas, cérebros mecânicos, energia atômica...

Por um instante, Rodrigo ficou com um ar sonhador, pensando no neto e murmurando, num enternecimento que lhe adoçava o olhar e a voz:

— Esse filho da mãe... esse grandessíssimo filho da mãe...

Lá embaixo, o relógio bateu uma badalada. A música havia cessado. Floriano apagou a eletrola.

— Nove e meia — disse Dante Camerino. — Não quero ser um desmancha-prazer, mas o nosso homem precisa dormir cedo. Portanto acho bom irmos todos embora... Mas nada de despedidas. Faz de conta que é um "até amanhã".

O dr. Terêncio foi o primeiro a despedir-se. Apertou a mão do doente, dizendo:

— Meu velho, desejo que tudo te corra bem. Espero te visitar no Rio em princípios de abril. Desculpa, mas não vou poder ir amanhã ao aeroporto, porque...

Antes que ele terminasse a frase, Camerino interrompeu-o:

— Eu ia pedir mesmo que ninguém fosse ao aeroporto... É melhor assim.

Roque Bandeira disse apenas: "Até logo, doutor", voltou as costas e se foi. O velho Liroca hesitou um instante, lançou um olhar amoroso para o amigo e também saiu, amparado no braço de Irmão Toríbio. Estavam todos no corredor quando o dono da casa lhes gritou:

— Nos veremos de novo quando dom Rodrigo Cambará III nascer!

Camerino tirou seus aparelhos da bolsa e tornou a examinar cuidadosamente o paciente. Floriano, calado, observava-os dum canto do quarto.

— Está tudo bem — disse o médico, terminado o exame. — Já tomou o seu Luminal?

— Não.

— Pois então faça o favor de tomar. E veja se dorme pelo menos umas sete horas. Vamos, Floriano?

— Me espera lá embaixo. Vou te acompanhar até a tua casa.

Quando pai e filho ficaram a sós, este último perguntou:

— Não precisa de mais nada?

— Não, meu filho. Mas espera um pouco... Sabes que tenho pensado muito na nossa prosa do outro dia? Pois fica tu sabendo que ela me fez um bem danado. E quanto mais penso nas coisas que dissemos um para o outro, mais compreendo a tua intenção. Foi uma pena que eu nunca tivesse tido uma conversa assim com o meu pai.

— Acha que teria sido possível?

Rodrigo fez uma careta de dúvida.

— Teu avô era um homem difícil, da escola antiga. Mas... mudando de assunto, já aprontaste a tua mala?

— Quase...

— E que me dizes da "novidade"?

— A ideia de ser tio me encanta.

— Engraçado... de repente tudo muda para melhor. É como diz a Sílvia, Deus sabe o que faz. Bom, mas tu não acreditas em Deus.

Floriano sorriu:

— Estou principiando a pensar que é Deus que não acredita em mim...

— Por que não procuras ter com Ele uma conversa franca como a que tiveste comigo?

— Porque Deus, como o velho Licurgo, se fecha nos seus silêncios. O remédio é eu continuar falando sozinho, como de costume. O Irmão Zeca me disse o outro dia que as pessoas que falam sozinhas na verdade estão conversando com Deus, mesmo sem saberem... Mas o senhor precisa dormir. Tome o seu Luminal.

Alcançou-lhe um comprimido e um copo d'água.

— Agora trate de dormir e ter bons sonhos. — Pousou a mão no ombro do pai. — Boa noite, amigo velho.

— Boa noite, meu filho.

16

Floriano deitou-se pouco depois da meia-noite e ficou por algum tempo de olhos abertos, a rememorar os acontecimentos daqueles últimos dias. De quando em quando, tomava consciência do fato de que Jango e Sílvia dormiam no quarto vizinho, na mesma cama, e isso o deixava inquieto, com a confusa sensação de que Sílvia, *sua esposa e mãe de seu filho*, o estava traindo com outro homem.

"Vamos deixar o mundo da ficção", pensou, "e voltar ao da realidade." Imediatamente lhe vieram à mente as figuras ainda meio nebulosas de seu romance.

É a hora antes do sol nascer, num dia do ano de 1745. Na Missão de São Miguel, um jesuíta espanhol desperta na sua cela, perturbado pelos sonhos da noite. Tem um rosto longo e descarnado, a barba põe-lhe uma sombra azulada na face dramática, seus olhos ardem como carvões... (Estou *inventando* ou *recordando* essa cara? Claro! É a dum monge pintado por Zurbarán que vi no Metropolitan Museum, em Nova York.)

Estamos agora na sala do Sobrado, em meados do século XIX. Luzia Cambará dedilha a sua cítara, seus olhos (verdes ou azuis?) têm uma luz fria, e o desenho de sua boca sugere crueldade. O dr. Winter fuma o seu cigarro (por que não cachimbo?) e contempla-a com curiosidade (por que não amor?). Sentada a um canto, Bibiana lança para a nora um olhar corrosivo. E Bolívar? Que cara, que alma teria essa trágica personagem?

Floriano revolveu-se na cama, pensando em como teriam sido Rodrigo e Toríbio quando meninos, ao tempo do cerco do Sobrado pelos maragatos. Era junho, devia fazer frio, os alimentos na casa escasseavam, Alice Cambará estava para ter um filho e ardia em febre... Licurgo repelia com orgulhosa obstinação a ideia de pedir uma trégua ao inimigo, para permitir que o dr. Winter entrasse no Sobrado...

... Ali estavam muitas possibilidades dramáticas.

Cerrou os olhos e procurou *ser* o menino Rodrigo, deitado na sua cama, encolhido sob as cobertas, transido de frio e medo, atento aos ruídos da noite, esperando que dum momento para outro rompa de novo o tiroteio... É madrugada, e, no casarão silencioso, o único ruído que se ouve é o tantã ritmado da cadeira da velha Bibiana, num balanço de berço... balanço de berço... balanço de berço...

Embalado por esses pensamentos, Floriano adormeceu, e dentro de seus sonhos as figuras de sua imaginação, sombras de sombras, misturaram-se com vagas projeções de imagens da realidade. E ele continuou a ser o menino Rodrigo, sono adentro... E sentiu que um inimigo saltava pela janela para dentro do quarto, aproximava-se da cama, o vulto dissolvido na escuridão... Floriano-Rodrigo quis gritar mas não teve voz, tentou fugir, mas estava paralisado... O desconhecido sentou-se em cima de seu peito, apertou-lhe o coração e a garganta, impedindo-o de respirar, e ele então ficou a debater-se na agonia da morte por sufocação...

Acordou alarmado, levantou-se, acendeu a luz, aproximou-se automaticamente da pia, abriu a torneira e molhou a cabeça e o rosto, e depois ficou a olhar-se no espelho, com um espanto nos olhos, como se não reconhecesse a própria face.

"Um pesadelo", refletiu, procurando tranquilizar-se. "Eu estava dormindo de costas." Mas a sensação de desastre, de perigo iminente continuava — uma espécie de sino longínquo a tocar alarma dentro dele. Levou a mão à garganta, como se lhe faltasse o ar. Debruçou-se na janela e respirou fundo. Teve de súbito a impressão de que alguém tinha mesmo entrado no Sobrado... um inimigo, como o do sonho. "Quem sabe se fui acordado por um ruído de passos?" Ficou à escuta... O silêncio continuava. Olhou o relógio, em cima da mesinha de cabeceira: quase quatro da madrugada. Os olhos pesavam-lhe de sono, doloridos, mas o coração parecia recusar ao corpo licença para dormir, como se estivesse tentando preveni-lo de algum perigo iminente. Que seria?

Sem saber ao certo aonde ia, deixou o quarto, descalço como estava, e saiu a caminhar ao longo do corredor, na ponta dos pés, como um ladrão. O silêncio persistia. O luar entrava pelas bandeirolas das janelas. Floriano ficou um instante no vestíbulo, andando à roda de si mesmo, ainda meio estonteado, e depois começou a subir a escada... Quando chegou ao primeiro patamar, divisou no segundo o vulto de Maria Valéria, que tinha na mão o castiçal com uma vela acesa.

— Quem é? — sussurrou ela.

A luz da vela projetava-lhe nas faces sombras que a escavavam ainda mais.

— Sou eu, o Floriano.

— Você também ouviu?

— Ouviu quê?

— Uma pessoa entrar...

Floriano não respondeu. Subiu os degraus que o separavam da velha e segurou-lhe o braço.

— Vamos ver o papai...

Caminharam lado a lado em silêncio, rumo do quarto do doente. Estendido no catre, o enfermeiro dormia e ressonava. A porta estava aberta. Entraram.

Rodrigo achava-se deitado em decúbito dorsal, com o busto levemente erguido, como de costume. Não era possível ver-se-lhe claramente a face, naquela penumbra.

— Está dormindo — ciciou Floriano.

Maria Valéria deu alguns passos na direção da cama e ergueu a vela. Foi então que Floriano viu, horrorizado, que os olhos do enfermo estavam abertos e vidrados. Uma náusea contraiu-lhe o estômago, fazendo-o vergar-se. Segurou o pai pelos ombros e sacudiu-o, gritando como um menino: "Papai! Papai!". Rodrigo continuava imóvel. O filho inclinou-se sobre ele e auscultou-lhe o coração. Não batia mais.

— Enfermeiro!

— É tarde — disse a velha. — Seu pai está morto.

Rompia a alvorada e os galos cantavam quando José Pitombo atravessou a rua sobraçando um grande crucifixo de prata. Dois homens o seguiam, conduzindo nos ombros o negro e pesado esquife de jacarandá lavrado que havia muito o defunteiro tinha reservado para o senhor do Sobrado.

17

Rodrigo Cambará foi sepultado às seis e meia da tarde daquele mesmo dia. Terminada a cerimônia, seus filhos voltaram para casa no carro da família, que Bento dirigia com os olhos enevoados. Ninguém pronunciou a menor palavra no trajeto do cemitério ao Sobrado. Floriano sentia a cabeça latejar de dor, e uma canseira nervosa derreava-lhe o corpo. Sentado a seu lado, o rosto coberto pelas mãos, Eduardo soluçava como uma criança. Jango, no banco da frente, tinha os olhos injetados; uma barba cerrada escurecia-lhe as faces. Notava-se nas fisionomias daqueles homens uma expressão que não era apenas de pesar, mas também de constrangimento, quase de vergonha. Pareciam três assassinos principiantes e arrependidos, que voltavam de matar seu primeiro homem.

Durante todo o percurso, Floriano pensou em fazer um gesto amigo para com Eduardo — abraçá-lo ou pelo menos pousar a mão sobre seu joelho. Um pudor incoercível, porém, o tolhia. Não havia derramado uma lágrima sequer durante todo o dia. Essa incapacidade de desabafar no choro agoniava-o. Era como se toda a dor que a morte do pai lhe causasse se houvesse acumulado dentro da caverna do peito, onde estivesse a crescer de minuto para minuto, como um enorme cogumelo maligno, apertando-lhe o coração, comprimindo-lhe a garganta, dificultando-lhe a respiração.

Ouvindo agora os soluços do irmão mais moço, ele pensava nos ferozes pronunciamentos públicos do rapaz contra o pai. Tudo aquilo no fundo era amor, concluía ele — um amor desiludido, despeitado, rebelde —, mas amor em todo o caso. Porque o amor está mais perto do ódio do que a gente geralmente supõe. São o verso e o reverso da mesma moeda de paixão. O oposto do amor não é o ódio, mas a indiferença...

O auto parou diante do Sobrado. Jango, o primeiro a saltar para a calçada, ajudou Eduardo a descer e conduziu-o para dentro da casa. Floriano deixou-se ficar onde estava, sem coragem para enfrentar o Sobrado e seus habitantes.

Bento voltou a cabeça para trás, soltou um suspiro e disse:

— Nunca esperei ver o doutor morto... Este mundo velho está todo errado. — Enxugou com a ponta dos dedos as novas lágrimas que lhe brotavam nos olhos. — Dês que me conheço por gente, nunca vi um enterro mais concorrido — acrescentou, com triste orgulho. — Miles e miles de pessoas. Todo o mundo queria bem o doutor.

Floriano entrou finalmente em casa. Viu uma bonina caída no soalho do vestíbulo. Lançou um olhar relutante para a sala de visitas, que servira de câmara-ardente. Pitombo havia já retirado os panos pretos, o crucifixo, a essa e os castiçais, mas andava ainda no ar aquele cheiro adocicado de flor misturado com o de cera derretida, e que desde menino Floriano associava ominosamente a velórios.

Dirigiu-se para o escritório, onde encontrou Dante Camerino, que não tinha ido ao cemitério para poder ficar olhando pelas mulheres. A primeira coisa que Floriano lhe perguntou foi:

— Como está a Sílvia?

— Aguentando muito bem. É uma menina de fibra. Entrei no quarto dela para a consolar e foi ela finalmente quem me consolou...

— E essa... essa emoção pode prejudicar a marcha da gravidez?

— Não. Fica tranquilo. A Sílvia está bem. Irmão Toríbio tem estado com ela todo o tempo. — Camerino sorriu tristemente. — Eu pensava que tinha fé, seu Floriano... Mas fé, fé mesmo têm esses dois... Dizem eles que a morte não é o fim, mas o princípio. Levei um calmante para a Sílvia, mas ela recusou. Quem acabou tomando fui eu.

— E a mamãe?

Flora havia desmaiado no momento em que fechavam o esquife.

— Está dormindo. Dei-lhe uma injeção sedativa. Podes ficar tranquilo, que estarei aqui quando ela acordar.

— E a Dinda?

— Ah! Essa é um rochedo. Auscultei-a há pouco. Que coração! Não te preocupes com ela. — Fez uma pausa, acendeu um cigarro e depois acrescentou: — Desde que o corpo do doutor Rodrigo saiu de casa, a velha tem andado a caminhar dum lado para outro, como quem procura alguma coisa. Sabes o que ela me disse? Que não se surpreendeu com a morte do sobrinho porque sentiu quando a Magra entrou no Sobrado. Perguntei: "Como, dona Maria Valéria?". E ela: "Tenho vivido tanto, que já conheço a morte até pelo cheiro".

Floriano contou ao amigo seu pesadelo e seu pressentimento de desastre, concluindo:

— Foi como se o Velho e eu tivéssemos morrido ao mesmo tempo. Senti no meu corpo um pouco da angústia que ele deve ter sofrido na hora de expirar...

Camerino sacudiu a cabeça:

— Não creio que teu pai tenha tido o menor sofrimento. Resvalou do sono para a morte sem sentir...

Floriano lembrou-se de que ele mesmo havia cerrado os olhos do morto. Mas nada disse.

18

Foi para o quarto e deitou-se, vestido como estava, sem ao menos tirar os sapatos. Tio Bicho entrou poucos minutos depois, sentou-se na beira da cama e olhou para o amigo:

— Se preferes que eu te deixe em paz... fala franco.

— Não. Fica. Preciso conversar com alguém.

— E a cabeça?

— Ainda está doendo.

— Queres uma aspirina?

— Não. Já tomei cinco.

Como quem rememora um sonho mau, Floriano pensava nos momentos em que ficara a ajudar o Neco Rosa a vestir o morto, aquela manhã. O barbeiro fungava, os olhos cheios de lágrimas, mas ele, Floriano, não conseguia chorar, e isso lhe dava uma impaciência, uma exasperação que cresceu a ponto de se transformar em desespero no instante em que tentou, mas em vão, dar o nó na gravata do defunto. Seus dedos estavam como que anestesiados, e ele não se lembrava mais de como se fazia o laço... Foi o Neco quem resolveu o problema. Floriano narrou a cena ao Tio Bicho e comentou:

— Compreendes o que quero dizer? Num momento grave como aquele, eu estava preocupado com um detalhe fútil... o nó da gravata, como se aquilo fosse duma importância transcendente... Era, em suma, a última concessão que meu pai, por meu intermédio, fazia ao mundo e às suas estúpidas convenções.

Cerrou os olhos e continuou:

— Houve um instante em que tive a impressão (podes achar a coisa falsa, rebuscada, literária), tive a sensação de que estava vestindo o meu próprio cadáver.

Roque Bandeira sorriu:

— Estás fantasiando, desculpa que te diga. Por um sentimento de remorso, que vem de estares vivo quando teu pai já morreu, queres participar de algum modo da morte dele. E é claro que a participação verbal, simbólica é a mais conveniente, a mais *barata*... Se pensas que vou alimentar esse teu sentimento de autopiedade, estás muito enganado.

— Mas o terrível, Bandeira (e isto mostra o lado hediondo do intelectualismo, o meu condicionamento à literatura e às suas fórmulas e convenções), é que a despeito do meu pesar, da minha dor, eu não conseguia ficar indiferente aos aspectos grotescos daquela cerimônia. Já vestiste defunto alguma vez na tua vida? É uma operação tragicômica. Vestir-lhe as roupas de baixo, por exemplo... e as calças. Outra coisa que não posso esquecer é o Neco barbeando o morto, ensaboando-lhe a cara e dizendo-me, com lágrimas nos olhos: "Esta é a primeira vez que teu pai fica quieto, não me diz nomes nem reclama da minha navalha". E eu ali, estupidificado, procurando não olhar a cena com olho crítico, querendo ter consciência apenas daquela enormidade, que era a perda de meu pai... e chorar, aliviar o peito, chorar sem constrangimento, livremente, como um ser humano autêntico...

Floriano abriu os olhos e fitou-os no amigo:

— Depois que o corpo estava completamente vestido, como para uma festa, veio um momento (passageiro mas terrível) em que me pareceu que aquele homem nada tinha a ver comigo. Sua imobilidade e seu silêncio faziam dele um estranho.

— Espera mais um dia ou dois, e verás como vais te sentir mais perto de teu pai que nunca. Morto, ele passará a ser o que tua amorosa imaginação e a tua saudade fizerem dele. Nossa memória é dotada dum filtro mágico cuja tendência é deixar passar para a consciência apenas as boas lembranças dos dias vividos e das pessoas mortas. E é justamente essa inocência da memória que nos torna

932

possível continuar vivendo sem desespero. E é ainda por causa disso que custamos tanto a aprender a viver... quando aprendemos.

Floriano ergueu-se, tirou o casaco, arrancou fora a gravata e foi lavar o rosto e as mãos na água da torneira.

Tio Bicho sorriu:

— Pelo que vejo, continuas com teu complexo de Lady Macbeth...

O outro enxugava-se em silêncio, como se não tivesse ouvido as palavras do amigo.

— Haverá coisa mais bárbara e sinistra que um velório? — perguntou. — É um verdadeiro show de sadomasoquismo. Ficam todos ansiosos à espera da cena culminante do drama: a hora de fechar o caixão, quando os membros da família do morto vêm despedir-se dele. É o famoso "último adeus". Muitos ficam na ponta dos pés para não perderem nada do momento sensacional... — Sacudiu a cabeça. — Talvez isso não seja mais monstruoso que o fato de eu, nessa hora, ter-me sentido como uma *personagem* e notado a presença dum *público*, que esperava de mim um certo tipo de expressão facial, de gesto e até de discurso. Seja como for, a história toda chega a ser indecente. Morrer é a coisa mais íntima e mais pessoal que pode acontecer a uma criatura. É mais pessoal até que nascer. E no entanto um cadáver fica exposto à curiosidade geral. Qualquer vagabundo que passa pela rua pode entrar na casa mortuária, bisbilhotar, ficar olhando despudoradamente para a cara do defunto, que ali está de mãos e pés amarrados, completamente indefeso... É como se uma pessoa depois de morta caísse em domínio público.

Tio Bicho sorriu:

— *Viver* em sociedade é estar também em domínio público. Não há por onde escapar, meu velho.

Floriano agora caminhava dum lado para outro, como um animal enjaulado. Tinha a impressão de ver seu cérebro funcionar e *doer.* A opressão no peito continuava.

— E que cenário pomposo o Pitombo armou na sala! Foi o grande dia da sua vida, a hora que ele estava esperando fazia anos... Espetáculo de gala, completo. E as flores, Bandeira, as flores? Chegavam às toneladas, iam-se acumulando ao redor do esquife, pelos cantos, por toda a parte... Pareceu-me que eu ia ficar sepultado debaixo daquelas coroas, buquês, ramos... Pensei várias vezes em fugir, esconder-me... Mas qual! Tinha de ficar no palco, representando o meu papel de herdeiro do trono, ouvindo frases convencionais, recebendo pêsames, palmadas nas costas e todos os hálitos municipais... O calor aumentava e o cheiro das flores se misturava com o de suor humano. E lá estava o espelho grande a duplicar o velório. E a sala a encher-se cada vez mais... Num certo momento, saí desesperado para o quintal, mas o quintal também estava cheio de gente, e a luz do sol agravou meu mal-estar e a dor que me partia o crânio. E as pessoas que lá estavam (em sua maioria gente que eu não conhecia mas que parecia saber quem eu era) me olhavam com uma curiosidade mórbida, como se quisessem verificar se eu estava de fato sofrendo, talvez estranhassem por não me verem chorar...

— Estás exagerando, rapaz. Mas se o desabafo te faz bem, continua!

— Bem? Sei lá! Sinto que estou me portando como um idiota. Talvez esta seja a minha maneira de chorar... Conservo um resto de juízo crítico suficiente para ver que as coisas que estou dizendo agora são generalizações, exageros, quase caricaturas da realidade... mas não posso deixar de dizê-las. Sei que amanhã vou me rir deste... deste meu ataque histérico.

Parou junto da janela, de costas para o amigo, e continuou:

— O doutor Terêncio me perguntou hoje de manhã se eu tinha alguma objeção a que ele fizesse um discurso no cemitério. Respondi que tinha, que preferia que ninguém falasse. Não sei se fiz bem ou mal. Só sei que fiz, e não me arrependo.

— Tenho a certeza de que teu pai não gostaria de ser saudado e "despedido" por aquela flor do reacionarismo indígena, com quem não simpatizava muito e que no fundo também não simpatizava com ele.

— No entanto, quando parecia que o sepultamento ia se processar com decência e discrição, surge a besta do Amintas, pálido, trêmulo, com um calhamaço na mão, e nos gagueja aquele discurso enorme, cheio de lugares-comuns, exageros e insinceridades.

Floriano sentou-se na cama, plantou os cotovelos nos joelhos, apoiou o queixo nas mãos em concha e ali ficou a olhar para o soalho, em silêncio, como que de súbito esquecido da presença do outro.

— Desde menino — disse Tio Bicho — tens um horror doentio a velórios e enterros. Curioso! Raro é o romance teu em que não apareça um enterro ou um velório... ou ambos. É uma espécie de marca registrada do autor. Não notaste isso?

— Claro que notei. E me critico por não evitar essas repetições obsessivas. É que as cenas se impõem com uma tamanha força de verdade e necessidade, que não as consigo eliminar.

— Tua preocupação com os aspectos, digamos assim, exteriores e formais da morte talvez seja um meio inconsciente que usas para desviar o espírito do sentido mais profundo e terrível do não-ser.

— Achas?

— Desconfio... É a ideia mágica de que, se não houvesse todo esse cerimonial macabro, o terror da morte perderia o seu ferrão... Mais duma vez, tu te lembras, concluímos que o fim ideal para o homem seria desintegrar-se, pulverizar-se de repente no ar... O vento se encarregaria do resto. É evidente que falávamos do ponto de vista dos vivos. Porque para o defunto pouco importa que o vistam de santo Antônio ou de palhaço, que lhe deem exéquias solenes à nossa moda convencional ou que transformem seu enterro num carnaval, à maneira dos pretos de New Orleans. Estou convencido de que os mortos não têm nada a ver com a morte. A morte é assunto exclusivo dos vivos.

Floriano ouvia não apenas a voz do amigo, mas também o surdo pulsar de seu próprio sangue nas fontes. Tio Bicho chupou forte o cigarro, numa tragada profunda que lhe provocou um convulsivo acesso de tosse. Ergueu-se e ficou a andar dum lado para outro, encurvado, aflito, apoplético. Quando o acesso passou, tornou a sentar-se na cama, ofegante, com lágrimas a escorrer-lhe dos olhos.

— Tenho a impressão — disse Floriano — de que este foi o dia mais longo de toda a minha vida... No entanto, de vez em quando me parece que tudo se passou depressa demais. Um homem chamado Rodrigo Cambará, uma consciência, uma presença, um feixe de nervos, de desejos, paixões, lembranças... de repente cessa de existir... Seu quarto fica vazio. Restam suas roupas, os objetos que lhe pertenceram, as cartas que escreveu... e a lembrança de sua imagem, sua voz, seu jeito de ser, de amar, de odiar, de falar, de tratar as outras pessoas... de amá-las, de magoá-las, de fazê-las felizes... Sim, e os retratos. E mais a ideia que os parentes e amigos guardam dele na memória. Mas se compararmos os depoimentos de dez pessoas sobre Rodrigo Cambará, veremos que haverá entre eles grandes e pequenas discrepâncias, pois cada qual terá sentido e interpretado esse homem à sua maneira. E nós ficaremos sem saber ao certo qual foi o verdadeiro Rodrigo...

— Diz o Zeca que esse só Deus conhece. Mas me parece que o que te importa a ti é a *tua* lembrança de teu pai. E não te esqueças de que tiveste tempo de fazer as pazes com ele. Poucos homens podem gabar-se de proeza igual.

Tio Bicho pousou a mão no ombro do amigo e ajuntou:

— Acho que agora já começaste a te sentir como se fosses o teu próprio pai...

— Sim, e portanto o meu próprio filho. Só queria saber se sou melhor pai do que filho.

— Isso não tem a menor importância.

Vinha da cozinha um cheiro de bife encebolado. Como podia alguém ter vontade de comer! — refletiu Floriano. Mas Tio Bicho evidentemente pensava o contrário, porque disse:

— Espero que não me consideres grosseiro ou irreverente se eu te confessar que estou com uma fome braba... — Ergueu-se. — Vou te deixar. Sabes do que é que estás precisando? É de aliviar esse peito. Chora, rapaz. Mas chora de verdade, chora grande, bota pra fora essas lágrimas antigas que estão estagnadas dentro de ti, produzindo mosquitos e febres. E chora também lágrimas novas. Se conseguires chorar sem te envergonhares disso, terás dado mais um passo (e muito largo) no caminho da tua completa humanização. Tu te criaste ouvindo dizer que homem não chora. Besteira. Só chora quem é homem de verdade. Solta esse pranto. Até amanhã.

Era já noite fechada quando Floriano saiu a andar pela casa deserta. A mesa do jantar estava posta, mas os outros membros da família continuavam recolhidos a seus quartos, como que temerosos de se encontrarem uns com os outros.

Floriano ouviu um ruído vindo da cozinha e encaminhou-se para lá, imaginando já o que fosse. Parou à porta e olhou em torno da peça mal iluminada. Divisou a um canto, junto do fogão ainda aceso, o vulto de Laurinda. A velha estava sentada num mocho, muito encolhida, chorando de mansinho. Ouvindo os passos de Floriano ergueu os olhos, e um súbito espanto contraiu-lhe o rosto enrugado, fazendo-a piscar, como que ofuscada.

— Credo! — murmurou. — Até pensei que fosse o finado Rodrigo...

Floriano aproximou-se dela, ajoelhou-se, abraçou-a ternamente e de súbito rompeu a chorar um choro solto e convulsivo enquanto a velha criada acariciava-lhe a cabeça, resmungando palavras de consolo com sua voz áspera e noturna.

Minutos depois Floriano voltou para o quarto. Sentia-se aliviado, leve, renascido. Despiu-se, estendeu-se na cama e dormiu imediatamente um sono profundo e sem sonhos.

Dois dias depois, Bibi Cambará e o marido chegaram a Santa Fé. Ela desceu do avião vestida de branco, os olhos protegidos por óculos escuros, o rosto pesadamente maquilado.

A presença de Marcos Sandoval criou a princípio uma certa atmosfera de mal-estar no Sobrado. Mas por ocasião da missa de sétimo dia, o "simpático cafajeste de Copacabana" — como lhe chamava cordialmente o Neco Rosa — portou-se como se fora o primogênito de Rodrigo Cambará. Metido numa roupa de alpaca azul-marinho muito bem cortada, uma pérola na gravata preta de malha, recebeu, correto e compenetrado, os pêsames de centenas de pessoas. Para cada uma tinha palavras de simpatia e gratidão, que pronunciava com seu jeito afetuoso, dando aos que o cumprimentavam pela primeira vez a impressão de ser um velho amigo. Durante toda a cerimônia, ficou ao lado de Flora Cambará, solícito, e saiu da igreja de braço dado com ela, causando a melhor das impressões, principalmente numas senhoras de meia-idade, que murmuravam: "Que simpatia de moço! Tão bem-educado. Logo se vê que é de cidade grande".

Durante aqueles dias, Marcos Sandoval foi por assim dizer a alma da casa. Andava dum lado para outro, atencioso para com todos. Trazia no bolso e mostrava a toda a gente, orgulhoso, o expressivo telegrama de condolências que Getulio Vargas passara à viúva e aos filhos de Rodrigo Cambará. Foi ele quem primeiro se lembrou de mandar imprimir cartões de agradecimento em nome da família às pessoas que haviam comparecido ao funeral. Foi pessoalmente à redação d'*A Voz da Serra* não só para agradecer de viva voz ao Amintas Camacho pelo belo necrológio que seu jornal publicara na primeira página, com clichê, como também para encomendar a impressão dos cartões, cujo texto ele mesmo redigiu.

À hora das refeições, era Sandoval quem procurava animar a conversa. Jango mirava-o de soslaio, com olho ainda desconfiado, mas evidentemente já menos hostil.

936

No dia 31 de dezembro, Sílvia e o marido foram para o Angico. Floriano tratou de passar o dia fora de casa, para não ter de se despedir da cunhada.

Flora e Maria Valéria ficaram enfrentando, impávidas, as visitas de pêsames, interminavelmente longas. Bibi recusava-se a aparecer na sala nessas ocasiões, mas lá estava Marcos Sandoval para salvar a situação, facilitar os diálogos, pôr todo o mundo à vontade.

19

Cerca das dez horas daquela noite de Ano-Bom, Floriano, Bandeira e Irmão Toríbio estavam sentados no banco debaixo da figueira da praça.

— Não posso mais olhar para esta árvore sem me lembrar do pobre do Stein — disse o primeiro.

— De acordo com um velho almanaque local — informou Zeca —, desde a fundação da cidade até 1912, pelo menos sete pessoas se enforcaram nesta figueira.

Tio Bicho ergueu os olhos:

— Pois às vezes fico pensando se a solução para meus problemas físicos e metafísicos não estará numa corda de poço e num desses galhos...

— Nem diga isso! — protestou o marista.

O outro soltou uma risada:

— Estou brincando. Lutarei até o fim. Contra a bronquite, contra a insuficiência cardíaca e contra o *Angst*. Três contra um. É uma luta desigual mas eu a aceito com gosto.

— Vamos caminhar um pouco — propôs Floriano.

Os outros aprovaram a ideia. Atravessaram a praça lentamente. Floriano contou o incidente desagradável ocorrido no Sobrado aquela manhã. Depois de muitos rodeios, em que usara toda sua lábia, Sandoval tocara no assunto melindroso de inventário. Achava que se devia tratar dele sem tardança, pois Bibi estava ansiosa por voltar para o Rio. Jango fechou a cara, mas Eduardo declarou: "Acho bom mesmo resolver logo esse negócio, porque eu tenho cá os meus planos".

— Três das quatro mulheres presentes a esse conselho de família — disse Floriano — mantiveram um silêncio digno. Bibi naturalmente apoiou o marido em toda a linha. Eu me desinteressei do assunto, confesso que encabulado... Fiquei pensando em outras coisas e, quando dei acordo de mim, estava travada uma discussão violenta entre o Eduardo e o Jango...

— Imagino o que possa ter sido — murmurou Bandeira.

— O pomo da discórdia naturalmente foi o Angico. O Jango propôs arrendar a parte do campo que vai caber a cada herdeiro, para que as coisas na estância possam continuar como estão. Mas o Eduardo não concordou: "A minha eu não arrendo. Vou transformá-la numa granja coletiva-piloto". O Jango saltou como um tigre. "Estás louco? Dividir a nossa terra? É ridículo! Que é que tu entendes de granjas e estâncias?" A coisa se esquentou de tal maneira, que lá pelas tantas eu me levantei e gritei: "Calem a boca! Respeitem ao menos as mulheres. Discutam isso com bom senso e não como dois idiotas!". Eu mesmo me admirei depois de meu rompante autoritário. Naquele momento senti que eu *era* o velho Rodrigo Cambará, o chefe do clã. Para encurtar a história, o Eduardo e o Jango baixaram a crista.

Bandeira soltou uma risada.

— E depois? — perguntou.

— A discussão terminou aí. Quando os outros se retiraram do escritório, a Dinda me disse: "Que vergonha! Não esperaram nem que o cadáver do pai esfriasse...".

Tio Bicho segurou o braço de Floriano:

— Olha, na minha opinião, o dinheiro provoca nas pessoas as reações mais variadas, entre as quais vejo duas, antagônicas, que me parecem igualmente absurdas. A primeira é a do avarento, que adora o dinheiro pelo dinheiro, como um fim em si mesmo. A outra é a do homem que tem vergonha de falar em dinheiro e de reconhecer que precisa dele. São ambas reações patológicas. Tu pertences ao segundo tipo, Floriano. Vives acautelando os outros contra o perigo de os símbolos passarem a ter uma importância maior que as coisas que representam, e no entanto não conseguiste te libertar ainda do sortilégio desse supersímbolo. Dás ao dinheiro um valor moral que ele não tem. Um inventário, meu velho, é uma imposição da lei. Tratar dele hoje não é mais nem menos decente que tratar dele amanhã ou depois. O dinheiro é um instrumento de troca, e uma necessidade inescapável dentro do sistema econômico em que vivemos. Amá-lo ou odiá--lo, venerá-lo ou envergonhar-se dele são a meu ver reações neuróticas...

Havia alguns minutos que os três amigos desciam pela rua do Comércio, cujas calçadas estavam cheias de homens e mulheres aos quais a expectativa do Ano-Novo parecia dar uma animação um tanto nervosa. Na maioria das casas, as janelas estavam abertas e iluminadas, e de dentro de muitas delas vinha a música de rádios ou eletrolas. Carros passavam levando pessoas que iam para o baile do Comercial, de cujo edifício os três amigos cada vez se aproximavam mais. As danças não haviam ainda começado, mas uma orquestra de nome, vinda de Porto Alegre especialmente para o *réveillon*, estava já tocando no grande salão. Floriano fez menção de atravessar a rua, para não passar sob as janelas do clube, mas Tio Bicho deteve-o:

— Espera. Acho que posso te proporcionar uma lição viva de sociologia.

Postaram-se os três num desvão da parede do edifício, a poucos passos da entrada que uma possante lâmpada elétrica iluminava. Famílias chegavam, desembarcando de automóveis. Os homens trajavam *smoking* e as mulheres, compridos vestidos de gala. Um Cadillac de modelo antigo (ainda movido a gasogênio) parou junto do meio-fio da calçada, e de dentro dele desceram primeiro um homem alto e magro, seguido duma senhora corpulenta apertada num vistoso vestido de lamê dourado, com uma orquídea artificial sobre os peitos matriarcais. Emanava-se do casal um perfume de Mitsouko.

— É o Morandini, o novo presidente do Comercial que toma posse hoje — murmurou o Bandeira ao ouvido de Floriano. — O pai era um verdureiro napolitano analfabeto. O filho não tem muitas luzes, mas é um bom sujeito, e muito ativo. Ah! Olha só quem está ali na porta...

Floriano olhou. Era o Quica Ventura.

— Estás vendo? Nesta noite em que todo o mundo que vem ao clube enverga suas roupas de gala, o Quica está de quilotes, botas e chapéu na cabeça. É decerto o seu jeito de afirmar-se e de protestar nem ele mesmo sabe contra quem ou contra quê... Protesto pelo amor do protesto. — Apertou o braço do amigo. — Presta agora atenção naquele grupo...

Homens e mulheres desciam dum Chevrolet.

— Estás vendo a moreninha peituda? A de azul... É filha dum sírio, dono duma loja de sedas, com a filha do Arrigo Cervi, o da sapataria. O rapaz louro que está segurando o braço dela é um dos quinze ou vinte netos do velho Spielvogel. Recém-casadinhos. Vê só que mistura: sírio, italiano e alemão. É o Rio Grande novo, "o Rio Grande agringalhado" que tanto assusta e contrista o nosso inefável doutor Terêncio.

Floriano sentia-se pouco à vontade ali naquela espécie de tocaia, temendo ser reconhecido.

— Vamos andando... — convidou.

Irmão Toríbio, que até então se mantivera entrincheirado atrás dos dois amigos, também insistiu para que continuassem a marcha. A orquestra naquele momento tocava o samba que na opinião dos entendidos ia ser o maior sucesso do próximo Carnaval.

— Um momento! — disse Tio Bicho. — Olhem a tropilha que está descendo daquele outro carro... É o Nathan Grinberg e sua tribo. Acompanhei a marcha desse judeu dum ferro-velho da rua do Império para a melhor casa de roupas feitas da rua do Comércio... duma meia-água miserável do nosso gueto para um palacete na praça Ipiranga. Há vinte e poucos anos, o Nathan vendia gravatas e quinquilharias de porta em porta... Hoje é sócio do Comercial. — Soltou uma risadinha. — Quem foi que contou a vocês que eu só me interesso por peixes? Mas vamos andando, se preferem...

Um Fiat de modelo antigo passou de tolda arriada, muito perto da calçada.

— Que figurão! — exclamou Tio Bicho.

Floriano vislumbrou no banco traseiro do carro italiano um homem que aparentava menos de quarenta anos, a cara morena e carnuda, o queixo voluntarioso, cabelos lisos e negros, lustrosos de brilhantina.

— Quem é?

— É o homem do momento — respondeu Bandeira. — O Teócrito Pinto Pereira, mais conhecido como o Pereirão. O pai começou a vida como piá de estância, fez fortuna e acabou proprietário de quinze léguas de campo bem povoadas. O Pereirão fez um curso de capatazia rural. Dizem que está introduzindo métodos modernos na estância e que vai fazer experiências com inseminação artificial. É um pelo-duro legítimo, simpático e vivaracho. Falei com ele umas duas ou três vezes. Esse caboclo sabe o que quer. Tem ambições políticas, é trabalhista e ainda acaba deputado, aposto o que quiserem...

A música da orquestra ainda chegava aos ouvidos dos três amigos, que agora se acercavam da praça Ipiranga.

— Se fosse noutra época — refletiu Irmão Toríbio em voz alta —, esse baile teria sido transferido por causa da morte do doutor Rodrigo...

— Ora, a gente compreende... — disse Tio Bicho. — Os tempos mudaram. As gerações novas nem sabem direito quem foi Rodrigo Cambará. E se eu disser agora *sic transit gloria mundi*, vocês têm todo o direito de me bater na cara.

Pararam a uma esquina. Bandeira continuou:

— No entanto não há recanto desta cidade, Floriano, que não me lembre de teu pai. O calçamento destas ruas foi ele quem mandou fazer... E a rede de esgotos... E dezenas, centenas de outros melhoramentos... Numa destas esquinas, o doutor Rodrigo se atracou com um guarda municipal que estava espancando um pobre homem. Foi uma quixotada bonita. E parece que a coisa aconteceu numa noite de Ano-Bom... Mais tarde, na frente da Confeitaria Schnitzler, teu velho deixou sem sentidos um bandido que o Madruga tinha mandado buscar para "dar um susto no mocinho do Sobrado". Estão vendo aquela casa? Sim, a amarela... Pois uma noite eu vi, não me contaram, vi com estes olhos, o doutor Rodrigo pular uma das janelas para ir dormir com a mulher do promotor. — Soltou uma risada. — E não foi essa a única janela que o nosso herói pulou, nem a única mulher que ele fez feliz... Houve muitas outras, centenas, sei lá quantas! Muitas vezes eu o vi descer esta rua ostentando suas belas fatiotas e gravatas, todo perfumado, provocando o olhar enamorado das fêmeas e a admiração (em muitos casos invejosa) dos machos. E, digam o que disserem, o doutor Rodrigo teve gestos...

Apontou para a casa de negócio cujo nome se lia no letreiro de neon que, num apaga-e-acende bicolor, corria ao longo da parede, logo abaixo da platibanda.

— Foi ele quem salvou o Kunz da falência. Foi ele quem deu a mão ao Lunardi. Botou fora uma fortuna ajudando os outros. Sim, e foi ele também quem derrubou o império do Madruga.

Floriano admirava-se e ao mesmo tempo comovia-se ante aquele inesperado assomo de entusiasmo do amigo. Retomaram a marcha. Bandeira tornou a falar:

— Aposto como hoje no clube não haverá um único homem que valha o dedo mindinho de Rodrigo Cambará. Eu me lembro dos velhos tempos, quando nos *réveillons* de 31 de dezembro teu pai marcava a *polonaise* envergando um belo *smoking*, com um cravo vermelho na lapela e recendendo a Chantecler. Pois, amigos, o canto desse galo fez muitas vezes o sol nascer sobre este burgo miserável!

Floriano caminhava de cabeça baixa, pensando no pai. Tio Bicho segurou-lhe o braço.

— Com o doutor Rodrigo não morre apenas um homem. Acaba-se uma estirpe. Finda uma época. O que vem por aí não sei se será melhor ou pior... só sei que não será o mesmo. Mas que teu pai era um homem inteiro, Floriano, isso era. Que diabo! — Agarrou também o braço do marista. — Quem foi que inventou que somos anjos? Por que havemos de nos envergonhar de nossa condição humana? Por que reprimimos nossas paixões, abafamos os nossos desejos? Eu não tolero santos, desculpa que eu te diga, Zeca. Os santos cheiravam mal. E eram uns chatos. Mas vamos tomar alguma coisa ali no Schnitzler, que por sinal chorava como um bezerro desmamado no enterro do doutor Rodrigo...

Desistiram, porém, da ideia porque a confeitaria estava atopetada de gente e o barulho lá dentro era insuportável. Retomaram caminho.

— Zeca! — exclamou Bandeira. — Perdeste a língua?

O Irmão sorriu.

— Não. Estou pensando...

Tio Bicho voltou-se para Floriano:

— Sabes duma coisa? Eu te invejo, palavra.

— Ora, por quê?

— Primeiro porque tens vinte anos menos que eu. Depois porque escreves romances. Sou muito ruim nessas coisas que dependem de sensibilidade e imaginação. Mas tu, rapaz, tu agora podes trazer teu pai de volta à vida no teu livro, e sei que vais fazer isso. Não só teu pai, mas muita gente que viveu ao redor dele e antes dele... E se aguentas mais um conselho deste teu amigo filosofante, impertinente e meio pedante: nunca uses a arte como um cavalo de asas para, montado nele, fugires da vida. Usa-a antes como uma capa vermelha para atrair o touro. O essencial, como te tenho dito tantas vezes, é agarrar o bicho à unha. Podes evocar toda uma época... mostrar o que fomos, o que somos, o que fizemos, sofremos, sonhamos... Mas perde esse teu medo às pessoas e às palavras... E faz o que teu pai te aconselhou no fim da grande conversa que vocês dois tiveram. *De vez em quando solta o Cambará!*

Pararam de novo, dessa vez à esquina da praça.

— Acho que hoje vou chafurdar um pouco — tornou Tio Bicho. — Com o perdão aqui do Zeca, convidei uma distinta prostituta desta praça para ir à minha casa. Festejaremos a entrada do Ano-Novo na cama. Beberemos juntos uma garrafa de champanha francesa. Faremos o amor no escuro, para que a moça não veja esta cara de batráquio. Depois lhe pagarei o dobro do preço de tabela por ter dormido com o homem mais feio de Santa Fé e arredores. Bom. Aqui nos despedimos. Está chegando a hora do meu encontro. E mesmo eu não poderia acompanhar vocês de volta à praça da Matriz, porque estou com os cascos em petição de miséria. Boa noite, meninos. E feliz Ano-Novo!

Floriano e Zeca voltaram sobre seus próprios passos, lado a lado.

— Achas que o Bandeira acredita mesmo nas coisas que diz? — perguntou Irmão Toríbio, depois dum silêncio que durou quase uma quadra inteira. — Ou será que só quer nos escandalizar?

Floriano encolheu os ombros:

— Esse gordo não sabe como vou sentir falta dele...

— E não tem a menor ideia do bem que lhe quero. É engraçado, às vezes ele me lembra um pouco o meu pai.

Quando atravessavam a praça da Matriz, na direção do Sobrado, um vaga--lume lucilava na ponta do nariz do busto de d. Revocata Assunção, que parecia olhar duramente para a herma do cabo Lauro Caré. Duma das casas vizinhas, cujas janelas estavam abertas e iluminadas, vinha a música dum piano, de mistura com alegres vozes juvenis.

Os dois amigos pararam no centro do redondel e ficaram por algum tempo a olhar para as estrelas.

— E tua mãe? — perguntou o marista. O outro compreendeu a extensão da pergunta.

— Tivemos hoje uma longa conversa. Muito discretamente, como é de seu feitio, e até com uma pontinha de encabulamento, ela me perguntou se não seria *muito sacrifício* para mim viver em sua companhia. Prometeu não ser uma carga pesada, não se meter na minha vida, dar-me, enfim, toda a liberdade... Disse que seria um absurdo eu ir viver noutra parte, quando temos no Rio um apartamento tão grande e confortável...

— Que foi que respondeste?

— A princípio confesso que fiquei vagamente alarmado. Parecia que ela estava, mesmo sem saber, tentando me prender de novo pelo cordão umbilical. Mas depois me ocorreu uma ideia que ao primeiro exame pode parecer absurda, mas que sinceramente acho engenhosa.

Calou-se. O outro esperava, apalpando o crucifixo.

— Respondi que estava claro que ela podia contar comigo, mas que tínhamos primeiro de fazer um contrato. Ela me olhou, intrigada. Contrato? Declarei que ficava estabelecido que daquela data em diante ela não seria mais minha mãe, mas *minha filha*...

— Não te entendo...

— Ela também não entendeu. Tentei explicar... mas não foi fácil. É uma situação muito sutil. À primeira vista parece apenas um truque semântico... mas se eu conseguir criar um ambiente em que na realidade eu me possa sentir com responsabilidades de pai para com dona Flora e ela apenas com responsabilidades de filha para comigo, estou certo de que nossas relações serão quase perfeitas...

Ficaram ambos olhando para o Sobrado, em silêncio.

— Quando é que vocês voltam para o Rio?

— Não tenho ideia. Talvez dentro duma semana, no máximo.

— Não quero perder contato contigo. Posso te escrever de vez em quando?

— Mas claro, homem!

— Está bom. Eu me recrimino por não ter conversado contigo mais frequentemente sobre questões de fé. Tu sabes, sou um homem tímido, tenho horror de me meter na vida dos outros. Mas agora estou resolvido a seguir teus passos como um cão, lamber tuas mãos, te perseguir com meus latidos. Podes me atirar pedras e dar pontapés, mas eu voltarei. Sim, como um cachorro fiel — acrescentou, sério e quase triste —, o vira-lata de Deus.

Floriano sorriu.

— Sempre tive uma ternura particular pelos vira-latas.

Novo silêncio.

— Voltas nas férias do verão que vem? — indagou o marista.

— Não creio.

— Que é que vais fazer agora?

— Primeiro trabalhar nesse livro de que te falei o outro dia. Espero que o simples ato de escrevê-lo seja uma catarse... Depois, continuar a dança com máscaras até encontrar minha face verdadeira. Não me angustiar demais com minhas imperfeições e contradições e procurar, na medida de minhas possibilidades, mas sempre *cum grano salis*, construir pontes de comunicação entre as ilhas do arquipélago... Bom, e esperar que um dia me seja dada a graça de poder amar, mas amar de verdade, com esse amor que nos permite tocar o coração mesmo da vida...

— Pois eu vou continuar rezando por ti. Estás mais perto de Deus do que imaginas. Não sei se por orgulho, preguiça ou *medo de crer*, ergueste entre tua alma e o Criador uma parede feita de livros e preconceitos. Mas é uma parede tão frágil que qualquer dia os ventos da vida vão derrubá-la...

— Por que Deus não sopra esse vento hoje, agora?

O marista ficou por alguns segundos calado e pensativo.

— Não sei. Há momentos em que não entendo o Pai. Seus silêncios me desconcertam e assustam. A grande proeza do homem de fé é manter sua crença através de todos esses silêncios que para muitos podem às vezes significar a morte de Deus.

— Zeca, então *vocês* também duvidam?

— A dúvida, como tenho repetido tantas vezes à Sílvia, é um dos ingredientes da fé. Quando eu era menino e via a Dinda fazer seus bolos, ficava intrigado por ver que eles levavam também uma pitada de bicarbonato... — Sorriu. — Pois, mal comparando, a dúvida é o bicarbonato no bolo da fé.

Continuaram a andar rumo do Sobrado. Pararam finalmente na calçada fronteira.

— Zeca, vou te fazer um pedido. Olha pela Sílvia.

A luz dum combustor caía em cheio no rosto do marista, e Floriano percebeu que seu pedido deixava o outro perturbado.

— Acho que ela necessita da amizade duma pessoa como tu... — acrescentou.

— Fica descansado. Agora a Sílvia não precisa mais de mim. Sua solidão terminou. Ela encontrou Deus. E vai ter um filho...

"Tu talvez precises dela..." — pensou Floriano. Mas não disse nada.

Separaram-se com um aperto de mão.

20

Às nove horas daquela noite de Ano-Bom, algumas moças reuniram-se no palacete dos Teixeiras para eleger a nova diretoria do Clube das Fãs de Frank Sinatra, que devia tomar posse solene "ao raiar esperançoso de 1946", numa das salas do Comercial. O diário local durante a semana dera amplo e entusiástico noticiário a respeito.

No Purgatório e no Barro Preto (zonas que a reportagem d'*A Voz da Serra* não cobria), naquela mesma noite, muitas crianças choraram de fome e três morreram de infecção intestinal. Um maloqueiro assassinou a mulher com quem vivia. Uma viúva solitária fugiu com um guarda-freios da Viação Férrea, casado e pai de cinco filhos. E na Pensão Veneza, uma prostituta que estava na vida, mas sem vocação, havia apenas uma semana, suicidou-se tomando veneno de rato.

Na casa dum operário da firma Spielvogel & Filhos, na rua das Missões, Eduardo Cambará confabulava com um grupo de camaradas, entre os quais se encontrava um neto do cel. Cacique Fagundes recém-inscrito no Partido Comunista. Era um rapaz de tipo indiático, de pouco mais de vinte anos. Aquela reunião, que tinha todo o ar duma conspiração, deixava-o excitado.

Fazia calor. A mulher do operário serviu guaranás. Eduardo tirou o casaco, deixando à mostra o punhal que, como de hábito, trazia preso à cinta. O jovem Fagundes pediu para ver a arma. Revolveu-a nas mãos, olhou o lavor do cabo de prata, passou os dedos pela lâmina e por fim perguntou se aquele era o famoso punhal que, segundo rezava a tradição, estava com a família Terra Cambará havia quase duzentos anos. Eduardo deu-lhe uma resposta breve e distraída. Estava examinando com interesse uma lista de nomes de pessoas da cidade e do município que simpatizavam com a causa do comunismo e que, dum modo ou de outro, poderiam ajudá-la. Por fim, reclinando-se contra o respaldo da cadeira, disse:

— Bom, precisamos estar preparados para o que vem por aí. Estou convencido de que o novo governo vai pôr o Partido fora da lei.

O neto de Cacique Fagundes, que tinha ainda na mão o punhal, escutava-o fascinado, com uma expressão febril nos olhos oblíquos.

Foi também naquela noite que Laco Madruga, que estava gravemente enfermo, havia semanas, teve um padre à sua cabeceira, confessou-se, arrependeu-se de seus pecados, comungou e morreu antes do amanhecer, em paz com Deus e a Igreja.

O velho relógio de parede que pertencera ao senhor Barão batia dez horas quando Mariquinhas Matos terminou de vestir o vestido de rendão preto que mandara fazer especialmente para o *réveillon* de 1928, nos bons tempos em que ainda frequentava o Comercial. Ficou depois mais de meia hora diante do espelho a pintar-se, ensaiando de quando em quando o seu sorriso de Mona Lisa. Terminada a operação, sentou-se a uma mesa e pôs-se a folhear nostalgicamente velhas revistas. Tinha a coleção completa do *Fon-Fon* e da *Revista da Semana* desde 1919. Quando o relógio tornou a bater a hora, a Gioconda ergueu-se e encaminhou-se para o piano com um aprumo de concertista que entra no palco, diante dum grande público. Ajustou o banco giratório, sentou-se, estralou as juntas e começou a tocar um noturno de Chopin, mas com hesitações e muitas notas em falso. O gato preto saltou para cima da tampa do piano e ali ficou a mirá-la. O gato fulvo enroscou-se nas suas pernas. O cinzento ficou indiferente a um canto sombrio da sala, onde suas pupilas verdes fuzilavam. De repente a Gioconda cessou de tocar. Os dedos não obedeciam ao comando do cérebro. A memória a atraiçoava. O piano estava desafinado, soava como um tacho, e algumas de suas teclas haviam perdido o marfim. Houve um momento em que, sentindo o vácuo de sua solidão, Mariquinhas Matos desatou a chorar. Longas lágrimas negras de bistre escorreram-lhe pelas faces mal pintadas de bruxa de pano.

Não muito longe dali, àquela mesma hora, José Lírio, sentado na cama na quietude de seu quarto, lutava com a asma, ronronando como um gato velho e cansado. Seus olhos passearam em torno, demoraram-se um instante no retrato do conselheiro Gaspar Martins que pendia da parede. Até mesmo através da gravura amarelada pelo tempo podia-se sentir a força magnética do olhar daquele titã com barbas de profeta. Depois Liroca lançou um olhar afetuoso para a velha Comblain que pendia de outra parede — a companheira fiel de 93 e 23. Por fim ficou a contemplar ternamente o retrato de Rodrigo Cambará, que conservava à cabeceira da cama, numa moldura de madeira. A dedicatória, datada de setembro de 1924, dizia: *Ao meu Liroca velho de guerra, esta lembrança do seu, de todo o coração, Rodrigo Cambará.*

José Lírio apagou a luz, deitou-se, pensando no amigo, soltou um suspiro e murmurou, comovido: "Eta mundo velho sem porteira!".

Sozinho no seu quarto de solteirão, no fundo da barbearia, Neco Rosa não tinha nenhuma vontade de ir para a cama e muito menos de sair para a rua. Pegou o violão, fez uns ponteios, lembrou-se de Rodrigo e das serenatas de antigamente, sentiu um nó na garganta, largou o violão em cima da cama, acendeu um cigarro, debruçou-se na janela e ali ficou a olhar a grande noite estrelada, a pitar e a pensar no amigo morto.

Era a imagem desse mesmo amigo que Chico Pais tinha na mente quando, aquela noite, tirou a sua primeira fornada de pão. Lágrimas rebentaram-lhe nos olhos e, à guisa de consolo, ele se pôs a comer um pão d'água numa espécie de comunhão com Rodrigo, Toríbio, Licurgo e toda aquela boa gente do Sobrado, que havia tanto tempo ele servia e amava.

No terraço do Clube Comercial, as mesas estavam todas tomadas. Homens e mulheres bebiam e conversavam, em alegre algazarra, esperando o Ano-Novo, que não tardaria, enquanto no salão as danças animavam-se cada vez mais.

A uma das mesas, o Pereirão, centro de todas as atenções, pagava champanha para alguns amigos. Em certo momento, dando já à voz um tom de comício político, exclamou:

— Escrevam todos o que vou dizer! O próximo prefeito de Santa Fé vai ser aqui o degas das macegas. Vocês vão ver como se dá uma injeção de óleo canforado numa cidade morta. Precisamos trazer indústrias para cá, atrair capitais para a nossa comuna! Santa Fé tem um grande futuro, como o resto do Rio Grande. Mas precisamos trabalhar. Porque tudo depende de nós. Isso de viver se queixando que as coisas andam mal é mania de brasileiro. Pois se andam mal, então vamos fazer alguma coisa pra melhorar! Votem em mim. — Alteou a voz. — Sou um filho da terra, um homem do povo!

Sentado à outra mesa, o Veiguinha da Casa Sol bebia a sua cerveja e olhava para o Pereirão com ar céptico. A seu lado, o Calgembrino do Cinema Recreio, apertado num *smoking* muito mal cortado e velho, também escutava a demagogia do capataz rural.

— Olha só essas caras, Calgembrino — murmurou o Veiguinha. — Só gringos, alemães, judeus, turcos... Onde está a gente antiga, gaúchos de boa cepa? Os Macedos, os Prates, os Cambarás, os Amarais, os Fagundes... E os Azevedos? E os Silveiras? Houve um tempo que este clube era uma fortaleza. Barramos duas vezes a entrada dos oficiais do Batalhão da Polícia Baiana. Duma feita um juiz de comarca assinou uma proposta pra sócio e levou bola preta. Não era qualquer um que entrava neste clube. Hoje... é isso que estás vendo aqui. Qualquer lheguelhé com dinheiro no bolso pra pagar a joia entra. Sabes duma coisa? Vou pedir demissão desta joça!

Naquele momento o Quica Ventura, de chapéu na cabeça e mãos nos bolsos das calças, assomou a uma das portas, lançou sobre o terraço um olhar sobranceiro e até meio provocador, e depois fez meia-volta e tornou a desaparecer.

Pouco antes da meia-noite, Irmão Toríbio entrou no seu quarto, no Colégio Champagnat. Era um compartimento pequeno em que havia apenas uma cama de ferro, uma mesa de pinho com uma cadeira, uma estante cheia de livros e uma velha cômoda.

O marista acendeu a luz, fechou a porta, abriu a janela que dava para o jardim e ali se quedou a contemplar a noite por alguns minutos. Em vários pontos da cidade, já estouravam tiros. Um foguete subiu no ar, para as bandas da estação.

Irmão Toríbio despiu-se devagarinho, enfiou o pijama, entrou no quarto de banho, escovou os dentes e tornou a voltar para o quarto de dormir. Abriu uma das gavetas da cômoda, tirou de entre sua roupa branca um instantâneo em que Sílvia aparecia sentada no banco do quintal do Sobrado contra um fundo de flores de alamanda. Contemplou o pequeno retrato por alguns instantes e depois, num repente, rasgou-o em muitos pedaços e lançou-os na cesta de papéis.

Ajoelhou-se ao pé da cama e, como fazia todas as noites, rezou uma oração em intenção à alma do pai. Depois pediu a Deus pelo descanso eterno de Rodrigo Cambará, orou pela conversão de Floriano e Eduardo e por fim suplicou à Virgem, com um fervor que lhe trouxe lágrimas aos olhos, que o ajudasse a ser-lhe fiel até o fim.

No escritório do Sobrado, Bibi e Sandoval bebiam uísque, num silêncio entediado.

— Quando é que achas que podemos voltar para o Rio? — perguntou ela, erguendo o copo contra a luz.

Ele fez um gesto de incerteza.

— Não sei ainda, meu bem. Precisamos deixar essa história do inventário encaminhada. Mais um pouco de gelo?

— Não.

Ela bocejou. Sandoval olhou para o relógio-pulseira.

— O remédio é a gente ir dormir... — disse, bocejando também.

Foi também naquela noite que um bisneto de Alvarino Amaral — rapaz de dezoito anos, pálido, magro e de ar triste — fez o seu primeiro poema. Tratava-se duma invocação à lua, *luminosa Diana caçadora de estrelas/ com seu arco de ouro e suas flechas de prata*. Ficou a andar pela praça como um sonâmbulo, a repetir mentalmente os versos e a pensar já na publicação dum livro. Tinha até o título: *Querência iluminada*.

Ao passar pela frente do Sobrado, avistou um vulto parado a uma esquina e reconheceu nele Floriano Cambará, cujos romances ele lia e admirava. Veio-lhe então um alvoroçado desejo de aproximar-se do escritor, dar-se a conhecer, contar-lhe que gostava de literatura, pedir-lhe conselhos e, se a tanto se atrevesse, mostrar-lhe o poema... Mas não teve coragem. Passou de largo e se foi, rua em fora, embriagado pelo seu grande sonho.

947

***

Floriano entrou em casa depois da meia-noite, quando já haviam cessado nas ruas os ruídos das comemorações, e a noite se preparava para ser madrugada. No silêncio do casarão, só ouviu o tique-taque do relógio de pêndulo e, vindo do andar superior, o surdo bater da cadeira de balanço de Maria Valéria.

"O Sobrado está vivo", pensou, sorrindo. Entrou na sala de visitas, acendeu uma das lâmpadas menores e ficou por algum tempo a olhar afetuosamente para o retrato de corpo inteiro do pai. Depois subiu para a água-furtada, acendeu a luz, fechou a porta e olhou em torno, como que já a despedir-se daquele ambiente. Na véspera havia feito várias tentativas frustradas para iniciar o romance. Para ele o mais difícil fora sempre *começar*, escrever o primeiro parágrafo. O papel lá estava na máquina, mas ainda completamente em branco.

Tirou o casaco, aproximou-se da janela, sentou-se no peitoril e ali se deixou ficar, como a pedir o conselho da noite. Viu o cata-vento da torre da igreja, nitidamente recortado contra o céu, e pensou nas muitas histórias que ouvira, desde menino, sobre a Revolução de 93. Uma havia segundo a qual, durante o cerco do Sobrado pelos federalistas, na noite de São João de 1895, o Liroca tinha ficado atocaiado na torre da igreja, pronto a atirar no primeiro republicano que saísse do casarão para buscar água ao poço. Por que não começar o romance com essa cena e nessa noite?

Sentou-se à máquina, ficou por alguns segundos a olhar para o papel, como que hipnotizado, e depois escreveu dum jato:

Era uma noite fria de lua cheia. As estrelas cintilavam sobre a cidade de Santa Fé, que de tão quieta e deserta parecia um cemitério abandonado.

FIM

Praia de Torres (RS, Brasil) — Janeiro de 1958
Alexandria (Virginia, EUA) — Março de 1962

Cronologia

Esta cronologia relaciona fatos históricos a acontecimentos ficcionais dos três volumes de *O arquipélago* e a dados biográficos de Erico Verissimo.

O deputado

1917

O Brasil declara guerra à Alemanha.
Em 11 de novembro, ocorre a Revolução Comunista na Rússia.
Começo da formação da União Soviética.
Na Europa, levantes de soldados e marinheiros do Exército alemão forçam a Alemanha a pedir armistício. A paz é assinada a seguir e funda-se a Liga das Nações Unidas.
No Rio Grande do Sul, Borges de Medeiros é reeleito para mais um mandato.

1922

Em fevereiro realiza-se a Semana de Arte Moderna no Teatro Municipal, em

1916

Nascimento de João Antônio Cambará (Jango), filho de Rodrigo e Flora.

1918

Nascimento de Eduardo Cambará, filho de Rodrigo e Flora.
Nascimento de Sílvia, afilhada de Rodrigo, que se casará com Jango.

1920

Nascimento de Bibi Cambará, filha de Rodrigo e Flora.

1922

Em fim de outubro, Licurgo afasta-se do Partido Republicano

1917

Erico Verissimo vai para o internato do Colégio Cruzeiro do Sul, em Porto Alegre.

1922

Em dezembro, Erico vai passar as férias em Cruz Alta, mas com a separação

949

São Paulo.
Em julho, em meio
às revoltas tenentistas,
eclode a revolta do Forte
de Copacabana. Fundação
do Partido Comunista do
Brasil (PCB).
Início do governo de
Artur Bernardes.
Na Itália, ascensão do
fascismo.
No Rio Grande do Sul,
para as eleições do
governo estadual,
o Partido Federalista e
os dissidentes do Partido
Republicano fundam
a Aliança Libertadora
(que depois origina
o Partido Libertador)
e lançam a candidatura de
Joaquim Francisco de
Assis Brasil.
Borges de Medeiros
vence as eleições, em
meio a acusações
de fraude.

por não concordar com
a política de Borges
de Medeiros para
os municípios.
Rodrigo e Flora retornam
de uma viagem ao Rio de
Janeiro.
Rodrigo renuncia ao
cargo de deputado
estadual pelo Partido
Republicano.
Rodrigo participa
ativamente da campanha
oposicionista.

dos pais não volta ao
colégio. Começa a
trabalhar no armazém
do tio.
Nessa época, seu escritor
brasileiro preferido era
Euclides da Cunha.

Lenço encarnado

1923

Inconformados,
federalistas e dissidentes
começam uma rebelião
armada. Os republicanos
seguidores de Borges de
Medeiros passam a ser
conhecidos como
"chimangos".
Os federalistas
(maragatos) passam
a ser chamados de
"libertadores". A luta
armada se expande por

1923

Licurgo, Rodrigo e
Toríbio organizam a
Coluna Revolucionária
de Santa Fé e partem para
o interior do município
e adjacências.
No inverno, Licurgo
é morto em combate,
num tiroteio contra os
inimigos governistas.
Com o acordo de paz,
Rodrigo e Toríbio voltam
ao Sobrado.

1923

Alguns tios e pelo menos
um primo de Erico se
engajam no conflito, do
lado dos federalistas.

todo o estado.
Em 7 de novembro é
assinado um armistício
entre federalistas.
Em 14 de dezembro, paz
definitiva com o acordo
conhecido como Pacto de
Pedras Altas. A paz foi
assinada no castelo de
Assis Brasil, na presença
do ministro da Guerra,
gen. Setembrino de
Carvalho.
Morre Rui Barbosa.

Um certo major Toríbio

1924

Em julho, Revolução
Tenentista em São Paulo.
As forças legalistas atacam
a cidade, usando até
aviões. Sob o comando do
gen. Isidoro Dias Lopes,
os rebeldes se retiram
para oeste, chegando ao
norte do Paraná.
Em outubro eclodem
revoltas nas guarnições
militares da região das
Missões, no Rio Grande
do Sul. Perseguidos, os
rebeldes se movem para o
norte, iniciando a Coluna
que levaria o nome do
cap. Luiz Carlos Prestes.
Reúnem-se às colunas
revolucionárias de São
Paulo e começam a
marcha que durou dois
anos e percorreu 24 mil
quilômetros pelo
território nacional.

1924

Morre Alicinha, a filha
predileta de Rodrigo.
Desolado, Rodrigo
abandona definitivamente
a profissão de médico,
vende a farmácia e o
consultório.
Em dezembro, Toríbio sai
de Santa Fé e se junta à
Coluna Prestes.

1925

Floriano vai para um
colégio interno em Porto
Alegre.

1924

Os Verissimos tentam,
sem sucesso, mudar-se
para Porto Alegre.

1925

Os Verissimos retornam a
Cruz Alta.

Em abril, a Coluna
Prestes avança para
o norte, incitando as
populações locais a reagir
contra as oligarquias.
Morre Lênin.

1926

Fim do governo de Artur
Bernardes.
O paulista Washington
Luís é indicado para
substituí-lo na
presidência.

1927

A Coluna Prestes se
desfaz e os principais
líderes refugiam-se na
Bolívia.

1927

Toríbio, feito prisioneiro,
escapa de ser fuzilado.
Localizado pela família
no Rio de Janeiro, retorna
a Santa Fé.

1926

Erico torna-se o sócio
principal de uma farmácia
em Cruz Alta, mas o
negócio não prospera.

1927

Erico dá aulas de inglês e
literatura.

O cavalo e o obelisco

1928

Getulio Vargas é eleito
governador do Rio
Grande do Sul.

1928

Rodrigo Cambará
torna-se intendente de
Santa Fé.

1928

Erico Verissimo publica
seu primeiro conto,
"Ladrão de gado", na
Revista do Globo. Começa
a namorar Mafalda Volpe,
a quem cortejava desde o
ano anterior.

1929

Quebra da Bolsa de
Valores de Nova York.
Colapso da economia
cafeeira no Brasil.
Paulistas e mineiros se
desentendem sobre a
sucessão presidencial.
O gaúcho Getulio Vargas

1929

Floriano decide
tornar-se escritor.

1929

Noivado de Erico
Verissimo e Mafalda
Volpe em Cruz Alta.

e o paraibano João
Pessoa, como vice,
lançam-se candidatos pela
oposição. Vitória eleitoral
de Júlio Prestes,
candidato dos paulistas,
em meio a acusações de
fraude.

1930

Inconformadas, as
oligarquias dissidentes
resolvem assumir
o comando de uma
conspiração contra
o governo.
Em 30 de julho, João
Pessoa é assassinado no
Recife. Embora o crime
tenha motivos pessoais,
deflagra enorme comoção
política, favorecendo a
revolta.
Em 3 de outubro, eclode
a revolta no Rio Grande
do Sul. Em seguida,
oposicionistas insurgem-
-se no Nordeste, sob o
comando de Juarez
Távora, e em Minas
Gerais. Ocorrem tiroteios
sangrentos em Porto
Alegre, que logo cai em
poder dos rebeldes.
Na iminência de uma
guerra civil, os chefes
militares depõem o
presidente Washington
Luís. Em 3 de novembro,
Getulio Vargas assume o
governo provisório
do Brasil.

1930

Rodrigo arregimenta
forças oposicionistas em
Santa Fé e invade o
quartel do Exército,
obrigando o filho mais
velho, Floriano, a
participar da luta. Morre
o ten. Bernardo
Quaresma, amigo da
família, que defendia
a posição legalista.
Rodrigo aceita o convite
de Getulio Vargas, chefe
da revolução vitoriosa, e
viaja ao Rio de Janeiro no
mesmo trem que o novo
presidente.

1930

Em Cruz Alta há tiroteio
e um tenente legalista de
sobrenome Mello é
morto depois de matar
um sargento rebelde.
Apesar de simpatizar com
os revolucionários, Erico
decide acompanhar o
enterro do tenente. No
caminho enfrenta a ira de
um sargento que ameaça
matá-lo.
O episódio é retratado no
livro com algumas
mudanças, no caso do ten.
Quaresma.
A Farmácia Central,
de que Erico era sócio,
abre falência.
Em 7 de dezembro, Erico
e Mafalda mudam-se para
Porto Alegre, onde ele
trabalha como secretário
da *Revista do Globo*.

Noite de Ano-Bom

1930-1931

Para resolver a crise financeira da família, Rodrigo aceita um cartório no Rio. Flora e os filhos mudam-se para o Rio de Janeiro.

1930

Erico trabalha na *Revista do Globo* e frequenta a roda dos intelectuais de Porto Alegre. Conhece, entre outros, Augusto Meyer.

1931

No começo do ano, Erico conhece Henrique Bertaso.
Em 15 de julho, Erico e Mafalda casam-se. Para melhorar o orçamento, Erico começa a traduzir livros.

1932

Em São Paulo, insatisfação contra o governo. Exigência de nova constituição para o Brasil.
No Rio Grande do Sul, Borges de Medeiros adere ao movimento.
Em 9 de julho, começa a luta armada em São Paulo. Após três meses de guerra civil, os rebeldes rendem-se às forças federais.
Formação da Ação Integralista Brasileira (AIB), liderada por Plínio Salgado.

1932

Em Santa Fé, Toríbio apoia a revolta.

1932

Erico publica *Fantoches*, seu primeiro livro de contos com forma teatral.

1933

Ascensão do nazismo na Alemanha.

1933

Erico traduz *Contraponto*, de Aldous Huxley, e publica *Clarissa*.

1934

Promulgação da terceira Constituição brasileira, que estabeleceu avanços como o voto secreto e o voto feminino. Getulio Vargas permanece na presidência.

1935

Criação da Aliança Nacional Libertadora (ANL). Luiz Carlos Prestes, líder da Coluna e membro do PCB, é eleito presidente de honra do partido.
Em 11 de julho, o governo federal decreta o fechamento dos núcleos da ANL.
Em 27 de novembro, eclodem revoltas militares de inspiração comunista, sobretudo no Rio de Janeiro e em Natal, onde se forma um governo provisório. O movimento não obtém apoio popular e logo é sufocado. No país todo sucedem-se prisões em massa de esquerdistas, entre elas a do escritor Graciliano Ramos.

1936

O gen. Franco se insurge contra o governo republicano na Espanha. Início da Guerra Civil Espanhola.
Os falangistas (partidários de Franco) recebem

1936

De Santa Fé, Arão Stein, amigo de Rodrigo, parte para a Espanha para juntar-se às Brigadas Internacionais.
O mesmo faz Vasco, personagem do romance *Saga*, de Erico Verissimo.

1934

O romance *Música ao longe* ganha o prêmio Machado de Assis, da Cia. Editora Nacional, junto com romances de Dionélio Machado, João Alphonsus e Marques Rebelo.

1935

Em 9 de março, nasce Clarissa, primogênita de Erico e Mafalda. Publicação dos romances *Música ao longe* e *Caminhos cruzados*, que ganha o prêmio da Fundação Graça Aranha. Publicação de *A vida de Joana d'Arc. Caminhos cruzados* desperta a ira de críticos de direita — esse livro, e o fato de ter assinado um manifesto antifascista, leva Erico a ser fichado como comunista na polícia. Erico vai ao Rio de Janeiro pela primeira vez.

1936

Em 26 de setembro, nasce Luis Fernando, filho de Erico e Mafalda. Publicação de *Um lugar ao sol*.

armamento
e ajuda militar dos
fascistas italianos e dos
nazistas alemães. Os
republicanos recebem
apoio da União Soviética.
Formam-se Brigadas
Internacionais de apoio
aos republicanos. Cerca
de 30 mil combatentes
acorrem do mundo
inteiro para lutar contra
os falangistas. Entre eles
vão dezesseis brasileiros:
dois civis
e catorze militares.

1937

Preparativos para as
eleições presidenciais
de 1938. Getulio Vargas
consegue apoio de dois
generais, Góes Monteiro
e Eurico
Gaspar Dutra.
Em 10 de novembro,
o Congresso é fechado,
alguns comandos
militares são substituídos
e o *Diário Oficial* publica
uma Constituição
outorgada, chamada de
"Polaca". Em dezembro,
todos os partidos políticos
são extintos. Implantação
do Estado Novo.

1937

Começa o romance
de Floriano com a
norte-americana Marian
(Mandy) Patterson.
Rodrigo, figura política
influente do governo
Vargas, vai a Santa Fé
para tentar convencer os
amigos da legitimidade
do golpe. Enfrenta a
oposição de seu irmão,
Toríbio.
Em 31 de dezembro,
festeja-se o noivado de
Jango e Sílvia, afilhada
de Rodrigo.
Rompimento entre
os irmãos Rodrigo
e Toríbio.
Toríbio vai a uma festa
num bar e é morto
durante uma briga.

1937

Erico publica *As aventuras
de Tibicuera*. Convidado
por Henrique Bertaso
para ser conselheiro
editorial da editora
Globo, Erico cria com
ele a coleção Nobel, que
influenciaria muitas
gerações de leitores.

Do diário de Sílvia

1938

Os integralistas tentam derrubar Getulio Vargas, mas são derrotados. Plínio Salgado exila-se em Portugal.

1939

Os republicanos são derrotados na Espanha. Muitos membros das Brigadas Internacionais se refugiam na França, onde permanecem em campos de concentração.
Em 1º de setembro, a Alemanha invade a Polônia. Início da Segunda Guerra Mundial. Em 17 de setembro, a União Soviética também invade a Polônia. Partilhando esse país, alemães e soviéticos celebram um pacto de não agressão.
De 28 de maio a 3 de junho, a França é derrotada. Soldados ingleses e franceses que não aceitam a derrota são evacuados para a Inglaterra na Retirada de Dunquerque, um dos episódios mais dramáticos da Segunda Guerra. Os alemães começam o bombardeio da Inglaterra pelo ar.

1941

Em junho, a Alemanha invade a União

1938

Floriano e Mandy se separam. Ela vai para os Estados Unidos.

1939

Arão Stein refugia-se na França. O personagem Vasco, de *Saga*, faz o mesmo.

1940

Em abril, Arão Stein volta a Santa Fé. Antes, repatriado ao Brasil, fora preso e torturado no Rio como comunista.

1941

Em 24 de setembro, Sílvia começa a redigir

1938

Erico publica *Olhai os lírios do campo*, seu primeiro grande sucesso nacional.

1940

Erico faz sua primeira sessão de autógrafos em São Paulo. Publica *Saga*, romance sobre a Guerra Civil Espanhola, parcialmente inspirado no diário de um combatente brasileiro nas Brigadas Internacionais.

1941

Erico visita os Estados Unidos pela primeira vez, a convite do

Soviética, pondo fim ao pacto de não agressão. Em dezembro, os alemães são derrotados em Moscou, mas continuam lutando em Stalingrado, numa batalha que dura um ano e quatro meses. Em 7 de dezembro, os japoneses atacam de surpresa a base norte-americana de Pearl Harbor. Desenham-se definitivamente as grandes formações da Segunda Guerra: de um lado, os Aliados e a União Soviética; do outro, o Eixo, com Alemanha, Itália e Japão.

1942

Em 23 de agosto, diante do torpedeamento de navios brasileiros, o governo declara guerra ao Eixo.

1943

Os alemães são derrotados em Stalingrado, na União Soviética, em janeiro. Em 13 de maio, os alemães e italianos são derrotados no Norte da África. Em 11 de junho, os

um diário, no qual reflete sobre o fracasso amoroso de seu casamento. Registra também como o grupo do Sobrado vive os acontecimentos da Segunda Guerra. Em 26 de novembro, Floriano passa alguns dias no Sobrado, antes de seguir para os Estados Unidos como professor convidado na Universidade da Califórnia.

1942

Em julho, Floriano publica o romance *O beijo no espelho*. Em Santa Fé, como em cidades brasileiras reais, há quebra-quebra em lojas e empresas cujos proprietários são alemães ou seus descendentes. Em 14 de setembro, o pintor Pepe García retorna a Santa Fé.

1943

Nos Estados Unidos, Floriano reencontra Mandy. Arão Stein é expulso do Partido Comunista sob acusação de ser trotskista.

Departamento de Estado norte-americano. Publica *Gato preto em campo de neve*, sobre essa viagem. Em maio, Erico presencia o suicídio de uma mulher que se joga de um edifício no centro de Porto Alegre. O infeliz episódio o inspira a escrever o romance *O resto é silêncio*, algum tempo depois.

1943

Erico publica o romance *O resto é silêncio*, no qual registrou o primeiro projeto de *O tempo e o vento* sob a forma de uma visão do escritor Tônio Santiago. Vai para os Estados Unidos para dar aulas na

Aliados iniciam a invasão da Itália.
Em 26 de novembro, Roosevelt, Churchill e Stálin reúnem-se em Teerã.

Universidade da Califórnia, em Berkeley.

1944

Em 6 de junho, os Aliados desembarcam na França. Em 16 de julho, chega a Nápoles, na Itália, a Força Expedicionária Brasileira para lutar ao lado dos Aliados. Em setembro a FEB entra em ação, seguindo para o Norte da Itália.
De 29 de novembro de 1944 a 20 de fevereiro de 1945, Batalha de Monte Castelo, entre tropas brasileiras e alemãs. Vitória dos brasileiros.

1944

Em Monte Castelo o cabo Lauro Caré morre ao enfrentar sozinho uma patrulha alemã. Torna-se herói de guerra.

1944

Depois de encerrar o ano letivo em Berkeley, Erico permanece na Califórnia e dá aulas no Mills College, em Oakland.

Reunião de família e Caderno de pauta simples

1945

Em 8 de maio, a Alemanha se rende aos Exércitos Aliados e à União Soviética, e põe fim à guerra na Europa. As tropas brasileiras que estão na Itália retornam ao Brasil.
Em 6 de agosto, os Estados Unidos lançam uma bomba atômica sobre Hiroshima, no Japão.
Em 9 de agosto, lançam uma bomba atômica

1945

Floriano Cambará, que está na Universidade da Califórnia como professor convidado, prepara-se para voltar ao Brasil.

1945

Em setembro, Erico Verissimo, que estava nos

sobre Nagasaki. O Japão se rende incondicionalmente. Fim da Segunda Guerra Mundial.
Em 29 de outubro, no Rio de Janeiro, golpe militar para derrubar o presidente Getulio Vargas.
Vargas renuncia em 30 de outubro e segue para o Rio Grande do Sul.
No começo de dezembro, o gen. Eurico Gaspar Dutra é eleito para a presidência da República e Getulio Vargas para o Senado.

Doente, com problemas cardíacos, Rodrigo volta para o Sobrado com a família. Sônia Fraga, jovem amante de Rodrigo, também o acompanha.
Rodrigo sofre um edema agudo de pulmão.

Estados Unidos, volta ao Brasil e vai morar na rua Felipe de Oliveira, em Porto Alegre. Já tem planos para escrever um romance sobre a história do Rio Grande do Sul. Inicialmente, o título desse romance seria *Encruzilhada*.

Encruzilhada

1945
Em 1º de dezembro, inauguração de um busto em homenagem ao cabo Lauro Caré na praça da Matriz. Floriano comparece, representando o pai.
Em 18 de dezembro, Arão Stein se enforca diante do Sobrado.
Em 22 de dezembro, durante a madrugada, Rodrigo sofre novo infarto e morre como não queria: na cama. É enterrado no mesmo dia.
Na noite de Ano-Bom, Floriano começa a escrever o romance da saga de uma família gaúcha através da história: *O tempo e o vento*.

Crônica biográfica

Erico Verissimo escreve *O arquipélago*, terceira parte de *O tempo e o vento*, entre janeiro de 1958 e março de 1962. Foram mais de 1600 páginas datilografadas, num processo extremamente difícil de criação, segundo depoimento do escritor no segundo volume de *Solo de clarineta*, seu livro de memórias. *O arquipélago* foi publicado em três volumes: os dois primeiros no final de 1961 e o terceiro no ano seguinte.

O Retrato, a segunda parte da trilogia, fora lançado em 1951. Há um longo período entre a publicação da segunda e da terceira parte de *O tempo e o vento*. Durante esse intervalo, em 1953, Erico escreve *Noite*, novela que lembra o conto "O homem da multidão", de Edgar Allan Poe. No mesmo ano muda-se com a família para os Estados Unidos, onde permanecerá até 1956, como diretor do Departamento de Assuntos Culturais da União Pan-Americana, secretaria da Organização dos Estados Americanos. Em 1955 viaja em férias ao México e em seguida publica uma narrativa de viagem intitulada *México*. Em 1959, quando já começara a escrever *O arquipélago*, vai à Europa pela primeira vez, fazendo uma longa visita a Portugal e também a Espanha, Itália, França, Alemanha, Holanda e Inglaterra.

Erico enfrentava a última parte de *O tempo e o vento* com temor. A magnitude da obra o assustava um pouco. Em *O Continente* acompanhara um século e meio da formação guerreira do Rio Grande do Sul. A quase ausência de documentação facilitara sua liberdade de imaginar. Em *O Retrato* começara a desenhar o processo de modernização do estado e o embaralhamento dos laços tradicionais na fictícia Santa Fé. Mas agora a complexidade crescente da matéria o assustava, por convergir vertiginosamente para o presente. As sucessivas viagens e os outros livros lhe ofereciam caminhos de fuga.

Várias vezes, diz Erico em suas anotações, sentou-se diante da máquina de escrever para encarar o romance... e nada vinha à tona, ou ao papel. Numa dessas oportunidades, por exemplo, distrai-se e, sem dar-se conta, desenha rostos de índios mexicanos — nasce daí mais um livro de viagens. Erico atribui a *México*, escrito em 1956, o mérito de começar o "descongelamento da cidade de Santa Fé e dos personagens de *O arquipélago*". Mas não é de todo improvável que a decisão de começar a escrever essa última parte e de prosseguir até o fim com pressa crescente também lhe tenha ocorrido aos poucos, mas dramaticamente, devido a sua condição de saúde.

Segundo suas memórias, em abril de 1957 Erico teve um primeiro aviso: uma angustiante taquicardia durante uma conferência. E no verão de 1958, quando já começara *O arquipélago*, testemunha a morte de um jovem turista na praia de Torres. Tentá ajudá-lo, mas sem sucesso. O acontecimento o faz refletir sobre a vida e a morte e desperta no escritor alguma urgência no sentido de terminar a trilogia. Em 1959, porém, decide realizar uma protelada viagem à Europa — e os personagens de *O arquipélago* são mais uma vez postos de lado...

Em 1960, de volta a Porto Alegre, continua a trabalhar intensamente no livro, várias horas por dia, até o entardecer. Tem duas máquinas de escrever. Uma tradicional, negra — e reservada para os momentos de dúvida e impasse. Outra nova, de fabricação chinesa e de cor vermelha, abriga os momentos inspirados, quando escreve páginas e páginas sem parar.

No entanto, na noite de um domingo de março de 1961, Erico sofre a primeira crise cardíaca grave. Medicado com urgência por médicos amigos, acha que vai se recuperar logo. Mas na noite de segunda para terça sobrevém-lhe a segunda crise, já anunciando um infarto. O escritor só se levanta da cama dois meses mais tarde, para retomar o romance a todo o vapor. Diz ele que destruiu o primeiro capítulo do livro — em que o dr. Rodrigo Cambará sofre um ataque de insuficiência cardíaca que lhe provoca um edema pulmonar — e o reescreveu. Agora tem conhecimento direto da matéria.

Erico termina *O arquipélago* no ano seguinte, nos Estados Unidos, quando faz uma viagem para visitar a filha, o genro e os dois netos. Há um terceiro a caminho. Clarissa, a filha mais velha, casara-se em 1956 com David Jaffe, físico norte-americano. Seu primeiro filho, Mike, nasceu em 1958. O segundo, Paul, em 1960.

Muitos já disseram que o escritor Floriano Cambará, filho do dr. Rodrigo, é uma espécie de espelho da alma de Erico Verissimo. É verdade. Mas, sem querer reduzir a ficção a mero espelho da vida do romancista, é possível perceber, com esta breve crônica biográfica, que o próprio dr. Rodrigo também é, em parte, um espelho do olhar de Erico. Tolhido pela convalescença, ameaçado pela ideia de ser o primeiro Cambará a morrer numa cama, o personagem de Erico quer pôr em dia sua vida, acertar as contas com o filho, com a nora, com o passado, com o mundo.

Em *Solo de clarineta*, Erico lastima o destino de seu personagem: "Eu sabia que o pai de Floriano ia morrer no último capítulo do livro, e isso me dava uma certa pena. Aquele homem sensível e sensual adorava a vida". Nos últimos momentos, o dr. Rodrigo tem uma conversa definitiva com o filho. É uma conversa sincera, que não recua nos momentos difíceis. No fim, ao despedir-se, Floriano diz ao pai que espera que o diálogo não lhe tenha feito mal. O pai responde: "Mal? Pelo contrário. Eu andava louco por conversar contigo. Tu é que me fugias".

A frase pode se estender ao escritor real, fora do livro. Criador e criatura se encontraram e seus destinos se confundiram por um momento. O espírito de Erico, como o de Floriano, estava pronto para novas partidas.

ERICO VERISSIMO nasceu em Cruz Alta (RS), em 1905, e faleceu em Porto Alegre, em 1975. Na juventude, foi bancário e sócio de uma farmácia. Em 1931 casou-se com Mafalda Halfen von Volpe, com quem teve os filhos Clarissa e Luis Fernando. Sua estreia literária foi na *Revista do Globo*, com o conto "Ladrão de gado". A partir de 1930, já radicado em Porto Alegre, tornou-se redator da revista. Depois, foi secretário do Departamento Editorial da Livraria do Globo e também conselheiro editorial, até o fim da vida.

A década de 30 marca a ascensão literária do escritor. Em 1932 ele publica o primeiro livro de contos, *Fantoches*, e em 1933 o primeiro romance, *Clarissa*, inaugurando um grupo de personagens que acompanharia boa parte de sua obra. Em 1938, tem seu primeiro grande sucesso: *Olhai os lírios do campo*. O livro marca o reconhecimento de Erico no país inteiro e em seguida internacionalmente, com a edição de seus romances em vários países: Estados Unidos, Inglaterra, França, Itália, Argentina, Espanha, México, Alemanha, Holanda, Noruega, Japão, Hungria, Indonésia, Polônia, Romênia, Rússia, Suécia, Tchecoslováquia e Finlândia. Erico escreve também livros infantis, como *Os três porquinhos pobres*, *O urso com música na barriga*, *As aventuras do avião vermelho* e *A vida do elefante Basílio*.

Em 1941 faz uma viagem de três meses aos Estados Unidos a convite do Departamento de Estado norte-americano. A estada resulta na obra *Gato preto em campo de neve*, o primeiro de uma série de livros de viagens. Em 1943, dá aulas na Universidade de Berkeley. Volta ao Brasil em 1945, no fim da Segunda Guerra Mundial e do Estado Novo. Em 1953 vai mais uma vez aos Estados Unidos, como diretor do Departamento de Assuntos Culturais da União Pan-Americana, secretaria da Organização dos Estados Americanos (OEA).

Em 1947 Erico Verissimo começa a escrever a trilogia *O tempo e o vento*, cuja publicação só termina em 1962. Recebe vários prêmios, como o Jabuti e o Pen Club. Em 1965 publica *O senhor embaixador*, ambientado num hipotético país do Caribe que lembra Cuba. Em 1967 é a vez de *O prisioneiro*, parábola sobre a intervenção dos Estados Unidos no Vietnã. Em plena ditadura, lança *Incidente em Antares* (1971), crítica ao regime militar. Em 1973 sai o primeiro volume de *Solo de clarineta*, seu livro de memórias. Morre em 1975, quando terminava o segundo volume, publicado postumamente.

965

Obras de Erico Verissimo

Fantoches [1932]
Clarissa [1933]
Música ao longe [1934]
Caminhos cruzados [1935]
Um lugar ao sol [1936]
Olhai os lírios do campo [1938]
Saga [1940]
Gato preto em campo de neve [narrativa de viagem, 1941]
O resto é silêncio [1943]
Breve história da literatura brasileira [ensaio, 1944]
A volta do gato preto [narrativa de viagem, 1946]
As mãos de meu filho [1948]
Noite [1954]
México [narrativa de viagem, 1957]
O senhor embaixador [1965]
O prisioneiro [1967]
Israel em abril [narrativa de viagem, 1969]
Um certo capitão Rodrigo [1970]
Ana Terra [1971]
Incidente em Antares [1971]
Um certo Henrique Bertaso [biografia, 1972]
Solo de clarineta [memórias, 2 volumes, 1973, 1976]

O TEMPO E O VENTO

Parte I: O Continente [2 volumes, 1949]
Parte II: O Retrato [2 volumes, 1951]
Parte III: O arquipélago [3 volumes, 1961-1962]

OBRA INFANTOJUVENIL

A vida de Joana D'Arc [1935]
Meu ABC [1936]
Rosa Maria no castelo encantado [1936]
Os três porquinhos pobres [1936]
As aventuras do avião vermelho [1936]
As aventuras de Tibicuera [1937]
O urso com música na barriga [1938]
Outra vez os três porquinhos [1939]
Aventuras no mundo da higiene [1939]
A vida do elefante Basílio [1939]
Viagem à aurora do mundo [1939]
Gente e bichos [1956]

O tempo e o vento parte III

O Arquipélago vol. 1
1ª edição [1963] 20 reimpressões
2ª edição [2003]
3ª edição [2004] 9 reimpressões
4ª edição [2018] 6 reimpressões

O Arquipélago vol. 2
1ª edição [1963] 20 reimpressões
2ª edição [2003]
3ª edição [2004] 9 reimpressões
4ª edição [2018] 6 reimpressões

O Arquipélago vol. 3
1ª edição [1963] 22 reimpressões
2ª edição [2003]
3ª edição [2004] 9 reimpressões
4ª edição [2018] 6 reimpressões

tipologia JANSON TEXT
diagramação VERBA EDITORIAL
papel PÓLEN, SUZANO S.A.
impressão LIS GRÁFICA

A marca FSC® é a garantia de que a madeira utilizada na fabricação do papel deste livro provém de florestas que foram gerenciadas de maneira ambientalmente correta, socialmente justa e economicamente viável, além de outras fontes de origem controlada.